中国矿业年鉴

2011

《中国矿业年鉴》编辑部 编

地震出版社

ISBN 978-7-5028-4092-1

9 787502 840921 >

图书在版编目（CIP）数据

中国矿业年鉴. 2011 /《中国矿业年鉴》编辑部编.
– 北京：地震出版社，2012. 7
ISBN 978 – 7 – 5028 – 4092 – 1

Ⅰ. ①中… Ⅱ. ①中… Ⅲ. ①矿业经济 – 中国 –
2011 – 年鉴 Ⅳ. ①F426. 1 – 54

中国版本图书馆 CIP 数据核字（2012）第 115453 号

地震版　XM2642

中国矿业年鉴（2011）
《中国矿业年鉴》编辑部　编
责任编辑：刘素剑
责任校对：庞娅萍

出版发行：　**地震出版社**

　　　　　北京民族学院南路 9 号　　　邮编：100081
　　　　　发行部：68423031　68467993　传真：88421706
　　　　　门市部：68467991　　　　　传真：68467991
　　　　　总编室：68462709　68423029　传真：68455221
　　　　　专业图书部：68467982　68721991
　　　　　http://www.dzpress.com.cn

经销：全国各地新华书店
印刷：河北省欣航测绘院印刷厂

版（印）次：2012 年 7 月第一版　2012 年 7 月第一次印刷
开本：787×1092　1/16
字数：1416 千字
印张：39.25
印数：0001～2000
书号：ISBN 978 – 7 – 5028 – 4092 – 1/F（4770）
定价：300.00 元

编　辑　说　明

一、2011 年版《中国矿业年鉴》（以下简称《年鉴》）全面、系统反映 2010 年中国矿业基本情况以及当年我国矿业经济发展和运行情况。主要内容涉及我国矿产资源勘查、开发利用、行业生产、地方矿业、矿山安全等等，同时也反映了当年我国矿业事业的新发展、新经验、新成果以及遇到的新问题。本期《中国矿业年鉴》为第 10 卷，收录资料时限，原则上以 2010 年为主。

二、本期《年鉴》，全书根据实际情况设专文、大事记、概况、矿业管理、矿业行业、地方矿业、矿城研究、矿业协会、统计资料、政策法规、附录等 11 个栏目。按内容分类编排，设栏目、类目、条目三个层次，有的栏目根据实际情况设四个层次。表述方式以条目为主，设有方便查阅的目录，另有文章、图、表等多种形式，图文并茂。

三、本期《年鉴》收录了有关领导关于中国矿产资源开发管理、矿山安全以及有关资源节约和管理等方面的重要讲话；国土资源部有关部门提供的矿业统计资料和国家有关部委颁布与矿业相关的政策法规；较系统地记述了中国矿业的概况、管理、行业、地方矿业等方面的发展变化及部分矿业行业协会工作等情况。

四、本期《年鉴》为了反映专家学者在矿业城市的界定、数量、分类、转型思路等方面的研究成果，增设了"矿城研究"；在附录中，收录了 2009/2010 年世界矿产资源勘查开发和矿产品供需形势；收录了矿业科技信息、矿山安全记事等。可读性强，有较高的参考价值。

五、稿件来源，除部分基层企事业单位外，多由国土资源部有关部门和省市、自治区国土资源厅（局）及行业协会等单位提供。为读者查阅方便，本期年鉴中的图、表序号，以类目或分目为单位，单独列序（因版面原因，"地方矿业"中个别省区的图表未上目录，特此说明）。所涉及的统计资料，均以国土资源部《中国国土资源统计年鉴》中提供为准。全书内容比较丰富、资料翔实，具有权威性。

六、本期《中国矿业年鉴》16 开本，精装，140 万字左右，由《中国矿业年鉴编辑部》编辑，中国地震出版社出版，国内外公开发行。编辑部联系电话：010 - 88374940；E - mail：yearbook@chinamining.org。

本期《年鉴》在组稿中有一定困难，例："地方矿业"收集得还不够全面，在内容编辑整理上，难免有些疏漏和错误，欢迎各级领导和读者批评指正。在此对所有关心和支持本书编辑工作的单位、领导、朋友们表示衷心的感谢！

《中国矿业年鉴》编辑部

2012 年 6 月

目　录

专　文

大事记

概　况

矿产品产供销 …………………………（28）

矿业管理

矿业行业

地方矿业

政策法规

统计资料

附 录

专 文

落实节约优先战略 加强资源节约和管理

徐绍史

（2010 年 12 月 7 日）

《中共中央关于制定国民经济和社会发展第十二个五年规划的建议》明确提出："落实节约优先战略，全面实行资源利用总量控制、供需双向调节、差别化管理。"这是党中央在深刻把握国内外发展的新变化新特点，准确研判"十二五"时期所面临的严峻资源形势的基础上，按照深入贯彻落实科学发展观、加快转变经济发展方式的新要求，对资源管理工作提出的指导方针和战略举措。

一、实施节约优先战略是缓解资源约束和促进科学发展的必然选择

我国以相对不足的资源禀赋，支撑了改革开放以来国民经济 30 多年的快速增长，对巩固农业基础、完善工业体系、加快基础设施建设、推进城镇化和提高人民生活水平等发挥了巨大作用。但是也要清醒认识到，经济社会发展的资源环境约束正在不断强化，资源节约和合理利用面临着严峻形势。《建议》首次明确提出"落实节约优先战略"，是对我国基本国情和"十二五"任务要求的准确把握，是缓解经济发展的资源约束、保障经济社会又好又快发展的必然选择。

（一）我国基本国情、发展阶段和资源禀赋决定了资源约束将长期存在

我国是世界上人口最多的国家，正处于并将长期处于社会主义初级阶段，在一个有着庞大人口基数的发展中大国实现工业化、城镇化，对资源的巨大需求是其他任何国家都无法比拟的。我国虽然地域辽阔，资源总量大、种类全，但人均少，质量总体不高，地区分布不平衡，资源组合不够合理。我国人均耕地、林地、草地面积和淡水资源分别仅相当于世界平均水平的43%、14%、33% 和 25%，主要矿产资源人均占有量占世界平均水平的比例分别是煤 67%、石油 6%、铁矿石50%、铜 25%。从资源整体质量看，传统化石能源中，优质清洁能源少；矿产资源品位低、贫矿多，难选冶矿多；土地资源中难利用地多，宜农地少，宜居面积仅占国土面积 20%；水土资源空间匹配性差，许多资源富集区与生态脆弱区重叠。同时，开发建设还造成资源质量持续下降，水土质量呈恶化趋势，近 17% 的土地受重金属污染，近 1/4 的地表水处于污染状态。所有这些，都决定了必须将合理开发并节约利用资源放到国家发展全局的重要战略地位上。

（二）经济长期较快发展导致资源刚性需求持续增长、供需矛盾不断加剧

面对国内外发展环境的新变化，立足扩大内需、保持经济平稳较快发展仍然是"十二五"时期我国经济社会发展的重大任务，资源需求将呈现更加强劲的增长态势。近十年间，我国矿产资源供应总量增速比前十年平均值提高 0.5～1 倍，也高出同期世界平均增速的0.5～1 倍。即便如此，也难以满足需求的快速增长，矿产资源对外依存度不断提高，石油、铁矿石、铝土矿、铜、钾盐等大宗矿产对外依存度均超过 50% 的警戒线。如果现行资源利用方式和经济发展方式没有重大转变，今后我国主要矿产资源供需矛盾将更加突出，资源短缺从部分矿种向全面短缺演变。同样，"十一五"以来，全国每年建设用地需求在 1200 万亩以上，每年土地利用计划下达的新增建设用地指标只有 600 万亩左右，缺口 50% 以上。"十二五"时期，随着工业化城镇化加快推进、巩固和扩大应对国际金融危机冲击成果一系列政策措施的落实，以及国家一系列区域发展规划和政策的实施等，建设用地供求矛盾还将进一步加大。

（三）加快经济发展方式转变对资源节约利用提出了更高要求

经济发展方式在相当程度上决定了资源利用方式,落后的发展方式往往导致资源大量消耗和粗放浪费;资源利用方式反过来也深刻影响着经济发展方式,粗放外延的资源利用方式会进一步固化和加剧落后的经济发展方式。因此,加快经济发展方式转变的战略任务迫切要求加快资源利用方式转变。目前,我国单位国内生产总值的资源能源消耗远高于发达国家,甚至高于印度等发展中国家。矿产资源总回收率和共伴生矿产资源综合利用率分别在30%和35%左右,比发达国家低约20个百分点;单位国内生产总值能耗是发达国家的3~4倍。2008年全国城镇工矿建设用地达12310万亩,人均高于世界平均水平,大大高于其他东亚国家和地区的水平。工业用地开发强度明显偏低,容积率一般只有0.3~0.6。农村居民点用地达24798万亩,把统计公布的7.13亿农村人口和1.5亿进城务工人口加在一起,人均农村居民点用地也达到214平方米,远超150平方米的国际上限。加快转变资源开发利用方式十分必要和紧迫。

(四)世界政治经济格局深刻变化和全球资源竞争日趋激烈导致利用国外资源的风险和难度加大。

经济全球化深入发展,但其进程更加曲折复杂,利用国外资源面临的挑战和风险不断加大。随着世界人口持续增长和世界经济发展,矿产资源需求持续增长。地缘政治和资本对矿产资源的争夺和控制更趋复杂,发达国家已经完成了对全球主要资源的控制与布局,正在加快对新兴战略资源的控制步伐,新兴国家大规模介入全球矿产资源市场,围绕资源的较量空前激烈,从国际上获取资源难度不断加大。受全球粮食、能源市场动荡影响,各国为保障本国粮食安全和能源安全,对土地资源的投资需求再度升温。同时,各国经济发展的实践和经验也表明,节约利用资源是经济发展的必然选择。

二、树立新型资源观和资源管理观

人类社会发展史也是资源开发利用史,资源开发利用支撑着人类从原始社会走向农业社会、工业社会,迈向生态文明。新中国成立六十多年来,特别是改革开放三十多年来,我国资源开发利用成效显著,但资源利用效率不高、消耗过多、人们的资源观念和资源管理观念还不适应经济社会发展要求。落实节约优先战略,首先需要转变观念,树立正确的资源观和资源管理观。

(一)树立节约观念,由外延粗放利用资源向内涵集约利用资源转变

目前,全社会对资源紧缺状况仍然认识不够,节地、节水、节能、节矿还没有成为人们的自觉行为,影响到资源节约、降耗减排措施的有效推行。必须树立资源节约观,充分认识土地、矿产资源的稀缺性,从宣传教育、法制建设、政绩考核、财税体制、标准规范等各方面贯彻节约资源和保护环境基本国策,强化节约资源理念,逐步形成与资源节约型社会相协调的资源利用模式。要实行资源利用总量控制,发挥规划计划的管控和引导作用,优化资源利用结构和布局;实行供需双向调节,继续加强和改进供应调控,同时强化需求侧管理,以资源利用结构调整推动需求结构、产业结构、要素投入结构的全方位调整;实行差别化管理,结合产业特点、区域实际和利用绩效制定差别化的资源供应政策,加强与投资、财税、信贷、环保等政策的协调联动,促进资源节约和优化配置。

(二)树立整体观念,由偏重资源的数量管理向数量、质量和生态综合管理转变

长期以来,我们偏重资源的数量管理,而忽视质量和生态管理,降低了资源的综合承载能力和产出能力,资源数量、质量和生态并重的整体观念尚未形成。必须树立资源整体观,充分认识资源是数量、质量和生态三者的有机统一,在做好数量管控的同时,加强质量管理和生态管护。要改革资源管理方式,从重行政配置、项目审批、微观管理向重市场调节、制度设计、宏观管理转变,加强监管和服务,严格资源数量管控;完善资源管理制度和标准,建立健全评价、考核和监管体系,重点加强基本农田质量建设、补充耕地质量考核、矿产资源综合利用等,强化资源质量管理;拓宽资源利用和服务领域,协调资源开发利用和生态保护建设,大力推进农村土地整治、矿山环境恢复治理和地质灾害防治,发展资源领域循环经济,发挥资源生态服务功能。

(三)树立效益观念,由单纯的资源管理向资源、资产、资本三位一体管理转变

社会主义市场经济条件下,资源的经济社会属性日益显现,但目前的管理实践仍然强调资源的自然(资源)属性,而忽视经济社会(资产和资本)属性,降低了资源的综合利用效益。必须树立资源效益观,适应市场经济要求,推进资源、资产、资本三位一体管理,实现由审批、发证、收费的传统管理模式向资源实物形态、要素形态与价值形态相结合的综合管理模式转变,全面发挥资源的利用效益、资产收益和资本增值功能。要坚持市场化改革方向,扩大资源的有偿使用范围;推进城乡统一的土地市场建设,建立健全统一、竞争、开放、有序的矿业权市场,发挥市场在资源配置中的基础性作用,促进资源要素流动,全面提高资源综合利用效益。

(四)树立全球观念,由单纯着眼国内资源向统筹利用国内外两种资源转变

我国作为人口大国,又是经济总量大、非均衡性特征突出的发展中国家,在立足国内提高资源保障能力的同时,必须着眼于全球范围配置资源,实施资源全球战略,积极参与国际竞争,推进资源战略合作,保障能源资源安全和经济安全。历史也表明,没有哪个国家能完全依靠本国资源实现工业化。"十二五"期间,要着重增强安全高效利用国际国内两个市场、两种资源的能力,推动"走出去"战略取得突破性进展。

三、深化改革、开拓创新,全面落实《建议》提出的国土资源管理各项任务

《建议》站在经济社会发展全局的高度,对加强资源节约和管理提出了一系列明确、具体的要求,我们一定要深入学习领会,进一步提高认识、统一思想,深入贯彻落实科学发展观,深化改革创新,全面贯彻落实《建议》提出的国土资源管理各项重点任务。

(一)严格保护耕地,保障国家粮食安全

《建议》提出:"严格保护耕地,加快农村土地整理复垦";"完善土地管理制度,强化规划和年度计划管控,严格用途管制"。要坚持最严格的耕地保护制度,强化耕地保护共同责任机制;严格土地利用规划和年度建设用地计划管理,从严控制非农建设占用耕地,落实耕地占补平衡,确保2015年全国耕地保有量和基本农田面积不低于18.1亿亩和15.6亿亩。要按照《建议》提出的"积极稳妥推进农村土地整治"的要求,结合城乡建设用地增减挂钩,统筹规划、聚合资金、整体推进农村土地整治,促进城乡统筹发展和新农村建设。实施土地整治重大工程,推进基本农田质量建设。抓紧落实《建议》提出的"按照节约用地、保障农民权益的要求推进征地制度改革"的任务,缩小征地范围,完善征地程序,提高补偿标准,逐步落实同地同价原则,保护被征地农民合法权益。

(二)加强地质勘查工作,提高矿产资源保障能力

《建议》提出:"加强能源和矿产资源地质勘查、保护、合理开发,形成能源和矿产资源战略接续区,建立重要矿产资源储备体系。"深化基础地质调查评价,实施地质矿产保障工程,加大对石油、天然气、煤、铁、铜等大宗紧缺矿种和重要成矿区带的勘查投入力度,形成一批重要矿产资源开发后备基地。全面实施矿产资源规划,建立战略资源储备机制,推进矿产资源开发整合和矿业经济区建设。按照"公益先行、基金衔接、商业跟进、整装勘查、快速突破"的要求,抓紧建立地质找矿新机制,尽快实现地质找矿重要突破。同时,还要着眼全球积极拓展我国资源安全供应渠道。

(三)推进资源节约集约利用,提高市场化配置程度

《建议》提出"健全节约土地标准","合理确定城市

开发边界"。要抓紧完善节约集约用地标准和措施,控制总量、增加流量、盘活存量,形成土地节约集约利用的倒逼机制;按照土地利用总体规划确定的城市建设用地规模和范围,抓紧划定城市开发边界,严格控制城市用地扩张。要按照《建议》提出的"完善农村集体经营性建设用地流转和宅基地管理机制"的要求,抓紧研究制定农村集体建设用地使用权出让和转让管理办法。推进国有土地有偿使用制度改革,完善房地产用地有偿使用方式。完善矿业权有偿取得制度,深化资源性产品要素市场改革,建立反映市场供求关系、资源稀缺程度、环境损害成本的矿产资源价格形成机制。探索建立国家水权制度,实行用水总量控制和定额管理,严格水资源保护,建设节水型社会。着力推进资源科技创新,培育资源新兴产业。根据国务院批准的《全国土地利用总体规划纲要(2006~2020年)》和《全国矿产资源规划(2008~2015年)》,力争"十二五"期间,单位建设用地二、三产业产值年均提高6%,到2015年矿产资源总回收率和共伴生矿综合利用率提高3~5个百分点。单位国内生产总值用水量继续下降。

(四)完善国土资源宏观调控机制,健全国土资源规划体系

以加快经济发展方式转变为目标,以加快经济结构调整为重点,积极探索建立国土资源参与宏观调控的政策体系。要加强土地政策与财政、货币、产业等相关政策的协调配合,进一步发挥土地作为宏观调控政策工具的重要作用。加强矿业权设置管理,优化矿产资源开发结构布局,完善矿产资源参与宏观调控政策。按照《建议》提出的"实施区域发展总体战略和主体功能区战略"和"构筑区域经济优势互补、主体功能定位清晰、国土空间高效利用、人与自然和谐相处的区域发展格局"的要求,抓紧编制实施全国、省级和重点区域国土规划,优化国土开发格局,促进区域协调发展,加强陆海统筹,合理开发利用海洋资源。改进土地利用总体规划、矿产资源规划编制,建立定期评估和滚动修编机制。

(五)大力推进防灾减灾体系建设,保护人民生命财产安全

加大地质灾害防治力度,实施地质灾害防治重大工程。建立健全地质灾害监测预警和群测群防体系,落实地质灾害防治责任,加大防灾知识宣传普及力度,提高对突发性地质灾害的应急反应能力。继续开展地质灾害易发区详细调查,严格易发区工程建设和城镇规划的地质灾害危险性评估。加强大型水利基础设施建设,推进大江大河和中小河流治理,健全防洪抗旱体系。积极推进矿山地质环境恢复治理。落实节约优先战略,加强资源节约和管理,是推进科学发展、加快转

变经济发展方式的重要领域和关键环节,是保障经济社会可持续发展、实现全面建设小康社会奋斗目标的必然要求。让我们携手共进、奋力开拓,全面落实《建议》提出的各项任务,不断增强国土资源对经济社会发展的保障能力,更好地服务科学发展。

（作者：国土资源部部长、党组书记、国家土地总督察）

牢固树立安全发展理念 全面提高煤矿建设安全保障能力
——在煤矿建设安全工作座谈会上的讲话

赵铁锤

（2010 年 3 月 18 日）

同志们：

3 月 1 日,正在建设的神华集团乌海能源有限公司骆驼山煤矿发生透水事故,造成 1 人死亡,31 人下落不明。事故发生后,党中央、国务院高度重视,温家宝总理作出重要指示,要求千方百计抢救被困人员,并做好善后工作。受温家宝总理委派,张德江副总理赶赴事故现场,指导救援工作。张德江副总理在事故现场明确要求,要全面贯彻落实总理重要指示精神,采取有效措施,全力以赴抢救被困人员,尽最大努力减少人员伤亡。同时,要举一反三,常抓不懈,进一步做好安全生产各项工作。为认真贯彻落实国务院领导同志的重要指示精神,深刻吸取事故教训,国家安全监管总局党组决定召开今天的会议。总局党组书记、局长骆琳同志高度重视,专门就开好这次座谈会提出了明确要求。

本次会议的主题是：认真贯彻落实温家宝总理、张德江副总理的重要指示和《国务院办公厅关于继续深入开展"安全生产年"活动的通知》(国办发〔2010〕15 号)精神,按照总局党组的部署要求和国家煤矿安监局印发的今年煤矿安全重点工作安排,座谈分析当前煤矿建设安全工作面临的形势和任务,研究提出进一步加强煤矿建设安全工作的针对性措施,统一思想、提高认识、明确目标、扎实工作,有效防范和坚决遏制煤矿建设领域重特大事故的发生,进一步促进全国煤矿安全生产状况持续稳定好转。

刚才,山东省煤炭工业局,河南、陕西煤矿安监局,神华集团、中煤能源集团等单位作了重点发言,对全行业进一步加强煤矿建设安全工作很有参考价值。

下面,我讲两个方面意见：

一、统一思想、提高认识,进一步增强搞好煤矿建设安全工作的责任感和紧迫感

"十一五"以来,在党中央、国务院正确领导下,地方各级党委、政府,各级煤炭行业管理、煤矿安全监管、煤矿安全监察等部门以及煤矿企业广大干部职工,认真贯彻落实中央领导同志关于加强煤矿安全生产工作的一系列重要指示和决策部署,以高度责任感、使命感,克服种种困难,奋发图强、扎实工作,煤矿安全生产取得了明显成效。几年来,全国煤炭产量平均以 2 亿吨/年的速度大幅度增长,煤矿事故则大幅度下降。特别是 2009 年,在煤炭总产量同比增加 8.5% 的情况下,煤矿事故死亡人数已减少到 2631 人,煤炭生产百万吨死亡率首次降到 1 以下；全年煤矿事故起数和死亡人数同比分别下降 17.3% 和 18.2%,百万吨死亡率同比下降 24.5%,煤矿安全生产形势继续稳定好转。煤炭产量的持续快速增长和煤矿安全生产形势的持续稳定好转,为我国积极应对国际金融危机、实现经济社会平稳较快发展做出了积极贡献。

与此同时,煤炭固定资产投资在"十一五"期间快速增加,新井建设速度不断加快。据统计,"十一五"前四年(2006～2009 年),全国煤炭采选业固定资产投资总额达到 8045 亿元,比整个"十五"期间投资总额高出 6000 亿元,其中 2009 年实际完成 3021 亿元,同比增长 25.9%。目前,全国共有煤矿在建项目 7039 个、新增能力 15 亿吨/年左右。按规模划分：120 万吨以上大型项目 315 个、能力 6.7 亿吨/年；45 万～90 万吨中型项目 614 个、能力 3.4 亿吨/年；45 万吨以下小型项目 6110 个、能力 4.9 亿吨/年。

这里要给予充分肯定的是,地方各级政府和煤炭行业管理、煤矿安全监管监察部门及有关方面为此付出了积极的努力。各级煤矿安全监察机构认真贯彻国家安全监管总局、国家煤矿安监局的各项规定,严格落实监察执法计划,深入研究面临的各类矛盾和问题,积极探索创新,开展了大量扎实有效的工作。仅 2009 年就累计审批煤矿建设项目安全设施设计 2633 个,安全设施竣工验收 608 个,现场监察煤矿建设项目 7627 矿次,下达监察指令 10123 份,其中责令局部停止作业 1073 处,停止建设(或试运转)957 矿次,为提高煤矿建设项目安全保障能力做出了突出贡献。地方各级煤矿

安监、行管等部门也采取了一系列切实有效的措施,煤矿设计、建设、施工、监理单位认真抓好落实,煤矿建设安全工作取得了明显进展。

但是去年以来,一些地区煤矿建设重特大事故仍时有发生,安全形势十分严峻。如去年5月16日,山西省大同煤矿集团麻家梁煤矿违规建设,井筒施工中发生炮烟中毒事故,11人死亡;8月14日,山西省晋中市和顺县星光煤业有限责任公司(30万吨/年改造120万吨/年)在风井联络风洞施工时发生瓦斯爆炸事故,14人死亡;10月14日,神华宁煤集团大峰露天矿在深孔爆破装填作业时发生爆炸事故,14人死亡。今年3月1日,神华集团乌海能源有限公司骆驼山煤矿发生透水事故,1人死亡、31人被困;3月15日,河南省郑州市新密市东兴煤业有限公司(资源整合技术改造矿井)发生重大火灾事故,25人死亡。深入分析当前形势,感到煤矿建设领域存在一些不容忽视的突出问题。

一是违法违规建设现象屡禁不止。一个时期以来,部分地区和企业没有处理好矿井建设与安全发展的关系,对建设审批程序和安全标准规定重视不够,制定不切合实际的发展目标,甚至用行政命令、长官意志给煤矿企业加压力、定指标;一些企业法制意识淡薄,急于盲目扩张发展,违反建设程序,出现了一些"四边"工程:边设计、边报批、边建设、边生产,尤其是有些自筹资金的改扩建项目和资源整合项目及个别国有重点煤矿企业所属项目未批先建,批小建大,逃避监管。

二是部分煤矿建设项目安全管理工作不到位。在部分煤矿建设项目施工过程中,建设、施工、监理单位的安全生产责任制不健全,落实不到位。同时,近几年随着煤炭市场的好转,建设规模急剧膨胀,煤矿建设队伍迅速扩张,有的施工企业工程技术人员力量不足,施工设备老化严重,安全性能低下,安全基础工作脆弱。有的单位为了多承揽工程项目,在管理、技术人员不到位的情况下,仓促上阵,出现了超负荷运转、挂靠资质、层层转包、以包代管等各种问题,给安全生产带来重大隐患。

三是大部分煤矿建设项目施工条件日趋复杂。近年来,随着煤炭建设规模的急剧扩张,建设煤矿井地质条件日趋复杂。深部资源和复杂构造煤层勘探尚无成熟技术,特厚冲积层(500~700米)、井深800米的钻井、特殊施工技术在国内外均没有较为成熟的技术和装备,开发深部资源面临的瓦斯、水害、矿压、高温等问题愈加突出,安全生产面临的任务越来越重。另外,有些建设项目特别是资源整合矿井以及边远地区的新建矿井,有的勘查级别不够,有的地质资料不齐全、可靠性不高,瓦斯等级界定不清、水害类型及危害程度不明,据此编制的矿井设计和安全措施针对性不强。

四是煤矿建设安全工作任务艰巨而繁重。一个时期以来,全国各地煤矿建设项目呈现出集中、量大的特点。如前所述,全国现有煤矿在建项目7039个,同比上升28.94%,其中小型煤矿扩建(含整合)项目5463个(占项目总数的77.6%),数量列前几位的是,贵州984个,湖南956个,重庆836个,河南487个,山西483个。江西有231处单井扩能项目已经省政府预核准,正在进入技改核准程序。如此量大、集中的建设项目与有限的设计、施工力量难以匹配。同时也给政府部门审批项目和监管监察工作带来巨大压力,煤矿建设领域安全工作任务十分繁重。

分析产生问题的原因,主要是个别地区和一些企业安全发展理念不够牢固,没有真正把安全生产摆在第一位,没有正确处理安全与发展、安全生产与调整经济结构、安全生产与转变经济发展方式的关系,企业安全生产主体责任和政府安全监管责任没有真正落实到位。

同志们更应该看到,党中央、国务院历来高度重视煤炭工业健康发展和安全生产。近年来,先后制定出台了一系列重大政策措施,如瓦斯治理专项资金、瓦斯抽采补贴政策、关闭小煤矿淘汰落后产能以奖代补资金、煤矿安全费用提取、建筑施工企业安全费用提取等等,加之近些年煤矿生产建设方面积累的宝贵经验,为全行业建设安全保障能力强、生产力水平高的现代化煤矿创造了诸多有利条件。各地区、各部门和广大煤矿建设、施工企业要充分认识做好煤矿建设领域安全工作的极端重要性,深入贯彻落实科学发展观,坚决把思想统一到党中央、国务院对安全生产工作的决策部署上来,进一步坚定信心,增强政治意识、大局意识、责任意识和忧患意识,高起点、高标准、严要求地抓好煤矿建设安全工作,促进产业结构调整和优化升级,为经济发展方式的加快转变和国民经济平稳较快发展提供强有力的安全保障。

二、牢固树立安全发展理念,全面提高煤矿建设项目安全保障能力,坚决防范遏制重特大事故的发生

各地区、各部门和各煤矿企业要深刻领会、坚决贯彻落实胡锦涛总书记、温家宝总理、张德江副总理等中央领导重要讲话和指示批示精神,正确处理转变发展方式、调整结构与安全生产的关系,按照国务院关于继续深入开展"安全生产年"活动的总体部署,不断深化安全生产"三项行动",扎实搞好"三项建设",严格按照国家有关法律法规规定,认真履行职责,全力以赴抓好煤矿建设安全工作。

（一）深入贯彻落实科学发展观，牢固树立安全发展理念

胡锦涛总书记在今年"两会"期间多次强调，转变经济发展方式是事关经济发展质量和效益、事关我国经济的国际竞争力和抵御风险能力、事关经济可持续发展和经济社会协调发展的战略问题。煤矿建设项目，不论是新建、改扩建，还是整合技改，从设计开始就要高起点、高标准，采用先进适用技术，追求较高的安全保障能力，这是深入贯彻落实科学发展观，加快转变煤炭工业经济发展方式，促进产业结构调整和优化升级、实现安全发展的关键所在。为此，我们必须把思想认识统一到中央对煤矿安全生产的总体要求上来，牢固树立安全发展理念，紧紧抓住经济结构调整为促进煤矿安全发展提供的难得机遇，突出煤矿建设重点，明确优化结构方向，坚持把煤矿建设与结构调整结合起来，切实提高煤炭工业安全发展的可持续性；把煤矿建设规模与煤炭消费需求结合起来，着力增强煤炭工业发展的均衡性；把煤矿建设规划与推进工业化、现代化结合起来，大力提升煤矿生产力水平；把煤矿建设技术革新与推广先进实用科技结合起来，努力实现煤矿建设安全工作的创新发展；把煤矿建设安全与全行业安全工作结合起来。在安全发展中促进发展方式转变，在转变发展方式中谋取安全发展。务必在转变煤炭工业发展方式、保持煤矿安全形势稳定好转上取得新成效，在推动科学发展、实现安全发展、促进社会和谐方面取得新进展。

（二）认真落实煤矿建设安全责任制

一是各地区要认真贯彻落实国办发〔2010〕15号文件精神，从实际出发，坚持当前与长远相结合，优化本地区煤炭资源开发规划和方案，组织编制大型现代化、本质安全型煤矿建设规划。明确各个环节中相关单位的职责，要求建设、施工、监理单位和资源审批、行业管理、安全监管等部门各负其责，建立起一整套的煤矿建设安全责任制，为切实加强企业安全管理、为推进煤矿建设安全工作提供制度保障。二是按照我局与国家发展改革委等部门联合印发的《关于进一步加强煤矿建设项目安全工作的通知》要求，煤矿建设、施工、监理、设计等单位要进一步强化法律意识、安全意识、责任意识，对照党和国家方针政策、安全法律法规与标准，认真查找建设项目存在的隐患和问题，该纠正的主动纠正，该停的坚决停下来；建设单位对建设项目安全生产负总责，要实行全面安全管理，将设计、施工、监理等环节组成有机整体，严禁无资质、超越资质、不具备相应安全业绩的施工队伍承揽项目，严禁分包转包；定期和不定期地对安全质量管理体系运行情况，以及勘察设计单位、施工单位和监理单位落实安全质量责任情况

进行检查，确保安全责任落实、安全措施有效；要在瓦斯等级升级、水文地质条件出现较大变化时，立即采取相应措施，确保建设施工安全；项目竣工后，要统筹安排联合试运转与竣工验收工作，不得超期组织联合试运转。三是施工企业不得承揽未经审批、证照不齐的煤矿建设工程，在施工过程中发现地质开采条件变化较大时应立即停止施工并向建设单位报告，建设单位要立即组织修改相关设计并按程序报批，同时制定相应的安全技术措施并认真组织落实。四是监理单位应认真审查施工组织设计中的安全技术措施，确保专项施工方案符合工程建设强制性标准，并要落实安全监理巡查责任，履行对重大安全生产隐患和事故的督促整改与报告责任，确保煤矿建设项目施工安全。

（三）严厉打击非法违法和违规违章建设行为

各地区、各部门和各单位一定要落实国办发〔2010〕15号文件要求，严厉打击和坚决纠正违法违规建设行为；一定要严格执行、全面落实建设主体和施工主体两个负责制，严防违法分包、层层转包、以包代管；一定要认真落实探放水、瓦斯抽放等安全措施，严禁违规作业、冒险作业；一定要加强督促指导和监督检查，严防建设单位假借基本建设和资源整合的名义违法违规进行煤炭生产等活动，对存在问题较多、安全生产隐患严重的建设项目，要依法采取限期整顿、停建停工等措施，坚决遏制建设项目事故多发的势头；一定要加强沟通协调，共同研究制定和完善各项管理制度，从企业规模、经营业绩、资金状况、技术力量、管理水平等方面。对煤矿建设、施工、监理单位安全生产工作进行规范，建立健全协调运行机制。同时，为了规范煤矿建设秩序，地方政府及其相关部门要正视煤矿建设项目存在的突出问题，公布一批违法违规煤矿建设项目"黑名单"；要组织新闻媒体对违法违规建设项目进行跟踪报道。对行政处罚和整改措施落实情况及时进行公布，充分发挥社会舆论监督作用。

（四）切实加强煤矿建设安全监管监察

各级煤炭行业管理和煤矿安全监管监察部门要高度重视煤矿在建项目的安全生产工作，严格执法，积极深入现场实施有效的监管监察。一是地方煤炭行业管理和煤矿安全监管部门要通过定期听取煤矿企业关于建设项目进展情况的汇报，检查项目施工期间的安全管理状况，督促煤矿建设、施工和监理单位建立"信息畅通、优势互补、统一指挥、反应灵敏、控制有效"的煤矿建设项目安全管理机制；要监督企业建立和完善安全、技术、工程管理机构，要求企业按专业配备足够的安全管理和技术人员。加强对建设项目施工的全过程管理。二是各级煤矿安全监察机构要认真履行煤矿建设项目安全设施设计审查和竣工验收的职责，将煤

建设项目纳入"三项监察",并加强与投资主管部门、建设行政管理部门、行业管理部门和矿产资源管理部门的协调配合,加大联合执法力度;严格按照《防治煤与瓦斯突出规定》和《煤矿防治水规定》等规章及有关规范性文件要求,严把煤矿建设安全准入关。国家煤矿安监局决定在4月份部署开展煤矿建设项目安全专项监察活动,由各省级煤矿安全监察机构负责组织实施,扎实推进煤矿建设领域安全工作。

(五)认真做好煤矿建设应急救援工作。各地有关部门和煤矿企业都要重视煤矿建设应急救援工作。特别是地方煤炭行业管理和煤矿安全监管部门要及时监督煤矿建设和施工单位严格落实安全生产应急管理责任,完善应急预案,按规定建立救援队伍或签订救援协

议,配备必要的应急物资、装备和设施;同时加强管理人员乃至全体从业人员的培训教育,通过定期演练,使作业和施救人员掌握相关应急预案内容,具备应急处置能力。特别要防止因撤离不及时和救援不适当造成事故扩大。对煤矿建设项目发生的各类事故,要按照"四不放过"原则和"三项基本要求"严肃查处。

煤矿建设安全工作任务艰巨、责任重大。希望大家进一步坚定信心和决心,把思想统一到党中央、国务院的决策部署上来,继续深入开展"安全生产年"活动,团结一致,扎实工作,强化责任,狠抓落实,有效防范和坚决遏制重特大事故,努力促进全国安全生产形势持续稳定好转!

（作者：国家煤矿安全监察局局长）

深化合作 共同发展

——在 2010 年中国国际矿业大会上的演讲

汪 民

（2010 年 11 月 16 日）

尊敬的各位来宾,女士们,先生们,朋友们:

在刚才举行的大会开幕式上,中国国务院李克强副总理发表重要讲话,对本届大会给予良好祝愿,再次表明了中国政府巩固和扩大应对国际金融危机冲击成果、促进经济长期平稳较快发展和社会和谐稳定、推动世界经济复苏增长的决心,阐述了中国在矿业发展问题上的主张,重申了中国对外开放基本国策,明确要求我们进一步深化务实合作、共促矿业繁荣。本次大会以"合作、责任、发展"为主题,来自世界50多个国家和地区的4000多名政府官员、专家学者和企业界代表共聚天津,交流信息和经验、寻找合作机会,研讨矿业面临的重大课题。这必将进一步推动全球矿业的持续繁荣发展。

过去的两年,为应对国际金融危机带来的严重冲击,中国政府全面实施了一揽子计划,在世界率先实现经济回升向好,保持经济平稳较快发展,为世界经济提供了强劲增长动力。从2009年第二季度开始,中国矿产品市场明显活跃,矿业经济迅速回稳并保持较快增长,对全球矿业发展做出了重要贡献、带来了积极影响。

——矿业投资持续增长。2010年1~8月,中国采矿业投资5299.8亿元,同比增长20.3%。

石油和天然气开采业投资明显恢复,煤炭采选业投资继续高涨,其他矿产采选业投资稳定增长。在节

能减排政策推动下,高耗能行业投资增势持续减缓。

——矿产勘查不断加强。2009年,在全球非燃料固体矿产勘查投资大幅减少40%以上的情况下,我国固体矿产勘查投资277亿元,增长17%。2010年前三季度,全国固体矿产勘查投入270亿元,同比增长20%,共实施勘查项目3万多个。新一轮国土资源大调查实施12年来,累计发现矿产地900余处,其中大型特大型152处,新发现矿(化)点1100多处,圈定化探异常2.6万个,圈定高精度磁测异常2400多个,揭示了中国铁、铜、铝、铅锌、金等重要矿产的巨大资源潜力。"十一五"前四年,在资源开发强度不断加大的情况下,我国煤、铁、铜、铝、铅锌和金等大多数大宗重要矿产保有资源储量仍实现了较快增长。其中煤增长了26%,铜增长了19%,铝土矿21%,铁9%,铅23%,金33%。

——矿产品产量持续增长。2010年1~9月,中国重要固体矿产品产量增速超过两位数,继续稳居世界前列。原煤产量24.42亿吨,同比增长17.2%;铁矿石产量7.80亿吨,同比增长25.9%;十种有色金属产量2356.5万吨,同比增长23.9%;铜精矿产量92.5万吨,同比增长20.8%;精炼铜产量352.0万吨,同比增长14.1%;精炼铝产量1200.6万吨,同比增长32.5%;锌精矿产量277.3万吨,同比增长31.9%。

——矿产品贸易回暖趋势明显。2009年中国矿

产品进出口贸易总额为 4986.90 亿美元,2010 年 1~9 月达 5237.77 亿美元,同比增长 48.9%,占中国对外贸易总额的 1/4。其中进口额、出口额同比分别增长 49.5%、47.7%。2010 年能源产品进口大幅增加,有色金属贸易放缓。原油进口 1.91 亿吨,同比增长 24.1%;煤炭进口 1.22 亿吨,同比增长 42.2%;铁矿石进口 4.58 亿吨,同比下降 2.5%。

——主要矿产品价格攀升。2010 年 1~9 月,矿产品价格震荡回升。大庆油田原油现货价格平均为 76.1 美元/桶,同比增长 37.8%。优质煤均价 700 元/吨左右,增长 28%。铁矿石均价相对稳定在 1200 元/吨上下,增长 49%。铜均价 5.72 万元/吨,增长 47.0%。铝均价 1.55 万元/吨,增长 11.9%。从月度看,主要矿产品价格高位震荡,进入第三季度有所回落。

最近刚刚闭幕的中共十七届五中全会。规划了"十二五"时期中国经济社会发展的宏伟蓝图。我们将以科学发展为主题,以加快转变经济发展方式为主线,把建设资源节约型、环境友好型社会作为加快转变经济发展方式的重要着力点放在重要位置,大力加强能源和矿产资源勘查、保护、合理开发,加快构建资源节约、环境友好的生产方式和消费方式,增强可持续发展能力。我们将继续坚持开发和节约并举,把节约放在首位;坚持国内国外两种资源并举,首先立足国内;坚持市场调节和政府引导相结合,充分发挥市场配置资源的基础性作用;坚持在保护中开发、在开发中保护,走绿色矿业道路。

一是加强国内矿产勘查开发。遵循地质工作规律和市场经济规律,落实"公益先行、基金衔接、商业跟进、整装勘查、快速突破"的地质找矿新机制,启动地质矿产保障工程,突出国家极缺和大宗支柱性矿产,在全国 19 个成矿区带,选择 45 片整装勘查区,通过国家财政资金加强基础性地质工作,引导社会资金加大投入,打造调动各方积极性、鼓励社会投入、保障实现地质找矿"三五八"目标的制度平台,争取 3 年有重大进展,5 年有重大突破,8 年重塑地质矿产勘查开发格局,全面提升资源保障能力。从地质找矿工作的部署上,兼顾海、陆,加强西部、突破中东部;既瞄准新区,又挖掘危机矿山和深部第二空间的潜力。在具体项目实施上,依靠科技创新,坚持用现代理论作指导,在各阶段工作中强化方法技术的先行性和技术方法组合的有效性,充分运用新技术、新方法、新手段对工作区开展综合评价工作,提高找矿效率和综合评价水平,加快找矿进程。强力推动新疆 358 项目等重点成矿区带找矿,加快取得新突破;加大页岩气、油页岩等非常规能源矿产的调查评价工作力度,尽快形成能源资源战略接续区。

二是促进矿业发展方式转变。大力推进矿产资源开发整合,2010 年 1~10 月完成了 1100 多个矿区的整合任务;注销探矿权 651 个、采矿权 3585 个,淘汰了一批圈而不探或开采规模过小的探矿权、采矿权。在加大淘汰落后产能力度的基础上,以煤炭、钢铁、水泥、电解铝、稀土等行业为重点,实行优势企业强强联合、跨地区兼并重组、境外并购和投资合作,推动产业结构升级。选择新疆进行资源税改革试点。将钨、锑、稀土开采总量控制措施扩大到高铝黏土、萤石等矿产。发布《矿产资源节约与综合利用鼓励、限制和淘汰技术目录》,中央财政从 2010 年起每年投入 30 亿元,鼓励和支持矿产资源综合利用,提高资源开采、转化、终端消费等全过程中的利用效率。

三是创新地质矿产管理与服务。大力维护矿产勘查开发秩序,加强矿业权管理,培育规范矿业权市场。在黑龙江、贵州、陕西三省进行煤炭矿业权审批管理改革试点,试行有计划地投放煤炭矿业权制度,授权审批新立项目并报部备案。加快建立统一开放、竞争有序的矿业权市场体系和公开透明的交易规则,更好地发挥市场在资源配置中的基础性作用。鼓励和引导民间投资健康发展,向民间资本全面开放矿业权市场。继续推进地质资料信息服务集群化、产业化,强化地质信息公共产品开发,积极开展地质资料信息的加工服务,加快国家地质资料数据中心建设。同时,更加注重在开发利用清洁能源、应对全球气候变化、应对突发地质灾害等方面进一步开拓服务领域,在城乡规划、工程建设、减灾防灾和生态保护等方面为社会提供广泛的地质服务。

在国际社会的共同努力下,世界经济正在逐步缓慢复苏。2010 年全球矿业发生了积极的变化,矿业投资趋于活跃,矿产品生产、贸易、消费总体向上震荡调整、回升向好,但仍然存在较大的不确定性。

一是世界矿产品需求增长。一些国家继续实施刺激经济复苏政策,大宗矿产品需求强力反弹。上个月欧佩克再次上调了全球石油需求预期。全球煤炭需求快速回升。金属矿产需求急剧增长。预计 2010 年世界钢铁需求将增加一成以上,铜需求增加 8%~9%,铝需求增加 10%~12%,镍需求增加 7%,这些都给矿产品市场以有力支撑,但铅锌供应略有过剩。

二是国际矿产品价格震荡走高。国际市场矿产品价格延续去年的回升态势,2010 年继续上涨。原油价格大幅震荡,目前在 70~90 美元/桶之间波动。煤炭价格平稳上升。金、银等贵金属价格上扬,黄金价格突破 1400 美元/盎司。铜价一度达到国际金融危机以来的最高价位。铝价先涨后跌。锡价宽幅震荡。铁矿石价格继续走高。由于大宗矿产需求旺盛、资本市场流动性充裕和资源的稀缺性,预料国际矿产品价格还将在一段时间内高位震荡运行。

三是全球矿业投资逐步恢复。国际矿产品市场向好带动全球矿产勘查投资的增长。2008 年全球非燃料矿产勘查投资 140 亿美元,2009 年降至 100 亿美元以下。2010 年,许多公司又大幅增加矿业投资。金、金刚石、铁、铜成为全球最具吸引力的勘查投资矿种。加拿大、澳大利亚、秘鲁、俄罗斯和中国等国对勘查投资者的吸引力持续上升。亚洲和拉美地区拥有丰富的矿产资源,成为广受矿业投资者青睐的地区,未来几年投资势头依然强劲。非洲因其矿产资源潜力巨大而备受矿业投资者的关注。越来越多的新投资者和各类基金组织开始参与矿业领域投资竞争。

四是矿业跨国并购活跃。2010 年第一季度,全球矿业并购 231 项,是去年同期的 3 倍,交易总额达 116 亿美元,同比上升 25%。跨国矿业公司并购交易方式有新的变化,战略性投资更为普遍,企业更多地进行合资合作,公开募股上市筹集资金。排名世界前 10 名的跨国矿业公司继续控制了全球 50% 的市场份额。2010 年前三季度,中国企业在境外矿产勘查开发领域投资了一批项目,涉及石油、铁、铜、金等矿产,由于多数项目处于勘探或开发的早期阶段,因而承受了较大的投资风险。

五是许多国家调整矿业法律政策。一些发达国家和矿业大国出台新能源法律及相关政策,加强国内资源与环境保护、全球资源控制与开发、矿产资源战略储备和资源循环使用。发展中国家出台新的矿业法律和税收政策,吸引更多的外资和国内私人资本,振兴本国矿业。矿业权制度、矿业税收、节能减排、环境保护成为各国普遍关注的重要问题。

全球矿业正在逐步复苏,复苏进程艰辛曲折。国际金融危机和全球气候变化对矿产资源利用提出了新挑战。当前。全球矿业合作正站在一个新的历史起点上,面临新的发展机遇,各方合作的空间和前景十分广阔。我们要把握机遇,顺应形势,扎实推进全球矿业合作进程。

第一,深化矿业合作。对外开放是中国的基本国策,利用国际国内两个市场、两种资源是长期战略方针。我们坚持对外开放,反对保护主义,维护公平、自由、开放的国际矿产品贸易和矿业投资体系,积极参与矿业合作与竞争。我们愿同各方平等合作,优势互补,推动世界矿业形成更加合理的矿产勘查开发结构、更加稳定的矿产品贸易结构、更加科学的资源配置结构。

有关各方要坚持对话协商,加强政策协调,推动建立国际矿业合作新机制。政府、矿业企业之间应进一步扩大人员、信息交流和勘查开发技术、管理合作,落实双边、多边矿产资源合作协议。目前,外商在中国投资的探矿权采矿权共 795 个。为进一步加强合作,国土资源部制定《支持地质和矿产资源领域对外开放的若干意见》,加大了鼓励外商来华投资和国内企事业单位到境外勘查开发矿产资源的政策支持力度,对在本届大会期间签署的合作协议.我们将跟踪做好矿业权审批等相关服务。

第二,担负社会责任。矿业应当对发展中国家摆脱贫困做出更大贡献,发展中国家要从自然资源开发中获得生存与发展环境的较大改善。矿业企业在获得资源利润的同时,应当回应相关利益方的关切,承担相应的社会责任。跨国矿业公司和中小型矿山企业,要进一步同当地政府和社区建立合作伙伴关系,促进当地发展。要遵守所在国法律,尊重当地习俗,保护当地环境,维护职工权益,积极参与社区建设。中国政府高度重视矿业企业社会责任,要求中国企业在境外投资贸易活动中切实履行社会责任。2007 年国土资源部在中国国际矿业大会上提出"落实科学发展、推进绿色矿业"的战略目标,受到与会中外代表的热烈响应。2008 年中国矿业联合会发起签署《绿色矿业公约》。绿色矿山创建工作正在积极推进,期待更多的中外矿业企业参与进来。

第三,促进共赢发展。世界各国资源互补、矿业经济相互依存,只有合作发展才能互利共赢。各国政府和矿业企业都有责任稳定国际市场资源价格,防止过度投机,保障各国平等获得发展所需的资源需求。我们愿意同有关各方一道,加大矿业投资力度,扩大矿产品贸易,加快矿产勘查开发技术创新步伐,促进全球矿业朝着共赢方向发展。中国每年进口数千亿美元的矿产品。为相关国家创造了数以万计的就业岗位。在全球矿业投资锐减的情况下,中国扩大了对外投资。中国是世界上吸引外资最多的国家,在矿业领域坚定不移地推进对外开放,2009 年有 100 多家外国公司在中国投资矿产资源勘查开发。我们保障外国矿业投资者的合法权益,鼓励外国公司积极参与中国特别是西部地区矿产资源勘查开发。

危机考验责任,合作带来共赢。让我们坚定信心,携手并进,共同推动全球矿业健康复苏!

(作者:国土资源部副部长、中国地质调查局局长)

2010年全国安全生产情况

2011年1月13日，国家安全生产监督管理总局在北京召开全国安全生产工作会议。国家安全生产监督管理总局局长骆琳作了题为《加强安全监管 推动责任落实 努力实现"十二五"安全生产的良好开局》的工作报告。他在报告中指出：经过全系统上下的不懈努力，2010年在我国有效应对国际金融危机、扩大内需一揽子政策措施集中实施，建设项目大量增加，能源原材料和交通运输市场需求旺盛，以及气候条件异常、因自然灾害引发的事故灾难频繁的情况下，全国安全生产继续保持了总体稳定、趋于好转的发展态势。

一、事故总量和死亡人数持续明显下降

据国家安全生产监督管理总局调度统计，2010年全国发生各类事故363383起，死亡79552人，同比减少15865起、3648人，分别下降4.2%和4.4%。全国年度各类事故死亡人数继2008年首次降到10万人以下、2009年降到9万人以下之后，2010年又降到了8万人以下。经过有效防范和全力救援，煤矿遏制了一次死亡50人以上、全国没有发生一次涉难60人以上的特别重大事故。

二、重点行业领域安全生产状况进一步改善

工矿商贸企业事故总量和死亡人数分别为8431起、10616人，同比减少1111起、920人，分别下降11.6%和8%。煤矿事故起数和死亡人数分别为1403起、死亡2433人，同比减少213起、198人，分别下降13.2%和7.5%。其它重点行业领域事故死亡人数同比：金属与非金属矿山下降17.2%，危险化学品下降9.4%，道路交通下降3.7%，水上交通下降2.1%，铁路交通下降12.1%，农业机械下降18.3%，火灾下降3.5%。

三、大部分地区安全生产状况稳定好转

全国31个省（区、市）和新疆生产建设兵团事故起数和死亡人数均比上年下降。北京、天津、浙江、海南、重庆和新疆兵团等6个省级统计单位没有发生重特大事故。上海、福建、广东、云南、西藏、青海、宁夏等13个地区的工矿商贸领域没有发生重特大事故。山东、贵州、安徽等8个地区重特大事故起数同比下降。

四、安全生产总体水平较大幅度提高

反映安全生产整体水平的四项相对指标同比降幅均在10%以上。亿元GDP生产安全事故死亡率由0.248降到0.201，降幅19%；工矿商贸十万就业人员生产安全事故死亡率由2.4降到2.13，降幅11.3%，道路交通万车死亡率由3.6降到3.2，降幅11.1%；煤矿百万吨死亡率由0.892降到0.749，降幅16%。

五、安全生产控制指标实施进展情况良好

年度指标实施进度低于控制目标3个百分点。煤矿、金属与非金属矿山、危险化学品、房屋建筑及市政工程、道路交通、铁路交通、农业机械、消防等行业领域事故死亡人数下降率均控制在进度目标以内。全国32个省级统计单位中的事故死亡人数下降率全部控制在考核进度之内。

2010年，在总局党组的正确领导下，各级安全监管部门和非煤矿山企业认真贯彻落实《国务院关于进一步加强企业安全生产工作的通知》《国务院办公厅关于继续深入开展"安全生产年"活动的通知》、全国非煤矿山安全生产工作会议精神，扎实推进"三项行动"和"三项建设"，继续深化非煤矿山专项整治、立足源头治本，着力做好非煤矿山安全生产预防工作，严格安全准入，有力的促进了非煤矿山安全生产形势的稳定好转。全年全国非煤矿山安全生产形势总体稳定、持续好转，事故总量同比大幅度下降，较大事故有所下降，重大事故明显下降，连续两年未发生特别重大生产安全事故。

（摘自"国家安全生产监督管理总局网站"）

大 事 记

2010 年中国矿业大事记

1 月

8 日 山东兖矿集团与澳大利亚铝土矿资源公司 (BRL) 签署合同，收购 BRL 公司 8.5％股权，成为该公司第二大股东。据此，兖矿集团拥有西澳西南部 1000 平方公里优质铝矾土 60％的股权和 10000 平方千米铝土资源 49％的股权，以及 80 万吨氧化铝厂 50％的股权。此次合作使兖矿集团拥有了世界上成本最低、品位最高的铝土矿区之一，资源储量 10 亿多吨。

10 日 国家煤矿安全监察局成立十周年。国家安监总局、国家煤监局在北京召开纪念煤矿安全国家监察体制创建十周年座谈会。从 2002 年到 2009 年，煤矿事故死亡人数下降 62.4％，百万吨死亡率下降 84.4％。

27 日 中国政府网公布《国务院办公厅关于成立国家能源委员会的通知》，国家能源委正式成立，国务院总理温家宝出任能源委主任，副总理李克强任副主任，包括外交部、财政部、国土资源部、工信部、科技部等部委"一把手"及军队高层出任委员。能源委下设办公室，办公室主任由发改委主任张平兼任。

2 月

9 日 内蒙古自治区人民政府批复了《内蒙古自治区稀土资源战略储备方案》。此后，包钢稀土将承担资金的主要部分，同时在自治区、包头市每年各贴息 1000 万元，其余由包钢（集团）公司贴息的支持下，实施包括"兴建 10 个稀土氧化物储备设施，总储备量在 20 万吨以上"的包头稀土原料产品战略储备方案。

3 月

8 日 浙江国华余姚天然气发电项目成功获得联合国 CDM 执行理事会对经核证减排量的签发。该项目是我国第一个获得注册的天然气发电类 CDM 项目，此次签发的减排量为 11.5 万吨。

12 日 内蒙古自治区和宁夏回族自治区人民政府以及中国烟草总公司、神华集团在北京共同签署内蒙古上海庙矿区煤矿资源整合开发合作协议。这标志着我国在推进煤炭工业资源跨区域整合领域取得新进展。

12 日 由中冶焦耐工程技术有限公司设计，国内首座自主集成建造的分段加热及宽炭化室 7 米大型焦炉——宝钢股份梅山钢铁二期焦化工程 4 号焦炉建成投产，3 月 14 日顺利出焦。

16 日 开滦曹妃甸百万吨级煤焦油深加工项目在曹妃甸工业区开工建设，计划建成年加工能力 60 万吨煤焦油初加工装置和 100 万吨级煤焦油深加工装置，可生产 50 种以上煤化工产品，成为国内品种数量最多，世界加工规模最大的煤焦油深加工基地。另外，该技术采用国际先进成熟的节能环保工艺，节能减排环保达到国家和地方环境保护法律、法规要求，具有较好的经济效益和社会效益。

28 日 山西省临汾碟子沟华晋焦煤有限责任公司 63 工程处承建的王家岭煤矿北翼盘区 101 回风顺槽发生一起煤矿透水事故。在 10 多天的救援行动中，115 名矿工成功获救升井，另有 38 名矿工遇难。

29 日 总投资达 245.7 亿元的辽宁大唐国际阜新煤制天然气及输气管线工程开工建设。该项目设计能力为日产 1200 万立方米煤制天然气。项目建成达产后，每年可实现销售收入近百亿元。

4 月

1 日 湘煤集团投资 6000 多万元创建的湘煤大学在长沙市环保科技园正式挂牌成立。来自湘煤集团各煤矿采掘一线的 200 多名工人走进湘煤大学课堂，接受安全技能培训。该集团 5 万多名职工将轮流在这里接受专业培训。

2 日 河南煤业化工集团投入 3 亿元研发经费作为注册资本，成立了河南煤业化工集团研究院。该院下设煤炭开采、化工、装备制造、有色金属4个分院,将围绕结构调整和新兴产业开展关键技术、核心工艺和新产品的研发。

6日 国务院发布关于进一步加强淘汰落后产能工作的通知,由工信部牵头,18部委严厉淘汰电力、煤炭、钢铁、水泥、焦炭等行业落后产能。

5月

12日 国家发展改革委、国家电监会、国家能源局联合下发《关于清理对高耗能企业优惠电价等问题的通知》。电解铝、铁合金、电石、烧碱、水泥、钢铁、黄磷、锌冶炼8个行业将继续实行差别电价政策,并自2010年6月1日起,将限制类企业执行的电价加价标准由现行每千瓦时0.05元提高到0.10元,淘汰类企业执行的电价加价标准由现行每千瓦时0.20元提高到0.30元。

12日 工业和信息化部印发《关于公开征集稀土行业准入条件意见的通知》。

17日 在北京举行的中央新疆工作座谈会做出决定,新疆将原油、天然气资源税由从量计征改为从价计征,税率定在5%。

18日 国土资源部下发《国土资源部关于开展全国稀土等矿产开发秩序专项整治行动的通知》,开展稀土等矿产开发秩序专项整治行动。

28日 中国神华煤制油化工有限公司煤制烯烃项目在内蒙古包头市建成,于5月30日一次投煤成功。这是全球首套工业化煤制烯烃项目。全面投产后,神华包头工厂将每年生产180万吨甲醇,制成约60万吨乙烯和丙烯产品。

6月

1日 财政部、国家税务总局下发了关于印发《新疆原油天然气资源税改革若干问题的规定》的通知,这意味着我国酝酿数载的资源税改革以新疆为试点正式启动。

3日 在缅甸首都内比都,中国国务院总理温家宝和缅甸联邦政府总理登盛共同触摸标志中缅油气管道开工的电子球,中缅石油天然气管道工程宣告正式开工建设。根据此前签署的协议,中缅原油管道设计能力为2200万吨/年,中缅天然气管道年输气能力为120亿立方米。

18日 国家发展改革委发布《关于规范煤制天然气产业发展有关事项的通知》,要求在国家出台明确的产业政策之前,煤制天然气及配套项目由国家发展改革委统一核准。对于已经备案和核准的项目,各地发展改革委应进行筛选和清理,对不具备资源、技术、资金等条件的项目严禁开工建设,符合规定的需上报国家发展改革委进行审核。

29日 河北航空投资集团及其核心企业河北航空公司挂牌成立。河北航空投资集团由冀中能源集团持有全部股份。河北航空公司由河北航空投资集团、川航集团及原东北航空股东之一沈阳中瑞投资公司共同成立。

30日 我国首创具有完全自主知识产权的内蒙古伊泰集团煤制油工业化示范项目,在稳定运行5640小时后,整套生产线达到了满负荷稳定运行状态。

7月

3日和16日 紫金矿业集团股份有限公司紫金山金铜矿铜矿湿法厂先后两次发生含铜酸性溶液渗漏,造成汀江重大水污染事故,直接经济损失为3187.71万元。

6日 东北亚煤炭交易中心在大连正式揭牌成立,同时"2010东北亚夏季煤炭交易会"拉开帷幕。这标志我国煤炭市场化改革迈出重要步伐,进一步整合国内煤炭资源交易配置,适应国际煤炭交易。

13日 工业和信息化部召开加强稀土行业管理工作座谈会,听取国务院有关部门、有关地方工业主管部门、重点稀土企业、专家等对保护资源环境、加快产业升级、推进兼并重组,加强稀土行业管理,实现稀土行业持续健康发展的建议。

21日 中国第一座快中子反应堆——中国实验快堆首次成功临界。其形成的核燃料闭合式循环,可使铀资源利用率提高至60%以上,也可使核废料产生量得到相应降低,实现放射性废物最小化。中国实验快堆首次临界是我国核电领域的重大自主创新成果,意味着我国第四代先进核能系统技术实现了重大突破,中国核能发展从此跨入新时代。

22日 国家安监总局和煤监局发布《煤矿作业场所职业危害防治规定(试行)》,自2010年9月1日起施行。

28日 鞍钢与攀钢重组大会在北京举行。会上宣布了国务院国资委《关于鞍山钢铁集团公司与攀钢集团有限公司重组的通知》,《通知》明确,重组后新成立鞍钢集团公司作为母公司,由国务院国资委代表国务院对其履行出资人职责;鞍钢与攀钢均作为鞍钢集团公司的全资子公司,不再作为国务院国资委直接监管企业。

8月

8日 全球首套以煤炭为原料生产石化产品聚烯烃生产线——神华集团包头煤制烯烃工程,打通工艺全流程并且投料试车一次成功。该项目包括年产 180 万吨煤基甲醇联合化工装置、年产 60 万吨甲醇基聚烯烃联合石化装置及配套工程等，核心装置采用了我国具有自主知识产权的甲醇制烯烃技术。

10 日 神华集团公司和中国烟草总公司签署了开发上海庙矿区的《合作备忘录》，标志着上海庙矿区煤炭资源整合工作取得阶段性成果。内蒙古上海庙矿区面积 682 平方千米，煤矿资源储量 140 亿吨。这个矿区之前由 10 多家企业分散开采。此次资源整合的目标是将矿区交由 2～3 家大型企业集中开发，现已明确由神华集团和中国烟草总公司为主组建开发主体，把宁东－上海庙建成具有国际先进水平的，环保型的国家大型能源化工基地。

12 日 中煤能源集团中国煤炭进出口公司拿到了商务部颁发的澳大利亚中煤资源有限公司的企业境外投资证书。这是中煤集团推行海外找煤战略的重大突破。随后，中国煤炭进出口公司正式进入澳大利亚，开发昆士兰州苏拉盆地哥伦布拉项目。

13 日 《国土资源部关于贯彻落实全国矿产资源规划发展绿色矿业建设绿色矿山工作的指导意见》发布，国土资源部发布贯彻落实全国矿产资源规划，发展绿色矿业建设绿色矿山工作指导意见文件，提出发展绿色矿业的明确要求，并确定 2020 年基本建立绿色矿山格局的战略目标。

25 日 温家宝主持召开国务院常务会议，研究部署推进煤矿企业兼并重组工作。会议强调，要积极探索煤矿企业兼并重组的有效方式，支持符合条件的国有和民营煤矿企业成为兼并重组主体，鼓励各种所有制煤矿企业和电力、冶金、化工等行业企业以产权为纽带、以股份制为主要形式参与兼并重组。

31 日 中石化集团公司总经理苏树林在京宣布，国家"十一五"重点工程———川气东送工程正式投入商业化运营。

9 月

6 日 国务院公布《关于促进企业兼并重组的意见》，把矿业列为重点行业兼并重组的名单，点燃了矿山企业重组的激情。

11 日 川气东送工程在四川普光正式奠基动工。总投资 626.76 亿元的川气东送工程设计年输净化天然气 120 亿立方米，相当于 2009 年中国天然气消费量的 1/7。

14 日 国土资源部下发《关于建立健全矿业权有形市场的通知》，明确各省级国土部门应于 2011 年 3 月底前建立省级矿业权交易机构并投入运行。要求全国各省级国土部门应建立矿业权交易机构，加快建设

矿业权有形市场。北京产权交易所已经牵头成立北京国际矿业权交易所，并出台了相关规则，其他各地交易机构也在积极筹备，矿业权交易二级市场的建立，将提高矿业权交易的规范程度。

26 日 中国铝业以增资扩股方式对江钨控股集团进行出资，在战略上全面重组江钨，为自己完成了稀土资源平台，盘活了旗下的中国稀土有限公司。之后不久又宣告并购北京矿冶研究总院。

10 月

9 日 国土资源大调查矿产资源评价成果报告会宣布，自 1999 年开始的新一轮国土资源大调查实施以来，累计新发现矿产地 900 余处，其中大型、特大型矿产地 152 处；新增一批重要矿产资源量，其中煤炭 1300 亿吨、铁矿石 50 亿吨、铜 3850 万吨、铝土矿 4.49 亿吨、金 1830 吨、钾盐 4.68 亿吨。

11 日 鞍钢矿业公司职工郭明义先进事迹首场报告会在北京人民大会堂举行。此前，中共中央总书记、国家主席、中央军委主席胡锦涛就学习宣传郭明义先进事迹作出重要指示。

13 日 环渤海动力煤价格指数试运行。该指数采集环渤海地区的秦皇岛港、天津港、曹妃甸港等 6 个港口动力煤平仓价。每周三 15 时发布。

19 日 中国矿业联合会向矿业界发出学习郭明义倡议书，全国矿业行业掀起向郭明义学习的热潮。

21 日 国家发改委发布《关于加快推进煤矿企业兼并重组的若干意见》，要求通过兼并重组，使全国形成一批年产 5000 万吨以上的特大型煤矿企业集团，特大型煤矿企业集团煤炭产量占全国总产量的比例达到 50% 以上，并提出"鼓励煤、电、运一体化经营"，"鼓励电力、冶金、化工等行业企业参与兼并重组"，"支持符合条件的国有和民营煤矿企业成为兼并重组主体"。

26 日 由中国矿业联合会组织开展的首批国家级绿色矿山申报与评选工作，在众多申请单位中，评选出 37 家"国家级绿色矿山"示范试点矿山。

11 月

4 日 国土资源部在河南郑州召开了全面推进地质找矿新机制座谈会。这次座谈会明确提出"3 年有重大进展、5 年有重大突破、8 年重塑地质矿产勘查开发格局"的"358"目标，确定了地质找矿的"第一责任人"是部和省级国土资源管理部门。

9 日 全国煤炭工作会议在北京召开。这次会议是国家能源局成立以来召开的第一次全国性煤炭工作会议。会议制定了国家煤炭工业"十二五"总体发展目标，提出要重点抓好 7 个方面重点工作。其中，限产

能、加快整合成为此次会议两大热门"关键词"。

13日 开滦集团在中外企业文化北京峰会上,成为唯一获得全部最高荣誉的企业:开滦集团的"特别能战斗"精神获评新中国60年最具影响力十大企业精神,开滦集团获评新中国60年企业精神培育十大摇篮组织,开滦集团党委书记、董事长张文学获评新中国60年企业精神培育十大杰出人物。

16日 全球四大矿业大会之一亚洲最大的矿业盛会——中国国际矿业大会在天津市召开。较2009年矿业大会"抓住机遇、共同发展"的主旨,2010矿业大会的主旨"合作、责任、发展"显示出全球矿业走出了金融风暴带来的危机,进入了新的发展时期。为期3天的2010中国国际矿业大会,在全球矿业复苏的特殊背景下,在各国政府之间、在来自全球的矿业企业之间、在政府与企业之间,搭起更为广阔、坚实的合作桥梁,共同掀开全球矿业史的崭新一页。

17日 国土资源部印发《矿产资源节约与综合利用鼓励、限制和淘汰技术目录》的通知。

12月

3日 商务部、国土资源部、国家发展改革委、国家能源局4部门联合下发通知,同意中石油、中石化两大集团及河南省煤层气开发利用公司与外国企业开展合作开采煤层气资源的试点。

12日 国家发展改革委下发《做好2011年煤炭产运需衔接工作的通知》,安排全国煤炭产运需各方衔接工作方案,2011年跨省煤炭总衔接量预计为9.32亿吨,同比增长3%。《通知》指出,当前稳定物价总水平、管理通胀预期的任务繁重,煤炭和电力企业要从维护经济发展大局出发,加强企业自律;同时要求"重点电煤合同"维持2010年价格,不得以任何形式变相涨价。

13日 "山西省国家资源型经济转型综合配套改革试验区"(下称"综改区")正式获得国务院批复。这是我国设立的第9个综合配套改革试验区,也是全国第一个全省域、全方位、系统性的国家级综合配套改革试验区。从2010年4月申请方案上报中央后,山西仅历时半年审批,成为获批最快的综改区。

19日 澳大利亚政府批准五矿资源有限公司收购Album资源公司的全部已发行股本,收购金额达18.46亿美元。2010年五矿集团公司以澳洲子公司矿产金属集团(MMG)为平台寻求收购澳洲的色金属、铁矿石和煤炭等资产,在拥有铜铅锌矿资产的基础上扩充规模。

20日 金川集团公司新一轮科技联合攻关开始。解决困扰金川集团发展的技术难题,解决镍铜矿产资源大规模使用所带来的综合利用与循环经济问题。

21日 我国国内海上油气产量达到5000万吨,相当于建设了一个"海上大庆"。这是中国海油发展史也是中国石油工业发展史上具有里程碑意义的一件大事。

28日 中国五矿集团公司(下称"中国五矿")与湖南有色金属控股集团(下称"湖南有色控股")战略重组的签字仪式在湖南长沙举行,湖南省人民政府与中国五矿决定加强战略合作,由中国五矿对湖南有色控股实施战略重组。根据协议,湖南省国资委与湖南有色控股与中国五矿及五矿有色控股签署了关于湖南有色控股的无偿划转协议,湖南省国资委将其持有的湖南有色控股2%的股份无偿划转至五矿有色控股。本次重组完成后,中国五矿合并持有湖南有色控股51%的股权,湖南省国资委持有另49%的股权。中国五矿集团重组湖南有色金属控股公司,不仅成为全球最具影响力的钨、锑等稀有金属产业龙头企业,而且也成为全球实力雄厚的铅锌企业之一。

(《中国矿业年鉴》编辑部 宋菲 编辑)

概　况

矿产资源开发利用

【概况】　2010年，面对复杂多变的国内外经济环境，国土资源系统在党中央、国务院的坚强领导下，以构建"保障和促进科学发展新机制"为主线，统筹保障发展和保护资源，立足"稳增长、调结构、促转变、惠民生"重要战略部署，积极主动服务，严格规范管理，不断攻坚克难，服务经济社会成效明显。实施"保发展、保红线"工程，参与宏观调控能力不断增强。

节约集约用地机制创新取得新突破；优化供地结构，强化市场监管，着力保障民生用地；全面推进地质找矿新机制和明确地质找矿"358"目标；国土资源大调查圆满完成；积极应对，加大重大地质灾害防治力度；国土资源利用和管理秩序持续向好；海洋综合管理能力明显增强，海洋经济快速发展；测绘保障服务能力显著提升，数字中国建设取得积极进展；科技和信息化建设有效支撑国土资源管理和社会公共服务。

表1　　**2010年底我国主要矿产查明资源储量**

矿种	单位	储量	矿种	单位	储量
煤炭	亿吨	13408.3	锌	金属万吨	11596.2
石油	亿吨	31.7	钨	WO₃万吨	591
天然气	亿立方米	3.8	锡	金属万吨	431.9
铁	矿石亿吨	727	钼	金属万吨	1401.8
铜	金属万吨	8040.7	金	金属吨	6864.8
铝	矿石亿吨	37.5	硫铁矿	矿石亿吨	56.9
铅	金属万吨	5509.1	磷	矿石亿吨	186.3

表2　　　　　　　　**基础地质调查情况**

区域地质调查	1：5万区调面积10.23万平方千米
区域物探调查	1：20万区域重力面积34.55万平方千米
区域化探调查	1：20万区化面积33.23万平方千米

续表2

区域水文调查	1：5万区域水文地质面积5.85万平方千米
区域环境调查	1：10万区域水文环境面积5.81万平方千米
航空物探调查	1：5万航空物探调查66.68万测线千米

地质矿产勘查投入快速增长，全年投资953.0亿元，同比增长14.7%，其中油气矿产投资增长6.7%，非油气投资增长21.5%。

新发现大、中型矿产地202处，其中非油气矿产地172处。石油、天然气、煤、铁矿等主要矿产的新增资源储量继续保持增长。新探明2个亿吨级油田、6个300亿立方米以上气田。

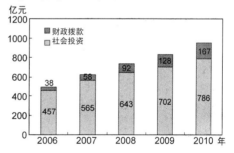

图1　2006～2010年地质勘查投资情况

表3　　　　**2010年我国新增查明资源储量**

矿种	单位	2010年	矿种	单位	2010年
煤	亿吨	2115	锌	金属万吨	372
石油	原油亿吨	11.00	金	金属吨	475
天然气	亿立方米	6384	钼	金属万吨	271
铁	矿石亿吨	36	钨	三氧化钨万吨	53
铜	金属万吨	258	磷	矿石亿吨	10.74
铝	矿石亿吨	2.00	硫	矿石万吨	264
铅	金属万吨	336	锡	万吨	11

【矿产品生产与消费】　主要能源、金属、非金属矿产品产量均有较大幅度增长，矿产品供应能力不断增强。

表4　　2009年、2010年我国主要矿产品产量

产品名称	单位	2009年	2010年	增减变化
原煤	亿吨	30.50	33	8.2%
原油	亿吨	1.89	2.03	7.4%
天然气	亿立方米	851.70	944.8	10.9%
铁矿石	亿吨	8.80	10.72	21.8%
粗钢	亿吨	5.68	6.27	10.4%
黄金	吨	313.98	340.88	8.6%
10种有色金属	万吨	2650	3153	19.0%
磷矿石	万吨	6021	6807	13.1%
原盐	万吨	5845	6275	7.4%
水泥	亿吨	16.50	18.68	13.2%

资料来源：国家统计局。

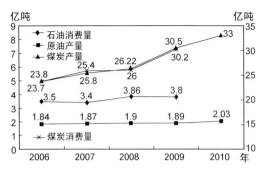

图2　石油、煤炭的生产与消费量

【矿产品贸易】　2010年我国矿产品贸易同比增长42.9%；其中进口额同比增长43.7%；出口额同比增长41.2%。石油对外依存度为54.8%，铁矿石对外依存度为53.6%。

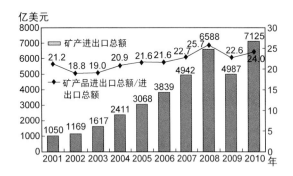

图3　矿产品贸易

表5　　重要矿产品进口量

矿产品	进口量（万吨）	矿产品	进口量（万吨）
煤炭	18471	铜矿砂及精矿	646.8
原油	23931	铝矿砂及精矿	3007
铁矿砂及精矿	61848	镍矿砂及其精矿	2501
锰矿砂及精矿	1158	硫磺	1050
铬矿砂及精矿	866	氯化钾	526

【矿业权市场】　全年探矿权出让2284个，同比减少51.8%，出让价款21.20亿元，同比减少8.6%；采矿权出让7378个，同比减少9.1%，出让价款94.50亿元，同比增长26.3%。

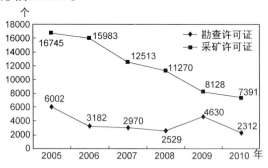

图4　新立勘查、采矿许可证数量

【国土资源大调查】　国土资源大调查12年共计投入资金117.63亿元。通过国土资源大调查，累计发现矿产地900余处，大型、特大型152处，铁锰等黑色金属70处，铜铅锌等有色金属370处，金银贵金属250处。新发现矿（化）点1100多处，化探异常2.6万个，高精度磁探异常2400多个。新增矿产资源量煤炭1300亿吨，铁矿石50亿吨、铜3850万吨、铝土矿4.49亿吨、钾盐4.68亿吨，分别比1999年底增长28%、29.1%、21.7%、28.3%和47%。

提出可供国家组织实施前期勘查的油气战略选区16个，海域油气沉积盆地38个，评价海域油气资源量400亿吨油当量。

【矿产资源接替基地建设】　2010年，十大新的资源接替基地初显雏形，分别是藏中铜矿资源基地、滇西北有色金属资源基地、新疆东天山有色金属资源基地、新疆罗布泊钾盐资源基地、北方可地浸砂岩铀矿基地、新疆阿吾拉勒铁铜资源基地、新疆乌拉根铅锌资源基地、西藏念青唐古拉山有色金属资源基地、祁曼塔格有色金属资源基地、青海大场金矿资源基地。

【紧缺矿产开发】　2010年，铁、铜、铝、钾盐等国家紧缺矿产实现重大突破。

1. 铁矿:在辽宁大台沟、安徽泥河、新疆阿吾拉勒、西藏尼雄等一批大型铁矿。

2. 铜矿:在西藏驱龙、云南普朗、羊拉、新疆土屋－延东等大型、超大型铜矿。

3. 铝土矿:在山西交口－汾西、河南济源－新安、桂西南、黔北等地区新增一批铝土矿资源量。

4. 钾盐:在罗布泊钾盐矿在罗北凹地、东西台地及罗南湖盆区共探求罗布泊液体 KCl 资源量 1.55 亿吨,达大型规模。

【矿产资源执法监察】　全年查处矿产资源领域违法案件结案 6965 件,同比下降 6.3%。吊销勘查许可证 7 个,吊销采矿许可证 11 个。罚没款 3.4 亿元。

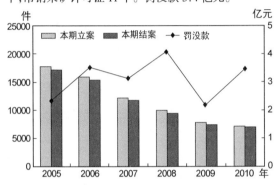

图 5　2005～2010 年矿产资源领域违法案件查处情况

【地质找矿新机制】　为进一步改革探索社会主义市场经济条件下的地质找矿工作,加快实现地质找矿重大突破,国土资源部在全系统部署开展地质找矿改革发展大讨论活动。通过大讨论活动,明确提出了"公益先行,基金衔接,商业跟进,整装勘查,快速突破"的地质找矿新机制。通过构建多元投资矿产勘查平台和互利共赢机制,促进资本与技术结合,充分调动社会投资的积极性,实现找矿工作的快速推进。在实践中涌现出安徽"泥河模式"、河南"嵩县模式"、新疆"358"项目等典型案例,极大地丰富了新机制内涵。出台《全国地质找矿"358"行动纲要》,以铁、铜、铝、金、铅、锌、铀等为主攻矿种,优选并部署全国 47 个重点勘查区,明确各个勘查区的目标任务和工作进展,大力推进地质找矿工作。

注:公报数据均为初步统计数。涉及的全国性统计数据,均未包括香港特别行政区、澳门特别行政区和台湾省。

（选自《2010 年中国国土资源公报》）

非油气矿产资源开发利用

【概况】　2010 年全国共有各类非油气持证(采矿证)矿山企业 112638 家,其中内资企业 112064 家,港、澳、台商投资企业 208 家,外商投资企业 366 家;按矿山生产建设规模统计,大型 4708 家、中型 5477 家、小型 53247 家、小矿 49206 家,分别占非油气矿山总数的 4.18%、4.86%、47.27%、43.69%。与 2009 年相比,全国矿山企业减少 5327 个(图 1),其中大型增加 552 个、中型增加 174 个、小型减少 3428 个,小矿减少 2625 个。

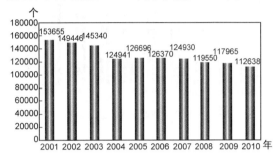

图 1　2001～2010 年非油气矿山企业数

2010 年全国非油气矿山持证企业全年开采 182 种矿产(亚类),采出原矿总量 82.92 亿吨(不包括石油、天然气、二氧化碳气等油气矿产),其中原煤 28.93 亿吨,铁矿石 6.74 亿吨。全国非油气原矿产量较 2009 年增加了 13.65 亿吨,增长 19.7170(图 2)。

2010 年全国非油气矿山企业完成工业总产值 15656.11 亿元(现价),较 2009 年增长了 33.71%(图 3)。能源矿产总产值 10640.50 亿元(煤矿总产值 10590.29 亿元),占非油气总产值的 67.96%,较 2009 年增加 2274.94 亿元;黑色金属矿产总产值 1520.01 亿元(铁矿总产值 1449.25 亿元),占非油气总产值的 9.71%;有色金属矿产总产值 1054.64 亿元,占非油气总产值的 6.74%;贵金属矿产总产值 443.89 亿元,占非油气总产值的 2.84%;稀有、稀土和分散元素矿产总产值 20.30 亿元,占非油气总产值的 0.13%;冶金辅助原料矿产总产值 92.20 亿元,占非油气总产值的 0.59%;化工原料矿产总产值 406.97 亿元,占非油气总产值的 2.60%;建材及其他非金属矿产总产值 1435.48 亿元,占非油气总产值的 9.17%;矿泉水和地下水总产值 42.12 亿元,占非油气总产值的 0.27%。

2010 年全国各类非油气矿山企业从业人员有 699.16 万人,其中,能源矿产开发从业人员 396.22 万人(煤矿 391.12 万人),黑色金属矿产开发 43.43 万人,有色金属矿产开发 37.96 万人,贵金属矿产开发 17.54 万人,稀有、稀土和分散元素矿产开发 1.01 万人,冶金辅助原料矿产开发 8.16 万人,化工原料矿产开发

16.09 万人,建材及其他非金属矿产开发 175.64 万人,矿泉水和地下水 3.10 万人。与 2009 年相比,全国各类非油气矿山企业从业人员减少 24.85 万人。历年从业人员情况见图 4。

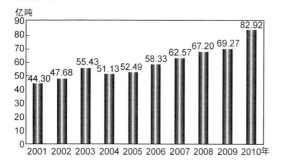

图 2 2001～2010 年全国非油气矿山企业年采矿石量

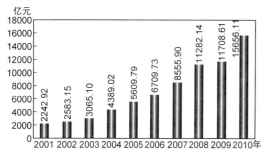

图 3 2001～2010 年全国非油气矿山企业总产值

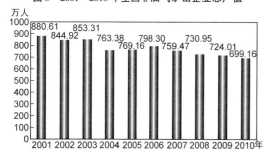

图 4 2001～2010 年全国非油气矿山企业从业人员

2010 年全国非油气矿产开发年利润 2741.66 亿元,其中,能源矿产年利润 1938.26 亿元(煤矿 1939.34 亿元,地下热水为 -1.52 亿元),黑色金属矿产 259.98 亿元,有色金属矿产 176.87 亿元,贵金属矿产 128.12 亿元,稀有、稀土和分散元素矿产 2.22 亿元,冶金辅助原料矿产 6.84 亿元,化工原料矿产 60.24 亿元,建材及其他非金属矿产开发 167.23 亿元,矿泉水和地下水 1.90 亿元。与 2009 年相比,我国非油气矿产年利润增加了 831.57 亿元,增长了 43.57%(图 5)。

【矿产分述】 1. 煤矿。2010 年各地继续深入开展以

煤炭等矿种为重点的矿产资源开发整合工作,煤炭矿产资源开发利用规模化、集约化程度进一步提高,煤炭资源整合、煤炭企业兼并重组成效显著,矿山企业数量继续减少,产量、产值、效益提高。2010 年底,全国共有持证(采矿证)煤矿企业 14357 家,从业人员 391.12 万人,年采原煤 28.93(32.40*)亿吨,完成工业总产值 10590.29 亿元,占非油气总产值的 67.64%。实现煤炭产品销售收入 9327.23 亿元,全国煤矿企业利润总额 1939.34 亿元(图 5)。

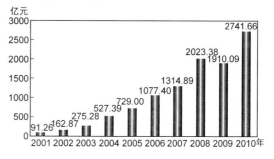

图 5 2001～2010 年非油气矿产开发利润

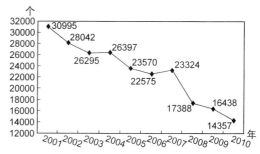

图 6 2001～2010 年全国煤矿企业数

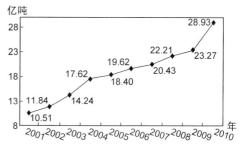

图 7 2001～2010 年全国煤矿产量

与 2009 年相比,2010 年煤矿企业净减少 2081 家(其中大型增加 135 家,中型增加 334 家,小型减少 1477 家,小矿减少 1073 家),减少了 12.66%(图 6);原煤产量增加 5.66 亿吨,增长了 24.30%(图 7);工业总产值增加 2790.79 亿元,增长了 35.78%;销售收入增

* 国家统计局快报数据。

加 2415.08 亿元,增长了 34.94%;年利润增加 831.57 亿元,增长 43.54%(图 8 和图 9)。

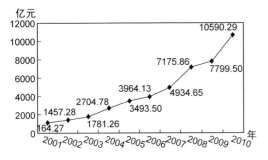

图 8　2001～2010 年全国煤矿企业产值

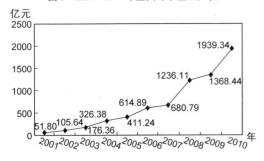

图 9　2001～2010 年全国煤矿企业开发利润

2010 年我国煤矿企业数量上仍以私营企业、有限责任公司和集体企业为主体,分别占总数的 46.40%、17.60% 和 15.11%,合计占 79.11%;其次为国有企业、股份有限公司和股份合作企业,分别占煤矿企业总数的 10.20%、6.95% 和 2.43%;外商和港、澳、台商投资企业共占 0.28%。从不同经济类型煤矿企业对原煤生产的贡献看,国有企业产量最高,占煤炭总产量的 36.24%,其次是有限责任公司、股份有限公司和私营企业,分别占 20.74%、19.58% 和 15.41%(图 10)。不同经济类型煤矿企业产值见图 11。

我国国有煤矿企业从业人员有 148.43 万人,年采原煤 10.48 亿吨,人均产值为 28.96 万元;集体煤矿企业从业人员 21.99 万人,年采原煤 1.03 亿吨,人均产值 16.32 万元;有限责任公司从业人员 82.75 万人,年采原煤 6.00 亿吨,人均产值 23.16 万元;股份有限公司从业人员 60.96 万人,年采原煤 5.66 亿吨,人均产值为 36.00 万元;私营企业从业人员 65.28 万人,年采原煤 4.46 亿吨,人均产值为 21.79 万元。

按煤矿企业规模统计,小型和小矿企业数量占绝对优势,合计占 87.81%。全国共有 14357 家煤矿企业,大、中、小和小矿分别为 571 家、1179 家、7559 家和 5048 家,依次占 3.98%、8.21%、52.65% 和 35.16%;产

量为 15.20 亿吨、6.46 亿吨、6.08 亿吨和 1.18 亿吨,分别占 52.56%、22.34%、21.03% 和 4.08%,大、中型企业合计占全国煤炭产量 74.90%。大型企业效率最高,人均产值达 43.42 万元,中型、小型和小矿人均产值依次为 27.63 万元、15.49 万元和 9.84 万元。

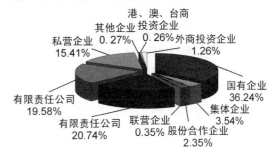

图 10　2010 年不同经济类型煤矿企业原煤产量构成

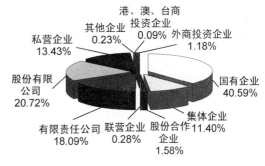

图 11　2010 年不同经济类型煤矿企业原煤产值构成

我国煤炭资源分布广泛,开发遍布全国 27 个省(自治区、直辖市),产量相对集中在中西部地区。2010 年我国东部、中部和西部地区原煤产量分别为 2.43 亿吨、11.19 亿吨和 15.31 亿吨,依次占 8.40%、38.68% 和 52.92%。

2010 年,煤炭经济运行总体上保持了平稳的发展态势,整个煤炭市场供求基本平衡,全国煤炭呈现出口减少、进口增长的态势。2010 年我国煤炭出口量由 2009 年的 2240.11 万吨减少到 1903.31 万吨;进口由 2009 年的 13190.78 万吨,增加到 18470.79 万吨,年净进口量为 16567.48 万吨。

2. 铁矿。2010 我国铁矿企业 4250 家,从业人员 38.82 万人,采出铁矿石原矿 6.74(10.72*)亿吨,完成工业总产值 1449.25 亿元,销售收入 1135.59 亿元,年利润总额为 253.07 亿元。

与 2009 年相比,全国铁矿企业净减 68 家,其中大型增加 10 家,中型增加 27 家,小型增加 35 家,小矿减

---

* 国家统计局快报数据。

少 140 家,年采原矿量比上年增加 2.15 亿吨,增长了 46.82%,产值增加 470.59 亿元,增长 48.08%,销售收入增加 369.41 亿元,利润增加 140.90 亿元。

按企业经济类型统计,国有企业有 195 家,从业人员 10.44 万人,年采铁矿石 1.82 亿吨,工业总产值 520.53 亿元,销售收入 314.35 亿元,利润总额 59.43 亿元;集体企业 562 家,从业人员 2.14 万人,年采铁矿石 0.21 亿吨,工业总产值 43.55 亿元,销售收入 40.40 亿元,利润总额 7.20 亿元;有限责任公司 990 家,从业人员 10.80 万人,年采铁矿石 2.41 亿吨,工业总产值 358.40 亿元,销售收入 312.53 亿元,利润总额 70.90 亿元;私营企业 2119 家,从业人员 10.41 万人,年采铁矿石 1.39 亿吨,工业总产值 284.40 亿元,销售收入 253.72 亿元,利润总额 50.58 亿元。不同经济类型铁矿企业对铁矿开发的贡献见图 12 和图 13。按铁矿企业规模统计,大型企业有 101 家,从业人员 11.16 万人,年采铁矿石原矿 2.49 亿吨,产值 682.26 亿元,利润总额 111.71 亿元;中型企业有 239 家,从业人员 8.29 万人,年采铁矿石原矿 1.43 亿吨,产值 297.12 亿元,利润 63.87 亿元;小型企业有 2365 家,从业人员有 14.89 万人,年采铁矿石原矿 2.30 亿吨,产值 372.46 亿元,利润 58.36 亿元;年采铁矿石 6 万吨以下的小铁矿有 1545 家,从业人员 4.48 万人,年采铁矿石 0.51 亿吨,产值 97.41 亿元,利润 19.13 亿元(图 14~16)。

图 12　2010 年不同经济类型铁矿企业年采矿石量构成

图 13　2010 年不同经济类型铁矿企业总产值构成

我国铁矿开发分布在 29 个省(自治区、直辖市),产量相对集中在东部地区。东、中、西部地区开采铁矿石原矿量分别为 4.31 亿吨、0.87 亿吨和 1.56 亿吨。

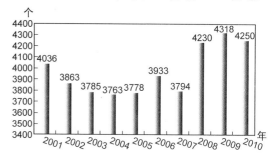

图 14　2001~2010 年全国铁矿企业数

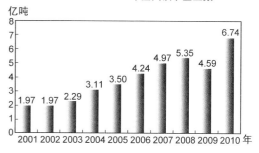

图 15　2001~2010 年全国铁矿企业年采矿石量

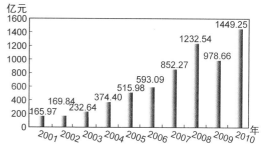

图 16　2001~2010 年全国铁矿企业产值

近年来,随着经济高速发展,我国对于铁矿石的需求大幅增加,国内产量无法满足需求,进口量占需求量的比重亦逐步提高,铁矿价格大幅上涨,2010 我国铁矿投资力度继续加大,由 2009 年的 212.47 亿元增加到 291.92 亿元,宏观经济总量持续保持平稳较快增长,铁矿石需求继续旺盛,2010 年我国进口铁矿砂及其精矿 61847.71 万吨,出口 2.52 万吨,净进口量为 61845.19 万吨。

3. 锰矿。2010 年我国锰矿企业有 565 家,从业人员 3.46 万人,年采锰矿石 866.09 万吨,产值 58.89 亿元,锰矿产品销售收入 31.20 亿元,全国锰矿企业利润总额 4.37 亿元。

与 2009 年相比,锰矿企业减少 31 家,从业人员减少 0.24 万人,年采锰矿石减少 66.14 万吨,产值增加 2.50 亿元,销售收入增加 5.21 亿元。

按企业经济类型统计,国有企业有 39 家,从业人员 0.56 万人,年采锰矿石 113.73 万吨,产值 6.01 亿元,利润 0.78 亿元;集体企业 77 家,从业人员 0.43 万人,年采锰矿石 100.69 万吨,产值 4.15 亿元,利润 0.49 亿元;私营企业 228 家,从业人员 0.98 万人,年采锰矿石 189.96 万吨,产值 15.57 亿元,利润 1.42 亿元。

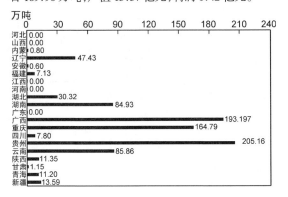

图 17　2010 年度全国锰矿年采原矿量

按企业规模统计,大型企业有 20 家,从业人员有 0.62 万人,年采锰矿石 270.70 万吨,产值 19.26 亿元,利润 0.61 亿元;中型企业 31 家,从业人员 0.59 万人,年采锰矿石 162.14 万吨,产值 11.31 亿元,利润 1.07 亿元;小型企业 356 家,从业人员 1.63 万人,年采锰矿石 353.21 万吨,产值 25.93 亿元,利润 2.16 亿元;小矿 158 家,从业人员 0.62 万人,年采锰矿石 80.04 万吨,产值 2.40 亿元,利润 0.52 亿元。

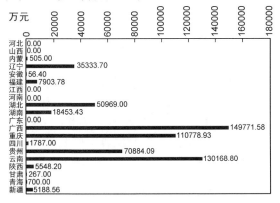

图 18　2010 年全国锰矿企业产值

我国锰矿开发分布在 20 个省(自治区、直辖市),其中贵州、广西、重庆、云南、湖南和辽宁是主要产地,见图 17 和图 18。

2010 年我国锰矿石产量减少,进口量明显增大,2010 年进口锰矿砂及其精矿 1158.13 万吨,出口 7.82 万吨,净进口量增至 1150.31 万吨。

4.铬矿。2010 年我国铬矿企业有 32 家,从业人员有 1777 人,年采铬矿石 15.99 万吨,产值 3.92 亿元,利润 1.73 亿元。

我国铬矿开发分布在西藏、新疆、内蒙古、甘肃、河北和青海,其中西藏年采铬铁矿矿石量 10.49 万吨,占全国的 65.60%。各地铬矿年采矿石量详见图 19。

我国铬矿资源贫乏,产量不能满足需求,对进口的依赖度一直很高。2010 年,我国进口铬矿砂及其精矿 866.14 万吨,比 2009 年增加 190.59 万吨,增长了 28.21%。

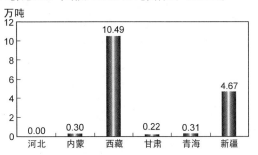

图 19　2010 年全国铬矿原矿产量

5.铜矿。2010 年我国铜矿企业有 823 家,从业人员 11.76 万人,年采铜矿石 1.25 亿吨,产值 308.79 亿元,综合开发共伴生矿产产值 17.11 亿元,铜矿产品销售收入 239.44 亿元,利润总额 54.16 亿元(图 20 和图 21)。

与 2009 年相比,铜矿企业增加 20 家,从业人员减少 1256 人,年采铜矿石增加 3553.40 万吨,产值增加 97.07 亿元,销售收入增加 50.67 亿元。

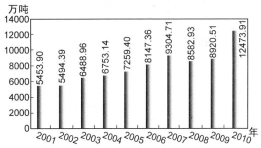

图 20　2001～2010 年全国铜矿企业年采矿石量

按企业经济类型统计,国有企业有 45 家,从业人员 4.08 万人,年采铜矿石 4971.37 万吨,产值 101.37 亿元,利润 7.76 亿元;集体企业有 86 家,从业人员 0.34 万人,年采铜矿石 44.57 万吨,产值 0.63 亿元,利润 0.10 亿元;有限责任公司 203 家,从业人员 3.02 万人,年采铜矿石 4361.86 万吨,产值 89.68 亿元,利润 18.36 亿元;股份有限公司 75 家,从业人员 1.93 万人,年采铜矿石 2018.68 万吨,产值 70.52 亿元,利润 22.13 亿元;私营企业 363 家,从业人员有 1.86 万人,年采铜矿石 605.14 万吨,产值 24.81 亿元,利润 1.48 亿元,其他经济类型企业铜矿生产情况见附表。不同经济类型铜矿企业对铜矿开发的贡献见图 22 和图 23。

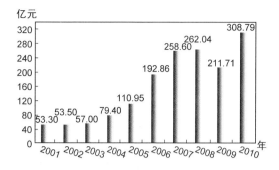

图21 2001~2010年全国铜矿企业产值

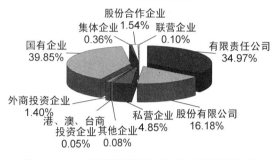

图22 2010年不同经济类型铜矿企业年采矿石量构成

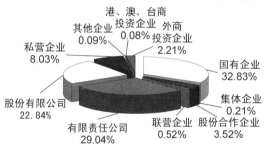

图23 2010年不同经济类型铜矿企业产值构成

按企业规模统计,大型企业有20家,从业人员有3.03万人,年采铜矿石9033.76万吨,人均产值为53.86万元;中型企业有46家,从业人员有3.96万人,年采铜矿石1921.40万吨,人均产值21.81万元;小型企业有444家,从业人员有3.76万人,年采铜矿石1383.68万吨,人均产值14.43万元;小矿有313家,从业人员有1.02万人,年采铜矿石135.07万吨,人均产值4.97万元。

我国铜矿开发分布在25个省(自治区、直辖市),产量主要在中西部地区。东、中、西部地区铜矿石产量分别为328.01万吨、6447.02万吨和5698.89万吨。

我国铜矿资源相对不足,铜矿产品不能满足需求,超过70%的比例需要依赖进口。2010年我国进口铜矿砂及其精矿646.81万吨,出口0.02万吨,净进口646.79万吨。与2009年相比,进口铜矿砂及其精矿有所增加,增加了33.53万吨,增长了5.47%。

6. 铅矿。2010年全国持证(采矿证)铅矿企业有920家,从业人员4.54万人,年采矿石1109.83万吨,产值88.66亿元,销售收入70.47亿元。

按企业经济类型统计,国有企业有32家,从业人员有0.65万人,年采矿石116.25万吨,人均产值12.73万元;集体企业有100家,从业人员0.21万人,年采矿石69.38万吨,人均产值4.01万元;有限责任公司有162家,从业人员1.12万人,年采矿石296.70万吨,人均产值14.81万元;股份有限公司有68家,从业人员0.85万人,年采矿石147.00万吨,人均产值18.23万元;私营企业有481家,从业人员1.23万人,年采矿石263.28万吨,人均产值15.94万元,其他经济类型企业铅矿开发情况见附表。不同经济类型铅矿企业的铅矿产值、产量贡献见图24和图25。

按企业规模统计,大型企业7家,从业人员有0.71万人,年采矿石226.97万吨,人均产值36.41万元;中型企业18家,从业人员有0.57万人,年采矿石205.85万吨,人均产值29.91万元;小型企业440家,从业人员有2.28万人,年采矿石495.07万吨,人均产值17.32万元;小矿有455家,从业人员有0.99万人,年采矿石141.94万吨,人均产值6.43万元。

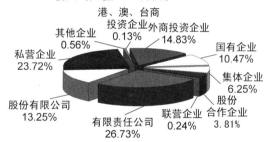

图24 2010年不同经济类型铅矿企业年采矿石量构成

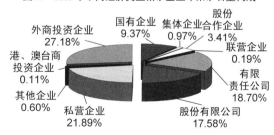

图25 2010年不同经济类型铅矿企业产值构成

我国铅矿开发分布在25个省(自治区、直辖市),东、中、西部地区铅矿石采出量分别为85.66万吨、203.97万吨和820.22万吨。

我国铅矿初级产品不能满足需求,2010年净进口铅矿砂及其精矿160.38万吨,与2009年持平。

7. 锌矿。2010年我国锌矿企业有798家,从业人员6.61万人,年采矿石2334.33万吨,产值187.22亿元,销售收入157.32亿元。与2009年对比,矿山数增加4家,从业人员减少0.35万人,年采矿量减少52.68

万吨,产值增加 19.57 亿元,销售收入增加 12.21 亿元。

按企业经济类型统计,国有企业 42 家,从业人员 1.02 万人,年采矿石 413.06 万吨,人均产值 42.94 万元;集体企业 91 家,从业人员 0.35 万人,年采矿石 107.08 万吨,人均产值 4.20 万元;有限责任公司 149 家,从业人员 1.33 万人,年采矿石 465.30 万吨,人均产值 26.16 万元;股份有限公司 104 家,从业人员 2.21 万人,年采矿石 889.12 万吨,人均产值 37.18 万元;私营企业 330 家,从业人员 1.11 万人,年采矿石 212.81 万吨,人均产值 7.66 万元,其他经济类型企业铅矿开发情况见附表。不同经济类型锌矿企业的锌矿产量、产值贡献见图 27 和图 28。

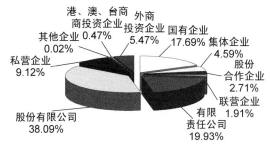

图 26　2010 年不同经济类型锌矿企业年采矿石量构成

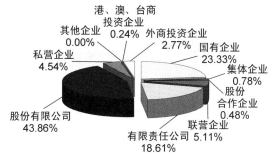

图 27　2010 年不同经济类型锌矿企业产值构成

按企业规模统计,大型企业有 6 家,从业人员有 0.81 万人,年采矿石 467.03 万吨,人均产值 64.39 万元;中型企业有 37 家,从业人员有 1.82 万人,年采矿石 919.75 万吨,人均产值 29.10 万元;小型企业 439 家,从业人员有 3.04 万人,年采矿石 799.15 万吨,人均产值 25.03 万元;小矿有 316 家,从业人员有 0.94 万人,年采矿石 148.39 万吨,人均产值 6.59 万元。

我国锌矿开发分布在 24 个省(自治区、直辖市),东、中、西部地区锌矿石产量分别为 350.60 万吨、157.51 万吨和 1826.22 万吨。

由于我国的锌冶炼能力远远大于矿山的生产能力,国内锌精矿供不应求,2010 年我国进口锌矿砂及其精矿 324.05 万吨,比 2009 年减少 61.00 万吨。

8. 铝土矿。2010 年我国铝土矿持证(采矿证)企业有 246 家,从业人员 1.87 万人,年采铝土矿原矿

1510.51 万吨,较 2009 年增长 28.52%(图 28),产值 22.71 亿元,较 2009 年增长 11.13%(图 29),销售收入 22.17 亿元,较 2009 年增长 44.60%。

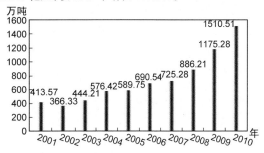

图 28　2001~2010 年铝土矿企业产量变化情况

按企业经济类型统计,国有企业 21 家,从业人员 0.40 万人,年采矿石 326.83 万吨,人均产值 12.70 万元;有限责任公司 59 家,从业人员 0.19 万人,年采矿石 177.88 万吨,人均产值 18.43 万元;股份有限公司 61 家,从业人员 1.01 万人,年采矿石 814.47 万吨,人均产值 11.26 万元;私营企业 90 家,从业人员 0.23 万人,年采矿石 180.50 万吨,人均产值 10.90 万元。

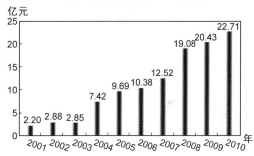

图 29　2001~2010 年铝土矿企业工业总产值变化情况

按企业规模统计,大型企业有 7 家,从业人员 0.39 万人,年采矿石 751.25 万吨,人均产值为 23.13 万元;中型企业 22 家,从业人员 0.58 人,年采矿石 263.19 万吨,人均产值 10.45 万元;小型企业 166 家,从业人员 0.79 万人,年采矿石 402.44 万吨,人均产值 8.65 万元;小矿 69 家,从业人员 0.10 万人,年采矿石 93.63 万吨,人均产值 6.85 万元。

我国铝土矿开发分布在 14 个省(自治区、直辖市),产量主要集中在中部和西部地区,中、西部地区采出矿石量分别为 809.23 万吨和 701.28 万吨。

2010 年我国进口氧化铝产品 431.22 万吨,出口 5.70 万吨,净进口 425.52 万吨。与 2009 年相比,净进口氧化铝产品减少了 81.69 万吨。铝矿砂及其精矿进口 3006.96 万吨,比 2009 年的 196.87 万吨增加了 2810.07 万吨。

9. 钨矿。2010 年我国钨矿企业有 149 家,从业人员 3.69 万人,年采矿石 1597.22 万吨,矿业产值 55.00

亿元,销售收入 42.89 亿元。与 2009 年对比,年采矿石减少了 514.59 万吨,下降了 24.37%,矿业产值增加了 20.91 亿元,增长了 61.34%。

按企业经济类型统计,国有企业 30 家,从业人员 1.16 万人,年采矿石 291.40 万吨,人均产值 17.61 万元;集体企业 14 家,从业人员 0.06 万人,年采矿石 302.25 万吨,人均产值 15.82 万元;有限责任公司 22 家,从业人员 0.77 万人,年产矿石 302.25 万吨,人均产值 115.82 万元;股份有限公司 22 家,从业人员 0.91 万人,年产矿石 455.44 万吨,人均产值 16.52 万元;私营企业 51 家,从业人员 0.74 万人,年产矿石 246.53 万吨,人均产值 8.91 万元,其他经济类型矿山企业钨矿开发情况见附表。不同经济类型钨矿企业的钨矿产量、产值贡献见图 30 和图 31。

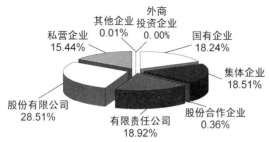

图 30 2010 年不同经济类型钨矿企业年采矿石量构成

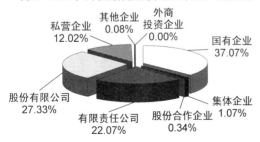

图 31 2010 年不同经济类型钨矿企业产值构成

按企业规模统计,大型企业有 4 家,从业人员有 0.41 万人,年采矿石 208.80 万吨,人均产值 18.58 万元;中型企业有 19 家,从业人员 1.50 万人,年采矿石 658.51 万吨,人均产值 19.93 万元;小型企业 107 家,从业人员 1.65 万人,年采矿石 431.30 万89吨,人均产值 9.96 万元;小矿有 19 家,从业人员 0.13 万人,年采矿石 316.61 万吨,人均产值 7.35 万元。

我国钨矿开发分布在 14 个省(自治区、直辖市),产量主要集中在中部地区,东、中、西部地区钨矿石产量分别为 120.74 万吨、1398.71 万吨和 77.77 万吨。江西为我国主要产地,年产钨矿石 1122.09 万吨,占全国的 70.25%。

为了保护我国钨矿资源,近几年我国对钨矿开发实行限制政策,限制初级产品出口,鼓励深加工产品出

口。2010 我国进口钨矿砂及其精矿 6144 吨,比 2009 年减少 2981 吨。

10. 锡矿。2010 锡矿价格上涨超过 50%,锡矿企业加大了锡矿开采力度,锡矿产量比 2009 年增加 138.19 万吨,增长 17.71%。同时,加大了锡精矿的进口量。总体来说,锡矿开始呈现供不应求,进口压力初步显现。

开发锡矿的矿山企业有 154 家,从业人员 3.11 万人,年采锡矿原矿 918.34 万吨,产值 49.17 亿元,矿产品销售收入 42.47 亿元,利润总额 12.33 亿元。

按企业经济类型统计,国有企业 22 家,有从业人员 0.44 万人,年采矿石 269.43 万吨,人均产值 24.12 万元;集体企业 19 家,从业人员 0.12 万人,年采矿石 26.31 万吨,人均产值 9.61 万元;有限责任公司 36 家,从业人员 0.67 万人,年采矿 202.58 万吨,人均产值 10.57 万元;股份有限公司 16 家,从业人员 1.48 万人,年采矿 314.05 万吨,人均产值 17.68 万元;私营企业 56 家,从业人员有 0.35. 万人,年采矿石 96.78 万吨,人均产值 10.37 万元,其他经济类型企业锡矿生产情况见附表,其产量、产值贡献见图 32 和图 33。

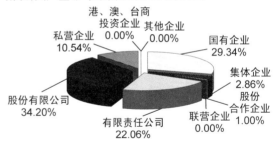

图 32 2010 年不同经济类型锡矿企业年采矿石量构成

按企业规模统计,大型企业有 4 家,从业人员有 0.98 万人,年采矿石 342.08 万吨,人均产值为 14.93 万元;中型企业有 12 家,从业人员有 1.02 万人,年采矿石 369.11 万吨,人均产值 27.01 万元;小型企业有 68 家,从业人员 0.79 万人,年采矿石 142.64 万吨,人均产值 5.97 万元;年采矿石量 3 万吨以下的小矿 70 家,从业人员 0.32 万人,年采矿石 64.52 万吨,人均产 6.91 万元。

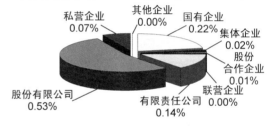

图 33 2010 年不同经济类型锡矿企业产值构成

我国锡矿开发分布在 10 个省(自治区),主要集中

在云南、广西和江西等省。产量最高的为云南,其次为广西,其产量分别为496.24万吨和264.36万吨,两省产量合计占全国总产量的82.82%。

从2004年我国已经成为锡矿产品纯进口国,进口量持续增长。2010年进口锡矿砂及其精矿1.98万吨,比2009年增加0.96万吨。

11. 钼矿。2010年我国开发钼矿的矿山企业207家,从业人员3.48万人。年采钼矿原矿5296.93万吨,产值208.54亿元,矿产品销售收入91.27亿元,分别比2009年增长10.71%、37.81%和34.60%。

按企业经济类型统计,国有企业6家,从业人员0.16万人,年采矿石310.30万吨,人均产值24.28万元;集体企业19家,从业人员874人,年采矿石17.73万吨,人均产值10.10万元;有限责任公司79家,从业人员1.01万人,年采矿石1852.34万吨,人均产值44.29万元;股份有限公司33家,从业人员1.72万人,年采矿石2816.69万吨,人均产值87.81万元;私营企业58家,从业人员0.49万人,年采矿石285.92万吨,人均产值16.56万元,其他经济类型钼矿生产情况见图34和图35。

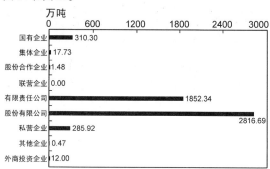

图34　2010年不同经济类型全国钼矿企业矿石产量

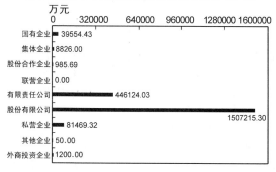

图35　2010年不同经济类型钼矿企业产值

按企业规模统计,大型企业11家,从业人员1.84万人,年采矿石3935.80万吨,人均产值为91.61万元;中型企业26家,从业人员0.57万人,年采矿石1084.39万吨,人均产值30.30万元;小型企业117家,从业人员0.86万人,年采矿石185.90万吨,人均产值7.52万元;

年采矿石量3万吨以下的小矿53家,从业人员0.22万人,年采矿石84.54万吨,人均产值75.68万元。

我国钼矿开发分布在24个省(自治区),产量相对集中在中部和西部地区。东、中和西部地区矿石产量分别为640.25万吨、2992.64万吨和1664.03万吨。河南和陕西仍然是产钼最多的省,钼矿产量分别为2500.31万吨和1392.85万吨,产量与2009年基本持平,两省合计占全国总产量的73.49%。

2010年钼矿的进口量大幅减少,出口量增长。进口钼矿砂及其精矿2.98万吨,出口2.45万吨,净进口0.53万吨,仅为2009年净进口量的1/10。

按企业规模统计,大型企业有1家,从业人员有1890人,年采矿石52.00万吨,人均产值23.60万元;中型企业有1家,从业人员300人,年采矿石1.59万吨,人均产值31.18万元;小型企业58家,从业人员0.68万人,年采矿石59.82万吨,人均产值9.56万元;年采矿石量3万吨以下的小矿有38家,从业人员793人,年采矿石8.63万吨,人均产值15.65万元。

12. 锑矿。我国锑矿开发分布在16个省(自治区),产量主要分布在湖南、甘肃、广西和云南,产量分别为75.77万吨、16.00万吨、12.31万吨和11.17万吨,合计占全国总产量的94.43%。

截至2010年,我国是世界上最大的锑生产国,产量占全球产量总产量的9成。而锑精矿的需求量巨大,因此也是最大的锑精矿进口国。2010年我国锑精矿的进口需求量继续增长,净进口锑矿砂及精矿4.58万吨,比2009年增加2.06万吨。

13. 金矿。2010年我国开发金矿的矿山企业有1641家,从业人员16.40万人,年采矿石10832.94万吨,矿山企业数比2009年增加41家,从业人员减少了0.45万人,矿石产量减少574.09万吨(图36);产值420.67亿元(图37),销售收入386.05亿元,利润总额123.49亿元,均有不同幅度增长。

按企业经济类型统计,国有企业200家,从业人员3.44万人,年采矿石858.82万吨,人均产值16.62万元;集体企业242家,从业人员1.20万人,年采金矿矿石332.84万吨,人均产值13.69万元;有限责任公司569家,从业人员5.06万人,年采金矿矿石23413.14万吨,人均产值21.54万元;股份有限公司203家,从业人员4.06万人,年采金矿矿石5460.65万吨,人均产值43.74万元;私营企业292家,从业人员1.27万人,年采金矿矿石184.40万吨,人均产值7.92万元,各经济类型企业对矿石产量和产值贡献情况见图38和图39。

按企业规模统计,大型企业有54家,从业人员有3.89万人,年采金矿矿石6989.83万吨,人均产值55.86万元;中型企业118家,从业人员有4.60万人,年采金矿矿石 1772.67 万吨,人均产值 23.06 万元;小型企业 833 家,从业人员 6.06 万人,年采金矿矿石 1839.52 万吨,人均产值 14.07 万元;小矿 636 家,从业人员 1.86 万人,年采金矿矿石 230.93 万吨,人均产值 6.59 万元。

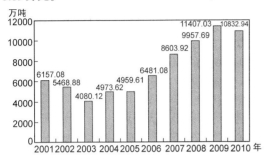

图 36　2001~2010 年金矿企业年采矿石量

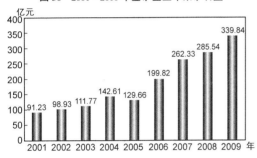

图 37　近年来金矿企业工业总产值

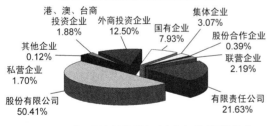

图 38　2010 年不同经济类型金矿企业年采矿石量构成

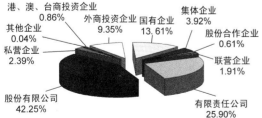

图 39　2010 年不同经济类型金矿企业产值构成

我国金矿开发分布在 26 个省(区、市),东、中、西部地区年采金矿矿石分别为 5626.36 万吨、2044.63 万吨和 3161.95 万吨;福建开采岩金矿石量为 3511.94 万吨,居全国首位,其次是山东,开采岩金矿石 1680.06 万吨。

14．稀土矿。我国是世界最大的稀土资源国,稀土产量、消费和出口均居世界第一。2010 年稀土矿石产量和产值分别为 1047.72 万吨和 8.26 亿元(图 40 和图 41)。近年我国对稀土开发实行保护性政策,控制稀土矿产品开采总量,实行出口配额限制,资源得到比较有效的保护。

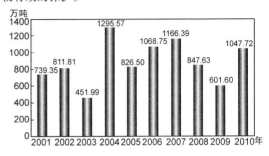

图 40　2001~2010 年全国稀土矿企业年采矿石量

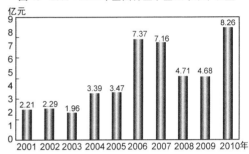

图 41　2001~2010 年全国稀土矿企业产值

2010 年开发重稀土的矿山企业有 20 家,从业人员 546 人,年采矿石 764.04 万吨,产值 5.12 亿元,人均产值 93.78 万元。目前,全国开发重稀土矿产企业,18 家为国有企业,2 家有限责任公司,主要以小型企业为主,有 18 家,中型企业和小矿各 1 家,全部分布在江西省。

2010 年我国开发轻稀土的矿山企业有 90 家,比 2009 年减少 11 家。从业人员 1750 人,年采矿石 283.68 万吨,产值 3.14 亿元,人均产值 18.71 万元,我国开发轻稀土矿的矿山企业主要是国有企业和有限责任公司。经过稀土开发秩序专项整治整合,开发轻稀土矿的中型企业增加到 7 家,小型企业减少 73 家,年采矿量小于 3 万吨的矿山减少到 10 家。轻稀土生产主要集中在我国中部地区。

近年来,我国对稀土矿的出口加强了管理和调控。2008 年开始,在限制稀土矿产出口的同时,鼓励增加稀土资源的进口。2010 年稀土金属矿进口 1.13 万吨;稀土金属及其混合物进口 1 吨,出口 6260 吨;稀土化合物及其混合物进口 4014 吨,出口 3.36 万吨。

15．硫铁矿。2010 年全国开发硫铁矿的矿山企业有 287 家,从业人员 2.15 万人,年采矿石 702.04 万吨(图 42),产值 24.78 亿元(图 43),销售收入 17.59 亿元,利润总额2.03亿元,人均产值11.51万元。

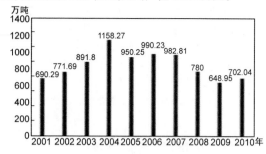

图42　2001～2010年全国硫铁矿企业产量

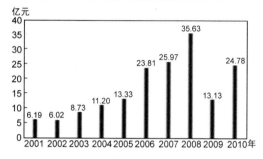

图43　2001～2010年全国硫铁矿企业产值

与2009年相比,矿山企业数减少35家,从业人员减少0.05万人,年采矿石量增加53.05万吨,产值增加4.46亿元。按企业经济类型统计,国有企业28家,从业人员0.92万人,年采矿石432.11万吨,人均产值16.60万元;集体企业47家,从业人员861人,年采矿石16.85万吨,人均产值2.46万元;私营企业149家,从业人员0.29万人,年采矿石68.15万吨,人均产值3.59万元。

按企业规模统计,大型企业有9家,从业人员0.84万人,年采矿石479.26万吨,人均产值为24.44万元;中型企业7家,从业人员1070人,年采矿石30.05万吨,人均产值5.06万元;小型企业156家,从业人员1.05万人,年采矿石145.89万吨,人均产值3.00万元;年采矿石量2万吨以下的小矿有115家,从业人员1543人,年采矿石46.84万吨,人均产值3.31万元。

我国硫铁矿开发分布在23个省(自治区),东、中、西部地区硫铁矿矿石产量分布比较均衡。

我国硫产品远不能满足需求,80%左右的硫产品需求依靠进口来补充。2010年进口量有所下降,出口量继续减少。全年进口各种硫磺1049.75万吨,出口2.74万吨,净进口1047.01万吨,比2009年减少167.01万吨。

16.钾盐。2010年全国开发钾盐的矿山企业有16家,从业人员0.82万人,年采钾盐原矿2937.41万吨(图44)产值105.59亿元(图45),矿产品销售收入101.80亿元。与2009年相比,年采原矿量减少411.64

万吨,产值减少9.25亿元,销售收入增加30.49亿元。

在我国开发钾盐矿山企业中,有限责任公司有7家,从业人员有0.55万人,年采原矿1199.88万吨,产值33.13亿元,销售收入29.35亿元,利润5.73亿元,人均产值60.50万元;股份有限公司4家,从业人员2028人,年采原矿1504.93万吨,产值71.13亿元,销售收入71.13亿元,利润29.69亿元,人均产值350.74万元。

按企业规模统计,大型企业4家,从业人员0.43万人,年采原矿1998.18万吨,产值92.54亿元,人均产值217.49万元;中型企业6家,从业人员0.29万人,年采原矿733.70万吨,人均产值37.99万元;小型企业5家,从业人员943人,年采原矿204.93万吨,产值2.04亿元,人均产值21.62万元,小矿企业1家,从业人员130人,年采原矿0.60万吨,人均产值0.65万元。

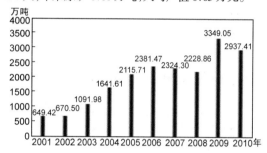

图44　2001～2010年全国钾盐企业产量

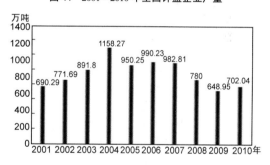

图45　2001～2010年全国钾盐企业产值

2010年,我国只有云南、青海和新疆三省(自治区)开采钾盐矿。产量主要集中在青海,其年产量为2684.30万吨,占全国总产量的91.38%。

我国钾盐严重短缺,2000年以来钾盐消费的70%以上都需依赖进口。2010年全年钾盐的产量减少12.29%,供需缺口增大,进口量大幅增加。2010年进口钾肥584.19万吨,是2009年进口量的2.2倍。

17.磷矿。2009年全国开发磷矿的矿山企业有360家,从业人员有4.06万人,年采磷矿石5093.39万吨(图46),产值106.45亿元,利润总额12.41亿。产量和产值比2009年有小幅增长。

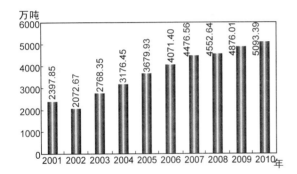

图46 2001～2010年全国磷矿企业产量

按企业经济类型统计,国有企业56家,从业人员1.45万人,年采矿石1870.49万吨(见图47),人均产值20.30万元;集体企业56家,从业人员有0.23万人,年采矿石68.15万吨,人均产值5.54万元;有限责任公司114家,从业人员有1.45万人,年采矿石1836.05万吨,人均产值37.83万元;股份有限公司38家,从业人员0.35万人,年采矿石496.64万吨,人均产值23.06万元;私营企业82家,从业人员0.50万人,年采矿石806.86万吨,人均产值25.46万元。

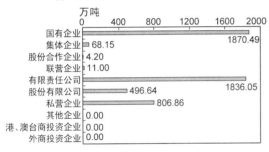

图47 2010年不同经济类型磷矿企业矿石产量

按企业规模分,大型企业18家,从业人员0.80万人,年采矿石1689.61万吨,人均产值为48.16万元;中型企业55家,从业人员1.46万人,年采矿石1753.65万吨,人均产值27.70万元;小型企业244家,从业人员1.66万人,年采矿石1504.93万吨,人均产值15.49万元;年采矿石量5万吨以下的小矿有43家,从业人员1329人,年采矿石145.20万吨,人均产值13.82万元(图48)。

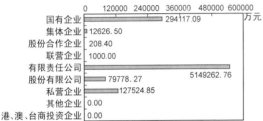

图48 2010年不同经济类型磷矿企业完成工业总产值

我国磷矿开发分布在14个省(自治区),磷矿石生产主要集中分布在湖北、云南和贵州,产量分别为1527.34万吨、1518.44万吨和1326.22万吨,三省产量占全国总量的85.84%,比2009年下降2%。

我国磷矿产品生产基本上可以满足需求。2010年进口磷矿61吨,出口88.26万吨,磷肥进口89.01万吨,出口686.18万吨,出口量增加近1倍。

(选自《2010年全国非油气矿产资源
开发利用统计年报》)

矿产品产供销

【概况】 2010年,面对极为复杂的国内外经济环境和各类自然灾害的严峻挑战,党中央、国务院高瞻远瞩,科学决策,采取各种调控措施,努力推动国民经济平稳运行。2010年国内生产总值39.8万亿元,比2009年增长10.3%。受宏观经济增长的推动,我国矿业经济不断回升向好,主要矿产品需求继续增长,煤炭、原油、金属矿物等大宗矿产品进口量持续扩张,矿产品价格在震荡中激进上扬。

【能源矿产品产消量】 1.石油:2010年,全国原油产量2.01亿吨,比2009年增长6.9%;石油表观消费量(原油产量+石油净进口量)4.47亿吨,比2009年增长11.9%;净进口石油2.46亿吨(其中:净进口原油23628万吨,净进口成品油1000万吨),比2009年增长16.9%。2010年,我国石油对外依存度为55.1%。

2.天然气:2010年全国天然气产量942.19亿立方米,比2009年增长12.1%。进口液化天然气935.6万吨,比2009年增长69.1%;首次进口管道天然气35.8亿立方米。非常规天然气开发取得积极进展,煤层气利用量36亿立方米,比2009年增长42.3%。天然气表观消费量1102.8亿立方米,比2009年增长20.1%,对外依存度为11.3%。

3.煤炭:2010年,全国原煤产量32.4亿吨,比2009年增长8.9%;表观消费量33.86亿吨,比2009年增长5.3%;净进口1.46亿吨,比2009年增长40.9%,对外依存度为4.3%。

4.焦炭:2010年,全国焦炭产量3.88亿吨,比2009年增长9.1%,消费量约为3.84亿吨,比2009年增长11.5%。

【黑色金属矿产品产消量】 1.铁矿石:2010年,全国铁矿石原矿产量10.7亿吨,比2009年增长21.6%。全年粗钢产量达6.27亿吨,比2009年增长9.3%。全年铁矿石成品矿表观消费量9.18亿吨(其中进口矿6.19

亿吨,国产原矿折成品矿 2.99 亿吨),比 2009 年增长 4.1%。2010 年进口铁矿砂 6.19 亿吨,比 2009 年减少 1.4%,对外依存度为 67.4%。

2. 锰矿:根据粗钢产量和锰原料进出口情况综合测算,2010 我国锰矿产量约 1243 万吨,比 2009 年减产 5.1%。全年成品矿表观消费量 1655 万吨,比 2009 年增长 9.2%;锰矿进口量 1158 万吨,比 2009 年增长 20%,对外依存度为 70%。

3. 铬铁矿:2010 年表观消费量约 886 万吨,比 2009 年增长 26.6%;进口铬铁矿砂 866 万吨,比 2009 年增长 28.2%,对外依存度为 97.7%。

【有色及贵金属矿产品产消量】　1. 铜:2010 年,全国铜精矿(铜金属含量)产量 115.6 万吨,比 2009 年增长 20.2%;精炼铜产量 457 万吨,比 2009 年增长 11.3%;精炼铜消费量 792 万吨,比 2009 年增长 5.1%。全年进口铜矿砂及其精矿 646.8 万吨,比 2009 年增长 5.5%;进口铜废碎料 436.4 万吨,比 2009 年增长 9.2%;净进口铜及铜材 374.4 万吨,与 2009 年持平。

2. 铝:2010 年,全国氧化铝产量 2895.5 万吨,比 2009 年增长 21.7%;原铝产量 1619 万吨,比 2009 年增长 26.1%;原铝消费量 1526 万吨,比 2009 年增长 6%。

3. 铅:2010 年,全国铅精矿(铅金属含量)产量 185 万吨,比 2009 年增长 36.1%;精炼铅产量 420 万吨,比 2009 年增长 13.3%;精炼铅消费量 395 万吨,比 2009 年增长 8%;全年进口铅精矿 160.2 万吨,与 2009 年持平。

4. 锌:2010 年,全国锌精矿(锌金属含量)产量 370 万吨,比 2009 年增长 19.7%;精炼锌产量 516.4 万吨,比 2009 年增长 18.5%。全年精炼锌消费量 485 万吨,比 2009 年增长 7.4%。

5. 镍:2010 年,全国镍精矿(镍金属含量)产量 7.9 万吨,比 2009 年减产 1.9%;精炼镍产量 17.1 万吨,比 2009 年增长 4.0%。表观消费量 31.2 万吨,比 2009 年减少 29.2%;净进口未锻轧镍及镍材 14.1 万吨,比 2009 年减少 38.3%。

6. 锡:2010 年,全国锡精矿(锡金属含量)产量 8.4 万吨,比 2009 年增长 15.1%;精炼锡产量 14.9 万吨,比 2009 年增长 11.1%。表观消费量 17.4 万吨,比 2009 年增长 5.6%。

7. 钨:2010 年,全国钨精矿产量(折 WO365%)11.5 万吨,比 2009 年增长 16.1%。全年钨矿产品出口量 2.8 万吨,比 2009 年增长 86.7%;消费量 2.9 万吨,比 2009 年增长 4.5%。

8. 锑:2010 年,全国锑精矿(锑金属含量)产量 11.5 万吨,比 2009 年增长 19.6%。全年精炼锑产量

18.7 万吨,比 2009 年增长 13.1%;表观消费量 12.5 万吨,比 2009 年增长 40.4%;净出口锑冶炼产品 4.1 万吨,比 2009 年减少 34.9%。

9. 黄金:2010 年,全国黄金产量 340.9 吨,比 2009 年增长 8.6%,连续四年排名世界第一。其中,矿产金产量 280 吨,比 2009 年增长 7.3%;有色副产金产量 60.8 吨,比 2009 年增长 15%;全年珠宝需求和投资需求总消费 510 吨,比 2009 年增长 20.6%。

【非金属矿产品产消量】　1. 水泥:2010 年,全国水泥产量 18.8 亿吨,比 2009 年增长 14.4%;消费量 18.6 亿吨,比 2009 年增长 14.5%。2010 年净出口量 1438 万吨,比 2009 年减少 7.9%。

2. 肥料:2010 年,全国肥料产量 6706 万吨,比 2009 年增长 16.3%。其中,钾肥产量 396.8 万吨(折含 $K_2O100\%$),比 2009 年增长 9.4%;表观消费量 712.3 万吨,比 2009 年增长 31.2%;钾肥净进口 315.5 万吨,对外依存度为 44.3%。

我国磷矿资源比较丰富,2010 年磷肥产量 1701.4 万吨,比 2009 年增长 15%;表观消费量 1475.2 万吨,比 2009 年增长 8.4%;净出口磷肥 226.2 万吨,比 2009 年增长 90.1%。另外,氮磷钾复合肥产量 2329.9 万吨,比 2009 年增长 21.9%;净出口复合肥 446.8 万吨,比 2009 年增长%;表观消费量 1883.1 万吨,比 2009 年增长 3.6%。

（国土资源部储量司　贾其海　周保铜）

·矿产品进出口贸易·

【进出口贸易政策】　2010 年关税政策总的指导思想就是以党的十七大、中央经济工作会议精神为指导,深入贯彻科学发展观,深化经济结构调整,提升经济发展的质量和效益,促进经济平衡较快地发展。

截至 2010 年,中国入世时所作出的税收减让的承诺全部到位。我国关税的总体水平是 9.8%,基本上和 2009 年是一样,其中农产品平均税率是 6.2%,工业品平均税率是 8.9%,税率和税目的调整对 2010 年的进出口不构成影响。变化比较多的就是协定税率的调整。关于协定税率,就是我国和其他一些国家实行双边的或者多边的特别贸易安排,比如现在在热门的就是 FTA,也就是自贸区,自贸区就是国与国之间作出特别的制度安排。在经济全球化,多哈回合冲突障碍的情况下,世界各国普遍采取区域经济一体化的战略,我国在十七大提出了自贸区发展战略,就是把自贸区的推动力和经济贸易区的战略当做全球新的背景下参与全球合作的一个重要的方法,所以这两年自贸区发展劲头比较快。2010 年,中国政府已经和 7 个国家和政府

签署了自贸区,它经过几年过渡期以后,2010年是全面建设自贸区,中国和东盟10+1,是目前签署自贸区当中影响最大的一个,除了这个以后,中国和巴基斯坦、新加坡、智利都签署了自贸区,总共到2010年为止签了7个自贸区。

为保证国民经济稳定增长,保障国民经济建设所需的矿产资源的有效供给,促进矿产品及相关产品出口贸易竞争力,2010年的矿产品贸易基本延续了2009年的政策。变化的重点就是针对一些国家对我国的倾销产品征收反倾销税,如海关总署公告2010年第24号(关于原产于美国和俄罗斯的进口取向性硅电钢征收反倾销税和反补贴)、海关总署公告2010年第38号(关于对原产于欧盟的进口碳钢紧固件征收反倾销税),以保障我国相关企业的合法权益。

【矿产品贸易总体形势】 随着全球经济的触底反弹和我国经济的强劲回升,2010年我国矿产品进出口贸易大幅增长,全年贸易额再创历史新高。

1. 矿产品进出口贸易总额大幅增长。2010年中国矿产品进出口总额为7124.78亿美元,再创历史新高,同比增长42.3%,贸易额比历史最高的2008年还要高7.4%(图1)。

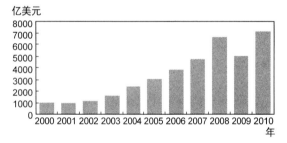

图1 2000~2010年我国矿产品进出口总额增长态势

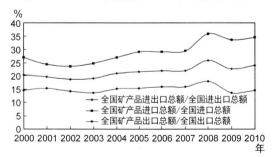

图2 2000~2010年我国矿产品进出口在全国进出口贸易中的比重

2010年我国矿产品进出口贸易额约占全国货物进出口贸易额的24.0%,同比上升1.3个百分点。其中,出口额占全国货物出口额的14.5%,同比上升1个百分点,但也是近十年来占比较低的一年。进口额占全国货物进口额的34.6%,同比上升1个百分点。2010年矿产品出口额占全国货物出口额的比重、矿产品进口额占全国货物进口额的比重、以及矿产品进出口贸易约占全国货物进出口贸易额的比重,转跌回升(图2)。

2. 各类矿产品进出口贸易额明显回升。2010年,我国各类矿产品及其相关产品的进出口贸易额均大幅度增长(图3)。

如金属和非金属矿砂等的进出口贸易额同比增长55.9%;能源及其相关产品的进出口贸易额同比增长49.2%;无机和有机化学品进出口贸易额同比增长36.2%;非金属及其制成品同比增长36.6%;钢铁及其制品的进出口贸易额同比增长22.1%;有色金属及其制品的进出口额同比增长41.9%;肥料的进出口额同比增长74.9%。主要是受全球经济回暖的影响,以及我国经济对原材料的需求增长,市场转好,矿产品价格大幅度回升所致。

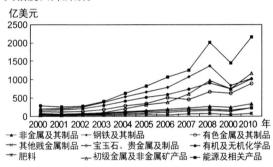

图3 2000~2010年我国各类矿产品进出口贸易总额变化趋势

【主要矿产品进出口贸易情况】 2010年我国矿产品及其相关产品的进出口贸易总额7124.78亿美元,同比增长42.3%。其中,进口贸易为4828.34亿美元,同比增长42.8%;出口贸易额2296.44亿美元,同比增长41.3%。净进口额达2531.90亿美元,同比大幅增长44.3%,致使我国矿产品净进口额再创历史新高。

1. 能源产品:2010年我国能源类矿产品及其相关产品的进出口额2154.14亿美元,同比增长49.2%,占全国矿产品进出口总额的30.2%,同比上升1.4个百分点。其中进口额1887.11亿美元,出口额267.02亿美元,同比分别增长52.2%和31.0%。净进口额1620.09亿美元,同比增长56.4%。其中煤炭进口量继续大幅度增长,出口量进一步减少,煤炭净进口量继续增加。

2. 石油:2010年,我国进口石油27619.16万吨,同比增长14.8%,用汇1574.94亿美元,同比增长48.2%;石油净进口量同比增加3577.86万吨至24628.07万吨,同比增长17.0%,净进口为1387.99

亿美元,同比增长51.6%。其中,原油进口量23930.86万吨,同比增长17.5%,进口额1351.51亿美元,同比增长51.5%,出口量303.30万吨,同比减少40.2%,出口额16.51亿美元,同比减少23.4%;油品进口量3688.30万吨,同比减少0.2%,进口额223.43亿美元,同比增长31.4%,油品出口量2687.79万吨,同比增长7.4%,出口额170.44亿美元,同比增长35.8%。

我国进口的石油主要来自中东地区(占进口总量的41.2%,同比下降0.9%,下同)、非洲(占25.7%,同比下降0.2%)、亚太地区(占12.5%,同比下降1.6%)、前苏联(占11.0%,同2009年持平)、拉丁美洲(占9.1%,同比上升1.7%)。石油主要出口到亚太地区(占出口总量的69.3%,同比下降4.1%)、拉美地区(占15.7%,同比上升2.8%)(图4)。

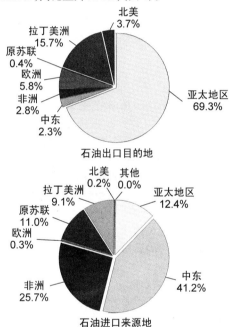

图4　2010年我国石油进出口量在各地区的比重

从石油进口来源地国别(地区)来看,有92个国家或地区(比2009年增加8个),进口量在500万吨以上的国家或地区达到17个(比2009年增加4个):沙特阿拉伯(4466.20万吨,增加249.3万吨)、安哥拉(3918.14万吨,增加700.82万吨)、伊朗(2178.14万吨,比2009年减少188.56万吨)、俄罗斯(1935.88万吨)、阿曼(1586.76万吨,增加412.94万吨)、苏丹(1260.13万吨)、委内瑞拉(1178.74万吨)、伊拉克(1123.76万吨,比2009年增长407.48万吨)、哈萨克斯坦(1062.77万吨,增加388.02万吨)、科威特(989.35万吨,增加280.95万吨)、韩国(839.65万吨)、巴西(804.73万吨,增加398.95万吨)、利比亚(737.30万吨)、马来西亚

(650.43万吨)、新加坡(646.38万吨)、阿拉伯联合酋长国(549.65万吨)、刚果(布)(504.83万吨)等国,其进口量占总进口量的88.5%,比2009年增加8.5个百分点。我国石油出口的目的地,有229个国家或地区,出口量在100万吨以上的国家或地区有8个:中国香港(582.93万吨)、巴拿马(436.99万吨)、新加坡(435.81万吨)、印度尼西亚(272.02万吨)、越南(180.41万吨)、韩国(150.73万吨)、日本(138.48万吨)和美国(101.65万吨)等地,其出口量占我国总出口量的76.9%,比2009年下降1.5%。

3. 天然气:2010年,我国进口天然气及烃类气等1522.47万吨,进口额63.66亿美元,同比分别增长57.2%和88.6%。净进口量1137.68万吨,净进口额48.78亿美元,同比分别增长74.6%和99.5%。

4. 煤:2010年我国煤炭进口量继续大幅度增长,出口量再度下降。全年出口煤炭2238.22万吨,同比下降2.5%,价值36.46亿美元,同比却增长41.3%。其中:原煤出口量1903.31万吨,价值22.52亿美元,同比分别下降15.0%和5.2%,但是焦碳出口大幅度增加,出口量334.91万吨,价值13.93亿美元,同比分别增长492.4%和582.2%。煤炭进口量达到18481.74万吨,进口额182.08亿美元,同比分别增长39.9%和66.6%,而焦碳进口明显减少,进口量为10.95万吨,进口额1689.47万美元,同比分别减少31.2%和17.1%。煤炭净进口量达到16243.52万吨,净进口额145.62亿美元。

5. 钢铁及其制品:2010年我国钢铁及其制品的进出口额1025.67亿美元,比2009年增长22.1%,占全国矿产品进出口贸易总额的14.4%,比2009年下降2.4%。其中进口额344.79亿美元,同比减少6.1%,出口额680.87亿美元,同比增长44.1%。净出口额336.08亿美元,同比增长218.7%。由于钢铁及其制品价格的回升,推动了我国生铁、铁合金、废钢铁、钢锭及钢坯、钢材等出口大幅度增加,而进口明显减少(表1)。

表1　　　2010年我国钢铁产品进出口量情况

		贸易量 (万吨)	同比 增长%	贸易额 (亿美元)	同比 增长%
生铁	进口	87.30	−75.9	3.57	−68.3
	出口	70.73	197.9	3.03	250.1
铁合金	进口	250.07	−66.8	33.43	−22.2
	出口	125.93	8.3	22.17	68.0
废钢铁	进口	584.82	−57.3	30.05	−41.0
	出口	37.28	4002.5	1.61	5658.7
钢锭 及钢坯	进口	54.70	−87.7	2.52	−84.9
	出口	14.10	248.5	0.79	331.4
钢材	进口	1656.11	−7.2	204.81	2.8
	出口	4255.79	73.0	368.28	65.3

续表1

		贸易量 (万吨)	同比 增长%	贸易额 (亿美元)	同比 增长%
钢铁制品	进口	82.84	17.2	64.16	24.7
	出口	1566.26	16.8	283.58	20.2

6. 有色金属及其制品:2010年我国主要有色金属及其制品的进出口总额884.54亿美元,同比增长41.9%,占全国矿产品进出口贸易总额的12.4%,同2009年持平。其中进口额641.55亿美元,同比增长38.3%,出口额242.99亿美元,同比增长52.2%。净进口额398.56亿美元,同比增长31.0%。实际上,由于国际有色金属价格大幅度上涨,导致有色金属及其制品出口量大幅度增加44.6%,进口量减少8.2%,净进口量明显减少26.9%,由于价格的上涨,净进口额继续扩大。

7. 铜及其制品:2010年由于铜价大幅上涨,我国减少了精炼铜的进口量,增加了粗铜的进口。精炼铜进口量为292.21万吨,同比减少8.3%,进口额218.61亿美元,同比增长39.1%,精炼铜出口量为3.87万吨,出口额达3.03亿美元,同比分别减少46.9%和30.9%。精炼铜净进口量288.34万吨,同比减少7.4%,净进口额215.58亿美元,同比增长41.1%;我国粗铜以进口为主,进口量55.27万吨,进口额32.73亿美元,同比分别增长53.2%和133.2%;铜废料以进口为主,进口量436.43万吨,进口额122.36亿美元,同比分别增长9.2%和100.9%;铜合金以进口为主,进口量6.04万吨,进口额3.28亿美元,同比分别增长14.4%和56.1%;铜材进口量91.10万吨,进口额76.05亿美元,同比分别增长10.5%和38.2%。净进口铜材40.24万吨,净进口额为37.33亿美元,同比分别增长9.0%和34.1%。

8. 铝:2010年因价格上涨,我国减少了氧化铝、精炼铝以及铝合金的进口量。氧化铝进口量为431.22万吨,同比减少16.1%,进口额14.98亿美元,同比增长14.9%。氧化铝净进口量425.52万吨,同比减少16.1%,净进口额14.64亿美元,同比增长14.8%;精炼铝进口量下降,出口大幅增加。精炼铝进口量22.99万吨,进口额5.09亿美,同比分别减少84.6%和78.2%。出口精炼铝19.35万吨,出口额4.19亿美元,同比分别增长321.6%和360.4%,精炼铝净进口3.63万吨,同比减少97.5%;铝合金进口量大幅度减少,出口明显增加。铝合金进口量13.50万吨,进口额2.92亿美元,同比分别减少44.5%和28.4%。出口铝合金56.08万吨,出口额11.17亿美元,同比分别增长112.2%和168.63%;我国铝废料贸易以进口为主,进口量285.38万吨,进口额42.94亿美元,同比分别增长8.7%和56.0%;铝材进口量59.06万吨,进口额31.26

亿美元,同比分别增长1.6%和20.1%。出口铝材217.71万吨,价值75.43亿美元,同比分别增长56.2%和64.1%。铝材净出口量158.65万吨,净出口额44.17亿美元,同比分别增长95.4%和121.6%。

9. 镍:我国镍产品仍以进口为主。2010年精炼镍和镍铁的进口量减少,出口明显增加。精炼镍进口量18.15万吨,同比减少25.3%,进口额38.32亿美元,同比增长8.2%,净进口量12.83万吨,净进口额27.16亿美元,同比分别减少38.7%和8.6%;冰镍以进口为主,进口量11.34万吨,进口额14.15亿美元,同比分别增长11.9%和45.4%;镍铁进口量13.44万吨,价值7.53亿美元,同比分别减少41.1%和7.1%,净进口量12.7万吨,净进口额7.01亿美元,同比分别减少43.6%和11.7%;镍材进口量1.55万吨,进口额4.96亿美元,同比分别增长36.8%和27.2%,镍材的净进口量1.30万吨,净进口额4.08亿美元,同比分别增长48.0%和23.8%。

10. 铅:2010年我国铅产品进口下降,出口增加。精炼铅出口小幅度增长,进口大幅下降。精炼铅出口量2.55万吨,出口额0.55亿美元,同比分别增长2.7%和26.2%,进口量6.24万吨,进口额1.14亿美元,同比分别减少69.4%和62.2%,精炼铅净进口量3.69万吨,同比减少79.4%;出口铅材5.07万吨,出口额1.12亿美元,分别比2009年增长30.2%和50.1%。

11. 锌:除精炼锌进口大幅减少外,多数锌产品进出口贸易增加。2010年出口精炼锌4.31万吨,出口额1.01亿美元,同比分别增长47.4%和72.2%,在连续第三年大幅度下降后,出现明显增长。进口量32.34万吨,进口额7.06亿美元,同比分别减少51.7%和29.5%,精炼锌净进口降至28.02万吨,净进口额6.05亿美元,同比分别减少56.2%和35.9%;出口锌的氧化物1.66万吨,出口额0.27亿美元,同比分别增长1.0%和17.6%。净进口锌的氧化物0.50万吨,净进口额0.21亿美元。进口锌合金15.45万吨,进口额3.43亿美元,同比分别增长15.8%和34.3%;锌材进口量3.32万吨,进口额0.89亿美元,同比分别增长14.9%和31.4%。净进口量2.42万吨,净进口额0.56亿美元,同比分别增长27.6%和39.4%。

12. 钨:2010年我国主要钨矿产品出口贸易全面增长。全年出口2.76万吨(实物量,下同),出口额7.20亿美元,同比分别增长72.8%和102.4%。其中,出口仲钨酸铵0.55万吨,出口额1.09亿美元,分别比2009年增长49.2%和75.6%;出口三氧化钨0.58万吨,出口额1.30亿美元,同比分别增长187.1%和241.4%;出口碳化钨0.42万吨,出口额1.35亿美元,分别比2009年增长147.6%和182.8%;出口钨材0.32万吨,出口额1.34

亿美元,同比分别增长 16.5%和43.4%。

13.锡:近年来我国已成为锡及其加工产品的净进口国,2010年我国精炼锡及锡合金的进口量明显减少。精炼锡进口1.60万吨,同比减少22.9%,进口额2.86亿美元,比2009年增长10.3%,净进口精炼锡1.53万吨,同比减少23.8%,净进口额2.68亿美元,同比增长7.9%。进口锡合金0.26万吨,同比减少27.6%,进口额0.37亿美元,同2009年持平。进口锡材0.97万吨,进口额1.97亿美元,同比分别增长5.9%和30.8%,净进口锡材0.74万吨,同比减少2.4%,净进口额1.65亿美元,同比增长22.7%。

14.锑:2010年我国以进口锑矿为主,出口多为锑的氧化物和硫化物。全年出口锑矿及其加工产品5.90万吨,出口额4.37亿美元,同比分别增长37.7%和128.0%。其中,锑的氧化物和硫化物出口量5.30万吨,出口创汇3.95亿美元,同比分别增长38.7%和131.1%。进口锑矿及其加工产品4.87万吨,进口额1.12亿美元,同比分别增长78.4%和186.6%。其中,进口锑矿4.63万吨,进口额0.96亿美元,同比分别增长83.9%和228.6%。

15.钼:我国钼矿产品以初级产品进出口贸易为主,2010年出口贸易增长,进口下降。各类钼矿产品出口3.26万吨,出口额7.67亿美元,同比分别增长137.0%和198.2%。其中,出口钼材0.42万吨,出口额1.94亿美元,同比分别增长140.0%和155.5%。出口各类钼盐0.22万吨,出口额0.45亿美元,同比分别增长8.2%和56.4%;进口各类钼矿产品3.04万吨,进口额达5.70亿美元,同比分别减少51.7%和29.8%。其中,进口钼矿砂及精矿2.98万吨,进口额5.00亿美元,同比分别减少51.8%和34.7%。

16.镁:近年来,我国镁及其制品贸易以出口为主。2010年镁及其制品出口量38.40万吨,出口额10.62亿美元,同比均增长64.4%。其中:出口精炼镁28.33万吨,出口额7.91亿美元,同比分别增长54.1%

和55.8%;出口镁屑、镁粒和镁粉共计8.50万吨,出口额2.22亿美元,同比分别增长108.7%和107.3%;出口镁制品1.49万吨,出口额0.46亿美元,同比分别增长72.4%和53.6%。

17.稀土:我国稀土出口以稀土金属、稀土氧化物及化合物为主,进口主要是稀土矿。2010年出口稀土金属、稀土氧化物及化合物共计3.98万吨,同比减少9.4%,出口额达9.40亿美元,同比增长203.1%。其中:稀土金属及其混合物出口量0.63万吨,价值1.79亿美元,同比分别增长17.2%和145.8%;稀土金属化合物及其混合物出口量3.36万吨,同比减少13.0%,价值7.61亿美元,同比增长220.6%。

18.银:与其他矿产品不同,2010年我国银及其加工产品出口减少,进口却明显增长。全年出口银及其加工产品2573.05吨,出口额15.44亿美元,同比分别减少43.4%和29.2%。其中出口银1575.38吨,出口额9.63亿美元,同比分别减少57.8%和44.0%。出口银制品487.89吨,出口额5.75亿美元,同比分别增长5.5%和26.4%;进口的银及其加工产品5263.18吨,进口额8.09亿美元,同比分别增长11.5%和29.3%。其中:进口银5159.33吨,进口额7.68亿美元,同比分别增长10.9%和29.3%。进口银制品43.17吨,进口额0.30亿美元,同比分别增长28.8%和35.1%。

19.矿砂等初级原料矿产品:2010年我国金属、非金属矿砂等初级原料矿产品的进出口贸易量8.01亿吨,贸易总额1167.64亿美元,同比分别增长2.4%和55.9%。其中:进口量7.42亿吨,进口额1130.65亿美元,同比分别增长3.0%和56.0%。出口量0.59亿吨,同比减少4.0%,出口额36.99亿美元,同比增长54.7%。在进口贸易中,金属矿砂和精矿的进口量仅增长了2.3%,非金属矿砂等初级原料增长了22.3%(表2),由于金属、非金属矿砂等初级原料矿产品价格大幅度上涨,导致金属、非金属矿砂等初级原料矿产品贸易额的大幅增长。

表2　　　　　　　　　　　　　　　2010年部分金属矿砂及精矿进出口量值

		贸易量(万吨)	同比增长%	贸易额(万美元)	同比增长%
铁矿砂及其精矿	进口	61847.71	-1.5	7940021.82	58.5
	出口	2.52	909.2	456.80	729.6
锰矿砂及其精矿	进口	1158.13	20.5	280498.51	58.1
	出口	7.82	185.5	2456.29	310.8
铜矿砂及其精矿	进口	646.81	5.5	1267277.90	47.3
	出口	0.02	-59.4	12.34	15.6
镍矿砂及其精矿	进口	2500.74	52.2	194365.58	83.9
	出口				
铝矿砂及其精矿	进口	3006.96	52.7	131569.09	86.6
	出口	0.02		4.95	

续表2

		贸易量(万吨)	同比增长%	贸易额(万美元)	同比增长%
铅矿砂及其精矿	进口	160.38	−0.1	239372.95	36.0
	出口	0.01		8.59	
锌矿砂及其精矿	进口	324.05	−15.8	209454.40	10.0
	出口				
铬矿砂及其精矿	进口	866.14	28.2	239803.43	83.0
	出口	0.32	−33.7	75.63	−23.9
钴矿砂及其精矿	进口	34.95	23.5	83297.84	50.1
	出口	0.02		36.62	
钼矿砂及其精矿	进口	2.98	−51.8	50010.14	−34.7
	出口	2.45	175.5	47895.70	266.4
钨矿砂及其精矿	进口	0.61	−32.6	4974.37	−27.8
	出口	0.02	−67.7	185.98	−26.4
锡矿砂及其精矿	进口	1.98	94.4	9773.38	163.5
	出口				

20. 有机、无机化学品和肥料:2010年我国有机、无机化学品进出口贸易总额1014.12亿美元,同比增长36.2%。其中进口额581.89亿美元,出口额432.24亿美元,同比分别增长37.2%和34.9%。肥料的进出口总额为80.03亿美元,同比增长74.9%。其中:进口额25.72亿美元,出口额54.31亿美元,同比分别增长29.1%和110.2%。

21. 硼矿:我国进口硼矿及其矿产品95.65万吨,进口额4.90亿美元,同比分别增长32.0%和38.6%。净进口硼矿及其矿产品92.38万吨,净进口额4.09亿美元,同比分别增长32.0%和24.7%。

22. 钾肥:我国进口钾肥579.88万吨,进口额20.58亿美元,同比分别增长121.6%和44.1%。净进口钾肥569.26万吨,净进口额20.16亿美元,同比分别增长157.8%和63.5%。

23. 磷矿和磷肥:总的看,我国以出口磷矿和磷肥为主,2010年进口贸易有所减少,出口大幅度增加。全年出口磷矿88.26万吨,出口额1.08亿美元,同比分别增长131.1%和39.2%;出口磷肥686.26万吨,出口额27.92亿美元,同比分别增长77.0%和121.9%。进口磷肥89.01万吨,进口额3.40亿美元,同比分别减少2.8%和6.6%。净出口磷肥597.25万吨,净出口额24.52亿美元,同比分别增长101.7%和174.2%。

24. 重晶石:我国重晶石及其深加工产品贸易以出口为主,2010年出口量285.88万吨,出口创汇2.73亿美元,同比分别增长43.3%和41.3%。其中,出口重晶石257.22万吨,出口额达1.75亿美元,分别比2009年增长45.4%和43.0%。

25. 萤石:多年来我国一直是萤石及其加工产品的主要出口原产地国,2010年出口萤石59.81万吨,出口创汇1.34亿美元,同比分别增长122.0%和98.7%。

26. 菱镁矿:我国出口菱镁矿及其加工产品249.43万吨,出口创汇6.62亿美元,同比分别增长91.1%和139.9%。净出口量233.73万吨,净出口额6.13亿美元,同比分别增长98.2%和158.7%。

【矿产品进出口贸易特点】 1. 矿产品进出口贸易逆差再创历史新高。自进入21世纪以来,特别是2002年以后,我国矿产品进出口贸易逆差持续增长(图5),从2001年的190.38亿美元增加到2010年的2531.90亿美元,年均增长33.3%。2001~2005年我国矿产品贸易逆差快速增长,2005~2007年增速明显放慢,2008~2010年年增均幅又达到42.8%。一是由于2008年以来矿产品价格大幅度上涨;二是由于近几年来主要矿产品及原材料的进口量增长,特别是净进口量的大幅度增长。如2009年以来我国煤炭出现净进口,石油等净进口量持续增长,而且主要金属精矿及矿砂进口量也不断增长,导致净进口额进一步扩大。

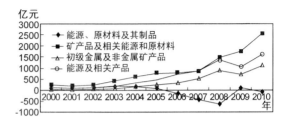

图5 2000~2010年我国矿产品进出口贸易逆差变化趋势

2. 矿产品贸易继续保持较合理结构。进入21世纪,我国矿产品贸易的产品结构发生了非常大的变化,总体上已由高(附加值产品)进(口)低(附加值产品)出(口)向低进高出转变,符合产业结构调整。统计资料显示,初级矿产品的进口贸易额在不断上升,特别是其占矿产品进口额的比重在不断上升;而其出口贸易额占整个矿产品出口额的比重在呈持续下降趋势(图6)。如2010年初级矿产品出口贸易额占矿产品出口额的比重比1990年下降了91.5%,再创历史新低。而初级矿产品进口贸易额占整个矿产品进口总额的比重比2009年上升8.0%,处于历史第二高位。金属、非金属矿砂的出口额、原煤的出口额、原油的出口额占矿产品出口额的比重分别比1990年下降了72.7%、81.6%和97.4%;金属、非金属矿砂的进口额、原煤的进口额、原油的进口额占矿产品出口额的比重分别比1990年增长了152.9%、438.6%和601.5%。与此相反,矿产的深加工产品及其制品出口所占份额相对增加,进口所占份额明显下降,其出口额在全国矿产品出口总额中的比重由1990年61.1%上升到2010年的96.7%;进口额所占比重则由1990年86.1%下降到2010年的44.8%。这也表明中国矿产品加工的能力和水平有了明显的提高。此外,这些年来我国对外贸易的矿产品种类不断增多,种类结构发生了较大变化,目前中国矿产品进出口贸易的品种接近1950种。在全国矿产品进出口贸易中,从趋势分析,我国矿产品出口份额中,能源矿产品的比重已经处于低位;金属和非金属矿产的初级产品出口将进一步减少,但其原材料加工产品将会保持持续增加的态势。在矿产品进口份额中,非金属矿产品变化不大;初级金属矿产品将继续增长,但幅度会减缓;能源产品进口会稳定上升(图7)。

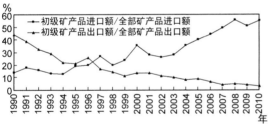

图6　1990～2010年初级矿产品进出口贸易额占全国矿产品进出口额比重的变化趋势

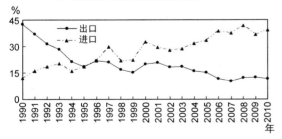

图7　1990～2010年能源及其相关产品进出口贸易额占全国矿产品进出口贸易额的比重

3.主要短缺矿产品的进口在国际市场上占有较大的比重。近年来由于我国经济的高速增长,对许多大宗矿产品的需求量很大,特别是我国短缺矿产的消费量增长非常强劲。2010年由于矿产品价格大幅度上涨,我国部分主要短缺矿产品的进口量保持较高,其进口量占全球进口量的比重较高,有的进一步上升。2010年我国原油进口量占全球进口量的比重(下同)比2009年提高0.8个百分点,铁矿石进口量占比比2009年下降6.4个百分点(因2010年中国铁矿石进口量有所减少,而全球铁矿石贸易量有所增长所致),粗铜及精炼铜占比比2009年提高1.5个百分点,氧化铝占比比2009年下降2.9个百分点。我国主要短缺矿产的进口量在全球矿产品进口总量中占有较大份额(图8和表3),很多时候对国际市场具有重要影响。

表3　2010年我国大宗短缺矿产进口量及进口来源

矿产品	进口量(万吨)	进口来源及比例
原油	23931	57个国家(地区),其中沙特18.7%、安哥拉16.5%、伊朗8.9%、阿曼6.6%、俄罗斯6.4%、苏丹5.3%、伊拉克4.7%
铁矿石	61848	48个国家(地区),其中澳大利亚42.9%、巴西21.2%、印度15.6%、南非4.8%、伊朗2.4%、乌克兰1.9%
锰矿石	1158	41个国家(地区),其中澳大利亚27.3%、南非26.9%、加蓬11.2%、巴西10.7%、缅甸6.5%、马来西亚5.7%
铬铁矿	866	24个国家(地区),其中南非35.8%、土耳其22.3%、阿曼10.4%、巴基斯坦5.9%、印度4.5%、阿尔巴尼亚4.2%、伊朗4.0%
铜矿石	647	55个国家(地区),其中智利28.0%、秘鲁13.8%、澳大利亚8.7%、蒙古8.0%、墨西哥5.2%、美国5.0%、哈萨克斯坦4.8%
钾肥	580	32个国家(地区),其中俄罗斯43.5%、加拿大15.9%、以色列13.8%、白俄罗斯11.7%、约旦5.4%、德国3.3%

4.矿产品进出口贸易多元化战略进一步巩固。随着世界经济全球化的不断发展,我国矿产品贸易在全球进一步扩大,贸易多元化进一步巩固。2010年我国矿产品贸易涉及的国家或地区近230个,遍及全球五大洲(六大地区:亚洲地区、非洲地区、欧洲地区、拉美地区、北美地区以及大洋州地区)。我国在亚洲地区的矿产品贸易总额占我国矿产品贸易总额的50.4%(比2009年上升0.1个百分点),非洲地区占9.8%(比2009年上升0.1个百分点),欧洲地区13.3%(比2009年下

降1个百分点),拉美地区占10.5%(比2009年上升0.6个百分点),北美地区占7.4%(比2009年下降0.4个百分点),大洋州地区占8.5%(比2009年上升0.5个百分点)。其中:矿产品进出口贸易总额上10亿美元的国家(或地区)有64个(比2009年增加3个),达到50亿美元以上的有34个国家(或地区)(比2009年增加8个),达到100亿美元以上的有19个国家(或地区)(比2009年增加4个)。其中澳大利亚、日本、韩国和美国是我国四大矿产品贸易伙伴,四国与我国的矿产品贸易总额1994.68亿美元,同比增长36.0%,占我国矿产品贸易总额的28.0%。在矿产品出口贸易中,美国仍然是我国第一大矿产品出口目的地国(280.70亿美元),中国香港特别行政区是我国第二大矿产品出口目的地区(197.14亿美元),三至五位的国家(或地区)是韩国(186.41亿美元)、日本(161.41亿美元)和印度(122.82亿美元)。在矿产品进口贸易中,澳大利亚是我国矿产品及相关产品的最大进口原产地国(543.29亿美元),二至五位的国家(或地区)是日本(331.86亿美元)、沙特阿拉伯(303.58亿美元)(超过韩国成为第三)、韩国(281.78亿美元)和巴西(239.10亿美元)。

2010年,与我国进行矿产品及相关产品贸易额达100亿美元以上的国家(或地区)有19个:澳大利亚(590.87亿美元)、日本(493.27亿美元)、韩国(468.19亿美元)、美国(442.36亿美元)、沙特阿拉伯(325.53亿美元)、巴西安(286.96亿美元)、印度(279.21亿美元)、俄罗斯(236.72亿美元)、安哥拉(233.95亿美元)、中国台湾(229.45亿美元)、中国香港特别行政区(212.32亿美元)、伊朗(195.84亿美元)、智利(177.05亿美元)、印度尼西亚(172.53亿美元)、德国(148.79亿美元)、新加坡(132.71亿美元)、南非(123.06亿美元)、哈萨克斯坦(123.03亿美元)和马来西亚(117.71亿美元),其贸易额合计达4984.54亿美元,占我国矿产品及相关产品进出口贸易总额的70.0%。在上述19个国家或地区中,我国实现矿产品贸易盈余的只有美国、我国的香港特别行政区。

5. 主要大宗短缺矿产对进口依赖程度进一步提高。随着我国GDP持续高速增长,经济发展对能源、原材料

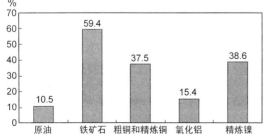

图8 我国主要短缺矿产品进口量占世界进口总量的比重

及其相关产品的需求量不断增大,受国内资源条件和生产能力的约束,我国主要大宗短缺矿产品对进口的依赖程度均保持在较高的水平。2010年我国石油和原油对外依程度分别提高2.4和2.8个百分点,分别达到55.0%和54.0%,锰矿石对外依程度提高6.3个百分点,达到57.0%。因国内铁矿石产量继续增长,而进口量有所下降,使我国铁矿石对外依程度下降5.3个百分点,降至49.7%。铜精矿对外依程度下降1.1个百分点,为55.2%,铬铁矿对外依程度提高1.1百分点,达到98.2%。近年来,我国钾肥和氧化铝对外依程度下降幅度较大,但2010年钾肥进口大幅度增加,对外依程度上升20.3个百分点,达到47.5%。从表面上看,2010年我国氧化铝对外依程度下降4.8个百分点,为12.8%。如果考虑到进口铝土矿转化为氧化铝的话,实际对外依程度应达到57.9%%,比2009年增长6.4个百分点(主要是我国氧化铝生产能力提高,国内铝土矿产量难以满足需求,增加了铝土矿的进口量)(图9)。

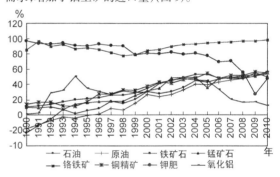

图9 1990~2010年我国大宗短缺矿产对进口依赖程度(%)变化趋势

2010年因全球经济回暖和我国经济的强劲增长,以及我国大宗短缺矿产品进口量保持较高水平,特别是国际大宗矿产品价格大幅度回升,导致矿产品进口贸易额大幅增长,如石油、铁矿、锰矿、铬铁矿、铜精矿、钾肥等的进口额增幅均在两位数以上(图10),而且其进口额增幅均达到40%以上。

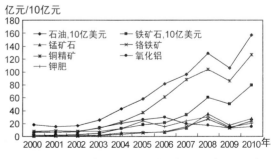

图10 2000~2010年我国大宗短缺矿产品进口额增长趋势

(国土资源部信息中心　葛振华)

矿 业 管 理

地质勘查行业管理

【概况】 2010年，全国具有地质勘查资质证书的单位共计2105家，较2009年增长5.14%，其中，资质等级为甲级的单位913家，较2009年增长5.31%；资质等级为乙级的单位471家，较2009年增长3.29%；资质等级为丙级的单位721家，较2009年减少6.19%。

2010年，全国从事非油气地质勘查工作的地勘单位(以下简称"地勘单位")在职职工62.41万人，较2009年增长2.24%，其中地质勘查人员23.42万人，较2009年增长1.91%；工程勘察施工人员7.27万人，较2009年减少2.15%；矿产开发人员6.61万人，较2009年增加50.91%。地质勘查人员中技术人员15.55万人，较2009年增长4.86%，其中高级技术人员4.14万人，较2009年增长2.73%；中级技术人员6.48万人，较2009年增长0.93%。从单位性质来看，属地化管理的地勘单位年末在职职工28.99万人，较2009年增长3.46%，其中地质勘查人员15.14万人，较2009年增长3.06%；中央管理的地勘单位年末在职职工6.15万人，较2009年增加1.49%，其中地质勘查人员3.36万人，较2009年增长1.2%；其他地勘单位年末在职职工27.27万人，较2009年增长1.15%，其中地质勘查人员4.92万人，较上减少1.01%。

2010年全国地勘单位实现总收入2253.69亿元，较2009年增加36.36%，其中地质勘查业收入683.13亿元，较2009年增长25.92%；总支出2037.78亿元，较2009年增长43.06%，其中地质找矿支出561.54亿元，较2009年增长47.88%。从单位性质来看，属地化管理的地勘单位总收入871.86亿元，较2009年增长22.53%，其中地质勘查业收入454.18亿元，较2009年增长23.97%，总支出777.90亿元，较2009年增长21.17%，其中地质找矿支出329.82亿元，较2009年增长35.71%；中央管理的地勘单位总收入203.28亿元，较2009年增长26.11%，其中地质勘查业收入106.91亿元，较2009年增长22.87%，总支出179.48亿元，较

2009年增长20.25%，其中地质找矿支出82.77亿元，较2009年增长32.2%；其他地勘单位总收入1178.55亿元，较2009年增长51.09%，其中地质勘查业收入122.04亿元，较2009年增长36.94%，总支出1080.40亿元，较2009年增长70.63%，其中地质找矿支出148.95亿元，较2009年增长101.47%。

2010年全国地勘单位总资产4911.1亿元，较2009年增长13.88%，总负债2958.78亿元，较2009年增长29.20%，专用仪器设备净值128.1亿元，较2009年减少19.34%。从单位性质来看，属地化管理的地勘单位总资产1327.15亿元，较2009年增长24.43%，总负债757.19亿元，较2009年增长25.95%，专用仪器设备净值66.95亿元，较2009年增长2.86%；中央管理的地勘单位总资产265.85亿元，较2009年增长16.43%，总负债128.71亿元，较2009年增长18.81%，专用仪器设备净值25.89亿元，较2009年减少22.82%；其他地勘单位总资产3318.1亿元，较2009年减少9.96%，总负债2072.87亿元，较2009年增长31.14%，专用仪器设备净值35.27亿元，较2009年减少51.26%。

2010年全国地勘单位在职职工人均劳动者报酬4.58万元，较2009年增长12.25%，离退休人员人均离退休费用2.58万元，较2009年增长13.16%。从单位性质来看，属地化管理的地勘单位人均劳动者报酬4.29万元，较2009年增长10.28%，人均离退休费用2.89万元，较2009年增长7.43%；中央管理的地勘单位人均劳动者报酬4.07万元，较2009年增长16.29%，人均离退休费用2.61万元，较2009年增长5.24%；其他地勘单位人均劳动者报酬4.99万元，较2009年增长13.15%，人均离退休费用1.55万元，较2009年增长33.62%。

【地质勘查资质登记】 截至2010年底，全国具有地质勘查资质证书的单位共计2105个。其中，具有最高等级甲级资质的单位有913个，占43.37%；具有最高等级乙级资质的单位有471个，占22.38%；具有最高等级丙级资质的单位有721个，占34.25%(图1)。

资质单位省区分布构成如下：北京107个，占

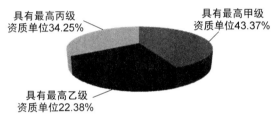

图 1　全国地质勘查单位资质构成

5.1%；天津 15 个，占 0.7%；河北 137 个，占 6.5%；山西 79 个，占 3.8%；内蒙古 139 个，占 6.6%；辽宁 95 个，占 4.5%；吉林 75 个，占 3.6%；黑龙江 120 个，占 5.7%；上海 17 个，占 0.8%；江苏 50 个，占 2.4%；浙江 33 个，占 1.6%；安徽 74 个，占 3.5%；福建 44 个，占 2.1%；江西 63 个，占 3.0%；山东 115 个，占 5.5%；河南 88 个，占 4.2%；湖北 58 个，占 2.8%；湖南 90 个，占 4.3%；广东 61 个，占 2.9%；广西 60 个，占 2.9%；海南 19 个，占 0.9%；重庆 24 个，占 1.1%；四川 80 个，占 3.8%；贵州 59 个，占 2.8%；云南 88 个，占 4.2%；西藏 19 个，占 0.9%；陕西 111 个，占 5.3%；甘肃 40 个，占 1.9%；青海 44 个，占 2.1%；宁夏 20 个，占 1.0%；新疆 81 个，占 3.8%（图 2）。

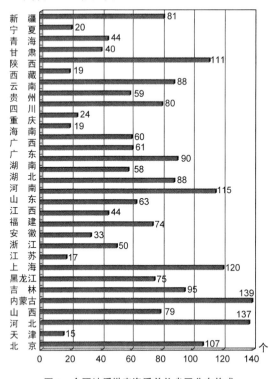

图 2　全国地质勘查资质单位省区分布构成

【地质勘查资质构成】　截至 2010 年底，全国有各类各级地质勘查资质共计 5854 个。其中：甲级资质 1815 个，占 31.00%；乙级资质 2093 个，占 35.75%；丙级资质 1946 个，占 33.25%。

全国地勘单位资质类别构成：区域地质调查 261 个，占 4.46%；海洋地质调查 9 个，占 0.15%；石油天然气矿产勘查 4 个，占 0.07%；液体矿产勘查 468 个，占 7.99%；气体矿产勘查 117 个，占 2.00%；固体矿产勘查 1740 个，占 29.72%；水文地质、工程地质、环境地质调查 870 个，占 14.86%；地球物理勘查 609 个，占 10.40%；地球化学勘查 269 个，占 4.60%；航空地质勘查 3 个，占 0.05%；遥感地质调查 68 个，占 1.16%；地质钻(坑)探 1010 个，占 17.25%；地质实验测试 426 个，占 7.28%（图 3）。

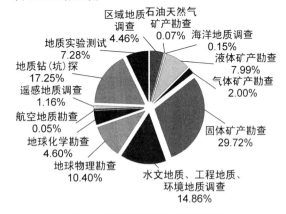

图 3　全国地勘单位资质类别构成

按 13 个地质勘查专业类别划分：在 1815 个甲级资质中，区域地质调查 131 个，占 7.2%；海洋地质调查 7 个，占 0.4%；石油天然气矿产勘查 3 个，占 0.2%；液体矿产勘查 120 个，占 6.6%；气体矿产勘查 47 个，占 2.6%；固体矿产勘查 651 个，占 35.9%；水文地质、工程地质、环境地质调查 184 个，占 10.1%；地球物理勘查 143 个，占 7.9%；地球化学勘查 57 个，占 3.1%；航空地质勘查 3 个，占 0.2%；遥感地质调查 30 个，占 1.7%；地质钻(坑)探 366 个，占 20.2%；地质实验测试 73 个，占 4.0%。在 2093 个乙级资质中，区域地质调查 130 个，占 6.2%；海洋地质调查 2 个，占 0.1%；石油天然气矿产勘查 1 个，占 0.05%；液体矿产勘查 171 个，占 8.2%；气体矿产勘查 70 个，占 3.3%；固体矿产勘查 419 个，占 20.0%；水文地质、工程地质、环境地质调查 316 个，占 15.1%；地球物理勘查 207 个，占 9.9%；地球化学勘查 86 个，占 4.1%；遥感地质调查 38 个，占 1.8%；地质钻(坑)探 300 个，占 14.3%；地质实验测试 353 个，占 16.9%。在 1946 个丙级资质中，液体矿产勘查 177 个，占 9.1%；固体矿产勘查 670 个，占 34.4%；水文地质、工程地质、环境地质调查 370 个，占 19.0%；地球物理勘查 259 个，占 13.3%；地球化学勘查 126 个，占 6.5%；地质钻(坑)探 344 个，占 17.7%（图 4）。

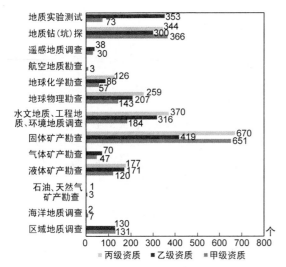

图4 全国地勘单位各级各类资质构成

（国土资源部地质勘查司 中国国土资源经济研究院）

【地质调查进展与成果】 1. 地质调查进展。2010年，开展地质调查项目共2468个，其中新开项目846个，续作项目792个，结转项目830个。项目经费总额634172万元，其中：2010年地质调查项目预算546408万元，比2009年增加351620万元，增长181%，2009年项目结余资金87764万元。完成地质调查项目费用437386万元，为计划的69%，预算执行率比2009年提高2个百分点。完成经费比2009年增加222957万元，增长51%。

2010年承担地质调查项目的工作单位187个，比2009年增加61个，其中：地调局及局属单位28个，地方公益性地调单位56个（省区市地调院31个，省区市环境监测站25个），各省（区、直辖市）国土厅、地勘局及下属单位46个，中央管理的地勘单位8个，属地化的工业地勘单位24个，院校14个，部直属单位6个，其他单位5个。

2010年承担地质调查项目的期末投入地质调查工作人数34206人，比2009年增加15176人，其中：地调局及局属单位9084人，公益性地方地调队伍14456人（省区市地调院12972人，省区市环境监测站1484人），属地化的工业地勘单位1348人，各省（区、直辖市）国土厅、地勘局及下属单位3957人，中央管理的地勘单位1993人，院校2836人，其他单位532人。

2. 地质调查成果。①新发现矿产地和物化探异常情况。新发现矿产地50处，比2009年增加22个，按矿种分：煤矿3处，铀矿1处，铁矿3处，锰矿1处，铜矿6处，锌矿1处，铝土矿7处，钨矿11处，锡矿2处，钼矿2处，铅锌矿11处，银矿1处，石墨矿1处。

新进展矿产地10处，提交可供普查矿产地43处。提交可供详查矿产地6处。新发现物化探异常5699处，检查物化探异常1779处，验证物化探异常683处，查证物化探异常112处，见矿物化探异常326处。

②查明矿产资源量情况。有铜、铅、锌、铝土矿、镍、钨、锡、钼、金、铅锌矿等10种矿产提交了资源量（333＋3341）其中：铜26.99万吨、铅0.98万吨、锌15.86万吨、铝土矿3693万吨、镍3.66万吨、钨43.36三氧化钨万吨、锡21.17万吨、钼15.28万吨、铅锌236.16万吨、金5.13吨。

③提交地质调查报告情况。2010年提交地质调查报告审定稿88份。其中：矿产资源调查评价30份，海洋地质调查1份，水文、工程、环境地质调查9份，区域地质调查14份，地球物理地球化学调查8份，地质灾害预警工程6份，数字国土工程2份，国土资源科学研究10份，技术发展工程4份，其他4份。

提交正式报告161份。其中：矿产资源调查评价58份，水文、工程、环境地质调查15份，区域地质调查15份，地球物理地球化学调查9份，遥感3份，地质灾害预警工程14份，数字国土工程6份，国土资源科学研究15份，技术发展工程19份，其他7份。

④地质灾害调查情况。县市地质灾害调查共建立群策群防点4022处，专业监测点586处，应急处置点372处；查处危险点：崩塌1801个，滑坡3981个，泥石流1495处，地面塌陷353个，地裂缝321条；受威胁人口21.61万人，受威胁财产35.38亿元；避免直接经济损失0.89亿元，避免人口伤亡1716人。

（中国地质调查局总工程师室 高延光 张 敏）

·基础地质调查·

【区域地质调查】 2010年完成1：5万区域地质调查94228平方千米，全国累计完成220万平方千米，占陆域国土面积23%。完成1：25万区域地质调查384200平方千米，全国累计527万平方千米（实测161万平方千米，修测366万平方千米），占陆域国土面积55%。全面完成了全年工作量，提交了一批高质量的图件和数据。青藏高原基础地质调查成果集成和综合研究、六大区基础地质综合研究、全国和省级地质志修编、全国重要地质遗迹调查进展顺利。取得以下主要成果：

1. 区域地质调查：发现矿（化）点、矿化线索320余处，圈定出一批新的找矿靶区，为下一步资源勘查、实现找矿突破提供了重要的支撑。

①大兴安岭成矿带：发现金、银、铅、锌、铜钼、铁等多金属矿化点130余处，发现含油页岩层位。如：内蒙古1：5万乌日尼图幅区调发现铁、铜、铅、锌、钨、钼等矿（化）点26处，划分出8个成矿远景区。内蒙古1：5

万南木等4幅区调发现根头河铅银多金属矿化点、柴河铜铅银多金属矿化点、百里河黄铁绢英岩化蚀变带和固里河东南部黄铁青盘岩化带。内蒙古1∶5万敖包查干等4幅区调发现敖包查干钨钼金银多金属、宾巴勒查干钨钼铅锌、沙巴尔台高勒铅锌银等9个可进一步工作的矿化（带）点，划分出找矿预测区8个。黑龙江1∶5万嫩北农场等4幅区调发现三合屯金矿化点、2处金矿化信息地、6处硅化、黄铁矿蚀变信息地和1处1∶2万土壤金异常。

②冈底斯成矿带：发现矿（化）点48处，其中铜矿（化）点21处。如：西藏1∶5万拉果错幅区调在蛇绿岩带内发现铬铁矿、磁铁矿、铜矿矿化带等矿化线索16处，在则弄群火山岩中发现2处磁铁矿化线索，在湖泊中及边部发现有望成为新的重要找矿远景区的硼砂矿。西藏1∶5万谢通门幅区调发现铜矿点1处，铜矿化点2处，磁铁矿点2处，磁铁矿化点1处。西藏1∶5万塔惹错幅区调发现铁、铜矿（化）各3处，查清了含矿层位，显示有良好的找矿潜力。

③西昆仑－阿尔金成矿带：发现铜、金、铁、铅锌等矿化点和矿化线索41处。如：新疆1∶5万苏巴什等5幅区调发现磁铁矿点2处、菱铁矿点1处。新疆1∶5万昆盖山等5幅区调发现铁、锰、铜、金等矿（化）点8处。

在阿尔泰、天山、柴达木周缘、班公湖－怒江、西南三江等重要成矿带均发现了一批矿化点和矿化线索。阿尔泰成矿带发现铜、铁、金矿化点和矿化线索13处，其中1∶5万老裕民、塔斯堤幅区调在统巴尔鲁克组绿灰色细砂岩中发现具有良好前景的沉积变质型磁铁矿。天山成矿带发现铜、铁、铅锌矿化点和矿化线索16处，其中新疆1∶5万撒尔塔拉等6幅区调发现5处铜矿化点和1处铅锌矿化点。柴达木周缘及邻区成矿带发现铜、金、铁化点和矿化线索17处，其中青海1∶5万木里等6幅区调发现石英脉黑钨矿化点1处、沉积型铜矿化线索4处。班公湖－怒江发现铜、铁、金、银等矿化点14处，其中西藏1∶5万弗野幅区调发现3处铜多金属矿化点、1处磁铁矿点和一套厚约100米似层状赤铁矿层。西南三江成矿带发现铜、金、铅锌等矿化点14处，其中云南1∶5万九农等4幅区调发现铜矿化点4处，铜铅矿点1处。

2. 地层：发现大量有价值的化石，填绘出许多新地质体，发现一批重要地质界面，修订、完善了区域地层层序。

新疆1∶5万散尔塔格等6幅区调在上石炭统喀拉治尔加组中采集到腕足、珊瑚类、海百合及植物化石，其中拟鳞木化石是区内首次发现，为地层时代的划分提供了新的生物年代学的有力证据。西藏1∶5万谢通门区调在原1∶25万区调所划分的桑日群旦师庭组粉

砂岩中首次发现白垩纪水杉植物植物化石，据此厘定出秋乌组。宁夏1∶5万白疙瘩、白墩子等4幅区调在吴家庙洼以北原划奥陶系中发现了植物化石，将含化石地层修订为三叠纪西大沟组；在尖山子晚泥盆世沙流水组中采获了鱼化石，填补了该地区晚泥盆世地层无时代依据的空白。

西藏1∶5万弗野幅区调首次发现晚三叠世日干配错群地层与龙格组或更老地层呈角度不整合接触。新疆1∶25万捷尔任斯克、托里县幅区调修测在禾角克一带确认中泥盆统库鲁木迪组与中－上志留统玛依勒山岩群之间的角度不整合关系，确认了西准噶尔地区存在早古生代加里东造山运动。云南1∶5万大寨等5幅区调在上平寨地区发现一套大型古侵蚀面，缺失众多古生代及部分中生代地层，表明晚元古代以后该地区曾经有过较长时间的暴露和沉积间断。

内蒙古1∶5万1314.4高地等4幅区调在白音高老组之下发现了并划分出上侏罗统土城子组红层，确认大兴安岭中部地区存在土城子期干旱环境沉积地层，对于研究大兴安岭地质发展史具有重要意义。云南1∶5万师宗县等4幅区调在南盘江边首次发现一套深水相硅质岩，并采集了放射虫、牙形石等化石，其上覆岩层为一套浊积岩，可见到完整的鲍玛序列。西藏1∶5万亚莫幅区调将雅鲁藏布江结合带的"浪错岩块"厘定为中二叠世姜叶玛组，对区域地层格架及雅鲁藏布江结合带形成演化研究具有重要意义。云南1∶5万大寨等5幅区调新发现原屏边群之下一套厚100余米铁锰质浅变质细碎岩系与锰质碳酸盐岩组合，大致可与湘西、黔东地区扬子地台东南缘南华系大塘坡组含锰层位对比，对哑地层"屏边群"的分解和时代的确定有重要意义。

3. 岩石：获得了一批重要的同位素年龄数据，发现许多具有重要价值的岩石，对大型岩体进行了解体，为岩浆－构造演化、区域地层对比和成矿作用研究提供了重要资料。

内蒙古1∶5万宝日根幅区调首次在大兴安岭地区发现钠闪石流纹岩，对该时期火山岩形成构造背景研究提供了重要资料，对于寻找铌、铱等稀土矿产也具有重要的指示意义。西藏1∶5万德庆幅区调首次在测区楚木龙组内发现火山岩，并采集锆石U－Pb同位素样品26件。新疆1∶25万捷尔任斯克、托里县幅区调修测在下二叠统卡拉岗组陆相火山岩中发现了四处古火山机构，其中三处火山颈相次火山岩特征清楚，由次火山岩过度为火山岩的产态及演化系列完整，对二叠系陆相火山岩的研究具有重要意义。浙江1∶25万衢州区调修测在金衢盆地腹地发现了双峰式火山岩，对于研究金衢盆地的形成时代、成因以及与永康群盆地的

新疆 1:5 万小勒布隆等 4 幅区调解体出一套酸性侵入岩体——克其克伦岩体；在斑状花岗岩、花岗闪长岩分别获得的锆石 U−Pb 年龄为 220.8±5.3 百万年、211.7±5.9 百万年。内蒙古 1:5 万敖包特陶勒盖等 8 幅区调系统测定了晚奥陶世辉长岩 448 百万～461 百万年，花岗闪长岩 445 百万年，早石炭世花岗岩 325 百万～326 百万年，早石炭世花岗岩 298 百万～311 百万年，晚侏罗世花岗岩 160 百万～161 百万年，早白垩世花岗岩 132 百万～138 百万年等不同时代岩浆岩的侵位年龄。内蒙古 1:5 万敖查干等 4 幅区调将深成侵入岩解体为 20 余个侵入体，划分为晚石碳世−早二叠世（291.0±3.9 百万年）、三叠纪（220.4±2.5 百万年）和白垩纪三个时代 7 个期次侵入岩单位。

冈底斯成矿带综合研究项目在前奥陶系岔萨岗岩组中发现果洛湄布三叠纪榴闪岩，SHRIMP 锆石 U−Pb 年龄一组为 270 百万年左右，为俯冲型榴闪岩，另一组为 230 百万年左右，为折返型榴闪岩，为松多高压变质带的展布和拉萨地块印支运动的存在提供了新资料。黑龙江 1:5 万十六站等 4 幅区调新获得一批锆石的同位素年龄，进一步确认额尔古纳地块存在 2000 百万年左右的碎屑锆石，基本认定兴华渡口岩群时代为古元古代晚期（1800 百万年左右），同时认定兴华渡口岩群发生混合岩化变质作用时间为 430 百万年。

4. 构造：发现了一批重要的构造现象，完善了区域构造格架，为地质演化历史和成矿作用研究提供了重要资料。

①羌塘龙木错−双湖构造带：西藏 1:5 万冈玛日幅、冈玛错区调采用构造混杂带中构造解析方法开展双湖−龙木错区填图，认为其为晚古生代古特提斯洋南部的增生楔，包括陆源深水半深水复理石沉积岩、陆源深水半深水复理石沉积岩、洋壳残片推覆构造。

②雅鲁藏布江构造带：西藏 1:5 万仲巴县城北幅区调查明发育于仲巴县城北雅鲁藏布江结合带的古近系蹬岗组和郭雅拉组为构造混杂岩，在南部构造混杂岩带、仲巴地体中解析出 3 期构造变形。

③金沙江构造带：四川 1:25 万理塘县、乡城县幅区调修测在巴塘−中心绒一带发现并拼贴出较完整的蛇绿岩套的组合，为金沙江蛇绿岩研究提供了新资料。

④兴蒙造山带：宁夏 1:5 万白疙瘩等 4 幅区调初步厘定了香山群副理类型和置换关系；在营盘水幅中北部填绘出叠瓦状推覆构造系统，初步圈出 4 个推覆体。宁夏 1:5 万水磨沟等 5 幅区调在贺兰山东部大水沟一带发现了中生代逆冲推覆构造。内蒙古 1:5 万沙日勒昭等 4 幅区调新发现前二叠系蛇绿混杂岩，与二叠系林西组呈断层接触，或被中生代石英斑岩侵入。内蒙古 1:5

万乌日尼图等 5 幅区调新填绘出加里东期大型区域褶皱构造。内蒙古 1:25 万巴音查干半幅、乌拉特后旗幅区调修测项目在索伦陆缘增生带新填绘出一系列近东西向的褶皱和构造，形成于强大的南北向的挤压运动，主要形成于古生代。内蒙古 1:5 万哈丹沟巴润布郭等 4 幅区调在测区西北部发现大型变形带。

⑤阿尔泰构造带：新疆 1:25 万捷尔任斯克、托里县幅区调修测在北部巴鲁克山南坡新发现一条可能为志留纪−泥盆纪的蛇绿构造混杂带。新疆 1:25 万铁厂沟镇、克拉玛依市幅区调修测认为达尔布特蛇绿混杂岩带代表了石炭纪残留海盆地的基底，现今蛇绿岩带的空间分布不能反映原始不同陆块或板块间的缝合边界。

⑥西昆仑−阿尔金构造带：新疆 1:5 万若羌县阿尔金山沟口泉等 4 幅区调首次在测区发现新太古代−古元古代沟口泉蛇绿混杂岩和早奥陶世红柳沟−拉配泉蛇绿岩带。新疆 1:5 万阿尔金山清水泉地区 4 幅区调查明了阿南构造混杂岩带的构造岩块和基底，岩块物质组成有洋壳残片及外来岩块。新疆 1:5 万祁曼塔格喀尔瓦地区 4 幅区调将阿尔金南缘蛇绿构造混杂岩带划分为变质基底岩片、碳酸盐岩片、复理石岩片、蛇绿岩岩片，并在其中的变质基底岩片含透闪石榴石片岩中获得 708±17 百万年的 Sm−Nd 模式年龄，在镁铁质岩岩片中获得了 1027±81 百万年的 Sm−Nd 模式年龄。

⑦炉霍−道孚构造带：四川 1:5 万炉霍县城地区 3 幅区调进一步厘定了炉霍构造带内的构造格架，提出格依日涅坝山脊的灰岩体为推覆构造；确认了如年各蛇绿混杂岩群的存在，推动了炉霍−道孚小区的建立，进一步证实了原炉霍−道孚古裂谷曾拉伸至大洋壳这一论述；在鲜水河断裂带上发现一处断层破碎带，对研究鲜水河断裂发震机制有较大意义。

5. 第四纪、旅游地质、工程地质、灾害地质调查取得新进展。内蒙古 1:5 万敖包特陶勒盖、拉名海尔罕等幅区调查明东乌旗中蒙边界地区晚更新世末期湖相沉积地层覆盖于前泥盆纪湖盆基底之上，属晚更新世末期，平均沉积速率 6.991 毫米/年，通过沉积地层和孢粉分析反演了该阶段的古植被、古气候。四川 1:25 万成都市幅区调修侧新获得一批第四系测年资料，将前人认为的中更新世的堆积物厘定为早更新统，晚更新世的堆积物里定为中更新统；查明龙泉山西坡龙泉驿−金堂线广泛分布有晚更新世的风尘黄土堆积；确定分布广泛且具有较大争议的成都粘土为风尘堆积物。安徽 1:5 万和县、当涂县等 5 幅立体地质填图示范初步查明了第四纪地层空间变化规律和"长江深槽"的分布特征。云南 1:5 万潞西县、平达幅区调首次在测区第四系全新统炭质层、西侧邻区新近系陆相盆地含煤地层中采获丰富的孢粉化石。河北1:5万南堡新生盐场等幅区调建立了晚更新世以来的地层序列,在曹妃甸国际生态城施工了600米深的第四纪地质综合研究孔。河北1:25万邯郸市、邢台市幅区调修测开展了第四纪地质钻孔和综合研究表明,12~16米为湖沼沉积、30~34米贫营养湖沉积、64~66米贫营养湖沉积、160米以上洪泛作用增强、462米以下开始出现锰质结核,并显示离子迁移活跃。

四川1:5万扒冲堆等4幅区调对测区旅游资源进行了较为全面的调查。查明海子山地区旅游资源以高山海子风光为主,冰川冰碛地貌景观为辅。高山海子风光主要分布于兴伊错-辛开错、希错-冬错两个片区,其成因有冰川堰塞型和冰蚀型两类,绝大多数属冰川堰塞型。

泛亚铁路大理-瑞丽段沿线区域地质调查,编制了地质条件极其复杂的铁路优选线两侧各2000米范围内的1:2.5万地质图和工程地质图。深入研究了断裂带的构造性质与活动性,查明了区内主要构造形迹特征,对断裂活动性进行了划分,厘定出该区61条断裂带,确定了其中24条第四纪活动断裂,系统评价了活动断裂带对线路工程的影响,提出了防治建议。查明铁路建设区工程地质条件,划分出了工程地质岩组,进行了工程地质分区。查明铁路建设区地质灾害类型和分布,并指出了特殊岩土体,特别是"破灰岩"的工程影响及应考虑的处理措施。进行了隧道围岩分级与评价,评价了岩体强度的不均一性可能带来的影响。综合活断层研究成果和历史地震资料,对大瑞铁路沿线区域进行了地震烈度区划,并对该区进行初步的地壳稳定性分析与评价。为铁路设计与施工的抗震设防提供了重要参考。完成了大瑞铁路高黎贡山越岭段地应力场的数值模拟专题研究,建立了多尺度和多层次的数值模拟地质模型和高黎贡山越岭段优选线三维地质模型,指出该区的主要地应力是垂直地应力,岩爆危险性以中等和弱为主,但局部地段存在强岩爆和软岩大变形危险性,为铁路隧道安全施工提供了科学依据。

四川1:25万西昌市、甘洛县幅区调初步查明了区内地质灾害,发现滑坡485处、崩塌111处、泥石流468处、不稳定斜坡55处。河北省1:5万南堡新生盐场等幅区调查明了曹妃甸地区柏各庄断裂、西南庄断裂、高柳断裂以及南堡断裂在第四系中的形态、位置、上断点埋深等。

【基础地质成果集成和综合研究】 1.青藏高原基础地质成果集成与综合研究。系统编制了青藏高原1:150万地质图、大地构造图、构造-岩浆岩图、前寒武纪地质图、变质地质图、新生代地质图、矿产资源图、旅游资源图、构造-岩相古地理图、第四纪地质与地貌图、新构造与地质灾害图,以及航磁、重力、地球化学等系列图件共计85张。首次提出班公湖-双湖-怒江-昌宁对接带是特提斯大洋最终消亡的残迹。提出了青藏高原"一个大洋、两个大陆边缘、三大多岛弧盆系"构造格局新认识和大陆边缘"多岛弧盆系构造理论"。以大陆边缘多岛弧盆系构造理论为指导,以大地构造相分析为主线,采用沉积相、古地理要素为载体和优势相方法,开创性地编制完成的显生宙17个重要地质断代构造-岩相古地理系列图,总结了一套造山带构造-岩相古地理研究新的方法体系。以青藏特提斯大洋俯冲、碰撞、转换、伸展等地球动力学背景的构造-岩浆组合为依据,划分了秦祁昆、羌塘-三江、喜马拉雅-冈底斯三大岩浆岩省和13个构造-岩浆岩带,建立了青藏高原构造-岩浆演化与时空格架;提出"陆缘侧向增生、陆壳垂向增长"的"新生与再循环"青藏高原两类地壳,"挤压缩短及地幔物质注入"两种机制的高原地壳增厚模式。在系统分析青藏高原大量低温热年代学数据和综合研究新构造活动特征与不同成因类型新生代残留盆地的基础上,提出了渐新世末期-中新世是青藏高原构造地貌由东高西低到西高东低转折期的新认识。建立了青藏高原65百万~35百万年为碰撞-陆内俯冲挤压构造抬升、25百万~17百万年为陆内挤压构造抬升、17百万~8百万年(藏南18百万~13百万年)为拆沉热隆抬升、大约5百万年以来构造-气候联动抬升的四阶段隆升模式。系统开展了新构造、地质灾害、第四纪地质与地貌等调查研究,编制了青藏高原及邻区1:150万新生代地质图、第四纪地质与地貌图、新构造与地质灾害图等,揭示了青藏高原构造隆升-地貌水系演化-气候与环境演变的耦合关系。首次系统建立了青藏高原及邻区177幅1:25万地质图空间数据库及1:150万地质-资源-环境系列成果图数据库,实现了地-物-化-遥等海量数据的集群化管理,为青藏高原地质成果资料的社会化服务搭建了共享平台。

2.全国地质志修编。完成制定了全国、地区和省级不同层次地质志和系列地质图件编制与数据库建设技术要求,确定了统一的技术标准,以及各类术语、分类命名原则和划分方案,并已下发各单位试用。制定了全国地层区划、构造区划方案、岩浆岩、变质岩分期、分区(带)方案。对江南造山带地区前南华系取得重大进展,提出了新的"江南古陆"元古宙地层划分对比方案。辽宁、山东、安徽、陕西等7个省级地质志修编试点已基本完成地质图、岩浆岩地质图、地质构造图、第四纪地貌地质图、航磁异常图和重力异常图等图件编制,编写了各省地质志报告初稿,初步建立了各省数据库。

3. 重要成矿带成矿地质背景研究和大区基础地质综合研究。围绕解决制约找矿突破的关键地质问题，开展了 19 个重要成矿带的成矿地质背景综合研究。完成了班公湖 - 怒江、雅鲁藏布江等成矿带成矿地质背景系列图编制，更新了华北、东北、华东、中南、西南、西北六大区地质图和成果数据库。

4. 全国地质遗迹资源区划与保护规划研究。制定了重要地质遗迹调查技术要求征求意见稿。编制了中国重要地质遗迹资源分布图、全国重要观赏石资源分布图、中国重要恐龙化石产地分布图和中国重要硅化木产地分布图。建立了地质遗迹调查数据库采集软件和验收软件子系统。建立了中国重要古生物化石分类分级标准。提交了第一批、第二批古生物化石保护名录推荐名单，对古生物化石保护条例进行了修改完善。河南和四川两个省级地质遗迹调查试点工作基本完成，查明了省地质遗迹资源分布，编制了全省地质遗迹分布图，建立地质遗迹数据库；提出了地质遗迹区划方案。初步提出了地质遗迹保护措施和建议。

【区域地球物理调查】 2010 年共完成 1:25 万区域重力调查 385035 平方千米、1:5 万航空物探 655758 测线千米，全年主要实物工作量已全面完成。

1. 青藏铁路沿线航磁成果综合研究。全区共推断一级断裂 6 条、二级断裂 20 条，圈定各类隐伏岩体 468 处、火山机构 21 处、穹隆构造 8 处，其中数条北西向和北东向断裂为航磁首次发现，为青藏铁路沿线基础地质研究和矿产资源预测提供了依据。根据航磁异常反映的矿产分布规律，将青藏铁路沿线划分为东昆仑、沱沱河 - 囊谦、唐古拉、班戈 - 那曲、冈底斯、雅鲁藏布江、喜马拉雅等 7 个成矿带，共圈定铁、铜、铅、锌、金、银、铬等多金属找矿远景区 126 个，其中一级找矿远景区 48 个，二级找矿远景区 47 个，三级找矿远景区 31 个。根据各类金属矿床的找矿标志，从全区 2115 处航磁异常中优选航磁异常 375 处，并对 4 处航磁异常进行了地面踏勘。

2. 西南三江重点成矿区带中段 1:20 万航磁调查。利用航磁资料对测区内的断裂进行了划分，共划出断裂 80 多条，圈定了全区各类磁性侵入岩、火山岩、变质岩等。共选编航磁异常 647 处，确定甲类异常 2 处，乙类异常 448 处，丙类异常 5 处，丁类异常 182 处。查证异常 5 处，发现 1 处含镍基性火山岩体。在航磁局部异常解释分析的基础上，结合航磁反映的岩浆岩条件、构造环境和地质、化探等多元信息，共圈定找矿远景区 30 个，对西南三江重点成矿区带中段的矿产勘查具有重要的指导意义。

3. 新疆东昆仑祁漫塔格地区 1:5 万航磁调查。收集区内及周边地区的地质、矿产、物探、化探、遥感等资料，系统分析区内磁性层、构造环境、岩浆活动特征和成矿规律，在深入研究蟠龙峰、维宝、迪木那里克、白干湖钨锡矿等典型矿床的成矿特点、控矿规律和地球物理异常特征和地质构造环境的基础上，建立适合磁异常解释的地质 - 地球物理模型。优选了 50 余处航磁异常开展地面查证，发现多处矿点、矿化点。

4. 新疆西天山赛里木湖 - 阿吾拉勒地区 1:5 万航磁调查。初步选编航磁异常 497 余个，筛选 94 处航磁异常进行地面查证，编写航磁异常查证建议书 3 份，查证异常 66 处，有 6 处异常见矿，5 处异常见铁、铜等矿化和蚀变带、蚀变岩等，获得了较好的找矿效果。

5. 中国陆域航磁特征与地质构造研究。完成全国航磁数据的拼接、网格化水平调整工作，基本完成 1:100 万中国陆域航磁△T 等值线图的编制工作。基本完成了全国磁场位场转换（包括化极、上延 5 千米、10 千米、20 千米和 50 千米及垂向一次导数）处理，初步编制了 6 套中国陆域 1:100 万航磁数据处理图件，即：中国陆域航磁 △T 化极等值线图、中国陆域航磁 △T 化极上延 5 千米、10 千米、20 千米、50 千米等值线图和中国陆域化极垂向一次导数图。

6. 江西武夷山北部地区直升机航空物探（电磁、磁）测量试生产。全区共划出 16 条断裂，圈定 15 个加里东期隐伏或半隐伏花岗岩体，为研究本区构造特征、岩浆活动以及寻找相关的铁、铅、锌、铜、金、银等多金属矿产指出了方向。编选出航磁异常 70 个，航电异常 186 个。地面检查庙上 - 千步岭、宜黄等 7 处航空电磁、磁异常，显示空地异常对应，具有良好的铁矿、铅锌多金属矿、矽卡岩型铜铅锌钼等硫化物矿床等找矿前景。

7. 航空物探方法技术与数据处理解释系统研究。完成了航空电磁数据可视化调平方法调研和基于 Mat-lab 的程序编写与试算，实现了数据的一维调平方法，并加入到二维自动调平和二维微调平的软件中。确定了地球物理数据处理解释系统软件总体架构。在新的框架软件平台上，采用插件技术完成航空物探质量控制模块，磁力数据处理模块，空间数据与属性数据编辑、物性参数统计、航磁异常数据处理、放射性参数统计模块升级改造工作。

8. 航磁梯度及伽玛能谱仪试验。集成和改装了试生产用的 AGS - 863 航磁全轴梯度勘查系统、AGS - 863 航空伽玛能谱勘查系统及 Y12 飞机。基本掌握国产能谱仪的标定方法，基本形成航磁全轴梯度及伽玛能谱测量方法技术流程和数据预处理方法，搭建获得原子磁力仪的实验平台，确定了航空物探试验场施工参数，并在试生产中得到了应用和完善。统一全数字航空物探异常地面查证系统、野外调查数据传输方法应用示范等的开发运行环境,构建了管理信息系统的数据整合与在线分析平台。

9. 青海1:20万章岗日松幅、扎河幅、索加幅、尕乌促纳幅区域重力调查。根据重力场特征,共划分出两个Ⅱ级构造单元和4个Ⅲ级构造单元,划分出34条断裂。全区划分局部重力异常68个,认为其主要为中新生界引起的重力低27个,中、酸性侵入岩与中、新生界共同引起的重力低7个,基底隆起与基性-超基性岩共同引起的重力高6个,基底隆起引起的重力高28个。根据重力推断成果,结合地质、矿产、化探等资料,提出三个找矿有利地段及两个找矿靶区。

10. 新疆1:20万阿雅格库木库里幅区域重力调查。依据重力场特征,结合地质、航磁、遥感等资料,工作区内划分出Ⅲ级构造单元4个,划定Ⅲ级断裂5条、Ⅳ级断裂10条。圈出局部重力异常66个,推断断陷盆地带4条。综合分析地质及重力、航磁异常等资料,提出了3个找矿有利地段。

11. 青海1:20万伯喀里克幅、塔鹤托坂日幅、可可西里湖、幅错达日玛幅区域重力调查。根据重力场分区特征和推断解释成果,结合地质、化探等资料推断断裂58条,提取局部重力异常61个,划出Ⅰ级构造单元2个、Ⅱ级构造单元6个、Ⅲ级构造单元11个,提出成矿有利区11个。根据1:5万重磁剖面结合航磁异常,认为可可西里盆地具有变质基底起伏不大、岩浆活动极其微弱的特征;在地面磁测工作中圈定可能的磁铁矿致异常2处。

12. 湖南大庸-吉首地区1:25万区域重力调查。研究认为:测区东部异常处于麻阳幔隆区与常德幔隆区之间的过渡地带,主要反映了元古界较高密度老地层和较高密度结晶基底上隆及莫霍面抬升等地质现象的存在;中部异常比较清晰地反映出沅麻红层盆地东北段的基本轮廓,主要是较低密度白垩系红层和较高密度结晶基底上隆及莫霍面抬升的迭加反映;西部重力梯级带是中国东部规模巨大的大兴安岭-太行山-武陵山区域重力梯级带的一个区段,它反映了大规模的北东向带状质量垂直分布的不均匀性。其区域地质属性是存在上地幔的陡坡带和深大断裂。

13. 广西钦州地区1:25万区域重力调查。初步推断北东向梯级带为调查区的主体构造特征线,长条状北东向的重力低异常圈闭为六万大山超单元花岗岩,而北东向断裂控制着本区的沉积建造、岩浆活动和中新生代断陷盆地的形成和发展。初步划分了断裂构造7条,其中北东向断裂为测区主要的断裂构造,该断裂对钦州地区的区域成矿构造带划分具有重要意义。

14. 内蒙古博克图、喜桂图旗、沟口、小二沟地区1:20万区域重力调查。依据调查结果识别出局部重力异常25个,异常形态较复杂。其中重力高异常基本与古生界地层对应,重力低异常多与地质上的中生界火山盆地对应。测区内梯级带多呈北东向和北西向展布,东西向次之,北东向梯级带展布为测区主要特征。

15. 内蒙古1:20万巴彦公社、加格达奇、松林区、十五里河区域重力调查。区内重力梯级带呈北东-南西走向,主要为大杨树坳陷地带、加格达奇-扎兰屯隆起地带、兴安里-乌兰河坳陷地带的反映。存在5个较大的局部异常,反映了不同方向的次级构造带和局部断陷带、隆起带及不同地质单元的构造特征。

16. 内蒙古1:20万阿荣旗、布特哈旗、绰尔、塔尔其幅区域重力调查。区内布格重力异常由西往东逐渐递增,至中部反映为明显的重力梯级带,叠加有近南北向串珠状相邻的重力高值带或重力低值带。布格重力异常变化非浅部地层引起,而是基底自西向东的抬升而引起。局部重力高或重力低则是由局部地层隆起或岩浆岩侵入或地层密度地层差所引起。区内初步划分2个重力梯级带,4个局部重力高异常(区),5个局部重力低异常(区)。

17. 青藏高原1:100万区域重力调查成果综合。在整理分析重力资料与进行重、磁异常特征分区的基础上,划分了青藏高原区域构造分区、推断了Ⅰ级和Ⅱ级等断裂构造,圈定了主要岩浆岩体(带)及沉积盆地分布范围,反演了研究区内主要盆地密度界面深度,初步研究了青藏高原莫氏面深度及其起伏(地壳厚度变化)。

18. 华南地区深部岩石圈定与形态研究。选择南岭多金属成矿带的成矿有利地区湖南郴桂地区(香花岭-骑田岭一带)作为试验区,建立不同类型、厚度、埋深、形状的单一或组合侵入岩体地质-地球物理模型组,进行正演计算,评估各类网格化插值方法和考虑地形的网格化插值方法,评价地形对正演计算结果的影响。同时进行区内火成岩体的圈定和定量反演计算,推断其空间形态,形成一套华南地区岩体定量解释的物化探数据处理与反演解释的方法技术流程。

【区域地球化学调查】 2010年共完成1:20万区化365087平方千米,完成全年主要实物工作量的95%。

1. 甘肃1:20万明水、红石山幅区域化探。发现多处钼(铋、钨)矿化线索和多条矿化体,矿化体普遍具钼多金属矿化,含矿岩性为石英脉(脉宽0.2~0.6米),延长大于300米,钼品位达0.1%(化学样),具良好找矿前景。此外发现铷矿化一处和多条矿化体,含矿岩性为伟晶脉和斑岩脉(脉宽1~3米),延长大于1000米,具良好找矿前景。

2. 青海1:20万塔鹤托坂日幅、布伦台幅、可可西里湖幅、库赛湖幅区域化探。查证多处区域化探异常,找矿效果良好。其中龙山异常区发现一条东西向铜矿化蚀变破碎带,平均宽 1.9 米,地表出露长 150 米,快速分析显示铜品位 0.1% ~ 2%;在库热格特异常区,经探槽和剖面测量在该区发现 3 处热液充填石英脉型铜矿化体:矿体 1 初步控制长度达 1300 米,宽 1 ~ 3 米,野外快速分析显示铜品位在 2% ~ 5%;矿体 2 初步控制长度达 100 多米,宽 3 ~ 5 米,野外快速分析显示铜品位在 2% ~ 5%;矿体 3 初步控制长度大于 80 米,宽 0.25 ~ 0.8 米,野外快速分析显示铜品位在 2% ~ 5.3%;额尔滚异常区铜矿体宽约 0.1 ~ 0.7 米,矿化特征为孔雀石化、黄铜矿化变粒岩,目估铜品位约 4%,快速分析显示钼含量 0.56%,铋含量 0.01%;阿勒坦异常区发现含 Pb 破碎带一条;井木棋异常区发现含 Sn 蚀变带一条。

3. 新疆 1:20 万阿羌幅、怀玉岗幅、黄羊沟幅、银水湖幅区域化探。异常查证发现多处矿化线索。其中穷格察尔综合异常发现较好的矿化蚀变带 4 条,宽 10 ~ 30 米,长 500 ~ 800 米,多见孔雀石化和铅锌矿化,在局部地区出露有零星的孔雀石化。怀玉岗综合异常在闪长岩岩体接触带上可见孔雀石化、黄钾铁钒化蚀变带,宽 10 ~ 30 米,探槽内见较强孔雀石化、黄钾铁钒化局部地段可见铜兰,光谱样初步分析结果铜品位 2% ~ 5%。灵仙湖异常发现弱硅化、褐铁矿化片理化砂岩。哈拉木兰综合异常发现虹玉铅锌矿,见长约 400 米,宽约 5 ~ 15 米以上的闪锌矿化体,局部闪锌矿物含量 3% 以上。

4. 新疆西昆仑岔路口 – 甜水海地区 1:5 万化探。在化探扫面过程中发现多处矿点和矿化点,为后期异常查证工作提供重要依据。其中岔路口地区新发现赤铁矿点 1 处,铜矿化点 4 处,铅矿化点 2 处。甜水海地区新发现铜矿点一处,位于卡孜勒谷地中部一带,宽 30 ~ 50 米,长约 150 米,产于北西向高角度逆压构造内,见有辉铜矿矿化、孔雀石矿化、孔雀石呈致密块状。对矿化带揭露后,刻线法(受永冻层影响)采集化学样 5 件,分析结果铜含量 42.75%、41.87%、24.32% 和 32.85%、40.77%,控制富矿体宽 6 米,平均品位 37.37%。

5. 黑龙江 1:20 万呼中区、东方红林场、塔河区幅区域化探。共圈定 Au、Ag、As、Sb、Bi、Hg、W、Mo、Cu、Pb、Zn 等 11 种单元素异常 564 个,组合异常总数为 80 个。其中甲类异常 6 个,乙类异常 35 个,丙类异常 25 个,丁类异常 14 个。发现 5 条钼矿化体,有样品钼含量达边界品位以上。

6. 内蒙古 1:20 万达莱滨湖、阿里河镇幅区域化探。共划定 I 级找矿远景区 1 个,II 级找矿远景区 4 个;圈定找矿靶区 A 级 4 个、B 级 8 个。圈定单元素异常 2827 个、主要成矿元素综合异常 75 处。查证发现了多金属和银矿化点两处,取得了突出的异常查证见矿效果。

7. 内蒙古 1:20 万兴安里、克一河镇幅区域化探。圈定了主要成矿元素综合异常 43 处、铁族元素综合异常 35 处,稀有、稀土和放射性元素综合异常 22 处,并结合区域地质条件,共划定 I 级找矿远景区 2 个、II 级找矿远景区 1 个;圈定找矿靶区 A 级 4 个、B 级 5 个、C 级 2 个。初步查证 8 处重要异常,发现了铜铅锌、钼矿点两处,银铅锌多金属矿化点 4 处,地质找矿效果明显。

8. 区域化探方法技术研究与成果集成。收集整理了武夷山成矿带、豫西成矿带、大兴安岭成矿带中段、钦杭成矿带西段、西南天山及川滇黔成矿带等地区的区域化探及地质、矿产、物探、遥感等相关资料,分析成矿带的元素地球化学分布分配特征,初步开展成矿带典型矿床的地球化学研究,为成矿带的资源潜力地球化学评价提供依据。

9. 福建省龙岩地区多目标区域地球化学调查。初步查明龙岩地区表层土壤养分缺损状况和环境质量状况,发现大面积的富硒土壤资源,其中硒含量大于 0.46 毫克/千克的土壤达 7232 平方千米。同时发现了一批金、铜、钼、铅、锌、锰等金属矿产及稀有、稀土元素异常,具有良好的找矿远景。

10. 江西省信丰地区多目标区域地球化学调查。全面查清了信丰地区土地质量地球化学状况,表明信丰脐橙种植区土壤环境质量总体良好,土壤养分总体偏低,土壤保肥能力较差。研究分析了元素在岩石、根系土、脐橙等介质间的迁移转化,初步查明了脐橙品质与土壤、成土母质的关系,提出了信丰脐橙种植适宜性建议方案。

11. 安徽省池州地区土地质量地球化学评估。摸清了土壤养分元素全量丰缺状况和环境质量状况。池州市环境质量总体良好,但镉含量较高,主要分布二类和三类土壤,三类土壤主要沿梅龙段沿江地带、秋浦河沿岸分布。氮和有机质主要以适中以上土壤分布,磷适中 – 极缺的土壤面积占 76.63%,而钾元素富集土壤则集中分布在梅龙沿江平原区、南部山区和乌沙秋浦河沿岸等。

12. 福建龙海市土地质量地球化学评估。显示表层土壤环境质量总体良好,大部分地区为一类土壤;土壤氮、磷、钾及有机质等含量普遍较高,微量营养元素铜、锌、硒等含量丰富。同时局部地区也存在土壤酸化及重金属元素含量异常问题。农田灌溉水水质良好,所有指标含量均符合国家灌溉水质标准。底泥中有 Cd、Hg 元素含量存在超标问题。水稻中 Cu、Zn、Se、Hg、六六六和滴滴涕等含量均符合粮食卫生标准,但水稻中 As、Cd 和 Pb 存在超标现象。

13. 上海市土地质量地球化学评估。建立了上海市土地质量地球化学评估指标体系,划分了土地质量地球化学等级,进行了土地质量地球化学评估成果与农用地分等定级成果的对接方法探索,比较了叠加法和指标参评法等不同对接方法的优缺点,为综合评价土地质量、服务土地质量管护提供了基础依据。

【遥感地质调查】 1. 青藏高原生态地质环境遥感调查与监测。完成青藏高原(新疆地区)三期现代冰川雪线、土地荒漠化、城市扩展等生态地质环境专题因子分布与动态变化遥感调查。

①冰川雪线。北部新疆地区冰川总体呈明显减少趋势,以冰川体积性消减为主,其中又以面积小于 5 平方千米的小规模冰川变化最为明显。1963～2008 年,冰川面积减少 2217.43 平方千米,面积减少率为 18.15%。由于冰川强烈退缩,增加的水资源量使得距离较近的高山湖泊面积增加,同时由于一些小冰川面积急剧减小或消失使得高原面状供水系统遭到破坏,草场沙化和土地荒漠化程度加剧。

②荒漠化。北部新疆地区荒漠化严重,占全区面积的 48.66%,以砂砾质荒漠化和盐碱质荒漠化为主。其中又以新疆塔克拉玛干沙漠东南缘及其东部荒漠化形势最为严峻。1975～2007 年,荒漠化土地面积减少 20000 平方千米,年均减少率为 0.09%。

③城市扩展。青藏高原和北部新疆地区城市扩展速率远低于中、东部城市和省内其他城市,与人口数量、经济社会发展、空间(土地资源)、地质条件和水资源量等因素相关。

2. 黄河流域基础地质环境遥感调查与监测。利用 1975 年、2000 年和 2007 年三期遥感数据,初步查明了黄河域荒漠化、湿地、水土流失等类型、强度、面积、分布和变化特征,研究了黄河域第四纪地质空间分布、类型,划分了 9 个生态地质环境区,为地区经济社会发展和生态环境保护提供了重要的基础数据。

①荒漠化。荒漠化类型主要是砂质荒漠化、水蚀荒漠化和盐渍化,极重度和重度荒漠化主要分布在青海、甘肃、内蒙古和陕西北部,盐碱化主要分布在山东沿海地区和毛乌素沙漠等西北干旱区。三十年间荒漠化总体呈加重趋势,增加 11903 平方千米,其中从 2000 年开始荒漠化有所缓解。

②湿地。三十年间湿地总量呈减少趋势,平均每年减少 49.23 平方千米。其中湖泊湿地、沼泽草甸湿地和近海及海岸湿地均在不同程度上减少,但是人工湿地,尤其是库塘面积却呈增加趋势。

③水土流失。全区有 41.58% 的土地面积存在不同程度和不同类型的水土流失,以水蚀区所占面积最大,总体变化趋势是加重区大于减轻区。其中冻融侵蚀主要分布于黄河源区,风蚀区主要集中在黄河中上游的西北干旱地区,水蚀区上中下游均有分布。

④城市扩展。三十年间,城镇面积呈增加趋势,平均每年增加 1457.22 平方千米。城镇扩展量与城镇大小和地域关系密切。

3. 中国东部重要经济区带基础地质环境遥感调查与监测。近 30 年来,中国东部重要经济区海岸线的总长度是逐渐缩短,自然海岸急剧缩短,人工海岸急速增长。滩涂总面积逐渐减少,其中潮间淤泥质海滩和生物海滩急剧减少。湿地总面积是逐渐减少的,其中沼泽湿地、河流湿地、湖泊湿地、近海及海岸湿地明显减少,但人工湿地急剧增加。风蚀荒漠化、盐渍化的总面积是逐渐减少的,而水蚀荒漠化和工矿型荒漠化的总面积是逐渐增加的。县级以上城镇总面积快速扩张。

同时利用遥感技术,完成了中国南方岩溶石山地区石漠化现状和变化趋势调查。2008 年石漠化面积达 70000 平方千米,占工作区出露碳酸盐岩面积的 13%,其中以轻度石漠化为主。从 20 世纪 90 年代末到 2008 年,石漠化程度降低,年平均减少率为 4.7%,尤其中、重度石漠化明显减少,但轻度石漠化有所增加。研究显示石漠化空间分布特征明显,主要分布在岩溶强烈发育的纯碳酸盐岩或以碳酸盐岩为主的岩石类型中,同时也多分布在正地形突出部位。

4. 全国生态地质环境遥感监测成果集成与综合研究。利用 1975 年 MMS、2000 年 ETM +、2007 年 CBERS 三期卫星数据,系统查明了我国陆域现代冰川、海岸线、河流湖泊、湿地、荒漠化、石漠化、城市扩展等生态地质环境系统的分布现状及动态变化规律,首次获取一批陆域全覆盖的大型、整装、多期次、无缝遥感监测定量数据集,建立了全国区域地质环境遥感调查与监测信息管理平台,为我国生态地质环境状况研究和经济社会发展提供基础数据。30 多年来,我国生态地质环境表现出由环境恶化到回转的阶段性变化,但形势依然严峻。其中 1975～2000 年,天然湿地面积减小,现代冰川退缩,沙质荒漠化面积增加,为生态地质环境强烈恶化阶段;2000～2007 年,湿地面积增加,荒漠化面积减小,生态地质环境有所回转。

5. 长江中上游(江津 - 宜昌段)1∶5 万航空遥感地质调查。完成了全区 1∶1 万空间分辨率为 0.5 米的正射影像图制作和库区 40000 平方千米三维仿真系统建立,并开发基于三维场景的地质灾害解译工具。利用 2003 年、2009 年两期航空遥感数据,并结合三维仿真系统开展了长江中上游地质灾害调查,同时还开展长江中上游生态地质环境专题因子调查和动态监测,总结了研究地质环境变化规律,为长江流域重点区资源开发利用、环境保护与经济可持续发展提供了基础数据和科学依据。

6. 重要成矿带遥感地质调查综合研究。初步完成了《重点成矿带遥感地质调查技术标准》草稿,开展了东昆仑试验区遥感地质调查,正射纠正了东昆仑试验区都兰县金水口幅、小庙幅、德特郭勒幅和得里特幅 Worldview - 2 遥感图像,完成了基于 Worldview - 2 图像的 1:1 万比例尺遥感地质解译工作,开展了 Fe^{2+}、Fe^{3+}、Al - OH、Mg - OH 等有关的遥感异常提取。

7. 西昆仑成矿带矿产资源遥感综合调查。利用 ASTER 数据,完成了西昆仑成矿带异常提取工作,并分别采用主成份分析法、比值法等对不同区域的遥感异常进行信息提取和筛选。完成了重点地区 4000 平方千米的 WV - 2 数据遥感影像的纠正、镶嵌、彩色合成、图像增强等数字图像处理,对工作区内的地层、岩浆岩、火山岩等成矿、赋矿地层进行了遥感解译和信息提取,建立工作区典型岩矿波谱库。依据成矿规律总结和野外验证结果,圈定划分 B 级找矿靶区 2 处,C 级找矿靶区 6 处。

8. 西藏班公湖 - 怒江成矿带中西段矿产资源遥感综合调查。重点研究了班公湖 - 怒江成矿带中西段典型矿床尔乐穷矽卡岩铜金矿、多不杂斑岩铜矿床的成矿规律与遥感信息提取研究,初步在班公湖 - 怒江成矿带中西段建立了矽卡岩铜金矿、多不杂斑岩铜典型矿床的遥感找矿模型。在西藏班公湖 - 怒江成矿带中西段进行找矿靶区优选,优选了 49 个找矿靶区。选择多处找矿靶区进行实地查证,发现多处矿化线索。

9. 三维遥感地质调查系统建立及示范应用。整理了 4 期环渤海经济区的 MSS \ TM \ ETM \ CBERS 遥感数据和重点区的 SPOT5 遥感数据,并生成三维场景。优化组合了 SKYLINE 的部分功能,初步设计了系统查询、多期图像、多期矢量数据的对比分析功能。三维遥感地质调查系统采用三维数字影像地球模型,显示方式真实直观,地图操作模块采用人性化设计理念,通过简洁的方式向用户提供灵活的地图浏览操作手段以及实用的地图控制功能。

10. 矿山开发遥感调查与监测成果集成与综合研究。2010 年矿山开发遥感调查与监测表明:

①矿产资源开发秩序有好转趋势。随着整顿和规范全国矿产资源开发秩序工作的深入,大量违规矿业开采点被关闭,界外开采点大幅减少,乱采滥挖现象正在得到有效遏制。2006 年,全国矿山遥感监测查明的界外矿业开采点平均 7 处/100 平方千米;2007 年、2008

年、2009 年、2010 年分别下降至 3 处/100 平方千米、2 处/100 平方千米、1 处/100 平方千米、1 处/100 平方千米。矿产资源开发秩序总体有好转趋势明显。

②局部矿产资源开发秩序问题依然突出。局部地区界外开采点数量大规模回升,反弹趋势明显。累计查明各类涉嫌违规开采活动 4733 处,以越界开采和无证开采为主;建筑石材等非金属矿产的违规开采现象突出,占其中的 53%,金属矿涉嫌违法开采占 31%,煤矿涉嫌违法开采占 16%。2009 ~ 2010 年新增监测矿区涉嫌违规开采现象尤为严重。

③矿产资源开发引起的矿山地质灾害(隐患)问题突出。累计查明各类矿山地质灾害 2310 处,重大地质灾害隐患区 67 处;圈定采空塌陷区 429 处,面积 53.45 万公顷。山西、陕西、内蒙古、黑龙江、甘肃等以煤炭开发为主的传统矿产资源开发大省存在大量矿山地质灾害(隐患)。

进一步完善了矿产资源开发多目标遥感调查和监测技术体系,开展了雷达数据试验应用研究和高分数据 DEM 应用研究、矿山监测 PDA 的升级改造及相关野外实验、和以无人机遥感技术为主的矿山开发应急监测体系研建工作,构建了矿产资源开发多目标遥感调查与监测信息系统。

【海洋地质调查】 2010 年度继续开展 1:100 万大连幅、上海幅、海南岛幅、中沙群岛幅海洋区域地质调查,1:25 万青岛幅海洋区域地质调查试点,我国海域 1:100 万地质地球物理系列图编制,中国海及邻域地质地球物理及地球化学系列图编制,长江口以北沙泥质海岸带、黄河三角洲滨海湿地、华南西部滨海湿地、北部湾广西近岸的海洋环境地质调查与评价,南海北部湾全新世环境演变及人类活动影响研究,浙江舟山海域海底淡水资源调查试点,南海北部陆坡深水区和南黄海海域油气资源普查,2009 年度采集样品测试分析,资料数据处理和解释,以及相关综合研究工作。完成海域航空物探测量 63978 千米,海底地质取样 64 个站位。

1. 海洋区域地质调查。1:100 万大连幅海洋区域地质调查。完成海底地质取样 64 个站位、海域航空物探测量 63978 千米,以及 2009 年度采集样品的测试分析,单道地震、浅地层剖面等资料处理。开展了综合地质解释和地层层序、构造格架、新近纪以来的构造运动、火山活动等研究。根据高分辨率地震资料,发现新近系以来地层存在 11 个反射界面,同时圈定浅层火成岩分布区 5 个。编制了海域空间重力异常、布格重力异常、磁力异常等草图,以及 1:100 万胶东半岛第四纪地质图、构造地质图、矿产资源图和环境地质图,制订了地层单元统一划分方案。

1:100万上海幅海洋区域地质调查。完成了2009年度采集的单道地震、多道地震、重力、磁力等资料处理,开展了资料对比解释、地震层序分析、综合研究,建立了区域地层和构造格架,编制了空间重力异常、布格重力异常、磁力异常、区域构造等图件,初步总结了不同类型矿产的控矿因素。

1:100万海南岛幅海洋区域地质调查。重点开展了综合研究工作,通过海底沉积物样品的粒度、矿物、古生物、地球化学、古地磁等测试分析,识别出了全新世、晚更新世底界及晚更新世理斯-玉木间冰期、早玉木冰期、中玉木冰期和晚玉木冰期之间的界线。综合研究认为,该区新生代构造活动强烈,断裂构造主要有NE向、NWW向和NW向三组,潜在的地质灾害类型主要有海底滑坡、泥底辟、埋藏古河道、陡坎(陡坡)、浅活动断层等。

1:100万中沙群岛幅海洋区域地质调查。重点开展了综合研究工作,通过高分辨率单道地震资料、重磁资料,以及沉积物、矿物和古地磁等测试数据的综合分析和研究,结果表明,陆坡区柱状样沉积物以粉砂为主,夹薄层砂质粉砂,水动力条件相对较强,沉积环境相对动荡,海盆区柱状样沉积物以粉砂为主,夹有薄层泥,水动力条件较弱,沉积环境和沉积物物源供给稳定。晚新近纪以来,沉积体系类型多样,北部地区经历了从浅海到半深海沉积,主要发育扇三角洲、斜坡扇、三角洲等沉积体系,南部地区经历了从半深海到深海平原沉积,主要发育扇三角洲、斜坡扇、三角洲等沉积体系,南部海盆区浊积扇沉积发育。晚中新世以来断裂构造发育,均为正断层,可分为近EW向、NW-NWW向和NEE向三组。喜山期岩浆活动十分强烈,局部有多次火山喷发,本期岩浆活动对该区海底地形地貌的塑造起了重要作用,星罗棋布的岛礁基座大多由这期玄武岩构成。

1:25万青岛幅海洋区域地质调查试点。完成了2009年度采集的浅地层剖面资料处理和解释,将本区的浅部地层划分为5个地震相单元,系统揭示了区内浅地层(50米以浅)层序结构,基本查明了胶州湾潮流沉积体系的动力因素。

我国海域1:100万地质地球物理系列图编制。修改完善我国南海1:100万空间重力异常图、布格重力异常图、磁力异常(ΔT)图、沉积物分布图、区域构造图以及编图说明书。正式出版了黄海、东海1:100万地质地球物理系列图。

中国海陆地质地球物理及地球化学系列图编制。进一步收集了陆地和海洋的各种地质地球物理资料,完成了中国海陆1:500万地理底图,空间重力异常图、布格重力异常图、磁力异常图、莫霍面深度图、地震层析成像图、地质图、大地构造宏观格架图等草图的编制。同时,开展了滨太平洋域板块活动及其在中国海区的构造效应、中国海区及邻域岩石层结构特征及其动力学特征、中国及周边地质构造与全球构造研究进展等科学问题研究。重点研究了中国海陆主要块体在不同地质历史时期的地理位置,根据中国海陆大地构造演化史,选择了8个时间断面,绘制了中国海陆大地构造宏观格架演化系列图件。

2. 重点海岸带环境地质调查与评价。①长江口以北沙泥质海岸带地区环境地质调查评价。系统总结了南黄海西部陆架区的地质灾害分布规律及形成机制,将地质灾害归纳为3种类型:第一类海岸地质灾害,主要包括海岸侵蚀和海岸淤积;第二类海底表层地质灾害,主要包括沙波、沙丘、潮流沙脊、冲刷槽、陆架浅谷、滑坡、差异性压实断层、海山、陡坎、水下三角洲、古三角洲等;第三类海底浅层地质灾害,主要包括埋藏古河道、埋藏古三角洲、浅埋起伏基岩、浅层气(麻坑)、底辟与泥丘、沙层液化等。

②黄河三角洲滨海湿地系统综合地质调查与评价。完成了采集样品的测试分析,数据处理,图件编制等工作,初步查明了湿地浅层地下水常量元素、微量元素、重金属元素、营养盐组分的分布特征,以及黄河三角洲滨海湿地沉积体系与植被供水系统的时空结构,发现湿地逐年亏损主要发生在三角洲的废弃叶瓣。为此,建立了黄河三角洲湿地系统水文地质数值模型及预测系统,提出了黄河三角洲滨海湿地生态修复建议。

③华南西部滨海湿地地质调查与生态环境评价。开展了采集样品的测试分析、数据处理和综合研究,建立了湿地分类体系并对湿地进行了分类,湿地类型主要为潮上带的河流、湖泊、水塘和盐田区,潮间带的红树林、沙(砾)质滩涂、泥质滩涂区,潮下带的浅海区等。其中红树林区是热带、亚热带滨海的主要湿地类型之一,位于陆地与海洋之间,在全球生态平衡中具有重要作用。1973年以来,北部湾红树林分布区面积变化明显。总体上表现为,1996年之前面积在逐步缩小,此后面积逐渐恢复增大,其中1973年为4184公顷,1987年为3223公顷,1997年缩小为2587公顷,2000年恢复至4503公顷,2008年增至7127公顷。同时,初步查明了湿地沉积物类型和重金属污染分布状况等,重金属总体潜在生态危害程度低,近表层沉积物重金属含量较深部呈增加趋势。

④北部湾广西近岸的海洋环境地质调查与评价。通过北部湾北海银滩海域采集数据处理、样品测试分析和综合研究,查明了该海域的海底地形地貌、沉积物类型分布、海水质量、水动力特征、海底浅地层结构、潜

在的地质灾害因素和海底土的工程地质特性等，并进行了海洋地质环境综合评价，结果显示：北海银滩海洋地质环境质量总体上为良好状态，但某些地段海水有害因子超标。通过海岸线变迁、红树林动态变化及沿岸土地利用状况等综合分析，认为人类开发活动是本区海洋环境影响的重要因素。

⑤南海北部湾全新世环境演变及人类活动影响研究。开展了地球物理资料处理、样品测试分析，并与德国波罗地海研究所共同开展了北部湾海域水深、海底地貌、沉积物来源、沉积速率等综合研究。研究结果表明，该区自全新世初期至今经历了多次气候变化和海平面升降，在距今6500年左右海平面达到最高（高于当今海平面的4~5米），随后缓慢下降，直至当今海平面。

⑥浙江舟山海域海底淡水资源调查试点。通过高分辨率单道地震、浅地层剖面等资料处理解释，结合以往地质浅钻和水文地质孔资料进行了综合研究，并对海底第四纪地层进行了划分，发现舟山北部海域的西部钱塘江口北侧、嵊泗列岛和"嵊泗二井"以北、东北部海域第四纪松散沉积层发育，早更新世古河道分布区是寻找海底淡水资源的有利区。

3. 海洋油气资源调查。南海北部陆坡深水区油气资源普查。主要开展了多道地震和重磁资料处理和综合研究。重新追踪解释了8条区域地震大剖面，识别出8个重要的构造界面，建立了骨干剖面的构造-地层格架，初步划分了超层序、层序组以及三级层序，对碳酸盐岩和陆架-陆架边缘三角洲两个典型层序模式进行了探讨。认为西沙海槽盆地与琼东南盆地同属一个构造区，具有良好的油气地质条件。南海北部陆坡深水区的中、新生代沉积地层发育，西部以新生界为主，东部以新生界和中生界为主。初步圈定了南海北部海域中生界分布范围，进一步预测了潮汕坳陷等重点区域的中生界分布特征及其残留厚度。发现断陷期的湖相沉积和坳陷期的稳定海相沉积发育了多套烃源岩，在坡度较大的局部地区形成了一定规模的深水扇，局部发育的三角洲砂体是油气的有利储层。

南黄海海域油气资源普查。开展了海底地震仪系统（OBS）的海上试验和采集数据处理，重力、磁力、地震资料联合反演，以及地震多次波压制、振幅补偿、预测反褶积、精细速度分析、DMO倾角校正、偏移归位等技术方法研究，完成了地震多次波压制处理程序编制和调试工作，进一步获取了崂山隆起深部中生界、古生界地震反射信息。根据地震资料反射信息特征，将其划分为10个地震层序，并识别出二叠系上统龙潭组（含大隆组）、志留系-二叠系下统、寒武系中统-奥陶系、寒武系下统等四套海相地震反射标志层，发现南黄

海海相中、古生界发育，厚度大、分布广，控制盆地边界断层以正断层为主，盆地内部逆断层发育，古生界变形程度北部强于南部，西部强于东部。另外，发现南黄海油气地球化学异常主要沿崂山隆起与烟台坳陷的接合带分布，呈东西向展布，长度约130千米。

（中国地质调查局基础调查部
毛晓长 贺颖 秦绪文 李敏 郭洪周）

·矿产资源调查评价·

【概况】 2010年，在"公益先行、商业跟进、基金衔接、整装勘查、快速突破"地质找矿新机制指引下，矿产资源评价继续实施"立足国内"能源资源战略，发挥"技术引领、科技攻关、夯实基础、做好服务"作用，大幅加强中央公益性、基础性地质找矿工作，年度总经费达25.7亿元，设置工作项目538项，安排钻探工作量32.5万米（其中，青藏专项约8.5万米），取得了卓有成效的成绩。

【矿产资源国情调查】 为了合理规划、管理、开发、利用我国矿产资源，国土资源部于2006年起先后启动全国矿产资源潜力评价、全国矿产资源利用现状调查和矿业权实地核查等三项矿产资源国情调查。历经4年努力，均已基本完成，取得了一系列重要成果，意义十分重大。

通过开展全国矿产资源潜力评价，基本摸清我国铁、铝、铜、金、铅、锌、钨、锑、稀土、钾、磷、煤炭和铀矿等13个矿种资源潜力家底，预测资源量成果提交矿政管理"一张图"工程使用。全面完成省级基础地质编图和基础数据库建设，进一步夯实了我国地质找矿基础性工作，圈定和优选一批重要远景区，提供大量找矿预测区，使得地质找矿实现"按图索骥"。评价成果广泛应用于矿产资源规划和勘查工作部署，为找矿突破行动计划提供依据，成果转化应用凸显巨大的经济社会效益。同时，涌现出大量成矿地质理论和创新技术方法。

通过开展全国矿产资源利用现状调查，基本核准我国石油、天然气、煤炭、铀、铁、铜、铅、锌、铝土矿等28个矿种的储量数据，探索建立了我国储量动态监督管理支持系统。对维护国家矿产资源权益、摸清矿产资源家底、服务国家和地方经济社会发展决策，具有重要意义。

全面完成全国矿业权实地核查，通过对我国15万个矿业权开展外业实测工作，全面查清矿业权现状，获得110469个采矿权、35790个探矿权的基本数据，推进了矿业权申请登记管理流程的规范化。矿业权实地核查成果已经广泛应用于各地的矿政管理实践中，在矿业权问题处理、登记数据库更新、日常矿政监管等方面

发挥了重要数据支撑的作用。

【重要矿产资源调查评价】 通过开展重要成矿区带矿产远景调查,提交大量新发现矿产地和找矿靶区,引导拉动了商业性矿产勘查,提高了我国矿产资源保障能力。

积极推进新疆 358 和青藏专项等工作,找矿效果显著。其中,新疆地区地质找矿成绩斐然,目前已形成 2 处大中型可地浸砂岩型铀矿和 16 处大型固体矿产勘查开发基地或大型 - 超大型矿集区,累计新增资源量:铁矿石 11 亿吨、铅锌 560 万吨、钨(锡)26 万吨、铜镍 116 万吨、钼 77 万吨。第一阶段目标已经基本实现,实现第二阶段目标的条件基本具备。青海地区新发现 12 处矿产地(团鱼山煤矿、孔莫陇铅锌矿、卡里果玛钨钼矿、四角羊外围多金属矿、按纳格金矿、三岔北山多金属矿、阿斯哈金矿、玛多县肯得弄舍金多金属矿、莫海拉亨铅锌矿、楚多曲铅锌银矿、陆日格铜钼矿、纳保扎陇多金属矿)和一大批异常、矿(化)点,显示了青海主要成矿带具有形成和发现一批战略性矿产大型 - 超大型矿产资源基地的条件、潜力与前景。西藏地区找矿工作稳步推进。目前,驱龙铜矿和甲玛铜金矿两大资源开发基地基本形成;通过勘查,多不杂铜金矿、朱诺铜矿、亚贵拉铅锌矿、程巴铜钼矿等重要普查区均已达到或超过大型、超大型矿床规模;全区累计新发现 140 余处矿(化)点,新发现矿产地 12 处,突显了西藏地区巨大的找矿前景。

通过开发已有地质资料,利用先进的技术设备,在东部部分重点成矿区带开展的"攻深找盲"等工作,取得找矿突破。辽宁本溪大台沟铁矿通过 2010 年钻孔深部验证,由 23 ~ 39 线控制矿体走向长 1600 米,控制矿体水平宽度 200 ~ 330 米,垂向延深 395 ~ 695 米。初步估算新增 333 类铁矿石资源量约 10 亿吨,矿床平均品位(目估)TFe 32%。内蒙古达来庙一带铜多金属矿勘查共圈出 65 个矿体,均呈脉状或大脉状,初步估算钼资源量 1 万吨以上。山西交口 - 汾西铝土矿远景调查初步估算该区铝土矿资源量约 6700 万吨,有望形成一处可供进一步工作的矿产地。豫西陕县 - 新安 - 济源铝土矿远景调查估算资源量 1000 万吨,有望成为一个中型铝土矿床。福建龙岩马坑外围铁矿调查评价钻获 13 米的厚大磁铁矿体。山东单县地区铁矿调查评价估算资源量大于 1 亿吨,另外在两个孔中见有铜矿体和钼矿体。

【能源资源调查评价】 油气基础地质调查在西北银额盆地、柴达木盆地的石炭 - 二叠系、松辽盆地外围的中生界和上古生界、雪峰山地区的下古生界等取得新发现,进一步证实有较大找油前景,为后续油气勘查提供一批战略选区。其中,西北中小盆地群发现了与石炭 - 二叠系烃类生成、运移和赋存有关的信息与线索,指出额济纳旗 - 务桃亥一带为石炭 - 二叠系有利目标区。松辽盆地外围在大兴安岭中南部发现晚二叠世林西组暗色泥岩、页岩类分布范围广、沉积厚度大、沉积序列完整,TOC 指标较高,TMAX 数值较大,可望成为"页岩气"的未来勘探开发区域。中上扬子海相含油气盆地提出 4 个相对有利的勘探区带,即:石门 - 桑植凹陷带、恩施东凹陷、武隆 - 道真凹陷带、黔西金沙凹陷带,为进一步勘探选区奠定基础。

新疆东部吐哈盆地在原探获的 1117 亿吨煤炭资源量的基础上,成果进一步深化,资源量升至 3492 亿吨。南方缺煤省份煤炭资源调查评价初战告捷,福建永安小礤 - 安溪剑斗地区在构造推覆体下钻获多层可采无烟煤,湖南省涟源市岛石 - 渡头塘地区发现 2 层可采无烟煤和 4 层石膏,广西十万大山地区在上三叠统和下侏罗统发现可采无烟煤,四川盐源地区圈定 8 个含煤远景区。

北方可地浸砂岩型铀矿,在伊犁、吐哈、鄂尔多斯、二连、松辽等重点盆地的调查工作取得重要进展,新发现一批有利的成矿地段。

【钾盐调查评价】 "油钾兼探"取得积极进展,初步形成《油钾兼探实施方案》、《油钾兼探技术要求》,完成国外矿床地质丛书《钾盐矿床》重刊和《盐类矿物鉴定手册》再版,为指导下一步找钾工作开展提供指导。

在陕北奥陶纪盐盆地,吸收长庆油田骨干力量参加"油钾兼探"工作,新识别出西部镇川 - 子洲盐凹,圈定出盐层厚度达 200 米的最深盐凹分布范围,通过论证和现场踏勘确定"镇钾 1 井"井位。在柴达木西部富钾卤水勘查中,与青海油田密切合作,选定钻探井位和富钾卤水射孔井位,在油墩子构造钻遇丰富卤水层。四川西部的富钾卤水调查,油田公司提供了大量的相关油气勘探资料,在中三叠世松潘海槽周缘发育有多个滨海盐盆地,扩大了四川盆地三叠系找钾范围。滇西南和塔里木固体盐调查,中石化、中石油提供大量的钻井、测井、地震等相关资料,取得珍贵的岩芯和岩屑实物样品,以此为据,确定了 2011 年找钾新区。

(中国地质调查局资源评价部　张大权)

· 水文地质、环境地质、灾害地质调查 ·

【概况】 2010 年水工环专业共安排计划项目 32 项,其中,水文地质 9 项;环境地质 11 项;地质灾害 12 项。工作项目 188 项。

【全国地下水资源及其环境问题调查评价】 1. 完成了中国北方主要盆地地下水资源及其环境问题调查成果综合集成项目总成果报告初稿;完成了含水层系统图初稿;完成了成果图集样本。总成果报告分上下两篇。上篇为总论,以北方11个平原盆地地下水资源及其环境问题调查评价成果为基础,从理论层面,提炼总结了我国北方11个主要平原盆地区域水文地质规律或特征,反映了我国北方区域水文地质客观条件和规律的认识。下篇为分论,按照统一提纲和要求对华北平原等北方11个主要平原盆地的区域水文地质条件和地下水资源及其环境问题调查评价成果。

2. 完成了河套平原1:10万水文地质调查30000平方千米、水文地质钻探7794.7米、环境地质钻探2007.3米。同时基本完成了物探、水土样品采集与分析、水位统测、包气带水盐运移试验场建设、抽水试验、高程点测量、数据库建设、模型建设、信息系统建设等工作。修订了河套平原边界,较为全面地了解了地表第四纪地质特征和环境地质属性,查明了河套平原地层和含水层结构特征,较为全面地掌握了河套平原地下水动态变化、水化学特征,初步认识了河套平原地下水水质现状,建立了河套平原区地下水同位素剖面和社会经济数据库系统,查清了土地利用、盐渍化、沙漠化及与地质环境相关的地方病状况,初步建立了地下水数值模型,建立了野外包气带水盐运移试验场,建立了河套平原地下水与环境信息网站,开发了动态评价网络软件。

3. 综合分析研究亚洲地下水资源及地质环境状况,2010年完成编制1:800万地下水资源与环境地质系列图件。包括亚洲水文地质图、地下水资源图、地热分布图和地下水环境背景图,建立相应的信息平台。同时,开展澜沧江－湄公河流域和克鲁伦河流域两个样板区的专题研究。为亚洲各国和跨国的自然资源开发利用,水资源规划,地质环境保护防灾减灾,为增进国际间学术交流,提供科学依据。

4. 青藏铁路沿线水文地质环境地质调查评价已完成全部实物工作量。野外工作期间重点对青藏铁路沿线工作区内的供水现状进行了实地调查,并在该区域开展了物探和钻探工作,查明了工作区内水文地质条件,合理划分了地下水类型和富水性等级,查清了工作区内青藏公路九十道班南开心岭控水构造上升泉成因,并对沱沱河地区水质型缺水现状战略水源地供水水文地质条件及开采利用方向进行了研究。环境地质方面,重点对影响青藏工程走廊安全的灾害点进行了调查,并对工程地质灾害进行了分类,分析了其成因,提出了相应的预防治理措施,为铁路的安全运行提供了防治依据。

5. 开展了全国1:500万二氧化碳地质储存潜力评价编图研究。评估了二氧化碳地质储存潜力和远景区;论证了鄂尔多斯神华煤制油二氧化碳地质储存示范工程实施方案;研究、总结了适宜我国地质背景的二氧化碳地质储存勘查、评价、灌注、监测、管理关键技术。

【中国北方主要平原(盆地)地下水动态调查评价】 1. 经过2008～2010年共3年的地下水动态调查评价工作。北方6个平原(盆地)内共完成水文地质调查面积16.77万平方千米,水文地质钻探9414余米。已经初步建成覆盖北方6大平原盆地的区域地下水监测网点1105个,其中新增自动化监测网点495个,实现6大平原盆地地下水骨干剖面的自动化监测;开展了地下水水位动态统测数据记录15672条和水质采集分析1277组。

2. 截至2010年第三季度,已完成总体工作量:① 1:10万及1:25万水文地质调查:16.77万平方千米;② 水文地质钻探:9414余米;③新施工监测井(含多级监测井):93个,建成了一口具有国际先进水平的一孔多层地下水动态监测井;④监测井修复、清淤:306个;⑤自动监测仪安装与保护:403个;⑥初次在河西走廊疏勒河流域建立起了区域地下水动态监测网络,其他各平原(盆地)区的地下水动态监测网络也得到了进一步的完善;⑦掌握和查明了重点区地下水的水质状况,为开展典型区地下水超采指标研究提供了翔实的基础数据。

3. 在各平原(盆地)丰枯水期开展的地下水水位统测工作。弥补了区域监测井的不足,较为准确地刻画了重点区主要开采层地下水流场,为区域地下水动态调查评价和地下水资源量的估算奠定了良好的基础。开发完善中国北方主要平原(盆地)地下水动态调查评价基础信息系统与成果集成信息平台。

【鄂尔多斯盆地能源基地地下水勘查】 1. 宁东能源基地找水获得新进展。通过在盐池北部骆驼井水源地的物探及钻探施工,进一步证实了地面以下100～200米深度内,白垩系砂岩含水层中含有矿化度小于1克/升的地下淡水,改变了该地区地下淡水仅分布于100米以浅的认识,为进一步扩大地下淡水分布范围提供了水文地质依据。施工LD5孔深200米,钻孔涌水量达到730立方米/日,矿化度0.72克/升,水质满足城市及工业生活供水要求。

在陶乐水源地,通过陶乐地区地球物理勘查工作,初步推断陶乐地区第四系凹陷带的西边界与黄河相通,改变过去第四系凹陷带为封闭构造的水文地质认识。通过水文地质勘探,一眼300米探采结合钻井在钻进至 86 米时, 自流涌水, 现场检测地下水矿化度 0.54 克/升, 涌水量 600 立方米/日, 这是在鄂尔多斯台地宁夏境内首次找到优质淡水。通过勘查评价, 有望增大该地区的可供饮用的地下淡水资源量。

经过水文地质调查, 圈定兴武营、红井子、杨儿庄、红山沟、长流水沟 5 处富水地段, 水质较好, 预计各地段涌水量将达到 3000 ~ 5000 立方米/日, 可作为生态或生活饮用水源地。

2. 在陇东能源基地发现了 2 个具有集中供水意义的水源地, 为陇东能源基地建设提供了水资源支援。通过地下水勘查, 在长庆桥、巴家咀等地发现了白垩系洛河组供水集中供水意义的水源地, 为陇东能源基地建设提供了水资源支援, 取得了较好的示范效果。通过开展能源开发对水环境影响评价专题研究, 对石油、煤炭开发对水环境的影响有了进一步认识。认为石油开采主要因采油作业及事故而对地下水造成水质变化; 煤炭开发对地下水环境的影响主要是通过疏干开采改变地下水的流场, 并导致含煤地层中地下水资源枯竭。

3. 鄂尔多斯盆地北部地区地下水补给机理研究取得新进展。以多方法、多视角和多尺度研究地下水的补给量为技术路线, 综合使用了 8 种方法, 从地表水、包气带水和地下水的视角, 从局部和区域尺度对鄂尔多斯盆地北部地区地下水的补给进行了研究。首先利用大气降水和地下水的氢氧稳定同位素分析了地下水的补给源和补给机理; 然后利用 7 种方法估算了地下水的多年平均补给量; 最后依据全球地下水补给的研究实例, 结合鄂尔多斯高原的研究成果, 对 16 种常用的地下水补给量方法从时/空尺度和精度方面进行了总结, 并提出了地下水补给量方法的选取原则, 是目前国际水文地质界最全面最系统的地下水补给量估算方法的总结。

【地方病严重区地下水勘查及供水安全示范】 2010年, 在东北、华北、西北和西南九省区选择典型地区开展了地方病严重区和严重缺水区地下水勘查与供水安全示范。完成 1:5 万专项水文地质调查面积 22323 平方千米、1:10 万水文地质调查面积 37170 平方千米、水文地质钻探 24.8 米 × 104 米、岩土水样测试 4913 组; 施工探采结合井和供水示范井 2954 口, 解决了 540 万人的饮水安全问题, 改善了群众的生存生活条件, 促进了社会的和谐发展。

1. 查清了示范区水文地质条件, 为实施地质工程提供了依据。查清了示范区水文地质条件, 确定了取水目的层; 编制的示范区地下水开发利用区划, 为地方政府进一步实施地质工程全面解决饮水安全问题提供了水文地质依据和技术支持。在西南滇黔桂三省区开

展的抗旱打井找水工作, 极大提高了旱区水文地质研究程度, 为今后合理开发利用地下水提供了水文地质依据。

2. 高砷地下水形成机理研究取得新的进展。综合比较分析大同盆地、河套平原、银川平原和松嫩平原松散岩还原型高砷地下水形成机理, 其形成的条件是有砷的物源, 将含水层固相中的砷释放到地下水中的地球化学机制和地下水中砷不流失且富集的水文地质条件。盆地周边富砷地层是盆地高砷环境的主要原生物源, 盆地内富有机质的湖相沉积物是次生富砷介质, 含水层系统中铁磁性矿物为砷的主要载体。高 pH、低 EH 还原条件使沉积物中的砷解吸和溶解进入地下水中。大同盆地、河套平原等盆地处于封闭 - 半封闭沉积环境, 在富含有机质的地层中, 有机质在细菌或微生物作用下不断发生分解, 消耗大量氧气, 并产生 CO_2 和 H_2S, 使得地下水环境呈还原性。同时, 干旱半干旱地区的蒸发和 CO_2 与碳酸钙的反应也使得含水系统的 pH 值增大, 一般为 7.2 ~ 9.4。高 pH、低 EH 还原条件使沉积物中的砷进入地下水中, 这些封闭、半封闭盆地中心低洼平坦的地形、细颗粒的含水层使地下水迳流滞缓, 进入地下水中的砷得以不断积聚, 从而形成高砷地下水。这些盆地高砷水的形成机理可以概括为"盆山模式"。

3. 大骨节病区地下水勘查及供水安全取得新认识。利用物探、遥感等手段, 结合地面调查, 进一步查明了四川省汶川县、黑水县、南江县、旺苍县和西藏谢通门县病区的水文地质条件, 包括地下水类型及分布埋藏条件、地下水的补径排特征、地下水水化学类型及水质特征等, 确定了不同地层岩性、不同水文地质单元的找水方向。完成示范井和探采结合井 60 口, 出水量一般大于 30 立方米/日, 水质满足国家农村饮用水标准, TDS 含量多大于 150 毫克/升, 如汶川县的 10 口井多在 200 ~ 400 毫克/升, 解决了部分群众饮水安全问题。

川、藏大骨节病区多分布于中、高山地区河流上游或支沟, 岩性四川以三叠系砂板岩为主, 西藏谢通门县主要为酸性花岗岩。饮用水源矿化度低, 一般低于 150 毫克/升, 西藏重病区仅为 20 ~ 50 毫克/升; 腐殖酸总量高, 大于 5 毫克/升; F 含量低, 小于 0.2 毫克/升。饮食习惯也与病情相关。西北、东北大骨节病区水质也有类似特点。

4. 北方严重缺水区地下水勘查及供水安全示范取得新突破。在宁夏中南部、豫西、河北太行山严重缺水区及东北地方病区开展了地下水勘查及供水安全示范, 取得了新的突破。

在宁夏中南部严重缺水地区, 进一步证实了罗山

西麓储水构造往南部延伸。

在香山山前发现良好的储水构造,在海原县麻春堡地区发现新近系干河沟组向斜储水构造,原州区河川乡找到富水有利地段,这些新的发现对解决宁南严重缺水问题具有历史性突破意义。

在豫西、河北太行山区查明了示范区水文地质条件,划分了地下水类型,总结了构造对基岩水的控制规律,针对不同类型地下水提出了有效的地球物理勘查方法。查清了河北太行山前平原区水文地质条件的变化规律,为进一步合理开发利用地下水提供了依据。

在东北黑龙江高氟水区,查清了肇东市致病含水层及防病改水目的层。安达市示范工程在火石山乡地区示范井的成功实施,带动当地政府和居民防病改水,起到很好的示范作用。

【西南岩溶石山地区地下水与环境地质调查】 主要开展了三方面工作:

1. 在云南省南盘江源区、贵州省赤水河流域和湘江流域、广西武鸣岩溶盆地、湘南澧水等典型岩溶流域开展了1:5水文地质及环境地质综合调查。查明了岩溶发育规律、岩溶水文地质和环境地质条件、岩溶水系统和水资源特征及岩溶水开发利用条件,查明了流域内石漠化、干旱洪涝和水污染等环境地质问题;

2. 继续探索岩溶地下水有效开发利用与流域生态环境综合整治优化模式。对调查流域内有开发前景的岩溶水系统,结合当地需求,提出了岩溶水开发利用工程方案;

3. 开展了地质调查成果的综合集成和系列图件编制工作。编制了岩溶地下河分布图,对岩溶地下水污染等重大环境地质问题进行了对策研究。

通过开展典型流域1:5万水文地质条件和环境地质问题调查,为岩溶地下水开发利用规划提供了依据,在西南抗旱找水中发挥了重大作用。完成调查面积31000平方千米,开展水文地质钻探5400米。在查明了工作区的岩溶发育特征和水文地质条件的基础上,重点调查了岩溶大泉和地下暗河400处,总流量大于35000升/秒;调查其他泉水点2500余个,总流量8700升/秒。

对岩溶地下水水质状况开展了初步调查,并与20年以前的水质进行了对比,为全面开展地下水污染调查工作打下了基础;查清了工作区岩溶石漠化的分布状况及其发展趋势,掌握了岩溶石漠化形成的主要机制,为正在开展的石漠化治理提供了依据;通过调查,查明了区内存在的主要地质灾害问题,岩溶地质灾害给区内经济建设和人民生命财产带来了严重影响和威胁。

针对不同类型区开发条件,因地制宜,采取堵洞蓄水、暗河截流、大泉壅水、钻井、大口井、斜井等多种方

式,开展了岩溶地下水开发利用与生态环境综合治理示范,解决了10万人饮水困难问题,取得了明显的社会效应与经济效益;将西南岩溶水资源开发利用与生态建设和经济发展相结合,初步建立了岩溶地下水资源可持续利用模式。

【华北平原地下水污染调查评价】 1. 完成1:25万区域地下水污染调查152586平方千米,1:5万重点区地下水污染调查22200平方千米,采集地下水样品7379件,土样666件。制定了地下水调查、采样、测试、评价等方面技术要求6个;研制了地下水污染调查评价信息系统软件,包括野外数据采集系统、数据整理与录入系统、数据管理与综合分析系统;建设了集用户平台、应用平台、数据处理平台、数据平台于一体的地下水有机分析远程实时质量监控管理系统;组织了14次方法培训和工作经验交流会;研发中国特色的地下水样品采集设备,保障了样品质量;制定了一套野外工作质量管理体系。

2. 华北平原区域地下水质量现状。单指标综合评价结果显示,不用任何处理直接可以饮用的地下水资源占36.49%,经适当处理可以饮用的地下水资源占24.25%,有39.37%的地下水资源不能直接利用,需经专门处理后才可利用的。影响区域地下水质量主要是常规化学指标,影响程度52%;其次是无机毒理指标,影响程度34%;毒性(类)重金属指标影响程度12%;有机指标对地下水质量影响甚微,影响程度仅为1%。

3. 华北平原地下水污染状况。污染指标以三氮、毒性(类)重金属和痕量有机污染物为主,浅层地下水砷和铅检出率为32.13%和9.23%,砷超标率为13.46%;深层地下水砷、铅和六价铬,检出率分别为18.89%、6.11%和5.19%;污染特点多为点状分布,以浅层地下水污染为主。

4. 我国东部主要平原地下水质量及污染。地下水质量总体尚可,不用任何处理直接可以饮用的地下水资源占有25.53%,经适当处理可以饮用的地下水资源占29.36%,有45.11%的地下水资源不能直接利用,需经专门处理后才可利用。区域地下水污染呈加重态势。总体呈现四个特点:①污染指标多,以三氮、(类)重金属和44种微量有机污染物为主;②多为点状污染,分布较广,多集中在城市周边和重化工开发区及影响带范围内;③以浅层地下水污染为主,深层地下水亦有多点检出污染物;④往往有机污染和无机污染并存,呈多种指标的复合污染特征。

【淮河流域平原地区地下水污染调查评价】 1. 区域地下水质量状况。淮河流域平原区地下水直接可以饮

用的地下水资源占 13.00%，经适当处理可以饮用的地下水资源占 35.14%，需经专门处理后才可利用的地下水资源为 51.86%；主要影响指标总硬度、三氮、铬、氟、氯离子、锰、苯并(a)芘等。淮河流域平原区直接可以饮用的浅层地下水资源分布在郑州西南、许昌西部、漯河西部、江苏盱眙、安徽天长以及江淮波状平原等农村地区，经适当处理可以饮用和经专门处理后才可利用的地下水资源主要集中分布在南四湖地区、沂沭泗地区、菏泽、济宁、淮北、亳州、宿州、开封、周口、徐州、淮安等地。深层地下水好于浅层地下水，在山前平原的平顶山市、郑州西部、中北部的徐州－淮北部分岩溶水，枣庄、济南岩溶水以及其他大部分地区的深层孔隙水均多为可以直接饮用的地下水，经适当处理可以饮用和经专门处理后才可利用的深层地下水资源主要分布在南四湖地区、沂沭泗地区、黄河南岸、徐州、淮北等地。

2. 区域地下水污染特征。①重金属污染：淮河流域平原区地下水中毒性重金属砷、镉、铅、汞和六价铬检出率分别为 30.52%、29.21%、22.17%、3.94% 和 3.25%，其中，砷、镉和铅检出率相对较高。砷、镉、铅、汞和六价铬超标率分别为 6.45%、0.95%、8.12%、0.31% 和 0.16%，以砷和铅超标相对较多。检出和超标组分在区域上呈散点状发布，仅砷在安徽淮北－阜阳－河南周口－漯河一带稍微突出。

②氮污染：淮河流域平原区地下水硝酸盐、铵离子和亚硝酸盐检出率分别为 72.92%、39.01%、38.76%，超标率分别为 38.46%、4.16%、22.26%。淮河流域平原区硝酸盐超标率明显较高，是地下水污染的主要影响因子，亚硝酸盐超标率排在次位。"三氮"组分广泛分布于淮河流域，呈面状分布特征，尤其在人口密集区更为突出。

③有毒有害有机污染：淮河流域平原区地下水中有机组分在本次参评的 29 项指标中有 27 项检出，其中，二氯甲烷、甲苯、苯、乙苯、三氯甲烷、四氯化碳检出率较高，尤以二氯甲烷和甲苯为最，分别达 12.47% 和 10.96%。超标程度除苯并(a)芘达到 11.62% 外，其他超标率均位于 1% 以下。有机组分在区域上的呈点状分布。

【东北平原地下水污染调查评价】 1. 东北平原区域水文地球化学特征研究取得的主要成果。初步调查查明，三江平原水田区地下水类型单一，主要为 $HCO_3^- - Ca^{2+}$ Mg^{2+} 型水；铁、锰、亚硝酸盐、氨离子、COD、氟离子、挥发酚超标，其中铁超标率达 75%，亚硝酸盐超标率 55.56%；有机物检出 α－六六六、β－六六六和苯并(a)芘，均未超标。松嫩平原高平原旱田区潜水地下水化学类型主要为 $HCO_3^- - CaMg$ 型水，次要类型为 $HCO_3^- Cl^-$

MgCa 及 $HCO_3^- - NaCa$ 型；地下水中无机指标超标 10 种，其中 COD 超标率最高，达到 66.67%，其次是铁和氟离子，超标率均达到 50%；有机污染物未检出。

2. 浑河冲洪积扇典型地区地下水污染及其对饮用水源影响评价专题研究取得的成果。研究区地下水以弱酸性、低矿化度、软水为特征。无机超标组分种类较多，其中铁、锰、挥发酚超标率较高；有机污染呈现"二多三少"现象，即检出的污染物种类多，检出污染物的采样井点多，单点检出有机污染物种类少，有机污染物浓度普遍较低，超标点也较少。I 类、II 类地下水呈小条带状分布，III 类水片状分布在研究区东北部、北部和南部部分地区，IV 类、V 类水分布面积较大。初步建立了地下水数值模拟三维地质模型。

3. 下辽河平原地下水污染调查评价工作项目。查明了下辽河平原区的地形地貌、微地貌、地形切割程度、土地利用类型及植被发育程度；系统分析了下辽河平原区新构造运动特点与新生代以来地层沉积特征，尤其是第四纪地层岩性与结构；初步分析了下辽河平原第四系松散岩类孔隙水亚系统的含水层结构及富水性，研究了地下水资源的形成与补、径、排循环特征，建立地下水系统水文地质概念模型；调查了区域地下水资源条件、开采状况及其存在的主要水文地质问题；初步分析评价地下水水质和污染程度，铁、锰、氨氮、硫酸盐、氯化物、硝酸盐氮、亚硝酸盐等主要污染物超标区比较广泛，有机污染主要为苯并(a)芘和甲苯；下辽河平原区地下水污染程度不仅受污染源的污染物的排放量、浓度的控制和影响，还与水文地质条件、含水层结构，尤其是包气带的地层岩性、结构有关；地下水污染机理比较复杂，总体看来，影响地下水污染的因素有两大方面，一是自然因素，二是人为因素。

【西南应急抗旱打井找水工作】 2010 年，云南、贵州、广西部分地区遭受极为罕见的干旱，国土资源系统坚决贯彻落实党中央、国务院部署，发挥优势，主动服务，快速响应，紧急动员，迅速制定国土资源部应急抗旱打井紧急行动方案，快速抽调成都所、西安所、水环地调中心、水环所、探矿工艺所、岩溶所、地质环境监测院等局属单位和四川、山西、河北、甘肃等 14 省共 85 家地勘单位的精干力量 2600 多人，调集钻机 306 台赴云南、贵州、广西一线开展应急抗旱打井工作。各省队伍累计已完成钻孔 2703 眼，钻探进尺 23 万多米，成井 2348 眼，累计日出水量 36 万立方米，解决了滇黔桂三省区 520 万人的饮用水困难。

【全国主要城市环境地质调查评价】 截至 2010 年底，共查明了 28 个省 310 个城市的环境地质条件，为城市建设发展奠定了基础。初步查明了城市的地下水污染、地下水资源衰减、特殊土分布、土壤污染、海岸线变迁等环境地质问题现状,分析了其变化趋势。据目前统计表明存在地下水降落漏斗的城市有 65 个,共 154 处;地下水污染的城市共 129 个;土壤污染的城市 65 个,共 369 处;存在特殊土工程问题的城市有 56 个,共 278 处。

基本查明了 310 个城市崩塌、滑坡、泥石流、地面塌陷、地裂缝、地面沉降等地质灾害特征与发展趋势。根据已有成果统计显示,崩塌、滑坡、泥石流、边坡失稳等在内的突发性地质灾害共 7616 处,分布在 122 个城市;地面沉降 109 处,分布在 28 个城市;地裂缝 83 处;分布在 19 个城市;地面塌陷 685 处,分布在 55 个城市;岸坡失稳及海岸侵淤积危害 159 处,分布在 36 个城市。

对环境地质问题或地质灾害对这些城市造成的危害、经济损失进行了评估。根据目前已调查 310 个城市各类环境地质问题危害与造成的损失总体情况,不完全估计结果显示,各类问题发生数量为 9876 处,毁坏房屋数量为 97768 栋(间),造成直接经济损失 2749.1 亿元,间接损失 7254.38 亿元,总损失 18799.43 亿元,仍然威胁着 147.659 万人城市居民的生命财产安全,如不采取措施防治,还将造成 9067.26 亿元的经济损失。

【环渤海湾重点地区环境地质调查及脆弱性评价】

1. 天津滨海新区海岸带环境地质调查评价。通过浅地层剖面与钻孔数据的综合解释揭示了渤海湾西北部冰消期以来,在海面变化、沉积供给变化条件下,形成的地震层序、沉积环境和物源演化进程。采用岩石学、年代学、生物学等综合研究方法,对调查区晚更新世以来,特别是中晚全新世以来的地层结构及沉积环境变化特征进行了探讨。采用 210Pb 和 137Cs 测年技术,分析了天津滨海新区不同区域近百年来的沉积速率。

2. 河北曹妃甸滨海地区海岸带环境地质调查评价。基本确定穿过曹妃甸新区重点规划区的高柳断裂、柏各庄断裂为活动断裂,初步圈定了可能影响范围;基本掌握了区内地面沉降现状、发生机理及变化,提出了海岸防潮堤顶面高程设计建议方案。对广为关注的甸头深槽、老龙沟潮道等重点地段的冲淤变化提出了最新调查监测数据,基本掌握了近年来填海造地工程与海洋水动力环境的相互影响程度。初步提出近岸海域优化开发利用区划建议。初步查明曹妃甸国际生态城等重点规划区工程地质条件及适宜性。进一步查明水文地质条件变化和地下水资源开采潜力,初步圈定 2 处应急水源地远景区。

3. 环渤海重点地区活动断裂与区域地壳稳定性

调查评价。基本完成区域 1:50 万以及天津 – 唐山 – 秦皇岛重点地区 1:25 万、1:5 万基础性图件编制。完成地应力监测设施安装与动态监测,取得 2 个月的地应力动态监测数据。

4. 环渤海地区国土规划与资源环境承载力综合评价关系研究。确立了国土规划与资源环境承载力关系中 8 个基本问题,奠定了本项目的理论基础和技术框架。对国外资源综合调查评价和国土规划工作现状进行了对比研究,提出可以借鉴的经验。确定了资源环境承载力评价的方法框架体系。对曹妃甸新区地质环境综合评价取得相关成果进行了调查、研究及整合,在建筑适宜性评价、土地工程能力评估、地质安全性评价、地质资源保障程度评价、地质环境功能区划等方面取得重要阶段性成果。

【长江三角洲经济区地质环境综合调查评价与区划】

基本查明区域地下水环境质量状况、污染状况及影响水土的主要因素,对浅层地下水防污性能进行了评价,完成了地下水污染防治区划,建立了长江三角洲地区地下水污染调查评价信息平台系统。在开展上海沿海地区、浙江沿海地区和长江三角洲地区(长江以北)环境地质综合调查评价过程中,对地面沉降进行了调查,获得了新的相关资料,并通过综合研究项目建立了地裂缝光纤监测示范点一个。通过对长江三角洲(长江以北)钻孔资料分析,发现北缘沉积物物源与黄(淮)河水系有关,而南部沉积物物源主要来自长江水系。认为长江三角洲(长江以北)部分深层承压水的咸化现象主要是由成井结构工艺差或者由承压含水层间隔水层缺失或减薄引起。初步建立了苏北、上海沿海及其海域第四纪地层结构模型。根据水下地形监测资料、遥感解译等成果,分析了部分地区江海岸线以及河(海)床冲淤变化规律及演化趋势,并对金山深槽、长兴岛南岸、台州湾等典型岸段进行了详细分析。确定了江苏省地质环境综合区划思路,初步建立各专题区划评价指标体系,建立矿山地质环境调查、地质遗迹资源调查、地质灾害调查数据库。

【海峡西岸经济区地质环境综合调查评价与区划】

1. 编制了区域性的系列图件。主要有海峡西岸经济区遥感影像图、区域地质图、环境地质图、水文地质图、工程地质图、主要活动断裂及抗震设防烈度分布图、地下水资源分布图、水文地质工程地质工作程度图、环境地质地质灾害工作程度图等。

2. 开展了重大环境地质问题调研工作。对区内的重大环境地质问题进行了总结,对海岸带的类型、侵蚀淤积、环境污染情况,区域地壳稳定性特征、地下水质量、地质灾害现状、矿山环境地质问题、闽东滨海断裂问题等进行了调研。

3. 以福州市为试点开展了地质环境质量评价和区划方法研究。结合研究区内的区域构造分区、震源分布、地形坡度等因素，对研究区地质环境质量进行了综合评价。评价结果表明，研究区建设用地地质环境质量总体为中等－较好，占全区89.46%；环境稍差－差区，仅占全区5.27%，主要为人口密集区、软土分布区、土壤重度污染区。

【珠江三角洲经济区地质环境综合调查评价与区划】
制定并完善了珠江三角洲经济区地质环境调查评价与区划实施技术细则；进一步完善了珠江三角洲地区地质环境保障工程"协调联动"机制，初步完成了珠江三角洲经济区地质环境承载力评价与区划方法的研究；对珠江三角洲经济区重要环境地质问题进行了专题调研，并着手梳理珠江三角洲经济区重要环境地质问题。

初步编制完成了1:25万珠江三角洲经济区地貌单元分区图、地质图、第四纪地质图、水文地质图、地下水水化学图、人口密度图、土地利用现状图、活动断裂与历史地震分布图等基础图件13幅；初步编制完成了8条控制性第四纪地质剖面和4条潮间带地质剖面；遥感解译在遥感图像预处理、解译方法等方面进行了对比探索，取得了新进展；软基沉降主要分布在环珠江口地区，以广州南沙区、珠海西区软土分布的区域最为典型；对填海造地、海岸变迁等环境地质问题进行调查，分析研究了填海造地对海岸变迁的影响、海岸变迁的地质与生态环境效应。

【北部湾经济区地质环境综合调查评价与区划】 对北部湾经济区主要环境地质问题进行梳理后，表明断裂活动性与地壳稳定性、地下水引起的相关环境地质问题、煤矿采空区及膨胀性岩土工程地质条件是经济区在不断扩大经济建设规模之后需要引起高度关注的重大环境地质问题。

通过对灵山重点工作区断裂活动性特征的野外调查与地质填图工作，表明灵山地区断裂构造存在一定的活动性，且对本地区地壳稳定性有一定的影响；本地区地貌成因和第四系沉积特征与断裂活动直接相关。

地下水引起的相关环境地质问题包括地下水资源潜力、地下水污染和海水入侵（咸化）等，在经济区南部（也就是北海、钦州、防城港区域）这一问题相对严重；煤矿采空区及膨胀性岩土类问题在经济区北部（也就是南宁市）显得尤其突出。这一特点可以为下一阶段工作部署提供依据。

【长江中游城市群地质环境调查与区划】 查明了区内主要活断层分布状况。对区内主要34条断裂进行了调查，主要分布于长株潭城市群区北部，多以北北东向断裂为主，其中18条为12万年以来的活动断裂，公田－宁乡断裂、庙湾－罗家屋场断裂、汉背－枣市断裂为三条区域性的大型活动断裂。

完成了长株潭城市圈区域环境地质问题调查研究。初步查明了工作区地下水污染状况，已工作区地下水污染总面积1410.01平方千米，其中单元素污染区面积677.5平方千米，污染元素为S、Cu、Co、Pb、Zn、Ba、As、Sr、Mo、Cd、Hg、酚；双元素污染区面积188.82平方千米，污染元素组合为Mo与As、Zn与Pb、Zn与Cu、Co与Cr^{6+}、Cu与Sr；多元素污染区面积543.69平方千米。初步查明了工作区土壤污染状况，调查区内的土壤污染大致可分为工业、生活污染和矿山污染两大类，工业、生活污染所导致的土壤污染主要分布于望城县靖港－长沙市－株洲县的湘江沿岸，呈近北北西向不规则带状展布，面积约2370平方千米，污染元素组合为Cd、Hg、Pb、As、Sb、Bi、Sn、W、Ag、Au、Zn、Cl、P、S。矿山所导致的土壤污染包括三处，湘潭鹤岭锰矿土壤污染区位于湘潭市鹤岭镇，面积约63平方千米，污染元素为Cd、Mn、Se、Sb、Mo、Hg、As、S；宁乡灰山港－煤炭坝煤矿土壤污染区位于宁乡县灰山港－煤炭坝一带，面积约87平方千米，污染元素为Cd、Sb、Se、S、V、Mo、As；湘潭九龙桥锰矿－杨家桥煤矿土壤污染区在湘潭县石潭镇－黄荆坪一带，面积约181平方千米，污染元素为As、Sb、Hg、Mo、Mn、Cd、Ni、Se、F。

【全国矿山地质环境综合研究与动态评估】 1. 初步完成了全国矿山地质环境动态数据库建设。在全国矿产资源集中开采区矿山地质环境调查与评估数据库的基础上，结合动态调查评估的实际需要，提出了全国矿产资源集中开采区矿山地质环境综合研究与动态评估数据库的基本框架，设立了相关的数据表及数据结构。修改完善了全国矿产资源集中开采区矿山地质环境调查信息系统，更新了数据库的部分数据。将示范区调查数据录入矿山地质环境调查信息系统数据库，对原有数据库的数据进行更新。对调查的各种数据源，如遥感调查数据、实地调查数据等资料，进行分类汇总和整理。

2. 选取典型矿产资源集中开采区和典型矿山进行了地质环境动态调查工作。按照项目的总体目标任务要求，结合全国矿产资源主要开采区的划分及分布情况，考虑到工作地域以及已有工作基础，本年度主要开展了山西太原东西山煤炭集中开采区、贵州省纳雍县北部煤炭建材矿区、淮南煤炭开采区大通－九龙岗矿区和张集－新集矿区、江西安远县道树坑稀土矿区、龙南县稀土矿区、湖北大冶矿区开展了矿山地质环境动态调查工作。开展了矿区1:5万矿山地质环境调查面积约5000平方千米，完成遥感调查面积约800平方千米。重点调查了矿区内矿山的分布、数量、生产规模、矿区面积、矿山地质灾害、矿区主要地质环境问题、矿山地质环境恢复治理等情况，通过资料收集、遥感解译、数据整理等工作进行调查、分析，对区内的矿山环境动态变化情况进行了初步分析。

3. 开展了典型矿山地质环境治理关键技术示范研究，为矿山地质环境恢复治理提供技术支撑。在消化收集资料、总结调研认识和补充调查的基础上，初步分析、对比了不同矿产类型、不同开采方式、不同地质环境条件下，矿山地质环境综合治理的技术方法，总结矿山地质环境问题治理的技术组合、模式，为西北地区生态环境脆弱条件下矿山地质环境综合治理和典型矿区治理示范工程提供依据。

【全球气候变化地质记录研究】 围绕更新世晚期以来气候变化的精细记录，分别从湖泊、洞穴石笋、黄土、河谷阶地与地貌、泥炭、冰碛物及冰水沉积等方面开展了野外地质调查，并取得了阶段性研究成果。

1. 获得了青藏高原古大湖与冰川消长的高分辨率气候变迁记录。以晚更新世以来巨厚泥炭沉积为主线，结合冰川纹泥及硅藻沉积的纹层季节变化分析，为研究区内晚更新世以来气候变化精细特征提供了条件。

2. 开展了10万～15万年来石笋记录的详细研究。初步建立了晚更新世以来高精度年代学标尺及气候变化的精细特征，为各项目间开展区域气候演化特征对比及形成机制研究提供了基础。目前，已通过15万年来石笋记录，对晚更新世以来的不同气候阶段的时间标尺进行了标定，确定了末次间冰期起始的精确年龄(129.3 ± 1.0kaBP)。

3. 开展了中国东部季风边缘区典型湖相沉积的气候记录调查。初步建立了黄旗海、阳原盆地等典型湖泊沉积的年代格架、环境指标及物源等方面的演化特征。

4. 对青藏高原东缘分布的黄土、泥炭、风成砂及冰川遗迹等气候变化的典型地质记录开展了地质调查。并对已有环境指标开展了初步分析。

5. 完成了罗布泊43米湖相地层连续取芯及克里雅河谷地貌调查，对北极深海岩芯等气候演化资料进行了初步分析。

通过对洞溶石笋、泥炭及湖泊沉积等过去气候地质记录的初步研究表明，在所记录的地质历史时期内，气候存在稳定的周期性变化特征。而CO_2浓度变化的周期性与气温指标的周期性并不对应。南极Vostok冰芯记录显示CO_2浓度变化往往滞后于温度指标的波动。这本身对CO_2浓度增加是导致气温增高的原因提出质疑，特别是极端寒冷事件和寒冬现象的频繁出现，充分体现了气候系统的复杂性。对于全球气候变化的驱动，以及CO_2浓度的周期性变化的认识，都需要对气候系统作用过程进行深入分析。

CO_2作为温室气体，需要同地表产生的红外辐射一起完成大气升温过程，当CO_2浓度达到一定程度之后，其升温效应主要依赖于地表辐射的增加。此时由CO_2带来的大气辐射强迫仅与其浓度变化成对数关系。这就是说CO_2浓度的改变对温室效应的影响已十分有限，而地表新增热源会使CO_2大气辐射强迫迅速增加，从而加剧了城市热岛的形成。而现有气象观测站点的分布大多在人类居住区附近，因此需要对气象观测结果进行评估，进一步深入认识大气变暖过程。

正是由于现今CO_2带来的大气辐射强迫仅与其浓度变化成对数关系，因此在应对全球气候变暖方法上，不应仅局限于CO_2减排一个方面，而是综合考虑气候系统的整个环节，从能量入射、地表升温、辐射到大气对流等各个方面进行应对，其效果最终可以折算成减排量，可起到事半功倍的效果。

【中国地质碳汇潜力研究】 提出了中国CO_2地质储存潜力与适宜性评价阶段和各阶段评价精度，建立了CO_2地质储存潜力评价方法体系。通过对中国CO_2地质储存沉积盆地地质基础研究从宏观的角度对沉积盆地CO_2地质储存条件有了进一步掌握。明确了中国沉积盆地CO_2地质储存研究的主要思路。制定了切实可行的全国碳编图方案。

基本完成了全国1:500万碳编图成果图系编图工作。制定了盆地级图册编制提纲，明确了编图内容和表达方式，2010年度盆地级图集编制工作基本完成。探索了盆地级CO_2地质储存遥感技术的应用前景和优势。完成了鄂尔多斯盆地→银川盆地→六盘山盆地→山西亲水盆地和宣化盆地→大同盆地→太原盆地→渭河盆地路线考察，发现了一批小盆地、大碳源的地区，有待深入思考和研究。

CO_2地质储存灌注场地遥感解译有着其他专业无法替代的作用。建立热力学、动力学数据库，为数值模拟系统的运行提供了基础和前提条件。建立CO_2注入深部含水层中多相流多组分迁移数值模拟系统。对现有的CO_2地质储存的数值模拟软件源代码进行初步改进，为今后实现超大规模的CO_2地质储存的数值模拟运算奠定基础。CO_2地质储存逃逸通道分为人为逃逸通道、地质构造逃逸通道以及跨越盖层和水力圈闭逃逸通道三类。

提出 CO_2 地质储存环境风险评价的重点是 CO_2 泄漏造成的对人身安全与环境的影响和损害程度。确定了 CO_2 地质储存调查、选址、勘探、钻探、监测技术方法体系,为神华 CCS 示范工程提供了技术支撑。提出了基于测井数据和加权函数法的地质模型校正方法,提高了示范工程地质结构模型的可信度,同时模拟了不同条件下 CO_2 地质储存示范工程的可灌注量。

【地面沉降调查与评价】 1. 长江三角洲地区。①继续进行区域地面沉降监测。根据统一技术标准,对长江三角洲地区已有的地面沉降监测设施进行监测,结果表明,长江三角洲地区地面沉空间分布格局随着不同地区控沉效果的不同,与上年有较大变化。2009 年度沉降量大于 20 毫米/年的地区,仍位于浙江嘉兴西北部、嘉善-平湖一带,但空间分布已不连续;年度沉降量大于 10 毫米/年的地区,苏锡常地区分布格局基本与上年一致,江苏扬泰通地区、浙江和上海地区变化较大,分布格局和范围有明显减少;小于 5 毫米/年的分布范围在不断扩大。

②InSAR 技术监测地面沉降取得初步成果。针对长江三角洲地区的环境特点,建立了"基于相干目标干涉测量"的区域性地面沉降监测方法。以上海市、江苏和浙江省地面沉降为调查与监测目标,开展了干涉雷达地面沉降信息提取应用方法技术试验。通过对长三角地区从 2003~2010 年 267 景 SAR 影像的集成处理,完成了工作区地面沉降速率提取,得到了长三角工作区 2003~2010 年度年均沉降速率分布图,查明了重点沉降区的分布位置和沉降速率状况。

③完成了地面沉降风险区划。在地面沉降监测及地面沉降风险评价基础上,结合地面沉降防治管理相关规定,以行政区为管理单元进行风险划分,从而有利于地面沉降风险的实际管理。并针对不同风险程度区域,制定风险控制目标。

2. 华北平原地区。通过区域 GPS 测量、分层标测量、地面沉降水准测量及监测数据综合分析,全面掌握华北平原地面沉降灾害发育现状。初步查明了华北平原大于 1000 毫米的沉降面积达 8700 平方千米,大于 500 毫米的沉降面积达 3.2 万平方千米,大于 200 毫米的沉降面积 6.2 万平方千米。塘沽、汉沽、市区、武清,中心最大累计沉降量分别为 3.332 米、3.096 米、2.955 米、2.943 米;河北地区主要沉降中心为沧州、泊头、任丘、河间、献县、冀枣衡、饶阳(肃宁县)、唐海、廊坊,最大累计沉降量分别为 2.518 米、0.84 米、1.39 米、1.28 米、1.027 米、0.981 米、1.138 米、0.686 米、0.845 米;山东德州沉降区,最大累计沉降量达 0.992 米。调查和监测结果显示,华北平原不同区域的沉降中心仍在不断发展,并且有连成一片的趋势。其中北京地区主要沉降中心为东八里庄-大郊亭、通州区、朝阳区来广营、昌平沙河-八仙庄、顺义杨家营、平各庄(沉降中心移动)、大兴区,最大累计沉降量分别为 0.759 米、0.347 米、0.864 米、1.096 米、0.445 米、0.431 米、0.845 米。

同时,完成了华北平原京、津、冀约 13 万平方千米的 InSAR 地面沉降状况调查。实现了北京、天津、河北及山东北部地区 23 个卫星雷达图幅地面沉降状况调查,编制了年度地面沉降速率图,查明了工作区内各主要沉降区的分布和时空变化状况,对重点沉降漏斗进行了时间序列分析。从 2005 年开始陆续开展了工作区内的地面沉降 InSAR 调查与监测,截至 2010 年末,将完成华北平原约 13 万平方千米全覆盖监测。

3. 汾渭盆地。①继续完善了地面沉降监测网络。为了全方位监测汾渭地区地面沉降地裂缝形变情况,在太原市、西安等地新布设了地面沉降 GPS 监测点,在临汾、运城盆地埋设水准标石 78 点,普查维护太原市地面沉降二等水准监测点 104 个。

②继续开展地裂缝地面沉降监测。2010 年,完成了西安、太原、大同 GPS 测量监测作业任务,得到了 2010 年地裂缝地面沉降活动情况。开展了山西盆地 InSAR 监测及其关键技术研究,获取了山西盆地典型城市地面沉降的时间序列成果,并为大西高铁提供重要设计依据。采用 InSAR 小基线集技术获取了大同、太原、祁县、平遥、介休、临汾和运城 7 个城市的地面沉降分阶段形变结果。在清徐地区安装了 5 个 CR 点,其中 1 个为基准点,2 对为地裂缝监测点,分别采用 C 波段和 X 段 SAR 数据对清徐地裂缝进行监测,获取了多个时间段的基于 Envisat 和 TerraSAR 数据的地裂缝和地面沉降形变结果。

③重点地区地裂缝调查与勘查。2010 年新完成渭河盆地 1:1 万地裂缝调查共计 600 平方千米,总共调查了 16 条(带)地裂缝。调查结果显示,大多数地裂缝为构造地裂缝,走向上与断裂具有很好的一致性。调查的地裂缝大多在地表形成方向一致性较好的破裂带或串珠状陷穴,经过村庄或建(构)筑物的地裂缝一般沿地裂缝延伸方向,形成明显的房屋和道路等的破坏迹象,两者在位置上具有很好的对应关系。

为了进一步揭示地裂缝剖面结构特征及其与下伏断层的关系,在前期工作的基础上,2010 年确定陕西省的渭南市、临潼区、蒲城县、富平县、咸阳市和泾阳市 6 个工作区为本年度重点工作区。其中渭南市 2 千米,临潼区 2 千米,蒲城县 4 千米,富平县 3 千米,泾阳县 3 千米,咸阳市 6 千米,合计地震勘探总剖面 20 千米。目前野外工作已全部完成,室内资料处理和解译工作正在进行。

结合新建大同至西安客运专线铁路工程,项目在2009年对大运高铁沿线的太原－晋中盆地、临汾盆地和运城盆地等地区进行了地裂缝勘察,对重点地裂缝地段进行了地裂缝位置测量、槽探、钻探和物探工作,确定与大运高铁线路相交或可能相交的地裂缝有24条,其中有的裂缝存在分支裂缝或次级裂缝,这些裂缝与高铁线路相交或可能相交的地点有30处。在此基础上,2010年对沿线地裂缝进行了活动速率、活动性评价和工程场地适宜性评价,并提出了灾害防治措施的建议。这些成果已经应用于线路规划和设计工作之中。

4. 地裂缝成因机理和防治研究。为揭示抽水导致西安市地面沉降的致灾机理,2010年继续开展地面沉降机理的物理模型试验,以研究西安市沉降区下伏土层的渗流变形特性,包括水位升降与土层的应力关系,水位变化(包括承压水和潜水)与地层变形之间的定量关系,地层变形相对水位升降滞后的定量描述等问题。

【国家重大工程区域地壳稳定性调查与评价】 1. 开展了北京地区主要活动断裂工程地质稳定性评价与地应力测量。对八宝山－黄庄－高丽营断裂带的南段(涞水段)开展野外路线地质详细调查,调查面积约80平方千米,地表开挖发现多处断裂变形迹象,但未错断上覆第四纪地层。

2. 开展了北京主要隐伏活动断裂微地震监测,希望通过微地震的监测确定隐伏活动断裂的位置和深部结构。

从2008年10月至2010年5月,记录的原始地震波形压缩数据量已多达1232GB。研究区包括了人类活动比较频繁的城镇,所以环境噪音水平非常高。此外研究区较厚的沉积物对高频微地震信号存在明显的吸收作用。所以从2008年10月地震台站安装以来记录的最小地震震级是1.3级,最大地震震级是2.9级,识别出有效微地震事件60个。在大约21个月的时间里只发生了60个震级介于1.3~2.9级的微地震事件,这一方面说明研究区的地震活动性本来就不强,另一方面也可能说明震级小于1.3级的地震信号被强的环境噪音掩盖或被厚的沉积物吸收,从而无法从波形记录中识别出来。

3. 开展了地应力测量及监测。①平谷地应力实时监测。对2008年所建地应力监测台站已有实时监测数据进行了初步分析,初步结果表明该监测点现今地应力大小相对变化较平稳。考虑监测深度地应力绝对测量结果,运用探头室内厘定值,对地应力实时监测数据进行处理分析,获得地应力大小相对变化曲线。

已有监测数据表明该监测点现今地应力大小较平稳,呈微小增大趋势,长期变化趋势分析仍需更长时间的监测数据。

自2010年7月6日开始获取地应力实时监测数据。考虑监测深度地应力绝对测量结果,运用探头室内厘定值,对地应力实时监测数据进行处理分析,获得地应力大小相对变化曲线。其中对比悬空探头位于孔内监测探头深度,受环境干扰影响小。已有监测数据表明该监测点现今地应力大小较平稳,呈微小增大趋势,长期变化趋势分析仍需更长时间的监测数据。

②地应力测量与监测钻探工程。2010年西峰寺地应力测量与监测钻探工程,目前已完成钻探612米,预计11月20日完成钻探工程;然后进行地应力测量与监测,预计11月底完成;最后全部钻探岩芯将入国土资源部实物地质资料中心。

【全国地质灾害调查与综合研究】 完成了1:5万地质灾害详细调查信息系统录入系统编制工作,完成2010年年底前已提交报告的115个县地质灾害数据录入,初步完成检查系统。

完成全国山地丘陵县地质灾害调查1640个县信息系统建设及成果综合集成工作,完成全国33个省山地丘陵县地质灾害调查成果集成。

【西北黄土高原区地质灾害详细调查】 2010年共调查了陕西延安市安塞县、宜川县、铜川市耀州区、宝鸡市太白县、天水市甘谷县、新疆伊犁地区昭苏县、陇东地区崆峒区、崇信县、宁夏宁南原州区,青海海东地区乐都县10个县(市、区)的地质灾害。完成面积30795.69平方千米。完成1:5万遥感解译30795.69平方千米,1:5万地质灾害测量22232.69平方千米,1:1万地质灾害测量243.6平方千米,工程地质钻探2730.7米。调查点2916个,查明隐患点1751个(其中滑坡723个、崩塌286个、泥石流192个、不稳定斜坡507个、其他类型43个)。综合研究项目获得了西北17个县(市)1:5万正射遥感影像,完善了黄土高原区地质灾害遥感信息发掘方法,初步建立了黄土高原区地质灾害遥感解译标志。

【西南山区地质灾害详细调查】 完成乌江流域(重庆段涪陵区、贵州段凤岗县)、甘孜地区(炉霍县、雅江县)、哀牢山地区(屏边县)、岷江流域(黑水县、松潘县)7个县22985平方千米的地质灾害详细调查工作,完成了遥感解译22985平方千米、地质灾害测绘13765平方米、重大地质灾害体的勘查钻探2783米、物探测线159千米,查明地质灾害隐患点1354处。完成怒江流域环境工程地质调查,查明该区地质构造及新构造运动情况及地质灾害发育情况。典型泥石流防治关键技术及示范项目有针对性地提出了针对中小型泥石流沟防治的"关键段防治模式",并通过示范实施,已避免了可能因泥石流灾害造成的800万元的经济损失和重大人员伤亡,经济效益和社会效益非常显著,示范工程的防治思路已为地方政府、景区索道公司及景区商家广泛接受。西南山区城镇建设地质灾害风险管制方法及示范项目建立高地震风险区区强震条件下斜坡失稳(崩塌和滑坡)的识别指标体系,构建了地质灾害易发性评价指标。

【湘、鄂、桂山区地质灾害详细调查】 完成湖北远安县、清江流域建始县、利川市、鹤峰县、宣恩县、咸丰县、来凤县、宜都市8个县市19973平方千米的1:5万地质灾害详细调查工作,共完成1:5万遥感解译19973平方千米、1:5万地质灾害测量2252平方千米、1:1万地质灾害测量227平方千米、工程地质钻探2379米。实际调查点4340处,查明各类地质灾害2400处。长江上游宜昌-江津环境工程地质调查项目完成了抱龙河、神女溪、大溪河等三条流域的环境工程地质调查,完成抱龙河流域卫生院滑坡、神女溪流域官渡中学滑坡、大溪河流域曾家棚子滑坡等三处灾害点开展了勘查,对流域进行了工程地质分段,开展了岸坡结构、重要环境工程地质调查与评价。

【西部复杂山体地质灾害成灾模式研究】 分析建立了三峡库区高陡岸坡及变形体的形成条件和变形失稳模式、初步建立汶川特大地震灾区地震后期滑坡泥石流的早期识别标志和危险性评价方法,提出龙门山地区地震滑坡-碎屑流-泥石流的6种成灾模式,开展了高速远程特大滑坡泥石流的形成机理和运动机理研究,初步揭示了高陡危岩体和类似武隆鸡尾山特大高速远程滑坡结构类型和成灾模式,建立了红层地区近水平岩层滑坡和"关键块体"控制型滑坡形成模式及"关键块体"控制型岩体结构斜坡失稳判据,基本查明了黄土地区典型灌溉黄土(黑方台)滑坡灾害高发区的水文地质结构及水文地质条件,首次获取了黑方台地区水文地质参数,通过不同时段DEM数据,探索黑方台地区滑坡变形分析方法,建立了黄土地区季节性冻结滞水效应监测断面。

【汶川地震地质灾害调查评价】 编制了鲜水河构造带2.5米分辨率、1:2.5万的遥感影像图,揭示了鲜水河断裂带空间展布特征与全新世活动特征,提出鲜水河断裂周边斜坡灾害发育特征。首次取得了安宁河地区高质量的地球物理勘查野外实测数据。完成了对龙门

山断裂、小江断裂带、安宁河断裂带、则木河断裂带、鲜水河断裂带、红河断裂带及其附近区域GPS测站的第二次监测,初步完成了青藏高原东缘主要活动断裂的GPS控制,计算出青藏高原东部地震前后地壳运动速度场计算出该地区主要断裂的运动性质及活动量。完成对青川、绵竹、石棉等斜坡地震动峰值加速度监测,提出了斜坡地震动力响应程度。开展了顺层结构岩质边坡的振动台试验,揭示了该类型边坡在地震作用下的加速度、速度、位移等的动力响应特征。完成地脉动测试点53个,地脉动地质剖面10182.8米,提出了地脉动卓越频率的与地层结构、岩性和地形的关系。完成了31个县(市)地质灾害详细调查成果及55个地质灾害勘查成果的收集、初步分析,编制了汶川地震灾区区域工程地质条件图(1:50万)、汶川地震灾区典型地质灾害分布图(1:50万)、地质灾害易发程度分区图(1:50万)、地质灾害防治区划图(1:50万)、汶川地震灾区地质灾害遥感影像及解译图、15个县地质灾害易发分区图、防治区划图和搬迁避让图。完成了全区39个县和部分重点调查区卫星数据的购买及工作区相关地形数据的收集。

【地质灾害监测技术方法研究】 开展了ISS微震监测系统试验的施工和建站工作,维护巫山示范站正常运行10个月,取得各类数据132万余条,得出了滑坡监测技术的优化方案及原则,提出了不同类型、不同变形特征滑坡监测系统推荐方案。研制组装地质灾害无线监测警示牌等9种监测仪样机2套;组装示范用各类地质灾害监测预警仪器7500套。完成不同种类光纤室内拉伸模拟试验及基于嵌入式微处理的光纤光栅监测解调仪优化设计。完成《滑坡防治技术指南》编制。

(中国地质调查局水文地质环境
地质调查部 姜义)

矿产资源开发管理

【概况】 2010年,国土资源部矿产开发管理司按照"优化结构,严格审批,规范市场,构建平台"的思路,调结构转方式促发展取得明显成效,重点领域和关键环节的改革创新迈上新台阶,稀土专项行动取得预期效果,矿业权管理的基础工作更加扎实,作风建设和廉政建设持续推进,各项工作都取得积极成效。

1. 服务经济发展大局。一是矿业权的投放为经济发展提供了保障,目前全国有效探矿权32155个,有效采矿权98320个。其中2010年度新立探矿权1965个,采矿权6176个。34个重点矿种中,新立探矿权前

五位分别是铜、金、铁、铅锌、地热,新立采矿权前五位分别是煤、铁、金、铅锌、地热。煤炭、铁、铜、铝、铅、锌、钼、黄金产量有较大增长,矿产开发为经济回升向好提供了有力支撑。二是支持西部地区的发展和中央西部大开发战略的实施,全年西部12省市共投放探矿权1252个,占全国的63.7%;采矿权3406个,占全国的55.2%。对新疆煤炭勘查开发给予特殊政策,批准投放了2批48个煤炭探矿权,支持新疆煤炭资源转化。支持山西、宁夏审批颁发整合矿山采矿许可证。三是支持优势企业发展,批准了10省16个矿业权协议出让申请,为矿业企业上市及时办理矿业权转让手续,支持地方重点项目建设和骨干企业发展。四是提高审批时效,坚持按月提请召开会审会,建立新问题集体讨论决策制度,2010年部召开了12次会审会。提交会审的矿业权项目(指非油气矿产矿业权)共计1087个,比2009年增加20.4%。其中探矿权项目901个(其中新立160个,延续类741个);采矿权项目186个(其中划区38个,采矿登记30个,延续类118个)。

2.鼓励紧缺淘汰落后。鼓励勘查开采国家紧缺矿产资源,出台《关于鼓励铁铜铝等国家紧缺矿产资源勘查开采有关问题的通知》,切实保障紧缺矿产资源业权投放数量,建立紧缺矿产资源审批"快速通道",调整部分铁矿出让方式以鼓励铁矿勘查,进一步规范矿产资源勘查开采秩序。全年共投放铁铜铝等紧缺矿产探矿权762个,占全年投放探矿权的35.8%;投放采矿权211个,占34种主要矿种投放采矿权总数的32.8%。铁矿开采规模新增7641万吨,铜矿新增258万吨,为提高国内对大宗紧缺矿产的保障能力奠定基础。同时,全年共注销探矿权869个,采矿权4491个,一大批长期跑马圈地、圈而不探的探矿权和开采规模过小的采矿权淘汰出局,矿产开发结构调整持续推进。

3.严控优势矿产开采总量。在继续实行钨、锑、稀土矿开采总量指标控制的基础上,下达了高铝耐火黏土、萤石矿开采总量指标。在稀有金属部际协调机制框架下,经多次磋商协调,2010年国家发展改革委、工业和信息化部以我国确定的开采总量控制指标为基准,下达产品指令性生产计划,首次实现了开采、加工、出口政策协调,形成合力,增强了战略优势资源的掌控力和国际市场上的话语权。同时积极开展锡、钼矿开采总量控制管理研究论证工作。

除完成上述主要工作外,完成的其他工作有:一是大量落实领导批示的工作,全年共收到国务院领导和部领导有关稀土、煤炭的批示15份,完成国务院函报7份,报送国务院专报2份;二是办理两会提案建议,共承办18件人大建议和政协提案的答复工作,均提前完成;三是组织召开五个大型会议,勘查开采企事业单位座谈会、全国铁矿勘查开采重大成果汇报会、全国矿产资源开发管理工作会议、全国矿产资源勘查开采管理处长培训班和调整矿产开发结构县(市)长专题研究班;四是有关安全工作任务,起草印发转发安全生产文件、通知及材料9份,牵头完成部安全生产监管相关工作;五是加强与协会企业沟通,与有色、非金属等行业协会、企业座谈,听取相关意见建议;六是积极应诉行政复议案件,牵头或参与行政复议4项。

【煤炭宏观调控】 继续暂停受理新的煤炭探矿权申请,除国务院批准的重点煤炭开发项目和使用中央地质勘查基金(周转金)或省级地质专项资金开展的煤炭普查和必要详查项目外,暂停受理新立煤炭探矿权申请,从源头上避免因煤炭勘查投资过热,给产能过剩带来压力。完善煤炭国家规划区管理,明确矿业权设置方案修编原则、内容和程序,实现矿业权设置方案动态管理,滚动修编。2010年新增煤炭采矿权222个,占34个重要矿产新设采矿权的34.5%,新增开采规模1.24亿吨。

【矿产资源开发整合】 一是高质量完成整合实施方案编制和审批备案。1528个整合矿区、8809个矿业权人逐一登记造册,全部"进表、上图、落地"。二是狠抓落实,确保完成整合各项任务。对26个省468个省级挂牌督办重点整合矿区,进行公告,接受社会监督。对各省整合工作进行两轮督导。目前,已有1332个整合矿区完成整合主体确定,占应确定整合主体总数的92%;已有934个整合主体划定了矿区范围或勘查区块范围,占整合主体总数的64%。三是加强整合宣传,营造良好舆论氛围。在中央电视台、新华社等主流媒体和行业媒体报道整合工作160多篇,编发整合工作快报30多期,《部内要情》相关稿件和网站信息390多条,建立整合专题网站。四是部署整合工作自查和检查验收工作,明确整合工作检查验收标准,积极推进整合工作自查检查验收。五是积极探索整合工作常态化管理机制。开展推荐全国矿产资源开发整合先进矿山工作,落实共同责任机制,开展勘查示范区矿业权整合工作试点。

【矿业权有形市场建设】 印发《关于建立健全矿业权有形市场的通知》,全面建设矿业权有形市场,加快建立和完善矿业权有形市场,推进矿业权出让转让进场公开,以招标拍卖挂牌方式出让矿业权的,一律进场公开操作;以申请在先方式出让探矿权、探矿权转采矿权和以协议方式出让矿业权的,一律进场公开,接受社会监督;凡矿业权转让的,一律进场鉴证。这项措施有利于实行阳光行政,推进矿业权管理的规范化,维护国家权益和矿业权人合法权益。2010年9月通知下发以来,在原有15个省已建交易机构的基础上,天津、重庆已完成建立交易机构,四川、浙江、湖北、江苏、广西、宁夏等6个省筹建进度较快。

【煤炭矿业权审批改革试点】 印发《国土资源部关于开展煤炭矿业权审批管理改革试点的通知》,选择黑龙江、贵州和陕西3个省进行试点,探索通过编制煤炭矿业权设置方案和年度投放计划,实行备案制度,有序出让煤炭矿业权,优化矿业权布局,加强国家宏观调控能力,为分级审批制度改革积累经验。已指导督促三个省及时制定试点工作实施方案和上报2011年投放计划。召开三省煤炭矿业权年度投放计划沟通协调会,推动落实年度投放计划,做到规范、统一,确保试点工作取得实效。

【矿业权审批标准、程序细化和完善】 1.建立勘查实施方案审查制度。全面落实《关于进一步规范探矿权管理的通知》,印发《关于规范矿产资源勘查实施方案管理工作的通知》,制定实施方案编制大纲和审查要求,规范勘查实施方案编制和审查,强化了探矿权审批工作的技术管理。

2.从程序和要件上进一步完善采矿登记管理。完善划定矿区范围申请条件,规范采矿权新立和延续申请审批,严格采矿权的转让和变更条件,明确采矿权抵押备案和注销的条件、程序等,最大限度地压缩自由裁量权。2010年已通过部专题会审定。

【稀土专项整治行动】 1.及时部署启动专项整治行动。与国土资源部相关司局联合起草下发《关于开展全国稀土等矿产开发秩序专项整治行动的通知》并召开全国电视电话会议,部署启动6~11月的专项整治行动。全面打击和严肃查处无证勘查开采、越权审批、超量开采、破坏资源、非法转让等行为;长效监管机制取得进展,防止开发秩序出现反弹或反复,促进秩序的根本好转,抽调专人组成专项整理行动办公室,建立月会议制度,及时调度专项整治行动。

2.组织专项整治行动排查。印发《稀土等矿产开发秩序专项整治行动统计表的通知》,要求各省级国土资源行政管理部门认真及时填报辖区内稀土等矿产开发秩序专项整治行动排查进展情况统计表,详细掌握违法违规行为排查情况,确保专项整治行动取得实效。

3.专项整治自查,开展抽查工作。各省均完成专项整治自查工作;近期组织7个调查组分赴11省(区)

开展抽查。此次专项共排查稀土、钨、锑、高铝黏土、萤石、锡、钼等矿产探矿权890个,采矿权1527个,查处各类违法违规行为207起,对77个重点矿区进行了挂牌督办,将283个矿区整合成了84个。

4.创新协调建立地区联动机制。一是推动南方五省(区)建立地区联动机制。与广东河源市人民政府积极筹备建立南方五省(区)地区联动机制,签署《南方五省(区)15市稀土开发监管区域联合行动方案》,正式启动南方五省(区)15市的联合行动,为专项行动在南方重点省份取得更好的效果奠定基础;二是推动北方三省建立联动机制。指导督促内蒙古自治区国土资源厅起草北方三省联动方案,督促内蒙古自治区国土资源厅协调有关部门事宜。

5.探索构建稀土等矿产开发秩序监管长效机制。拟订南方稀土等矿产勘查准入条件、矿产开采与运销联合监管、开采企业联盟、开采违法违规统一举报、采矿权标识、矿产协管员制度等六项制度,构建开发秩序监管长效机制。

【矿业权管理】 1.组织开展矿业权市场建设和矿业权审批制度改革课题研究。按照国土资源部领导"尽快拿出矿业权市场建设的总体思路"和积极争取工作主动"和部务会"抓紧推进矿业权审批制度试点改革"要求,我司多次组织信息中心、经研院及矿政管理研究专题组,反复研究加强矿业权市场建设和矿业权审批制度改革的总体思路,形成了《加强矿业权市场建设研究报告》和《矿业权审批制度改革研究报告》。课题研究为制度储备奠定了基础。

2.总结攻坚矿业权实地核查工作。全面完成各省核查成果验收,实测11.1万个采矿权和3.6万个探矿权基本数据,编制了31个省(区、市)矿业权分布图。首次将15万个矿业权统一在80西安坐标系、85国家高程基准体系内,建立了服务于矿政管理和矿山生产的基础控制点和界桩,为进一步提升矿政管理水平奠定基础。开展了矿业权登记数据更新与换证工作全面展开,确定了换证流程与技术要求。对核查工作进行全面总结应用,各省核查成果数据汇总总结工作接近尾声,核查成果深度应用试点省推进"一张图"管矿,取得较好进展。

3.加大矿业权审批信息公开力度。一是实现对矿业权信息公开查询查验。在国土资源部门户网站上运行矿业权审批信息网上公开发布系统和查验系统,矿业权管理信息化管理和服务水平得到提高;二是主动发布政策信息,提高管理透明度。在国土资源部政务大厅公告栏及时发布探矿权采矿权审批工作的政策信息;三是完善矿业权审批配号平台。完善、升级矿业权统一配号系统,与核查成果数据进行衔接,高效监控各地矿业权审批,实现矿业权审批部省协调联动。

【作风建设和廉政建设】 1.开展创先争优活动。一是坚持将创先争优活动的开展与业务工作紧密结合,克服两张皮,避免一般化,以创先争优活动为契机继续推动矿政管理长效机制的建立;二是认真践行党支部公开承诺,改进学习作风,理论实践结合,每位党员干部都提交了读书心得,请专家作专题讲座;改进工作作风,深入调查研究,向调控司提交五篇专题调研报告;改进服务作风,推进政务公开,公开办事程序要件,发布政策信息,公布审批登记信息;三是全面做好争创活动实施方案的各项安排,不断充实完善实施方案,开展支部书记对司内党员的点评工作,组织好司领导班子民主生活会和年度考评等工作。

2.开展各项廉政专项行动。一是积极开展"两整治、一改革"专项行动,建立健全矿业权管理长效机制;二是积极开展机关廉政专项行动,积极排查风险点,加强司内制度建设;三是完成探矿权采矿权审批制度执行情况专项清理工作,并向中央治理工程建设领域突出问题工作领导小组办公室提交报告。

3.强化依法行政意识。一是认真传达学习全国依法行政会议精神;二是系统梳理依法行政的薄弱环节和突出问题,有不按现有的法律法规和政策规定违规操作、个别管理政策界限难以把握和现有制度中个别环节自由裁量权过大;三是积极部署深入推进依法行政。严格执行内部管控制度,强化内部监督;全流程推行"阳光行政",强化社会监督;立足长远,完善矿业权管理制度。

对黑河市、赣州市、洛阳市3个基层联系点的定位为:工作要走前头、作标杆,勇当先锋,成为矿产资源管理理论联系实际的切入点,出台改革政策的孵化基地,出亮点、创看点的前沿阵地。3个联系点的创新性做法对开发司推进矿产开发管理改革起到了启发和试点作用。

(国土资源部矿产开发管理司)

矿产资源储量管理

·矿产资源储量·

【概况】 截至2010年底,全国已发现171种矿产,具有查明资源储量的矿产159种。能源矿产10种,金属矿产54种,非金属矿产92种,水气矿产3种。2010年主要能源矿产煤炭、石油、天然气和煤层气查明资源储量普遍增长,其中煤层气剩余技术可采储量增长72.0%;黑色金属矿产中铁矿、锰矿等矿产查明资源储量均有增长,其中铁矿增长12.5%;有色金属矿产中铜矿、铅矿、锌矿、铝土矿、镁矿等主要矿产查明资源储量均增长较明显;贵金属、分散元素金属矿产查明资源储量均有增长;稀有金属矿产中铌钽矿、锂矿等查明资源储量有所增长;近半非金属矿产查明资源储量有所增长;水气矿产二氧化碳气增长幅度达50%。

【能源矿产储量】 1.煤炭。截至2010年底,煤炭查明资源储量13408.3亿吨,比2009年净增311.5亿吨,增长2.4%,其中,勘查新增711.6亿吨。

2.石油。截至2010年底,石油剩余技术可采储量31.74亿吨,比2009年增长7.5%。石油产量2.01亿吨,勘查新增探明技术可采储量2.19亿吨。

3.天然气。截至2010年底,天然气剩余技术可采储量37793.20亿立方米,比2009年增长1.9%。天然气采出量942.19亿立方米,勘查新增探明技术可采储量2874.74亿立方米。

4.煤层气。截至2010年底,煤层气剩余技术可采储量1318.4亿立方米,比2009年增长72.0%。其中,山西技术可采储量增加359.0亿立方米,陕西技术可采储量增加192.7亿立方米。

【黑色金属矿产储量】 1.铁矿。截至2010年底,铁矿查明资源储量727.0亿吨,比2009年净增81.0亿吨,增长12.5%。

2.锰矿。截至2010年底,锰矿查明资源储量89234.3万吨,比2009年净增2207.3万吨,增长2.5%。

3.铬铁矿。截至2010年底,铬铁矿查明资源储量1114.4万吨,比2009年净减少36.6万吨,下降3.2%。

4.钛矿。截至2010年底,包括金红石、钛铁砂矿、原生钛铁矿,折算为二氧化钛的查明资源储量为72121.8万吨,比2009年净减少132.5万吨,下降0.2%。

【有色金属矿产储量】 1.铜矿。截至2010年底,铜矿查明资源储量8040.7万吨,比2009年净增14.4万吨,增长0.2%。

2.铅矿。截至2010年底,铅矿查明资源储量5509.1万吨,比2009年净增658.0万吨,增长13.6%。

3.锌矿。截至2010年底,锌矿查明资源储量11596.2万吨,比2009年净增900.9万吨,增长8.4%。

4.铝土矿。截至2010年底,铝土矿查明资源储量375251.0万吨,比2009年净增54989.6万吨,增长17.2%。

5.镁矿。截至2010年底,镁矿查明资源储量

87735.1 万吨,比 2009 年净增 21780.8 万吨,增长 33.0%。

6.镍矿。截至 2010 年底,镍矿查明资源储量 938.0 万吨,比 2009 年净增加 93.8 万吨,增长 11.1%。

【贵金属矿产储量】 1.铂族金属。截至 2010 年底,铂族金属查明资源储量 334.6 吨,比 2009 年净增加 9.7 吨,增长 3.0%。

2.金矿。截至 2010 年底,金矿查明资源储量 6864.8 吨,比 2009 年净增 536.9 吨,增长 8.5%。

17.银矿。截至 2010 年底,银矿查明资源储量 177246.4 吨,比 2009 年净增加 13291.2 吨,增长 8.1%。

【冶金辅助原料非金属矿产储量】 1.菱镁矿。截至 2010 年底,菱镁矿查明资源储量 36.4 亿吨,比 2009 年净减少 3.1 亿吨,下降 7.8%。

2.普通萤石。截至 2010 年底,普通萤石查明资源储量折算为氟化钙 18037.8 万吨(矿石量按 64% 折算),比 2009 年净减少 211.7 万吨,下降 1.2%。

3.耐火黏土。截至 2010 年底,耐火黏土查明资源储量 24.6 亿吨,比 2009 年净增 5967 万吨,增长 2.5%。

【化工原料非金属矿产储量】 1.硫铁矿。截至 2010 年底,硫铁矿查明资源储量 56.9 亿吨,比 2009 年净增 2.2 亿吨,增长 4.0%。

2.磷矿。截至 2010 年底,磷矿查明资源储量 186.3 亿吨,比 2009 年净增 7.7 亿吨,增长 4.3%。

3.钾盐。截至 2010 年底,钾盐查明资源储量 9.3 亿吨(KCl),比 2009 年净增 7050 万吨,增长 8.2%。

4.芒硝。截至 2010 年底,芒硝查明资源储量折算为硫酸钠量 934.2 亿吨,比 2009 年净增 322.3 亿吨,增长 52.7%。

5.重晶石。截至 2010 年底,重晶石查明资源储量 3.8 亿吨,比 2009 年净减少 189 万吨,下降 0.5%。

6.盐矿。截至 2010 年底,盐矿查明资源储量折氯化钠量为 13337.7 亿吨,比 2009 年净增 92.7 亿吨,增长 0.7%。

【建材及其他非金属矿产储量】 1.石墨(晶质)。截至 2010 年底,石墨(晶质)查明资源储量 18490.2 万吨,比 2009 年净增 4.1 万吨。

2.滑石。截至 2010 年底,滑石查明资源储量 26696.4 万吨,比 2009 年净减 82.6 万吨,减少 0.3%。

3.石膏。截至 2010 年底,石膏查明资源储量 769.1 亿吨,比 2009 年净增 64.8 亿吨,增加 9.2%。

4.水泥用灰岩。截至 2010 年底,水泥用灰岩查明资源储量 1020.9 亿吨,比 2009 年净增 82.5 亿吨,增长 8.8%。

5.高岭土。截至 2010 年底,高岭土查明资源储量 21.0 亿吨,比 2009 年净增 8126.8 万吨,增长 4.0%。

6.膨润土。截至 2010 年底,膨润土查明资源储量 28.0 亿吨,比 2009 年净减 366.6 万吨,下降 0.1%。

【水气矿产储量】 二氧化碳气。截至 2010 年底,二氧化碳气剩余技术可采储量 951.3 亿立方米,比 2009 年净增 317.3 亿立方米,增长 50.0%。

【全国石油天然气储量登记统计会审会】 2010 年 3 月,在贵阳召开了全国石油天然气储量登记统计会审会,会议交流了各油气公司储量管理工作的经验,对 2008 年度各油气公司储量、产量等统计数据进行了会审,形成了《2009 年全国石油天然气储量通报》。三大国有油气公司、中联煤层气有限责任公司、延长油田有限公司等地方油气公司代表近 100 人参加了会议。

【压覆矿产资源审批情况】 2010 年,国土资源部共批复压覆矿产资源申请 29 件,压覆煤炭资源储量 183977.35 万吨,压覆铝土矿储量 99.1 万吨,压覆硫铁矿储量 21.8 万吨。

·矿业权评估管理·

【国土资源部出让矿业权评估情况】 依据《关于公开选择评估机构承担矿业权评估项目的公告》(国土资源公告 2006 年 21 号)和《国土资源部公开选择评估机构承担矿业权出让评估项目摇号工作规则(试行)》,2010 年,国土资源部共召开 3 次矿业权评估项目公开选择评估机构现场会,以公开摇号方式确定了 15 个矿业权评估项目的承担机构,其中采矿权评估项目 6 个,探矿权评估项目 9 个,共发生评估费 261 万元。

【矿业权评估师高级研修班】 2010 年 10 月,国土资源部人事司、储量司共同举办矿业权评估师高级研修班,对全国矿业权评估机构近百名评估师进行了培训。培训班聘请了东北财经大学、中国资产评估协会和矿业权评估一线的专家等授课,内容涵盖矿产资源法修改研究、矿业权评估理论及实践、中介机构诚信制度建设和矿业权评估实务等方面,并以当前矿业权评估环境和基础为主题开展座谈。培训结束时对学员进行了结业考试,并颁发了结业证书。

【省级矿业权评估管理人员培训班】 2010 年 10 月 20～23 日,国土资源部组织召开了省级矿业权评估管理人员培训班,培训内容包括矿业权评估理论与实践、中国矿业权评估准则和矿业权评估实务等课程,请部分省国土资源厅介绍了当地矿业权价款评估管理工作情况,并就如何加强矿业权评估行业监督管理进行了专题讨论。来自全国32个省(区、市)的100多名矿业权评估管理人员参加了培训。

【矿产资源储量登记和评审评估报告备案情况】 2010年,国土资源部完成储量登记书107份。其中《查明矿产资源储量登记》书42份,《占用矿产资源储量登记书》65份。2010年完成储量评审报告备案376份,完成矿业权价款评估报告备案24份。

·矿产资源利用督查管理·

【概况】 2010年4~6月,国土资源部组织了全国矿产资源利用现状调查第一次督查工作。共组织14个督查组,由省级国土资源行政主管部门领导带队对31个省(区、市)进行了督查。督查组实地检查了30多个核查矿区,抽查了90余份核查报告,听取了各省(区、市)厅(局)和省项目办的汇报,召开了不同形式的座谈会,全面了解和掌握了各省(区、市)矿产资源利用现状调查的进展情况和存在的主要问题,为下一步研究解决问题推进工作打下了坚实的基础。7月14~16日,储量司组织召开了全国矿产资源利用现状调查第一次督查工作总结座谈会。会议总结了第一次督查工作情况,各督查组通报本组督查情况,交流了各地好的经验和做法,对发现的新情况、新问题进行了讨论,部署了下一步数据库建设、单矿种汇总、评审验收等工作,要求各地进一步加大行政推动力度,合理配置力量,加快工作进度,按时完成工作计划。9~10月,组织开展了全国矿产资源利用现状调查第二次督查工作。此次督查共组织了7个督查组,在各省先行自查的基础上,由省级国土资源行政主管部门领导带队,重点抽查了河北、内蒙古、吉林、江西、河南、湖北、湖南等12个省(区)。督查组听取了相关省(区)厅(局)和省项目办的汇报,召开了不同形式的座谈会,主要检查了各省的工作进度、质量、行政推动的有效性和评审验收的合规性,进一步推动各省年底前顺利完成矿产资源利用现状调查目标任务。

【全国矿产资源利用现状调查工作成果】 2010年,全国矿产资源利用现状调查工作覆盖全国31个省(市、自治区)和八大行业,参与核查的技术队伍超过910支,参加人员达12339名;累计投入经费近20亿元,其中中央财政4.1亿元,地方匹配经费超过15亿元;圆满完成28个计划矿种共21600多个核查矿区的野外核查工作,其中68.2%的矿区核查成果通过省级评审验收;初步完成石油、天然气、铀、煤、铁、铜、铝等16个矿种核查成果的全国汇总工作。

【矿产资源节约与综合利用专项工作】 一是建立了矿产资源节约与综合利用专项工作整套制度:财政部、国土资源部关于印发《矿产资源节约与综合利用专项资金管理办法》的通知(财建〔2010〕312号)、《财政部办公厅、国土资源部办公厅关于印发2010年矿产资源节约与综合利用专项资金申报指南的通知》(财办建〔2010〕61号)、国土资源部关于印发《矿产资源节约与综合利用专项工作管理办法》的通知(国土资发〔2010〕122号)、国土资源部办公厅关于做好矿产资源节约与综合利用专项初审工作的函(国土资厅函〔2010〕937号)、《矿产资源节约与综合利用专项评审办法》、《关于推荐矿产资源节约与综合利用专项评审专家的函》。二是组织开展了2010年矿产资源节约和综合利用专项论证工作。2010年安排了以奖代补项目324个,示范工程190个,合计资金37.5亿元。

·矿产资源补偿费征收管理·

【概况】 2010年全国补偿费征收入库额141.8亿元,与2009年度113.4亿元相比增加25%。全国21个省(区、市)征收入库额过亿元,其中9个省(区)超过5亿元,山西、山东、内蒙古、黑龙江、新疆等5省(区)超过10亿元,占全国征收入库额的57%。全国24个省份征收入库额较2009年度有不同程度的增长,有17个省份的增长幅度超过20%,其中吉林、四川、江西、安徽、甘肃和贵州省增长幅度超过50%。

据统计,2010年度石油、天然气、煤、铁、铜、铅锌、钼、金、锰、水泥灰岩、建筑石材补偿费征收入库额均超过亿元,为主要的征费矿种,占全国入库额的87%。煤、铁、铅锌、金、铜、锰补偿费入库额较2009年有较大幅度增长,其中锰首次征收入库额过亿元。

2010年底全国矿山企业99943家,缴费矿山84630家,征收面为84.7%,比2009年提高了2.4%;征收入库率99.2%,比2009年提高了0.9%,有22省份入库率达100%。

各地不断强化征收措施,加大追缴力度,内蒙古、辽宁、吉林、江苏、安徽、福建、江西、山东、湖北、湖南、广东、四川、重庆、云南、陕西、青海、宁夏17个省(区、市)2010年度共计追缴补偿费7.89亿元,占全国征收入库额的5.5%。全国累计欠缴额9.35亿元,较2009年度累计14.42亿元减少了36.2%。

2010年,河北、内蒙古、江苏、安徽、福建、湖北、湖南、广西、海南、青海10省(区)共为矿山企业减免补偿费3.03亿元,较2009年的8个省(区)增加了0.33亿元,总减免额占全国征收入库额的2.1%。涉及矿种主要为煤、石油、天然气、金、铜、铁、硫、水泥灰岩、高岭土、玻璃硅质原料、建筑石材等,减免矿种范围有所加大。

【矿产资源补偿费细化征收研讨会】 2010年6月,国土资源部储量司在北京组织召开矿产资源补偿费细化征收研讨会,承担21个矿种细化征收研究工作的11个省(区、市)代表及有关同志共计50余人参加了会议。与会代表介绍了补偿费细化征收研究前期工作开展情况、取得初步成果以及存在的问题和下步工作思路,对研究工作中的难点和焦点问题进行了热烈的讨论,进一步明确了补偿费细化征收工作定位和下步工作重点。通过研讨,大家交流了经验,理清了思路,达到了相互启发和学习的目的,有利于细化征收研究工作的整体推进。

·矿产资源勘查开采监督管理·

【矿产资源勘查开采监督管理制度执行情况专项检查】

2010年9~11月,按照国土资源部《关于开展矿产资源勘查开采监督管理制度执行情况专项检查的通知》要求,在各省(区、市)自查的基础上,国土资源部组织6个抽查组对江西、安徽、四川、青海、陕西等11个省进行了检查。抽查组采取听取汇报、实地检查和与省厅交换意见的方式,对相关省在矿产资源合理开发利用监管、矿业权人勘查开采活动监管、构建共同责任机制、矿产资源补偿费征收管理等方面的工作情况进行了检查。

【全国矿产资源勘查开采监督管理工作座谈会】 2010年11月27~28日,国土资源部储量司组织召开了全国矿产资源勘查开采监督管理工作座谈会,会议对近年来全国矿产资源勘查开采监管工作进行了总结,研究提出了下步工作主要任务;通报了矿产资源勘查开采监督管理制度执行情况专项检查结果;介绍了矿产资源开发遥感监测工作进展情况;安排江苏、安徽、湖北、辽宁、黑龙江、山东新泰市、重庆南川区和甘肃白银市介绍当地的好做法好经验。各省(区、市)国土资源厅(局)、部有关司局及事业单位代表约150余人参加了会议。

·地质资料管理·

【地质资料汇交】 1.汇交成果地质资料概况。2010年度,全国共汇交成果地质资料12521种,其中,辽宁、上海和重庆接收地质资料分别为1801种、1196种、1121种,占全国汇交总量的32.89%。内蒙古、河南、湖南、贵州、云南的汇交量都在500种以上。汇交地质资料中,矿产地质、环境地质和水文地质类资料较多,分别为6019种、3768种、1297种,各占汇交总量的48%、30%和10.3%。全国地质资料馆藏机构地质资料馆藏总量达381211种,较2009年增长4.4%。

2.地质资料转交总量大幅提升。2010年共有26个省(区、市)向全国地质资料馆转交地质资料2901种,较2009年环比增长40.7%。其中山东、贵州、甘肃、新疆均超过200种,占全部转交资料的54%;石油系统、地矿系统和海洋系统共汇交地质资料137种。

3.全国地质资料清欠汇交工作。2010年各省(区、市)国土资源行政主管部门和馆藏机构按照《关于地质资料清欠工作有关要求的函》(国土资储函〔2010〕32号)的要求,积极组织开展地质资料清欠工作,全国32个馆藏机构共清理欠交地质资料10151种,已经补交3466种。2011年地质资料清欠工作还将继续开展。

【地质资料汇交管理培训班】 2010年4月,为贯彻落实《国土资源部关于加强地质资料汇交管理的通知》(国土资发〔2010〕32号)要求,国土资源部储量司对各省(区、市)国土资源行政主管部门和地质资料馆藏机构有关人员进行培训,解读地质资料各项汇交要求和馆藏机构分级意见,介绍地质资料汇交监管平台开发框架及功能流程,并对全国地质资料清欠和2010年地质资料服务"双保工程"相关工作进行部署,为切实强化地质资料汇交管理工作打下良好的基础。

【油气地质资料委托保管工作交流会】 2010年7月,为贯彻落实《国土资源部关于开展油气等原始和实物地质资料委托保管工作的通知》(国土资发〔2009〕102号),国土资源部储量司召集中石油、中石化、中海油等公司召开油气地质资料委托保管工作交流会。会议交流了各单位油气地质资料委托保管工作的进展情况,部署了第一批油气地质资料委托保管单位挂牌推荐工作,对三大油公司承担的研究项目取得的阶段性成果进行了研讨,并进一步要求各油气公司细化委托保管单位的核查表、管理流程和具体要求。

【地质资料信息服务集群化产业化试点】 2010年,部组织上海、安徽、山东、湖南等省(市)开展"两化"试点,并开展重点城市、重点成矿区带、重点经济区、重点生态环境脆弱区、重大工程建设区"两化"工作。一是取得了基础地质数据库整合技术研究、地质钻孔数据库以及地质资料汇交监管平台研发等重要阶段性成果。二是为切实做好地质资料信息服务集群化产业化工作,部出台了《推进地质资料信息服务集群化产业化工作方案》。方案提出在当前及今后一个时期,推进地质资料信息服务集群化产业化的任务重点是集成集群、深度开发,实现资料信息化,服务社会化,发展产业化。方案明确了推进地质资料信息服务集群化产业化的指导思想、基本原则、目标任务、技术要求及保障措施等,并对各省(市、区)、地调局、部其他相关直属单位和受委托保管地质资料的单位相关任务分阶段提出了具体要求。三是加强"两化"工作的交流与研究。通过召开"两化"相关专题研讨会、试点单位经验汇报会和工作座谈会等,认真贯彻国土资发〔2010〕113号文,进一步统一了思想,提高了认识。2010年《地质资料信息服务集群化产业化专题研究成果》通过了评审,基本完成《地质资料信息服务集群化产业化成果汇编》的编写工作,这些成果为"两化"工作开展提供理论、技术和标准规范支撑,具有重要指导意义。四是加强"两化"工作的协调与指导。为确保"两化"工作整体部署、有序推进,促进各单位、各部门形成合力,加强工作协调性,部组织建立了"两化"联席会议制度,成立了技术指导小组,并明确了相关工作职责和要求。为进一步加强了对"两化"工作的协调和指导,部先后组织到上海、湖北和青海等省(市)对试点工作进行了调研,听取了试点单位"两化"试点工作项目阶段成果汇报。

【实物地质资料保管】 1. 全国实物地质资料库房调查。截至2010年,全国各省(区、市)共有实物地质资料库房1359个,管理人员2102人,库房总面积537931.42平方米。其中永久性库房669个,占49.2%;临时性库房476个,占35.0%;其他库房214个,占15.8%。平均每个库房有管理人员1.5人,永久性库房有1~3名管理人员,临时性库房大多数只有1名管理人员,其他性质库房绝大数没有管理人员。

2. 全国实物地质资料保管单位及保管点情况。截至2010年,全国共有482个实物地质资料保管单位,1359个实物地质资料库房,464个露天存放点(涉及144个保管单位),545个埋藏点(涉及107个保管单位)。

【油气地质资料委托保管培训】 2010年12月,国土资源部组织开展了油气地质资料委托保管培训。学习了"石油天然气地质资料委托管理系统",并对《石油天然气原始和实物地质资料利用收费标准(试行)》进行了研讨,四大石油公司及相关单位代表参加。培训结束后,全国油气地质资料将按照统一的著录标准和要求建立目录数据库,并纳入全国统一的共享服务平台,为今后提供社会化服务奠定了基础。

【"双保"工程地质资料信息服务】 按照国土资源部

"双保工程"2010年行动部署,国土资源部积极组织全国各级地质资料馆藏机构采取对用户上门访问的主动模式,了解社会需求,为双保工程开展专题服务。2010年共为4668个重点项目提供地质资料信息服务,同时为"矿产资源潜力评价"、"全国矿产资源利用现状调查"和"全国矿业权实地核查"等重大项目提供了有力支持。全国地质资料馆及上海、江苏、湖南、四川4个省(市)地质资料馆藏机构被评为国土资源部"双保工程"服务成效显著单位。

【地质资料社会化服务】 1. 地质资料服务概况。2010年全国各级地质资料馆藏机构以"两化"为抓手,地质资料社会化服务工作水平进一步提高。通过传统服务窗口为近5万人次提供了地质资料服务,提供地质资料利用达19.4万份次(373.8万件次)。其中河北、内蒙古、浙江、安徽、广西、云南等省(区)利用地质资料的人数都在2000人次以上,辽宁、山东、广东、四川、新疆等省(区)利用地质资料的人数也在1600人次以上。

2. 地质资料网络服务。2010年全国各级国土资源行政主管部门和地质资料馆藏机构通过加强地质资料服务网络建设,不断丰富网站内容,地质资料网络服务量已超过传统服务量,成为地质资料社会化服务的重点。一是网络点击量增大。全国地质资料服务网站总点击量超过103万次,其中点击量超过10万次的有全国地质资料馆、天津、安徽、湖北、湖南等省级地质资料馆藏机构。二是网站内容进一步丰富。全国地质资料馆2010年新上网3000种图文地质资料,已有累计14274种图文资料向社会公众提供网上浏览服务。截止到2010年底共有75594人次浏览或下载了图文地质资料,是同期到馆人数的4.5倍。

3. 地质资料抗旱抗震应急服务。2010年我国西南五省出现历史上罕见的旱灾,广西、四川、重庆、贵州、云南和全国地质资料馆及成都、武汉地调中心联动做好抗旱救灾工作,及时上网公布地质资料信息服务数据17078条,地下水资源分布图6张,设立应急服务电话,实施24小时无假日值班服务。同时,组织业务人员主动到抗旱一线上门服务,并向抗旱救灾指挥部赠送了西南五省水工环地质资料目录集,为贵州抗旱打井队伍加工水文地质资料。全国地质资料馆荣获国土资源部西南抗旱找水打井先进集体。

玉树地震抢险救灾工作中,全国地质资料馆与青海省国土资源博物馆、中国地质图书馆联动做好青海玉树抗震救灾地质资料信息应急服务,将灾区地质资料目录、地学文献目录、玉树地质图、地质灾害图等13种产品及时上网发布,并编辑出版了《玉树地震灾区基础地质资料信息图集》。

【地质资料馆藏机构建设】 2010年,全国各省(区、市)国土资源主管部门参照《地质资料馆藏机构分级意见》积极争取资金,努力改善馆藏机构的办公、库房和服务条件。河北、内蒙古、湖南、江苏、重庆省(区、市)地质资料馆陆续迁入新馆;安徽、江西、广西、西藏等省(区)地质资料馆新正在建设中。馆藏建设投入资金较大的省(市)是:安徽5.4亿元人民币、湖南2亿元人民币、重庆1500万元人民币、黑龙江845万元人民币。

【地质资料图文数字化工作】 截至2010年底,全国各省(区、市)当年地质资料数字化3.8万种,是2009年完成工作量的1.7倍,累计完成成果地质资料数字化总量达21万种(表1~4)。继2009年湖南、重庆、青海之后,2010年又有天津、辽宁、黑龙江、江苏、广东全部完成了成果数字化工作;另有上海、宁夏等省(区、市)馆藏地质资料的图文数字化率超过80%;全国地质资料馆累计完成近5万种地质资料数字化。

表1　　　　　　　　　　　　　　　　2010年度全国成果地质资料汇交情况汇总　　　　　　　　　　　　　　　(单位:种)

地区和单位	区调地质	矿产地质	油气地质	海洋地质	水文工程	环境地质	物化遥	地质科研	其他	合计
北京	0	59	0	0	51	372	0	5	5	492
天津	0	8	0	0	1	86	0	23	2	120
河北	0	168	0	0	0	2	2	3	4	179
山西	4	258	0	0	3	111	0	0	0	376
内蒙古	12	626	0	0	27	2	5	8	0	680
辽宁	4	298	0	0	4	1484	1	2	8	1801
吉林	1	102	0	0	70	5	0	1	4	183
黑龙江	25	33	0	0	2	2	1	15	0	78
上海	3	0	0	0	1010	177	0	4	2	1196
江苏	1	75	0	0	67	69	1	36	6	255
浙江	0	78	0	0	0	336	0	13	6	433
安徽	2	202	0	0	7	18	3	8	13	253
福建	0	90	0	0	0	0	0	0	0	90
江西	0	372	0	0	0	13	0	0	0	385
山东	4	120	0	0	4	21	0	18	270	437
河南	5	390	0	0	4	88	0	13	5	505
湖北	6	115	0	0	0	8	0	9	5	143
湖南	7	528	0	0	1	0	6	3	16	561
广东	22	89	0	0	0	15	0	4	0	130
广西	10	60	0	0	5	0	0	0	5	81
海南	0	5	0	0	0	2	0	0	3	10
重庆	2	207	0	0	3	892	0	1	16	1121
四川	1	298	0	0	1	11	0	14	0	325
贵州	8	93	0	0	8	0	0	6	468	583
云南	0	719	0	0	3	0	0	0	0	722
西藏	2	146	0	0	1	2	3	4	0	158
陕西	1	206	2	0	0	1	2	0	0	212

续表1

地区和单位	区调地质	矿产地质	油气地质	海洋地质	水文工程	环境地质	物化遥	地质科研	其他	合计
甘肃	0	226	0	0	3	4	0	0	3	236
青海	20	62	0	0	6	3	25	5	15	136
宁夏	0	110	0	0	7	14	0	4	3	138
新疆	35	232	0	0	8	20	7	6	0	308
全国馆	0	2	80	17	0	10	2	24	2	137
实物中心	11	42			1				3	57
合计	186	6019	82	17	1297	3768	58	229	864	12521

表2 2010年度全国成果地质资料馆藏及利用情况汇总

地区和单位	地质资料总量（种）	其中（种）			利用人次	利用份次	利用件次
		公益	保护	保密			
北京	5699	0	132	2750	364	1339	20085
天津	4140	110	121	907	38	155	2717
河北	8387	699	12	3272	2462	4934	7855
山西	9423	0	2	4889	367	8974	75520
内蒙古	11893	633	339	0	3027	36574	520384
辽宁	12388	2824	1	6190	1621	18245	329877
吉林	6974	582	22	0	1317	10466	130095
黑龙江	5434	0	0	0	1086	3086	125313
上海	12616	182	255	249	658	3726	12725
江苏	5737	3698	107	1978	1483	5707	21050
浙江	7957	337	186	3132	2329	4714	56761
安徽	9853	226	0	3656	4524	3247	28870
福建	10945	7587	924	2434	180	600	11890
江西	9798	0	0	0	557	1590	9236
山东	7640	3422	253	3965	1986	2999	34857
河南	11428	5	33	320	1300	3560	75000
湖北	6341	478	0	1761	424	1601	19383
湖南	14389	428	1	5393	723	2775	41406
广东	8479	434	0	2343	1686	2931	44549
广西	8178	6976	0	1562	5469	1823	22417
海南	1575	1	0	0	1134	3391	39629
重庆	13596	0	0	567	134	650	7734
四川	18674	6254	0	12420	1600	3918	100639
贵州	11445	0	161	5919	1280	4955	620451
云南	9197	412	0	3603	5812	16955	992971

续表2

地区和单位	地质资料总量（种）	其中（种）			利用人次	利用份次	利用件次
		公益	保护	保密			
西藏	4281	411	0	951	166	726	14447
陕西	8165	0	0	0	581	1951	16580
甘肃	8302	510	0	5626	262	700	16732
青海	5615	474	10	1310	560	1907	39131
宁夏	3075	272	0	306	138	2718	38626
新疆	9321	0	0	0	1804	4319	82619
全国馆	110117	0	0	0	2497	32801	178209
实物中心	149				3	6	
合计	381211	36955	2559	75503	47572	194043	3737758

表3 截至2010年底全国成果地质资料图文数字化情况汇总 （单位：种）

地区和单位	地质资料总量	已数字化数量	当年数字化数量
北京	5699	4224	0
天津	4140	4140	928
河北	8387	590	0
山西	9423	6781	758
内蒙古	11893	6877	1278
辽宁	12388	11537	6643
吉林	6974	1196	300
黑龙江	5434	5434	0
上海	12616	12400	1817
江苏	5737	5737	1273
浙江	7957	4246	1357
安徽	9853	4399	1300

续表3

地区和单位	地质资料总量	已数字化数量	当年数字化数量
福建	10945	4455	313
江西	9798	3582	480
山东	7640	4111	60
河南	11428	2600	400
湖北	6341	3725	494
湖南	14389	14389	37
广东	8479	8479	1877
广西	8178	523	223
海南	1575	977	10
重庆	13596	13596	0
四川	18674	9485	4500
贵州	11445	300	300
云南	9197	2660	932
西藏	4281	467	0
陕西	8165	4400	290
甘肃	8302	5134	500
青海	5615	5615	0
宁夏	3075	2579	1815
新疆	9321	7429	1400
全国馆	110117	48237	8237
实物中心	149	44	16
合计	381211	210348	37538

表4 2010年度全国地质资料馆接收地质资料的统计

（单位：种）

序号	地区和单位	接收资料数	电子文档数
1	北京市	6	6
2	天津市	13	13
3	山西省	67	67
4	内蒙古自治区	131	131
5	辽宁省	104	104
6	吉林省	13	13
7	黑龙江省	81	81
8	上海市	1	1
9	江苏省	6	6
10	浙江省	11	11
11	安徽省	146	146

续表4

序号	地区和单位	接收资料数	电子文档数
12	福建省	79	79
13	江西省	98	98
14	山东省	249	139
15	湖北省	155	155
16	广东省	56	56
17	广西自治区	20	20
18	四川省	48	48
19	贵州省*	653	227
20	云南省	83	83
21	西藏自治区	72	72
22	陕西省	40	40
23	甘肃省	262	262
24	宁夏自治区	1	1
25	青海省	40	40
26	新疆自治区	329	329
27	海洋系统	17	17
28	地矿系统	40	40
29	油气系统	80	80
	合　计	2901	2365

注：贵州省馆转交资料有400种为多年未转交的资料，多数没有电子文档。

（国土资源部矿产资源储量司　贾其海　周保铜）

矿山地质环境管理

【矿山地质环境治理】　不断加大矿山地质环境治理力度和投入，中央财政投入矿山地质环境治理项目资金56.53亿元，地方财政投入资金28.52亿元（图1）。

【地下水监测】　全国182个城市开展了地下水水质监测，水质监测点总数为4110个。

取样测试分析结果表明，水质呈优良级的监测点为418个，占全部监测点的10.17%；水质呈良好级的监测点为1135个，占27.62%；水质呈较好级的监测点为206个，占5.01%；水质呈较差级的监测点为1662个，占40.44%；水质呈极差级的监测点为689个，占16.7%（图2）。

总体来讲，全国地下水质量状况不容乐观，水质呈优良－良好－较好级的监测点总计为1759个，占全部

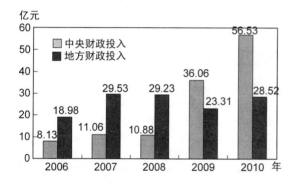

图1　2006～2010年矿山地质环境治理资金投入情况

监测点的42.8%,水质呈较差－极差级的监测点2351个,占全部监测点的57.2%。较差－极差级水的比例已超过了优良－良好－较好级水。

与2009年比较,全国主要城市的地下水水质状况以稳定为主。其中呈变好趋势的城市分布在华东地区,华北、东北、西北地区仅有少量城市水质变好。水质呈变差趋势的地区主要集中在华北、东北和西北地区,华东及中南华南地区城市仅有零星分布。

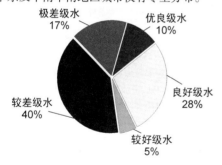

图2　全国地下水水质情况

【地质灾害与防治】　全国共发生各类地质灾害30670起,造成人员伤亡3449人,造成直接经济损失约63.9亿元。全年地质灾害发生数量、造成的死亡失踪人数和直接经济损失,同比均分别增长189.9%、308.2%、235.9%(图3)。

全年实际发生地质灾害中,滑坡22329起、崩塌5575起、泥石流1988起、地面塌陷499起、地裂缝238起、地面沉降41起,其中造成人员伤亡的地质灾害382起。

全国地质灾害主要集中在华东、中南、西南以及西北的部分地区。全国共成功避让地质灾害1166起,安全转移9.6万人,避免直接经济损失9.3亿元(图4)。

1.“加强地质灾害防治能力建设”。国务院发布《关于切实加强中小河流治理和山洪地质灾害防治的若干意见》;国土资源部和中国气象局签署《关于深化地质灾害气象预警预报工作合作的框架协议》;完善地质灾害应急支撑体系,建立地质灾害应急专家库,举行特大型地质灾害应急演练;推进地质灾害防治“十有县”、“五条线”和“五到位”建设,提升基层地质灾害防治能力。

图3　2006～2010年地质灾害造成的死亡、失踪人数和直接经济损失

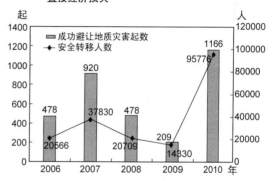

图4　2006～2010年成功避让地质灾害起数和安全转移人数

2.“强化重点地区和重大地质灾害防治”。强化三峡库区255处重大地质灾害隐患点的专业监测和3049处隐患点的群测群防监测;和国家发展改革委联合下发关于进一步做好汶川、玉树地震灾区地质灾害防治工作的紧急通知;组织上千名专家参加玉树地震和舟曲特大山洪泥石流抢险救灾和次生地质灾害防范。

【地质遗迹保护与地质公园建设】　稳步推进矿山公园建设。黑龙江大庆油田等33个矿山公园获得国家矿山公园资格。截至2010年底,全国共有61个公园获得国家矿山公园资格,其中19个已揭碑开园。稳步推进地质公园建设,全国已建成和在建国家地质公园183个,省级地质公园159个,有22个地质公园经联合国教科文组织批准加入世界地质公园网络。

(选自《2010年中国国土资源公报》)

克拉玛依市矿产资源开发利用

【矿产资源概况】 截至 2010 年底,除石油、天然气,克拉玛依市已发现矿种 12 种,32 处矿产地。其中已探明有一定资源储量的矿种有 5 个,中型以上的矿床 3 处。主要矿产资源储量:砖瓦用黏土 25063 万吨,建筑用砂 320 万吨,天然沥青 16.34 万吨,湖盐 1.09 万吨,建筑用凝灰岩 168 万吨。砖瓦用黏土和建筑用砂是克拉玛依市的主要矿产,目前开发利用的矿产主要是:砖瓦用黏土、建筑用砂、建筑用凝灰岩、天然沥青和湖盐。

2010 年主要矿产资源储量情况一览表

矿种	资源储量
砖瓦用黏土	25063 万吨
建筑用砂	320 万吨
建筑用凝灰岩	168 万吨
天然沥青	16.34 万吨
湖盐	1.09 万吨

全市共有各类矿山企业 29 家,都属小型矿山,年产矿石量 76.58 万吨,实现矿业总产值 2180.77 万元,从业人员 1000 人。矿业产值占地方工业总产值的 0.24%。已开发利用的矿种有 5 种,主要以砖瓦用黏土、建筑用砂开采为主,有砖厂 17 家、砂厂 9 家,其次是建筑用凝灰岩、天然沥青和湖盐企业各 1 家。

【矿产资源年检及年报】 集中检查了 36 家矿山企业,完成了克拉玛依市矿山年检工作。克拉玛依市大多数矿山企业能自觉遵守《矿产资源法》及其有关法律法规,依法持证开采,无乱采滥挖、破坏浪费矿产资源的行为,能在规定的期限和矿区范围内依法采矿,无非法转让采矿权或以承包、出租等方式开采矿产资源的行为。矿山企业守法意识明显比以往有所提高,并积极主动按规定缴纳矿产资源补偿费、采矿权使用费、采矿权价款。

按照自治区国土资源厅《关于认真做好 2010 年度矿产资源统计年报工作的通知》的要求,及时填了报统计年报表,完成了克拉玛依市 2010 年度矿产资源开发统计年报工作。

【采矿权登记发证情况及采矿权出让情况】 截至 2009 年底,克拉玛依市共有矿山企业 36 家,2010 年由于多方原因,有 8 家矿山企业自行关闭,其中砖厂 2 家、砂厂 6 家。截至到 2010 年底,克拉玛依市共有矿山企业 29 家,国土资源厅发证 2 家,克拉玛依市核发采矿许可证 27 家,新办采矿许可证 1 家,办理延续采矿许可证 25 家,1 家采矿许可证过期未办理延续登记手续,批准登记面积 7.48 平方千米,比 2009 年减少了 25.65%,收取采矿权使用费 1.35 万元,比 2009 年减少了 30.77%。

出让砂石采矿权 1 宗,为招标方式出让,合同价款金额为 12.5 万元。

【地质灾害防治】 2010 年根据自治区国土资源厅的要求,结合克拉玛依市地质灾害的实际,制定了《克拉玛依市 2010 年度汛期地质灾害防治方案》,完善了克拉玛依市汛期地质灾害防治应急指挥系统,健全了群测群防网络体系,制定了汛期地质灾害防治工作制度,同时,建立了地质灾害汛期值班、险情灾情速报、月报等地质灾害防治各项工作制度。

根据《克拉玛依市地质灾害调查与区划》,克拉玛依市地质灾害类型主要有崩塌、滑坡、泥石流地质灾害,确定区域内重要地质灾害隐患点 22 处,其中崩塌 2 处、崩塌隐患点 10 处、滑坡 4 处、滑坡隐患点 3 处、泥石流 2 处、泥石流隐患点 1 处。目前经调查 22 处地质灾害隐患点共计威胁人口 52 人,威胁财产 47.05 万元。

针对 22 处重要地质灾害隐患点,每个点均编制了防灾预案,提出了相应的应急措施和防治建议等内容,并提交相关单位及有关人员。克拉玛依市地质灾害不太发育,在 6～9 月汛期,我们对所有的地质灾害隐患点进行了排查,没有发现异常情况。全年地质灾害防治效果明显,未有地质灾害发生,也未造成人员伤亡。

【地质环境治理】 2010 年 5 月 11 日克拉玛依九公里地质环境治理工程正式开工,该项目是中央投资,项目总费用 540 万元。治理区位于克拉玛依市南侧九公里处,S201 省道西侧区域,2010 年 8 月 31 日前完成野外竣工验收,共完成 6 个采坑治理,回填土方约 30 万立方米,治理采坑面积约 10.9 万平方米,恢复土地面积 19.2 万平方米。

(选自《克拉玛依市 2010 年国土资源公报》)

矿 业 行 业

煤 炭

【概况】 2010年,全国煤炭产销量保持较快增长,港口和主要用户煤炭库存增加,煤炭进口量维持高位,煤炭价格波动调整,全年呈现平稳态势。2011年,煤炭市场仍将呈现基本平衡、相对宽松、结构性过剩与区域阶段性偏紧并存的态势。

2010年,全国煤炭产销量保持较快增长,港口和主要用户煤炭库存增加,煤炭进口量维持高位,大型煤炭企业盈利水平提高。煤炭价格波动调整,全年呈现平稳态势。进入12月,随着气温的不断下降,电力煤炭日耗大幅上升,部分地区的煤炭供需出现偏紧状况,

但是煤炭价格小幅下降。总体上看,全年煤炭市场供求呈现基本平衡、相对宽松、结构性过剩与区域阶段性偏紧并存的态势,煤炭经济运行质量稳步提高。

具体看,12月国内煤炭市场运行的主要特点有:月度煤炭销量同比增加,增幅减缓;铁路月度煤炭装车数创下今年以来的最高记录;主要港口的煤炭日均中转量下降;沿海地区煤炭供求活跃,相关地区或环节市场煤价格环比小幅回落;国内海上煤炭运价继续下降;全国发电企业的电煤日耗大幅上升,电煤库存下降。

1. 大型企业原煤产量增加。1~12月,100家大型企业原煤产量完成198186.5万吨,同比增加30308.2万吨,增长18.1%。其中,排名前10家企业原煤产量合计为115576.7万吨,同比增加21176.4万吨,增长22.4%(表1)。

表1　　　　2010年1~12月大型煤炭企业原煤产量前10名企业

排名	单位名称	原煤产量(万吨)	2009年同期(万吨)	同比增加(+,-)	增减(%)
1	神华集团	35695.6	32759.0	2936.6	9.0
2	中煤集团	15370.0	12505.2	2864.8	22.9
3	山西焦煤集团	10213.0	8078.8	2134.2	26.4
4	陕西省煤业集团	10039.0	7100.2	2938.8	41.4
5	大同煤矿集团公司	10018.7	7450.4	2568.3	34.5
6	河南煤业化工公司	7401.2	5698.2	1703.0	29.9
7	潞安矿业集团公司	7098.0	5509.2	1588.8	28.8
8	冀中能源集团	7022.1	4237.4	2784.7	65.7
9	淮南矿业集团公司	6619.1	6715.5	-96.4	-1.4
10	阳泉煤业集团公司	6100.0	4346.4	1753.6	40.3
小 计		115576.7	94400.3	21176.4	22.4
大型企业合计		198186.5	167878.3	30308.2	18.1
前10名占大型企业比重		58.32%	56.23%		2.09%

在原煤产量排名前10位的企业中,其中淮南矿业集团同比下降。其余集团产量均大幅增长。100家大型企业中,原煤产量同比增长的有76个企业,其余24个企业产量同比下降。

表2 　　　　　　　　　 **2010 年 1～12 月大型煤炭企业原煤产量同比增加前 10 名企业**

排名	单位名称	2010 年累计（万吨）	2009 年同期（万吨）	同比增加（＋，－）	增减（％）
1	陕西省煤业集团	10039.0	7100.2	2938.8	41.4
2	神华集团	35695.6	32759.0	2936.6	9.0
3	中煤集团	15370.0	12505.2	2864.8	22.9
4	冀中能源集团	7022.1	4237.4	2784.7	65.7
5	大同煤矿集团公司	10018.7	7450.4	2568.3	34.5
6	山西焦煤集团	10213.0	8078.8	2134.2	26.4
7	开滦集团公司	6087.1	4045.1	2042.0	50.5
8	阳泉煤业集团公司	6100.0	4346.4	1753.6	40.3
9	河南煤业化工集团公司	7401.2	5698.2	1703.0	29.9
10	潞安矿业集团公司	7098.0	5509.2	1588.8	28.8
	小计	115044.7	91729.9	23314.8	25.4

　　从增幅来看,增幅较高的前 10 家企业依次是:冀中能源(＋65.7%)、开滦煤业(＋50.5%)、新汶矿业(＋44.7%)、六枝矿业(＋43.3%)、阳泉煤业(＋40.3%)、陕西煤业(＋41.4%)、义马煤业(＋38.0%)、大同煤业(＋34.5%)、扎赉诺尔(＋31.9%)、河南煤业(＋29.9%)(表2)。

表3 　　　　　　　　　 **2010 年 1～12 月大型煤炭企业原煤产量同比减少前 10 名企业**

排名	单位名称	2010 年累计（万吨）	2009 年同期（万吨）	同比增加（＋，－）	增减（％）
1	龙煤矿业集团	5024.7	5494.0	－469.3	－8.5
2	阜新矿业集团公司	1202.9	1350.7	－147.8	－10.9
3	徐州矿务集团公司	1816.1	1940.4	－124.2	－6.4
4	淮南矿业集团公司	6619.1	6715.5	－96.4	－1.4
5	盘江煤电集团公司	1271.6	1340.7	－69.1	－5.2
6	抚顺矿业集团公司	356.0	393.2	－37.1	－9.4
7	济宁矿业集团公司	660.9	689.1	－28.2	－4.1
8	铁法煤业集团公司	2060.0	2080.0	－20.0	－1.0
9	京煤集团	500.0	513.0	－13.0	－2.5
10	福建省煤炭工业集团	480.5	491.0	－10.5	－2.1
	小计	19991.9	21007.5	－1015.6	－4.8

　　从降幅来看,降幅较大的前 10 个企业依次为:阜新矿业(－10.9%)、抚顺煤业(－9.4%)、龙煤集团(－8.5%)、徐州矿务(－6.4%)、盘江煤电(－5.2%)、济宁煤业(－4.1%)、京煤集团(－2.5%)、福建煤业(－2.1%)、淮南矿业(－1.4%)(表3)。

　　2. 大型企业洗精煤产量增加。1～12 月,100 家全国大型煤炭企业洗精煤产量完成 35539.0 万吨,同比增加 6569.2 万吨,增长 22.7%。

　　1～12 月,排名前 10 家企业洗精煤产量合计为 25134.9 万吨,占大型企业洗精煤产量的 70.72%;同比增加 5362.3 万吨,增长 27.1%(表4)。

表4   **2010年1~12月大型煤炭企业洗精煤产量前10名企业**

排名	单位名称	本年累计（万吨）	2009年同期（万吨）	同比增加（+，-）	增减（%）
1	山西焦煤集团	5516.8	4675.7	841.1	18.0
2	神华集团	3357.9	2795.4	562.5	20.1
3	大同煤矿集团公司	3253.6	2452.4	801.3	32.7
4	兖矿集团有限公司	2474.6	1244.7	1229.9	98.8
5	冀中能源集团	2471.3	1701.0	770.3	45.3
6	中煤集团	2151.6	2037.7	113.9	5.6
7	龙煤矿业集团	1530.5	1410.0	120.5	8.5
8	开滦集团公司	1502.0	1028.4	473.6	46.1
9	河南煤业化工公司	1454.9	1184.5	270.4	22.8
10	潞安矿业集团公司	1421.6	1242.7	178.9	14.4
	小计	25134.9	19772.6	5362.3	27.1
	大型企业合计	35539.0	28969.8	6569.2	22.7
	前10家所占比重	70.72%	68.25%		2.47%

【煤炭销售】 2010年1~12月，全国煤炭销量累计完成314000万吨，同比增加30966万吨（图1），增长10.9%（图2）。其中，国有重点煤炭企业销量完成161701万吨，同比增加13421万吨，增长9%；地方煤矿销量完成152299万吨，同比增加17545万吨，增长13%。

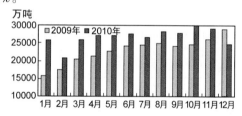

图1   2010年煤炭月度销量情况

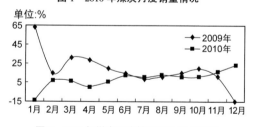

图2   2010年煤炭月度销量同比增长情况

【铁路煤炭装车】 2010年12月，全国煤炭日均装车完成64324车，比11月减少263车，同比上涨11.8%。1~12月，全国煤炭日均装车完成62591车，装车数同比上涨15.5%（图3和图4）。

【煤炭运量】 2010年12月，全国铁路煤炭发送量完成17322万吨，同比增加1374万吨，增长8.6%。其中电煤发送量完成12975万吨，同比增加1559万吨、增长13.7%。

2010年，全国铁路煤炭发送量累计完成199887万吨，同比增加24816万吨，增长14.2%。其中电煤发送量累计完成140202万吨，同比增加26273万吨，增长23.1%（图5和图6）。

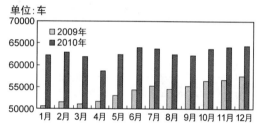

图3   2010年铁路日均装车情况

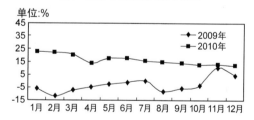

图4   2010年铁路日均装车同比增长情况

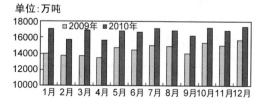

图5   2010年铁路发送量情况

12月，主要港口共发运煤炭4484万吨，日均完成145万吨，比11月日均（165万吨）减少了20万吨，下降了12.1%；同比增加了280万吨，增长了6.7%，其中内贸煤炭发运完成4358万吨，同比增加了492.8万吨，增长了12.7%；外贸煤炭发运完成126万吨，同比减少了

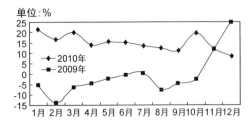

图6　2010年铁路发送量同比增长情况

213万吨,下降63%。

1~12月,全国主要港口累计完成煤炭发运55597万吨,同比增加9854万吨,增长了21.5%。其中,内贸煤炭发运累计完成53789万吨,同比增加10451万吨,增长了24.1%,外贸煤炭发运累计完成1810万吨,同比减少了611万吨,下降25.2%(图7和图8)。

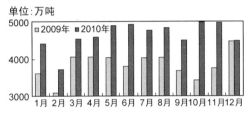

图7　2010年港口发送量情况

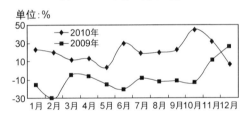

图8　2010年港口发送量同比增长情况

【煤炭库存】　2010年12月底,煤炭企业库存5100万吨,比11月末增加144万吨,比年初的5786万吨减少686万吨,下降11.9%。

12月末,全国主要煤炭发运港口的煤炭库存为2373万吨,同比增加937万吨,增长了65.3%,比11月末增加139万吨,上升了6.2%。秦皇岛港煤炭库存为714万吨,比上月末增加144万吨,上涨25.26%(图9)。

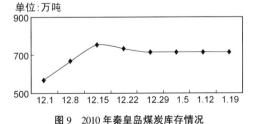

图9　2010年秦皇岛煤炭库存情况

【煤炭进出口】　1.煤炭出口完成情况。据海关统计,

2010年12月,全国煤炭出口完成145万吨,同比减少61万吨,下降29.65%;比11月增加17.1万吨。1~12月,我国出口煤共完成1903万吨,同比减少了336万吨,下降15.03%(图10和图11)。

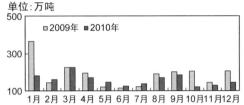

图10　2010年煤炭月度出口情况

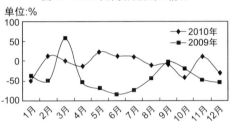

图11　2010年煤炭月度出口增长情况

2.煤炭进口完成情况。据海关统计,2010年12月,煤炭进口1734万吨,同比增加96万吨,上涨6.14%;比11月增加346万吨。1~12月,全国累计进口煤炭16483万吨,同比增加4246万吨,增长30.99%(图12和图13)。

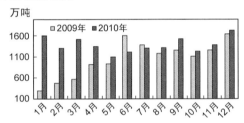

图12　2010年煤炭月度进口情况

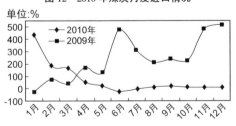

图13　2010年煤炭月度进口同比增长情况

【电力行业耗煤】　2010年12月,全国重点发电企业当月供煤11084万吨,日均供煤357.5万吨,同比增长7.7%;耗煤11446万吨,日均耗煤369.2万吨,同比增长7.6%。

1~12月,全国重点发电企业累计供煤120054万吨,同比增加 2.4 亿吨,同比增长 25.5%;耗煤 118403 万吨,同比增加 2.00 亿吨,同比增长 20.3%;库存 5607 万吨,同比增加 1777 万吨,可耗用 15 天。

【冶金行业耗煤】 冶金 14 家重点钢厂 12 月煤炭消耗 875.6 万吨,同比减少 13 万吨,下降 1.5%;比 11 月减少 4.1 万吨,下降 0.5%。本月煤炭收入量为 870.3 万吨,同比增加 13.7 万吨,增长 1.6%;本月煤炭收入量比上月增加 26.4 万吨,上升 3.1%。

至 12 月末,煤炭库存为 590.9 万吨,同比增加 152.1 万吨,比 11 月煤炭库存减少 0.6 万吨。其中,炼焦煤库存 408.4 万吨,同比增加 122.8 万吨;燃料煤库存 182.5 万吨,比 2009 年同期增加 29.3 万吨。

【煤炭市场价格及其变化】 2010 年 12 月重点地区市场动力煤价格变化的具体情况如下:

1. 主要生产地区煤炭坑口价格趋稳。12 月,山西省北部地区的煤炭资源偏紧状况有所缓和,但是优越的运输条件带来的区位优势,支持该地区煤炭出矿价格保持着平稳运行局面,月末,大同地区发热量 5800 大卡/千克以上煤炭的"上站"价格保持在上月末的 660～680 元/吨之间(含税);发热量 5500 大卡/千克以上煤炭的"上站"价格保持在上月末的 630～650 元/吨之间(含税)。

12 月,受秦皇岛等主要煤炭集散地区市场煤价格下滑的影响,加之"煤管票"措施的松动,鄂尔多斯地区发热量 5000～5500 大卡/千克煤炭的出矿价格普遍出现了 10～20 元/吨的回调。

2. 秦皇岛地区市场动力煤交易价格维持下滑局面。进入 12 月之后,秦皇岛地区市场动力煤价格维持回落局面,月末,秦皇岛地区具代表性的发热量 5500 大卡/千克市场动力煤的主流港口平仓价格降至 785～795 元/吨之间;发热量 5000 大卡/千克市场动力煤的主流港口平仓价格降至 685～695 元/吨之间,普遍比 11 月下降了 10～15 元/吨(图 14)。

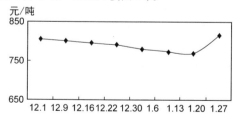

图 14　2010 年秦皇岛山西 5500 优混价格行情

3. 主要消费地区煤炭交易价格出现较明显下挫。12 月,受秦皇岛港、唐山港、天津港等重点集散地区市场动力煤价格、以及海上煤炭运价继续回落的双重影响,重点消费地区的市场动力煤交易价格出现了较明显下挫,月末,发热量 5500 大卡/千克的优质动力煤,在宁波港的提货价格达为 860～870 元/吨之间,比 11 月末下降了 15～20 元/吨;在广州港动力煤的提货价格降至 885～900 元/吨之间,比 10 月末下降了 20～30 元/吨。

4. 国内海上煤炭运价继续下降。12 月国内海上煤炭运价继续回落,其中,秦皇岛港至上海、宁波航线 2 万～3 万吨船舶的煤炭运价从 12 月 1 日的 55 元/吨左右,降至 12 月 29 日的 48 元/吨左右;同期,秦皇岛至广州航线 2 万～3 万吨船舶的煤炭运价也由 12 月 1 日的 90 元/吨左右,降至 12 月 29 日的 83 元/吨左右。

尽管 12 月国内海上煤炭运价继续走低,但是与 11 月相比,全月的下降幅度已经明显缩小,而且 12 月下旬开始,海上煤炭运价开始走平(图 15)。

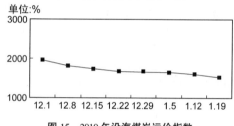

图 15　2010 年沿海煤炭运价指数

【煤炭经营基本特点】 1. 主营业务收入同比增加。1～12 月,大型煤炭企业(集团)主营业务收入 17085.64 亿元,同比增加 5012.51 亿元,增长 41.5%。其中,前 10 家煤炭企业主营业务收入 10388.55 亿元,占大型煤炭企业主营业务收入的 60.80%(见表 5,图 16 和图 17)。

表 5　2010 年 1～12 月大型煤炭企业收入前 10 名企业

排名	单位	主营业务收入(亿元)
1	神华集团	2150.35
2	河南煤业化工集团公司	1436.38
3	冀中能源集团	1021.74
4	山西焦煤集团	1003.10
5	中煤集团	942.05
6	平煤神马集团公司	912.25
7	开滦集团公司	879.17
8	阳泉煤业集团公司	750.00
9	潞安矿业集团公司	694.84
10	晋城无烟煤集团公司	598.67
	小计	10388.55
	大型企业收入合计	17085.64
	前 10 名所占比重	60.80%

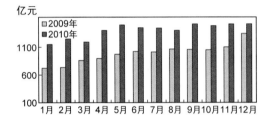

图16 2010年大型企业月度煤炭主营业收入同比增长情况

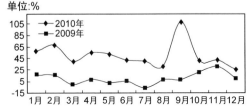

图17 2010年大型企业主营业务收入同比增长情况

2. 利润增幅同比上升。1～12月,大型煤炭企业(集团)实现利润1657.96亿元,同比增加449.66亿元,上涨37.22%。其中,前10家煤炭企业实现利润1169.18亿元,占大型企业利润的70.52%(表6,图18和图19)。1～12月,大型煤炭亏损企业达到6个,亏损面为6.0%,亏损企业同比增加2个,亏损面同比增加2.0%。其中,亏损最多的企业是神华新疆公司,亏损84763万元;其次是大雁煤业公司,亏损7570万元;第三是南票煤电公司,亏损2886万元。

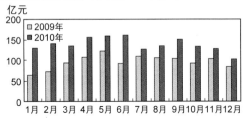

图18 2010年大型企业月度利润总额情况

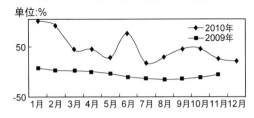

图19 2010年大型企业利润总额同比增长情况

表6 2010年1～12月大型煤炭企业利润前10名企业

排名	单位	利润总额(亿元)
1	神华集团	575.18
2	中煤集团	121.02
3	河南煤业化工集团公司	82.05
4	兖矿集团有限公司	77.69

续表

排名	单位	利润总额(亿元)
5	陕西省煤业集团	66.32
6	新汶矿业集团公司	60.27
7	山西焦煤集团	50.64
8	枣庄矿业集团公司	46.00
9	晋城无烟煤集团公司	45.01
10	潞安矿业集团公司	45.00
小 计		1169.18
大型企业利润合计		1657.92
前10名所占比重		70.52%

3. 成本费用利润率提高。1～12月,大型煤炭企业集团成本费用利润率10.75%,同比上涨0.10%。

4. 税收贡献保持增长。1～12月,大型煤炭企业应交税金总额1880.15亿元,同比增长24.3%;其中,应交增值税1047.77亿元,同比增长35.3%。

5. 应收账款同比增加。1～12月,大型煤炭企业应收账款1215.50亿元,同比增加431.93亿元,增长55.12%。其中,第一是神华集团,达到147.53亿元,比11月末增加26.85亿元;其次是冀中能源集团,应收账款96.82亿元,比11月末增加8.06亿元;第三是中煤集团,应收账款96.78亿元,比11月末减少18.35亿元。

6. 煤炭工业固定资产投资增加。1～12月,全社会城镇固定资产投资241414.93亿元,同比增长24.5%。其中,煤炭开采及洗选业投资3770.33亿元,同比增长23.3%;电力、热力的生产与供应业投资11869.41亿元,增长6.6%。

【煤炭市场变化基本趋势】 1. 煤炭需求增长的不确定性增加。2011年是"十二五"开局之年,工业化、城镇化、市场化、国际化进程加快,我国经济社会继续保持较快发展,国内煤炭需求还将保持适度增长。但考虑到我国以第二产业为主的经济结构和节能减排政策的执行力度,煤炭需求增长的不确定性增加。一方面,随着国家推进经济结构调整和节能减排、淘汰落后产能,抑制高耗能产业发展,煤炭需求增幅将有所趋缓;另一方面,从各省级地方人民政府"十二五"规划发展目标看,各地经济指标仍将继续保持较快增长,且仍以第二产业为主,如果满足各地发展需要,煤炭还将继续保持大幅增长态势。

2. 煤炭供应能力稳步增长。从国内市场看,山西、内蒙古等主要产煤省区的地方整合煤矿将在2011年扩大投产规模;随着包西、太中银等多条铁路运输通道的投产,陕西北部及内蒙古西部的煤炭产能将得以释放。初步了解,2011年全国煤炭可供资源量将比

2010 年增加 3 亿吨左右,煤炭稳定供应能力大幅提高。

从国际市场看,澳大利亚、印尼、俄罗斯、蒙古等国将继续加大对我国煤炭的出口,预测 2011 年煤炭净进口量继续保持高位。

总体上看,2011 年煤炭市场供需形势仍将保持基本平衡、总量略显宽松、结构性过剩与区域阶段性偏紧并存,市场供大于求压力加大,但仍受国家宏观调控和相关政策措施的影响,还存在一定的不确定性。

附表:2010 年 1～12 月煤炭工业大型企业统计数据。

附表 1

2010 年 1～12 月煤炭工业大型企业主要经济指标

指标名称	单位	本月止累计	2009 年同期	增长(增加)
一、主要产品产量				
原煤合计	万吨	198186.53	167878.30	18.05%
洗精煤合计	万吨	35539.01	28969.82	22.68%
二、煤炭销量	万吨	197280.00	161198.00	22.38%
三、生产销售总值				
工业总产值(当年价格)	亿元	13355.87	9929.46	34.51%
工业销售产值(当年价格)	亿元	12795.88	9714.62	31.72%
产品销售率	%	95.81	97.84	-2.03
全部从业人员平均人数	万人	326.00	315.00	3.49%
亏损企业个数	个	6	4	2
亏损面(补贴后)	%	6.00	4.00	2.00
应收账款净额	亿元	1215.50	783.57	55.12%
流动资产合计	亿元	11695.54	8592.37	36.12%
资产合计	亿元	31794.21	25023.40	27.06%
负债合计	亿元	17367.93	13605.73	27.65%
所有者权益	亿元	14426.28	11417.67	26.35%
主营业务收入	亿元	17085.64	12073.13	41.52%
主营业务成本	亿元	13073.91	9151.12	42.87%
应交增值税	亿元	1047.77	774.21	35.33%
营业费用	亿元	375.70	310.10	21.15%
主营业务税金及附加	亿元	216.08	191.91	12.59%
管理费用	亿元	1451.59	1164.17	24.69%
财务费用	亿元	328.11	237.31	38.26%
利润总额(补贴后)	亿元	1657.96	1208.29	37.22%
资产负债率	%	54.63	54.37	0.25
成本费用利润率	%	10.75	10.91	0.10

说明:本表为各大型企业直报汇总,采用了神华、中煤等集团合并报表快报数,与国家统计局口径不同。

附表 2

2010 年 1～12 月煤炭工业大型企业原煤及洗精煤产量　　　　　　　　　　　　　　　　单位:万吨

企业名称	原煤产量			洗精煤产量		
	2010 年累计	2009 年同期	增减%	2010 年累计	2009 年同期	增减%
全国合计	198186.5	167878.3	18.1	35539.0	28969.8	22.7
神华集团	35695.6	32759.0	9.0	3357.9	2795.4	20.1

续表 2-1

企业名称	原煤产量			洗精煤产量		
	2010 年累计	2009 年同期	增减 %	2010 年累计	2009 年同期	增减 %
其中:神东煤炭公司	16617.0	12431.0	33.7	939.0	587.0	60.0
宁夏煤业集团	6003.3	5025.0	19.5	946.9	856.0	10.6
准格尔能源公司	4770.4	3874.8	23.1	755.5	643.6	17.4
新疆能源有限公司	1707.0	1818.0	−6.1			
乌海能源有限责任公司	1526.6	1585.6	−3.7	716.5	708.8	1.1
宝日希勒能源有限公司	1738.1	1330.2	30.7			
中煤集团	15370.0	12505.2	22.9	2151.6	2037.7	5.6
其中:平朔煤炭工业公司	10388.3	8701.2	19.4	1633.7	1591.8	2.6
太原煤炭气化有限公司	378.7	356.1	6.3	156.6	167.7	−6.7
大屯煤电集团有限公司	920.3	780.0	18.0	361.3	278.2	29.9
北京市	500.0	513.0	−2.5			
京煤集团有限责任公司	500.0	513.0	−2.5			
河北省	13109.2	8282.5	58.3	3973.3	2729.4	45.6
开滦集团公司	6087.1	4045.1	50.5	1502.0	1028.4	46.1
冀中能源集团	7022.1	4237.4	65.7	2471.3	1701.0	45.3
其中:金牛股份集团公司	1648.1	1217.5	35.4	670.8	529.1	26.8
邯郸矿业集团公司	1105.7	635.8	73.9	504.1	307.4	64.0
井陉矿务局	818.6	260.9	213.8	159.3	51.2	211.1
张家口矿业集团公司	1396.1	702.0	98.9	78.7	55.4	42.0
峰峰集团有限公司	1998.7	1421.2	40.6	1058.4	757.9	39.7
山西省	39699.5	31167.1	27.4	10529.1	9041.4	16.5
山西焦煤集团	10213.0	8078.8	26.4	5516.8	4675.7	18.0
其中:西山煤电集团公司	4516.5	3510.5	28.7	1792.4	1437.4	24.7
汾西矿业集团公司	3006.3	2269.2	32.5	1267.3	1361.2	−6.9
霍州煤电集团公司	2134.7	2016.1	5.9	847.8	771.1	9.9
华晋焦煤有限公司	323.4	283.0	14.3	109.4	95.8	14.2
大同煤矿集团公司	10018.7	7450.4	34.5	3253.6	2452.4	32.7
晋城无烟煤集团公司	4597.3	4260.6	7.9			
阳泉煤业集团公司	6100.0	4346.4	40.3			
潞安矿业集团公司	7098.0	5509.2	28.8	1421.6	1242.7	14.4
兰花煤炭集团公司	1403.1	1257.6	11.6	258.1	625.6	−58.8
东山煤矿有限责任公司	159.4	154.1	3.4			
鹊山精煤有限责任公司	110.0	110.0	0.0	79.0	45.0	75.6
内蒙古自治区	10324.7	9115.1	13.3			
中电投霍林河煤电集团公司	4523.7	4218.7	7.2			
平庄煤业集团公司	2668.0	2139.0	24.7			
大雁煤业有限责任公司	625.0	611.0	2.3			
扎赉诺尔煤业有限公司	958.1	726.4	31.9			

续附表 2－2

企业名称	原煤产量			洗精煤产量		
	2010 年累计	2009 年同期	增减 %	2010 年累计	2009 年同期	增减 %
华能伊敏煤电有限公司	1550.0	1420.0	9.2			
辽宁省	4970.0	4832.5	2.8	1338.0	1479.6	－ 9.6
铁法煤业集团公司	2060.0	2080.0	－ 1.0	786.9	882.1	－ 10.8
抚顺矿业集团公司	356.0	393.2	－ 9.4	84.3	81.9	2.8
沈阳煤业集团公司	1174.9	822.1	42.9	451.5	469.7	－ 3.9
阜新矿业集团公司	1202.9	1350.7	－ 10.9			
辽宁南票煤电公司	176.1	186.6	－ 5.6	15.3	45.9	－ 66.7
吉林省	2783.1	2606.0	6.8	895.4	454.0	97.2
吉林煤业集团	2783.1	2606.0	6.8	895.4	454.0	97.2
其中：辽源矿业集团公司	1203.0	1101.0	9.3			
通化矿业集团公司	522.0	422.0	23.7	111.0	87.5	26.9
舒兰矿业集团公司	408.0	104.2	291.6	34.7	31.2	11.1
珲春矿业集团公司	613.7	601.5	2.0	158.5		
黑龙江省	5024.7	5494.0	－ 8.5	1530.5	1410.0	8.5
龙煤矿业集团	5024.7	5494.0	－ 8.5	1530.5	1410.0	8.5
其中：双鸭山矿业集团公司	1230.0	1280.0	－ 3.9	209.0	219.0	－ 4.6
七台河矿业精煤集团	910.9	992.0	－ 8.2	414.5	475.0	－ 12.7
鸡西矿业集团公司	1004.4	1031.3	－ 2.6	294.8	274.3	7.5
鹤岗矿业集团公司	1203.3	1551.0	－ 22.4	514.9	517.0	－ 0.4
江苏省	2082.1	2190.4	－ 4.9	460.2	426.9	7.8
徐州矿务集团有限公司	1816.1	1940.4	－ 6.4	460.2	426.9	7.8
华润天能徐州煤电有限公司	266.0	250.0	6.4			
安徽省	12617.7	12027.6	4.9	1438.4	1519.4	－ 5.3
淮南矿业集团公司	6619.1	6715.5	－ 1.4	251.4	240.3	4.6
淮北矿业集团公司	3024.0	2734.1	10.6	886.5	832.1	6.5
皖北矿业集团公司	1452.9	1325.0	9.7	300.4	447.0	－ 32.8
国投新集能源股份公司	1521.7	1253.1	21.4			
福建省	480.5	491.0	－ 2.1			
福建省煤炭工业集团	480.5	491.0	－ 2.1			
江西省	953.3	862.0	10.6			
江西煤业集团	953.3	862.0	10.6			
山东省	14300.2	11679.7	22.4	4681.7	3077.1	52.1
兖矿集团有限公司	6008.0	4655.7	29.0	2474.6	1244.7	98.8
新汶矿业集团公司	2640.3	1824.9	44.7	913.5	618.5	47.7
枣庄矿业集团公司	1813.5	1753.6	3.4	612.2	671.0	－ 8.8
淄博矿业集团公司	1437.0	1108.3	29.7	96.0	20.2	375.2
肥城矿业集团公司	508.2	487.5	4.3	286.9	253.7	13.1
济宁矿业集团公司	660.9	689.1	－ 4.1	23.5	43.5	－ 46.1
龙口矿业集团公司	563.6	562.7	0.2			

续附表 2－3

企业名称	原煤产量			洗精煤产量		
	2010 年累计	2009 年同期	增减%	2010 年累计	2009 年同期	增减%
临沂矿业集团公司	668.6	598.0	11.8	275.0	225.4	22.0
河南省	18370.3	14961.2	22.8	3144.2	2266.8	38.7
中平能化集团	4973.0	4581.0	8.6	1217.0	762.0	59.7
义马煤业集团公司	3119.7	2260.2	38.0	31.7		
神火集团公司	674.4	585.7	15.1	427.7	320.3	33.5
郑州煤炭工业集团公司	2202.0	1836.2	19.9	12.9		
河南煤业化工集团公司	7401.2	5698.2	29.9	1454.9	1184.5	22.8
湖南省	770.0	771.2	－ 0.2	108.0	46.8	130.8
湖南煤业集团有限公司	770.0	771.2	－ 0.2	108.0	46.8	130.8
重庆市	1312.4	1291.1	1.6	546.9	433.9	26.0
重庆能源投资集团公司	1312.4	1291.1	1.6	546.9	433.9	26.0
其中:松藻煤电公司	538.2	534.1	0.8	90.7	85.5	6.1
永荣矿业有限公司	195.5	190.2	2.8	128.7	101.3	27.1
天府矿业公司	163.8	173.1	－ 5.4	29.8	24.7	21.0
四川省	1589.5	1414.4	12.4	315.1	317.1	－ 0.6
四川省煤炭产业集团	1406.7	1229.0	14.5	315.1	317.1	－ 0.6
其中:攀枝花煤业集团公司	433.1	390.0	11.0	187.7	169.6	10.7
达竹煤电集团公司	213.6	226.9	－ 5.9	145.9	117.3	24.4
华蓥山广能集团公司	315.0	282.6	11.5	19.3	24.6	－ 21.4
芙蓉煤业集团公司	210.5	219.0	－ 3.9			
广旺能源发展集团公司	111.7	98.6	13.4			
古叙煤田开发股份公司	182.8	185.4	－ 1.4			
贵州省	2698.1	2637.8	2.3	462.8	368.7	25.5
盘江煤电集团公司	1271.6	1340.7	－ 5.2	354.6	332.6	6.6
水城矿业集团公司	1023.8	1016.0	0.8	108.2	36.1	199.6
六枝工矿(集团)公司	402.8	281.2	43.3			
云南省	1432.1	1432.5	0.0	313.6	333.1	－ 5.9
东源煤业集团有限公司	481.6	483.6	－ 0.4	313.6	333.1	－ 5.9
小龙潭矿务局	950.5	949.0	0.2			
陕西省	10685.5	7705.3	38.7	162.4	153.2	6.0
陕西省煤业集团	10039.0	7100.2	41.4			
其中:陕西煤业股份公司	8436.0			568.4		
铜川矿务局	1111.0	1003.0	10.8	46.4	19.9	133.6
黄陵矿业有限公司	1379.4	1256.1	9.8	67.7	49.6	36.6
韩城矿业有限公司	428.4	459.7	－ 6.8	93.5	111.0	－ 15.8
蒲白矿务局	528.5	337.0	56.8			
澄合矿务局	535.6					
彬县煤炭有限责任公司	646.5	605.1	6.8	162.4	153.2	6.0
甘肃省	3418.0	3139.5	8.9	129.8	79.3	63.7
华亭煤业集团公司	1832.2	1703.6	7.6	129.8	79.3	63.7
窑街煤电有限公司	568.0	492.8	15.3			
靖远煤业公司	1017.7	943.1	7.9			

附表 3　　　　　　　　**2010 年 1～12 月煤炭工业大型企业工业总产值及销售产值**　　　　　　单位：万元

企业名称	工业总产值（当年价）			工业销售产值（当年价）		
	2010 年累计	2009 年同期	增减%	2010 年累计	2009 年同期	增减%
全国合计	133558710.5	99294625.8	34.5	127958757.6	97146163.1	31.7
神华集团	20142357.0	15651180.0	28.7	18220956.0	15749768.0	15.7
其中：神东煤炭公司	5417142.0	3962247.0	36.7	5417142.0	3962247.0	36.7
宁夏煤业集团	2063724.0	1524353.0	35.4	2065914.5	1532818.0	34.8
准格尔能源公司	1684993.6	1187232.7	41.9	1684993.6	1187931.2	41.8
新疆能源有限公司	169363.0	200810.0	− 15.7	175463.0	193781.0	− 9.5
乌海能源有限责任公司	1792549.0	1393147.3	28.7	1355677.3	1259475.9	7.6
宝日希勒能源有限公司	201553.0	165927.0	21.5	209462.0	166740.0	25.6
中煤集团	6824027.0	5091999.0	34.0	6330416.0	4223817.0	49.9
其中：平朔煤炭工业公司	2900579.0	2305613.0	25.8	2900559.0	2306679.0	25.7
太原煤炭气化有限公司	489700.7	427148.6	14.6	486482.9	428000.7	13.7
大屯煤电集团有限公司	965509.2	775011.0	24.6	943863.6	779241.0	21.1
北京市	423829.0	336936.0	25.8	406216.0	334708.0	21.4
京煤集团有限责任公司	423829.0	336936.0	25.8	406216.0	334708.0	21.4
河北省	9729227.8	5489945.6	77.2	9259338.4	5306626.8	74.5
开滦集团公司	3854119.0	2343505.4	64.5	3671118.5	2295400.2	59.9
冀中能源集团	5875108.9	3146440.2	86.7	5588219.8	3011226.6	85.6
其中：金牛股份集团公司	1491369.1	923502.2	61.5	1503703.0	926409.7	62.3
邯郸矿业集团公司	717236.7	444377.0	61.4	695232.0	440860.0	57.7
井陉矿务局	878444.3	236556.2	271.3	876809.5	239969.3	265.4
张家口矿业集团公司	374057.5	210302.0	77.9	343608.0	195799.0	75.5
峰峰集团有限公司	2085246.5	1101178.0	89.4	2059194.5	1109534.0	85.6
山西省	30699407.5	21964583.7	39.8	29709044.0	21486599.8	38.3
山西焦煤集团	6793888.0	4726534.0	43.7	6825378.1	4613187.5	48.0
其中：西山煤电集团公司	3321357.3	1936458.0	71.5	3209969.3	1874688.0	71.2
汾西矿业集团公司	1537183.6	1420420.4	8.2	1562774.2	1418427.8	10.2
霍州煤电集团公司	1243120.8	954943.2	30.2	1206712.6	903165.0	33.6
华晋焦煤有限公司	155417.5	109548.0	41.9	149105.5	130295.0	14.4
大同煤矿集团公司	4443231.7	3471111.0	28.0	3727292.6	3140939.0	18.7
晋城无烟煤集团公司	5618556.0	4560113.0	23.2	5605930.0	4561716.0	22.9
阳泉煤业集团公司	4776040.0	3198565.0	49.3	4735489.0	3177115.0	49.0
潞安矿业集团公司	7835122.9	4999558.0	56.7	7773665.5	4985210.0	55.9
兰花煤炭集团公司	1113079.6	902718.0	23.3	921603.3	898404.0	2.6
东山煤矿有限责任公司	77489.3	63984.7	21.1	77685.6	68028.3	14.2
鹊山精煤有限责任公司	42000.0	42000.0	0.0	42000.0	42000.0	0.0
内蒙古自治区	3161306.6	2404236.5	31.5	3083496.2	2449433.5	25.9
中电投蒙东能源集团有限责任公司	1812528.0	1351344.0	34.1	1729819.6	1385219.0	24.9
平庄煤业集团公司	561270.0	414646.0	35.4	563508.0	414940.0	35.8
大雁煤业有限责任公司	94816.0	82631.0	14.7	97476.0	93659.0	4.1
扎赉诺尔煤业有限公司	134239.6	90116.5	49.0	134239.6	90116.5	49.0

续附表 3-1

企业名称	工业总产值(当年价)			工业销售产值(当年价)		
	2010 年累计	2009 年同期	增减%	2010 年累计	2009 年同期	增减%
华能伊敏煤电有限公司	558453.0	465499.0	20.0	558453.0	465499.0	20.0
辽宁省	3185876.3	2757336.3	15.5	3043854.1	2721033.3	11.9
铁法煤业集团公司	883432.0	807337.0	9.4	850511.0	787621.0	8.0
抚顺矿业集团公司	457114.9	427399.0	7.0	445661.5	412611.0	8.0
沈阳煤业集团公司	963061.1	698870.9	37.8	868108.4	696624.9	24.6
阜新矿业集团公司	794616.0	746581.0	6.4	791921.0	747028.0	6.0
辽宁南票煤电公司	87652.3	77148.4	13.6	87652.3	77148.4	13.6
吉林省	901869.0	818535.5	10.2	836769.7	716478.5	16.8
吉林煤业集团	901869.0	818535.5	10.2	836769.7	716478.5	16.8
其中:辽源矿业集团公司	406734.7	317485.0	28.1	369951.4	267609.0	38.2
通化矿业集团公司	266888.5	241272.4	10.6	263943.1	231830.8	13.9
舒兰矿业集团公司	69576.0	64736.0	7.5	64270.0	49320.0	30.3
珲春矿业集团公司	138790.9	135004.0	2.8	126489.8	115524.0	9.5
黑龙江省	3067110.5	2490582.0	23.1	2933191.6	2432536.0	20.6
龙煤矿业集团	3067110.5	2490582.0	23.1	2933191.6	2432536.0	20.6
其中:双鸭山矿业集团公司	509116.0	447957.0	13.7	511689.0	444453.0	15.1
七台河矿业精煤集团	690148.4	601151.0	14.8	688732.4	599810.0	14.8
鸡西矿业集团公司	453089.0	273728.0	65.5	431210.0	294394.0	46.5
鹤岗矿业集团公司	649406.2	579079.0	12.1	583810.9	515192.0	13.3
江苏省	1522563.9	1315344.0	15.8	1518508.0	1318488.6	15.2
徐州矿务集团有限公司	1369667.9	1187078.0	15.4	1368798.0	1188600.6	15.2
华润天能徐州煤电有限公司	152896.0	128266.0	19.2	149710.0	129888.0	15.3
安徽省	8324574.6	6147624.3	35.4	8253667.7	6181476.3	33.5
淮南矿业集团公司	3864605.5	2726584.0	41.7	3844325.5	2846873.0	35.0
淮北矿业集团公司	2343459.3	1985841.0	18.0	2324217.8	1899804.0	2.3
皖北矿业集团公司	1450744.6	968652.3	49.8	1421652.5	967557.8	46.9
国投新集能源股份公司	665765.2	466547.0	42.7	663471.9	467241.5	42.0
福建省	819577.0	607553.0	34.9	813632.0	587688.0	38.4
福建省煤炭工业集团	819577.0	607553.0	34.9	813632.0	587688.0	38.4
江西省	894932.0	677715.0	32.1	875617.3	671658.0	30.4
江西煤业集团	894932.0	677715.0	32.1	875617.3	671658.0	30.4
山东省	15447557.3	11395095.5	35.6	14950540.8	11218892.7	33.3
兖矿集团有限公司	4752148.9	3321553.0	43.1	4475754.5	3278223.0	36.5
新汶矿业集团公司	3911178.5	2689821.0	45.4	3795732.0	2633927.0	44.1
枣庄矿业集团公司	2364139.0	2035621.0	16.1	2353241.0	2011989.0	17.0
淄博矿业集团公司	1649967.0	1348849.0	22.3	1588456.0	1333407.0	19.1
肥城矿业集团公司	517596.5	434260.9	19.2	502272.0	425564.0	18.0
济宁矿业集团公司	470171.7	413709.1	13.6	461689.1	394390.0	17.1
龙口矿业集团公司	1220302.0	701177.0	74.0	1220302.0	701177.0	74.0

续附表 3-2

企业名称	工业总产值(当年价)			工业销售产值(当年价)		
	2010 年累计	2009 年同期	增减%	2010 年累计	2009 年同期	增减%
临沂矿业集团公司	562053.6	450104.5	24.9	553094.2	440215.7	25.6
河南省	17453283.9	13970586.2	24.9	17294371.0	13859478.2	24.8
中平能化集团	5277406.0	3979038.0	32.6	5247401.0	4029103.0	30.2
义马煤业集团公司	1576854.6	1218807.7	29.4	1531172.2	1205415.4	27.0
神火集团公司	1802774.2	1426936.0	26.3	1791236.7	1415309.0	26.6
郑州煤炭工业集团公司	1229585.1	932802.8	31.8	1226604.1	920352.0	33.3
河南煤业化工集团公司	7566664.0	6413001.7	18.0	7497957.0	6289298.8	19.2
湖南省	532943.2	410719.0	29.8	526841.7	415815.7	26.7
湖南煤业集团有限公司	532943.2	410719.0	29.8	526841.7	415815.7	26.7
重庆市	1475914.0	1050085.0	40.6	1464218.0	1029466.0	42.2
重庆能源投资集团公司	1475914.0	1050085.0	40.6	1464218.0	1029466.0	42.2
其中:松藻煤电公司	238019.0	199662.0	19.2	237484.0	195466.0	21.5
永荣矿业有限公司	217151.6	160020.0	35.7	220578.1	156681.0	40.8
天府矿业公司	76180.4	66081.0	15.3	70149.8	62378.0	12.5
四川省	1036490.7	710795.1	45.8	1029095.7	705354.0	45.9
四川省煤炭产业集团	982662.4	665732.3	47.6	976477.9	659835.3	48.0
其中:攀枝花煤业集团公司	418030.1	262922.1	59.0	414288.7	254580.3	62.7
达竹煤电集团公司	160525.0	123240.0	30.3	160495.0	121888.0	31.7
华蓥山广能集团公司	198816.7	126930.8	56.6	195760.4	128429.9	52.4
芙蓉煤业集团公司	76034.5	63069.8	20.6	75911.1	63811.3	19.0
广旺能源发展集团公司	116454.8	74896.1	55.5	115703.9	76244.7	51.8
古叙煤田开发股份公司	53828.3	45062.8	19.5	52617.8	45518.8	15.6
贵州省	1401890.5	1140765.4	22.9	1255210.0	998812.0	25.7
盘江煤电集团公司	663292.4	547387.0	21.2	661928.7	551164.0	20.1
水城矿业集团公司	501132.0	409677.8	22.3	385290.5	301007.0	28.0
六枝工矿(集团)公司	237466.2	183700.6	29.3	207990.8	146641.1	41.8
云南省	833267.3	602735.2	38.2	868819.2	696376.9	24.8
东源煤业集团有限公司	687507.0	461823.0	48.9	723061.0	555465.0	30.2
小龙潭矿务局	145760.3	140912.2	3.4	145758.2	140911.9	3.4
陕西省	4403261.0	3192732.6	37.9	4024099.0	2969723.0	35.5
陕西省煤业集团	4107362.0	2950451.6	39.2	3728276.0	2727545.0	36.7
其中:陕西煤业股份公司	2145834.2	1407971.5	52.4	3065253.3	1557514.6	96.8
铜川矿务局	396818.2	336227.9	18.0	397135.6	330693.6	20.1
黄陵矿业有限公司	562731.9	438264.4	28.4	546069.9	433527.4	26.0
韩城矿业有限公司	17923.1	171100.0	-89.5	16683.8	155931.0	-89.3
蒲白矿务局	190130.2	130080.0	46.2	184363.6	124181.8	48.5
澄合矿务局	183723.3			192761.5		
彬县煤炭有限责任公司	295899.0	242281.0	22.1	295823.0	242178.0	22.2
甘肃省	1277444.5	1067541.0	19.7	1260855.1	1071932.8	17.6
华亭煤业集团公司	675001.7	528147.2	27.8	656648.1	534127.0	22.9
窑街煤电有限公司	211993.2	176660.0	20.0	208809.6	180092.0	15.9
靖远煤业公司	390449.6	362733.8	7.6	395397.4	357713.8	10.5

附表4　　　　　　　　2010 年 1～12 月煤炭工业大型企业主营业务收入及业务成本　　　　　　　单位：万元

企业名称	主营业务收入			主营业务成本		
	2010 年累计	2009 年同期	增减%	2010 年累计	2009 年同期	增减%
全国合计	170856431.4	120731314.5	41.5	130739105.0	91511179.0	42.9
神华集团	21503465.0	16104612.0	33.5	12854904.0	8690627.0	47.9
其中：神东煤炭公司	5218747.0	3436605.0	51.9	1895212.0	1239942.0	52.8
宁夏煤业集团	2134095.3	1763125.0	21.0	1148319.3	1072454.0	7.1
准格尔能源公司	1570841.2	1291834.0	21.6	1164720.3	987983.1	17.9
新疆能源有限公司	182620.0	203589.0	- 10.3	167130.0	163843.0	2.0
乌海能源有限责任公司	1533575.9	1225565.0	25.1	1073893.4	804526.0	33.5
宝日希勒能源有限公司	219190.0	172179.0	27.3	116579.0	83351.0	39.9
中煤集团	9420510.0	6898566.0	36.6	6365392.0	4682915.0	35.9
其中：平朔煤炭工业公司	2898039.0	2263896.0	28.0	1397168.0	1099340.0	27.1
太原煤炭气化有限公司	510638.7	430522.5	18.6	381236.1	322866.1	18.1
大屯煤电集团有限公司	887161.2	712143.0	24.6	616168.8	513330.0	20.0
北京市	1142197.0	785713.9	45.4	850426.0	596226.9	42.6
京煤集团有限责任公司	1142197.0	785713.9	45.4	850426.0	596226.9	42.6
河北省	19009151.9	10499459.5	81.0	16574166.7	9127219.4	81.6
开滦集团公司	8791708.9	5409427.6	62.5	7467850.1	4815611.0	55.1
冀中能源集团	10217443.0	5090031.9	100.7	9106316.6	4311608.4	111.2
其中：金牛股份集团公司	2634640.0	966146.8	172.7	2164290.7	662485.0	226.7
邯郸矿业集团公司	831240.1	422855.3	96.6	741298.5	340691.5	117.6
井陉矿务局	830262.9	216277.8	283.9	778765.6	183088.3	325.3
张家口矿业集团公司	363441.8	230503.0	57.7	276267.3	173017.0	59.7
峰峰集团有限公司	6095253.8	2974086.0	104.9	5754782.2	2738884.0	110.1
山西省	37370760.9	26187375.1	42.7	30186887.5	20333053.0	48.5
山西焦煤集团	10031022.4	7643802.0	31.2	8284716.0	6232831.0	32.9
其中：西山煤电集团公司	3105466.7	1958173.0	58.6	2118837.4	1142958.0	85.4
汾西矿业集团公司	1779302.2	1259417.0	41.3	1293341.5	929433.0	39.2
霍州煤电集团公司	1257351.8	1001335.8	25.6	903160.7	713784.4	26.5
华晋焦煤有限公司	309348.0	233341.0	32.6	249211.6	187316.0	33.0
大同煤矿集团公司	5812287.3	4064655.0	43.0	4360456.4	2928233.0	48.9
晋城无烟煤集团公司	5986722.0	4864655.0	23.1	4688821.0	3727170.0	25.8
阳泉煤业集团公司	7500000.0	3628835.0	106.7	6500000.0	2899095.0	124.2
潞安矿业集团公司	6948350.2	4985778.0	39.4	5813533.1	3842376.0	51.3
兰花煤炭集团公司	961489.1	904461.6	6.3	460666.9	640052.4	- 28.0
东山煤矿有限责任公司	84000.0	58430.5	43.8	39769.1	35825.6	11.0
鹊山精煤有限责任公司	46890.0	36758.0	27.6	38925.0	27470.0	41.7
内蒙古自治区	2790115.5	2205014.5	26.5	1965428.8	1647419.2	19.3
中电投蒙东能源集团有限责任公司	1652336.8	1301393.0	27.0	1243294.6	1049987.0	18.4
平庄煤业集团公司	559023.0	412217.0	35.6	314186.0	245131.0	28.2
大雁煤业有限责任公司	66759.0	52822.0	26.4	62637.0	51538.0	21.5
扎赉诺尔煤业有限公司	134978.7	90116.5	49.8	118598.2	92260.2	28.5

续附表 4-1

企业名称	主营业务收入			主营业务成本		
	2010 年累计	2009 年同期	增减%	2010 年累计	2009 年同期	增减%
华能伊敏煤电有限公司	377018.0	348466.0	8.2	226713.0	208503.0	8.7
辽宁省	3356173.0	2593329.0	29.4	2386183.6	1876254.0	27.2
铁法煤业集团公司	1029513.0	939478.0	9.6	718350.0	680380.0	5.6
抚顺矿业集团公司	423411.3	358139.0	18.2	284861.5	223663.0	27.4
沈阳煤业集团公司	997400.7	580260.0	71.9	658022.2	404893.0	62.5
阜新矿业集团公司	850738.0	655744.0	29.7	678689.0	528079.0	28.5
辽宁南票煤电公司	55110.0	59708.0	-7.7	46261.0	39239.0	17.9
吉林省	870413.5	656992.0	32.5	562402.9	473047.0	18.9
吉林煤业集团	870413.5	656992.0	32.5	562402.9	473047.0	18.9
其中:辽源矿业集团公司	420052.0	294690.0	42.5	342397.0	243386.0	40.7
通化矿业集团公司	187347.0	139421.0	34.4	117066.0	111410.0	5.1
舒兰矿业集团公司	56858.0	55837.0	1.8	44067.0	39359.0	12.0
珲春矿业集团公司	116889.8	104745.0	11.6	77909.5	71860.0	8.4
黑龙江省	3067017.8	2473853.0	24.0	2311863.3	1839328.0	25.7
龙煤矿业集团	3067017.8	2473853.0	24.0	2311863.3	1839328.0	25.7
其中:双鸭山矿业集团公司	442398.0	398248.0	11.1	336195.0	288417.0	16.6
七台河矿业精煤集团	622557.8	550576.0	13.1	477957.8	434855.0	9.9
鸡西矿业集团公司	439275.0	341745.0	28.5	328689.0	269054.0	22.2
鹤岗矿业集团公司	673879.6	573883.0	17.4	560844.0	466576.0	20.2
江苏省	2150770.7	2014851.8	6.7	1623720.8	1625202.9	-0.1
徐州矿务集团有限公司	1981395.7	1878322.8	5.5	1515656.8	1525650.9	-0.7
华润天能徐州煤电有限公司	169375.0	136529.0	24.1	108064.0	99552.0	8.6
安徽省	10791720.7	7622903.5	41.6	8308121.3	5892172.7	41.0
淮南矿业集团公司	5022135.3	3459230.0	45.2	3922107.3	2667399.0	47.0
淮北矿业集团公司	3272064.0	2500074.0	30.9	2418156.0	1932054.0	25.2
皖北矿业集团公司	1827473.6	1187674.8	53.9	1531400.6	977335.7	56.7
国投新集能源股份公司	670047.8	475924.7	40.8	436457.5	315384.0	38.4
福建省	1509139.0	1099826.0	37.2	1313875.0	1100924.0	19.3
福建省煤炭工业集团	1509139.0	1099826.0	37.2	1313875.0	1100924.0	19.3
江西省	885720.0	648741.0	36.5	426766.7	513686.0	-16.9
江西煤业集团	885720.0	648741.0	36.5	426766.7	513686.0	-16.9
山东省	16056465.1	11522203.3	39.4	11253609.4	8535548.1	31.8
兖矿集团有限公司	4792498.2	3300331.0	45.2	3151667.7	2649075.0	19.0
新汶矿业集团公司	4375301.8	3019210.0	44.9	3259683.8	2310470.4	41.1
枣庄矿业集团公司	2291000.0	1903815.0	20.3	1487000.0	1233154.0	20.6
淄博矿业集团公司	1620000.0	1314075.0	23.3	1180000.0	995000.0	18.6
肥城矿业集团公司	498660.0	395750.7	26.0	303012.0	260006.0	16.5
济宁矿业集团公司	437432.1	431674.6	1.3	225952.4	252653.7	-10.6
龙口矿业集团公司	1220302.0	701177.0	74.0	1069336.0	586541.0	82.3

续附表 4－2

企业名称	主营业务收入			主营业务成本		
	2010 年累计	2009 年同期	增减 %	2010 年累计	2009 年同期	增减 %
临沂矿业集团公司	821270.9	456170.0	80.0	576957.5	248648.0	132.0
河南省	28807658.4	21229305.9	35.7	24986156.6	18662606.6	33.9
中平能化集团	9122484.0	6955253.0	31.2	8267169.0	6255228.0	32.2
义马煤业集团公司	1386890.8	963841.7	43.9	1010734.1	690670.5	46.3
神火集团公司	2074471.6	1480684.0	40.1	1742489.5	1279725.0	36.2
郑州煤炭工业集团公司	1860000.0	1420000.0	31.0	1530000.0	1260000.0	21.4
河南煤业化工集团公司	14363812.0	10409527.2	38.0	12435764.0	9176983.1	35.5
湖南省	549031.2	420273.0	30.6	414163.2	333999.0	24.0
湖南煤业集团有限公司	549031.2	420273.0	30.6	414163.2	333999.0	24.0
重庆市	1906522.0	1297985.0	46.9	1664098.0	1114332.0	49.3
重庆能源投资集团公司	1906522.0	1297985.0	46.9	1664098.0	1114332.0	49.3
其中:松藻煤电公司	205993.0	162749.0	26.6	179385.0	142011.0	26.3
永荣矿业有限公司	230999.8	166228.0	39.0	211636.0	141775.0	49.3
天府矿业公司	77503.6	68261.0	13.5	68021.5	65384.0	4.0
四川省	1006763.3	683961.0	47.2	797640.5	485720.0	64.2
四川省煤炭产业集团	951918.0	641211.0	48.5	760055.0	460887.0	64.9
其中:攀枝花煤业集团公司	361051.6	250880.0	43.9	296277.8	144799.0	104.6
达竹煤电集团公司	180236.0	118972.0	51.5	165476.0	85825.0	92.8
华蓥山广能集团公司	174264.7	112730.9	54.6	118544.5	94235.6	25.8
芙蓉煤业集团公司	91812.9	86000.0	6.8	75044.1	58646.0	28.0
广旺能源发展集团公司	106232.7	66048.0	60.8	94528.4	54584.0	73.2
古叙煤田开发股份公司	54845.3	42750.0	28.3	37585.5	24833.0	51.4
贵州省	1136201.1	925336.0	22.8	770322.3	621732.0	23.9
盘江煤电集团公司	655063.6	571446.0	14.6	402747.3	327730.0	22.9
水城矿业集团公司	287045.5	186092.0	54.2	200736.0	151845.0	32.2
六枝工矿(集团)公司	194092.0	167798.0	15.7	166839.0	142157.0	17.4
云南省	884124.6	691429.7	27.9	767989.0	596618.7	28.7
东源煤业集团有限公司	742820.0	553303.0	34.3	656040.0	485715.0	35.1
小龙潭矿务局	141304.6	138126.7	2.3	111949.0	110903.7	0.9
陕西省	5421184.5	3189395.3	70.0	3508182.7	2101695.0	66.9
陕西省煤业集团	5125361.5	2950875.3	73.7	3380648.7	2012712.0	68.0
其中:陕西煤业股份公司	2931915.7	1475194.8	98.7	1489860.8	866593.1	71.9
铜川矿务局	430695.4	352183.0	22.3	273732.8	237764.9	15.1
黄陵矿业有限公司	571546.8	435740.1	31.2	255094.5	231063.3	10.4
韩城矿业有限公司	2154919.6	1734207.2	24.3	168440.7	105791.0	59.2
蒲白矿务局	246076.9	122346.0	101.1	123789.9	84139.0	47.1
澄合矿务局	222698.2			161626.9		
彬县煤炭有限责任公司	295823.0	238520.0	24.0	127534.0	88983.0	43.3
甘肃省	1221326.3	980188.1	24.6	846804.7	660852.6	28.1
华亭煤业集团公司	718812.0	534127.0	34.6	430209.8	335429.0	28.3
窑街煤电有限公司	235729.2	174574.0	35.0	233299.2	131640.0	77.2
靖远煤业公司	266785.1	271487.1	－ 1.7	183295.6	193783.6	－ 5.4

附表 5　　　　　　　　　　　**2010 年 1～12 月煤炭工业大型企业利润总额及应交增值税**　　　　　　　单位：万元

企业名称	利润总额（补贴后）			应交增值税		
	2010 年累计	2009 年同期	增减%	2010 年累计	2009 年同期	增减%
全国合计	16579564.4	12082924.0	4496640.3	10477650.9	7742113.2	35.3
神华集团	5751814.0	4655472.0	1096342.0	1178563.0	793805.7	48.5
其中：神东煤炭公司	2849062.0	1836362.0	1012700.0	736714.0	491542.0	49.9
宁夏煤业集团	443482.9	244854.0	198628.9	175425.8	90526.0	93.8
准格尔能源公司	409521.3	310609.4	98911.9	121536.1	73605.7	65.1
新疆能源有限公司	−84763.0	802.0	−85565.0	11847.0	23398.0	−49.4
乌海能源有限责任公司	91951.7	72630.0	19321.7	112191.1	94928.0	18.2
宝日希勒能源有限公司	44567.0	40768.0	3799.0	20849.0	19806.0	5.3
中煤集团	1210206.0	1047224.0	162982.0	720008.8	471450.0	52.7
其中：平朔煤炭工业公司	701958.0	464018.0	237940.0	343838.0	221236.0	55.4
太原煤炭气化有限公司	56747.9	43283.1	13464.9	47472.7	36980.7	28.4
大屯煤电集团有限公司	174027.6	126629.0	47398.6	88321.2	78217.0	12.9
北京市	64407.0	39695.0	24712.0	65867.0	44923.6	46.6
京煤集团有限责任公司	64407.0	39695.0	24712.0	65867.0	44923.6	46.6
河北省	527783.9	308968.6	218815.3	632073.7	418833.3	50.9
开滦集团公司	123811.5	105160.4	18651.1	247781.6	172493.1	43.6
冀中能源集团	403972.4	203808.2	200164.2	384292.1	246340.2	56.0
其中：金牛股份集团公司	242447.3	150766.4	91680.9	131025.8	77437.4	69.2
邯郸矿业集团公司	28757.4	15286.1	13471.4	41624.6	39685.8	4.9
井陉矿务局	8358.0	3218.0	5140.0	15007.7	10869.0	38.1
张家口矿业集团公司	15078.5	3361.0	11717.5	26571.3	23325.0	13.9
峰峰集团有限公司	135393.8	41859.0	93534.8	151834.9	80351.0	89.0
山西省	2182411.4	1757506.2	424905.2	2362126.4	1875315.9	26.0
山西焦煤集团	506425.0	414846.0	91579.0	723299.0	523705.0	38.1
其中：西山煤电集团公司	361255.9	309287.0	51968.9	275008.6	222443.0	23.6
汾西矿业集团公司	85200.0	80030.0	5170.0	235657.1	154953.0	52.1
霍州煤电集团公司	90940.5	65545.5	25395.0	176697.8	112222.1	57.5
华晋焦煤有限公司	8154.5	5089.0	3065.5	22243.6	20178.0	10.2
大同煤矿集团公司	156524.7	117805.0	38719.7	492961.1	397217.0	24.1
晋城无烟煤集团公司	450125.0	430941.0	19184.0	331213.0	269896.0	22.7
阳泉煤业集团公司	260000.0	146610.0	113390.0	370000.0	313197.0	18.1
潞安矿业集团公司	450103.6	379916.0	70187.6	328060.4	268021.0	22.4
兰花煤炭集团公司	344798.2	259371.2	85427.0	99588.0	93161.1	6.9
东山煤矿有限责任公司	12933.8	6517.0	6416.8	11074.9	7008.8	58.0
鹊山精煤有限责任公司	1501.0	1500.0	1.0	5930.0	3110.0	90.7
内蒙古自治区	428647.7	261294.7	167353.0	273194.7	196906.7	38.7
中电投蒙东能源有限责任公司	229409.8	123938.0	105471.8	126303.3	96587.0	30.8
平庄煤业集团公司	120895.0	70750.0	50145.0	82643.0	56365.0	46.6
大雁煤业有限责任公司	−7570.0	−1934.0	−5636.0	7047.0	5511.0	27.9
扎赉诺尔煤业有限公司	−1096.1	−6151.3	5055.2	14255.4	6402.7	122.6

续附表 5－1

企业名称	利润总额(补贴后)			应交增值税		
	2010 年累计	2009 年同期	增减 %	2010 年累计	2009 年同期	增减 %
华能伊敏煤电有限公司	87009.0	74692.0	12317.0	42946.0	32041.0	34.0
辽宁省	401807.6	222627.0	179180.6	330098.2	262138.0	25.9
铁法煤业集团公司	140000.0	87209.0	52791.0	99511.0	93050.0	6.9
抚顺矿业集团公司	46781.5	24799.0	21982.5	63573.8	49447.0	28.6
沈阳煤业集团公司	183734.2	97513.0	86221.2	80440.4	49669.0	62.0
阜新矿业集团公司	34178.0	15076.0	19102.0	84950.0	69504.0	22.2
辽宁南票煤电公司	− 2886.0	− 1970.0	− 916.0	1623.0	468.0	246.8
吉林省	24134.2	13859.0	10275.2	83419.6	55688.0	49.8
吉林煤业集团	24134.2	13859.0	10275.2	83419.6	55688.0	49.8
其中:辽源矿业集团公司	17996.0	3006.0	14990.0	42913.0	27631.0	55.3
通化矿业集团公司	2074.0	2852.0	− 778.0	18430.0	13044.0	41.3
舒兰矿业集团公司	2490.0	705.0	1785.0	575.0	4607.0	− 87.5
珲春矿业集团公司	1533.8	5016.0	− 3482.2	13445.5	11187.0	20.2
黑龙江省	158069.5	125424.0	32645.5	359746.9	292453.0	23.0
龙煤矿业集团	158069.5	125424.0	32645.5	359746.9	292453.0	23.0
其中:双鸭山矿业集团公司	6426.0	11300.0	− 4874.0	45751.0	47299.0	− 3.3
七台河矿业精煤集团	25592.7	18080.0	7512.7	64069.1	54043.0	18.6
鸡西矿业集团公司	31366.0	10094.0	21272.0	56335.0	43952.0	28.2
鹤岗矿业集团公司	− 1354.9	2894.0	− 4248.9	77918.2	66767.0	16.7
江苏省	124138.8	94516.2	29622.6	148197.0	146571.5	1.1
徐州矿务集团有限公司	80460.8	76928.2	3532.6	129578.0	132951.5	− 2.5
华润天能徐州煤电有限公司	43678.0	17588.0	26090.0	18619.0	13620.0	36.7
安徽省	542344.5	317645.5	224699.0	847906.3	637355.2	33.0
淮南矿业集团公司	164998.9	92655.0	72343.9	384590.2	302315.0	27.2
淮北矿业集团公司	95266.9	43668.0	51598.9	266705.5	196683.0	35.6
皖北矿业集团公司	115040.9	66063.6	48977.3	115674.8	86307.3	34.0
国投新集能源股份公司	167037.7	115258.9	51778.9	80935.9	52049.9	55.5
福建省	63411.0	29545.0	33866.0	− 1590.0	17031.0	− 109.3
福建省煤炭工业集团	63411.0	29545.0	33866.0	− 1590.0	17031.0	− 109.3
江西省	68490.7	47266.0	21224.7	72470.7	54463.0	33.1
江西煤业集团	68490.7	47266.0	21224.7	72470.7	54463.0	33.1
山东省	2407602.6	1586722.9	966819.2	1157587.0	868470.8	33.3
兖矿集团有限公司	776852.2	459400.0	316784.5	382775.1	265778.0	44.0
新汶矿业集团公司	602667.4	331675.3	270992.1	236035.1	162779.7	45.0
枣庄矿业集团公司	460000.0	387993.0	72007.0	210050.0	176784.0	18.8
淄博矿业集团公司	226000.0	136361.0	89639.0	115000.0	89326.0	28.7
肥城矿业集团公司	51000.0	41940.0	9060.0	53066.0	45547.0	16.5
济宁矿业集团公司	64701.9	90665.6	− 25963.7	57284.7	47801.1	19.8
龙口矿业集团公司	44179.0	26032.0	18147.0	35388.0	31023.0	14.1

续附表 5 - 2

企业名称	利润总额(补贴后)			应交增值税		
	2010 年累计	2009 年同期	增减%	2010 年累计	2009 年同期	增减%
临沂矿业集团公司	182202.1	112656.0	69546.1	67988.2	49432.0	37.5
河南省	1453230.4	942136.6	511093.8	1146843.4	863102.9	32.9
中平能化集团	200000.0	186486.0	13514.0	315694.0	269291.0	17.2
义马煤业集团公司	192237.5	71856.3	120381.2	158758.1	103135.8	53.9
神火集团公司	161218.9	88686.0	72532.9	89625.8	54689.0	63.9
郑州煤炭工业集团公司	79291.0	32000.0	47291.0	117666.0	80810.0	45.6
河南煤业化工集团公司	820483.0	563108.3	257374.7	465099.5	355177.1	30.9
湖南省	40564.8	13735.0	26829.8	47884.8	34274.0	39.7
湖南煤业集团有限公司	40564.8	13735.0	26829.8	47884.8	34274.0	39.7
重庆市	54186.0	35139.0	19047.0	140963.0	102956.0	36.9
重庆能源投资集团公司	54186.0	35139.0	19047.0	140963.0	102956.0	36.9
其中:松藻煤电公司	1385.0	516.0	869.0	21488.0	16887.0	27.2
永荣矿业有限公司	228.3	400.0	- 171.7	18751.0	12302.7	52.4
天府矿业公司	- 2386.9	- 7781.0	5394.1	9260.7	6480.0	42.9
四川省	28726.2	24743.0	3983.2	71132.9	65530.0	8.6
四川省煤炭产业集团	25637.0	23140.0	2497.0	65847.0	61758.0	6.6
其中:攀枝花煤业集团公司	9413.5	5335.0	4078.5	38092.4	15691.0	142.8
达竹煤电集团公司	4040.0	3400.0	640.0	13947.0	12779.0	9.1
华蓥山广能集团公司	7700.8	4595.0	3105.8	17074.2	9272.1	84.1
芙蓉煤业集团公司	3376.3	2002.0	1374.3	9619.9	4556.0	111.1
广旺能源发展集团公司	4844.7	2111.0	2733.7	9706.9	7102.0	36.7
古叙煤田开发股份公司	3089.2	1603.0	1486.2	5285.9	3772.0	40.1
贵州省	176607.6	146545.0	30062.6	108810.8	90492.0	20.2
盘江煤电集团公司	139813.1	142072.0	- 2258.9	79228.8	58454.0	35.5
水城矿业集团公司	35526.5	4288.0	31238.5	20244.0	24053.0	- 15.8
六枝工矿(集团)公司	1268.0	185.0	1083.0	9338.0	7985.0	16.9
云南省	30047.0	25896.8	4150.2	48053.1	47050.5	2.1
东源煤业集团有限公司	15006.0	10057.0	4949.0	23415.0	24092.0	- 2.8
小龙潭矿务局	15041.0	15839.8	- 798.8	24638.1	22958.5	7.3
陕西省	728068.3	327659.0	400409.3	523763.2	285256.7	83.6
陕西省煤业集团	663171.3	265760.0	397411.3	475850.2	264929.7	79.6
其中:陕西煤业股份公司	957532.6	285611.4	671921.2	349094.4	211891.5	64.8
铜川矿务局	22904.5	41627.3	- 18722.8	58367.5	42200.5	38.3
黄陵矿业有限公司	233833.4	125476.1	108357.3	76582.0	50076.0	52.9
韩城矿业有限公司	3361.1	4677.0	- 1315.9	19538.2	19246.0	1.5
蒲白矿务局	44637.0	18093.0	26544.0	17072.8	15691.0	8.8
澄合矿务局	21013.1			25681.1		
彬县煤业有限责任公司	64897.0	61899.0	2998.0	47913.0	20327.0	135.7
甘肃省	112865.2	59303.6	53561.6	160530.5	118045.4	36.0
华亭煤业集团公司	107786.2	50641.0	57145.2	87942.5	57193.0	53.8
窑街煤电有限公司	2745.6	2383.0	362.6	27756.0	20639.0	34.5
靖远煤业公司	2333.5	6279.6	- 3946.1	44832.0	40213.4	11.5

附表6　　　　　　　　　　　　**2010 年 1～12 月煤炭工业大型企业资产及负债总额**　　　　　　　　　　单位：万元

企业名称	资产总额			负债总额		
	2010 年累计	2009 年同期	增减%	2010 年累计	2009 年同期	增减%
全国合计	317942115.8	250233992.0	27.1	173679283.9	136057308.2	27.7
神华集团	55592923.0	49084025.0	13.3	21942188.0	19641237.0	11.7
其中:神东煤炭公司	10654919.0	7399529.0	44.0	2490617.0	1710645.0	45.6
宁夏煤业集团	7187034.5	5654799.0	27.1	4633664.7	3842179.0	20.6
准格尔能源公司	2905540.5	2293945.0	26.7	644500.0	492128.8	31.0
新疆能源有限公司	580254.0	439412.0	32.1	470594.0	245918.0	91.4
乌海能源有限责任公司	2296196.3	1868002.0	22.9	1434561.8	1259191.0	13.9
宝日希勒能源有限公司	447254.0	348842.0	28.2	223534.0	138944.0	60.9
中煤集团	17258764.0	14947129.0	15.5	7041216.0	5743491.0	22.6
其中:平朔煤炭工业公司	4049974.0	3454326.0	17.2	1155838.0	1660191.0	− 30.4
太原煤炭气化有限公司	1103785.1	773260.3	42.7	612511.9	361702.0	69.3
大屯煤电集团有限公司	1282125.6	946569.0	35.4	513388.8	415748.0	23.5
北京市	2484627.0	1648691.6	50.7	1557541.0	1110516.0	40.3
京煤集团有限责任公司	2484627.0	1648691.6	50.7	1557541.0	1110516.0	40.3
河北省	15102079.5	10433297.3	44.7	9938817.3	6470453.4	53.6
开滦集团公司	6442017.7	4401235.9	46.4	3984323.5	2465192.0	61.6
冀中能源集团	8660061.8	6032061.4	43.6	5954493.8	4005261.4	48.7
其中:金牛股份集团公司	2394327.9	1571002.4	52.4	1133418.1	596123.3	90.1
邯郸矿业集团公司	1142271.0	797472.8	43.2	793138.7	491441.9	61.4
井陉矿务局	614761.4	308783.0	99.1	495604.6	240473.8	106.1
张家口矿业集团公司	501147.3	381058.0	31.5	358629.8	278188.0	28.9
峰峰集团有限公司	2571973.1	1636130.0	57.2	1738196.7	1099679.0	58.1
山西省	55460334.4	42165796.3	31.5	37310557.3	29920595.9	24.7
山西焦煤集团	12995526.0	10071172.0	29.0	8085455.0	6466871.0	25.0
其中:西山煤电集团公司	6162870.5	4069871.0	51.4	3682166.5	2330961.0	58.0
汾西矿业集团公司	2783537.5	1953185.0	42.5	1741708.4	1300242.0	34.0
霍州煤电集团公司	2455038.9	1902769.0	29.0	1336965.6	1117125.1	19.7
华晋焦煤有限公司	972322.9	753459.0	29.0	730222.9	593600.0	23.0
大同煤矿集团公司	11823565.1	9215884.0	28.3	8387230.9	6363253.0	31.8
晋城无烟煤集团公司	10158649.0	8408604.0	20.8	7465738.0	6101605.0	22.4
阳泉煤业集团公司	9000000.0	7875120.0	14.3	5900000.0	5536595.0	6.6
潞安矿业集团公司	8853106.9	6351384.0	39.4	6243210.5	4428002.0	41.0
兰花煤炭集团公司	2365228.4			1068561.8	860829.7	24.1
东山煤矿有限责任公司	207756.0	179901.3	15.5	129912.0	125646.2	3.4
鹊山精煤有限责任公司	56503.0	63731.0	− 11.3	30449.0	37794.0	− 19.4
内蒙古自治区	7308315.2	6369477.5	14.7	4833679.8	4409732.9	9.6
中电投蒙东能源集团有限责任公司	4000945.5	3487793.0	14.7	2805403.3	2567342.0	9.3
平庄煤业集团公司	1038450.0	817613.0	27.0	382674.0	283710.0	34.9
大雁煤业有限责任公司	130506.0	99368.0	31.3	85528.0	72432.0	18.1
扎赉诺尔煤业有限公司	440783.7	379296.5	16.2	254190.5	217459.9	16.9

续附表 6-1

企业名称	资产总额			负债总额		
	2010 年累计	2009 年同期	增减%	2010 年累计	2009 年同期	增减%
华能伊敏煤电有限公司	1697630.0	1585407.0	7.1	1305884.0	1268789.0	2.9
辽宁省	7488922.8	5899518.0	26.9	4338453.7	3356821.0	29.2
铁法煤业集团公司	1935817.0	1770154.0	9.4	842221.0	776876.0	8.4
抚顺矿业集团公司	1188483.3	1004860.0	18.3	528986.2	492814.0	7.3
沈阳煤业集团公司	2450106.5	1500963.0	63.2	1611678.5	906193.0	77.9
阜新矿业集团公司	1661405.0	1401811.0	18.5	1168825.0	1019725.0	14.6
辽宁南票煤电公司	253111.0	221730.0	14.2	186743.0	161213.0	15.8
吉林省	1454481.8	1234824.0	17.8	889668.0	764966.0	16.3
吉林煤业集团	1454481.8	1234824.0	17.8	889668.0	764966.0	16.3
其中:辽源矿业集团公司	544750.0	529770.0	2.8	373564.0	397492.0	-6.0
通化矿业集团公司	319345.0	275948.0	15.7	286294.0	178253.0	60.6
舒兰矿业集团公司	91610.0	96947.0	-5.5	70877.0	76625.0	-7.5
珲春矿业集团公司	234642.5	200516.0	17.0	186763.6	165244.0	13.0
黑龙江省	6311330.2	5281619.0	19.5	4297615.6	3671751.0	17.0
龙煤矿业集团	6311330.2	5281619.0	19.5	4297615.6	3671751.0	17.0
其中:双鸭山矿业集团公司	783783.0	659153.0	18.9	826927.0	694516.0	19.1
七台河矿业精煤集团	755955.3	651655.0	16.0	754197.8	660149.0	14.2
鸡西矿业集团公司	844667.0	723468.0	16.8	851154.0	738083.0	15.3
鹤岗矿业集团公司	837342.5	699511.0	19.7	912019.6	752233.0	21.2
江苏省	3571480.2	2668659.7	33.8	2374559.9	1707632.6	39.1
徐州矿务集团有限公司	3307950.2	2418040.7	36.8	2215933.9	1535819.6	44.3
华润天能徐州煤电有限公司	263530.0	250619.0	5.2	158626.0	171813.0	-7.7
安徽省	23501324.7	15661655.6	50.1	16031914.0	11558196.7	38.7
淮南矿业集团公司	11192381.5	7446771.0	50.3	7847524.4	5825528.0	34.7
淮北矿业集团公司	6691669.1	4088861.0	63.7	4729709.5	3186595.0	48.4
皖北矿业集团公司	3531023.8	2465276.6	43.2	2132125.1	1503225.7	41.8
国投新集能源股份公司	2086250.3	1660747.0	25.6	1322555.1	1042848.0	26.8
福建省	32189575.0	24821280.0	29.7	2369190.0	1704397.0	39.0
福建省煤炭工业集团	32189575.0	24821280.0	29.7	2369190.0	1704397.0	39.0
江西省	1994262.7	1347248.0	48.0	1098473.3	830999.0	32.2
江西煤业集团	1994262.7	1347248.0	48.0	1098473.3	830999.0	32.2
山东省	25783788.9	19821561.1	30.1	17656012.6	13014087.4	35.7
兖矿集团有限公司	11241543.8	7035760.0	59.8	7993565.8	4569033.0	75.0
新汶矿业集团公司	5612719.3	4387316.0	27.9	3934757.7	3151209.0	24.9
枣庄矿业集团公司	2060000.0	2793187.0	-26.2	1500000.0	1743522.0	-14.0
淄博矿业集团公司	2250000.0	2060000.0	9.2	1200000.0	1160000.0	3.4
肥城矿业集团公司	1393946.0	1154148.7	20.8	1062984.0	845312.0	25.8
济宁矿业集团公司	1354287.9	933815.3	45.0	875296.4	693680.4	26.2
龙口矿业集团公司	652896.0	554060.0	17.8	409803.0	377115.0	8.7

续附表 6 - 2

企业名称	资产总额			负债总额		
	2010 年累计	2009 年同期	增减%	2010 年累计	2009 年同期	增减%
临沂矿业集团公司	1218396.0	903274.0	34.9	679605.6	474216.0	43.3
河南省	31467992.2	25247421.4	24.6	22297915.0	17467717.3	27.7
中平能化集团	8348620.0	7066216.0	18.1	5545635.0	4565964.0	21.5
义马煤业集团公司	3045699.1	2389962.2	27.4	2053890.2	1651141.0	24.4
神火集团公司	2977801.1	2494656.0	19.4	2239773.8	1886011.0	18.8
郑州煤炭工业集团公司	2600000.0	2203500.0	18.0	1840000.0	1426500.0	29.0
河南煤业化工集团公司	14495872.0	11093087.2	30.7	10618616.0	7938101.3	33.8
湖南省	999151.2	696196.0	43.5	551583.6	380046.0	45.1
湖南煤业集团有限公司	999151.2	696196.0	43.5	551583.6	380046.0	45.1
重庆市	3927298.0	3411215.0	15.1	2468940.0	1988717.0	24.1
重庆能源投资集团公司	3927298.0	3411215.0	15.1	2468940.0	1988717.0	24.1
其中:松藻煤电公司	592341.0	411723.0	43.9	357492.0	266308.0	34.2
永荣矿业有限公司	330774.9	262277.0	26.1	200957.5	159765.0	25.8
天府矿业公司	193351.6	150578.0	28.4	138320.7	114109.0	21.2
四川省	2820127.5	2385361.0	18.2	1933541.7	1752807.0	10.3
四川省煤炭产业集团	2446769.0	2128284.0	15.0	1762285.0	1605219.0	9.8
其中:攀枝花煤业集团公司	769892.7	693122.0	11.1	661332.0	605491.0	9.2
达竹煤电集团公司	318297.0	190973.0	66.7	180779.0	140968.0	28.2
华蓥山广能集团公司	424147.8	369679.0	14.7	251630.8	246924.2	1.9
芙蓉煤业集团公司	333840.8	236979.0	40.9	237264.5	190283.0	24.7
广旺能源发展集团公司	417976.4	246323.0	69.7	325844.7	176569.0	84.5
古叙煤田开发股份公司	373358.5	257077.0	45.2	171256.7	147588.0	16.0
贵州省	3309335.8	2380852.0	39.0	1872020.4	1193345.0	56.9
盘江煤电集团公司	1560621.8	1153108.0	35.3	680146.9	510642.0	33.2
水城矿业集团公司	1297320.0	817754.0	58.6	955253.5	473745.0	101.6
六枝工矿(集团)公司	451394.0	409990.0	10.1	236620.0	208958.0	13.2
云南省	1862937.0	1625729.1	14.6	1248944.0	1060517.7	17.8
东源煤业集团有限公司	1308891.0	1118307.0	17.0	947948.0	787451.0	20.4
小龙潭矿务局	554046.0	507422.1	9.2	300996.0	273066.7	10.2
陕西省	15252627.9	10908596.0	39.8	9817902.5	6874786.4	42.8
陕西省煤业集团	14480350.9	10389425.0	39.4	9529205.5	6592737.4	44.5
其中:陕西煤业股份公司	6056062.9	4293190.6	41.1	2946824.1	2181409.7	35.1
铜川矿务局	1036697.0	833012.0	24.5	495624.0	407901.5	21.5
黄陵矿业有限公司	1016600.1	811414.5	25.3	343357.0	268591.6	27.8
韩城矿业有限公司	476956.4	509995.0	- 6.5	238465.1	226360.0	5.3
蒲白矿务局	582610.5	477412.0	22.0	122886.4	277057.0	- 55.6
澄合矿务局	405182.2			246088.4		
彬县煤炭有限责任公司	772277.0	519171.0	48.8	288697.0	282049.0	2.4
甘肃省	2800436.7	2193839.6	27.7	1808550.3	1434494.9	26.1
华亭煤业集团公司	1474840.4	1125859.0	31.0	895549.1	708640.0	26.4
窑街煤电有限公司	780000.0	554967.0	40.5	617505.6	428870.0	44.0
靖远煤业公司	545596.4	513013.6	6.4	295495.6	296984.9	- 0.5

附表 7　　　　　　　　　　　2010 年 1～12 月煤炭工业大型企业管理费用和财务费用　　　　　　　　　　单位:万元

企业名称	管理费用			财务费用		
	2010 年累计	2009 年同期	增减%	2010 年累计	2009 年同期	增减(+,-)
全国合计	14515879.1	11641652.9	24.7	3281116.6	2373053.7	908062.8
神华集团	1675199.0	1472932.0	13.7	330195.0	255856.0	74339.0
其中:神东煤炭公司	317130.0	179196.0	77.0	12156.0	31841.0	-19685.0
宁夏煤业集团	281752.4	205415.0	37.2	91976.7	647.0	91329.7
准格尔能源公司	40060.3	19365.8	106.9	4942.9	4693.5	249.4
新疆能源有限公司	26005.0	23542.0	10.5	1665.0	1970.0	-305.0
乌海能源有限责任公司	122235.9	89568.0	36.5	30319.9	25420.0	4899.9
宝日希勒能源有限公司	2245.0	18455.0	-87.8	531.0	-166.0	697.0
中煤集团	600289.0	429815.0	39.7	45096.0	-51786.0	96882.0
其中:平朔煤炭工业公司	120248.0	95497.0	25.9	16590.0	10687.0	5903.0
太原煤炭气化有限公司	35252.8	26953.3	30.8	4925.6	4475.0	450.6
大屯煤电集团有限公司	75176.4	66857.0	12.4	2810.4	6141.0	-3330.6
北京市	138874.0	112678.2	23.2	17302.0	7396.6	9905.4
京煤集团有限责任公司	138874.0	112678.2	23.2	17302.0	7396.6	9905.4
河北省	827956.4	705079.5	17.4	173910.1	128786.1	45124.0
开滦集团公司	366971.3	294390.7	24.7	95396.9	49591.5	45805.4
冀中能源集团	460985.1	410688.8	12.2	78513.1	79194.6	-681.4
其中:金牛股份集团公司	156632.4	121896.2	28.5	20458.9	6753.6	13705.4
邯郸矿业集团公司	40872.1	51322.5	-20.4	13663.9	9922.5	3741.4
井陉矿务局	27686.1	19569.2	41.5	8011.0	5158.2	2852.8
张家口矿业集团公司	45505.1	33198.0	37.1	7236.0	6804.0	432.0
峰峰集团有限公司	137364.0	134302.0	2.3	25182.5	31758.0	-6575.5
山西省	3200870.5	2553797.2	25.3	794278.2	589616.3	204661.9
山西焦煤集团	923721.0	701342.0	31.7	142876.0	90219.0	52657.0
其中:西山煤电集团公司	440590.8	348621.0	26.4	38783.6	26434.0	12349.6
汾西矿业集团公司	235240.4	151496.0	55.3	36783.3	16920.0	19863.3
霍州煤电集团公司	192841.9	141910.9	35.9	22250.8	16106.2	6144.6
华晋焦煤有限公司	29959.6	23780.0	26.0	13894.9	14220.0	-325.1
大同煤矿集团公司	594379.6	419386.0	41.7	150447.3	96771.0	53676.3
晋城无烟煤集团公司	606703.0	499111.0	21.6	197502.0	177603.0	19899.0
阳泉煤业集团公司	533000.0	434481.0	22.7	154000.0	126993.0	27007.0
潞安矿业集团公司	403725.8	377010.0	7.1	120499.6	77972.0	42527.6
兰花煤炭集团公司	105118.9	105359.5	-0.2	25050.5	18764.1	6286.4
东山煤矿有限责任公司	25009.1	13262.7	88.6	3860.7	1143.2	2717.6
鹊山精煤有限责任公司	9213.0	3845.0	139.6	42.0	151.0	-109.0
内蒙古自治区	139141.8	118287.0	17.6	136312.8	133423.1	2889.7
中电投蒙东能源集团有限责任公司	48637.7	48230.0	0.8	84328.5	72906.0	11422.5
平庄煤业集团公司	68163.0	49791.0	36.9	489.0	4339.0	-3850.0
大雁煤业有限责任公司	770.0	1478.0	-47.9	-75.0	-30.0	-45.0
扎赉诺尔煤业有限公司	8809.1	8919.0	-1.2	6384.3	6365.1	19.2

续附表 7 – 1

企业名称	管理费用			财务费用		
	2010 年累计	2009 年同期	增减 %	2010 年累计	2009 年同期	增减（＋，－）
华能伊敏煤电有限公司	12762.0	9869.0	29.3	45186.0	49843.0	– 4657.0
辽宁省	469702.4	384670.0	22.1	47921.1	32651.0	15270.1
铁法煤业集团公司	168146.0	138593.0	21.3	154.0	– 492.0	646.0
抚顺矿业集团公司	94593.8	104241.0	– 9.3	– 3653.5	– 4653.0	999.5
沈阳煤业集团公司	103722.5	51929.0	99.7	23430.5	10762.0	12668.5
阜新矿业集团公司	94769.0	81315.0	16.5	24525.0	23702.0	823.0
辽宁南票煤电公司	8471.0	8592.0	– 1.4	3465.0	3332.0	133.0
吉林省	143393.5	103472.0	38.6	19537.1	15333.0	4204.1
吉林煤业集团	143393.5	103472.0	38.6	19537.1	15333.0	4204.1
其中:辽源矿业集团公司	48807.0	38005.0	28.4	7512.0	7164.0	348.0
通化矿业集团公司	42513.0	19592.0	117.0	7791.0	1557.0	6234.0
舒兰矿业集团公司	11957.0	10387.0	15.1	– 588.0	609.0	– 1197.0
珲春矿业集团公司	29280.0	21906.0	33.7	3305.5	4268.0	– 962.5
黑龙江省	597809.5	640516.0	– 6.7	51802.9	50267.0	1535.9
龙煤矿业集团	597809.5	640516.0	– 6.7	51802.9	50267.0	1535.9
其中:双鸭山矿业集团公司	119235.0	96452.0	23.6	7426.0	4638.0	2788.0
七台河矿业精煤集团	92898.5	77458.0	19.9	7400.7	6827.0	573.7
鸡西矿业集团公司	85326.0	65051.0	31.2	12251.0	8143.0	4108.0
鹤岗矿业集团公司	116333.5	99757.0	16.6	8125.1	5724.0	2401.1
江苏省	358138.7	261223.7	37.1	9398.7	1838.5	7560.2
徐州矿务集团有限公司	344534.7	246231.7	39.9	7887.7	657.5	7230.2
华润天能徐州煤电有限公司	13604.0	14992.0	– 9.3	1511.0	1181.0	330.0
安徽省	1380514.8	1003807.5	37.5	310813.9	262895.3	47918.6
淮南矿业集团公司	659247.3	427768.0	54.1	178387.6	170912.0	7475.6
淮北矿业集团公司	567931.6	462022.0	22.9	71650.9	47398.0	24252.9
皖北矿业集团公司	118214.6	86121.3	37.3	32085.5	19488.1	12597.4
国投新集能源股份公司	35121.3	27896.2	25.9	28689.8	25097.2	3592.7
福建省	59398.0	59050.0	0.6	55770.0	35391.0	20379.0
福建省煤炭工业集团	59398.0	59050.0	0.6	55770.0	35391.0	20379.0
江西省	96344.0	77781.0	23.9	17642.7	15469.0	2173.7
江西煤业集团	96344.0	77781.0	23.9	17642.7	15469.0	2173.7
山东省	1802381.0	1515668.9	18.9	317629.8	242539.8	75090.0
兖矿集团有限公司	520538.4	466000.0	11.7	169725.7	135000.0	34725.7
新汶矿业集团公司	332882.5	296461.5	12.3	95049.3	80408.2	14641.1
枣庄矿业集团公司	314000.0	296363.0	6.0	9600.0	– 4864.0	14464.0
淄博矿业集团公司	284066.0	185634.0	53.0	– 2798.0	– 6723.0	3925.0
肥城矿业集团公司	106971.0	83507.0	28.1	14392.0	15445.0	– 1053.0
济宁矿业集团公司	88840.9	70644.4	25.8	15652.1	8601.6	7050.5
龙口矿业集团公司	80351.0	63570.0	26.4	8849.0	8770.0	79.0

续附表 7 - 2

企业名称	管理费用			财务费用		
	2010 年累计	2009 年同期	增减%	2010 年累计	2009 年同期	增减(+ , -)
临沂矿业集团公司	74731.1	53489.0	39.7	7159.6	5902.0	1257.6
河南省	1601819.8	1045456.5	53.2	500148.5	409983.5	90165.0
中平能化集团	520000.0	357176.0	45.6	104689.0	105298.0	- 609.0
义马煤业集团公司	137933.9	105183.2	31.1	47701.5	31473.2	16228.3
神火集团公司	56782.9	42804.0	32.7	75360.0	54718.0	20642.0
郑州煤炭工业集团公司	198600.0	159800.0	24.3	33200.0	27000.0	6200.0
河南煤业化工集团公司	688503.0	380493.3	81.0	239198.0	191494.3	47703.7
湖南省	76963.2	66315.0	16.1	3309.6	703.0	2606.6
湖南煤业集团有限公司	76963.2	66315.0	16.1	3309.6	703.0	2606.6
重庆市	114709.0	97174.0	18.0	30591.0	15635.0	14956.0
重庆能源投资集团公司	114709.0	97174.0	18.0	30591.0	15635.0	14956.0
其中:松藻煤电公司	13999.0	13100.0	6.9	6948.0	4330.0	2618.0
永荣矿业有限公司	14748.2	15685.0	- 6.0	1691.8	1439.0	252.8
天府矿业公司	9373.1	9293.0	0.9	1986.5	693.0	1293.5
四川省	162342.1	163124.0	- 0.5	31127.1	23222.0	7905.1
四川省煤炭产业集团	153669.0	152865.0	0.5	28428.0	19571.0	8857.0
其中:攀枝花煤业集团公司	26428.4	34953.0	- 24.4	13564.4	12462.0	1102.4
达竹煤电集团公司	22657.0	29009.0	- 21.9	352.0	- 22.0	374.0
华蓥山广能集团公司	45630.8	32943.0	38.5	3997.9	1188.2	2809.7
芙蓉煤业集团公司	18533.4	18484.0	0.3	439.0	164.0	275.0
广旺能源发展集团公司	14885.5	16884.0	- 11.8	1479.3	- 301.0	1780.3
古叙煤田开发股份公司	8673.1	10259.0	- 15.5	2699.1	3651.0	- 951.9
贵州省	128847.7	96669.0	33.3	33059.3	31530.0	1529.3
盘江煤电集团公司	70154.2	55790.0	25.7	13945.1	11066.0	2879.1
水城矿业集团公司	42042.5	26521.0	58.5	12770.2	13657.0	- 886.8
六枝工矿(集团)公司	16651.0	14358.0	16.0	6344.0	6807.0	- 463.0
云南省	47698.7	42434.9	12.4	15572.0	14116.5	1455.5
东源煤业集团有限公司	34400.0	30380.0	13.2	16532.0	15844.0	688.0
小龙潭矿务局	13298.7	12054.9	10.3	- 960.0	- 1727.5	767.5
陕西省	678703.8	533915.2	27.1	324728.5	140075.1	184653.4
陕西省煤业集团	617025.8	460552.2	34.0	306857.5	129985.1	176872.4
其中:陕西煤业股份公司	389924.5	229212.5	70.1	31374.0	31836.0	- 462.0
铜川矿务局	114939.0	68692.5	67.3	5934.2	2383.9	3550.3
黄陵矿业有限公司	58767.0	51805.7	13.4	3482.5	12577.1	- 9094.6
韩城矿业有限公司	40720.4	42779.0	- 4.8	3194.2	2425.0	769.2
蒲白矿务局	28194.4	27489.0	2.6	3595.1	2590.0	1005.1
澄合矿务局	31928.7			344.7		
彬县煤炭有限责任公司	61678.0	73363.0	- 15.9	17871.0	10090.0	7781.0
甘肃省	214782.3	157786.3	36.1	14970.4	18112.0	- 3141.6
华亭煤业集团公司	123750.5	84441.0	46.6	10246.9	14081.0	- 3834.1
窑街煤电有限公司	27045.6	24170.0	11.9	6742.8	5901.0	841.8
靖远煤业公司	63986.2	49175.3	30.1	- 2019.3	- 1870.0	- 149.3

附表8 　　　　　　　　　　2010年1~12月煤炭工业大型企业应收账款及营业费用 　　　　　　　　单位：万元

企业名称	营业费用			应收账款净额		
	2010年累计	2009年同期	增减%	2010年累计	2009年同期	增减%
全国合计	3757008.4	3101020.0	21.2	12155014.1	7835711.9	55.1
神华集团	422444.0	508107.0	-16.9	1475344.0	1059595.0	39.2
其中：神东煤炭公司	16623.0	15829.0	5.0	3814366.0	1684926.0	126.4
宁夏煤业集团	66173.5	209140.0	-68.4	94809.8	107144.0	-11.5
准格尔能源公司				12151.3	13510.7	-10.1
新疆能源有限公司	15037.0	2637.0	470.2	20290.0	31209.0	-35.0
乌海能源有限责任公司	183102.1	199865.0	-8.4	71108.7	201853.0	-64.8
宝日希勒能源有限公司	13617.0	23127.0	-41.1	14580.0	19421.0	-24.9
中煤集团	1033692.0	771629.0	34.0	967854.0	659874.0	46.7
其中：平朔煤炭工业公司	615607.0	537309.0	14.6	116331.0	103977.0	11.9
太原煤炭气化有限公司	22065.9	24020.3	-8.1	50143.1	40760.0	23.0
大屯煤电集团有限公司	11344.8	11625.0	-2.4	38437.2	15002.0	156.2
北京市	41310.0	29282.1	41.1	45419.0	12779.9	255.4
京煤集团有限责任公司	41310.0	29282.1	41.1	45419.0	12779.9	255.4
河北省	196550.5	167499.3	17.3	1721355.5	550442.6	212.7
开滦集团公司	110080.0	90582.4	21.5	753116.9	167621.6	349.3
冀中能源集团	86470.5	76916.9	12.4	968238.5	382821.0	152.9
其中：金牛股份集团公司	32209.9	20841.5	54.5	212868.5	36808.0	478.3
邯郸矿业集团公司	3290.8	3813.8	-13.7	144271.5	21245.4	579.1
井陉矿务局	7296.1	6751.2	8.1	103811.6	11759.6	782.8
张家口矿业集团公司	12174.5	10348.0	17.7	28185.8	17870.0	57.7
峰峰集团有限公司	13803.3	19790.0	-30.3	236151.3	174729.0	35.2
山西省	861279.4	717796.1	20.0	2459901.4	1476967.8	66.6
山西焦煤集团	177991.0	180412.0	-1.3	891001.0	469142.0	89.9
其中：西山煤电集团公司	64398.7	59174.0	8.8	680243.7	107463.0	533.0
汾西矿业集团公司	63280.4	41385.0	52.9	48160.4	25787.0	86.8
霍州煤电集团公司	31007.8	45515.4	-31.9	47154.4	6347.7	642.9
华晋焦煤有限公司	3680.7	5615.0	-34.4	35028.0	3897.0	798.8
大同煤矿集团公司	426084.0	333177.0	27.9	320798.2	355646.0	-9.8
晋城无烟煤集团公司	71124.0	63074.0	12.8	149136.0	113150.0	31.8
阳泉煤业集团公司	68000.0	56782.0	19.8	500000.0	275574.0	81.4
潞安矿业集团公司	79945.1	52252.0	53.0	579916.4	148225.0	291.2
兰花煤炭集团公司	32980.4	28290.3	16.6	9774.5	103878.5	-90.6
东山煤矿有限责任公司	598.9	698.8	-14.3	6807.3	8884.3	-23.4
鹊山精煤有限责任公司	4556.0	3110.0	46.5	2468.0	2468.0	0.0
内蒙古自治区	30550.0	20120.0	51.8	204702.2	137937.6	48.4
中电投蒙东能源集团有限责任公司	20770.0	18593.0	11.7	130840.0	52572.3	148.9
平庄煤业集团公司	9478.0	1199.0	690.5	31904.0	44941.0	-29.0
大雁煤业有限责任公司	302.0	328.0	-7.9	212.0	181.0	17.1
扎赉诺尔煤业有限公司				11321.2	6551.3	72.8

续附表 8－1

企业名称	营业费用			应收账款净额		
	2010年累计	2009年同期	增减%	2010年累计	2009年同期	增减%
华能伊敏煤电有限公司				30425.0	33692.0	－9.7
辽宁省	59164.6	41630.0	42.1	200536.7	277602.0	－27.8
铁法煤业集团公司	17648.0	19028.0	－7.3	0.0	96709.0	－100.0
抚顺矿业集团公司	3422.2	3892.0	－12.1	24525.8	28566.0	－14.1
沈阳煤业集团公司	31613.5	14465.0	118.6	119926.9	87608.0	36.9
阜新矿业集团公司	6434.0	4192.0	53.5	49900.0	60857.0	－18.0
辽宁南票煤电公司	47.0	53.0	－11.3	6184.0	3862.0	60.1
吉林省	21397.1	18516.0	15.6	105341.5	64190.0	64.1
吉林煤业集团	21397.1	18516.0	15.6	105341.5	64190.0	64.1
其中:辽源矿业集团公司	8799.0	7653.0	15.0	30419.0	21780.0	39.7
通化矿业集团公司	3907.0	3805.0	2.7	25621.0	18662.0	37.3
舒兰矿业集团公司	855.0	904.0	－5.4	5400.0	4616.0	17.0
珲春矿业集团公司	5638.9	2976.0	89.5	18810.5	16380.0	14.8
黑龙江省	28272.0	29602.0	－4.5	206502.5	140546.0	46.9
龙煤矿业集团	28272.0	29602.0	－4.5	206502.5	140546.0	46.9
其中:双鸭山矿业集团公司	2079.0	1049.0	98.2	4133.0	4611.0	－10.4
七台河矿业精煤集团	1498.9	1680.0	－10.8	4878.5	34887.0	－86.0
鸡西矿业集团公司	1806.0	1718.0	5.1	987.0	5378.0	－81.6
鹤岗矿业集团公司				6718.9	8344.0	－19.5
江苏省	25858.0	26195.2	－1.3	155062.9	110143.2	40.8
徐州矿务集团有限公司	22678.0	23560.2	－3.7	155062.9	110143.2	40.8
华润天能徐州煤电有限公司	3180.0	2635.0	20.7			
安徽省	99212.2	82969.6	19.6	476818.2	425707.5	12.0
淮南矿业集团公司	51017.5	41538.0	22.8	169783.6	180671.0	－6.0
淮北矿业集团公司	16233.8	17438.0	－6.9	142009.1	130194.0	9.1
皖北矿业集团公司	23463.3	17433.4	34.6	147602.6	106276.1	38.9
国投新集能源股份公司	8497.7	6560.2	29.5	17422.8	8566.4	103.4
福建省	45959.0	51504.0	－10.8	859172.0	703065.0	22.2
福建省煤炭工业集团	45959.0	51504.0	－10.8	859172.0	703065.0	22.2
江西省	19637.3	17818.0	10.2	105814.7	81383.0	30.0
江西煤业集团	19637.3	17818.0	10.2	105814.7	81383.0	30.0
山东省	366686.5	219465.9	67.1	650409.8	463650.9	40.3
兖矿集团有限公司	188203.2	86000.0	118.8	176013.2	111801.0	57.4
新汶矿业集团公司	73692.7	48669.3	51.4	269838.9	190856.2	41.4
枣庄矿业集团公司	36000.0	27424.0	31.3	79000.0	77922.0	1.4
淄博矿业集团公司	34278.0	27964.0	22.6	27600.0	21300.0	29.6
肥城矿业集团公司	10455.0	9965.0	4.9	684.0	1183.5	－42.2
济宁矿业集团公司	2301.1	2096.6	9.8	27729.5	17844.2	55.4
龙口矿业集团公司	11397.0	10391.0	9.7	22237.0	14244.0	56.1

续附表 8 – 2

企业名称	营业费用			应收账款净额		
	2010 年累计	2009 年同期	增减%	2010 年累计	2009 年同期	增减%
临沂矿业集团公司	10359.5	6956.0	48.9	47307.2	28500.0	66.0
河南省	248616.6	189089.8	31.5	1374734.2	1005230.5	36.8
中平能化集团	83729.0	74631.0	12.2	374880.0	312101.0	20.1
义马煤业集团公司	22008.1	16703.0	31.8	85033.8	123306.0	– 31.0
神火集团公司	25254.5	19105.0	32.2	45124.4	33036.0	36.6
郑州煤炭工业集团公司	21250.0	18430.0	15.3	35000.0	45000.0	– 22.2
河南煤业化工集团公司	96375.0	60220.8	60.0	834696.0	491787.5	69.7
湖南省	8766.0	7091.0	23.6	42657.6	25790.0	65.4
湖南煤业集团有限公司	8766.0	7091.0	23.6	42657.6	25790.0	65.4
重庆市						
重庆能源投资集团公司						
其中：松藻煤电公司	1928.0	1893.0	1.8	5875.0	7766.0	– 24.3
永荣矿业有限公司	2728.0	2277.0	19.8	10080.0	22253.0	– 54.7
天府矿业公司	880.4	1107.0	– 20.5	2830.9	4642.0	– 39.0
四川省	22072.5	14650.0	50.7	97832.5	63924.0	53.0
四川省煤炭产业集团	21408.0	13436.0	59.3	92728.0	61239.0	51.4
其中：攀枝花煤业集团公司	3862.9	1397.0	176.5	37748.7	26593.0	41.9
达竹煤电集团公司	2268.0	2281.0	– 0.6	21669.0	19491.0	11.2
华蓥山广能集团公司	5542.7	3091.2	79.3	13992.9	2269.0	516.7
芙蓉煤业集团公司	3559.7	2746.0	29.6	18567.9	21088.0	– 12.0
广旺能源发展集团公司	3000.0	2123.0	41.3	11613.8	36320.0	– 68.0
古叙煤田开发股份公司	664.5	1214.0	– 45.3	5104.5	2685.0	90.1
贵州省	30180.5	24944.0	21.0	138373.9	115729.0	19.6
盘江煤电集团公司	13473.8	17946.0	– 24.9	32352.0	26402.0	22.5
水城矿业集团公司	8071.6	1520.0	431.0	79558.9	63417.0	25.5
六枝工矿(集团)公司	8635.0	5478.0	57.6	26463.0	25910.0	2.1
云南省	13210.6	16367.6	– 19.3	51134.4	58340.6	– 12.4
东源煤业集团有限公司	12687.0	15844.0	– 19.9	45046.0	51071.0	– 11.8
小龙潭矿务局	604.5	523.6	15.4	6088.4	7269.6	– 16.2
陕西省	144010.1	108651.8	32.5	685046.5	315711.5	117.0
陕西省煤业集团	142693.1	107746.8	32.4	615846.5	301935.5	104.0
其中：陕西煤业股份公司	82682.5	62970.0	31.3	269237.3	136925.2	96.6
铜川矿务局	10922.4	9684.1	12.8	51469.5	67715.3	– 24.0
黄陵矿业有限公司	9812.7	8560.2	14.6	49761.8	34328.3	45.0
韩城矿业有限公司	1654.9	1960.0	– 15.6	25350.5	14339.0	76.8
蒲白矿务局	8478.4	5102.0	66.2	39857.2	27862.0	43.1
澄合矿务局	5812.4			37961.5		
彬县煤炭有限责任公司	1317.0	905.0	45.5	69200.0	13776.0	402.3
甘肃省	38139.4	38091.5	0.1	131000.7	87101.9	50.4
华亭煤业集团公司	33570.5	32082.0	4.6	118098.5	55706.0	112.0
窑街煤电有限公司	1957.2	2679.0	– 26.9	9744.0	10477.0	– 7.0
靖远煤业公司	2611.6	3330.5	– 21.6	3158.2	20918.9	– 84.9

(中国煤炭工业协会　解宏绪)

石油·天然气

【概况】 2010年全国石油天然气勘探获新突破。石油勘查新增探明地质储量11.36亿吨（包括原油、凝析油），是新中国成立以来第8次也是连续第4次超过10亿吨的年份；新增探明地质储量大于1亿吨的大油田2个，分别为中国石油长庆油田和中国石油辽河兴隆台油田。天然气勘查新增探明地质储量5911.99亿立方米（包括气层气、溶解气）；新增探明地质储量大于300亿立方米的大气田3个，分别为中国石油长庆苏里格气田、中国石油西南安岳气田和中国石油塔里木塔中I号气田。截至2010年底全国石油剩余技术可采储量31.74亿吨，全国天然气剩余技术可采储量38744.52

亿立方米。2010年全国石油产量2.01亿吨，天然气产量942.19亿立方米，二氧化碳气产量5.35亿立方米，煤层气产量5.17亿立方米；勘探与生产总产值16659.30亿元，销售收入7972.76亿元，利税总额4801.02亿元。

·石油·

【概况】 2010年全国石油勘查新增探明地质储量11.36亿吨（表1），同比下降13.2%，老油气田复算（核算）增加0.17亿吨，合计净增11.53亿吨；新增探明技术可采储量2.19亿吨，同比下降8.8%，老油气田复算（核算）增加0.08亿吨，合计净增2.27亿吨，其中新增探明经济可采储量1.88亿吨。原油产量1.89亿吨，凝析油产量0.03亿吨，外围产量0.09亿吨，合计2.01亿吨，同比增长6.9%。

表1　　　　　　　　　　　　　　　　**2010年全国石油新增探明储量**　　　　　　　　　　　　　　单位：万吨

	新增探明地质储量		新增探明技术可采储量		新增探明经济可采储量	
	储量	占总量%	储量	占总量%	储量	占总量%
全国	113579.86	100.0	21919.90	100.0	18767.79	100.0
其中：原油	105312.98	92.7	19848.24	90.5	16923.57	90.2
凝析油	8266.88	7.3	2071.66	9.5	1844.22	9.8

截至2010年底，全国石油累计探明地质储量313.96亿吨（表2），同比增长3.8%，其中已开发238.10亿吨，占总量75.8%，未开发75.86亿吨，占总量24.2%。累计探明技术可采储量85.79亿吨，同比增长5.1%，其中已开发72.10亿吨，占总量84.0%，未开发13.69亿吨，占总量116.0%。累计探明经济可采储量77.65亿吨，同比增长5.2%，其中已开发68.75亿吨，占总量88.5%，未开发8.90亿吨，占总量11.5%。

累计产量54.05亿吨。剩余技术可采储量为31.74亿吨（其中原油剩余技术可采储量为30.92亿吨，凝析油剩余技术可采储量为0.82亿吨），同比增长7.6%，剩余技术可采储量储采比15.8。剩余经济可采储量为23.60亿吨（其中原油剩余经济可采储量为22.94亿吨，凝析油剩余经济可采储量为0.66亿吨），同比增长9.1%，剩余经济可采储量储采比11.7。

表2　　　　　　　　　　　　　　　　**2010年全国石油储量汇总**　　　　　　　　　　　　　　单位：亿吨

	合计	其中：已开发		未开发	
		储量	占总量%	储量	占总量%
累计探明地质储量	313.96	238.10	75.8	75.86	24.2
其中：原油	310.16	236.53	76.3	73.63	23.7
凝析油	3.80	1.57	41.3	2.23	58.7
累计探明技术可采储量	85.79	72.10	84.0	13.69	16.0
其中：原油	84.67	71.63	84.6	13.04	15.4
凝析油	1.12	0.47	42.0	0.65	58.0
累计产量	54.05	—	—	—	—
剩余技术可采储量	31.74	—	—	—	—
剩余经济可采储量	23.60	—	—	—	—

【原油储量】 2010 年全国原油勘查新增探明地质储量 105312.98 万吨(表 3),同比下降 15.6%,老油气田复算(核算)增加 1668.37 万吨,合计净增 106981.35 万吨。新增探明技术可采储量 19848.24 万吨,同比下降 9.1%,老油气田复算(核算)增加 796.74 万吨,合计净增

20644.98 万吨。新增探明经济可采储量 16923.57 万吨,同比下降 13.5%,老油气田复算(核算)增加 982.33 万吨,合计净增 17905.90 万吨。产量 1893 6.78 万吨,同比增长 6.7%(图 1 和图 2)。

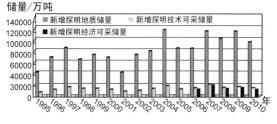

图 1 1995～2010 年全国原油新增探明储量

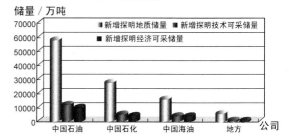

图 2 2010 年各公司原油新增探明储量图

表 3　　　　　　　　　　　　　　　　　2010 年各公司原油新增探明储量表　　　　　　　　　　　　　　　　单位:万吨

	新增探明地质储量		新增探明技术可采储量		新增探明经济可采储量	
	储量	占总量%	储量	占总量%	储量	占总量%
全国	105312.98	100.0	19848.24	100.0	16923.57	100.0
中国石油	57538.33	54.7	11282.29	56.8	9231.68	54.5
中国石化	26991.94	25.6	4549.39	22.9	3874.11	22.9
中国海油	15590.50	14.8	3489.71	17.6	3377.58	20.0
地方	5192.21	4.9	526.85	2.7	440.20	2.6

2010 年全国原油新增探明地质储量前 10 位的分公司(表 4),合计新增探明地质储量为 96299.54 万吨,占总量 91.4%;新增探明技术可采储量 18106.06 万吨,占总量 91.2%;新增探明经济可采储量 15398.16 万吨,占总量 91.0%(图 3 和图 4)。

表 4　　　　　　　　　　　　　　　　2010 年全国原油新增探明地质储量前 10 位的分公司　　　　　　　　　　　　单位:万吨

序号	公司名称	新增探明地质储量	新增探明技术可采储量	新增探明经济可采储量
1	中国石油长庆	25858.57	4913.12	3629.04
2	中国海油天津	12768.39	2801.19	2714.45
3	中国石化胜利	11223.12	2381.06	1957.46
4	中国石油辽河	10396.89	2357.80	2406.16
5	中国石化西北	9655.80	1128.77	1067.44
6	中国石油青海	6209.61	1366.97	980.49
7	中国石油大港	5446.79	1101.04	941.69
8	地方延长	5192.21	526.85	440.20
9	中国石油塔里木	4948.26	692.76	556.43
10	中国石油吉林	4599.90	836.50	704.80

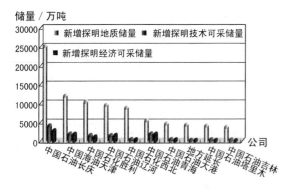

图3　2010年主要分公司原油新增探明储量

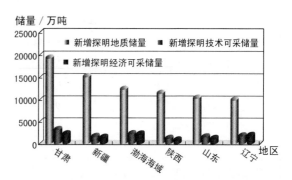

图4　2010年主要地区原油新增探明储量

2010年全国原油新增探明地质储量大于1亿吨的省(区或海域)有6个(表5)，合计新增探明地质储量为81228.23万吨，占总量77.1%；新增探明技术可采储量14997.40万吨，占总量75.6%；新增探明经济可采储量12907.88万吨，占总量76.3%。

表5　　　　　　　　　　　　　2010年全国原油新增探明地质储量大于1亿吨的省(区或海域)　　　　　　　　　　单位：万吨

序号	省(区或海域)名称	新增探明地质储量	新增探明技术可采储量	新增探明经济可采储量
1	甘肃	19768.87	3736.89	2741.06
2	新疆	15642.09	2184.84	1966.37
3	渤海海域	12768.39	2801.19	2714.45
4	陕西	11863.72	1794.43	1376.49
5	山东	10788.27	2122.25	1703.35
6	辽宁	10396.89	2357.80	2406.16

2010年全国原油新增探明地质储量大于1亿吨的盆地(海域)有4个(表6)，合计新增探明地质储量为86169.15万吨，占总量81.8%；新增探明技术可采储量15831.73万吨，占总量79.8%；新增探明经济可采储量13570.02万吨，占总量80.2%(图5)。

表6　　　　　　　　　　　　　2010年全国原油新增探明地质储量大于1亿吨的盆地(海域)　　　　　　　　　　单位：万吨

序号	盆地(海域)名称	新增探明地质储量	新增探明技术可采数量	新增探明经济可采储量
1	鄂尔多斯盆地	31888.13	5576.89	4141.41
2	渤海湾盆地	26908.57	5632.12	5090.29
3	塔里木盆地	14604.06	1821.53	1623.87
4	渤海海域	12768.39	2801.19	2714.45

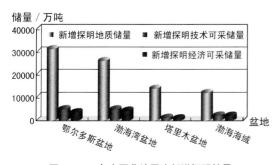

图5　2010年主要盆地原油新增探明储量

2010年全国原油新增探明地质储量大于1000万吨的油田有20个(表7)，合计新增探明地质储量为90892.93万吨，占总量86.3%；新增探明技术可采储量17147.53万吨，占总量86.4%；新增探明经济可采储量14560.36万吨，占总量86.0%。

2010全国原油新增探明储量按深度分布主要为中深层和浅层(图6)，合计新增探明地质储量为82087.59万吨，占总量77.9%；新增探明技术可采储量16038.78万吨，占总量80.8%；新增探明经济可采储量13534.64万吨，占总量80.0%。

表7   **2010 年全国原油新增探明地质储量大于 1000 万吨的油田**   单位:万吨

序号	油田名称	新增探明地质储量	新增探明技术可采储量	新增探明经济可采储量
1	中国石油长庆华庆	25858.57	4913.12	3629.04
2	中国石油长庆华庆	10396.89	2357.80	2406.16
3	中国石化西北塔河	9655.80	1128.77	1067.44
4	中国石油青海昆北	6209.61	1366.97	980.49
5	中国海油天津蓬莱 19－3	5737.15	1301.62	1301.62
6	中国石油大港滨海	5059.84	1004.30	1853.22
7	中国石油塔里木英买 7 号	4948.26	692.76	556.43
8	中国石油吉林莫里青	4599.90	836.50	704.80
9	地方延长下寺湾	3111.31	311.13	248.90
10	中国海油天津垦利 10－1	1901.98	386.24	381.42
11	中国海油天津渤中 19－4	1776.64	368.00	319.12
12	中国石化胜利埕岛	1738.87	340.16	270.61
13	中国石化胜利金家	1672.25	250.84	205.03
14	中国海油天津渤中 34－1	1297.80	295.99	277.26
15	中国石化胜利大芦湖	1288.19	193.23	168.59
16	中国石化胜利胜坨	1216.69	301.19	254.11
17	中国石化胜利渤南	1172.71	203.62	157.71
18	中国海油天津锦州 20－2 北	1124.30	234.52	224.03
19	中国石化胜利老河口	1088.14	297.46	211.88
20	中国石化胜利春风	1038.03	363.31	342.50

    2010 年全国新探明油田 11 个(表8),合计原油新增探明地质储量为 11109.04 万吨,占总量 10.5%;新增探明技术可采储量 2696.99 万吨,占总量 13.6%;新增探明经济可采储量 2252.77 万吨,占总量 13.3%。

表8   **2010 年全国新探明油田原油新增探明储量**   单位:万吨

序号	油田名称	新增探明地质储量	新增探明技术可采储量	新增探明经济可采储量
1	中国石油青海昆北	6209.61	1366.97	980.49
2	中国海油天津锦州 20－2 北	1124.30	234.52	224.03
3	中国石化胜利春风	1038.03	363.31	342.50
4	中国海油深圳惠州 25－8	736.68	291.61	286.69
5	中国海油天津渤中 2－1	631.83	166.95	163.33
6	中国海油深圳番 10－4	509.66	89.93	87.08
7	中国石化中原吉祥	344.45	77.86	67.47
8	中国海油湛江乌石 1－5	186.32	56.74	55.14
9	中国石化华北呼仁布其	164.185	22.25	20.58
10	中国石化华北额热	85.00	12.75	12.39
11	中国石油浙江海安	78.31	14.10	13.07

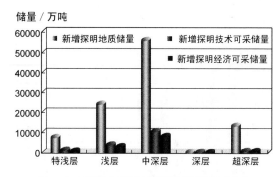

图6　2010年底全国原油新增储量埋藏深度分布

截至2010年底，全国原油累计探明地质储量310.16亿吨(表9)，同比增长3.6%，其中已开发236.53亿吨，占总量的76.3%，未开发73.63亿吨，占总量23.7%。累计探明技术可采储量84.67亿吨，同比增长4.9%，其中已开发71.63亿吨，占总量84.6%，未开发13.04亿吨，占总量15.4%(图7)。累计探明经济可采储量76.70亿吨，同比增长5.1%，其中已开发68.33亿吨，占总量89.1%，未开发8.37亿吨，占总量10.9%。累计产量53.75亿吨。剩余技术可采储量30.92亿吨，同比增长7.3%。剩余经济可采储量22.95亿吨，同比增长8.6%(图8)。

表9　　　　　　　　　　　　　　　　　2010年全国原油储量汇总　　　　　　　　　　　　　　　　单位：亿吨

	合计	其中：已开发		未开发	
		储量	占总量%	储量	占总量%
累计探明地质储量	310.16	236.53	76.3	73.63	23.7
累计探明技术可采储量	84.67	71.63	84.6	13.04	15.4
累计探明经济可采储量	76.70	68.33	89.1	8.37	10.9
累计产量	53.75	–	–	–	–
剩余技术可采储量	30.92	–	–	–	–
剩余经济可采储量	22.95	–	–	–	–

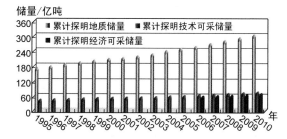

图7　1995～2010年全国原油历年各类累计探明储量

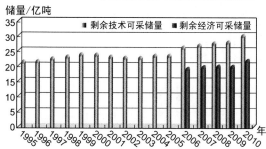

图8　1995～2010年全国原油历年剩余技术和剩余经济可采储量

2010年全国原油剩余技术可采储量前10位的分公司(表10)，合计剩余技术可采储量254788.23万吨，占总量82.4%；剩余经济可采储量192281.87万吨，占

总量83.8%(图9)。

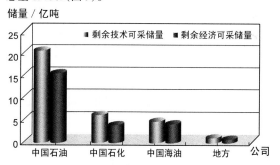

图9　2010年底各公司原油剩余技术和剩余经济可采储量

注：图中未扣除各公司重复的剩余技术可采储量633.69万吨和剩余经济可采储量612.31万吨。

表10　　　2010年全国原油剩余技术可采储量前10位的分公司　　单位：万吨

序号	分公司名称	剩余技术可采储量	剩余经济可采储量
1	中国石油大庆	57559.43	45383.08
2	中国石油长庆	34120.10	26530.97
3	中国石化胜利	34198.48	21070.76

续表 10

4	中国海油天津	31042.97	28202.98
5	中国石油新疆	24091.42	17329.88
6	中国石油辽河	19801.07	12081.23
7	中国石油吉林	17890.75	13593.98
8	中国石油冀东	12795.81	11058.14
9	中国石油大港	12153.73	9252.10
10	中国石化西北	11134.47	7778.75

2010 年全国原油剩余技术可采储量前 10 位的省（区或海域）（表 11），合计剩余技术可采储量 282725.68 万吨，占总量 91.4%；剩余经济可采储量 213336.48 万吨，占总量 93.0%（图 10 和图 11）。

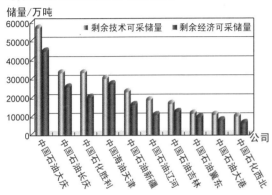

图 10　2010 年底主要分公司原油剩余技术和剩余经济可采储量

表 11　2010 年全国原油剩余技术可采储量前 10 位的省（区或海域）　单位：万吨

序号	省（区或海域）名称	剩余技术可采储量	剩余经济可采储量
1	黑龙江	54516.41	43158.62
2	新疆	45288.27	31245.34
3	山东	34208.37	21010.59
4	渤海海域	31042.97	28202.98
5	河北	27624.66	23188.98
6	陕西	24947.67	18760.08
7	吉林	18861.77	13810.97
8	辽宁	18737.73	11787.18
9	甘肃	16085.39	12255.62
10	南海海域	11412.44	9916.12

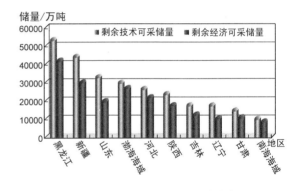

图 11　2010 年底主要地区原油剩余技术和剩余经济可采储量

2010 年全国原油剩余技术可采储量前 10 位的盆地（海域）（表 12），合计剩余技术可采储量 292916.02 万吨，占总量 94.7%；剩余经济可采储量 218519.23 万吨，占总量 95.2%（图 12）。

表 12　2010 年全国原油剩余技术可采储量前 10 位的盆地（海域）　单位：万吨

序号	盆地（海域）名称	剩余技术可采储量	剩余经济可采储量
1	渤海湾盆地	86400.60	59000.10
2	松辽盆地	73179.79	56244.51
3	鄂尔多斯盆地	39900.77	30361.09
4	渤海海域	31042.97	28202.98
5	准噶尔盆地	25084.99	17796.97
6	塔里木盆地	15132.89	10800.15
7	珠江口盆地	8797.53	7795.58
8	柴达木盆地	5610.85	3635.95
9	吐鲁番－哈密盆地	4001.92	1823.04
10	海拉尔盆地	3763.71	2858.86

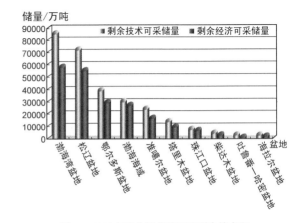

图 12　2010 年底主要盆地原油剩余技术和剩余经济可采储量

2010 全国原油剩余技术可采储量按深度分布主要为浅层和中深层,合计剩余技术可采储量 276751.09 万吨,占总量 89.5%;剩余经济可采储量 208250.51 万吨,占总量 90.7%(图 13)。

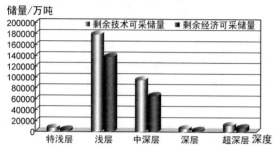

图 13　2010 年底全国原油剩余技术和
剩余经济可采储量埋藏深度分布

2010 年全国原油剩余技术可采储量前 10 大油田(表 13),合计剩余技术可采储量 84868.11 万吨,占总量 27.4%;剩余经济可采储量 73237.84 万吨,占总量 31.9%。

表 13	2010 年全国原油剩余技术可采储量前 10 大油田　单位:万吨		
序号	油田名称	剩余技术可采储量	剩余经济可采储量
1	中国石油大庆萨尔图	16501.72	16501.72
2	中国石化西北塔河	11201.56	7848,33
3	中国石油长庆华庆	9771.66	8279.30
4	中国石油冀东南堡	9298.43	8481~48
5	中国石油新疆克拉玛依	8735.97	7280.42
6	中国石油大庆杏树岗	7240.62	7240.62
7	中国石油长庆姬塬	6154.95	4994.98
8	中国海油天津蓬莱 19-3	6009.05	5685.84
9	中国石化胜利埕岛	5161.85	3137.93
10	中国石油长庆靖安	4792.30	3787,22

【凝析油储量】　2010年全国凝析油勘查新增探明地质储量 8266.88 万吨(表 14),同比增长 35.8%。新增探明技术可采储量 2071.66 万吨,同比下降 5.0%。新增探明经济可采储量 1844.22 万吨,同比增长 4.1%。产量 339.62 万吨,同比增长 2.4%。

表 14	2010 年各公司凝析油新增探明储量					单位:万吨
	新增探明地质储量		新增探明技术可采储量		新增探明经济可采储量	
	储量	占总量%	储量	占总量%	储量	占总量%
全国	8266.88	100.0	2071.66	100.0	1844.22	100.0
中国石油	8038.07	97.2	1994.71	96.3	1770.64	96.0
中国石化	25.87	0.3	8.98	0.4	5.76	0.3
中国海油	202.94	2.5	67.97	3.3	67.82	3.7

2010 年全国凝析油新增探明地质储量大于 100 万吨的省(区或海域)有 4 个(表 15),合计新增探明地质储量 8185.05 万吨,占总量 99.0%。新增探明技术可采储量 2047.07 万吨,占总量 98.8%。新增探明经济可采储量 1822.85 万吨,占总量 98.8%。

表 15	2010 年全国凝析油新增探明地质储量大于 100 万吨的省(区或海域)　单位:万吨			
序号	省(区或海域)名称	新增探明地质储量	新增探明技术可采储量	新增探明经济可采储量
1	新疆	6014.53	1503.63	1463.36
2	四川	1791.74	430.02	246.70
3	河北	231.80	61.06	60.58
4	渤海海域	146.98	52.36	52.21

2010 年全国凝析油新增探明地质储量大于 100 万吨的盆地(海域)有 4 个(表 16),合计新增探明地质储量 8210.92 万吨,占总量 99.3%。新增探明技术可采储量 2056.05 万吨,占总量 99.2%。新增探明经济可采储量 1828.61 万吨,占总量 99.2%。

表 16 　2010 年全国凝析油新增探明地质储量大于 100 万吨的盆地(海域) 　单位:万吨

序号	盆地(海域)名称	新增探明地质储量	新增探明技术可采储量	新增探明经济可采储量
1	塔里木	6014.53	1503.63	1463.36
2	四川	1791.74	430.02	246.70
3	渤海湾盆地	257.67	70.04	66.34
4	渤海海域	146.98	52.36	52.21

2010 年全国凝析油新增探明地质储量大于 100 万吨的油气田有 3 个(表 17),合计新增探明地质储量 8038.07 万吨,占总量 97.2%。新增探明技术可采储量 1994.71 万吨,占总量 96.3%。新增探明经济可采储量 1770.64 万吨,占总量 96.0%。

表 17 　2010 年全国凝析油新增探明地质储量大于 100 万吨的油田 　单位:万吨

序号	油田名称	新增探明地质储量	新增探明技术可采储量	新增探明经济可采储量
1	中国石油塔里木塔中Ⅰ号气田	6014.53	1503.63	1463.36
2	中国石油西南安岳	1791.74	430.02	246.70
3	中国石油大港滨海	231.80	61.06	60.58

截至 2010 年底,全国凝析油累计探明地质储量 37960.15 万吨(表 18),同比增长 24.7%,其中已开发 15700.88 万吨,占总量 41.4%,未开发 22259.27 万吨,占总量 58.6%。累计探明技术可采储量 11202.17 万吨,同比增长 18.2%,其中已开发 4652.42 万吨,占总量 41.5%,未开发 6549.75 万吨,占总量 58.5%。累计探明经济可采储量 9508.88 万吨,同比增长 21.1%,其中已开发 4170.81 万吨,占总量 43.9%,未开发 5338.07 万吨,占总量 56.1%。累计产量 2964.95 万吨。剩余技术可采储量 8237.22 万吨,同比增长 21.0%。剩余经济可采储量 6543.93 万吨,同比增长 26.2%。

表 18 　2010 年全国凝析油储量汇总 　单位:亿吨

	合计	其中:已开发		未开发	
		储量	占总量%	储量	占总量%
累计探明地质储量	37960.15	15700.88	41.4	22259.27	58.6
累计探明技术可采储量	11202.17	4652.42	41.5	6549.75	58.5
累计探明经济可采储量	9508.88	4170.81	43.9	5338.07	56.1
累计产量	2964.95	-	-	-	-
剩余技术可采储量	8237.22	-	-	-	-
剩余经济可采储量	6543.93	-	-	-	-

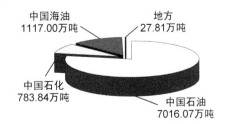

图 14 　2010 年底各公司凝析油剩余技术可采储量

注:图中未扣除各公司重复的剩余技术可采储量 707.50 万吨。

全国凝析油剩余技术可采储量主要分布在新疆,剩余技术可采储量 5875.20 万吨,占总量 71.3%;剩余

经济可采储量 5053.89 万吨,占总量 77.2%(图 14)。

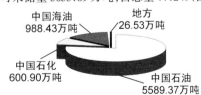

图 15 　2010 年底各公司凝析油剩余经济可采储量

注:图中未扣除各公司重复的剩余经济可采储量 661.30 万吨

全国凝析油剩余技术可采储量(图 15)主要分布塔里木盆地,剩余技术可采储量 5400.65 万吨,占总量

65.6%;剩余经济可采储量 4641.11 万吨,占总量 70.9%。

·天然气·

【概况】 2010 年全国天然气(包括气层气、溶解气)勘查新增探明地质储量 5911.99 亿立方米(表 1),同比下降 23.6%;老油气田复算(核算)增加 12.21 亿立方米,合计净增 5924.20 亿立方米,同比下降 23.2%。新增探明技术可采储量 2874.74 亿立方米,同比下降 25.6%,老油气田复算(核算)增加 4.22 亿立方米,合计净增 2878.96 亿立方米,同比下降 25.3%。新增探明经济可采储量 1925.33 亿立方米,同比下降 30.7%,老油气田复算(核算)增加 6.56 亿立方米,合计净增 1931.89 亿立方米,同比下降 30.4%。气层气产量 868.19 亿立方米,溶解气产量 74.00 亿立方米,合计 942.19 亿立方米,同比增长 12.1%。

表 1   2010 年全国天然气新增探明储量   单位:亿立方米

	新增探明地质储量		新增探明技术可采储量		新增探明经济可采储量	
	储量	占总量%	储量	占总量%	储量	占总量%
全 国	5911.99	100.0	2874.74	100.0	1925.33	100.0
其中:气层气	5141.06	87.0	2725.61	94.8	1849.13	96.0
溶解气	770.93	13.0	149.13	5.2	76.20	4.0

截至 2010 年底,全国天然气累计探明地质储量 91383.50 亿立方米(表 2),同比增长 6.2%,其中已开发 55006.12 亿立方米,占总量 60.2%,未开发 36377.38 亿立方米,占总量 39.8%。累计探明技术可采储量 48866.07 亿立方米,同比增长 3.4%,其中已开发 30338.76 亿立方米,占总量 62.1%,未开发 18527.31 亿立方米,占总量 37.9%。累计探明经济可采储量 38329.40 亿立方米,同比下降 0.8%,其中已开发 25826.67 亿立方米,占总量 67.4%,未开发 12502.73 亿立方米,占总量 32.6%。累计产量 11072.87 亿立方米。剩余技术可采储量 37793.20 亿立方米(其中气层气 35668.40 亿立方米,溶解气 2124.80 亿立方米),同比增长 1.9%。剩余经济可采储量 27256.53 亿立方米(其中气层气 26145.88 亿立方米,溶解气 1110.65 亿立方米),同比下降 4.2%。

表 2   2010 年全国天然气储量汇总   单位:亿立方米

	合计	其中:已开发		未开发	
		储量	占总量%	储量	占总量%
累计探明地质储量	91383.50	55006.12	60.2	36377.38	39.8
其中:气层气	75001.59	43178.62	57.6	31822.97	42.4
溶解气	16381.91	11827.50	72.2	4554.41	27.8
累计探明技术可采储量	48866.07	30338.76	62.1	18527.31	37.9
其中:气层气	43668.82	26069.88	59,7	17598.94	40.3
溶解气	5197.25	4268.88	82.1	928.37	17.9
累计探明经济可采储量	38329.40	25826.67	67.4	12502.73	32.6
其中:气层气	34146.30	22034.44	64.5	12111.86	35.5
溶解气	4183.10	3792.23	90.7	390.87	9.3
累计产量	11072.87	–	–	–	–
剩余技术可采储量	37793.20	–	–	–	–
剩余经济可采储量	27256.53	–	–	–	–

【气层气储量】 2010 年全国气层气勘查新增探明地质储量 5141.06 亿立方米(表 3),同比下降 27.3%;老油气田复算(核算)增加 7.63 亿立方米,合计净增 5148.69 亿立方米。新增探明技术可采储量 2725.61 亿立方米,同比下降 27.2%;老油气田复算(核算)增加 2.92 亿立方米,合计净增 2728.53 亿立方米(图 1)。新增探明经济

可采储量 1849.13 亿立方米，同比下降 32.6%，老油气田复算(核算)增加 3.26 亿立方米，合计净增 1852.39 亿立方米。产量 868.19 亿立方米，同比增长 13.5%(图 2)。2010 年全国气层气新增探明地质储量前 9 位的分公司(表 4)，合计新增探明地质储量 5141.06 亿立方米，占总量 100.0%；新增探明技术可采储量 2725.61 亿立方米，占总量 100.0%；新增探明经济可采储量 1849.13 亿立方米，占总量 100.0%(图 3)。

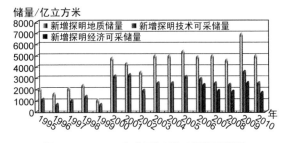

图 1　1995～2010 年全国气层气新增探明储量

表 3　2010 年全国天然气新增探明储量　　　　　　　　　　　　单位：亿立方米

	新增探明地质储量		新增探明技术可采储量		新增探明经济可采储量	
	储量	占总量%	储量	占总量%	储量	占总量%
全国	5141.06	100.0	2725.61	100.0	1849.13	100.0
中国石油	4678.88	91.0	2498.07	91.7	1701.42	92.0
中国石化	358.29	7.0	164.87	6.0	90.23	4.9
中国海油	103.89	2.0	62.67	2.3	57.48	3.1

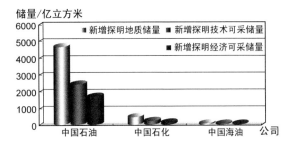

图 2　2010 年各公司气层气新增探明储量

2010 年全国气层气新增探明地质储量大于 300 亿立方米的省(区)有 3 个(表 5)，合计新增探明地质储量 4814.72 亿立方米，占总量 93.7%；新增探明技术可采储量 2555.28 亿立方米，占总量 93.8%；新增探明经济可采储量 1719.00 亿立方米，占总量 93.0%(图 4)。

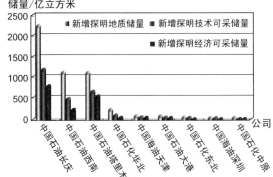

图 3　2010 年各分公司气层气新增探明储量

表 4　2010 年全国气层气新增探明地质储量前 9 位的分公司　　　　　　　　　　　　单位：亿立方米

序号	油田名称	新增探明地质储量	新增探明技术可采储量	新增探明经济可采储量
1	中国石油长庆	2292.98	1247.80	829.52
2	中国石油西南	1171.19	527.03	2651.79
3	中国石油塔里木	1158.75	695.25	578.67
4	中国石化华北	286.68	132.83	70.24
5	中国海油天津	72.35	43.54	38.35
6	中国石油大港	55.96	27.99	27:44
7	中国石化东北	42.99	19.23	11.54
8	中国海油深圳	31.54	19.13	19.13
9	中国石化中原	28.62	12.81	8.45

表5　　　2010年全国气层气新增探明地质储量
大于300亿立方米的省(区)　单位:亿立方米

序号	公司名称	新增探明地质储量	新增探明技术可采储量	新增探明经济可采储量
1	内蒙古	2484.78	1333.00	874.54
2	四川	1171.19	527.03	265.79
3	新疆	1158.75	695.25	578.67

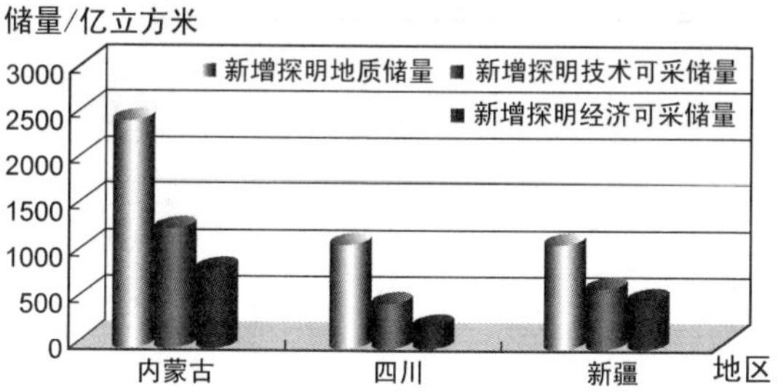

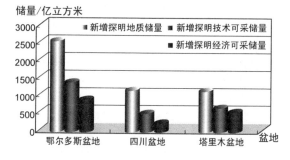

图4　2010年主要地区气层气新增探明储量

2010年全国气层气新增探明地质储量大于300亿立方米的盆地有3个(表6,图5),合计新增探明地质储量4909.60亿立方米,占总量95.5%;新增探明技术可采储量2602.91亿立方米,占总量95.5%;新增探明经济可采储量1744.22亿立方米,占总量94.3%。

表6　　　2010年全国气层气新增探明地质储量
大于300亿立方米的盆地　单位:亿立方米

序号	公司名称	新增探明地质储量	新增探明技术可采储量	新增探明经济可采储量
1	鄂尔多斯盆地	2579.66	1380.63	899.76
2	四川盆地	1171.19	527.03	265.79
3	塔里木盆地	1158.75	695.25	578.67

储量/亿立方米

图5　2010年主要盆地气层气新增探明储量

2010年全国新探明气田共3个(表7,图6),合计气层气新增探明地质储量1307.91亿立方米,占总量25.4%;新增探明技术可采储量588.23亿立方米,占总量21.6%;新增探明经济可采储量307.70亿立方米,占总量16.6%。

表7　　　　2010年全国新探明气田气层气
新增探明储量　　单位:亿立方米

序号	气田名称	新增探明地质储量	新增探明技术可采储量	新增探明经济可采储量
1	中国石油西南安岳	1171.19	527.03	265.79
2	中国石化华北东胜	105.18	42.07	22.78
3	中国海油深圳流花34－2	31.54	19.13	19.13

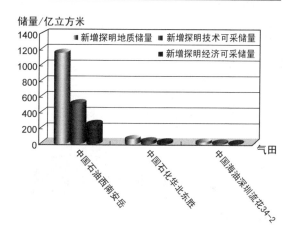

图6　2010年新探明气田气层气新增探明储量

2010年全国气层气新增探明地质储量大于50亿立方米的气田有6个(表8),合计新增探明地质储量4965.56亿立方米,占总量96.6%;新增探明技术可采储量2630.90亿立方米,占总量96.5%;新增探明经济可采储量1771.66亿立方米,占总量95.8%。

截至2010年底,全国气层气累计探明地质储量为75001.59亿立方米(表9,图7),同比增长6.5%,其中已开发43178.62亿立方米,占总量57.6%,未开发31822.97亿立方米,占总量42.4%。累计探明技术可采储量43668.82亿立方米,同比增长2.9%,其中已开发26069.88亿立方米,占总量59.7%,未开发17598.94亿立方米,占总量40.3%。累计探明经济可采储量34146.30亿立方米,同比下降2.0%,其中已开发22034.44亿立方米,占总量64.5%,未开发12111.86亿立方米,占总量35.5%。累计产量8000.42亿立方米。剩余技术可采储量35668.40亿立方米,同比增长1.3%。剩余经济可采储量26145.88亿立方米,同比下降5.4%(图8)。

表8　2010年全国气层气新增探明地质储量大于50亿立方米的气田　单位:亿立方米

序号	气田名称	新增探明地质储量	新增探明技术可采储量	新增探明经济可采储量
1	中国石油长庆苏里格	2292.98	1247.80	829.52
2	中国石油西南安岳	1171.19	527.03	265.79
3	中国石油塔里木塔中I号气田	1158.75	695.25	578.67
4	中国石化华北大牛地	181.50	90.76	47.46
5	中国石化华北东胜	105.18	42.07	22.78
6	中国石油大港滨海	55.96	27.99	27.44

表9　2010年全国气层气储量汇总　单位:亿立方米

	合计	其中:已开发		未开发	
		储量	占总量%	储量	占总量%
累计探明地质储量	75001.59	43178.62	57.6	31822.97	42.4
累计探明技术可采储量	43668.82	26069.88	59.7	17598.94	40.3
累计探明经济可采储量	34146.30	22034.44	64.5	12111.86	35.5
累计产量	8000.42	—	—	—	—
剩余技术可采储量	35668.40	—	—	—	—
剩余经济可采储量	26145.88	—	—	—	—

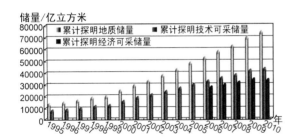

图7　全国气层气历年累计探明储量

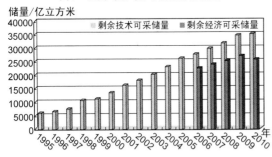

图8　全国气层气历年剩余技术和剩余经济可采储量

2010年全国气层气剩余技术可采储量前10位的分公司(表10),合计剩余技术可采储量32484.89亿立方米,占总量91.1%;剩余经济可采储量23882.59亿立方米,占总量91.3%(图9和图10)。

2010年全国气层气剩余技术可采储量前10位的省(区、市或海域)(表11),合计剩余技术可采储量34736.57亿立方米,占总量97.4%;剩余经济可采储量25671.59亿立方米,占总量98.2%(图11)。

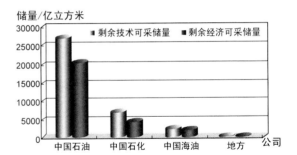

图9　2010年各公司气层气剩余技术和剩余经济可采储量

注:图中未扣除各公司重复的剩余技术可采储量399.46亿立方米和剩余经济可采储量382.76亿立方米。

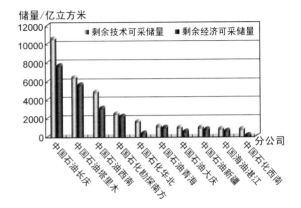

图10　2010年底各分公司气层气剩余技术和剩余经济可采储量

表 10   2010 年全国气层气剩余技术可采储量
前 10 位的分公司   单位：亿立方米

序号	分公司名称	剩余技术可采储量	剩余经济可采储量
1	中国石油长庆	10724.55	7845.29
2	中国石油塔里木	6600.76	5790.22
3	中国石油西南	4971.76	3244.21
4	中国石化勘探南方	2689.46	2422.93
5	中国石化华北	1827.28	581.58
6	中国石油青海	1303.68	1183.88
7	中国石油大庆	1186.32	749.51
8	中国石油新疆	1164.34	968.27
9	中国海油湛江	1033.66	792.92
10	中国石化西南	983.08	303.78

表 11   2010 年全国气层气剩余技术
可采储量前 10 位的省（区、市或海域）
单位：亿立方米

序号	省（区、市或海域）名称	剩余技术可采储量	剩余经济可采储量
1	新疆	8232.58	7097.86
2	内蒙古	7131.37	4522.79
3	四川	6769.33	4750.53
4	陕西	5421.11	3904.76
5	重庆	1921.02	1246.66
6	南海海域	1731.89	1462 32
7	青海	1303.68	1183,88
8	黑龙江	1184.97	748.63
9	吉林	632.52	360.61
10	东海海域	408.10	393.55

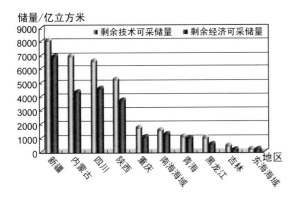

储量/亿立方米

图 11   2010 年底主要地区气层气剩余技术和
剩余经济可采储量

2010 年全国气层气剩余技术可采储量前 10 位的盆地（表 12），合计剩余技术可采储量 34769.04 亿立方米，占总量 97.5%；剩余经济可采储量 25547.70 亿立方米，占总量 97.7%（图 12）。

表 12   2010 年全国气层气剩余技术可采储量
前 10 位的盆地   单位：亿立方米

序号	盆地名称	剩余技术可采储量	剩余经济可采储量
1	鄂尔多斯盆地	12551.83	8426.87
2	四川盆地	8700.96	6001.09
3	塔里木盆地	6874.84	6032.55
4	松辽盆地	1798.04	1096.62
5	柴达木盆地	1303.68	1183.88
6	准噶尔盆地	1164.34	968.27
7	珠江口盆地	749.14	712.15
8	莺歌海盆地	621.56	521.86
9	渤海湾盆地	596.55	210.86
10	东海盆地	408.10	393.55

储量/亿立方米

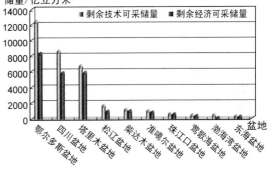

图 12   2010 年底主要盆地气层气剩余技术和
剩余经济可采储量

2010 年全国 10 大气田（表 13），合计剩余技术可采储量 20060.06 亿立方米，占总量 56.2%；剩余经济可采储量 14792.08 亿立方米，占总量 56.6%。

表 13   2010 年全国 10 大气田剩余技术和
剩余经济可采储量   单位：亿立方米

序号	气田名称	剩余技术可采储量	剩余经济可采储量
1	中国石油长庆苏里格	5404.13	3618.95
2	中国石化勘探南方普光	2607.74	2343.26
3	中国石油长庆靖边	2505.10	2031.99
4	中国石油塔里木塔中 I 号气田	2159.77	1772.92
5	中国石化华北大牛地	1785.21	558.80

续表13

序号	气田名称	剩余技术可采储量	剩余经济可采储量
6	中国石油塔里木克拉2	1577.07	1446.20
7	中国石油塔里木迪那2	1093.76	1093.76
8	中国石油西南合川	1020.10	557.82
9	中国石油长庆榆林	983.40	792.79
10	中国石油大庆徐深气田	923.78	575.59

【溶解气储量】 2010年全国溶解气勘查新增探明地质储量770.93亿立方米(图13,表14),同比增长15.1%;老油气田复算(核算)增加4.58亿立方米,合计净增775.51亿立方米。新增探明技术可采储量149.13亿立方米,同比增长26.2%;老油气田复算(核算)增加1.30亿立方米,合计净增150.43亿立方米。新增探明经济可采储量76.20亿立方米,同比增长122.8%;老油气田复算(核算)增加3.30亿立方米,合计净增79.50亿立方米。产量74.00亿立方米,同比下降2.5%。

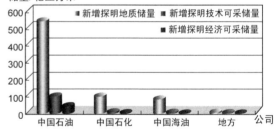

图13 2010年各公司溶解气新增探明储量图

2010年全国溶解气新增探明地质储量大于50亿立方米的省(区或海域)有7个(表15),合计新增探明地质储量702.66亿立方米,占总量91.1%;新增探明技术可采储量136.87亿立方米,占总量91.8%;新增探明经济可采储量68.35亿立方米,占总量89.7%。

表14   2010年各公司溶解气新增探明储量表   单位:亿立方米

	新增探明地质储量	占总量%	新增探明技术可采储量	占总量%	新增探明经济可采储量	占总量%
全国	5141.06	100.0	2725.61	100.0	1849.13	100.0
中国石油	4678.88	91.0	2498.07	91.7	1701.42	92.0
中国石化	358.29	7.0	164.87	6.0	90.23	4.9
中国海油	103.89	2.0	62.67	2.3	57.48	3.1
地方	13.92	1.8	1.39	0.9	0.00	0.0

表15   2010年全国溶解气新增探明地质储量大于50亿立方米的省(区或海域)   单位:亿立方米

序号	省(区或海域)名称	新增探明地质储量	新增探明技术可采储量	新增探明经济可采储量
1	甘肃	223.09	42.30	0.00
2	辽宁	133.29	30.21	31.14
3	陕西	90.64	15.96	0.00
4	渤海海域	82.17	18.02	10.43
5	河北	61.01	11.87	11.22
6	新疆	57.81	7.85	6.91
7	山东	54.65	10.66	8.65

2010年全国溶解气新增探明地质储量大于50亿立方米的盆地(海域)有4个(表16),合计新增探明地质储量706.15亿立方米,占总量91.6%;新增探明技术可采储量137.52亿立方米,占总量92.2%;新增探明经济可采储量68.80亿立方米,占总量90.3%(图14)。

表16   2010年全国溶解气新增探明地质储量大于50亿立方米的盆地(海域)   单位:亿立方米

序号	盆地(海域)名称	新增探明地质储量	新增探明技术可采储量	新增探明经济可采储量
1	鄂尔多斯盆地	313.73	58.26	0.00
2	渤海湾盆地	252.44	53.39	51.46
3	渤海海域	82.17	18.02	10.43
4	塔里木盆地	57.81	7.85	6.91

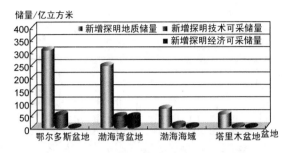

图14 2010年主要盆地溶解气新增探明储量

截至2010年底，全国溶解气累计探明地质储量16381.91亿立方米（表17），同比增长4.7%，其中已开发11827.50亿立方米，占总量72.2%，未开发4554.41亿立方米，占总量27.8%。累计探明技术可采储量5197.25亿立方米，同比增长7.3%，其中已开发4268.88亿立方米，占总量82.1%，未开发928.37亿立方米，占总量17.9%。累计探明经济可采储量4183.10亿立方米，同比增长9.9%，其中已开发3792.23亿立方米，占总量90.7%，未开发390.87亿立方米，占总量9.3%。累计产量3072.45亿立方米。剩余技术可采储量2124.80亿立方米，同比增长14.4%。剩余经济可采储量1110.65亿立方米，同比增长36.0%（图15）。

表17　　　　　　　　　　　　　　　　　　2010年全国溶解气储量汇总　　　　　　　　　　　　　　　　单位：亿立方米

	合计	其中：已开发		未开发	
		储量	占总量%	储量	占总量%
累计探明地质储量	16381.91	11827.50	72.2	4554.41	27.8
累计探明技术可采储量	5197.25	4268.88	82.1	928.37	17.9
累计探明经济可采储量	4183.10	3792.23	90.7	390.87	9.3
累计产量	3072.45	–	–	–	–
剩余技术可采储量	2124.80	–	–	–	–
剩余经济可采储量	1110.65	–	–	–	–

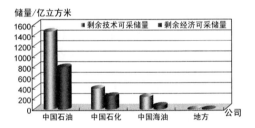

图15 2010年底各公司溶解气剩余技术和
经济可采储量

注：图中未扣除各公司重复的剩余技术可采储量6.98亿立方米和剩余经济可采储量6.64亿立方米。

2010年全国溶解气剩余技术可采储量前10位的省（区、市或海域）（表18），合计剩余技术可采储量1979.93亿立方米，占总量93.2%；剩余经济可采储量1038.13亿立方米，占总量93.5%。

表18　　2010年全国溶解气剩余技术可采储量
前10位的省（区、市或海域）单位：亿平方米

序号	省（区、市或海域）名称	剩余技术可采储量	剩余经济可采储量
1	新疆	383.85	247.50
2	黑龙江	270.01	221.05
3	山东	229.59	162.58
4	河北	226.86	166.24

续表18

序号	省（区、市或海域）名称	剩余技术可采储量	剩余经济可采储量
5	陕西	207.00	24.93
6	渤海海域	197.82	69.44
7	甘肃	191.80	35.73
8	辽宁	159.38	61.87
9	天津	64.47	38.64
10	南海海域	49.15	10.15

2010年全国溶解气剩余技术可采储量前10位的盆地（海域）（表19），合计剩余技术可采储量2053.66亿立方米，占总量96.7%；剩余经济可采储量1068.69亿立方米，占总量96.2%。

表19　　2010年全国溶解气剩余技术可采储量
前10位的盆地　　单位：亿平方米

序号	盆地（海域）名称	剩余技术可采储量	剩余经济可采储量
1	渤海湾盆地	720.49	440.98
2	鄂尔多斯盆地	372.62	62.18
3	松辽盆地	310.25	246.64

续表19

序号	盆地(海域)名称	剩余技术可采储量	剩余经济可采储量
4	渤海海域	197.82	69.44
5	塔里木盆地	176.82	121.79
6	准噶尔盆地	174.65	127.85
7	酒西盆地	28.40	−0.21
8	北部湾盆地	26.32	8.34
9	珠江口盆地	23.08	2.06
10	吐鲁番–哈密盆地	23.21	−10.38

·二氧化碳气·

【概况】 2010年全国勘查新增二氧化碳气探明地质储量96.72亿立方米,同比增长8.5%。新增探明技术可采储量43.83亿立方米,同比下降26.5%。新增探明经济可采储量23.62亿立方米,同比下降39.5%。

截至2010年底,全国二氧化碳气累计探明地质储量为1658.88亿立方米,同比增长64.2%。累计探明技术可采储量996.58亿立方米,同比增长53.0%。累计探明经济可采储量719.11亿立方米,同比增长59.8%。累计产量45.24亿立方米。剩余技术可采储量951.34亿立方米,同比增长50.1%。剩余经济可采储量673.87亿立方米,同比增长55.6%(图1)。

储量/亿立方米

图1 1998～2010年全国二氧化碳气累计探明储量

·煤层气·

【概况】 2010年全国勘查新增煤层气探明地质储量1115.15亿立方米,同比增长154.8%。新增探明技术可采储量558.96亿立方米,同比增长151.6%。新增探明经济可采储量468.29亿立方米,同比增长155.3%(图1)。

截至2010年底,全国累计探明地质储量2733.95亿立方米。累计探明技术可采储量1331.00亿立方米。累计探明经济可采储量1052.63亿立方米。累计产量12.59亿立方米。剩余技术可采储量1318.41亿立方米。剩余经济可采储量1040.04亿立方米(图2)。

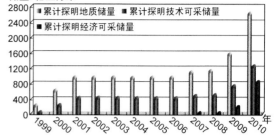

储量/亿立方米

图1 1999～2010年全国煤层气累计探明储量

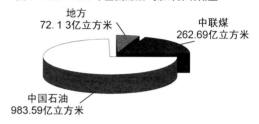

地方 72.13亿立方米 中联煤 262.69亿立方米

中国石油 983.59亿立方米

图2 2010年底各公司煤层气剩余技术可采储量

(选自《2010年全国油气矿产储量通报》)

冶 金

【概况】 2010年是"十一五"的收官之年,也是完成"十一五"时期各项目标任务的关键之年。冶金矿山行业把握宏观经济回升的有利时机,坚持科学发展,加快推进重点项目,全面开展管理创新,积极转变发展方式,加强安全生产管理,努力改善矿山环境,深入开展"创先争优",生产经营快速增长,经济效益大幅提升。

2010年,全国粗钢、生铁、钢材产量分别为62665.40万吨、59021.80万吨和79627.40万吨,同比增长9.3%、7.4%和14.7%;我国铁矿石原矿产量累计达到107155.50万吨。

2010年,全国规模以上铁矿企业生产铁矿石107155.50万吨,与2009年同期相比增加19028.20万吨,累计同比增长21.6%,增速比2009年加快12.7个百分点。全国铁矿石生产能力达到12.4亿吨,比2009年增加2亿吨。

从区域看,华北地区同比增幅最高,2010年华北和西南地区的产量同比增幅超过20%,东北和华东增加幅度较小。

华北地区2010年原矿产量为60373.00万吨,与2009年同期相比,增加12266.70万吨,增幅25.50%,增幅最高。该地区产量占全国铁矿石产量的比重为56.34%;东北地区2010年原矿产量为16041.80万吨,与2009年同期相比,增加1608.10万吨,增幅11.14%,占全国铁矿石产量的比重为14.97%;华东地区2010

年原矿产量为 9217.50 万吨,较 2009 年同期增加 1438.40 万吨,增幅 18.49%,占全国铁矿石产量的比重为 8.60%;西南地区 2010 年铁矿石原矿产量为 12018.40 万吨,较 2009 年同期增加 2141.50 万吨,同比增长 21.68%,该地区产量占全国铁矿石产量的比重为 11.22%;中南地区 2010 年铁矿石原矿产量为 5726.80 万吨,较 2009 年同期增加 937.20 万吨,同比增幅为 19.57%,该地区产量占全国铁矿石产量的比重为

5.34%;西北地区为产量最少的地区,2010 年铁矿石原矿产量为 3776.60 万吨,较 2009 年同期增加 635.90 万吨,同比增幅为 20.25%,该地区产量占全国铁矿石产量的比重为 3.52%。

铁矿石产量排前 5 位的河北、辽宁、四川、内蒙古、山西合计产量 82956.90 万吨,占全国总产量的 77.42%,比 2009 年增加 15497.40 万吨,增幅达到 22.97%,占全国增量的 81.44%(表 1)。

表 1 　　　　　　　　　　　　　　　　2010 年全国铁矿石产量 　　　　　　　　　　　　　　　单位:万吨

地区	2010 年	2009 年	各区占全国总量比重%		与 2009 年同期比	
			2010 年	2009 年	增量	%
合　计	107155.50	88127.30	100.00	100.00	19028.20	21.59
华北地区	60373.00	48106.30	56.34	54.59	12266.70	25.50
北　京	2041.80	1913.90	1.91	2.17	127.90	6.68
天　津	1.40	1.00	0.00	0.00	0.40	40.00
河　北	44618.80	35695.60	41.64	40.50	8923.20	25.00
山　西	5506.70	3010.70	5.14	3.42	2496.00	82.90
内　蒙　古	8205.70	7486.10	7.66	8.49	719.60	9.61
东北地区	16041.80	14433.70	14.97	16.38	1608.10	11.14
辽　宁	14653.00	13350.30	13.67	15.15	1302.70	9.76
吉　林	1161.70	998.40	1.08	1.13	163.30	16.36
黑　龙　江	227.10	85.00	0.21	0.10	142.10	167.18
华东地区	9217.50	7779.10	8.60	8.83	1438.40	18.49
江　苏	339.70	542.40	0.32	0.62	-202.70	-37.37
浙　江	142.30	128.00	0.13	0.15	14.30	11.17
安　徽	3236.90	2656.90	3.02	3.01	580.00	21.83
福　建	2327.30	1661.90	2.17	1.89	665.40	40.04
江　西	953.20	927.90	0.89	1.05	25.30	2.73
山　东	2218.10	1862.00	2.07	2.11	356.10	19.12
中南地区	5726.80	4789.60	5.34	5.43	937.20	19.57
河　南	1269.20	846.40	1.18	0.96	422.80	49.95
湖　北	1528.20	1253.40	1.43	1.42	274.80	21.92
湖　南	451.40	442.30	0.42	0.50	9.10	2.06
广　东	1726.20	1454.40	1.61	1.65	271.80	18.69
广　西	262.20	305.80	0.24	0.35	-43.60	-14.26
海　南	489.60	487.30	0.46	0.55	2.30	0.47
西南地区	12018.40	9876.90	11.22	11.21	2141.50	21.68
重　庆	47.50	46.70	0.04	0.05	0.80	1.71

续表1

地区	2010 年	2009 年	各区占全国总量比重%		与 2009 年同期比	
			2010 年	2009 年	增量	%
四　川	9972.70	7916.80	9.31	8.98	2055.90	25.97
贵　州	75.80	80.20	0.07	0.09	− 4.40	− 5.49
云　南	1901.80	1804.90	1.77	2.05	96.90	5.37
西　藏	20.60	28.30	0.02	0.03	− 7.70	− 27.21
西北地区	3776.60	3140.70	3.52	3.56	635.90	20.25
陕　西	372.90	368.20	0.35	0.42	4.70	1.28
甘　肃	991.60	849.70	0.93	0.96	141.90	16.70
青　海	166.30	103.90	0.16	0.12	62.40	60.06
新　疆	2245.80	1818.90	2.10	2.06	426.90	23.47

【铁矿石市场】　2010 年年初，国内铁矿石市场承接 2009 年末上涨趋势，在钢材市场价格大幅上扬和进口矿飞涨的推动下，国产铁精矿市场价格 4 月中上旬继续上扬，价格一路上升到两年来的最高点。随后价格冲高回落，7 月国产铁精粉市场整体价格表现先跌后涨的态势，而后在 8 月，国产矿价格强劲反弹，成交量和出货节奏都有不错的表现。年末，国产矿价格达到全年最高点。2010 年铁矿石市场价格的走势大体为三个阶段，呈"N"字形。

全年国内铁精矿平均价格在 1100 元/吨左右，较 2009 年平均上涨约 400 元/吨，增幅达 62% 。

2010 年，全年规模以上铁矿企业增加值同比增长 20.6%，增速高于全国工业 4.9 个百分点。累计完成销售收入 5662.7 亿元，同比增长 61.8%，实现利润总额 770.5 亿元，同比增长 140.7%，接近大中型钢铁企业实现利润 897 亿元的水平（表2，表3）。

表2　　　　　　　　　　　2010 年 1 ~ 12 月部分地区铁矿石市场价格　　　　　　　　　单位:元/吨

产地或矿山	产品品种	品位 Fe%	1 ~ 3 月			4 ~ 6 月		
			单价	同比增加		单价	同比增加	
				数量	%		数量	%
华北地区								
河北迁安	铁精矿	66	1170	455	63.6	1080	340	45.9
河北迁西	铁精矿	66	1160	445	62.2	1050	335	46.9
河北遵化	铁精矿	66	1130	440	63.8	1050	335	46.9
河北滦县	铁精矿	66	1150	490	74.2	1040	350	50.7
河北武安	铁精矿	65	1220	465	61.6	1150	360	45.6
河北沙河	铁精矿	65	1220	430	54.4	1130	370	48.7
河北宽城	铁精矿	65	1120	470	72.3	1040	365	54.1
河北滦平	铁精矿	65	1120	470	72.3	1040	365	54.1
河北赤城	铁精矿	65	990	290	41.4	910	180	24.7
河北石家庄	铁精矿	65	1100	360	48.6	1120	430	62.3
邯邢局	铁精矿	66	1275	505	65.6	1250	470	60.3
北京密云	铁精矿	65	1290	550	74.3	1275	455	55.5
山西灵丘	铁精矿	66(湿)	970	350	56.5	930	275	42.0

续表2

产地或矿山	产品品种	品位 Fe%	1~3月			4~6月		
			单价	同比增加		单价	同比增加	
				数量	%		数量	%
山西繁峙	铁精矿	66(湿)	970	340	54.0	930	285	44.2
山西代县	铁精矿	64(湿)	950	320	50.8	910	255	38.9
内蒙古包头	铁精矿	66(湿)	770	260	51.0	820	270	49.1
东北地区								
辽宁抚顺	铁精矿	66	1040	420	67.7419	970	350	56.5
辽宁辽阳	铁精矿	65(湿)	950	400	72.7273	880	320	57.1
辽宁朝阳	铁精矿	66(湿)	950	390	69.6429	870	270	45.0
辽宁北票	铁精矿	66(湿)	940	380	67.8571	870	280	47.5
辽宁建平	铁精矿	66(湿)	970	385	65.812	880	270	44.3
辽宁本溪	铁精矿	65	1050	410	64.1	980	370	60.7
华东地区								
安徽马鞍山	铁精矿	64	1010	280	38.4	1030	400	63.5
安徽铜陵	铁精矿	64	1030	290	39.2	1040	400	62.5
安徽合肥	铁精矿	64	1010	290	40.3	1010	390	62.9
安徽大别山	铁精矿	64	1000	280	38.9	1010	400	65.6
安徽大别山	铁精矿	66	1150	310	36.9	1200	450	60.0
安徽庐江	铁精矿	64	1050	290	38.2	1100	450	69.2
安徽繁昌	铁精矿	64	1030	290	39.2	1020	380	59.4
安徽繁昌	球团矿	62	1150	310	36.9	1200	460	62.2
安徽安庆	球团矿	62	1250	300	31.6	1350	510	60.7
安徽霍邱地区	铁精矿	65(湿)	1030	410	66.1	1080	480	80.0
山东莱芜地区	铁精矿	64	1100	370	50.7	1100		
山东淄博地区	铁精矿	65	1100	370	50.7	1120		
中南地区								
湖北大冶	铁精矿	63	1000	350	53.8	1080	450	71.4
广东怀集	铁精矿	65	910	280	44.4	900		
海南矿业	铁精矿	63	850			1100	515	88.0

表3 　　　　　　　　　　　　　　**2010年1~12月部分地区铁矿石市场价格(含税)** 　　　　　　　　　　单位:元/吨

产地或矿山	产品品种	品位 Fe%	7~9月			10~12月		
			单价	同比增加		单价	同比增加	
				数量	%		数量	%
华北地区								
河北迁安	铁精矿	66	1220	430	54.4	1380	520	60.5
河北迁西	铁精矿	66	1210	440	56.4	1380	550	66.3
河北遵化	铁精矿	66	1200	430	55.1	1365	545	66.5
河北滦县	铁精矿	66	1180	450	59.2	1370	560	69.1
河北武安	铁精矿	65	1280	400	46.0	1450	485	50.3

续表3

产地或矿山	产品品种	品位 Fe%	7~9月			10~12月		
			单价	同比增加		单价	同比增加	
				数量	%		数量	%
河北沙河	铁精矿	65	1270	390	44.8	1455	490	50.8
河北宽城	铁精矿	65	1170	400	52.6	1300	520	66.7
河北滦平	铁精矿	65	1170	400	52.6	1300	520	66.7
河北赤城	铁精矿	65	1040	220	28.2	1210	480	65.8
河北石家庄	铁精矿	65	1230	440	54.3	1430	520	57.1
邯邢局	铁精矿	66	1340	510	59.3	1500	540	56.3
北京密云	铁精矿	66	1340	500	57.5	1505	525	53.6
山西灵丘	铁精矿	66(湿)	995	380	59.4	1240	480	63.2
山西繁峙	铁精矿	64(湿)	995	360	55.4	1230	470	61.8
山西代县	铁精矿	64(湿)	980	335	50.8	1190	440	58.7
内蒙包头	铁精矿	66(湿)	810	220	37.3	920	300	48.4
东北地区								
辽宁抚顺	铁精矿	66	1100	470	70.1	1270	540	74.0
辽宁辽阳	铁精矿	65(湿)	990	430	71.7	1150	510	79.7
辽宁朝阳	铁精矿	66(湿)	995	360	57.1	1150	495	75.6
辽宁北票	铁精矿	66(湿)	970	360	58.1	1120	480	75.0
辽宁建平	铁精矿	66(湿)	995	370	57.8	1150	485	72.9
辽宁本溪	铁精矿	65	1100	450	66.2	1260	540	75.0
华东地区								
安徽马鞍山	铁精矿	64	970	250	33.8	1065	315	42.0
安徽铜陵	铁精矿	64	960	250	33.3	1060	295	38.6
安徽合肥	铁精矿	64	960	250	33.8	1050	310	41.9
安徽大别山	铁精矿	64	1000	320	44.4	1060	330	45.2
安徽大别山	铁精矿	66	1180	420	48.8	1420	580	69.0
安徽庐江	铁精矿	64	1010	270	34.6	1085	305	39.1
安徽繁昌	铁精矿	64	980	250	33.3	1060	295	38.6
安徽繁昌	球团矿	62	1280	420	48.8	1530	660	75.9
安徽安庆	球团矿	62	1320	390	40.6	1550	590	61.5
安徽霍邱地区	铁精矿	65	1160	400	52.6	1360	470	52.8
山东金岭	铁精矿	65	1210	500	62.5	1425	475	50.0
鲁中矿业	铁精矿	64	1240	550	70.5	1445	525	57.1
中南地区								
湖北大冶	铁精矿	63	1140	280	38.4	1320	540	69.2
广东怀集	铁精矿	64(湿)	960			1170	1170	
海南矿业	铁精矿	63	1010	125	17.5	1150	450	64.3

【铁矿石进口】 全年国内生铁产量59022万吨,折合铁矿石成品矿需求量9.5亿吨,增长7.4%,是最近10年来仅次于2008年的第二低点。

全年进口铁矿石6.18亿吨,比2009年下降1.4%,打破了1998年以来连续12年持续增长的局面。进口额为794.2亿美元,比2009年增加292.8亿美元,增长58.4%,进口平均价格为128.4美元/吨,同比上涨60.6%,仅进口铁矿石涨价,我国钢铁工业为此多支付了近300亿美元,是2010年全国大中型钢铁企业利润总额的2.2倍。

1.2010年进口矿石品位有所降低。进口量61865.15万吨中:烧结用粗粉为42551.02万吨,同比增长3.53%,占进口总量的比重为68.78%,比2009年同期提高3.3个百分点。铁精粉、块矿和球团的进口量分别为5370.90万吨、11599.10万吨和2326.60万吨,同比分别减少22.41%、1.39%和21.38%,块矿的比重与2009年同期基本持平,精粉和球团的所占比重相比2009年同期均有下降,说明进口铁矿石的平均品位有所降低,降幅约为1个百分点。

2.2010年进口渠道呈多元化。2010年,中国进口铁矿石61865.15万吨,同比降低1.43%。其中从澳大利亚累计进口铁矿石26535.22万吨,同比增长1.37%,是主要国别中唯一增加的国家,占进口总量的42.89%,较2009年同期提升1.2个百分点。从巴西、印度和南非累计进口铁矿石分别为13085.72万吨、9658.07万吨和2954.06万吨,同比分别减少8.09%、9.98%和13.44%,所占比重分别为21.15%、15.61%和4.78%,相比2009年比重均有降低。除了主要进口国外,来自其他国家的进口量累计为9632.07万吨,同比增长17.4%,占进口总量的比重达到15.57%,与2009年同期相比增加2.5个百分点,进口渠道进一步多元化。其中进口从伊朗进口的数量为1456.75万吨,同比增长113%。

3.2010年各品种平均到岸价格同比均表现上涨。从主要进口国铁矿进口均价来看,2010年进口平均到岸价格最高的是南非矿,为139.36元/吨,同比上涨65.03%。同期进口巴西矿的平均到岸价格为136.18美元/吨,同比上涨50.2%,涨幅相对较小。进口澳大利亚矿、印度矿的平均到岸价格分别为130.43美元/吨和116.53美元/吨,同比上涨70.07%和64.02%。

从平均到岸价格来看,2010年各品种平均到岸价格同比均表现上涨。粗粉2010年平均到岸价格为126.43美元/吨,同比上升62.97%,同比增幅为最高。其他三个品种的进口均价同比也均为上涨,块矿、精粉和球团平均到岸价格分别为128.35美元/吨、130.57美元/吨和159.06美元/吨,同比涨幅为61.4%、56%和53.1%(表4、表5)。

表4   **2010年铁矿石进口情况(国别)**   单位:万吨

国　别	2010年进口量	2009年进口量	各国占进口量比重%		与2009年同期比	
			2010年	2009年	增量	%
合计	61865.15	62777.92	100.00	100.00	-912.77	-1.43
澳大利亚	26535.22	26186.26	42.89	41.71	348.96	1.37
巴西	13085.72	14240.17	21.15	22.68	-1154.45	-8.09
印度	9658.07	10734.44	15.61	17.10	-1076.36	-9.98
南非	2954.06	3413.01	4.78	5.44	-458.95	-13.44
伊朗	1456.75	685.20	2.35	1.09	771.54	112.56
乌克兰	1164.46	1158.33	1.88	1.85	6.13	0.57
委内瑞拉	524.59	303.21	0.85	0.48	221.38	73.06
印度尼西亚	769.10	643.53	1.24	1.03	125.57	19.53
加拿大	434.90	865.32	0.70	1.38	-430.41	-49.73
秘鲁	741.78	603.03	1.20	0.96	138.75	22.99
俄罗斯联邦	637.18	966.45	1.03	1.54	-329.28	-34.06
毛里塔尼亚	421.95	612.36	0.68	0.98	-190.41	-31.09
智利	656.28	572.67	1.06	0.91	83.61	14.60
哈萨克斯坦	616.91	585.81	1.00	0.93	31.11	4.69
美国	68.70	51.73	0.11	0.08	16.98	32.82
马来西亚	245.26	103.97	0.40	0.17	141.28	135.96
缅甸	240.40	45.35	0.39	0.07	195.05	430.10

续表4

国　别	2010 年进口量	2009 年进口量	各国占进口量比重%		与 2009 年同期比	
			2010 年	2009 年	增量	%
墨西哥	304.12	162.83	0.49	0.26	141.29	86.84
朝鲜	209.55	181.60	0.34	0.29	27.95	15.39
蒙古	266.05	148.78	0.43	0.24	117.27	78.82
瑞典	113.20	86.73	0.18	0.14	26.47	30.51
越南	192.54	181.09	0.31	0.29	11.45	6.34
挪威	120.87	16.57	0.20	0.03	104.31	629.54
新西兰	81.51	70.45	0.13	0.11	11.05	15.69
芬兰	33.00	20.84	0.05	0.03	12.16	59.96
菲律宾	70.33	15.44	0.11	0.02	54.89	355.54
巴林	37.46	16.28	0.06	0.03	21.18	130.13
泰国	122.24	78.45	0.20	0.12	43.78	55.83
其他	102.95	28.04	0.17	0.04	74.91	267.14

说明：其他指进口量在 30 万吨以下的国家。

表5　　　　　　　　　　　　　　　　　　　**2010 年进口铁矿分品种情况**

产品	2010 年进口量(万吨)	占总进口量比重 %	2010 年进口额(万美元)	占总进口额比重 %
铁矿进口总量	61865.15	100.00	7943193.16	100.00
1. 未烧结矿	59521.10	96.21	7569953.10	95.30
①烧结用铁粉矿	42551.00	68.78	5379891.90	71.07
②铁块矿	11599.10	18.75	1488777.60	27.67
③铁精粉	5370.90	8.68	701283.50	47.10
2. 已烧结矿	2326.60	3.76	370068.80	52.77
铁矿合计	61864.50	100.00	7943193.16	100.00
1. 澳、巴、印、南合计	52233.07	84.43	6780724.17	85.37
①澳大利亚	26535.22	42.89	3461547.01	43.58
②巴西	13085.72	21.15	1782078.70	22.44
③印度	9658.07	15.61	1125427.14	14.17
④南非	2954.06	4.78	411671.32	5.18
2. 其他国家合计	9631.43	15.57	1162468.99	14.63
烧结用铁粉矿	42551.98	100.00	5380841.99	100.00
1. 澳、巴、印、南合计	39843.68	93.64	5076426.69	94.34
①澳大利亚	19924.71	46.82	2537474.21	47.16
②巴西	10240.81	24.07	1377296.57	25.60
③印度	8106.68	19.05	951983.01	17.69

续表5

产品	2010 年进口量	占总进口量比重 %	2010 年进口额	占总进口额比重 %
④ 南非	1571.48	3.69	209672.90	3.90
2. 其他国家合计	2708.31	6.36	304415.30	5.66
铁块矿	11598.95	100.00	1488787.84	100.00
1. 澳、巴、印、南合计	9452.45	81.49	1297531.71	87.15
① 澳大利亚	6292.59	54.25	876385.16	58.87
② 巴西	904.61	7.80	132426.78	8.89
③ 印度	1049.20	9.05	110274.36	7.41
④ 南非	1206.06	10.40	178445.41	11.99
2. 其他国家合计	2146.50	18.51	191256.13	12.85
铁精粉	5370.81	100.00	701271.32	100.00
1. 澳、巴、印、南合计	2045.30	38.08	255562.84	36.44
① 澳大利亚	119.56	2.23	14671.34	2.09
② 巴西	1290.41	24.03	162064.80	23.11
③ 印度	458.81	8.54	55273.72	7.88
④ 南非	176.52	3.29	23552.98	3.36
2. 其他国家合计	3325.51	61.92	445708.48	63.56
已烧结铁矿	2326.65	100.00	370075.57	100.00
1. 澳、巴、印、南合计	891.64	38.32	151202.86	40.86
① 澳大利亚	198.35	8.53	33016.25	8.92
② 巴西	649.90	27.93	110290.56	29.80
③ 印度	43.39	1.87	7896.05	2.13
④ 南非	0.00	0.00	0.00	0.00
2. 其他国家合计	1435.00	61.68	218872.71	59.14

说明:其他指进口量在 30 万吨以下的国家。

【矿山固定资产投资】 1. 勘查投入继续加大,探明资源量创新高。通过不断完善找矿新机制,充分调动各方面的积极性,国家加大财政投入,引导和拉动社会资金投入铁矿勘查开发,2010 年查明新增铁矿资源量 79.8 亿吨,成为近 50 年来查明新增铁矿资源量最多的一年。

2. 投资保持较快增长,总量突破 1000 亿元。全年黑色金属矿采选业完成固定资产投资 1066.2 亿元,同比增长 26.4%,增幅比 2009 年加快 2.5 个百分点。从地区矿山项目投资情况看,有三个省(区)完成投资超过 100 亿元,其中:辽宁 212 亿元,占全行业投资比重的 19.88%;河北 158 亿元,占 14.82%;内蒙古 118 亿元,占 11.07%。从矿山项目资金来源看,国内贷款占 8.25%,企业自筹资金占 88.4%,利用外资及其他来源占 3.35%(表6)。

表6　　2010 年黑色冶金矿山固定资产投资

单位:百万吨石油当量

	1~2 月	3 月	4 月	5 月	6 月	7 月
投资额 (亿元)	26.36	75.68	52.61	113.80	146.47	102.11
增长率 (%)	-18.00	-24.32	-47.39	13.80	46.47	2.11
	8 月	9 月	10 月	11 月	12 月	合计
投资额 (亿元)	96.41	107.66	98.78	110.38	135.96	1066.22
增长率 (%)	-3.59	7.66	-1.22	10.38	35.96	26.40

【冶金矿山行业发展面临的形势】 当前和"十二五"时期,我国正处于矿产资源消费高增长期。随着我国工业化、城镇化、信息化、市场化和国际化进程加快,国民经济发展对钢铁产品的需求将持续增加,冶金矿山发展处于可以大有作为的重要战略机遇期。

1. 世界矿业的繁荣发展,推进国内矿山前进的脚步。世界历史经验表明,每轮经济发展过程中,无论是区域经济体还是新兴经济体,其工业化、城镇化过程都产生了对于矿产资源的巨大需求,带来了全球矿业的发展。欧洲和美国分别在完成第一次和第二次工业革命的过程中,产生巨大的资源需求,因而造就了一批世界级矿业公司。日本在战后约 30 年时间内,工业化逐步达到顶峰,带动了全球矿业的又一次发展。中国、印度、巴西、俄罗斯等新兴经济体国家的工业化、城镇化发展正推动世界经济向前发展。这些国家人口众多,其工业化、城镇化进程对资源的需求将更大,必然会带来矿业的更大发展,推动全球地质勘查市场的繁荣,促进本国矿山企业在资源配置、资本市场建立过程中实现质的增长,也有机会向大型矿业公司发展,成为世界级矿业公司。

2. 加快转变经济增长方式,形成矿山企业变革发展的推动力。加快转变经济增长方式,将从各个方面对于传统的矿山企业发展方式形成有力的冲击,产生深刻的影响,提出一系列新的要求,势必推动矿山企业努力探索并积极实践新的发展模式,由此带来矿山行业在更高层面的跨越。

3. 推进地质找矿新机制和实施找矿战略行动,为矿山建设提供资源基础。我国待查明铁矿资源潜力 1963 亿吨,累计查明资源储量 714 亿吨,资源查明程度只有 26.7%,资源潜力很大。"358"行动的最终目标是到 2018 年实现新增铁矿资源储量 200 亿吨,奠定国内铁矿资源保障基础。

4. 科技进步、技术创新及其应用,为冶金矿山的发展注入新的活力。资源高效勘查开发和综合利用技术不断突破,节能减排、清洁生产、循环利用共性技术的发展,大型高效节能采矿、矿物加工装备的自主研发等,将促进铁矿资源勘查开发深度进一步加大,可利用品位进一步下降,复杂难采矿床开发步伐加快,难选冶铁矿规模开发得以实现,低品位铁矿得到大规模利用,对环境的影响逐步的得到控制,勘查开发利用成本大幅度降低。科学技术将创造一个矿业发展新时代。

5. 持续健康发展的钢铁工业,为冶金矿山的发展提供了机遇。"十二五"期间,我国经济仍将保持平稳较快增长,经济发展对钢材消费需求仍将保持增长趋势,预计 GDP 增速 8%-10% 的前提下,粗钢产量复合增长率在 5% 左右,到 2015 年我国粗钢产量将突破 8 亿吨,自产铁矿石资源将长期处于供不应求状态。

在看到有利条件的同时,要保持清醒的头脑,冷静分析面临的一系列新的重大挑战和问题。

从国际环境看,全球铁矿并购升温,铁矿石垄断程度加剧,产业链的扩张加快,国际铁矿石定价模式金融化趋势更加明显,资源地方主义、资源民族主义使得资源配置形势复杂多变,全球铁矿格局正面临着新一轮调整。

从国内环境看,经济结构调整压力加大,经济增长的资源和能源约束进一步加强,完成节能减排的任务更加艰巨,经济发展对钢铁的需求放缓,资源条件发生变化,生产要素成本上升,环境约束进一步趋紧。

冶金矿山改革发展中还存在一些不可忽视的问题,经济运行中的困难还很多,发展质量不高、后劲不足的问题还比较突出。一是竞争力不强;二是产业集中度过低;三是矿区周边关系复杂;四是技术创新能力不强;五是管理水平和资源配置效率不高;六是现代企业制度需要进一步完善;七是企业负担仍然很沉重。

总体来看,冶金矿山改革发展正处于一个改革发展的关键历史阶段,机遇和挑战并存,希望与困难同在。利用国内外有利条件,克服不利因素影响,推动冶金矿山更好更快发展。

(中国冶金矿山企业协会 揭香萍)

有色金属

【概况】 2010 年,在中央宏观调控政策指引下,经过广大干部、职工的共同努力,我国有色金属工业由回升向好转为平稳较快发展。2010 年有色金属工业增加值按可比价格计算增长 12.7%,占全国 GDP 的比重由 2005 年的 1.19%,增加到 1.99%。

2010 年,全国十种有色金属产量 3136 万吨,比 2009 年净增加 531.6 万吨,增幅达 20.4%。其中,精炼铜 454 万吨,比 2009 年增长 12.1%;原铝(电解铝)1624.4 万吨,比 2009 年增长 26.0%;铅 415.7 万吨,比 2009 年增长 10.2%;锌 520.9 万吨,比 2009 年增长 21.5%;镍 15.86 万吨,比 2009 年下降 3.8%;锡 14.90 万吨,比 2009 年增长 6.13%;锑 19.26 万吨,比 2009 年增长 16.44%;镁 65.08 万吨,比 2009 年增长 23.82%;钛 5.68 万吨,比 2009 年增长 24.31%;汞 1585 吨,比 2009 年增长 11.23%。

十种有色金属产量居前 10 位的省、区依序分别为:河南 511.97 万吨,占全国总量的 16.33%;湖南 247.99 万吨,占全国总量的 7.91%;云南 241.58 万吨,占全国总量的 7.7%;山东 234.54 万吨,占全国总量的

7.48%;内蒙古 227.19 万吨,占全国总量的 7.24%;甘肃 189.58 万吨,占全国总量的 6.05%;青海 170.63 万吨,占全国总量的 5.44%;安徽 143.32 万吨,占全国总量的 4.57%;广西 140.03 万吨,占全国总量的 4.47%;山西 129.13 万吨,占全国总量的 4.12%。

2010 年,六种精矿金属含量 727.3 万吨,同比增长 16.05%。其中,铜精矿金属含量 115.6 万吨,同比增长 10.66%;铅精矿金属含量 198.1 万吨,同比增长 23.51%;锌精矿金属含量 384.2 万吨,同比增长 15.58%。

2010 年,全国氧化铝产量 2906.5 万吨,比 2009 年增长 22.1%。

2010 年,生产钨精矿折合量为 10.0 万吨,同比增长 3.8%;钼精矿折合量 21.5 万吨,同比增长 7.0%。

铜材、铝材产量持续快速增长。2010 年铜材产量为 985.1 万吨,同比增长 12.8%;铝材产量为 1990.6 万吨,同比增长 25.0%。

【企业经济效益】 1. 有色金属工业企业实现主营业务收入大幅度增长。2010 年,规模以上(主营业务收入 500 万元以上)有色金属工业企业(不包括独立黄金企业)实现主营业务收入 30610.0 亿元,同比增长 39.3%。其中,国有控股企业实现主营业务收入 9238.3 亿元,同比增长 45.9%,占 30.5%;集体控股企业实现主营业务收入 1451.8 亿元,同比持平,占 4.7%;私人控股企业实现主营业务收入 15977.6 亿元,同比增长 39.4%,占 52.3%;港澳台商控股企业实现主营业务收入 1481.2 亿元,同比增长 40.7%,占 6.49%;外商控股企业实现主营业务收入 1375.6 亿元,同比增长 29.8%,占 4.5%;其他企业实现主营业务收入 995.5 亿元,同比增长 37.1%,占 3.3%。

2010 年,规模以上有色金属工业企业实现主营业务收入超 1000 亿元的省区有 12 个,依次为:江西省 2949.9 亿元,同比增长 52.8%;江苏省 2886.8 亿元,同比增长 28.3%;山东省 2768.7 亿元,同比增长 28.7%;河南省 2767.7 亿元,同比增长 34.9%;广东省 2272.2 亿元,同比增长 29.0%;湖南省 1888.4 亿元,同比增长 52.0%;浙江省 1786.3 亿元,同比增长 46.6%;内蒙古自治区 1549.2 亿元,同比增长 40.6%;甘肃 1362.9 亿元,同比增长 46.2%;安徽省 1333.0 亿元,同比增长 51.5%;辽宁省 1106.6 亿元,同比增长 16.9%;云南省 1103.5 亿元,同比增长 45.7%。

2. 有色工业企业实现利税比 2009 年增加 1000 多亿元。2010 年,规模以上有色金属工业企业实现利税 2817.7 亿元,同比增加 1051.2 亿元,增幅达 59.5%。

2010 年,规模以上有色金属企业实现利税超 100 亿元的省区有 10 个,依序为:山东省 297.5 亿元,同比增长 62.8%;江西省 277.7 亿元,同比增长 61.0%;河南省 269.1 亿元,同比增长 27.9%;湖南省 256.4 亿元,同比增长 95.2%;内蒙古自治区 241.5 亿元,同比增长 96.9%;广东省 204.2 亿元,同比增长 27.7%;江苏省 179.3 亿元,同比增长 30.4%;辽宁省 141.7 亿元,同比增长 20.4%;云南省 109.4 亿元,同比增长 110.2%;浙江省 108.8 亿元,同比增长 84.1%。

3. 有色金属企业实现利润超过金融危机前的最好水平。2010 年,规模以上有色金属工业企业盈亏相抵后实现利润 1844.0 亿元,同比增长 78.2%,超过金融危机前 2007 年的实现利润 1464.0 亿元的历史最好水平。2010 年国有控股企业实现利润 438.9 亿元,同比增长 157.1%,占 23.8%;集体控股企业实现利润 102.9 亿元,同比增长 36.3%,占 5.6%;私人控股企业实现利润 1008.7 亿元,同比增长 70.0%,占 54.7%;港澳台商控股企业实现利润 119.8 亿元,同比增长 25.7%,占 6.5%;外商控股企业实现利润 92.9 亿元,同比增长 70.5%,占 5.0%;其他企业实现利润 80.8 亿元,同比增长 78.4%,占 4.4%。

2010 年,规模以上有色金属企业实现利润超 100 亿元的省区有 8 个,依序为:山东省 190.7 亿元,同比增长 54.6%;河南省 179.5 亿元,同比增长 26.5%;江西省 176.1 亿元,同比增长 94%;内蒙古自治区 176.0 亿元,同比增长 126.7%;广东省 155.2 亿元,同比增长 43.4%;湖南省 153.6 亿元,同比增长 150.9%;江苏省 114.4 亿元,同比增长 41.7%;辽宁省 101.1 亿元,同比增长 18%。

4. 有色金属工业企业资产总额超过 2 万亿元。2010 年,规模以上有色金属工业企业资产总额达到 21908.1 亿元,同比增长 23.1%。其中,国有控股企业资产总额为 9236.2 亿元,同比增长 23.1%,占 42.2%;集体控股企业资产总额 982.3 亿元,同比增长 17.4%,占 4.5%;私人控股企业资产总额为 8651.4 亿元,同比增长 26.1%,占 39.5%;港澳台商控股企业资产总额为 1341.7 亿元,同比增长 46.3%,占 6.1%;外商控股企业资产总额 952.2 亿元,同比增长 0.3%,占 4.4%;其他企业资产总额为 74.5 亿元,同比增长 28.4%,占 3.4%。

【有色金属外贸总额】 2010 年,有色金属进出口贸易总额为 1203.4 亿美元,比 2009 年增长 43.7%,创历史新高。其中,进口额为 920.8 亿美元,增长 38.5%;出口额 282.6 亿美元,增长 63.7%。

2010 年铜产品进出口贸易总额为 618.3 亿美元,同比增长 51.8%。其中,进口额为 576.4 亿美元,同比增长 53.5%；出口额为 41.9 亿美元，同比增长 32.4%。

2010 年铝产品进出口贸易总额为 207.4 亿美元，同比增长 35.5%。其中，进口额为 110.6 亿美元，同比增长 9.3%；出口额为 91.8 亿美元，同比增长 77.0%。

2010 年铅产品进出口贸易总额为 26.8 亿美元，同比增长 20.2%。其中，进口额为 25.1 亿美元，同比增长 19.3%；出口额为 1.7 亿美元，同比增长 41.1%。

2010 年锌产品进出口贸易总额为 35.2 亿美元，与 2009 年持平。其中，进口为 33.4 亿美元，同比下降 1.2%；出口额为 1.8 亿美元，同比增长 36.5%。

【固定资产投资】 2010 年，有色金属工业（不包括独立黄金企业）累计完成固定资产投资 3639.2 亿元，比 2009 年增长 33.9%。其中，有色金属矿采选完成固定资产投资 763.4 亿元，同比增长 26.0%，占投资总额 21.0%；有色金属冶炼完成固定资产投资 1620.8 亿元，同比增长 34.6%，占投资总额 44.5%；有色金属压延加工完成固定资产投资 1255.0 亿元，同比增长 38.3%，占投资总额 34.5%。

【产业结构调整】 2010 年按要求完成淘汰落后产能任务。煤（水）电铝一体化的铝产能进一步提高，铝电解直购电试点开始实施，铝电解产能开始有序向能源丰富的西部地区转移。产业集中度进一步提高，精炼铜排前 10 位企业产量占总产量的比例达到 76%，所占比例比 2005 年增加了 2.4 个百分点，比 2000 年增加了 13.3 个百分点；电解铝排前 10 位企业产量占总产量的比例达到 67%，所占比例比 2005 年增加了 22.5 个百分点，比 2000 年增加了 26.1 个百分点。

【企业节能减排】 2010 年，铝锭综合交流电耗为 13964.27 千瓦时/吨，比 2009 年下降 187.73 千瓦时/吨；氧化铝综合能耗为 590.63 千克标煤/吨，比 2009 年下降 6.9%；铜冶炼综合能耗为 398.81 千克标煤/吨，比 2009 年下降 1.33%；铅冶炼综合能耗为 421.11 千克标煤/吨，比 2009 年下降 12.96%；电解锌综合能耗为 999.08 千克标煤/吨，比 2009 年增长 3.74%。

【科技成果】 2010 年，"新型阴极结构铝电解槽系列生产节能技术"取得重大突破并用于生产；"低温低电压铝电解节能技术"和"氧气底吹铜冶炼"国家"十一五"科技支撑项目已取得较大突破；液态高铅渣直接还原技术取得重大创新成果并用于生产；350 千米/小时高速列车用车体型材已替代进口全部实现国产化，新世纪以来尤其是"十一五"时期，有色金属企业技术装备水平明显提高，一些装备已达到世界先进水平。有色金属矿产勘查、采选技术进步明显，并取得了一大批科研成果。

【企业兼并重组】 2010 年，中国五矿集团与湖南有色控股集团战略重组后，又与郴州市签署了战略合作框架协议。中铝公司与江西、青海、新疆等地区，云南冶金集团与宝钢集团资源有限公司，白银有色集团与甘肃有色地勘局、西藏工布江达县洪城矿业等分别签订了战略合作协议。新年伊始，中色矿业集团对大冶有色金属集团以增资扩股方式，实现了强强联合，接着又重组了赤峰大井子矿业公司。21 世纪以来，尤其是"十一五"时期，中国铝业公司、中国五矿集团、中色矿业集团、中国电力投资公司、中国冶金科工集团等企业抓住机遇，开展资本运作，先后兼并重组了多家企业，壮大了自己的实力。

【有色金属境外资源开发】 2010 年，中国铝业公司与力拓集团联合开发力拓持有的储量超过 50 亿吨的几内亚西芒杜铁矿。中国有色矿业集团投资建设的赞比亚中国经济贸易合作区取得新进展，谦比希 15 万吨铜冶炼项目，2009 年粗铜产量已超过设计能力，二期扩建工程已开工建设。成功收购了赞比亚、澳大利亚、英国的三家矿业公司。铜陵有色集团与中国铁路建设股份有限公司，共同投资设立的中铁建铜冠投资有限公司，并收购了加拿大科里安特资源公司 96.9% 的股份。"十一五"期间，我国有色金属境外资源开发取得重大突破。中国铝业公司成功收购力拓英国公司 12% 的股份，成为力拓单一最大股东，收购了加拿大秘鲁铜业公司 91% 的股份。中冶集团在巴新的瑞木镍钴项目即将建成投产，与江铜通过国际竞标直接获得阿富汗艾娜克铜矿项目。金融危机爆发后，中国五矿集团成功收购澳大利亚 OZ 公司，并取得了良好回报。中金岭南公司以较低的价格收购了澳大利亚 PEM 上市公司 50.1% 的股权。中国电力投资公司几内亚氧化铝项目即将开工建设。山东信发集团、南山铝业和重庆博赛矿业公司以不同方式在境外获得大量铝土矿资源。

【企业融资】 2010 年，有色金属企业在深圳中小板块融资活跃。从国内股票市场融资 111.12 亿元人民币。有色金属板块总市值从 2009 年末的 1.03 万亿元，2010 年末上涨至 1.16 万亿元。"十一五"期间，有色金属企业在 A 股市场共募集资金 833 亿元。在香港股市共募集资金 346 亿港币。

（中国有色金属工业协会 李宴武）

·钨业经济运行情况及市场分析·

【概况】 2010 年,国际钨市场需求逐步恢复,国内钨需求保持稳定增长,钨精矿产量总体平稳,钨品出口恢复性增长,市场价格平稳回升,钨企业生产经营形势明显好转。

1. 钨精矿产量有所增长。据有色协会统计,2010 年我国钨精矿产量 99514 吨,比 2009 年增长 3.82%。(图1)。

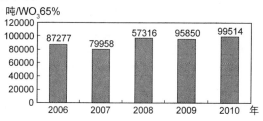

图 1 2006 ~ 2010 年全国钨精矿产量

数据来源:《中国有色金属工业年鉴》。

2. 钨冶炼加工产品产量普遍增长。据中国钨协统计,仲钨酸铵、氧化钨、钨粉、钨铁、钨条杆、细钨丝和硬质合金产量大幅增长,同比分别增长 19.43%、19.83%、33.33%、18.18%、12.90%、20.39% 和 33.33%(表1)。

表1　2006 ~ 2010 年全国主要钨冶炼加工产品产量 单位:吨

品　　种	2006 年	2007 年	2008 年	2009 年	2010 年
仲钨酸铵	45600	54900	52900	56100	67000
氧化钨	39900	46200	42500	45900	55000
钨粉	20200	21900	24100	27000	36000
钨铁	11512	12000	11000	5500	7841
硬质合金	14500	16500	16500	16500	22000
钨条杆	3100	3300	3400	3100	3500
钨丝(亿米)	190	212	228	206	248

3. 钨品出口量大幅增长,进口量下降。钨协根据海关数据统计,我国出口钨品 26009.3 吨(金属量,不含硬质合金),同比增长 66.39%,其中出口配额钨品 17029.32 吨,占全年出口配额(含外资企业配额)的 106.43%,同比增长 80.07%;出口额 8.43 亿美元,同比增长 107.13%。进口钨品 4159.63 吨(金属量,含钨精矿),同比下降 22.24%,其中进口钨精矿 3164.74 吨(金属量),同比下降 32.65%;进口额 1.22 亿美元,同比增长 6.39%。

我国钨品净出口额 7.21 亿美元(不含硬质合金),同比增长 146.92%;钨品净出口量 21849.67 吨,同比增长 112.51%。

2010 年出口硬质合金 3986.2 吨(金属量),同比增长 42.27%,出口额 22708.2 万美元,同比增长 51.82%。

包括硬质合金在内,全年钨品出口总量接近 3 万吨(金属量),出口总额 10.7 亿美元,恢复到全球金融危机前的水平。

4. 消费量保持增长。2010 年,中央把"保增长、调结构、防通胀"作为经济工作的重点。节能环保、新一代信息技术、生物、高端装备制造、新能源、新材料和新能源汽车被列为七大战略性新兴产业,带来新一轮的稀有金属需求增长期。高速公路网、高速铁路网等基础建设加快,汽车、电力及机械制造业等与钨消费密切相关产业有力拉动了钨市场需求的稳定增长。2010 年我国钨表观消费量达到 3 万吨(金属量),比 2009 年增长 9.09%(图2)。

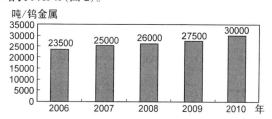

图 2 2006 ~ 2010 年全国钨消费量

5. 市场价格上扬。国内钨精矿价格在 2006 年突破 10 万元/吨,随后连续三年回落,2010 年开始新一轮的回升。钨冶炼加工产品的价格也随着上扬。2010 年国内钨精矿、APT 和钨铁全年平均售价分别为 8.57 万元/吨、13.19 万元/吨和 13.65 万元/吨,比 2009 年分别上涨 37.34%、35.84% 和 19.11%(图3)。

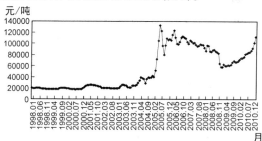

图 3　1998 ~ 2010 年 12 月国内钨精矿
月平均价格走势

英国《金属导报》仲钨酸铵报价随着中国钨品价格的上涨而平稳回升,由年初的 185 ~ 210 美元/吨度涨至年底的 330 ~ 340 美元/吨度,年内价格涨幅达 69.62%。

仲钨酸铵、钨铁和钨丝年出口平均价格分别上涨 18.02%、28.48% 和 5.50%。除其他钨制品外,三氧化钨、碳化钨、混合料和钨材等均有大幅度上涨。

2010 年,钨品出口综合年平均价格回升至 32405.76 美元/吨金属,同比上涨 24.48%,比 2008 年下降5.49%（图4）。

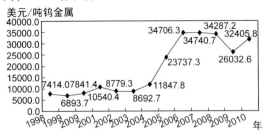

图4 1998～2010年钨品出口综合年平均价格

2010年，钨品（含进口钨精矿）进口综合平均价格29370.13美元/吨金属，同比上涨36.81%。其中，进口钨精矿的价格15729.61美元/吨金属，同比上涨7.31%。剔除钨精矿因素，进口钨制品年综合平均价格为72760.48美元/吨金属，同比上涨2.96%，进口钨制品年综合平均价格是出口钨制品年综合平均价格的2.25倍，同比价格差距有所缩小。

6. 经济效益回升。中国钨协重点联系的40户钨企业2010年主营业务收入、利税和利润同比分别增长34.27%、83.14%和107.93%。2010年全行业销售收入500亿元，同比增长34.41%；实现利润48.5亿元，同比增长106.38%（表2）。

表2 2005～2009年钨行业销售收入及利润 单位：亿元

年份	2006	2007	2008	2009	2010
利润	63.8	67.4	38.4	23.5	48.5
收入	311	356	391	372	500

我国经济向好，全球经济缓慢复苏，国际钨市场需求逐步恢复，国内钨需求保持稳定增长，钨精矿产量总体平稳，钨品出口恢复性增长，市场价格回升，中国钨业经济运行态势企稳向好，市场形势好于预期。大型国有企业的产业比重和经济总量进一步加大，以钨为主业的企业年销售收入超10亿元的增加到9家，比2009年增加了3家，其中40亿元以上4家，比2009年增加了1家。民营企业继续快速发展，民营资本继续进入钨矿开采和冶炼加工。

【政策环境分析】 国土资源部下达2010年全国钨矿开采总量控制指标（含综合利用指标）为8万吨（折合65%WO₃），同比增长16.69%。其中，2010年主采钨总量控制指标为66480吨，同比增长9.99%；2010年钨综合利用指标为13520吨，同比增长66.61%。首次下达新疆和湖北主采钨指标和甘肃、黑龙江、陕西和海南钨综合利用指标。

国土资源部等12部门联合发出《关于进一步推进

矿产资源开发整合工作的通知》，要求在2010年年底前全面完成整合工作任务 初步建立矿产资源开发利用长效机制。2010年6月至11月，国土资源部开展稀土等矿产开发秩序专项整治行动，集中打击违法违规和乱采滥挖行为，集中整治重点地区，彻底扭转部分地区的混乱局面，构建开发秩序监管长效机制。

对初中级钨品出口继续实施配额管理，并逐年减少出口配额。商务部下达2010年的钨及钨制品出口配额总量折合金属量为1.43万吨（不含外资企业），比2009年下降2.06%。商务部自2010年起，内外资企业工业品出口配额按照相同标准，利用同一公式进行计算。因此，2010年加上外资企业的钨品出口配额1700吨，全年钨品出口配额总量为1.6万吨。商务部公布2011年钨品出口配额总量为1.57万吨（金属量，含外资企业钨品出口配额），比2010年减少300吨，减少1.88%。

【市场供需形势分析】 钨消费与经济增长有着紧密的正相关关系。全球经济的复苏，尤其发展中国家经济崛起对钨资源的旺盛需求，我国工业化、城市化进程的快速发展，与钨紧密关联的钢铁工业、汽车工业、装备制造、交通运输、电子信息、矿山采掘和能源等产业将继续拉动钨需求增长。

2010年，尽管钨冶炼加工产品产量增长，但生产能力闲置问题依然存在，部分钨冶炼厂长期处于停产状态。随着钨矿的整合推进和达产，伴生钨、低品位钨废石和尾矿的综合回收量的增加，钨精矿供应量有所增加。但一些主产钨矿区由于往深部下延，品位下降或资源趋于枯竭，钨精矿产量继续有所下降，钨市场供应总体保持平稳，更趋理性。

【钨业行业存在问题】 1. 钨冶炼加工生产能力过剩，钨开采总量仍然过大。2010年我国开采总量控制指标为8万吨，而实际产量达9万多吨，超指标12.5%以上，个别钨矿区的乱采滥挖、以探代采和以其他金属名义采钨的现象尚未根治。

2. 产品结构有待进一步调整，经济发展方式亟须转变。以出口初中级钨品的格局尚未根本改变；钨矿开发利用"上有政策，下有对策"，行业监管难以到位；盲目重复建设投资，导致产业结构有所失衡。

3. 企业自主创新能力还不够强，企业核心竞争力和国际竞争力亟待提高。企业规模小、数量多，产品档次低、产业集中度不高的现状虽有改善，但尚未得到根本改变，企业自主创新、产品优化升级、行业战略整合滞后。

4. 钨行业财税政策有待完善。我国钨矿资源开采"征税又征费",除了资源税外,还应缴纳矿产资源补偿费。此外,增值税税率由13%提高到17%。初步调查,钨矿山整体税负率已超过20%,远高于制造型企业。钨品出口受关税和配额的双重调控,出口关税政策有待完善。

（中国钨业协会　刘良先）

黄 金

【概况】　我国黄金成矿地质条件优越,金矿类型繁多,是黄金矿产资源比较丰富的国家。

截至2010年底,我国黄金已查明资源储量为6864.79吨(表1)。其中,资源量为5001.38吨,基础储量为1863.41吨(储量为869.50吨)。

表1　　　2004～2010年我国黄金储量变化一览　　　单位:吨

年度	储量	基础储量	资源量	查明资源储量
2004	1394.64	2092.50	2522.20	4614.70
2005	1240.29	1956.64	2795.52	4752.16
2006	1261.95	1995.02	3001.88	4996.90
2007	1126.06	1859.74	3681.60	5541.34
2008	1038.89	1868.40	4083.39	5951.79
2009	1015.30	1909.70	4418.20	6327.90
2010	869.50	1863.41	5001.38	6864.79

资料来源:国土资源部。

在6468.79吨已查明资源储量中。其中:独立岩金查明资源储量为4948.09吨,砂金查明资源储量为512.86吨,伴生在铜、铅、锌等有色金属矿山中的伴生金为1468.03吨,各自所占比重约为7:1:2(表2)。

表2　　　　2010年我国黄金储量一览　　　　单位:吨

金矿资源	储量	基础储量	资源量	查明资源储量
岩金	609.99	1344.46	3553.63	4898.09
砂金	93.81	163.97	348.89	512.86
伴生金	165.71	354.98	1113.05	1468.03
合计	869.5	1863.41	5001.38	6864.79

资料来源:国土资源部。

【黄金生产经营】　2010年,全国生产黄金340.876吨。与2009年相比,黄金产量增加26.896吨,同比增长8.57%(图1)。连续四年位居世界黄金产量第一。

2010年,黄金企业矿产金(矿山产成品金＋含量金)累计完成280.032吨,比2009年同期增加7.27%。有色副产金完成60.844吨,比2009年同期增长14.95%。

在黄金矿产金280.032吨中,黄金矿山企业完成169.627吨,黄金冶炼厂黄金原料完成102.316吨,有色冶炼厂黄金原料完成8.089吨。黄金矿山企业共销售给冶炼厂(含黄金冶炼厂和有色金属冶炼厂)黄金含量金110.406吨。其中部分小型矿山的含量金直接销售给冶炼厂,未计入分省(区、市)产量,约为45.952吨。

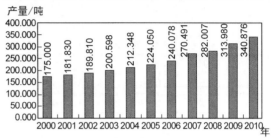

图1　2000～2010年黄金产量一览

其中各重点产金省(区)矿产金产量占全国矿产金产量的比重分别为:山东18.70%、河南10.09%、福建5.79%、内蒙古5.69%、云南4.83%、陕西4.81%、湖南4.59%、新疆3.56%、贵州3.27%、吉林3.26%;以上各重点产金省(区)矿产金产量约占全国矿产金产量的64.58%,其他省份约占35.42%。部分小矿山生产的含量金直接销售给冶炼厂,未计入分省(区、市)产量。这部分产量约为45.952吨。

2010年,冶炼企业(有色金属冶炼企业＋黄金冶炼企业)累计完成成品金171.250吨,比2009年同期增长13.27%。其中有色冶炼厂共完成黄金68.933吨,比2009年同期增长16.35%。其中黄金矿山原料完成8.089吨,有色副产金60.844吨;黄金冶炼厂完成黄金102.316吨,比2009年同期增长11.29%(表3)。

随着大型黄金企业对黄金地质资源勘探力度的加强和企业的兼并重组,大型黄金企业的资源占有量大幅度增加,生产能力进一步增强,行业产业集中度也随之提高。

2010年,十大黄金集团累计完成黄金产量和矿产金产量分别为167.686吨和134.789吨,比2009年同期分别增长5.33%和8.77%。十大黄金集团黄金产量和矿产金产量分别占全国的49.19%和48.13%。其中:中国黄金集团公司11.44%和11.50%、紫金矿业集团股份有限公司6.66%和10.42%、山东黄金集团有限公司6.78%和8.62%、山东招金集团有限公司8.86%和5.11%、埃尔乐多黄金公司(中国)3.28%和3.99%、灵宝黄金股份有限公司4.68%和1.19%、中矿金业股份有限公司4.37%和1.77%、湖南辰鑫黄金集团有限公司1.40%和2.19%、云南黄金矿业集团股份有限公司1.52%和2.20%、灵宝市金源矿业有限公司0.21%和1.14%。

表3　　　　　　　　　　　　　　　2010年各省(自治区)成品金产量排名情况　　　　　　　　　　　　　　　单位:千克

排名	省份	矿山产金累计完成			冶炼厂产金累计完成			成品金合计	占全国比重%
		合计	其中		合计	其中			
			成品金	含量金		有色冶炼厂	黄金冶炼厂		
–	– –	1 = 2 + 3	2	3	4 = 5 + 6	5	6	7 = 2 + 4	8
–	全国合计	280032.263	169626.694	110405.569	171249.548	68933.108	102316.440	340876.242	100.00
1	山东省	52354.610	30650.720	21703.890	66935.720	4508.010	62427.710	97586.440	28.63
2	河南省	28254.170	10481.620	17772.550	27512.890	– – –	27512.890	37994.510	11.15
3	江西省	4070.370	1560.370	2510.000	28947.110	27068.100	1879.010	30507.480	8.95
4	云南省	13517.934	11316.559	2201.375	8822.188	8822.188	– – –	20138.747	5.91
5	福建省	16227.760	15816.510	411.250	1856.240	– – –	1856.240	17672.750	5.18
6	内蒙古区	15923.460	15923.460	0.000	0.000	– – –	– – –	15923.460	4.67
7	陕西省	13459.824	9372.459	4087.365	3673.000	– – –	3673.000	13045.459	3.83
8	湖南省	12850.870	11083.550	1767.320	1019.950	867.720	152.230	12103.500	3.55
9	甘肃省	8514.350	8514.350	0.000	3502.650	3502.650	– – –	12017.000	3.53
10	安徽省	6075.220	1678.720	4396.500	10168.000	10168.000	– – –	11846.720	3.48
11	辽宁省	8058.810	6630.760	1428.050	4092.760	529.560	3563.200	10723.520	3.15
12	新疆区	9977.020	8694.980	1282.040	1252.160	– – –	1252.160	9947.140	2.92
13	贵州省	9145.590	9145.590	0.000	0.000	– – –	– – –	9145.590	2.68
14	湖北省	4545.526	2517.160	2028.366	6007.000	6007.000	– – –	8524.160	2.50
15	吉林省	9124.633	6820.294	2304.339	0.000	– – –	– – –	6820.294	2.00
16	浙江省	349.449	349.449	0.000	4861.000	4861.000	– – –	5210.449	1.53
17	河北省	5044.151	4938.151	106.000	0.000	– – –	– – –	4938.151	1.45
18	青海省	4695.000	3961.580	733.420	0.000	– – –	– – –	3961.580	1.16
19	黑龙江省	2980.000	2980.000	0.000	0.000	– – –	– – –	2980.000	0.87
20	四川省	2760.000	2760.000	0.000	0.000	– – –	– – –	2760.000	0.81
21	上海市	– – –	– – –	– – –	2298.880	2298.880	– – –	2298.880	0.67
22	广西区	2426.351	2044.540	381.811	0.000	– – –	– – –	2044.540	0.60
23	海南省	1020.000	1020.000	0.000	0.000	– – –	– – –	1020.000	0.30
24	广东省	865.013	858.822	6.191	0.000	– – –	– – –	858.822	0.25
25	山西省	1810.000	485.000	1325.000	0.000	– – –	– – –	485.000	0.14
26	宁夏区	0.000	0.000	0.000	300.000	300.000	– – –	300.000	0.09
27	江苏省	30.530	22.050	8.480	0.000	– – –	– – –	22.050	0.01
28	北京市	0.000	0.000	0.000	0.000	– – –	– – –	0.000	0.00
29	天津市	0.000	0.000	0.000	0.000	– – –	– – –	0.000	0.00
30	西藏区	0.000	0.000	0.000	0.000	– – –	– – –	0.000	0.00
–	其他	45951.622	0.000	45951.622	0.000	– – –	– – –	0.000	0.00

注:部分小矿山生产的含量金直接销售给冶炼厂,未计入分省(区、市)产量。这部分产量约为45951.622千克。

【黄金价格及需求】 1.黄金价格。2010年,国际和国内金价走势一路攀升,国际金价从年初的1100美元/盎司左右上升至年底的1400美元/盎司,不断刷新历史新高(图2)。

黄金作为最佳的投资避险工具,在国际经济环境不景气情况下,黄金的货币属性得以彰显,大型黄金

ETF基金持仓量稳步增加。中国、俄罗斯、印度等以美元、欧元为主要国家储备的国家,在美元等主要货币贬值的情况下,也更倾向于购入黄金这一硬通货作为国家储备。

美国实施"量化宽松货币政策"引发的流动性泛滥使得对黄金后市长线看涨的市场参与者占据多数。在今后的一段时间里,我们有理由相信国际金价将继续保持强势。

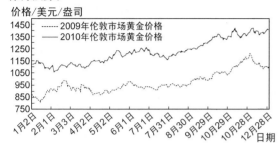

图2　2010年国际黄金价格走势

2. 制造业需求。2010年全球制造业共需黄金(含再生金)2778.6吨,比2009年2511.0吨增长10.66%。其中中国对黄金(含再生金)的需求是508.6吨,比2009年的427.7吨增长18.92%。

2010年全球首饰制造业用金(含再生金)2016.7吨,比2009年1813.6吨增长11.20%。其中中国首饰制造业对黄金(含再生金)的需求是432.3吨,比2009年363.6吨增长18.89%。

2010年全球黄金制造业整体需求回升,主要是因为首饰用金量的大幅增加。国际黄金价格的快速上涨,导致人们对黄金价格有了更高的预期,因而更加热衷于购入首饰等黄金制品。中国首饰用金量继续保持快速上涨的势头。激增近20%,首次突破400吨。

2010年,我国是仅次于印度的全球第二大首饰消费国。

(中国黄金协会　王衍平)

非金属

【概况】　2010年在全球经济摆脱金融危机下,在我国建材、建筑、钢铁、耐火材料、造纸、塑料等工业的发展下,在7大新兴产业带动下,加大了对非金属矿产品的需求,内需的增加是各矿种产销增加的主要因素。我国非金属矿行业在克服了煤、电、油、运费涨价、人民币升值等因素的不利影响的情况下,仍然表现了良好运行态势。

2010年我国主要非金属矿的产量以及与2009年同比的增减见表1。

表1　2010年主要非金属矿产品产量　单位:万吨

产品名称	2009年	2010年	同比增减
晶质石墨	48	70	45%
高岭土	300	326	8.6%
滑石	200	200	持平
萤石	380	478	25.7%
硅灰石	60	71	18.3%
菱镁矿	1300	2841(矿石+制品)	
石英砂(平板玻璃用)	2200～2400	2500～2800	16%
石棉	44	40	-9%

从表1中可以看出,随着国家经济形势的好转,主要非金属矿的产品的产量除石棉减产外,其他均有不同增长的增长。

1. 萤石:萤石是一种重要的国家矿产资源,具有稀缺性和不可再生性,在钢铁、化工、建材等工业领域中具有积极的作用。2010年1月1日国务院办公厅发布《关于采取综合措施对耐火黏土萤石的开采和生产进行控制的通知》,更说明了萤石在国民经济中的重要地位。2010年随着国内钢铁、化工、建材等产品的产量增大,萤石比2009年产量有了较大的增长,全年产量达478万吨,同比增长25.7%。

2. 晶质石墨:国内石墨市场过去主要靠钢铁、耐火工业拉动,随着2010年全球经市场复苏的影响,晶质石墨的产量和价格,也一直上涨。2010年晶质石墨的年产量为70万吨,较2009年增长45%,增幅较大。

3. 硅灰石:2010年硅灰石总产量70.8万吨,比2009年同期增加16%;销售总量65.7万吨,比2009年同期增长12%;其中出口量43万吨,比2009年增长34%,销售价格与去年同期持平。企业库存积压产品8万吨左右,个别企业出现经营性亏损。

4. 滑石:2010年,滑石行业处于平稳较快发展,基本上产销两旺。各采矿区大都保持现有生产规模,因此全行业总产量仍维持200万吨左右,高中低档的产品都有销路,因此,生产量与销量基本一致,仅有价格差异。与2009年比较,滑石产品价格提高10%以上,高品级滑石产品日显紧缺,因此,价格上升幅度也较大,尤其是白度在九十度以上的高纯度滑石价格上升幅度最大。

5. 硅质原料:截至2010年底,全年平板玻璃所消耗的硅质原料约2500万～2800万吨,较2009年增幅约5%。凤阳是浮法玻璃用砂的重点生产大户,自2009年底实现资源整合至今,由于整合工作尚未结束,仅允许台玻、三力几个大型企业间断开采,导致各种玻璃用砂的出厂价格暴涨。其中浮法玻璃用砂由整合前的70元/吨左右上涨到100元/吨左右。同样,器皿玻璃用砂、超白玻璃用低铁砂价格上涨幅度均在40%以上。国内其他浮法玻璃用砂价格基本维持2009年水平。

6. 石棉:2010年全国温石棉生产量为40万吨,和去年产量相比减少10%左右;从产品结构看,仍然是中长纤维减少,短纤维比例大。

从2000年到2008年我国温石棉市场需求一直呈上升态势。2009年是在十年持续增长后出现的第一次下降,下降幅度为17%,2010年和2009年相比市场需求又有小幅减少,主要是温石棉下游行业,尤其是建材传统产品(普通石棉瓦)受到诸多因素的影响,导致市场需求减少。在新型建材产品中,各类建筑板材对温石棉的需求比例较大,已逐步发展为主需求市场。

【非金属矿的市场及进出口】 非金属矿是建材、化工、钢铁等基础工业的重要的原材料,下游市场的变化必将影响非金属矿的产销和进出口贸易。2010年随着世界经济的复苏,国内和许多其他国家经济发展提速,国内和国际市场对我国非金属矿物及其下游产品的需求增大,2010年我国非金属矿工业生产、消费和进出口贸易大幅提高。

表2　　　2010年主要非金属矿产品出口数量　单位:万吨

产品名称	2009年	2010年	同比增减
晶质石墨	10	19	90%
高岭土	82.4	109	32%
滑石	41	59	43%
萤石	17	59	247%
硅灰石	20.1	43	115%
膨润土	25	32	28%

从表2可以看出,相比2009年,2010年主要非金属矿产品的出口数量都有大幅的提高,其中萤石、滑石、硅灰石、晶质石墨,增幅尤其明显。

【重点非金属矿产品市场价格】 2010年,受优质资源日益减少、市场需求旺盛以及原辅材料价格上涨,生产成本不断提高等因素的影响,2010年主要非金属矿种价格同比均出现不同程度的增长,其中滑石、石墨、萤石等矿种部分产品增幅较大。

表3　　　2010年部分非金属矿产品国内市场价格
单位:百万吨石油当量

产品规格		价格(元/吨)	同比增长
滑石	特级块,白度90以上	2000~2500	10%
	1250目滑石粉	1500~3000	10%
	2000~5000目滑石粉	2500~5500	10%
	医药滑石粉	1500~1800	10%
硅灰石	硅灰石块	360	10%
	普通硅灰石粉	450	10%
	针状硅灰石粉	1200	5%
晶质石墨	中碳石墨 −185~−190	2800	30%
	高碳石墨 −190~−199	5000	80%
	石墨+100目	6000	80%
高岭土	高岭土原矿	350元	0.5%
	水洗土	850元	0.6%
	煅烧土	3500元	0.2%
	造纸土	1500元	0.2%
	化工土	1200元	0.3%
萤石	萤石块　CaF₂≥85%	1300	30%
	萤石块　CaF₂≥90%	1800	30%
	萤石块　CaF₂≥95%	2500	40%
	萤石块　CaF₂≥97%	3000	40%
	粉矿一级酸级萤石	1900	
	粉矿二级酸级萤石	1700	

【非金属矿行业存在问题】 1. 当前非金属矿行业存在的问题。①行业呈现快速发展的态势,但高品级资源不能满足国内外市场需求;②技术研发能力与国外同行业相比差距较大,高端产品研制未能形成产业链;③开辟国际市场主要靠资源优势,还未形成产业优势。

2. 税费增加,生产成本上升。正常运行的矿山,在增值税计算中,可以抵扣的部分很少。据统计,在国家执行13%的增值税状况下,矿山实际税率在8%~9%。改成17%的税率后,矿山实际税率在12%以上。

3. 在国际贸易中,竞争力低。一是出口的矿产品大部分是技术含量低、附加值小的初级产品;二是企业规模小、缺乏后劲;三是矿业企业生产与贸易脱节,不适应现代国际矿业市场的要求。截至2010年底,不少生产企业,其产品大多数通过贸易商家出口,不了解国际市场情况,缺乏市场精细化理念,生产中有一定盲目性;而大多数贸易商家不了解生产情况,不了解产品性能,缺乏市场的应变能力。

【发展预期和政策建议】 1.2011 年发展预期。2011 年随着国民经济的发展和国外市场的复苏,预计非金属矿行业也会随着下游市场的拉动而回暖,产品产量较 2010 年会有一定程度的增加。出口价格和国内市场需求会保持较高水平,整个行业发展会比较平稳。

2. 政策与措施建议。① 进一步做好资源和企业整合工作。非金属矿行业努力做好资源和企业的整合工作,提高产业集中度,提高企业市场竞争力和抗风险能力。

② 进一步完善总量调控政策。国家应控制重要非金属矿产开采总量,国办发(2010)1 号文件已经明确规定对高铝耐火黏土和萤石进行开采和生产总量控制。对某些大宗出口的重要非金属矿产品,制订行业准入条件,提高行业门槛,适当地控制出口总量。

③ 加强矿产资源勘查,增加矿源储备。由于受传统的矿山管理体制和经营机制影响,企业由于经济效益差、负担重,矿山扩大储量"探边摸底"勘探投入严重不足,矿产资源勘查相对滞后,新增探明储量增长缓慢,资源保证程度低,部分企业缺乏后备矿山。建议中央财政加大对非金属矿产勘查工作的投入,加强对优质滑石、石墨、萤石等资源的找矿规律的研究,区分不同情况,在不同的地区寻找紧缺矿种。鼓励和支持国内企业到国外参与非金属矿资源地质勘查和矿山开采,从战略上控制资源。

④ 切实加强科技开发工作,增加科技投入,提高行业技术创新能力。非金属矿物加工技术研发涉及领域广、难度大,但技术进步对行业发展具有决定性作用和意义。建议国家加大对非金属矿工艺技术、装备非金属矿应用与基础研究等方面支持力度,支持非金属矿物加工的共性技术、重大关键性技术以及高技术产品的应用技术研发,支持以产学研为核心的产业联盟建立,组织上下游产业共同研究,以产业化模式加快技术进步,推动全行业技术升级。

(中国非金属矿工业协会 向 琦)

建 材

【概况】 进入新世纪以来,我国经济持续快速发展,全社会固定资产投资高速增长,房地产业、建筑业和装饰装修业呈高速发展态势。在国民经济发展的强劲带动及"由大变强、靠新出强"的建材跨世纪发展战略引领

下,"十一五"期间,建材工业在结构调整、生产技术和工艺装备水平提高方面取得了长足进步,"十一五"是建国 60 多年来我国建材工业发展最快的时期之一,也是发展水平最高、发展质量和发展效益最好的五年,在转变发展方式、实现"由大变强"方面迈出了坚实的一步。

"十一五"期间,建材工业累计淘汰落后水泥生产能力 4 亿吨,落后平板玻璃生产能力 1.5 亿重量箱。2010 年新型干法水泥熟料产量比重达到 80%,比 2005 年提高 41 个百分点;浮法玻璃比重达到 86%,比 2005 年提高 7 个百分点,优质浮法和特殊品种玻璃占我国浮法生产能力的比重上升为 33%,浮法线单线最大规模达到 1000 吨/日;新型墙材比重 60%,比 2005 年提高 18 个百分点;玻纤池窑拉丝比重为 84.8%,比 2005 年提高 15.3%。

1. "十一五"期间,建材工业总体保持快速增长。工业增加值年均增长 26.1%;完成主营业务收入 2.7 万亿元,实现利润总额 2000 亿元,年均分别增长 31.2% 和 31.4%(图 1)。

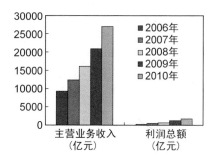

图 1　2006～2010 年建材工业主要经济指标

2010 年建材行业盈利水平大幅提高。建材工业实现销售收入 2.7 万亿元,同比增长 31.2%,比 2009 年同期增加 8.6%;实现利润超过 2000 亿元,增长 31.4%,比 2009 年同期增加 8.9 个百分点。

【建材主要产品产量】 2010 年水泥产量 18.8 亿吨,平板玻璃产量 6.6 亿重量箱,建筑陶瓷产量 80.8 亿平方米,卫生陶瓷产量 1.6 亿件;"十一五"期间,水泥、平板玻璃、建筑陶瓷和卫生陶瓷产量年均增长分别为 11.7%、10.3%、14.2% 和 21.3%(表 1)。

【建材工业生产】 2010 年建材工业生产实现快速增长,工业增加值同比增长 27.9%(图 2)。2010 年水泥产量 18.8 亿吨,平板玻璃产量 6.6 亿重量箱,陶瓷砖产量 80.8 亿平方米,卫生陶瓷产量 1.62 亿件,分别同比增长 14.0%、15.6%、18.8% 和 4.33%(表 2)。

表1　　　　主要建材产品产量及年均增速

年份	水泥 (万吨)	平板玻璃 (万重箱)	陶瓷砖 (亿平方米)	卫生陶瓷 (万件)
2006	12.4	4.7	50.2	1.31
2007	13.6	5.3	56.0	1.59
2008	14.2	6.0	61.9	1.55
2009	16.4	5.9	68.8	1.58
2010	18.8	6.6	80.8	1.62
年均增速(%)	11.7	10.4	14.2	21.3

数据来源:2006～2009年水泥和平板玻璃数据来自《中国统计年鉴》;其他数据来自中国建筑材料联合会。

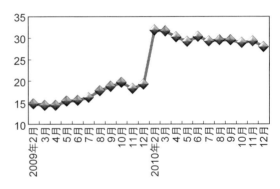

图2　2009～2010年各月建材工业增加值增速

表2　　　　　　　　　　　　　　　　2010年建材工业主要产品产量统计

指标名称	计算单位	本月	比2009年同月增长%	本年累计	比2009年同期增长%	产品销售率(%)			
						本月	2009年同月	本年累计	2009年同期
水泥熟料	万吨	10860	7.38	117899	8.60	96.82	97.33	97.76	97.69
其中:预分解窑熟料	万吨	8939	18.05	95187	18.94	96.21	97.56	97.58	97.74
水泥	万吨	17044	15.28	187598	14.19	96.65	96.98	97.50	97.66
水泥排水管	千米	5549	32.31	43424	18.45	102.09	102.60	98.96	98.32
水泥压力管	千米	278	87.28	4750	58.00	130.43	104.79	98.05	98.65
水泥电杆	万根	85	11.20	845	6.18	101.43	102.62	99.49	99.09
商品混凝土	万立方米	6135	27.04	60343	32.32	99.66	98.27	98.90	98.37
水泥混凝土桩	万米	2684	5.32	29659	20.96	102.10	97.66	98.80	98.26
砖	亿块	321	35.11	3107.06	29.88	99.56	98.66	98.11	97.73
瓦	亿片	8	38.46	81.36	38.92	101.73	96.60	99.23	99.24
大理石板材	万平方米	579	66.68	5477	40.01	99.18	103.38	98.00	98.45
花岗石板材	万平方米	2136	-0.11	30826	16.62	96.08	95.99	96.59	97.37
石膏板	万平方米	27304	63.37	208473	15.50	95.45	91.15	98.11	98.23
平板玻璃	万重量箱	5861	15.00	66082	15.10	97.24	102.08	97.92	99.46
中空玻璃	万平方米	440	23.36	3863	12.95	99.77	97.54	98.16	96.22
钢化玻璃	万平方米	2668	51.25	22434	41.42	94.52	94.75	97.32	96.91
夹层玻璃	万平方米	518	36.71	4920	28.68	95.88	90.57	97.44	94.68
陶瓷砖	万平方米	70822	12.33	807566	18.84	95.70	98.01	95.96	97.23
其中:瓷质砖	万平方米	45378	10.49	526546	20.27	95.77	97.45	96.04	97.30
陶质砖	万平方米	17043	29.59	192384	21.58	95.12	101.31	95.58	96.45
卫生陶瓷	万件	1415	-0.53	16134	7.87	99.17	99.07	98.51	98.13
玻璃纤维纱	万吨	21.74	17.54	256.56	27.25	100.88	99.46	99.40	97.52
建筑涂料	万吨	32.70	8.76	351.82	23.67	97.62	98.84	98.82	98.58
水泥专用设备	万吨	6.43	-9.19	116.08	40.71	122.18	101.51	96.71	96.54

【建材产品出厂价格】 2010 年 12 月建材产品出厂价格比 2009 年同期上涨 7.1%。其中,水泥出厂价格经历了平稳波动和较快上涨两个阶段,前 8 个月基本保持在 275 元/吨左右,自 9 月呈持续较快上涨态势,12 月达到 322 元/吨。比 2009 年同月高 42.98 元,全年平均比 2009 年同期上涨 4.02 元。平板玻璃出厂价格相对平稳,自 7 月结束了上半年的持续回落态势。12 月全国平均出厂价每重量箱 79.23 元,比 2009 年同期上涨 10.52 元。

【固定资产投资】 2010 年建材工业完成固定资产投资 6625 亿元,同比增长 23.9%,增速比 2009 年同期回落 24.5 个百分点(表3),比年初 39.7% 的增速下降了 15.8 个百分点,降至 2006 年以来的最低水平(图3)。

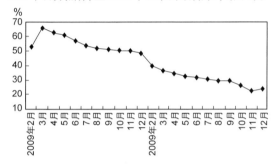

图 3 2009～2010 年各月建材固定资产投资增速

表3　　部分省市区固定资产完成情况　　金额单位:亿元

地区名称	本年累计	增长率%
北京	7.10	37.15
天津	72.29	111.02
河北	488.40	26.15
山西	135.50	26.08
内蒙古	248.20	11.63
辽宁	399.03	29.15
吉林	238.00	1.41
黑龙江	204.39	88.98
上海	4.96	− 23.91
江苏	318.87	32.76
浙江	57.92	0.03
安徽	400.69	22.99
福建	158.31	42.36
江西	430.40	35.86
山东	460.69	24.94
河南	694.64	5.55
湖北	338.08	34.75
湖南	373.23	44.50

续表3

地区名称	本年累计	增长率%
广东	171.02	66.77
广西	330.54	65.94
海南	20.23	125.43
重庆	131.39	5.54
四川	321.70	− 15.12
贵州	105.49	14.78
云南	114.55	34.20
西藏	3.33	37.81
陕西	180.21	1.03
甘肃	73.03	30.29
青海	29.44	14.68
宁夏	33.45	− 25.43
新疆	79.86	74.23

【建材进出口贸易】 "十一五"期间,建材进出口贸易额大幅提高,出口成为拉动行业发展的重要因素之一。2010 年建材及非矿产品出口额 193 亿美元,"十一五"时期年均增速达到 17.3%。

以新型干法水泥和浮法平板玻璃技术为依托,参与国际工程服务领域竞争,带动了成套生产装备与技术出口。2010 年,我国已具备向包括发达国家在内的国家和地区出口具有自主知识产权的水泥成套技术装备,并承包全部工厂建设工程的能力,占国际水泥工程建设市场份额的 40% 以上。同时,发达国家和地区的先进企业来华独资或合资兴办企业,港台企业也纷纷进入大陆,推动了我国建材工业发展水平的不断提高。

随着国际市场的缓慢复苏,建材主要商品出口全面恢复增长,2010 年建材商品出口 193.38 亿美元,同比增长 27.6%,比 2009 年同期增加 45.5 个百分点。其中,建筑卫生陶瓷、建筑技术玻璃和玻璃纤维及制品出口保持 30% 以上的增长(表4)。同时,受国内经济稳定增长、市场需求持续增加的拉动,建材商品进口也保持了较快增长态势,建材商品进口 122 亿美元,同比增长 58.7%(图4)。

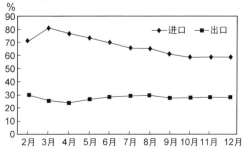

图 4 2010 年建材工业各月累计进出口增速

表4   建材及非金属矿主要出口商品

分类和商品名称	数量单位	出口数量 累计数量	出口数量 增长率%	出口金额 累计金额	（万美元） 增长率%
出口总计	——	——	——	1933831	27.64
采选品	——	——	——	332704	33.98
制品	——	——	——	1601127	26.40
建筑用石	万吨	1259.83	12.08	412253	15.03
其中:荒料	万吨	56.22	46.82	2744	9.16
花岗石类制品	万吨	804.14	5.32	256315	8.51
大理石类制品	万吨	181.57	30.93	115745	29.99
建筑卫生陶瓷	万吨	1517.60	——	463007	31.17
卫生陶瓷	万吨	90.20	17.43	77897	16.68
陶瓷砖	万吨	1427.40	——	385110	34.55
建筑技术玻璃	万吨	371.01	——	316076	37.56
其中:平板玻璃	万吨	179.54	7.46	65232	27.41
其它建筑玻璃	万吨	73.75	21.51	77916	41.61
钢化玻璃	万吨	73.24	——	77209	63.42
夹层玻璃	万吨	32.88	——	53825	18.21
导电玻璃	吨	10268	25.66	9334	40.41
玻璃纤维及制品	万吨	122.22	24.46	177223	36.20
其中:玻璃纤维纱	万吨	57.78	21.69	55753	31.92
玻璃纤维织物	吨	77195	16.35	20276	35.10
水泥和水泥熟料	万吨	1616.26	3.53	72307	5.22
水泥	万吨	982.71	15.80	49608	16.56
水泥熟料	万吨	633.55	11.08	22699	- 13.23
水泥制品	万吨	202.71	11.07	52063	30.82
其中:水泥构件	万吨	96.94	15.92	12036	9.50
石膏制品和保温材料	万吨	113.11	9.27	44296	14.22
石棉制品	吨	63026	16.17	33498	44.83

【产业结构调整】 2010 年建材工业先进生产力的发展进一步加快,水泥和平板玻璃产业结构继续改善。新型干法水泥熟料产量同比增长 18.4%,比重达到 81%,比 2009 年上升 7.35 个百分点;浮法玻璃产量增速高于普通玻璃,比重达到 87%,比 2009 年上升 1.5 个百分点。

先进生产工艺比重的提高,促进了建材产品能耗下降。吨水泥熟料烧成耗标煤从 2005 年的 144 千克标准煤下降到 2010 年的 115 千克标准煤,下降幅度 20%。每重量箱平板玻璃综合能耗从 2005 年的 19.5 千克标准煤下降到 2010 年的 14.5 千克标准煤,下降幅度 25.7%。2010 年建材工业中低能耗行业增加值比重达到 43.1%,比“十五”末期的 2005 年提高 8 个百分点。建材工业中的玻璃纤维增强塑料、建筑用石、云母和石棉制品、隔热隔音材料、防水材料、土砂石开采、技术玻璃、水泥制品等行业万元增加值综合能耗低于 1 吨标准煤。能源消耗仅占建材工业能耗总量 6.5%。低能耗高附加值产业的发展摊薄了建材工业单位产品能耗,2010 年建材工业万元增加值综合能耗预计 3 吨标准煤,比“十五”末期的 2005 年下降 52.6%。

产业组织结构进一步优化。2010 年,前 10 家水泥企业产量 4.7 亿吨,占全国水泥产量的 25%,较 2005 年的 15.3%增长 9.7%,并有 2 家企业水泥产能超过 1 亿吨;前 10 家玻璃企业浮法玻璃产能占全国总产能的 60%,比 2005 年上升 10%。中国建材、安徽海螺、中国中材、北京金隅等 8 家大型建材企业集团进入中国企业 500 强序列,市场资源配置得以优化,区域市场竞争更趋有序。

【科技研制与开发】 我国已全面掌握了大型新型干法水泥、大型浮法玻璃、大型玻纤池窑拉丝等生产工艺技术，并具备了成套装备的生产制造能力。新型干法水泥在预分解窑节能煅烧工艺、大型原料均化、节能磨粉、自动控制和环境保护等方面，从设计到装备制造都迅速赶上了世界先进水平；新一代洛阳浮法玻璃技术全面达到国际先进水平，电子工业用0.55毫米、0.70毫米超薄浮法玻璃产品拥有自主知识产权，产品质量达到国际先进水平；大规格建筑陶瓷薄板的研制与开发取得突破性进展，多晶硅石英陶瓷坩埚研发成功并实现产业化；12万吨超大型玻纤池窑及全氧燃烧技术，达到国际领先水平。水泥、玻璃等行业在全国制造业中率先实现了产品出口向成套技术装备出口的跨越。

【节能减排】 2010年建材工业万元增加值综合能耗为3吨标煤，与2005年相比下降超过52.6%。2009年建材行业粉尘排放量406万吨，较2005年减少了43.2%；SO₂排放量由2005年的184.1万吨降低到2009年的165万吨，下降了10.4%。

建材工业纯低温余热发电得到大面积推广。预计到2010年底，水泥行业已投入运行的纯低温余热发电机组累计约有700座，总装机容量超过4800MW；平板玻璃行业20座熔窑余热发电机组投入运行，装机容量142 MW。预计"十一五"期间建材工业利用纯低温余热发电技术累计发电将达到177亿千瓦时。

建材工业利用各类工业固体废弃物2010年达6亿吨，其中粉煤灰的综合利用量占全国的30%以上，煤矸石的利用量占全国的50%以上，电厂脱硫石膏也得到有效利用。

我国已基本掌握水泥窑处置工业废弃物无害化处理的关键技术，利用水泥窑协同处置工业废弃物、有毒有害废弃物、城市垃圾、污泥等综合利用工程陆续启动，逐步形成完整的具有自主知识产权的技术体系。同时，以可燃性废弃物替代燃料的工作也在积极推进中。

（中国建筑材料联合会　谷东玉）

黄石市矿产资源开发利用

【矿产资源概况】 截至2010年，黄石市发现矿产资源共4大类77种，已探明储量矿产44种，其中能源矿产2种、金属矿产17种、非金属矿产23种、水气矿产2种。按单矿种（亚矿种，含共、伴生矿）统计，上储量表矿床数439个（见黄石市已发现矿产种类一览表），其中大型矿床17个、中型矿床71个、小型矿床351个。

【矿产资源储量管理】 1.矿产资源储量核查。2010年，完成78个矿区（铜、金、煤炭、锰、铅、钨、钼、硫铁矿8个矿种）资源储量核查与成果数据库建设并通过初审，为矿产资源储量动态管理提供了依据。

2.矿产资源供需。硅灰石、石灰石、白云石等矿产品自给有余，煤炭、铁、铜等大宗矿产品不能满足本市的需求。

3.主要矿产资源储量排名。全市富铁矿、铜矿、金矿、天青石（锶）、硅灰石的储量均占全省首位，是我国重要的铁矿和有色矿产生产基地。

【地质勘查】 1.地质勘查。全市地质勘查项目109个，勘查矿种以金、铜、铁、锰和钼矿等为主，勘查面积435.71平方千米，总投入资金3597.8万元（含中央财政投入595.42万元），较上年度2659.01万元增长了35%。资金投入按探矿权人统计：地勘单位投入962万元，国有企业投入756.5万元，其它企业（含个人）投入1879.3万元；按矿种统计：铜矿投入1355.78万元，铁矿投入795.39万元，金矿投入98.9万元，其它矿种（含多金属）投入1347.73万元；按资金来源统计：中央财政投入595.42万元，其它资金投入3002.38万元。累计完成钻探31350.29米，坑探373米，浅井200米，槽探12529.45立方米，并完成相关的地质剖面测量、地质取样及加工分析等工作。

2.地质勘查项目。协助申报了地质勘查项目7个，其中国家、省财政投资勘查项目5个，共获批资金1581万元，地方政府与地质勘查单位合作勘查项目2个（待省国土资源厅批准）。

【矿产资源开发利用】 1.矿山现状。2010年底，全市共有各类矿山360座，其中大型矿山6座、中型矿山16座，小型矿山338座。全市从事矿业生产人员3.16万人，开采固体矿石量3065.23万吨，同比增长11.96%，矿业总产值53.03亿元，同比增长27.05%，矿业人均产值16.78万元，同比增长45.15%。按矿种划分，铁矿31个、矿石量402.18万吨、矿业产值25.64亿元，占全市矿山数的8.61%、矿石量的13.12%、矿业总产值的48.35%；铜矿35个、矿石量448.82万吨、矿业产值15.30亿元，占全市矿山数的9.72%、矿石量的14.64%、矿业总产值的28.84%；金矿7个、矿石量96.82万吨、矿业产值4.51亿元，占全市矿山数的1.94%、矿石量的3.16%、矿业总产值的8.51%；煤矿30个、矿石量78.32万吨、矿业产值3.63亿元，占全市矿山数的8.33%、矿石量的2.56%、矿业总产

（转下页）

（接上页）

值的 6.84%；其他矿种矿山 257 个、矿石量 2039.09 万吨、矿业产值 3.95 亿元，占全市矿山数的 71.40%、矿石量的 66.52%、矿业总产值的 7.46%。

2006～2010 年全市主要矿产品产量及产值

矿产品名称	2006 年		2007 年		2008 年		2009 年		2010 年	
	矿石量（万吨）	总产值（万元）	矿石量（万吨）	总产值（万元）	矿石量（万吨）	总产值（万元）	矿石量（万吨）	总产值（万元）	矿石量（万吨）	总产值（万元）
煤	108.21	30527.01	103.14	30392.31	138.81	36356.69	101.77	36059.20	78.32	36285.97
铁矿	422.99	165721.70	453.77	242004.85	418.42	183871.40	413.80	185212.53	402.18	256429.30
铜矿	352.88	116004.36	410.20	133253.48	413.67	135357.90	389.76	117826.49	448.82	152953.60
金矿	105.80	71541.00	118.30	130450.00	75.45	78158.00	67.06	46889.74	96.82	45135.82
锌矿	1.50	260.40	1.50	275.00	1.00	570.00	0.00	0.00	0.00	0.00
钼矿	2.10	1799.00	5.43	1604.12	4.13	823.60	4.98	803.30	6.14	1771.90
熔剂用灰岩	4.16	66.56	30.00	294.00	30.00	330.00	30.00	300.00	38.00	570.00
硅灰石	2.10	437.00	12.50	610.00	4.83	827.60	4.50	820.00	3.79	783.90
水泥用灰岩	793.75	16057.43	808.00	12221.80	973.40	12777.60	898.48	13882.68	1050.98	18551.30
制灰用灰岩	89.30	1409.80	145.00	3977.00	76.80	1070.30	74.00	2766.00	73.30	1129.70
建筑石料用灰岩	483.97	5277.93	612.20	7928.10	1142.16	11710.15	683.10	11420.60	795.07	13447.13

注：银、铅、钴、钨为共（伴）生矿，在开发利用铁、铜、金、钼矿时进行了综合回收。

【矿业权市场】 1. 矿业权有偿使用。全年市、县级共办理采矿权登记、变更、延续审批 138 宗，其中新设立采矿权 3 宗，采矿权变更 63 宗，延续 72 宗，全部实行了有偿化处置。全市采矿权有偿价款 63660.55 万元，其中，市级有偿价款 2553.40 万元，县级有偿价款 527.91 万元，省级有偿价款 60579.24 万元。

2. 矿产资源补偿费。全市完成征矿产资源补偿费征收入库 2056.93 万元，完成省国土资源厅目标任务的 103%。按有关规定追缴矿产资源补偿费 83 余万元，其中立案稽查 2 起偷漏补偿费案件，追缴矿产资源补偿费 5.4 万元。

【矿山地质环境治理】 1. 矿山地质环境问题。黄石市矿产资源丰富，矿业开发历史悠久，历史遗留的、现代积累的矿山地质环境问题较为突出，主要矿山地质环境问题为矿山开发诱发地面塌陷、崩塌、滑坡、泥石流和矿山"三废"污染等。

2. 全面执行矿山环境恢复治理备用金制度。全市已累计缴存备用金总额 7747 万余元，收取面 100%。

3. 申报实施矿山环境恢复治理重大项目。组织申报资源枯竭型城市矿山地质环境治理重点项目，申报成功黄石市和大冶市矿山地质环境治理重点项目 2 个，投资总规模 8.65 亿元，申请中央财政资金 6.97 亿元，地方配套金 1.68 亿元；2010 年已获中央财政拨付项目资金 2.4 亿元，其中市本级项目 1.2 亿元。

4. 加强部、省立项的矿山地质环境恢复治理工作。完成了部投丰山铜矿露采坑边坡地质环境恢复治理工程，已通过市级专家初验；实施了铜绿山铜铁矿矿山地质环境恢复治理工作，一标段清方、格构、绿化已全部完工，二标段修筑挡土墙、井下充填、绿化已完成工程的 80%。

5. 积极开展矿山边开采边治理工作。下发了《关于加强矿山边开采边治理工作的通知》（黄土资办发〔2010〕25 号），明确了 116 个矿山为边开采边治理单位，按照综合治理方案要求对矿山环境进行复绿。

【矿产执法监察】 严厉打击乱采滥挖行为。查处矿产资源违法案件立案 9 件，罚没款 17.31 万元，结案 9 件，结案率为 100%。多次组织执法人员对开发区狮子立山周边盗采金矿土点、黄石市德源公司在蜂烈山借环境治理之名行非法开采矿产资源的违法行为进行突击检查，先后 3 次将 6 名违法采金、洗金人员扭送到公安机关。

（选自《2010 年黄石市国土资源公报》）

地　方　矿　业

天　津　市

【矿山企业统计】　2010 年天津市参加统计的矿山企业有 391 家(不包括石油、天然气)。按经济类型分:国有企业 91 家,集体企业 87 家,股份合作企业 4 家,有限责任公司 96 家,股份有限公司 1 家,私营企业 21 家,其他企业 77 家,港、澳、台商投资企业 6 家,外商投资企业 8 家(表 1)。

表 1　　　　　　　　**2010 年天津市矿产资源开发利用情况(按企业类型分列)**

序号	经济类型	矿山数 (个)	从业人数 (人)	年产矿石量 (万吨)	工业总产值 (万元)	综合利用产值(万元)	销售收入 (万元)	利润总额 (万元)
1	国有企业	91	651	1220.93	8115.53	65.00	79999.63	207.86
2	集体企业	87	4257	252.65	9358.35	408.50	6357.30	974.67
3	股份合作企业	4	228	7.74	406.00	19.00	250.00	18.50
4	有限责任公司	96	433	1049.78	1333.63	3.00	1011.63	13.00
5	股份有限公司	1	60	4.14	105.00	5.00	90.00	3.00
6	私营企业	21	1326	65.46	3260.10	62.00	1874.50	217.89
7	其他企业	77	1428	661.70	3560.60	105.60	1668.70	302.04
8	港、澳、台商投资经营企业	6	26	56.59	69.20	0.00	69.20	2.00
9	外商投资企业	R	229	7727	8132.42	0.00	5475.12	−381.00
	合计	391	8638	3396.26	34340.83	668.10	24796.08	1357.96

按矿种分:地热 264 家,水泥用灰岩 1 家,建筑石料用灰岩 1 家,砖瓦用黏土 115 家,矿泉水 10 家,没有煤和铁。

【矿产资源开发利用】　截至 2010 年底,全市开发利用的矿种共有 5 种(不包括石油、天然气,见表 2)。

表 2　　　　　　　　**2010 年天津市主要矿种开发利用情况**

序号	矿种	矿山数 (个)	从业人数 (个)	年产矿石量 (万吨)	工业总产值 (万元)	综合利用产值 (万元)	销售收入 (万元)	利润总额 (万元)
1	地热	264	807	2687.78 万立方米	2237.39	0.00	2237.39	0.00
2	水泥用灰岩	1	260	350.00	5935.00	30.00	5935.00	101.00
3	建筑石料用灰岩	1	90	65.00	1220.00	20.00	1220.00	100.00
4	瓦用黏土	115	7134	282.98	16426.65	618.10	9719.60	1611.50
5	矿泉水	10	347	10.50 万立方米	8521.79	0.00	5684.09	−454.54
	合计	391	8638	697.98(固) 2698.28(液)	34340.83	668.10	24796.08	1357.96

除石油、天然气2个矿种外,地热是我市开发的主要矿种,矿山数为264家,占全部矿山数的67.5%;砖瓦用黏土115家,占全部矿山数的29.4%;矿泉水10家,占全部矿山数的2.5%。全市正在生产的矿山企业387家。从事矿业活动的职工人数8638人,其中从事地热开发的807人,占总人数的9.3%;从事水泥用灰岩开发的260人,占总人数的3.0%;从事砖瓦用黏土开发的7134人,占总人数的82.6%;从事矿泉水开发的347人,占总人数的4.0%;由此可以看出,参与砖瓦用黏土开发的企业属于劳动密集型企业,生产人数多;地热资源开发企业数量多,参与人数少,属于资源密集型企业。全市矿业年产矿石总量为:固态69798万吨,矿泉水10.50万立方米,地热2687.78万立方米。矿业总产值34340.83万元,综合利用产值668010万元,矿产品销售收入24796.08万元,利润总额1357.96万元。

【矿产资源开发利用成效】 1. 统计结果变化情况。与2009年统计结果相比(见表3),一是矿山总数减少6个,其中地热增加3个矿山,同时水泥用灰岩和建筑石料用灰岩没有变化,砖瓦用黏土减少6个,矿泉水减少3个;二是从业人数增加346人,其中地热增加9人,砖瓦用黏土矿增加621人,建筑石料用灰岩矿减少170人,水泥用灰岩矿减少97人,矿泉水矿减少17人;三是年产矿石总量增加171.47万吨,其中地热增加77.72万立方米,砖瓦用黏土增加56.7万吨,矿泉水减少37.77万立方米,水泥用灰岩增加50万吨,建筑石料用灰岩增加24.82万吨,其他矿种全部停产;四是工业总产值增加4718.7万元;五是销售收入增加5757.65万元;六是利润总额增加533.74万元。

表3　　　　　　　　2010年与2009年度矿产资源开发利用增减情况

序号	矿种	矿山数(个)	从业人数(个)	年产矿石量(万吨)	工业总产值(万元)	综合利用产值(万元)	销售收入(万元)	利润总额(万元)
1	地热	3	9	77.72	13.48	0	13.48	0
2	水泥用灰岩	0	-97	50	1335.00	-120	5235.00	31.00
3	建筑石料用灰岩	0	-170	24.82	697.7	10	698.00	50.00
4	砖瓦用黏土	-6	621	56.7	2672.52	-174	-188.54	452.74
5	矿泉水	-3	-17	-37.77	0	0	0	0
	合计	-6	346	171.47	4718.7	-284	5757.65	533.74

2. 原因分析。矿山总数与去年相比总数减少了6个,主要原因一是整顿和规范工作纳入常态化管理后,逐步关闭不合格的矿山;二是新增加地热开发企业3个,增速减缓。从总体上看,矿山数在逐年减少。

【存在主要问题】 1. 地热的统计工作难度大。一是地热采矿权人性质比较复杂,其中部分是学校、医院、行政机关、事业单位等非经营性质的单位,地热只用来满足自身日常的供热、生活洗浴需求,部分经营性质的单位,主营业务也不是地热,地热所占的比重非常低,因此难以单独统计出地热的经济情况。二是地热资源的利用广泛,有供暖、洗浴、种植、养殖、销售、矿泉水生产等,开发利用情况复杂,工业总产值、增加值、利润、税收等经济指标统计难度大。

2. 巩固整顿成果任务非常艰巨。随着关闭矿山不断增加,一些敏感地区和易开采的小石料、建筑用砂等分布地区,利益驱动使违法违规行为极容易出现反弹,需要进行长期整治。

3. 矿山环境恢复治理长效机制需进一步完善。

虽然我市已建立矿山复垦保证金收缴制度,但对于废弃矿山的环境、安全隐患等治理责任主体、配套资金来源、治理技术规程等都需要进一步研究和制定。

(选自《天津市2010年度矿产资源
开发利用情况总结报告》)

河 北 省

【矿产资源开发利用统计】 按照江西赣州数据会审会议及国土资矿函〔2011〕87号文件精神,针对河北省统计煤、铁数据实际情况,积极与省统计局、省冶金协会、省煤炭协会联系。详细了解其数据统计情况。并认真进行了对比。2010年河北省国土资源统计煤炭产量为7116.71万吨,河北省统计局数据(河北省省煤炭协会与其一致),煤炭产量13239.61万吨(河北省内煤产量:8923.24万吨,外购煤矿石量4316.37万吨)。实际上河北省国土部门与河北省煤炭协会、河北省统计局数据相差1806.53万吨;2010年度河北省国土资源部门统计铁矿产量 26510.06 万吨,省冶金协会统计铁矿产量 38399.88 万吨;省统计局铁矿石产量:42617.7 万吨。国土资源部门与河北省冶金协会铁矿石产量差 12329.82 万吨,与省统计局铁矿石产量差 16107.64 万吨(表1)。

表1 2010年河北省铁矿产量数据对比

各市	国土部门(万吨)	省冶金协会(万吨)	省统计局(万吨)
石家庄	46.43	162.1	595
唐山	3473.31	4498.28	11020.7
秦皇岛	684.96	2502	1637

续表1

各市	国土部门(万吨)	省冶金协会(万吨)	省统计局(万吨)
邯郸	306.52	692	761.8
邢台	207	478	324
保定	75.21	875	50.7
张家口	1249.56	2464	1500
承德	20287.49	26728.50	26728.50
合计	26330.48	38399.88	42617.7

河北省矿产资源开发利用如表 2~5 所示。

表2 2010年河北省矿产资源开发利用情况(按经济类型分列)

企业经济类型	矿山企业数					从业人员(个)	年产矿量		实际采矿能力(万吨/年)	工业总产值(万元)	综合利用产值(万元)	矿产品销售收入(万元)	利润总额(万元)
	合计	大型	中型	小型	小矿		万吨	万立方米					
合计	5085	84	154	2481	2366	330677	51797.71	0	46618.19	8681497.38	318590.09	6504610.48	1372277.53
一、内资企业	5060	81	153	2464	2362	327067	21432.64	0	46189.1	8599284.18	318220.09	6423125.28	1352786.53
国有企业	233	34	30	140	29	124740	8358.14	0	8688.97	4181940.91	139948.91	2287740.65	249078.74
集体企业	1176	2	10	486	678	38818	3519.1	0	3421.73	248078.43	25460.99	238560.46	37924.8
股份合作企业	49	3	1	26	19	5284	941.54	0	894.75	254295.74	172.2	249078.93	102017.52
联营企业	48	1	0	22	25	1478	75.86	0	83.61	10072.65	139	9895.65	1095.21
有限责任公司	649	17	48	397	187	51089	19866.8	0	12425.89	1378817.62	89668.76	1212014.46	335793.7
股份有限公司	112	7	18	56	31	46819	3836.14	0	4191.48	1803836.83	9659.22	1741380.45	486906.42
私营企业	2735	17	42	1321	1355	58041	14671.64	0	16320.7	717907.08	50738.41	682551.87	139714.72
其他企业	58	0	4	16	38	798	163.42	0	161.96	4334.92	2432.6	1902.8	255.4
二、港、澳、台商投资企业	7	0	0	6	1	231	18	0	35	5100	0	5100	800
港、澳、台商投资企业	7	0	0	6	1	231	18	0	35	5100	0	5100	800
三、外商投资企业	18	3	1	11	3	3379	347.07	0	394.09	77113.2	370	76385.2	18691
外商投资企业	18	3	1	11	3	3379	347.07	0	394.09	77113.2	370	76385.2	18691

表3　　　　　　　　　　　2010年河北省矿产资源开发利用情况（按企业规模分列）

	矿山企业数（个）	从业人员（个）	年产矿量		实际采矿能力（万吨/年）	工业总产值（万元）	综合利用产值（万元）	矿产品销售收入（万元）	利润总额（万元）	人均产值（万元）
			万吨	万立方米						
合计	5085	330677	21797.71	0	46618.19	8681497.38	318590.09	6504610.48	1372277.53	26.25
大型	84	110542	10960.86	0	11349.12	4623261.7	132825.87	2947569.62	628567.85	41.82
中型	154	67437	11272.59	0	11135.94	2195070.99	66748.76	1888087.93	377172.66	32.55
小型	2481	99161	23707.43	0	17937.84	1463984.69	101468.17	1289935.52	273286.65	14.76
小矿	2366	53537	5856.84	0	6195.29	399180	17547.29	379017.4	93250.36	7.46

表4　　　　　　　　　　　2010年河北省矿产资源开发利用情况（按矿种分列）

矿种	矿山企业数					从业人员（个）	年产矿量		实际采矿能力（万吨/年）	工业总产值（万元）	综合利用产值（万元）	矿产品销售收入（万元）	利润总额（万元）
	合计	大型	中型	小型	小矿		万吨	万立方米					
合计	5085	84	154	2481	2366	330677	51797.71	0	46618.19	8681497.38	318590.09	6504610.48	1372277.53
煤炭	487	25	27	286	149	164998	7116.71	0	7821.91	3834207.27	128301.3	3546431.51	585343.78
油页岩	2	0	0	2	0	101	5	0	5	550	490	550	0
铀矿	1	0	1	0	0	394	23.35	0	6	569.49	0	0	0
地下热水	70	7	2	59	2	1597	661.93	0	0	12398.7	0	7942.33	405.92
铁矿	1098	11	45	445	597	70378	26510.06	0	19412.38	4119598.12	94154.29	2329353.7	663258.01
锰矿	1	0	0	0	1	30	0	0	0	0	0	0	0
铬矿	1	0	0	1	0	20	0	0	0	0	0	0	0
钛矿	1	0	0	0	1	25	0	0	0	0	0	0	0
铜矿	13	0	2	5	6	2159	56.31	0	152.95	15624.6	2.5	8415.6	1669.2
铅矿	20	0	0	14	6	282	3.61	0	10.2	2010.1	0	1994	485
锌矿	13	1	0	7	5	678	40.48	0	81	32647.6	246.9	32322.6	10710
铝土矿	2	0	0	2	0	18	0	0	2	0	0	0	0
钼矿	15	0	2	7	6	553	397.44	0	416.6	52205	3.6	52096	7753
铂矿	1	0	0	1	0	2	0	0	0	0	0	0	0
金矿	233	1	9	30	193	12898	206.93	0	184.85	167717.07	8175.38	160600.24	43339.83
银矿	17	0	0	6	11	911	22.1	0	23.1	16808	425.21	16488.8	2239
菱镁矿	3	0	1	2	0	62	8.6	0	8.6	172	20	172	60
普通萤石	142	0	0	52	90	1659	27.75	0	67.07	11749.35	178	11423.25	2331.3
熔剂用灰岩	115	0	2	51	62	1899	411.31	0	457.79	10687.07	1860	10625.48	1050
冶金用白云岩	83	1	2	51	29	1399	310.03	0	330.2	10827.55	263	10863.99	1904.01
冶金用石英岩	12	0	0	2	10	157	0.81	0	10.3	80.85	0	80.85	6.2
冶金用砂岩	2	0	0	2	0	16	2	0	2	40	0	40	7.5

续表 4－1

矿种	矿山企业数					从业人员(个)	年产矿量		实际采矿能力(万吨/年)	工业总产值(万元)	综合利用产值(万元)	矿产品销售收入(万元)	利润总额(万元)
	合计	大型	中型	小型	小矿		万吨	万立方米					
铸型用砂	22	0	0	20	2	835	35	0	45	4010	0	4010	549
冶金用脉石英	7	0	0	3	4	78	3	0	4.9	880	75	880	62
耐火黏土	26	1	0	17	8	138	12.03	0	10	375	0	347	139
铁矾土	7	0	0	4	3	80	4.98	0	7.5	60	0	60	12.5
熔剂用蛇纹岩	1	0	0	0	1	36	0	0	13.5	0	0	0	0
硫铁矿	10	0	0	3	7	245	18.2	0	29.3	1166.5	0	1139.01	286
重晶石	1	0	0	1	0	1	0	0	0	0	0	0	0
电石用灰岩	4	0	0	3	1	56	42	0	67	980	0	770	110
制碱用灰岩	24	0	0	12	12	312	83.33	0	120.01	2199	0	1607.2	179
含钾岩石	3	0	1	2	0	33	25.6	0	25.6	200	200	200	40.2
磷矿	3	1	1	0	1	2123	130	0	130	38660.5	0	22276.3	4403.6
石墨	8	5	0	3	0	226	3.1	0	5.1	243	0	243	10
硅灰石	4	0	0	1	3	52	0.02	0	4	26.55	0	3.55	0.6
滑石	3	0	0	3	0	23	0	0	0	0	0	0	0
石棉	2	0	0	1	1	3	0	0	0	0	0	0	0
云母	2	0	0	0	2	20	0.05	0	2.06	20	0	20	5
碎云母	2	0	0	2	0	60	0.5	0	0.5	75	0	75	－15
长石	24	0	1	12	11	194	1.87	0	8.67	80.1	0	75.3	21.3
石榴子石	2	0	0	1	1	22	0	0	0	0	0	0	0
叶蜡石	3	0	0	0	3	28	0.6	0	0.3	32	0	32	0
透辉石	1	0	0	0	1	3	25	0	3	750	0	750	350
蛭石	3	0	0	2	1	15	0.02	0	0.02	9	0	0	0
沸石	25	0	0	14	11	223	3.62	0	25.71	172.02	0	147.87	26.6
石膏	10	4	1	5	0	1190	147.08	0	92.67	4321.6	798.07	4305.17	－63.5
方解石	18	0	0	9	9	334	28.47	0	50.05	1647.27	90	1533.27	312.11
宝石	1	0	0	0	1	1	0	0	0	0	0	0	0
水泥用灰岩	165	12	12	72	69	3796	3361.11	0	3510.92	112275.29	46610.08	68365.29	17875.72
建筑石料用灰岩	378	0	10	255	113	6118	3623.47	0	4148.85	50529.61	1970.9	46603.4	7474.99
饰面用灰岩	1	0	0	1	0	2	0	0	8	0	0	0	0
制灰用石灰岩	118	1	0	75	42	2404	1038.77	0	1238.07	18455.26	127	16917.57	2805.98

续表 4－2

矿种	矿山企业数					从业人员(个)	年产矿量		实际采矿能力(万吨/年)	工业总产值(万元)	综合利用产值(万元)	矿产品销售收入(万元)	利润总额(万元)
	合计	大型	中型	小型	小矿		万吨	万立方米					
泥灰岩	1	0	0	1	0	10	2	0	2	6	0	6	2
玻璃用白云岩	4	0	0	4	0	66.1	0.54	0	10.61	161.1	25	146.4	38.2
建筑用白云岩	326	2	3	227	94	4733	2188.62	0	2465.26	29881.36	16646.45	26714.62	3002.06
玻璃用石英岩	13	1	0	6	6	674	25.6	0	43.2	442	15	415.8	－1558.7
玻璃用砂岩	9	1	2	6	0	112	57.44	0	57.44	1135	160	1022.5	347
水泥配料用砂岩	21	0	2	14	5	196	49.3	0	114.65	763.25	25	706.2	221
砖瓦用砂岩	1	0	1	0	0	3	0	0	0	0	0	0	0
瓷用砂岩	2	0	0	2	0	27	0.01	0	11	0.65	0	0.65	0.3
建筑用砂岩	14	0	1	10	3	183	18.25	0	20	327.5	0	312.5	43
玻璃用砂	1	0	0	1	0	3	0	0	0	0	0	0	0
建筑用砂	14	0	1	9	4	252	171.76	0	112.8	1667	0	1665	36
水泥配料用砂	1	0	0	1	0	40	5	0	5	75	0	75	3
砖瓦用砂	2	0	0	1	1	45	5.08	0	5	213	0	213	23
玻璃用脉石英	20	0	0	6	14	146	5.56	0	20.38	653.6	35	507.6	9
水泥配料用脉石英	6	0	0	1	5	40	3	0	3.03	103	0	89	34
硅藻土	2	0	0	2	0	4	0	0	0	0	0	0	0
陶粒页岩	1	0	0	1	0	5	0.02	0	0.02	0.5	0	0	0
砖瓦用页岩	20	0	1	8	11	376	12.26	0	60.17	249.36	5.5	218.98	24.23
水泥配料用页岩	4	0	0	1	3	26	30	0	2	920	0	920	220
建筑用页岩	2	0	0	1	1	26	5.25	0	5.25	25	1	25	5
高岭土	6	1	0	4	1	61	8	0	8	1040	170	1040	141
陶瓷土	24	1	7	14	2	205	33.9	0	39	1990	1956	1977.75	322.86
海泡石黏土	1	0	0	0	1	20	0	0	0.02	0	0	0	0
伊利石黏土	1	0	0	1	0	25	1	0	2	80	0	80	3
膨润土	12	0	0	10	2	113	4.52	0	8.4	373.53	10	333.63	42.42
砖瓦用黏土	846	0	0	287	559	38570	1774.75	0	1956.7	69664.26	10805.62	65049.01	6367.41

续表 4-3

矿种	矿山企业数					从业人员(个)	年产矿量		实际采矿能力(万吨/年)	工业总产值(万元)	综合利用产值(万元)	矿产品销售收入(万元)	利润总额(万元)
	合计	大型	中型	小型	小矿		万吨	万立方米					
水泥配料用黏土	1	0	0	1	0	20	0	0	0	0	0	0	0
建筑用橄榄岩	2	0	0	2	0	21	0	0	0	0	0	0	0
饰面用蛇纹岩	2	0	0	2	0	18	1.33	0	5	110	0	100	20
建筑用辉石岩	1	0	0	0	1	1	0	0	0	0	0	0	0
铸石用玄武岩	4	0	0	4	0	66	8	0	13	160	0	160	0
饰面用玄武岩	5	0	0	4	1	50	1.8	0	18.5	44	0	44	5.5
水泥混合材玄武岩	1	0	0	1	0	2	0	0	0	0	0	0	0
建筑用玄武岩	37	0	2	30	5	344	127.45	0	154.5	4191	2738	1877.5	356
建筑用角闪岩	3	0	1	2	0	189	36.9	0	38.5	461	403	401	0
水泥用辉绿岩	1	0	0	1	0	35	5	0	5	450	0	450	5.8
铸石用辉绿岩	1	0	0	0	1	3	0	0	1	15	0	1	0
饰面用辉绿岩	86	0	1	39	46	583	128.27	0	49.47	8032	420	8032	2137.9
建筑用辉绿岩	16	0	1	10	5	155	135.63	0	125.66	1938.4	280	1778.4	497.06
饰面用辉长岩	1	0	0	1	0	3	0	0	0	0	0	0	0
建筑用辉长岩	2	0	0	1	1	26	9.99	0	10	250	0	125	0
建筑用安山岩	6	0	1	3	2	47	5.51	0	13.5	80.2	10	34.7	7.1
建筑用闪长岩	13	0	0	7	6	217	27.86	0	35.21	477.2	0	437.2	57.04

续表 4－4

| 矿种 | 矿山企业数 | | | | | 从业人员（个） | 年产矿量 | | 实际采矿能力（万吨/年） | 工业总产值（万元） | 综合利用产值（万元） | 矿产品销售收入（万元） | 利润总额（万元） |
	合计	大型	中型	小型	小矿		万吨	万立方米					
饰面用闪长岩	10	0	0	3	7	43	57.52	0	15.34	2628	0	2614	504
建筑用二长岩	1	0	0	1	0	26	27	0	72	300	0	300	60
建筑用花岗岩	85	2	4	35	44	941	588.23	0	980.03	2772.61	581	2529.65	375.62
饰面用花岗岩	60	0	3	31	26	621	47.43	0	45.28	13622.74	59.2	13607.74	2660.57
珍珠岩	9	2	0	3	4	51	0.3	0	4	90	0	90	3
黑耀岩	4	0	0	2	2	13	0	0	0	0	0	0	0
浮石	9	0	0	6	3	64	3.8	0	7.3	129	8	64.03	29.8
水泥用凝灰岩	2	0	0	1	1	13	0	0	0	0	0	0	0
建筑用凝灰岩	21	0	1	17	3	218	29.67	0	60.7	409	25	328.89	30.2
饰面用大理岩	9	0	0	8	1	94	8.99	0	7.43	269	100.05	29	44
建筑用大理岩	19	0	1	11	7	238	25.1	0	53.95	624.3	15.05	614.8	215.3
水泥用大理岩	3	0	0	3	0	13	0	0	1.1	0	0	0	0
玻璃用大理岩	2	0	0	0	2	28	0	0	1.9	0	0	0	0
饰面用板岩	7	0	0	6	1	80	18.48	0	23.2	147.5	0	141.15	8
片石	1	0	1	0	0	30	34.5	0	34.5	345	0	345	3.6
片麻岩	14	0	1	10	3	155	24.3	0	47.8	214	25	214	58
矿泉水	18	4	0	11	3	409	517.12	0	0	1171.85	0	1095.45	6.4
其他矿产1	3	0	0	3	0	36	16	0	20.5	144	80	144	10
其他矿产2	62	0	0	58	4	976	1107.12	0	1279.19	7589.54	0	7572.04	709

表5　2010年河北省矿产资源开发利用情况（按行政区分列）

| 矿种 | 矿山企业数 | | | | | 从业人员（个） | 年产矿量 | | 实际采矿能力（万吨/年） | 工业总产值（万元） | 综合利用产值（万元） | 矿产品销售收入（万元） | 利润总额（万元） |
	合计	大型	中型	小型	小矿		万吨	万立方米					
合计	5085	84	154	2481	2366	330677	51797.71	0	46618.19	8681497.38	318590.09	6504610.48	1372277.53
石家庄市	259	3	4	189	63	9864	3237.18	0	3534.22	63389.55	1555.1	55010.76	6914.37
唐山市	800	22	21	400	357	71718	9355.75	0	9428.65	3631973.67	197940.89	1823055.76	430191.1

续表5

矿种	矿山企业数					从业人员（个）	年产矿量		实际采矿能力（万吨/年）	工业总产值（万元）	综合利用产值（万元）	矿产品销售收入（万元）	利润总额（万元）
	合计	大型	中型	小型	小矿		万吨	万立方米					
秦皇岛市	281	4	6	132	139	10432	1179.73	0	2343.73	170861.2	9647	169661.42	18238.4
邯郸市	453	20	13	124	296	72980	4150.76	0	4402.34	1668680.18	11185.3	1474061.76	219875.5
邢台市	314	10	36	204	64	33595	2862.68	0	3053.67	995634.39	2106.07	953874.88	257087.42
保定市	503	2	12	384	105	5965	3076.74	0	4159.76	58697.85	10040.52	57961.34	10271.67
张家口市	712	6	19	413	274	49018	3424.03	0	3533.4	612725.76	6226.21	536270.07	61762.64
承德市	1023	6	41	383	593	43718	22190.25	0	14480.34	1408565.12	69893.79	1371677.28	362923.76
沧州市	468	0	0	90	378	17106	861.86	0	313.88	16899.16	3178.22	14379.21	1385.16
廊坊市	171	11	2	144	14	11700	1305.67	0	606.25	43740.5	6372	38646	3061.86
衡水市	101	0	0	18	83	4581	153.05	0	161.96	10330	445	10012	565.64

（选自《河北省国土资源厅关于2010年度矿产资源开发利用统计年报数据情况的报告》）

山 西 省

【矿产资源开发利用统计】 1. 煤矿矿石产量数据对比。山西省国土资源厅统计的原煤产量为58018.17万吨，省统计局统计的原煤产量为72982万吨，数据相差14963.83万吨，差率为20.5%。其中数据差距较大的有大同、晋城、朔州、吕梁（具体对比情况见表1）。省统计局对外公布的山西省原煤产量约为7.4亿吨，这与山西省煤炭工业厅统计的数据一致。这个数据包含了各类基础设施建设、新农村建设等名义生产出来的原煤。

表1　山西省各市原煤产量统计

序号	市	国土部门 原煤产量（万吨）	统计局 原煤产量（万吨）	两部门统计相差数（万吨）
1	太原市	3576.21	3775	198.79
2	大同市	6965.69	9403	2437.31
3	阳泉市	4247.21	5463	1215.79
4	长治市	7658.04	8677	1018.96
5	晋城市	6414.53	8434	2019.47
6	朔州市	11713.17	15995	4281.83
7	晋中市	4506.57	5355	848.43
8	运城市	7.99	0	-7.99
9	忻州市	2330.65	3207	876.35
10	临汾市	2798.21	3596	797.79

续表1

序号	市	国土部门 原煤产量（万吨）	统计局 原煤产量（万吨）	两部门统计相差数（万吨）
11	吕梁市	7799.88	9077	1277.12
合计		58018.17	72982	14963.83

2. 铁矿石产量数据对比。山西省国土资源厅统计的铁矿石总量据为2579.33万吨，省统计部门统计铁矿石总量为5506.7万吨，数据相差2927.37万吨。其中数据差距较大的有忻州市、大同市、临汾市（具体对比情况见表2）。

表2　山西省各市铁矿石产量统计

序号	市	国土部门 铁矿石产量	统计局 铁矿石产量	两部门统计相差数（万吨）
1	太原市	1827.17	1873.2	46.03
2	大同市	13.6	223.3	209.7
3	长治市	155.47	53.1	53.1
4	朔州市	2	0	-2
5	晋中市	89.92	0	-89.92
6	运城市	12.59	0	-12.59
7	忻州市	432.26	3134.8	2702.54
8	临汾市	43.12	222.3	179.18
9	吕梁市	3.2	0	-3.2
合计		2579.33	5506.7	2927.37
备注		晋城市、阳泉市两部门统计的铁矿石产量均为0万吨		

2010 年山西省矿产资源开发利用情况见表 3 ~ 5。

表 3   **2010 年山西省矿产资源开发利用情况（按经济类型分列）**

企业经济类型	矿山企业数					从业人员(个)	年产矿量		实际采矿能力(万吨/年)	工业总产值(万元)	综合利用产值(万元)	矿产品销售收入(万元)	利润总额(万元)
	合计	大型	中型	小型	小矿		万吨	万立方米					
合计	5534	226	565	2763	1980	816063	70246.61	0	94429.32	26961217.7	2884166.83	24228203.01	5143475.26
一、内资企业	5518	221	564	2753	1980	806721	69466.06	0	93367.16	26419446.7	2884166.83	23728108.56	4923590.91
国有企业	251	74	80	83	14	288729	23088.65	0	25224.93	10371770	1147898.42	9291676.81	1513687.92
集体企业	462	1	22	230	209	21437	1183.62	0	5256.2	566975.82	405966.32	294116.56	53378.09
股份合作企业	52	6	6	16	24	16129	821.45	0	1088.42	284096.78	1196.9	273432.17	3337.34
联营企业	24	2	7	6	9	1201	80.76	0	268.67	57413.02	5007.2	38666.02	1354.3
有限责任公司	868	76	232	428	132	213992	14016.27	0	22554.98	5779626.59	625116.91	5351126.94	1216101.27
股份有限公司	450	46	148	183	73	180198	22094.73	0	24958.39	8208422.95	589156.02	7405952.6	1883015.91
私营企业	3325	16	69	1783	1457	83736	8086.39	0	13782.72	1148385.47	109824.56	1070381.45	252483.09
其他企业	86	0	0	24	62	1299	94.2	0	232.85	2756	0.5	2756	232.98
二、港、澳、台商投资企业	6	0	0	6	0	184	1.31	0	2.4	2502	0	1502	43
港、澳、台商投资企业	6	0	0	6	0	184	1.31	0	2.4	2502	0	1502	43
三、外商投资企业	10	5	1	4	0	9158	779.23	0	1059.76	539269.05	0	498592.45	219841.35
外商投资企业	10	5	1	4	0	9158	779.23	0	1059.76	539269.05	0	498592.45	219841.35

表 4   **2010 年山西省矿产资源开发利用情况（按矿种分列）**

矿种	矿山企业数					从业人员(个)	年产矿量		实际采矿能力(万吨/年)	工业总产值(万元)	综合利用产值(万元)	矿产品销售收入(万元)	利润总额(万元)
	合计	大型	中型	小型	小矿		万吨	万立方米					
合计	5534	226	565	2763	1980	816063	70246.61	0	944.29.32	26961217.71	2884166.83	24228203.01	5143475.26
煤炭	1124	206	476	393	49	699437	58018.17	0	71850.06	25913933.26	2780901.77	23457095.6	4991551.41
地下热水	7	0	0	7	0	50	4.02	0	0	0	0	0	0
铁矿	461	4	26	363	68	26163	2579.33	0	3342	575416.52	20112.6	440029.47	76542.65
锰矿	2	0	0	1	1	32	0	0	0	0	0	0	0
钛矿	3	1	0	0	2	52	0	0	150	0	0	0	0
铜矿	18	1	3	14	0	6443	535.81	0	537.26	109596.47	5640.6	106092.09	47528.67

续表 4-1

矿种	矿山企业数					从业人员（个）	年产矿量		实际采矿能力（万吨/年）	工业总产值（万元）	综合利用产值（万元）	矿产品销售收入（万元）	利润总额（万元）
	合计	大型	中型	小型	小矿		万吨	万立方米					
铅矿	2	0	0	2	0	50	0	0	0.03	0	0	0	0
锌矿	1	0	0	1	0	280	0	0	5	0	0	0	0
铝土矿	56	2	4	28	22	3782	326.21	0	367.2	47628.44	1815.12	49840.96	945.16
镁矿	17	0	1	7	9	262	18.14	0	24.14	308.52	79	308.52	7
钼矿	4	0	0	4	0	500	0	0	0	0	0	0	0
金矿	22	0	0	17	5	1578	8.81	0	77.46	20751	80	15725.5	755.3
银矿	1	0	0	1	0	288	10.7	0	10.7	5200	1100	5200	897.25
蓝晶石	1	0	0	0	1	14	0	0	1	0	0	0	0
菱镁矿	1	0	0	0	1	7	0.17	0	0.17	50	0	50	1
熔剂用灰岩	27	1	1	8	17	686	274.61	0	430.53	2736.41	320	1055	61
冶金用白云岩	71	1	0	41	29	977	127.49	0	189.71	37453.09	3633.17	3826.03	-1007.19
冶金用石英岩	36	0	2	27	7	383	8.63	0	16.43	226	106	145.68	37.8
冶金用脉石英	21	0	0	17	4	226	0	0	4	0	0	0	0
耐火黏土	57	0	1	2	54	777	8.5	0	23.61	1700.4	62.4	1608	247.2
铁矾土	8	0	0	1	7	26	0	0	0	0	0	0	0
硫铁矿	12	0	0	9	3	80	0	0	3.5	0	0	0	0
芒硝	1	1	0	0	0	520	160	0	69	3200	300	2622	50
重晶石	4	0	0	3	1	38	0.3	0	0.3	21	5	15	8
电石用灰岩	4	0	0	1	3	49	3	0	3	80	0	72	5
含钾岩石	2	0	0	2	0	10	0.05	0	0.05	5.15	0.8	5.15	1.2
磷矿	3	0	0	3	0	30	10	0	25	2350	0	2350	20
石墨	6	0	0	4	2	177	2.44	0	0.5	315	0	315	13
硅灰石	1	0	0	0	1	15	0	0	1	0	0	0	0
长石	32	0	1	19	12	296	0	0	6.59	0	0	0	0
石榴子石	3	0	0		0	26	0.3	0	0.3	21	3	15	8
叶蜡石	2	0	0	1	1	33	0	0	0	0	0	0	0
透辉石	2	0	0	0	2	2	0	0	0.6	0	0	0	0
沸石	5	0	0	5	0	48	0.8	0	5.3	7	0	5.6	3
透闪石	2	0	0	0	2	20	0	0	0	0	0	0	0

续表 4-2

矿种	矿山企业数					从业人员（个）	年产矿量		实际采矿能力（万吨/年）	工业总产值(万元)	综合利用产值(万元)	矿产品销售收入(万元)	利润总额(万元)
	合计	大型	中型	小型	小矿		万吨	万立方米					
石膏	85	1	0	36	48	2364	44.8	0	106.1	2242.95	540	1800.34	215.65
方解石	1	0	0	1	0	2	0	0	0	0	0	0	0
水泥用灰岩	118	1	12	65	40	4739	1142.94	0	1278.04	108902.48	6267.87	38176.33	13240.21
建筑石料用灰岩	995	1	18	507	469	16435	1576.36	0	36.2.73	34690.17	6123.01	27066.39	5086.96
饰面用灰岩	3	0	0	3	0	36	0	0	0	0	0	0	0
制灰用石灰岩	86	1	1	31	53	883	75.85	0	355.43	1574.04	727.04	1529.54	363.56
建筑用白云岩	52	0	0	24	28	654	133.65	0	146.28	3332.9	535	2515.56	171.24
玻璃用石英岩	41	0	0	24	17	574	2.8	0	10.85	250.5	132	171.37	23
玻璃用砂岩	4	0	0	3	1	74	0.5	0	0.5	16	14	16	3
水泥配料用砂岩	13	0	0	5	8	108	13.19	0	42.68	105.43	5	105.43	9.57
砖瓦用砂岩	3	0	0	2	1	17	0	0	3	0	0	0	0
建筑用砂岩	39	0	0	24	15	375	32.92	0	77.76	762.06	309.1	634.07	105
建筑用砂	172	2	2	101	67	1660	143.82	0	222.88	2165.28	1150.7	1786.68	406.42
水泥标准砂	1	0	0	0	1	15	1	0	1	14	0	14	4
砖瓦用砂	4	0	0	2	2	31	1	0	1.1	35	3	4	0.5
玻璃用脉石英	11	0	0	3	8	239	3.3	0	5.8	125	4	125	40
水泥配料用脉石英	1	0	0	0	1	3	0	0	0	0	0	0	0
粉石英	1	0	0	1	0	12	0	0	0.2	0	0	0	0
砖瓦用页岩	4	0	0	2	2	291	8367	0	11.38	740	0	227.5	15
高岭土	5	0	0	1	4	515	0	0	0	0	0	0	0

续表 4-3

矿种	矿山企业数					从业人员（个）	年产矿量		实际采矿能力（万吨/年）	工业总产值（万元）	综合利用产值（万元）	矿产品销售收入（万元）	利润总额（万元）
	合计	大型	中型	小型	小矿		万吨	万立方米					
陶瓷土	43	0	3	24	16	524	1.55	0	5.7	270	23	506.02	51
凹凸棒石黏土	30	0	0	0	30	209	1.42	0	1.42	14.48	2.9	14.48	3.3
累托石黏土	3	0	0	0	3	97	2	0	2	40	0	40	0
膨润土	1	0	0	1	0	15	0	0	0.3	0	0	0	0
砖瓦用黏土	1457	2	5	700	75	37422	4475.65	0	10969.79	66873.18	20248.95	53897.31	4332.22
陶粒用黏土	64	0	0	54	10	834	298.36	0	64.36	819	620	455.3	248.24
建筑用橄榄岩	1	0	0	1	0	7	0	0	0	0	0	0	0
建筑用玄武岩	11	0	0	8	3	105	16	0	28.3	252	0	252	34
建筑用角闪岩	13	0	0	7	6	198	0.84	0	14.28	48.4	5	41.4	3.5
铸石用辉绿岩	2	0	0	0	2	24	0	0	3.9	0	0	0	0
饰面用辉绿岩	22	0	0	21	1	571	2.39	0	6.09	5077.6	52	3213.37	151.82
建筑用辉绿岩	26	1	1	23	1	452	2.29	0	7.85	253.32	0	212.52	7.5
建筑用闪长岩	2	0	0	2	0	65	0	0	4.06	0	0	0	0
建筑用花岗岩	37	0	6	24	7	638	38.37	0	39.48	1226.34	248	389.21	164.53
饰面用花岗岩	4	0	0	4	0	70	0.78	0	0.92	1847	0	1080	150.28
麦饭石	1	0	0	0	1	1	0	0	0	0	0	0	0
珍珠岩	2	0	0	2	0	30	0	0	3.5	0	0	0	0
建筑用凝灰岩	2	0	0	2	0	47	1.78	0	2.78	50	40	50	10
饰面用大理岩	19	0	0	3	16	157	0.12	0	6.18	156	20.1	139	33.2

续表 4－4

矿种	矿山企业数					从业人员（个）	年产矿量		实际采矿能力（万吨/年）	工业总产值（万元）	综合利用产值（万元）	矿产品销售收入（万元）	利润总额（万元）
	合计	大型	中型	小型	小矿		万吨	万立方米					
建筑用大理岩	16	0	2	6	8	111	7.48	0	7.68	116.11	54	88.11	9
片麻岩	30	0	0	17	13	343	23.41	0	54.76	3779	7.2	3772	372.4
矿泉水	2	0	0	2	0	0	4	0	0	0	0	0	0
其他矿产1	68	0	0	27	41	1375	67.06	0	170.46	2377	168.5	2164.2	320.7
其他矿产2	20	0	0	16	4	383	24.82	0	25.32	2063.2	7	1919.29	224

表 5　　　　　　　　　　　2010 年山西省矿产资源开发利用情况（按行政区分列）

名称	矿山企业数					从业人员（个）	年产矿量		实际采矿能力（万吨/年）	工业总产值（万元）	综合利用产值（万元）	矿产品销售收入（万元）	利润总额（万元）
	合计	大型	中型	小型	小矿		万吨	万立方米					
合计	5534	226	565	2763	1980	816063	70246.61	0	94429.32	26961217.7	2884166.83	24228203.01	5143475.26
太原市	175	23	41	108	3	57711	5290.73	0	7332.1	1784116.74	16872	1700048.62	248918.75
大同市	293	19	29	205	40	104911	7771.54	0	10003.66	2825788.6	6426.87	2068204.87	254086.87
阳泉市	318	9	32	25	252	78254	4342.73	0	13154.78	1747382.4	350551.42	1554947.07	226416.87
长治市	556	39	56	226	235	107649	8233.96	0	11010.83	4842200.85	564703.29	4628964.67	1434194.66
晋城市	406	21	70	104	211	106270	6722.62	0	10932.24	3541344.37	44399.3	3409925.2	1048452.37
朔州市	204	9	39	98	58	39772	12013.39	0	12257.4	3544156.88	443928.5	3170224.36	762242.37
晋中市	542	19	82	311	130	99242	5331.29	0	5423.06	2237862.92	203264.71	2037038.22	154606.11
运城市	738	6	19	524	189	20241	2519.04	0	2188.29	138330.17	17604.1	128350.41	51291.48
忻州市	771	28	57	478	208	53873	4083.35	0	6928.01	973642.19	75193.47	808757.98	94748.89
临汾市	805	23	69	381	332	74359	5205.88	0	7175.93	1881561.85	156748.33	1745196.95	347608.09
吕梁市	726	30	71	303	322	73781	8732.09	0	8023.2	3444830.74	1004474.84	2976544.67	520908.79

（选自山西省《关于上报 2010 年度矿产资源开发利用统计年报数据核实修正情况的函》）

内蒙古自治区

【矿产资源开发利用统计】　2010 年 2 月 22～24 日，按照自治区国土资源厅《关于召开 2010 年度全区矿产资源统计数据（库）会审会议的通知》（内国土资电发〔2011〕3 号）文件要求，召开了全区 2010 年度全区矿产资源统计数据（库）会审会议，对全区 14 个盟市的矿山企业基础报盘数据（库）进行了会审。

各盟市国土资源局按照有关文件要求，积极组织填报《矿产资源统计基础报表》纸介质报表，同时应用最新的《矿产资源基础统计数据管理系统》软件，汇总上报《矿产资源统计基础报表》电子报盘数据，完成了全区矿产资源统计数据（库）会审任务。

2010 年度，全区非油气矿山企业全年开采矿产

(亚类)116种,采出原矿总量8.62亿吨,其中主要矿产原煤7.03亿吨,铁矿石0.49亿吨,详见表1。

表1　　　　2010年统计部门与开发数据对比

盟　市	煤炭(万吨)		铁矿(万吨)	
	统计部门数据	开发利用数据	统计部门数据	开发利用数据
呼和浩特市	601	13.64	165	11
包头市	2235	1691.8	2202	2936.55
乌海市	2973	2256.88	26.6	21
赤峰市	2843	2471.07	2447	518.75
通辽市	6252	4937.84	83.7	2.6
鄂尔多斯市	44980	42542.23	61.26	
呼伦贝尔市	6403	5451.12	78.7	61.26
满洲里市				
巴彦淖尔市	111	58	R81	721.68
乌兰察布市			1597	44.4
兴安盟	45.6	55.27		5
锡林郭勒盟	10790	10715.12	218	330.7
阿拉善盟	1467	96.35	506	219.59
总计	78700.6	70289.32	8205	4933.79

2010年度,全区共有各类非油气矿山企业4469家,其中内资企业4449家,港、澳、台商投资企业4家,外商投资企业16家,详见表2。

2010年度,根据各盟市矿山数量对比结果可以看到,鄂尔多斯市、锡林郭勒盟和呼伦贝尔市所占比例较大,分别为49.57%、14.13%和9.56%。各盟市矿产资源开发利用情况详见表3。本年度区内行政区代码没有变动。2010年度,全区煤炭、铁矿年产矿量通过与统计部门对比,开发利用统计数据偏低,具体数据详见表4。

经核实,主要有以下几方面的原因:一是灭火工程或者地质环境治理剥离出的残留煤体未计入煤炭产量;二是统计渠道有生产部门、销售部门和财务部门的不同数据;三是新建矿山企业在筹建过程中产生的工程煤也进行了销售,而此部分煤炭不录入我们国土部门的数据库;四是有些外购原煤与铁矿石不能体现。

另外,含铁砂石季节性开采,截至2010年底,只例入砂石,没按铁矿计算,统计部门数把含铁砂石开采作为铁矿产量计算,由此出现较大差距。经核实,乌兰察布涉及铁矿的几个矿山都属于探矿权项目,未办理采矿登记手续,没有正式投入生产,该部分数据在基础表中不能体现。

表2　　　　2010年内蒙古自治区矿产资源开发利用情况(按行政区分列)

名称	矿山企业数					从业人员(个)	年产矿量		实际采矿能力(万吨/年)	工业总产值(万元)	综合利用产值(万元)	矿产品销售收入(万元)	利润总额(万元)
	合计	大型	中型	小型	小矿		万吨	万立方米					
合计	4469	110	271	1970	2118	257935	86212.38	0.00	83632.28	18590010.99	1541783.75	14693227.69	3364371.06
呼和浩特市	219	1	0	126	92	798	202.07	0.00	227.43	23828.45	0.00	21748.65	1329.59
包头市	336	3	4	138	191	20231	5098.45	0.00	5367.93	645.202.51	137127.42	506333.66	61613.90
乌海市	201	10	14	117	60	21356	2805.84	0.00	2838.75	646886.22	100375.68	521541.31	29064.84
赤峰市	778	7	29	304	438	54250	4727.57	0.00	4522.89	1238088.23	613601.50	1046373.30	275490.31
通辽市	403	3	14	220	166	17487	5555.24	0.00	5633.00	848111.66	4490.00	688931.77	193824.10
鄂尔多斯市	536	48	145	232	111	47928	42734.47	0.00	41866.01	11607584.20	382928.24	8853883.30	2228428.05
呼伦贝尔市	274	12	10	104	148	29041	8238.88	0.00	7285.53	1042556.81	1606.00	940200.82	241889.04
巴彦淖尔市	353	6	9	198	140	14398	2501.80	0.00	2744.45	613854.61	44173.36	507284.17	183158.96
乌兰察布市	275	4	8	86	177	6879	1063.73	0.00	1091.71	56344.65	214.00	54972.50	9097.42

续表2

名称	矿山企业数					从业人员(个)	年产矿量		实际采矿能力(万吨/年)	工业总产值(万元)	综合利用产值(万元)	矿产品销售收入(万元)	利润总额(万元)
	合计	大型	中型	小型	小矿		万吨	万立方米					
兴安盟	263	1	6	82	174	2011	303.74	0.00	219.58	21722.25	541.00	20510.75	5216.48
锡林郭勒盟	656	13	20	254	369	26640	12183.52	0.00	10393.67	1644882.10	234571.95	1362046.10	114126.20
阿拉善盟	175	2	12	109	52	13916	797.06	0.00	1141.33	200949.30	22154.60	169401.37	21132.16

表3 　　　　　　　　　　　　**2010年内蒙古自治区矿产资源开发利用情况(按经济类型分列)**

企业经济类型	矿山企业数					从业人员(个)	年产矿量		实际采矿能力(万吨/年)	工业总产值(万元)	综合利用产值(万元)	矿产品销售收入(万元)	利润总额(万元)
	合计	大型	中型	小型	小矿		万吨	万立方米					
合计	4469	110	271	1970	2118	257935	86212.38	0.00	83632.28	1859010.99	1541783.75	14693227.69	3364371.06
一、内资企业	4449	105	270	1960	2114	255936	82909.02	0.00	80302.04	17984896.19	1521607.95	14142475.89	3140876.62
国有企业	114	18	23	51	22	42740	14759.51	0.00	14557.39	4242520.93	241099.12	2386304.80	712051.42
集体企业	382	1	9	149	223	16057	1755.28	0.00	1670.42	378778.61	58275.00	249656.67	29872.14
股份合作企业	77	5	10	39	23	8817	3367.15	0.00	3392.40	547608.64	32211.40	378467.30	85390.14
联营企业	49	0	1	18	30	1104	188.14	0.00	192.14	45708.03	10090.50	32638.03	3798.00
有限责任公司	989	43	110	462	374	81143	27937.48	0.00	26831.62	5240457.02	571318.15	4635075.42	820846.25
股份有限公司	226	22	27	100	77	38948	17021.96	0.00	16071.74	3853209.97	316279.48	3456640.56	925126.46
私营企业	3432	16	87	1031	1298	643543	17111.96	0.00	16787.18	3485336.09	291379.31	2838737.41	519856.72
其他企业	180	0	3	110	67	2774	767354	0.00	99.15	191246.90	955.00	164955.70	43935.48
二、港、澳、台商投资企业	4	0	0	4	0	346	102.33	0.00	121.75	30196.80	20125.80	20395.80	8793.60
港、澳、台商投资企业	4	0	0	4	0	346	102.33	0.00	121.75	30196.80	20125.80	20395.80	8793.60

续表3

企业经济类型	矿山企业数					从业人员（个）	年产矿量		实际采矿能力（万吨/年）	工业总产值(万元)	综合利用产值(万元)	矿产品销售收入(万元)	利润总额(万元)
	合计	大型	中型	小型	小矿		万吨	万立方米					
三、外商投资企业	16	5	1	96	4	1653	3201.03	0.00	3208.49	574918.00	20.00	530356.00	214700.84
外商投资企业	16	5	1	96	4	1653	3201.03	0.00	3208.49	574918.00	20.00	530356.00	214700.84

表4　　　　　　　　　　2010年内蒙古自治区矿产资源开发利用情况（按矿种分列）

矿种	矿山企业数					从业人员（个）	年产矿量		实际采矿能力（万吨/年）	工业总产值(万元)	综合利用产值(万元)	矿产品销售收入(万元)	利润总额(万元)
	合计	大型	中型	小型	小矿		万吨	万立方米					
合计	4469	110	271	1970	2118	257935	86212.38	0.0	83632.28	18590010.99	1541783.75	14693227.69	3364371.06
煤炭	612	74	189	254	95	133790	70289.32	0.00	68324.00	15670236.71	861844.92	12342477.08	2842234.38
油页岩	1	0	0	1	0	23	0.85	0.00	0.85	43.00	22.00	43.00	1.00
油砂	4	0	0	4	0	15	0.00	0.00	0.00	0.00	0.00	0.00	0.00
地下热水	2	0	1	1	0	273	7.00	0.00	0.00	166.70	0.00	166.70	100.00
铁矿	287	6	15	200	66	27125	4872.53	0.00	5097.01	994549.35	236687.18	795729.10	120316.30
锰矿	3	0	0	1	2	80	0.810	0.00	1.10	505.00	80.00	415.00	47.00
铬矿	3	0	0	3	0	283	0.30	0.00	0.0	374.00	0.00	374.00	0.00
钒矿	1	0	0	1	0	2	0.00	0.00	1577.10	446999.44	26306.00	367951.21	105173.30
铜矿	38	3	4	25	6	7763	3106.11	0.00	1577.10	446999.44	26306.00	367951.21	105173.30
铅矿	68	1	4	46	17	5447	273.43	0.00	205.47	188196.38	78840.00	149474.89	45073.22
锌矿	47	0	10	26	11	6935	515.48	0.00	495.33	240151.90	74879.60	223704.74	99664.13
镁矿	1	0	0	1	0	0	0.00	0.00	0.00	0.00	0.00	0.00	0.00
镍矿	6	0	0	3	2	159	22.53	0.00	22.53	28060.00	0.00	28060.00	156.00
钨矿	2	0	0	2	0	83	2.00	0.00	7.50	1164.36	0.00	1164.36	5.00
锡矿	3	0	0	2	1	338	24.00	0.00	24.00	6538.33	4400.00	6538.33	1390.00
钼矿	10	2	2	1	5	1637	236.03	0.00	236.03	164167.60	159700.00	29155.20	5060.00
金矿	121	1	3	45	72	9046	891.47	0.00	906.32	210362.47	9690.00	205774.27	60006.64
银矿	17	1	0	10	6	2944	103.33	0.00	101.53	101876.00	56925.00	94960.90	20019.00
锗矿	1	0	0	1	0	248	5.00	0.00	5.00	2367.50	367.50	2367.50	500.00
红柱石	1	0	1	0	0	80	0.03	0.00	0.03	100.00	0.00	100.00	10.00
菱镁矿	2	0	0	2	0	10	0.00	0.00	0.00	0.00	0.00	0.00	0.00
普通萤石	239	1	2	94	142	3535	69.36	0.00	81.97	26967.52	298.20	26554.81	3395.91
熔剂用灰岩	12	1	0	4	7	1159	231.00	0.00	244.00	28220.13	0.00	20440.65	6.00

续表 4－1

矿种	矿山企业数					从业人员（个）	年产矿量		实际采矿能力（万吨/年）	工业总产值(万元)	综合利用产值（万元）	矿产品销售收入（万元）	利润总额（万元）
	合计	大型	中型	小型	小矿		万吨	万立方米					
冶金用白云岩	20	0	0	7	13	1363	110.29	0.00	155.29	16450.00	125.00	15968.00	678.00
冶金用石英岩	119	0	1	57	61	871	35.55	0.00	100.45	1902.25	113.00	1873.45	159.30
铸型用砂岩	1	0	0	1	0	12	0.00	0.00	1.00	0.00	0.00	0.00	0.00
铸型用砂	32	0	1	29	2	723	54.10	0.00	105.80	3604.00	200.00	3413.00	108.25
冶金用脉石英	46	0	0	12	34	496	20.30	0.00	46.55	1484.00	221.00	1315.70	108.20
耐火黏土	3	0	0	1	2	50	0.80	0.00	0.68	288.00	0.00	283.50	15.00
耐火用橄榄岩	1	0	0	1	0	120	0.20	0.00	0.20	100.00	0.00	100.00	4.00
硫铁矿	2	2	0	0	0	1147	71.00	0.00	71.20	62000.00	14370.00	26579.65	10080.00
芒硝	33	0	0	21	10	1001	23.91	0.00	43.61	9078.88	660.00	7500.55	446.00
天然碱	14	1	1	7	5	1389	174.55	0.00	174.55	46250.00	0.00	34176.50	4204.80
电石用灰岩	11	1	1	3	6	260	246.30	0.00	242.30	4757.53	0.00	4737.53	1126.80
制碱用灰岩	23	1	1	9	12	960	126.10	0.00	125.30	31765.00	310.00	31697.00	1010.70
化工用白云岩	3	0	0	2	1	20	0.60	0.00	0.91	18.00	0.00	18.00	3.00
化肥用蛇纹岩	1	0	0	1	0	5	3.00	0.00	0.00	150.00	0.00	150.00	0.00
泥炭	2	0	0	0	2	8	1.00	0.00	1.00	25.00	0.00	25.00	1.80
盐矿	10	2	1	4	3	2224	235.52	0.00	500.08	45626.68	4515.00	41836.71	7941.45
砷矿	1	0	0	1	0	30	0.30	0.00	0.30	24.00	0.00	24.00	2.50
石墨	50	2	5	27	16	1955	21.35	0.00	27.37	5504.02	2.00	5504.00	369.50
熔炼水晶	2	0	0	0	2	4	0.00	0.00	0.00	0.00	0.00	0.00	0.00
光学水晶	1	0	0	0	1	4	0.00	0.00	0.00	0.00	0.00	0.00	0.00
硅灰石	15	0	0	3	12	112	1.00	0.00	1.00	20.00	12.00	20.00	7.00
滑石	1	0	0	1	0	11	4.00	0.00	2.00	220.00	0.00	220.00	20.00
云母	4	0	0	2	2	23	0.01	0.00	0.01	20.00	0.00	12.00	5.00
长石	15	0	0	0	15	100	0.38	0.00	7.85	175.00	0.00	175.00	14.00

续表 4-2

矿种	矿山企业数					从业人员（个）	年产矿量		实际采矿能力（万吨/年）	工业总产值(万元)	综合利用产值(万元)	矿产品销售收入(万元)	利润总额(万元)
	合计	大型	中型	小型	小矿		万吨	万立方米					
电气石	2	0	0	1	1	15	0.00	0.00	0.00	0.00	0.00	0.00	0.00
石榴子石	10	0	0	2	8	46	0.33	0.00	0.27	100.00	0.00	38.00	10.00
叶蜡石	12	0	0	7	5	197	28.41	0.00	1.91	897.00	86.00	486.50	114.30
蛭石	1	0	0	1	0	10	0.00	0.00	0.00	0.00	0.00	0.00	0.00
沸石	13	0	0	4	9	61	1.10	0.00	2.15	99.00	35.00	43.00	10.00
透闪石	1	0	0	0	1	7	0.25	0.00	0.25	7.50	0.00	7.50	2.00
石膏	23	0	1	20	2	184	10.60	0.00	10.60	382.10	45.00	361.60	63.50
方解石	3	0	0	0	3	0	0.00	0.00	0.00	0.00	0.00	0.00	0.00
光学萤石	5	0	0	0	5	40	0.00	0.00	0.00	0.00	0.00	0.00	0.00
玉石	1	0	0	0	1	110	0.02	0.00	0.02	1750.00	0.00	620.00	210.00
玛瑙	4	0	0	0	4	150	0.03	0.00	0.03	1272.00	0.00	825.00	43.00
水泥用灰岩	129	4	7	46	72	2721	1493.85	0.00	1483.02	127572.94	4914.50	120527.82	22606.94
建筑石料用灰岩	172	0	1	67	104	752	177.80	0.00	190.04	3753.25	0.00	3494.25	860.22
制灰用石灰岩	64	0	0	38	26	974	161.36	0.00	212.28	3841.35	22.60	3682.85	381.88
玻璃用白云岩	3	0	0	1	2	19	10.00	0.00	12.00	280.00	0.00	250.00	45.00
玻璃用石英岩	5	0	0	2	3	68	10.50	0.00	11.20	110.00	0.00	110.00	30.50
玻璃用砂岩	1	0	0	1	0	13	3.00	0.00	3.50	52.00	0.00	52.00	40.00
水泥配料用砂岩	3	0	0	1	2	40	1.20	0.00	5.00	24.00	0.00	24.00	3.04
建筑用砂岩	28	0	0	20	8	245	11.76	0.00	22.00	313.70	0.00	257.50	35.80
玻璃用砂	10	0	2	7	1	470	61.62	0.00	68.10	3898.10	0.00	3027.10	94.66
建筑用砂	216	0	1	75	140	1490	311.33	0.00	294.36	5598.86	571.25	4701.85	402.03
水泥配料用砂	1	0	0	1	0	8	1.30	0.00	1.30	20.00	0.00	20.00	9.30
水泥标准砂	2	0	0	2	0	2	0.00	0.00	0.00	0.00	0.00	0.00	0.00
砖瓦用砂	3	0	0	0	3	113	1.70	0.00	1.70	113.00	0.00	85.00	5.60

续表 4-3

矿种	矿山企业数					从业人员（个）	年产矿量		实际采矿能力（万吨/年）	工业总产值(万元)	综合利用产值（万元）	矿产品销售收入（万元）	利润总额（万元）
	合计	大型	中型	小型	小矿		万吨	万立方米					
玻璃用脉石英	4	0	0	1	3	48	0.25	0.00	0.25	50.00	0.00	50.00	4.00
水泥配料用脉石英	1	0	0	1	0	0	0.00	0.00	0.00	0.00	0.00	0.00	0.00
粉石英	2	0	1	0	1	22	0.00	0.00	0.00	0.00	0.00	0.00	0.00
硅藻土	4	0	0	3	1	28	1.87	0.00	0.19	88.20	2.00	88.20	3.00
砖瓦用页岩	5	0	0	2	3	177	15.00	0.00	20.00	1340.00	110.00	650.00	130.00
水泥配料用页岩	1	0	0	1	0	0	0.00	0.00	0.00	0.00	0.00	0.00	0.00
建筑用页岩	1	0	0	1	0	0	0.00	0.00	0.00	0.00	0.00	0.00	0.00
高岭土	23	2	1	13	7	148	8.03	0.00	8.03	346.00	6.00	340.00	45.60
陶瓷土	6	0	0	1	5	44	2.00	0.00	2.00	132.00	0.00	130.00	9.00
累托石黏土	24	0	0	10	14	620	10.56	0.00	10.56	1049.40	0.00	1049.40	97.00
膨润土	33	1	7	18	7	794	11.38	0.00	11.42	1322.00	35.00	820.90	261.50
砖瓦用黏土	673	0	1	199	473	21920	747.79	0.0	965.60	39766.63	3570.00	35682.45	47.24.12
陶粒用黏土	51	0	0	44	7	862	11.67	0.00	14.88	1116.00	147.00	1116.00	74.70
水泥配料用黏土	7	0	0	4	3	51	11.42	0.00	70.71	219.00	0.00	216.60	62.00
水泥配料用红土	1	0	0	0	1	68	0.30	0.00	0.50	4.20	0.00	4.20	0.50
建筑用橄榄岩	4	0	0	4	0	115	39.12	0.00	30.93	650.00	0.00	650.00	38.00
饰面用辉石岩	1	0	0	1	0	40	0.00	0.00	0.00	0.00	0.00	0.00	0.00
铸石用玄武岩	1	0	0	0	1	0	0.00	0.00	0.00	0.00	0.00	0.00	0.00
岩棉用玄武岩	1	0	0	1	0	120	10.00	0.00	15.00	398.00	0.00	398.00	11.90

续表 4－4

矿种	矿山企业数					从业人员（个）	年产矿量		实际采矿能力（万吨/年）	工业总产值(万元)	综合利用产值(万元)	矿产品销售收入(万元)	利润总额(万元)
	合计	大型	中型	小型	小矿		万吨	万立方米					
饰面用玄武岩	60	0	0	27	33	600	12.94	0.00	14.70	3232.00	0.00	3219.00	454.60
水泥混合材玄武岩	9	0	0	5	4	23	0.70		0.00	50.00	0.00	50.00	5.00
建筑用玄武岩	52	0	0	36	16	328	57.23	0.00	44.13	777.50	78.00	706.00	92.30
建筑用角闪岩	6	0	0	4	2	43	1.03	0.00	4.03	59.20	12.00	51.20	6.94
饰面用辉绿岩	54	0	0	8	46	531	2.18	0.00	2.18	1173.20	3.00	1128.20	238.50
建筑用辉绿岩	3	0	0	1	2	68	29.40	0.00	29.40	457.00	0.00	357.00	67.04
饰面用辉长岩	3	0	0	0	3	27	0.31	0.00	0.31	92.00	0.00	88.00	9.00
建筑用安山岩	63	0	0	33	30	764	143.34	0.00	104.42	2801.39	22.00	2093.89	331.70
律筑用闪长岩	72	0	0	20	52	1152	208.87	0.00	213.11	2892.70	152.00	2847.70	298.47
饰面用闪长岩	2	0	0	1	1	6	0.00	0.00	0.00	0.00	0.00	0.00	0.00
建筑用花岗岩	201	1	1	91	108	1857	151.60	0.00	214.28	4277.46	212.00	4015.71	215.75
饰面用花岗岩	133	0	0	35	98	1453	21.63	0.00	26.14	10068.45	205.00	2394.25	135.00
麦饭石	6	0	0	4	2	49	0.55	0.00	0.55	115.00	0.00	110.00	6.20
珍珠岩	23	0	0	20	3	248	5.29	0.00	7.29	546.50	45.00	546.50	114.50
浮石	6	0	0	5	1	173	0.45	0.00	0.32	13.05	1.00	13.50	6.00
铸石用粗面岩	11	0	0	8	3	29	2.86	0.00	2.86	71.30	0.00	71.30	11.00
水泥用凝灰岩	4	0	2	1	1	7	0.30	0.00	0.10	10.00	3.00	10.00	1.00
建筑用凝灰岩	134	0	0	73	61	1499	206.11	0.00	204.01	3175.66	526.00	5234.16	738.54
火山灰	2	0	0	1	1	7	1.00	0.00	1.00	50.00	0.00	50.00	28.00

续表 4－5

| 矿种 | 矿山企业数 | | | | | 从业人员(个) | 年产矿量 | | 实际采矿能力(万吨/年) | 工业总产值(万元) | 综合利用产值(万元) | 矿产品销售收入(万元) | 利润总额(万元) |
	合计	大型	中型	小型	小矿		万吨	万立方米					
火山渣	1	0	0	0	1	50	0.00	0.00	0.00	0.00	0.00	0.00	0.00
饰面用大理岩	5	0	0	2	3	46	1.30	0.00	1.30	50.00	0.00	0.00	0.00
建筑用大理岩	5	0	0	3	2	50	17.35	0.00	17.35	137.50	60.00	127.50	24.10
水泥用大理岩	14	2	0	12	0	259	84.19	0.00	84.19	1905.40	70.00	1905.40	198.50
水泥配料用板岩	1	0	0	0	1	0	0.00	0.00	0.00	0.00	0.00	0.00	0.00
片麻岩	125	0	0	47	78	797	230.70	0.00	252.91	2647.20	282.00	2562.20	552.80
矿泉水	28	0	2	16	10	1214	92.66	0.00	0.00	15333.50	0.00	14995.60	943.85

（内蒙古自治区国土资源厅矿管处）

辽 宁 省

【矿产资源开发利用统计工作情况】 矿产资源开发统计(表1~3)是一项重要的年度性矿政管理基础工作,辽宁省国土资源厅一直对此项工作高度重视,早在2010年就下发了《关于做好2010年度全省矿产资源统计工作的通知》(辽国土资转发〔2010〕118号),要求各地认真部署,及时开展年报统计,督促采矿权人于2011年1月底前完成《矿产资源统计基础表》的填报,并在此基础上,做好矿产资源统计报表的录入、审查、汇总、分析和上报工作。2011年初召开的全省矿产资源管理工作会议,省厅把年报统计工作列为2011年矿管处重点工作之一。

3月2日国土资源部北京工作会议后,矿管处及时向厅党组汇报会议精神和有关要求,省厅高度重视此项工作,印发《转发国土资源部办公厅关于切实做好煤、铁矿产资源开发利用统计工作的通知》(辽国土资办发〔2011〕18号),并于3月8日召开辽宁省煤、铁等矿产资源开发利用统计工作会议,传达了北京工作会议精神,对年报统计工作进一步提高思想认识。会议明确,矿山企业作为矿产开发统计工作第一责任人,要指定具有相应专业知识的人员承担矿山开发统计工作,确保统计数据及时、准确,各市、县国土资源管理部门要督促矿山企业完善内部管理,及时与同级统计部门沟通,提高统计质量;各市、县建立矿山企业开发利用统计工作"抽查"制度,对煤、铁的产量、产值等主要数据进行抽查核实,抽查比例不低于矿山总数的10%,并对虚假、改矿井产煤97.06万吨,统计煤矸石量109.01万吨,超能力开采及违法开采30.72万吨,洗煤厂产煤3.43万吨。因此除上述原因,辽宁省铁矿、煤矿矿石产量实际差距分别为－27.05万吨和446.88万吨。

【矿产资源开发利用存在问题】 1.小矿多,工艺落后,造成资源浪费。辽宁省矿山企业小矿多、大矿少,小型以下矿山占全省矿山企业的92.64%。小型矿山资金少,生产工艺和生产设备落后、资源综合利用水平低,且管理粗放,开发过于功利性,不严格按照矿山开发利用方案或采矿设计采矿,采富弃贫、跃层越界开采现象时有发生,造成矿产资源浪费。

2.采矿权人环保意识差。从统计报表看,采矿权人对环境治理投入非常少,折射出其环保意识不强。由于小型以下矿山企业多,企业无长期规划,有的只追求眼前利益,不按设计生产,对环境破坏严重。环境破坏后,又不采取措施,不投入资金恢复,坏境破坏不能得到有效治理。

3.矿山统计数据误差大。矿山统计数据是制定国民经济计划的重要依据,统计部门、国土部门和其他专业管理部门都对矿山数据进行统计,但各部门各自为政,互不通气,统计口径方法也各不相同,造成部门之间数据差距很大,政府各部门的统计结果都不具备权威性,给数据应用部门造成很大困惑。

大部分矿山企业对统计工作的重要性认识不够,有些矿山没有专业人员负责统计工作,甚至根本没人兼职统计,填报数据具有很大的随意性。

辽宁省矿产资源开发利用情况是表1~3。

表1　　　　　　　　　　2010年辽宁省矿产资源开发利用情况(按经济类型分列)

企业经济类型	矿山企业数					从业人员(个)	年产矿量		实际采矿能力(万吨/年)	工业总产值(万元)	综合利用产值(万元)	矿产品销售收入(万元)	利润总额(万元)
	合计	大型	中型	小型	小矿		万吨	万立方米					
合计	4048	75	93	2436	1444	303407	32919.44	0	35351.42	6141425.17	335359.34	5317221.37	1047980.94
一、内资企业	4018	72	90	2413	1443	299490	32514.11	0	34947.8	5985887.67	335359.34	5172484.47	1040174.9
国有企业	135	32	24	56	23	99257	9948.9	0	10744.72	2400516.63	201190.36	2042989.26	383415.08
集体企业	746	2	2	451	291	26319	2710.7	0	3079.32	206012.84	14019.64	164078.7	27545,2
股份合作企业	38	0	1	15	22	7535	581.5	0	616.86	90581.55	285	41924.32	10334.6
联营企业	26	0	0	17	9	1223	96.46	0	108.45	82968.5	2359	22821.5	6621
有限责任公司	285	16	16	174	79	57375	4924.83	0	5003.65	1413880.7	19360.6	1273288.52	229722.85
股份有限公司	71	9	7	34	21	18115	2645.37	0	2842.25	563452.09	52534.7	500850.71	168725.37
私营企业	2635	13	40	1607	975	87fi651	10971.97	0	11995.52	1219392.59	45582.04	1118435.74	213245.7
其他企业	82	0	0	59	23	2002	634.3	0	3.15	332.75	0	323.75	-978
二、港、澳、台商投资企业	5	0	1	4	0	433	19.15	0	3.15	323.75	0	323.75	-978
港、澳、台商投资企业	5	0	1	4	0	433	19.15	0	3.15	323.75	0	323.751	-978
三、外商投资企业	25	3	2	19		3484	386.17	0	400.46	155213.75	0	144413.15	8784.04
外商投资企业	25	3	2	19	1	3484	386.17	0	400.46	155213.75	0	144413.15	8784.04

表2　　　　　　　　　　2010年辽宁省矿产资源开发利用情况(按矿种分列)

矿种	矿山企业数					从业人员(个)	年产矿量		实际采矿能力(万吨/年)	工业总产值(万元)	综合利用产值(万元)	矿产品销售收入(万元)	利润总额(万元)
	合计	大型	中型	小型	小矿		万吨	万立方米					
合计	4048	75	93	2436	1444	3013407	32919.44	0	35351.42	6141425.17	335359.34	5317221.37	1047980.94
煤炭	496	17	16	195	268	131736	5568.89	0	5985.21	2506984.67	21.4795.51	2204679.32	382061.29

续表 2－1

矿种	矿山企业数					从业人员（个）	年产矿量		实际采矿能力（万吨/年）	工业总产值（万元）	综合利用产值（万元）	矿产品销售收入（万元）	利润总额（万元）
	合计	大型	中型	小型	小矿		万吨	万立方米					
地下热水	16	1	3	9	3	768	165.25	0	0	2740.75	0	2285.75	－1257.9
铁矿	399	18	11	203	167	50660	11122.3	0	11742.86	2378810.38	15449.67	2176690.59	519219.5
锰矿	32	0	1	23	8	4489	48.67	0	65.93	35584.7	190	24664.56	8250.89
铜矿	22	0	2	9	11	7165	162.65	0	179.17	148244.45	20	70511.45	26872
铅矿	77	1	0	49	27	3968	44.27	0	45.94	39336.75	277	38629.32	3505.8
锌矿	16	0	0	5	11	373	8.55	0	14.6	745	160	80	97
钼矿	27	0	4	21	2	4289	195.4	0	275.95	22735	952	16929.25	5935
金矿	110	2	5	39	64	10288	171.64	0	193	104094.18	13881	102728,56	21776.81
银矿	3	0	1	0	2	302	8.5	0	8.5	5688	0	5688	856
红柱石	1	1	0	0	0	30	0	0	0	0	0	0	0
菱镁矿	100	5	7	64	24	7749	796.23	0	1335.52	184581.19	397.2	90899.21	19186.25
普通萤石	30	0	0	23	7	450	19.47	0	24.9	2773.1	151.5	2097.1	248.78
熔剂用灰岩	11	4	2	2	3	4528	1034.1	0	1106.1	48138.84	10	27990.34	6870.58
冶金用白云岩	8	1	0	5	2	199	29.79	0	30.49	619.56	51.51	514.56	83.1
冶金用石英岩	22	0	1	14	7	270	39.9	0	51.06	1525.75	90	1193	389.9
铸型用砂岩	3	0	0	3	0	66	2.87	0	2.87	95	0	95	36.72
冶金用脉石英	12	0	0	11	1	172	10.11	0	11.5	436.2	8	436.2	151
耐火黏土	10	0	0	4	6	223	5.45	0	5.45	763.96	12	55.86	6
硫铁矿	29	0	1	20	8	4924	26.38	0	65.48	7176.2	780	3575.2	765.6
重晶石	7	0	0	5	2	90	1.2	0	1.2	164	22	164	40
含钾砂页岩	2	0	0	2	0	50	6	0	6	250	5	233.3	10
含钾岩石	2	0	0	1	1	21	0.8	0	0.8	160	0	72	20
化肥用蛇纹岩	1	0	0	1	0	15	1	0	1	100	10	100	0.2
泥炭	5	0	0	0	5	371	0.81	0	0.1	50	0	50	6.5
溴矿	1	0	0	1	0	25	0.471	0	0.01	283.22	103.73	283.21	－300.3
硼矿	54	4	4	44	2	2933	203.31	0	203.31	39307.13	15051	39307.13	4806.9
磷矿	3	0	1	2	0	354	195	0	183	16661.5	0	22535	3406

续表 2－2

矿种	矿山企业数					从业人员（个）	年产矿量		实际采矿能力（万吨/年）	工业总产值(万元)	综合利用产值（万元）	矿产品销售收入（万元）	利润总额（万元）
	合计	大型	中型	小型	小矿		万吨	万立方米					
金刚石	3	1	1	1	0	519	0.03	0	0	1.2	0	1.2	0
石墨	1	0	0	1	0	3	0	0	0	0	0	0	0
工艺水晶	1	0	0	1	0	1	0	0	0	0	0	0	0
硅灰石	26	1	0	21	4	444	30.99	0	31.08	1714.31	97	1604.31	137.8
滑石	53	2	1	37	13	2015	59.43	0	80.34	9109.18	28	8211.43	2393.28
石棉	1	0	0	0	1	16	0.02	0	0.02	20	0	4.8	1
长石	30	0	0	10	20	343	17.56	0	14.34	872.33	0	796.93	107.55
蛭石	2	0	0	2	0	60	0	0	1	0	0	0	0
沸石	9	0	0	3	6	216	22.26	0	24.6	686	7	476	74.3
石膏	3	1	2	0	0	1942	59.77	0	59.77	7149.84	0	5406.84	－693
方解石	34	0	0	23	11	487	18.51	0	18.51	931.5	9	859.1	50.34
玉石	10	0	0	40	6	138	0.17	0	0.37	2189	105	1674	598.3
水泥用灰岩	107	12	5	82	8	7328	2696.02	0	9.688.3	333146.92	49077.7	257178.89	17774.5
建筑石料用灰岩	402	2	12	191	197	7785	3505.28	0	3777.81	45774.65	2070	39587.76	4027.04
饰面用灰岩	2	0	0	0	2	32	1	0	5	12	2	0	2
制灰用石灰岩	72	0	0	25	47	2164	416.73	0	407.46	13622.43	469	12060.63	531.83
泥灰岩	1	0	0	1	0	14	2.99	0	2.99	40	0	40	3
玻璃用白云岩	4	0	0	3	1	99	6	0	6	300	0	300	20
建筑用白云岩	103	0	4	81	18	1441	656.8	0	576.18	6116.86	1242.1	5542.76	1013.34
玻璃用石英岩	34	0	0	30	4	593	45.29	0	45.27	2480.8	218.5	2266.82	216.3
玻璃用砂岩	1	0	0	1	0	4	0	0	1	0.1	0	0	0
水泥配料用砂岩	3	0	0	3	0	29	7.38	0	7.38	117.7	20	91.14	－26
砖瓦用砂岩	3	0	0	2	1	73	18.26	0	21.4	217.5	0	72.5	35

续表 2-3

矿种	矿山企业数					从业人员（个）	年产矿量		实际采矿能力（万吨/年）	工业总产值(万元)	综合利用产值(万元)	矿产品销售收入(万元)	利润总额(万元)
	合计	大型	中型	小型	小矿		万吨	万立方米					
陶瓷用砂岩	3	0	0	2	1	115	7	0	7	347	0	322	50
建筑用砂岩	16	0	0	8	8	217	68.74	0	75.39	510.05	2	500.05	123.42
玻璃用砂	8	0	0	0	8	289	25.3	0	39	3714	0	1589	118.65
建筑用砂	14	0	0	5	9	305	87.05	0	87.04	1744	169	1653	228.66
玻璃用脉石英	2	0	0	1	1	70	1.3	0	1.3	85	10	60	2
水泥配料用脉石英	2	0	0	2	0	13	0.6	0	0.6	30	0	30	0
砖瓦用页岩	23	0	0	21	2	1543	46.86	0	48.86	5832	470	4720	66.11
水泥配料用页岩	3	0	0	3	0	35	25.3	0	25.3	821.61	0	810.9	36.5
建筑用页岩	5	0	0	5	0	150	12.79	0	12.79	554.2	0	550.2	15.2
高岭土	3	0	0	3	0	58	3	0	3	32.5	0	32.5	12
陶瓷土	9	0	1	6	2	257	41.34	0	42.1	2516	350.5	1.516	18
海泡石黏土	1	0	0	1	0	5	0	0	0	0	0	0	0
膨润土	69	0	0	48	21	2652	111.74	0	186.53	60742.72	3390	58351.32	5403
砖瓦用黏土	435	0	0	270	165	21338	1142.87	0	1205.55	46941.74	8709.67	3904.93	5594.42
陶粒用黏土	2	0	0	1	1	52	3	0	3	90	0	90	8
水泥配料用黏土	1	0	0	0	1	8	1	0	1	20	0	20	8
水泥配料用泥岩	3	0	0	1	2	12	7.4	0	7.4	50	0	50	11
保温材料用黏土	1	0	0	1	5	0	0	0	0	0	0	0	0
建筑用橄榄岩	1	0	0	1	0	2	0	0	0	0	0	0	0
饰面用蛇纹岩	22	0	0	22	0	184	6.21	0	6.18	998.6	10.95	998.6	308

续表 2－4

矿种	矿山企业数					从业人员（个）	年产矿量		实际采矿能力（万吨/年）	工业总产值(万元)	综合利用产值(万元)	矿产品销售收入(万元)	利润总额(万元)
	合计	大型	中型	小型	小矿		万吨	万立方米					
饰面用玄武岩	2	0	0	1	1	9	1.2	0	1.2	18	5	18	3
建筑用玄武岩	29	0	0	24	5	359	93.97	0	101.14	1203.8	380	1090.8	259
建筑用辉绿岩	14	0	0	14	0	105	23.67	0	23.34	291.4	21	291.4	48
建筑用安山岩	127	0	2	84	41	2756	814.46	0	997.58	12798.4	4507	1079.8	2103.9
建筑用闪长岩	21	0	0	17	4	446	147.77	0	149.3	1486.5	130	1273.5	195.2
水泥混合材用闪长玢岩	1	0	0	1	0	2	0	0	0	0	0	0	0
饰面用闪长岩	4	0	0	3	1	48	9.48	0	9.48	85	0	75.4	6
建筑用二长岩	1	0	0	1	0	28	19.4	0	34.97	261.18	50	235.97	2.6
建筑用花岗岩	518	0	3	382	133	6560	2130.95	0	240.75	14747.2	1001.8	12756.75	3147.99
饰面用花岗岩	5	0	0	5	0	87	2.94	0	2.94	269	0	250.7	17
珍珠岩	6	0	0	4	2	207	10.46	0	10.96	775	10	772	31.5
建筑用凝灰岩	14	0	0	10	4	135	25.48	0	27.85	198.6	78	183.6	25
饰面用大理岩	26	0	0	4	22	168	2.36	0	2.36	255	0	217.4	21.6
建筑用大理岩	132	1	0	118	13	938	342.94	0	309.41	3241.14	124	3079.9	514.17
水泥用大理岩	19	0	0	19	0	524	80.21	0	90.76	1545.35	0	1234.6	81.62
水泥配料用板岩	1	0	0	1	0	2	0	0	0	0	0	0	0
片麻岩	5	0	0	2	3	140	51.52	0	56.45	528	14	528	73
矿泉水	68	1	3	45	19	1161	74.92	0	0	4690.84	0	4137.91	－39.86
地下水	1	0	0	1	0	20	6.57	0	0	9	0	9	5

续表 2-5

| 矿种 | 矿山企业数 | | | | | 从业人员(个) | 年产矿量 | | 实际采矿能力(万吨/年) | 工业总产值(万元) | 综合利用产值(万元) | 矿产品销售收入(万元) | 利润总额(万元) |
	合计	大型	中型	小型	小矿		万吨	万立方米					
其他矿产 1	20	0	0	16	4	289	18.34	0	18.34	1344	164	1334	134.7
其他矿产 2	7	0	0	7	0	193	10.78	0	10.78	90.5	0	90.5	37.56

表3　2010年辽宁省矿产资源开发利用情况(按行政区分列)

| 名称 | 矿山企业数 | | | | | 从业人员(个) | 年产矿量 | | 实际采矿能力(万吨/年) | 工业总产值(万元) | 综合利用产值(万元) | 矿产品销售收入(万元) | 利润总额(万元) |
	合计	大型	中型	小型	小矿		万吨	万立方米					
合计	4048	75	93	2436	1444	303407	32919.44	0	35351.42	641425.17	335359.34	53171221.37	1047980.94
沈阳市	137	4	3	81	49	15049	1115.95	0	1257.25	184275.56	544.1	177796.32	45651.05
大连市	270	8	4	173	85	8303	4347.83	0	4467.78	188998.7	40735.7	138864.?	15454.92
鞍山市	267	14	14	127	112	20019	5198.05	0	5965.02	949389.73	2449	790409.51	192003.51
抚顺市	211	2	4	114	91	25827	1731.09	0	1528.34	688665.17	2459	491734.59	88147.52
本溪市	236	5	10	95	126	23695	4030.69	0	3776.01	688152.71	11042.67	617517.25	115837.5
丹东市	622	8	10	522	82	21022	1000.75	0	1001.53	184527.24	41061.25	183010.3	34997.87
锦州市	285	0	9	271		6594	1363.63	0	1519.15	116578.9	31504.8	103334.2	10051.2
营口市	310	3	2	233	72	4195	1185.75	0	1145.18	12710.94	41.51	12585.24	2632.44
阜新市	250	5	3	60	182	41545	2099.26	0	2298.68	724521.38	192788.91	702923.18	113493.87
辽阳市	374	13	13	249	97	30432	3508.68	0	3461.51	70526B.41	0	632199.31	147228.01
盘锦市	3	0	0	1	2	81	1.57	0	0.01	316.1	103.73	316.09	-312.61
铁岭市	264	8	2	250	4	41173	3288.42	0	3411.33	847773.31	8061.67	761670.48	121956.48
朝阳市	502	3	8	150	341	41109	2974.7	0	3905.79	753503.58	1043	703101.35	157397.97
葫芦岛市	317	2	9	110	196	24363	1073.06	0	1613.85	96743.43	3524	1758.85	3441.2

(辽宁省国土资源厅)

黑龙江省

【矿产资源概况】　黑龙江省是矿产资源大省,矿产种类较全。截至2010年底,全省共发现各类矿产(含亚矿种)134种,占全国已发现237种矿产(含亚矿种)的56.5(表1)%。全省已查明资源储量的矿产有83种,占全国2010年度已查明227种矿产(含亚矿种)资源储量矿产的36.6%(表2)。已查明的83种矿产按工业用途分为九大类,其中能源矿产6种;黑色金属矿产3种;有色金属矿产11种;贵金属矿产6种;稀有、稀散

元素矿产8种;冶金辅助原料非金属矿产7种;化工原料非金属矿产7种;建材和其他非金属矿产33种;水气矿产2种。已发现尚未探明的各类矿产51种。全省已查明有矿产资源储量的83种矿产中,除石油、天然气、铀矿、地热、地下水、矿泉水外,矿区矿产地数为884处,矿山数为2189处。查明资源储量按矿产地规模统计,大型118处,中型188处,小型566处。黑龙江省矿产资源的分布,石油、天然气主要集中在松辽盆地的大庆一带;煤炭则分布在东部的鹤岗、双鸭山、七台河和鸡西等地;有色、黑色金属矿产主要分布于嫩江、伊春和哈尔滨一带;金矿分布在大小兴安岭及伊春、佳木斯、牡丹江等地;非金属矿产主要分布在黑龙江省的

东部和中部地区。在全国统计的 45 种主要矿产中，黑龙江省石油、天然气、铀、煤、铜、铁、铅、锌、金、水泥用大理岩(灰岩)、玻璃硅质原料、硫等矿种是国民经济支柱性矿产，已开发利用的矿种有石油、天然气、煤、铁、铜、铅、锌、金、水泥用大理岩、玻璃硅质原料。

【地质勘查工作】 黑龙江省已经形成了以国有地质勘查单位为主体，多种经济类型并存的地质勘查行业队伍。截至 2010 年底，黑龙江省地质勘查行业具有地质勘查资质单位 119 家。其中取得一项以上甲级资质单位 27 个，取得一项乙级资质单位 27 个，取得一项丙级资质单位 65 个。全省地质勘查单位共有职工 2.75 万人，其中在职职工 1.66 万人，从事地质勘查工作人员 0.63 万人，其中技术人员 0.34 万人。社会企事业地勘单位职工总人数 0.90 万人，其中在职职工 0.78 万人。

表1　　　　　　　　　　　　　　　2010 年黑龙江省已查明矿产和已发现尚未探明矿产统计

矿产类别	已查明储量矿产		已发现尚未探明储量矿产	
	矿种数	矿种名称	矿种数	矿种名称
能源矿产	6	石油、天然气、煤、地热、铀矿、油页岩	2	煤层气、褐煤蜡
黑色、有色金属矿产	14	铁、钛、钒、铜、铅、锌、镁、镍、钴、钨、锡、铋、钼、锑、	3	锰、铬、汞
贵金属矿产	6	铂、钯、铱、锇、金、银	2	钌、铑
稀有稀散放射性元素矿产	8	钽、铍、镓、铟、铼、硒、镉、碲	9	钇、镧、铈、镨、锗、铌、锂、锆、钍
冶金辅助原料非金属矿产	7	矽线石、普通萤石、熔剂用灰岩、冶金用白云岩、铸型用砂、耐火黏土、菱镁矿	1	蓝晶石
化工原料非金属矿产	7	硫铁矿、伴生硫、化肥用蛇纹岩、泥炭、砷、硼、磷	3	自然硫、重晶石、天然碱
建材及其他非金属矿产	33	石墨、压电水晶、熔炼水晶、硅灰石、石棉、云母、长石、石榴子石、叶蜡石、沸石、颜料矿物、玻璃用砂、玻璃用脉石英、陶粒页岩、水泥配料用页岩、饰面用辉长岩、饰面用闪长岩、铸石用玄武岩、岩棉用玄武岩、饰面用花岗岩、珍珠岩、火山灰、饰面用大理岩、水泥用大理岩、玻璃用大理岩、浮石、制灰用石灰岩、陶瓷土、水泥配料用黏土、膨润土、陶粒用黏土、水泥配料用砂岩、硅藻土(白炭黑用黏土、漂白土)	28	高岭土、水泥用灰岩、蓝宝石、玛瑙、玉石、电气石、刚玉、红柱石、滑石、方解石、麦饭石、黑曜岩、松脂岩、霞石正长岩、透闪石、透辉石、石膏、硅石、蛭石、砖瓦用黏土、建筑用凝灰岩、建筑用砂、火山渣、电石用灰岩、泥灰岩、明矾石、蛋白石、芒硝
水气矿产	2	地下水、矿泉水	3	二氧化碳气、硫化氢气、氮气

表2　　　　　　　　　　　　　　　　　2010 年黑龙江省矿产资源储量按矿种统计汇总

矿产名称	统计对象	基础储量	资源量	资源储量
煤炭	千吨	8671714.26	15133433.82	23805148.08
油页岩	千吨		22120.00	22120.00
铁矿	矿石　千吨	53712.10	335362.21	389074.31
钛矿	钛铁矿/钛铁矿 TiO_2 吨		946900.00	946900.00
	钛铁矿砂矿/钛铁矿矿物吨		175194.00	175194.00
钒矿	V_2O_5 吨		78.80	78.80

续表 2－1

矿产名称	统计对象	基础储量	资源量	资源储量
铜矿	非伴生矿/铜吨	1305354.33	2590785.38	3896139.71
	伴生矿/铜吨		23158.96	23158.96
铅矿	铅吨	73437.00	545123.90	618560.90
锌矿	锌吨	299672.00	1594136.83	1893808.83
镁矿	炼镁白云岩/矿石千吨	2207.00	6706.00	8913.00
镍矿	镍吨		30956.00	30956.00
钴矿	钴吨		4151.00	4151.00
钨矿	原生矿/WO_3 吨	48830.00	176744.00	225574.00
锡矿	原生矿/锡吨	377.00	1426.00	1803.00
铋矿	铋吨	732.00	139.00	871.00
钼矿	钼吨	48290.30	248227.24	296517.54
锑矿	锑吨		557.00	557.00
铂族金属	原生矿/金属千克		8944.00	8944.00
铂矿	原生矿/铂千克		185.00	185.00
钯矿	原生矿/钯千克		303.00	303.00
铱矿	原生矿/铱千克		344.00	344.00
锇矿	原生矿/锇千克		972.00	972.00
金矿	岩金/金千克	92777.10	102807.03	195584.13
	砂金/金 千克	169276.00	136434.00	305710.00
	伴生金/金千克		83852.59	83852.59
银矿	非伴生矿/银吨	546.34	1756.65	2303.08
	伴生银/银 吨	171.77	362.26	534.03
钽矿	氧化钽/Ta_2O_5 吨		15.00	15.00
铍矿	氧化铍/BeO 吨		29.00	29.00
镓矿	镓吨		10.00	10.00
铟矿	铟吨		440.00	440.00
铼矿	铼吨		99.00	99.00
镉矿	镉吨		4235.40	4235.40
硒矿	硒吨		1684.00	1684.00
碲矿	碲吨		13.00	13.00
矽线石	矽线石吨	4798800.00	2828673.00	7627473.00
菱镁矿	矿石 千吨		1165.00	1165.00
普通萤石	CaF_2/萤石或 CaF_2 千吨		141.00	141.00
熔剂用灰岩	矿石千吨	13671.00	20967.00	34638.00
冶金用白云岩	矿石千吨	3554.00	32977.00	36531.00
铸型用砂	矿石千吨	4534.00	6390.00	10924.00

续表 2－2

矿产名称	统计对象	基础储量	资源量	资源储量
耐火黏土	矿石千吨	5201.00	10673.00	15847.00
硫铁矿	矿石/矿石千吨	482.00	2772.60	3254.60
	伴生硫/硫 千吨	357.56	1360.40	1717.96
化肥用蛇纹岩	矿石千吨	9887.00	68916.00	78803.00
泥炭	矿石千吨	73.00	28733.00	28806.00
砷矿	砷/砷吨	16275.00	10417.00	26692.00
硼矿	固体/B_2O_3千吨		5.00	5.00
磷矿	矿石/矿石千吨		43050.00	43050.00
石墨	晶质石墨/晶质石墨千吨	24035.00	93204.80	117239.80
压电水晶	单晶千克	7536.00	1161.00	8697.00
熔炼水晶	矿物吨	361.00	1137.00	1498.00
硅灰石	矿石千吨		37.00	37.00
石棉	石棉千吨		350.00	350.00
云母	工业原料云母吨		978.00	978.00
长石	矿石千吨		175580.00	175580.00
石榴子石	砂矿/石榴子石吨		121833.00	121833.00
叶蜡石	矿石千吨	255.00	492.00	747.00
沸石	矿石千吨	35509.00	87666.90	123175.90
颜料矿物	颜料黄土/颜料黄土矿石千吨		2950.00	2950.00
制灰用石灰岩	矿石千吨		10249.80	10249.80
水泥配料用砂岩	矿石千吨		109880.00	109880.00
玻璃用砂	矿石千吨	2070.00	13960.00	16030.00
玻璃用脉石英	矿石千吨		7105.00	7105.00
硅藻土	矿石千吨		1195.00	1195.00
陶粒页岩	矿石千吨	6050.00	97370.00	103420.00
水泥配料用页岩	矿石千吨	2450.00	1940.00	4390.00
陶瓷土	矿石千吨	12320.00	25257.00	37577.00
膨润土	矿石千吨		145999.00	145999.00
陶粒用黏土	矿石千吨	2200.00	7125.20	9325.20
水泥配料用黏土	矿石千吨	61200.00	59870.00	121070.00
铸石用玄武岩	矿石千吨	111000.00	310.00	111310.00
岩棉用玄武岩	矿石 千吨	2450.00	70710.00	73160.00
饰面用辉长岩	矿石千立方米		2540.00	2540.00
饰面用闪长岩	矿石千立方米		3820.30	3820.30
饰面用花岗岩	矿石千立方米	10536.76	43354.72	53891.48
珍珠岩	矿石千吨	8430.00	21213.00	29643.00
浮石	矿石千立方米		191.20	191.20
火山灰	矿石千吨	17990.00	34770.00	52760.00
饰面用大理岩	矿石千立方米	2610.00	4070.00	6680.00
水泥用大理岩	矿石千吨	427597.23	1233723.60	1661320.85

续表 2－3

矿产名称	统计对象	基础储量	资源量	资源储量
玻璃用大理岩	矿石千吨	14940.00	13260.00	28200.00

2010年，黑龙江省共开展野外施工矿产勘查项目439个，其中有预查66个，普查329个，详查32个，勘探12个。矿产资源勘查矿种以贵金属金、有色金属铜、铅、锌、钼和能源矿产煤炭为主，439个项目中有能源矿产勘查58个(煤炭49个、地热9个)，黑色金属矿产勘查10个(铁10个)，有色金属矿产勘查135个(铜78个、铅锌31个、钼21个、镍4个、铝土矿1个)，贵金属矿产勘查224个(金217个、银7个)，化工建材及其他非金属矿产勘查7个(普通萤石1个、硅石1个、砂质高岭土1个、水泥用灰岩1个、水泥用大理岩2个、石墨1个)，水气矿产勘查4个(地下水1个、矿泉水3个)。全省矿产资源勘查投入资金70708万元，其中中央财政投入2756万元，省财政投入18212万元，社会资金投入49740万元。2010年矿产资源勘查投入的主要实物工作量有钻探447406米，坑探1775米，槽探139万立方米，浅井2890米。

截至2010年底末，全省区域地质调查累计完成山区和丘陵区1:25万区域地质调查18幅，面积137807平方千米；累计完成山区、丘陵区1:20万区域地质调查74幅，面积264617平方千米；累计完成1:5万区域地质调查76幅，面积22448平方千米。在额尔古纳成矿带、大兴安岭成矿带、小兴安岭－松嫩盆地边缘成矿带实施1:5万区域地质调查16幅，面积5409平方千米。区域地球物理调查累计完成山区、丘陵区1:20万区域重力调查47幅，面积162932平方千米。累计完成非山区(三江平原地区)1:20万区域重力调查20000平方千米；非山区1:10万区域重力调查面积115000平方千米；其中松嫩平原100000平方千米，三江平原10000平方千米，兴凯湖5000平方千米。区域地球化学调查累计完成山地和丘陵区1:20万区域地球化学调查44幅，面积195840平方千米；实施并完成1:5万水系沉积物地球化学测量45幅，面积15541平方千米。

2010年，获得大型煤矿产地2处、石墨矿产地1处、小型煤矿产地1处、金矿1处、铜矿1处。钼矿1处、大型地热田1处。

【矿产资源开发利用现状】 2010年，黑龙江省现有各类持证矿山4008个，其中省级发证1256个，市级发证2750个，县级发证2个。年内对2274个矿山进行了采矿权年检，年检不合格矿山209个，合格率为91%。本次年检共查处非法采矿42起，注销采矿许可证30个，发现侵权越界情况149个，追征矿补费572.54万元，罚没款856.88万元，没收矿产品11.2万吨，刑事处罚1起。全省开发利用程度较高的矿种有煤炭、铁、金、水泥用大理岩、铜、石墨以及一些建材用非金属矿和矿泉水等。正在开采的矿种有煤炭、铁、铜、铅、锌、石墨、水泥用大理岩等矿产，未开发利用矿种有菱镁矿、白云岩、铂、钯、长石等矿产。2010年度，共依法审批颁发采矿许可证441个，勘查许可证385个，地质调查证35个；矿产资源有偿使用收益共实现9.05亿元。组织开展了对有效矿业权3736个进行了实地核查，其中探矿权734个，采矿权3002个，控制面积达25万平方千米，数据质量经国土资源部综合评定为优秀。全省参加矿产资源整合的50个探矿权整合后形成的5个新探矿权，已完成整合发证工作；参加整合的220个非煤采矿权整合后形成的43个新采矿权，已发证24个，其余19个均已完成划定矿区范围批复工作。全省矿产资源补偿费实缴金额为12.77亿元，与2009年同比增加了3.58亿元。矿产资源补偿费缴纳以大庆、石油天然气开采业为主，占全省上缴总额的76.82%，其他各市(地)实缴矿产资源补偿费金额占23.18%，主要为煤炭、金、铜、铁、石墨和水泥用大理岩等矿产(表3~5)。

表3　　　　　　　　　　　　　2010年黑龙江省矿产资源开发利用情况(按矿种分列)

矿种	矿山企业数					从业人员(个)	年产矿量万吨	工业总产值(万元)	综合利用产值(万元)	矿产品销售收入(万元)	利润总额(万元)
	合计	大型	中型	小型	小矿						
总　计	4008	338	221	1034	2415	355595	19137.23	3179952.04	23658.26	3060945.43	275363.82
煤炭	1099	26	15	402	656	270780	8394.57	2759636.13	21160.30	2653517.34	223131.37
地下热水	4	4				48	116.00	176.00		160.00	
铁矿	43	1	1	6	35	3178	162.57	61504.44	958.20	57539.83	9406.5

续表 3 - 1

| 矿种 | 矿山企业数 | | | | | 从业人员（个） | 年产矿量万吨 | 工业总产值（万元） | 综合利用产值（万元） | 矿产品销售收入（万元） | 利润总额（万元） |
	合计	大型	中型	小型	小矿						
铜矿	9	1	1		7	2883	156.99	783.65	60.00	783.65	
铅矿	10			4	6	707	8.57	3104.5		23184.02	323.00
锌矿	3				3	94					
镁矿	1			1		1					
钼矿	4		1	1	2	489	29.00	6226.00		7209.00	20.00
金矿	16		19	6	2859	74.57	40093.50		39723.50	15564.40	
矽线石	2			2		243	6.61	846.56		831.48	383.91
熔剂用灰岩	1			1		204	59.50	2198.70		2198.70	20.90
冶金用石英岩	2			2		6					
冶金用脉石英	6			6		112	0.21	25.00		25.00	12.50
泥炭	2			2		31	0.20	64.00		64.00	5.00
石墨	25		10	5	10	2617	399.5	69068.20		68763.2	2273.00
熔炼水晶	1			1		7					
硅灰石	3			3		16	0.16	16.00		16.00	3.80
叶蜡石	1			1		12	0.20	44.00		44.00	15.00
透辉石	1			1		4					
沸石	6			3	3	31	3.85	71.20		71.20	0.70
水泥用灰岩	20			1	19	288	30.00	272.00		272.00	10.00
建筑石料用灰岩	11			1	10	105	4.08	110.32		84.32	9.75
饰面用灰岩	1			1		35					
制灰用石灰岩	9	1		1	7	255	183.15	10929.00		10929.00	310.00
泥灰岩	1			1		3	0.69	13.00		13.00	2.60
玻璃用白云岩	2			2		11	2.60	34.00		34.00	8.50
建筑用白云岩	9			9		60	1.23	59.50		59.50	
玻璃用石英岩	11			6	5	67					
水泥配料用砂岩	2			2		50	0.60	18.00		18.00	
砖瓦用砂岩	1			1							
建筑用砂岩	27			17	10	212	3.74	221.65		83.15	4.10
建筑用砂	392			98	294	4165	1211.95	14931.99	328.00	14623.74	1286.18
砖瓦用砂	1			1		15					
玻璃用脉石英	8			4	4	44					
陶粒页岩	7			6		117					
砖瓦用页岩	2			2		3	0.20	50.00		50.00	20.00
高岭土	1			1		1					
膨润土	7			7		48	0.50	150.00		150.00	30.00
砖瓦用黏土	917			26	891	46568	1366.75	88238.41	753.96	81584.61	8413.22
陶粒用黏土	4			1	3	139	1.19	83.00		83.00	10.00

续表 3 - 2

矿种	矿山企业数					从业人员（个）	年产矿量万吨	工业总产值（万元）	综合利用产值（万元）	矿产品销售收入（万元）	利润总额（万元）
	合计	大型	中型	小型	小矿						
水泥配料用黏土	6				6	53	3.08	301.00		301.00	7.00
水泥配料用红土	5				5	227	7.70	447.00		447.00	32.00
水泥配料用泥岩	1				1	50					
饰面用蛇纹岩	3			3		50	6.07.	50.38		50.38	26.00
铸石用玄武岩	6		1	2	3	45	2.71	74.97		74.97	1.30
饰面用玄武岩	3			1	2	18	1.80	24.00		24.00	0.50
水泥混合材玄武岩	1			1		8	0.85	8.50		8.50	
建筑用玄武岩	172	53	13	34	72	1965	390.53	5322.71	15.50	5248.71	378.02
建筑用角闪岩	2		2			21	2.94	23.75		23.75	12.00
饰面用辉绿岩	1	1				15	4.68	39.00		39.00	6.00
建筑用辉绿岩	12	3	2	6	1	198	32.55	640.00		633.00	162.60
饰面用辉长岩	1					20					
建筑用辉长岩	13	1	1	5	6	128	14.13	175.25		173.25	36.00
建筑用安山岩	260	79	54	90	37	3854	1690.44	14488.27	0.50	14468.27	2686.61
建筑用闪长岩	47	17	5	8	17	732	414.19	6748.35	17.00	5772.40	636.34
饰面用闪长岩	2			1	1	31	0.23	132.30		132.3	14.30
建筑用花岗岩	500	88	92	175	145	5521	3216.90	14001.43	226.08	13649.08	2790.71
饰面用花岗岩	27	1	2	10	14	1324	15.69	1532.72		1532.72	323.19
麦饭石	1			1		10	1.07	29.92		29.92	- 2
珍珠岩	3			1	2	59	0.71	71.00		71.00	20.00
浮石	6			2	4	50	0.90	115.00		105.00	23.00
水泥用凝灰岩	2				2	2					
建筑用凝灰岩	45	13	14	10	8	540	102.13	1396.50	12.00	1340.50	266.00
火山灰	4				4	8					
饰面用大理岩	3			1	2	23					
建筑用大理岩	9	2		5	2	89	86.50	34600.00	126.00	34600.00	145.00
水泥用大理岩	118	31	14	36	37	2731	901.02	34638.88		34592.34	5918.07
饰面用板岩	3			3		13	1.75	22.00		21.00	5.10
水泥配料用板岩	2			2		11	1.25	23.50		18.50	4.15
矿泉水	75	4	2	36	33	1236	18.22	6076.85		5473.60	607.50
地下水	2			1	1	50					
其他矿产	1				1	5					

表4   2010 年黑龙江省矿产资源开发利用情况（按经济类型分列）

| 企业经济类型 | 矿山企业数 | | | | | 从业人员（个） | 年产矿量万吨 | 工业总产值（万元） | 综合利用产值（万元） | 矿产品销售收入（万元） | 利润总额（万元） |
	合计	大型	中型	小型	小矿						
总　计	4008	338	221	1034	2415	355595	19137.23	3179952.04	23658.26	3060945.43	275363.82
一、内资企业	4001	336	220	1034	2411	354685	19075.95	3165526.84	23658.26	3046525.23	272998.82
国有企业	249	37	10	121	81	135106	5196.76	1552293.62	14570.30	1459437.43	46879.24
集体企业	564	5	9	70	480	29066	917.86	133978.33	4036.04	126687.19	12164.09
股份合作企业	84	2	3	18	61	4538	151.09	31196.69	150.00	30209.34	5644.65
联营企业	12	3			9	776	5.30	326.0		0326.00	76.00
有限责任公司	319	43	18	85	173	43776	2516.70	472417.59	1082.00	468372.14	38986.64
股份有限公司	176	17	5	59	95	56400	2200.71	541184.57	109.00	539641.78	110867.70
私营企业	2584	226	173	680	1505	84854	8051.99	433471.61	3710.92	421192.91	58255.90
其他企业	13	3	2	1	7	169	35.53	658.44		658.44	124.60
二、港、澳、台商投资企业	2	1	1			640	49.29	13801.20		13801.20	2340.00
三、外商投资企业	5	1	4			270	11.99	624.00		619.00	25.00

表5   2010 年黑龙江省矿产资源开发利用情况（按行政区分列）

| 行政区名称 | 矿山企业数 | | | | | 从业人员（个） | 年产矿量万吨 | 工业总产值（万元） | 综合利用产值（万元） | 矿产品销售收入（万元） | 利润总额（万元） |
	合计	大型	中型	小型	小矿						
总　计	4008	338	221	1034	2415	355595	19137.23	3179952.04	23658.26	3060945.43	275363.82
哈尔滨市	689	142	66	78	403	21813	4101.26	138210.13		137383.77	8438.86
齐齐哈尔市	330	24	5	71	230	13061	1618.28	40265.74	133.00	37926.04	2686.64
牡丹江市	323	44	16	106	157	13607	487.51	78396.80	542.20	77361.81	13842.65
佳木斯市	332	8	35	115	174	7666	430.27	20697.20		20697.20	3986.80
大庆市	114	4	1	9	100	6452	347.04	5401.95	2.00	4144.55	650.60
鸡西市	633	45	24	232	332	77709	4372.71	754015.50	14037.00	701728.77	19663.98
鹤岗市	219	16	8	27	168	64017	1965.08	509439.61	2685.46	504520.85	94822.38
双鸭山市	363	17	6	83	257	54390	1904.58	689976.34	1841.80	640188.56	47053.45
七台河市	412	6	27	206	173	67362	1751.24	572817.07	1.50	573657.78	29602.52
伊春市	122	5	11	22	84	4510	298.28	66116.70	378.80	65281.20	5244.50
黑河市	185	16	20	52	97	11971	811.95	178883.60	3025.00	179069.44	35691.46
绥化市	222	10	2	21	189	10667	627.28	48060.00	573.00	41285.90	4113.20

续表5

行政区名称	矿山企业数					从业人员（个）	年产矿量万吨	工业总产值（万元）	综合利用产值（万元）	矿产品销售收入（万元）	利润总额（万元）
	合计	大型	中型	小型	小矿						
大兴安岭地区	64	1		12	51	2370	421.76	77671.41	438.50	77699.56	9566.78

【地质环境与地质灾害调查评价】 2010年度，全省共实施地质环境与地质灾害调查评价项目39个，投入资金2202万元，其中省财政投入2000万元，其他资金202万元。

水文地质调查评价，累计完成水文地质调查，地下水资源调查评价460000平方千米（1∶300万），1∶20万北安市市区地下水资源详查6310平方千米，1∶5万水文地质调查390平方千米，1∶1万通河县水文地质调查9平方千米。累计完成地下水污染调查评价，1∶25万大兴安岭地下水污染防治规划，大庆市地下水污染现状调查104540平方千米。完成1∶50万地下水动态调查评价11700平方千米，1∶2.5万水、工、环地质综合勘查171平方千米，城市市区、县镇地下水资源调查评价与勘查593平方千米。实施水文地质调查评价项目1个，为黑龙江省三道湾子金矿矿区水文地质（补充）勘查。

环境地质调查评价，完成矿山地质环境调查与评估，黑龙江省矿山地质环境调查与评估（1∶50万）458500平方千米，1∶25万黑龙江省矿山地质环境综合治理规划1000平方千米，1∶5万双鸭山矿山地质环境调查1267平方千米，1∶1万矿山地质环境勘查评价819平方千米，完成城市环境地质调查评价，1∶25万城市环境地质调查123533平方千米，1∶10万城市环境地质调查11951平方千米，1∶5万城市环境地质调查3265平方千米，实施环境地质调查评价项目26个。

地质灾害调查与监测，2010年累计完成突发性地质灾害调查，1∶5万黑龙江、乌苏里江、松阿察河中俄界河塌岸调查2588平方千米，黑龙江省重点地质灾害隐患点调查454600平方千米，穆棱市马桥河镇杨木村滑坡监测、牡丹江市庙沟崩塌地质灾害勘查与防治工程、牡丹江市天仙宫滑坡地质灾害勘查与防治工程。完成1∶10万地质灾害调查204471平方千米，1∶5万市、县、区、村地质灾害调查与区划313321平方千米。实施地质灾害调查项目12个，实施了黑龙江省林口县七星煤矿矿山地质环境综合治理项目，回填废弃矿井31个、整平煤矸石堆22个、回填冲沟3条，恢复了工作区自然面貌。全省累计设立地下水水位监测点288个，其中国家级70个、省级218个。累计设立地下水水质监测点35个，全部为国家级。累计设立群测群防地质灾害监测点有崩塌122个、滑坡25个、泥石流99个、地面塌陷56个、地裂缝7个、不稳定斜坡101个、河岸坍塌31个。本年度设立群测群防地质灾害监测点有崩塌27个、泥石流21个、不稳定斜坡13个。

【矿产品产、供、销情况】 矿业是黑龙江省国民经济建设的支柱产业，在全省工业中占有重要地位，现已形成包括石油、煤炭、有色与黑色、冶金、化工和建材等部门在内的由采、选、冶及原料加工等组成的矿业体系。2010年全省地区生产总值完成10368.6亿元（按当年价格计算），比2009年增长了20.75%；人均国内生产总值完成27076元，与2009年同比增长20.62%，全省工业总产值完成9535.1亿元，与2009年同比增长了30.59%，占全省地区生产总值的91.96%；全省生产矿山和个体采矿业（除石油、天然气外）有4008家；从事矿产开采的人员有355595人，其中能源矿产中煤炭从业人员占总量比重较大，其次为建材及其他非金属矿产从业人员，从业人员（除石油、天然气外）主要集中在煤炭采矿业中，其次为金矿、铜矿、铁矿、水泥用大理岩等矿山。

全省矿业主体部分－规模以上工业（统计口径内）的采选业、相关加工业，实现工业总产值为4213.48亿元（当年价格），与2009年同比上升39.03%，占全省工业总产值9535.10亿元的44.19%，全年完成利润总额883.53亿元，与2009年同比上升29.00%，全省采矿企业列入统计口径范围内的企业有430家，占全省企业总数的9.36%，其中煤炭开采和洗选业有335家，其次为非金属矿采选业有44家，石油天然气开采业22家，全年实现工业总产值2303.95亿元（当年价格），比2009年增加了680.36亿元，上升了41.90%，占全省矿业及相关产业总量的54.68%，全省采掘业中，石油天然气开采业工业销售产值完成1574.98亿元，煤炭开采业完成工业销售产值638.44亿元（表6）。

黑龙江省石油原料产地和相关制品以大庆为主体，2010年度全省石油、天然气开采业可达22家。当年原油产量为4004.9万吨，与2009年同比增加了4.2万吨。但可供量比2009年上升了8.46%，进口量足供给本省。近年来虽然黑龙江省油气勘探储量有所增加，但随着资源开发耗竭，资源接续不容乐观。黑龙江省对天然气的开发由于受资源条件等多种因素制约，1990年以来产量和消费量仍保持在一定的基点上。

黑龙江省是煤炭资源大省,查明煤炭资源储量在全国排序占第 11 位,全省煤炭生产矿山企业已达 1099 家,当年煤炭采掘业工业销售产值达 602.2 亿元,与 2009 年同比增加了 200.7 亿元,提高了 50.0%,当年全省原煤产量为 9265.5 万吨,与 2009 年同比增加了 516.8 万吨。原煤可供量为 12202.2 万吨,当年进口原煤 35.3 万吨,出口原煤仅 0.3 万吨,能足供给本省(表 7)。黑龙江地热开发尚属初级阶段,2010 年只有林甸、汤原

表6　　　　　　　　　　　　2010年黑龙江省矿业及相关原材料加工制品业各项经济指标汇总　　　　　　　　　单位:万元

工业类型		企业单位(个)	亏损企业(个)	工业总产值	工业销售产值	利润总额	资产总计	负债总计	亏损企业亏损额	从业人员数(人)
矿业及相关原材料加工制品业合计		951	98	42134770	94959480	8835273	45587485	20564603	62243	626078
矿业	合　计	430	36	23039495	76309532	7630477	32349977	11996345	27071	459576
	煤炭采选业	335	30	6384381	6021899	580954	6811097	5779362	26375	321235
	石油、天然气开采业	22	0	16094873	15749798	6989704	24991780	5972944	0	125135
	黑色金属矿采选业	20	1	294218	287698	29855	232119	115912	20	4079
	有色金属矿采选业	13	2	91289	81421	14329	208360	67805	596	3465
	非金属矿采选业	40	3	174734	168716	15635	106621	60322	80	5662
相关原材料加工制品业	合　计	521	72	19095275	18649948	1204796	13237508	8568258	35172	166502
	石油加工及炼焦业	81	13	12565529	12300043	848585	5666241	3334808	11241	63875
	非金属矿物制品业	357	43	2899616	2785460	277620	2979262	1739421	13230	54199
	黑色金属冶炼及压延加工业	44	10	2709049	2647995	46709	3617555	3002092	6621	28464
	有色金属冶炼及压延加工业	27	2	413255	410520	12525	585228	337687	693	15620
	煤气生产和供应业	12	4	507826	505930	19357	389222	154250	3387	4344

表7　　2010年黑龙江省主要工业产品产量统计

矿产品名称	单位	产量 2010年	产量 2009年	2010年比2009年增(+)减(-)%
原煤	万吨	9265.5	8748.7	+ 5.9
石油	万吨	4004.9	4000.7	+ 0.1
天然气	亿立方米	30.0	30.0	+ 0
铁矿石原矿量	万吨	227.1	82.6	+ 174.9
原油加工量	万吨	1671.1	1552.9	+ 7.6
汽油	万吨	462.9	430.5	+ 7.5
柴油	万吨	615.5	589.2	+ 4.5
焦炭	万吨	1094.1	976.8	+ 12.0
硫酸	万吨	10.8	7.2	+ 50.0
盐酸	万吨	4.9	5.1	− 3.9
烧碱	万吨	4.4	6.8	− 35.3

续表7

矿产品名称	单位	产量 2010年	产量 2009年	2010年比2009年增(+)减(-)%
合成氨	万吨	74.5	86.1	− 13.5
农用化肥	万吨	64.9	62.4	+ 4.0
化学农药	吨	5893	6226	− 5.3
水泥	万吨	3507.2	2598.0	+ 35.0
平板玻璃	万重量箱	691.5	709.7	− 2.6
石墨及碳素制品	吨	35421	22051	+ 60.6
生铁	万吨	555.7	494.6	+ 12.4
铝材	万吨	7.2	5.7	+ 26.3
电石	万吨	3.7	8.3	− 55.4

有开发利用,其他地区因工作程度仅为民用。全省现有小型地下热水矿山 4 处,年产地热水 116 万吨。黑龙江省有色金属矿产资源丰富,在已发现 11 种有色金属矿产中主要以铜、铅、锌、钼开采为主。全省当年生产的铜矿山企业 9 家,年产矿量 156.99 万吨。当年矿产品销售收入 783.65 万元,,创工业产值可达 783.65 万元。多宝山铜矿由于矿石质量和工作程度低的影响,近期尚未开发利用,现有的生产矿山,由于受到开采能力和资源综合利用限制,扩大生产量有困难,在原料供给上仍有一定缺口,又因本省没有冶炼加工厂,每年靠外省或进口大量铜材和深加工产品。铅、锌资源没有大的资源接续开采矿山,铅现有生产矿山 10 家,截至 2010 年底,目前都是小型或小型以下的生产矿山企业,年产铅矿量 8.57 万吨。铅当年矿产品销售收入 3184.02 万元,创工业产值可达 3104.52 万元。锌现有小型以下生产矿山 3 家,铅锌随着开采矿山储量的耗减,产量逐年下降,其产量基本上能满足本省需求,因本省没有铅、锌冶炼厂,生产的原矿都销往辽宁和甘肃,需求的矿产品则从辽宁购进和少量进口。黑龙江省钢铁工业资源主要是铁矿,现有的部分生产矿山因资源问题正处于停采和半停采阶段,前景不容乐观。而铁矿资源分布分散、品位低,可供开采的资源储量不足,铁的原料供给缺口很大。全省生产矿山企业 46 家,年产铁矿量 162.57 万吨。矿产品销售收入 57539.83 万元,完成利润总额 9406.5 万元,创工业产值可达 61504.44 万元。全省铁矿产品每年外购量约在 80% 以上,随着矿山资源枯竭,铁矿原料供给对外依赖性将更加突出。非金属矿产黑龙江省石墨资源丰富,产量自给充足。全省大型石墨生产矿山 10 家,年产矿量 399.5 万吨,完成利润总额 2273 万元,创工业产值可达 69068.2 万元。近年来因为国际市场石墨产品需求量波动,石墨用量也不稳定,从中长期看,应利用本省石墨资源储量丰富和矿石质量好的优势,在产品的深加工和产品的更新换代上找出路,增加石墨制品的比重,形成龙头产业链。全省水泥用大理岩资源丰富,资源储量大,能满足本省需求。但优质水泥用大理岩的勘查评价工作明显滞后,一些优质水泥需外进和进口来满足市场的需求。全省现有生产矿山 118 家,年产矿石 901.02 万吨。当年,矿产品销售收入 34592.34 万元,完成利润总额 5918.07 万元,创工业产值可达 34638.88 万元。建筑用砂全省现有生产矿山 392 家,年产矿砂 1211.95 万吨,矿产品销售收入 14623.74 万元,完成利润总额 1286.28 万元,创工业产值可达 14931.99 万元。全省建筑用砂矿产资源能满足需求,但随着采砂行业满足市场需要的同时也增加了环境治理上的压力,要加强保护性开采。玻璃硅质原料:本省

资源丰富,可满足近期需要,虽然有二十几家小型矿山开采,但原矿供给仍有少量缺口,今后要加强勘查矿山开发力度,缓解本省供给局面。贵重金属采选业以岩金开发为主,主要侧重于本省北部和东部的黑河、伊春、林口、桦南、嘉荫等地区,全省金矿现有生产矿山 16 家,以小型生产矿山企业为主,年产矿石量 74.57 万吨。矿产品销售收入 39723.50 万元,完成利润总额 15564.4 万元。从资源供给而言,黑龙江省缺磷少钾(盐),全省所需矿石原料全部靠外地调入。黑龙江省矿产资源中,属优势矿产的主要有石油、煤炭、石墨、水泥用大理岩等,铁、铅以及农用化肥等矿产大多依赖外购,可利用资源不算充足。有些矿产随着环境治理和政策性生产的矿产,如煤炭、金等资源自给程度不断降低,亦将出现部分外购的局面。有些固体矿产勘查投资不断降低,力度不足,造成新增矿产地明显减少,随着"八五"以来大规模矿产开采高潮的持续,可利用矿产地及其资源量以较快的速度减少,造成本省矿产资源储备不足,有些矿产如铜、铅、锌,因本省没有冶炼厂,需销往外地冶炼,增加了生产部门的成本。

今后应大力开发省内资源丰富、市场前景好的矿产,如石墨、矽线石等,通过技术改造和矿产品深加工水平,增强市场活力和出口竞争力。同时根据经济和建材工业发展需要,积极开发水泥用大理岩和玻璃用砂矿产,以及建筑用料替代品(陶粒页岩、陶粒泥黏土)的开发。

【黑龙江省地质矿产局挂牌】 2010 年 5 月 6 日,黑龙江省副省长于莎燕、省国土资源厅厅长孙纲、省地质矿产局局长徐飞鹏为黑龙江省地质矿产勘查开发局更名黑龙江省地质矿产局揭牌。黑龙江省地质矿产局的前身是成立于 1956 年的地质部黑龙江办事处,1958 年组建为黑龙江省地质局,1983 年更名为黑龙江省地质矿产局,1996 年更名为黑龙江省地质矿产厅,成为省政府组成部门,同时组建地质矿产部黑龙江省地质矿产勘查开发局,1999 年实行属地化管理,沿用黑龙江省地质矿产勘查开发局名称。省地质矿产勘查开发局向省机构编制委员会申请,恢复使用黑龙江省地质矿产局名称,2010 年 4 月 23 日黑龙江省机构编制委员会印发通知,同意黑龙江省地质矿产勘查开发局更名为黑龙江省地质矿产局,更名后原隶属关系、机构规格、编制数、经费形式等均保持不变。

【全国矿产资源开发整合工作座谈会】 2010 年,全国矿产资源开发整合工作座谈会在哈尔滨举行,此次会议的主要内容是交流整合工作经验,各省代表还就进一步推进资源整合工作开展情况和编制资源整合实施

方案情况做了汇报，同时研究探讨了提出的问题及部署下一步工作，国土资源部矿产开发司司长刘连和、副司长王昆出席了会议并做了重要讲话，来自全国16个省(区、市)的国土资源厅领导及部有关司局和事业单位领导、专家等60余人参加会议。黑龙江省矿产资源整合工作进展顺利，多次受到部领导的肯定和表彰，孙纲厅长对这项工作高度重视，专题听取汇报，组织厅长办公会专题研究，对下一步矿产资源整合工作，如何突出黑龙江实际，如何在取得成绩的基础上再创佳绩做出了重要指示。经过三年多的努力，黑龙江省已全面完成了国务院部署的整合工作任务，全省矿产资源开发秩序明显好转，矿产资源整合工作成效显著，省整合工作领导小组及省国土资源厅等6个单位、孙纲厅长等19人分别荣获全国整顿和规范矿产资源开发秩序工作的先进集体和个人，受到国土资源部的表彰。会上张财副厅长代表厅党组对到会的各位代表表示欢迎，他还就当前黑龙江省矿政工作存在的问题与部领导进行了专题交流，刘连和司长听取汇报后，对黑龙江省矿政工作给予充分肯定。省国土资源厅矿管处处长刘军在会上作了典型发言。

【黑龙江省第七届探矿者年会】 以"积极构建地质找矿新机制"为主题的黑龙江省第七届探矿者年会，于2010年8月10日在鹤城齐齐哈尔市举办。全省各地市主管领导、国土资源局局长、各国有地勘单位负责人、地质工作者等百余人参加了年会。黑龙江省副省长于莎燕、国土资源部地质勘查司司长彭齐鸣、中国地质调查局、中央地质勘查基金管理中心的有关领导参加会议。本届年会由黑龙江省国土资源厅主办，黑龙江省煤田地质勘察院承办，齐齐哈尔市国土资源局协办，省国土资源厅厅长孙纲主持会议，齐齐哈尔市市长韩冬炎到会并讲话。司长彭齐鸣用"进一步推进行业服务与管理，推进地质找矿突破，推进地勘单位的改革发展"寄语此次年会。他强调要开拓视野，准确把握地质勘查工作面临的形势，加大财政投入力度和社会资金投入，要创新机制，加快地质找矿突破，全面贯彻"公益先行，基金衔接，商业跟进，整装勘查，快速突破"的方针，要完善措施，进一步加强行业服务管理。于莎燕副省长要求，各地市政府及国土资源管理部门要着眼大局，更新观念，热情服务，主动作为，以保护资源，保障经济发展为重点，以地矿经济改革和发展为动力，科学谋划，统筹部署，扎实推进，合作共赢，稳步实施矿业强省战略，真正把矿产资源潜力转化成资源优势和经济优势。本届年会收到论文71篇，会上表彰了优秀论文获奖作者，并宣读了优秀论文。省国土资源厅副厅长周亚明在回顾全省地质工作成果时对地质找矿突破

充满信心。在会议座谈研讨中，与会人员以解决地质勘查工作中的具体问题为切入点，积极献计献策，从不同侧面探索了地质找矿的有效方法和途径。会议通过了黑龙江省第七届探矿者年会宣言，周亚明副厅长和厅地勘处处长孙文礼共同向黑龙江省煤田地质勘察院、齐齐哈尔国土资源局颁发了优秀组织奖牌匾，并将探矿者年会会徽转交给2012年第八届年会承办单位——黑龙江龙煤地质勘探有限公司总经理蔡超手中，年会在《勘探队员之歌》的歌声中结束。

【矿产督察员培训班】 2010年5月24日在哈尔滨市举办。在开班式上黑龙江省国土资源厅厅长孙纲书面致辞，国土资源部储量司副司长许大纯讲话并为学员上了第一课，省国土资源厅副厅长张财出席开班式并讲话。开班式由厅矿产资源储量处处长吴迪主持。许大纯对黑龙江省矿产督察工作给予了很高的评价，认为黑龙江省的矿产资源督查工作走在全国前列，体制完善，机构健全，办公场所稳定，经费有保障，督察效果明显，也希望进一步探索创新，加强管理，为全国提供新的更好经验。副厅长张财强调，各级国土资源部门必须在思想上有清醒地认识，在行动上有鲜明的态度，主动到位，切实把矿产督察工作纳入重要日程抓实抓好；要多方努力，为矿产督察机构提供必要的工作条件，要积极争取地方政府领导的支持，努力把矿产督察纳入政府行为，提高督察的层次，要积极争取地方财政支持，为矿产督察工作提供必要和可靠的经费保障。各地要针对督察工作中出现的矛盾和问题，为省厅完善制度建言献策，使全省矿产督察制度体系更实用、更完善，为提高全省矿产督察工作水平提供有效保障。许大纯从矿产资源督察管理制度，省厅执法监察处王占德从矿产资源违法行为与法律责任，省地矿测试所胡玉静从选矿技术，黑龙江龙煤矿业控股集团安全培训中心裴志霞和李洪臣分别从煤矿地测与矿图和非煤矿山开采等方面分别讲了课，培训班还对98名学员进行了考试。培训结束后，储量处副调研员金松子总结了前一段的矿产督察工作，并对近期的矿产督察工作进行了部署。省国土资源厅有关处室负责人，13个市地国土资源局的主管副局长，国家级矿产督察员以及拟聘的省级矿产督察员共126人参加了培训，省矿产督察办公室副主任李凤琴主持了结业式。

【矿业权实地核查数据通过验收】 2010年，6月11日全国矿业权实地核查项目办公室组织数据验收组来到哈尔滨，对黑龙江省矿业权实地核查成果数据进行了检查验收，验收组认为黑龙江省矿业权实地核查成果数据内容全面，矿业权属性数据和空间数据准确可靠，

图件规范,符合全国矿业权实地核查成果要求。按照《国土资源数据质量检查验收规范》综合评定,数据质量为优秀。省国土资源厅常务副厅长姜秀金出席了验收会,验收组听取了省项目办关于全省矿业权实地核查的工作汇报,认真查阅了黑龙江省矿业权实地核查工作实施方案、相关文件、各测区检查验收材料、矿业权分布图等原始记录与成果报告。按照《矿业权实地核查成果验收指导意见》要求,对黑龙江省提交的矿业权实地核查成果数据进行了检查验收。经过两年的不懈努力,黑龙江省共实地核查有效矿业权 3734 家,其中探矿权 733 家,采矿权 3001 家,摸清了矿业权分布现状及规律,为政府及有关部门制定资源配置和促进资源合理开发等政策提供了可靠依据。这次核查也发现了有矿山登记数据库信息不全、矿业权许可证与登记数据库内容不一致;矿业权许可证重号;实际工程范围与许可证范围不一致等问题。6 月 29 日,该项目在北京通过了全国矿业权实地核查项目办公室的验收。

【黑龙江省地矿局与黑河市政府签署战略合作框架协议】 标志着地矿工作与地方经济工作全面融合的《黑龙江省地矿局与黑河市人民政府战略合作框架协议》,2010 年 1 月 23 日在哈尔滨举行签字仪式。黑龙江省副省长于莎燕、黑河市市委书记郝会龙、省国土资源厅副厅长周亚明等有关领导出席了签字仪式。省地矿局局长徐飞鹏、黑河市市长张宪军分别代表合作双方在协议上签字。于莎燕预祝双方合作能够早出成果、快出成果,实现地质找矿新突破,使黑河市的矿业经济有一个质的飞跃,有力地促进东北老工业基地振兴战略的深入实施和黑龙江省"八大经济区"和"十大工程"建设。周亚明代表省国土资源厅致辞时说,双方合作是创新找矿新机制,推动落实国家地质矿产资源保障工程战略部署的重要举措,省国土资源厅有责任也一定会为双方的合作提供强有力的支持和服务,并真诚希望双方的合作取得重大突破。郝会龙代表黑河市委、市政府承诺,创造良好的发展条件和宽松的外部环境,使黑河的矿产资源尽快变成真正的宝藏,发挥它的巨大作用。省地矿局副局长倪笑山对推进战略合作的背景情况和对未来合作的信心与展望等方面做了讲话。签字仪式由省地矿局副局长李骞主持,省国土资源厅有关负责人、黑河市委、市政府有关部门和省地矿局有关部门负责人参加了签字仪式。

【黑龙江省地质矿产局与伊春市政府联手战略合作】 黑龙江省地质矿产局与伊春市人民政府战略合作框架协议签字仪式 2010 年 5 月 6 日在哈尔滨举行。黑龙江省副省长于莎燕、省国土资源厅厅长孙纲、伊春市委书记许兆君、伊春市市长王爱文、省地矿局局长徐飞鹏等有关领导参加了签字仪式。省地矿局局长徐飞鹏、伊春市市长王爱文分别代表战略合作双方在协议上签字。省国土资源厅副厅长周亚明代表省国土资源厅对协议签署表示祝贺,并表示省国土资源厅有责任也一定会为双方的合作提供强有力支持和服务。省地矿局副局长倪笑山在讲话中称,战略合作开启了省地矿局在伊春地区全面开展矿产资源勘查合作的序幕,这是省地矿局实施"找矿、找水、找热、基础地质和走出去"五大战略跨出的新一步,是为地方经济社会发展服务的具体体现。省地矿局副局长李骞主持签字仪式。战略合作框架协议签署后,省地矿局将以专业技术、资料信息、人才设备等优势,为伊春地区涉矿工作提供全方位支持;负责所有合作项目的靶区筛选和立项;接受当地政府主管部门的检查指导,积极参与与合作地区的物质文明、精神文明建设,支持社会公益事业,融入区域经济,实现互助发展。为保证有效开展合作,双方同意建立干部交流机制,互派干部到对方相关部门、单位挂职锻炼,并共同做好管理工作,双方同意建立合作协调机制,每年举行一次首长(市长、局长)联席会议,共商深化合作的重大事宜,通报勘查开发成果,协调推进战略合作,建立相应人员参加的协调会议制度。

【矿产资源整合工作】 全省矿产资源整合工作启动以后,各级政府高度重视,迅速调整了组织机构,确定了成员单位并按照省的要求完成了整合实施方案的编制和报批工作,齐齐哈尔市成立了以市长为组长的矿产资源整合工作领导小组办公室,在保证完成实施方案确定目标的基础上又增加整合了 13 个矿山。佳木斯市市、县两级资源整合领导小组及相关成员单位采取联动的工作机制,对资源整合工作进行积极引导,并综合运用经济、法律等手段,以确保资源整合工作公平、有序、稳妥的推进,对重点整合矿区要求当地政府挂牌督办,责任落实到人,要求限时完成整合任务。各市都把重点整合矿区和矿山作为整合工作的突破点和难点进行攻坚,大庆市把砂石土矿区和矿山整合作为整合重点工作,实行挂牌督办,迅速取得突破。伊春市结合矿业权清查成果,将探矿权、采矿权清查工作中暴露出的问题进行梳理,列入整合范围,进行常态化管理。大兴安岭地区全区拟参与探矿权整合数量 12 个,整合后仅保留 3 个,已确定整合主体,整合后全区探矿权数量为 226 个,截至 2010 年底,已将责任层层落实。绥化市共设置矿业权 258 个,其中采矿权 238 个,探矿权 20 个,灭失采矿权中已有 8 家矿山停止生产,设备已撤离矿区,已办理相关手续。

【矿产资源利用现状调查】 2010年6月19日，由西藏自治区国土资源厅副厅长吴琳、国土资源部储量司处长张延庆等组成的督察组到黑龙江省检查指导矿产资源利用现状调查工作，省国土资源厅副厅长张财陪同检查。在汇报会上省国土资源厅储量处副处长关欣就黑龙江省项目概况、行政推动情况、开展利用调查工作的主要特点及下步打算向督察组作了详细汇报。省区域地质调查所所长曹宪双就项目工作情况向督察组做了汇报。省国土资源厅储量处处长吴迪在发言中说，黑龙江省目前项目的推进进度已由3个月之前的26%完成至2010年底的60%，这得益于领导重视，强力推进，承担单位的支持。国家督察组就项目进展情况逐一进行询问，查看了有关资料和图件，听取了鸡东县试点的成果汇报，实地走访了部分矿山企业。国家督察组对黑龙江省目前项目工作表示肯定。牡丹江市国土资源局局长赵刚、来自全省17个项目承担单位的项目负责人共计50多人出席了汇报会。督察汇报结束后，省国土资源厅又召开了矿产资源利用现状调查推进会，张财副厅长要求，必须把这项工作当成一项重要的政治任务，切实加以落实，保证按时保质完成任务。

【矿产资源潜力评价会议】 2010年6月13日，黑龙江省矿产资源潜力评价2010年度工作会议在哈尔滨市召开，会议提出要进一步补充项目组成员，加快进度，提高效率，提升质量，确保出色完成2010年度工作任务。会上传达了全国矿产资源潜力评价工作会议精神及国土资源部的具体要求，学习了先进省份的工作经验，通报了黑龙江省矿产资源潜力评价工作情况，分析了存在的问题以及部署了2010年度的工作任务。会议强调各项目承担单位要加强领导，加强新理论和新技术的研究，落实工作责任，强化制度措施，工作人员要不断提高综合素质，克服所有困难，争取实现创新性成果。省国土资源厅地勘处、省矿产资源潜力评价项目办公室的有关领导及16家项目承担单位的总工程师和项目负责人参加了会议。

【鹤岗煤炭试点矿区资源利用现状调查核查】 2010年5月13日，以国土资源部储量司副司长王少波为组长的国家验收组在哈尔滨市对鹤岗煤炭试点矿区资源利用现状调查核查成果进行了评审验收，规划区内12个核查单元取得了3个良好，9个优秀的成绩，全部通过了国家验收。省国土资源厅副厅长张财出席了评审会，王少波介绍了全国开展矿产资源利用现状调查的进展情况，并对鹤岗开展煤炭试点矿区核查工作给予高度评价。省国土资源厅储量处副处长关欣介绍了黑龙江省开展矿产资源利用现状核查的情况，此次核查是按照国土资源部的要求，黑龙江省国土资源厅组织实施的。核查单位以上表矿区为基础，结合地质构造、煤层赋存规律等，通过野外实地调查验证，把147.94平方千米的鹤岗煤炭矿区划分为12个核查单元，其中8个为生产井田、1个在建矿区、2个勘查区和1个闭坑矿区。核查单位深入资料馆、矿山企业、地勘单位等，收集各类地质报告70份，储量核实报告120份，动态监测报告190份，生产台账80份，各类图件2106张，现场核查矿山111个，并对收集的地质报告等资料进行了大量的分析整理工作。经核查，鹤岗煤炭矿区累计查明煤炭资源储量32.6亿吨，保有资源储量22.7亿吨，与2008年煤炭资源储量表数据相比，累计查明资源储量增加约8.4亿吨，保有资源储量增加约2.6亿吨。王少波在评审结束时说，通过试点积累了丰富的技术经验，希望通过进一步完善提高，鹤岗试点经验能成为全国矿产资源现状调查核查工作的一个样本。

【黑龙江全省矿产资源储量管理会议】 2010年3月11日省国土资源厅在哈尔滨市召开。黑龙江省国土资源厅副厅长张财出席会议并讲话，他指出，储量管理工作任务繁重，各级储量管理部门的干部职工必须保持清醒的认识，明确肩负的责任，全力抓好各项重点工作的落实。要扎实做好矿产资源储量利用现状调查工作，确保任务对接，加大工作力度，发挥行管部门、地勘单位和矿山企业联动机制，推进整体工作的有序开展。要全面推进地质资料信息服务集群化、产业化工作，强化地质资料汇交管理，做好地质资料的保管和服务。要认真做好矿产资源储量评审备案及矿业权评估管理工作，确保储量数据真实可靠。要扎实推进矿产资源合理开发利用的监督管理，推进矿产资源补偿费征收与储量消耗挂钩，强化探矿权和采矿权年检，发挥矿产督察员的作用，加强对矿山企业合理开发利用矿产资源考核工作。推进矿产资源补偿费的依法征缴工作，严格规范征收管理，协调好与地方政府的关系，确保补偿费应收尽收。据悉，黑龙江省矿产资源利用现状调查项目确定为19个矿种，储量核查调查的矿区数量505个，截至2010年底，已经完成方案编制并通过国家终审。已完成鸡东核查试点，铁矿完成了5个矿区的核查报告，石墨等非金属矿产完成了22个矿区的野外测量工作，铜铅锌矿已完成3个矿区的核查报告，鹤岗国家规划区煤炭核查矿区试点工作已近尾声，黑龙江省野外核查任务将于10月底完成。会上张财副厅长与13个市地国土资源局主管副局长、17家中标单位的法人代表签订了《矿产资源利用现状调查》责任状。省区域地质调查所所长曹宪双介绍了开展矿产资源利用现状调查试点的情况。

【矿产资源开发整合实施方案评审】 2010年3月23日在黑龙江省矿产资源开发整合实施方案论证评审会上,全省13个市(地)的《实施方案》通过评审。新一轮矿产资源整合工作开展以来,省国土资源厅高度重视,在召开推进会以后,各市(地)国土资源局立即组织人员按照国家统一要求,结合各自特点开展《实施方案》编制工作,省厅也组织专家分赴各市地督察指导。为确保《实施方案》按时完成,省国土资源厅组织省内10位专家按照"整合实施方案编制大纲及编制要求"及"整合实施方案审查要点"的要求,对方案的部署、措施、图件、附表等各项内容逐一进行审查,提出修改意见,并当场核实修改结果。据省国土资源厅矿管处处长刘军介绍,通过评审后的《实施方案》将上报省政府批准,并报国土资源部备案。省国土资源厅矿管处负责同人和13个市(地)国土资源局及相关单位40多人参加了评审会。

【黑龙江省汛期地质灾害防治工作会议】 2010年5月26日黑龙江省召开汛期地质灾害防治工作会议,黑龙江省国土资源厅副厅长周亚明到会并讲话,厅副巡视员刘升林传达了全国汛期地质灾害防治工作会议精神。周亚明强调,要夯实基础,进一步加强和完善地质灾害防治体系建设,进一步完善地质灾害隐患点调查评价确认体系,加强重点隐患点致灾排查,进一步完善地质灾害防治规划体系、地质灾害监测体系,尽快实现地质灾害预警预报系统运行,全面推进地质灾害防治工作措施落实。突出重点,切实抓好抓实汛期地质灾害防治工作,部署好重点区域,重要隐患点的防范工作。加大治理工程力度,各项工作预防力度,逐步消除隐患。要落实责任,确保全年地质灾害防治目标任务的完成,要明晰各级政府的主体责任。省国土资源厅副巡视员刘升林在讲话中强调,一定要认清今年地质灾害防治工作形势的严峻性,任务的艰巨性,要深刻领会、认真落实国家部署的7项工作任务,加强群测群防体系建设,加强地灾气象预警,加强重点地区工作,加强在建工程防灾工作,加强部门联动,加强督察检查。省国土资源厅地质环境处处长李树桐主持会议,省财政厅、民政厅、安监总局、建设厅、交通厅、水利厅、旅游局、气象局、地震局、地矿局及厅机关相关处室、厅事业单位负责人100余人参加了会议,全省13个市(地)及省厅派驻机构设立了分会场。

【小兴安岭1:5万航空物探测量首飞仪式在黑河举行】 2010年8月3日在黑河市举行了由黑龙江省政府和国土资源部中国地质调查局主办的小兴安岭地区1:5万航空物探测量首飞仪式。黑龙江省省政府副秘书长师伟杰、国土资源部地质勘查司副司长于海峰、中国地质调查局副局长李金发、省国土资源厅厅长孙纲、黑河市市长张宪军等有关单位领导出席首飞仪式,省国土资源厅厅长周亚明主持首飞仪式。大小兴安岭地区是我国成矿地质条件较好的成矿带,找矿潜力巨大,但找矿难度也比较大,加快大小兴安岭地区矿产资源勘查开发对于黑龙江乃至全国都具有重大的战略意义。此次小兴安岭1:5万航空物探测量是在大兴安岭成功试点,并取得地质找矿靶区基础上,对重点成矿区带实施基础地质调查的一次全面部署,既是一项地质找矿的先行性基础地质工作,也是一项探索东北森林覆盖区地质找矿实用技术方法的重大科学实验,具体工作由核工业航测中心承担,中飞航空公司和云南英安航空公司提供飞行保障。测区面积为14.4万平方千米,涉及到大兴安岭、黑河、绥化、伊春、鹤岗、七台河、双鸭山和佳木斯等8个地市,工作周期为2010~2012年,项目将采用2架Y12飞机搭载加拿大CS-3铯光泵磁力仪和CRS-16多道伽玛能谱仪等高精度航空物探综合站进行测量,在开展基础填图,寻找铁矿和铜镍矿等相关的磁性矿床、铀矿和钾盐相关的放射性矿床以及与岩浆作用有关的有色金属矿床等方面有独特优势。中国地质调查局副局长李金发在致辞中希望有关单位,在保证飞机安全作业的前提下,加快航空物探测量进度,坚持边航飞、边处理、边筛选、边查证、边研究的工作原则,及时汇报工作进度,及时提供找矿信息,优质、高效地完成各项设计任务。

【区域地质调查项目公开招标】 2010年,黑龙江省第四批17个1:5万区域地质矿产调查项目(45个图幅)公开招标圆满结束,省齐齐哈尔矿产勘查开发总院等16家单位中标。此次区域地质矿产调查工作主要安排在小兴安岭重点成矿带上,调查面积总计15541平方千米,预计总投资7189.2万元。此次招标的矿调项目主要工作内容是进行1:5万地球化学普查,1:5万遥感地质解译,大比例尺地质矿产调查和物探、化探工作。由省国土资源厅作为招标人,按照有关规定选定具有甲级资质的黑龙江驿煊广通招标有限公司承办此次招标活动,并由省国土资源厅纪检监察和公证部门负责全程监督,确保招标工作公开、公平、公正。来自国土资源部、中国地质调查局、沈阳地质调查中心、吉林省地勘局和本省的21位评标专家组成专家组,按综合评分方式进行封闭式评标,最终16家单位中标。省纪委驻国土资源厅纪检监察室主任杜振林、省财政厅经济建设处副处长李国华、省国土资源厅地勘处处长孙文礼、项目管理处处长魏景明、地勘处调研员张文友等参加了开标大会。

【第三批煤炭资源调查项目开标】 2010年5月7日黑龙江省第三批煤炭资源调查项目公开邀标结果揭晓,6个煤炭资源调查项目分别由黑龙江省煤田地质110勘探队等6家单位中标。6个煤炭资源调查项目总工作面积13178.1平方千米,1:5万地质填图721.5平方千米,山地工程(槽探)5000立方米,二维地震61475个物理点,钻探27600米,测井27600米,资金概算为7594.12万元,工作目标是提供有希望的重点煤炭勘查靶区。驿煊广通招标公司在中国采购与招标网、黑龙江招标网等新闻媒体发布招标公告,共有10家地勘单位报名,经资质审查合格后,向这10家单位发出了投标邀请。公证人员对开标全过程进行了监督,邀请来自国家、省内的专家严格按照评标办法,秉承着公开、公平、公正的原则,从资质业绩标、商务标、技术标等方面进行了详细评审。最终省煤田地质勘察院、省煤田地质物测队、省煤田地质勘察设计研究院、省煤田地质110勘探队、省煤田地质204勘探队、省煤田地质108勘探队等6家地勘单位分别中标。黑龙江省财政厅李国华、省纪委驻国土资源厅纪检监察室李志刚、省国土资源厅张文友、省煤田地质局曲延林等有关单位负责同志参加了开标大会。

【地质找矿新技术应用研讨会】 为推进黑龙江省地质找矿新技术、新方法的引进和应用,加强生产单位与科研院所的技术交流与合作,尽快实现找矿突破,黑龙江省地质找矿新技术应用研讨会2010年在哈尔滨市召开,省国土资源厅副厅长周亚明出席会议并讲话。周亚明副厅长指出,遥感工作要加强研究、加深了解、加快应用,要在矿山管理、矿山环境监测、区域性地质灾害、找矿等方面多做工作,为矿山管理体系的组建提供指导;为矿山灾害、环境和地面沉降的治理提出具体的技术方案;遥感要与地质找矿紧密结合,提高找矿效率,与代表性的已知矿区矿种进行对比研究;要与需求相结合,要与中国地质调查局等相关部门共同研究。会上,中国科学院遥感应用研究所副所长王晋年作了《空间遥感与物化探多元信息融合在地质找矿中应用》的主题讲座。省地调总院遥感中心主任初再做了《黑龙江省遥感技术在地质矿产多目标监测中的应用》的汇报。航飞异常查证项目部主任史建民详细介绍了《黑龙江省大兴安岭地区航磁异常特征及筛选》项目的进展情况。省国土资源厅矿产执法监察处处长王占德、省地矿局副总工程师于援帮、省有色金属地质勘查局总工程师田世良在会上进行了交流发言。

【黑龙江省有色地勘局举办钻探技术培训班】 2010年4月7日,在哈尔滨市阿城区举办,黑龙江省有色金属地勘局对此次培训班高度重视,培训注重结合工作中的典型案例,如对复杂地层钻进、护壁堵漏、孔口加压法以及各种堵漏失败的原因均进行了讨论和讲解分析;对如何提高新型钻塔的安全可靠性,降低劳动强度,缩短安装时间等也进行了图片演示;对冲洗液及各种添加剂的现场配置,测斜仪的使用及钻探生产七大指标等问题进行了深入浅出的讲解。省有色金属地质勘查局副局长阎镇海在开班式上讲话,要求大家紧跟时代步伐,提高钻探技术,打响有色地勘品牌。努力打造一支发展均衡,装备精良,技术精湛,更具竞争优势的产业队伍。明确钻探是地质找矿工作的重要手段,是适合局情和发展现状的一个重要支柱产业。要加强队伍建设,解决好钻探工人年龄偏高,技术较弱的问题,要搞好教育培训,从基础工作入手,注重理论与实践的结合,要注重技术更新,尽快建立起技术服务网络,要有意识前瞻性地提高施工能力,要逐步掌握打深孔、难孔、复杂钻孔的施工技术。

【黑龙江省地质资料馆获"地质资料转汇交优秀单位"称号】 2010年,在吉林市召开的全国地质资料分发接收、业务交流及表彰大会上,黑龙江省地质资料馆获"地质资料转汇交优秀单位"的称号,省地质博物馆副馆长高delete梅做了典型发言。黑龙江省地质资料馆馆藏"九大类"成果地质资料已达5350余种,约16万件,其中文字约50万页,图件达15万张。2002年以来已向全国地质资料馆汇交成果地质资料973种,电子档292种,连续8年向全国地质资料馆汇交合格率100%。该馆准确定位,配合主管部门,努力丰富馆藏资料,为开展资料信息服务工作奠定基础。开展管理服务,积极参与压矿审批、矿业权会审、矿业权评估等工作的技术把关,及时向主管部门提出项目地质勘查工作进度、矿产资源分布情况等确认意见。明确方向,使该馆真正成为全省地质档案管理与服务中心,充分发挥馆藏资料作用,配合做好汇交管理。建立制度,通过完善制度规范工作,提高人员素质,促进工作水平的提升。科学用人,选好、配齐资料接收、验收工作人员,从源头上把好汇交关口。提高效率,主动介入地质资料形成过程,参与报告评审、拓展服务。对文档力求地质资料准确、完整、保证馆藏成果地质资料处于高质量水平。

【中国地质博物馆嘉荫恐龙馆揭牌】 2010年7月31日,中国地质博物馆嘉荫恐龙馆正式揭牌,嘉荫神州恐龙博物馆位于嘉荫恐龙国家地质公园内,这是我国境内发现最早并经科学记载的恐龙化石发掘地,截至2010年底,从这里出土的恐龙化石已经组装成13具化石骨架。馆内设施齐全、功能完善,陈列着在嘉荫出土的 8 具完整的鸭嘴龙、霸王龙、疾走龙和甲龙的骨骼化石组装成的恐龙化石骨架。该博物馆在恐龙标本发掘典藏、地质科学知识传播和古生物学调查研究等方面都做出了贡献，将知识性、观赏性和趣味性融为一体，已成为国内一流、世界知名的专业性恐龙博物馆，对我国古生物学发展发挥着重要作用。中国地质博物馆馆长贾跃明希望嘉荫恐龙馆进一步充实内涵，提高品位，通过扎实努力的工作，打造国内外知名的、集保护收藏、展示和研究于一体的地质科学基地，以及野外恐龙研究和教学基地。黑龙江省国土资源厅副厅长周亚明说，省国土资源厅将一如既往地支持嘉荫恐龙地质遗迹保护事业的发展，也希望中国地质博物馆嘉荫恐龙馆努力把嘉荫恐龙打造成一块独具魅力的文化品牌，为保护和传承恐龙这一独特的地质遗迹资源、为促进地方经济社会发展做出应有的贡献。

【鹤岗地质博物馆开馆】 2010 年，鹤岗市地质博物馆正式揭牌开馆，黑龙江省国土资源厅副厅长周亚明、鹤岗市领导梁成军、马智凯、梁贞堂参加了揭牌仪式。鹤岗市副市长梁贞堂在揭牌仪式上指出：为了见证国土资源发展的历史，集中展现地质发展和科学研究成果，充分体现国土资源管理、地质勘查、矿业开发对全市经济社会发展的重要意义，在地质科学研究、科普、地质旅游、矿山环境治理、矿业勘查、矿产开发领域中必将发挥巨大的作用。周亚明与鹤岗市委副书记梁成军为鹤岗市地质博物馆揭牌。鹤岗市博物馆占地面积 600 多平方米，是黑龙江省第一家地市级专业地质博物馆，馆内收藏了来自尼日利亚、俄罗斯等国内外的 400 多个种类的 1000 多件矿物藏品，馆内还详细介绍了鹤岗市煤炭资源的悠久历史和发现的各种矿藏。

【黑龙江山口地质公园开园】 2010 年 9 月 9 日，五大连池市山口地质公园正式开园，黑龙江省国土资源厅副厅长周亚明为地质公园揭碑授牌，五大连池市市长徐飞主持开园仪式，省国土资源厅地质环境处调研员陈铁果宣读了同意山口地质公园开园的批复，省国土资源厅副厅长周亚明将"黑龙江山口地质公园"的牌匾授予山口地质公园管委会主任刘永昌。山口公园位于五大连池市东南，距著名的五大连池世界地质公园 68 千米，占地面积 1050.65 平方千米，公园依山傍水、临湖拥翠、景色秀丽，是一座以地质遗迹景观为主的不同生态类型相结合的综合性地质公园，园区具有造型奇特的构造地貌地质遗迹景观和花岗岩地貌地质遗迹景观，公园内分布有断层崖、节理等构造地貌地质遗迹景观，花岗岩石峰、石林、石牙、花岗岩球状风化磊叠造型、花岗岩岛屿等花岗岩地貌地质遗迹景观。园内生态系统类型多样，生物物种十分丰富，其中有国家重点保护动物 34 种，国家重点保护植物 8 种，是天然的物种基因库和自然博物馆。

【鸡西市矿产资源开发管理】 2010 年，为进一步规范矿产资源管理，为全市矿山企业提供优质高效的服务，鸡西市国土资源局采取措施，全面加强矿产资源开发管理工作，完善了矿产资源勘查开发和规划管理制度，制定严格的采矿权初审制度和内部会审制度，下发了《关于进一步加强矿产资源开发管理工作的通知》，对矿山企业报件全部推行政务公开，到政务大厅办理手续，简化办事程序，规范工作程序，并就矿山企业报件、矿山现场调查、矿权转让办理工作提出具体要求，严格执行省厅相关文件规定，对因审查不细返件率高的单位视情节追究有关责任人的责任。针对当前矿产资源工作实际，该局成立了矿山清查组，对全市矿山企业历史遗留问题进行清理，重点对石墨、大理岩等矿种进行全面清查，建立健全了规范的矿山企业管理台账，摸清了底数，为下一步矿产资源开发管理提供了可靠数据。严格按照省国土资源厅和鸡西市矿产资源整合实施方案的要求，加大矿产资源整合工作的力度，对矿业权设置情况进行全面梳理，对需要进一步推进整合的矿区逐一登记造册，确定整合范围，积极稳妥地推进资源整合工作，达到应整尽整，不留死角，全面覆盖。

【伊春市矿业权管理】 为进一步加快林业资源型城市经济转型步伐，推进矿业经济发展，2010 年伊春市国土资源局出台了《关于进一步规范探矿权采矿权管理的暂行规定》。严格矿产资源勘查开发的准入条件，《规定》从建设小兴安岭生态功能区的角度出发，明确提出探矿权采矿权的主体资格应是企业法人或事业法人，自然人原则上不能申请探矿权采矿权，还对探矿权人和采矿权人的资金实力、勘查单位的从业范围、矿业权的空间间距等问题予以规定，明确了不予审核复核勘查许可、采矿许可的 15 种情形。加强探矿权、采矿权的出让管理，规定明确提出要优化重要成矿区带的矿业权设置，对国家和省确定的重点成矿区带，不再新设零星分散的探矿权和采矿权，整合资金投入及地质勘查力量，实行整装勘查、规模开发。规范探矿权采矿权申请与审批登记程序，明确了县级国土资源部门的工作时限、工作内容及工作程序。严格勘查开采登记管理，进一步明确了矿业权的转让、变更、延续、注销及采矿权抵押等事项，并对探矿权勘查区块退出做了原则规定。强化探矿权采矿权的监督管理，对县级国土资源部门的监督管理职能进行了明确和强化。还突出强调了探矿权采矿权登记情况的通报备案及监督管理制度。

【双鸭山矿产资源开发利用年检】 2010年，双鸭山市国土资源局对全市辖区范围内的矿山企业和采矿权人进行了矿产资源开发利用年度检查工作，年检率达100%。年检内容包括矿产资源开发利用方案编制、审批及实施情况；矿区范围、开采矿种、开采方式、企业名称变更及采矿许可证延续情况；采矿权转让情况；在规定时限和矿区范围内依法采矿情况；有无违反矿产资源法律、法规的其他情况等13项。在职责方面甲类矿产的大中型矿山企业的年检工作由采矿权人按照要求先行自查，再由市国土资源局初检，省厅委托国家级矿产督察员现场督察并签署意见，省国土资源厅再组织相关人员到市局履行年检手续，甲类矿产大中型矿山以外的矿山企业和其他零星分散的普通建筑用砂、石、黏土矿山年检工作由市局终检，省厅进行抽查合格后再履行年检手续。

【汤原县煤炭勘查】 2010年，由黑龙江省国土资源厅地勘处处长孙文礼、副处长李昱岩带队的专家组对黑龙江省汤原县宝山至振兴一带煤炭资源预查项目进行了野外验收，成果初显。该项目总投资1857万元，面积1749.02平方千米。该项目仅用了一年时间就基本完成了全部野外工作，在汤原断陷找到了煤炭矿产地。从对初步整理的地质资料进行综合研究分析及目前已知的样品分析结果看，该项目将可求得十分可观的预测煤炭资源量，煤炭资源的开发将对汤原县的地方经济起到拉动作用。

【萝北县矿产资源深加工推进】 自国土资源节约集约模范县创建活动开展以来，萝北县结合自身特点，积极实施石墨深加工及其他资源能源建设项目，取得了阶段性成果。萝北县石墨储量居亚洲首位，达6.36亿吨，石墨深加工项目一直被萝北县视为重中之重，截至2010年项目进展迅速，鑫隆源石墨电极建设项目及时开工，设计年产约4万吨石墨碳素制品。南海石油石墨深加工建设项目积极推进，项目总投资1亿元，建设年产3000吨球形石墨、4万吨石墨增碳剂，计划年内开工建设。深圳贝特瑞公司合作项目全面落实，计划投资5亿元，以球形石墨、增碳剂项目为起点，逐步发展高碳高纯石墨、可膨胀石墨和核纯石墨等深加工，力争3年内锂离子电池负极材料年产达3万吨，销售收入20亿元、税收1.2亿元，把萝北打造成全球最大的锂离子电池负极材料生产加工基地。推进与宁波杉杉新材料公司合作，在精深加工上实现更大突破，进一步放大产业优势。柔性石墨项目不断完善，投资3090万元，

年产500吨柔性石墨。预计到2011年该县石墨产业实现年销售收入10亿元，上缴税金1亿元以上。

【牡丹江市发现地热】 历时一年多的《黑龙江省牡丹江地区南部地热普查》项目成功出水。经最终测定井水温度为48摄氏度，出水量每小时45吨。经初步水质分析，地热水呈无色透明状，含有丰富的矿物质，多项指标达到饮用水标准，其中氟含量达到医疗矿泉水标准，该项目成功出水标志着牡丹江市在地热资源找矿方面实现了重大突破，填补了地热资源空白。为尽快探明该市的地热资源情况，市国土资源局于2007年组织完成了《牡丹江地区南部地热普查》立项工作，争取省厅专项资金用于地热勘查，通过招标委托省第一地质勘查院组织实施。2008年8月，项目正式启动，经专家反复论证，将第一口地热井井位设在宁安市镜泊乡复长村南1千米处，该井的成功出水，为今后查明镜泊湖景区区域内的地热资源提供了重要的基础资料和经验。

【克东县天然苏打水管理办法出台】 克东县天然苏打水是在特殊的地理环境、特定年代产生，经相关部门认证的天然苏打水，得天独厚的地理优势奠定了苏打水的名贵品质。2007年以来，一些企业看好天然苏打水市场，纷纷来克东投资开发，相继有世罕泉、世一泉、海昌5度等品牌苏打水进入市场，为了保护稀有的天然苏打水资源，保护消费者权益，规范天然苏打水资源的开发利用，按照县委县政府的要求，县国土资源局组成制定苏打水管理办法的班子，依据国家饮用水相关标准和规定，参照国际标准，制定了《克东县天然苏打水管理办法》，经克东县十五届人大常委会二十三次会议通过，自2010年3月1日开始实施，这将对克东县天然苏打水资源的可持续发展利用起到保障作用。

【五常市地质灾害防治规划编制完成】 黑龙江省第四地质勘查院受五常市国土资源局委托，承担的五常市地质灾害防治规划编制工作，2010年已完成了2010~2025年地质灾害防治规划的编制任务，已由五常市人民政府颁布实施。五常市国土面积7512平方千米，以山地和丘陵为主，全市主要地质灾害（隐患）类型有崩塌、不稳定斜坡、河岸坍塌等，地质灾害点及隐患点39处。为加强地质灾害防治工作，五常市国土资源局积极筹措资金投入到国土资源部提出的地质灾害群防群治"十万县"建设工作中，在规划编制过程中，五常市国土资源局协助省第四地质勘查院及相关部门进行了资料搜集、实地核查、室内整理、评审等工作，该规划得到了省国土资源厅、哈尔滨市国土资源局专家的好评。

【鸡西市地质灾害防治】 鸡西市政府高度重视地质灾害防治工作,全面加大了各类地质灾害隐患排查和汛期地质灾害防治工作力度,共查出比较严重的地质灾害危险点、隐患点21处,其中泥石流17处、滑坡1处、崩塌3处,根据地质灾害危险程度,确定了5处为重点防治点。针对当前雨季即将来临,地质灾害防治任务艰巨的情况,鸡西市政府采取有力措施,落实防灾责任,加强了组织领导,制定了《鸡西市2010年地质灾害防治工作方案》,组建了地质灾害防治领导小组,层层落实责任。建立完善了突发性地质灾害防灾应急体系,把全市的每个地质灾害隐患点,分别明确了市、县、区政府负责人、乡镇政府负责人、村委会负责人、灾害隐患点监测人,建立了鸡西市地质灾害防治预警信息四级网络平台。加强了地质灾害防治知识宣传,提高群众的科学防范意识。健全和完善了群测群防制度,市国土资源局积极行动,制定下发了《关于全面做好2010年汛期地质灾害防治工作的通知》。创新地质灾害监测方式,科学的预测地质灾害,为提高地质灾害预警预报的科技含量,鸡西市国土资源局与市气象部门联合研制开发了地质灾害预警预报系统。强化监督检查,确保各项措施落实到位,市国土资源局先后两次对恒山区、梨树区、鸡冠区等处地质灾害点进行了现场检查,监督地质灾害防治工作落实情况,确认灾害点危险程度,提出防范建议。

【伊春市地质灾害治理】 2010年,伊春市美溪区凤凰山周边的地质灾害防治工作取得初步成效。治理措施采用对废弃采石场边坡面浮土及碎石进行清理,采用SPIDER型柔性网主动防护系统和厚层基材喷射植被护坡技术对59000平方米的坡面进行生态恢复,对矿区地面开采破坏的土地资源进行平整,栽植樟子松恢复植被。通过采用厚层基材喷射植被护坡对废弃采石场边坡进行治理,废弃土地平整恢复植被,可以有效防止水土流失,将地质环境的破坏程度降到最低,恢复地质环境的原有平衡状态,与周围旅游景区景观和谐统一,促进当地旅游业和经济发展,提高居民生产生活质量,推动生态建设和经济可持续发展。

【依安县联合执法打击非法采砂】 2010年,依安县建筑用砂石资源开采整顿和税费征管工作领导小组组织国土、公安、安监、财政等12个部门开展联合执法,对新发乡利民村北侧非法采砂点予以现场查封,当场没收非法采出的矿产品1500立方米,并将相关责任人移交司法机关。该县要求今后凡是在县域内开采矿产资源的,必须以挂牌出让方式依法有偿取得采矿许可证等相关手续后方可进行开采,对任何单位或个人违反矿产资源法律、法规,在未依法取得《采矿许可证》等相关手续的情况下,擅自开采砂石资源的违法行为将坚决予以打击。情节严重的要移交司法机关,追究其刑事责任。

【穆棱市采金遗迹地土地复垦项目启动】 2010年2月5日穆棱市河西乡向阳村采金遗迹地土地复垦项目招投标工作在穆棱市国土资源局举行。该项目位于穆棱市河西乡向阳村西部,穆棱河一级支流大杨树沟流域,项目建设规模为75.4公顷,通过对项目区田、水、林、路综合规划和土地平整等工程措施,将净增加耕地44.13公顷,该项目将土地平整面积44.13公顷,客土回填面积33.47公顷。该项目完成后将增加耕地面积,提高耕地质量,减少水土流失,能有效地起到防风、固土的效果,绿化、净化、美化环境,提高农民的生活水平,加快社会主义新农村的建设步伐,促进农业现代化建设。

【齐齐哈尔市建筑砂石开采秩序整顿】 为加强矿产资源开发统一规划管理,严格建筑用砂石资源开发准入条件,齐齐哈尔市2010年先后四次集中开展联合执法行动,异地查封、扣押了用于违法采砂的装载机4台,现场拆除采砂工作台1处,查封用于非法采砂的推土机一台,采砂船2艘,查封违法盗采的矿产品8300立方米,使该市的建筑用砂石资源的开采整顿初见成效。齐齐哈尔市政府召开了全市建筑用砂石资源开采整合和税费征管工作电视电话会议,成立了由国土资源局、水务局、公安局、安全监察局等20多个单位组成的市政府建筑用砂石资源开采整顿和税费征管领导小组办公室,并以市长令公布了《齐齐哈尔市建筑用砂石矿产资源管理办法》。这次集中整治采取集中办公,统一税费征缴,统一公开出让采矿权,多部门联合集中打击违法开采等方式。同时市政府还采取公开、透明的方式组织采矿权出让,共发布建筑用砂石采矿权拍卖挂牌公告12批,累计公告拍卖挂牌采矿权132个,实际出让储量124万立方米,收缴税费730万元,创齐齐哈尔市历史最好水平。

(黑龙江省国土资源厅)

江 苏 省

【矿产资源概况】 1.矿产种类。截至2010年底,全省已发现各类矿产133种(不含亚矿种,见表1),其中:查明资源储量的有67种;已发现尚未查明资源储量的有66种。截至2010年底,全省列入《江苏省矿产资源储量统计表》的矿种有 76（亚）种，各类矿产构成见　图1、图2。

表1　　　　　　　　　　　　　　　　江苏省矿产种类一览

矿产类别	查明资源储量的矿种		已发现尚未查明资源储量的矿种	
	矿种数	名称	矿种数	名称
能源矿产	4	煤、石油、天然气、地热	3	油页岩、煤成气、铀
金属矿产	19	铁、锰、钛、钒、铜、铅、锌、镁、钼、金、银、铌、钽、锆、锶、锗、铟、铼、镉	25	铬、铝土矿、镍、钴、锡、钨、铋、锂、铷、铯、钇、钆、铽、镝、铈、镧、镨、钕、钐、铕、镓、铪、硒、钪、碲
非金属矿产	41	金刚石、硫铁矿、蓝晶石、红柱石、硅灰石、云母、长石、蛭石、沸石、明矾石、芒硝、石膏、方解石、萤石、宝石、石灰岩、泥灰岩、白云岩、石英岩、天然石英砂、含钾砂页岩、高岭土、陶瓷土、耐火黏土、凹凸棒黏土、膨润土、其他黏土、蛇纹岩、玄武岩、辉绿岩、闪长岩、花岗岩、珍珠岩、凝灰岩、大理岩、泥炭、盐矿、硼矿、磷矿、绢云母石榴子石	37	石墨、自然硫、水晶、刚玉、滑石、石棉、黄玉、叶蜡石、透辉石、透闪石、重晶石、天然碱、菱镁矿、玛瑙、颜料矿物、白垩、脉石英、粉石英、含钾岩石、硅藻土、页岩、海泡石黏土、伊利石黏土、累托石黏土、橄榄岩、角闪岩、安山岩、麦饭石、松脂岩、浮石、粗面岩、霞石正长岩、火山渣、板岩、片麻岩、钾盐、砷
水气矿产	3	地下水、矿泉水、二氧化碳气	1	氦气
合计	67		66	

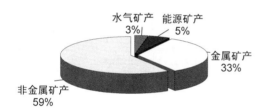

图1　江苏省已发现矿产种类结构

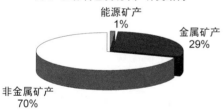

图2　列入《江苏省矿产资源储量统计表》矿产种类结构

2.矿产地及规模。截至 2010 年底，全省已查明资源储量并列入《江苏省矿产资源储量统计表》的矿产地共606处，较2009年增加10处。矿产地规模以中、小型为主，中、小型矿产地占矿产地总数的87%（表2、图3）。

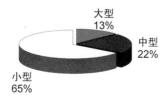

图3　江苏省矿产地数及其规模比例

表2　江苏省矿产地矿床规模和矿产勘查程度统计

矿产种类	矿产地数	矿床规模			勘查程度		
		大型	中型	小型	勘探	详查	普查
能源矿产（煤）	129	5	17	107	86	11	32
黑色金属矿产	44	6	8	30	19	15	10
有色金属矿产	72		9	63	33	19	20
贵金属矿产	21	1	5	15	7	12	2
稀有分散元素矿产	11	1		10	8	2	1
冶金辅助原料矿产	25	6	3	16	9	3	13
化工原料非金属矿产	86	18	31	37	49	22	15
建材非金属矿产	218	41	61	116	84	70	64
全省合计	606	78	134	394	295	154	157
所占百分比（%）		13	22	65	49	25	26

图4　江苏省矿产地勘查程度

3.矿产地勘查程度。江苏省矿产地勘查程度较高，详查以上矿产地占总数74%（图4）。在各类矿产地中，勘查程度达到详查以上的，煤矿占76%、盐矿占

85%、芒硝占 100%、石膏占 100%、水泥用灰岩占 74%、铁矿占 90%、饰面用大理岩占 84%、硫铁矿占 84%。

4.矿产地利用情况。截至 2010 年底,全省已利用矿产地 392 处,占矿产地总数的 64.69%;未利用矿产地 214 处,占矿产地总数的35.31%。在已利用矿产地中正在开采矿产地 184 处,占已利用矿产地总数的46.94%;停采矿产地 168 处,占已利用矿产地总数的42.86%;闭坑矿产地 40 处,占已利用矿产地总数的10.20%。

5.矿产资源行政区域分布。江苏省矿产资源分布既广泛又相对集中,矿产地 98% 都分布在苏北和苏南,苏中只占到 2%(图5)。按矿种分,煤炭、制碱用灰岩主要分布在徐州地区;铁、石膏、水泥用灰岩主要分布在南京和徐州地区;芒硝主要分布在淮安地区;盐矿主要分布在常州、淮安及徐州地区;熔剂用灰岩主要分布在镇江地区;饰面用大理岩主要分布在连云港地区;高岭土主要分布苏州地区;陶瓷土主要分布在无锡

地区;石油分布在扬州、泰州和盐城等地区;地热主要分布在南京、镇江、苏州、无锡、常州、淮安、扬州、泰州和盐城等地区;二氧化碳气分布在泰州地区;地下水、矿泉水分布在全省各地。

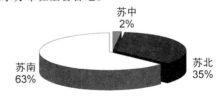

图 5　江苏省矿产地行政区域分布

【矿产资源储量及其变化】 1.矿产资源储量及其变化。截至 2010 年底,列入《江苏省矿产资源储量统计表》的矿产及保有储量总量见表 3,(详见附件 1)。2010 年新增上表矿区 5 个,新增矿产地 10 处,其中:铜矿 3 处、钼矿 1 处、锌矿 1 处、铁矿 1 处、硫铁矿 1 处、芒硝矿 1 处、盐矿 1 处、石榴子石矿 1 处(表4)。

表3　　　　　　　　　　　　　　江苏省主要矿产资源保有储量(按矿种统计分列)

矿产名称	矿区数	矿产资源储量			
		储量	基础储量	资源量	资源储量
煤炭 (千吨)	129	788548	1422706	2177818	3600524
铁矿 (矿石 千吨)	34	18196	171776	303472	475248
钛矿 (金红石 TiO_2矿物 吨)	1	0	0	819800	819800
钛矿 (钛铁矿 矿物 吨)	2	14354	35886	2108249	2144135
钛矿 (金红石 矿物 吨)	2	92750	132500	72500	205000
钛矿 (金红石砂矿 矿物 吨)	3	452	1131	41069	42200
钒矿 (V_2O_5吨)	1	0	24824	15269	40093
铜矿 (铜 吨)	28	31408	50120	316288	366408
铜矿 (伴生) (铜 吨)	3		4905	20909	25814
铅矿 (铅 吨)	16	99530	150260	492003	642263
锌矿 (锌 吨)	22	176871	248017	1019418	1267435
钼矿 (钼 吨)	5	0	540	6092	6632
金矿 (岩金)百 (金 千克)	2	0	640	658	1298
金矿 (伴生金)(金 千克)	7	0	160	24805	24965
银矿 (银 吨)	9	123	163	930	1093
银矿 (伴生银)(银 吨)	3	27	37	611	648
铌钽矿 $((Nb+Ta)_2O_5$吨)	1	0	0	38440	38440
铌矿 (铌(钶)铁矿 吨)	1	45	51	38	89
普通萤石(萤石或 CaF_2千吨)	1	0	0	345	345
耐火黏土 (矿石 千吨)	3	0	593	1560	2153

续表3

矿产名称	矿区数	矿产资源储量			
		储量	基础储量	资源量	资源储量
硫铁矿　　　（矿石 千吨）	17	2004	4128	45082	49210
芒硝(Na_2SO_4)（Na_2SO_4千吨）	16	82156	491945	704432	1196377
盐矿（固体 NaCl）（NaCl 千吨）	24	878257	8162280	8480896	16643176
磷矿　　　　（矿石 千吨）	13	9567	25034	85760	110794
金刚石（砂矿）　（金刚石 克）	1	0	0	891	891
石膏　　　　（矿石 千吨）	4	81983	668477	2504676	3173153
水泥用灰岩（矿石 千吨）	70	413856	1204639	1947098	3151737
高岭土　　　（矿石 千吨）	12		7494	37706	45200
凹凸棒石粘土　（矿石 千吨）	16	7418	9901	83565	93466
膨润土　　　（矿石 千吨）	15	1842	153350	27103	180453

表4　　　　2010 年江苏省新增矿产地统计

矿区编号	矿区名称	矿种	地质工作程度
320721022	连云港赣榆县堰水房石榴子石矿区	石榴子石	普查
320803002	淮安市楚州区下关石盐矿区	盐矿	详查
320803002	淮安市楚州区下关石盐矿区	芒硝	详查
321183035	句容市盘龙岗铜矿区	铜矿	普查
321183034	句容市西银坑铜多金属矿区	铜矿	普查
321183034	句容市西银坑铜多金属矿区	锌矿	普查
321183034	句容市西银坑铜多金属矿区	铁矿	普查
321183034	句容市西银坑铜多金属矿区	硫铁矿	普查
321183033	句容市猴子石斑岩铜矿区	铜矿	普查
321183033	句容市猴子石斑岩铜矿区	钼矿	普查

油气储量变化情况，截至 2010 年底，全省累计探明原油地质储量 27379.84 万吨，累计探明技术可采储量为 6339.80 万吨，累计探明经济可采储量为 5366.93 万吨；本年度原油产量为 183.44 万吨，剩余技术可采储量为 2687.78 万吨，剩余经济可采储量为 1714.91 万吨；全省累计探明天然气（气层气和溶解气）地质储量 86.19 亿立方米，其中累计探明技术可采储量为 34.83 亿立方米，经济可采储量为 23.38 亿立方米，本年度天然气产量为 0.56 亿立方米，剩余技术可采储量为 23.66 亿立方米，剩余经济可采储量为 12.21 亿立方米。

2．矿产资源储量评审备案管理。矿产资源储量评审备案直接关系到国家矿产资源储量数据的准确性，2010 年全年共完成矿产资源储量报告评审备案 48 份，矿床工业指标批复 1 份。

3．建设项目压覆矿产资源审批管理。近年来国家为了拉动内需，建设项目大幅度增加，压覆矿产资源审批任务较重，按照既保护资源又保障重点项目建设的原则，积极为重点建设项目选址做好服务。2010 全年共完成 656 份压覆矿产资源的审批工作，较 2009 年同比增长 33%，有力地支持了地方经济建设。

【矿产资源潜在价值】　截至 2010 年底，江苏省上表固体矿产资源保有储量潜在总值为 15383.48 亿元，比 2009 年增加了 3059.27 亿元，其中列入前十位的矿产有煤炭、盐矿、芒硝、石膏、水泥用灰岩、铁矿、饰面用大理岩、熔剂用灰岩、制碱用灰岩、硫铁矿，这十种矿产合计潜在总值占全部矿产潜在总值的 95.24% 见表 5（详见附件 2）。

表5　　　截至 2010 年底江苏省固体矿产资源保有储量潜在总值表（前十位）

矿产名称及单位	资源储量	潜在总值（亿元）
煤炭（千吨）	3600524	1837.71
铁矿（矿石 千吨）	475248	186.30
熔剂用灰岩（矿石 千吨）	421274	84.25
硫铁矿（矿石 千吨）	49210	37.02
硫铁矿（伴生硫：硫 千吨）	19983	81.04
芒硝（Na_2SO_4）（Na_2SO_4千吨）	1196377	3439.58
制碱用灰岩（矿石 千吨）	332371	66.47
盐矿（固体 NaCl）（NaCl 千吨）	16643176	6241.19
水泥用灰岩（矿石 千吨）	3151737	630.35
石膏（矿石 千吨）	3173153	1903.89
饰面用大理岩（矿石千立方米）	35649	143.12
合计		14650.92

【地质矿产勘查】 1.地勘单位概况。截至2010年底，全省地勘单位职工总人数为41142人。其中年末在职人数23439人，离退休人数17703人。全省地勘单位从业人员中，地质勘查人员13255人，占从业人数的56.55%，工程勘察与施工人员2718人，矿产开发人员1138人，其他人员6328人；地质勘查人员中，技术人员6656人。其中：高级技术人员1268人，中级技术人员2408人，其他职称技术人员2980人，分别占技术人员总数的19.05%、36.18%和44.77%。

2010年底，全省注册登记取得地质勘查资质证书的地勘单位合计50家，涉及地矿、有色、煤炭、石油、冶金、核工业、化工、建材、轻工、矿山、院校等。其中：取得1项以上甲级资质的单位25个，占总数的50%；取得1项以上乙级资质的单位14个，占28%；取得1项以上丙级资质的单位有11个，占22%。

2.地质勘查投入。2010年，全省地质勘查项目投入资金26737.4万元（不含石油天然气勘查），其中基础地质调查投入2401.2万元；地质环境调查评价投入1696.1万元；矿产资源勘查投入20386.9万元。在矿产资源勘查投入中，国家和地方财政投入资金6161.3万元，较2009年增加了1049.3万元。市场投入（企业、个人和其他）商业性矿产勘查资金14225.6万元的，较2009年减少了1278.4万元。2006～2010年各类勘查资金投入对比见图6。

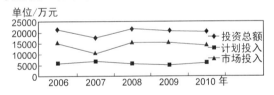

图6　2006～2010年期间各类勘查资金投入对比

3.矿业权情况。截至2010年底，全省有效期内探矿权项目共188个（不包括油气勘查项目），勘查面积922.95平方千米。其中2010年度颁发各类勘查许可证109个（图7），比2009年增加8个，地质调查证8个，批准注销项目30个。2010年颁发的勘查许可证中，新设探矿权项目28个，变更项目11个，延续项目50个，保留项目20个。按勘查阶段分：预查项目1个，普查项目72个，详查项目19个，勘探项目17个。按勘查矿产种分：能源矿产31个（煤4个、地热27个），黑色金属矿产10个（其中铁矿8个），有色金属矿产39个，贵金属矿产6个，稀有稀土类矿产1个，非金属矿产22个。

【地质资料管理】 1.成果地质资料汇1交数量有较大增加。统一汇交是地质资料管理的源头，也是工作难点。2010年继续加强《地质资料管理条例》、《地质资料

管理条例实施办法》及《江苏省地质资料管理办法》的宣传贯彻和实施，努力增强江苏省地质资料汇交人自觉汇交地质资料的法律意识。

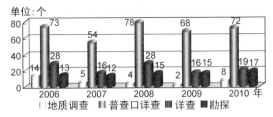

图7　2006～2010年地勘项目按工作程度分类对比

2010年度，汇交到省地质资料馆的成果地质资料共计180种。其中：区调类1种，矿产类40种，水文地质、工程地质、环境地质类99种，物化遥1种，地质综合研究类33种，其他类6种。向全国地质资料馆转汇交成果资料12种。新汇交的成果地质资料均按规定及时提供社会利用。

2.以社会化服务为中心，发挥地质资料的作用。随着江苏省地质工作的加强，以及地质工作成果数据库建设与数字化工作的进一步实施，江苏省地质资料社会化利用跨上了新台阶。2010年，共接待地质资料借阅者1483人/次，借阅资料5707份/次，计21050件。发放借阅地质资料利用效果反馈表85张，主动了解、收集用户的需求与愿望，改进借阅服务工作，通过诚实、热情的借阅服务，赢得了广大用户的一致好评。

3.成果地质资料图文数字化工作稳步推进。地质资料图文数字化是一项重要的基础工作，是实现地质资料"四化"建设之一，是社会服务网络化的前提。在2006年底完成江苏省馆藏A类地质资料图文数字化任务的基础上，全部完成了B类地质资料图文数字化工作任务。同时，启动了已有数字化成果电子图书制作（即PDF格式转换），为在我省建立电子阅览室打下了良好的基础。江苏省地质资料数字化工作速度与质量在全国名列前茅，得到部储量司及全国地质资料馆的肯定与赞赏。

4.精心组织实施，认真完成地质资料清欠工作。2010年，国土资源部开展了全国地质资料管理情况专项大检查，对建部以来国家、地方财政投入地质工作项目成果资料汇交情况进行重点检查。自1998年以来，全省部、省两级国土资源管理部门颁发矿业权证和国家出资安排的地质工作项目共223个。其中：地质大调查项目39个；中央财政补助项目40个；危机矿山项目11个；地方财政项目133个。经过两个多月的清理和催交，除仍在续作和调整变更的项目以外，已全部补交了成果地质资料。江苏省地质资料清欠工作受到了部地质资料专项检查组的好评。

5.围绕扩大内需项目和"双保行动",做好地质资料信息服务。按照地质资料集群化、产业化新思路,集成矿产地、探矿权、采矿权、矿产勘查开发规划区、地质遗迹保护区等空间数据库信息,成功研发了建设项目选址压矿调查分析系统,主动为扩大内需项目选址决策提供"一站式"地质资料信息服务。截止到2010年11月底,共为361个大中型建设项目提供及时、周到和准确的优质服务,连续两年受到国土资源部的通报表彰。

6.稳步推进地质资料信息集群化产业化试点。根据国土资源部"关于印发《推进地质资料信息服务集群化产业化工作方案》的通知"的要求,在积极制定好江苏省实施工作方案的同时,学习上海市的经验和做法,将苏州市作为江苏省地质资料信息服务集群化工作试点,主动介入苏州市城市地质调查工作,及时总结试点经验,为在全省范围内推广做好准备。

【矿产资源开发利用】 1.矿业投资情况。根据《江苏统计年鉴》(2011年),2010年度,全省矿业(采矿业)固定资产投资额63.71亿元,比2009年增加4.32亿元;其中用于新建的投资额为16.39亿元,比2009年增加6.44亿元,扩建的为18.89亿元,比2009年减少了1.81亿元,改造的为28.13亿元,比2009年增加了2.77亿元;矿业基本建设施工项目64个,比2009年增加12个,新开工项目44个,建成投产38个,项目建成投产率59.38%。

2.矿产资源开发利用情况。根据《江苏省矿产资源开发利用统计年报》(2010年度),截至2010年底,全省共有矿山企业1836家,较2009年减少277家;全省开发利用矿种48种(表6)。

全省矿山企业按经济类型划分5大类:国有矿山企业94家;集体矿山企业404家;私营矿山企业1000家;外资矿山企业18家;其他类型矿山企业320家。按行业类型划分6大类:能源矿山企业69家;金属类矿山企业15家;冶金辅助原料非金属矿山企业10家;化工原料非金属矿山企业30家;建材及其他非金属矿山企业1684家;水气矿山企业28家。全省矿山企业结构情况见表7和表8。

全省矿业从业人员总数19.24万人,比2009年减少1.59万人,减少了7.63%。其中,国有矿山企业7.70万人,集体矿山企业2.67万人,私营矿山企业5.03万人,其他矿山企业3.64万人,外资矿山企业0.20万人,其他企业3.64万人。

表6　　　　　　　　　　　　　　江苏省矿产资源开发利用矿种数、矿山数一览

矿产类别	矿种数(个)	矿山数(个)	主要矿种名称及矿山数
能源	3	69	煤34、油页岩2、地下热水33
黑色金属	1	7	铁7
有色金属	3	6	锌2、铅(与锌铜银共生)、铜4(与铅锌银共生)
贵金属	2	1	金1、银(与锌共生)
稀有金属	1	1	锶1
冶金辅助原料非金属	7	10	熔剂用灰岩2、冶金用白云岩1、熔剂用蛇纹岩1、铸型用砂岩2、耐火黏土1、蓝晶石1、冶金用脉石英2
化工原料非金属	4	30	硫铁矿1、芒硝7、盐岩19、磷3
建材及其他非金属	25	1684	水泥用灰岩35、建筑石料用灰岩54、石膏4、高岭土1、建筑用玄武岩35、砖瓦黏土1439、建筑用花岗岩43、建筑用砂18、凹凸棒石黏土7、其他48
水气	2	28	二氧化碳气1、矿泉水27
合计	48	1836	

表7　　　　　　　　　　　　　　江苏省矿山企业结构一览(按经济类型分列)

经济类型	矿山总数(个)	从业人数(人)	年产矿量(万吨)	工业总产值(万元)	矿产品销售收入(万元)	利润总额(万元)
合计	1836	192438	21290.53	2929887.73	2601119.26	423501.04
国有企业	94	76980	5712.41	1988858.08	1728846.14	348904.59
集体企业	404	26684	1824.00	93279.35	91005.52	5622.74
私营企业	1000	50326	6713.87	271819.05	257753.62	14048.86
外资企业	18	2031	795.13	22322.82	21400.60	477.24
其他企业	320	36417	6245.12	553608.43	502113.38	54447.61

表8 江苏省矿山企业结构一览(按行业类型分列)

行业类型	矿山总数(个)	从业人数(个)	年产矿量(万吨)	工业总产值(万元)	销售收入(万元)	利润总额(万元)
合计	1836	192438	21290.53	2929887.73	2601119.26	423501.04
能源	69	71503	2529.49	1825256.19	1602426.63	338578.85
金属类	15	11016	595.00	261636.94	233634.54	34354.82
冶金辅料非金属	10	1424	636.70	28420.16	17239.66	2168.80
化工原料非金属	30	6293	1515.84	252223.55	203627.45	20444.06
建材及其他非金属	1684	100752	15903.18	545126.18	527752.49	27182.27
水气	28	1450	110.32	17224.71	16438.49	772.24

2010年度,全省各类矿山企业生产矿石总量2.13亿吨,比2009年增加1038.15万吨。其中固体矿产2.08亿吨,液体矿产411.24万吨,气体矿产53.67万吨。年产矿量超千万吨的六种矿产是:水泥用灰岩(5525.61万吨)、砖瓦黏土(3937.06万吨)、煤炭(2174.90万吨)、建筑石料用灰岩(2044.07万吨)、盐矿(1223.73万吨)和建筑用花岗岩(1474.37万吨)。

"十一五"期间,江苏省矿山总数、从业人员和年产矿石量总体呈下降趋势,2010年矿山企业总数为2006年的62.39%,从业人员为2006年的67.25%,开采总量为2006年的96.38%。全省矿山数、矿业从业人数、矿石产量及矿产品销售收入对比情况参见图8、9、10、11。

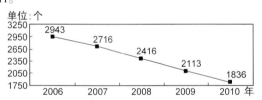

单位:个

图8 2006～2010年江苏省矿山数变化情况

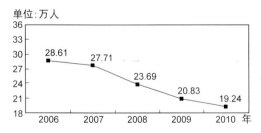

单位:万人

图9 2006～2010年江苏省矿业从业人数变化情况

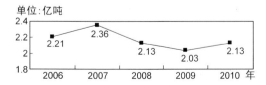

单位:亿吨

图10 2006～2010年江苏省年产矿石量变化情况

【地下水、地热和矿泉水开发利用】 1.地下水。监测资料表明,与2009年相比,除苏锡常地区由于全面实行地下水禁止开采,地下水总体仍呈回升态势外,其他地区地下水水位有升有降,总体稳定,具体情况如下:

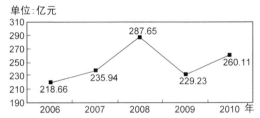

单位:亿元

图11 2006～2010年江苏省矿产品销售收入变化情况

① 苏州市,第Ⅱ承压水水位稳中有升,市区水位变幅一般在0.02～1.77米之间,变幅最小为用直敬老院(0.02米),变幅最大为苏州工业园区车坊(1.77米)。年平均水位埋深17.42米,比2009年上升2.52米。

② 常州市,第Ⅱ承压水水位明显回升,年平均水位埋深39.84米,比2009年上升2.45米。

③ 无锡市,第Ⅱ承压水年平均水位埋深31.59米,年变幅为1.79米。

④ 南通市,主要开采第Ⅲ承压水。和2009年相比,水位基本稳定,平均水位埋深34.28米,与2009年相比水位上升了0.61米,最低水位埋深为36.56米(南通分队),比2009年上升1.97米;最高水位埋深33.08米(南通市国棉一厂),与2009年相比下降了0.39米。

⑤ 淮安市,主要开采第Ⅳ承压水,其次为Ⅱ+Ⅲ承压水。2010年第Ⅳ承压水水位基本稳定,平均水位埋深38.50米,与2009年相比上升了0.39米,最低水位埋深42.96米(清江棉纺织厂),与2009年相比上升了0.19米,最高水位埋深34.55(市农垦运输公司),与2009年相比上升了0.69米。

⑥ 盐城市,及近郊主要开采第Ⅲ承压水和第Ⅳ承压水。2010年第Ⅲ承压水水位变化范围在0.26～

4.15 米之间,与 2009 年相比,地下水位呈下降态势。平均水位埋深 26.35 米,下降 2.28 米,最高水位埋深为 10.35 米(市水泥制品厂),上升 0.37 米;最低水位埋深 37.64 米(龙冈化肥厂),下降了 2.24 米。

由于采取了限采措施,市区第Ⅳ承压水水位趋于稳定,升幅为 0.37 米(市水泥制品厂),市区外围水位也基本稳定。年平均水位埋深 37.83 米,比 2009 年同期上升 2.82 米;最低水位埋深 48.51 米,最高水位埋深 28.21 米,同比均基本稳定。

⑦ 徐州市,城市供水以岩溶水为主,主要集中在西北区和东南区二岩溶地下水水源地。与 2009 年同期相比,2010 年度两个水源地下水水位总体呈下降态势。西北部水源地平均水位埋深为 24.50 米,比 2009 年同期下降 0.87 米;东南区水源地平均水位埋深 14.32 米,比 2009 年同期下降 0.05 米。

此外,南京、镇江、扬州三市供水以地表水为主,地下水仅作为辅助供水水源。

2.地热。据统计,全省开采地热资源的矿山企业有 33 个,开采地下热水量为 178.32 万吨,比 2009 年增加了 47.72 万吨。

此外,2010 年地热资源勘查工作稳步发展,共钻探地热井 17 口,其中有 7 口成功出水。

3.矿泉水。据统计,全省开采矿泉水的矿山企业为 27 个,开采量为 56.67 万吨,比 2009 年减少了 4.16 万吨。

【矿业权价款评估与矿产资源补偿费征收管理】 1.矿业权价款评估。2010 年,江苏省采矿权和探矿权评估备案 21 宗,评估价款近 21 亿元,其中采矿权价款为 19 亿元,探矿权价款为 2 亿元。

2.矿产资源补偿费征收管理。2010 年,各级国土资源管理部门采取多种措施,规范管理工作,全省矿产资源补偿费入库 1.49 亿元。根据国家规定,全省共减免矿产资源补偿费 4471 万元。

附表1　　　　　　　　　　　　江苏省矿产资源保有储量统计汇总(按矿种分列)

矿产名称	矿区数	矿产资源储量			
		储量	基础储量	资源量	资源储量
煤炭(千吨)	129	788548	1422706	2177818	3600524
铁矿(矿石 千吨)	34	18196	171776	303472	475248
钛矿(金红石 TiO_2 矿物 吨)	1	0	0	819800	819800
钛矿(钛铁矿 矿物 吨)	2	14354	35886	2108249	2144135
钛矿(金红石 矿物 吨)	2	92750	132500	72500	205000
钛矿(金红石砂矿 矿物 吨)	3	452	1131	41069	42200
钒矿(V_2O_5 吨)	1	0	24824	15269	40093
铜矿(铜 吨)	28	31408	50120	316288	366408
铜矿(伴生)(铜 吨)	3	—	4905	20909	25814
铅矿(铅 吨)	16	99530	150260	492003	642263
锌矿(锌 吨)	22	176871	248017	1019418	1267435
镁矿((炼镁白云岩)矿石 千吨)	1	9280	9280	4731	14011
钼矿(钼 吨)	5	0	540	6092	6632
金矿(岩金)百(金 千克)	2	0	640	658	1298
金矿(伴生金)(金 千克)	7	0	160	24805	24965
银矿(银 吨)	9	123	163	930	1093
银矿(伴生银)(银 吨)	3	27	37	611	648
铌钽矿((Nb+Ta)$_2$O$_5$ 吨)	1	0	0	38440	38440
铌矿(铌(钶)铁矿 吨)	1	45	51	38	89
锆矿(锆英石 吨)	1	0	0	124	124
锶矿(天青石 吨)	1	249337	331178	127890	459068

续附表 1－1

矿产名称	矿区数	矿产资源储量			
		储量	基础储量	资源量	资源储量
锗矿（锗 吨）	3	0	82	0	82
铼矿（铼 吨）	1	0	0	1	1
镉矿（镉 吨）	2	0	0	24	24
蓝晶石（蓝晶石 吨）	2	0	1197303	287900	1485203
红柱石（红柱石 吨）	1	0	0	993400	993400
普通萤石（萤石或 CaF₂千吨）	1	0	0	345	345
熔剂用灰岩（矿石 千吨）	7	108445	246311	174963	421274
冶金用白云岩（矿石 千吨）	6	25175	28723	216787	245510
冶金用石英岩（矿石 千吨）	1	0	0	5170	5170
铸型用砂（矿石 千吨）	1	0	0	4400	4400
耐火粘土（矿石 千吨）	3	0	593	1560	2153
熔剂用蛇纹岩（矿石 千吨）	3	6270	105137	32711	137848
硫铁矿（矿石 千吨）	17	2004	4128	45082	49210
硫铁矿（伴生硫:硫 千吨）	5	631	1148	18835	19983
明矾石（明矾石 千吨）	2	0	0	531	531
芒硝(Na₂SO₄)（Na₂SO₄千吨）	16	82156	491945	704432	1196377
制碱用灰岩（矿石 千吨）	4	198980	200905	131466	332371
含钾砂页岩（矿石 千吨）	1	296776	423968	1644440	2068408
化肥用蛇纹岩（矿石 千吨）	1	5579	6022	5543	11565
泥炭（矿石 千吨）	1	0	0	115	115
盐矿(固体 NaCl)（NaCl 千吨）	24	878257	8162280	8480896	16643176
磷矿（矿石 千吨）	13	9567	25034	85760	110794
金刚石(砂矿)（金刚石 克）	1	0	0	891	891
硅灰石（矿石 千吨）	2	24	48	623	671
云母（工业原料云母 吨）	2	67360	84200	269245	353445
长石（矿石 千吨）	1	140	144	230	374
石榴子石（矿石 千吨）	1	－	0	214	214
蛭石（矿石 千吨）	3	91	101	1943	2044
沸石（矿石 千吨）	1	0	0	2515	2515
石膏（矿石 千吨）	4	81983	668477	2504676	3173153
方解石（矿石 千吨）	3	2620	4520	25595	30115
宝石（矿物 千克）	4	54	83	8690	8773
水泥用灰岩（矿石 千吨）	70	413856	1204639	1947098	3151737
泥灰岩（矿石 千吨）	1	0	3897	6672	10569
玻璃用石英岩（矿石 千吨）	2	370	380	1450	1830

续附表 1-2

矿产名称	矿区数	矿产资源储量			
		储量	基础储量	资源量	资源储量
玻璃用砂岩（矿石 千吨）	3	15090	17990	37450	55440
水泥配料用砂岩（矿石 千吨）	7	18810	64006	27619	91625
陶瓷用砂岩（矿石 千吨）	1	0	0	136	136
玻璃用砂（矿石 千吨）	6	5000	7690	39350	47040
建筑用砂（矿石 千立方米）	1	0	58660	74130	132790
高岭土（矿石 千吨）	12	–	7494	37706	45200
陶瓷土（矿石 千吨）	16	13444	43750	38771	82521
凹凸棒石黏土（矿石 千吨）	16	7418	9901	83565	93466
膨润土（矿石 千吨）	15	1842	153350	27103	180453
水泥配料用黏土（矿石 千吨）	25	62548	137580	73315	210895
水泥配料用黄土（矿石 千吨）	3	9090	13990	2600	16590
保温材料用黏土（矿石 千吨）	1	0	1786	1029	2815
铸石用玄武岩（矿石 千吨）	1	760	760	0	760
岩棉用玄武岩（矿石 千吨）	1	0	0	20740	20740
建筑用玄武岩（矿石 千方米）	1	0	0	15219	15219
水泥用辉绿岩（矿石 千吨）	1	0	580	0	580
水泥用闪长玢岩（矿石 千吨）	1	120	120	100	220
建筑用花岗岩（矿石 千立方米）	1	0	10	70	80
饰面用花岗岩（矿石 千立方米）	1	0	0	220	220
珍珠岩（矿石 千吨）	1	5790	5790	4150	9940
水泥用凝灰岩（矿石 千吨）	1	0	6100	0	6100
饰面用大理岩（矿石 千立方米）	6	1999	5068	30581	35649
玻璃用大理岩（矿石 千吨）	1	0	0	34150	34150

附表 2 　　　　　　　　　**截至 2010 年底江苏省固体矿产资源保有储量潜在总值**

矿产名称及单位	资源储量	潜在总值(亿元)
煤炭（千吨）	3600524	1837.71
铁矿（矿石 千吨）	475248	186.30
钛矿（金红石 TiO_2 矿物 吨）	819800	48.37
钛矿（钛铁矿 矿物 吨）	2144135	22.30
钛矿（金红石 矿物 吨）	205000	12.10
钛矿（金红石砂矿 矿物 吨）	42200	2.49
钒矿（V_2O_5 吨）	40093	24.54
铜矿（铜 吨）	366408	19.42
铜矿(伴生)（铜 吨）	25814	1.37
铅矿（铅 吨）	642263	2.70

续附表 2－1

矿产名称及单位	资源储量	潜在总值（亿元）
锌矿（锌 吨）	1267435	8.75
镁矿（（炼镁白云岩）矿石 千吨）	14011	7.01
钼矿（钼 吨）	6632	1.26
金矿（岩金）百（金 千克）	1298	0.39
金矿（伴生金）（金 千克）	24965	7.75
银矿（银 吨）	1093	5.47
银矿（伴生银）（银 吨）	648	3.24
铌钽矿（$(Nb+Ta)_2O_5$ 吨）	38440	36.59
铌矿（铌（钶）铁矿 吨）	89	0.09
锆矿（锆英石 吨）	124	0.01
锶矿（天青石 吨）	459068	2.30
锗矿（锗 吨）	82	6.58
镉矿（镉 吨）	24	0.02
蓝晶石（蓝晶石 吨）	1485203	5.94
红柱石（红柱石 吨）	993400	3.97
普通萤石（萤石或 CaF_2 千吨）	345	0.31
熔剂用灰岩（矿石 千吨）	421274	84.25
冶金用白云岩（矿石 千吨）	245510	49.10
冶金用石英岩（矿石 千吨）	5170	1.55
铸型用砂（矿石 千吨）	4400	0.34
耐火粘土（矿石 千吨）	2153	1.07
熔剂用蛇纹岩（矿石 千吨）	137848	22.06
硫铁矿（矿石 千吨）	49210	37.02
硫铁矿（伴生硫:硫 千吨）	19983	81.04
明矾石（明矾石 千吨）	531	0.17
芒硝（Na_2SO_4）（Na_2SO_4 千吨）	1196377	3439.58
制碱用灰岩（矿石 千吨）	332371	66.47
含钾砂页岩（矿石 千吨）	2068408	20.68
化肥用蛇纹岩（矿石 千吨）	11565	1.82
泥炭（矿石 千吨）	115	0.01
盐矿（固体 NaCl）（NaCl 千吨）	16643176	6241.19
磷矿（矿石 千吨）	110794	53.18
金刚石（砂矿）（金刚石 克）	891	
硅灰石（矿石 千吨）	671	0.52
云母（工业原料云母 吨）	353445	35.34
长石（矿石 千吨）	374	0.09

续附表 2 - 2

矿产名称及单位	资源储量	潜在总值(亿元)
石榴子石 (矿石 千吨)	214	0.39
蛭石 (矿石 千吨)	2044	3.68
沸石 (矿石 千吨)	2515	0.45
石膏 (矿石 千吨)	3173153	1903.89
方解石 (矿石 千吨)	30115	9.01
宝石 (矿物 千克)	8773	
水泥用灰岩 (矿石 千吨)	3151737	630.35
泥灰岩 (矿石 千吨)	10569	2.14
玻璃用石英岩 (矿石 千吨)	1830	0.92
玻璃用砂岩 (矿石 千吨)	55440	27.93
水泥配料用砂岩 (矿石 千吨)	91625	9.16
陶瓷用砂岩 (矿石 千吨)	136	0.07
玻璃用砂 (矿石 千吨)	47040	23.52
建筑用砂 (矿石 千立方米)	132790	10.22
高岭土 (矿石 千吨)	45200	24.86
陶瓷土 (矿石 千吨)	82521	45.39
凹凸棒石黏土 (矿石 千吨)	93466	32.71
膨润土 (矿石 千吨)	180453	45.11
水泥配料用黏土 (矿石 千吨)	210895	37.96
水泥配料用黄土 (矿石 千吨)	16590	4.15
保温材料用黏土 (矿石 千吨)	2815	0.51
铸石用玄武岩 (矿石 千吨)	760	3.04
岩棉用玄武岩 (矿石 千吨)	20740	5.18
建筑用玄武岩 (矿石 千方米)	15219	26.33
水泥用辉绿岩 (矿石 千吨)	580	0.12
水泥用闪长玢岩 (矿石 千吨)	220	0.04
建筑用花岗岩 (矿石 千立方米)	80	0.14
饰面用花岗岩 (矿石 千立方米)	220	0.88
珍珠岩 (矿石 千吨)	9940	2.49
水泥用凝灰岩 (矿石 千吨)	6100	0.43
饰面用大理岩 (矿石 千立方米)	35649	143.12
玻璃用大理岩 (矿石 千吨)	34150	6.83
全部矿产合计		15383.48

(江苏省国土资源厅)

浙 江 省

【矿产资源概况】 2010 年,浙江省开发利用的矿产 62 种,与 2009 年度相比减少了伊利石黏土 1 种矿产;其中,能源矿产 2 种,金属矿产 10 种,非金属矿产 34 种(其中冶金用石英岩、长石、玻璃用脉石英、玻璃用大理岩和水泥用大理岩 5 个矿种处于停产状态),普通建筑用石、砂、土矿产 15 种,水气矿产 1 种。

【矿产资源开发利用】 1.矿山企业概况。2010 年浙江省共有持证矿山 1900 个,从业人员 58263 人,矿石采掘量 50595.52 万吨,实现矿业总产值 107.65 亿元,利润

75534.39 万元,税金 112991.21 万元。与 2009 年相比,矿山数和从业人员分别减少了 20.60% 和 15.27%,矿石采掘量增长了 8.35%,矿业总产值增长了 20.03%,利润增加了 47.10%,税金增加了 30.20%(表 1 和图 1)。

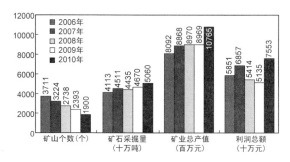

图 1　2006 ~ 2010 年浙江省主要矿业指标对比

表 1　　　　　　　　　　　　　　　　　　2006 ~ 2010 年浙江省主要矿业指标对比

年 份	矿山个数(个)	从业人员(人)	矿石采掘量(万吨)	矿业总产值(万元)	利润总额(万元)	税金总额(万元)
2006	3711	112633	41128.74	809153.84	58512.65	88836.20
2007	3224	102059	45105.39	886814.32	68567.78	91484.54
2008	2738	79718	44353.53	897021.36	54138.27	93166.07
2009	2393	68765	46697.51	896866.73	51349.00	86783.85
2010	1900	58263	50595.52	1076477.42	75534.39	112991.21

表 2　2006 ~ 2010 年浙江省矿业人均生产指标变化情况

年份	人均矿石采掘量(万吨/人·年)	人均矿业产值(万元/人·年)	人均利税总额(万元/人·年)
2006	0.37	7.18	1.31
2007	0.44	8.69	1.57
2008	0.56	11.25	1.85
2009	0.68	13.04	2.01
2010	0.87	18.48	3.24

浙江省矿业劳动生产率持续提高,人均矿石采掘

量、人均矿业产值和人均利税额逐年上升,2010 年人均矿石采掘量比 2009 年增长 27.94%,人均矿业产值增长 41.72%,人均利税增长 61.19%(表 2 和图 2)。

2.矿业结构。①按矿业结构分析。2010 年矿业结构与往年基本一致,即普通建筑用石、砂、土无论产量还是产值均居主导地位,非金属矿产次之,金属矿产再次之,能源矿产和水气矿产所占比重很小。与 2009 年相比,普通建筑用石、砂、土和非金属矿产产值占矿业总产值的比重继续上升,金属矿产矿山数比 2009 年减少了 3 个,但矿业总产值比 2009 年增长了 56.90%(表 3 和图 3 - 1 ~ 4)。

表 3　　　　　　　　　　　　　　　　　　2010 年浙江省矿业结构统计

矿产分类	矿山数(个)	从业人员(人)	矿石采掘量(万吨)	矿业总产值(万元)	利润总额(万元)	税金总额(万元)
合 计	1900	58263	50595.52	1076477.42	75534.4	112991.21
能源矿产	5	221	53.01	2026	– 6	127.98
金属矿产	58	4452	211.79	73986.99	10262.52	13649.19
普通建筑用石、砂、土	1382	41996	41583.95	799839.48	48836.44	68534.11
其他非金属矿产	407	10833	8729.13	196708.66	16057.28	30422.96
水气矿产	48	761	17.64	3916.29	384.16	256.97

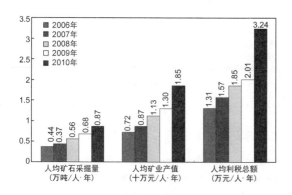

图 2　2006～2010 年浙江省矿业
人均生产指标变化情况

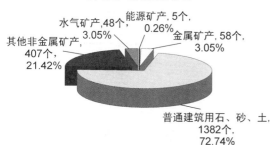

图 3-1　2010 年各类矿产矿山数构成

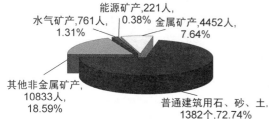

图 3-2　2010 年各类矿产从业人员构成

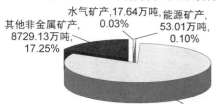

图 3-3　2010 年各类矿产矿石采掘量构成

②按生产状态分析。浙江省生产矿山 1292 个，占矿山总数的 68%；停产矿山 302 个，占总数的 15.89%；关闭矿山 165 个，占总数的 8.68%；筹建矿山 136 个，占总数的 7.16%；其他矿山 5 个，占总数的 0.26%（表

4 和图 4～图 5）。

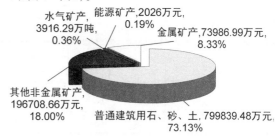

图 3-4　2010 年各类矿产矿业总产值构成

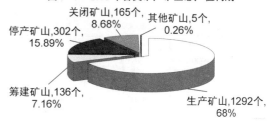

图 4　2010 年浙江省矿山生产状态图 - 矿山数构成

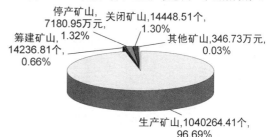

图 5　2010 年浙江省矿山生产状态图 - 矿业总产值构成

3. 地区分布。浙江省矿产开发地区分布不平衡，开发强度湖州市、舟山市、杭州市、宁波市较大，其矿业总产值分别占全省的 25.75%、15.77%、12.62%、9.51%。矿山数以金华市最多，达 299 个；嘉兴市最少，仅 13 个。从业人员金华市最多，达 9022 人；嘉兴市最少，为 558 人。矿石采掘量以湖州市最高，达 11030.23 万吨；丽水市最低，仅 282.63 万吨。利润与 2009 年相比，除湖州市、金华市外，其余各市均有增长，丽水市和嘉兴市实现了扭亏为盈；杭州市最高，达 2.78 亿元；嘉兴市最低，为 240.42 万元。税金以湖州市最高，达 41722.47 万元；台州市最低，仅 2012.37 万元。人均采掘量以舟山市最高，达到 2.21 万吨/人·年，丽水市最低，仅为 0.06 万吨/人·年；人均产值以舟山市最高，达 46.49 万元/人·年，金华市最低，为 8.45 万元/人·年（表 5 和图 6～9）。

表 4　　　　　　　　　　　　　　　2010 年浙江省矿山生产状态　　　　　　　　　　　　　　　单位：美元/吨

矿山生产状态	矿山个数(个)	从业人员(个)	矿石采掘量(万吨)	矿业总产值(万元)	利润总额(万元)	税金总额(万元)
合计	1900	58263	50595.52	1076477.42	75534.39	112991.21

续表4

矿山生产状态	矿山个数(个)	从业人员(个)	矿石采掘量(万吨)	矿业总产值(万元)	利润总额(万元)	税金总额(万元)
生产	1292	49771	48418.99	1040264.41	73990.48	109966.14
关闭	165	2434	1010.20	14236.81	236.29	896.87
筹建	136	2903	488.28	7180.95	623.51	1324.07
停产	302	2989	668.58	14448.51	679.61	791.12
其他	5	166	9.47	346.73	4.5	13.00

表5　　　　　　　　　　　2010年浙江省各市矿产资源开发利用情况

地区	矿山数(个)	从业人数(人)	矿石采掘量(万吨)	矿业总产值(万元)	利润总额(万元)	税金总额(万元)	人均采掘量(万吨/人·年)	人均产值(万元/人·年)
合　计	1900	58263	50595.52	1076477.42	75534.39	112991.2	0.87	18.48
杭州市	229	6362	6645.1	135893.76	27828.1	23512.82	1.04	21.36
宁波市	213	5044	8356.29	102351.42	8829.75	4595.18	1.66	20.29
温州市	188	6019	3825.82	60782.11	5545.43	2791.56	0.64	10.10
嘉兴市	13	558	632.66	12289	240.42	2298.95	1.13	22.02
湖州市	207	8560	11030.23	277288.92	7301.99	41722.47	1.29	32.39
绍兴市	148	3867	2301.9	58466.48	5133.33	5724.91	0.60	15.12
金华市	299	9022	2211.97	76198.06	3688.65	5468.3	0.25	8.45
衢州市	231	4923	2111.4	69167.98	5905.75	4502.7	0.43	14.05
舟山市	74	3652	8070.99	169785.2	7023.43	15609.6	2.21	46.49
台州市	163	5716	5126.55	61308.66	3076.06	2012.37	0.90	10.73
丽水市	135	4540	282.63	52945.83	961.48	4752.34	0.06	11.66

图6　2010年各市矿山数构成

4.矿山经济类型。浙江省矿山经济类型以私营企业、有限责任公司和集体企业为主,三类矿山数占全省总数的81.95%,从业人员和矿业总产值分别占全省总数74.83%、70.60%。国有企业矿山数仅占全省总数的5.11%,从业人员占总数的12.62%;矿业总产值占总数的12.84%,较2009年有所上升。外商投资企业各项指标均较低。上述情况表明,浙江省矿业资本主要为民营资本和集体资本,产业外向度低,国有资本持有率低,这与浙江省整体经济面貌基本一致(表6)。

5.矿山企业规模。2010年,浙江省有大型矿山916个,中型矿山175个,小型矿山663个,小矿146个。大、中

型矿山矿石采掘量达44633.77万吨,矿业总产值836952.44万元,利润51441.42万元,税金83506.6万元;分别占总量的76.57%、68.10%和73.91%(表7~8和图10)。

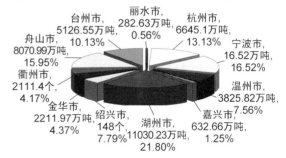

图7　2010年各市采掘量构成

根据国土资源部颁标准,浙江省现有建筑石料矿山的大部分(849个)为大型矿山,大型矿山占矿山总数比例较高(占总数的48.21%),主要原因为浙江省矿山格局是以建筑石料矿山为主,而部颁标准大型建筑石料矿山标准较低。同时,大型矿山无论是人均采掘量、人均产值,还是人均利润和人均税金都比中型、小型矿山和小矿高,其原因是大型矿山管理规范,生产集约化,技术先进,劳动生产率和资源利用水平较高。

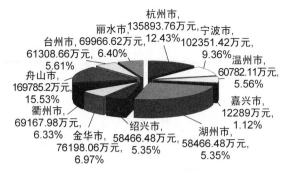

图8　2010年各市矿业总产值构成

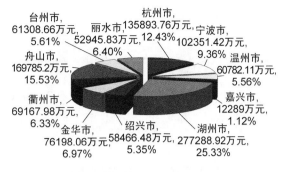

图9　2010年各市税金总额构成

表6　　　　　　　　　　　　　　　　2010年不同经济类型矿山企业开发利用情况

企业经济类型	矿山数（个）	从业人员（个）	矿石采掘量（万吨）	矿业总产值（万元）	利润总额（万元）	税金总额（万元）
合计	1900	58263	50595.52	1076477.42	75534.39	112991.2
一、内资企业	1878	57134	48118.8	1012869.54	76864.17	103584.9
国有企业	97	7350	6882.14	138244.11	6179.45	16697.34
集体企业	149	4012	3016.5	66685.1	7839.07	8531.35
股份合作企业	71	1937	1389.85	28226.27	1672.72	2630.26
联营企业	3	26	30	480	0	0
有限责任公司	279	14233	16218.2	327007.48	26865.86	39463.72
股份有限公司	85	3036	2903.32	59356.3	4136.71	7106.47
私营企业	1129	25355	16468.16	366307.86	28557.46	28198
其他企业	65	1185	1210.64	26562.42	1612.9	957.71
二、港、澳、台商投资企业	8	427	1061.9	28487.4	665.26	3111.13
港、澳、台商投资企业	8	427	1061.9	28487.4	665.26	3111.13
三、外商投资企业	14	702	1414.82	35120.48	− 1995.04	6295.23
外商投资企业	14	702	1414.82	35120.48	− 1995.04	6295.23

表7　　　　　　　　　　　　　2010年不同规模矿山企业开发利用情况

矿产分类	矿山数(个)	从业人员(个)	矿石采掘量(万吨)	工业总产值(万元)	利润总额(万元)	税金总额(万元)
合计	1900	58263	50595.52	1076477	75534.39	112991.21
大型	916	31843	42696.82	758050.7	46240.82	77095.16
中型	175	6065	1936.952	78901.75	5200.60	6411.44
小型	663	17034	5684.85	215017.86	23675.00	27283.72
小矿	146	3321	276.8996	24507.12	417.97	2200.90

表8　　　　　　　　　　　　2010年不同规模矿山企业人员效率情况

矿山规模	人均采掘量(万吨/人·年)	人均产值(万元/人·年)	人均利润(万元/人·年)	人均税金(万元/人·年)
大型	1.34	23.81	1.45	2.42
中型	0.32	13.01	0.86	1.06
小型	0.33	12.62	1.39	1.60
小矿	0.08	7.38	0.13	0.66

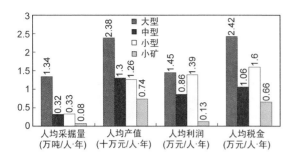

图10 不同规模矿山企业人员效率

【普通建筑用石、砂、土矿产开发利用】 浙江省开发利用的普通建筑用石、砂、土矿产（以下简称乙类矿产）共15种；其中，建筑用石料矿产11种，建筑用砂、砖瓦用砂岩、砖瓦用页岩、砖瓦用黏土各1种。2010年浙江省乙类矿产有矿山1382个，从业人员41996人，矿石采掘量41583.95万吨，实现矿业总产值799839.48万元，利

润总额48836.44万元，其矿山数量、从业人员、矿石采掘量、矿业总产值和利润均占总量的65%以上，税金也占总量的60%以上，在浙江省矿业中的主导地位十分显著。与2009年相比，乙类矿产矿山数、从业人员分别减少23.31%、19.32%，而矿石采掘量、工业总产值和利润分别增长6.58%、14.98%、24.28%。

1. 普通建筑用石料。2010年度开发的普通建筑用石料有凝灰岩、安山岩、灰岩、砂岩、花岗岩、玄武岩、页岩、大理岩、白云岩、辉绿岩、闪长岩11个矿种，有矿山979个，从业人员28365人，矿石采掘量36921.22万吨，实现矿业总产值617452.44万元，利润总额37522.08万元，其矿山数、从业人数、产量、产值和利润分别占乙类矿产的70.84%、67.54%、88.79%、77.21%和76.83%，占绝对主导地位。与2009年相比，矿山数和从业人数分别减少了16.25%和5.77%，矿石采掘量增长了和2.54%，工业总产值和利润则增长了13.78%和24.41%（表9）。

表9　　　　　　　　　　　2006～2010年普通建筑用石料主要指标变化情况

年 份	矿山数（个）	从业人员（人）	矿石采掘量（万吨）	矿业总产值（万元）	利润总额（万元）
2006	1704	35106	29881.00	374512.88	18940.90
2007	1519	34075	33770.09	433966.40	21832.08
2008	1291	29261	33077.81	472792.30	27530.89
2009	1169	30103	36007.58	542280.16	30160.85
2010	979	28365	36921.22	617452.44	37522.08

普通建筑用石料作为基础建设的基本原料，其资源分布具普遍性，但开发地域性明显，宁波、湖州、台州、杭州、舟山等经济发展水平高、交通便利的地区建筑石料开发程度较高。其中，宁波市矿石采掘量居全省首位；湖州市矿业总产值和利税总额均居首位，分别占全省的27.26%和30.07%（表10和表11）。

表10　　　　　　　　　　2010年普通建筑用石料开发利用情况（按地区分列）

地区	矿山数（个）	从业人员（个）	矿石采掘量（万吨）	矿业总产值（万元）	利润总额（万元）	税金总额（万元）
合计	979	28365	36921.21	617452.44	37522.08	51409.27
杭州市	86	2887	3706.22	65950.64	10971.82	9654.45
宁波市	173	4217	8256.5	100263.67	8547.39	4470.4
温州市	148	2748	3307.66	43362.26	2096.09	743.63
嘉兴市	12	548	627.66	12217	242.72	2233.2
湖州市	115	5956	7901.33	193053.12	4050.96	27730.41
绍兴市	62	1660	1496.32	24081.8	2209.44	960.25
金华市	105	1490	1147.15	21900.41	2210.91	1017.89
衢州市	42	621	390.54	8059.19	1035.3	410.5
舟山市	72	2902	4947.99	91298.2	3962.43	3027.6
台州市	135	4922	5077.7	54929.41	2009.11	931.55
丽水市	29	414	62.14	2336.76	185.9	229.39

表11　　　　　　　　　　2010年普通建筑用石料开发利用情况(按规模分列)

规模	矿山数(个)	从业人员(个)	矿石采掘量(万吨)	矿业总产值(万元)	利润总额(万元)	人均采矿量(万吨/人·年)	人均产值(万元/人·年)
合计	979	28365	36921.21	617452.44	37522.08	11.46	282.37
大型	849	25661	35100.83	585310.74	34860.61	7.55	178.74
中型	25	747	432.83	6874.5	521.2	2.07	45.15
小型	102	1944	1387.55	25267.21	2140.27	1.84	58.48
小矿	3	13	0	0	0	0	0

普通建筑石料是浙江省矿产资源开发整合的重点矿种,通过矿产资源规划的实施和近四年的矿产资源开发整合,浙江省已形成湖州、杭州外围、宁绍平原南缘、温台沿海平原内侧等大型石料开发基地,矿山布局渐趋合理,矿山企业规模化、集约化程度不断提高。2010年全省建筑石料有大型矿山849个,占全省建筑石料矿山总数的86.72%,其产量、产值分别占总量的95.07%和94.79%,较2009年分别提高3.93%和16.88%(表13)。大型矿山无论从资源储量、矿石质量、生产技术、资源利用率、环保和安全生产诸多方面都具有较大优势。全省建筑用石料矿山平均实际生产规模由2009年的30.80万吨提升至37.71万吨;年产矿石量100万吨以上的矿山有73个,50万～100万吨的矿山有113个,两者之和占普通建筑用石料矿总数的18.99%,较2009年提高5.9个百分点。

普通建筑石料矿山按其产品流向和用途可分以下三类:

外销型矿山:宁波、湖州、嘉兴、舟山等地的部分石料开采基地凭借水陆交通之便利,矿产品销往上海、苏南等经济发达地区。矿山开采较规范、规模大、产量高。除了一般的碎石产品作建筑石料用外,部分品质优良的精品碎石产品可用于高等级公路路面和铁路路基道碴等,矿产品价格较高,经济效益较好。

自用型矿山:满足本区域基础设施或当地基本建设、道路及房地产业的需求,矿山布局、规模、服务年限

受地域和经济发展形势限制。

工程型矿山:以沿海及海岛围垦造地为主,主要用于国家大型储油基地、船坞、码头等重大工程建设项目,主要分布于宁波、温州、舟山、台州等地,该类矿山具有开采期限短、采掘量大的特点;此外,生态环境修复性治理类矿山亦归入此类。浙江省2010年有工程性矿山160个。浙江省国土资源管理部门深入推进"服务企业、服务基层"专项行动,根据"服务重点项目"工作方案的部署,积极开展重点建设项目矿产资源需求的调研,提前准备好一批后备资源基地,主动为船舶工业、海洋工程、保税港区、围垦工程、交通道路等重点建设项目提供建筑用矿产资源。同时认真抓好滩涂围垦和港口建设用矿产资源政策的落实,在技术层面、政策层面和管理层面提供全方位的服务保障措施。

2.砖瓦用黏土、砂页岩。2010年全省砖瓦用黏土、砂页岩矿山数、从业人员、矿石采掘量与2009年相比分别下降了38.34%、40.99%和14.49%,矿业总产值、税金分别下降了19.40%、27.13%,利润上升了0.23%。砖瓦用黏土各项指标在砖瓦用黏土、砂页岩总量中的比重继续下降,其矿山数、从业人员、矿石采掘量分别由2009年的56.76%、53.25%、48.27%下降至2010年的41.92%、31.55%、34.40%;矿业总产值、利润、税金分别由2009年的38.80%、49.76%、38.93%下降至26.82%、30.50%和25.36%。而砖瓦用砂、页岩各项指标在总量中的比重则上升(表12)。

表12　　　　　　　　　　砖瓦用黏土、砂页岩矿开发利用情况

矿种名称	矿山个数(个)	从业人员(个)	矿石采掘量(万吨)	实际生产能力(万吨/年)	矿业总产值(万元)	利润总额(万元)	税金总额(万元)
合计	365	11984	961.64	1144.22	92853.07	7842.46	3635.02
砖瓦用砂岩	12	398	17.28	59.03	5917.76	1061.13	191.35
砖瓦用页岩	200	7805	613.61	753.22	62030.91	4389.47	2521.84
砖瓦用黏土	153	3781	330.75	331.97	24904.4	2391.86	921.83

①砖瓦用黏土。2010年砖瓦用黏土生产继续萎

缩,全省有矿山153个,从业人员3781人,矿石采掘量

330.75 万吨,实现矿业总产值 24904.40 万元,利润总额 2391.86 万元,税金总额 921.83 万元,各项指标分别较 2009 年下降了 54.46%、65.04%、39.12%、44.27%、48.18%、38.57%、52.53%。2006～2010 年间,砖瓦用黏土各项指标总体亦呈急剧下滑趋势,其中矿山数、矿业总产值和矿石采掘量较最高的 2006 年分别下降了 83.74%和 83.95%和 85.93%(表13)。

表13　　　　　　　　2006～2010 年砖瓦用黏土主要指标变化情况

年份	矿山数 (个)	从业人员 (人)	矿石采掘量 (万吨)	矿业总产值 (万元)	利润总额 (万元)	税金总额 (万元)
2006	941	43609	2351.41	155154.57	12065.97	10608.09
2007	696	33199	1779.96	129689.30	9183.70	9033.81
2008	557	21280	1478.06	112706.27	6249.96	8008.73
2009	336	10815	543.32	44690.88	5835.04	5835.04
2010	153	3781	330.75	24904.4	2391.86	921.83

在现有的 153 个矿山中,有 54 个矿山处于停产或关闭状态,年矿石采掘量为 330.75 万吨;全省所有砖瓦用黏土矿山外购矿石量仅为 2.03 万吨。

在地区分布上,衢州、宁波、金华三市矿石采掘量居全省前列,其中金华市砖瓦用黏土产量、产值分别占全省的 17.00%和 21.96%。金华市主要开采金衢盆地低丘黄土,不仅有助于保护耕地,还可变坡地、山地为平地,配合土地整理扩大耕地面积或提供建设用地。与 2009 年相比,金华市、绍兴市、湖州市砖瓦用黏土矿山数和采掘量下降幅度较大,杭州市、台州市已经全面关停了砖瓦用黏土矿(表14)。

表14　　　　　　　　2010 年各市砖瓦用黏土开发利用情况

地区	矿山个数 (个)	从业人数 (人)	矿石采掘量 (万吨)	矿业总产值 (万元)	利润总额 (万元)	税金总额 (万元)
合计	153	3781	330.75	24904.4	2391.86	921.83
宁波市	30	670	76.39	1019.8	121.26	54.75
温州市	3	4	0	0	0	0
嘉兴市	1	10	5	72	-2.3	65.75
湖州市	5	5	0	0	0	0
绍兴市	25	169	6.06	673	54	53
金华市	33	1438	56.22	5469	316.5	231.5
衢州市	48	1236	170.54	15900.5	1811.4	466.63
丽水市	8	249	16.53	1770.1	91	50.2

②砖瓦用砂、页岩。砖瓦用砂页岩包括砖瓦用砂岩、砖瓦用页岩两个矿种,开发以砖瓦用页岩占主导。2010 年浙江省有砖瓦用砂页岩矿山 212 个,从业人员 8203 人,矿石采掘量 630.89 万吨,实现矿业总产值 67948.67 万元,利润总额 5450.6 万元,税金总额 2713.19 万元。2010 年砖瓦用砂页岩矿山数较 2009 年减少了 44 个,矿石采掘量、利润总额分别比 2009 年增长 8.53%、38.66%,矿业总产值比 2009 年减少了 3.63%。

浙江省砖瓦用砂页岩开发利用主要集中在金华、衢州、湖州、杭州和丽水五个市;其中金华和衢州两市的产量、产值、利润和税金分别占全省总量的 70.72%、76.17%、69.85%和 76.01%(表15)。

表15　　　　　　　　2010 年浙江省各市砖瓦用砂页岩开发利用情况

地区	矿山个数 (个)	从业人数 (人)	矿石采掘量 (万吨)	矿业总产值 (万元)	利润总额 (万元)	税金总额 (万元)
合计	212	8203	630.89	67948.67	5450.6	2713.19

续表 15

地区	矿山个数 （个）	从业人数 （人）	矿石采掘量 （万吨）	矿业总产值 （万元）	利润总额 （万元）	税金总额 （万元）
杭州市	21	410	49.63	1892.51	76	160.85
湖州市	5	112	63.08	1587	84.7	89.8
绍兴市	5	73	11.77	1535	−23	35.3
金华市	101	5199	307.13	31413.76	2132.83	1440.41
衢州市	47	1511	139.06	20341.73	1674.36	621.87
台州市	4	127	21.55	311.2	131	18.27
丽水市	29	771	38.67	10867.47	1374.71	346.7

2010 年浙江省砖瓦用砂页岩矿设计采矿能力已达 812.24 万吨，超过实际产量的 28.75%，生产能力明显过剩。2007 年 7 月 26 日浙江省第十届人民代表大会常务委员会第三十三次会议通过的《浙江省发展新型墙体材料条例》规定本省行政区域内禁止生产和使用实心黏土砖，本省城市规划区内还禁止生产空心黏土砖。为此，今后砖瓦用黏土产量将进一步下降，而砖瓦用砂页岩矿山生产能力将得到进一步的释放。砖瓦用砂页岩是新型墙体材料的重要原材料之一，其开发利用的前景看好。

2010 年浙江省矿山有尾矿库 40 个，尾矿累计存放量已达 4219.98 万吨。利用尾矿砂制砖，治废利废，一举多得，今后应在充分调研的基础上，加大政策引导与扶持力度，在全省范围内推广应用。

3. 建筑用砂。2010 年浙江省有建筑用砂矿山 38 个，从业人员 1647 人，矿石采掘量 3701.09 万吨，实现矿业总产值 89533.97 万元，利润总额 3471.90 万元，税金总额 13489.82 万元，矿山数较 2009 年下降了 7.32%，从业人员与 2009 年持平，矿石采掘量、矿业总产值和利润总额分别较 2009 年增长了 96.22%、134.83%、164.80%，税金总额比 2009 年增长了两倍多（表 16）。

表 16　　　　　　　　　　　　2006～2010 年建筑用砂主要指标变化情况

年份	矿山数 （个）	从业人员 （人）	矿石采掘量 （万吨）	矿业总产值 （万元）	利润 （万元）	税金 （万元）
2006	78	2365	1222.24	17058.04	1929.82	1818.36
2007	70	2316	1511.13	21164.55	2361.93	2547.12
2008	51	1807	2252.03	36557.53	1479.10	5135.25
2009	41	1642	1886.17	38126.85	1311.14	4225.66
2010	38	1647	3701.09	89533.97	3471.90	13489.82

浙江省建筑用砂矿山分为河砂和海砂，其中河砂矿山有 35 个，分布在温州、湖州和丽水等八市，其矿山数量虽占建筑用砂矿山总数的 92.11%，但矿石采掘量和矿业总产值仅分别占总数的 14.92% 和 11.59%，利润和税金仅分别占总数的 10.54% 和 6.31%。海砂矿山有 3 个，分布在舟山和温州两市（表 17 和表 18）。舟山和温州两市建筑用砂的矿业总产值、利润、税金分别占全省总量的 97.58%、94.56%、99.02%。

由于建筑用砂石的需求增速加快，河道砂石资源渐趋枯竭；同时，过量开采对环境造成危害，因此迫切需要新的建筑砂矿资源来替代。从 20 世纪 60 年代起，我国水电系统的土木建设工程就开始就地取材，进行机制砂的生产工艺、产品技术性能和在混凝土中应用的研究，并开始在工程上使用。我国的大型工程如三峡工程、黄河小浪底工程等均使用机制砂配制混凝土，充分证明了使用机制砂不仅是可能的而且是必要的。机制砂有两大优势，一是资源优势，可利用各种废弃资源，同时表现出价格或成本差别较大的特点；二是质量优势，体现为质量稳定（产源固定、机械化生产），颗粒级配合理、粒型可调，石粉能合理利用三大特点。

机制砂代表了建筑用砂中先进生产力的发展方向。浙江省山砂矿床赋存于酸性、中酸性侵入岩的风化壳中，矿床评价较为简单，易采易选，产品质量好，可广泛适用于各种混凝土工程，具有广阔的应用前景。上世纪九十年代开始，浙江省已大规模使用机制砂，作为混凝土、砂浆等基本材料的建筑用砂。浙江日昌升建材有限公司利用富阳市新桐乡等地丰富的砂岩资源，进行机制砂生产，已建成年产300万吨混凝土骨料生产线。

表17

2010 年各市建筑用砂开发利用情况

地区	矿山个数（个）	从业人数（人）	矿石采掘量（万吨）	矿业总产值（万元）	利润总额（万元）	税金总额（万元）
合计	38	1647	3701.09	89533.97	3471.9	13489.82
宁波市	1	10	18	300	30	13
温州市	3	658	404.61	8204	177	719
湖州市	19	19	0	0	0	0
绍兴市	1	15	18	300	30	4
金华市	2	16	5.8	174	15	2
舟山市	2	750	3123	78487	3061	12582
台州市	4	34	9.68	173.97	23.4	8.92
丽水市	5	120	66	1223	90.6	104.9

表18

2010 年各市河砂开发利用情况

地区	矿山个数（个）	从业人数（人）	矿石采掘量（万吨）	矿业总产值（万元）	利润总额（万元）	税金总额（万元）
合计	35	872	522.09	10374.97	366	851.82
宁波市	1	10	18	300	30	13
温州市	3	658	404.61	8204	177	719
湖州市	19	19	0	0	0	0
绍兴市	1	15	18	300	30	4
金华市	2	16	5.8	174	15	2
台州市	4	34	9.68	173.97	23.4	8.92
丽水市	5	120	66	1223	90.6	104.9

【非金属矿产开发利用】 浙江省非金属矿产资源较丰富，叶蜡石、明矾石、萤石、伊利石、硅藻土、沸石、水泥用灰岩、膨润土、高岭土、珍珠岩、硅灰石、长石、玻璃用石英岩保有资源储量居全国前列；其中除萤石、水泥用灰岩外，总体开发程度较低。2010 年浙江省开发除普通建筑用石、砂、土以外的非金属矿产34 种，有矿山407 个，从业人员10833 人，矿石采掘量 8729.13万吨，实现矿业总产值 196708.66 万元，利润总额16057.28 万元，税金 30422.96 万元，其矿山数量、从业人员和矿石采掘量分别占总量的 21.42%、18.59%和17.28%，矿业总产值、利润和税金18%、24.26%和26.93%。与2009 年相比，非金属矿产矿山数和从业人员分别减少 13.40%和 2.90%，矿石采掘量、工业总产值、利润和税金却分别增长 18.28%、33.48%、94.99%和39.43%。

1. 石灰石。浙江省石灰石主要分布在杭州市所辖的富阳、桐庐、建德、淳安，湖州市所辖的长兴，金华市所辖的兰溪和衢州市所辖的衢江、常山等县(市、区)，浙江东部绍兴、诸暨等地也有分布，主要赋矿层位为奥陶系上统三衢山组，石炭系中统黄龙组与上统船山组、三叠系下统青龙组，绍兴－诸暨一带主要利用寒武系灰岩，全省资源储量在250 亿吨以上。浙江省石灰岩目前的主要应用领域为水泥、建筑石料、饰面板材、制灰、冶金、脱硫及碳酸钙等(表19)。

表 19   2010 年浙江省石灰岩矿山统计

矿种名称	矿山个数（个）	从业人员（个）	矿石采掘量（万吨）	矿业总产值（万元）	利润总额（万吨）	税金总额（万吨）
熔剂用灰岩	4	420	249.34	10914.56	336.4	1347.2
水泥用灰岩	108	3021	6692.52	97810.95	5834.55	17360.45
建筑石料用灰岩	64	1692	1476.56	25907.2	− 1191.92	3731.54
饰面用灰岩	2	8	1.04	190.42	4	1.5
制灰用石灰岩	20	252	592.9	9896.6	1708.2	1804.4

水泥用灰岩是浙江省重要优势矿产资源，开发强度一直很大，2010 年矿石采掘量和矿业总产值均位居各矿种的第二位。2010 年全省有水泥用灰岩矿山 108 个，从业人员 3021 人，矿石采掘量 6692.52 万吨，矿业总产值 97810.95 万元，利润 5834.55 万元。与 2009 年相比，矿山数、从业人员下降了 15.63% 和 11.54%，矿石采掘量、矿业总产值和利润总额分别增长了 18.06%、21.18% 和 9.24%（表 20）。

水泥用灰岩区域开发利用情况与资源分布一致，杭州、湖州两市矿石采掘量、工业总产值分别占全省总量的 69.65% 和 73.11%。与其他地市相比，金华市水泥矿山经济效益一直较差，2010 年出现 1292.77 万元亏损，其主要原因一是部分矿山企业取得采矿权的价款过高，二是一些矿山因进行开拓系统改造等原因而导致实际开采量远低于设计生产规模（表 21）。

表 20   2006～2010 年水泥用灰岩开发利用情况

年 份	矿山数（个）	从业人员（人）	矿石采掘量（万吨）	矿业总产值（万元）	利润总额（万元）
2006 年	213	5055	5473.13	65251.89	2599.05
2007 年	168	4922	5552.32	68834.33	3209.75
2008 年	150	3239	5132.44	67062.37	3309.45
2009 年	128	3415	5668.56	80716.49	5341.10
2010 年	108	3021	6692.52	97810.95	5834.55

表 21   2010 年各市水泥用灰岩开发利用情况

地区	矿山个数（个）	从业人数（人）	矿石产量（万吨）	矿业总产值（万元）	利润总额（万元）	税金总额（万元）
合计	108	3021	6692.52	97810.95	5834.55	17360.45
杭州市	31	918	2122.83	21704.72	2603.56	4166.81
湖州市	30	1261	2538.77	49807.2	1909.13	9544.78
绍兴市	17	265	530	7267	1228.7	189.89
金华市	12	241	590.9	8591.97	− 1292.77	2157.27
衢州市	18	336	910.02	10440.06	1385.93	1301.7

水泥用灰岩是浙江省矿产资源开发整合重点矿种，与 2009 年相比，2010 年全省年产 50 万吨以上的水泥用灰岩矿山数 40 个，在总量中的比重由 21.88% 上升至 37.03%，年产 100 万吨以上矿山的人均产值由 31.85 万元/人增加到 41.46 万元/人，增幅为 30.17%（表 22）。

表 22   2010 年浙江省水泥用灰岩矿山生产规模及劳动生产率统计

矿山规模（万吨/年）	矿山数（个）	从业人员（个）	年产矿量（万吨）	矿业总产值（万元）	利润总额（万元）	人均产值（万元/人）
大于 100.0	21	1012	3364.31	41954.55	1122.76	41.46

续表22

矿山规模 （万吨/年）	矿山数（个）	从业人员（个）	年产矿量（万吨）	矿业总产值 （万元）	利润总额（万元）	人均产值 （万元/人）
50.0~100.0	15	553	1233.16	21052.57	1548.83	38.07
5.0~50.0	71	1455	2095.05	34803.83	3162.96	23.92
小于5.0	1	1	0	0	0	0
合计	108	3021	6692.52	97810.95	5834.55	32.38

2．普通萤石。萤石为浙江的优势矿产资源，分布于7个辖区市，而资源储量主要集中在遂昌黄沙腰、常山蕉坑坞、江山甘坞口、兰溪柏社、云和石塘、临安新桥、泰顺前坪仔等几个大型的萤石资源基地。浙江省萤石开采具有悠久的历史，产品主要用于氟化工、冶金行业和出口三方面，已成为全国氟化工生产基地之一，其中，浙江衢化氟化学有限公司是国内最大的氟化工原料生产基地；金华市依托萤石资源也已建成一批氟化工企业。

截至2010年年底，浙江省已登记取得采矿权的萤石矿山有106家，其中生产矿山75家，从业人员1961人，矿石采掘量76.76万吨，实现矿业总产值25030.31万元，利润总额2255.22万元，税金总额3473.08万元。与2009年相比，矿山数减少3.16%，而从业人数、矿石采掘量分别增加1.34%、17.10%，产值、利润和税金分别增加66.47%、402.30%和118.30%（表23）。其中，金华和丽水是全省重点的萤石开采地区，两市萤石矿山数、矿石采掘量、矿业总产值和利润总额分别占全省萤石矿山的48.91%、64.79%、51.35%和46.85%（表24），成为具浙江特色的萤石经济区。

表23　　　　　　　　　　　　　　　　**2006~2010年萤石开发利用情况**

年　份	矿山数（个）	从业人员（人）	矿石采掘量（万吨）	矿业总产值（万元）	利润总额（万元）	税金总额（万元）
2006年	123	2643	90.01	17348.74	1172.48	1480.21
2007年	122	2624	92.24	19514.38	1326.86	1628.21
2008年	102	2247	81.57	19175.01	1017.21	2220.02
2009年	95	1935	65.55	15035.91	448.98	1590.98
2010年	92	1961	76.76	25030.31	2255.22	3473.08

表24　　　　　　　　　　　　　　　　**2010年各市普通萤石开发利用情况**

地区	矿山数（个）	从业人数（人）	矿石产量（万吨）	矿业总产值（万元）	利润总额（万元）	税金总额（万元）
合计	92	1961	76.76	25030.31	2255.22	3473.08
杭州市	15	427	9.3	3817.67	556.15	607.89
湖州市	2	79	3.39	1997	－6	245
绍兴市	11	110	2.53	595.9	55.3	52.8
金华市	26	332	16.93	5420.43	231.18	433.13
衢州市	6	64	2.65	2755.1	308.3	396.71
台州市	13	407	9.15	3010.58	285	501
丽水市	19	542	32.8	7433.63	825.29	1236.55

浙江省萤石矿山以小型为主，2010年小型矿占据的矿山数、从业人员、矿石采掘量、矿业总产值、利润和税金都在全省萤石矿山的85%以上。其中，2010年实际产量小于1万吨的矿山达75个，占总数的81.52%，而年产量超过10万吨的，仅为丽水市的龙泉市砩矿有

限责任公司1家。

2010年萤石市场向好。全年萤石矿粉平均价格为1200~1400元/吨，比2009年增长近50%。萤石行业其他经济指标也较2009年均大幅上升，其中，萤石矿山企业利润总额同比增加四倍多，税金总额同比翻

一番。

2010年国家为保护优势资源，开始对萤石资源开采总量进行调控，并施行了《萤石行业准入标准》。浙江省自从20世纪90年代将萤石列入保护性开采矿种，特别是2006年在全国率先实行了萤石矿产开采准入制度以后，对设立萤石矿山的资源储量、开采规模、生产条件、环境保护和技术设备等方面提出了具体的准入要求，对原有矿山企业进行了技术改造，并对萤石矿产资源开发进行了整合，取得了明显成效，2010年

全省万吨规模萤石矿山数已从原有不足5%上升到40%，最大开采规模10万吨以上。

3. 明矾石。浙江省明矾石资源储量居全国第一。2010年全省明矾石矿山仅温州矾矿1家，从业人员1817人，矿石采掘量23.61万吨，较2009年增加了一倍；矿业总产值6478万元，同比增加了9.24%；利润2214.45万元，较2009年增加了2286.25万元；税金1145.38万元，较2009年增长19.74%（表25）。

表25   2006～2010年明矾石生产主要指标变化情况

年 份	矿山数(个)	从业人员(人)	矿石采掘量(万吨)	矿业总产值(万元)	利润总额(万元)	税金总额(万元)
2006	1	1981	11.71	4054.50	−1315.00	488.00
2007	1	1982	13.21	4371.00	−775.76	534.65
2008	1	1920	21.92	5770.50	−930.42	784.78
2009	1	1845	11.51	5930.00	−71.80	956.56
2010	1	1817	23.61	6478	2214.45	1145.38

温州矾矿是一家集采矿、冶炼于一体的国有中型企业，主要产品有钾明矾、明矾石及综合利用系列产品（水泥膨化剂、聚合铝、铵明矾、泡打粉等），广泛应用于食品添加剂、水产品腌制、净水、制革、制药和食品添加剂等领域。2010年利润总额达2214.45万元，扭转了多年亏损的局面。

4. 玻璃用石英岩。2010年浙江省有玻璃用石英岩矿山8个，从业人员450人，矿石采掘量166.89万吨，实现矿业总产值14943.64万元，利润总额501.98万元，税金总额1848.28万元。与2009年相比，矿石采掘量下降了3.55%，矿业总产值、利润总额分别增长了179.65%、81.81%，税金总额增加了81.26%（表26）。

表26   2006～2010年玻璃用石英岩生产主要指标变化情况

年 份	矿山数(个)	从业人员(人)	矿石采掘量(万吨)	矿业总产值(万元)	利润总额(万元)	税金总额(万元)
2006	9	791	91.49	5774.29	204.07	935.56
2007	10	868	104.66	4912.18	143.80	659.83
2008	11	834	124.34	5231.00	194.00	1634.18
2009	9	350	173.03	5343.65	276.10	1019.49
2010	8	450	166.89	14943.64	501.98	1848.28

矿山分布在杭州、湖州、绍兴三市，湖州市有玻璃用石英岩矿6个，各项指标均占总量的85%以上（表27）。

表27   2010年各市玻璃用石英岩开发利用情况

地区	矿山个数(个)	从业人数(人)	矿石产量(万吨)	矿业总产值(万元)	利润总额(万元)	税金总额(万元)
合计	8	450	166.89	14943.64	501.98	1848.28
杭州市	1	26	4.25	110.5	50	23
湖州市	6	416	157.64	14733.14	430.98	1822.28
绍兴市	1	8	5	100	21	3

2010年，玻璃行业生产经营的良好局面，主要是受益于房地产和汽车产业的增长，由于建筑玻璃占平板玻璃的70%以上，房地产市场的复苏直接带动玻璃及玻璃制品制造业销售需求的增长。2011年受国家

对房地产行业调控的影响,玻璃用石英岩的销售前景不容乐观。

5. 叶蜡石。浙江省叶蜡石矿产资源丰富,查明储量居全国之首,主要分布于温州、丽水、绍兴、衢州。2010年,全省有叶蜡石矿山22个,从业人员883人,矿石采掘量65.16万吨,实现矿业总产值4043.1万元,利润总额1054.95万元,税金总额431.76万元。与2009年相比各项经济指标稳中有升,除矿山数不变外,从业人数、产量、产值、利润和税金分别上升了18.84%、5.62%、7.65%、39.67%和48.48%(表28和表29)。

表28　　　　　　　　　　2006~2010年叶蜡石生产主要指标变化情况

年　份	矿山数(个)	从业人员(人)	矿石采掘量(万吨)	矿业总产值(万元)	利润总额(万元)	税金总额(万元)
2006	29	1224	50.58	2592.69	383.35	203.99
2007	26	513	55.24	3443.52	357.26	359.93
2008	22	870	76.95	4933.79	189.36	531.96
2009	22	743	61.69	3755.86	755.33	290.78
2010	22	883	65.16	4043.1	1054.95	431.76

表29　　　　　　　　　　2010年各市叶蜡石开发利用情况

地区	矿山个数(个)	从业人数(人)	矿石产量(万吨)	矿业总产值(万元)	利润总额(万元)	税金总额(万元)
温州市	3	464	20.05	1236.44	891.62	86.55
绍兴市	2	51	4.06	233.18	20	19.1
衢州市	6	73	23.83	922.5	116.7	83.6
丽水市	11	295	17.23	1650.98	26.63	242.51
合计	22	883	65.16	4043.1	1054.95	431.76

浙江省叶蜡石主要应用于耐火材料、陶瓷、玻璃纤维、橡胶、沥青添加剂、造纸、颜料、制药和塑料制品的充填料、表层涂料等工业原料、催化剂及载体、白水泥原料、雕刻工艺品等。超细粉碎、表面改性和人造金刚石传压介质等方面是今后浙江省叶蜡石深加工利用的努力方向。

随着国际市场非金属材料应用领域不断扩大,叶蜡石等非金属材料具有广阔的市场前景,因此应加大叶蜡石应用研究的投入力度,尽快提升产品技术含量,调整产品结构,加大高附加值产品的生产和出口,是当前所有叶蜡石企业和有关部门面临的共同任务,也是促进行业持续稳定发展的关键。

6. 饰面用石材。2010年全省饰面用石材开采矿种有辉绿岩、花岗岩、板岩、大理岩、石灰岩、闪长岩等6种,有矿山35个,从业人员371人,矿石采掘量82.74万吨,实现矿业总产值7497.94万元,利润总额618.75万元,税金总额133.86万元。与2009年相比,矿山数减少7个,产量、产值、利润和税金分别下降27.84%、22.68%、27.78%和28.43%(表30)。

表30　　　　　　　　　　2006~2010年饰面用石材生产主要指标变化情况

年　份	矿山数(个)	从业人员(人)	矿石采掘量(万吨)	矿业总产值(万元)	利润总额(万元)	税金总额(万元)
2006	51	664	58.55	5419.80	439.49	171.78
2007	52	643	102.94	8028.62	630.20	191.03
2008	45	599	123.19	11496.11	715.56	194.55
2009	42	505	114.66	9697.49	856.70	187.03
2010	35	371	82.74	7497.94	618.75	133.86

开采的6个矿种中,饰面用辉绿岩的产量居首位,饰面用花岗岩产值、利润居首位,饰面用闪长岩处于停产状态(表31和表32)。

表31   2010年饰面用石材主要矿种开发利用情况

矿种	矿山数(个)	从业人数(人)	矿石采掘量(万吨)	矿业总产值(万元)	利润总额(万元)	税金总额(万元)
饰面用灰岩	2	8	1.04	190.42	4	1.5
饰面用辉绿岩	6	68	42.3	1136.55	107.25	45.5
饰面用闪长岩	3	14	0.56	134.3	2	3.8
饰面用花岗岩	14	141	31.02	4274.95	360	56
饰面用大理岩	1	15	0.78	219.24	13	2
饰面用板岩	9	125	7.04	1542.48	132.5	25.06
合计	35	371	82.74	7497.94	618.75	133.86

表32   2010年各市饰面用石材开发利用情况

矿种	矿山个数(个)	从业人数(人)	矿石采掘量(万吨)	矿业总产值(万元)	利润总额(万元)	税金总额(万元)
合计	35	371	82.75	7497.94	618.75	133.86
杭州市	8	99	21.09	3543.4	300	4.8
温州市	4	23	6.19	173.71	3.85	4.4
湖州市	1	26	3.76	263	40	30.5
绍兴市	1	6	5.67	368.55	20	20
金华市	5	36	35.04	1037	95	30.6
衢州市	15	164	10.24	2074.47	159.5	39.26
丽水市	1	17	0.75	37.81	0.4	4.3

浙江省饰面用石材开采分布在衢州、金华、杭州等七市。衢州市的从业人数、税金最高,分别为164人、39.26万元,占全省总量的44.20%和29.33%,税金所占比例较2009年有所下降;杭州市的利润最高,为300万元,占全省总量的48.48%。

2010年,在宏观经济向好趋势的带动下,建材工业生产及主要产品产量较快增长,出口额超过金融危机爆发前水平,销售收入增幅较大,经济效益稳步增长。石材企业处于建筑产业链的末端,作为装饰材料的石材生产企业绝大多数无建筑装饰设计资质,人才奇缺,尤其是科技力量薄弱,没有一个比较正规的企业研发机构,新产品和品牌产品少,适应不了新市场、新消费、新工艺的需求。在整个建筑业市场上认可度较低,在政府与重大工程的供料和投标上一直处于被动和配角地位,给企业的生产造成了极大困难。

7. 高岭土。浙江省高岭土以地开石型为主,开采区集中于丽水的松阳、绍兴的诸暨等地。2010年全省有高岭土矿山15个,从业人员141人,矿石产量23.03万吨,矿业总产值3041.90万元,利润总额439.20万元。与2009年相比,矿山数、从业人数、产量分别减少16.67%、23.37%、22.01%。矿业总产值和利润分别增加了42.39%、105.25%(表33)。

表33   2006~2010年高岭土生产主要指标变化情况

年份	矿山数(个)	从业人员(人)	矿石采掘量(万吨)	矿业总产值(万元)	利润总额(万元)
2006	33	375	45.41	2056.50	232.48
2007	29	287	19.15	1732.23	302.41
2008	21	228	40.34	2629.49	359.25
2009	18	184	29.53	2136.34	213.98
2010	15	141	23.03	3041.90	439.2

高岭土应用广泛,可应用于陶瓷、玻纤、造纸、塑料、橡胶、油漆、石油化工、新型技术材料等行业。目前我国已掌握了高岭土的提纯、分选、煅烧、增白、降黏、改性等技术。

8. 膨润土。2010 年全省有膨润土矿山 6 个,从业

人员 84 人,矿石产量 10.75 万吨,矿业总产值 1200 万元,利润总额 304 万元。与 2009 年相比,矿山数减少 1 个,从业人员增加了 13 人,产量和利润总额分别减少 31.31% 和 27.27%,产值减少了 54.32%(表 34)。

表 34　　2006～2010 年膨润土矿生产主要指标变化情况

年　份	矿山数(个)	从业人员(人)	矿石采掘量(万吨)	矿业总产值(万元)	利润总额(万元)
2006	11	260	20.77	1298.9	134.62
2007	10	197	19.78	1358.25	122.79
2008	9	97	16.19	1769.00	498.61
2009	7	71	15.65	2627.00	418.00
2010	6	84	10.75	1200.00	304.00

浙江膨润土 2010 主要产区在安吉县北部高禹等地。膨润土广泛应用于冶金、机械铸造、钻井、石油化工、轻工、农林牧、建筑工程等领域。浙江省膨润土深加工技术在国内处于领先地位,今后浙江膨润土加工企业所需原矿,将主要依靠外省购入。

9. 硫铁矿。浙江省硫铁矿生产逐步萎缩,近五年矿石产量、产值均处于低谷。2010 年全省有矿山 2 个,位于衢州市龙游县,生产矿山为浙江巨化化工矿业有限公司灵山矿和龙游县东山硫锌矿,从业人员 466 人,矿石采掘量 4.83 万吨,矿业总产值 505.18 万元,利润 -1367.94 万元,税金 272.84 万元。与 2009 年相比,矿石采掘量和矿业总产值分别增加了 28.80% 和

160.47%,税金却减少了 45.32%(表 35)。

2010 年,中国硫酸市场价格波动频繁,98% 硫酸平均出厂价由年初的 400 元/吨,3 月上升到 450～550 元/吨,6 月又下落至 300～400 元/吨。6 月国内硫酸平均出厂价为 300～450 元/吨,全年的硫酸成交价于年底报至 370～550 元/吨。

由于 2011 年是"十二五"规划的第一年,节能减排着力点要从企业结构调整向产业结构调整转变。基于目前仍处于价格良好的形势,在 2011 年硫酸市场必将继续回暖,但回升幅度有限,硫酸企业仍将继续面临巨大挑战。

表 35　　2006～2010 年硫铁矿生产主要指标变化情况

年　份	矿山数(个)	从业人员(人)	矿石采掘量(万吨)	矿业总产值(万元)	利润总额(万元)	税金总额(万元)
2006	3	1368	7.50	272.00	-709.00	188.50
2007	3	1189	7.21	360.31	-2034.99	322.13
2008	3	1195	4.37	446.19	-1432.08	437.95
2009	3	477	3.75	193.95	-1692.00	499.00
2010	2	466	4.83	505.18	-1367.94	272.84

10. 其他优势非金属矿。浙江省伊利石黏土、硅藻土、沸石资源储量分别全国第二、三、五位,由于加工应用研究未取得突破性进展,开发日趋萎缩。硅藻土和伊利石黏土矿分别于 2008 年和 2009 年关闭;沸石仅有金华市婺城区和丽水市缙云有 2 个小型矿山,2010年产量仅为 1.54 万吨,产值为 46.20 万元。

【金属矿产资源开发利用】 浙江省金属矿产资源匮乏,以铁、铜、钼、铅锌、金、银为主,小型矿山和小矿山

占全部金属矿山总数的 91.38%,仅个别达到大中型规模,且矿石组成复杂,共伴生多种元素。2010 年,全省有金属矿山 58 个,从业人员 4452 人,矿石采掘量 211.79 万吨,实现矿业总产值 73986.99 万元,利润总额 10262.52 万元。与 2009 年相比,金属矿产矿山数减少了 3 个,矿石采掘量略有增加,矿业总产值增长了近两倍,利润总额增长了近三倍。2010 年全球经济全面复苏,主要金属矿产品价格稳步回升,是导致浙江省金属矿产开采业经济指标大幅上升的主要原因(表 36)。

表36 2006～2010年金属矿产主要指标一览

年　份	矿山数(个)	从业人员(人)	矿石采掘量(万吨)	矿业总产值(万元)	利润总额(万元)
2006	70	7607	231.55	110788.94	1705.70
2007	73	8391	216.49	121483.60	2470.79
2008	68	6586	201.42	89599.60	9220.06
2009	61	4441	182.06	47155.22	3597.65
2010	58	4452	211.79	73986.99	10262.52

1. 铜矿。2010年浙江省铜矿生产保持基本稳定,有矿山6个,从业人员1233人,矿石采掘量42.9万吨,实现矿业总产值27055.81万元,利润总额10189.73万元,税金总额6900.16万元。与2009年相比,矿石采掘量增长6.96%,产值、利润、税金分别增加了30.92%、77.85%和33.62%。全省铜矿生产以杭州建铜集团有限公司和绍兴铜都矿业有限公司为主,两矿山合计矿石产量和矿业产值均占全省总量的90%以上(表37)。

表37 2006～2010年铜矿生产主要指标对比

年　份	矿山数(个)	从业人员(人)	矿石采掘量(万吨)	矿业总产值(万元)	利润总额(万元)	税金总额(万元)
2006	8	1056	47.99	29332.31	5398.00	4817.00
2007	7	1147	38.95	35795.50	10649.85	6116.96
2008	7	1302	38.39	35218.01	8017.50	5981.74
2009	6	1205	40.11	20665.13	5729.45	5164.20
2010	6	1233	42.90	27055.81	10189.73	6900.16

2010年,全球经济依旧处于复苏进程中,全球铜供应相对平衡,我国铜价继续上升,4月已达到62000元/吨价位,接近2008年66250元/吨最高价,11月份,铜价上演"过山车"行情,先是不断刷新高点而后却上演了一波接连跳水走势,年末最终上升到70000元/吨。

浙江省铜矿资源较少,而铜加工能力又比较强,位居全国前列。为此,浙江省铜资源主要依赖外省和国际市场。在这样的背景下,浙江省铜矿企业应首先立足提高现有资源开发利用水平,加强生产性勘探以增加资源储量;更要大胆地走出去购买矿产资源,增加资源储备。

2. 钼矿。浙江省钼矿集中分布于丽水市青田、松阳、景宁和莲都四县(区),2010年全省钼矿有矿山10个,从业人员695人,矿石采掘量14.71万吨,实现矿业总产值8721.2万元,利润总额－3938万元。与2009年相比,矿石采掘量、矿业总产值分别增加了89.32%、55.82%(表38)。

表38 2006～2010年钼矿生产主要指标变化情况

年　份	矿山数(个)	从业人员(人)	矿石采掘量(万吨)	矿业总产值(万元)	利润总额(万元)
2006	9	2581	25.16	52714.12	9276.00
2007	11	2965	13.70	52337.12	10780.00
2008	10	1711	18.85	29126.32	－ 1032.00
2009	10	816	7.77	5597.05	－ 3196.00
2010	10	695	14.71	8721.2	－ 3938

2010年国内钼价相对低迷,钼价整体仍维持在近年来的低位,但相对2009年而言则有一定涨幅,2010年钼精矿年均价为2115元/吨度,比2009年略有上涨。由于市场供需双方观望气氛浓厚,产能开工不足,钼矿企业纷纷裁员减产,亏损较2009年加剧。

2010年初工业信息化部发布了《钼行业准入条件(征求意见稿)》,对钼资源的勘查、开采、冶炼等环节规定了准入门槛。由于钼是我国优势矿种,具备战略意义,随着国家对钼资源实行越来越严格的政策保护,可以预见钼价将会稳步增长。

3. 金矿。2010 年,浙江省有金矿矿山 7 个,从业人员 868 人,矿石采掘量 2.76 万吨,实现矿业总产值 9991.67 万元,利润总额 1382.00 万元。与 2009 年相比,矿石采掘量减少 19.06%,利润增加了 35.69%,矿业总产值增长了 3.92%(表 39)。2010 年国际黄金价格总体呈现稳中有升的态势,是近十年来黄金上涨幅度较大的一年;黄金价格从年初的 240 元/克上升到年末的 290 元/克。2010 年黄金价格平稳增长是浙江省金矿保持良好经济效益的主要原因。

表 39   2006~2010 年金矿生产主要指标变化情况

年　份	矿山数(个)	从业人员(人)	矿石采掘量(万吨)	矿业总产值(万元)	利润总额(万元)
2006	8	1548	3.85	5728.00	1025.12
2007	8	1731	4.80	9021.72	1701.06
2008	8	1719	4.13	8511.00	1065.01
2009	7	894	3.41	9614.45	1018.47
2010	7	868	2.76	9991.67	1382.00

浙江省金矿资源较少,主要分布于丽水、绍兴和金华三地,2010 年仅有生产矿山 2 个,分别为浙江省遂昌金矿有限公司和浙江鑫盛黄金有限公司璜山金矿。浙江省遂昌金矿有限公司是浙江省规模最大的金矿,其矿业总产值和利润占全省总量的 97% 以上,历经数十年开采,保有资源储量日趋减少,矿山采取了限产、提高资源利用率、加快铅锌矿开发利用的前期工作,实现矿山由采选金银为主向采选铅锌为主的平稳过渡等相应措施。

4. 铅锌矿。2010 年,浙江省有铅锌矿山 22 个,从业人员 821 人,矿石采掘量 18.53 万吨,实现矿业总产值 11861.72 万元,利润总额 922.24 万元,税金总额 1717.53 万元。矿山企业经济效益有强劲回升,与 2009 年相比,矿石采掘量减少了 7.30%,矿业总产值、利润、税金却大幅增涨了 57.22%、137.37% 和 65.32%(表 40)。

表 40   2006~2010 年铅锌矿生产主要指标变化情况

年　份	矿山数(个)	从业人员(人)	矿石采掘量(万吨)	矿业总产值(万元)	利润总额(万元)	税金总额(万元)
2006	31	882	16.71	7055.24	416.50	1407.95
2007	33	1029	20.75	14388.04	895.84	2239.07
2008	31	943	19.37	7614.49	402.28	941.17
2009	23	669	19.99	7544.82	388.53	1038.91
2010	22	821	18.53	11861.72	922.24	1717.53

浙江省铅锌矿山规模较小,除 5 个小型矿山外,其余均为小矿,主要分布于绍兴、丽水、杭州,浙江佳和业集团有限公司龙泉铅锌矿和浙江诸暨七湾矿业有限公司铅锌矿是省内规模最大的铅锌矿山,两个矿山的矿石采掘量、矿业总产值、利润、税金分别占全省总量的 56.40%、82.22%、79.05% 和 88.03%。

2010 年以来,随着国家确保经济增长的宏观调控措施相继实施、有色金属产业振兴规划出台,为提振铅锌需求提供了支撑,铅价已从年初的 15900 元/吨回升至 16900 元/吨左右,涨幅 6.29%。锌价格从年初的 20300 元/吨回落至 18800 元/吨左右,降幅为 7.39%。

浙江省铅锌矿有一定资源储量,但以贫矿为主,开采受到一定程度限制,主要矿区黄岩五部铅锌矿因保护台州市水源地的需要,已关停多年。浙江省铅锌加工业较发达,资源自给程度较低,当前铅锌价格理性回归,应积极开拓省外、国外原材料市场,增加资源储备。同时,与其他金属矿产相比,浙江省铅锌矿尚具有较大的找矿潜力,应继续加大勘查投入,力争有新的突破。

5. 铁矿。2010 年浙江省有铁矿山 8 个,从业人员 662 人,矿石采掘量 128.12 万吨,实现矿业总产值 13818.86 万元,利润总额 1098.55 万元,税金总额 3465.65 万元。与 2009 年相比,矿石采掘量增加了 21.06%,矿业总产值增加了 4 倍,利润实现了扭亏为盈(表 41)。其主要原因是 2010 年铁精粉价格从年初的 750 元/吨猛涨到 4 月份的 1400 元/吨左右,涨幅近一倍,年末价格有所回落,但降幅不大,价格为 1200 元　　　/吨左右。

表 41　　　　　　　　　　　　　　2006～2010 年铁矿生产主要指标变化情况

年　份	矿山数(个)	从业人员(人)	矿石采掘量(万吨)	矿业总产值(万元)	利润总额(万元)
2006	6	745	124.56	12465.27	444.52
2007	6	721	128.46	6385.18	492.46
2008	7	699	112.31	6953.05	1170.41
2009	8	662	105.83	2730.73	− 225.80
2010	8	662	128.12	13818.86	1098.55

浙江省铁矿开采集中在绍兴、丽水、台州、杭州四市,2010 年有生产矿山 6 个,另外 2 个为筹建矿山。浙江漓铁集团有限公司东西矿为全省第一大铁矿,其矿石采掘量占全省总量的 85.49%,产值、税金占总量的 68.18% 和 85.38%。

【能源矿产资源开发利用】 1. 石煤。近年来,随着生态省建设进程的加快,矿山企业环境准入门槛日益提高,石煤生产渐趋萎缩,2010 年浙江省石煤矿山仅有 2 家,均处于停产状态,分别位于杭州和绍兴,从业人员仅 4 人,石煤已经基本退出浙江省能源市场(表 42)。

表 42　　　　　　　　　　　　　　2006～2010 年石煤生产主要指标变化情况

年　份	矿山数(个)	从业人员(个)	矿石采掘量(万吨)	矿业总产值(万元)	利润总额(万元)
2006	36	473	234.30	3348.98	517.00
2007	28	361	339.24	3408.48	639.00
2008	11	211	120.30	1222.00	120.00
2009	7	127	71.00	1310.00	39.00
2010	2	4	0	0	0

2. 地热。2010 年浙江省有地热矿山 3 个,比 2009 年增加了 1 个。分布于金华武义、温州泰顺两地,从业人员 221 人,地下热水开采量 53.01 万立方米,年投资额 180 万元,实现矿业总产值 2026 万元,比 2009 年翻番(表 43)。地热是可再生清洁型能源,在能源矿产品严重紧缺的局面下,大力开发地热资源、走能源消费多元化的道路,是保持区域经济可持续发展的有效途径。

表 43　　　　　　　　　　　　　　2006～2010 年地热生产主要指标变化情况

年　份	矿山数(个)	从业人员(人)	地下热水开采量(万立方米)	矿业总产值(万元)
2006	2	270	5.50	1059.00
2007	2	210	5.82	1912.50
2008	2	210	5.82	1901.00
2009	2	205	5.82	978.85
2010	3	221	53.01	2026.00

【水气矿产开发利用】 2010 年浙江省开发利用的水气矿产仅矿泉水一种,有矿山 48 个,从业人员 761 人,产量 17.64 万吨,实现矿业总产值 3916.29 万元,利润总额 384.16 万元。与 2009 年相比,产量大幅下降,矿业总产值降低了 12.07%;利润增长了 20.16%(表 44)。除嘉兴和舟山两市外,其余地区均有矿泉水分布,其中温州和宁波两市数量最多,两市之和达 28 个;湖州市产值最高,为 1662.40 万元。

表44

2006～2010年矿泉水生产主要指标变化情况

年 份	矿山数(个)	从业人员(人)	产量(万吨)	矿业总产值(万元)	利润总额(万元)
2006	54	1554	27.97	3861.16	− 196.35
2007	54	1465	42.76	3116.02	112.91
2008	51	1325	41.08	3087.69	162.90
2009	51	780	40.28	4453.72	319.71
2010	48	761	17.64	3916.29	384.16

【矿产开发利用特点】 1.矿山生产规模明显扩大。2010年,全省矿产资源勘查开发整合工作扎实推进,成效显著,矿山数量大幅减少,矿山生产规模明显扩大。矿山数较2009年减少了20.60%,矿山年平均矿石采掘量增长了36.49%(首次超过25万吨/矿·年)(表45,图10)。

矿产资源规划的全面实施和开发整合的深入推进,使浙江省矿山布局进一步合理,矿山结构持续优化,矿山企业生产效率稳步提升。2010年,浙江省从业人员继续减少,矿山平均矿业总产值、人均矿石采掘量及人均矿业总产值逐年增加,生产效率持续提升。与2009年相比,矿山平均矿业总产值增加了53.50%(首次超过500万元/矿·年),人均矿石采掘量增长了27.94%,人均矿业产值提高了43.87%;上述各项指标均创历史新高。

表45

2006～2010年浙江省矿业生产规模和生产效率对比

年 份	矿山数(个)	矿山平均矿石采掘量(万吨/矿·年)	矿山平均矿业总产值(万元/矿·年)	人均矿石采掘量(万吨/人·年)	人均矿业产值(万元/人·年)
2006	3711	11.08	218.04	0.37	7.18
2007	3224	13.99	275.07	0.44	8.69
2008	2965	16.46	332.85	0.56	11.25
2009	2393	19.51	374.79	0.68	13.04
2010	1900	26.63	575.53	0.87	18.77

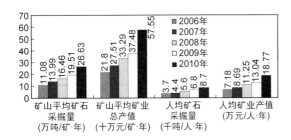

图10 2006～2010年矿业生产规模和
生产效率对比情况

2.矿业经济效益显著提升。2010年我国经济强劲复苏,矿产品需求急剧增长,矿业经济效益显著提高。2010年全省矿业实现利润7.55亿元,较2009年增长47.17%;上缴税金11.30亿元,较2009年增长30.20%。全省仅有54个矿山企业出现亏损,累计亏损额为1.15亿元;302个矿山停产,较2009年减少154个,停产矿山占矿山总数的比例较2009年减少了3.17%。

矿业经济效益增长的主要原因是普通建筑用石、砂、土和其他非金属矿产利润大幅增长。2010年浙江省普通建筑用石、砂、土和其他非金属矿产利润比2009年分别增长9440.14万元和7822.42万元,分别增长了24.02%和94.99%,分别占全省矿业利润增长额的39.03%和32.34%。另外一个原因是部分矿种实现了扭亏为盈,如铁矿由2009年亏损225.80万元转为2010年盈利1098.55万元。2010年,随着全球经济逐步复苏,矿产品价格稳步回升,基础设施建设对普通建筑用石、砂、土需求维持高位,全省矿业经济效益重新步入到增长轨道。

3.矿产资源利用率稳步提高。通过历年单位国民生产总值和矿石消耗量(产量)统计可知,浙江省创造单位国民生产总值消耗的矿石量处于稳步减少阶段,从2006年的2.63吨/万元稳步减少到目前的1.86吨/万元,首次降到2吨/万元以内,减幅达29.28%,反映矿产资源利用效率在稳步提高(表46,图11)。

表46 2006～2010年矿业生产指标与国民生产总值变化情况

年　份	国民生产总值 （亿元）	矿业总产值 （亿元）	矿业总产值/国民生产总值 （%）	矿石产量 （万吨）	矿石产量/国民生产总值 （吨/万元）
2006	15649	80.92	0.52	41128.73	2.63
2007	18638	88.68	0.48	45105.39	2.42
2008	21487	89.70	0.42	44353.53	2.06
2009	22832	89.69	0.39	46697.51	2.05
2010	27227	109.35	0.40	50595.52	1.86

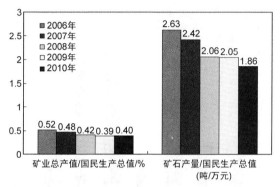

图11 2006～2010年矿业生产指标与
国民生产总值变化

4. 矿业投资额度大幅增长。2010年，浙江省第二产业完成投资4698亿元，增幅为9.60%；全省矿业投资35.95亿元，较2009年增长12.95亿元，增幅为56.30%。矿业投资主体渐趋理性，全省矿业投资已逐渐步入与地方经济发展、矿产资源市场需求相适应的良性发展轨道（表47，图12）。

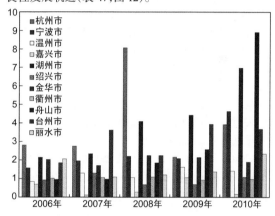

图12 2006～2010年各市矿业投资对比

表47 2006～2010年各市矿业投资对比

地区	投资额（亿元）				
	2006年	2007年	2008年	2009年	2010年
合计	16.90	18.14	25.00	23.00	35.95
杭州市	2.81	2.75	8.08	2.16	3.92
宁波市	1.57	1.96	2.20	2.09	4.64
温州市	0.84	1.29	1.05	1.61	1.41
嘉兴市	0.69	0.10	0.26	1.05	0.14
湖州市	2.15	2.34	4.10	4.44	6.97
绍兴市	0.93	1.29	0.68	0.69	1.08
金华市	2.02	1.70	2.24	2.15	1.90
衢州市	1.02	1.05	1.09	0.93	0.97
舟山市	0.96	0.97	1.85	2.57	8.92
台州市	1.85	3.61	2.24	3.94	3.67
丽水市	2.06	1.08	1.21	1.37	2.33

投资资金来源仍以民间为主,其中有限责任公司投资 22.55 亿元,私营企业投资 12.73 亿元,上述两种经济类型投资额占全省投资总额的 75.29%;投资方向主要集中在建筑用凝灰岩(20.52 亿元)、建筑用砂岩(2.06 亿元)和建筑用花岗岩(1.65 亿元)等矿种上,上述三个矿种占全省矿业总投资额的 67.38%。

各地区矿业投资状况相差较大,2010 年矿业投资排名前三位的为舟山、湖州和宁波市,三市合计占全省矿业总投资的 56.84%。舟山市矿业投资及其增长幅度均居全省之首,投资额达 8.92 亿元,较 2009 年提高了 247.08%;嘉兴市矿业投资降至 0.14 亿元,较 2009 年减少了 86.67%,降幅最大。

5. 矿山生态环境持续改善。绿色矿山创建活动对有效提升浙江省矿产资源开发利用水平、进一步改善矿山自然生态环境、促进浙江省矿业经济与生态环境和谐发展、推进生态省建设具有重要意义。近年来,浙江省矿业开发已从过去的重开发轻保护向开发与保护并重,再向保护优先条件下的开发转变。至 2010 年底,全省建成和已批复开展绿色矿山创建的矿山累计达 183 个,全省绿色矿山的创建工作将逐步走上制度化、规范化和常态化的轨道。

2010 年,矿山开采区占有土地面积为 18165.96 公顷,实际使用土地面积 12778.41 公顷,开采区占有土地面积较 2009 年减少 17.17%,实际使用土地面积较

2009 年减少 13.25%,闲置土地面积比 2009 年减少 25.19%,土地利用率比 2009 年有较大提高。应治理的矿山土地面积 5150.17 公顷,实际治理面积 556.24 公顷,为应治理面积的 10.80%(表48,图 13)。

2010 年,全省废石堆场为 168 个,比 2009 年减少 41 个,累计存放量比 2009 年减少 665 万吨,当年排放量减少 127.72 万吨,当年处理量减少 128.05 万吨;尾矿库为 40 个,累计存放量有所增加,当年排放量和处理量与 2009 年基本持平,处理量占累计存放量的 2.45%,较 2009 年有所下降,矿山固体废弃物综合利用程度仍然偏低(表49)。

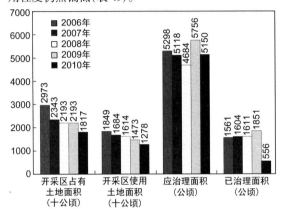

图 13　2006～2010 年矿山土地使用和治理情况对比

表 48　　　　　　　　　　　　　　2006～2010 年矿山土地使用和治理情况对比

年　度	开采区占有土地面积（公顷）	开采区使用土地面积（公顷）	应治理面积(公顷)	已治理面积(公顷)	治理投资额(万元)
2006	29731.83	18489.37	5297.82	1560.79	6446.15
2007	23428.48	16836.71	5117.57	1604.28	7341.84
2008	21934.96	16144.15	4684.37	1611.32	6879.33
2009	21932.29	14730.46	5756.06	1850.66	10990.02
2010	18165.96	12778.41	5150.17	556.24	18819.65

表 49　　　　　　　　　　　　　　2006～2010 年固体废弃物排放及处理情况对比

年度	废石堆（个）	累计存放量（万吨）	当年排放量（万吨）	当年处理量（万吨）	尾矿库（个）	累计存放量（万吨）	当年排放量（万吨）	当年处理量（万吨）
2006	300	1086.41	242.04	126.57	76	226.30	7.68	74.49
2007	239	741.66	116.05	99.83	87	3470.14	172.68	65.86
2008	197	789.53	154.95	78.67	83	3395.93	161.50	61.21
2009	209	1657.42	198.32	192.08	82	4070.07	198.07	108.69
2010	168	992.42	70.60	64.03	40	4219.98	197.02	103.39

浙江省 2010 年矿产资源开发利用情况见表50。

表 50 　　　　　　　　　　　　　　　**2010 年浙江省矿产资源开发利用统计汇总**

矿种	矿山总数（个）	从业人员（人）	矿石采掘量（万吨）	矿业总产值（万元）	年利税总额（万元）	利润总额（万元）	税金总额（万元）
合计	1900	58263	50595.52	1076477.42	188525.6	75534.39	112991.21
石煤	2	4	0	0	0	0	0
地下热水	3	217	53.01	2026	121.98	− 6	127.98
铁矿	8	662	128.12	13818.86	4564.2	1098.55	3465.65
铜矿	6	1233	42.9	27055.81	17089.89	10189.73	6900.16
铅矿	6	86	3.26	738.24	182.77	113.5	69.27
锌矿	16	735	15.27	11123.48	2457	808.74	1648.26
钨矿	2	17	0	0	0	0	0
锡矿	1	20	0	0	0	0	0
钼矿	10	695	14.71	8721.2	− 3680.55	− 3938	257.45
锑矿	1	16	0.07	18.73	0	0	0
金矿	7	868	2.76	9991.67	2159.4	1382	777.4
银矿	1	120	4.7	2519	1139	608	531
普通萤石	92	1961	76.76	25030.31	5728.3	2255.22	3473.08
熔剂用灰岩	4	420	249.34	10914.56	1683.6	336.4	1347.2
冶金用白云岩	7	85	28.54	1431.08	263.2	106.2	157
冶金用石英岩	3	21	0	0	0	0	0
冶金用脉石英	1	15	0.98	66	10	7.2	2.8
耐火黏土	2	14	0.72	64.8	12	5	7
硫铁矿	2	466	4.83	505.18	− 1095.1	− 1367.94	272.84
明矾石	1	1817	23.61	6478	3359.83	2214.45	1145.38
硅灰石	1	78	4.12	650	123	0	123
长石	1	1	0	0	0	0	0
叶蜡石	22	883	65.16	4043.1	1486.71	1054.95	431.76
沸石	2	20	1.54	46.2	9	2	7
方解石	35	319	131.31	5838.5	1890.47	1191.17	699.3
水泥用灰岩	108	3021	6692.52	97810.95	23195	5834.55	17360.45
建筑石料用灰岩	64	1692	1476.56	26353.12	2539.62	− 1191.92	3731.54
饰面用灰岩	2	8	1.04	190.42	5.5	4	1.5
制灰用石灰岩	20	252	592.9	9896.6	3512.6	1708.2	1804.4
建筑用白云岩	7	121	62.1	1444.22	147.8	58.5	89.3
玻璃用石英岩	8	450	166.89	14943.64	2350.26	501.98	1848.28
水泥配料用砂岩	6	63	119.37	1237.39	242.56	178.93	63.63
砖瓦用砂岩	12	398	17.28	5917.76	1252.48	1061.13	191.35
建筑用砂岩	60	2647	3201.94	65388.83	11347.59	2450.53	8897.06

续表50

矿种	矿山总数（个）	从业人员（人）	矿石采掘量（万吨）	矿业总产值（万元）	年利税总额（万元）	利润总额（万元）	税金总额（万元）
建筑用砂	38	1647	3701.09	89533.97	16961.72	3471.9	13489.82
玻璃用脉石英	1	0	0	0	0	0	0
砖瓦用页岩	200	7805	613.61	62030.91	6911.31	4389.47	2521.84
水泥配料用页岩	18	176	299.98	2872.84	757.29	401.56	355.73
建筑用页岩	2	135	10.05	255	14	4	10
高岭土	15	141	23.03	3041.9	802.51	439.2	363.31
陶瓷土	2	12	5.53	135.9	120	4	116
膨润土	6	84	10.75	1200	517.4	304	213.4
砖瓦用黏土	153	3781	330.75	24904.4	3313.69	2391.86	921.83
水泥配料用黏土	3	37	6.15	829.85	158	50	108
水泥配料用泥岩	3	32	54.7	1033.38	384.85	77.46	307.39
建筑用玄武岩	18	233	169.85	4419.06	670.2	393.4	276.8
饰面用辉绿岩	6	68	42.3	1136.55	152.75	107.25	45.5
建筑用辉绿岩	8	73	2.72	226.75	166.86	151	15.86
建筑用安山岩	6	1174	2243.7	63566.41	12970.06	3667.85	9302.21
建筑用闪长岩	2	18	1.12	266.08	30.6	23	7.6
饰面用闪长岩	3	14	0.56	134.3	5.8	2	3.8
建筑用花岗岩	59	1423	1161.87	27816.7	2973.47	1513.6	1459.87
饰面用花岗岩	14	141	31.02	4274.95	416	360	56
珍珠岩	4	50	2.16	159.79	12.15	9	3.15
水泥用凝灰岩	2	36	85.5	980.75	204	125	79
建筑用凝灰岩	751	20799	28586.1	427528.39	58001.14	30398.52	27602.63
饰面用大理岩	1	15	0.78	219.24	15	13	2
建筑用大理岩	2	50	5.21	187.88	70	53.6	16.4
水泥用大理岩	1	3	0	0	0	0	0
玻璃用大理岩	2	5	0	0	0	0	0
饰面用板岩	9	125	7.04	1542.48	157.56	132.5	25.06
矿泉水	48	761	17.64	3916.29	641.12	384.16	256.97

（浙江省国土资源厅矿产开发管理处 袁 航）

安 徽 省

【矿产资源开发利用概况】 2010年,安徽省已开发利用的矿产有96种,各种经济类型矿山4285个,其中部级发证42个,省级发证635个,市级发证441,县级发证3167。全省共有大型矿山225个,中型矿山193个,小型矿山1471个及小矿2396个,矿业从业人数36.94万人,年产矿石量4.87亿吨,工业总产值1042.89亿元,矿产品销售收入849.1亿元,利润总额达98.26亿元。与2005年相比,矿山数量进一步减少,矿业从业人数不断下降,而矿石产量明显增加,矿业产值大幅增长。其主要原因是随着两轮整顿和规范矿产开发秩序工作的基本完成，"十一五"以来整合关闭的各类不符合要求的小矿山就有643个，矿山布局不合理的状况得到明显改善。全省大中型矿山占到矿山总数的1/10，较2005年底增加了69个，其年产矿石量占总量的62%，年工业总产值和矿产品销售收入分别占到总量

的85%，年利润总额更是达到全省利润的92%以上。

安徽省矿产资源开发利用情况按能源矿产、黑色金属、有色金属、贵金属、冶金辅助原料非金属、化工原料非金属、建材及其他非金属和水气矿产等八大类矿种划分情况详见表1。

表1

2010年安徽省矿产资源开发利用情况(八大类矿产)

矿　类	矿山数 (个)	从业人员数 (人)	年产矿石量 (万吨)	年工业总产值 (万元)	综合利用产值 (万元)	工业增加值 (万元)	利润总额 (万元)
总　　计	4285	369413	48738	10428905	213997	8491061	982660
能源矿产	203	210151	12960	6862584	2505962	6862584	387146
黑色金属矿产	162	22193	2162	592196	7432	307465	140763
有色金属矿产	150	13842	713	389783	27057	564378	59802
贵重金属矿产	36	2814	103.76	52651	2395	24768	19260
冶金辅助原料非金属矿产	118	2625	1134	87924	5449	8708	3087
化工原料非金属矿产	40	5295	430.89	109264	2110	17070	5981
建材和其他非金属矿产	3561	116697	31412	2443766	156506	422050	368914
水气矿产	15	165	26	186	0	71	-118.31

2010年，淮南市矿业工业总产值达437.25亿元，与2005年其工业总产值160亿元相比增长了2倍多；2010年淮北市矿业工业总产值也达140亿元，芜湖、马鞍山、铜陵、安庆、滁州、阜阳、宿州、巢湖、六安、亳州、池州、宣城等12市2010年矿业工业总产值均在10亿元以上，与2005年相比，均有大幅度的增长。全省矿产资源开发利用情况分行政区汇总情况详见表2。

表2

2010年安徽省矿产资源开发利用情况(分行政区汇总)

行政区 名称	矿山数 (个)	从业人数 (个)	年产矿石量 (万吨)	工业总产值 (万元)	综合利用产值 (万元)	销售收入 (万元)	利润总额 (万元)
合计	4285	369413	48738	10428905	213997	8491061	982660
合肥市	253	7022	503.04	25646	285	23007	2113.3
芜湖市	153	6636	4222.4	106359.4	42756.46	101922.01	9737.05
蚌埠市	192	9098	285.93	26388.73	1602.4	22290.73	1366.65
淮南市	55	87938	7749.83	4372487.78	8870.14	3024578.91	121832.04
马鞍山市	85	11013	1386.85	185094.02	633.7	168852.84	11949.25
淮北市	76	78586	3847.85	1473095.98	28009.43	1344232.34	129688.06
铜陵市	145	16096	3458.04	696492.32	18671.65	526619.98	132871.81
安庆市	269	5997	3225.43	604667.68	5655	595686.32	152453.95
黄山市	104	1276	269.47	6113.71	667.1	4809.13	287.2
滁州市	270	13721	1725.45	171106.65	6366.53	121177.43	4814.1
阜阳市	576	25125	2191.17	517147.24	0	510179.91	135705.25
宿州市	455	36355	3294.79	472213.99	206	376005.03	6619.05
巢湖市	316	14196	5841.81	382260.08	60341.79	378366.11	68642.21
六安市	457	24746	3109.14	384090.14	2791.2	336806.15	83492.96
亳州市	129	12899	1031.61	257324.79	463.5	228403.38	33646.98
池州市	241	5318	2703.38	423023.4	23727.3	410952.29	35173.21
宣城市	509	13391	3892.46	325393.99	12950.1	317171.98	52267.8

安徽省小型及小型以下的矿山占矿山总数的90％，建筑用砂石黏土矿山数量占矿山总数的83.1％。集体和私营经济类型的矿山企业在矿山数量上占绝对多数，达80.26％。大中型矿山企业在安徽省的矿业经济中仍占主导地位，大中型矿山数量仅占全省矿山总数的10％，其年工业总产值、综合利用产值、销售收入和利润总额分别占相应总量的85.7％、84.3％、86.4％、和93.1％（表3，图1和图2）。

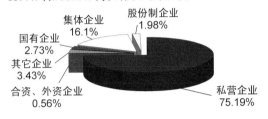

图1 矿山企业类型比例

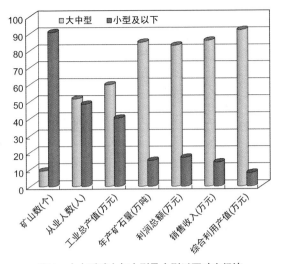

图2 大中型矿山与小型及小型以下矿山经济指标占总量百分比对照

表3 2010年安微省矿产资源开发利用情况（分经济类型汇总）

经济类型	矿山数（个）	从业人数（人）	年产矿石量（万吨）	工业总产值（万元）	销售收入（万元）	利润总额（万元）
总计	4285	369413	48738.66	10428905.89	8491061.53	982660.9
国有企业	117	165018	12784.69	6082491.43	4501329.53	212402.4
集体企业	690	33696	2394.84	149143.2	139625.91	12300.11
股份制企业	85	6741	828.73	138690.05	103701.93	50223.3
私营企业	3222	158840	31729.78	3991462.75	3682549.98	697892.8
合资、外资企业	24	1692	198.84	43519.69	42818.67	5132.16
其他企业	147	3426	801.77	23598.77	21035.52	4710.11

2010年，安微省国土资源厅收取采矿权使用费15.64万元，收取采矿权价款4.24万元。

【矿山生产能力】 "十一五"期间，安徽省矿业生产规模状况仍稳步提高，2010年的采矿、选矿能力与2005年相比，均大幅度提高。但是除煤炭和建材类企业外，大多数矿山企业的实际生产能力仍普遍低于设计生产能力。安徽省各类矿山2005年与2010年主要矿种的采矿、选矿能力对比情况详见表4。

表4 安微省2005年与2010年矿山生产能力对比　　　　单位：万吨

矿产类别	2010年度				2005年度			
	设计生产能力		实际生产能力		设计生产能力		实际生产能力	
	采矿	选矿	采矿	选矿	采矿	选矿	采矿	选矿
能源矿产	10633	10633	12688.69	12761.14	7225.8	7225.8	8139.39	12761.14
黑色金属矿产	3002.5	3002.5	2038.55	2165.63	3942.53	3942.53	1120.03	2165.63
有色金属矿产	1798.41	1798.41	1365.29	1468.79	1911.43	1911.43	873.9	1468.79
贵重金属矿产	394.6	394.6	273.58	396.85	262.2	262.2	292.32	396.85
冶金辅助原料非金属矿产	1333.4	1333.4	1122.06	1259.01	1117.45	1117.45	724.73	1259.01
化工原料非金属矿产	883.9	883.9	909.88	1034.36	725.5	725.5	727.41	1034.36
建材和其他非金属矿产	33015.91	33015.91	31128.37	32580.98	26879.03	26879.03	21323.43	32580.98

【矿产品产量】 2010 年与 2005 年全省矿产资源开发利用情况主要指标对比情况见图 3,所有矿产资源产量年产量均有较大幅度增长(表 5)。

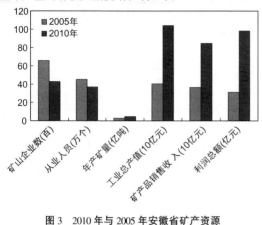

图 3 2010 年与 2005 年安徽省矿产资源
开发利用情况主要指标对比

表 5 安徽省 2005 年与 2010 年主要矿种矿石产量对比

矿种名称	2005 年产矿石量	2010 年产矿石量	增(＋)减(－)量
	(万吨)	(万吨)	(万吨)
煤炭	7801.25	12661.65	4860.4
石煤	48.5	49.9	1.4
铁矿	1227.14	2161.68	934.54
锰矿	0.5	0.6	0.1
铜矿	401.44	672.54	271.1
铅矿	17.6	14.66	－2.94
锌矿	24.05	14.44	－9.61
钨矿	2.82	3.2	0.38
钼矿	2.13	7.78	5.65
金矿	114.77	102.66	－12.11
银矿	0	1.1	1.1
普通萤石	33.48	17.21	－16.27
熔剂用灰岩	255.8	637.84	382.04
冶金用白云岩	308.2	476.79	168.59
硫铁矿	193.26	179.37	－13.89
盐矿	52.75	152	99.25

续表 5

矿种名称	2005 年产矿石量	2010 年产矿石量	增(＋)减(－)量
	(万吨)	(万吨)	(万吨)
沸石	25.1	30	4.9
石膏	64.89	293	228.11
方解石	156.83	636.8	479.97
水泥用灰岩	5558.87	12652.14	7093.27
建筑石料用灰岩	5624.38	9745.86	4121.48
玻璃用石英岩	265.01	516.48	251.47
水泥配料用砂岩	133.44	195.44	62

【矿产资源勘查登记管理】 截至 2010 年底,安徽省共保有有效探矿权 1369 个(不含油气及煤层气项目),比 2005 年(934 个)增加 49%。其中当年度批准设立的(含变更、延续)982 个,比 2005 年(532 个)增加 85%,分为新立 48 个,变更 160 个,延续 746 个,其他 28 个。全年批准登记勘查面积 17390.81 平方千米(不含油气勘查面积,见表 6)。各类企业、各类矿产发证比例详见图 4~5。

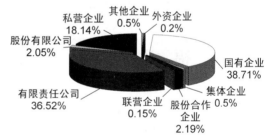

图 4 各类企业发证比例

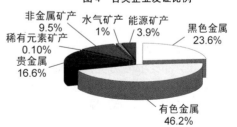

图 5 各类矿产发证比例

表 6   2010 年安徽省矿产资源勘查许可证登记发证情况

企业类型	当年批准登记发证数(件)												批准登记面积(平方千米)
	合计	能源矿产			黑色金属矿	有色金属矿	贵金属		稀有稀土矿产	非金属矿		水气矿产	
		小计	煤	地热			小计	金矿		小计	化工矿产		
国有	530	23	8	14	111	219	113	99	1	61	12	2	10009.28

续表6

企业类型	当年批准登记发证数(件)												批准登记面积(平方千米)
	合计	能源矿产			黑色金属矿	有色金属矿	贵金属		稀有稀土矿产	非金属矿		水气矿产	
		小计	煤	地热			小计	金矿		小计	化工矿产		
集体	7	2	1	1	2	1	2	2	0	2	0	0	216.92
股份合作企业	30	1	1	0	7	17	3	3	0	2	0	0	221.45
联营企业	2	0	0	0	2	0	0	0	0	0	0	0	18.51
有限责任公司	500	24	19	5	99	252	81	69	0	44	8	0	4856.81
股份有限公司	28	1	0	1	6	12	3	3	0	6	0	0	191.75
私营企业	262	2	0	0	93	127	23	21	0	17	1	0	1695.19
其他企业	7	0	0	0	3	4	0	0	0	0	0	0	137.44
外资企业	3	0	0	0	0	1	2	2	0	0	0	0	13.46
总计	1369	53	31	21	323	633	227	99	1	130	12	2	11938.41

2010 年,安徽省国土资源厅收取探矿权使用费 226.88 万元,收取探矿权价款 2.82 亿元。

(安徽省国土资源厅矿管处　夏登云)

福 建 省

【矿产资源开发利用概况】 2010 年,福建省共有矿山企业 2765 个,比 2009 年同期减少 459 个,减少幅度 14%;从业人数 99270 人,比 2009 年同期减少 1559 人,减少幅度 1.5%;年产矿石总量 17690 万吨,比 2009 年减少 7447 万吨,减少幅度 4.1%;原矿工业总产值 1679055 万元,比 2009 年增加 236301 万元,增加幅度 16.3%;综合利用产值 171402 万元,比 2009 年减少 58668 万元,减少幅度 25.5%;年利润总额 501702 万元,比 2009 年增加 67745 万元,增加幅度 15.6%。

1. 全省矿山企业按地区划分:福州市 167 个,厦门市 49 个,漳州市 411 个,泉州市 279 个,莆田市 49 个,三明市 651 个,南平市 249 个,龙岩市 675 个,宁德市 235 个。

2. 按经济类型划分:国有企业 119 个、集体企业 399 个、私营企业 1643 个、股份合作及联营企业 75 个、有限责任及股份有限公司 409 个、港、澳、台及外商投资企业 38 个、其他 82 个。其中国有矿山企业数、从业人员、年产矿量、矿业产值、利润总额分别占全省总量的 4.3%、16%、8.1%、14.5%、9.5%。

3. 按设计生产规模划分:大型矿山 177 个、中型矿山 269 个、小型矿山 1617 个、小矿山 702 个,大型矿山以建筑石料等非金属为主,金属类矿山仅 5 个。其中大型矿山年产矿石量 7354 万吨,占总产量的 40.4%,矿业产值 62.2 亿元,占总产值的 37.1%;中型矿山年产矿石量 2494 万吨,占总产量的 13.7%,矿业产值 17.5 亿元,占总产值的 10.5%。

4. 按开采矿种划分:能源矿山企业 329 个,其中煤炭 298 个、地热 18 个;黑色金属矿山企业 110 个,其中铁矿 93 个、锰矿 17 个;有色金属矿山企业 95 个,其中铜矿 11 个、铅锌 66 个、铝土矿 1 个、钨矿 5 个、锡矿 2 个、钼矿 10 个;贵金属矿山企业 24 个,其中金矿 20 个、银矿 4 个;稀有稀土金属矿山企业 6 个,其中稀土 5 个、钽铌 1 个;冶金辅助原料非金属矿山企业 136 个,其中普通萤石 69 个、冶金用脉石英 34 个、铸型用砂 16 个、其他 17 个;化工原料非金属矿山企业 20 个,其中硫铁矿 10 个、电石用灰岩 4 个、重晶石 2 个、其他 4 个;玻璃原料非金属石厂山企业 49 个;饰面建筑用非金属矿山企业 1291 个,其中建筑用石料 809 个、饰面石材 482 个;水泥原料及其他非金属矿山企业个,其中水泥用灰岩 221 个、水泥用黏土 17 个、砖瓦用黏土 201 个、高岭土(陶瓷土)81 个、叶蜡石 26 个、长石 26 个、透辉石 11 个矿泉水 41 个、其他 81 个(表 1~3)。

【主要矿产资源开发利用情况】 1.2010年原矿工业产值10亿元以上的矿种有：煤、金、铁；5亿～10亿元的矿产有：饰面用花岗岩、水泥用灰岩、建筑用花岗石；1亿～5亿的矿产有：锌、钨、银、普通萤石、建筑用凝灰岩、高岭土、玻璃用砂等，以上13种矿产为福建省主要开发利用的矿产资源，矿业产值约占全省产值的94%。其中：煤产值56.3亿元，占全省矿业工业产值33.3%；金50.7亿元，占全省矿业工业产值30.3%；铁15.2亿元，占全省矿业工业产值8.9%；饰面用花岗岩8.3亿元，占全省矿业工业产值4.9%；水泥用灰岩8.2亿元，占全省矿业工业产值4.9%；建筑用花岗岩5.2亿元，占全省矿业工业产值3.1%；锌2.7亿元，占全省矿业工业产值1.6%；普通萤石2.7亿元，占全省矿业工业产值1.6%；钨2.4亿元，占全省矿业工业产值1.4%；建筑用凝灰岩2亿元，占全省矿业工业产值1.2%；银1.8亿元，占全省矿业工业产值1.1%；高岭土1.8亿元，占全省矿业工业产值1.1%；玻璃用砂1.1亿元，占全省矿业工业产值0.7%。

2.年产矿石量超千万吨的矿产分别为煤、金、建筑用花岗岩、水泥用灰岩、建筑用凝灰岩等，以上5个矿种年产矿量约占全省总产量的80%以上。其中建筑用花岗岩4724万吨，占全省总矿量26.7%；水泥用灰岩产量3651万吨，占全省总产量20.6%；金矿石产量3511万吨，占全省总产量19.8%；建筑用凝灰岩产量1275万吨，占全省总产量7.2%；煤产量1208万吨，占全省总产量6.8%。

3.与2009年度相比，2010年度产量、产值变化幅度较大的矿种主要有煤、铁、金、稀土、萤石、饰面用花岗岩等。其中：

①煤：2010年度年产矿石量1208万吨，矿业产值56.3亿元。与2009年度相比：产量提高113万吨，提高幅度10.3%，工业总产值提高10.2亿元，提高幅度22.2%。

②铁：2010年度年产矿石量502万吨，工业产值15.2亿元。与2009年度相比：产量增长100万吨，增长幅度24.9%，工业总产值增长4.4亿元，增长幅度40.7%。

③金：2010年度年产矿石量3511万吨，工业总产值50.7亿元。与2009年度相比：产量下降595万吨，下降幅度14.5，工业总产值增加4.2亿元，增长幅度9%。

④稀土：2010年度年产矿石量60万吨，工业产值0.33亿元。与2009年度相比：产量增长58.8万吨，增长幅度4900%；工业总产值增长0.32亿元，增长幅度9600%。

⑤普通萤石：2010年度年产矿石量81万吨，工业总产值27.1亿元。与2009年度相比：产量增长10万吨，增长幅度14.1%；工业总产值增长1.3亿元，增长幅度92.9%。

⑥饰面用花岗岩：2010年度年产矿石量795万吨，工业总产值8.2亿元。与2009年度相比：产量减少263万吨，减少幅度24.9%；工业总产值增长1亿元，增长幅度13.8%。

【矿产资源开发增减变化原因】 1.矿山数量减少原因：2010年度福建省共有矿山企业2765个，比2009年同期减少459个，减少幅度14%，其中饰面石材及普通建筑用砂、石、土等矿山数量减少较多。主要原因一是各地进行矿产资源整合，减少了矿山数量。二是各地加大了矿山关闭力度，对不符合矿产资源规划，不符合饮用水源保护区规划、达不到省定最小开采规模标、严重破坏环境和存在较大安全隐患的开采矿山以及不符合福建省产业政策的矿山由当地政府有计划关停。

2.矿石量减少原因：2010年度全省年产矿石总量约1.7亿吨，比2009年减少744万吨，减少幅度4.1%。煤、铁、水泥用灰岩、萤石、稀土等矿产量有所增加，但金、饰面石材、普通建筑用石料等矿产量有所减少，平衡后总量有所下降。由于2009年度福建省稀土矿山基本处于停产技改状态，产量、产值基数很低，2010年度部分矿山恢复生产，造成稀土矿产量和矿业产值变化幅度很大。

3.矿业总产值增长原因：2010年度全省原矿工业总产值约168亿元，比2009年增加约23亿元，增加幅度16.3%。其中，龙岩市增长约11亿，三明市增长约10亿，泉州市增长约1亿。由于2010年煤、金、银、铁、稀土、萤石、水泥用灰岩等矿种矿产品价格回升较快，部分矿山企业生产能力提高，造成矿业产值有所增长。

4.综合利用产值减少原因：2010年全省矿产资源综合利用产值约17亿元，比上年减少5.8亿元，减少幅度25.5%。主要是福建省最大金矿山-紫金山金铜矿山2010年减少了低品位金矿石开采量，综合利用产值减少约4.5亿元。另外，福建省饰面用花岗岩矿山大量关闭，石材边角料加工利用量同比减少，综合利用产值减少约2亿元。

【矿产形势分析】 2010年福建省矿山数量、从业人员、年产矿量等指标出现下降，但矿业工业总产值、矿产品销售收入、利润总额等指标保持上升趋势，一方面是矿产品市场出现整体回升，另一方面通过资源整合，严格矿业权市场准入以及关闭淘汰等有效措施，全省矿产资源开发结构和布局得到进一步优化，矿产资源开发利用和安全生产水平进一步提高，矿区生态环境明显改善，保持了矿业开发的健康有序发展。预计2011年福建省矿山数量将进一步减少,矿业工业总产值、矿产　品销售收入、利润总额将进一步提升。

表1　　　　　　　　　　　2010年福建省矿产资源开发利用情况(按矿种分列)

矿种	矿山企业数					从业人员(个)	年产矿量		实际采矿能力(万吨/年)	工业总产值(万元)	综合利用产值(万元)	矿产品销售收入(万元)	利润总额(万元)
	合计	大型	中型	小型	小矿		万吨	万立方米					
合计	2765	17	269	1617	702	99270	17690.38	0.00	20255.37	1679055.17	171402.88	1646631.42	501702.18
煤炭	298	0	2	166	130	48701	1208.14	0.00	1211.08	502578.00	12162.31	516488.12	92179.93
地下热水	18	4	3	4	7	281	135.53	0.00	0.00	2164.78	0.00	1504.21	127.52
铁矿	93	1	2	84	6	1601	502.50	0.00	521.22	151908.90	1915.00	148498.79	28632.73
锰矿	17	0	1	13	3	583	7.13	0.00	12.58	7003.78	0.00	6512.98	1245.00
铜矿	11	0	0	9	2	208	2.90	0.00	18.90	4460.00	0.00	1001.50	179.10
铅矿	30	0	1	26	3	811	28.98	0.00	39.61	5515.81	281.74	5279.81	685.48
锌矿	36	0	0	36	0	1340	68.80	0.00	109.23	27479.94	1435.60	27464.55	6399.20
铝土矿	4	0	0	0	1	38	0.00	0.00	0.00	0.00	0.00	0.00	0.00
钨矿	5	0	1	4	0	615	97.31	0.00	96.00	23814.28	32.25	23637.84	5020.63
锡矿	2	0	0	2	0	123	3.00	0.00	10.00	218.00	0.00	224.00	0.00
钼矿	10	0	2	8	0	730	30.00	0.00	42.50	8801.13	0.00	8566.04	128.00
金矿	20	2	1	14	3	4658	3511.91	0.00	3535.96	507172.71	130113.10	527809.71	294893.16
银矿	1	1	0	3	0	921	40.52	0.00	38.02	17677.11	700.00	16844.54	2911.66
钽矿	1	1	0	0	0	235	20.51	0.00	20.51	1088.00	3051.91	1036.06	537.30
轻稀土矿	5	0	0	4	1	110	60.00	0.00	60.00	3316.00	0.00	3316.00	334.00
普通萤石	69	1	10	47	8	1865	81.11	0.00	101.11	27450.32	602.00	26798.32	2357.50
溶剂用灰岩	1	0	0	1	0	10	0.00	0.00	0.00	0.00	0.00	0.00	0.00
冶金用白云岩	7	0	0	4	3	56	39.52	0.00	23.30	574.00	344.00	538.37	43.20
冶金用石英岩	6	0	0	3	3	37	0.00	0.00	6.10	0.00	0.00	0.00	0.00
铸型用砂	16	0	4	9	3	243	56.21	0.00	126.70	4394.48	0.00	3884.19	131.70
冶金用脉石英	34	0	1	16	17	244	10.00	0.00	21.11	736.11	53.00	722.11	115.11
耐火黏土	3	0	0	3	0	112	2.22	0.00	2.22	354.35	0.00	354.35	34.40
硫铁矿	10	0	1	8	1	264	10.88	0.00	10.98	3228.90	0.00	1592.91	72.20
明矾石	2	0	0	2	0	21	0.00	0.00	2.80	0.00	0.00	0.00	0.00
重晶石	2	1	0	1	0	192	38.60	0.00	38.60	8743.30	14.00	6075.50	643.50
电石用灰岩	4	0	2	2	0	97	35.15	0.00	35.15	835.76	2.20	827.75	13.50
化工用白云岩	1	0	0	1	0	31	1.07	0.00	10.00	34.58	0.00	34.58	4.00

续表1-1

矿种	矿山企业数					从业人员（个）	年产矿量		实际采矿能力（万吨/年）	工业总产值(万元)	综合利用产值（万元）	矿产品销售收入（万元）	利润总额（万元）
	合计	大型	中型	小型	小矿		万吨	万立方米					
化肥用蛇纹岩	1	0	1	0	0	6	0.00	0.00	0.00	0.00	0.00	0.00	0.00
石墨	9	0	1	7	1	235	3.46	0.00	3.46	1210.40	0.00	1194.40	117.63
硅灰石	4	0	0	2	2	15	0.50	0.00	0.50	30.00	1.00	30.00	2.00
滑石	2	0	0	1	1	3	0.00	0.00	2.00	0.00	0.00	0.00	0.00
长石	26	0	0	15	11	209	3.45	0.00	10.25	312.00	0.00	312.00	94.00
叶腊石	26	2	3	11	10	260	30.94	0.00	58.01	1717.80	30.00	1562.80	313.68
透辉石	11	0	0	11	0	90	47.81	0.00	47.81	1928.50	0.00	1928.50	119.00
透闪石	1	0	0	1	0	9	0.05	0.00	0.05	5.00	0.00	5.00	0.50
方解石	7	0	0	7	0	51	4.07	0.00	4.07	330.49	0.00	330.49	18.00
宝石	1	0	0	1	0	1	0.00	0.00	0.00	0.00	0.00	0.00	0.00
玉石	9	0	0	6	3	73	1.70	0.00	1.70	510.00	0.00	510.00	15.00
水泥用灰岩	221	13	35	163	10	7141	3651.98	0.00	4137.97	81903.48	8303.87	84405.68	12077.89
建筑石料用灰岩	11	0	0	9	2	88	17.55	0.00	32.61	359.98	7.00	359.98	54.60
饰面用灰岩	7	0	0	0	7	70	1.62	0.00	10.13	620.00	0.00	620.00	0.00
制灰用石灰岩	4	0	0	3	1	135	34.50	0.00	34.50	793.50	0.00	793.50	76.50
玻璃用白云岩	1	0	0	0	1	1	0.00	0.00	0.00	0.00	0.00	0.00	0.00
建筑用白云岩	11	0	0	11	0	231	46.96	0.00	46.93	1721.30	0.00	1721.30	630.80
玻璃用石英岩	18	0	3	8	7	119	9.83	0.00	9.83	307.30	0.00	307.25	39.00
水泥配料用砂岩	2	0	2	0	0	76	59.93	0.00	59.93	1144.01	0.00	1144.01	179.39
砖瓦用砂岩	1	0	0	1	0	26	0.48	0.00	4050	24.00	0.00	24.00	22.00
建筑用砂岩	76	9	30	31	6	1258	253.39	0.00	327.07	5095.50	42.00	4991.80	949.01
玻璃用砂	8	1	4	2	1	779	148.11	0.00	177.91	10453.72	0.00	8082.72	2386.56
建筑用砂	5	0	1	4	0	31	1.28	0.00	12.00	24.00	0.00	24.00	2.00

续表1－2

矿种	矿山企业数					从业人员（个）	年产矿量		实际采矿能力（万吨/年）	工业总产值(万元)	综合利用产值(万元)	矿产品销售收入(万元)	利润总额(万元)
	合计	大型	中型	小型	小矿		万吨	万立方米					
水泥标准砂	3	0	0	2	1	111	1.82	0.00	1.82	939.000.00	737.00	192.80	
玻璃用脉石英	22	0	0	11	11	163	1.23	0.00	2.63	264.00	0.00	93.00	21.00
水泥配料用脉石英	2	0	0	2	0	10	0.00	0.00	0.00	0.00	0.00	0.00	0.00
粉石英	6	0	1	2	3	68	6.10	0.00	13.10	679.00	0.00	687.00	40.00
砖瓦用页岩	44	0	0	42	2	406	35.75	0.00	91.20	2471.35	3.00	2471.35	119.22
水泥配料用页岩	2	0	0	2	0	8	0.00	0.00	15.00	0.00	0.00	0.00	0.00
建筑用页岩	1	0	0	1	0	50	1.74	0.00	5.00	514.601	0.00	102.92	74.50
高岭土	46	1	19	17	9	880	76.72	0.00	82.12	18261.85	600.00	17961.85	7915.91
陶瓷土	35	1	10	5	19	360	81.02	0.00	155.70	2108.00	10.00	2230.00	286.30
膨润土	4	0	0	4	0	34	2.15	0.00	2.15	118.00	0.00	118.00	3.60
砖瓦用黏土	201	0	44	122	35	3060	229.51	0.00	352.31	7833.80	0.00	7768.65	1217.57
陶粒用黏土	1	0	0	1	0	6	0.00	0.00	0.00	0.00	0.00	0.00	0.00
水泥配料用黏土	17	0	0	11	6	75	8.48	0.00	20.48	133.25	1.82	191.13	30.15
水泥配料用泥岩	2	0	0	2	0	5	8.17	0.00	8.17	45.16	0.12	3.77	
饰面用玄武岩	2	1	0	0	1	101	6.00	0.00	6.00	2000.00	1000.00	2000.00	300.00
建筑用玄武岩	5	0	0	4	1	19	0.00	0.00	0.40	0.00	0.00	0.00	0.00
饰面用角闪岩	2	0	0	2	0	14	0.25	0.00	0.25	28.00	0.00	28.00	5.00
建筑用角闪岩	1	0	0	1	0	10	4.50	0.00	4.50	58.72	0.00	51.00	6.70
饰面用辉绿岩	32	0	0	17	15	183	2.51	0.00	3.32	1161.30	206.00	899.50	23.50

续表 1－3

矿种	矿山企业数					从业人员（个）	年产矿量		实际采矿能力（万吨/年）	工业总产值(万元)	综合利用产值（万元）	矿产品销售收入（万元）	利润总额（万元）
	合计	大型	中型	小型	小矿		万吨	万立方米					
建筑用辉绿岩	4	1	0	1	2	9	5.00	0.00	20.00	83.50	0.00	83.50	2.50
饰面用辉长岩	3	0	0	1	2	30	0.90	0.00	0.90	180.00	0.00	180.00	10.00
建筑用辉长岩	1	0	0	1	0	1	0.00	0.00	0.00	0.00	0.00	0.00	0.00
饰面用安山岩	1	0	0	1	0	0	0.00	0.00	0.00	0.00	0.00	0.00	0.00
建筑用闪长岩	7	0	0	.5	2	98	36.86	0.00	66.16	1346.56	0.00	1345.56	73.00
饰面用闪长岩	8	0	0	5	3	133	5.44	0.00	7.62	1072.50	0.00	1072.50	385.00
建筑用花岗岩	496	121	69	249	57	5593	4724.83	0.00	6336.51	51740.20	2603.63	48928.38	5863.68
饰面用花岗岩	427	1	11	210	205	6626	795.32	0.00	470.32	82419.97	6526.00	71716.97	26057.43
水泥用凝灰岩	1	0	0	1	0	26	10.00	0.00	16.00	230.00	0.00	230.00	35.50
建筑用凝灰岩	191	12	4	120	55	1857	1275.14	0.00	1414.05	20091.97	976.00	19801.72	3999.50
建筑用大理岩	1	0	0	1	0	10	0.00	0.00	0.00	0.00	0.00	0.00	0.00
水泥用大理岩	13	0	0	12	1	251	30.60	0.00	31.60	3122.50	550.010	1160.60	261.60
片麻岩	4	0	0	2	2	12	0.00	0.00	0.00	0.00	0.00	0.00	0.00
矿泉水	41	0	0	26	15	1020	22.12	0.00	0.00	3617.00	0.00	2879.85	572.48
其他矿产1	1	0	0		1	9	20.00	0.00	5.00	50.00	39.00	50.00	20.00

表 2　　　2010 年福建省矿产资源开发利用情况（按经济类型分列）

企业经济类型	矿山企业数					从业人员（个）	年产矿量		实际采矿能力（万吨/年）	工业总产值(万元)	综合利用产值（万元）	矿产品销售收入（万元）	利润总额（万元）
	合计	大型	中型	小型	小矿		万吨	万立方米					
合计	2765	177	269	1617	702	99270	17690.38	0.00	20253.37	1670055.17	171402.42	1646631.42	501702.18

续表2

企业经济类型	矿山企业数					从业人员（个）	年产矿量		实际采矿能力（万吨/年）	工业总产值(万元)	综合利用产值（万元）	矿产品销售收入（万元）	利润总额（万元）
	合计	大型	中型	小型	小矿		万吨	万立方米					
一、内资企业	2727	170	262	1597	698	97438	17267.99	0.00	19765.71	1662403.56	170220.03	1630079.72	498058.26
国有企业	119	1	14	84	17	15846	1467.74	0.00	1483.68	243445.98	5645.80	230951.87	47722.79
集体企业	399	3	28	274	94	13974	1718.22	0.00	1897.13	170037.23	3754.41	164143.61	182.50
股份合作制企业	56	2	3	35	16	5862	181.33	0.00	209.13	13770.10	1975.00	39114.42	8971.16
联营企业	19	1	2	12	4	673	91.78	0.00	103.68	8441.28	166.00	8286.78	1341.28
有限责任公司	260	23	24	141	72	16250	2120.31	0.00	2293.15	239421.42	6273.70	230538.83	49748.02
股份有限公司	149	7	13	103	26	19871	4463.23	0.00	4608.48	705995.72	139639.00	724859.32	325149.28
私营企业	1643	119	172	898	454	24075	6470.46	0.00	8532.86	239493.31	12756.12	221466.46	45577.79
其他企业	82	11	6	50	15	887	755.17	0.00	637.59	11795.53	10.00	10718.43	1347.44
二、港、澳、台商投资企业	13	3	0	7	3	421	30.84	0.00	52.80	2387.75	376.25	2313.25	342.73
港、澳、台商投资企业	13	3	0	7	3	421	30.84	0.00	52.80	2387.75	376.25	2313.25	342.73
三、外商投资企业	25	4	7	13	1	1411	391.60	0.00	436.87	11263.86	806.60	14238.46	3301.20
外商投资企业	25	4	7	13	1	1411	391.60	0.00	436.87	11263.86	806.60	14238.46	3301.20

表3　　　　　　　　　　　　　2010年福建省矿产资源开发利用情况（按行政区分列）

名称	矿山企业数					从业人员（个）	年产矿量		实际采矿能力（万吨/年）	工业总产值(万元)	综合利用产值（万元）	矿产品销售收入（万元）	利润总额（万元）
	合计	大型	中型	小型	小矿		万吨	万立方米					
合计	2765	177	269	1617	702	99270	17690.38	0.00	20255.37	1679055.16	171402.88	16166831.42	501702.18
福州市	167	0	6	77	84	2985	877.91	0.00	598.30	53176.10	5681.00	13400.17	23463.48
厦门市	49	22	8	18	1	1364	538.22	0.00	1717.38	8261.07	426.63	6942.27	65.50
莆田市	49	1	4	44	0	610	899.14	0.00	1174.30	12749.30	2128.00	12560.30	1682.20
三明市	651	13	64	536	38	2220	2248.77	0.00	3262.07	324064.22	2292.92	318518.00	37992.90

续表3

名称	矿山企业数					从业人员(个)	年产矿量		实际采矿能力(万吨/年)	工业总产值(万元)	综合利用产值(万元)	矿产品销售收入(万元)	利润总额(万元)
	合计	大型	中型	小型	小矿		万吨	万立方米					
泉州市	279	30	23	122	101	12398	1477.18	0.00	1645.77	121527.98	902.00	117578.63	18465.46
漳州市	411	2	32	251	126	6068	1920.02	0.00	.2123.82	61606.72	115.00	57165.99	9341.99
南平市	219	2	10	145	92	6522	685.45	0.00	686.03	79386.50	5279.08	6416.76	8056.01
龙岩市	675	87	115	309	164	45363	8580.16	0.00	8543.41	1001543.58	153019.25	1010860.81	404421.28
宁德市	235	20	7	115	93	2640	463.21	0.00	521.29	16739.70	1159.00	15414.50	1214.10

(选自《福建省国土资源厅关于上报 2010 年度矿产资源开发利用情况的函》)

河 南 省

【矿产资源概况】 截至 2010 年底,河南省已发现的矿种为 127 种,查明资源储量的矿种共计 92 种;已开发利用的为 90 种(其中能源矿产 7 种,金属矿产 20 种,非金属矿产 61 种,水气矿产 2 种)。矿区数 2382 个,大型的有 240 个(含特大型),中型的有 401 个,小型的有 1741 个;已利用矿区数为 1575 个,未利用矿区数为 826 个(表1)。

表1 截至 2010 年底主要矿种储量情况

矿种	2010 年底保有储量	
	年初保有储量	储量增减
煤炭(亿吨)	279.74	280.91	− 1.17
铁矿(矿石亿吨)	16.35	14.18	2.17
铜矿(铜万吨)	63.54	36.80	26.74
铅矿(铅万吨)	235.69	183.13	52.56
锌矿(锌万吨)	247.07	204.25	42.82
铝土矿(矿石亿吨)	7.84	7.61	0.23
金矿(金吨)	395.09	369.25	25.84
钼矿(钼万吨)	365.05	367.13	− 2.08
水泥用灰岩(矿石亿吨)	72.40	69.09	3.31

【矿产资源开发利用】 2010 年推进探矿权整合及新一轮矿产资源整合,整合后全省矿山企业数量可再压减 20%,探矿权数量压减 15%;先后向六大煤炭骨干企业配置 84 亿吨煤炭资源储量,推动了煤炭企业兼并重组和升级改造。

提高矿产资源开发利用水平,煤炭、铝土矿、黄金等重要矿产的开采回采率、选矿回收率均处于全国先进行列。

2010 年,全省共有 4090 个各类经济性质的独立核算采矿单位从事矿业生产活动,其中大中型矿山企业 457 个,从事矿业生产人数达 53 万余人(表2)。共有油气田 37 个,从业人员 4.8 万余人(表3)。

2010 年,全省固、液体矿石产量为 28850.04 万吨,较 2009 年同期减少 1.9%。石油年产量 499.52 万吨,较 2009 年减少 16.79 万吨;天然气年产量 6.25 亿立方米,较 2009 年减少 2.57 亿立方米。

2010 年,全省矿山企业采选工业总产值 1042.06 亿元,较 2009 年增加 23.3%。石油、天然气开发利用工业总产值 217.37 亿元,较 2009 年增加 12.4%。

【地质勘查】 全面落实省部合作开展地质找矿的目标要求,积极探索整合勘查、整装勘查、勘查开发一体化等多元化的地质找矿组织形式,嵩县金钼矿整合勘查经验被国土资源部总结为"嵩县模式"予以推广。

截至 2010 年底,河南省共有资质单位 87 家,其中中央管理的地勘单位 3 家,属地化管理的地勘单位 84

表2 矿产资源勘查项目钻探工作完成情况

	矿山数(个)	从业人员(人)	年产矿量(万吨)	工业总产值(亿元)	矿产品销售收入(亿元)	利润总额(亿元)
合计	4090	534015	28850.04	1042.06	829.42	147.00

表3 2010 年河南省石油天然气开发利用情况

	油气田总数(个)	从业人数(人)	工业总产值(亿元)	矿产品销售收入(亿元)	矿产品销售收入(亿元)	利润总额(亿元)
全省	37	48381	193.31	217.37	71.30	78.06

家(包括中国石化集团河南石油勘探局)。

截至 2010 年底,具有甲级业务资质的地勘单位有 39 个,乙级业务资质地勘单位有 26 个,丙级业务资质单位有 22 个。

2010 年,投入地质勘查经费 13.36 亿元,其中中央财政拨款 0.50 亿元,地方财政拨款 6.98 亿元,社会资金 5.84 亿元。全年完成钻探工作量 87.05 万米,坑探工作量 2.92 万米,槽探 13.94 万立方米,浅井 284.5 米。本年新发现矿产地 43 处。

【地质资料管理】 截至 2010 年底,河南省地质博物馆保管的全省地质资料共 11428 种、15720 套、18830 盒,涉及已查明资源储量的全部矿种及区域地质调查、矿产地质、地质科研等 8 个资料类别(表4)。

表4 2010 年河南省馆藏地质资料分类情况

资料类别	区调地质	矿产地质	油气地质	海洋地质	水文地质	环境地质	物化遥地质	地质科研	其他	合计
成果资料(种)	411	6346	80	1	874	430	897	2255	134	11428

2010 年,共接收汇交的地质资料 505 种,计 600 余盒。新汇交的地质资料中定密 320 种,全年馆藏地质资料从年初的 10923 种增加到 11428 种(表5)。

表5 2010 年河南省汇交资料分类情况

资料类别	区调地质	矿产地质	水文地质	环境地质	物化遥地质	地质科研	其他	合计
成果资料(种)	5	390	4	88	0	13	5	505

【矿业权管理】 截至 2010 年底,河南省共有勘查许可证 1626 个,同比减少 2.7%,其中新立 68 个,同比减少 40.4%,注销 44 个,是 2009 年同期的 3.4 倍;共有采矿许可证 4264 个,同比减少 3.9%,其中新立 199 个,同比减少 14.2%,注销 374 个,同比增加 58.5%。

2010 年,全省探矿权出让 68 宗,出让价款 3627.76 万元,同比分别减少 40.4% 和 6.0%。其中,申请在先 52 宗,占出让总量的 76.5%,出让价款 164.72 万元,占出让总价款的 4.5%,出让个数和价款同比均有所减少;招拍挂出让 10 宗,占出让总量的 14.7%,出让价款 3305.33 万元,占出让总价款的 91.1%,出让宗数和价款同比明显增长(图1)。

2010 年,全省采矿权出让 199 宗,同比减少 14.2%,出让总价款 3635.12 万元,同比减少 71.0%。其中,招拍挂出让 156 宗,占出让总量的 78.4%,出让价款 3481.31 万元,占出让总价款的 95.8%(图2)。

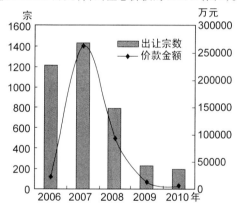

图2 2006～2010 年河南省采矿权
出让宗数和价款

【矿产资源执法监察】 2010 年,全省各级国土资源部门共立案查处各类矿产违法案件 182 件,连同 2009 年末未结案件,共办结 176 件,罚没款 230.91 万元,同比分别下降 27.2%、29.3% 和 47.7%(图3)。

【地质灾害】 由于 2010 年降雨强度大、时间相对集中,致使地质灾害频发、多发、群发,造成了严重的人员伤亡和财产损失。据统计,2010 年,全省共发生地质灾害 583 起,其中,滑坡 517 起,崩塌 28 起,泥石流 16 起,

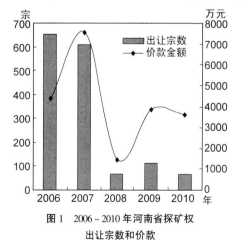

图1 2006～2010 年河南省探矿权
出让宗数和价款

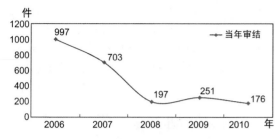

图3　2006～2010年河南省地矿违法案件查处情况

地面塌陷19起,地裂缝3条。造成3人死亡、7人受伤,毁坏房屋1276间、桥梁30座。致使宁西铁路、沪陕高速公路及多处县乡道路中断,3284人被迫搬迁避让,直接经济损失11173.45万元。

2010年度汛期地质灾害气象预警预报工作从6月1日起正式启动,至9月30日结束,历时122天,共发布地质灾害预警预报信息27次。

【矿山环境保护与治理】　2010年河南省矿山环境问题主要有因矿产资源勘查开采等活动造成的矿区地面塌陷、地裂缝、崩塌、滑坡等矿山地质灾害、地形地貌景观破坏、土地资源占压及破坏等。

为进一步贯彻落实《矿山地质环境保护规定》(国土资源部令第44号),2010年6月,省厅启动了《河南省矿山地质环境保护"十二五"规划》的编制工作。

2010年中央财政安排项目5个,投入矿山地质环境治理资金2.704亿元;河南省财政安排两权价款矿山地质环境治理项目40个,投入资金2.746亿元。

【地下水环境监测】　2010年,开展了全省区域地下水动态监测工作。区域地下水监测控制面积$10.86×104$平方千米,占全省国土面积的65.0%。以监测平原、岗区浅层地下水为主,设有国家级监测点100个(其中16个监测点安装自动传输监测仪);监测内容包括水位、水质、水温等。

从采集的30组水样分析结果来看,2010年河南省浅层地下水水质优良级、良好级、较好级、较差级及极差级采样点分别占采样点总数的0%、23.3%、0%、76.7%、0%。根据《中华人民共和国地下水质量标准》(GB/T14848 – 93),全省浅层地下水水质大部分为较差级(Ⅳ类)水。

2010年全省区域浅层地下水单项超过《国家生活饮用水水质标准》(GB5749 – 85)的有总硬度、硫酸盐、氯化物、矿化度、锰、氟、硝酸盐、亚硝酸盐共8项,其中总硬度超标率最高,达46.7%,其他12个项目均符合国家饮用水标准,其中污染最严重的为封丘取样井,亚硝酸盐超标。

【地质遗迹和地质公园】　截至2010年底,河南省建立地质遗迹自然保护区1处,即"南阳恐龙蛋化石群国家级自然保护区"。批准建立的省级以上地质公园23个,其中世界地质公园4个、国家地质公园7个、省级地质公园12个(表6)。

河南省已批准建立省级以上矿山公园5个,规划园区面积3974公顷,建成区面积2151公顷,其中国家级矿山公园2个,规划园区面积1826公顷;省级矿山公园3个,规划园区面积2148公顷,建成区面积1481公顷。

2010年中央财政安排地质遗迹保护项目5个,补助资金3780万元;河南省财政安排省级两权价款地质遗迹保护项目9个,补助资金3615万元。

表6　　　　　　　河南地质公园一览表

级别	名称	备注
世界	焦作云台山	※
	登封嵩山	※
	王屋山 – 黛眉山	※
	伏牛山	※
国家	遂平嵖岈山	※
	郑州黄河	※
	河南关山	※
	洛宁神灵寨	※
	信阳金刚台	※
	红旗渠·林虑山	
	小秦岭	
省级	卢氏玉皇山	※
	邓州杏山	
	汝州大红寨	※
	桐柏山	※
	河南跑马岭	
	汝阳恐龙化石群	※
	新县大别山	
	渑池韶山	
	宜阳花果山	
	唐河凤山	
	永城芒砀山	
	鲁山尧山	

注:标※者表示已揭碑开园。

【煤田地质与测绘工作】　2010年,河南省煤田地质局经济总量达13.53亿元,实现利润总额1.07亿元,上缴各种税收4615万元。全年提交煤炭资源量64.73亿吨,其中省内各类煤炭资源总量34.9亿吨,铝土矿资源详查储量42.21万吨;在省外提供各类资源总量29.8亿吨。总体工作形势持续向上向好,全局经济驶入了平稳较快发展的轨道。

1. 公共服务平台建设。截至2010年底,河南地理信息公众服务平台体系基本成型,数字河南公众地图网已上网开通。该网收录各类地理信息30多万条,开通后,日访问量曾高达20万人次,总访问量已达200多万人次。

2. 数字河南建设有效推进。2010年,河南省已有平顶山、郑州等8市列入国家测绘局数字城市试点或推广单位。数字县域和数字乡镇工作进展顺利。新郑市薛店镇等9个乡镇开展了数字乡镇建设,洛阳市伊川县等2个数字县域即将启动。

3. 测绘服务保障水平稳步提高。2010年河南省测绘局为政府和有关部门提供测绘成果数据4037张(幅)、数据量28322MB、成果点共445个,重点为中原城市群国土规划编制、产业集聚区规划、国土资源管理及交通、水利、水电、核电等节能项目的测绘保障服务。

(河南省矿业协会)

湖 北 省

【矿产资源概况】 1. 查明矿产资源种类多,总量较丰富,资源禀赋居全国中游。截至2010年底,湖北省已发现149个矿种、188个亚矿种,分别占全国已发现的171个矿种和237个亚矿种数的87.13%和79.32%。查明资源储量的矿种共计92种,亚矿种104种。还有57种矿产(亚矿种83种,未列表)虽已被发现,并且有的已被开采利用,但均属尚未查明资源储量或未开展正规的矿产地质勘查工作的矿产(表1)。

表1   湖北省矿产种类一览

矿产大类	有查明资源储量的矿种(括号内为亚矿种)		已发现或已开发利用但尚未查明资源储量矿种	
	数量	名称	数量	名称
能源矿产	7	煤、石煤、石油、天然气、地热、铀、钍	2	油页岩、油砂
金属矿产	41	铁、锰、铬、钛、钒、铜、铅、锌、铝土矿、镁、镍、钴、钨、锡、钼、汞、锑、金、银、铌、钽、锂、锆、锶、铷、铯、镧、钕、镨、钐、铈、钇、铕、锗、镓、铊、铟、铼、镉、硒、碲	8	铂、钯、钌、锇、铱、铑、铍、铪
非金属矿产	42	萤石、石灰岩(电石用灰岩、水泥用灰岩、熔剂用灰岩、建筑灰岩)、白云岩(化工用白云岩、冶金用白云岩)、石英岩、砂岩(玻璃用砂岩、冶金用砂岩、水泥配料用砂岩)、天然石英砂(建筑用砂、水泥配料用砂)、脉石英(冶金用脉石英、玻璃用脉石英)、耐火黏土、硫铁矿、芒硝、重晶石、含钾砂页岩、橄榄岩、蛇纹岩(化肥用蛇纹岩)、泥炭、盐矿、碘、溴、硼、磷、石墨、硅灰石、滑石、云母、长石、石榴子石、透辉石、透闪石、石膏、方解石、玉石、泥灰岩、页岩、高岭土、陶瓷土、累托石黏土、膨润土、其他黏土(水泥配料用黏土、水泥配料用黄土、水泥配料用泥岩)、辉绿岩、花岗岩(建筑用花岗岩、饰面用花岗岩)、大理岩(饰面用大理岩、水泥用大理岩)、板岩	47	钾盐、宝石、金刚石、自然硫、刚玉、叶蜡石、蓝晶石、硅线石、红柱石、石棉、蓝石棉、蛭石、沸石、毒重石、冰洲石、菱镁矿、玛瑙、粉石英、天然油石、硅藻土、凹凸棒石黏土、海泡石黏土、铁钒土、玄武岩、珍珠岩、黑曜岩、松脂岩、凝灰岩、安山岩、浮石、霞石正长岩、火山灰、片麻岩、角闪岩、闪长岩、镁盐、砷、粗面岩、湖盐、天然卤水、含钾岩石、水晶、电气石、明矾石、颜料矿物、白垩、伊利石黏土
水气矿产	2	地下水、矿泉水		
合计	92	57		

资料来源:湖北省国土资源厅《截至2010年底湖北省矿产资源储量表》。

截至2010年底,湖北省已查明资源储量矿产种类构成见图1。

截至2010年底,湖北省已查明矿产保有资源储量在全国排序见表2。

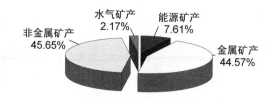

水气矿产 2.17%
能源矿产 7.61%
非金属矿产 45.65%
金属矿产 44.57%

图1 湖北省已查明资源储量矿产种类构成

表2　　湖北省2010年已查明矿产保有资源储量
在全国排序

序号	矿种	单位	保有资源储量	占全国比重%	排序
1	煤炭	亿吨	7.91	0.06	25
2	石煤	亿吨	3.2	5.26	4
3	石油	万吨	809.77	0.34	17
4	天然气	亿立方米	3.01	0.01	20
5	铁矿	矿石亿吨	29.99	4.13	9
6	锰矿	矿石万吨	1638.9	1.84	8
7	铬矿	矿石万吨	24.17	2.17	9
8	钛矿（原生钛铁矿）	TiO$_2$万吨	1443.24	2.13	3
	钛矿（金红石）	矿物万吨	0.14	0.03	8
	钛矿（金红石）	TiO$_2$万吨	576.44	59.03	1
	钛矿（钛铁砂矿）	矿物万吨	0.22	0.00	12
9	钒矿	V$_2$O$_5$万吨	268.65	6.18	4
10	铜矿	铜万吨	184.05	2.29	14
11	铅矿	铅万吨	35.6	0.65	23
12	锌矿	锌万吨	118.66	1.02	21
13	铝土矿	矿石万吨	963.1	0.26	12
14	镁矿	矿石万吨	1848.7	2.11	12
15	镍矿	镍万吨	20.61	2.20	9
16	钴矿	钴万吨	2.64	3.87	10
17	钨矿	WO$_3$万吨	5.54	0.94	14
18	锡矿	锡万吨	0.32	0.07	15
19	钼矿	钼万吨	6.14	0.44	22
20	锑矿	锑万吨	1.26	0.49	13
21	汞矿	汞吨	1308	1.71	9
22	金矿	金吨	119.14	1.74	21
23	银矿	银吨	6404.15	3.61	7
24	铌矿	Nb$_2$O$_5$吨	931754	22.14	2
25	钽矿	Ta$_2$O$_5$吨	1037	0.89	8
26	锂矿	Li$_2$O万吨	1.48	0.57	7

续表 2－1

序号	矿种	单位	保有资源储量	占全国比重%	排序
27	锂矿	LiCl万吨	309.09	15.02	2
28	铷矿	Rb$_2$O吨	22716	1.91	6
29	铯矿	Cs$_2$O吨	12232	3.18	3
30	锗矿	锗吨	20.06	0.32	13
31	镓矿	镓吨	2043	1.07	8
32	铟矿	铟吨	10	0.09	14
33	铊矿	铊吨	12.95	0.10	7
34	锶矿（天青石）	天青石万吨	425.5	9.76	4
35	锆矿（锆英石）	矿物万吨	0.01	0.00	14
36	铼矿	铼吨	0.27	0.11	10
37	镉矿	镉吨	1795.41	0.60	18
38	硒矿	硒吨	1282	9.17	4
39	碲矿	碲吨	48	0.41	6
40	重晶石	矿石万吨	452.95	1.20	10
41	耐火黏土	矿石万吨	12156.67	4.95	7
42	硫铁矿	矿石万吨	17009.4	2.99	10
	伴生硫	硫万吨	977.45	1.97	16
43	泥炭	矿石万吨	331.92	1.19	12
44	盐矿	NaCl亿吨	261.58	1.99	3
45	磷矿	矿石亿吨	40.04	21.49	2
46	芒硝	Na$_2$SO$_4$亿吨	21.26	2.50	3
47	溴	溴吨	3907569	89.01	1
48	硼矿	B$_2$O$_3$万吨	524.9	7.18	4
49	石榴子石	矿石万吨	25983.8	74.35	1
	石榴子石	矿物万吨	49.23	31.09	2
50	方解石	矿石万吨	6	0.01	15
51	碘	碘吨	110975	72.29	1
52	电石用灰岩	矿石万吨	11496.4	2.06	11
53	含钾砂页岩	矿石万吨	44511.7	9.16	5
54	化肥用橄榄岩	矿石万吨	3976.74	34.98	2
55	化肥用蛇纹岩	矿石亿吨	1.7	1.42	7
56	化工用白云岩	矿石万吨	133.6	0.38	8
57	熔剂用灰岩	矿石亿吨	6.25	4.58	8
58	冶金用白云岩	矿石亿吨	8.2	7.44	5
59	冶金用石英岩	矿石万吨	2651.9	2.54	11

续表 2－2

序号	矿种	单位	保有资源储量	占全国比重%	排序
60	冶金用砂岩	矿石万吨	2668.1	8.99	4
61	冶金用脉石英	矿石万吨	35.4	0.58	15
62	玉石	矿石万吨	0.01	0.00	12
63	硅灰石	矿石万吨	314.96	2.04	8
64	滑石	矿石万吨	43.3	0.16	17
65	长石	矿石万吨	3246.4	1.47	6
66	高岭土	矿石万吨	1583.04	0.75	14
67	陶瓷土	矿石万吨	174	0.15	26
68	玻璃用砂岩	矿石万吨	2513.1	2.89	10
69	玻璃用脉石英	矿石万吨	138.2	2.30	10
70	水泥用灰岩	矿石亿吨	38.13	3.73	12
71	水泥用大理岩	矿石万吨	74	0.02	19
72	泥灰岩	矿石万吨	2879	30.55	1
73	水泥配料用砂岩	矿石万吨	19299.5	9.43	2
74	水泥配料用砂	矿石万吨	1465	11.32	4
75	水泥配料用页岩	矿石万立方米	1139.8	0.95	15
76	水泥配料用黏土	矿石万吨	8243.9	3.50	14
77	水泥配料用黄土	矿石万吨	69	0.21	11
78	水泥配料用泥岩	矿石万吨	1053	1.56	9
79	普通萤石	萤石矿物 CaF_2 万吨	106.39	0.66	15
80	云母(片云母)	原料云母矿物吨	85	0.02	20
81	累托石黏土	矿石万吨	1325.4	92.09	1
82	膨润土	矿石万吨	12014.3	4.30	9
83	建筑用砂	矿石万立方米	2411.6	5.39	5
84	建筑用灰岩	矿石万立方米	9866.85	8.54	4
85	建筑用辉绿岩	矿石万立方米	2374.48	41.20	1
86	建筑用花岗岩	矿石万立方米	1546.84	2.36	8
87	饰面用花岗岩	矿石万立方米	1349	0.62	20
88	饰面用大理岩	矿石万立方米	1608.79	1.17	18

续表 2－3

序号	矿种	单位	保有资源储量	占全国比重%	排序
89	饰面用板岩	矿石万立方米	155	3.00	5
90	石墨(晶质)	矿物千吨	150.26	0.81	11
91	透辉石	矿石万吨	241.6	0.64	8
92	透闪石	矿石万吨	60.4	7.07	4
93	石膏	矿石亿吨	21.2	2.76	8

资料来源:全国矿产资源储量汇总表、湖北省国土资源厅《截至2010年底湖北省矿产资源储量表》。

2. 化工、建材及部分冶金辅助原料矿产丰富,能源及金属资源矿产短缺。磷、岩盐、石膏、芒硝、水泥用灰岩、冶金辅助原料等6种矿产资源储量大、开发利用条件好,为湖北省的优势矿产;高磷赤铁矿、钛、钒、铌、钽、锂、锶、稀土、铯、铷、硒、溴、碘、硼、硫铁矿、累托石黏土等为湖北省潜在优势矿产;铊、镁、锰、金、银、铅、锌、石墨、重晶石、饰面石材、稀土、含钾卤水、化工用白云岩、膨润土、耐火黏土、石榴子石、化肥用橄榄岩与蛇纹岩、玻璃用硅质原料、水泥配料、冶金辅助原料、建筑用花岗岩、饰面石材、建筑用辉绿岩、地热、矿泉水等矿产资源储量较大或有资源潜力;煤炭、石油、天然气、钨、锡、钼、锑、铬、铝、铂族金属等矿产仍属省内短缺资源;金、铁、铜、硫等资源较为丰富,但可进一步查明的资源及开发能力均有限,矿产自给程度不断下降,供需缺口逐渐上升,对湖北省经济和社会发展需求的保证程度总体较低。

3. 查明矿产资源分布,主要矿产资源集中度高,区域特色明显。湖北省13个市(州)和4个省直管行政区均有矿产资源分布,但丰缺不一。其中,富铁、富铜和金、钨、钼、钴、锶等矿产集中分布于鄂东南地区;磷、硫、铁、煤等矿产主要分布于鄂西、鄂西南地区;重稀土、钛、萤石、重晶石、云母、长石等矿产主要分布于鄂东北地区;石油、岩盐、石膏、芒硝、溴、碘、硼、铷、铯、锂、钾等矿产主要分布于鄂中南地区;银、金、钒、轻稀土等矿产在鄂西北地区占据重要地位。铁、铜、岩金、银、石墨、磷、硫、芒硝、石膏、水泥用灰岩、岩盐等主要矿产的80%以上资源储量为大中型矿区(矿床),有利于建立较完备、规模化矿山及矿产品加工业体系。

4. 矿床规模总体偏小,共伴生矿、中贫矿、难采选矿多,开发利用难度大。湖北省共发现非油气类矿产地1701处,其中大型141处,中型313处,小型1247处,所占比例见图2。

全省70%以上的金属矿床为共生矿床,80%以上的金属矿床伴生多种有用组分,综合利用前景好,但利

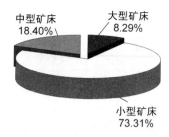

图2　湖北省矿产地规模比例

用技术难度大,如:有色金属和稀有金属矿产的80%、金矿的84%、银矿的80%的资源储量均来自共(伴)生矿床中。

全省中贫矿多,富矿少,矿石质量差。省内煤矿层薄、面广、质差;高磷赤铁矿、铝土矿、钛(金红石)矿、稀土矿、硫铁矿等矿产有害杂质含量高、矿物嵌布粒度细、矿石质量差,开发利用难度大、成本高。

【矿产资源储量年度变化】　1.上表矿区数量变化情况。根据地质勘查报告评审备案文件及矿区核查检测资料,2010年湖北省新增上表矿区数56个(表3)。

矿产资源开发整合减少原上表矿区2个,全省有查明矿产资源储量的上表矿区总数实际增加54个,达到1226个,其中大型78处(含特大型一处)、中型205处、小型919处、小矿15处、暂无指标的9处。

新增上表矿区涉及17个矿种,以铁、煤、磷、钒矿为主。新增上表矿区规模达大型1处、中型1处、小型54处;地质勘查工作程度达到勘探2处、详查3处、普查50处、检测1处。

新增上表矿区查明资源储量煤炭10239千吨、铁矿石114362千吨、钒矿(V_2O_5)331599吨、钨矿(WO_3)45吨、钼矿(钼金属)240吨、铜矿(铜金属)18800.23吨、铅矿(铅金属)20809吨、锌矿(锌金属)104110吨、金矿(金金属)1392.96千克、银矿(银金属)145.39吨、钛铁矿(TiO_2)37482吨、高岭土(矿石)2028千吨、磷矿石618778千吨、硫铁矿石3149.4千吨、重晶石90千吨、水泥用灰岩215810千吨、冶金用石英岩631千吨。

2.保有资源储量变化情况。2010年度,湖北省保有资源储量变化情况见表4。与2009年相比,保有资源储量减少幅度较大的矿种见图3。

表3　　　　　　　　　　　　　　　　　　　2010年湖北省新增上表矿区情况一览

序号	矿区名称	矿种	资源储量单位	查明资源储量	勘查程度	矿床规模
1	阳新县周家山铜矿区	铜矿	铜吨	1187	普查	小型
2	阳新县坪湖林硫铁矿区	铅矿	铅吨	40	普查	小型
		金矿	金千克	6		
		硫铁矿	矿石千吨	19		
3	大冶市张家山铜铁矿区	铁矿	矿石千吨	716	查	小型
		铜矿	铜吨	13088		
		硫铁矿	硫 千吨	120.4		
3	大冶市张家山铜铁矿区	铁矿	矿石千吨	716	普查	小型
		铜矿	铜吨	13088		
		硫铁矿	硫 千吨	120.4		
4	大冶市上刘实铜钨矿区	铜矿	铜吨	233	普查	小型
		钨矿	WO_3吨	45		
		钼矿	钼吨	10		
5	郧县老湾铁矿区	铁矿	矿石千吨	97697	详查	中型
6	郧县郭沟钒矿区	钒矿	V_2O_5吨	14550	普查	小型
7	郧县何家堰钒矿区	钒矿	V_2O_5吨	113767	普查	小型
8	郧西县徐家湾铁矿区	铁矿	矿石千吨	1653	普查	小型
9	郧西县疙瘩寺铁矿区	铁矿	矿石千吨	2339	普查	小型
10	郧西县桥儿沟铁矿区	铁矿	矿石千吨	2845	普查	小型
11	郧西县柳吉沟铁矿区	铁矿	矿石千吨	1418	普查	小型

续表 3－1

序号	矿区名称	矿种	资源储量单位	查明资源储量	勘查程度	矿床规模
12	郧西县洞沟铁矿区	铁矿	矿石千吨	1955	普查	小型
13	竹山县西沟钒矿区	钒矿	V_2O_5吨	1418	普查	小型
14	竹山县秦家河钒矿区	钒矿	V_2O_5吨	10576	普查	小型
		铜矿	铜 吨	1940		
15	竹山县银洞岩银金矿区	金矿	金千克	358	普查	小型
		银矿	银吨	55		
16	竹溪县代王垭钒矿区	钒矿	V_2O_5吨	3750	普查	小型
		钼矿	钼吨	230		
17	房县天池垭铁矿区	铁矿	矿石千吨	1315	普查	小型
		钛矿	钛铁矿 TiO_2吨	37482		
18	房县月亮垭铅锌矿区	铅矿	铅吨	19068	普查	小型
		锌矿	锌吨	44739		
19	房县阮家坡铅锌矿区	铅矿	铅吨	1701	普查	小型
		锌矿	锌吨	10320		
20	房县木家湾硅石矿区	冶金用石英岩	矿石千吨	631	普查	小型
		磷矿	矿石千吨	1187		
21	丹江口市园潭沟钒矿区	钒矿	V_2O_5吨	4862	普查	小型
22	宜昌市夷陵区上白果园金矿区	金矿	金 千克	851	普查	小型
23	宜昌市夷陵区红岩铁矿区	铁矿	矿石千吨	225	普查	小型
24	宜昌市坦荡河铁矿区	铁矿	矿石千吨	34	普查	小型
25	湖北省宜昌磷矿何家扁矿段	磷矿	矿石千吨	5135	普查	小型
26	远安县凹子岗锌矿区	锌矿	锌 吨	47474	普查	小型
27	宜昌磷矿殷家沟矿区鱼林溪矿段	磷矿	矿石千吨	24302	普查	小型
28	远安县杨柳磷矿区	磷矿	矿石千吨	575547	普查	大型
29	兴山县楼子湾铁矿区	铁矿	矿石千吨	248	普查	小型
30	宜昌磷矿兴山石门垭矿段	磷矿	矿石千吨	585	普查	小型
31	秭归县野狼坪铁矿区	铁矿	矿石千吨	3193	普查	小型
32	宜昌市秭归县团包金矿区	金矿	金 千克	164	普查	小型
33	秭归县庙垭铁矿区	铁矿	矿石千吨	624	普查	小型
34	湖北省鄂州市李二塘铁矿区	铁矿	矿石千吨	68	普查	小型
		铜矿	铜吨	70		
		金矿	金千克	13		
		银矿	银吨	0.14		
35	鄂州市汀祖李秀乙铜铁矿区	铁矿	矿石千吨	32	普查	小型
		铜矿	铜吨	2220		

续表 3-2

序号	矿区名称	矿种	资源储量单位	查明资源储量	勘查程度	矿床规模
36	孝昌县小河-青山口铜多金属矿区	银矿	银矿银吨	90	普查	小型
37	孝昌县五房湾重晶石矿区	重晶石	矿石千吨	90	普查	小型
38	武穴市后风寨地区陈家山铜多金属矿区	铜矿	铜 吨	10.51	普查	小型
		金矿	金千克	0.96		
		银矿	银吨	0.1		
39	武穴市后风寨地区龙神寨铜矿区	铜矿	铜吨	51.72	普查	小型
		银矿	银吨	0.15 小型		
40	武穴市畚箕山石灰岩矿区	水泥用灰岩	矿石千吨	215810	勘探	小型
41	崇阳县石坳金钒矿区	钒矿	V_2O_5吨	171410	详查	小型
42	崇阳县小源冲钒矿区	钒矿	V_2O_5吨	11266	详查	小型
43	当阳市挑水河高岭土矿区	煤炭	千吨	15	检测	小型
		高岭土	矿石千吨	608		
44	恩施市龙角坝煤矿	煤炭	千吨	2092	普查	小型
45	恩施市三河村高岭土矿区	高岭土	矿石千吨	235	普查	小型
46	恩施市上楼门高岭土矿区	高岭土	矿石千吨	1185	普查	小型
47	利川市黄泥塘煤田三台井田	煤炭	千吨	1027	普查	小型
48	利川市桂花硫铁矿区	硫铁矿	矿石千吨	3010	普查	小型
49	建始县兰鸿槽煤、硫铁矿区	煤炭	千吨	163	普查	小型
50	建始县新厂坪煤矿区	煤炭	千吨	2294	普查	小型
51	巴东县方家垭煤矿	煤炭	千吨	59	普查	小型
52	鹤峰县石梁尖锌矿区	锌矿	锌 吨	1577	普查	小型
53	鹤峰县覃家村煤矿	煤炭	千吨	1299	普查	小型
54	鹤峰县土垭煤矿区	煤炭	千吨	2236	普查	小型
55	鹤峰县桥头湾煤矿区	煤炭	千吨	1054	普查	小型
56	神农架林区龙溪磷矿区	磷矿	矿石千吨	12022	普查	小型

资料来源：湖北省国土资源厅矿产资源储量管理处（截至日期为 2010 年 12 月 31 日）。

表 4　　　　　　　　　2010 年湖北省保有矿产资源储量及变化汇总

矿产名称	单位	矿区数	基础储量		资源量	资源储量	增减量					增减百分率%
				储量			采出量	损失量	勘查增减量	管理处增减量	合计	
煤炭	合计千吨	288	329880.24	8756.05	460537.23	790417.47	5307.18	863.69	11096.71	492.30	5418.14	0.70
石煤	千吨	27	66379.80	5779.00	253409.00	319788.80	30.00	—	-90.00	639.90	519.90	0.17
铁矿	矿石千吨	196	372819.41	73622.27	2626184.71	2999004.12	11950.86	2618.07	135548.11	331.50	121310.68	4.22

续表 4-1

矿产名称	单位	矿区数	基础储量		资源量	资源储量	增减量					增减百分率 %
				储量			采出量	损失量	勘查增减量	管理处增减量	合计	
锰矿	矿石千吨	11	8071.00	—	8317.96	16388.96	296.70	89.20	1005.00	—	619.b 10	3.93
铬矿	矿石千吨	3	—	—	241.70	241.70	—	—	69.70	—	69.70	40.52
钛矿	钛铁矿 TiO2 吨	4			14432424.00	14432424.00			4106463.00		4106463.00	39.77
	金红石 TiO2 吨	5	—	—	5764404.00	5764404.00	—	—	—	—	—	—
	钛铁矿矿物吨	1	—	—	2243.00	2243.00	—	—	—	—	—	—
钒矿	V2O5 吨	36	145804.50	—	2540717.10	2686521.60	40.00	—	332370.00	820059.60	1152389.60	42.73
铜矿	铜吨	120	1208014.68	51244.50	632454.83	1840469.51	71309.10	4934.21	-122260.25	1860.21	-196643.35	-9.64
铅矿	铅吨	28	14883.00	1172.00	341151.87	356034.87	712.00	334.00	19933.00	—	18887.00	5.6
锌矿	锌吨	28	40165.00	3527.00	1146459.47	1186624.47	1011.00	512.00	110038.00	—	108515.00	10.07
铝土矿	矿石千吨	9	2442.00	—	7189.00	9631.00	—	—	—	—	—	—
镁矿	矿石千吨	5	8505.00	2296.00	9982.00	18487.00	—	—	—	—	—	—
镍矿	镍吨	2	17888.00	—	188204.00	206092.00	—	—	87529.00	—	87529.00	73.83
钴矿	钴吨	16	1390.13	—	24993.33	26383.46	83.10	21.10	0.70	—	104.90	-0.39
钨矿	WO3 吨	10	5888.78	—	49545.80	55434.58	188.70	16.72	156.00	790.40	740.98	1.36
锡矿	锡吨	2	—	—	3217.00	3217.00	—	—	—	—	—	—
钼矿	钼吨	29	677.56	—	60686.18	61363.74	318.45	60.29	-1609.58	—	-1988.32	-3.14
汞矿	汞吨	2	1308.00	—	—	1308.00	—	—	—	—	—	—
锑矿	锑吨	3	10578.13	—	2046.00	12624.13	—	—	—	—	—	—
金矿	金千克	95	62131.76	7553.21	57006.11	119137.87	8741.08	542.50	-15234.18	—	-24517.761	-17.06
银矿	银吨	63	1398.39	46.83	5005.76	6404.15	102.33	7.76	-345.75	—	-455.84	-6.64
铌矿	Nb2O5 吨	25	—	—	931754.00	931754.00	—	—	—	—	—	—
钽矿	Ta2O5 吨	24	—	—	1037.00	1037.00	—	—	—	—	—	—
锂矿	Li2O 吨	1	10280.00	—	4510.00	14790.00	—	—	—	—	—	—
	LiCl 吨	1	—	-3090851.00	3090851.00	—	—	—	—	—	—	—

续表 4 - 2

矿产名称	单位	矿区数	基础储量		资源量	资源储量	增减量					增减百分率%
				储量			采出量	损失量	勘查增减量	管理处增减量	合计	
锆矿	锆英石 吨	1	—	—	1040.00	104.00	—	—	—	—	—	—
锶矿	天青石 吨	3	1591648.00	—	2663240.00	4254888.00	6080.00	2605.00	—	—	- 8685.00	- 0.2
铷矿	Rb$_2$O 吨	1	—	—	22716.00	22716.00	—	—	—	—	—	—
铯矿	Cs$_2$O 吨	1	—	—	12232.00	12232.00	—	—	—	—	—	—
稀土矿	稀土氧化物吨	2	—	—	1245625.00	1245625.00	—	—	—	—	—	—
	独居石 吨	8	11844.00	10659.00	9894.00	21738.00	—	—	—	—	—	—
锗矿	锗吨	1	—	—	20.06	20.06	—	—	- 11.95	—	- 11.95	- 37.33
镓矿	镓吨	5	165.00	—	1878.00	2043.00	4.00	1.00	—	—	- 5.00	- 0.24
铟矿	铟吨	1	—	—	10.00	10.00	—	—	—	10.00	10.00	—
铊矿	铊吨	1	—	—	12.95	12.95	—	—	—	—	—	—
铼矿	铼吨	2	0.14	—	0.13	0.27	—	—	- 0.59	—	- 0.59	- 68.60
镉矿	镉吨	5	58.00	—	1737.41	1795.41	—	—	11.21	—	11.21	0.63
硒矿	硒吨	7	22.00	—	1260.00	1282.00	—	—	—	—	—	—
碲矿	碲吨	2	—	—	48.00	48.00	—	—	—	31	31.00	182.35
普通萤石	萤石或CaF$_2$ 千吨	10	198.00	34.00	865.87	1063.87	4	0.4	—	—	- 4.40	- 0.41
熔剂用灰岩	矿石千吨	18	420065.00	121593.00	204898.00	624963.00	814.00	207.00	—	—	- 1021.00	- 0.16
冶金用白云岩	矿石千吨	23	258037.70	102138.00	561676.70	819714.40	527.50	141.30	—	—	- 668.80	- 0.08
冶金用石英岩	矿石千吨	4	25098.00	6002.00	1421.00	26519.00	—	—	631.00	—	631.00	2.44
冶金用砂岩	矿石千吨	2	15264.00	—	11417.00	26681.00	—	—	—	—	—	—
冶金用脉石英	矿石千吨	1	354.00	—	—	354.00	—	—	—	—	—	—
耐火黏土	矿石千吨	14	23634.22	20356.00	97932.50	121566.72	0.74	0.04	2.42	—	1.64	—
硫铁矿	矿石千吨	51	38412.03	1103.00	131682.00	170094.03	—	—	3513.15	- 1913.77	1599.38	0.95
	硫千吨	36	4205.77	—	5568.72	9774.49	—	—	—	—	1667.03	20.56

续表 4－3

矿产名称	单位	矿区数	基础储量		资源量	资源储量	增减量					增减百分率%
				储量			采出量	损失量	勘查增减量	管理处增减量	合计	
芒硝	Na₂SO₄千吨	21	241611.80	13892.17	1883890.00	2125501.80	555.83	1490.17	63290.00	—	61244.00	2.96
重晶石	矿石千吨	11	2666.64	92.00	1862.94	4529.58	105.00	20.50	291.50	—	166.00	3.8
电石用灰岩	矿石千吨	9	11504.00	1126.00	103460.00	114964.00	176.00	9.00	—	—	－185.00	－0.16
化工用白云岩	矿石千吨	1	—	—	1336.00	1336.00	—	—	—	—	—	—
含钾砂页岩	矿石千吨	8	62867.00	—	382250.00	445117.00	—	—	—	—	—	—
化肥用橄榄岩	矿石千吨	1	33.45	—	39734.00	39767.45	23.50	7.05	—	—	－30.55	－0.08
化肥用蛇纹岩	矿石千吨	5	80944.00	31134.00	89225.00	170169.00	—	—	10214.00	5471.00	15685.00	10.65
泥炭	矿石千吨	11	1933.88	—	1385.30	3319.18	40.30	7.47	－20.70	—	－68.47	－2.02
盐矿	NaCl千吨	23	3719737.73	598682.90	22437692.00	26157429.73	7078.10	14209.17	444204.50	—	422917.23	1.64
碘矿	碘吨	1	—	—	110975.00	110975.00	—	—	—	—	—	—
溴矿	溴吨	1	—	—	3907569.00	3907569.00	—	—	—	—	—	—
硼矿	FB₂O₃千吨	1	—	—	5249.00	5249.00	—	—	—	—	—	—
磷矿	矿石千吨	112	717432.52	5322.00	3286517.53	4003950.05	17837.25	3975.13	800473.15	－16075.00	762585.77	23.53
石墨	晶质石墨千吨	5	712.02	56.00	790.60	1502.62	4	1	—	—	－5.00	－0.33
硅灰石	矿石千吨	4	723.20	—	2426.40	3149.60	26.00	5.20	—	—	－31.20	－0.98
滑石	矿石千吨	1	93.00	—	340.00	433.00	—	—	341.00	－357.00	－16.00	－3.57
云母	工业原料云母吨	3	32.00	—	53.00	85.00	—	—	—	—	—	—
长石	矿石千吨	3	950.00	—	31514.00	32464.00	100.00	3.00	—	—	－103.00	－0.32

续表 4－5

| 矿产名称 | 单位 | 矿区数 | 基础储量 | | 资源量 | 资源储量 | 增减量 | | | | | 增减百分率% |
				储量			采出量	损失量	勘查增减量	管理处增减量	合计	
石榴子石	矿石千吨	4	390.00	—	259838.00	—	—	－2.00	—	－2.00	—	
	石榴子石吨1	—	—	492343.00	492343.00	—	—	—	—	—	—	
透辉石	矿石千吨	1	—		2416.00	2416.00	—	—	—	—	—	
透闪石	矿石千吨	1	—		604.00	604.00	—	—	—	—	—	
石膏	矿石千吨	26	279758.61	138715.40	1839867.38	2119625.99	2143.20	1521.51	333.85	—	－3330.86	－0.15
方解石	矿石千吨	1	—		60.00	60.00	—	—	—	—	—	
玉石	矿石吨	2	—		109.00	109.00	—	—	—	—	—	
水泥用灰岩	矿石千吨	86	2189489.61	960662.10	1624051.45	3813541.06	22861.42	697.27	269947.00	－56026.00	190362.31	5.25
建筑石料用灰岩	矿石千立方米	4	58250.50	33360.00	40418.00	98668.50	87.00	1.50	—	—	－88.50	－0.09
泥灰岩	矿石千吨	1	24290.00	21860.00	4500.00	28790.00	—	—	—	—	—	
玻璃用砂岩	矿石千吨	6	15421.00	2950.00	9710.00	25131.00	—	—	—	—	—	
水泥配料用砂岩	矿石千吨	13	107812.00	32406.00	85183.00	192995.00	100.00	4.00	—	－6203.00	－6307.00	－3.17
建筑用砂	矿石千立方米	3	3510.00	—	20606.00	24116.00	34.00	—	—	—	－34.00	－0.14
水泥配料用砂	矿石千吨	2	12540.00	11280.00	2110.00	14650.00	—	—	—	—	—	
玻璃用脉石英	矿石千吨	2	575.00	508.00	807.00	1382.00	—	—	—	—	—	
水泥配料用页岩	矿石千吨	5	8668.00	7320.00	2730.00	11398.00	—	—	—	—	—	

续表 4 - 6

矿产名称	单位	矿区数	基础储量		资源量	资源储量	增减量					增减百分率 %
				储量			采出量	损失量	勘查增减量	管理处增减量	合计	
高岭土	矿石千吨	7	4670.30	363.00	11160.10	15830.40	35.00	6.00	2179.00	—	2138.00	15.61
陶瓷土	矿石千吨	3	152.00	136.00	1588.00	1740.00	—	—	—	—	—	—
累托石黏土	矿石千吨	2	4215.00	208.00	9039.00	13254.00	—	—	5644.00	—	5644.00	74.17
膨润土	矿石千吨	9	13317.00	10009.00	106826.00	120143.00	—	—	—	—	—	—
水泥配料用黏土	矿石千吨	19	74665.00	21386.00	7774.00	82439.00	—	—	—	6203.00	6203.00	8.13
水泥配料用黄土	矿石千吨	1	—	—	690.00	690.00	—	—	—	—	—	—
水泥配料用泥岩	矿石千吨	1	6190.00	5570.00	4340.00	10530.00	—	—	—	—	—	—
建筑用辉绿岩	矿石千立方米	1	12778.40	—	2690.00	15468.40	57.00	—	—	—	57.00	- 0.24
建筑用花岗岩	矿石千立方米	8	8090.00	680.00	5400.00	13490.00	56.00	2.80	—	57.00	- 115.80	- 0.74
饰面用花岗岩	矿石千立方米	8	8090.00	680.00	5400.00	13490.00	—	—	—	—	—	—
饰面用大理岩	矿石千立方米	9	7986.10	9.10	8101.80	16087.90	0.80	—	—	—	- 0.80	—
水泥用大理岩	矿石千吨	1	—	—	740.00	740.00	—	—	—	—	—	—
饰面用板岩	矿石千立方米	2	740.00	630.00	810.00	1550.00	—	—	—	—	—	—

资料来源: 湖北省国土资源厅《截至 2010 年底湖北省矿产资源储量统计表》。

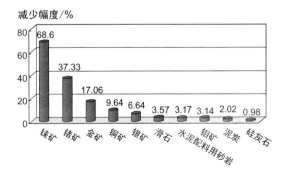

图 3 2010 年保有资源储量
减少幅度较大矿产对比

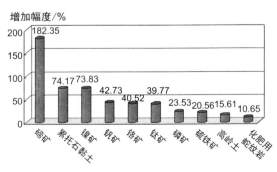

图 4 2010 年保有资源储量
增加幅度较大矿产对比

其中铼矿、锗矿为勘探减少,硅灰石为开采减少,滑石、水泥配料用砂岩主要为资源储量核实减少造成,金矿、铜矿、银矿、钼矿及泥炭等矿种主要为开采减少及核实减少所致。

与2009年相比,保有资源储量增加幅度较大的矿种见图4。

其中碲矿主要为资源储量核实增加造成,钒矿、化肥用蛇纹岩为资源储量核实及勘探增加,其他矿种主要为目前矿业市场较好、勘查投入相对较多,勘探增加资源储量所致。

3. 重要矿产资源状况。根据矿产资源在国民经济中的地位与作用、开发利用现状及保有资源储量等综合分析,湖北省重要矿产的查明资源储量、保有资源储量、分布地域见表5,保有资源储量与消耗资源储量对比情况见图5。

表5　　　　　　　　　　　　　　　湖北省重要矿产资源储量统计

矿种	单位	保有资源储量	查明资源储量	分布的主要地域
煤	矿石千吨	790417.47	1176208	宜昌市、恩施州、荆门市、黄石市
铁	矿石千吨	2999004.12	3403246.30	鄂东黄石－鄂州、鄂西宜昌－恩施
铜	铜吨	1840469.51	4426357.27	黄石市、鄂州市
金	金千克	119137.87	275887.30	大冶市、阳新县、嘉鱼县、夷陵区、秭归县
银	银吨	6404.15	11308.19	黄石市、宜昌市、十堰市
铅	铅吨	356034.87	409268.34	阳新县、武穴市、竹山县、当阳市
锌	锌吨	1186624.47	1287501.46	阳新县、武穴市、竹山县、当阳市、神农架林区
钨	WO_3 吨	55434.58	92968	大冶市、阳新县
磷	矿石千吨	4003950	4465210	宜昌市、神农架、荆门市、襄樊市、孝感市、鹤峰县
盐	NaCl 千吨	26157429.73	26349346	云梦县、应城市、天门市、潜江市
芒硝	Na_2SO_4 千吨	2125502	2143919	云梦县、应城市及天门市、潜江市
石膏	矿石千吨	2119626	2253860	荆门市、江夏区、应城市、云梦县、当阳市
硫铁矿	矿石千吨	170094	194750	宜昌市、恩施州、鄂州市、襄樊市
水泥用灰岩	矿石千吨	3813541	4116987	荆门市、宜昌市、黄石市、黄冈市、咸宁市、襄樊市
熔剂用灰岩	矿石千吨	624963	699048	宜都市、长阳县、大冶市、江夏区
建筑用石料	千立方米	137882	146160	广泛分布全省除江汉平原的区域。
饰面用石材	千立方米	31128	32219	宜昌市、黄石市、襄樊市、十堰市

资料来源: 湖北省国土资源厅矿产资源储量管理处(截至日期为2010年12月31日)。

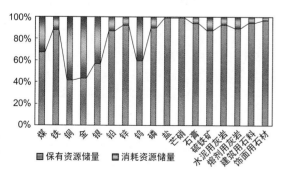

图5　重要矿产保有资源储量与消耗资源储量对比

近六年来湖北省重要矿产查明资源储量与保有资源储量增减变化呈现以下特点:金属矿产总体持平或略呈下降趋势,非金属矿产呈上升趋势,尤其是磷矿逐年上升幅度极为明显,具体变化情况见图6～13。

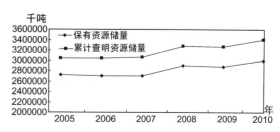

图6　2005～2010年铁矿查明资源储量与保有资源储量变化

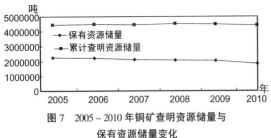

图7 2005～2010年铜矿查明资源储量与
保有资源储量变化

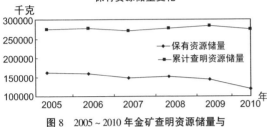

图8 2005～2010年金矿查明资源储量与
保有资源储量变化

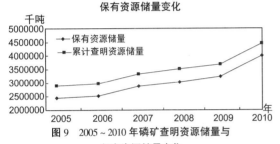

图9 2005～2010年磷矿查明资源储量与
保有资源储量变化

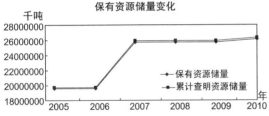

图10 2005～2010年盐矿查明资源储量与
保有资源储量变化

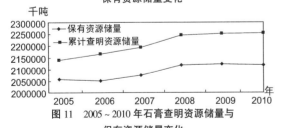

图11 2005～2010年石膏查明资源储量与
保有资源储量变化

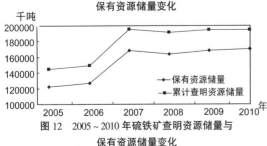

图12 2005～2010年硫铁矿查明资源储量与
保有资源储量变化

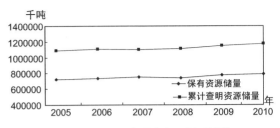

图13 2005～2010年煤炭查明资源储量与
保有资源储量变化

【主要矿产资源潜力】 根据湖北省主要矿产资源潜力评价(2010)对磷矿、铜矿等11种矿产最新研究资料分析,湖北省主要矿产找矿潜力巨大,若勘探工作进一步加深,可以大幅度增加资源量。

1. 磷矿:湖北省共发现矿区(段)112处,累计查明磷矿资源储量44.65亿吨。"湖北省磷矿资源潜力评价"(2010年)共圈定预测区134个,预测2000米以浅磷矿潜在资源量147.00亿吨,扣除已查明资源储量,湖北省尚有磷矿资源潜力102.35亿吨。

2. 铁矿:湖北省共发现矿区(段)196处,查明铁矿资源储量34.03亿吨。"湖北省铁矿资源潜力评价"(2010年)预测全省潜在铁矿资源总量97.72亿吨,扣除已查明资源储量,湖北省尚有铁矿资源潜力58.69亿吨。

3. 铜矿:湖北省共发现矿区(段)120处,查明铜资源储量442.64万吨(包括伴生铜)。"湖北省铜矿资源潜力评价"(2010年)预测全省潜在铜资源总量1086.1万吨,扣除已查明资源储量,湖北省尚有铜资源潜力643.46万吨。

4. 铅锌矿:湖北省共发现矿区(段)56处,查明资源储量169.68万吨。"湖北省铅锌矿资源潜力评价"(2010年)预测全省铅锌矿潜在资源总量1130.4万吨(1000米以浅),扣除已查明资源储量,湖北省尚有铅锌矿资源潜力960.72万吨。

5. 金矿:湖北省共发现矿区(段)95处,查明金资源储量275.89吨。"湖北省金矿资源潜力评价"(2010年)预测全省潜在金资源总量843.36吨(2000米以浅),扣除已查明资源储量,湖北省尚有金资源潜力567.47吨。

6. 稀土矿:湖北省共发现矿区(段):轻稀土1处,轻稀土砂矿8处,重稀土1处;查明资源储量:轻稀土121.51万吨,轻稀土砂矿2.17万吨,重稀土3.05万吨。"湖北省稀土矿资源潜力评价"(2010年)预测全省潜在稀土资源总量(2000米以浅):轻稀土609.00万吨,轻稀土砂矿37.52万吨,重稀土95.70万吨;扣除已查明资源储量,湖北省尚有轻稀土487.49万吨、轻稀土砂矿 35.35 万吨、重稀土 92.65 万吨的资源潜力。

7. 钨矿：湖北省共发现矿区（段）10 处，查明 WO_3 资源储量 9.30 万吨。"湖北省钨矿资源潜力评价"（2010 年）预测全省潜在资源总量 32.45 万吨（1000 米以浅），扣除已查明资源储量，湖北省尚有钨资源潜力 23.15 万吨。

8. 钼矿：湖北省共发现矿区（段）29 处，查明钼资源储量 7.31 万吨。鄂东南地区的矽卡岩型钼矿预测钼潜在资源总量 15 万吨，鄂西地区沉积型钼矿预测钼潜在资源总量 10 万吨，扣除已查明资源储量，湖北省有钼资源潜力 17.69 万吨。

9. 铝土矿：湖北省共发现矿区（段）9 处，查明铝土矿资源储量 963.1 万吨。"湖北省铝土矿资源潜力评价"（2010 年）预测全省潜在铝土矿资源总量 8372.94 万吨（1000 米以浅），扣除已查明资源储量，湖北省尚有铝土矿资源潜力 7409.84 万吨。

10. 锑矿：湖北省共发现矿区（段）3 处，查明锑资源储量 3.77 万吨。"湖北省锑矿资源潜力评价"（2010 年）预测全省锑潜在资源总量 14.48 万吨，扣除已查明资源储量，湖北省尚有锑资源潜力 10.71 万吨。

11. 煤炭：湖北省共发现矿区（段）288 处，查明煤炭资源储量 11.76 亿吨。"湖北省煤炭资源潜力评价"（2010 年）在湖北省 21 个主要煤田中圈定预测区 198 个，预测 1500 米以浅潜在煤炭资源量 15.87 亿吨，扣除已查明资源储量，湖北省尚有煤炭资源潜力 4.11 亿吨。

【矿产资源勘查】 1. 区域矿产调查。2010 年湖北省区域地质矿产调查共安排项目 7 个，全年共投入资金 3070 万元，全部由中央财政出资，完成调查面积 2744 平方千米。

湖北白河口 – 东溪矿产远景调查项目在新靴子岩发现银矿化点一处。湖北长阳曾家墩地区铅锌矿远景调查项目在曾家墩一带新圈定ⅡPbZn、ⅢPbZn 两个铅锌矿体，在陈家棚一带新发现铅锌矿、银钒矿和钼钒矿各一处，初步估算 334 银资源量 263.39 吨。湖北大冶富池地区铜多金属矿远景调查项目在阳新岩体内部发现矽卡岩型铜多金属矿点 1 处，在阳新岩体内接触带发现铜金矿化点 1 处，在阳新岩体北西段南缘接触带附近发现金矿化点 1 处。湖北神农架 – 黄陵地区铅锌矿远景调查项目本年度重点对黄陵断穹西北缘铅锌矿田、长阳铅锌矿田和高罗 – 走马坪铅锌矿田进行预 – 普查，其中黄家山铅锌矿普查在五指山一带圈定矿体一个，在黄家山一带圈定矿体 8 个，预估铅锌 334 资源量约 9.1 万吨；跨沟河铅锌矿预查圈定铅锌矿体 3 个，预估铅锌 334 资源量 49 万吨；桥湾锰矿预查圈定锰矿体 2 个；宣恩县高罗铅锌矿预查发现铅锌矿体 3 个，预估铅锌 334 资源量约

6 万吨。湖北兴山坛子岭铅锌矿调查评价共圈定 6 个工业矿体，初步估算新增 333 + 334 锌资源量 15.1 万吨。湖北通城地区铜金钨多金属矿产远景调查圈定了 5 处有意义的化探组合异常。

2. 固体矿产勘查。2010 年度湖北省固体矿产勘查项目共 291 项，共投入资金 39196.57 万元，其中中央财政投入 5274.6 万元，地方财政投入 6619.43 万元，社会资金投入 27311.54 万元，比 2009 年度有较大幅度的增长。

非油气类能源矿产勘查投入 8745.76 万元，黑色金属矿产勘查投入 5601.53 万元，有色金属矿产勘查投入 17201.92 万元，贵金属矿产勘查投入 2937.73 万元，化工建材及其他非金属矿产勘查投入 4599.63 万元，水气矿产勘查投入 110 万。投入钻探工作量 26.71 万米，坑探 1.1 万米，槽探 13.12 万立方米，浅井 299 米。

全省新发现矿产地 4 处（其中大型 3 处，中型 1 处，远安县杨柳矿区磷矿普查、武穴市畚箕山矿区石灰岩矿勘查等矿产勘查项目取得重大进展。新增 333 以上资源储量：煤 0.751 亿吨，铁矿石 0.263 亿吨，五氧化二钒 1.06 万吨，铜金属量 36.53 万吨，钼金属量 0.0443 万吨，金金属量 25.52 吨，银金属量 1000 吨，冶金用白云岩 0.519 亿吨，冶金用砂岩 110.8 万吨，硫铁矿矿石量 328.8 万吨，磷矿石量 85527 万吨，重晶石量 21.42 万吨，电石用灰岩 1.332 亿吨，方解石 213.4 万吨，高岭土 414.7 万吨，建筑石料用灰岩 4809 万立方米。

3. 石油天然气勘探。2010 年石油勘查总投资 33315 万元，共完成二维地震 160 千米，三维地震 105.08 平方千米；钻探 72249 米。

在江汉盆地新查明含油区块 4 个，新增探明含油面积 9.32 平方千米，探明石油地质储量 495.31 万吨，可采储量 103.25 万吨；新增控制含油区块 2 个，含油面积 3.18 平方千米，控制石油地质储量 144.29 万吨，可采储量 21.65 万吨；新增预测含油区块 2 个，含油面积 7.55 平方千米，预测石油地质储量 569.91 万吨，可采储量 114 万吨。

4. 境外地质勘查。2010 年度，湖北省地勘单位实施"走出去"战略，开展了埃塞俄比亚 OROMIA 州 GIM-BI 区 YUBDO 南部地区贵多金属矿产勘查等境外矿产勘查项目 5 项，投入资金 2441.4 万元，其中中央财政投入 1289 万元，省级财政投入 150 万元，其他资金投入 3682.4 万元。全年共完成钻探 1.13 万米，槽探 1.95 万立方米，浅井 390 米。各项工作取得了较好的成果。

面对西方国家对铁矿资源的垄断，武钢大力实施"走出去"战略，通过收购、兼并、参股等方式，建立了一批境外资源供应基地，从而减少对国际三大矿业巨头的依赖。2010 年 7 月，武钢投资 2.4 亿美元，收购了加

拿大铁矿石公司 CLM 约 19.9% 股权;武钢投资 1.2 亿加元,获得加拿大 Adriana 公司在开发 Lac Otelnuk 项目中的 60% 的股份,同时还将通过增发取得 Adriana 公司的从而 19.9% 的股权,控制磁精铁矿储量约 60 亿吨。目前,武钢掌控的全球铁矿石资源已达到百亿吨级,全部投产后,超过 9000 万吨/年的供矿能力,可满足 85% 以上的需要,加上自有部分,5 年后武钢铁矿石可全部自给。2010 年 9 月 18 日,武钢与加拿大 CLM 公司合作开发矿山生产的 16.2 万吨铁精矿运抵武汉卸货,这标志着武钢境外资源基地建设取得了实质性的进展。

【矿产资源开发利用】 2010 年,湖北省矿业投资 410.21 亿元,拥有各类矿山企业 3862 家(不包括石油天然气),从事矿业生产人员 148629 人,开发利用 104 种矿产、868 个矿区。全年矿石产量 15707.01 万吨,矿业总产值 1710310.09 万元,人均产值 11.51 万元,自

2001 年以来总体上呈逐年上升的趋势(图 14)。

1. 矿业投入。2010 年度,湖北省矿业投资 410.21 亿元,与 2009 年相比,投资金额有显著增长。其中矿业固定资产投资同比增长 46.75%,基本建设投资同比增长 77.53%,技术改造投资同比增长 3.18%。不同矿种投资情况见表 6。

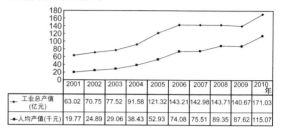

	2001	2002	2003	2004	2005	2006	2007	2008	2009	2010
工业总产值(亿元)	63.02	70.75	77.52	91.58	121.32	143.21	142.98	143.71	140.67	171.03
人均产值(千元)	19.77	24.89	29.06	38.43	52.93	74.08	75.51	89.35	87.62	115.07

图 14 2001~2010 年矿业总产值及
人均产值变化趋势

表 6 2010 年湖北省矿业投资情况一览表(亿元)

投资类别	全省	煤炭采选业	石油和天然气开采业	黑色金属矿采选业	有色金属矿采选业	非金属矿采选业	其他
固定投资	223.17	26.99	30.68	60.18	12.49	88.72	4.11
基本建设	88.55	4.8	2.56	18.63	6.48	52.91	3.17
技术改造	98.49	21.41	27.74	23.25	5.13	20.35	0.61

资料来源:《湖北统计年鉴(2011)》。

2004~2010 年矿业投资变化情况总体呈上升趋势,见图 15~17。

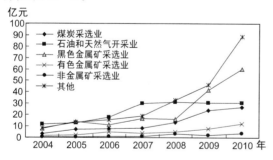

图 15 2004~2010 年矿业固定资产投资变化

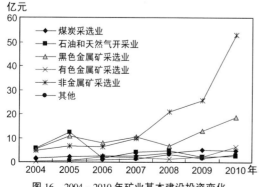

图 16 2004~2010 年矿业基本建设投资变化

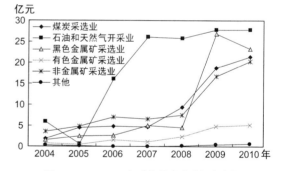

图 17 2004~2010 年矿业技术改造投资变化

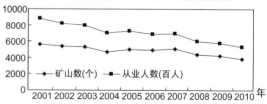

图 18 2001~2010 年矿山数及从业人员变化趋势

2. 矿山企业。据统计,2010 年湖北省各类矿山企业 3862 家(未包括石油天然气),其中大型企业 27 家,中型企业 104 家,小型企业 1647 家,小矿 2084 家。从事矿业生产人员 148629 人。自 2001 年以来,矿山企业数及从业人员总体呈缓慢下降趋势(图 18)。按地区统计,2010 年度全省各地区矿山企业数量、从业人员、

矿业总产值及利润总额见表7,占全省比例见图19～22。

表7　　　湖北省矿山企业按地区统计

地　区	矿山数（个）	从业人员（人）	矿业总产值(万元)	利润总额(万元)
合计	3862	148629	1710310	271991
武汉市	59	2166	19204	980
黄石市	362	31671	530324	88444
十堰市	356	6929	22438	2787
宜昌市	602	24084	300353	42143
襄樊市	212	4734	45075	5689
鄂州市	87	6292	180726	57688
荆门市	281	10702	44273	6496
孝感市	148	13453	102426	14794
荆州市	236	13108	49404	6452
黄冈市	372	9012	225223	17833
咸宁市	273	5825	80550	10282
随州市	108	2234	11315	1723
恩施土家族苗族自治州	660	11223	45595	10557
省直辖行政单位	106	7196	53404	6125

资料来源: 湖北省矿山企业矿产资源开发利用情况统计年报(2010)(未含油、气)。

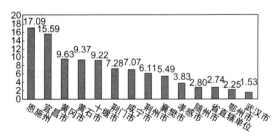

图19　2010年各地区矿山企业数量占全省比例

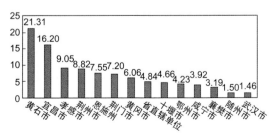

图20　2010年各地区矿山企业从业人数占全省比例

按经济类型统计,2010年度全省矿山企业数量、从业人员、矿业总产值及利润总额见表8。占全省比例见图23～27。

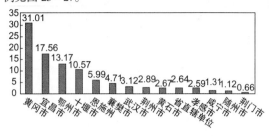

图21　2010年各地区矿山矿业总产值占全省比例

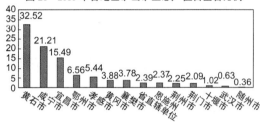

图22　2010年各地区矿业总利润占全省比例

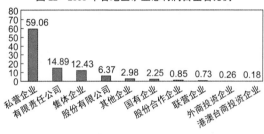

图23　2010年各经济类型矿山企业数量占全省比例

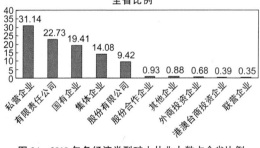

图24　2010年各经济类型矿山从业人数占全省比例

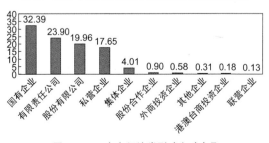

图25　2010年各经济类型矿山矿产品销售总收入占全省比例

表8   2010 年湖北省(非油气)矿山企业按经济类型统计

经济类型	矿山数(个)	从业人数(个)	工业总产值(万元)	矿产品销售收入(万元)	利润总额(万元)
国有企业	87	28852	553911	538315	103475
集体企业	480	20921	68601	65822	8911
股份合作企业	33	1382	15343	15087	2232
联营企业	28	520	2195	2133	271
有限责任公司	575	33778	408728	385773	53591
股份有限公司	246	14007	341297	310232	58159
私营企业	2281	46276	301887	274704	41424
其他企业	115	1303	5289	5277	644
港、澳、台商投资企业	7	580	3077	2920	149
外商投资企业	10	1010	9983	9976	3135

资料来源:湖北省矿山企业矿产资源开发利用情况统计年报(2010 年,未含油、气)

按矿种统计,2010 年度全省各矿种矿山企业数量、从业人员、矿业总产值及利润总额见表9,占全省比例

见图 28~32。

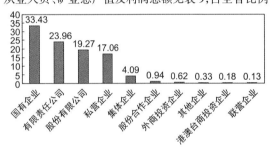

图 26   2010 年各经济类型矿山矿业
总产值占全省比例

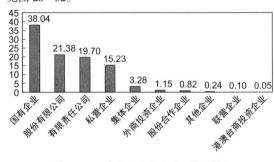

图 27   2010 年各经济类型矿山总利润占
全省比例

表9   2010 年湖北省(非油气)矿山企业按矿种统计

矿种	矿山数(个)	从业人数(个)	工业总产值 (万元)	矿产品销售 收入(万元)	利润总额 (万元)
能源矿产	421	28519	156956	148544	17202
黑色金属矿产	105	20651	501646	498111	82779
有色金属矿产	56	8907	156397	149260	37327
贵金属矿产	25	3490	59382	50358	27593
稀有金属矿产	2	148	561	561	30
冶金辅助原料非金属矿产	69	2852	20001	7819	482
化工原料非金属矿产	237	20504	353758	331814	60114
建材和其他非金属矿产	2941	63448	461172	423399	46430
水气矿产	6	110	439	375	35

资料来源:2010 年湖北省矿产资源开发利用情况统计年报。

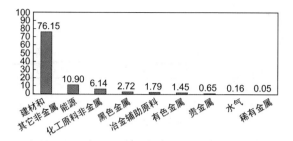

图28　2010年各矿种矿山企业数量占全省比例

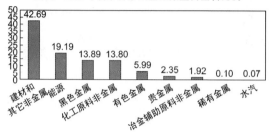

图29　2010年各矿种矿山从业人数占全省比例

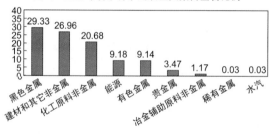

图30　2010年各矿种矿山矿业总产值占全省比例

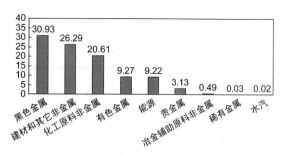

图31　2010年各矿种矿山矿产品销售总收入占
全省比例

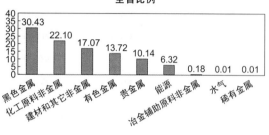

图32　2010年各矿种矿山总利润占
全省比例

3.分矿种开发利用情况。2010年,湖北省开发利用的矿种共104种(表10)。与2009年相比,停采了铝土矿、砖瓦用砂、水泥配料用脉石英等3种矿产,增加了铸石用辉绿岩。

2010年,湖北省生产固体矿产矿石量15351.1万吨,液体矿产434.44万吨,气体矿产1.41亿立方米,自2001年以来总体呈上升趋势(表11,图33)。

表10　　　　　　　　　　　　　　　　　　2010年湖北省开发利用的矿产统计

矿产类别(种数)	矿产名称	矿产类别(种数)	矿产名称
水气矿产(2)	地下水、矿泉水	冶金辅助原料矿产(8)	普通萤石、熔剂用灰岩、冶金用白云岩、冶金用石英岩、铸型用砂岩、冶金用脉石英、耐火黏土、熔剂用蛇纹岩
能源矿产(5)	煤、石煤、石油、天然气、地下热水		
黑色金属矿产(4)	铁矿、锰矿、钛矿、钒矿		
有色金属矿产(6)	铜矿、铅矿、锌矿、钨矿、钼矿、锑矿	化工原料非金属矿产(12)	硫铁矿、自然硫、重晶石、电石用灰岩、制碱用灰岩、化工用白云岩、化肥用萤石岩、化肥用橄榄岩、化肥用蛇纹岩、泥炭、盐矿、磷矿
贵金属矿产(2)	金矿、银矿		
稀有分散元素矿产(1)	锶矿(天青石)		
建筑材料及其他非金属矿产(64)	石墨、硅灰石、滑石、长石、石榴子石、透辉石、透闪石、蛭石、石膏、方解石、玉石、水泥用灰岩、建筑石料用灰岩、饰面用灰岩、制灰用石灰岩、白垩、玻璃用白云岩、建筑用白云岩、玻璃用石英岩、玻璃用砂岩、水泥配料用砂岩、砖瓦用砂岩、建筑用砂岩、陶瓷用砂岩、建筑用砂、水泥配料用砂、玻璃用脉石英、陶粒页岩、砖瓦用页岩、水泥配料用页岩、建筑用页岩、高岭土、陶瓷土、伊利石黏土、累托石黏土、膨润土、砖瓦用黏土、陶粒用黏土、水泥配料用黏土、水泥配料用红土、水泥配料用泥岩、建筑用橄榄岩、铸石用辉绿岩、建筑用辉石岩、建筑用玄武岩、建筑用角闪岩、建筑用辉绿岩、建筑用安山岩、建筑用闪长岩、建筑用花岗岩、饰面用花岗岩、建筑用凝灰岩、饰面用大理岩、建筑用大理岩、水泥用大理岩、饰面用板岩、水泥配料用板岩、片麻岩、水泥配料用辉绿岩、饰面用辉绿岩、饰面用闪长岩、建筑用正长岩、珍珠岩、其他矿产		

表11　　　　　　2001～2010年矿石总产量

年份	固体矿产（万吨）	液体矿产（万吨）	气体矿产（万立方米）
2001	11682.37	252.18	5576.20
2002	11946.30	386.18	7005.00
2003	13129.01	392.91	7182.00
2004	12212.94	303.82	7653.00
2005	12232.50	303.73	8026.00
2006	13638.36	304.12	10000.00
2007	15388.88	304.59	10000.00
2008	14261.50	433.33	11500.00
2009	14028.96	403.50	11500.00

续表11

年份	固体矿产（万吨）	液体矿产（万吨）	气体矿产（万立方米）
2010	15351.10	434.44	14100.00

资料来源：湖北省矿山企业矿产资源开发利用情况统计年报（2010）、湖北省经济委员会煤炭管理处年报（2010年）、湖北统计年鉴（2011）。

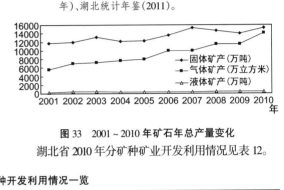

图33　2001～2010年矿石年总产量变化

湖北省2010年分矿种矿业开发利用情况见表12。

表12　　　　　　　　　　　　　　　　2010年湖北省分矿种开发利用情况一览

序号	矿种	矿山企业数（个）	从业人员（个）	年产矿量（万吨）	工业总产值（万元）	矿产品销售收入（万元）	利润总额（万元）
1	煤炭	381	27293	579.59	151128.84	142758.65	16472.72
2	石煤	24	344	3	332.08	310	11.8
3	石油	29	13212	78.5	291091	288347	−7386
4	天然气	1		1.41亿立方米	13234	13201	
5	地下热水	16	882	353.8	5495	5475	717.1
6	铁矿	89	18913	720.36	450025.1	447411.73	80444.95
7	锰矿	5	990	30.32	50969	50089	2332
8	钛矿	4	368	2.63	352	310	0
9	钒矿	7	380	2	300	300	2
10	铜矿	43	8373	453.82	153803.64	146667.08	36972.17
11	铅矿	2	70	0	0	0	0
12	锌矿	3	101	0	0	0	0
13	钨矿	1	114	5.8	821.02	821.02	32
14	钼矿	5	210	6.14	1771.9	1771.9	322.9
15	锑矿	2	39	0	0	0	0
16	金矿	23	3098	258.15	56925.53	49109.59	27511.03
17	银矿	2	392	11.35	2456	1248.5	82
18	锶矿	2	148	1.2	560.81	560.81	29.8
19	普通萤石	29	227	3.9	755	331	72.3
20	熔剂用灰岩	6	2180	198.38	17368	5663.1	137.6
21	冶金用白云岩	5	73	23	550	550	62
22	冶金用石英岩	18	204	15.84	637.5	637.5	50.6
23	铸型用砂岩	1	5	0.3	50	15	0.7
24	冶金用脉石英	6	37	2	240	240	50
25	耐火黏土	2	33	2.2	190	172	29
26	熔剂用蛇纹岩	2	43	3	210	210	80
27	自然硫	1	10	0	0	0	0

续表 12 – 1

序号	矿种	矿山企业数（个）	从业人员（个）	年产矿量（万吨）	工业总产值（万元）	矿产品销售收入（万元）	利润总额（万元）
28	硫铁矿	8	72	0	0	0	0
29	重晶石	87	944	23.75	3334.3	3052.9	550.84
30	电石用灰岩	4	150	62.45	809	809	174
31	制碱用灰岩	1	30	1	15	15	0
32	化工用白云岩	2	30	5.38	65	65	15
33	化肥用石英岩	6	98	6.2	246	246	51
34	化肥用橄榄岩	1	10	2.85	71.5	70.5	1.2
35	化肥用蛇纹岩	2	27	0.2	4	4	0
36	泥炭	20	373	6.06	647.44	617.44	69.6
37	盐矿	10	3719	844.85	77561.36	65633.86	4905.88
38	磷矿	95	15041	1527.34	271004.68	161299.92	54346.13
39	石墨	2	135	5	500	5001	
40	硅灰石	42	775	15.12	1417.2	1401.2	141.9
41	滑石	10	86	0.79	116	91	32.5
42	长石	9	143	12.56	1107	1063	217
43	石榴子石	3	57	0.42	315	315	0
44	透辉石	2	12	0.6	21	21	7.2
45	蛭石	5	55	0.5	80	40	10
46	透闪石	1	20	0	0	0	0
47	石膏	41	3885	173.54	13873.69	13872.97	1007.4
48	方解石	117	1028	3056	1616.36	1617.36	229.65
49	玉石	2	9	0	10	0	0
50	水泥用灰岩	18	171	9.8	661	661	56.12
51	建筑石料用灰岩	1055	13797	3808.4	70568.93	63533.96	11907.53
52	饰面用灰岩	15	71	9.8	661	661	56.12
53	制灰用石灰岩	59	1119	281.75	6679.54	6131.54	681.14
54	白垩	1	10	0.2	11	11	5
55	玻璃用白云岩	3	64	2	40	31	3.4
56	建筑用白云岩	112	1657	434.74	9803.5	9148.88	1179.29
57	玻璃用石英岩	21	178	2.35	281	171	42.1
58	玻璃用砂岩	5	1	31	620	620	69.23
59	水泥配料用砂岩	31	369	104.4	1438.5	1436	164.5
60	砖瓦用砂岩	9	207	4.3	59.5	57	13
61	陶瓷用砂岩	1	6	0	0	0	0
62	建筑用砂岩	33	420	166.48	1336.6	1144.6	312.16
63	建筑用砂	25	530	186.02	7085	6245	742.8
64	水泥配料用砂	1	51	0	0	0	0
65	玻璃用脉石英	14	150	8.4	935	935	94
66	陶粒页岩	2	102	4.5	920	195	15
67	砖瓦用页岩	65	994	148.25	3560.9	2830.26	547.48
68	水泥配料用页岩	57	817	61.17	1301.24	1223.44	138.69
69	建筑用页岩	4	39	4.03	65.9	65.9	10
70	高岭土	56	1115	28.3	1810.04	1723.96	238.9

续表 12-2

序号	矿种	矿山企业数（个）	从业人员（个）	年产矿量（万吨）	工业总产值（万元）	矿产品销售收入（万元）	利润总额（万元）
71	陶瓷土	2	43	2	236	236	52.81
72	伊利石黏土	1	10	0	0	0	0
73	累托石黏土	1	125	0.87	40	40	16
74	膨润土	24	186	3.6	256.8	216	68
75	砖瓦用黏土	373	21351	841.89	54663.99	50519.8	7727.96
76	陶粒用黏土	7	97	8.1	389	389	53
77	水泥配料用黏土	1	2	0	0	0	0
78	水泥配料用红土	5	44	1.3	85	85	21
79	水泥配料用泥岩	2	11	0	0	0	0
80	建筑用橄榄岩	1	22	8	160	160	12
81	建筑用辉石岩	1	42	3	60	60	30
82	建筑用玄武岩	13	200	30.15	613	585	88
83	建筑用角闪岩	6	71	14.45	221	214.6	6
84	水泥用辉绿岩	1	8	0	10	0	0
85	铸石用辉绿岩	1	12	0	0	0	0
86	饰面用辉绿岩	1	1	0	0	0	0
87	建筑用辉绿岩	59	732	152.17	3762.5	3340	409.8
88	建筑用安山岩	6	12	1	32	32	3
89	建筑用闪长岩	17	198	27.7	636	608	54
90	饰面用闪长岩	2	3	0	0	0	0
91	建筑用正长岩	1	14	2.08	28	28	0
92	建筑用花岗岩	117	1663	395.9	7067.7	6526.5	785.85
93	饰面用花岗岩	149	3016	85.7	7973.35	7280.72	874.75
94	珍珠岩	1	6	0	0	0	0
95	建筑用凝灰岩	2	0	0	0	0	0
96	饰面用大理岩	73	654	7.89	2864.5	2180.5	498.8
97	建筑用大理岩	47	656	85.3	3977.9	3678.7	647.2
98	水泥用大理岩	4	65	30	405	405	28.24
99	饰面用板岩	45	477	18.32	913	913	108
100	水泥配料用板岩	2	13	0	10	0	0
101	片麻岩	80	1208	250.95	3423.5	3425	548.4
102	矿泉水	5	89	2.07	309.53	260.39	14.38
103	地下水	1	21	0.07	129	115	21
104	其他矿产	2	14	0	0	0	0

资料来源：湖北省矿山企业矿产资源开发利用情况统计年报（2010 年）、江汉油田勘探处。

矿山企业数量排名前 10 位的矿产依次为建筑石料用灰岩（1055 个）、煤炭（381 个）、砖瓦用黏土（373 个）、饰面用花岗岩（149 个）、建筑用花岗岩（117 个）、方解石（117 个）、建筑用白云岩（112 个）、磷矿（95 个）、铁矿（89 个）、水泥用灰岩（88 个）。

从业人数排名前 10 位的矿产依次为煤炭（27293 人）、砖瓦用黏土（21351 人）、铁矿（18913 人）、磷矿（15041 人）、建筑石料用灰岩（13797 人）、石油天然气（13212 人）、铜矿（8373 人）、水泥用灰岩（4439 人）、石膏（3885 人）、盐矿（3719 人）。

年产矿石量排名前 10 位的矿产依次为建筑石料用灰岩（3808.4 万吨）、水泥用灰岩（3112.49 万吨）、磷矿（1527.34 万吨）、盐矿（844.85 万吨）、砖瓦用黏土（841.89 万吨）、铁矿（720.36 万吨）、煤炭（519.59 万吨）、铜矿（453.82 万吨）、建筑用白云岩（434.74 万吨）、建筑用花岗岩（395.9 万吨）。

矿产品销售总收入排名前 10 位的矿产依次为铁矿（447411.73 万元）、石油（288347 万元）、磷矿（261299.92 万元）、水泥用灰岩（227389.7 万元）、铜矿（146667.08 万元）、煤炭（142758.65 万元）、盐矿（65633.86 万元）、建筑石料用灰岩（63533.96 万元）、砖瓦用黏土(50519.8 万元)、锰矿（50089 万元）。

工业总产值排名前 10 位的矿产依次为铁矿(450025.1 万元)、石油(291091 万元)、磷矿 271004.68 万元)、水泥用灰岩(246909.74 万元)、铜矿(153803.64 万元)、煤炭(151128.84 万元)、盐矿(77561.36 万元)、建筑石料用灰岩(70568.93 万元)、砖瓦黏土(54663.99 万元)、锰矿(50969 万元)。

人均产值排名前 10 位的矿产依次为水泥用灰岩(55.62 万元)、锰矿(51.48 万元)、铁矿(23.79 万元)、石油(22.03 万元)、盐矿(20.86 万元)、金矿(18.37 万元)、铜矿(18.37 万元)、磷矿(18.02 万元)、建筑用砂(13.37 万元)、玻璃用砂岩(12.16 万元)。

利润总额排前 10 位的依次为铁矿(80444.95 万元)、磷矿(54346.13 万元)、铜矿(36972.17 万元)、金矿(27511.03 万元)、水泥用灰岩(16529.99 万元)、煤炭(16472.72 万元)、建筑石料用灰岩(11907.53 万元)、砖瓦用黏土(7727.96 万元)、盐矿(4905.88 万元)、锰矿(2332 万元)。

人均利润排名前 10 位的矿产依次为金矿(8.88 万元)、铜矿(4.42 万元)、铁矿(4.25 万元)、水泥用灰岩(3.72 万元)、磷矿(3.61 万元)、锰矿(2.36 万元)、熔剂用蛇纹岩(1.86 万元)、钼矿(1.54 万元)、长石(1.52 万元)、建筑用砂(1.40 万元)。

4. 矿区开发利用情况。2010 年，湖北省开发利用矿区 868 个(表 13)。

建筑石料用灰岩、镍矿等 16 个矿种(亚矿种)23 个矿区全部利用，稀土、铬矿、水泥用大理岩等 25 个矿种(亚矿种)39 个矿区全部未利用。开发利用矿区数最多的前 10 个矿种依次为煤炭、铁矿、铜矿、磷矿、水泥用灰岩、银矿、硫铁矿、金矿(岩金)、金矿(伴生金)、硫铁矿(伴生硫)。

表 13　　2010 年湖北省矿区开发利用情况

矿种	利用矿区数	总矿区数	利用比例	利用资源储量	累计查明资源储量	利用比例
煤炭	190	288	65.97	659002.63	790417.47	83.37
石煤	15	27	55.56	217172.8	319788.8	67.91
铁矿	74	196	37.76	854388.37	2999004.12	28.49
锰矿	5	11	45.45	15431.96	16388.96	94.16
铬矿		3			241.7	
钛矿(钛铁矿)		4			14432424	
钛矿(金红石)	1	2	50.00	5728114	5762996	99.39
钛矿(钛铁矿砂矿)		1			2243	
钛矿(金红石砂矿)		2			1408	
钒矿	4	36	11.11	1348243.1	2686521.6	50.19
铜矿	69	124	55.65	1642461.4	1840469.51	89.24
铅矿	13	28	46.43	122384.77	356034.87	34.37
锌矿	11	28	39.29	366143.99	1186624.47	30.86
铝土矿	3	9	33.33	3550	9631	36.86
镁矿(炼镁白云岩)	3	5	60.00	10613	18487	57.41
镍矿	2	2	100.00	206092	206092	100.00
钴矿	14	16	87.50	24753.46	26383.46	93.82
钨矿(原生矿)	8	10	80.00	48810.58	55434.58	88.05
锡矿(原生矿)		1			808	
锡矿(伴生矿)		1			2409	
钼矿	15	29	51.72	52579.68	61363.74	85.69

续表 13-1

矿种	利用矿区数	总矿区数	利用比例	利用资源储量	累计查明资源储量	利用比例
汞矿	1	2	50.00	1274	1308	97.40
锑矿	2	3	66.67	11291.13	12624.13	89.44
金矿（岩金）	25	54	46.30	32897.76	52812.86	62.29
金矿（砂金）	2	7	28.57	1632	3792	43.04
金矿（伴生金）	24	39	61.54	56616.45	62533.01	90.54
银矿	35	69	50.72	3727.18	6404.15	58.20
铌矿（氧化铌）	5	25	20.00	348	931754	0.04
钽矿（氧化钽）	5	24	20.83	201	1037	19.38
锂矿（Li_2O）	1	1	100.00	14790	14790	100.00
锂矿（LiCl）		1			3090851	
锆矿（锆英石砂矿）		1			104	
锶矿（天青石）	2	3	66.67	4240755	4254888	99.67
铷矿（液体 Rb_2O）		1			22716	
铯矿		1			12232	
重稀土矿（重稀土氧化物）		1			30541	
轻稀土矿（独居石砂矿）		8			21738	
轻稀土矿（轻稀土氧化物）		1			1215084	
锗矿	1	1	100.00	20.06	20.06	100.00
镓矿	4	5	80.00	1836	2043	89.87
铟矿	1	1	100.00	10	10	100.00
铊矿	1	1	100.00	12.95	12.95	100.00
铼矿	1	1	100.00	0.27	0.27	100.00
镉矿	3	5	60.00	1075.41	1795.41	59.90
硒矿	3	7	42.86	89	1282	6.94
碲矿	2	2	100.00	48	48	100.00
普通萤石（CaF_2）	5	10	50.00	963.87	1063.87	90.60
熔剂用灰岩	8	18	44.44	269706	624963	43.16
冶金用白云岩	10	23	43.48	343294.4	819714.4	41.88
冶金用石英岩	1	4	25.00	7060	26519	26.62
冶金用砂岩	2	2	100.00	26681	26681	100.00
冶金用脉石英	1	1	100.00	354	354	100.00
耐火黏土	4	14	28.57	32659.72	121566.72	26.87
硫铁矿（矿石）	33	51	64.71	140095.03	170094.03	82.36
硫铁矿（伴生硫）	24	36	66.67	8623.87	9774.49	88.23
芒硝（Na_2SO_4）	11	21	52.38	1052571.8	2125501.8	49.52
重晶石	6	11	54.55	3848.2	4529.58	84.96

续表 13-2

矿种	利用矿区数	总矿区数	利用比例	利用资源储量	累计查明资源储量	利用比例
电石用灰岩	1	9	11.11	35171	114964	30.59
化工用白云岩	1	1	100.00	1336	1336	100.00
含钾砂页岩	4	8	50.00	175207	445117	39.36
化肥用橄榄岩		1			39767.45	
化肥用蛇纹岩	3	5	60.00	117065	170169	68.79
泥炭	10	11	90.91	2351.38	3319.18	70.84
盐矿（固体 NaCl）	12	21	57.14	10905168.73	23074593.73	47.26
盐矿（液体 NaCl）	1	2	50.00	156	3082836	0.01
碘矿（液体）		1			110975	
溴矿		1			3907569	
硼矿（液体）		1			5249	
磷矿（矿石）	59	112	52.68	2171481.3	4003950.05	54.23
石墨（晶质石墨）	2	5	40.00	1034.62	1502.62	68.85
硅灰石	3	4	75.00	2616.6	3149.6	83.08
滑石	1	1	100.00	433	433	100.00
云母	1	2	50.00	32	85	37.65
长石	2	3	66.67	30703	32464	94.58
石榴子石（矿石）	3	4	75.00	253079	259838	97.40
石榴子石（砂矿）	1	1	100.00	492343	492343	100.00
透辉石		1			2416	
透闪石		1			604	
石膏	18	26	69.23	1946080.99	2119625.99	91.81
方解石		1			60	
玉石	2	2	100.00	109	109	100.00
水泥用灰岩	50	86	58.14	2312317.56	3813541.06	60.63
建筑石料用灰岩	4	4	100.00	98668.5	98668.5	100.00
泥灰岩		1			28790	
玻璃用砂岩	4	6	66.67	22341	25131	88.90
水泥配料用砂岩	4	13	30.77	105361	192995	54.59
建筑用砂	2	3	66.67	17866	24116	74.08
水泥配料用砂		2			14650	
玻璃用脉石英	1	2	50.00	1295	1382	93.70
水泥配料用页岩	1	5	20.00	1028	11398	9.02
高岭土	4	7	57.14	3139	15830.4	19.83
陶瓷土	1	3	33.33	1502	1740	86.32
累托石黏土	1	2	50.00	12504	13254	94.34

续表13-3

矿种	利用矿区数	总矿区数	利用比例	利用资源储量	累计查明资源储量	利用比例
膨润土	5	9	55.56	38340	120143	31.91
水泥配料用黏土	5	19	26.32	13586	82439	16.48
水泥配料用黄土		1			690	
水泥配料用泥岩		1			10530	
建筑用辉绿岩	1	1	100.00	23744.8	23744.8	100.00
建筑用花岗岩	1	1	100.00	15468.4	15468.4	100.00
饰面用花岗岩	2	8	25.00	2000	13490	14.83
饰面用大理岩	7	9	77.78	13817.9	16087.9	85.89
水泥用大理岩		1			740	
饰面用板岩	1	2	50.00	470	1550	30.32

资料来源:湖北省矿山企业矿产资源开发利用情况统计年报(2010年)。

5. 主要工业产品。2010年,湖北省矿产资源主要工业产品产量见表14。

表14   2010年湖北省矿产资源主要工业产品产量

序号	名称	计量单位	产量		
			2010年	2009年	增减(%)
1	原煤	万吨	1291.71	1063.27	21.48
2	原油	万吨	86.5	80.89	6.94
3	铁矿石(原矿)	万吨	1528.17	1288.54	18.60
4	生铁	万吨	2311.04	1953.84	18.28
5	钢	万吨	2498.67	1985.3	25.86
6	成品钢材	万吨	2894.72	2172.33	33.25
7	十种有色金属	万吨	86.06	66.13	30.14
8	原盐	万吨	598.55	528.62	13.23
9	纯碱	万吨	143.03	137.61	3.94
10	烧碱	万吨	76.02	64.59	17.70
11	硫铁矿	万吨	14.11	15.99	-11.76
12	硫酸	万吨	925.76	733.8	26.16
13	磷矿石	万吨	2370.07	2118.2	11.89
14	化肥(折100%)	万吨	899.08	852.58	5.45
15	合成氨	万吨	392.04	370.02	5.95
16	氮肥	万吨	414.21	412.04	0.53
17	化学农药	万吨	19.71	10.56	86.65
18	石膏	万吨	173.54	175.74	-1.25
19	水泥	万吨	8982.87	6983.78	28.62
20	平板玻璃	万重量箱	3528.15	4196.58	-15.93
21	塑料	万吨	120.46	150.44	-19.93
22	陶瓷砖	亿平方米	1.75	1.52	15.09

续表14

序号	名称	计量单位	产量		
			2010年	2009年	增减(%)
23	卫生陶瓷	万件	993	661.43	50.13
24	新型墙材	亿块标砖	271	167.81	61.49
25	大理石、花岗石板材	万平方米	1320	770.44	71.33

资料来源:①《湖北统计年鉴(2011)》;②湖北省矿山企业矿产资源开发利用情况统计年报(2010)。

主要工业产品产量增幅较大的依次有化学农药、大理石及花岗石板材、新型墙材、卫生陶瓷、成品钢材、十种有色金属,其产量增长幅度为30.14%~86.65%;减幅较大的主要为塑料、平板玻璃、硫铁矿、石膏,产量减少幅度为1.25%~19.93%。主要矿种相关加工产品产量自2003年以来具持续增长的趋势(图34)。

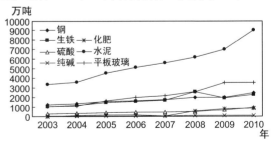

图34 2003~2010年主要矿种相关加工产品产量变化

【矿产品进出口贸易】 2010年湖北省矿产品进出口受金融危机的影响减弱,贸易总额大幅回升,为35.05亿美元(表15),比2009年增加了100.83%。其中进口总额为33.02亿美元、出口总额为2.03亿美元,进口总 额增加了102.39%、出口总额增加了75.57%。

表15   **2010年湖北省部分矿产品进出口情况一览**

序号	矿产品名称	出口金额 (美元)	同比增减 (%)	进口金额 (美元)	同比增减 (%)
1	食用盐	2418050	68.72	11776	318.63
2	其他盐	5022928	71.83	345	新增
3	纯氯化钠	210990	2.47		
4	各种硫磺,但升华、沉淀及胶态硫磺除外			114130481	96.77
5	鳞片天然石墨	37110	−5.33	54980	478.80
6	球化石墨	10650	新增		
7	其他粉末或粉片天然石墨	864700	269.97	52074	18.30
8	天然石墨(粉末或粉片除外)	70232	新增		
9	硅砂及石英砂			86734	563.05
10	其他天然砂			22635	新增
11	石英	881492	85.86	6761	新增
12	高岭土	545	−99.59	410158	56551.66
13	膨润土	17500	98.59	125376	−56.39
14	耐火黏土			51300	433.87
15	其他黏土			1202	−18.45
16	红柱石、蓝晶石及硅线石			495	新增
17	火泥及第纳斯土			27474	新增
18	未碾磨磷灰石	25435799	117.85		
19	天然硫酸钡(重晶石)	45590	−84.64	18085	41.48
20	硅藻土			13178	−76.12
21	其他硅质化石粗粉及类似的硅质土			19512	新增
22	刚玉岩、天然刚玉砂和石榴石及其他天然磨料	4630	−18.73		
23	板岩	6139	−70.05		
24	原状或粗加修整的大理石及石灰华			50996	266.53
25	用锯或其他方法切割成矩形的大理石及石灰华	246819	5678.95	339483	新增
26	原状或粗加修整的花岗岩			2541	新增
27	砂岩			1339	新增
28	卵石、砾石及碎石,圆石子及燧石	47384	−36.88		
29	大理石的碎粒、碎屑及粉末	6857	−74.32		
30	2515及2516所列各种石料的碎粒、碎屑及粉末			576	新增
31	碱烧镁(轻烧镁)			19918	新增
32	化学纯氧化镁			1266	−73.09
33	其他氧化镁	70991	−38.72	23649	100.59
34	生石膏;硬石膏	559453	−11.06		
35	牙科用熟石膏	3100	43.19		
36	其他熟石膏	3149928	19.95	15008	新增
37	石灰石助熔剂;用于制造石灰或水泥的钙质石			250	新增
38	生石灰	262	−95.10	27814	19.78
39	熟石灰	1741	−58.78		
40	水泥熟料	1153	−94.61		
41	白水泥,不论是否人工着色	4914	−3.17		

续表 15 – 1

序号	矿产品名称	出口金额（美元）	同比增减（%）	进口金额（美元）	同比增减（%）
42	其他硅酸盐水泥	156400	– 83.64		
43	其他水凝水泥	512033	38.78		
44	原状云母及劈开的云母片			5235071	17.85
45	云母粉	18989	35728.30	1953	– 69.98
46	长石	52290	新增	624	新增
47	按重量计氟化钙含量在 97% 以上的萤石	1465540	35.21		
48	未膨胀的蛭石、珍珠岩石	2481	– 40.91	38200	– 9.88
49	硅灰石			19293	– 30.96
50	未列名矿产品	444156	33.11	303980	75.98
51	平均粒度小于 0.8 毫米的未烧结铁矿砂及其精矿			320927424	286.49
52	平均粒度在 0.8 毫米及以上，但小于 6.3 毫米的未烧结矿砂及其精矿			1728937999	114.97
53	平均粒度在 6.3 毫米及以上的未烧结铁矿砂及其精矿			443386816	161.22
54	锰矿砂及其精矿			14206101	– 43.11
55	铜矿砂及其精矿			353926420	32.90
56	镍矿砂及其精矿			11177809	新增
57	铅矿砂及其精矿			1312	新增
58	铬矿砂及其精矿			26619943	6049887
59	锆矿砂及其精矿			82033	88.28
60	其他未列名矿砂及其精矿			39	– 99.54
61	其他矿渣及矿灰,包括海藻灰(海草灰)	470728	31.15		
62	无烟煤			11041013	2083110
63	炼焦煤			37564282	– 50.06
64	焦炭及半焦炭			572	– 96.85
65	萘			10823753	113.43
66	沥青	30	新增		
67	橡胶溶剂油、油漆溶剂油、抽提溶剂油			1246	– 15.12
68	未列名轻油及其制品			11064	3.54
69	其他煤油馏分			259257	12.94
70	轻柴油	12625169	17.71	13168678	97.56
71	5~7 号燃料油	135212141	82.52	98672032	70.01
72	其他柴油及其他燃料油	10625457	1183.90	9349108	159.07
73	润滑油	65298	– 29.18	5018462	55.85
74	润滑脂	26905	17.78	215407	197.46
75	润滑油基础油			10347	– 64.66
76	液体石蜡和重质液体石蜡			20456	71.18

续表 15 – 2

序号	矿产品名称	出口金额（美元）	同比增减（%）	进口金额（美元）	同比增减（%）
77	其他重油；以上述油为基础成分的未列名制品	16541	新增	343351	26.34
78	凡士林	108549	– 26.28		
79	石蜡，按重量计含油量小于0.75%	1519721	– 15.96	228508	239.08
80	微晶石蜡	47794	– 62.01	926	– 99.48
81	其他石蜡、矿物蜡及合成方法制得的类似产品	1182915	228.11	441445	477.59
82	已煅烧石油焦，含硫量小于0.8%			57392	73.46
83	石油沥青			93688640	106.25
84	乳化沥青	90400	新增		
85	以天然沥青等为基本成分的沥青混合物	11463	271.81	268588	145.46

注：湖北省2010年铁矿进口量数据，因涉及商业机密，海关未提供其具体数据(资料来源：湖北省商务厅)。

2010年湖北省出口金额排名前10位的矿产品依次是：5～7号燃料油、未碾磨磷灰石、轻柴油、其他柴油及其他燃料油、其他盐、其他熟石膏、食用盐、石蜡(按重量计含油小于0.75%)、按重量计氟化钙含量在97%以上的萤石、其他石蜡等优势非金属矿种。与2009年相比出口增加幅度排名前10位矿产品依次为：云母粉、用锯或其他方法切割成矩形的大理石及石灰华、其他柴油及其他燃料油、以天然沥青等为基本成分的沥青混合物、其他粉末或粉片天然石墨、其他石蜡、未碾磨磷灰石、膨润土、石英、5～7号燃料油；减少幅度排名前10位矿产品依次为：高岭土、生石灰、水泥熟料、天然硫酸钡(重晶石)、其他硅酸盐水泥、大理石的碎粒及碎屑(粉末)、板岩、微晶石蜡、熟石灰、未膨胀的蛭石及珍珠岩石。与2009年相比新增出口品种有：乳化沥青、天然石墨(粉末或粉片除外)、长石、其他重油；以上述油为基础成分的未列名制品、球化石墨、沥青；完全未出口的有：已碾磨磷灰石、其他黏土、橡胶溶剂油(油漆溶剂油、抽提溶剂油)、原状或粗加修整的花岗岩、石灰石助熔剂及用于制造石灰或水泥的钙质石、沥青焦、硅灰石、水硬石灰、液化丙烷、原状或粗加修整的大理石及石灰华、其他已煅烧石油焦、石英岩、其他硅质化石粗粉及类似的硅质土、原状云母及劈开的云母片、白垩、硅藻土。

2010年湖北省进口金额排名前10位的矿产品依次是：平均粒度在0.8～6.3毫米的未烧结铁矿砂及其精矿、平均粒度在6.3毫米及以上的未烧结铁矿砂及其精矿、铜矿砂及其精矿、平均粒度小于0.8毫米的未烧结铁矿砂及其精矿、各种硫磺、5～7号燃料油、石油沥青、炼焦煤、铬矿砂及其精矿、锰矿砂及其精矿。与2009年相比，进口增加幅度排名前10位矿产品依次为：铬矿砂及其精矿、无烟煤、高岭土、硅砂及石英砂、磷片天然石墨、其他石蜡、耐火黏土、食用盐、平均粒度

小于0.8毫米的未烧结铁矿砂及其精矿、原状或粗加修整的大理石及石灰石；减少幅度排名前10位矿产依次为：其他未列名矿砂及其精矿、微晶石蜡、焦炭及半焦炭、硅藻土、化学纯氧化镁、云母粉、润滑油基础油、膨润土、炼焦煤、锰矿砂及其精矿。与2009年相比，新增进口品种有石灰石助熔剂及用于制造石灰或水泥的钙质石、其他盐、红柱石(蓝晶石及硅线石)、各种石料的碎粒(碎屑或粉末)、长石、铅矿砂及其精矿、砂岩、原状或粗加修整的花岗岩、石英、其他熟石膏、其他硅质化石粗粉及类似的硅质土、碱烧镁(轻烧镁)、其他天然砂、火泥及第纳斯土、用锯或其他方法切割成矩形的大理石及石灰华、镍矿砂及其精矿；未进口的品种有白水泥、其他芳烃混合物、褐煤(未制成型)、粗二甲苯、其他铌钽钒矿砂及其精矿、天然碳酸镁(菱镁矿)、板岩、刚玉岩、天然刚玉砂和石榴石及其他天然磨料、凡士林、已破碎或已研粉的滑石、其他已碾磨天然磷酸(铝)钙及磷酸盐白垩、浮石、其他贵金属矿砂及其精矿、已烧结的铁矿砂及其精矿。

【矿产品供需及其形势分析】 1.全国矿产品供需形势。今后10～20年，是我国基本完成工业化中期任务并进入后工业化阶段的重要时期，能源矿产及其他重要矿产资源需求量将保持快速增长态势，资源供需矛盾日益加剧，并呈现从结构性短缺向全面短缺发展之势。

据统计，过去的15年间，我国累积消费的能源资源总量占历史总和的80%以上。未来10～20年，能源资源需求总体上仍将持续增长并逼近需求峰值，资源供需矛盾将达到高峰。目前，我国已经成为世界上煤炭、钢铁、铁矿石、氧化铝、铜、水泥、石油消耗量最大的国家。据对全国45种主要矿产可采储量保证程度分析预测，到2020年，铬铁矿、钴、铂、钾盐、金刚石、天然

气、铁、锰、铜、铅、锌、铝土矿、锡、金、银、锶、萤石、硼、重晶石、石油、铀、镍、锑、耐火材料、硫高岭土等25种矿产将出现不同程度的短缺，其中11种为国民经济支柱性矿产。各类资源的对外依存度和依存量将分别达到：一次能源总量20%（7亿吨油当量）、石油68%（4.1亿吨）、天然气32%（800亿～1000亿立方米）、铁矿石56%（3.9亿吨标矿）、铜63%（480万吨）、铝50%（960万吨）、镍80%（87万吨）。

与此同时，随着全球竞争加剧和国家经济利益博弈，西方主导的资源供应格局和资源市场体系造成资源价格持续大幅度攀升，加大了我国制造业成本，削弱了我国产业竞争力，推动了物价上涨，加大了国内通胀压力。随着资源对外依赖种类增多、程度越来越高、数额巨量增长，资源垄断、控制与摩擦日益增多，利用境外资源的风险急剧增大，对我国的资源安全和经济利益构成严重威胁。所以，立足国内，加强国内能源资源保障，对于维护我国的资源安全、经济安全意义重大。

2. 湖北省矿产品供需现状。湖北省是我国中部经济大省，是促进"中部崛起"的重要战略要地，经济发展快速，具有良好区位优势。预计到2020年，湖北省化工、建材及部分冶金辅助原料矿产基本上可以满足需求，能源及金属等矿产大多数供不应求，资源保证程度低。目前，磷、盐、芒硝、水泥用灰岩、石膏、冶金辅助原料等矿产自给有余，可向省外拓展产品市场；钒矿、重晶石、化肥用橄榄岩与蛇纹岩、石墨、玻璃原料等矿产基本可满足本省需求；铁（高磷赤铁矿）、钛、银、锰、钒、铌、钽、锂、锶、稀土、铯、铷、硒、溴、碘、硼、累托石黏土等湖北省潜在优势矿产，加强勘查及选冶加工技术、环保成熟后，可缓解和保证省内需求，部分可供应国内外市场；金矿可进一步查明的资源及开发能力均有限；铅、锌、银等矿产有资源潜力，形成和提高开发能力后可基本满足省内需求；煤、石油、天然气等能源矿产资源极少，将长期依赖外地购入；铁、铜、硫等矿产自给程度不断下降，供需缺口逐渐上升；铬、铝、铂族金属、钾盐等矿产仍属省内短缺资源。

①能源矿产。湖北省能源矿产极为匮乏。截止2010年底，湖北省煤炭保有资源储量7.9亿吨，石油1.5亿吨，即使全部开采利用，也只能维持数年。2010年度，湖北省石油和原煤的需求量为1016.83万吨、12000万吨，产量为86.50万吨、1291.71万吨，自给率仅为8.51%和10.76%。由此可见，湖北省能源矿产将长期依赖从外省或国外购入，供需缺口巨大。但湖北省地热资源较丰富，铀找矿前景较好，从长远需求及环境保护方面来看，湖北省能源供给应该限制火力发电，大力发展地热、核电、风电、太阳能等清洁及可再生能源。

②黑色金属矿产。湖北省铁矿保有资源储量达

29.99亿吨，但大多分布在鄂西一带，属高磷中低品位矿石，尚难利用，能利用的基础储量主要分布于鄂东南地区。2010年，湖北省钢铁工业生产需矿石6933.12万吨，而本省年采掘铁矿石（原矿）产量为1528.17万吨，自给率仅为22.04%，实际上本省生产的铁矿石，因加工条件限制，有部分并非为省内利用，所以实际自给率尚低于此数。本年度进口未烧结的铁矿砂及精矿1892.41万吨，金额达24.93亿美元，与2009年相比增长了135.87%，未来还将大幅度增加进口，以满足湖北省钢铁工业需求。湖北省钒矿资源丰富，可以满足本省需求，但选冶及环保问题尚未得到根本解决。锰矿自给率约50%，2010年进口金额1420万美元，铬矿则全部依靠进口及外省购入。

③有色金属矿产。省内有色金属查明资源储量严重不足，2010年开发利用的仅有铜矿，加之采掘能力也远落后于选冶能力，自给率逐年下降，而进口则逐年上升。2010年省内自产铜矿石只能满足需求的19.79%，铜矿砂和精矿进口额达3.54亿美元；铝、铅、锌、镍、锡、锑、镁、钛、汞等其他有色金属原料全部由外省购入或国外进口。

④非金属矿产。盐矿是湖北省优势矿产之一，截至2010年底，全省保有盐矿资源储量261.57亿吨，其中基础储量37.20亿吨。2010年度原盐产量598.55万吨，省内自用盐量约占生产总量的1/3，其余销往省外，出口创汇765.20万美元。全省现有9个食盐定点生产企业和3个盐化工生产企业，生产能力635万吨/年，因此，盐矿可完全保证湖北省的需求。

磷矿是湖北省优势矿产资源，保有资源储量全国排位第二，资源保证程度较高，且矿石开采量供大于求。截至2010年底，全省保有磷矿石资源储量40.04亿吨，其中基础储量占7.17亿吨，且远景潜力大。2010年生产磷矿石1527.34万吨，出口创汇2543.58万美元，比2009年度增加了117.85%，是湖北省出口创汇主要的矿产品，磷矿产业正逐步由矿石生产向采选加工业转换。但磷矿开发利用存在的问题也十分突出，湖北磷矿资源"丰而不富"，主要为中低品位矿石，能直接利用的高品位矿石少，经选矿富集成本较高，与直接开采富矿相比并没有价格上的优势，为了保持磷矿企业持续、健康发展，应出台优惠政策，鼓励磷矿企业充分利用中低品位磷矿石，提高磷矿资源的利用率，延长矿山服务年限，让其为湖北经济多作贡献。

水泥用灰岩是湖北省优势矿产之一，至2010年底，湖北省保有资源储量38.14亿吨，其中基础储量21.89亿吨，且资源远景潜力巨大，对国民经济的保障程度高。2010年水泥产量达到8982.87万吨，完全可以满足自用，输出外省约1000万吨，出口创汇67.45万

美元。

硫铁矿是湖北省紧缺矿种,2010年底保有资源储量为17009.4万吨(独立矿床),其中基础储量只有3841.2万吨。2010年湖北省硫酸产量925.76万吨,需标矿1018.34万吨。本年度全省硫铁矿矿石产量为14.11万吨,自给率仅为1.39%。硫铁矿的需求形势相当严峻。

3.湖北省内重要矿产品资源潜力分析。湖北省重要矿产品有较大的资源潜力。

①地质找矿仍有较大空间。湖北省地质演化历史漫长,成矿条件十分优越,省内分布有武当山－大别山成矿带、湘西－鄂西成矿带、两湖断拗成矿区、长江中下游成矿带及江南地轴东段成矿带,找矿潜力较大。这些年,湖北省地质找矿取得了一批成果,使部分资源枯竭型矿山和部分紧缺资源供需矛盾得到了缓解,但仍难以满足经济社会发展的需求。鄂西、鄂西北地区勘查程度较低,找矿远景十分可观;其他地区虽然地质工作程度较高,但以往找矿勘探深度多在500米以浅,且有部分地段仍为矿产勘查工作空白区,全省探明资源储量不到资源潜力的1/3,存在着巨大的第二找矿空间和地质找矿潜力。

②重要矿产资源潜力可观。近年来,湖北省重要矿产勘查取得重大成果。最新的研究成果表明,在鄂西及鄂西北地区,相继发现大型－超大型磷矿及一批可供进一步勘查的铅锌矿、低品位磁铁矿、硫铁矿矿产地;在鄂东南地区,还可在深部寻找新的富铁矿、铜矿、金矿;在江汉平原,不仅岩盐、石膏、芒硝有增储潜力,而且天然卤水及共伴生矿产资源有待勘探,尤其是江陵凹陷钾盐储量可望达到3亿吨;在大别山地区,不仅可以找到大量金红石矿,也有找到规模钼矿、金矿的可能;在幕阜山地区钨矿大有潜力可挖。

据湖北省矿产资源潜力评价(2010)资料,若勘探深度增加到500～2000米,湖北省至少可以增加铜643.46万吨、铅锌矿960.72万吨、金矿567.47吨、钨矿(WO_3)23.15万吨、锑矿13.21万吨、稀土(TR_2O_3)609万吨、独居石3.75万吨、(Y_2O_3)1.26万吨、磷矿102.35亿吨、铁矿58.69亿吨、煤炭4.11亿吨、铝土矿7409.84万吨、钼矿17.69万吨。

③目前难利用矿产资源盘活潜力大。湖北省已探明储量的92种矿产中,铁、铜等重要矿产的已探明储量的矿床大多数是贫矿,共生、伴生矿产多。资源的秉赋特征,加上技术装备水平相对落后,导致长期以来,湖北省已探明资源的利用率却十分低下,资源流失相当严重。矿产资源开发利用过程中产生的尾矿、废石已成为最大的工业固体废弃物。

虽然这部分资源禀赋较差,但随着科技进步,在现有的经济技术条件下,只要进一步加强技术攻关并在政策上给予支持,可以逐步实现资源节约集约与综合利用。通过加强管理、推进科技进步和发展循环经济,提高矿产资源利用效率有较大的空间。因此,提高矿产资源节约集约与综合利用效率,可以将现有潜力转变为资源产能。

【矿产资源规划管理】 正式发布实施了《湖北省矿产资源总体规划(2008～2015年)》及全省17个市级、70个县级矿产资源总体规划,全面启动《鄂东南铜、铁、金勘查开发利用与保护规划》、《湖北省铀矿资源勘查与保护规划》、《湖北省超低品位铁矿勘查开发利用与保护规划》等3个省级专项规划及《湖北省鄂东南铜铁金资源综合评价与区划研究》编制工作。

组织开展湖北省矿产资源节约与综合利用项目申报工作。第一批个项目获得了国家批准,共下达项目资金万元。根据国土资源部《关于报送〈矿产资源节约与综合利用十二五专项规划〉重点工程项目建议的函》文件要求,上报重点工程项目个,均已纳入《全国矿产资源节约与综合利用十二五专项规划》。

【地质矿产勘查管理】 1.贯彻落实地质找矿新机制。在宜昌市夷陵区、兴山县安排三个合作项目先行试点,尝试建立了政府、企业、地勘单位联合勘查机制,较好地发挥政府、企业和地勘单位各自的优势,有利于调动各方参与地质找矿工作的积极性。

2.着力打造湖北省地质找矿投融资平台。为引导更多的社会资金参与地质找矿,科学部署和实施地质找矿工作,积极建议成立省地勘基金管理中心,对湖北省地勘基金及引入的社会资金进行统一管理,对地勘工作进行统筹规划,成果收益进行合理分配。2010年12月25日,湖北省编委批复成立了省地勘基金管理中心。

3.努力促进地勘单位改革发展。一是积极探索地质勘查、行业管理和矿产开发管理改革办法,学习借鉴其他省(区、市)地勘单位改革的好经验、好做法,结合湖北省实际,起草了《湖北省国土资源厅关于促进国有地勘单位改革发展的意见》等文稿,推进地质找矿和地勘队伍改革发展。二是针对省核工业地质局、省地勘局及中南冶金地质研究所改革发展状况,会同各有关部门对地勘单位改革发展方面需要解决的困难和存在的问题及如何发挥专长、服务湖北地质工作进行了多次沟通协商,提出了初步的措施和建议,有效调动国有地勘单位地质找矿积极性。

4.强化地质勘查项目实施与监督管理。2010年度部署湖北省地质勘查基金项目23个,争取了中央出资的专项地质工作项目22个。对以往中央及的省级勘查项目进行清理,组织了2010年度地质勘查项目的设计审查,推进了相关规划的拟制修订和制度完善工作。

5. 稳步推进全省地质勘查行业服务与监督管理。建立行业信息服务管理平台,加强行业服务与监督管理工作。截至2010年底,全省地质矿产勘查单位在职职工14149人,离退休人员16062人,从事地质矿产勘查工作6389人(不含石油及天然气行业),其中工程技术人员4960人。省内拥有地质勘查资质的地勘单位有59个,其中:具有最高资质为甲级的单位有26个;最高资质为乙级的单位有11个;最高资质为丙级的单位有22个。全省地质勘查单位拥有各类单项资质总数为185个,其中甲级资质69个,乙级资质74个,丙级资质43个。

【矿产资源储量及地质资料管理】 1. 继续推进矿产资源利用现状调查。按照《湖北省矿产资源利用现状调查实施方案》要求,实施调查基准日调整后新增矿区实地核查以及已核查矿区数据更新工作,进行矿区核查成果及数据库检查验收,全面开展单矿种调查成果初步汇总。开展综合研究、储量动态监管研究及其管理信息系统开发、矿山储量消耗与矿产资源补偿费征收挂钩精细化管理等试点工作。

2. 开展矿产资源储量评审与矿山储量动态监管。遴选了全省第二批矿产资源储量评估员(87人),加强矿产资源储量评审专家队伍建设。研究动态监管技术标准规范,在神农架林区开展了矿产资源储量动态监管试点工作。加强储量评审备案工作,共评审备案矿产资源储量报告84份,审查并下发年度矿山地质测量报告165份。

3. 加强矿业权评估管理,推进矿产资源资产化管理。全年共进行了八次公开摇号遴选矿业权评估机构活动,对56个矿业权价款评估项目完成公开委托;完成69个矿业权评估报告的审查备案,其中采矿权报告61份,备案价款74106.05万元,探矿权报告8份,备案价款2205.96万元。

4. 规范建设项目压覆矿产资源评估工作。全年共审查各类建设项目压覆矿产资源调查评价报告78份,并全面启动建设项目压覆矿产资源数据库的建设工作,初步构建数据库运行平台,协助受理审查建设用地预审报件93份,协助主办处室受理审查县级土地利用总体规划报件19份。

5. 加强矿产资源补偿费征收管理。2010年继续实行矿产资源补偿费征收入库目标管理考核制度,征收入库矿产资源补偿费8229.34万元,超过年度目标63.6%,高出2009年实际入库额40%。推进矿产资源

补偿费征收管理信息化和精细化。在宜昌市和长阳县分别开展矿产资源补偿费征收管理信息系统建设试点和矿产资源补偿费征收精细化管理研究工作。

6. 开展矿产资源储量登记统计与分析工作。加强矿产资源储量登记工作,办理各类矿产资源储量登记314项,其中办理查明登记62项,占用登记243项,残留登记9项。开展矿产资源储量统计及矿产资源形势分析工作,为矿政管理服务提供基础信息,及时上报2009年度湖北省矿产储量统计数据,全面启动矿产资源登记统计数据库与矿产资源利用现状调查成果数据库对接工作,编制印刷了2009年度矿产资源储量表及矿产资源年报。

7. 开展地质资料汇交管理与服务。全省汇交各类成果地质资料113份,向国土资源部转交地质资料共164份,馆藏成果地质资料借阅利用424人次/1601份次,19383件次;馆藏成果地质资料图文数字化建设完成1000档;湖北省地质资料管理与服务网网站点击110222人次。黄石市地质资料信息服务集群化和产业化试点工作初步建成黄石市地质资料信息服务集群化管理系统与数据库框架。

【矿产资源开发管理】 1. 优化矿产资源配置,进一步推进矿产资源开发整合。按照国土资源部等十二部委《关于进一步推进矿产资源开发整合工作的通知》的要求,全面部署了进一步推进矿产资源开发整合工作。对铁、铜、铅、锌、金、银、锑、磷、煤、石膏、石盐、水泥用灰岩等12个重点整合矿种,确定全省整合矿区102个,通过整合减少矿权121个,关闭和注销矿权258个,全省合计减少矿权379个,矿山开采规模化、集约化水平得到进一步提高。

2. 推进矿业权实地核查工作,全面完成了工作任务。全省矿业权实地核查野外工作,于2010年4月通过部级数据验收。通过矿业权核查,全省建立了矿政管理的基础控制网,核准了矿业权的空间范围,获得了矿业权的基础资料。

3. 改革矿业权管理制度,规范矿业权管理。一是全面推行矿业权设置方案制度。二是探索建立矿产勘查退出机制,实行勘查作业区面积按工作程度递进缩减制度及探矿权同勘查阶段超期延续强制核减作业区面积制度。三是规范矿业权申报审批程序。

2010年全省探矿权登记项目214项(不含石油、天然气),其中新立39项、延续103项、保留32项、其他40项。采矿权登记项目276项,其中新立11项、变更220项、延续45项、注销12项。

4. 加强矿产资源基础信息管理,开展"一张图管矿"试点工作。在部开发司的统一部署下,开展了湖北

省矿政管理信息化系统建设。省国土资源厅成立了湖北省矿政管理信息化系统(一张图管矿)建设项目领导小组,建立了省和试点市(县)三级数据中心,初步实现了监管、审批、查询统计和地下三维展示等功能,融合了省、市、县电子政务平台,完成了省、市、县三级矿政管理业务的互联互通。

5. 做好矿产资源监督管理工作。努力维护正常的矿产资源勘查开采秩序,认真组织开展矿产督察工作、探矿权和采矿权年度检查工作,利用高科技手段开展对矿业活动的监管。2010年全省取缔非法采矿点278处,注销采矿许可证159个,吊销采矿许可证4个,查处越界开采54起,追缴补偿费275.533万元,罚没款353.6237万元,停产整顿25家,限期整改238家,遏制了矿产资源违法行为的反弹势头,切实维护了矿业权人的合法权益,有效地维护了正常的矿产资源开发秩序。

6. 开展稀土等矿产开发秩序专项整治行动。统一部署全省稀土等矿产开发秩序专项整治工作,编制了《萤石等矿产整合实施方案》,开展相关矿种调研,下发《关于加强耐火黏土(高铝黏土矿产)和萤石矿产资源管理工作的通知》,下达了2010年湖北省高铝黏土、萤石矿开采总量控制指标,及时制止了萤石等矿产矿区内的违法行为,规范了稀土等七种矿产的开发秩序。

【矿山地质环境管理】 2010年,加大力度贯彻落实《湖北省矿山地质环境恢复治理备用金管理办法》文件精神,切实加强矿山地质环境保护与恢复治理备用金的征收工作,收取矿山地质环境恢复治理备用金8900万元,对矿山环境的治理恢复起到了保障作用。深入开展矿山地质环境保护与治理恢复方案登记备案工作,已有省级发证的196家矿山企业编制了矿山地质环境保护与治理恢复方案,并备案登记。逐步开展了矿山地质环境治理工作,共向国家争取了3个资源枯竭型城市矿山地质环境治理项目、3个矿山地质环境治理

项目,省级资金安排了3个矿山地质环境治理项目,国家和省两级共投入资金合计3.908亿元。建立了应城国家矿山公园。

【地质矿产科技管理】 地质矿产科技管理坚持科技创新和为国土资源管理服务的方针,着力于解决湖北省与经济社会发展密切相关的国土资源管理突出问题,实现地质找矿突破,服务于湖北省经济社会发展。一是加强科研项目管理,对2008~2009年的20个科研项目进行了清理,评审验收了8个厅管科研项目。二是积极参与部、省科技创新计划的立项与实施,其中省级科研项目8个,部级科研基金项目4个,投入科研经费368万元。三是积极组织了全省国土资源系统的科技奖申报工作,并推荐了《湖北省宜昌磷矿江家墩矿区地质普查报告》等3个科研成果参加部科技奖励评审。四是大力开展对外科技合作,深入贯彻实施矿产资源勘查开发"走出去"战略。

(湖北省矿业联合会)

广 东 省

【矿产资源开发利用概况】 广东省共有21个地级以上市(广州、深圳为计划单列市)。2010年度广东省非油气矿产资源开发利用矿山数为2265个,从业人数67784人。

2010年度2265个矿山按企业规模分别为:大型54个、中型51个、小型1807个、小矿353个。按生产状态分别为:实际生产矿山1481个、停产434个、关闭61个、筹建222个、其他67个。矿区总面积28013.12公顷。

主要经济指标数据:年产矿量23948.32万吨,工业总产值1207098.26万元,矿产品销售收入1035136.92万元,利润总额227913.69万元(表1~4)。

表1　　　　　　　　　2010年广东省矿产资源开发利用情况(按行政区分列)

| 名称 | 矿山企业数 | | | | | 从业人员(个) | 年产矿量 | | 实际采矿能力(万吨/年) | 工业总产值(万元) | 综合利用产值(万元) | 矿产品销售收入(万元) | 利润总额(万元) |
	合计	大型	中型	小型	小矿		万吨	万立方米					
合计	2265	54	51	1807	353	67784	23948.32	0	23181.43	1207098.26	44417.32	1035136.92	227913.69
广州市	32	4	4	24	0	1569	1225.74	0	1164	83837.17	888	25254.52	3528.55
韶关市	214	5	1	185	23	9700	1246.8	0	1135.3	319200.61	1724.56	292452.55	151716.53
深圳市	10	3	0	7	0	709	72.42	0	80	19924.22	30	19896.22	116.94
珠海市	10	3	1	4	2	3541	39.12	0	0	41376.52	0	15235.19	−22556.31
汕头市	42	0	0	42	0	773	652.35	0	835.85	5084	240	2919	61.9

续表1

名称	矿山企业数					从业人员(个)	年产矿量		实际采矿能力(万吨/年)	工业总产值(万元)	综合利用产值(万元)	矿产品销售收入(万元)	利润总额(万元)
	合计	大型	中型	小型	小矿		万吨	万立方米					
佛山市	18	0	3	15	0	519	428.67	0	428.77	7232.78	5073.37	6386.99	514.97
江门市	119	5	1	94	19	4150	4180.39	0	1503.68	45883.75	1006.2	37631.92	− 5.2
湛江市	111	1	0	77	33	3707	680.47	0	890.08	15933.53	2691.5	15913.53	1961.38
茂名市	302	4	5	143	150	6678	1047.69	0	1724.9	54194	1901	53792.3	4749.44
肇庆市	271	1	6	244	20	6773	2377.03	0	2478.26	98814.09	2016.9	95639.6	21541.18
惠州市	123	5	11	106	1	5333	3115.84	0	3443.96	62810.11	1639.3	49485.91	4510.4
海州市	260	2	1	242	15	5464	1537.83	0	2057.44	51987.14	5432.17	46131.02	8850.67
汕尾市	22	1	2	19	0	475	189.27	0	200	2486	795	2199	152.2
河源市	182	3	6	159	14	4780	929.38	0	929.21	180546.95	1809.7	177278.61	36903.71
阳汀市	60	2	1	55	2	1629	849.83	0	945.73	16156.75	5246.04	15494.79	1341.49
清远市	332	10	3	260	59	4946	3059.46	0	2816.87	49447.74	10778.88	48474.51	10324.7
东莞市	11	0	2	9	0	344	117.28	0	85.48	5387.38	0	3085.88	446.94
中山市	11	0	0	11	0	506	272.44	0	261	6331.5	0	4633.5	472.54
潮州市	25	1	1	23	0	357	373.88	0	359.03	2428.5	105.2	2302.9	77.5
揭阳市	22	0	0	21	1	488	216.07	0	213.67	2708.9	2481.3	2551.67	171.57
云浮市	88	4	3	67	14	5333	1336.34	0	1628.2	35326.63	558.2	118377.32	3022.59

表2 **2010 年广东省矿产资源开发利用情况(按经济类型分列)**

企业经济类型	矿山企业数					从业人员(个)	年产矿量		实际采矿能力(万吨/年)	工业总产值(万元)	综合利用产值(万元)	矿产品销售收入(万元)	利润总额(万元)
	合计	大型	中型	小型	小矿		万吨	万立方米					
合计	2265	54	51	1807	353	67784	23948.32	0	23181.43	1207098.26	44417.32	1035136.92	227913.69
一、内资企业	2229	41	45	1790	353	62947	19940.73	0	22367.93	1114332.54	44356.32	952425.04	229905.3
国有企业	56	7	3	40	6	11552	1199.94	0	1233.7	252718.19	2755.56	155744.06	− 13733,24
集体企业	190	1	3	126	60	3952	1080.91	0	1247.72	35229.5	1321.34	29989.02	4082.32
股份合作企业	19	1	0	17	1	302	184.92	0	153.76	2634.59	40	2082.59	92.9
联营企业	19	2	2	10	5	1427	303.54	0	344.95	38906.54	4594.17	36210.23	7545.73
有限责任公司	184	15	12	143	14	8890	3198.50	0	3189.82	84406.17	10175.22	76808.45	16834.36
股份有限公司	84	3	9	67	5	6416	1520.23	0	1594.51	421232.25	881	397411.45	182987.34
私营企业	1591	12	16	1331	232	29693	12086.43	0	13910.51	274979.51	22864.04	250170.14	31917.23
其他企业	86	0	0	56	30	715	366.17	0	692.96	4225.8	1725	4009.1	178.66

续表2

企业经济类型	矿山企业数					从业人员(个)	年产矿量		实际采矿能力(万吨/年)	工业总产值(万元)	综合利用产值(万元)	矿产品销售收入(万元)	利润总额(万元)
	合计	大型	中型	小型	小矿		万吨	万立方米					
二、港、澳、台商投资	5	9	4	12	0	3764	689.65	0	574.21	80366.65	30	70578.83	−224.41
港、澳、台商投资企业	5	9	4	12	0	3764	689.55	0	574.21	80366.65	30	70578.83	−224.41
三、外商投资企业	1	4	2	5	0	1073	3318.03	0	239.29	12399.07	31	12133.05	−1767.2
外商投资企业	1	4	2	5	0	1073	3318.03	0	239.29	12399.07	31	12133.05	−1767.2

表3 **2010年广东省矿产资源开发利用情况(按矿山企业规模分列)**

	矿山企业数(个)	从业人员(人)	年产矿量		实际采矿能力(万吨/年)	工业总产值(万元)	综合利用产值(万元)	矿产品销售收入(万元)	利润总额(万元)	人均产值(万元)
			万吨	万立方米						
合计	2265	67784	23948.32	0	23181.43	1207098.26	44417.32	1035136.92	227913.69	17.81
大型	54	21580	7434.66	0	3887.49	730172.4	5721.38	598107.99	170514.89	33.84
中型	51	5222	1231.76	0	1131.71	106758.94	5120.57	92510.48	16959.66	20.44
小型	1807	34608	14852.66	0	17627.75	330116.29	30156.97	305623.27	34359.14	9.54
小矿	353	6374	429.24	0	534.47	40050.63	3418.4	38895.17	6080	6.28

表4 **2010年广东省矿产资源开发利用情况(按矿种分列)**

矿种	矿山企业数					从业人员(个)	年产矿量		实际采矿能力(万吨/年)	工业总产值(万元)	综合利用产值(万元)	矿产品销售收入(万元)	利润总额(万元)
	合计	大型	中型	小型	小矿		万吨	万立方米					
合计	2265	54	51	1807	353	67784	23948.32	0	23181.43	1207098.26	44417.32	1035136.92	227913.69
油页岩	5	0	0	1	4	20	7	0	10.3	700	0	700	70
地下热水	45	23	8	12	2	8317	3637.19	0	0	87291.14	0	47988.34	−22271.07
铁矿	67	2	2	31	32	5705	815.9	0	749.89	246371.59	2173	238621.6	41418.59
锰矿	3	0	1	2	0	30	0	0	0	0	0	0	0
铁矿	5	0	0	3	2	17	0	0	0	0	0	0	0
铜矿	5	0	0	2	3	723	3.76	0	29.05	4944.31	0	4944.31	841.49
铅矿	45	0	1	4	40	613	4.54	0	2.59	838.17	289	732.84	113.75
痒矿	15	2	0	5	8	3268	175.95	0	175.95	236971.1	1410	216511.9	145539
钨矿	6	2	0	4	0	2160	23.43	0	63.63	21214.24	1082.66	18254.4	3227.09
锡矿	2	0	1	1	0	2	0	0	0	0	0	0	0
铋矿	1	0	0	0	1	0	0	0	0	0	0	0	0
钼矿	5	0	1	1	3	836	0.3	0	0.3	210	0	210	63

续表 4－1

矿种	矿山企业数					从业人员(个)	年产矿量		实际采矿能力(万吨/年)	工业总产值(万元)	综合利用产值(万元)	矿产品销售收入(万元)	利润总额(万元)
	合计	大型	中型	小型	小矿		万吨	万立方米					
锑矿	2	0	0	0	2	100	1.65	0	2.15	715	50	715	－150
金矿	5	1	0	1	3	725	24.5	0	13.29	24426.06	1296.9	22809.37	5710
银矿	2	0	0	2	0	250	6	0	6	3552	0	3552	0
钽矿	1	0	0	1	0	80	0	0	1.5	0.4	0	0	－0.4
锆矿	1	0	0	1	0	3	0	0	0	0	0	0	0
轻稀土矿	4	0	0	4	0	58	9.05	0	36.04	2745.6	0	2595.35	946
普通萤石	32	0	0	30	2	449	2.93	0	19.57	1188.68	266	1061.48	39.1
熔剂用灰岩	6	0	1	5	0	162	119.27	0	119.27	3177	100	3177	587
冶金用白云岩	6	0	0	6	0	98	19.8	0	19.8	650	100	626	86
冶金用石英岩	2	0	0	2	0	10	0	0	0	0	0	0	0
冶金用砂岩	1	0	0	1	0	5	0	0	0	0	0	0	0
铸型用砂岩	2	0	0	2	0	28	1.1	0	1.1	176	0	176	37
冶金用脉石英	10	0	0	7	3	134	7.56	0	8.06	740	5	740	34.75
硫铁矿	5	1	0	4	0	3673	229.85	0	361.5	82538.7	0	74391.32	1923.78
重晶石	1	0	0	1	0	10	0.25	0	2	36.25	0	36.25	－1.9
制碱用灰岩	1	0	0	1	0	11	1	0	1	20	0	20	0
化肥用灰岩	1	0	0	1	0	0	0	0	0	0	0	0	0
含钾岩石	6	0	0	6	0	117	6.05	0	6.5	735.8	73	729.2	129
盐矿	4	1	3	0	0	192	79.64	0	82.1	63855.78	1862.87	5896.4	727.53
砷矿	1	0	0	1	0	13	0.1	0	0.1	25	0	25	0
硼矿	1	0	0	1	0	15	0.5	0	0.5	25	0	25	10
硅灰石	7	0	0	6	1	16	6.45	0	6.45	320	320	320	80
滑石	1	0	0	1	0	12	0.65	0	0.65	65	0	65	10
长石	9	0	0	8	1	75	3.69	0	8.85	601	15	190.34	24.5
石膏	2	0	1	1	0	489	11.14	0	11.14	1596	0	1478.56	244.64
方解石	2	0	0	2	0	23	0	0	12	0	0	0	0

续表 4-2

矿种	矿山企业数					从业人员（个）	年产矿量		实际采矿能力（万吨/年）	工业总产值(万元）	综合利用产值（万元）	矿产品销售收入（万元）	利润总额（万元）
	合计	大型	中型	小型	小矿		万吨	万立方米					
光学萤石	3	0	0	3	0	3	0	0	0	0	0	0	0
玉石	1	0	0	0	1	0	0	0	0	0	0	0	0
水泥用灰岩	209	12	17	176	4	4671	5649.59	0	5959.83	114369.39	8957.82	102604.16	18923.23
建筑石料用灰岩	81	0	0	81	0	1111	612.44	0	789.19	11164.01	837.4	10752.48	1371.17
制灰用石灰岩	23	0	0	17	6	268	63.49	0	67.82	1192.68	203.4	1128.38	157.4
玻璃用白云岩	2	0	0	2	0	20	5	0	5	200	0	200	0
建筑用白云岩	5	0	0	4	1	93	25.5	0	25.5	250	250	250	25
玻璃用石英岩	12	0	0	10	2	110	26.34	0	54.07	1038.26	68	988.23	149.29
水泥配料用砂岩	5	0	1	4	0	22	42.86	0	42.86	544.52	0	472.84	57.3
砖瓦用砂岩	16	0	0	15	1	499	36.3	0	40.09	2774.3	0	2774.3	314.87
陶瓷用砂岩	21	0	0	21	0	61	22.35	0	22.92	332.6	0	332.6	69
建筑用砂岩	28	0	0	27	1	410	344.32	0	469.7	6280.76	3.5	6231.67	898.89
玻璃用砂	6	1	0	5	0	36	6.84	0	17.6	171	0	171	-5
建筑用砂	1	0	0	0	1	6	3.2	0	3.2	30	0	30	0
玻璃用脉石英	18	0	0	16	2	268	12.3	0	10.8	1256.69	10	1051.55	396.38
粉石英	2	0	0	2	0	11	0	0	20	0	0	0	0
砖瓦用页岩	86	0	0	85	1	2409	325.74	0	237.99	15307.33	557.5	15132.42	2671.24
水泥配料用页岩	4	0	1	3	0	69	55.72	0	55.12	537.68	36	466.66	72
建筑用页岩	3	0	0	3	0	65	4.1	0	3.6	210	0	210	27
高岭土	58	4	3	50	1	2579	188.44	0	205.99	16972	280.7	16453	1987.85

续表 4-3

矿种	矿山企业数					从业人员（个）	年产矿量		实际采矿能力（万吨/年）	工业总产值(万元)	综合利用产值(万元)	矿产品销售收入(万元)	利润总额(万元)
	合计	大型	中型	小型	小矿		万吨	万立方米					
陶瓷土	282	0	1	276	5	2270	596.2	0	679.39	27063.84	3433.9	25802.21	3426.26
砖瓦用黏土	269	0	0	71	198	7226	378.34	0	603.93	32988.53	3086.5	32895.43	3847.91
陶粒用黏土	2	0	0	2	0	0	0	0	0	0	0	0	0
水泥配料用黏土	15	0	0	9	6	89	42.7	0	43.7	671	25	611	20
水泥配料用红土	1	0	0	0	1	10	0.75	0	0.75	15	0	15	0
水泥配料用黄土	1	0	0	1	0	10	0	0	0	0	0	0	0
水泥配料用泥岩	1	0	0	0	1	5	0	0	0	0	0	0	0
建筑用玄武岩	16	0	0	15	1	469	218.69	0	318.98	2599.19	481	2598.19	490.53
饰面用辉绿岩	1	0	0	1	0	0	0	0	0	0	0	0	0
建筑用辉绿岩	1	0	0	1	0	20	0	0	0	0	0	0	0
建筑用安山岩	6	0	0	6	0	106	90.98	0	120.8	1415	0	1385	70.8
建筑用闪长岩	7	0	0	7	0	142	67.3	0	134.6	660.73	233	630	31.4
饰面用闪长岩	3	0	0	3	0	45	6.13	0	10.4	500	110	500	53
饰面用正长岩	1	0	0	1	0	6	1.33	0	1.33	13.3	0	13.3	0
建筑用花岗岩	490	1	2	483	4	9820	9317.03	0	10753.84	112681	13795	104417.79	9891.07
饰面用花岗岩	39	0	0	38	1	539	76.31	0	93.44	6712.2	135.6	6474.6	543.77
珍珠岩	1	0	0	1	0	12	0.04	0	0.6	3.2	0	3.2	0.5
建筑用流纹岩	1	0	0	1	0	18	9.26	0	9	850	0	849	12

续表 4－4

矿种	矿山企业数					从业人员（个）	年产矿量		实际采矿能力（万吨/年）	工业总产值（万元）	综合利用产值（万元）	矿产品销售收入（万元）	利润总额（万元）
	合计	大型	中型	小型	小矿		万吨	万立方米					
霞石正长岩	2	0	0	2	0	12	0.74	0	0.74	33.3	0	33.3	0
水泥用凝灰岩	2	0	0	2	0	5	0	0	0	0	0	0	0
建筑用凝灰岩	9	0	0	9	0	136	63.27	0	92.4	951	8	944	44.58
火山灰	1	0	0	1	0	5	0.5	0	1	15	0	15	2.3
饰面用大理岩	11	0	0	9	2	106	35.74	0	39.26	1377.57	425.07	1377.57	540
建筑用大理岩	24	0	0	23	1	235	97.83	0	91.1	2403.9	370.5	2393.9	557.2
水泥用大理岩	2	1	0	1	0	3	0	0	0	0	0	0	0
玻璃用大理岩	29	0	0	29	0	104	40.42	0	40.42	1574	12601	1574	299
饰面用板岩	1	0	0	1	0	8	0.5	0	0.2	160	120	100	19
片麻岩	22	0	0	22	0	149	63.25	0	340	770	686	770	56
矿泉水	117	5	5	102	5	5062	199.87	0	0	55173.47	0	45787.48	1111.91
其他矿产1	3	0	0	3	0	5	10	0	10	25	0	25	15
其他矿产2	2	0	0	2	0	17	7.7	0	13	80	0	80	27

【矿产资源开发利用统计】 1.2010 年广东省铁矿开发利用统计汇总情况。2010 年广东省铁矿开采企业有 67 家,其中:按生产建设规模分类:大型 2 家,中型 2 家,小型 31 家,小矿 32 家。按生产状态分类:生产矿山 39 家,筹建矿山 8 家,停产矿山 20 家。按行政区域布局分类:主要分布在韶关(曲江区、翁源县、新丰县)、河源(紫金县、龙川县、连平县、东源县)、梅州(梅县、丰顺县、平远县、兴宁市)、惠州(博罗县、惠东县)、清远(佛冈县、阳山县、连南县、英德市)、肇庆(怀集县)、茂名(信宜市)、云浮(罗定市)、阳江(阳春县)等 9 个地级以上市的 21 个县(市、区)。

根据各矿山企业上报统计结果,截至 2010 年底,广东省铁矿石年产量为 744.22 万吨。

2.对铁矿石年产量的核实情况。根据 2011 年 4 月组织对铁矿企业年产量重新核实结果,2010 年全省铁矿石年产量为 815.90 万吨,比 2010 年年度统计的铁矿石年产量 744.22 万吨增加了 71.68 万吨(表 5)。

表 5   **2010 年广东省铁矿石产量核实**

序号	矿山编号	矿山名称	生产状态	设计采矿能力	年自产矿石量	矿产品（品位）	矿产品年产量	年销售	自用量	储量核实
A	B	C	D	E	F	G	H	I	J	K
	大型			428.55						
1	4402050001	广东省大宝山矿业有限公司	生产	230.00	122.5	炼铁块矿(53)	20.17	33.49		
						铁富粉矿(51)	48.53	55.11		

续表 5－1

序号	矿山编号	矿山名称	生产状态	设计采矿能力	年自产矿石量	矿产品（品位）	矿产品年产量	年销售	自用量	储量核实
A	B	C	D	E	F	G	H	I	J	K
2	4416230001	大顶铁石	生产	300.00	306	铁精矿粉(62.2)	126.4	126.4		
			—	—	—	铁矿砖原矿(45.1)	306	306		
	—	—	中型				126.43			
3	4416210001	紫金县山冶金有限公司下告铁矿	生产	80	94.426	铁精矿粉(63.47)	23.81	23.81		120.269
4	4416250109	东源县坚基矿业有限公司深坑铁矿	生产	30	32	铁矿石原矿(33)	32	30		
		小型			189.24	—	—	—	—	—
5	4402290001	广东省翁源县陈村铁矿	生产	15.00	2.10	炼钢块矿(46－52)	2.1	2.1		
6	4402290004	国营铁龙林场矿业开发总公司铁矿	生产	6.00	3.50	铁矿石原矿(46)	3.5	3·5		
7	4402330001	新丰县铁帽顶伟帆矿业有限公司铁帽顶	生产	25	30.00	—	—	—		
8	4409210001	信宜市毓庆矿业开发有限公司楼垌铁矿	筹建	1.50		—	—	—		
9	4409210002	信宜市平塘镇计文铜铁矿	停产	1.50		—	—	—		
10	4409210003	信宜金枫矿业投资有限公司托盘垌铁矿	停产	1.50	—	—	—	—		
11	4409210006	信宜市广源矿业发展有限公司兰坑铁矿	停产	3.00	—	—	—	—		
12	4409210008	信宜市贵子八角地矿业有限公司八角地铁矿	停产	2.00	—	—	—	—		
13	4409210009	信宜市广豪矿业有限公司泗宜坑铁矿	生产	3.00	0.39	铁精矿粉(62)	0.39	0.39	—	—
14	4412240011	怀集县凤岗镇将军头铁矿点	生产	1.00	1.00	铁矿石原矿(50)	1	1	—	—
15	4412240021	怀集县东坑铁矿	生产	1.50	1.50	铁矿石原矿(50)	1.50	1.50	—	—
16	4412240031	怀集乐居矿业有限公司怀集县藤铁铁矿区	生产	20.00	20.00	铁精矿粉(62)	20.00	20.00	—	—
17	4412240111	怀集县白水带铁矿	生产	1.50	5.00	铁矿石原矿(40)	5.00	5.00	—	—

续表 5-2

序号	矿山编号	矿山名称	生产状态	设计采矿能力	年自产矿石量	矿产品（品位）	矿产品年产量	年销售	自用量	储量核实
A	B	C	D	E	F	G	H	I	J	K
18	4412243001	怀集县洽水镇天堂顶铁矿点	停产	1.00	—	—	—	—	—	—
19	4412243011	怀集县洽水镇出水坑铁矿点	生产	1.00	0.80	铁矿石原矿（50）	0.80	0.80	—	—
20	4412243021	怀集县洽水镇大坦铁矿	停产	1.00		—	—	—	—	—
21	4412243031	怀集县岩嵊铁矿点	停产	1.00		—	—	—	—	—
22	4412243041	怀集县中洲镇糯塘铁矿点	停产	1.00		—	—	—	—	—
23	4413220104	惠州市明泰利山铁矿有限公司	生产	15.00	15.00	铁矿石原矿（45.85）	15.00	16	—	—
24	4413230012	惠州市鑫胜矿产品有限公司松坑荷寿下铁矿	筹建	15.00	0.00	—	—	—	—	—
25	4413230013	深圳市顺达丰实业有限公司惠东县四眉山铁矿	其它	3.00	0.00	—	—	—	—	—
26	4413230026	惠东县鸿祥实业有限公司铁炉嶂铁矿	筹建	8.00	0.00	—	—	—	—	—
27	4414212001	梅县石坑洪楷祥铁矿场	生产	3.00	0.23	铁矿石原矿（＞48）	0.23	0.23	—	—
28	4414212002	梅县隆文姐山铁矿	生产	0.30	0.10	铁矿石原矿（0）	0.10	0.10	—	—
29	4414212003	梅县隆文李利诺铁矿	停产	1.50	0.00	—	—	—	—	—
30	4414212004	梅县隆文镇李安良铁矿	生产	1.00	0.45	铁矿石原矿（0）	0.45	0.45	—	—
31	4414212005	梅县隆文填王沐祥铁矿场	生产	1.00	0.20	铁矿石原矿（0）	0.20	0.20	—	—
32	4414212009	梅县隆文镇丘顺坤铁矿场	生产	2.00	2.70	铁矿石原矿（0）	2.70	2.70	—	—
33	4414212010	梅县梅宝铁矿	停产	1.50	0.00	—	—	—	—	—
34	4414212011	梅县松源镇铁坑铁矿场	生产	10.00	2.50	铁矿石原矿（＞60）	2.50	2.50	—	—
35	4414212012	梅县松源宝坑铁矿	生产	6.00	3.50	铁矿石原矿（46）	3.50	3.50		—
36	4414212013	梅县松源湾下李利诺铁矿	停产	2.00	0.00	—	—	—	—	—
37	4414232001	车顺宝丰球团矿有限公司八乡银河铁矿	生产	20.00	7.90	铁矿石原矿（48）	7.90	7.90	—	—
38	4414260006	平远县东石尖山矿产公司岌下铁矿	停产	5.00	—	—	—	—	—	—

续表 5 – 3

序号	矿山编号	矿山名称	生产状态	设计采矿能力	年自产矿石量	矿产品（品位）	矿产品年产量	年销售	自用量	储量核实
A	B	C	D	E	F	G	H	I	J	K
39	4414260007	平远县东石尖山矿产公司狮子岩铁矿	生产	3.00	2.76	炼钢块矿（>48）	2.76	2.76	—	—
40	4414260008	平远县粤华矿产有限公司长窝里铁矿	生产	3.00	0.38	炼钢块矿（>35）	0.38	0.476	—	—
41	4414260010	平远彦建荣矿业有限公司东华岩铁矿	生产	3.00	2.23	铁矿石原矿（>48）	2.23	2.23	—	—
42	4.414E＋09	广东省平远县尖山铁矿实业公司平远县尖山铁矿	生产	30.00	38.22	共他（>40）	45.1	0.25	37.4	—
						铁精矿粉（64）	8.1	7.7		
43	4414811201	兴宁市钢铁集团有限公司	停产	15.00	—	—	—	—	—	—
44	4414811202	兴宁市尧新贸易有限公司东山分公司兰排铁矿	筹建	5.00	0.00	—	—	—	—	—
45	4416210002	紫金县宝山矿业开发公司	生产	5.00	10.40	铁矿石原矿（60）	10.40	10.40		
46	4416220001	河源市龙川县贝岭铁坑铁矿	生产	10.00	11.56	铁矿石原矿（17—38）	11.56	11.56		
47	4416222003	龙川县瑞晟矿业有限责任公司上坪回龙铁矿	筹建	25.00	—	—	—	—	—	—
48	4416230013	广东省连平县泥竹塘铁矿	生产	15.00	48.36	铁矿石原矿（31.05）	18.36	18.05	—	—
						炼钢块矿（48.1）	1.08	1.08	—	—
						铁富粉矿（62.4）	3.81	3.76	—	—
						铁精矿粉（64.3）	2.64	2.64	—	—
49	4416230016	河源市鸿矿业有限公司连平县油溪焦园桂林铁矿	停产	5.00	—	—	—	—	—	—
50	4416250032	东源县半江镇大中山铁锡矿	停产	5.00	0.00	—	—	—	—	—
51	4416250115	东源县叶潭镇狮子嶂铁矿	筹建	5.00	0.00	—	—	—	—	—
52	4417810001	阳春市铁矿公司黑石岭铁矿	生产	6.00	2.10	铁精矿粉（6b）	0.71	1.0175	—	—
53	4417810002	阳春市铁矿公司陂头面铁矿	停产	8.0	—	—	—	—	—	—
54	4418210004	佛冈县水头镇铜溪褐铁矿场	生产	2.00	1.20	铁矿石原矿（47）	1.2	1.2	—	—
55	4418230028	阳山县白莲沿坑铁矿	生产	3.00	2.15	铁精矿粉（63）	0.856	0.856	—	—

续表 5-4

序号	矿山编号	矿山名称	生产状态	设计采矿能力	年自产矿石量	矿产品（品位）	矿产品年产量	年销售	自用量	储量核实
A	B	C	D	E	F	G	H	I	J	K
56	4418230073	阳山县黎埠柑子坑铁矿	生产	9.00	1.32	铁矿石原矿（34.66）	1.32	1.32	—	—
57	4418260023	连南县寨南镇新寨包麦坑铁矿	停产	1.00	0.00	—	—	—	—	—
58	4418260024	连南县寨南中坑大石岩铁矿	停产	1.00	0.00	—	—	—	—	—
59	4418260025	连南县寨南镇石径牛坶铁矿	停产	1.00	0.00	—	—	—	—	—
60	4418260026	连南县寨南镇石径塘坳铁矿	停产	1.00	0.00	—	—	—	—	—
61	4418260027	连南县寨南镇山联自带头水晶山铁矿	生产	1.00	0.02	铁矿石原矿（40）	0.017	0.017	—	—
62	4418260028	连南县寨岗镇老虎冲茶坑山林场背铁矿	停产	1.50	0.05	铁矿石原矿（60）	0.05	0.05	—	—
63	4418260029	连南县寨南乌石印铁矿	生产	5.00	0.05	铁矿石原矿（60）	0.05	0.05	—	—
64	4418260039	连南县寨南工业公司松柏洞铁矿	生产	1.00	0.08	铁矿石原矿（40）	0.08	0.08	—	—
65	4418810001	英德市黎溪镇铁溪园树坪铁矿	停产	1.50	0.00	—	—	—	—	—
66	4418810002	广东省英德市谷冲铁矿	生产	1.00	1.00	铁矿石原矿（45）	1.00	1.00	—	—
67	4453810092	罗定市天元采选矿有限公司泗纶铁矿区鸭脚寨矿段	生产	1.00	0.50	铁精矿粉（64）	0.50	0.50	—	0.2
		合计		998.80	744.22					

（选自《关于报送 2010 年度广东省矿产资源开发利用统计年报数据的函》）

海 南 省

【矿产资源概况】 截至 2010 年底，海南省共发现各类矿产 88 种；经评价有工业储量的矿产 70 种。其中，已探明列入资源储量统计的矿产有 60 种、产地 451 处；已列入《2010 年海南省矿产资源储量表》的有固体矿产 54 种（硫铁矿和伴生硫合为一种），产地 335 处。其中金属矿产 18 种，产地 180 处；非金属矿产（包括煤、油页岩）36 种，产地 155 处。

海南省矿产资源种类比较齐全且资源储量相对丰富。在探明储量的 60 种矿产中，保有资源储量列全国前 10 位的矿产有：玻璃用砂（1）、锆英石砂矿（1）、钛铁矿砂矿（1）、饰面用花岗岩（3）、油页岩（4）、蓝宝石（4）、天然气（5）、富铁矿（7）、高岭土（9）、红柱石（9）、铝土矿（10）等。此外，还有丰富的饮用天然矿泉水、医疗热矿水等；具有优势的矿产资源主要有海洋石油、海洋天然气和天然气水合物（可燃冰）、富铁矿、锆英石砂矿、钛铁矿砂矿、玻璃用砂、饮用天然矿泉水、医疗热矿水等；具特色和比较优势的矿产资源有高岭土、黄金、饰面用花岗岩、蓝宝石、钴、油页岩、石墨等。

【矿产地质勘查】 2010 年在海南省开展地质勘查工作单位共有 26 家,其中外省地质勘查单位 7 家,本省地质勘查资质的单位有 19 家。海南省地勘单位分布情况:属地化管理的地勘单位 12 家;矿业公司地勘单位 3 家;其他地勘单位 4 家。现有在职人员 2417 人,其中地质勘查从业人员有 1488 人。

2010 年,海南省继续加大地质勘查工作力度,努力提高地质工作的服务能力,促进地质工作更好地满足经济社会发展的需要。在基础地质调查、矿产资源勘查、地质灾害、地质环境和水文地质调查评价等方面取得显著成果。

2010 年海南省内实施各类地质勘查项目共计 503 项,投入资金共 32777.8 万元,同比 2009 年(24438.0 万元)增加 8339.8 万元,增加了 34.13%。其中:

①实施基础地质调查项目 7 项,投入经费共计 1539.5 万元(未包括科研 1478.7 万元);同比 2009 年(940 万)增加 599.5 万元,增加了 63.78%。

②承担省内各类矿产资源勘查项目 397 项(矿种 19 种),共投入各类地勘经费 28774.5 万元;同比 2009 年(21145.5 万)增加 7629 万元,增加了 36.08%。

③实施水工环地质调查评价项目 92 项,共投入经费 985.1 万元,同比 2009 年(990.5 万)减少 5.4 万元,减少了 0.55%。

④地质勘查科技研究项目 7 项,投入经费 1478.7 万元,同比 2009 年(1362 万)增加 116.7 万元,增加了 8.57%。

此外,2010 年境外实施项目 10 项,投入经费共 5174 万元。

新增查明主要矿种资源/储量:铁 - 矿石量(333 及以上)0.206 亿吨;钛铁矿砂矿 - TiO_2(333 及以上)矿物 259.7005 万吨;铜 - (333 及以上)金属 2.2841 万吨;铅 - (333 及以上)金属 7.1763 万吨;锌 - (333 及以上)金属 21.637 万吨;钴 - (333 及以上)金属 0.2499 万吨;钼 - (333 及以上)金属 0.6533 万吨;金 - (333 及以上)金属 1.226 吨;锆英石(333 及以上)矿物(333 及以上)39.6008 万吨。

完成评价阶段性勘查的矿产地 19 处:大型 6 处、中型 4 处、小型 9 处;新发现矿产地 10 处:大型 4 处、小型 6 处。

【基础地质调查】 海南省 2010 年实施基础地质调查项目 7 个,投入经费共计 1539.5 万元(未包括科研 1478.7 万元),其中中央财政投入 734 万元,省财政投入 805.5 万元。

1. 区域地质调查。①1:25 万区域地质调查。累计完成 1:25 万区域地质调查 6 个图幅,调查面积 33920 平方千米,占陆域面积的 100%;本年度没有实施项目。

②1:5 万区域地质调查。累计完成 1:5 万区域地质调查 46 个图幅,调查面积 17303 平方千米,占陆域面积的 51.01%。本年度实施项目 2 个:第一,完成兴隆、陵水县、什玲市、吊罗山 4 幅 1:5 万区域地质调查报告编写及初审;第二,投入中央财政经费 250 万元,新开展番阳、五指山、营盘村、乘坡区域地质调查。本年度完成 4 个图幅,完成面积为 1783 平方千米。取得主要工作成果:在全面收集、分析研究前人资料的基础上,初步建立 6 个组级地层填图单位——戈枕村组(Chg)、峨文岭组(Che)、陀烈组(S_1 吨)、六罗村组(K_1ll)、鹿母村组(K_1l)、报万组(K_2b)和 25 个侵入岩填图单位,侵入时代从早到晚有二叠纪、三叠纪、侏罗纪和白垩纪,分为海西 - 印支期和燕山期两个构造岩浆旋回。

2. 区域地球物理调查。①1:20 万区域重力调查。累计完成 1:20 万区域重力调查 11 个图幅,调查面积为 33920 平方千米,占陆域面积的 100%。本年度没有实施项目。

②1:10 万高精度航磁测量。本年度实施地方财政项目 1 个,地方财政继续投入 554 万元,完成海南岛 1:10 万高精度航磁测量工作 10314 平方千米,截至 2010 年累计完成面积 59564 平方千米(包括部分海域)。2010 年已进行昌江 - 高峰地区 1:5 万高精度航磁测量和海南岛 1:10 万高精度航磁异常地面检查工作。

3. 区域地球化学调查。累计完成 1:20 万水系沉积物测量 11 个图幅,面积 33920 平方千米,占陆域面积的 100%。2010 年度没有实施项目。

4. 区域遥感地质调查。累计完成 1:25 万国土资源遥感综合调查 6 个图幅,面积 33920 平方千米,占陆域面积的 100%。2010 年度没有实施项目。

5. 区域海洋地质调查。海南省开展了海南省琼州海峡多目标区域地球化学调查(1:10 万),累计完成 10 个图幅,调查面积 4200 平方千米。本年度没有实施项目。

6.1:5 万区域地质矿产调查。累计完成 1:5 万矿产远景调查 8 个图幅,面积 3560 平方千米,占陆域面积的 10.5%。本年度继续实施中央财政项目 1 个,共投入经费共 292 万元。实施 8 个图幅,实施面积 3888 平方千米。

【矿产资源勘查的投资和工作量投入现状】 2010 年海南省实施省内各类矿产资源勘查项目有 397 项(矿种 17 种),共投入各类勘查经费 28774.5 万元(其中中央财政资金 2384 万元,地方财政资金 4654.9 万元,社会资金 21735.6 万元);2010 年共计完成钻探 122403.7 米,坑探 7206.3 米,槽探 28.18577 万立方米,浅井 853.7 米。

1. 能源矿种。2010 年度没有实施项目。

2. 黑色金属。2010 年实施矿产资源勘查项目 7 项,共投入各类地勘经费 1441.0 万元(其中地方财政资金 124 万元,社会资金 1317.0 万元),完成钻探 13638.9 米、槽探 0.1659 万立方米。其中主要为:铁矿勘查:共投入各类地勘经费 1433 万元,完成钻探 13638.9 米、槽探 0.1659 万立方米。

3. 有色金属。2010 年实施矿产资源勘查项目 222 项,共投入各类地勘经费 12915.1 万元(其中中央财政资金 548 万元,地方财政资金 1323.2 万元,社会资金 11043.9 万元),完成钻探 37884.2 米、坑探 1728.3 米、槽探 13.37287 万立方米、浅井 580 米。其中主要为:

①铜矿勘查:实施矿产资源勘查项目 18 项,共投入各类地勘经费 1446.4 万元(其中中央财政资金 121 万元,社会资金 1325.4 万元),2010 年共计完成钻探 10846.3 米、槽探 2.51901 万立方米。

②铅锌矿勘查:实施矿产资源勘查项目 120 项,共投入各类地勘经费 6355.1 万元(其中中央财政资金 327 万元,地方财政资金 1017.5 万元,社会资金 5010.6 万元),完成钻探 10421.3 米、坑探 691 米、槽探 4.95024 万立方米、浅井 243 米。

③钴矿勘查:实施矿产资源勘查项目 6 项,共投入社会资金 67.2 万元,完成槽探 0.1 万立方米、浅井 336.7 米。

④钼矿勘查:实施矿产资源勘查项目 78 项,共投入各类地勘经费 5046.4 万元(其中中央财政资金 100 万元,地方财政资金 305.7 万元,社会资金 4640.7 万元),完成钻探 16616.6 米、坑探 1037.3 米、槽探 5.80362 万立方米。

4. 贵金属。2010 年实施矿产资源勘查项目 146 项,全部为岩金矿勘查,共投入各类地勘经费 9767.4 万元(其中中央财政资金 438 万元,地方财政资金 1261.3 万元,社会资金 8068.1 万元),完成钻探 42100.14 米、坑探 5478 米、槽探 11.997 万立方米、浅井 274 米。

5. 稀有金属。2010 年实施矿产资源勘查项目 4 项,共投入社会资金 993.6 万元,完成钻探 13231.0 米、槽探 2.1595 万立方米。

6. 化工建材及其他非金属。2010 年实施矿产资源勘查项目 16 项,共投入各类地勘经费 3417.4 万元(其中中央财政资金 1398 万元,地方财政资金 1906.4 万元,社会资金 113.0 万元),完成钻探 15349.2 米、槽探 0.4905 万立方米。

7. 水气矿产。2010 年实施矿产资源勘查项目 2 项,共投入各类地勘经费 240 万元(其中地方财政资金 40 万元,社会资金 200 万元),完成钻探 200.3 米。

【新增探明矿产资源储量】 1. 新增探明的矿产资源储量。①能源矿产。2010 年度没有新增资源储量。

②黑色金属矿产。铁:新增探明矿石量(333 及以上)0.206 吨;钛铁矿砂矿:新增 TiO_2(333 及以上)矿物 259.7005 万吨。

③有色金属矿产。铜:新增查明金属量(333 及以上)2.2841 万吨,其中已提交金属量(333 及以上)1.3345 万吨,已控制金属量(333 及以上)0.9496 万吨;铅:新增查明金属量(333 及以上)7.1763 万吨;锌:新增查明金属量(333 及以上)21.637 万吨;钴:新增查明金属量(333 及以上)0.2499 万吨;钼:新增查明金属量(333 及以上)0.6533 万吨。

④贵金属矿产。金:新增查明金属量(333 及以上)1.226 吨;银:新增查明金属量(333 及以上)111.845 吨。

⑤稀有金属矿产。锆:新增查明锆英石矿物(333 及以上)39.6008 万吨。

⑥化工建材及其他非金属矿产。高岭土:新增查明矿物(333 及以上)3299.4016 万吨;玻璃用砂:新增查明矿石量(333 及以上)5268.6 万吨;建筑用砂:新增查明矿石量(333 及以上)10019 万立方米;建筑用玄武岩:新增查明矿石量(333 及以上)2122 万立方米;建筑用花岗岩:新增查明矿石量(333 及以上)11993 万立方米。

2. 2010 年完成阶段性勘查的矿产地。2010 年完成阶段性勘查的矿产地 19 处,按规模分有大型 6 处、中型 4 处、小型 9 处;按勘查程度分有普查 7 处、详查 12 处。其中:

铁矿 1 处、钛铁矿砂矿 2 处、铜矿 2 处、铅矿 1 处、锌矿 1 处、钴矿 1 处、钼矿 1 处、金矿 1 处、银矿 1 处、锆英石砂矿 2 处、高岭土矿 1 处、玻璃用砂矿 1 处、建筑用砂矿 1 处、建筑用玄武岩矿 2 处、建筑用花岗岩矿 1 处。

3. 2010 年新发现矿产地。2010 年新发现矿产地 10 处,其中大型 4 处、小型 6 处。

钛铁矿砂矿 1 处、钼矿 1 处、金矿 1 处、锆英石砂矿 1 处、高岭土矿 1 处、玻璃用砂矿 1 处、建筑用砂矿 1 处、建筑用玄武岩矿 2 处、建筑用花岗岩矿 1 处。

【矿产资源勘查重要成果】 2010 年,海南省昌江县石碌铁多金属矿区接替资源详查,海南省乐东县后万岭钼铅锌矿详查,海南西南部沿海陆地锆钛砂矿、石英砂矿资源预查－普查,海南省屯昌地区高岭土矿普查暨详查等项目取得了重要成果。

1. 海南省昌江县石碌铁矿接替资源补充勘查。该项目前期为危机矿山接替资源勘查项目,后期为商业性勘查项目,由海南省地质勘查局资源环境调查院负责勘查,2007 年 1 月开始危机矿山接替资源勘查。2009 年 1 月开始转入详查。主要实物工程工作量:机械岩心钻探,主矿体累计进尺 51710.88 米(81 个孔);小矿体累计进尺 5013.25 米(47 个孔);水文抽水试验钻孔 2 个,合计进尺 1426.40 米。基分采样 5169.73 米。

累计探获铁矿石资源/储量 20644.5717 万吨,新增铁矿石资源量 2060.4469 万吨,平均 TFe 品位 43.73%;探获钴矿矿石量 1487808 吨,钴金属 3075.35 吨,新增钴矿石量 1303976.39 吨,金属量 2498.71 吨,平均 Co 品位 0.206%;铜矿矿石量 1779396 吨,金属量 17163.06 吨,新增铜矿石量 1594393.08 吨,金属量 13345.21 吨,Cu 平均品位 0.96%。探获伴生组分查明情况:镍金属量 793.052 吨、银金属量 14.618132 吨、硫元素量 224153 吨。

2. 海南省乐东县后万岭钼铅锌矿详查。该项目为商业性勘查项目,2006 年开展详查工作,勘查区面积 10.58 平方千米。累计投入工作量:槽探 6734 立方米,岩芯钻探 19521.72 米,水文地质钻孔 228.73 米。本次详查共圈定铅锌矿体 6 条。获得各类型铅锌矿石总量为 1540.13 万吨,金属量:铅 71763 吨,平均品位 0.47%;锌 216370 吨,平均品位 1.40%。其中,探明的经济基础储量(121b)矿石量为 81.95 万吨,金属量:铅 3610 吨,平均品位 0.44%,锌 15044 吨,平均品位 1.84%;控制的经济基础储量(122b)矿石量为 639.55 万吨,金属量:铅 330344 吨,平均品位 0.52%,锌 124444 吨,平均品位 1.95%;探明的边际经济资源量(2M21)矿石量为 34.72 万吨,金属量:铅 479 吨、锌 1695 吨;控制的边际经济资源量(2M22)矿石量为 518.58 万吨,金属量:铅 9749 吨、锌 22089 吨;推断的内蕴经济资源量(333)矿石量为 265.33 万吨,金属量:铅 24893 吨,平均品位 0.94%,锌 53098 吨,平均品位 2.00%。估算的伴生组分资源/储量结果为:铜金属量 9496 吨,品位 0.26%;银金属量 111845 千克,品位 11.33 克/吨。

3. 海南西南部沿海陆地锆钛砂矿、石英砂矿资源预查－普查。系省财政出资勘查项目。2010 年度在原有预查基础上,锆钛砂矿普查区圈定 61 个矿体。探获普查区推断的内蕴经济资源量(333)锆英石 37.680764 万吨,钛铁矿 248.05331 万吨,其中可利用的推断的内蕴经济资源量(333)锆英石 26.744686 万吨,钛铁矿

172.428044 万吨。佛罗矿段锆英石平均品位为 1.42 千克/立方米、钛铁矿平均品位 6.53 千克/立方米;利国矿段锆英石平均品位为 1.10 千克/立方米、钛铁矿平均品位为 7.61 千克/立方米。

4. 海南东北文昌－屯昌地区高岭土矿普查。本年度分别对四部分矿区矿体进行了估算,其中三阳村求获高岭土矿石资源量(2M22 + 2S22)1388.7390 万吨,－325 目淘洗精矿量 489.1643 万吨;湖塘村求获高岭土矿石资源量(2M22)145.6165 万吨,－325 目淘洗精矿量 50.9421 万吨;福朝村求获高岭土矿石资源量(2M22 + 2S22)604.4545 万吨,－325 目淘洗精矿量(2M22 + 2S22)214.4003 万吨;外围矿区求获高岭土矿石资源量(2M22 + 2S22)1160.5916 万吨,－325 目淘洗精矿量 408.1530 万吨。

【地质环境和地下水调查评价】 海南省开展水文地质、环境地质和地质灾害调查评价等项目 92 个,共投入经费 985.1 万元(勘查经费投入结构见图4),其中:中央财政资金 165 万元、省财政资金 418 万元,其他资金 402.1 万元。分类项目实施情况见下述:

1. 水文地质调查评价。①水文地质调查。本年度实施水文地质调查 1 个:琼北地下水、矿泉水、热矿水开采井分层利用状况调查,该项目为跨年度项目,2010 年度投入省级财政经费 120 万元,调查面积 4600 平方千米。

②专门性文地质调查。本年度实施项目 2 个:①投入 11.5 万元社会资金开展卡森·博鳌亚洲湾供水水文地质勘查,本年度完成面积 1.5 平方千米;②使用 2009 年度资金开展琼北地下水盆地东部地下水监测试验场建设,完成面积 0.01 平方千米。

③地下水污染调查评价。至 2010 年底,全省已完成 1:25 万海南省地下水污染现状调查 33900 平方千米。本年度没有实施项目。

④其他类别。2010 年度实施省级财政项目 2 个,投入资金总额共 63.2 万元。①投入 35 万元开展海南省地下水动态监测,面积 1140 平方千米;②投入 28.2 万元开展龙沐湾国际旅游度假区地下水潜水水位长期观测。

海南省地下水监测点设立情况:累计设立水位监测点 119 个(新增 2 个),水质监测点 26 个(新增 2 个)。由于历年来水井老化、市政工程破坏等原因,至 2009 年底,正在运行的水位监测点有 34 个,其中国家级点 11 个,省级点 23 个;正在运行的水质监测点有 19 个,国家级点 9 个,省级点 10 个。

2. 环境地质调查评价。①矿山环境地质调查与评估。本年度实施省级财政项目 13 个,投入资金总额

为111.5万元开展矿山环境地质调查与评估,完成面积77平方千米。累计完成面积143平方千米。

②城市环境地质调查评价。累计完成1:5万环境地质(检测)915平方千米、1:5万环境地质(修测)896平方千米。本年度没有实施项目。

③国家重大工程区域地壳稳定性调查与评价。累计完成1:5万工程地质调查150平方千米、1:2千工程地质调查70平方千米。本年度没有实施项目。

④其他类型。本年度实施省级财政项目3个,投入资金总额为167.5万元。①投入中央财政100万元开展1:50万海南旅游地质调查评价示范,完成面积33920平方千米;②投入中央财政65万元开展1:5万海南旅游地质调查评价示范,完成面积1000平方千米;③投入省级财政2.5万元开展海南省环境水文地质与地方病调查。

3.其他资源调查与评价。继续开展海南岛东北部裂隙型地热资源调查与评价工作,由2009投入经费359万元,完成面积10900平方千米。

4.主要项目介绍。①琼北地下水、矿泉水、热矿水开采井分层利用状况调查。为跨年度省级财政项目,本年度投入省财政投资金120万元。2010年度项目完成野外实地调查、采取水样等工作。野外工作成果已通过站组织的验收。共调查水井1103口,测量地理坐标1103个,水质化验709个批次。其中,海口地区共调查水井700口,水质化验472个批次;澄迈地区共调查水井69口,水质化验46个批次;临高县共调查水井152口,水质化验120个批次;儋州市及洋浦地区共调查水井182口,水质化验71个批次。

②琼北地下水盆地东部地下水监测试验场建设。该项目为跨年度项目,2009年省财政投入资金232.24万元,2010年度项目完成最后2口监测井的施工建设,孔深分别为190米、695米,分别监测第2、7层承压水。6口监测井相关的野外水文地质资料编录、抽水试验、水文地质柱状图绘制等工作也初步完成。

③海南岛东北部裂隙型地热资源调查与评价。该项目为跨年度项目,2009年度省财政投入359万元,2010年项目野外工作基本结束,勘查工作量有物探6处,面积约4平方千米,其中高密度电法线48条,联合剖面线36条,浅层测温线35条;施工钻探孔6个,总进尺约1200米;单孔抽水试验次数6次;区域地质测绘调查6处,完成面积约780.8平方千米,水文点166个,地质点调查点127个;岩石试样数24个,水样14个批次。经过全区域内实地调查与民访,海南岛东北部裂隙型地热资源存在共有7处,分别为:琼海市官塘地热田、九曲江地热田、石壁渊山温泉、国营西达农场九乐宫温泉、澄迈县文儒镇桂根温泉、屯昌县乌坡镇牛班

坡村温泉、文昌市会文镇官新村温泉。其中,新发现地热矿点两处,分别为"琼海市石壁渊山温泉"与"屯昌县乌坡镇牛班村温泉",并进行了初步勘探,开发前景良好。目前正在进行室内资料整理、报告编写等工作。

【地质灾害调查】 1.突发性地质灾害调查。2010年度实施地质灾害危险性评估项目68个,投入资金总额为461.9万元。其中省级财政资金181万元,社会资金280.9万元,完成面积190.6平方千米。累计设立地质灾害群测群防点96个。

2.其他类型地质灾害调查。累计完成1:50万海南省县(市)地质灾害调查与区划综合研究33900平方千米、1:10万县(市)地质灾害调查与区划33900平方千米、海南省地质灾害防治规划33900平方千米。

2010年度实施项目2个:①投入省级财政经费49.5万元开展海南省地质灾害防治规划项目;②使用2009年度资金开展1:10万县(市)地质灾害调查与区划项目。

【地质科技研究与技术创新】 2010年实施项目7项,投入资金额度1478.7万元,其中中央财政资金270万元,地方财政资金1208.7万元。

1.海南省矿产资源潜力评价项目。2010年度投入资金350万元,其中中央财政150万元,省级财政200万元,主要开展成矿地质背景研究、成矿规律及矿产预测、物探化探遥感自然重砂综合信息评价、综合信息集成等工作。

2.海南省昌江县石碌矿区外围铁矿资源潜力调查评价。投入地方财政资金400万元,完成1:2.5万地质测量115平方千米,1:1万地质剖面测量35千米;完成物探1:2.5万高精度磁测115平方千米,1:5万遥感地质解释648平方千米,EH-4电磁测深611个点;完成1:2.5万化探土壤测量115平方千米。通过遥感地质解译、地质调查、地质填图及物化探调查评价工作,重点对本次3个工作区进行了铁矿资源潜力找矿预测,在石碌矿区的外围找矿预测中提出了两个重点找矿远景区。

3.1:25万系列数字地质图编制及数据库建设。投入中央财政资金100万元,开展了4个专题研究项目,取得主要工作成果有:进一步完善全省岩石地层单位划分;开展海南省地层区划;确立了海南岛侵入岩序列和成因类型;开展了岩浆带的划分;进行海南省构造单元分区,总结其地质特征;对琼北地区出露的新生代基性火山岩的喷发期次及先后顺序进行了系统研究与划分;重新总结与建立了海南岛构造骨架和变质变形序列;对不同图幅间存在的接图问题进行了野外调查及

核实,从而使不同图幅间地质界线不仅图面上衔接、吻合,同时地质体的划分与时代归属也趋于符合实际情况。

4. 海南省矿山储量动态消耗与资源补偿费征收挂钩核查。地方财政投入资金184.13万元,完成了2个矿山储量动态消耗与资源补偿费征收挂钩核查,收集矿山地质报告和动态监测报告12份,图件61幅,储量估算表12份,进行矿山企业现场调查6次。编制完成了《海南省昌江县石碌铁矿矿山储量动态消耗与资源补偿费征收挂钩核查报告》和《海南省昌江县芸红岭石灰岩矿山储量动态消耗与资源补偿费征收挂钩核查报告》。

5. 地质测试仪器工作方法研究。属于基础性项目类别,开展新引进地质测试仪器的工作方法研究,规范操作要求,确保地质测试样品的精度和速度,提高分析效率,降低分析成本,更好的为地质找矿服务。

项目主要进展:①石墨炉原子吸收法测试地球化学调查样品中的微量金,已完成了方法筛选、方法试验、方法验证,目前已分析了多个批次的样品,内检及外检样品分析质量达到地质调查规范的要求。目前进入方法总结阶段,还需解决延长石墨管的寿命,进一步降低分析成本的问题。

②微波消解－氢化物原子荧光法测定植物样品中的 Se 等元素,已完成了微波消解方法试验、氢化物原子荧光条件试验,目前已分析两个小批次的样品,内检样品分析质量及回收试验达到地质调查规范的要求,目前进入方法总结阶段。

③X－射线荧光法测定灰岩中的 CaO、MgO、SiO$_2$、Fe$_2$O$_3$、Al$_2$O$_3$ 等,已完成了条件试验、方法验证,目前已分析了多个批次的样品,内检分析质量及国家地质标准样品分析质量达到地质调查规范的要求,目前进入方法总结阶段。

④已有配套分析方法的验证与汇总,已完成了发射光谱法测定地球化学调查样品中的 Ag、Mo、Sn,离子选择性电极测定地球化学调查样品中的 F,全谱直读等离子发射光谱法测定地球化学调查样品中的 Cu、Pb、Zn、Co、Ni 等。

【地质工作社会化服务】 1. 建设地质资料数据中心。2010年海南省馆藏有2030种成果地质资料,本年度共汇交成果地质资料38种。地质资料数字化累计完成1372种,本年度数字化完成350种。

2. 建立健全地质资料信息共享和社会化服务体系。2010年度汇交资料情况:区域地质1份,矿产地质28份,水文工程1份,环境灾害3份,其他5份,合计38份。

2010年馆藏资料利用3208份,共10371件,为1901人次提供了地质资料服务。

本年度继续建立完善地质资料网络服务体系,不断推进地质资料的现代化建设,按时完成"地质资料信息目录"等所有数据的更新,实现地质资料信息互通,向社会提供了高效、便捷、全面的地质资料信息网络化服务。至2010年底,共有1320条地质资料目录数据库(含内容提要)上网提供查询,上网查询672382人次。

【矿产资源开发利用】 1. 基本情况。截至2010年底,全省共有各类持证开采矿山企业427家(不含油气、地热、矿泉水,下同),与2009年相比减少了37家。

2010年全年采掘原矿总量6897.81万吨,其中:铁矿石482.18万吨、钛铁矿砂矿829.01万吨(钛铁矿精矿6.4810万吨)、锆英石砂矿2656.55万吨(锆英石精矿2.2706万吨)、金矿28.03万吨(黄金1037.95千克)、水泥用灰岩(含水泥用大理岩)矿石1133.83万吨、玻璃用砂矿81.23万吨。由于海南省生产矿山企业数比2009年大幅减少,海南省固体矿产采掘矿石量较上年减少了145.57万吨,减少2.07%。

2010年度,全省矿山企业工业总产值315515.22万元,比2009年增加92055.26万元,增长了41.20%;矿产品销售收入320082.92万元,比2009年增加105800.99万元,增加了49.37%;利润总额117273.65万元,比2009年增加59326.55万元,增加了102.38%。

2. 矿业结构。按矿山规模统计,大型44家,中型79家,小型276家,小矿28家,分别占矿山总数的10.30%、18.50%、64.64%、6.56%。海南省矿山企业的生产规模以小型与小矿占多数。

按经济类型统计,国有企业6家,集体企业1家,股份合作企业3家,联营企业1家,有限责任公司37家,股份有限公司15家,私营企业322家,其他企业39家,港、澳台商投资企业1家,外商投资企业2家,分别占矿山总数的1.41%、0.23%、0.70%、0.23%、8.67%、3.51%、75.41%、9.13%、0.23%、0.47%。

按生产状态统计,生产企业265家,较去年减少68家,减少20.42%,停产企业74家,关闭企业12家,筹建企业76家,分别占矿山总数的62.06%、17.33%、2.81%、17.80%

3. 矿山企业经济效益。2010年海南省持证开采矿山企业完成工业总产值315515.22万元(现价)。其中能源矿产(煤炭)总产值196.00万元,占总产值的0.06%;黑色金属矿产开发总产值230844.51万元(铁矿总产值222895.96万元),占总产值的73.16%;有色金属开发总产值2922.78万元,占总产值的0.93%;贵金属开发总产值27905.98万元,占总产值的8.84%;

稀有稀土金属矿产开发总产值10849.1万元，占总产值的3.44%；冶金辅助原料非金属矿产开发总产值297.76万元，占总产值的0.09%；化工原料非金属矿产开发总产值422.76万元，占总产值的0.13%；建材及其他非金属矿产开发总产值42076.32万元，占总产值的13.34%。

2010年海南省持证开采矿山企业从业人员12965人，其中能源矿产（煤炭）从业人员183人，占总人员的1.41%；黑色金属开发从业人员5182人，占总人员的39.97%；有色金属矿产开发从业人员344人，占总人员的2.65%；贵金属开发从业人员1573人，占总人员的12.13%；稀有稀土金属矿产开发从业人员818人，占总人员的6.31%；冶金辅助原料非金属矿产开发从业人员55人，占总人员的0.42%；化工原料非金属矿产开发从业人员20人，占总人员的0.15%；建材及其他非金属矿产开发从业人员4790人，占总人员的36.95%。

2010年海南省持证开采矿山企业年利润117273.65万元，其中，能源矿产（煤炭）年利润－65万元，黑色金属矿产年利润105750.1万元，有色金属矿产年利润－1498.34万元，贵金属矿产年利润5204.16万元，稀有稀土金属矿产年利润330.48万元，冶金辅助原料矿产年利润－192万元，化工原料矿产年利润20.53万元，建材及其他非金属矿产年利润7723.73万元。与2009年相比，海南省持征开采矿山企业年利润增加59326.65万元，增加了102.38%。

2010年海南省矿产资源补偿费应收6174.63万元，实缴5313.01万元。海南省采矿权使用费应收132.04万元，实缴131.84万元。

2010年海南省矿山企业个数下降，较2009年减少37个，主要是由于海南省大部分市县砖瓦黏土采矿权到期后注销（减少39个）。2010年海南省矿山企业工业总产值、销售收入、利润总额均大幅增长，主要由于2010年铁矿、黄金等矿产品价格上扬。与2009年相比，铁矿产量保持不变，但铁矿产品平均销售价格上涨约69.8%，工业总产值222895.96万元，增加了56.72%；销售收入228762.11万元，增加了63.05%；年利润总额102564万元，增加了126.75%。黄金产量1037.95千克，增加了45.37%；黄金销售价格上涨22.19%，工业总产值27905.98万元，增加了79.47%；销售收入27905.98万元，增加了79.47%；年利润总额5204.16万元，增加了26.64%。

为了保护和合理利用矿产资源，提高资源利用效益，近年海南省开展了整顿和规范矿产资源开发秩序工作，编制了矿产资源开发利用规划，积极稳妥地推进矿产资源开发整合工作。截至2010年底，海南省矿业秩序治理整顿已初见成效，关闭了部分无采矿许可证的小矿，海南省小矿数量近两年来显著减少，各类矿产资源开发利用经济效益较大提高。

【矿产资源监督管理】 2010年，海南省矿产资源监督管理工作，按照海南省人民政府和国土资源部的要求，深入贯彻落实科学发展观和《国务院关于推进海南省国际旅游岛建设发展的若干意见》（国发〔2009〕44号），努力开拓，不断创新，扎扎实实推进地质勘查和矿产开发管理工作。

1. 继续推进整顿和规范矿产资源开发秩序工作。①推进矿产资源开发整合工作。组织编制了《海南省矿产资源开发整合实施方案》，确定了全省砂石黏土资源开发整合和7个探矿权整合区为整合重点。该方案已报经省政府批准印发执行，并报国土资源部备案。按照砂石黏土资源开发海南省一盘棋的指导思想，全省暂停新设和出让砂石黏土采矿权，同时全面推进全省砂石黏土资源调查评价和采矿权设置方案编制工作。现已完成18个市县砂石黏土资源调查评价工作，编制了市县砂石黏土资源采矿权设置方案，近期将在此基础上编制全省砂石黏土采矿权设置方案。完成了7个探矿权整合区的勘查实施方案，并以此为依据组织和引导整合区内各探矿权调整勘查设计，与各探矿权人签订勘查合同，鼓励和引导探矿权整合，促进整装勘查。

②继续保持打击矿产资源违法行为的高压态势，巩固整顿治乱工作成果。先后组织对15个非法采矿点破坏矿产资源价值进行鉴定，积极指导、协助和配合各市县加强重点矿区的动态巡查，加大打击力度，防止违法采矿反弹。

③按照国土资源部的部署，对钨矿和萤石矿等特定矿种全面实施开采总量控制管理制度，督促指导相关市县开展总量控制工作。相关市县国土局已与省国土厅签订了开采总量控制管理工作责任书，相关的采矿权人也与所在地的市县国土局签订了开采总量控制合同。

④按照国土资源部的部署，开展矿业权出让审批制度执行情况专项清理工作。印发了实施方案，召开了全省专项清理工作会议，全面推进清理工作，5月底向国土资源部报送了清理工作报告。

2. 完善矿业权管理制度，加强矿业权市场建设。①制定《海南省矿产资源管理条例》配套管理制度。起草了《海南省探矿权采矿权管理若干规定》《海南省砂石黏土资源管理若干规定》《海南省地热矿泉水管理办法》《海南省矿业权有形市场管理办法》等配套管理规定，其中以砂石黏土资源开发管理为重点，探索建立采矿权设置方案管理制度和采矿权总量控制管理制度，促进砂石黏土资源开发与社会经济发展、环境保护协调发展。

②依法征收矿业权价款，继续推进矿业权有偿处置工作。全省征收矿业权价款 30865.5 万元，其中省国土厅征收矿业权价款 26379 万元，具体分成为中央 3933.5 万元、省级 14531.8 万元、市县级 7913.7 万元；市县征收采矿权价款 4486.5 万元。全省征收矿业权使用费 140.3 万元。

③做好勘查开采登记和矿产资源开发统计工作。受理勘查登记 332 宗，其中变更 67 宗，转让 46 宗，延续 212 宗，保留 3 宗；受理采矿登记 19 宗，其中划定矿区范围 2 宗，新立 3 宗，变更 4 宗，延续 2 宗，转让 4 宗，抵押 4 宗；受理开发利用方案审查 3 宗；依照新条例主动注销采矿权 10 宗。市县办理采矿登记 134 宗，其中新立 41 宗，变更 11 宗，延续 29 宗，注销 53 宗。

3. 加大地质找矿力度，促进矿业经济持续发展。①健全矿产资源勘查投入良性循环机制，进一步改善商业性矿产资源勘查环境，引导和拉动商业性勘查。完成了地质勘查项目管理办法的修改工作，对项目立项、申报、设计审查、项目监理、检查验收等各个管理环节做了规范要求。全年争取中央财政资金 1217 万元、省财政资金 2704.8 万元投入地质找矿，新开地质找矿项目 6 个、续作项目 4 个，继续实施 6 个跨年度项目。全省陆域现有商业风险地质找矿项目 532 个（其中部发证 23 个、省厅发证 509 个），社会商业风险资金投入 1.31 亿元。一批地质找矿项目取得重要进展，石碌铁矿补充勘查在 2009 年基础上又新增探明铁矿资源储量 6400 多万吨，乐东后万岭铅锌矿、报告村钼矿等找矿项目也有新进展。

②贯彻落实新修订的《海南省矿产资源管理条例》，紧紧围绕省重点建设项目，保障资源供应，强化服务跟踪，努力推进优势矿产资源采、选、深加工一体化，延长产业链，将资源优势转化为经济优势。一是为社会经济发展提供建筑用资源保障，完成全省砂石黏土资源调查评价工作，新增一批砂石黏土资源储备；审时度势，结合国际旅游岛建设和"节能减排"工作，开展了黏土替代资源调查评价，以解决"禁实"后经济建设所需新型墙体材料的原料供应问题。二是为重点工业项目提供原材料保障，以海南深加工为条件，通过市场为中航三鑫特玻项目配置了文昌市小惠村石英砂矿；协调华盛水泥三期、国投水泥二期资源基地白石岭石灰岩矿合作开发，并请求省政府协调解决昆雅岭石灰岩矿开发问题，同时分别在昌江县内开展了水泥灰岩和水泥配料用黏土资源勘查评价，全力解决水泥工业

资源保障问题为。三是通过签订采矿权出让补充协议，加快推进年产 5 万吨钛白粉项目资源基地万宁市保定海锆钛砂矿开发等。

【勘查行业管理】 1. 做好地质勘查行业和地质勘查资质管理工作。2010 年 3 月，完成 2009 年度海南省地质勘查行业发展情况调查统计报告和地质勘查成果通报。加强地质勘查资质管理，全年办理地质勘查资质注册登记申请 3 宗。

2. 争取财政资金 1354 万元投入基础地质工作。其中中央财政 600 万元、省级财政 754 万元，开展了全岛黏土代替资源调查评价新开项目，1：5 万五指山等四幅区调项目、海南岛 1：10 万高精度航磁测量等 4 个续作项目。

3. 加快推进重要矿产资源潜力评价项目。多个阶段成果通过全国项目办验收，其中基础编图及数据库、重砂编图及数据库获评优秀级，铁、铝预测成果及数据库获评良好级。全面完成矿业权实地核查项目，通过了全国项目办验收，并及时将核查成果应用于海南省矿产资源管理工作。

（海南省环境资源厅　陈　冠）

重 庆 市

【矿产资源概况】 1. 主要矿种资源概况。重庆市主要矿产资源保有资源量排名位于全国前 10 名以内的有 25 种，包括天然气、锰矿、铝土矿、镁矿、汞矿、锶矿、冶金用砂岩、铸型用砂岩、耐火黏土、铁矾土、硫铁矿、重晶石、毒重石、盐矿、滑石、水泥用灰岩、玻璃用砂岩、砖瓦用砂岩、陶瓷用砂岩、粉石英、砖瓦用页岩、凹凸棒石黏土、陶粒用黏土、水泥配料用泥岩、建筑用大理岩。

另外，部分矿种保有资源量在全国排名虽居后，但在市内被列入重要资源的有：煤炭、铁矿、铅矿、锌矿、石膏、熔剂用灰岩、建筑石料用灰岩等。

截至 2010 年底，全市已发现 74 种矿产（含亚矿种），占全国 171 种矿产的（含亚矿种）43.2%；具有查明资源储量的矿产 56 种（能源矿产 4 种、金属矿产 13 种、非金属矿产 37 种、水气矿产 2 种），占全国 159 种（含亚矿种）的 35.2%。截至 2010 年底，全市列入《重庆市矿产资源储量统计表》的矿种有 52 种（天然气、石油由国土资源部统计），各类矿产种类名称见表 1，矿产种类构成图见图 1 和图 2。重庆市在全国排名前 10 位以内的矿产资源统计见表 2。

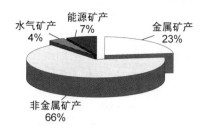

图1　重庆市查明矿产种类构成

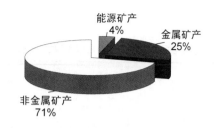

图2　列入《重庆市矿产资料储量统计表》
的矿种构成

表1　　　　　　　　　　　　　　　　重庆市矿产种类一览

矿产类别	查明资源储量的矿种		已发现尚未查明资源储量的矿种矿种数	
	矿种数	矿种名称	矿种数	矿种名称
能源矿产	4	煤、石油、天然气、石煤	1	煤层气
金属矿产	13	铁、锰、钒、铜、铅、锌、铝、镁、汞、银、锶、镓、镉	7	钼、锑、铂、铯、钯、砂金、硒
非金属矿产	37	普通萤石、熔剂用灰岩、冶金用白云岩、冶金用砂岩、铸型用砂岩、耐火黏土、铁矾土、硫铁矿、重晶石、毒重石、电石用灰岩、制碱用灰岩、盐矿、磷矿、滑石、石膏、水泥用灰岩、建筑石料用灰岩、玻璃用砂岩、水泥配料用砂岩、砖瓦用砂岩、陶瓷用砂岩、建筑用砂岩、建筑用砂、粉石英、砖瓦用页岩、水泥配料用页岩、建筑用页岩、陶瓷土、凹凸棒石黏土、砖瓦用黏土、陶粒用黏土、水泥配料用黏土、水泥配料用泥岩、饰面用大理岩、建筑用大理岩、玻璃用大理岩	10	芒硝、含钾砂页岩、含钾岩石、钾盐、方解石、冰洲石、高岭土、海泡石黏土、伊利石黏土、膨润土
水气矿产	2	地下水、矿泉水		
合计	56		18	

2. 矿产资源分布特点。重庆市矿产资源种类较多、总量相对较丰富。资源分布相对集中，主要分布于八大成矿区带：渝东北北大巴山钡矿成矿带；渝东北城口锰矿成矿带；渝西大足－合川－铜梁锶矿成矿带；渝南南川－武隆铝土矿、硫铁矿、煤炭成矿带；渝东南黔江－彭水铝土矿、硫铁矿、煤层气富集带长江沿岸天然气、盐及石膏等能源非金属成矿带；渝中重庆－綦江地热水、矿泉水富集区；渝东南酉阳－秀山锰、汞、铅锌、萤石、重晶石成矿带。

【矿产资源储量】　1. 能源矿产储量变化。2010年重庆市能源矿产查明资源储量有所增长，其中煤炭查明资源储量增长6.88%；新增能源矿产石煤。

2. 金属矿产储量变化。2010年重庆市金属矿产大部分矿种查明资源储量总量增加，少数矿种查明资源储量无变化，个别矿种查明资源储量有所减少。

金属矿产中铁矿、镁矿、汞矿、银矿、镓矿、镉矿查

明资源储量没有变化和锶矿查明资源储量有所减少外，在其他黑色金属和有色金属取得了较大的突破。其中：锶矿减少的主要原因是根据储量利用现状核查成果与储量核实资料对铜梁县玉峡矿区内的锶矿资源进行了核实与调整，减少比例为20.32%。其他黑色金属和有色金属查明资源储量增加是通过普查或综合勘查取得的成果，主要开展的勘查项目有秀山县茶园矿区大坳坡锰矿普查、酉阳县中茶园锰钒综合普查、酉阳县小坝矿区铅锌普查和丰都县太平乡尖山子矿区铜铅锌普查等；锌矿和铝土矿查明资源储量有微弱增长，增幅分别为0.01%和0.15%；锰矿、钒矿和铅矿查明资源储量有所增长，增幅分别为10.63%、6.99%、14.37%；新增有色金属矿产铜矿。

3. 非金属矿产储量变化。2010年重庆市非金属矿产查明资源储量没有变化的有15种，有所减少的有4种，略有增加（增幅小于10%）的有12种，显著增加（增幅大于10%）的有11种，新增加上表查明资源储量

的有 5 种。

表2　重庆市在全国排名前10位以内的矿产资源统计

序号	矿产名称	单位	矿区数	资源量	全国排名
1	毒重石	矿石 千吨	2	7736.33	1
2	陶瓷用砂岩	矿石 千吨	1	10910	1
3	粉石英	矿石 千吨	2	17750	1
4	铁矾土	矿石 千吨	5	90587.1	2
5	汞矿	汞 吨	7	12350	3
6	盐矿¹	矿石 千吨	5	1010305	3
7	水泥配料用泥岩	矿石 千吨	14	82960	3
8	铸型用砂岩	矿石 千吨	1	11260	4
9	水泥用灰岩	矿石 千吨	72	4140450.5	4
10	凹凸棒石黏土	矿石 千吨	3	427	4
11	天然气	亿立方米	—	1921.02	5
12	镁矿	矿石 千吨	3	75303	5
13	锶矿	天青石 吨	9	186790.68	5
14	砖瓦用砂岩	矿石 千立方米	3	240	5
15	硫铁矿	矿石 千吨	20	259869	6
16	建筑用大理岩	矿石 千立方米	1	10751	6
17	锰矿	矿石 千吨	14	24898.7	7
18	玻璃用砂岩	矿石 千吨	10	20970	7
19	冶金用砂岩	矿石 千吨	4	6768	8
20	耐火黏土	矿石 千吨	11	63085.2	8
21	滑石	矿石 千吨	3	2768	8
22	陶粒用黏土	矿石 千吨	1	136	8
23	铝土矿	矿石 千吨	14	25487	9
24	重晶石	矿石 千吨	14	3719	10
25	砖瓦用页岩	矿石 千立方米	14	29	10

非金属矿产中,没有变化的分别是:冶金用砂岩、铸型用砂岩、铁矾土、毒重石、盐矿、磷矿、滑石、玻璃用砂岩、陶瓷用砂岩、粉石英、水泥配料用黏土、水泥配料用泥岩、建筑用正长岩、建筑用大理岩、玻璃用大理岩。有所减少的是冶金用石英岩、水泥配料用砂、砖瓦用砂岩、水泥配料用页岩。略有增加的有耐火黏土、重晶石、饰面用大理岩、陶瓷土、硫铁矿、电石用灰岩、石膏、陶粒用黏土、冶金用白云岩、砖瓦用黏土、水泥配料用砂岩、凹凸棒石黏土。显著增加的有水泥用凝灰岩、制灰用石灰岩、砖瓦用页岩、玻璃用石英岩、普通萤石、熔

剂用灰岩、水泥用灰岩、盐矿、建筑石料用灰岩、建筑用砂、制碱用灰岩,其中水泥用灰岩、建筑石料用灰岩、建筑用砂、制碱用灰岩增长幅度在170%以上,为水泥加工与建筑骨料等产业发展提供了充足的原料。新增上表查明资源储量的5个非金属矿种分别是:普通萤石、硫铁矿(伴生硫)、化工用白云岩、方解石和饰面用灰岩。

【矿产资源储量管理】　2010 年共办理矿产各类资源储量评审备案 629 件,审查地质勘查报告 30 个、储量核实报告 233 个、压覆矿产资源评估报告 366 个;办理矿产资源储量登记 244 件,查明登记 27 件、占用登记 200 件、压覆矿产资源登记 17 件。

2010 年共审查建设项目用地压覆矿产资源 360 宗;办理压覆矿产资源预审 360 件,其中为西南油气田分公司和勘探南方分公司等油气钻井用地办理压覆矿产资源预审 46 件,审查钻前工程建设用地面积 25.65 万;审批建设项目压覆矿产资源 12 宗,下达同意压覆矿产资源的批复 13 个,包括兰渝铁路、南涪铁路、渝利铁路、成渝高速公路(复线)、城口至万源快速公路、万盛至綦江梨园坝二级公路改建扩建工程、万盛区关坝镇规划建设、石柱县东方红水利工程等国家和市级重点工程建设项目。

在制度建设与协调方面,贯彻落实国土资发〔2010〕137 号文件规定,以渝国土房管发〔2010〕200 号转发了部通知;印发了《关于调整压覆矿产资源评审机构的通知》(渝国土房管发〔2010〕227 号)文件,进一步明确了压矿评估审查机构;就国家电网公司向上线等重点建设项目开展了专门协调,印发《关于国家电网公司向上线塔基压覆矿产工作会议纪要》等会议纪要 3 份、各类函件 4 份。

【地质勘查】　"十一五"期间重庆市实施地质矿产勘查项目(包括公益性基础性地质调查研究和有关"十五"期间已安排而尚未完成的项目)460 项,计划投入勘查资金 14.20 亿元。

1. 按资金来源划分。中央财政项目 36 项,计划投入资金 1.34 亿元,占 9%;市级财政项目 202 项(含续作项目),计划投入资金 8.79 亿元,占 63%;区县垫资项目(含补作勘查项目)145 项,计划投入资金 1.74 亿元,占 12%;商业性勘查项目 77 项,计划投入资金 2.33 亿元,占 16%。

2. 按项目性质划分。基础及综合研究类 47 项,计划投入资金 1.92 亿元;矿产资源勘查类 413 项,计划投入资金 12.28 亿元。其中以煤炭资源勘查为主,共 139 项,计划投入资金 5.42 亿元。

3. 按地区划分。渝东南地区项目 153 项(含 8 个跨区域科研项目),计划投入资金 3.88 亿元,其中 2007～2009 年(实施年度为 2008～2010 年)项目 139 项,计划投入资金 3.58 亿元,平均每年投入 1.19 亿元。

渝东北地区项目 199 项(含 8 个跨区域科研项目),计划投入资金 4.82 亿元,其中 2007～2009 年(实施年度为 2008～2010 年)项目 150 项,计划投入资金 3.94 亿元,平均每年投入 1.31 亿元。

1 小时经济圈地区项目 121 项,计划投入资金 5.5 亿元,其中 2007～2009 年(实施年度为 2008 至 2010 年)项目 150 项,计划投入资金 2.36 亿元,平均每年投入 0.79 亿元。

4. 项目完成情况。"十一五"期间已结题地质矿产勘查项目 156 项,其中基础地质项目(含综合研究) 13 项,矿产资源勘查项目 143 项;正在实施项目 304 项。完成勘查总投入 9.68 亿元。

①完成主要实物工作量:完成 1:5 万地质填图 12603 平方千米,钻探进尺 57.18 万米,坑道(含老窑清理)7.63 万米,槽探 24.25 万立方米。其中:

已结题地质矿产勘查项目:完成 1:5 万地质填图 200 平方千米,钻探进尺 38.26 万米,坑道(含老窑清理)5.92 万米,槽探 13.52 万立方米(表 3)。

表 3　已结题项目完成主要实物工作量一览

序号	类别	项目	实际完成工作量		
			钻探(米)	坑探(米)	槽探(立方米)
1	基础地质	13	完成面积 200 平方千米		
2	煤	68	191999	50267	25338.8
3	地热水	33	51760		
4	铁矿	4	55156.7	774.3	22401
5	铝土矿	5	27467.8	657.5	8438
6	锰矿	6	13141.7	3331	1382.1
7	铅锌矿	2	299.5	194.7	11800
8	钒钼矿	3	8581.19	286.61	4887.6
9	水泥灰岩	10	14643.3	680.5	23834
10	粉石英	2	3613.62	538.84	11425.2
11	炼镁白云岩	3	1306.57		14054
12	铜矿	3		1882.5	4210
13	毒重石	2		505	5468
14	耐火黏土	1			1035
15	砂金	1		221	470
	合计	156	382607	59178	135194

正在实施地质矿产勘查项目完成 1:5 万地质填图 12403 平方千米,钻探进尺 18.92 万米,坑道(含老窑清理)1.71 万米,槽探 10.73 万立方米。

②经费投入情况:实际完成勘查投入资金 9.68 亿元,占计划投入资金的 68%。其中:

按出资渠道划分:中央财政勘查 2010 年下达岩溶石山地下水勘查 1500 万元在 2011 年完成投入,其他项目完成了绝大部分工作量,仅余少量收尾资金,实际投入 1.16 亿元,占 12%;市级财政勘查 6.04 亿元,占 62%;区县垫资(含补作性质)0.83 亿元,占 9%;商业性勘查 1.65 亿元,占 17%。

已结题地质矿产勘查项目投入勘查资金 5.40 亿元,未结题项目投入勘查资金 4.28 亿元。

未结题项目情况:未结题正在实施的项目(包括完成了年度计划的续作项目)304 项,其中基础类地质项目 34 项,矿产资源勘查类 270 项(含调查评价 17 项)。矿产资源勘查类项目涉及到主要矿产种类为煤(70 项)、铁(46 项)、锰(16 项)、铅锌矿(28 项)、铜(27 项)、铝土矿(9 项)、煤层气(2 项)、锶(1 项)、炼镁白云岩(5 项)、汞(7 项)、建筑用大理岩(1 项)、含钾页岩(1 项)、石英砂岩(4 项)、粉石英(1 项)、钼钒矿(8 项)、石膏(1 项)、黏土矿(1 项)、地热水(25 项)。

未结题正在实施项目设计钻探 514218 米,坑探 36282 米,槽探 287975.4 立方米,计划总经费 8.80 亿元,经检查清理初步完成钻探 189216.9 米(完成率 37%),坑探 17138.3 米(完成率 47%),槽探 107331.7 立方米(完成率 37%),已经完成勘查投入 4.28 亿元。

③取得的成果:提交各类成果报告 156 份,其中基础地质调查 4 份,综合研究 9 份,矿产资源勘查 143 份(其中矿产资源预查 6 份,普查 68 份,详查 57 份,勘探 12 份)。

1:5 万区域地质调查安排部署 35726 平方千米,部署覆盖率达到 62%;实际完成 12403 平方千米,完成覆盖率由十五期末的 18.7% 上升到目前的 35%。

新发现粉石英矿产,探明粉石英大型矿产地 1 处,新增粉石英矿石资源储量 1775 万吨。

提交粉石英、水泥用灰岩、铁矿、锰矿、钼钒、硫铁矿、炼镁白云岩、煤炭、地热水、铝土矿、铅锌矿、毒重石等重要矿产地 114 处,其中大型 11 处、中型 41 处、小型 62 处。

新增重要矿产资源储量(含预测的资源量):煤炭 15.50 亿吨,水泥用灰岩 54.1 亿吨,锰矿石 1997 万吨,炼镁白云岩 5.92 亿吨,铁矿石 14774 万吨,铝土矿石 4608 万吨,锶(天青石)矿物 33 万吨,粉石英矿石 1775 万吨,毒重石 2305 万吨,地热水勘查获井 28 口,最大流量 80761 立方米/天(水温 31℃～63.5℃),基本完成

了"十一五"期间规划的指标任务(表4)。已结题矿产资源勘查项目实际投入勘查资金5.28亿元,勘查效果较好。其中:

渝东南地区新增资源储量:煤炭1.12亿吨,水泥用灰岩0.75亿吨,锰矿石961万吨,炼镁白云岩2.86亿吨,铁矿石179.5万吨,铝土矿石1084万吨;渝东北地区新增资源储量:煤炭1.38亿吨,水泥用灰岩5.8亿吨,锰矿石1036万吨,铁矿石9136万吨,粉石英矿石3675万吨,毒重石2305万吨,地热水勘查获井2口,最

大流量7267立方米/天;一小时经济圈新增资源储量:煤炭13亿吨;水泥用灰岩47.55亿吨,炼镁白云岩3.06亿吨,铁矿石5458.5万吨,铝土矿石3524万吨,锶(天青石)矿物33万吨,地热水勘查获井26口,最大流量73494立方米/天。

基本完成了"十一五"期间规划的指标任务(表4)。已结题矿产资源勘查项目实际投入勘查资金5.28亿元,勘查效果较好。

表4　　　　　　　　　　　　　重庆市主要矿产资源储量"十一五"规划目标完成情况

序号	矿产种类	单位	"十一五"规划指标	"十一五"新增资源储量(含预测资源量)				完成率(%)
				合计	渝东南地区	渝东北地区	一小时经济圈	
1	煤	亿吨	9	15.50	1.12	1.38	13	155%
2	地热水	万米3/日	12	8.07		0.73	7.34	66.7%
3	铁矿	矿石万吨	8000	14774	179.5	9136	5458.5	184%
4	铝土矿	矿石万吨	1000	4608	1083.7		3524.3	461%
5	锰矿	矿石万吨	800	1997	961	1036		249%
6	锶矿	天青石万吨	10	33			33	报告未评审
7	水泥灰岩	亿吨	24	54.1	0.75	5.8	47.55	225%
8	粉石英	矿石万吨	300	3675		1775	1900	1225%
9	炼镁白云岩	亿吨	2.7	5.92		2.86	3.06	218%

市级财政项目提交重要矿产地53处,其中大型8处、中型11处、小型34处。新增重要矿产资源储量:煤炭8.29亿吨,铁矿石14774.29万吨,铝土矿石3865万吨,锰矿石652万吨,粉石英矿石1775万吨,其他矿产资源储量详见表5。已结题市级财政矿产资源勘查项目实际投入勘查资金2.86亿元,勘查成效显著。

表5　　　　　　　　　　　　　市级财政矿产资源勘查提交资源储量一览

矿种	矿产地	提交成果					投入经费(万元)
		单位	331	332	333	合计	
煤	27	万吨	5286	10841.1	30181.8	82930.6	10869.25
铁	4	万吨	3285.5	5945.47	5437.12	14774.29	7691
铝土矿	3	万吨		1389	1830	3865	4101
锰	2	万吨			118	652	461
铅锌	1	万吨				1.6121	327
钒钼	1	万吨			290	339	494
镁	3	万吨			10636	59153	754
钡	1	万吨			52	1478	81
石灰石	7	万吨	2785.4	118270.65	19126.03	508797.38	2071.38
粉石英	1	万吨		1320	455	1775	783
黏土	1	万吨			185	369	10
金矿	1	千克			116	611	57.92
地热水	1	立方米/日	最大出水量2000立方米/日				948.8
总计	53						28649.35

【铁矿铝土矿整装勘查项目与目标】 重庆市铁矿铝土矿整装勘查工作是由中央财政、地方财政和企业共同出资推进的勘查项目,其中中央财政主要开展基础性地质工作(区域性地质调查、矿产资源调查评价以及科研等),地方财政主要开展预查、普查地质工作,企业主要开展详查、勘探地质工作。

1. 计划项目:下设 10 个工作项目(表6),各工作项目下按不同的工作程度和类型设置子项目。

表6 工作项目基本情况一览

计划项目名称	工作项目名称	钻探工作量(米)		总经费(万元)	2008～2009年市级财政已投入	2010 年经费(万元)	
		总工作量	2010年			中央财政	市级财政
重庆市铁矿整装勘查	1:5 万河梁、綦江、三江、东溪镇 4 幅矿产远景调查			2000			
	渝东地区地质构造演化及铁矿基地研究			2400		150	
	重庆市巫山县桃花 - 邓家铁矿调查评价	26215	6165	8054	1489	600	1030
	重庆市綦江县新盛 - 土台铁矿调查评价	112012	14382	2094		3600	1970
	小计	143227	20547	33397	1489	1350	3000
重庆市铝土矿整装勘查	1:5 万鸣玉、水江、南川、鱼泉河幅区调			720		215	
	渝东地区地质构造演化及铝土矿基地研究			1848	26	150	
	重庆市九井铝土矿调查评价	50115	9855	10187		800	1454
	重庆市车盘铝土矿调查评价	42370	6620	7544	330	700	340
	大佛岩铝土矿外围勘查	33030	9230	6495			1931
	其他地区勘查	15380		3505	187		
	小计	140895	25705		543	1865	3725
合计		284122	46252	63696	2032	3215	6725

项目工作周期 3 年(2010～2012 年),预计项目总经费 63696 万元,其中铁矿勘查经费 33397 万元,铝土矿勘查经费 30299 万元。已下达或基本落实以往年度及 2010 年度工作总经费 11972 万元,其中中央财政 2010 年度 3215 万元,市级财政 2008～2009 年已投入 2032 万元,2010 年度计划经费 6725 万元正在落实之中、文件暂未下达(表6)。

2. 预期目标:①力争提交可供进一步勘查开发的大中型铁矿资源基地 2 处,新增铁矿石资源量 3 亿吨(其中綦江铁矿勘查区 1 亿吨,巫山铁矿勘查区 2 亿吨),全市形成 5 亿的铁矿资源开发基地。②力争提交可供进一步勘查开发的大中型铝土矿基地 2～3 处,新增铝土矿石资源量 1 亿吨。

截至 2010 年底,1:5 万区调项目完成地质填图 430 平方千米,完成率 77%。矿产资源勘查项目完成钻探进尺 11645.48 米,各项目钻探工作完成情况详见表2。

从以上情况及表5 可看出,除区调项目进度较慢外,其余中央财政下达项目基本完成了年度工作计划。市级财政专项资金部份任务下达较晚,2010 年度不予考核。

表7　　　　　　　　　　　　　　　　矿产资源勘查项目钻探工作完成情况

工作项目名称		计划		完成			完成率（％）	备注
		钻孔（个）	进尺（米）	终孔（个）	正在施工（个）	进尺（米）		
重庆市巫山县桃花－邓家铁矿调查评价	重庆市巫山县桃花－邓家铁矿调查评价	2	1560	1	1	1523	98	中央财政
	巫山铁矿勘查	14	4605	9	1	3029.93	66	市级财政
重庆市綦江县新盛－土台铁矿调查评价	重庆市綦江县新盛－土台铁矿调查评价	2	1960	1	1	1974	101	中央财政
	綦江铁矿勘查	15	12422	2010年11月下达任务，正在实施				市级财政
重庆市九井铝土矿调查评价	重庆市九井铝土矿调查评价	6	2290	5	1	1777.55	78	中央财政
	磨子沟铝土矿深部普查	9	7565	2010年11月下达任务，正在实施				市级财政
重庆市车盘铝土矿调查评价	重庆市车盘铝土矿调查评价	11	1650	11		1601	97	中央财政
	武隆申基坪铝土矿普查	20	3430	10	4	1740	52	市级财政
	武隆赵家坝铝土矿普查	5	1540	2010年11月下达任务，正在实施				市级财政
大佛岩铝土矿外围勘查		11	9230	2010年11月下达任务，正在实施				市级财政
合计		46252				11645.48		

【铁矿、铝土矿勘查】　进一步提高了铁矿带、铝土矿带地质工作程度，为勘查工作选区提供了依据。施工钻孔45个，已完工钻孔37个，见矿钻孔29个，见矿率78％，其中，铁矿施工钻孔14个，已完工钻孔11个，见矿钻孔8个（其中3个钻孔矿体厚度≥1米），见矿率73％；铝土矿施工钻孔31个，已完工钻孔26个，见矿钻孔21个，见矿率81％。

钻孔控制区域经初步概算铁矿石（334）？资源量3000万吨；铝土矿石（333）＋（334）？资源量3920万吨，其中（333）资源量300万吨，铝土矿以边界矿石、低品位矿石为主。

铁铝资源勘查工作已使用经费3608万元，其中铁矿1988万元，铝土矿1590万元，勘查效率较好。

初步了解了铁铝成矿带的资源潜力，工作区展现了较好的找矿前景，为进一步整装勘查工作提供了较好的基础。

各工作项目主要成果分述如下：

1.1:5万鸣玉、水江、南川、鱼泉河幅区调。

①通过实测剖面，大致建立了联测区内的地层系统。初步了解了联测区"七曜山基底断裂"两侧的构造特征及其异同。

②初步了解了已填图区地质构造特征，铝土矿含矿岩系特征，以及沉积环境和沉积条件，为铝土矿整装勘查选区提供了基础地质资料。

2.重庆市巫山县桃花－邓家铁矿调查评价。评价区西南部的ZK2301孔已终孔，ZK5110孔正在施工，已接近含矿地层。ZK2301孔揭露两层矿层，上矿层厚0.53～0.77米，夹石厚0.93～4.84米，下矿层厚0.32～0.46米，矿体净厚0.85～1.23米。

初步了解了调查评价区西部矿体变化情况。从桃花矿区往南西方向矿体逐渐变薄，至矿区西部边缘含矿岩系中仅见有较小的铁矿透镜体存在。结合浅部工作，初步概算铁矿石（334）？资源量2000万吨左右。

3.巫山铁矿勘查。勘查区共施工钻孔10个，完工钻孔9个（巫山县金狮赤铁矿区），见矿钻孔6个，见矿率66％，但只有2个钻孔中有厚度达到1米的工业矿体存在。

金狮赤铁矿区见矿 1～3 层,钻探控制矿体单层厚 0.30～1.21 米,矿体净厚 0.30～1.88 米。矿石品位 TFe 40.07%～46.45%。

初步概算铁矿石(333)+(334)? 资源量 1000 万吨左右。

4. 重庆市綦江县新盛－土台铁矿调查评价项目。评价区 ZK4110 已终孔,未见矿。ZK6102 正在施工,尚未揭露到含矿地层。尽管 ZK4110 孔未揭露含矿地层,但对于矿体圈边及下步工作部署提供了依据。

【铝土矿调查评价项目】 1. 重庆市九井铝土矿调查评价项目。已完工 5 个孔,其中 3 个孔见矿,见矿率达 60%。钻孔揭露矿体厚 0.54～2.3 米,矿石品位 Al_2O_3 50.11%～56.02%、A/S 2.07～2.57,以边界品位矿石为主。初步概算铝土矿石(334)? 资源量 720 万吨。

ZK5304 于 10 月 5 日开孔,由于该区域断层较发育,岩石破碎,尤其是龙潭组地层岩石极其破碎,在该井段的起下钻时很难,因此也导致出现多次孔内事故,钻进很难正常进行,通过近 3 个月的努力工作,现在孔深仅 418 米。

2. 重庆车盘铝土矿调查评价项目。①重庆车盘铝土矿调查评价。已完工 11 个孔,其中 9 个孔见矿,见矿率 82%。钻孔揭露矿体厚 0.80～3.28 米,矿石品位 Al_2O_3 44.29%～62.22%、A/S 2.56～6.70。评价区找矿效果较好,有进一步扩大勘查的前景。初步概算铝土矿石(334)? 资源量 2100 万吨。

3. 武隆申առ坪铝土矿普查。已完工 10 个孔,其中 9 个孔见矿,见矿率 90%。

钻孔揭露矿体厚 0.45～7.30 米,矿石品位 Al_2O_3 41.59%～59.01%、A/S 2.48～4.63。评价区找矿效果较好。初步概算铝土矿石(333)+(334)? 资源量为 1100 万吨,其中(333)资源量 300 万吨。

【矿产资源开发管理】 积极推进矿产资源开发整合,整顿关闭全面完成 2010 年推进以煤矿关闭整合为重点的矿产资源开发整合工作,全面完成了小煤矿整顿关闭工作任务。开发处 2 人被市政府评为煤矿整顿关闭工作先进个人,全市矿产资源开发整合工作得到国土资源部的通报表扬(国土资源部通报第 47 期),整合工作进展排全国第三名(江苏、安徽之后)。主要开展的工作:一是编制完成了进一步推进矿产资源整合实施方案,报市政府批准后报部备案;二是加强监管,及时注销了 303 个关闭煤矿的采矿许可证,清理核实退还 129 家关闭煤矿剩余已缴采矿权价款。三是加强了与重庆煤监局、市煤管局、市安监局等相关部门和有关区县政府的沟通协调,得到了相关部门的理解支持,共

同推进了煤矿整顿关闭工作。

1. 优化煤矿采矿许可证办理程序,提高办事效率。按照市领导的批示精神,研究解决整合煤矿采矿权出让审批中的问题,提出了加快推进整合煤矿采矿权出让审批的工作措施,整合煤矿采矿权出让审批全面提速。目前全市已完成煤矿资源资产整合并颁发新的采矿许可证的煤矿共 538 个(煤矿总数 747 个,其中新建 62 个),占应发采矿许可证的煤矿总数的 85%,预计年底前可完成 90%。

一是优先发放了能投集团所属煤矿采矿许可证,支持国有煤矿合法生产。支持国有煤矿扩大采矿范围和增加煤炭资源储量(占用储量由 1.10 亿吨增加到 7.09 亿吨以上,总规模从 960 万吨/年扩大到 2214 万吨/年),并按扩大后的矿区范围颁发了采矿许可证。二是优化办证程序,提高工作效率。通过缩短办理时限、适当精简申请报件资料、尽量利用已有资料提高工作效率,减少区县办证时往返的次数。三是开展业务培训,提高对煤矿采矿权审批政策的理解和执行能力。2010 年 8 月,举办了 3 期培训班,区县国土资源部门和中介技术服务机构有关人员约 200 人参加了培训学习,全面提高了区县国土资源主管部门和中介技术服务机构人员对整合煤矿政策的理解和执行能力。四是制定了切实可行的采矿许可证换证工作实施方案。针对矿业权实地核查发现的实际开采范围与登记范围不一致等问题,实施方案明确了采矿许可证换证的工作目标、任务分工、工作程序、分类处置的具体要求和时间安排,保障了采矿许可证换证工作的快速推进。五是及时延续采矿许可证办证工作,保障电煤供应。各区县因各种原因仍未完成整合换证工作的煤矿申请将采矿许可证有效期延续到 2011 年 6 月 30 日。

2. 完成全市矿业权实地核查工作。按照矿业权实地核查工作的安排,今年上半年完成了矿业权实地核查数据的整理,市级检查验收和成果报告、图件的编制、上报和迎接国家级验收准备等工作。2010 年 5 月,全市矿业权实地核查成果数据通过国土资源部专家验收并被专家组评定为优秀;6 月,国土资源部全国矿业权实地核查项目办公室组织专家在北京对重庆市矿业权实地核查成果进行了验收,验收委员会一致同意通过验收,认为重庆市矿业权实地核查工作组织措施得力,方法科学合理,基础工作扎实,成果规范,数据可靠,圆满完成了规定的任务,实现了预期目标,为提升矿政管理水平奠定了基础。

本次核查完成了 3365 个有效矿业权的实地核查,投入 8700 万元,外业实测探矿权 148 个、采矿权 3217 个;加密控制点 789 个,向矿区引入控制点 7212 个;实地测量矿井巷道 1884.6 公里,露天采矿权埋设界桩

2589 个;摸清了全市现有矿业权勘查开采现状,为规范矿产资源勘查开发秩序奠定了基础。

3. 采矿权价款和矿产资源补偿费征收工作,成效明显。2010 年 1 至 11 月,市级征收矿产资源规费 30.54 亿元,其中采矿权价款 18.68 亿元,出让成本 10.91 亿元,矿产资源补偿费 0.88 亿元,采矿权使用费、利息和滞纳金等其他费用 0.071 亿元;对市能投集团所属煤矿采矿权全面实行了有偿出让;采矿权价款和矿产资源补偿费征收数提前并超额完成了全年征收目标(计划数 1.8 亿元)。

2010 年 1～11 月,市级共计出让采矿权 860 宗,采矿权出让综合价款征收数额较 2009 年全年(2.44 亿元)大幅增加 27.15 亿元,扣除返还能投集团价款后,

实际收入采矿权综合价款 4.94 亿元。实际增幅 102%。全市矿产资源补偿费征收入库 12716.63 万元,其中,市级征收入库 8843.59 万元,占入库总数的 70%。预计全年矿产资源补偿费征收入库数额与 2009 年全年(15250.04 万元)基本持平。

规范国有煤矿矿产资源补偿费征收。一是制定并出台了《重庆市国土房管局关于规范国有煤矿矿产资源补偿费征收管理的通知》,今后每年按规定审查减免矿产资源补偿费;二是会同市财政对重庆能源投资集团公司 2007～2009 年申请减免矿产资源补偿费进行了会审并报市政府批准,减免 4039.5 万元;三是追缴矿产资源补偿费欠费。通过全面清理,追缴市能投集团 1997 年至 2009 年所欠矿产资源补偿费 1275 万元。

表 8 　　　　　　　　　　　　　2010 年重庆市全部矿产资源开发利用情况(按矿种分列)

矿种	矿山企业数					从业人员(个)	年产矿量		实际采矿能力(万吨/年)	工业总产值(万元)	综合利用产值(万元)	矿产品销售收入(万元)	利润总额(万元)
	合计	大型	中型	小型	小矿		万吨	万立方米					
合计	3381	55	150	2497	679	205189	16075.11	0	18271.11	1879834.64	227050.79	1639071.98	154616.64
煤炭	853	3	14	362	474	137753	3889.49	0	4004.57	1255334.31	131775.13	1097831.54	102361.04
石煤	1	0	0	0	1	28	5	0	5	400	0	400	45
地下热水	9	1	2	6	0	1011	286.35	0	0	4191	0	2571	510
铁矿	7	0	0	5	1	402	9	0	9	1800	0	1800	−1767
锰矿	63	0	6	57	0	6029	164.79	0	169.71	110778.93	5832	97070.97	7958.3
钒矿	1	0	0	0	1	20	2	0	2	10	5	0	0
锌矿	8	0	0	0	8	582	1.76	0	4.85	1432	0	1432	201
铝土矿	7	0	2	5	0	2789	27.2	0	27.2	2090.4	0	2090.4	100
汞矿	10	0	0	6	4	155	22.21	0	19.44	1550	880	530	80
锶矿	12	0	0	2	10	1597	8.9	0	10.8	2643.2	0	2420	803
普通萤石	51	0	8	42	1	615	44.7	0	59.5	10798	6907	3892.5	1584.1
熔剂用灰岩	5	0	1	4	0	1056	108.1	0	108.1	7977	6684	5500	76
冶金用白云岩	4	1	0	3	0	253	70.41	0	75.41	2661.05	0	2661.05	21.7
冶金用石英岩	3	0	0	3	0	62	4	0	4	89.8	0	80	18.4
冶金用砂岩	15	0	3	10	2	264	12.84	0	14.7	554.8	0	489	63.12
铸型用砂岩	1	0	0	1	0	10	6.5	0	6.5	195	0	192	10
铸型用砂	2	0	0	2	0	39	4.41	0	4.41	181.35	0	173.01	0.12

续表 8－1

矿种	矿山企业数					从业人员（个）	年产矿量		实际采矿能力（万吨/年）	工业总产值(万元)	综合利用产值(万元)	矿产品销售收入(万元)	利润总额(万元)
	合计	大型	中型	小型	小矿		万吨	万立方米					
耐火黏土	13	0	1	12	0	117	5.04	0	14.54	1106	800	1104.5	250
硫铁矿	4	0	0	4	0	51	5	0	5	300	0	300	20
重晶石	37	1	3	33	0	354	9.2	0	55.6	2505	1730	575	161
毒重石	15	0	2	13	0	697	23.88	0	25.5	6275.4	0	6258.9	858.3
电石用灰岩	6	0	2	2	2	64	25.2	0	25.3	862	0	656	185
化工用白云岩	1	0	0	1	0	35	1.2	0	1.2	14.4	0	14.4	4.4
化肥用石英岩	2	0	0	2	0	40	0.4	0	10	400	400	220	0
含钾岩石	1	0	0	1	0	12	1	0	1	40	30	40	8
盐矿	3	2	1	0	0	1546	45.3	0	43.6	12789.77	0	12609.8	1551
硅灰石	5	1	0	3	1	100	19	0	19	1562.5	1072.5	1242.5	847
滑石	1	0	1	0	0	78	8	0	8	240	2	240	67
石膏	48	1	1	43	3	846	122.23	0	154.13	5353.5	406	5349.5	801.03
方解石	26	0	0	23	3	263	10.3	0	53.2	2027	1440	602	167.5
水泥用灰岩	189	14	5	158	12	4888	2866.64	0	3948.47	181563.37	5840	143887.9	6346.36
建筑石料用灰岩	890	1	8	792	89	16746	5376.7	0	6041	127476.04	23400.09	121759.43	12803.81
饰面用灰岩	7	0	0	5	2	59	19	0	24.3	1650.5	0	1644.3	629
制灰用石灰岩	24	0	0	13	11	700	129	0	137	4697.5	599	4646.5	1544.4
玻璃用白云岩	1	0	0	0	1	10	1	0	1	60	0	60	20

续表 8－2

矿种	矿山企业数					从业人员（个）	年产矿量		实际采矿能力（万吨/年）	工业总产值（万元）	综合利用产值（万元）	矿产品销售收入（万元）	利润总额（万元）
	合计	大型	中型	小型	小矿		万吨	万立方米					
建筑用白云岩	2	0	1	1	0	80	7.7	0	5	108	50	108	50
玻璃用石英岩	15	1	2	12	0	330	68.45	0	69	1688.6	300	1687.32	165.62
玻璃用砂岩	6	0	3	3	0	24	1.72	0	1.72	131	0	131	20.6
水泥配料用砂岩	30	0	6	22	2	464	112.75	0	172.65	4127.15	280	3608.05	361.34
陶瓷用砂岩	5	0	0	4	1	68	2	0	6	95	45	95	7
建筑用砂岩	121	4	9	98	10	2103	573.45	0	619.72	9028.02	5067	8766.82	1320.56
玻璃用砂	5	0	0	5	0	115	8	0	11	800	200	800	200
建筑用砂	15	0	0	11	4	209	41.04	0	47.04	615.69	100	620.73	102.4
水泥配料用砂	7	0	1	5	1	50	8.67	0	43.67	260	2	225.75	6
水泥配料用脉石英	1	0	0	1	0	6	0.1	0	0.1	6	0	2.8	0
陶粒页岩	1	0	0	1	0	6	1	0	1	－ 520	0	520	20
砖瓦用页岩	668	0	50	596	22	18401	1574.88	0	1734.41	85490.36	28108.59	81785.46	11701.18
水泥配料用页岩	11	0	2	8	1	206	22.93	0	48.13	1167	940	1141	129.3
建筑用页岩	91	0	5	82	4	2357	202.78	0	206.4	11056.6	734	9284.67	1572.6
高岭土	7	1	0	6	0	78	4.5	0	13.5	217	28	217	28.5
陶瓷土	3	0	0	3	0	48	1	0	1	20	0	20	0
凹凸棒石黏土	1	0	0	1	0	6	0.5	0	0.5	2500	0	2500	200
伊利石黏土	6	0	0	3	3	26	2.1	0	3.5	155	0	155	10
累托石黏土	1	0	0	1	0	12	0.36	0	0.36	180	0	175	0
陶粒用黏土	12	0	4	6	2	184	14.58	0	32.18	719.3	488.48	391.3	52.46

续表 8-3

矿种	矿山企业数					从业人员（个）	年产矿量		实际采矿能力（万吨/年）	工业总产值（万元）	综合利用产值（万元）	矿产品销售收入（万元）	利润总额（万元）
	合计	大型	中型	小型	小矿		万吨	万立方米					
水泥配料用黏土	3	0	0	2	1	38	4	0	5	137	0	134	35.2
保温材料用黏土	1	0	0	1	0	5	0	0	0	0	0	0	0
水泥用凝灰岩	1	0	0	0	1	25	0.2	0	0.2	15	1	15	1
饰面用大理岩	25	24	1	0	0	509	57.98	0	125	5452	2880	2724	43
饰面用板岩	2	0	1	1	0	8	0	0	1	0	0	0	0
片石	5	0	3	2	0	65	17.42	0	18.8	761.7	14	701.67	192
砚石	1	0	0	1	0	16	0.2	0	0.2	16	0	16	0
矿泉水	6	0	1	3	2	395	4.05	0	0	2718.39	0	2688.2	31.3
其他矿产	4	0	0	4	0	84	9	0	11	240	10	214	38

【地质灾害及防治】 2010年全市共发生地质灾害450起,其中滑坡360起、崩塌70起、泥石流7起、地面塌陷13起,有22起地质灾害造成27人死亡、10人失踪、14人受伤,直接经济损失约4700万元。2010年全市成功预报了各类地质灾害54起,紧急转移群众13000余人,避免直接经济损失约3000万元。

表9 2010年重庆市地质灾害造成人员伤亡统计

序号	发生地点	灾害类型	死亡	失踪	伤	成因	发生时间
1	江津区永兴镇阳岩村12社胡豆沟	滑坡	1			自然	6.23
2	城口县巴山镇立新村4社	滑坡		3		自然	7.18
3	城口县东安乡仁河村1社	滑坡	1			自然	9.7
4	城口县复兴街道太和社区	崩塌	1		1	自然	8.23
5	城口县高燕乡青山村6社	崩塌		3		自然	7.18
6	城口县高燕乡五峰小学	滑坡		1		自然	7.18
7	城口县高燕乡西沟河村	崩塌	1		2	自然	7.18
8	城口县双河乡余坪村场镇	崩塌		2		自然	7.18
9	城口至万源公路K28公路处	崩塌	2			自然	3.3
10	涪陵区白涛街道白涛煤矿	崩塌	1			自然	4.12
11	涪陵区清溪镇青龙村5社	崩塌	1			自然	5.6
12	江津区永兴镇旸岩村12社下半坡	泥石流	1			自然	6.23
13	开县白泉乡钟鼓村2组	崩塌			3	自然	9.10
14	梁平县明达镇字库村红光水库	崩塌	1		1	自然	7.9
15	梁平县荫平镇乐英村6组	崩塌	1			自然	6.1

续表9

序号	发生地点	灾害类型	死亡	失踪	伤	成因	发生时间
16	彭水县桑柘镇桑柘居委5组	滑坡	3		2	自然	7.10
17	石柱县老石沙公路三丘子段	崩塌	1			自然	3.24
18	万州区李河镇高升村	崩塌	2			自然	7.13
19	巫溪县乌龙乡大坡村7社猴子岩	崩塌	1	1		自然	7.19
20	武隆国道319K2155+80M	崩塌	3		2	自然	6.12
21	云阳县红狮镇社区2组红中桥	崩塌	4		2	人为	10.14
22	云阳县双龙镇双龙社区双文公路	崩塌	2		1	自然	7.21

7月10日,彭水县桑柘镇桑柘居委5组发生滑坡,体积约20万立方米,造成3人死亡2人受伤。

7月20日,城口县庙坝镇龙洞湾发生滑坡,堵塞S202公路及罗江河河道,形成近600万立方米的堰塞湖,淹没庙坝场镇,危及下游各乡镇群众8000余人的生命财产安全。

10月12日,位于神女溪右岸的巫山县抱龙镇青石村滑坡出现险情,滑坡前缘出现多次坍塌,中后部开裂下沉严重,主要危及168户347人的生命财产安全及神女溪航道的安全。

10月21日,位于长江左岸的巫山县望霞乡望霞危岩发生近10万立方米的崩塌,主要危及长江航运的安全。

1.灾害类型。2010年重庆市发生的地质灾害类型包括滑坡、崩塌、泥石流、地面塌陷四类,其中滑坡发生数量最多,为360起,占全市发生地质灾害总数的80.0%(图3)。规模以小型地质灾害为主,中型4处,大型16处。

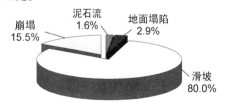

图3 2010年地质灾害类型分类

2.地质灾害防治。重庆市历来是全国地质灾害多发区之一,地质灾害防治工作形势严峻、任务繁重,市委、市政府一直高度重视地质灾害防治工作,市领导多次对地质灾害防治作出重要批示和全面部署,并多次视察地质灾害现场。全市按照"早部署、明责任、抓督办、重落实"的思路,认真做好了汛期地质灾害防治、重大地质灾害应急抢险、地质灾害工程治理、地质灾害监测预警、地质灾害搬迁避让"金土工程"、地质灾害防治宣传培训等地质灾害防治各项工作。

3.汛期地质灾害防治。汛期,继续坚持24小时值班制度、领导带班制度、灾情险情日报制度、信息速报制度和防灾形势分析会商制度,继续加强了地质灾害气象预警预报工作。市国土房管局共派出地质灾害应急专家和工作组36次、380余人次进行了地质灾害应急调查和应急处置,妥善处置了城口县庙坝镇龙洞湾滑坡、彭水县桑柘滑坡、大足县王家湾滑坡等重大地质灾害,成功预报地质灾害54起,紧急转移群众13000余人,避免直接经济损失约3000万元。

6月24日,国土资源部部署了全国开展汛期地质灾害隐患再排查紧急行动,市政府及时印发了《重庆市汛期地质灾害隐患再排查紧急行动方案》(渝办发〔2010〕195号),并安排专项资金330万元,由15支专业地勘队伍对全市地质灾害隐患点进行了全面排查。

4.重大地质灾害应急抢险。7月20日凌晨,城口县庙坝镇龙洞湾发生滑坡,阻断罗江河河道,形成近600万立方米的堰塞湖,淹没庙坝场镇,紧急撤离4000余人,同时威胁下游8000余人(其中:城口县境内4000余人、四川万源市境内4000余人)的生命财产安全。灾情发生后,市委、市政府高度重视抢险救灾工作,立即启动地质灾害应急预案,集中各方力量,全力以赴进行抢险救灾。国土资源部派出专家组赶赴现场指导应急抢险工作,市国土房管局组织60余名地质灾害专家和技术人员组成的地质灾害应急队伍参与抢险救援工作,及时妥善处置了这起重大地质灾害,避免了人员伤亡。

5.地质灾害工程治理。2010年,市国土房管局会同市财政局向国土资源部和财政部申请到中央特大地质灾害专项补助资金7004万元,对城口县庙坝堰塞湖龙洞湾滑坡治理工程等6个项目给予补助;申请到中央特大型地灾专项切块补助资金4503万元,对铜梁县安居危岩带治理工程等5个项目给予补助。同时,市级地质灾害防治专项资金投入5782.2万元并对九龙坡区解家沟滑坡等14个重大地质灾害防治项目给予补助。

6.地质灾害监测预警。监测预警是对地质灾进行防范的主要措施之一。2010年对排查出的15082处地质灾害隐患点建立了群测群防监测点，明确了防治责任，落实了具体的监测责任人。同时对巫山青石村滑坡、龚家坊危岩、望霞危岩、奉节藕塘滑坡、江津白店子滑坡、南川头渡滑坡等重大地质灾害隐患点实施了专业监测。其中，巫山青石村滑坡监测采用了三维扫描全站仪机器人变形监测、远程红外线全天候摄影观测、自动裂缝计监测、自动雨量计监测等监测方法进行综合监测。

7. 地质灾害防治"五到位"培训。根据《关于开展全国乡（镇）国土资源所地质灾害防治"五到位"宣传培训活动的通知》（国土资电发〔2010〕19号）及《重庆市国土房管局关于印发重庆市乡（镇）国土资源所地质灾害防治'五到位'宣传培训活动实施方案的通知》（渝国土发〔2010〕84号）精神，全市40个区县（自治县）均全面开展了乡（镇）国土资源所地质灾害防治"五到位"宣传培训工作。据统计，全市共有851个乡镇、159个街道、448个国土所参加了培训，培训总人数达59810人，其中县级国土资源管理部门630人，县级其他各部门359人，乡（镇）及街道5570人，国土所1464人，村社干部30295人，群测群防人员21492人。

8. 三峡库区地质灾害防治。2001年以来国家投入巨资开展的三峡库区地质灾害防治工作成效显著，513处工程治理项目满足设计要求，保证了移民搬迁城镇的安全；438处搬迁避让项目实施及时到位，保障了55078名群众的生命财产安全；2547处监测预警点工作措施有效，有效保护了库区地质环境；近200名专家和技术人员驻守库区，指导地质灾害监测防范，切实发挥了防灾减灾作用。2003年135米蓄水以来，重庆库区没有因地质灾害造成人员伤亡，实现了市委、市政府提出的"治理项目不出现较大险情、监测预警和搬迁避让项目不造成人员伤亡、新生地质灾害在可控范围内"的安全目标。

2010年，围绕"蓄降水地质灾害安全监测与防范、三期地质灾害防治收尾、后续工作地质灾害防治规划与实施"三大中心，集中力量做好三峡库区地质灾害防治工作，较好地完成了各项任务，确保了三峡工程2010年试验性蓄水地质灾害零伤亡目标的实现。

9. 三峡库区175米试验性蓄水地质灾害安全监测与防范。2010年，重庆市全面落实了三峡库区175米试验性蓄水地质灾害安全监测与防范的各项措施，一是召开了2010年三峡工程试验性蓄水重庆库区地质灾害安全监测与防范工作视频会议，及时下发《关于做好三峡工程2010年试验性蓄水重庆库区地质灾害安全监测与防范工作的通知》（渝三峡地防办发〔2010〕23号）。二是及时下发了《三峡工程2010年试验性蓄水重庆库区地质灾害应急预案》（渝办〔2010〕48号）。三是委托16支专业地勘队伍开展三峡库区地质灾害隐患点的全面详细调查工作。四是继续委托中铁二院派出市级专家驻守库区各区县，指导地质灾害防治工作。库区每个区县均委托了1至2家专业地勘队伍作为技术支撑单位，共有专业技术人员178名驻守区县，配合地方政府及时处置地质灾害灾（险）情，给予应急处置技术支撑。五是对已发现的地质灾害隐患点均开展了群测群防预警监测工作，对重大地质灾害隐患点实施了专业监测。目前，库区22个区县地防办和地质环境监测站共275人以及库区292个乡镇958名干部负责应急管理；共有6210名村社干部和群测群防员从事监测预警工作。六是成功处置了巫山青石村滑坡、龚家坊危岩、望霞危岩等重大地质灾害险情。七是完成了云阳县189库岸、182库岸、奉节县鹤峰场镇滑坡应急抢险工程，启动实施了巫山县龚家坊危岩应急抢险爆破工程。

10. 三期地质灾害防治。重庆市三期地质灾害第二批应急治理项目135个，除武隆县政府滑坡外，均已完工，项目业主组织完成了各项目竣工质量最终验收，市三峡地防办及时组织完成了市级项目最终验收检查，并通过国家初步竣工验收，工程质量合格，经受住了175米试验性蓄水的检验。搬迁避让项目按照轻重缓急的原则，已实施完成438处，搬迁安置了55078人。2547处群测群防项目和210处专业监测项目运行良好。

11. 三峡后续地质灾害防治规划。重庆市积极向国土资源部、国务院三峡办、中咨公司和三峡库区地质灾害防治工作指挥部争取纳入三峡库区后续地质灾害防治规划项目有：崩滑体治理项目279处，库岸防护134段121.74千米；搬迁避让项目共100887人；群测群防项目4284处（其中：专业监测131处）；高切坡治理645处。全库区规划总投资139.86亿元，按规划项目比例初步测算，我市地质灾害防治后续规划资金约100.57亿元，占81.3%（二期仅占68%，三期占72%），较我市二三期总投资（79.26亿元）多21.31亿元。后续规划除安排了工程治理、搬迁避让、监测预警项目外，还安排了应急处置、治理项目后期运行维护、应急能力建设和信息系统建设等，初步解决了库区地质灾害防治长效机制问题。

（重庆市地质矿业协会　郝祖梁）

四 川 省

【矿产资源概况】　截至2010年底，四川省已发现矿种

134种,按亚矿种算为165种;具有查明资源储量的矿种有80种,按亚矿种计算为101种。

1. 能源矿产:4种,包括:煤炭、石油、天然气、铀。

2. 金属矿产:35种,包括:铁、锰、铬、钛、钒、铜、铅、锌、铝土、镁矿、镍、钴、钨、锡、铋、钼、汞、锑、铂族金属、金、银、铌、钽、铍、锂、锆、镓、铯、稀土(轻稀土矿)、锗、镓、铟、镉、硒、碲。

3. 非金属矿产:41种,亚矿种60种,包括盐矿、磷矿、硫铁矿、芒硝、菱镁矿、萤石(普通萤石、光学萤石)、石灰岩(水泥用灰岩、熔剂用灰岩、化肥用灰岩、电石用灰岩)、白云岩(冶金用白云岩、玻璃用白云岩)、脉石英(冶金用脉石英、玻璃用脉石英)、石英岩(冶金用石英岩)、砂岩(冶金用砂岩、铸型用砂岩、玻璃用砂岩、水泥配料用砂岩、砖瓦用砂岩)、铸型用砂、黏土(耐火黏土、海泡石黏土、高岭土、陶瓷土、水泥配料用黏土)、膨润土、白垩、硅藻土、蛇纹岩(熔剂用蛇纹岩、化肥用蛇纹岩)、重晶石、毒重石、含钾岩石、钾盐、碘矿、溴矿、砷矿、硼矿、石墨、水晶(压电水晶、熔炼水晶)、滑石、石棉(石棉、蓝石棉)、云母、长石、石榴子石、石膏、玉石、页岩(砖瓦用页岩、水泥配料用页岩、含钾砂页岩)、水泥配料用泥岩、建筑用玄武岩、饰面用花岗岩、霞石正长岩、饰面用大理岩、砚石。

4. 水气矿产:2种,包括地下热水、矿泉水。

四川省已有查明矿产资源储量的(亚)矿种按以上4大类划分,其构成见图1。

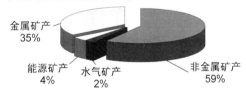

图1 四川省查明资源储量矿产种类构成

根据国土资源部《2009年全国矿产资源储量通报》,四川省除石油、水气矿产外,包括天然气、二氧化碳气,具有查明资源储量的矿产中,根据矿种或同一矿种的不同矿石类型,有32种在全国同类矿产中居前三位,有54种居前五位。这些矿产是:

第一位:钒矿、钛矿、锂矿(Li_2O)、硫铁矿、轻稀土矿(氧化物总量)、铸型用砂岩、芒硝(矿石)、盐矿(矿石)、熔炼水晶、光学萤石、玻璃用脉石英、白垩、砚石、二氧化碳气,共14种。

第二位:铁矿、钴矿、铂钯矿(未分)、铍矿(绿柱石)、镉矿、化肥用灰岩、碘矿、砖瓦用砂岩、建筑用页岩、石墨、石棉、天然沥青,共12种。

第三位:天然气、铂族金属、锂矿(锂辉石)、熔剂用灰岩、毒重石、石榴子石,共6种。

第四位:富锰矿、镍矿、铷矿(Rb_2O)、锗矿、熔剂用蛇纹岩、含钾岩石、蓝石棉、玻璃用白云岩、玻璃用砂岩、海泡石黏土,共10种。

第五位:富铁矿、铅矿、锌矿、铍矿(BeO)、钽矿(Ta_2O)、铯矿(Cs_2O)、硼矿(B_2O_3)、磷矿、钾盐、霞石正长岩、饰面用大理岩、云母(片云母),共12种。

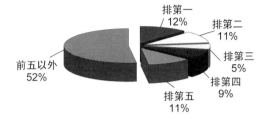

图2 至2010年底四川省有查明资源储量矿种在全国排位构成

四川省有查明资源储量数量在全排前五位矿种的数量与进入统计表矿种数量构成如图2。排全国第一位14个矿种中,白垩为四川省独有,其余11个矿种查明资源储量占全国同类矿种查前资源储量总量的百分比见表1和图3。

表1 四川省查明资源储量在全国排第一位矿产占全国总量的百分比

序号	矿种	资源储量单位	查明资源储量		百分比(%)
			全国	四川省	
1	钒矿	V_2O_5 万吨	4289.8	1778.4	41.46
2	钛矿	TiO_2 万吨	67965.8	60166.3	88.52
3	锂矿	Li_2O 万吨	240.1	127.5	53.10
4	轻稀土矿	氧化物 万吨	433.1	174.3	40.24
5	硫铁矿	矿石 万吨	547170.4	99813.1	18.24
6	芒硝	矿石 亿吨	258.5	186.5	72.15
7	盐矿	矿石 亿吨	205.2	181.4	88.40
8	铸型用砂岩	矿石 万吨	8056.4	2286.5	28.38
9	熔炼水晶	矿物 吨	7169.0	1774.0	24.75
10	玻璃用脉石英	矿石 万吨	5870.9	1450.6	24.71
11	光学萤石	矿物 千克	249.0	228.0	91.57
12	砚石	矿石 万吨	5463.3	5432.8	99.44
13	白垩	矿石 万吨	3.5	3.5	100.00
14	二氧化碳气	剩余可采 亿立方米	433.0	208.1	48.06

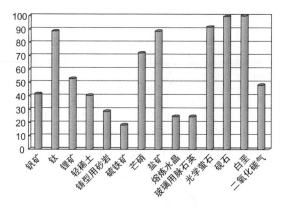

图3 四川省在全国排第一位(亚)矿种
资源储量占全国总资源储量百分比

【矿产资源年度统计】 到2010年底,除石油、天然气、铀矿及水气矿产地下热水和矿泉水以外,有查明资源储量,进入四川省查明矿产资源储量统计表的96个矿种分布于全省1926个矿区。按矿类分:煤621个,黑色金属矿产203个,有色金属矿产249个,贵金属矿产156个,稀有及稀土金属产81个,冶金辅助原料非金属矿产59个,化工原料非金属矿产224个,建材和其他非金属矿产333处,其构成见图4。

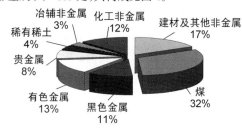

图4 2010年四川省有查明资源储量矿产
按类分其矿区数量构成

四川省天然气、石油、铀矿、地下热水、矿泉水等矿产也有查明资源储量,未参加上述统计。

【矿产资源的年度变化】 根据年度统计,四川省主要矿产的年度保有资源储量都有变化。其中,中煤、锰、铅、锌、铂族金属、锂、硫铁矿、磷矿、水泥用灰岩等矿产都比上一年度有所增加或明显增加;而铁、钛、钒、铜、金、岩盐、芒硝等矿产则有所减少或明显减少,稀土矿、

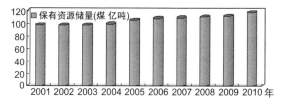

图5 煤

晶质石墨矿基本无变化。变化的原因主要是资源储量的新增、开发消耗等,也有因重算引起的增减(图5~22)。

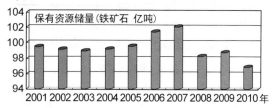

图6 铁矿

图7 锰矿

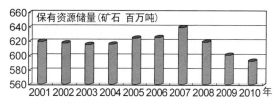

图8 钛(矿石 TiO₂)

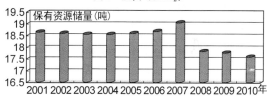

图9 钒(V₂O₅)

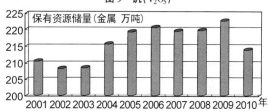

图10 铜

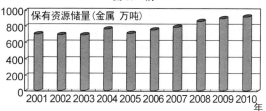

图11 铅锌

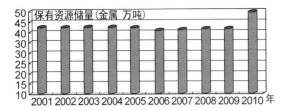

图 12　铂族金属矿

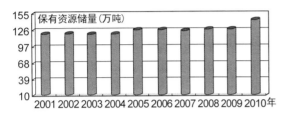

图 13　锂(Li_2O)

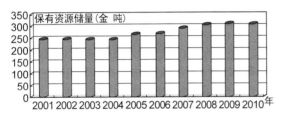

图 14　金

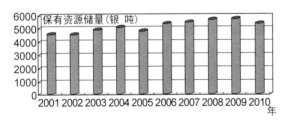

图 15　银

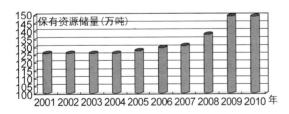

图 16　轻稀土(氧化物)

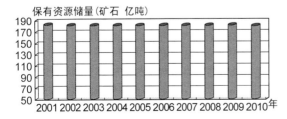

图 17　岩盐矿

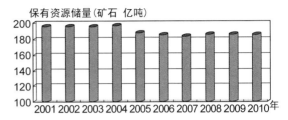

图 18　芒硝矿(矿石亿吨)

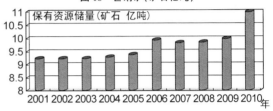

图 19　硫铁矿

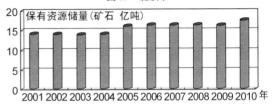

图 20　磷矿

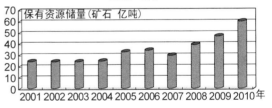

图 21　水泥用灰岩

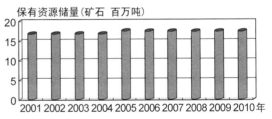

图 22　晶质石墨

【能源矿产储量】　根据 2010 年全国油气矿产储量通报,截至 2010 年底,全国石油累计探明地质储量 313.96×10^8 吨,同比增长 3.8%,其中已开发 238.10×10^8 吨,占总量 75.8%,未开发 75.86×10^8 吨,占总量 24.2%。四川省属于少油地区,其地质储量位于全国省市区的前 10 名之外。但是四川省 2010 年凝析油新增探明的地质储量列入了全国大于 100 万吨的 4 个省(区或海域)之一,并排于第二位(表 2)。

表2　2010年全国凝析油新增探明地质储量
大于 100 × 10⁴ 吨的省(区或海域)单位:×10⁴ 吨

序号	省(区或海域)	新增探明地质储量	新增探明技术可采储量	新增探明经济可采储量
1	新疆	6014.53	1503.63	1463.36
2	四川	1791.74	430.02	246.70
3	河北	231.80	61.06	60.58
4	渤海海域	146.98	52.36	52.21

　　1.天然气资源。根据 2010 年全国油气矿产储量通报,截至 2010 年底,全国天然气(包括气层气、溶解气)勘查新增探明地质储量 5911.99 × 10⁸ 立方米,同比下降 23.6%。至 2010 年底,全国天然气累计探明地质储量 91383.50 × 10⁸ 立方米,同比增长了 6.2%。其中已开发 55006.12 × 10⁸ 立方米,占总量 60.2%;未开发 36377.38 × 10⁸ 立方米,占总量 39.8%。

　　四川省是天然气中气层气资源较为丰富的省(区、市及海域)之一。

　　2010 年全国气层气勘查新增探明地质储量 5141.06 × 10⁸ 立方米,同比下降 27.3%。四川省 2010 年新增探明气层气列入了全国大于 300 × 10⁸ 立方米的三个省(区)之一,并排于第二位,另外两个为新疆和内蒙古自治区(表3和图23)。

表3　2010年全国气层气新增探明地质储量
大于 300 × 10⁸ 立方米的省(区)
单位:×10⁸ 立方米

序号	省(区)	新增探明地质储量	新增探明技术可采储量	新增探明经济可采储量
1	内蒙古	2484.78	1333.00	874.54
2	四川	1171.19	527.03	265.79
3	新疆	1158.75	695.25	578.67

　　2010 年全国气层气新增探明地质储量大于 300 × 10⁸ 立方米的三个省(区)合计新增探明地质储量为 4814.72 × 10⁸ 立方米,占总量的 93.7%。

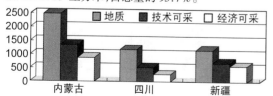

图23　2010年主要地区气层气新增
探明储量(单位:×10⁸ 立方米)

2010 年全国气层气新增探明地质储量大于 50 ×

10⁸ 立方米的气田有 5 个,四川省中石油西南安岳排名第二(表4)。

表4　2010年全国气层气新增探明地质
储量大于 50 × 10⁸ 立方米的气田
单位:×10⁸ 立方米

序号	气田名称	新增探明地质储量	新增探明技术可采储量	新增探明经济可采储量
1	中石油长庆苏格里	2292.98	1247.80	829.52
2	中石油西南安岳	1171.19	527.03	265.79
3	中石油塔里木塔中1号气田	1158.75	695.25	578.67
4	中石化华北大牛地	181.50	90.76	47.46
5	中石化华北东胜	105.18	42.07	22.78
6	中石油大港滨海	55.96	27.99	27.44

　　2010 年,全国气层气剩余技术可采储量前 10 位的省(区、市或海域)合计有 34736.57 × 10⁸ 立方米,占全国总量的 97.4%;剩余经济可采储量 25671.59 × 10⁸ 立方米,占全国总量的 98.2%。四川省在这前 10 位的省中排名第三(表5 和图24)。

表5　2010年全国气层气剩余技术可采储量
前 10 位的省(区、市或海域)
单位:×10⁸ 立方米

序号	省(区、市或海域)	剩余技术可采储量	剩余经济可采储量
1	新疆	8232.58	7097.86
2	内蒙	7131.37	4522.79
3	四川	6769.33	4750.53
4	陕西	5421.11	3904.76
5	重庆	1921.02	1246.66
6	南海海域	1731.89	1462.32
7	青海	1303.68	1183.88
8	黑龙江	1184.97	748.63
9	吉林	632.52	360.61
10	东海海域	408.10	393.55

　　【四川矿产资源特点】　1.矿产资源的分布形成了三大资源集中区。①盆地和盆地周地区:盆地内以能源、非金属矿产为主,如煤矿、天然气、石油、盐、芒硝、石膏、玻璃用砂岩、水泥用灰岩及配料、膨润土等;盆地周

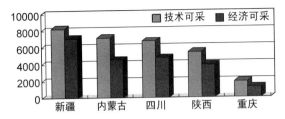

图24　2010全国气层气剩余技术可采储量
前五位的省(区、市或海域)

边地区以化工、有色金属矿产为主,如磷矿、硫铁矿、砂金、岩金、锰矿、铝矿、铅锌矿、铜矿及非金属矿产萤石、石棉、钾长石、花岗岩、大理岩等矿产。

②攀西地区:以黑色、有色金属矿产为主,如钒钛磁铁矿、铅锌矿、铜矿、锡矿、岩盐、石墨、冶金辅助原料、稀有金属、稀土等矿产。

③川西高原地区:以贵金属、稀有金属矿产为主,如金矿、银矿、铂族金属、镍矿、锂矿、铌矿、钽矿、铀矿、铅锌矿、铜矿、锡矿、汞矿,还有褐煤、泥炭及非金属矿产水晶、云母、石棉、石膏等。

2.矿产资源的特点。①矿种齐全、总量丰富,但部分矿产人均资源占有量低。能源、黑色、有色、稀有、贵金属、化工、建材矿产均有分布,其中天然气、钛矿、钒矿、硫铁矿、芒硝、盐矿等资源储量巨大;煤、铜、铅、锌、镍、汞6种主要有色金属及贵金属人均占有量低于全国平均水平;石油、铝、铜、钾等查明资源储量明显不足。

②大型、特大型矿床分布集中,有利于形成综合性的矿物原料基地。矿产资源多分布在三大资源集中区交通方便,配套程度较高,有利于开发建设。如攀西的铁、钒、钛、轻稀土、铜、铅、锌;川南的盐、无烟煤、磷矿;成都及相邻地区的芒硝、磷矿、石材;川西高原的有色、稀有金属;四川盆地的天然气等,为建立各具特色的区域经济提供了资源条件。

③共、伴生矿产多,有综合利用价值,但采、选、冶有一定难度。黑色、有色、稀有、贵金属矿床60%以上伴生有多种有益元素或共生矿产,如攀西地区的钒钛磁铁矿、川西高原的银多金属矿,川南的煤、硫、高岭土、黏土矿共生等。综合开发利用这些矿产将大大提升矿产业的的经济效益,但也增加了采、选、冶工艺难度。

④重要矿产富矿不足,但具有良好的找矿前景。部分重要矿产富矿查明资源储量占总量的比例为:富铁矿,0.79%;富锰矿,15.17%;富硫铁矿(S≥35%),0.08%;富磷矿($P_2O_5>30\%$),6.35%;低硫煤及炼焦用煤仅占煤查明资源储量的四分之一。但四川成矿地质条件优越,有关单位对省内煤、天然气、铁、铜、铅锌、金等20种重要矿产的研究预测认为,这些矿产具有良好的资源潜力。

【矿产资源储量管理】　1.资源储量管理专项工作。根据国土资源部的部署,由2007年开始,至2010年必须完成的四川省矿产资源利用现状调查专项工作,需开展25个矿种1153个矿区的资源储量核查,预算经费约9723万元。因遭受"5.12"特大地震及工作经费未及时落实等原因,该项工作的正常开展受到影响。省政府及国土资源厅在积极投入省内灾后重建各项工作的同进,采取各种措施,努力推进该项工作。至2010年年底,全省总共落实经费9500万元,提交预审矿区核查成果数据库925个,占应提交952个矿区的97%,提交的矿区核查成果数据库已通过预审的计845个,占应提交952个矿区的89%。

2.矿产资源储量评审备案。2010年,共完成各类矿产资源储量评审备案347份,与上一年的大工作量相比虽然有所缓解,但仍高于正常工作量。面对工作压力,管理部门通过加班增加工作时间,有效化解了工作压力,及时高效保质保量完成了全部申报项目的备案工作,为全四川省矿产资源整合的顺利开展继续提供了保障。另外,完成了省内37个违法开采矿山(点)破坏矿产资源的储量调查报告,并按程序进行了合规性审查、鉴定。

3.矿产资源储量评审工作。截至2010年底,四川省矿产资源储量评审中心全年共完成各类评审项目332个,其中,资源储量核实报告206个,勘查新矿产区报告50个,压覆矿产资源储量评估调查报告33个,违法采矿破坏资源鉴定报告41个,闭坑报告2个(图25)。206个储量核实报告中,涉及铅、锌、煤、铁、磷、金等多个矿种,其中大型矿床1个,中型8个,小型197个(图26)。50个新勘查矿区报告中,涉及煤、铅、锌、铁、矿泉水、热矿水等多个矿种,其中大型矿床7个,中型13个,小型30个(图27);33个压覆矿产资源储量评估报告中,涉及输油管线、水电站、垃圾处理工程、输电线路工程、交通运输等多种国家重大工程项目。四川省矿产资源储量评审中心还按照省国土资源厅的要求完成违法采矿鉴定37个。

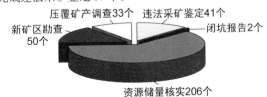

图25　2010年评审报告类别构成

4.矿产资源登记、统计及建设项目压覆矿产资源审查情况。①矿产资源储量登记。2010年,四川省坚

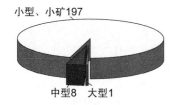

图 26　2010 年资源储量核实报告矿产规模构成

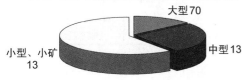

图 27　2010 年新矿区地勘报告矿产规模构成

持高效优质，严把质量关，认真贯彻了国土资源部《矿产资源登记统计管理办法》。一是资源储量报告是否经过有资格的评审机构评审；二是地质资料是否汇交；三是评审机构是否对登记表出具意见；四是矿区(山)所在国土资源行政主管部门是否同意上报；五是登记书内容是否与报告和评审意见一致；六是登记书的内容是否符合登记书填写规定。全年共办理了各类矿产资源储量登记 309 件，其中查明 42 件，占用 261 件。

在查明的 42 处矿产地中，煤矿 8 处，有色金属 5 处，贵金属 1 处，稀有、稀土 1 处，黑色金属 8 处，水泥建材原料非金属矿产 11 处，化工原料非金属矿产 5 处，水气矿产 3 处；根据规模分类：大型 8 处，中型 12 处，小型 19 处，小矿 3 处；如按工作程度划分：勘探 20 处，详查 20 处，普查 2 处(图 28~30)。

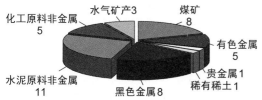

图 28　2010 年登记查明矿产地矿产类别构成

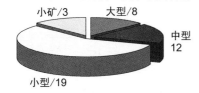

图 29　2010 年登记查明矿产地规模构成

图 30　2010 年登记查明矿产地勘查程度构成

登记占用矿产资源储量的 309 个矿山中，煤矿 255

个，有色金属矿 11 个，贵金属矿 7 个，稀有、稀土矿 1 个，黑色金属矿 15 个，水泥原料非金属矿 7 个，饰面建筑用非金属矿 1 个，化工原料非金属矿 12 个(图 31)。按矿山规模分，大型 10 个、中型 9 个，小型 269 个，小矿 18 个，规模不详的 3 个(图 32)。按登记性质划分：申请采矿权 26 个，采矿权延续 31 个，扩大矿区范围 1 个，纠正矿区范围 5 个，涉及矿产资源整合的 246 个(图 33)。

图 31　2010 年登记矿山占用矿产资源类别构成

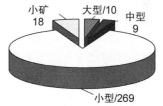

图 32　2010 年登记占用矿产资源矿山规模构成

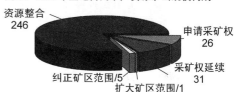

图 33　2010 年登记占用矿产资源矿山用途构成

②矿产资源储量统计。一是组织各矿山企业填报矿产储量统计报表及审查工作；二是在部门审查通过统计数据的基础上，及时修改矿产资源储量数据库；三是做好矿产资源储量统计快报的审查、录入和上报等工作。2010 年，四川省共有 7631 列入统计。

③建设项目压覆矿产资源审查和审批。随着"加快建设灾后美好家园、加快建设西部经济发展高地"的贯彻实施，2010 年四川省完成压矿调查审查回复 482 宗，为过去同期工作量的四倍多。对构成压覆矿产资源的 33 个建设项目严格依法并按程序进行了快速审批。对省重点建设项目、灾后重建项目和灾区矿山企业异地搬迁安置项目等，则开通绿色通道、特事特办、追踪办理、登门主动服务等特别措施，确保了重点建设项目和灾后重建项目的顺利完成。

全年共受理建设项目压覆矿产资源情况(图 34)调查报告 482 宗，其中：水电站 181 宗，公路 11 宗，工厂 60 宗，大型建设物(建筑群)62 宗、输电线路 162 宗，其他6宗。

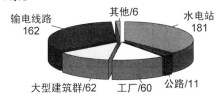

**图34 2010年受理建设项目压覆矿产
资源报告性质结构**

④矿产资源储量动态监管。在组织有关专家对部分市州进行调研基础上,提出了四川省《小型矿山储量管理现状调研报告》和《小型矿山储量动态监督管理办法》讨论稿,经省厅组织部分市州国土资源局负责人和专家会议审查论证,正修改完善,待厅务会审定后发布实施。

四川省大中型矿山储量动态监督管理全面覆盖,小型矿山逐步展开,已对全省5847个矿山开展了储量动态监督管理。

【地质资料管理】 1. 地质资料汇交情况。2010年,全年累计汇交成果地质资料325种(其中A类70种,B类255种),向全国地质资料馆转送A类成果地质资料47份,合格率达100%。全年共提供地质资料查阅利用1600人次、3918份次、100639件次,电子阅览室到访近2000人次。截至2010年底,省资料馆馆藏各类成果地质资料共18674种,其中公益性地质资料6254种,涉密或部分涉密地质资料12420种(表6)。

制定了《四川省清理欠交地质资料工作计划》,就地质资料清欠范围、对象、时间和建立清欠监管平台作了详细部署;对省地矿局地质调查院等71家在川勘查单位1998~2010年的地质工作项目进行了全面清理,共查出165个项目未汇交地质资料;通过组织各汇交单位开展汇交工作自查、向各欠交单位催交等办法,较好地解决了当前地质资料不交或欠交的问题。年内补

交各类地质资料12种。根据《国土资源部办公厅关于开展全国实物地质资料管理情况摸底调查工作的通知》精神,从2009年11月至2010年3月对全省境内81个汇交单位保管的实物地质资料管理情况进行了摸底调查,并将其数据录入"全国实物地质资料管理现状调查数据采集系统"中。全面摸清了四川省现有实物地质资料管理的状况,并报国土资源部。

2. 管理和服务。根据国土资源部办公厅《关于切实为扩大内需项目做好地质资料信息服务工作的通知》,继续组织力量推进该项工作。全年提供地质资料服务的"双保"工程项目12个、"抗震、抗旱"工程项目25个。

在完成全国地质资料馆下达的1000种地质资料图文数字化任务的同时,优先完成了"四川省攀西地区钒钛磁铁矿地质资料集群化产业化试点工作"所涉及的成果地质资料的图文数字化,并组织专门力量完成了国家重要基础设施建设、民生工程建设、地质环境保护、地震灾区恢复重建等地质资料图文数字化共计3500种,全年共计完成4500种。年底已累计完成成果地质资料数字化9585种。

省资料馆对原列为参考资料的外省地质资料和本省储量核实报告进行了补充著录、录入并汇总到成果地质资料目录数据库中。对原目录数据库进行合并、拆分并查漏补缺,对成果地质资料目录数据进行检查更新。年内共补充著录地质资料2415种。到2010年底,库有成果地质资料目录数据16740条,占馆藏地质资料总数的98%,目录数据库信息量大为增加。

电子阅览室在上2009年实现1:20万公益性地质资料全文浏览基础上,实现了1:5万公益性地质资料全文浏览。目前省"电子阅览室查询服务系统"中可实现区域地质调查资料文字部分和小于10米图件全文浏览的地质资料有264种(其中1/20万的70种,1:5万的194种),在电子阅览室可查询检索成果地质资料目录数据达16740条。

表6　　　　　　　　　　　　　　　　2010年地质资料管理情况统计

地质资料汇交情况									
年度	区调地质	矿产地质	油气地质	海洋地质	水文工程	环境地质	物化遥	地质科研	其他	合计
2009	2	571			11			6	6	596
2010	1	298		1	11	14				325

地质资料馆藏及利用情况						
年度	成果地质资料馆藏情况			成果地质资料利用情况		
	总数	其中		利用人次	利用份次	利用件次	备注
		公益性	保护	保密			
2009	17048	5114		11934	736	2946	69068

续表6

2010	18674	6254		12420	1600	3918	100639

截至2010年底资料图文数字化情况				
地质资料总量(种)	已数字化数量(种)	当年数字化数量(种)	累计投入数字化资金(万元)	当年投入数字化资金(万元)
18674	9485	4500	473.6	305.6

地质资料信息服务双保等情况	
服务双保工程项目数	抗震、抗旱服务数
12	25

【地质勘查及主要成果】 四川省2010年共实施基础质、矿产勘查、地质科研等项目1980项,实现各种地质勘查经费182589万元;较2009年的108730万元增加了73859万元,增加了67.93%。其中:基础地质调查项目19项,经费6540万元;较2009年的2609万元增加了3931万元,增加了150.67%。各类矿产勘查项目760项,勘查矿种43个,经费126057万元;较2009年的77778万元增加了48279万元,增加了62.07%。

地质科研与技术方法创新项目31项,经费1382万元;较2009年的1905万元减少了523万元,减少了27.45%。

以上三类地质勘查的经费投入结构见图35。

至2010年,四川省新增查明的主要矿种的资源储量[(333)以上]为:煤,6.28亿吨;铁矿矿石量2.34亿吨;铜,金属量20.93万吨;铅金属量16.66万吨;锌金属量11.38万吨;金金属量11.44吨;磷矿矿石量2.10亿吨。

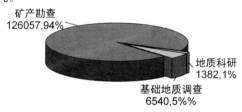

图35 2010年四川省地质矿产经费投入结构

完成评价阶段性勘查的矿产地有54处,新发现矿产地14处;提高规模级别矿产地9处;6个矿产资源勘查项目取得了重要成果。

1.基础地质调查。全省2010年实施基础地质调查项目共19项,投入的6540万元经费中,中央财政5340

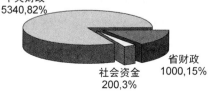

图36 2010年四川省基础地质调查经费投入结构

万元,省财政1000万元,社会资金200万元(图36)。

进行的主要项目包括:1:25万区域地质调查3个;1:5万区域地质调查4个;1:20万区域重力调查1个;1:25万区域化探2个;1:5万~1:25万遥感地质调查3个;1:5万矿产资源远景调查4个;科学研究与技术方法创新1个;1:1万金土地工程项目1个;1:50万地质遗迹调查1个。年度以上有关项目的完成情况见表7。

表7 2010年四川省基础地质及相关项目完成情况

工作类别	累计完成			本年完成	
	图幅(幅)	面积(平方千米)	覆盖全省(%)	图幅(幅)	面积(平方千米)
1:25万区调	14	248226	51.18	2.43	39500
1:5万区调	271	118935	24.52	4.25	1910
1:20万重力	10	76993	15.87	1.24	8900
1:25万化探	2	29400	6.06	1.23	19900
1:25~5万遥感		392557	51.23		178200
1:5万矿产块调查	60	26877	5.54	15	6477
1:1万金土地工程农业地质调查		227.25			227.25
1:50万地质遗迹调查		29000			16000

2.矿产勘查。2010年四川省实施矿产勘查项目760项,投入的地勘经费126057万元中,中央财政5840万元,地方财政48764万元,社会资金71453万元(图37)。完成钻探473379米;坑探75258米;槽探60.14×104立方米;浅井1387米。对各类矿产的经费投入结构见图38。

①能源矿产(煤、天然沥青、地热)勘查项目39项,投入经费24478.72万元。其中以煤炭勘查为主,项目30项,投入经费24192.65万元。

②黑色金属矿产(铁、锰、钛)勘查项目103项,投入经费41074.37万元。其中以铁、锰矿勘查为主。铁

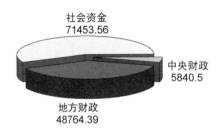

图37　2010年四川省基础地质调查经费投入结构

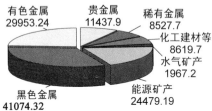

图38　2010年四川省对各类矿产经费投入结构

矿项目 63 项，投入经费 37615.28 万元；锰矿项目 37 项，投入经费 2616.85 万元。

③有色金属矿产(铜、铅、锌、铝土矿、镍、锡、钼、锑)勘查项目 325 项，投入经费 20952.61 万元。其中以铜、铅锌矿勘查为主。铜矿项目 128 项，投入经费 14908.19 万元；铅锌矿项目 174 项，投入经费 13437.49 万元。

④贵金属矿产(铂族、岩金、银)勘查项目 209 项，投入经费 11437.41 万元。其中以岩金主，项目 196 项，投入经费 10339.03 万元。

⑤稀有金属矿产(锂、稀土、铼)勘查项目 22 项，投入经费 8527.91 万元。其中锂矿项目 11 项，投入经费 4262.27 万元；稀土矿项目 4 项，投入经费 4123.84 万元。

⑥化工建材及其他非金属矿产(红柱石、硫铁矿、磷矿、钾盐、含钾砂页岩、滑石、长石、陶瓷用砂岩、陶瓷土、霞石正长岩、玻璃用石英砂、玻璃用砂岩、水泥用灰岩、制灰用灰岩、泥灰岩、水泥配料用砂岩、水泥配料用页岩、砖瓦用页岩、砖瓦用黏土、膨润土、片云母、石膏等)勘查项目 61 项，投入经费 8618.81 万元。

⑦水气矿产(矿泉水、地下水)矿产勘查项目 1 项，投入经费 1697 万元。

3. 主要矿产新增查明的矿产资源储量(333 以上)。①能源矿产：煤 6.28 亿吨，已提交 0.49 亿吨，控制 5.79 亿吨。

②黑色金属矿产(矿石量)：铁 2.34 亿吨，已提交 1.40 亿吨，控制 0.94 亿吨；锰 291.00 万吨，控制量。

③有色金属矿产(金属量)：铜 20.93 万吨，已提交 7.52 万吨，控制 13.41 万吨；铅 16.66 万吨，已提交 14.54 万吨，控制 2.12 万吨；锌 11.38 万吨，已提交 3.28

万吨，控制 8.10 万吨；铝土矿 30.00 万吨，控制量；镍 0.03 万吨，控制量；钼 0.43 万吨，控制量。

④贵金属矿产(金属量)：金 11.44 吨，已提交 5.91 吨，控制 5.53 吨；银 20.96 吨，控制量。

⑤稀有金属矿产(氧化物量)：锂(Li$_2$O 量)1.5 吨，控制量；稀土(REO)155.27 万吨，已提交。

⑥化工建材及其他非金属矿产(矿石量)：磷 21012.60 万吨，已提交 965.00 万吨，控制 20047.60 万吨；长石 127.00 万吨，控制量；霞石正长岩 106.5 万吨，控制量；水泥用灰岩 0.8 亿吨，已提交 0.28 万吨，控制 0.52 万吨。

4. 区域重点成矿区带成矿规律及成矿预测研究。2010 年实施了"四川省矿产资源潜力评价"1 个项目，投入资金 1150 万元。该项研究取得如下成果：

①初步完成了四川省铁矿、铝土矿 2 个矿种的潜力评价工作，圈写了铁矿产最小预测区，进行了预测资源量估算，提交了阶段性成果报告。

②完成了成矿地质背景、重力、磁测、化探、遥感和自然重砂全省基础性图件编制，建立了相关数据库。

③全面系统修编了四川省 1：50 万煤田地质图、主要矿区煤田地质图、构造纲要图；划分了 125 个预测区，面积达 25265 平方千米；初步预测全省煤炭资源量达 250.78 亿吨，并建立了全省煤炭资源数据库。

④开展了全省铜、铅、锌、金、磷、钾盐等矿种的潜力评价工作，部分预测类型的应用已初步获得资源量估算结果。

⑤编制了各类正式图件 968 张，典型矿床和中间性过渡图件 1352 张。总计完成各类图件 2321 张，累计完成了 2969 张。

【油气资源勘查及督查】　1. 油气资源勘查概况。①矿业权设置情况：至 2010 年 12 月 31 日止，全省共设置油气探矿权 43 个(其中中石油西南分公司 23 个，中石油浙江油田公司 1 个，中石化西南分公司 8 个，中石化勘探南方分公司管理的油气探矿权项目项目 9 个，中石化中原油田分公司 1 个，总面积 19.98×10⁴ 平方千米。四川省煤田地勘院煤层气探矿权 1 个，详细情况见表 8。

全省共设置油气采矿权 93 个，面积共 11485.849 平方千米。中石油西南油气田分公司拥有油气采矿权 86 个、面积 10112.01 平方千米，其中四川省内采矿权 70 个、面积 8843.93 平方千米，跨省、市采矿权 16 个、面积 1268.08 平方千米。中石化西南油气分公司 6 个，面积为 1072.305 平方千米，中石化中原油田分公司 1 个，面积 301.534 平方千米，其中跨省项目 16 个，面积为 1683.59 平方千米(全为中石油西南分公司项目)

（表9）。

表8　四川省油气勘查探矿权设置情况

探矿权数＼勘查单位	矿权（个）	面积（×10⁴平方千米）	省内矿权（个）	面积（×10⁴平方千米）	跨省市矿权（个）	面积（×10⁴平方千米）
中石油西南分公司	23	14.27	11	6.71	12	7.56
中石油浙江油田公司	1	0.34	1	0.34		
中石化西南油气分公司	8	1.21	8	1.21		
中石化勘探南方分公司	9	4.07	2	0.62	7	3.45
中石化中原油田分公司	1	0.08	1	0.08		
四川省煤田地勘院	1	0.01	1	0.01		
合计	43	19.98	23	8.63	20	11.35

表9　四川省油气采矿权设置情况

采矿权数＼勘查单位	矿权数（个）	面积（平方千米）	省内矿权数（个）	面积（平方千米）	跨省市矿权数（个）	面积（平方千米）
中石油西南分公司	86	10112.01	70	8843.93	16	1683.59
中石化西南油气分公司	6	1072.305	6	1072.305		
中石化中原油田分公司	1	301.534	1	301.534		
合计	93	11485.849	77	10217.769	16	1683.59

②油气矿产勘查开采情况：2010年全省共计完成二维地震8697千米，三维地震1297平方千米，施工各类钻井140多口，总进尺约42×10⁴米多，勘查总投资约63亿元，据不完全统计全年全省新增天然气地质储量3017.43×10⁸立方米。

2010年，中国石油西南油气田公司实施二维地震勘探7000千米，三维地震勘探400平方千米，钻井96口，钻井进尺24.5×10⁴米，通过在安岳、营山、九龙山、蓬莱、川西南部等地区开展勘探工作，油气勘探取得了取得2个重要新进展和5个新发现，新增天然气探明地质储量1171.19×10⁸立方米，共计完成勘探投资约31亿元。此外，四川盆地页岩气勘探获得新突破。

中石化西南油气分公司截至2010年12月31日，共完成二维地震勘探1697.36千米，完成三维地震勘探492.714平方千米。2010年实施各类勘探评价井33口，当年完钻19口井，完成计划进尺7.01×10⁴米（包括跨年度钻井进尺）。完成投资13亿多元，新增天然气三级储量1839.04×10⁸立方米，完成全年计划的122.6%，2010年在四川盆地内的采矿权区块累计产天然气26.94×10⁸立方米。

截至2010年12月31日，中石化南方分公司四川省境内勘探南方分公司勘查区块内共完成勘探总投资19.7205亿元，其中物探完成投资1.1968亿元，探井完

成投资18.4260亿元；其他投资0.0977亿元。

2010年勘探南方分公司完成三维地震野外采集404.32平方千米，在四川省境内共完成钻井11口，累计完成进尺9.7169×10⁴米，2010年四川省境内勘查区块获工业气流井13口。

四川省煤田地质工程勘察设计研究院于2007年开始连续在古叙矿区大村矿段施工DCMT-3井（参数）、DC-1井（参数）、DC-2井三口煤层气生产试验井。于2009年10～12月完成压裂施工，先后投产试气。

截至2010年年底，已稳产气236天，累计产气466964.24立方米。共计投入货币资金2000余万元，完成4项科研、4口参数井和三口生产试验井，获得了阶段性的成果，实现了产气的目的。

2．油气督察情况。①中石化化工股份有限公司西南油气分公司所属采矿权，登记号为0200000220029的四川省四川盆地成都洛带油气田。

②四川省煤田地质工程勘察设计研究所登记号为0200000830123的探矿权，四川省古蔺县川南煤田古叙矿区石屏屏-大村井田勘查。

③中石油化工股份有限公司西南油气田分公司登记0200001030197探矿权的四川省四川盆地井研—犍为地区石油天然气勘查。

④中石化化工股份有限公司西南油气田分公司登记号0200000930132的四川省四川盆地西南内江-犍为地区石油天然气勘查。

经督察,各勘查、开采项目工作能遵守国家矿业权管理法律和法规,按照设计方案执行,履行法定义务,为违规现象出现,施工中注意环保和安全,与当地政府和群众关系融洽,矿业秩序正规。

【地质勘查管理】 1.制度建设。2010年进一步总结地质勘查管理工作经验,通过精心组织、认真调研,制定出台了四川省国土资源厅关于转发《国土资源部关于进一步规范探矿权管理有关问题的通知》的通知(川国土资发〔2010〕45号)、《四川省国土资源厅关于开展地质勘查资质和地质勘查项目监督检查工作的通知》(川国土资发〔2010〕96号)等针对性、操作性强的制度规定,做到各项行政管理工作有章可循。重点加强了矿产资源勘查实施方案(设计)审查,对矿产资源勘查实施方案(设计)的编制进行了进一步规范,对探矿权变更、扩大范围和矿山延伸勘查加强了管理。

重点规划区专家优选工作,2010年根据"优选矿产勘查项目工作(扩大)会"会议设定的规则,通过初审后符合优选规定条件的140个项目,进入专家审查程序参加专家审查,在45位专家参与见证下,有37个项目通过专家排序获得优选项目,公示无异议后,于2010年10月21日发布了优选项目确认公告。

行政审批网络建设,2010年,通过全处同志的共同努力,地质勘查项目新立、延续、注销、转让、招标拍卖挂牌及乙丙级地质勘查资质审查认证等行政审批工作全部纳入内部网络审批,既增加了透明度,又节约了时间,更增强了行政审批事项被监督的力度。

2.探矿权的新立、变更、延续审批。2010年全年全省共受理探矿权申请1060个,新颁发探矿许可证968件,其中新立257个、延续552个、变更140个、其他19个,退件:174个(图39)。颁发地质调查证4个、注销探矿权39个。共收取探矿权使用费955.384万元;探矿权评估价款5261.17万元。至2010年底,全省有效探矿权2007个、勘查面积40982.01平方千米。

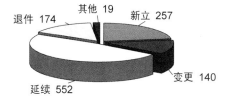

图39 2010年四川省探矿权审批登记情况

3.探矿权有偿出让及转让的管理。2010年度按照探矿权招标拍卖挂牌出让的有关规定,共计拍卖挂

牌出让探矿权31个,成交价款25344万元。其中拍卖22个成交金额21634万元,挂牌9个成交金额3710万元(图40)。

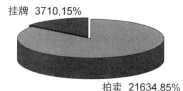

图40 探矿权有偿出让成交金额构成

2010年,四川省共受理审批了49个探矿权转让申请,总价款16266.77万元。其中36个为出售,价款14068.3万元;12个为作价出资,价款2148.47;1个为出售及作价出资,出售部分价款8万元,作价出资部分价款42万元。

【矿产资源开发利用】 1.矿山数量与矿业产值的年变化。受国家和四川省矿产资源政策影响,省内矿山的数量在2003年以前逐年增长,2003年达到8202个,此后到2008年矿山数量逐年减少,2008为7520个。但是2009年省内矿山数量增长明显,达到7949个,比2008年增加了429个,年增长率达到5.7%,2010年四川省矿山总数达到7963,比2009年增加了14个,增速放缓到0.2%(图41)。

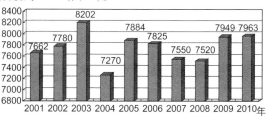

图41 2001～2010年四川省矿山总数(个)变化

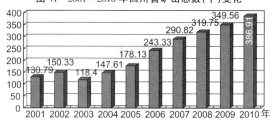

图42 2001～2010年四川省矿山工业总产值(亿元)变化

矿产资源开发利用的工业总产值2003年以后逐年增长,到2009年达到349.56亿元,在2008年的基础上增加了9.3%,而2010年达到386.91亿元,比2009年增加了10.7%(图42)。显示了四川省在2008年"5·12"汶川大地震以后经济发展已得到迅速恢复。

2.采矿业从业人员情况。2010年,全省采矿业从业人员总计约 42.95 万人,较 2009 年的 44.37 万人减少了 1.42 万人。其中,遂宁、宜宾、乐山等市矿业从业人员数量减少较为明显。在各市州及各类矿产中采矿人员数量的基本情况见表 10 和图 43。

图 43 至 2010 年底四川省矿山内外资企业比较

3. 四川矿山企业的性质及结构。①全省的矿山企业基本上都是内资企业,到 2010 年底,四川省共有矿山企业 7963 个,其中,内资企业 7929 个,占全省矿山总数的 99.57%,港、澳、台及外资企业只有 34 家,占的比例很小(表 10、图 57)。

②四川省矿山企业中,绝大部分是私营矿山企业。在 7929 个内资企业中,国有 124 个,集体 583 个,股份合作 90 个,联营 28 个,有限责任公司 674 个,股份有限公司 335 个,私营 6026 个,其他 69 个(表 11 和图 44)。私营企业占了四川省矿山总数的 75.67%,占四川省内资源矿山企业总数的 76.00%,数量占有绝对优势;省内 124 个国有矿山企业,仅占全省矿山总数的 1.56%。

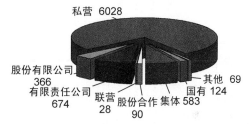

图 44 至 2010 年底四川省内资矿山企业性质构成

③各类矿山企业对四川省矿业经济的贡献。各类矿山企业对四川省矿业经济的贡献见表 12、图 45。四川省矿山工业总产值中,贡献超过 10% 的分别是私营、国有、有限责任公司和股份有限公司,分别占四川省矿山工业总值的 40.12%、21.72%、17.78% 和 13.44%。私营和国有矿山企业的工业总产值占四川省矿山工业总产值的 61.84%。

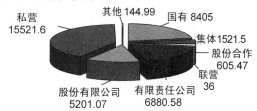

图 45 2010 年四川省内资矿山企业对
全省矿业经济的贡献

表 10   2010 年四川省市(州)矿产资源开发利用情况(按行政区分列)

行政区名称	矿山企业数					从业人员(个)	年产矿量 万吨	实际采矿能力(万吨/年)	工业总产值(万元)	综合利用产值(万元)	矿产品销售收入(万元)	利润总额(万元)
	合计	大型	中型	小型	小矿							
合计	7963	85	396	4472	3009	429477	40506.51	34135.98	3869083.4	416199.47	3428506.56	387077.48
成都市	255	13	165	59	18	9659	2045.55	3162.95	71805.29	731	70298.91	-1825.83
自贡市	226	4	12	132	78	15207	1089.84	1127.43	56001.83	3559.75	55505.28	3458.05
攀枝花市	265	12	7	100	146	37256	4346.92	4987.59	873167.18	303511.18	744527.02	65902.77
泸州市	537	2	5	122	408	27897	985.96	1113.93	245940.05	2746.09	224437.78	20487.56
德阳市	315	5	18	246	46	15840	628.06	1364.7	104548.78	4472.13	102319.98	11969.19
绵阳市	627	7	64	487	69	17899	1217.42	1877	81003.28	9652.45	48159.64	5551.67
广元市	579	6	6	325	242	24599	1057.4	1390.2	163962.71	8958.1	97400.44	5759.18
遂宁市	175	2	0	123	50	4774	277.35	293.83	38375.5	58	37693.5	3580.9
内江市	399	0	0	29	370	23297	878.9	1161.53	167380.48	1132	163027	6321.1
乐山市	572	8	20	471	73	44305	2780.17	2765.9	248767.96	8335.22	234628.06	26147.38
南充市	446	2	3	371	70	9969	948.59	1021.35	95839.5	30	92947.11	8257.5

续表 10

行政区名称	矿山企业数					从业人员（个）	年产矿量 万吨	实际采矿能力（万吨/年）	工业总产值（万元）	综合利用产值（万元）	矿产品销售收入（万元）	利润总额（万元）
	合计	大型	中型	小型	小矿							
眉山市	254	7	20	159	68	14233	1262.36	1240.23	116711.88	124	102007.57	–15620.09
宜宾市	897	6	17	421	453	52477	2460.84	3016.65	484279.24	7028.6	462765.95	55001.03
广安市	329	2	4	139	184	25401	1009.34	1572.61	188318.13	2717.7	186765.17	39449.32
达州市	825	2	7	501	315	40186	1172.44	3454.02	133796.49	1937.03	128509.04	29524.01
雅安市	339	3	20	195	121	14598	817.59	681.97	79035.08	2961.75	74487.85	16632.03
巴中市	199	0	1	78	120	6369	265.97	745.23	53206.48	1147	38283.92	2073.18
资阳市	198	0	0	190	8	7062	285.48	300.9	25344	2668.5	25263	3284.9
阿坝州	50	1	3	27	19	2699	14639.25	247.41	21454.75	2410.75	18336.76	1500.51
甘孜州	99	1	7	51	40	4122	116.75	234.65	78215.95	833.08	60678.23	17056.81
凉山州	377	3	17	246	111	31628	2220.33	2375.91	541928.85	51185.14	460463.35	82566.31

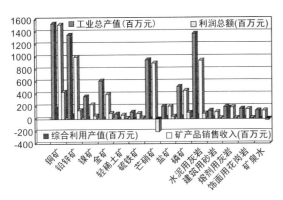

图 46　2010 年四川省除煤、铁、砖瓦用页岩
外部分矿种主要经济指标比较

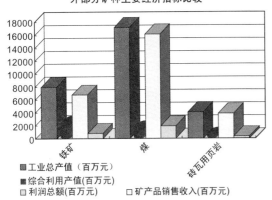

图 47　2010 年四川省铁、煤及砖瓦用页岩
主要经济指标比较

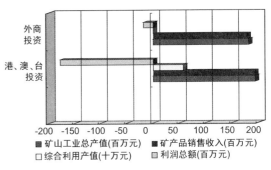

图 48　2010 年全四川省外资和港、澳、台
矿山企业主要经济指标比较

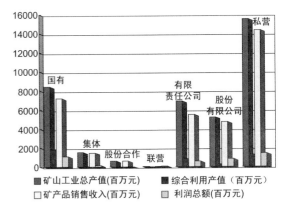

图 49　2010 年四川省内资矿山企业
工业主要经济指标比较

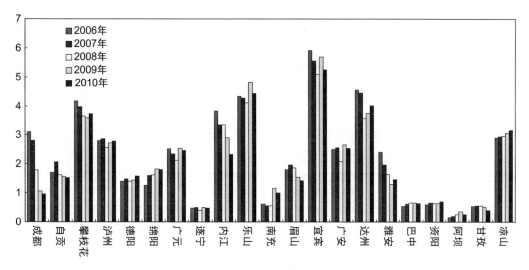

图50 2006～2010年四川省各市州矿业从业人员数量变化情况(万人)

表11   2010年四川省矿产资源开发利用情况(按经济类型分列)

企业经济类型	矿山企业数					从业人员(个)	年产矿量(万吨)	实际采矿能力(万吨/年)	工业总产值(万元)	综合利用产值(万元)	矿产晶销售收入(万元)	利润总额(万元)
	合计	大型	中型	小型	小矿							
合计	7963	86	396	4472	3009	429477	40506.51	34135.98	3869083.4	416199.47	3428505.56	387077.48
一、内资	7929	75	392	4461	3001	426645	39191.84	32348.05	3831623.11	415634.47	3391362.51	406774.35
国有	124	15	24	64	21	59876	4572.92	4356.37	840500.54	179358.27	717212.77	107506.49
集体	583	0	22	296	265	33624	875.77	1615.32	152150.33	3811.12	145577.02	14268.24
股份合作	90	3	5	57	25	6493	444.06	540.32	60546.56	1230	58652.22	3509.37
联营	28	0	2	17	9	1343	27.79	38.82	3600.4	13	3601.5	430.8
有限责任公司	674	22	61	400	191	69327	17362.87	4933.6	688058.17	83339.2	547043.51	56605.78
股份有限公司	335	15	32	174	114	35793	5414.36	4972.97	520107.59	23513.03	471703	82902.45
私营	6026	19	240	3428	2339	218180	10336.72	15694.11	1552160.03	124354.05	1433874.37	140528.97
其他	69	1	6	25	37	2009	157.35	196.55	14499.48	15.8	13698.11	1022.25
二、外资	34	11	4	11	8	2832	1314.67	1787.92	37459.29	365	37143.05	−19696.87
港、澳、台投资	19	4	2	8	5	1157	160.72	361.62	19339	565	19290.5	−17824
外商投资	15	7	2	3	3	1675	1153.95	1426.3	18121.29	0	17852.55	−1872.87

表12   2010年四川省矿产资源开发利用情况(按矿种分列)

矿种	矿山企业数					从业人员(个)	年产矿量(万吨)	实际采矿能力(万吨/年)	工业总产值(万元)	综合利用产值(万元)	矿产品销售收入(万元)	利润总额(万元)	序号
	合计	大型	中型	小型	小矿								
合计	7963	86	396	4472	3009	429477	40506.51	34135.98	3869083.4	416199.47	3428505.56	387077.48	1

续表 12 - 1

矿种	矿山企业数					从业人员(个)	年产矿量(万吨)	实际采矿能力(万吨/年)	工业总产值(万元)	综合利用产值(万元)	矿产品销售收入(万元)	利润总额(万元)	序号
	合计	大型	中型	小型	小矿								
煤炭	1375	9	19	727	620	228247	5080.86	7627.05	1717655.64	127317.9	1614340.44	191780.04	2
天然沥青	4	0	0	0	4	31	0.1	0.1	65	0	65	10	3
地下热水	24	9	5	9	1	523	481.8	0	10835.6	0	9750	- 66.6	4
铁矿	101	7	5	47	42	25538	4533.67	4594.89	796947.12	201298.38	673630.38	75808.87	5
锰矿	15	1	0	10	4	638	7.8	23.73	1787	58	1366.5	168.25	6
铜矿	31	1	3	19	8	5434	384.66	387.24	153562.1	17329.9	151749.13	43509.78	7
铅矿	50	0	3	31	16	4459	65.78	86.44	66302.8	5401.32	48664.65	5767.61	8
锌矿	52	0	2	28	22	5832	71.25	108.25	69333.04	893.64	51347.09	8266.9	9
铝土矿	6	0	0	1	5	84	1.6	1.6	236	0	236	62	10
镁矿	1	0	0	0	1	30	0	0	0	0	0	0	11
镍矿	7	0	1	6	0	1409	34.1	28.6	36148.04	1410.88	23235.94	5109.6	12
钨矿	1	0	0	1	0	15	0	1	0	0	0	0	13
锡矿	4	0	0	2	2	66	0.41	1.01	87.84	0	87.84	0	14
钼矿	2	0	0	2	0	46	0.01	0	1525	0	1525	150	15
锑矿	1	0	0	0	1	40	0.03	0.03	3702	20	37.2	20	16
金矿	60	0	7	25	28	2434	97.62	134	61104.18	922.55	39293.03	9282.54	17
银矿	2	1	0	0	1	270	0	51	0	0	0	0	18
锂矿	4	0	1	2	1	586	13006.1	22.02	4776	1432	4285.51	671.4	19
轻稀土矿	7	0	2	1	4	457	0.61	2.6	7731	175	6115.7	726	20
碲矿	2	0	0	0	2	5	0	0	0	0	0	0	21
红柱石	1	0	0	1	0	50	0	2	0	0	0	0	22
普通萤石	1	0	0	0	1	6	0	0.2	0	0	0	0	23
熔剂用灰岩	8	1	0	4	3	1020	91.87	95.37	18906.36	18767.36	18687.16	1018	24
冶金用白云岩	8	0	1	6	1	157	58.36	85.06	2161.5	2131.5	2161.5	303	25
冶金用石英岩	49	0	1	39	9	463	14.82	32.96	546.2	5	527.2	113.05	26
冶金用砂岩	2	0	0	0	2	8	0.5	0.5	10	0	10	0	27
铸型用砂岩	3	0	0	2	1	5	0	4	0	0	0	0	28
铸型用砂	3	0	0	0	3	53	3.41	3.4	387	0	342	35.5	29
冶金用脉石英	34	0	0	30	4	390	10.75	39.6	619.09	10	470.6	62.9	30
耐火黏土	34	0	0	18	16	694	20.56	31.76	1226.35	38.89	1226.35	141.19	31
硫铁矿	70	1	0	18	51	1742	62.44	89.06	11025.3	595.6	8779.3	1597.38	32
芒硝	19	8	11	0	0	4935	1160.09	999.76	94814.32	0	89563.31	- 20989.5	33
重晶石	9	0	0	4	5	40	0.2	1	3.6	0	1	0.1	34

续表 12－2

矿种	矿山企业数					从业人员(个)	年产矿量(万吨)	实际采矿能力(万吨/年)	工业总产值(万元)	综合利用产值(万元)	矿产品销售收入(万元)	利润总额(万元)	序号
	合计	大型	中型	小型	小矿								
电石用灰岩	1	0	0	0	1	26	1.39	2	70	8	69.5	-5.8	35
化肥用灰岩	9	0	0	9	0	140	9	41	119.1	0	58	2.8	36
化工用白云岩	5	0	0	5	0	38	1.8	15.6	38	0	23.4	0.9	37
化肥用石英岩	5	0	0	5	0	190	4.56	4.56	304.3	70	291.6	81	38
化肥用砂岩	5	0	0	4	1	248	1.4	1.4	108.1	13.5	83	17	39
含钾岩石	2	0	1	0	1	27	0	0.5	0	0	0	0	40
化肥用蛇纹岩	1	0	0	1	0	37	5.8	5.8	45	0	45	6	41
盐矿	21	3	8	10	0	2366	1187.76	471.56	20406.4	2874	20510.14	3924.86	42
磷矿	55	2	14	36	3	6710	307.13	732.43	51840.8	3373	45328.52	10035.82	43
石墨	5	1	1	1	2	160	0.68	6.95	102	0	102	40	44
硅灰石	11	0	1	4	6	193	1.37	31	234	0	234	40	45
石棉	1	1	0	0	0	450	19.5	28	735	60	735	200	46
云母	4	0	0	3	1	50	0	1.53	0	0	0	0	47
长石	25	0	0	16	9	439	24.41	25.81	1520.5	0	1071.5	123.03	
蛭石	1	0	0	1	0	6	0	0.5	0	0	0	0	48
透闪石	2	0	0	0	2	3	0	0.5	0	0	0	0	49
石膏	49	0	2	38	9	1286	95.74	176.5	4186.06	107	4186.06	294.22	50
方解石	12	0	0	1	11	85	1.7	3.05	201.54	0	193.76	22.05	51
玻璃用灰岩	1	0	0	1	0	6	0	0	0	0	0	0	52
水泥用灰岩	402	9	15	201	177	10996	4391.91	5898.76	137261.78	4866.06	93978.67	8318.56	53
建筑石料用灰岩	695	0	3	251	441	10691	1110.73	2042.57	26041.61	794.88	24747.98	2974.99	54
饰面用灰岩	18	1	2	12	3	148	6.2	7.75	210	20	210	5	55
制灰用石灰岩	66	0	2	18	46	1054	357.21	489.61	49728.6	337	4452.6	166.39	56
玻璃用白云岩	7	0	0	2	5	119	5	12	55	0	55	7	57
建筑用白云岩	21	1	0	8	12	229	9.49	31.96	166	0	156.6	21.08	58
玻璃用石英岩	53	1	2	34	16	1069	72.67	84.22	4815.44	16	4573.44	265	59

续表 12-3

矿种	矿山企业数					从业人员(个)	年产矿量(万吨)	实际采矿能力(万吨/年)	工业总产值(万元)	综合利用产值(万元)	矿产品销售收入(万元)	利润总额(万元)	序号
	合计	大型	中型	小型	小矿								
玻璃用砂岩	21	0	0	10	11	291	27.24	29.2	1234.12	179	1232.62	80.65	60
水泥配料用砂岩	33	1	1	20	11	537	114.91	178.94	1640.62	10.1	1566.92	249.92	61
砖瓦用砂岩	27	0	1	14	12	486	38.42	80.37	612.69	109	568.09	78.5	62
陶瓷用砂岩	25	0	0	19	6	366	13.31	28.61	349.82	15	348.32	42.15	63
建筑用砂岩	312	1	7	128	176	3671	265.57	469.61	13495.84	1560.83	10844.01	918	64
玻璃用砂	2	0	0	1	1	20	2	1	50	0	44	4	65
建筑用砂	94	1	0	41	52	773	83.75	393.25	2031.13	70.25	1987.69	181.72	66
水泥配料用砂	2	0	0	0	2	10	2.1	3	36	0	36	4	67
砖瓦用砂	4	0	0	3	1	93	7.1	7.6	375	100	369.5	7.36	68
玻璃用脉石英	18	0	0	4	14	116	0	4	10	0	0	0	69
水泥配料用脉石英	2	0	0	2	0	19	0.5	0.5	32	20	25	0.5	70
硅藻土	1	0	0	1	0	30	0	18	0	0	0	0	71
陶粒页岩	2	0	1	0	1	85	0	3	0	0	0	0	72
砖瓦用页岩	3247	7	228	2072	940	84470	5666.73	7083.22	405997.05	19662.69	387500.75	31584.02	73
水泥配料用页岩	13	0	0	10	3	197	6.81	35.9	168.85	0	154.15	17.4	74
建筑用页岩	195	0	7	163	25	4074	235.55	261.98	27087.5	43	23728.5	3778.15	75
高岭土	15	0	5	9	1	946	21.7	42.05	2245.36	0.2	2240.16	170.94	76
陶瓷土	10	0	0	10	0	155	4.58	12.58	206.2	0	206.2	5.78	77
伊利石黏土	28	0	2	24	2	518	7.38	7.38	429.31	0	429.31	38.33	78
膨润土	38	0	1	36	1	630	5.6	21.35	4286	15	1470.4	70.56	79
砖瓦用黏土	92	1	0	11	80	1855	696.23	89.76	3371.25	542.1	2822.85	440.9	80
陶粒用黏土	37	1	2	21	13	1034	13.23	22.39	1497.11	27	1463.59	58.17	81
水泥配料用黏土	9	0	0	6	3	131	2.7	18.2	201	0.5	201	5.2	82
水泥配料用泥岩	4	1	1	0	2	38	23.45	147.8	129.79	0	129.79	26.23	83

续表 12 - 4

矿种	矿山企业数					从业人员(个)	年产矿量(万吨)	实际采矿能力(万吨/年)	工业总产值(万元)	综合利用产值(万元)	矿产品销售收入(万元)	利润总额(万元)	序号
	合计	大型	中型	小型	小矿								
保温材料用黏土	2	0	0	2	0	10	0	0	0	0	0	0	84
白云母黏土矿	1	0	0	1	0	15	0	0	2.1	2.1	2.1	0	85
建筑用辉石岩	1	0	0	0	1	1	0	0	0	0	0	0	86
水泥混合材玄武岩	2	1	0	1	0	225	19.05	20	616.55	0	616.55	11	87
建筑用玄武岩	40	1	2	35	2	816	71.83	114.64	2778.2	122	2626.4	121.31	88
饰面用辉绿岩	1	0	0	1	0	12	0.33	0	50	0	50	8	89
建筑用辉绿岩	3	0	0	1	2	34	11	13	227	160	190	50.1	90
建筑用辉长岩	4	0	0	3	1	25	1.97	9	28.48	4.43	23.48	11.5	91
建筑用闪长岩	3	1	0	0	2	12	0	0	0	0	0	0	92
建筑用正长岩	3	1	2	0	0	39	3.5	9	127.98	0	127.98	3.2	93
建筑用花岗岩	29	0	1	25	3	438	10.83	71.02	4299	416	4088.6	- 336.35	94
饰面用花岗岩	45	1	0	31	13	819	43.89	260.19	15988.58	2105	15766.58	802.45	95
霞石正长岩	2	0	0	1	1	158	2	4	114	0	114	1.6	96
水泥用凝灰岩	1	0	0	0	1	55	0	0	0	0	0	0	97
建筑用凝灰岩	2	0	0	2	0	20	0.04	5	3.7	0	2	0.1	98
饰面用大理岩	44	1	5	29	9	974	49.71	49.46	4972.35	250	4919.45	662.94	99
建筑用大理岩	6	0	0	4	2	56	5.5	6.42	701	425	210	46	100
饰面用板岩	21	1	7	8	5	186	4.6	23.73	563	4	559	16	101
片石	1	0	0	0	1	19	0.8	1	36	0	34.6	5	102
砚石	2	0	0	1	1	19	2.5	20	59	8.9	50	0.1	103
矿泉水	52	9	11	28	4	2526	235.24	0	13342.5	0	13152.36	- 2175.84	104

4. 矿山规模与开发矿种。①矿山规模:2010 年,全省矿山总数从 2009 年的 7949 增加到 7963 个,其中,大型矿山从 90 个减少到 86 个,中型矿山没有变化,小型矿山从 4290 个增加至 4472 个,小矿从 3173 个减少到 3009 个。在矿山总数上,小型矿山和小矿在数量上仍占有绝对的优势(表 10~12、图 48~51)。

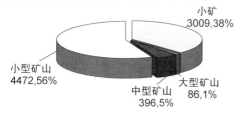

图 51 2010 年四川全省矿山规模构成比例

②开发矿种:四川省进入统计的开发矿种共有 104 种(表 12),其中煤、铁及砖瓦用页岩矿对四川省矿业经济的贡献最为显著(图 47)。此外,四川省优势矿产及对四川省矿业经济贡献较大的还有铜、铅锌、镍、金、轻稀土、硫、钙芒硝、磷、盐、水泥用灰岩、建筑用砂岩、熔剂用灰岩、饰面花岗岩及矿泉水等矿产,其经济指标见图 46。

四川天然气、原煤、磷矿、硫铁矿、岩盐、钙芒硝、石棉、花岗岩、铅精矿、锌精矿及轻稀土矿的产量名列全国前茅。天然气、煤炭、铁矿、铜矿、水泥灰岩等矿产的开发在全省的工业生产中占有很重要的地位。

四川采矿业生产及发展过程中,除国有矿山企业外,集体、股份制、私营等矿山企业在矿业经济中逐渐占有重要的地位(表 11)。天然气、锌矿、熔剂用石灰岩、冶金用白云岩、金矿等矿产在规模山企业中经济效益较好。小型的民营矿山主要以开采零星的煤炭资源,砖瓦用页岩、建筑用砂岩、建筑用砂砾石等矿产资源为主。

2010 年,四川矿产开发工业总产值超过亿元的矿产有煤、铁、铜、铅、锌、镍、金、硫铁矿、钙芒硝、盐、磷、

图 52 2010 年四川省各类矿产对
四川省矿业经济的贡献

熔剂用灰岩、长石、水泥用灰岩、建筑石材用灰岩、制灰用灰岩、建筑用砂岩、砖瓦用页岩、建筑用页岩、饰面用花岗岩、地下热水、矿泉水等矿产及矿产品,它们对四川矿业经济的发展作出了重大贡献(表 12 和图 52)。

煤炭资源开发所产生的工业总产值占全省采矿业工业总产值的 44.39%,铁矿占 20.60%,两者的工业生产总值相加为 64.99%,占四川省 2010 年采矿业工业总产值总额的一半以上。煤炭和铁矿的开发是四川省矿业经济的支柱。

③矿山从业人员的分布:统计至 2010 年底,四川省从事采矿业生产的人员中,53.15% 在煤矿山中,30.14% 在建材用非金属矿的矿山中。各类矿产中四川省从事采矿人员的分布情况见表 11 和图 53。

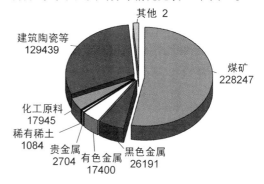

图 53 2010 年四川省矿业从业人员在
各类矿种中的分布

【资源性矿产品进出口贸易】 根据四川省 2009 年统计年鉴资料,四川省全部规模以上工业企业的矿产资源性产品的年产量见表 13。在“5·12”汶川地震及全球金融危机的影响过去以后,主要矿产资源性品的产量均出现了较快的增长。

表 14 和图 54 是 2005~2009 年四川省部分重要矿产品年产量。可以看出,该期间除 2008 年四川汶川大地震对上述矿产品的年产量有一定影响外,所统计的矿产品逐年都有所增长。

表 13 2009 年四川省国有及规模以上非国有工业企业
部分矿产资源性产品年产量与增长指标

序号	产品名称	计算单位	总量	较 2009 年增长(%)
1	原煤	万吨	8997.34	4.59
2	原油	万吨	21.68	10.52
3	天然气	10^8 立方米	190.60	15.03
4	原盐	万吨	797.40	42.39

续表 13

序号	产品名称	计算单位	总量	较2009年增长(%)
5	生铁	万吨	1532.62	7.53
6	钢	万吨	1509.14	10.14
7	铁合金	万吨	177.36	27.56
8	焦炭	万吨	1162.00	15.04
9	水泥	万吨	8887.00	46.48
10	硫酸	万吨	333.26	47.47
11	浓硝酸	万吨	7.58	39.85
12	碳酸钠(纯碱)	万吨	168.20	42.40
13	氢氧化钠(烧碱)	万吨	98.89	10.42
14	合成氨	万吨	452.42	11.52
15	农用氮,磷,钾肥	万吨	464.37	26.36
16	电石(碳化钙)	万吨	82.80	21.66

表 14　2005～2009 年四川省部分重要矿产资源性产品年产量的变化

年产量	原盐 ×10⁴ 吨	原煤 ×10⁷ 吨	天然气 10⁸ 立方米	生铁 ×10⁷ 吨	钢 ×10⁷ 吨	水泥 ×10⁷ 吨
2005	412.11	5.22	135.24	1.06	1.09	4.19
2006	619.03	6.36	160.00	1.31	1.23	4.90
2007	666.40	7.76	160.40	1.46	1.41	6.21
2008	560.00	8.60	165.70	1.43	1.37	6.07
2009	797.40	9.00	190.60	1.52	1.51	8.89

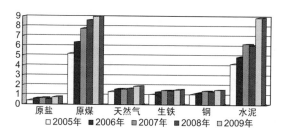

图 54　四川省近年部分重要矿产资源性产品年产量比较

（计量单位:天然气:×10¹⁰立方米;其余:×10⁷ 吨）

根据四川省统计局资料,2003 年,四川省进口矿产品贸易总额为 14505 万美元,出口为 545 万美元,进出口比例为 27 倍。2004 年,四川省矿产品进出口总额较上一年翻了一番多,进出口比例是 28 倍。2005 年,四川省进口矿产品为 38853 万美元,出口矿产品为 1910 万美元,进出口贸易总额的增速明显放缓,进出

口比例为 20 倍。2006 年,省矿产品进口 32912 万美元,出口 1318 万美元,进出口贸易总额明显回落,进出口比例为 25 倍。2007 年,四川省矿产品进口 45209 万美元,出口 969 万美元,进口贸易额明显增大,出口贸易额却显著减少,进出口额比例扩大为约 47 倍。2008 年底,四川省矿产品进口 70853 万美元,出口 2327 万美元,进出口比例为 30 倍,进出口比例有所收窄。到 2009 年,四川省矿产品进口 56965 万美元,明显减少,出口 1626 万美元,也明显减少,进出口比例为 35 倍,进出口总量较 2009 年明显回落。四川省经济发展对外部资源的依赖程度相当高的格局仍然无大的改变(图 55)。

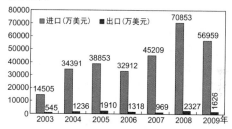

图 55　2003～2009 年四川省矿产品进出口贸易情况

【矿产资源开发管理】　2010 年,全省矿产资源开发管理按照部、省有关要求和确定的目标任务,围绕规范矿产开始管理、推进市场化配置矿产资源、矿产资源开发整合工作,加强矿业权科学管理、维护矿业权合法利益、推进政务公开开展工作。

1. 采矿权登记审批。2010 年,为了进一步增强办事透明度,提高办事效率,更好地服务于社会,服务于企业,于 1 月 1 日起,采矿权登记全面开展网上并联审批,大大提高了行政审批效能。

2010 年全省划定矿区范围 75 宗,采矿权新立 59 宗,延续 299 宗,变更 382 宗,注销 109 宗,及实地核查换证 974 宗,办理采矿权转让 85 宗,共涉及矿业权 1983 宗(图 56)。

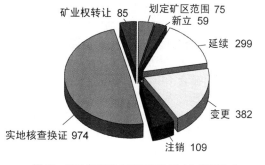

图 56　2010 年四川省登记审批采矿权类别构成

2. 采矿权价款评估及资源补偿费的收取。①采矿权价款评估项目委托工作,按照国土资源部有关规

范矿业权价款评估委托工作的规定和要求,2010年共举办了5次公开摇号选择评估机构。按规定,每次摇号都有监察人员、业务处室人员、公证人员进行现场监督和公证,共有来自全国各地12家评估机构参与摇号,对全省183个矿业权项目进行了评估。使全省矿业权委托评估工作做到了公开、透明。

②加强矿产资源补偿费征收工作,2010年需征收矿产资源补偿费的任务为7000万元,在对39个重灾县实行矿山企业矿产资源补偿费免缴的情况下,全年全省矿产资源补偿费至年底累计征收入库2.59亿元,完成了年度任务的3.7倍。

3. 全面推进市场化配置矿产资源工作。2010年,全省共出让采矿权328宗,出让金额达到3.4亿元。同时,省级主管部门积极指导市、州建立和完善矿业权有形市场,依法开展采矿权招拍挂出让工作。

4. 矿山开采活动监督管理。①组织各市、州国土资源管理部门抓好矿产资源开发利用年度统计工作,全面完成了2009年度矿产开发利用统计年报工作,并通过了部验收,其成果已通过本年报发布。

②总结2009年全省矿产开发利用年度检查工作,部署并组织开展本年度采矿权年检工作。

③建立健全了国家级、省级矿产督察员队伍。至2010年底,全省共有国土资源部新聘任的第三批国家级矿产督察员10人,新聘任了省级矿产督员22名。全省矿产督察工作已按部、省的相关要求对重点矿山展开。

④强化国家对稀土等矿产控量开采制度的落实。对部下达四川省2010年度稀土氧化物开采总量22000吨、锑金属量200吨,及时进行分解下达到凉山州和雅安市,签订了责任书,要求加强矿山日常监督管理,确保各矿山开采量控制在省厅下达的年度产量控制指标之内,并按照部的要求建立了稀土等矿产矿区协管员队伍。

5. 矿产资源开发管理的专项工作。①矿产资源整合。在2009年工作基础上,认真贯彻执行并协调转发了国土资源部等12部门下发的《关于进一步推进矿产资源开发整合工作的通知》(国土资发〔2009〕141号),结合四川省实际提出了四川省开展矿产资源开发整合的要求和整合工作方案,使四川省矿产资源整合进入了实施阶段。

②在2009年工作基础上,按照国土资源部的统一部署,全省克服重重困难,采取强有力措施按期、按要求完成了矿业权野外实地核实工作,工作成果通过了部级验收,并经全国矿业权实地核果项目办公室批复。

在矿业权实核查工作基础上,利用所取得的成果,抓紧做好矿业权登记数据库更新和采矿许可证的换证工作,在采矿权数据库更新和换发采矿许可证过程中,根据实地核查的技术资料,及时处理了矿业权核查中所发现的问题。

③积极参与做好矿山安全生产工作。根据国土资源部和省政府的要求,及时发文要求各级国土资源管理部门积极配合同级相关部门开展矿山安全生产工作,部署安排打击非法矿业生产建设经营等活动的专项行动。

(四川省矿业协会　曾令新)

贵　州　省

【矿产资源概况】　贵州省能矿资源较为丰富,优势矿产在全国的地位显著。全省查明矿产地3453处,其中能源矿产992处,占产地总数的28.73%;金属矿产928处,占26.87%;非金属矿产1533处,占44.4%,发现矿产127种,占全国169种的75.15%,查明有资源储量的矿产80种,占全国159种的50.31%。

【矿产资源保有储量】　贵州是中国南方最大的煤炭资源基地,预测资源量2419亿吨,2010年煤炭保有资源储量590.15亿吨,占全国总量的4.40%,居全国第5位。

贵州是中国富磷矿的集中产区,以品位富、质量优著称,保有资源储量26.98亿吨,占全国总量的14.48%,居全国第3位。是我国重要的磷化工及磨料生产的原材料基地,开阳、瓮福磷矿是全国大型开采基地。

贵州是中国铝土矿富集区,保有资源储量5.76亿吨,占全国总量的15.34%,居全国第4位,是我国重要的铝工业及磨料、磨具生产的原材料基地之一。铝土矿中伴生可供回收利用的镓矿,资源储量3.47万吨,居全国第3位。伴生的锂矿,资源储量13.15万吨,居全国第4位。

贵州是全国重晶石最主要的产区,保有资源储量1.31亿吨,占全国总量的34.66%,居全国之冠。是我国重晶石生产、出口的重要基地,也是最重要的金属钡及钡化物原材料基地。

贵州是中国三大锰矿集中区之一,保有资源储量1.02亿吨,占全国总量的11.45%,居全国第3位。是中国三大锰矿集中产区之一,具有资源丰富、分布集中、规模大、外部开发条件好的特点。

贵州是全国锑矿资源丰富的省区之一,保有资源储量27.97万吨,占全国总量的11.13%,居全国第4位。危机矿山找矿又新发现资源储量10余万吨。

贵州是新崛起的黄金资源大省,保有金金属资源储量 263.95 吨,占全国总量的 3.84%,居全国第 11 位,其中岩金居 263.85 吨,居第 6 位,是我国的黄金生产基地之一。

贵州是稀土资源大省,保有资源储量 149.79 万吨,居全国第 2 位。集中分布在织金新华矿区,为尚未开发的超大型稀土矿(表 1 和图 1)。

【地质勘查基金项目】 根据地质勘查规划及其重要矿种专项规划,积极推进优势矿产整装勘查。

全面展开铁、铜、铝、铅、锌、金、煤、磷 8 个矿种的潜力评价工作;铁、铝的潜力评价已通过国土资源部验收,并被评为优秀成果;务正道地区铝土矿整装勘查区被列为全国首批 46 个矿产资源整装勘查区之一,进入全国找矿行动计划;启动实施铜仁地区锰矿整装勘查、黔东南州凯里 – 黄平地区铝土矿整装勘查;全国页岩找矿调查在贵州省黔东南岑巩等地试点。

【矿业权市场管理】 积极推进矿产资源管理政策参与宏观调控,全面整顿和规范矿产资源开发秩序,优化开发布局,促进节约集约开发利用。

提高矿业规模化集约化程度,全面启动全省 7 个优势矿种整合工作,138 个矿权整合为 50 个矿区,净减少矿权 88 个,使贵州省矿山企业"多、小、散、乱"的局面得到一定程度改观。

全省 2010 年末有效勘查许可证 1762 个。其中部发证 73 个,按矿种分:能源矿种 41 个、黑色金属 1 个、有色金属 17 个、铂族及贵金属 12 个、非金属 2 个,批准勘查登记面积 3480.57 平方千米;省级发证 1689 个,按矿种分:能源矿种 182 个、黑色金属 204 个、有色金属 990 个、铂族及贵金属 221 个、非金属 92 个,批准勘查登记面积 24736.89 平方千米。全省 2010 年末有效采矿许可证 9285 个。其中部级颁证 21 个,按开采矿种分:能源矿产 17 个、有色金属矿产 1 个、贵金属矿产 2 个、非金属矿产 1 个,批准登记面积 517.1 平方千米;省级颁证 2714 个,按开采矿种分:能源矿产 1929 个,黑色金属矿产 120 个,有色金属矿产 339 个,贵金属矿产 131 个,非金属矿产 165 个,水气矿产 30 个,批准登记面积 5746.6 平方千米。

招、拍、挂出让采矿权 448 宗,出让价款 16871.36 万元。其中:省级招、拍卖及挂牌出让煤矿、地下水采矿权 2 宗,出让价款 75 万元;招、拍、挂、出让铝土矿探矿权 1 宗,出让价款 1000 万元。

矿权转让 112 宗,交易合同金额 25.89 亿元。其中探矿权 46 宗,交易合同金额 4.67 亿元,采矿权 66 宗,交易合同金额 21.22 亿元。

表 1 贵州省矿产资源储量情况

序号	矿种名称	资源储量单位	2009 年		2010 年保有矿产资源储量					增减情况	全国排位
			产地数	资源储量	产地数	储量	基础储量	资源量	资源储量		
1	煤炭	亿吨	969	571.37	992	62.84	118.46	471.69	590.15	↑	5
2	铁矿	亿吨	178	7.77	185	0.40	0.51	7.57	8.08	↑	15
3	锰矿	万吨	36	9882.49	45	1641.10	2468.87	7745.73	10214.60	↑	3
4	钒矿	万吨	20	77.78	23			92.83	92.83		8
5	铜矿	万吨	17	10.83	18	0.24	0.33	10.67	11.00	↑	26
6	铅矿	万吨	91	59.01	102	1.15	6.31	65.96	72.27	↑	16
7	锌矿	万吨	128	170.26	142	3.92	15.62	210.98	226.60	↑	14
8	铝土矿	亿吨	110	5.13	109	1.40	2.02	3.74	5.76	↑	4
9	镁(炼镁白云岩)	万吨	10	5365.41	10	1496.80	1906.00	3459.41	5365.41		6
10	镍矿	吨	18	167068.34	21	125.00	178.00	289972.48	290150.48	↑	6
11	钨矿	吨	3	10538.84	3			10538.84	10538.84		18
12	锡矿	吨	2	9194.00	2			9194.00	9194.00		12
13	钼矿	吨	26	275508.90	29	1248.00	1783.00	398424.60	400207.60	↑	9
14	汞矿	万吨	68	3.04	68	0.70	1.11	1.93	3.04		1
15	锑矿	万吨	25	26.72	27	1.22	1.53	26.44	27.97	↑	4

续表 1－1

序号	矿种名称	资源储量单位	2009年		2010年保有矿产资源储量					增减情况	全国排位
			产地数	资源储量	产地数	储量	基础储量	资源量	资源储量		
16	金矿(岩金)	吨	59	263.57	64	5.89	26.24	237.61	263.85	↑	10
	砂金	千克	2	99.00	1			99.00	99.00		23
17	银矿	吨	9	307.55	11	22.00	120.00	219.68	339.68	↑	26
18	铌钽矿	吨	1	146.00	1			146.00	146.00		5
19	锂矿	Li₂O吨	1	69188.00	2			131525.97	131525.97		4
20	稀土矿	万吨	1	149.79	1			149.79	149.79		2
21	锗矿	吨	3	161.00	3		139.00	22.00	161.00		8
22	镓矿	吨	40	29181.75	42	167.91	429.73	34299.12	34728.85	↑	1
23	铟矿	吨	4	64.00	4		13.00	51.00	64.00		10
24	铼矿	吨	1	2.00	1			2.00	2.00		8
25	镉矿	吨	4	4555.43	4	537.00	1047.00	3508.43	4555.43		12
26	硒矿	吨	9	382.00	9			382.00	382.00		7
27	碲矿	吨	1	9.00	1			9.00	9.00		12
28	普通萤石(萤石)	万吨	32	351.78	33		20.50	337.15	357.65	↑	6
29	熔剂用灰岩	万吨	15	23430.95	15	11094.28	13814.86	9500.00	23314.86	↓	19
30	冶金用白云岩	万吨	7	9513.45	7	3042.37	3811.73	5674.50	9486.23	↓	23
31	冶金用砂岩	万吨	11	8493.63	11	4072.50	5597.50	2896.13	8493.63		2
32	铸型用砂岩	万吨	2	1734.00	2	514.80	572.00	1162.00	1734.00		3
33	冶金用脉石英	万吨	5	174.40	5			174.35	174.35	↓	11
34	耐火黏土	万吨	22	5614.21	22	836.84	1026.40	4587.81	5614.21		10
35	硫铁矿	亿吨	102	6.72	108	0.28	0.56	6.54	7.10	↑	2
	伴生硫铁矿	万吨	5	74.66	5	6.70	9.60	65.06	74.66		23
36	重晶石	万吨	79	12632.18	68	1297.60	1899.03	11187.43	13086.46	↑	1
37	电石用灰岩	万吨	9	8335.89	9	4342.10	4824.50	3510.85	8335.35	↓	14
38	化工用白云岩	万吨	4	2417.00	4	418.50	760.00	1657.00	2417.00		3
39	化肥用砂岩	万吨	3	10596.70	3	145.80	183.30	10413.40	10596.70		1
40	含钾砂页岩	万吨	7	4829.50	7			4829.50	4829.50		8
41	含钾岩石	万吨	1	63.79	1			63.79	63.79		6
42	泥炭	万吨	4	203.53	4		133.92	69.53	203.45	↓	17
43	碘矿	吨	5	9710.00	6	44.55	63.67	9267.37	9331.04	↓	4
44	砷矿	吨	5	51516.00	5			51516.00	51516.00		1
45	磷矿	亿吨	71	27.50	72	2.56	3.62	23.36	26.98	↓	3
46	金刚石	克	1	755.00	1			755.00	755.00		5
47	压电水晶	千克	13	6201.00	13	155.00	291.00	5910.00	6201.00		8
48	熔炼水晶	吨	11	1110.00	11	89.00	160.00	950.00	1110.00		3

续表 1-2

序号	矿种名称	资源储量单位	2009年		2010年保有矿产资源储量					增减情况	全国排位
			产地数	资源储量	产地数	储量	基础储量	资源量	资源储量		
49	光学水晶	千克	3	175.00	3		3.00	172.00	175.00		1
50	石棉	万吨	2	0.90	2			0.90	0.90		16
51	石膏	万吨	9	9805.27	9	6.20	7.79	9797.48	9805.27		20
52	方解石	万吨	7	453.34	7			452.54	452.54	↓	8
53	玻璃用灰岩	万吨	1	38.70	1	27.00	30.00	8.70	38.70		3
54	水泥用灰岩	亿吨	102	18.35	103	8.88	10.71	7.63	18.34	↓	20
55	建筑石料用灰岩	万立方米	488	18566.08	485	1090.80	1332.86	16746.12	18078.98	↓	2
56	饰面用灰岩	万立方米	22	3707.90	22	945.30	1049.30	2657.00	3706.30	↓	1
57	制灰用石灰岩	万吨	6	4826.00	6	169.00	188.00	4627.85	4815.85	↓	4
58	玻璃用白云岩	万吨	2	280.00	2	215.00	238.00	42.00	280.00		11
59	建筑用白云岩	万立方米	60	3651.70	61	1035.17	1276.81	2329.93	3606.74	↓	2
60	玻璃用砂岩	万吨	7	5122.83	7	1954.47	2172.47	2950.36	5122.83		7
61	水泥配料用砂岩	万吨	21	9421.58	21	3542.00	4088.18	5333.40	9421.58		9
62	砖瓦用砂岩	万立方米	6	1773.48	6	1223.00	1359.00	414.48	1773.48		2
63	陶瓷用砂岩	万吨	2	1042.50	2	30.50	33.90	1008.60	1042.50		2
64	建筑用砂	万立方米	135	4706.83	136	212.37	950.75	4936.84	5887.59	↑	3
65	玻璃用脉石英	万吨	1	1.40	1	0.90	1.40		1.40		19
66	砖瓦用页岩	万立方米	128	4925.70	128	384.02	412.72	4390.95	4803.67	↓	4
67	水泥配料用页岩	万吨	10	2676.91	10	900.80	1000.80	1675.82	2676.62	↓	11
68	高岭土	万吨	25	578.86	23	7.20	11.45	568.46	579.91	↑	19
69	陶瓷土	万吨	16	1408.76	16	72.20	85.20	1323.56	1408.76		14
70	砖瓦用黏土	万立方米	12	1639.67	12	870.50	970.40	669.27	1639.67		5
71	水泥配料用黏土	万吨	49	10779.14	49	5398.00	6020.20	4758.94	10779.14		7
72	饰面用辉绿岩	万立方米	3	455.96	3	264.00	293.00	162.96	455.96		1
73	饰面用花岗岩	万立方米	2	352.00	2	14.00	16.00	336.00	352.00		22
74	饰面用大理岩	万立方米	4	53.00	4	9.90	19.00	34.00	53.00		27

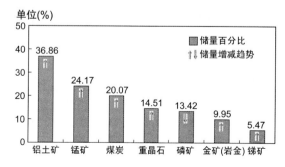

图 1　2010 年优势矿产基础储量
占资源储量的百分比排序

表2　　贵州省矿产地行政区分布情况　　单位:处

地区	能源矿产	金属矿产	非金属矿产	矿产地总数
贵州省	992	928	1533	3453
贵阳市	109	129	157	395
遵义市	170	142	593	905
六盘水市	126	147	31	204
安顺市	60	16	128	204
黔东南州	40	134	93	267
黔南州	169	118	374	661

续表2

地区	能源矿产	金属矿产	非金属矿产	矿产地总数
黔西南州	56	96	36	188
毕节地区	218	137	62	417
铜仁地区	44	109	59	212

【矿产资源开发利用】 初步建成一批煤炭、重要矿产资源开发基地，形成了煤炭、电力、化工和冶金等资源型重化产业。

全省已开发利用的矿产61种，主要有煤炭、磷、铁、锰、铝土矿、金、锑、重晶石、水泥用灰岩、建筑用石料灰岩、建设用砂、砖瓦用页岩等(表3~5)。

全省共有矿山8002个，其中大型45个，中型122个，小型3825个，小矿4010个;从业人员27.91万人。

矿业已成为贵州省经济社会发展的重要产业之一，矿业总产值占国内生产总值的14.82%(图2~4)。

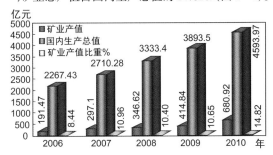

图2　2006~2010年矿业产值占国内生产总值比重

表3　　　　　　　　　　　　　　　**2010年贵州省矿产资源开发利用情况(按行政区分列)**

名 称	矿山企业数(个)					矿山从业人员(人)	年产矿量(万吨)	实际采矿能力(万吨/年)	工业总产值(万元)	综合利用产值(万元)	矿产品销售收入(万元)	利润总额(万元)
	合计	大型	中型	小型	小矿							
贵州省	8002	45	122	3825	4010	279053	26949.79	31311.77	6809170.53	1254895.54	5770321.36	1103790.11
贵阳市	479	2	14	285	178	15388	1729.25	1790.61	430438.15	30134.50	286589.39	35873.29
遵义市	1298	3	18	740	537	33037	3614.58	3435.81	536143.91	49864.99	523769.30	69037.31
六盘水市	419	10	12	149	248	52032	4884.11	3695.07	2369619.03	354392.00	1810159.39	304306.00
安顺市	657	1	4	271	381	19464	2117.08	2497.74	398880.97	21747.50	370952.87	75504.62
黔东南州	674	4	10	338	322	13037	864.12	1200.91	51150.08	5749.30	42358.83	9349.03
黔南州	1068	6	8	473	581	23984	2828.60	5721.19	223223.11	5998.20	223509.45	28339.93
黔西南州	692	2	11	406	273	32339	2913.04	3363.09	851826.11	203651.05	806312.70	133508.74
毕节地区	1776	5	26	630	1115	81977	6177.36	7822.15	1825507.28	574545.60	1646910.59	430188.62
铜仁地区	939	12	19	533	375	7795	1821.65	1785.20	122381.88	8812.40	59758.84	17682.57

表4　　　　　　　　　　　　　　　**2010年贵州省矿产资源开发利用情况(按矿种分列)**

矿种	矿山企业数(个)					矿山从业人员(人)	年产矿量(万吨)	实际采矿能力(万吨/年)	工业总产值(万元)	综合利用产值(万元)	矿产品销售收入(万元)	利润总额(万元)
	合计	大型	中型	小型	小矿							
贵州省	8002	45	122	3825	4010	279053	26949.79	31311.77	6809170.53	1254895.5	5770321.4	1103790.1
煤炭	1765	15	45	1150	555	198874	13643.02	14908.01	5747372.14	1143896.43	5012833.28	963240.89
地下热水	1			1		10	1	1	150		150	20
铁矿	47		1	30	16	1642	78.02	149.9	11921	3020.03	4599	4304.13
锰矿	53	9	4	37	3	1994	205.16	221.64	70884.09	6562	11904.09	5575.59
钒矿	6	1	2	2	1	187	0.5	6.24	151	8	60	20
铜矿	2			2		110	3.56	3.56	1125.2	20	1125.2	164.87
铅矿	27	1		11	15	609	4	18	1012	20	3	250
锌矿	84			32	52	1491	8.79	105.1	11978.62	2673.01	5499.12	665.19
铝土矿	95	1	4	53	37	3039	164.08	124.14	23237.75	6592	22690.75	4815.85

续表 4－1

矿种	矿山企业数(个)					矿山从业人员(人)	年产矿量(万吨)	实际采矿能力(万吨/年)	工业总产值(万元)	综合利用产值(万元)	矿产品销售收入(万元)	利润总额(万元)
	合计	大型	中型	小型	小矿							
镍矿	1			1		80	0.02	0.1	800	770	800	10
钼矿	7			6	1	157						
汞矿	22		1	10	11	130	8.2	9	2510		2510	121
锑矿	10			7	3	927	0.69	36.77	214.34		212.34	85
金矿	62	2	2	30	28	3298	219.55	223.11	161800.6	36000	141571.6	18362
普通萤石	41			23	18	347	4.8	10	1783	1120	1369	355.54
熔剂用灰岩	4		1	2	1	365	88.36	90	8379	2500	3150	175
冶金用石英岩	29		1	19	9	205	3.45	40.9	259	30	228	31.1
冶金用砂岩	20		1	14	5	93	4.22	9.22	176.88	94.14	176.88	－14.03
冶金用脉石英	3			1	2	12		3				
硫铁矿	48			31	17	633	14.64	46.4	3379.8	2046.01	3289.8	410.01
重晶石	155	5	7	83	60	1835	110.81	145.95	23639.2	1525.12	14742.2	4300.53
电石用灰岩	2			1	1	74	1.38	24.28	27	5.1	27	10.1
泥炭	3			1	2	24	3.6	3.6	108	78.2	108	7
砷矿	2			1	1	3	0.5	0.8				
磷矿	55	3	8	40	4	6675	1326.22	1387.36	403428.87	1497	267950.31	31731.06
石膏	3			1	2	115	5	5	400	400	400	125
方解石	20			14	6	143	9.85	19.17	229.34	7	220.34	35.5
玉石	1				1							
水泥用灰岩	124	5	14	67	38	4444	1089.97	1352.51	72166.19	11759.65	47987.59	15418.51
建筑石料用灰岩	2413	3	6	794	1610	22204	4718.76	5809.47	101064.17	16063.55	89520.33	23024.18
饰面用灰岩	26			8	18	259	18.87	17.58	948.68	195	707.68	154.66
制灰用石灰岩	15			6	9	203	37.3	26.9	889.8	15	859.8	86.5
建筑用白云岩	238		5	164	69	1847	553.85	621.87	9910.62	1116	9291.64	1323.85
玻璃用石英岩	2				2							
水泥配料用砂岩	1			1		5		3				
砖瓦用砂岩	10			6	4	134	6.55	10.55	540	22	382	35
建筑用砂岩	628		5	370	253	5497	1377.12	1352.52	40151.97	6574.1	27024.77	5935.48
建筑用砂	1181		3	317	861	10051	2167.21	3022.4	45603.51	4453.4	43355.48	11896.05
水泥配料用砂	2			2			2					
砖瓦用砂	91			17	74	934	11.8	183.95	4110			1125
水泥配料用脉石英	1				1							
粉石英	6		1	3	2	114	4.3	16.2	740	494	740	237

续表 4－2

矿种	矿山企业数(个)					矿山从业人员(人)	年产矿量(万吨)	实际采矿能力(万吨/年)	工业总产值(万元)	综合利用产值(万元)	矿产品销售收入(万元)	利润总额(万元)
	合计	大型	中型	小型	小矿							
砖瓦用页岩	397		9	279	109	6515	599.97	739.67	30921.2	1341	29149.33	4226.87
水泥配料用页岩	4			1	3	24	6.72	6.72	88.4	10	88.4	27.2
建筑用页岩	213		2	134	77	2939	385.7	430.47	22571.35	3893.8	21297.63	4844.07
高岭土	25			19	6	82	0.53	9.2	37.79	15	37.79	3.5
陶瓷土	2			1	1	60	2.7	2.7	281	20	281	50
砖瓦用黏土	9			3	6	118	7.3	7.4	340	4	281	67.8
陶粒用黏土	10			10		191	11.44	68.72	1288		1288	66.2
水泥配料用黏土	1			1								
水泥配料用黄土	1				1	5	1	1	15		15	3
建筑用玄武岩	3		2	1		45	7.2	4.8	298	15	298	79
建筑用辉绿岩	1			1		1						
建筑用正长岩	1			1		43	0.08	0.08	68		68	12
建筑用花岗岩	1			1		14	5.8	5.8	332	12	332	20
建筑用凝灰岩	5			3	2	22	10.47	7.67	156	5	121	4.5
饰面用大理岩	4			2	2	15						
建筑用大理岩	2				2							
饰面用板岩	13			6	7	157	12.64	15.53	714		657	133.4
矿泉水	2			2		37	1.8	1.5	550	20	550	160
其他矿产 1	2			1	1	19	1.3	1.3	418	3	368	55

表 5　　　　2010 年贵州省矿产资源开发利用情况(按经济类型分列)

企业经济类型	矿山企业数(个)					矿山从业人员(人)	年产矿量(万吨)	实际采矿能力(万吨/年)	工业总产值(万元)	综合利用产值(万元)	矿产品销售收入(万元)	利润总额(万元)
	合计	大型	中型	小型	小矿							
贵州省	8002	45	122	3825	4010	279053	26949.79	31311.77	6809170.53	1254895.54	5770321.36	1103790.11
一、内资企业	7992	43	118	3821	4010	276795	26635.79	30990.37	6669594.83	1232884.54	5654583.66	1089424.11
国有企业	176	14	17	109	36	36229	3785.74	3274.14	1522034.38	237687.1	1024285.03	171888.52
集体企业	147	2	5	73	67	4159	403	463.69	96721.55	12754.51	78215.05	15913.38
股份合作企业	70	1		35	34	3057	236.76	324.38	70097.64	10441	60695.57	8918.92
联营企业	50		2	27	21	2082	183.34	245.12	53598.6	3542.2	46909.3	5240.06
有限责任公司	257	12	26	145	74	20314	1921.47	2456.46	627096.33	44217.05	451551.41	81605.25
股份有限公司	155	9	11	79	56	18307	1812.12	1407.96	524073.84	32674.06	626981.56	76616.04
私营企业	6487	5	53	3067	3362	186255	16812.6	21279.13	3697411.12	887764.32	3290746.44	717286.75
其他企业	650		4	286	360	6392	1480.76	1539.49	78561.37	3804.3	75199.30	11955.19

续表5

企业经济类型	矿山企业数(个)					矿山从业人员(人)	年产矿量(万吨)	实际采矿能力(万吨/年)	工业总产值(万元)	综合利用产值(万元)	矿产品销售收入(万元)	利润总额(万元)
	合计	大型	中型	小型	小矿							
二、港、澳、台商投资企业	2		1	1		401	19.69	30	7894.70		7894.70	270
三、外商投资企业	8	2	3	3		1857	294.31	291.4	131681	22011	107843	14096

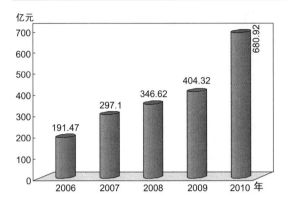

图3　2006～2010年贵州矿业产值

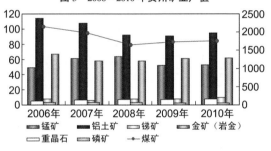

图4　2006～2010年支柱性矿山企业变动趋势

【地质勘查】 全省地质勘查单位60个,在职职工10610人,主要分属于省地矿局、省有色地质矿产勘查局、省煤田地质局以及化工建材部门(图5～7)。

矿产勘查总体稳步上升,煤、磷、铝土、钒等矿产勘查取得重大成果。

新增矿产地117处,其中:煤矿42处、锌矿16处、铅矿11处、锰矿9处、硫铁矿7处、金矿(岩金)6处、铝土矿5处、铁矿4处。

完成阶段性勘查的矿产地92处。其中:大型15处、中型31处、小型46处。普查38处、详查25处、勘探29处。

新查明矿产资源储量:煤22.2765亿吨、锰1174.51万吨、钒(V_2O_5)257.18万吨、铝土矿8520.22万吨、铅(金属)1.60万吨、锌(金属)3.62万吨、金矿(岩金)20.19吨、硫铁矿1068.2万吨、磷矿石5.1276亿吨。

工程性缺水地区地下水勘查工作取得明显成效,

全力投入抗旱救灾,钻井320口,成井266口,日涌水量14.83万立方米,直接解决557万多人、24万牲畜饮水及部分农田灌溉。被国土资源部评为西南应急抗旱找水打井先进集体。

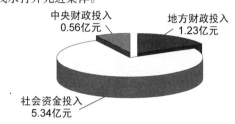

图5　2010年投入地质勘查资金

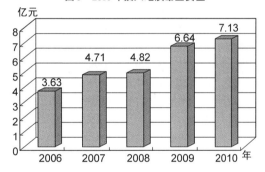

图6　2006～2010年投入地质勘查资金

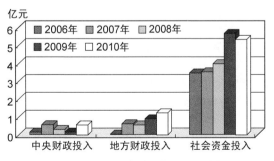

图7　2006～2010年勘查资金中央、地方和社会投入情况

【地质大调查】 开展《贵阳市多目标区域地球化学调查》,为贵阳市政府的城乡建设规划、农业产业布局和结构调整、土地等资源管护和合理利用、生态环境保护等方面提供了科学的依据。

开展遵义地区铝土矿和罐子窑－茅口地区铅锌铜矿远景调查及黔西南地区金矿调查评价项目,其中遵义地区铝土矿远景调查新发现具中型矿床规模的铝土矿矿产地2个,估算资源量1308万吨。

完成铁、铝、煤炭、铜、铅锌银、钨锡、金、锑、稀土、磷矿矿产资源潜力评价工作,并通过验收。圈定煤炭413个找矿靶区,磷矿35个找矿靶区,金矿93个找矿靶区。

全面启动22个矿种的矿区资源储量核查及数据库建设工作,已完成煤、铁、锰、铜、铅、锌、银、铝土矿、钨、锡、镍、钼、锑、金、磷(稀土)、硫铁矿、重晶石、萤石等19个矿种的矿区资源储量核查及数据库建设。

开展重点地区岩溶流域水文地质及环境地质调查,查明地下水开发利用现状及地下水开发利用方式,为实施饮水安全工程提供安全水源146处。

《1:5万大寨、加鸠、下江、党翁幅区域地质调查》项目基本完成,为南华系剖面层型研究提供了一个候选基地。

表6   地质公园建设   单位:个、平方千米、万元

地区	地质公园		地质公园面积(平方千米)		地质公园类别(个)			本年财政投入(万元)		
		国家级		国家级	地质构造、剖面和形迹	古生物化石	地质地貌景观	分计	中央财政	省财政
贵州省	12	9	2633.52	2237	2	5	8	3097	1990	1107
贵阳市	2		210.53		1	1	1			
遵义市	1	1	318.6	318.6			1			
六盘水市	1	1	388	388		1		200	200	
安顺市	1	1	26	26			1			
黔东南州	1	1	419	419		1		1067	800	267
黔南州	2	1	386	200	1		1	180		180
黔西南州	1	1	270	270		1		350	170	180
毕节地区	1	1	307	307			1			
铜仁地区	2	2	308.39	308.39			1	1300	820	480

(选自《2010年贵州省国土资源公报》)

云 南 省

【矿产资源概况】 云南省矿产资源丰富,是全国有名的有色金属和磷矿生产基地,矿业开发在国民经济和社会发展中有着重要的地位。全省已发现矿种142种,其中有探明储量的矿产86种,(能源矿产2种,金属矿产39种,非金属矿产45种)。

根据国土资源部截至2009年底《全国矿产资源储量通报》统计,云南省有65种固体矿产保有资源储量排在全国前十位,其中能源矿产1种,金属矿产28种,非金属矿产37种(见表1),排在第一至第三位的矿产中,磷、铅、锌、锡、铜、铟、锗、镍、铂族金属、金银、钛铁矿是云南省既有资源优势,又有规模开发优势的矿产资源。铝土矿、硫铁矿、铜是云南省近几年新探明储量增长较快的矿种,开发前景较好。

表1   云南省保有资源储量居全国前十位的矿种

位次	矿 种
第一位	锡、铟、铊、镉、磷、蓝石棉、
第二位	铅、锌、钛铁矿砂、铂族金属、镍、硅灰石、硅藻土
第三位	铜、钛、锶、锗、砷、芒硝矿石、化肥用蛇纹岩、霞石正长岩、水泥配料用砂岩、水泥用凝灰岩
第四位	锰、钴、金、银、锑、重稀土矿(磷钇矿矿物)、锆(锆英石矿物)、轻稀土矿(独居石矿物)、盐矿、压电水晶、铌钽
第五位	铋、镓、铝土矿、电石用灰岩、石棉、水泥配料用页岩、硫铁矿、伴生硫、泥灰岩

续表1

位次	矿　　　种
第六位	普通萤石、铸石用玄武岩
第七位	水泥配料用泥岩、玻璃用白云岩
第八位	煤、铁、汞、熔炼水晶、饰面用大理岩
第九位	原生钛(磁)铁矿、钨、钽、长石、晶质石墨、建筑用砂、砖瓦用黏土
第十位	铌(Nb_2O_5)、碲、高岭土、重晶石

【矿产资源开发利用】 1.矿山企业基本情况。截至 2010年底,全省共有各类矿山企业8342个(含联合企业,以下同),其中国有矿山企业208个、集体矿山企业634个、私营矿山企业5287个、外资(含港、澳、台资)矿山企业46个,各类股份公司、股份合作及联营等其他矿山企业2167个。

2010年,全省共开发利用的矿产98种,占全省已发现矿种的69.01%(矿产资源开发利用基本情况见表2)。

表2　　　　　　　　　　　　　云南省矿产资源开发利用情况汇总

矿种	矿山企业数(个)	从业人员(人)	年产矿量(万吨)	实际采矿能力(万吨/年)	工业总产值(万元)	综合利用产值(万元)	矿产品销售收入(万元)	利润总额(万元)
合计	8342	368003	26897.06	27083.21	5656613.63	303295.91	4289719.29	694991.46
煤炭	1322	156469	6564.19	6765.36	1991707.53	64284.96	1680545.87	287595.06
石煤	2	4	0	0	0	0	0	0
地下热水	164	9296	185.08	0	17771.37	0	13951.83	2793.19
铁矿	255	15313	1804.58	1857.24	384510.59	7268	338258.76	15653.91
锰矿	66	4258	85.86	103.84	130768.8	604.2	49187.36	10475.84
钛矿	70	1816	88.63	72.35	10058.64	850	9708.64	1214.95
铜矿	232	25618	1241.71	1395.48	602673.23	6974.2	301602.74	40720.87
铅矿	150	6831	124.94	158.73	81834.71	1073.5	53353	3693.94
锌矿	200	23392	669.52	805.39	905968	112587.59	704895.27	117727.03
铝土矿	2	375	0	0	0	0	0	0
镍矿	6	1203	52.2	52.2	34497	1626.5	26743.5	4543
钨矿	16	885	42.1	58.21	25899.65	476	25899.65	5656.95
锡矿	100	21983	496.24	509.65	254317.45	47835.17	215308.85	61344.27
钼矿	3	372	34	100	6829.53	0	6829.53	- 2096
锑矿	12	1293	11.17	30.27	21917	0	18320	7239
铂矿	4	119	0.58	10.58	198.72	0	198.72	12
金矿	66	5190	839.26	848.58	190410.04	18154.93	142426.83	57551.73
银矿	6	218	12.91	13.11	2908	0	2893	310
铌钽矿	4	10	0	0	0	0	0	0
钽矿	3	99	0	0	0	0	0	0
锶矿	1	12	0	0	0	0	0	0
轻稀土矿	2	31	7.66	7.66	329	0	329	50
锗矿	1	113	3	3	900	20	900	30
碲矿	1	15	0	0	0	0	0	0
普通萤石	12	474	2.76	2.76	1042.5	0	1017.5	- 16.2

续表 2-1

矿种	矿山企业数(个)	从业人员(人)	年产矿量(万吨)	实际采矿能力(万吨/年)	工业总产值(万元)	综合利用产值(万元)	矿产品销售收入(万元)	利润总额(万元)
熔剂用灰岩	18	918	199.1	250.79	9460.8	7525	7018.8	988.94
冶金用白云岩	7	126	36.3	11.4	21635	150	3392	425.6
冶金用石英岩	50	1158	76.44	82.24	28837.3	40	28662.42	718.82
铸型用砂	1	1	0	0	0	0	0	0
冶金用脉石英	65	626	7.36	10.81	1543.38	0	1543.38	-178.6
耐火黏土	16	133	615.16	9.17	462.8	7.5	257.8	139.2
硫铁矿	9	354	5.46	14.46	1048.4	0	848.4	106.82
芒硝	1	13	0	0	0	0	0	0
重晶石	4	14	0	0	0	0	0	0
电石用灰岩	2	74	23.68	22.68	267	50	267	19.5
化工用白云岩	2	13	0.3	0.3	2.4	0	2.4	1.26
化肥用石英岩	1	5	1	1	18	0	18	3
化肥用蛇纹岩	2	17	1.17	1.17	20.48	0	20.48	0.93
泥炭	4	22	0.85	0.85	38.25	0	38.25	-59.31
盐矿	7	1141	207.27	119.54	50370	1172.01	21903.82	1995.72
钾盐	1	343	1.83	15.13	3207.5	0	2768	1420
砷矿	1	2	0	0	0	0	0	0
磷矿	85	6933	1518.44	1465.52	265004.04	9216.3	173809.98	19783.2
石墨	1	2	0	0	0	0	0	0
硅灰石	18	135	8.55	18.35	518.5	33	433.5	-16.6
滑石	1	40	2	2	4	0	4	1
石棉	1	10	0	0.5	0	0	0	0
云母	1	2	0	0	0	0	0	0
长石	5	74	12.93	15.93	391.68	0	391.26	-180
沸石	1	2	0	0	0	0	0	0
石膏	61	1183	82.65	99.89	5080.07	320.24	4130.98	380.37
方解石	15	219	7.84	13.24	226	2	226	18.24
光学萤石	1	1	0	0	0	0	0	0
玉石	1	97	0.2	0.2	1267	0	1267	597.92
水泥用灰岩	149	7066	2005.67	2074.22	273450.51	9526.84	240418.55	20129.96
建筑石料用灰	2406	25228	5409.61	5071.61	112272.82	7773.46	90170.99	13030.8
饰面用灰岩	25	634	92.93	42.63	8958.48	181	1837.36	246.8
制灰用石灰岩	14	211	121.78	128.43	29573.1	15	3573.33	240.1
泥灰岩	6	129	10.3	13.3	107.5	0	97.5	16.5
建筑用白云岩	156	1386	366.2	339.9	4875.41	807.6	4087.21	561.18
玻璃用石英岩	19	76	7.07	7.07	225.84	104	216.24	7.98
水泥配料用砂岩	3	122	4.8	6.2	201	100	103	15.9
砖瓦用砂岩	22	752	87.02	19.7	8962.65	0	1012.65	199.6
建筑用砂岩	278	2286	414.95	367.1	13471.89	8.5	7877.97	3254.97

续表 2－2

矿种	矿山企业数（个）	从业人员（人）	年产矿量（万吨）	实际采矿能力（万吨/年）	工业总产值（万元）	综合利用产值（万元）	矿产品销售收入（万元）	利润总额（万元）
建筑用砂	641	4793	880.88	964.1	17298.38	820.24	14137.88	3347.6
水泥配料用砂	1	10	0.2	0.2	2.5	0	2.5	0.3
砖瓦用砂	6	71	32.19	2.77	2122.2	15	122.2	24.93
硅藻土	2	3	0	0.5	0	0	0	0
陶粒页岩	1	42	2.5	2.5	180	0	180	20
砖瓦用页岩	544	12726	1233.01	2027.22	65496.06	993.4	36812.12	4737.37
建筑用页岩	96	2374	195.05	182.85	15432.8	300	6461.54	2322.3
高岭土	21	659	8.79	12.4	2245	275	1999.45	88.7
陶瓷土	2	10	0.8	0.8	20	0	20	2
凹凸棒石黏土	23	768	55.64	57.43	2151.48	161	1897.48	486.64
伊利石黏土	2	40	1.17	1.17	70.2	0	70.2	18
膨润土	11	83	3.6	4.52	456	0	363	6.47
砖瓦用黏土	476	12817	562.21	527.03	26498.68	1425.97	23620.76	3224.15
陶粒用黏土	29	644	44.38	49.18	1169.16	88	1061.68	109.64
水泥配料用黏土	12	155	12.36	12.36	160.01	15	159.91	12.34
白云母黏土矿	1	5	0	0	10	8	7	0
水泥混合材玄武岩	1	1	0	0	0	0	0	0
建筑用玄武岩	19	208	26.09	32.71	463.02	20	434.92	91.88
饰面用角闪岩	1	5	0.62	0.25	6	0.2	6	0.1
建筑用角闪岩	1	12	1	1	30	6	11.55	6
饰面用辉绿岩	1	6	0.35	0.35	80	0	78.5	5
建筑用辉绿岩	2	16	4.7	4.7	120	0	0	0
建筑用安山岩	2	21	0	0	1	0	1	0.3
建筑用正长岩	1	2	0	0	0	0	0	0
建筑用花岗岩	94	926	128.18	110.8	1905.85	73	1735.7	226.99
饰面用花岗岩	21	351	18.79	10.18	2169.4	0	1651.9	322.42
铸石用粗面岩	1	8	0	4.8	0	0	0	0
建筑用凝灰岩	24	162	12.37	23.33	307.8	16	224.95	44.87
火山灰	4	9	3	3	36	0	36	7
饰面用大理岩	45	343	7.18	12.16	801.38	283.57	757.98	116.71
建筑用大理岩	15	86	2.25	5.95	122.78	0.05	122.68	－ 55.88
水泥用大理岩	1	2	0	0	0	0	0	0
饰面用板岩	9	111	0.9	0.94	279.8	6	137.8	16
片麻岩	20	119	9.89	7.89	142.92	2	142.92	14.9
矿泉水	48	3464	53.32	0	10779.17	0	8680.87	1415.39
其他矿产 1	4	14	0.39	0.39	12.5	0	12.5	10

2010 年,各类矿山企业年产矿石总量 26897.06 万吨(万立方米),其中:固体矿产 26658.66 万吨,液体矿产 238.4 万立方米,矿石总产量比 2009 年增加 3826.45 万吨。

全省矿业从业人员为 36.8 万人,较 2009 年增加 0.5 万人,从业人员主要集中在煤炭、铜矿、铅锌矿、锡矿、磷矿和普通建筑、建材石料的开采上。其中开采煤矿人员达15.6万人，占全省矿业从业人员的42.4%；开采铜、铅锌、锡矿等有色金属矿的人员达10.9万人，占全省矿业从业人员的29.6%。

2. 矿业经济效益。①矿山企业的产值、利润、税金。2010年，全省实现矿产品（含采、选联合企业矿产品，以下同）销售产值428.97亿元，较上年大幅增加111亿元，增长率35%。实现利润总额为69.5亿元，较上年大幅度增长28.2亿元，利润率为16.2%，上交各种税金58.3亿元，较上年增长约37.83%，每百元产值上缴税金13.6元。

矿产品销售产值超过亿元的矿种有：煤矿、锌矿、铁矿、铜矿、锡矿、磷矿、金矿、铅矿、锰矿、盐矿、水泥及建筑用灰岩、砖瓦用黏土等20个矿种（表3）。

表3　云南省矿业产值居前十位的矿种

名次	矿种	矿产品销售收入（万元）
1	煤炭	1680545.87
2	锌矿	704895.27
3	铁矿	338258.76
4	铜矿	301602.74
5	水泥用灰岩	240418.55
6	锡矿	215308.85
7	磷矿	173809.98
8	金矿	142426.83
9	建筑石料用灰岩	90170.99
10	铅矿	53353

上缴税金最多的矿种为：煤矿、锌矿、磷矿、铁矿、铜矿、水泥用灰岩、金矿、锡矿、锰矿、铅矿等。上交税金最多，位于前十位的矿种见表4。

表4　云南省矿业上交税金居前十位的矿种

名次	矿种	上缴税金（万元）
1	煤炭	258967.21
2	锌矿	86729.3
3	磷矿	51972.29
4	铁矿	44022.43
5	铜矿	3533198
6	水泥用灰岩	22268.82
7	金矿	14876.12
8	锡矿	14353.68
9	锰矿	12194.02
10	铅矿	8081.83

2010年度，全省181家矿山企业亏损，亏损总金额为4.92亿元，其中恩洪煤矿亏损最大，累计亏损5323多万元。与上年相比，矿山企业的亏损幅度和亏损面都大幅度下降，全行业实现扭亏为盈，盈亏相抵后，实现净利润69.5亿元。实现利润最多，位于前十位的矿种见表5。其实现利润64.4亿元。

表5　云南省矿业实现利润居前位的矿种

名次	矿种	利润总额（万元）
1	煤炭	287595.06
2	锌矿	117727.03
3	锡矿	61344.27
4	金矿	57551.73
5	铜矿	40720.87
6	水泥用灰岩	20129.96
7	磷矿	19783.2
8	铁矿	15653.91
9	建筑石料用灰岩	13030.8
10	锰矿	10475.84

②矿业人均产值。全省矿业人均产值15.37万元。其中冶金用白云岩、制灰用石灰岩、盐矿人均产值位居全省前三位，其次为锌矿、水泥用灰岩、磷矿及金矿等矿产（主要矿种人均产值详见表6）。

表6　云南省主要矿种矿业人均产值情况

名次	矿种	从业人员（个）	工业总产值（万元）	人均产值（万元）
1	冶金用白云岩	126	21635	171.71
2	制灰用石灰岩	211	29573.1	140.16
3	盐矿	1141	50370	44.15
4	锌矿	23392	905968	38.73
5	水泥用灰岩	7066	273450.51	38.70
6	磷矿	6933	265004.04	38.22
7	金矿	5190	190410.04	36.69
8	锰矿	4258	130768.8	30.71
9	砖瓦用砂	71	2122.2	29.89
10	钨矿	885	25899.65	29.27
11	镍矿	1203	34497	28.68
12	铁矿	15313	384510.59	25.11
13	冶金用石英岩	1158	28837.3	24.90
14	铜矿	25618	602673.23	23.53
15	铝矿	372	6829.53	18.36
16	锑矿	1293	21917	16.95
17	饰面用灰岩	634	8958.48	14.13

续表6

名次	矿种	从业人员（个）	工业总产值（万元）	人均产值（万元）
18	银矿	218	2908	13.34
19	饰面用辉绿岩	6	80	13.33
20	玉石	97	1267	13.06

注：全省矿业人均严值为15.37万元。

统计表明：①产品附加值较高，深加工程度较高的矿产人均产值高，如开采冶金用石英岩的企业，生产销售高附加值的金属硅产品；②开采稀有、贵金属、有色金属等矿产价值较高的矿产，矿业人均产值高，如锌矿、镍矿、金矿、铁矿、铜矿、玉石等矿产；③开采方式和采矿方法简单，生产规模大，生产效率较高的矿产人均产值高，如盐矿的开采；④矿产地域分布较广，规模小，机械化程度低，加工技术手段简单，投资小的矿产，如各类建筑石材、黏土、煤炭矿产，其矿业人均产值较低。

【**矿山企业结构分析**】 1．矿业结构。云南省矿山企业开发矿种门类齐全，矿山企业遍及全省各地，从矿山数、年产矿石量、从业人员、矿业产值及利税等综合经济指标来看，建材非金属矿产、煤炭矿产、有色金属矿产和化工原料矿产所占比重较大（表7和图1）。与全国相比，有色金属和磷化工矿产仍然是云南省传统的优势矿产。

表7 矿山企业结构

矿种	矿山企业数/所占比例	从业人员（个）/所占比例	年产矿量（万吨）/所占比例	工业总产值（万元）/所占比例	矿产品销售收入（万元）/所占比例	利润总额（万元）/所占比例
煤炭	1324/15.87%	156473/42.52%	6564.19/24.4%	1991707.53/35.21%	1680545.87/39.18%	287595.06/41.38%
地热	164/1.97%	9296/2.53%	185.08/0.69%	17771.37/0.31%	13951.83/0.33%	2793.19/0.4%
黑色金属	391/4.69%	21387/5.81%	1979.07/7.36%	525338.03/9.29%	397154.76/9.26%	27344.7/3.93%
有色金属	721/8.64%	81952/22.27%	2671.88/9.93%	1933936.57/34.19%	1352952.54/31.54%	238829.06/34.36%
贵金属	76/0.91%	5527/1.5%	852.75/3.17%	193516.76/3.42%	145518.55/3.39%	57873.73/8.33%
稀有金属	120/0.14%	280/0.08%	10.66/0.04%	1229/0.02%	1229/0.03%	80/0.01%
冶金用金属	169/2.03%	3436/0.93%	937.12/3.48%	62981.78/1.11%	41891.9/0.98%	2077.76/0.3%
化工用金属	119/1.43	8931/2.43%	1760/6.54%	319976.07/5.66%	199576.33/4.65%	23271.12/3.35%
建筑用非金属	5314/63.7%	77243/20.99%	11882.6/44.18%	599364.87/10.6%	448105.16/10.45%	53701.45/7.73%
矿泉水	48/0.58%	3464/0.94%	53.32/0.2%	10779.17/0.19%	8680.87/0.2%	1415.39/0.2%
其他矿产	4/0.05%	14/0.01%	0.39/0.01%	12.5/0.01%	12.5/0.01%	10/0.01%
合计	8324	368003	26897.06	5656613.65	4289719.31	694991.46

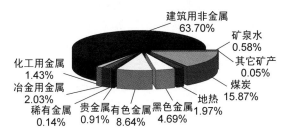

图1 云南省矿山企业矿种结构

2．所有制结构。随着市场经济的不断发展和国有企业体制改革的不断深入，2010年国有矿山企业在上年基础上因改制减少了14家，由于云南省在全省范围内实施了大规模的矿业秩序治理整顿，对那些破坏浪费矿产资源、环境污染严重的小型矿山企业坚决予以关并，推行集约化生产经营，使得全省矿山较上年减

少107个，压缩了过剩的生产能力，遏制了无序竞争，在压缩矿山总数的同时，全省矿业仍处于发展趋势，矿山单产能力、矿山规模效益和经济效益均有大幅度提高。

截至2010年底，全省有8种经济类型的矿山（图2），其中国有矿山企业208个，集体矿山企业634个，私营矿山企业5287个，外资（含港、澳、台资）矿山企业

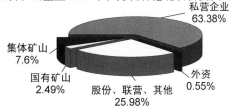

图2 各经济类型矿山数量比例

46个,各类股份公司、股份合作及联营等其他矿山企业2167个。

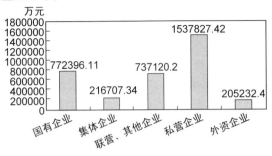

图3 各经济类型矿山销售收入比例

国有矿山数量虽少,但机械化和规模化程度较高,无论从业人数,还是矿石产量和矿产品销售产值都占有举足轻重的地位,矿石产量占全省的10.86%,矿产品销售产值占18%,并且,集中在云南省优势矿种的生产上。经济效益方面,总计盈利5.6亿元,利润率7.25%,与2009年度相比,增加0.6亿元(表8)。同时,随着市场经济的不断发展和国有企业体制改革的不断深入,私营矿山企业也成为云南省矿产资源开发利用的主力军,矿石产量占全省的48.88%(图3),矿产品销售产值占35.85%(图4)。

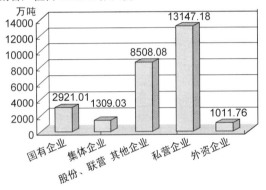

图4 各经济类型年产矿石量统计

表8 不同所有制矿山企业生产经营基本情况

矿山经济类型	矿山数量(个)	年产矿量(万吨)	矿产品销售收入(万元)	利润总额(万元)
国有企业	208	2921.01	772396.11	55935.29
集体企业	634	1309.03	216707.34	29509.59
股份、联营、其他企业	2167	8508.08	737120.2	311574.03
私营企业	5287	13147.18	1537827.42	257588.88
外资企业	46	1011.76	205232.4	205232.4

3. 规模结构。云南省矿山企业普遍规模较小,全省8342个矿山企业中,仅有大型矿山20个,占全省矿

山企业总数的0.24%,中型矿山84个,占全省矿山企业总数的1%;其余98.76%均为小型矿山或小矿,各类型矿山企业生产经营情况详见下表。

全省矿山企业设计规模为年产矿石量48068余万吨,平均设计规模仅为5.76万吨/个,实际年产矿石量为26897.06万吨/个,平均生产规模为3.22万吨/年,实际生产能力为设计规模的56%,由于受到金融危机等外部因素的影响,产能略显不足。其中104个大中型矿山企业设计规模达到8650.27万吨/年,平均设计生产能力达到83.2万吨/年,占全省年设计生产能力的18%;大中型矿山企业实际年产矿石量6831.88万吨,为设计规模的25.4%(表9)。

表9 全省各类规模矿山生产情况

矿山规模	合计	年产矿量(万吨)	矿产品销售收入(万元)	利润总额(万元)	人均产值(万元)	设计采矿能力(万元)
大型	20	2859.13	588196.2	107749.6	49.65	3468.11
中型	84	3972.75	875992.8	151060.6	29.87	5182.16
小型	4601	13988.49	2428490	386493	16.71	28494.56
小矿	3637	6076.69	397040.5	49688.25	8.43	10923.95
合计	8342	26897.06	4289719	694991.5	104.66	48068.78

4. 矿山企业矿产资源利用水平。云南省矿山企业矿产资源开发利用水平差异较大,大中型矿山矿产资源利用水平高于小型矿山企业,国有矿山企业高于非国有矿山企业,全省实际平均采矿回收率为74.2%,而大中型矿山平均为84.5%,高于小型矿山74.1%的10个百分点,高于全省平均值10个百分点;国有矿山平均采矿回采率为77.4%,高于集体、私营矿山企业75.6%的2个百分点。究其原因,主要是国有矿山企业,尤其是大中型矿山企业有正规的开采设计,生产工艺先进,技术力量强,采矿施工管理严格,而集体、个体小型矿山,采矿工艺简单,方法落后,加之缺乏技术人员和必要的管理人员,造成资源利用水平的不平衡(表10)。

表10 主要矿种开采回采率和贫化率

矿种	采矿回采率	采矿贫化率
煤矿	79.28%	8.76%
铁矿	81.80%	10.67%
锰矿	77.13%	10.07%
钛矿	85.02%	8.91%
铜矿	75.81%	12.05%
铅矿	80.06%	11.37%
锌矿	78.57%	12.66%

续表10

矿种	采矿回采率	采矿贫化率
镍矿	85.83%	19.17%
钨矿	84.77%	9.88%
锡矿	83.46%	13.11%
金矿	82.98%	13.85%
银矿	69.00%	5.40%
普通萤石	82.30%	6.33%
磷矿	87.68%	9.24%

【煤炭矿产开发利用】 煤炭资源在云南省分布较广，也是云南省开发利用的主要矿产之一。全省除迪庆州外，其他15个地（州、市）均有分布，并且煤质种类较全，但分布不均衡，主要集中分布于曲靖市的宣威市、富源县、麒麟区、师宗县，昭通地区的昭阳区、镇雄县，昆明市宜良县、寻甸县、石林县，红河州的开远市、弥勒县、泸西县，楚雄州的楚雄市、禄丰县，大理州的祥云县、宾川县，丽江地区的华坪县，玉溪市的峨山县、华宁县，临沧地区的临翔区等。

全省煤矿开发程度较高的地区主要集中在曲靖市的宣威市、富源县、麒麟区，昆明市的宜良县、石林县、寻甸县，红河州的开远市、泸西县，楚雄州的禄丰县，丽江地区的华坪县，上述地区依托大的工矿企业和火电厂，加之储量大、煤质好，都建立起了一定开采规模的矿山。其他地区由于煤质差，储量小或产品销路不畅，仅保证生活和中小企业的生产用煤，一般规模较小。

截至2010年末，云南省共有各类煤炭矿山企业1322个，由于资源整合等工作的推进，相比2009年、2008年减少73、187个，其中，大型矿山2个，分别为云南省小龙潭矿务局布沼坝露天坑和云南滇东能源有限责任公司白龙山煤矿；中型矿山16个，其余1304个均为小型矿山，矿山从业人员达15.6万人，年设计采矿能力达11424.82万吨。2010年实际产量为6564.19万吨，相比2009年、2008年增产1300万吨、1122.94万吨，增产幅度为24.7%、20.06%；实现矿产品工业产值（采选产值）199.17亿元，相比2009年、2008年增长70.15亿元、52.83亿元，增长幅度为54.37%、36.1%；实现利润28.75亿元，相比2009年、2008年增长13.41亿元、12.02亿元，增长幅度为87.48%、71.81%。从统计数据看，2010年是云南省煤炭资源开发大幅增长的一年，已基本摆脱了前两年国际金融危机带来的影响，实现了产量与经济效益的双重飞跃（2008～2010年云南省煤炭开发利用情况对比见表11；2008～2010年云南省煤矿开发利用情况分专题对比见图5～10）。

表11 2008～2010年云南省煤炭开发利用情况对比

统计项 ＼ 年度	2010年度	2009年度	2008年度
矿山企业数（个）	1322	1395	1509
从业人员（个）	156469	154728	160888
年产矿量（万吨）	6564.19	5264.1	5441.25
工业总产值（万元）	1991708	1290147	1463385
矿产品销售收入（万元）	1680546	1151782	1360364
利润总额（万元）	287595.1	153399.4	167389.2

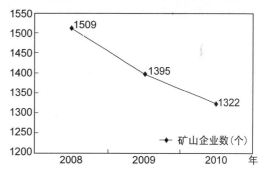

图5 2008～2010年云南省煤炭矿山数量对比

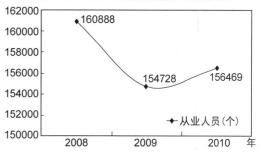

图6 2008～2010年云南省煤炭矿山从业人员数量对比

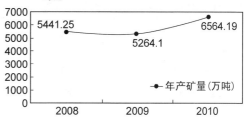

图7 2008～2010年云南省煤炭矿山年产量对比

【黑色金属矿产开发利用】 铁矿在云南省16个地（州、市）均有分布，依托昆明钢铁公司这一大型钢铁加工企业，在滇中地区昆明市的安宁市、晋宁县、东川区，玉溪市的峨山县、新平县，楚雄州的禄丰县、武定县，及保山地区的腾冲县，建成了如昆钢上厂铁矿、王家滩铁矿、罗茨铁矿、新平大红山铁矿、新平鲁奎山铁矿、武定

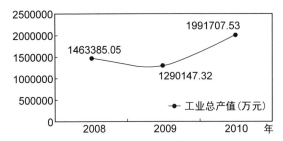

图 8　2008～2010 年云南省煤炭矿山工业产值对比

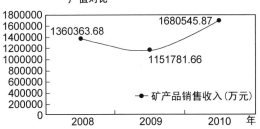

图 9　2008～2010 年云南省煤炭矿山矿产品销售收入对比

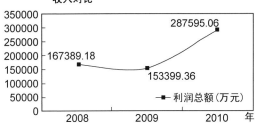

图 10　2008～2010 年云南省煤炭矿山利润对比

迤纳厂铁矿、腾冲滇滩铁矿等几个规模较大的矿山企业,其他地区由于受交通不便,运输成本较高的影响,开发规模不大,矿山经济效益较差。

表 12　2008～2010 年云南省铁矿开发利用情况对比

统计项　　　年度	2008 年度	2009 年度	2010 年度
矿山企业数(个)	242	249	255
从业人员(个)	13999	10840	15313
年产矿量(万吨)	1722.71	1781.63	1804.58
工业总产值(万元)	400660.2	400148.5	384510.6
矿产品销售收入(万元)	370958.4	258065	338258.8
利润总额(万元)	84870.3	16227.57	15553.91

云南省共有各类铁矿矿山 255 个,其中大型矿山 1个,中型矿山 8 个,其他都为小型矿山,相比 2009 年、2008 年增加 6 个、13 个,年设计采矿能力达 2628.17 万吨,2010 年矿山实际从业人员为 15313 人,铁矿产量为

1804.58 万吨,相比 2009 年、2008 年度增加 22.95 万吨、81.87 万吨,增长幅度为 1.29%、4.75%;实现矿产品工业产值(采选产值)38.45 亿元,但由于 2010 年国际铁矿价格下跌,因此相比前两年度减少 1.56 亿元、1.61亿元,减少幅度为 3.9%、4%;利润 1.56 亿元,相比2009 年度减少 573.66 万元,减少幅度为 3.53%。(2008～2010 年云南省铁矿开发利用情况对比见表 12;2008～2010 年云南省铁矿开发利用情况分专题对比见图11～16)。

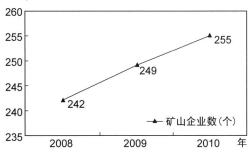

图 11　2008～2010 年云南省铁矿矿山数量对比

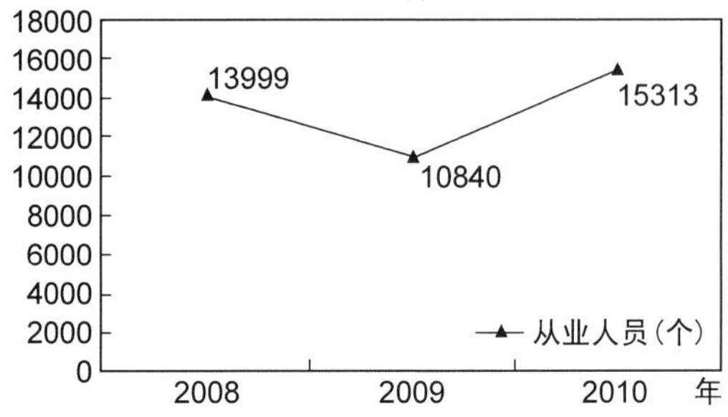

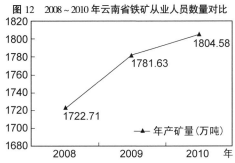

图 12　2008～2010 年云南省铁矿从业人员数量对比

图 13　2008～2010 年云南省铁矿矿山年产矿量对比

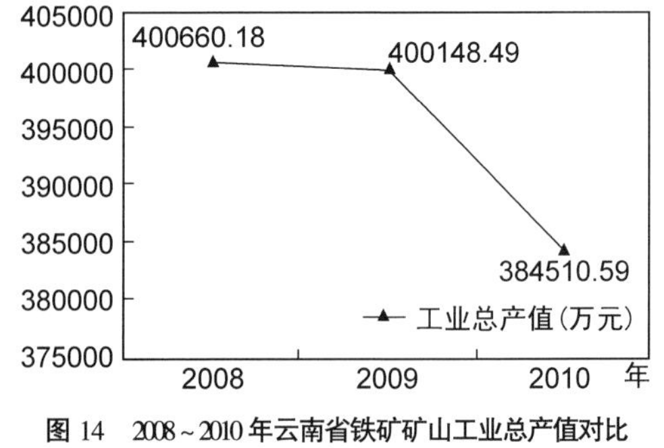

图 14　2008～2010 年云南省铁矿矿山工业总产值对比

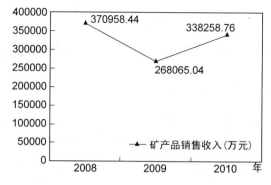

图15　2008～2010年云南省铁矿矿产品销售
收入对比

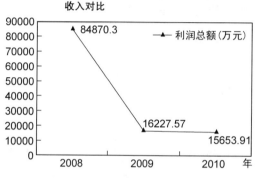

图16　2008～2010年云南省铁矿矿山利润对比

【有色金属矿种开发利用】　1.铜矿。铜矿是云南省的传统优势矿种,全省16个地(州、市)均有分布,开发程度较高,其规模化开采程度超过云南省已开发利用的其他矿种。开采规模较大的矿山企业集中分布在昆明市的东川区,玉溪市的易门县、新平县,红河州的个旧市,楚雄州的大姚县、牟定县、禄丰县,文山州的马关县,其他地区大多为小规模的开发活动。现有矿山企业232个,其中大型矿山1个,为德钦羊拉铜矿;中型矿山9个;其余均为小型矿山。相比2009年,减少3个。

2010年全省年设计采矿能力2036.54万吨,矿山从业人员为25618人;实际开采铜矿1241.71余万吨,相比2009年,增加149.54万吨,增幅为13.67%,而相比2008年,减少142.29万吨,降幅为10.28%;实现矿产品工业产值(采选产值)60.26亿元,相比2009年,增长28.76亿元,增幅接近一倍;2010年实现利润4.07亿元,相比2009年大幅增长近1.29亿元,增幅为44.95%,而相对2008年,利润则减少9000余万元,降幅为18.19%。从统计数据上看,云南省铜矿开发利用在经历了2008年的快速增长、2009年金融危机后,步入了稳步理性增长的行列中(2008～2010年云南省铜矿开发利用情况对比见表13;2008～2010年云南省铜矿开发利用情况分专题对比见图17～22)。

表13　2008～2010年云南省铜矿开发利用情况对比

年度 统计项	2008	2009	2010
矿山企业数(个)	215	235	232
从业人员(个)	28610	26060	25618
年产矿量(万吨)	1384	1092,17	1241.71
工业总产值(万元)	547972.9	315060.3	602673.2
矿产品销售收入(万元)	308900.2	195764.4	301602.7
利润总额(万元)	49773.33	28732.35	40720.87

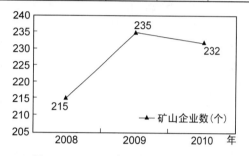

图17　2008～2010年云南省铜矿矿山数量
对比

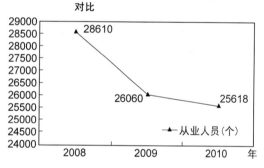

图18　2008～2010年云南省铜矿矿山从业人员
数量对比

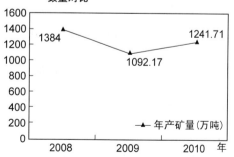

图19　2008～2010年云南省铜矿年产
矿量对比

2.铅锌矿。铅锌矿在云南省分布较广,云南省现已开发利用的铅锌矿主要集中在红河州的个旧、建水、蒙自,怒江州的兰坪、贡山,文山州的马关、砚山,曲靖市的会泽、富源,保山地区的龙陵、腾冲,思茅地区的澜

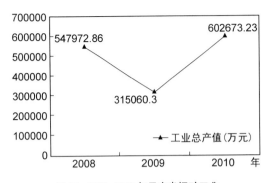

图20 2008~2010年云南省铜矿工业
总产值对比

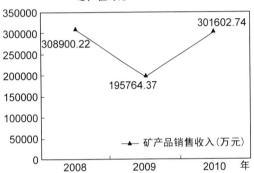

图21 2008~2010年云南省铜矿矿产品销售
收入对比

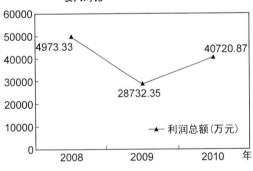

图22 2008~2010年云南省铜矿矿产品
利润对比

沧、墨江,西双版纳州的勐腊,临沧地区的镇康,昭通地区的鲁甸、彝良、巧家,楚雄州的武定及大理州和昆明市的部分县(区)。

其中曲靖市的会泽铅锌矿区、红河的个旧锡多金属矿区、蒙自的白牛厂银铅锌多金属矿区、文山州马关都龙锡铅锌多金属矿区、保山地区的龙陵铅锌矿、怒江州的兰坪铅锌矿、思茅地区的澜沧县等地区的铅锌矿开发程度较高,都建立了一定开采规模的铅锌矿山。

截至2010年末,云南省共有各类铅锌矿山350个,相比2009年减少3个,其中,大型矿山2个,分别为兰坪金顶铅锌矿和云南华联锌铟股份有限公司铜街、曼家寨矿区,中型矿山5个,其余均为小型矿山,矿

山从业人员30000多人,年设计采矿能力近1886.95万吨。2010年实际采矿矿石量794.46万吨,其中铅金属124.94万吨,锌金属669.52万吨,铅锌总采矿量相对于2009年度增加10.34万吨,增加幅度不大;实现矿产品工业产值(采选产值)98.78亿元,相对2009年度增加27.41亿元,增幅38.4%,实现利润12.14亿元,相比2009年大幅增长7.63亿元,增幅达到1.5倍,其中铅矿实现扭亏为盈,从2009年亏损500余万元到今年实现利润近3700余万元,标志着受金融危机影响较重的铅锌矿已走出颓势。(2008~2010年云南省铅锌矿开发利用情况对比见表14;2008~2010年云南省铅锌矿开发利用情况分专题对比见图23~28)。

表14 2008~2010年云南省铅锌矿开发利用情况对比

年度 统计项	2008	2009	2010
矿山企业数(个)	348	353	350
从业人员(个)	36860	30570	30223
年产矿量(万吨)	846.25	784.12	794.46
工业总产值(万元)	736692.3	713685.3	987802.7
矿产品销售收入(万元)	589937.1	522712.8	758248.3
利润总额(万元)	73604.7	45164.83	121421

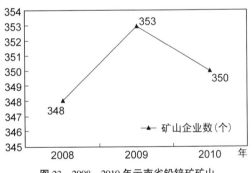

图23 2008~2010年云南省铅锌矿矿山
数量对比

【贵金属矿产开发利用】 金矿在云南省分布较广,遍及全省各地,但开发利用程度较高的主要集中在思茅地区的墨江县、镇源县,红河州的金平县、元阳县、建水县,文山州的广南县、富宁县,大理州的鹤庆县,玉溪市的元江县,德宏州的潞西市等地区,尤以墨江金矿、镇源金矿和鹤庆北衙金矿开发利用规模较大。

近年来随着选冶技术的不断进步和革新,最低可采品位不断降低,可开发利用类型不断增多,云南省黄金矿山曾一度迅猛发展,但由于云南省不断加大矿山环保整治措施,禁止个体私营矿山开采金矿,黄金矿山

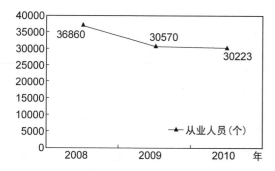

图24 2008～2010年云南省铅锌矿从业人员
数量对比

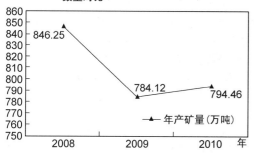

图25 2008～2010年云南省铅锌矿年产
矿量对比

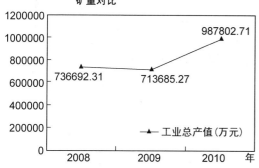

图26 2008～2010年云南省铅锌矿工业
总产值对比

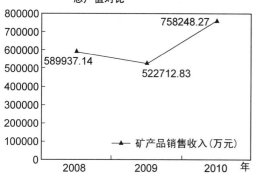

图27 2008～2010年云南省铅锌矿矿产品
销售收入对比

的审批发证工作集中于省级以上管理部门,遏止了黄
金矿山的增长势头。目前全省有各类矿山企业66个,

与2009年相比无变化;年设计采选规模519万吨左右,有大型矿山2个、中型矿山1个。2000年实际开采金矿矿石量839.26万吨,相比2009年大幅增加249.19万吨,增幅42.23%;矿业从业人员5190人,实现矿产品工业产值19.04亿元,比2009年增加7.99亿元,大幅增长72.26%;实现利润5.75亿元,比2009年增加2.56,增幅为80.58%。2010年全省金矿开发实现了大幅增长,无论从开采量、工业产值、利润均相比2009年度有了大幅增长。(2008～2010年云南省金矿开发利用情况对比见表15;2008～2010年云南省金矿开发利用情况分专题对比见图29～34)。

表15 2008～2010年云南省金矿开发利用情况对比

年度 统计项	2008	2009	2010
矿山企业数(个)	64	66	66
从业人员(个)	4671	4457	5190
年产矿量(万吨)	484.28	590.07	839.26
工业总产值(万元)	87269.18	110532.8	190410
矿产品销售收入(万元)	83435.78	103390.3	142426.8
利润总额(万元)	23903.67	31869.89	57551.73

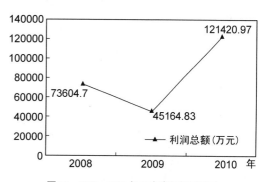

图28 2008～2010年云南省铅锌矿矿山
利润对比

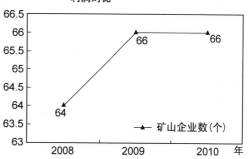

图29 2008～2010年云南省金矿矿山
数量对比

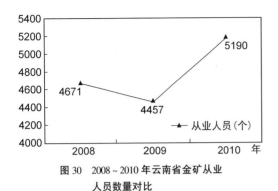

图30　2008～2010年云南省金矿从业
人员数量对比

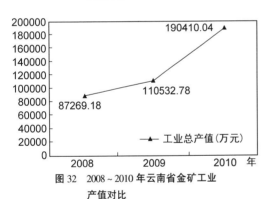

图31　2008～2010年云南省金矿年产
矿量对比

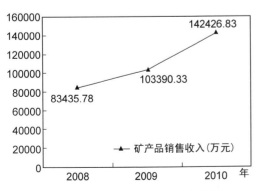

图32　2008～2010年云南省金矿工业
产值对比

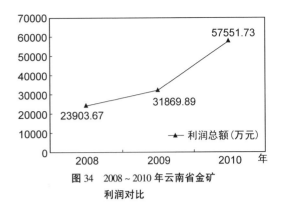

图34　2008～2010年云南省金矿
利润对比

【化工原料非金属矿产开发利用】 1. 普通萤石。云南省普通萤石主要分布于腾冲、昭通、曲靖等地，2010年，云南省共有普通萤石矿山12个，全部为小型，相比2009年增加1个，设计采矿规模18.9万吨；从业人员474人；2010年度，云南省普通萤石实际产矿量2.76乃吨，相比2009年减少0.8万吨，减少幅度22.47%；实现工业产值1045.2万元，相比2009年减少249.8万元，降幅19.29%；2010年全行业亏损16.2万元，相比2009年利润减少65.2万元。从目前情况看，由于全球经济危机等原因，云南省普通萤石开发利用呈现逐年下降趋势。（2008～2010年云南省普通萤石开发利用情况对比见表16；2008～2010年云南省普通萤石开发利用情况分专题对比见图35～40）。

表16　　　2008～2010年云南省普通萤石开发
利用情况对比

年度 统计项	2008	2009	2010
矿山企业数(个)	8	11	12
从业人员(个)	562	501474	
年产矿量(万吨)	4.85	3.56	2.76
工业总产值(万元)	1685	1295	1042.5
矿产品销售收入(万元)	1319	1283.32	1017.5
利润总额(万元)	36.8	49	- 16.2

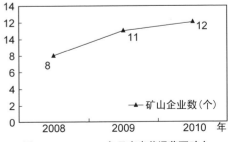

图35　2008～2010年云南省普通萤石矿山
数量对比

图33　2008～2010年云南省金矿矿产品销售
收入对比

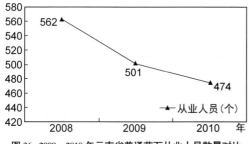

图36 2008～2010年云南省普通萤石从业人员数量对比

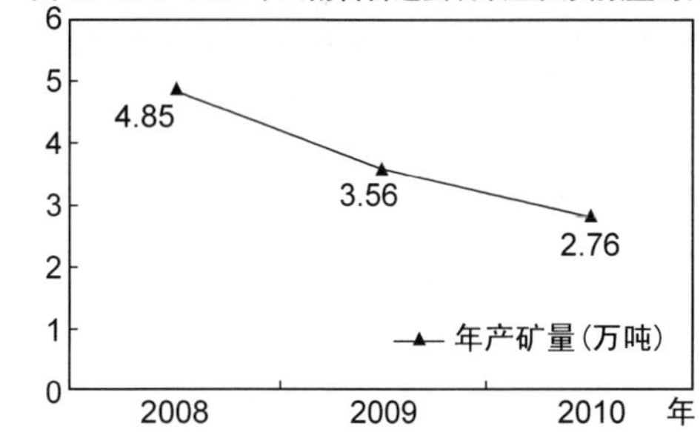

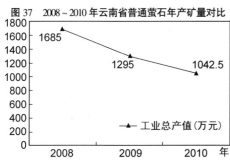

图37 2008～2010年云南省普通萤石年产矿量对比

图38 2008～2010年云南省普通萤石工业总产值对比

图39 2008～2010年云南省普通萤石矿产品
销售收入对比

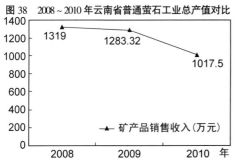

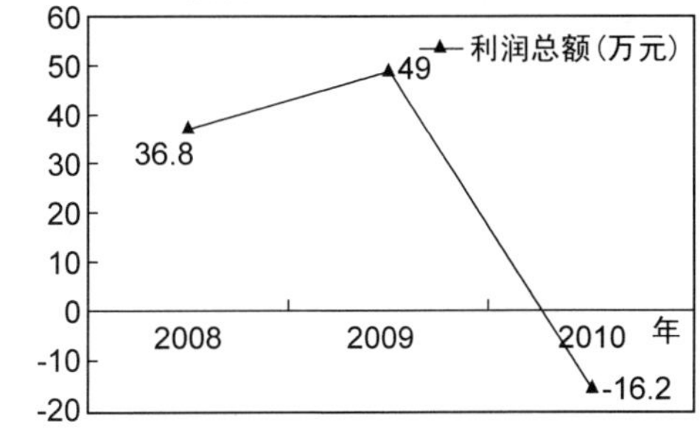

图40 2008～2010年云南省普通萤石矿产品利润对比

2. 磷矿。磷矿是云南省最具竞争优势的矿种，储量大，品位富，易开采，集中分布于昆明市的安宁市、晋宁县、西山区、东川区，玉溪市的江川县、澄江县、华宁县，曲靖市的会泽县、沾益县，文山州的广南县及昭通地区，其中昆明市的安宁市、晋宁县、西山区和玉溪市的江川县、澄江县开发程度较高。全省有各类磷矿企业85个，相对2009年增加19个，年设计开采规模达2823.5万吨，有大型矿山8个，中型矿山14个，其他均为小型矿山。

2010年全省实际开采矿石1518.44万吨，相比2009年减少82.46，下降5个百分点，有矿业从业人员6933人，实现工业总产值26.5亿元，相比2009年减少2.68亿元，下降9.18%；由于受全球经济危机的影响，实现利润1.97亿元，相比2009年下降3.1亿元，大幅下降61.1%。（2008～2010年云南省磷矿开发利用情况对比见表17；2008～2010年云南省磷矿开发利用情况分专题对比见图41～46）。

表17 2008～2010年云南省磷矿开发利用情况对比

年度 统计项	2008	2009	2010
矿山企业数（个）	77	66	85
从业人员（个）	6444	7060	6933
年产矿量（万吨）	1508.12	1600.9	1518.44
工业总产值（万元）	273309.8	291804.7	265004
矿产品销售收入（万元）	219583.7	230600.4	173810
利润总额（万元）	43820.35	50852.18	19783.2

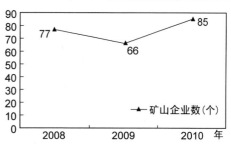

图41 2008～2010年云南省磷矿矿山
数量对比

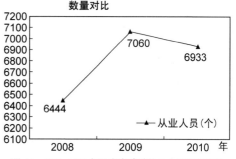

图42 2008～2010年云南省磷矿从业人员数量对比

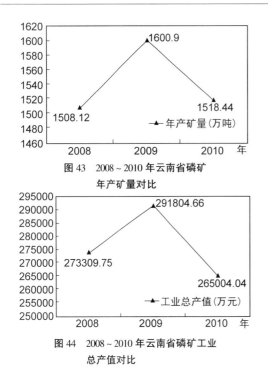

图 43 2008～2010 年云南省磷矿
年产矿量对比

图 44 2008～2010 年云南省磷矿工业
总产值对比

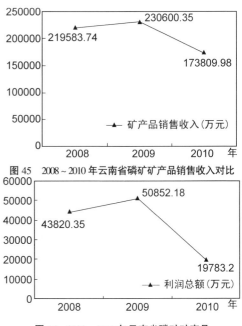

图 45 2008～2010 年云南省磷矿矿产品销售收入对比

图 46 2008～2010 年云南省磷矿矿产品
利润对比

表 18 　　　　　　　　　　　　　　2010 年云南省各地(州、市)矿产资源开发利用情况汇总

序号	行政区分类	矿山数	从业人员(人)	年产矿量(万吨)	工业总产值(万元)	人均实现产值(万元/人)	矿产品销售收入(万元)	利润总额(万元)
1	昆明市	1152	35075	4859.26	514232	14.66093	335191.2	33159.12
2	曲靖市	1745	111885	5288.42	1129942	10.09914	1078653	135945.9
3	玉溪市	352	18169	2056.03	470869.6	25.9161	259863	2069.48
4	保山市	484	17396	718.77	196645.2	11.30405	154636.2	16727.34
5	昭通市	714	33189	2845.27	760325.5	22.90896	593661.9	108662
6	丽江市	243	11153	1246.25	137942.5	12.3682	95472.91	14137.85
7	普洱市	357	12634	842.88	215930.6	17.09123	185660.1	24227.83
8	临沧市	234	6557	358.47	61510.32	9.380863	42655.72	4968.87
9	楚雄彝族自治州	635	20064	925.74	201655.2	10.0506	116749.9	25815.73
10	红河哈尼族彝族自治州	699	48554	3141.49	1029428	21.20172	690943.9	157007.2
11	文山壮族苗族自治州	629	17802	1548.65	347958.9	19.54605	241097.2	89295.47
12	西双版纳傣族自治州	185	4427	837.41	124885.1	28.20986	113866.9	24157.73
13	大理白族自治州	627	17619	1511.88	237916.1	13.50338	157573.9	30717.19
14	德宏傣族景颇族自治州	181	3983	360.86	26686.59	6.700123	24984.03	608.02
15	怒江傈僳族自治州	56	6816	196.86	180386.4	26.46514	180229.4	22989.96
16	迪庆藏族自治州	49	2680	158.8	20299.67	7.574504	18480.05	4501.79
总计		8342	368003	26897.04	5656614	256.9808	4289719	694991.5

(选自《云南省国土资源厅关于上报 2010 年度矿产资源开发利用情况的报告》)

陕　西　省

【矿产开发利用年度检查】　1. 基本情况。2010年陕西省继续以规范矿产资源开发秩序为中心，加大整合力度，以依法开采、合理利用和有效保护矿产资源为重点认真开展了年检工作。从各市报送的年检总结报告、填报的表格质量以及省厅实地检查抽查等方面看，各市都较好地完成了年度检查工作任务，取得了一定成果。

2010年，陕西省应检矿山为5096个，实际检查4961个，平均年检率为97.35%；实地抽检各类矿山2728个，占应检矿山54.99%；以上各项与2009年比较省、市均有所增加。制定考核开采回采率指标的各类矿山企业3737个，占实检矿山企业数75.33%。综合利用矿山企业1055个，占实检矿山企业21.27%。

2. 查处违法行为情况。2010年，通过年检查处取缔非法采矿60起，注销采矿许可证92个，查处越界开采10起，罚没款71.7万元，追缴矿产资源补偿费237.81万元。

3. 主要成效和做法。矿山年检工作是国土资源管理工作的一项重要内容，是对矿山企业依法采矿、依法纳费、合理利用资源和保护生态环境等重要指标的考核。省厅领导高度重视，按照"早动员、早部署、早完成"的指导思想，贯彻落实各项检查制度和政策法规，采取多种方式促进年检工作，保障了年检工作顺利开展，取得了明显的效果。

①严密组织，认真部署。陕西省多数市、县国土资源管理部门把年检工作作为矿产开发监督管理工作的一项重要工作，多数局主管领导和一把手亲自抓，落实年检工作责任。2011年年初省厅下发了《关于作好2010年全省矿山年检工作的通知》（陕国土资矿发〔2011〕1号），和《关于做好2010年全省大中型矿山企业年检工作的通知》（陕国土资矿发〔2011〕3号）对全省年检工作进行部署，10个市结合本地区的实际情况，按照省厅的总体安排，迅速安排布置了本辖区的年检工作，为全省年检工作顺利开展奠定了基础。

②注重结合，抓好质量。在检查工作中，将年检工作与整合工作、矿山督察、采矿权登记及矿产资源补偿费征收等工作结合起来，全面推进矿政管理工作。延安、榆林、渭南、咸阳、铜川等资源大市，把年度检查同本市矿产开发秩序治理整顿、专项整治等工作相结合，保证了年检工作的深入开展和年检质量。

③加强指导，注重实效。陕西省在年检工作中，注重省对市、市对县级的检查指导，认真落实实地检查制度。2010年陕西省继续采取了互检的工作方法，对各市年检工作进行检查指导。分别由西安市牵头，安康市参加。对榆林、延安市进行检查，实地检查神府、黄陵、子长大中型煤矿，重点抽查神木、府谷、黄陵县。由铜川市牵头，咸阳市参加。对安康、汉中市进行检查，实地检查旬阳铅锌矿区、略阳金矿区、铁矿区，重点抽查宁强、略阳、旬阳、宁陕县。由榆林市牵头，宝鸡市参加。对商洛、渭南市进行检查，实地检查秦岭南麓、渭北煤矿区和小秦岭金矿区，重点抽查商南、洛南、柞水、潼关、白水、韩城等县（市）。由延安市牵头，商洛市参加。对宝鸡、咸阳市进行检查，实地检查凤县铅锌矿区、彬长煤矿区，重点抽查凤县、太白县、彬县、旬邑县。由汉中市牵头，渭南市参加。对西安、铜川市进行检查，实地检查西安市蓝田灞源地区、铜川市煤矿区，重点抽查蓝田、周至、户县、耀州区、印台区。组成的5个年检工作组对年检工作进行互相检查指导，调动了各市局人员进行年检工作的积极性，相互之间交流学习了好的方法和经验，有力的促进了全省各市、县国土资源的年检工作，对大中型矿山企业矿产资源开发利用情况也有了第一手资料，据各市上报的年检工作总结，各市、县级国土资源主管部门也都按要求对本级应检的矿山企业进行了实地检查。通过各级的努力，矿山企业参加年检的主动性明显增强。各市、县多数矿山企业都能按要求及时、认真地填写报表，积极配合开展工作。

④落实制度，加强监管。在年检中，认真贯彻落实各项法规制度，以整顿促管理，以增效促转变，强化了监管力度，维护了矿业秩序。对不按时上报年检材料的矿山企业，省厅、市县国土部门及时下发责令限期上报年检材料的通知书，保证了年检材料及时上报。榆林市国土资源局围绕证、界、图、表、费、率等环节，对矿山企业进行全面审核，严格执行"三不审"制度，即凡是规费未缴清的不审、超层越界未纠正和处理的不审、证照过期又未按时申请延续的不审；渭南市国土资源局逐县检查整合矿山各项目标落实情况，不合格的不予通过年检；宝鸡市国土资源局加强了与环保、安监、煤炭等部门的沟通，凡环保指标不达标，存在安全生产隐患的坚决不予年检。通过各市多种形式的实地检查，及时发现了个别矿山企业的违法开采行为，依法进行了查处，年检工作取得显著效果。

（选自陕西省《关于2010年度矿产资源开发利用年度检查工作总结的报告》）

甘　肃　省

【矿产资源开发利用统计】　1. 煤矿铁矿产量数据核

实情况。通过积极协调沟通，甘肃省国土资源厅取得了统计部门全部87个煤矿企业、33个铁矿企业的产量数据。经逐个矿山认真校对，省厅铁矿石产量数据(988.39万吨)与统计部门(991.62万吨)相近，煤矿产量数据(4089.62万吨)与统计部门(4436.83万吨)相差347.21万吨，有22家煤矿企业的产量数据存在差距(表1)。向相关市州核实后，发现存在数据差距主要是由于双方统计方法不同或企业向统计部门虚报产量造成的。其中以地方政府下达的指令性增长指标人为核准的产量约128万吨，计入往年产量或其他矿种矿石产量的约134万吨，停产矿山虚报产量约59万吨。针对上述情况，甘肃省国土资源厅及时向统计部门反馈了相关意见，今后双方还将加强在这方面的交流与合作，确保数据科学合理，真实可靠。甘肃省国土资源厅已向各市州及重点矿山企业下发了《关于切实做好矿产资源开发利用统计工作的通知》(甘国土资矿发〔2011〕33号)，要求各矿山企业指定专人负责数据填报，报送国土资源部门、统计部门和其他行业主管部门的数据，必须由同一人填报，同一领导签字负责。各级国土资源管理部门在统计日常工作中，必须主动与统计、煤炭、冶金等管理部门及行业协会沟通协商，及时校对相关数据，共同解决工作中遇到的问题。

2. 年报数据与采矿登记数据对比情况。按照全省工作部署，甘肃省国土资源厅于2010年12月27~28日召开了全省2010年度矿产资源统计工作会议。会议期间，省厅发放了省省级发证采矿权清单及2009年度统计年报基础数据库，对市县统计人员进行了矿山开发利用统计数据管理系统的操作应用培训，各市州国土资源局提交了截至12月25日市县级发证采矿权清单和采矿登记库。通过比对分析，会议确定了2010年度统计年报采矿权数量(表2)。会议研究认为，红古安康煤矿、红古宝川煤矿、红古德禄煤矿、红古东明煤矿等40个采矿权，尚未完成注销手续，但已经省政府公告关闭(甘政发〔2009〕93号、甘政发〔2010〕100号)，并且全年处于停产中，对全省煤矿铁矿产量数据不会产生影响，故本次不再填报，其余3290个采矿权必须按要求上报矿产资源统计基础表。2010年3月10日，省厅又召集14个市州国土资源局的统计人员，召开了2010年度全省矿产资源开发利用统计数据会审会议。会审期间，各市州按照年前核定的采矿权清单逐一核对了所报数据，并仔细检查了销售收入与销售量和销售价格、工业总产值与销售收入、自产矿石量与生产规模、年产量等逻辑关系的准确性。会审发现，各市州所报采矿权数量与采矿登记库一致，各矿种产能与产量相互匹配，数据基本准确可靠。

3. 统计年报数据库报送情况。全省数据会审结束后，甘肃省国土资源厅于2010年3月中旬，向国土资源部信息中心按期报送了2010年度开发利用统计年报数据库。3月底，部信息中心向甘肃省国土资源厅反馈了地热矿泉水数值检查，金矿、石棉矿实际产能与产量差距等几方面的问题。甘肃省国土资源厅就此问题进行了认真核实，对由于企业填报手误造成的问题及时予以改正，对造成石棉矿产能(以石棉精矿计)与产量(以石棉原矿计)差距的客观原因进行了解释。4月开发司年报数据会审期间，甘肃省国土资源厅的数据库顺利通过了分组会审并提交部信息中心，暂无需要修改之处。

表1　　　　　　　　　　　2010年甘肃省煤炭产量数据核对情况统计

单位名称	统计部门数据(吨)	省厅数据(万吨)	数值差距(万吨)	备　　　注
甘肃新周煤业有限责任公司	6654.69	60	6.55	以政府下达的指令性指标增长基数核准的数据
崇信县周寨煤业有限责任公司	583627	45	13	同上
平凉新安煤业有限责任公司	577739	5.3	52.47	同上
庄浪县煤矿	454850	30.00	15.49	同上
崇信县百贯沟煤业有限公司	222760	10.16	12.11	同上
甘肃省静宁县煤矿	147271	4.1	10.6	同上
张掖市大河煤矿	209781	2.89	18.09	同上
窑街煤电有限责任公司	4426839	411.75		经向窑街煤电集团公司核实，省厅数据与省安监局、甘肃煤监局数据一致
窑街煤电天祝煤业有限责任公司	933167	109.28	15	
甘肃平凉经纬露天煤业有限公司	41450	0	4.145	该矿一直处于停产中
肃南县马营有才煤矿(沙坝台煤矿)	168549	0.5	16.36	同上

续表1

单位名称	统计部门数据(吨)	省厅数据(万吨)	数值差距(万吨)	备　注
张掖市响水河煤矿	159991	5.8	10.2	同上
张掖市大皂帆沟煤矿	1294.77	5	12.45	同上
山丹县羊虎沟煤炭有限责任公司	88685	0	8.87	同上
甘肃中牧山丹马场总场煤矿	66613	0	6.7	同上
华亭县砚峡乡煤矿	203020	6.31	14	统计部门数据中包含露头煤防火灭火工程中的14万吨
华亭县西华镇煤矿	73576	6	1.35	统计部门数据未冲减煤矸石产量
金塔县矿业公司	195200	3.9	15.62	统计部门数据包括了该公司下属硅石矿的硅石产量
肃北县亨通吐鲁煤田开发有限公司	851793	20.00	65.18	统计部门数据包括了历年的原煤产量
肃北县金庙沟鑫海有限责任公司	335500	2.6	31	同上
肃北县马鬃山牛圈子煤矿	182455	0	18.24	同上
肃北县凯富矿业有限责任公司	57500	1.5	4.25	同上
合　　计			351.675	扣除此部分存疑产量后,省厅数据略大于统计部门

表2　2010年甘肃省开发统计年报采矿权数量统计

政区码	市、州	矿山数(按发证权限划分,个)					
		部级	省级	市级	县级	合计应报	实报
620100	兰州市	1	28	69	153	251	251
620200	嘉峪关市	0	6	7	0	13	13
620300	金昌市	2	26	72	71	171	171
620400	白银市	5	78	97	214	394	394
620500	天水市	0	18	23	197	238	238
620600	武威市	3	38	3	245	289	289
620700	张掖市	1	88	82	107	278	278
620800	平凉市	4	33	7	370	414	414
620900	酒泉市	0	100	17	62	179	179
621000	庆阳市	1	1	0	299	301	301
621100	定西市	0	7	24	262	293	293
621200	陇南市	1	73	1	112	187	187
622900	临夏州	0	5	12	228	245	245
623000	甘南州	0	18	4	15	37	37
合计		18	519	418	2335	3290	3290

(选自《甘肃省国土资源厅关于2010年度矿产资源开发利用年报数据核实情况的报告》)

青 海 省

【矿产资源开发利用概况】　1.矿山数。截至2010年底,全省共有各类矿山833家(青海油田分公司各矿山计为1家),其中生产矿山535家,停产矿山188家,筹建矿山110家。上报了统计基础表的矿山833家,统计基础表上报率100%。各地矿山数排序:海东地区260家、海西州251家、西宁市110家、海北州103家、海南州68家、黄南州26家,玉树州10家、果洛州5家。

2.从业人员。全省从事矿业开发的总人数为69506人,比2009年增加2874人。其中内资企业66655人,港、澳、台投资企业361人,外商投资企业2490人。

从业人员增加的主要原因:各矿山企业正从金融危机影响中逐渐恢复,从而使矿山从业人员增加。

3.开发利用矿种及年产矿石量。全省开发利用矿产70种,年产矿石总量7754.91万吨(其中固体矿7080.79万吨,液体矿216.15万吨,气体矿561017万立方米合457.97万吨),比2009年增加698.96万吨。年产矿石量100万吨以上的矿种共16种,依次为:钾盐(光卤石)、煤炭、天然气、铜矿、锂矿、水泥用灰岩、砖瓦用黏土、石棉、石油、建筑用砂、盐矿、金矿、铅矿、水泥用大理岩、建筑用花岗岩、制碱用石灰岩。年产矿石量增加50万吨以上的矿产依次为:煤炭增加510万吨,天然气增加114.79万吨,制灰用灰岩增加97.2万吨,锂矿增加90万吨,建筑用砂增加61.94万吨,盐矿增加59.6万吨,建筑用花岗岩增加56.11万吨,以上矿种合计增加989.64万吨;年产矿石量减少50万吨以上的矿产依次为:钾盐(光卤石)减少424.91万吨,水泥用灰岩减少121.52万吨,以上矿种合计减少矿石量546.43万吨。

年产矿石量大幅增加的主要是煤炭,原因:一是重点煤矿山提高了开采回采率和煤炭产量;二是部分基建煤矿山建成投产。

4.**矿业开发总产值。**全省矿业开发实现工业总产值3912999.36万元,较2009年增加870993.43万元。矿业开发总产值10000万元以上的矿产有15种,依次为:石油、天然气、钾盐、煤炭、铜矿、铅矿、金矿、锂矿、水泥用灰岩、玉石、盐矿、砖瓦用黏土、石棉、水泥用大理岩、镍矿。矿业开发总产值增加10000万元以上的矿产有8种,依次为:石油天然气增加604587.76万元,煤炭增加363829.01万元,铜矿增加62942.43万元,玉石增加29841万元,金矿增加28074.05万元,盐矿增加12015.8万元,铅矿增加11278.08万元,以上矿种共增加1112568.13万元。矿业开发总产值减少10000万元以上的矿产为:钾盐减少147833.61万元,锂矿减少74227.56万元,水泥用灰岩减少42577.25万元,以上矿种共减少264638.42万元。

全省矿业开发总产值增加的主要原因是:随着金融危机逐渐消退,石油天然气、有色金属和煤炭等重要矿种矿产品价格大幅度回升,加之煤炭产量增长幅度较大,致使全省矿业开发总产值增加。

全省矿业开发从业人员年人均产值56.31万元/人,全省各地区年人均产值排序情况如下:果洛州138.6万元/人、海西州76.02万元/人、海北州12.95万元/人、海南州12.52万元/人、西宁市10.63万元/人、海东地区8.65万元/人、玉树州7.78万元/人、黄南州1.38万元/人。

5.**矿业开发增加值。**全省矿业开发共实现增加值2165293.03万元,较2009年增加518630.09万元。其中,增加值实现10000万元以上的矿产共有9种,依次为:石油天然气、钾盐、煤炭、铜矿、金矿、铅矿、锂矿、水泥用灰岩。增加值增加10000万元以上的矿产共有5种,依次为:石油天然气增加437470万元,煤炭增加77251.35万元,铜矿增加55759.77万元、金矿增加34819.67万元,以上矿种增加值共增加605300.79万元;增加值减少10000万元以上的有钾盐,减少86871.16万元。

6.**利润总额。**全省矿业开发实现利润总额845860.28万元,较2009年度增加127873.02万元。实现利润1000万元以上的矿产共有13种,依次为:钾盐、煤炭、石油、天然气、铜矿、铅矿、金矿、锂矿、镍矿、水泥用大理岩、水泥用灰岩、砖瓦用黏土、硼矿。利润增加1000万元以上的矿产共有5种,依次为:煤炭112832.92万元、石油天然气69433.24万元、铜矿39840.74万元、镍矿4859.9万元,共增加利润226966.8万元;利润减少1000万元以上的矿产共有5种,依次为:钾盐39931.73万元、铅矿34578.03万元、锂矿

15349.79万元、金矿5439.69万元、水泥用灰岩3840.12万元,共减少利润99139.36万元。

7.**企业规模和经济类型。**全省有大型矿山31家,中型矿山40家,小型矿山267家,小矿495家;内资企业819家,港、澳、台投资企业7家,外商投资企业7家。

【矿产资源开发利用情况简析】 1.**矿业开发正从金融危机影响中逐渐恢复。**2010年随着金融危机的逐渐消退,我省矿业开发正从金融危机影响中逐渐恢复,支柱矿产石油天然气、煤炭、铜、铅锌等矿产品价格大幅回升,全省矿业开发总产值、增加值、利润等主要经济指标均有较大增长。全省实现矿业开发总产值较2009年增加870993.43万元,增长28.63%;增加值较2009年度增加518630.09万元,增长31.49%;利润总额较2009年度增加127873.02万元,增长17.8%。

2.**钾矿部分指标减少的主要原因。**钾矿的工业总产值、增加值、利润等指标较2009年均有大幅度下降,其主要原因:一是青海省地矿集团有限公司察尔汗盐湖霍布逊区段北段钾矿和北京昆龙伟业格尔木有限公司察尔汗盐镁钾盐矿整合后未能全面正常生产;二是由于受到天气变化、降雨量增多的影响,部分钾矿开采企业的原矿(光卤石)产量较2009年有所下降。

3.**全省矿山规模总体结构没有改变。**全省有大型矿山31家,中型矿山40家,小型矿山267家,小矿495家,分别占全省矿山总数的3.72%、4.8%、32.05%、59.42%,与2009年的统计数据相比,矿山规模总体结构没有明显变化。

4.**规模以上矿山在全省矿业经济发展中起着重要的支撑作用。**2010年全省产值500万元以上的矿山有75家,占全省矿山总数的9.0%,从业人员49256人,占全省矿业开发从业人员的70.86%,其中大部分矿山具有一定生产规模、管理较规范、综合开发利用水平较高,年产矿石总量6708.16万吨(其中固体矿6054.62万吨、液体矿195.57万吨、气体矿561017万立方米合457.97万吨),占全省年产矿石总量的86.50%;实现总产值3873193.16万元,占全省矿业开发总产值的98.98%;实现增加值2156481.23万元,占全省矿业开发增加值的99.59%;实现利润841769.7万元,占全省矿业开发利润的99.52%。

5.**小型及以下矿山多,但对矿业经济贡献不大。**全省共有小矿山495家,占全省矿山的59.42%,从业人员11473人,占全省矿业开发从业人员的16.51%。矿山生产规模普遍偏小、开发利用水平相对较低,年产矿石量614.73万吨,占全省年产矿石量的7.93%,实现总产值72685.34万元,占全省矿业开发总产值的1.86%,实现利润3667.53万元,占全省矿业开发利润

的 0.43%。可见,全省小型及以下矿山数量多,但对全　省矿业经济的发展贡献不大(表1~7)。

表1　2010年青海省矿产资源开发利用情况(按矿种分列)

行政区	矿山个数(个)	从业人员(人)	年产矿石量			矿业总产值(万元)	工业增加值(万元)	综合利用产值(万元)	销售收入(万元)	年利润(万元)
			固体矿(万吨)	液体矿(万吨)	气体矿(万立方米)					
合计	833	69506	7080.79	216.1511	561017	3912999.36	2165293.03	23422.1	2586150.61	845860.28
石油	1	22105	0	186.0611		1737101	1220457	0	610791.64	180300
天然气			0	0	561017					
煤炭	52	12717	1407.24	0	0	616901.62	213325.36	3560	578772.82	182076.71
地下热水	3	57		14.08	0	150	14.5	0	115.6	19.5
铁矿	42	3520	94.24	0	0	9777.29	3725.93	5108	9629.29	348.66
锰矿	4	188	11.2	0	0	700	400	300	700	0
铬矿	1	21	0.31	0	0	155	125	0	155	11
铜矿	20	2379	374.28	0	0	163246.31	103651.8	55	157910.94	72105.08
铅矿	24	1219	140.18	0	0	143022.88	31255.58	309.3	100501.37	39223.6
锌矿	3	387	12.58	0	0	2140	20	30	1774.13	206
镍矿	5	770	25.34	0	0	10180.98	3691	282	10180.97	5161.5
钨矿	1	46	0	0	0	0	0	0	0	0
锑矿	1	43	0.15	0	0	123.5	0	0	117.85	0
金矿	21	1248	160.46	0	0	116253.39	79775.51	2147.2	115480.32	34004.91
锂矿	1	1404	320	0	0	70124	28049	0	44721.21	5289.83
锶矿	1	16	1.9	0	0	600	0	0	266	118
普通萤石	10	167	1.3	0	0	130.9	52	0	120	11.5
冶金用白云岩	5	51	2.78	0	0	40.5	13.6	0	40.5	8.1
冶金用石英岩	45	744	74.5	0	0	2004.55	571.5	0	2004.55	269.96
自然硫	1	30	0	0	0	0	0	0	0	0
芒硝	3	19	1.2	0	0	180	0	0	148.5	0
电石用灰岩	1	30	0	0	0	0	0	0	0	0
制碱用灰岩	15	262	88.2	0	0	2386.43	357.21	0	2381.43	142.89
含钾岩石	4	33	0.13	0	0	24	2.36	0	24	-190
盐矿	14	1800	174.61	0	0	26087.96	7812.79	0	16173.25	477.86
镁盐	4	198	50	0	0	1372.4	126.85	0	1177.11	82.51
钾盐	13	5524	2684.3	0	0	854326.32	433547.28	5742	817016.28	312376.74
硼矿	1	114	4.78	0	0	5900	1000	580	1775.3	1500
硅灰石	1	2	0	0	0	0	0	0	0	0
滑石	2	18	0	0	0	0	0	0	0	0

续表 1-1

行政区	矿山个数（个）	从业人员（人）	年产矿石量			矿业总产值（万元）	工业增加值（万元）	综合利用产值（万元）	销售收入（万元）	年利润（万元）
			固体矿（万吨）	液体矿（万吨）	气体矿（万立方米）					
石棉	7	2135	226.71	0	0	16508	9887	431	15410	73.3
长石	4	11	0	0	0	0	0	0	0	0
石榴子石	2	4	0	0	0	0	0	0	0	0
叶蜡石	1	1	0	0	0	0	0	0	0	0
石膏	25	170	18.5	0	0	359	85.1	73	359	45.1
方解石	2	5	0	0	0	0	0	0	0	0
玉石	6	265	0.82	0	0	31844	2216	1624	2829	302
水泥用灰岩	16	580	292.81	0	0	48154.37	12434.91	297.5	44194.37	4171.46
建筑石料用灰岩	13	120	14.15	0	0	524.71	164.4	1	523.3	72.3
饰面用灰岩	2	30	0	0	0	0	0	0	0	0
制灰用石灰岩	4	27	102	0	0	2030	407.5	600	2030	203.6
玻璃用白云岩	1	12	2	0	0	70	40	0	70	12
建筑用白云岩	4	35	42	0	0	557.5	140.5	150	557.5	50.31
玻璃用石英岩	7	80	4.02	0	0	218	40	60	204.8	21.5
建筑用砂岩	1	50	8			120	100	0	120	15
建筑用砂	111	969	198.06	0	0	4634.24	908.02	418	4407.46	590.03
水泥标准砂	2	27	6	0	0	240	45	0	240	30
陶粒页岩	1	30	10	0	0	250	50	75	250	25
高岭土	1	12	0	0	0	0	0	0	0	0
膨润土	1	2	0	0	0	0	0	0	0	0
砖瓦用黏土	207	8119	237.14	0	0	18115.3	3150.32	1362.2	17953.3	2231.28
陶粒用黏土	5	190	2.25	0	0	405.3	67	68.6	389.5	4
水泥配料用黏土	8	60	6	0	0	421.5	39.5	48	421.5	21.3
建筑用橄榄岩	1	3	0	0	0	0	0	0	0	0
饰面用蛇纹岩	20	182	0.02	0	0	69.31	15	0	24	1.4
建筑用玄武岩	2	8	3.1	0	0	20	4	0	20	4
建筑用角闪岩	1	3	0	0	0	0	13	0	0	0

续表 1-2

行政区	矿山个数（个）	从业人员（人）	年产矿石量			矿业总产值（万元）	工业增加值（万元）	综合利用产值（万元）	销售收入（万元）	年利润（万元）
			固体矿（万吨）	液体矿（万吨）	气体矿（万立方米）					
饰面用辉绿岩	1	7	0	0	0	0	0	0	0	0
建筑用辉长岩	4	33	31.77	0	0	483.25	48.3	0	483.25	8
建筑用闪长岩	1	10	3.2	0	0	38	3.3	0	38	1
建筑用花岗岩	33	416	117.82	0	0	1221.02	374.22	86	1220.97	174.3
饰面用花岗岩	5	85	2.16	0	0	110	21.5	0	110	11.9
玻璃用凝灰岩	1	6	0	0	0	0	0	0	0	0
建筑用凝灰岩	1	7	0	0	0	0	0	0	0	0
饰面用大理岩	10	49	0	0	0	0.5	0	0	0	0
建筑用大理岩	8	66	1.08	0	0	150	60.85	0	95	1
水泥用大理岩	7	207	119.9	0	0	14520	6798.95	0	14520	4238
饰面用板岩	1	5	0	0	0	0	0	0	0	0
水泥配料用板岩	2	20	1.6	0	0	49	10.6	14.3	49	4.8
矿泉水	5	353		16.01	0	8957.33	193.79	0	7652.6	3.35

表 2 2010 年青海省矿产资源开发利用情况（按经济类型分列）

企业经济类型	矿山数（个）	从业人数（人）	年产矿石量			工业总产值（万元）	工业增加值（万元）	综合利用产值（万元）	销售收入（万元）	年利润（万元）
			固体矿（万吨）	液体矿（万吨）	气体矿（万立方米）					
合　计	833	69506	7080.79	216.15	561017	3912999.36	2165293.03	23422.1	2586150.61	845860.28
一、内资企业	819	66655	6607.81	216.15	561017	3625224.37	2045656.12	20297.1	2345076.5	765669.95
国有企业	31	24448	184.22	186.06	561017	1763614.41	1226818.88	2991	634099.35	182650.6
集体企业	69	2572	87.84	0	0	9404.48	2183.8	276	9285.58	610.16
股份合作企业	11	191	69.21	0	0	2052.27	355.41	111.6	2041.37	129.56
联营企业	3	61	0.8	0	0	99	9.9	0	99	52
有限责任公司	165	19083	2304.73	30.09	0	514640.11	214247.26	10243.3	377247.43	87551.94
股份有限公司	42	4028	2284.22	0	0	949626.05	535707.86	1153.5	942612.48	428203.73
私营企业	397	15007	1469.83	0	0	380702.37	65143.71	4745.8	374622.86	65714.36
其他企业	101	1265	206.96	0	0	5085.68	1189.3	775.9	5068.43	757.6
二、港、澳、台商投资企业	7	361	94.46	0	0	14711	1968	3125	13446.19	65.46

续表

企业经济类型	矿山数（个）	从业人数（人）	年产矿石量 固体矿（万吨）	液体矿（万吨）	气体矿（万立方米）	工业总产值（万元）	工业增加值（万元）	综合利用产值（万元）	销售收入（万元）	年利润（万元）
港、澳、台商投资企业	7	361	94.46	0	0	14711	1968	3125	13446.19	65.46
三、外商投资企业	7	2490	378.52	0	0	273063.99	117668.91	0	227627.92	80124.87
外商投资企业	7	2490	378.52	0	0	273063.99	117668.91	0	227627.92	80124.87

表3　　2010年青海省矿产资源开发利用情况（按矿山规模分列）

矿山规模	矿山数（个）	从业人数（人）	年产矿石量 固体矿（万吨）	液体矿（万吨）	气体矿（万立方米）	工业总产值（万元）	工业增加值（万元）	综合利用产值（万元）	销售收入（万元）	年利润（万元）
合计	833	69506	7080.79	216.15	561017	3912999.36	2165293.03	23422.1	2586150.61	845860.28
大型	31	40235	4125.49	195.57	561017	3485103.99	2053772.34	8691	2247123.12	802164.83
中型	40	8297	1394.59	5	0	267719.74	79321.4	2847	220666.4	33950.58
小型	267	9501	961.56	0	0	87490.29	21543.42	7496.9	76782.51	6077.34
小矿	495	11473	599.15	15.58	0	72685.34	10655.87	4387.2	41578.58	3667.53

表4　　2010年青海省矿产资源开发利用情况（按行政区分列）

地区名称	矿山数（个）	从业人数（人）	年产矿石量 固体矿（万吨）	液体矿（万吨）	气体矿（万立方米）	工业总产值（万元）	工业增加值（万元）	综合利用产值（万元）	销售收入（万元）	年利润（万元）
合　计	833	69506	7080.79	216.15	561017	3912999.36	2165293.03	23422.1	2586150.61	845860.28
西宁市	110	7922	464.52	0	0	84205.02	31417.22	1861	73210.71	5166.18
海东地区	260	6074	703.65	6.5	0	52516.33	15321.04	3353	52420.05	11888.81
海北藏族自治州	103	4318	169.41	0	0	55933.56	16668.56	661	26450.66	1479.91
黄南藏族自治州	26	757	11.22	0	0	1047.72	264.36	248.9	687.48	202
海南藏族自治州	68	2419	143.3	14.08	0	30293.04	7578.29	104.9	29813.79	9257.39
果洛藏族自治州	5	884	284.18	0	0	122524.45	95591.56	0	122474.08	63227.15
玉树藏族自治州	10	240	4.13	0	0	1868.26	1022.88	0	1063.24	213.38
海西蒙古族藏族自治州	251	46892	5300.38	195.57	561017	3564610.98	1997429.12	17193.3	2280030.6	754425.46

表5　　2010年青海省采掘业总产值大于500万元以上矿山统计

矿山名称	从业人数（人）	自产矿石量 固体矿（万吨）	液体矿（万吨）	气体矿（万立方米）	工业总产值（万元）	工业增加值（万元）	综合利用产值（万元）	销售收入（万元）	年利润（万元）
合计	49256	6054.62	195.57	561017	3873193.16	2156481.23	19088	2547767.66	841758.7
中国石油天然气股份有限公司青海油田分公司	22105		186.06	561017	1737101	1220457	0	610791.64	180300
柴达木察尔汗钾镁盐矿别勒滩矿区	500	900			603000	298485	0	579500	279993
聚乎更矿区二井田	2500	504			310901.2	50888	0	310901.2	60000

续表 5－1

矿山名称	从业人数（人）	自产矿石量			工业总产值（万元）	工业增加值（万元）	综合利用产值（万元）	销售收入（万元）	年利润（万元）
		固体矿（万吨）	液体矿（万吨）	气体矿（万立方米）					
聚乎更矿区一露天煤矿首采区	401	395.5			180332	117895	0	179934	118376
西部矿业股份有限公司锡铁山铅锌矿	683	135.22			140642.7	30705.23	0	99051.63	38938.05
青海威斯特铜业有限责任公司德尔尼铜矿	668	283.68			122481.25	95585.56	0	122430.88	63221.15
青海盐湖钾肥股份有限公司察尔汗盐湖钾镁盐矿	1066	600			99550.9	95424	0	124086.7	16849.53
青海大柴旦矿业有限公司滩间山金矿	440	117.8			97593.23	76982.44	0	97593.23	32531.82
青海省中信国安科技发展有限公司西台吉乃尔盐湖锂盐矿	1404	320			70124	28049	0	44721.21	5289.83
青海昆仑矿业有限责任公司察尔汗盐湖钾镁盐矿	1586	219			35145	12131	0	34179.75	4839
青海煤业集团有限责任公司	4327	120			33000	18480	1780	26012	342
格尔木昆仑宝玉石有限责任公司纳赤台地区三岔口软玉矿	126	0.67			31203	2216	1624	2189	98
冷湖镇大盐滩钾镁盐矿区	450	250			30000	2000	3300	8333.33	3610
青海省西海煤炭开发有限责任公司海塔尔矿	315	21.45			25730	14151.5	20	3678.61	263.44
青海赛什塘铜业有限责任公司赛什塘铜矿	812	65.5			25558.06	7200.24	0	25558.06	8799
青海省霍布逊地矿化工（集团）有限公司察尔汗盐湖霍布逊区段北段钾镁盐矿	276	120			25050	6012	350	24700	5860
青海水泥股份有限公司石灰石矿	96	70			23800	9200	0	23800	3000
青海中航资源有限责任公司马海钾矿	500	147.7			20000	1320	0	11417.5	-3861.29
青海省茫崖康泰钾肥开发有限责任公司大浪滩梁中钾矿	180	150			19167	15960	0	16758	2504
高泉昆源煤矿	326	80			15680	6260	0	15680	816
义马煤业集团青海省义海能源有限责任公司大煤沟矿	806	120.7			15600	0	0	15599.1	0
青海创安有限公司	2032	213			15120	9517	0	14680	0
青海省西海煤炭开发有限责任公司柴达尔矿	656	38.92			14151.5	1564.2	200	7556.64	395.16
青海煤业鱼卡有限公司鱼卡煤炭尕秀区段	624	93			13557	0	460	11811	0
青海海鑫矿业有限公司门源松树南沟金矿西矿区	160	25.06			11500	1.2	0	11500	420
民和北山大理岩矿	72	31.9			10208	5368.95	0	10208	4152
平安县元石山铁镍矿	600	25			9924.78	3474	250	9924.77	5124

续表 5－2

矿山名称	从业人数（人）	自产矿石量			工业总产值（万元）	工业增加值（万元）	综合利用产值（万元）	销售收入（万元）	年利润（万元）
		固体矿（万吨）	液体矿（万吨）	气体矿（万立方米）					
青海省盐业股份有限公司柯柯盐厂	520	60			9270	2781	0	5425	－144
青海晶鑫钾肥有限公司尕斯库勒钾矿	245	65			9100	545.28	0	5200	2355.3
青海海湖水泥有限责任公司巴汉石灰岩矿	30	14			9000	2000	0	5040	300
青海省盐业股份有限公司茶卡制盐分公司	600	50.38			7783.71	2335.11	0	4432	－29
青海第二水泥厂石山石灰石矿	15	20			7200	150	60	7200	420
循化县谢坑铜金矿	42	2			7082	120	25	7082	200
格尔木胜华矿业有限责任公司索拉吉尔铜矿	259	19			7000	0	0	2520	0
青海中天硼锂矿业有限公司大柴旦湖硼矿区	114	4.78			5900	1000	580	1775.3	1500
冷湖昆湖钾肥有限责任公司钾镁湖钾矿	130	72			5172.42	10	2000	5000	100
格尔木盐化（集团）有限责任公司察尔汗盐矿	437	12.5			4120	1100	0	2200	583
冷湖俄北钾肥有限责任公司北部新盐带钾矿	31	21			3400	1660	30	3400	127.2
民和县楼子沟三岔沟石灰岩矿	30	10			3170	1080	0	3170	12
大柴旦大华化工有限公司大柴旦湖A区硼钾矿	320	107			3056	0	0	3056	0
青海省第六地质矿产勘查院都兰县五龙沟矿区红旗沟－深水潭金矿	160	8.1			2835	835	2000	2835	400
青海大头羊煤业有限责任公司大头羊工区一矿	220	10.13			2725.25	1890.9	0	2669.59	869
青海昆仑碱业有限公司柯柯盐矿	40	25			2500	250	0	1800	20
青海省海西州莫河畜牧场茶卡盐湖盐矿	97	25			2253	1282	0	2165	19
青海大头羊煤业有限责任公司大头羊工区二矿	182	8.28			2229.75	1547.1	0	2184.21	869
巴汉石灰岩矿	40	6			2160	0	0	2160	72
兴海县鹏飞有色金属采选有限公司兴海县什多龙铅锌矿	302	11.68			2090	0	0	1724.13	201
互助县花石山石灰岩矿	6	100			2000	400	600	2000	200
青海省都兰县五龙沟金矿有限责任公司五龙沟金矿	70	3.2			2000	1200	0	2000	490
青海西旺矿业开发有限公司小卧龙铁矿	21	17.7			1770	770	1000	1770	0
都兰县海寺铁矿	21	17.37			1737	737	1000	1737	0

续表 5 - 3

| 矿山名称 | 从业人数（人） | 自产矿石量 | | | 工业总产值（万元） | 工业增加值（万元） | 综合利用产值（万元） | 销售收入（万元） | 年利润（万元） |
		固体矿（万吨）	液体矿（万吨）	气体矿（万立方米）					
循化县道帏乡比隆沟石灰石矿	80	9.5			1710	250	50	1710	150
青海海西化工建材股份有限公司柏树山石灰岩石（新矿）	50	63.31			1709.37	256.41	0	1709.37	102.56
青海山金矿业有限公司都兰县果洛龙洼金矿	103	3.7			1660.56	661.97	0	905.14	85.99
青海锦泰矿业有限公司巴仑马海钾矿	110	32			1600	0	62	1300	0
德令哈市柴达木防沙治沙有限责任公司陶斯图石灰岩矿	40	49.57			1338.4	200.76	0	1338.4	80.3
青海西旺矿业开发有限公司都兰县白石崖铁矿区外围铁矿	44	13.28			1328	228	1100	1328	0
青海大通水泥有限责任公司石灰岩矿	12	3			1260	300	0	1260	25
青海开源煤矿有限责任公司海西州开源煤矿	80	4.7			1222	200	1100	1044	20
青海金洋煤业有限公司东柴旦分矿	60	6			1081.86	340.46	0	1081.86	0
治多县加吉矿产资源开发有限公司尕龙格玛含铜多金属矿	18	3.1			1023	716	0	218	- 102.07
青海香江盐湖开发有限公司团结湖镁盐矿	26	30			1000	100	0	970.19	75.31
都兰县双庆矿业有限责任公司双庆铅锌矿	260	8.5			850	590	260	850	140
玉树县宏源矿产品开发有限责任公司卡实陇铅锌银矿	70	0.6			720	216	0	720	287.95
西台铁矿	100	7.06			706	200	506	706	0
都兰县兰天矿业有限责任公司哈莉哈德山锰矿	67	11.2			700	400	300	700	0
青海祁连纤维材料有限责任公司双岔沟石棉矿	20	3			680	130	221	312.5	23.32
乐都县水泉沟水泥用大理岩矿	22	40			640	150	0	640	50
格尔木市玉丰有限责任公司大灶火西南山青玉矿	60	0.15			640	0	0	640	204
青海省祁连纤维材料有限公司小八宝石棉矿	23	2.63			600	240	210	312.5	34.98
青海省第一地质矿产勘查大队大柴旦行委双口山多金属矿	52	2			600	0	0	0	0
青海金瑞矿业发展股份有限公司大风山锶矿	16	1.9			600	0	0	266	118
海西州珍宝矿业有限公司桃斯图石灰岩矿	12	20.22			545.93	81.89	0	545.93	32.76

续表 5 - 4

矿山名称	从业人数（人）	自产矿石量			工业总产值（万元）	工业增加值（万元）	综合利用产值（万元）	销售收入（万元）	年利润（万元）
		固体矿（万吨）	液体矿（万吨）	气体矿（万立方米）					
青海铭鑫格尔木矿业有限责任公司全红山铁矿	69	0.98			501.29	66.03	0	501.29	8.26
青海玉珠峰矿泉水有限公司格尔木市玉珠峰饮用天然矿泉水	219		9.51		8802	133	0	7567	- 2.85

表 6

2010 年青海省大型矿山企业统计

矿山名称	从业人数（人）	自产矿石量			工业总产值（万元）	工业增加值（万元）	综合利用产值（万元）	销售收入（万元）	年利润（万元）
		固体矿（万吨）	液体矿（万吨）	气体矿（万立方米）					
合　计	40235	4125.49	195.57	561017	3485103.99	2053639.34	8691	2247123.12	802167.68
中国石油天然气股份有限公司青海油田分公司	22105		186.06	561017	1737101	1220457	0	610791.64	180300
柴达木察尔汗钾镁盐矿别勒滩矿区	500	900			603000	298485	0	579500	279993
聚乎更矿区二井田	2500	504			310901.2	50888	0	310901.2	60000
聚乎更矿区一露天煤矿首采区	401	395.5			180332	117895	0	179934	118376
西部矿业股份有限公司锡铁山铅锌矿	683	135.22			140642.7	30705.23	0	99051.63	38938.05
青海威斯特铜业有限责任公司德尔尼铜矿	668	283.68			122481.25	95585.56	0	122430.88	63221.15
青海盐湖钾肥股份有限公司察尔汗盐湖钾镁盐矿	1066	600			99550.9	95424	0	124086.7	16849.53
青海大柴旦矿业有限公司滩间山金矿	440	117.8			97593.23	76982.44	0	97593.23	32531.82
青海省中信国安科技发展有限公司西台吉乃尔盐湖锂盐矿	1404	320			70124	28049	0	44721.21	5289.83
青海煤业集团有限责任公司	4327	120			33000	18480	1780	26012	342
冷湖镇大盐滩钾镁盐矿区	450	250			30000	2000	3300	8333.33	3610
青海创安有限公司	2032	213			15120	9517	0	14680	0
青海省盐业股份有限公司柯柯盐厂	520	60			9270	2781	0	5425	- 144
青海省盐业股份有限公司茶卡制盐分公司	600	50.38			7783.71	2335.11	0	4432	- 29
青海中天硼锂矿业有限公司大柴旦湖硼矿区	114	4.78			5900	1000	580	1775.3	1500
格尔木盐化(集团)有限责任公司察尔汗盐矿	437	12.5			4120	1100	0	2200	583
青海省第六地质矿产勘查院都兰县五龙沟矿区红旗沟 - 深水潭金矿	160	8.1			2835	835	2000	2835	400

续表6

矿山名称	从业人数（人）	自产矿石量			工业总产值（万元）	工业增加值（万元）	综合利用产值（万元）	销售收入（万元）	年利润（万元）
		固体矿（万吨）	液体矿（万吨）	气体矿（万立方米）					
青海昆仑碱业有限公司柯柯盐矿	40	25			2500	250	0	1800	20
互助县花石山石灰岩矿	6	100			2000	400	600	2000	200
青海祁连纤维材料有限责任公司双岔沟石棉矿	20	3			680	130	221	312.5	23.32
青海省祁连纤维材料有限公司小八宝石棉矿	23	2.63			600	240	210	312.5	34.98
青海金瑞矿业发展股份有限公司大风山锶矿	16	1.9			600	0	0	266	118
乐都县迭尔沟达拉道班大理岩矿	25	9			81	50	0	81	5
乐都县雨润镇头牛沟水泥用大理岩矿	20	9			81	50	0	81	5
德令哈市青海碱业有限公司柏树山石灰岩矿	40	0			5	0	0	0	0
大通县城市投资建设开发有限责任公司宝库乡大三岔长石矿	5	0			0	0	0	0	0
格尔木庆华矿业有限责任公司肯德可克铁矿	1407	0			0	0	0	0	0
祁连县八宝镇综合开发公司小八宝联营石棉矿	3	0			0	0	0	0	0
青海大柴旦矿业有限公司青龙沟金矿	2	0			0	0	0	0	0
青海碱业有限公司盐湖东部盐矿	2	0			0	0	0	0	0
青海玉珠峰矿泉水有限公司格尔木市玉珠峰饮用天然矿泉水	219		9.51		8802	0	0	7567	0

表7 **2010年青海省中型矿山企业统计**

矿山名称	从业人数（人）	自产矿石量			工业总产值（万元）	工业增加值（万元）	综合利用产值（万元）	销售收入（万元）	年利润（万元）
		固体矿（万吨）	液体矿（万吨）	气体矿（万立方米）					
合　计	8297	1394.59	5	0	267719.74	79321.41	2847	220666.39	33950.58
青海昆仑矿业有限责任公司察尔汗盐湖钾镁盐矿	1586	219	0	0	35145	12131	0	34179.75	4839
青海省西海煤炭开发有限责任公司海塔尔矿	315	21.45	0	0	25730	14151.5	20	3678.61	263.44
青海赛什塘铜业有限责任公司赛什塘铜矿	812	65.5	0	0	25558.06	7200.24	0	25558.06	8799
青海省霍布逊地矿化工（集团）有限公司察尔汗盐湖霍布逊区段北段钾镁盐矿	276	120	0	0	25050	6012	350	24700	5860

续表7-1

矿山名称	从业人数(人)	自产矿石量			工业总产值(万元)	工业增加值(万元)	综合利用产值(万元)	销售收入(万元)	年利润(万元)
		固体矿(万吨)	液体矿(万吨)	气体矿(万立方米)					
青海水泥股份有限公司石灰石矿	96	70	0	0	23800	9200	0	23800	3000
青海中航资源有限责任公司马海钾矿	500	147.7	0	0	20000	1320	0	11417.5	-3861.29
青海省茫崖康泰钾肥开发有限责任公司大浪滩梁中钾矿	180	150	0	0	19167	15960	0	16758	2504
义马煤业集团青海省义海能源有限责任公司大煤沟矿	806	120.7	0	0	15600	0	0	15599.1	0
青海省西海煤炭开发有限责任公司柴达尔矿	656	38.92	0	0	14151.5	1564.2	200	7556.64	395.16
青海煤业鱼卡有限公司鱼卡煤炭尕秀区段	624	93	0	0	13557	0	460	11811	0
青海海鑫矿业有限公司门源松树南沟金矿西矿区	160	25.06	0	0	11500	1.2	0	11500	420
民和北山大理岩矿	72	31.9	0	0	10208	5368.95	0	10208	4152
平安县元石山铁镍矿	600	25	0	0	9924.78	3474	250	9924.77	5124
青海晶鑫钾肥有限公司尕斯库勒钾矿	245	65	0	0	9100	545.28	0	5200	2355.3
青海省海西州莫河畜牧场茶卡盐湖矿	97	25	0	0	2253	1282	0	2165	19
青海海西化工建材股份有限公司柏树山石灰岩石(新矿)	50	63.31	0	0	1709.37	256.41	0	1709.37	102.56
青海锦泰矿业有限公司巴仑马海钾矿	110	32	0	0	1600	0	62	1300	0
青海西旺矿业开发有限公司都兰县白石崖铁矿区外围铁矿	44	13.28	0	0	1328	228	1100	1328	0
青海香江盐湖开发有限公司团结湖镁盐矿	26	30	0	0	1000	100	0	970.19	75.31
都兰县兰天矿业有限责任公司哈莉哈德山锰矿	67	11.2	0	0	700	400	300	700	0
青海联邦建材有限公司柏木峡陶粒板岩2号矿	30	10	0	0	250	50	75	250	25
西宁银龙铁道工程有限公司格尔木分公司南山口东花岗岩矿	20	8.7	0	0	150	0	0	150	0.1
互助县塘川镇庙儿沟石膏矿	6	5	0	0	100	20	30	100	10
青海启源矿业开发有限公司兴海县索拉沟铜多金属矿	15	0.8	0	0	42	0	0	42	-13
青海金俄资源开发有限责任公司李家山香林沟硅石矿	40	2	0	0	20	4	0	20	1

续表 7-2

矿山名称	从业人数（人）	自产矿石量			工业总产值（万元）	工业增加值（万元）	综合利用产值（万元）	销售收入（万元）	年利润（万元）
		固体矿（万吨）	液体矿（万吨）	气体矿（万立方米）					
乌兰建伟矿业发展有限公司乌兰县沙柳泉钾长石矿	10	0.07	0	0	16.8	1.64	0	16.8	-120
互助县塘川镇汪家村下沙沟石膏矿	10	0	0	0	0	0	0	0	0
互助县塘川镇贺家沟石膏矿	5	0	0	0	0	0	0	0	0
德令哈市康利达矿业有限公司陶斯图石灰岩矿	30	0	0	0	0	0	0	0	0
德令哈市润海矿业有限公司柏树山(陶斯图)石灰岩矿	2	0	0	0	0	0	0	0	0
海东地区国土勘测规划院互助奎浪沟石灰岩矿	10	0	0	0	0	0	0	0	0
都兰宏源实业有限公司清水河铁矿	2	0	0	0	0	0	0	0	0
青海五原矿业有限公司沙柳泉钾长石矿	6	0	0	0	0	0	0	0	0
青海昆仑碱业有限公司艾吉格力石灰岩矿	5	0	0	0	0	0	0	0	0
青海省奥凯煤业发展集团有限责任公司江仓矿区一井田	10	0	0	0	0	0	0	0	0
青海省西海煤炭开发有限责任公司柴达尔先锋煤矿	245	0	0	0	0	0	0	0	0
青海省西钢矿业开发有限责任公司都兰县洪水河铁矿	200	0	0	0	0	0	0	0	0
青海西海煤电有限责任公司祁连县默勒二矿	200	0	0	0	0	0	0	0	0
青海西部镁业科技发展有限责任公司团结湖镁盐矿	64	0	0	0	0	0	0	0	0
青藏高原特色资源开发有限责任公司昂思多青2号泉矿泉水	65		5		59.23	50.99	0	23.6	0

（青海省国土资源厅）

宁夏回族自治区

【矿产资源开发利用统计】 1.2010年度矿山数量变化情况。2010年，宁夏回族自治区纳入统计的矿山企业数755个，相对2009年新增45个，其中煤矿93个，因煤矿整顿关闭较2009年减少5个；铁矿14个，因2010年新立2个，注销2个，总数未发生变化；非煤、铁矿山

648个，主要为石英岩、灰岩、石膏和砂石、黏土等，较2009年增加了50个。经与采矿权管理信息系统数据库对比，截至2010年底数据库中煤矿数量98个，其中包括了纳入煤矿整顿关闭需注销的5家煤矿。由于采矿权管理系统与厅政务内网审批系统需进行衔接，系统中注销手续暂未办理完成，因此与纳入统计系统的煤矿数量存在差异。

2.2010年度煤矿、铁矿开发利用对比情况。按照《国土资源部办公厅关于切实做好煤、铁矿产资源开发

利用统计工作的通知》(国土资厅发〔2011〕13 号)和 2010 年度矿产资源开发利用统计年报数据会审要求,宁夏回族自治区重点对 2010 年度煤、铁矿产资源开发利用情况进行了横向和纵向核查对比。

① 煤矿:经与自治区统计局和相关行业部门沟通,统计局 2010 年度规模以上工业企业原煤产量为 6613.613 万吨,全区原煤产量合计 6807.62 万吨,自治区国土资源厅汇总数据为 5875.95 万吨,数据差异为 931.67 万吨。经核实,产生数据差异的主要原因有:第一,统计口径不一致。部于 2011 年初新发证的 2 家矿山,即神华宁夏煤业集团有限责任公司梅花井煤矿和清水营煤矿在 2010 年度基建产生工程煤量合计 697.01 万吨,按照统计年报一证一表的要求未纳入自治区国土资源厅

2010 年统计数据,另有部分煤矿建井期间产生的工程煤量合计 111.29 万吨,未纳入自治区国土资源厅统计数据;第二,宁夏煤业集团有限公司乌兰矿 2010 年度产量为 123.37 万吨,该矿属部发证煤矿,区域属内蒙古管辖,自治区国土资源厅未纳入统计;第三,在核查对比的过程中,发现部分煤矿存在超能力生产现象,末向国土部门进行如实填报,导致部门数据差异。

② 铁矿:因宁夏回族自治区铁矿呈零星分布且矿石品位较低,铁矿企业多为个体经营,随着市场需求量进行阶段性开采,统计局没有将铁矿企业纳入统计,所以自治区国土资源厅针对铁矿进行了逐一核实,确保数据真实准确(表 1~3)。

表1　　　　　　　　　　　2010 年宁夏回族自治区矿产资源开发利用情况(按行政区分列)

矿种	矿山企业数					从业人员(个)	年产矿量		实际采矿能力(万吨/年)	工业总产值(万元)	综合利用产值(万元)	矿产品销售收入(万元)	利润总额(万元)
	合计	大型	中型	小型	小矿		万吨	万立方米					
合计	755	13	25	225	492	60054	7562.37	0	7382.94	1611718.67	170973.5	1495807.4	527041.5
煤炭	93	11	17	30	35	45453	5875.95	0	5673.64	1473411.49	70699.7	1424015.83	490764.08
铁矿	14	0	0	5	9	334	2	0	3.8	107.5	0	107.5	21
熔剂用灰岩	1	0	0	1	0	10	0	0	5	0	0	0	0
冶金用白云岩	3	0	0	0	3	59	0	0	0	0	0	0	0
冶金用石英岩	13	0	0	6	7	198	50.67	0	46.6	2765.62	102	925	361.2
冶金用砂岩	1	0	0	0	1	16	7.14	0	7.14	323.4	0	30	9
铸型用砂	3	0	0	0	3	20	0	0	0	0	0	0	0
重晶石	1	0	0	0	1	6	0.2	0	0.2	28	0	28	10
电石用灰岩	12	0	0	5	7	238	2.6	0	9.6	68	2	58	15
硅灰石	3	0	1	1	1	28	4.6	0	3	230	0	230	14
石膏	39	0	2	9	28	556	19.2	0	35.28	409.9	73	379.9	73.1
玉石	1	0	0	0	1	12	0	0	0	121.22	0	21.22	4.87
水泥用灰岩	29	0	2	4	23	701	552.4	0	556	104977.19	93076	44977.5	30209.3
建筑石料用灰岩	67	0	0	43	24	925	327.5	0	348 94	8104.5	439	6739.3	1477.3

续表

矿种	矿山企业数					从业人员（个）	年产矿量		实际采矿能力（万吨/年）	工业总产值(万元)	综合利用产值（万元）	矿产晶销售收入（万元）	利润总额（万元）
	合计	大型	中型	小型	小矿		万吨	万立方米					
饰面用灰岩	1	0	0	1	0	221	0 03	0	0.03	4	0	41	0.8
水泥配科用砂岩	1	0	0	0	1	2.5	0	0	0	0	0	0	0
陶瓷用砂岩	1	0	0	0	1	13	0	0	0	0	0	0	0
建筑用砂岩	22	0	0	7	15	178	37.93	0	23.6	272	0	242	38.07
建筑用砂	145	0	2	55	88	2026	429.69	0	387.02	5874.5	2305	4705	1201.4
水泥配料用砂	4	0	0	0	4	55	2.5	0	2.5	30	0	30	7.1
砖瓦用页岩	3	0	0	3	0	61	5.78	0	5.78	590	0	504	90
水泥配料用页岩	1	0	0	0	1	11	0	0	0	0	0	0	0
建筑用页岩	15	0	0	0	15	586	14.39	0	13.9	4690	0	4195	990
陶瓷土	2	0	0	1	1	63	0	0	0	0	0	0	0
膨润土	3	0	0	2	1	13	0.3	0	3	9	0	9	5
砖瓦用黏土	212	1	0	45	166	7672	157.2	0	176.35	8072.3	3540.8	7177.9	1400.88
陶粒用黏土	10	0	0	0	10	90	4.12	0	1.3	58.4	0	58.4	20
水泥配料用黏土	6	0	1	0	5	30	0	0	0	0	0	0	0
建筑用辉绿岩	2	0	0	0	2	47	1.05	0	3.5	455	0	455	117.8
建筑用凝灰岩	19	0	0	4	15	186	20.64	0	28.96	375	0	2571	45.7
水泥配料用板岩	3	0	0	0	3	30	3	0	3	80	30	57	21
片石	20	1	0	0	19	218	40.45	0	44.8	476	6	419.6	144.4
矿泉水	5	0	0	3	2	172	3.03	0	0	185.65	0	181.25	0.5

表2 　　　　　　　　　　　　2010年宁夏回族自治区矿产资源开发利用情况(按经济类型分列)

企业经济类型	矿山企业数					从业人员(个)	年产矿量		实际采矿能力(万吨/年)	工业总产值(万元)	综合利用产值(万元)	矿产晶销售收入(万元)	利润总额(万元)
	合计	大型	中型	小型	小矿		万吨	万立方米					
合计	755	13	25	225	492	60054	562.37	0	7382.94	1611718.57	170273.5	1495807.4	527041.5
一、内资企业	755	13	25	225	492	60054	7562.37	0	7382.94	1611718.67	170273.5	1495807.4	527041.5
国有企业	29	8	10	5	6	31872	5370.41	0	5112.41	1337990.08	0	1307139.49	487282.4
集体企业	45	1	2	17	25	2475	272.7	0	272.5	74249.5	62260.7	59437	134.
股份合作企业	1	0	0	0	1	16	0	0	0	0	0	0	0
联营企业	7	0	0	1	6	186	48.84	0	48.84	488.4	0	488	46
有限责任公司	76	2	8	27	39	10444	456.06	0	492.41	63117.4	7068	57939.61	4024.84
股份有限公司	19	0	1	4	14	850	442.96	0	445.96	96544.4	93123	39313	26381
私营企业	578	2	4	171	401	14211	961.4	0	1010.82	39328.89	7821.8	31490.3	9172.46

表3 　　　　　　　　　　　　2010年宁夏回族自治区矿产资源开发利用情况(按行政区分列)

名称	矿山企业数					从业人员(个)	年产矿量		实际采矿能力(万吨/年)	工业总产值(万元)	综合利用产值(万元)	矿产晶销售收入(万元)	利润总额(万元)
	合计	大型	中型	小型	小矿		万吨	万立方米					
合计	755	13	25	225	492	60054	7562.37	0	7382.94	1611718.67	170273.5	1495807.4	527041.5
银川市	96	6	5	78	7	13653	4508.23	0	4469.15	1125354.61	167047.7	1060968.51	445214.28
石嘴山市	87	3	9	23	52	24179	2049.98	0	1799.23	395950.92	102	362338.06	61209.46
吴忠市	180	3	4	17	156	9435	595.71	0	614.03	37821.4	1856.3	31564.28	-1489.84
固原市	198	1	4	65	128	9195	259.46	0	291.55	48269.04	160	36830.65	20236.3
中卫市	194	0	3	42	149	3592	148.99	0	208.98	4322.7	1107.5	4105.9	871.3

(选自《关于报送宁夏回族自治区2010年度矿产资源开发利用统计年报数据变化情况的函》)

【地质勘查工作的投入与分析】 2010年,地质勘查投入资金80221万元,同比增加116%;其中:中央财政投入9023万元;地方财政投入6644万元;社会资金投入64554万元。

资金投向:矿产资源勘查投入72290万元,同比增长125%;基础地质调查投入2673万元,同比增长31%;地质环境与地质灾害调查评价投入5258万元,同比增长79%(图1、图2)。

1.矿产资源勘查资金投入情况。2010年,矿产资源勘查投入资金72290万元,其中:

中央财政投入3570万元,占总量5%,同比增长289%;地方财政投入5665万元,占总量8%,同比减少

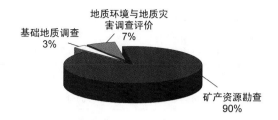

图1　2010年宁夏回族自治区地质勘查资金投向情况

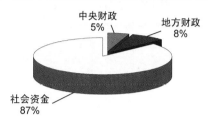

图2　2010年宁夏回族自治区地质勘查经费投入情况

33%；社会资金投入63055万元，占总量87%，同比增长175%。

2.基础地质调查资金投入。2010年，基础地质调查投入资金2673万元，资金来源全部为中央财政资金。

资金投向：区域地质调查投入705万元；区域地球物理调查投入320万元；区域地球化学调查投入407万元；科学研究与技术方法创新投入1110万元；多目标地球化学投入131万元(图3)。

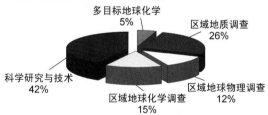

图3　2010年宁夏回族自治区地质调查资金投向情况

3.地质环境与地质灾害调查评价资金投入。2010年，地质环境与地质灾害调查评价投入资金5258万元，其中：中央财政投入2780万元，占总量52%，同比增长348%；地方财政投入979万元，占总量19%，2009年无投入；社会资金投入1499万元，占总量29%，同比

图4　2010年宁夏回族自治区地质环境与地质灾害调查资金投向情况

减少35%(图4)。

资金投向：水文地质调查评价4968万元；环境地质调查评价160万元；地质灾害调查监测130万元。

【基础地质调查】　1.区域地质调查。2010年度，中央财政投入资金705万元，开展了3个1:5万区域地质调查项目(2个新开项目)，共完成4个图幅，面积为1937平方千米。

①1:5万白疙瘩、白墩子、营水、甘塘幅区调(2008～2010年)：总面积1637平方千米。2010年度调查面积437平方千米，中央财政投入资金165万元。项目于2010年6月通过西安地调中心野外验收，4个图幅中，其中3个评为良好，1个评为优秀。截至2010年底，项目已基本完成成果报告的编制。通过三年的工作，取得如下成果：

对部分地层进行了重新厘定；发现了植物化石，据此将含化石地层修订为三叠纪西大沟组；在尖山子晚泥盆世沙流水组中采获了鱼化石，填补了该地区晚泥盆世地层无时代依据的空白。

初步建立了工作区构造世代。特别是初步厘定了香山群面理类型和置换关系。

对香山北缘活动断裂带进行了专题调查，重点评价该断裂带对拟建黄河黑山峡大柳树水利工程的影响，认为拟建坝址不在活动断裂带之内，拟建方案可行。

新发现铁、黏土矿化点3处。

②1:5万水磨沟、崇岗、苏峪口、暖泉、姚伏幅区调(2010～2012年)。

2010年度调查面积800平方千米，中央财政投入资金300万元。依据1:20万和1:25万填图资料，结合最新的研究成果和进展，重新厘定了较为详细的填图单元。特别是对三叠纪地层做了详细的划分，并在晚三叠世大风沟组和上田组中发现了大量植物化石；结合第四系分布区的地质填图，初步了解了测区的地质环境和地质灾害问题，如荒漠化、土地沙化、崩塌、塌陷、泥石流和活动断裂型地震等。同时也初步了解测区洪积台地上的生态环境特征。

③1:5万腰坝、黄旗口、木井子、井子泉幅区调(2010～2012年)。

2010年度调查面积700平方千米，中央财政投入资金240万元。完成实物工作量：1:5万地质填图700平方千米，1:5万遥感解译1700平方千米。该项目2010年12月通过了西安地调中心主审的总体设计评审工作，成绩良好。

2.区域地球物理调查。中央财政投入资金320万元，开展了1个1:5万重力调查项目(新开项目)，共完成2.5

个图幅,面积为1000平方千米。本年度工作任务:

① 完成面积1000平方千米的1:5万重力调查和基础图件编制。

② 采集各类岩(矿)石物性标本并测定密度和磁性参数。

③ 提供一批可供查证的重力异常。

④ 提出异常查证建议。

3.区域地球化学调查。中央财政投入资金407万元,开展了1个1:25万区域化探调查项目(新开项目),共完成4个图幅,面积为11250平方千米。

2010年度主要工作是野外样品采集,测试分析数据2011年3月报出。

该项目于12月10日通过中国地质调查局西北地调中心专家组验收。

4.多目标区域地球化学调查。中央财政投入资金131万元,用于开展3个图幅的1:25万多目标地球化学调查(银川市、吴忠市、同心地区)。

① 1:25万多目标地球化学调查(银川盆地):主要进展与成果:进行资料整理、数据分析研究,编制54种元素指标地球化学图,圈定地球化学异常图,土壤地球化学背景值的分析研究,根据地质调查局的关于《土壤地球化学基准值与背景值研究的若干要求》进行计算和统计,报告已提交中国地质调查局;对银川地区土壤碳含量开展计算和研究,已完成报告编写工作。

② 1:25万多目标地球化学调查(吴忠市):主要进展与成果:建立野外采样数据库、数据分析、编制各类图件;开展异常查证野外采样工作,共采集样品2500件;基本完成报告的编写。

③ 1:25万多目标地球化学调查(同心地区):完成了数据库建设与资料整理。

【矿产资源勘查】 1.完成实物工作量。2010年,实施矿产资源勘查项目64项,完成钻探工作量63.09万米,同比增长48%,再创历史新高(表4)。

表4 主要矿种投入勘查资金和完成钻探工作量

矿种	投入资金总额(万元)	钻探(米)
煤炭	64818	592800
铁	564	1944
铜	1012	4612
金	2876	12716

2.资金投向。在64个项目中,能源(39项)投入资金64818万元,占总量的90%;黑色金属(3项)投入资金594万元,占总量的1%;有色金属(7项)投入资金1012万元,占总量的1%;贵金属(7项)投入资金2786万元,占总量的4%;化工建材及其他非金属(8项)投入资金3080万元,占总量的4%(表5)。

表5 2010年矿产资源勘查资金投向分布

种类别	勘查项目个数	资金来源(万元)			
		总计	中央财政投入	地方财政投入	社会资金投入
能源	39	64818		4027	60791
黑色金属	3	594	400	150	44
有色金属	7	1012	720292		
贵金属	7	2786	1250	633	903
稀有矿产化工建材及其他非金属	8	3080	1200	855	1025
水气矿产					
合计	64	72290	3570	5665	63055

项目个数和资金投入主要集中在能源(主要是煤炭)上,充分体现了煤炭作为宁夏优势矿产资源在地质勘查中的首要地位。

3.新增探明的矿产资源储量情况。2010年度,自治区新增查明矿产资源量(333及以上,已提交):煤炭13.57亿吨、石膏614.21万吨、电石用灰岩0.04亿吨、水泥用灰岩1.23亿吨、岩盐(NaCl)11.78亿吨、芒硝12900万吨。

4.新发现矿产地。2010年新发现矿产地1处,位于宁夏石嘴山市牛头沟,规模为小型金矿,普查提交金属资源量(333)1.82吨。

【重要矿产勘查成果】 1.煤炭。①宁夏银川市红墩子矿区红三井田煤炭勘探:社会资金投入5166万元;完成的主要实物工作量:钻探进尺46471米;共获资源(333及以上)4.76亿吨。

②宁夏回族自治区宁东煤田积家井矿区李家坝井田勘探:社会资金投入2459万元;完成的主要实物工作量:钻探进尺19369米;共获资源(333及以上)2.92亿吨。

③宁夏平罗陶乐三眼井地区煤炭资源详查(提高规模级别):社会资金投入820万元;共获资源总量2.21亿吨,其中(333及以上)资源量1.56亿吨。

④宁夏回族自治区灵武市枣泉煤矿13、14采区煤炭补充勘探:社会资金投入900万元;完成的主要实物工作量:钻探进尺7430米;共获资源(333及以上)0.88

亿吨。

⑤宁夏回族自治区石嘴山市正义关煤矿区青沟勘查区煤炭勘探:社会资金投入656万元;完成的主要实物工作量:钻探进尺6683米;共获资源(333及以上)0.33亿吨。

2.贵金属。宁夏石嘴山市牛头沟金矿普查。共投资919万元,其中:中央财政投入190万元,社会资金投入729万元;勘查单位为宁夏有色金属地质勘查院。完成的主要实物工作量:钻探进尺5818米。成果报告已经上级主管部门评审,共获资源总量2.81吨,其中(333及以上)资源量1.82吨。

3.化工建材及其他非金属。① 宁夏中宁县园湾水泥灰岩矿详查:社会资金投入179万元;完成的主要实物工作量:钻探进尺1272m;共获资源总量(333及以上)12.21亿吨。

② 内蒙古自治区阿拉善左旗巴彦希别矿区冶镁用白云岩勘探:社会资金投入353万元;完成的主要实物工作量:钻探进尺2871米;共获资源总量(333及以上)13746万立方米。

【地质环境与地质灾害调查评价】 1.水文地质调查评价。2010年度共开展了9个项目,完成面积19846平方千米,投入资金4968万元,其中:中央财政投入2600万元,占52%;地方财政投入979万元,占20%;社会资金投入1389万元,占28 %。

① 1:2.5万宁夏青铜峡小坝水源地(二次)扩充勘探,新增地下水(B级)可开采资源量2万立方米/日,总体评价4万立方米/日的B级开采资源量。

② 1:2.5万宁夏石嘴山市柳条沟(第五水厂)水源地勘探,为惠农区探明了地下水可开采总量(B级)4.679万立方米/日的资源量。

③ 1:2.5万宁夏中宁县康滩水源地扩充勘探,探明地下水可开采资源量(B级)4.0万立方米/日(含原中宁县水源地2.0万立方米/日)。

④ 1:5万宁夏固原市盐化工基地水资源调查评价。通过大量的相关资料进行分析,发现盐化工基地所在区域,水资源需求和利用发生了很大的变化,提出对水资源进行综合利用,对工农业以及生活用水进行必要的配置。

⑤ 1:5万宁夏发电集团王洼煤矿矿区水资源调查评价。基本查明了王洼矿区及其外围的地表水资源条件、地下水资源条件、矿区水文地质条件,认为该地区天然水资源量在科学合理的取水条件下,可以保障矿区发展所需的供水要求。

⑥ 1:5万宁夏中南部严重缺水地区地下水勘查与饮水安全示范项目,完成探采结合井8眼,总出水量达7000立方米,符合人畜饮水标准,解决了6万人畜的饮水困难问题。采用高科技改良苦咸水取得成功,完成了同心县王团镇苦咸水和高氟水淡化示范项目,每天处理淡水240立方米,解决了当地6000人的饮水问题。同时,在海原县官桥镇麻春堡、红寺堡罗山西麓断陷带、香山东麓团部郎和原州区河川乡等地区找到了水质较好、水量较大的储水构造,为下一步地下水勘查奠定了基础。

⑦ 1:5万及1:10万宁东能源基地地下水勘查,初步查明了陶乐地区水文地质条件,并查明在灵武台地和平原区交界处,地下淡水赋存条件较好。在鄂尔多斯台地宁夏境内又一次找到优质淡水。

⑧ 银川平原地下水调查评价。查明了调查区水文地质条件、水资源开发利用现状;建立了银川平原地下水水位、水质动态数据库;分析了银川平原地下水质量状况及潜水的污染现状;安装监测孔保护装置,完成自动监测仪的数据下载。

2.环境地质调查评价。2010年度共开展了13个项目,完成面积485平方千米,投入资金160万元,其中:中央财政投入50万元,占31%;社会资金投入110万元,占69%。这些项目对所辖区域的重大环境地质问题进行了初步梳理和调查,为进一步治理整顿提供了科学依据。

3.地质灾害调查评价。2010年度共开展了1个项目,对宁夏宁南地区地质灾害进行了详细调查(固原原州区)。中央财政投入资金130万元,完成面积2750平方千米。

【地质科学研究与技术方法创新】 1.宁夏回族自治区矿产资源潜力评价。已完成各课题基础编图和大部分基础图数据库;完成了与铁矿预测评价有关的预测底图、物探、遥感、重砂、成矿规律等有关的专题图件/数据库;完成了铁矿预测评价成果报告及各类成果图件和数据库。以上成果于2010年1月30日全部通过了全国项目办组织的阶段性成果验收,各项评审成绩均为良好和优秀。

与铜、铅锌、金、磷等矿产有关的典型矿床研究与编图、成矿规律研究与编图、化探研究与编图、遥感研究与编图、重砂研究与编图等工作也已基本完成。

完成铁矿资源量复核报告编写,以及铜、铅、锌、金、磷矿产资源量的预测工作总结,12月初完成了各课题基础数据的复核。

2.宁夏回族自治区地质系列图件编制与综合研究。项目周期2009～2011年,属于地质矿产调查评价专项,2010年度经费预算200万元。项目工作进展与成果:

完成了 2010 年度工作方案编审工作,评为良好级;完成了中元古界、新元古界、寒武系、志留系、泥盆系、石炭系等部分地层文字初稿;完成了 1:100 万、1:50 万地理底图修编;复查了石嘴山市王全口沟蓟县系剖面,采集了同位素年龄测定和薄片样品。通过复查认为王全口组与黄旗口组为整合接触,而非假整合接触,以大量出现碳酸盐岩作为二者的划分标志,即黄旗口组以发育碎屑岩为特征,王全口组以发育碳酸盐岩为特征;获得了一批 SHRIMP 锆石 U－Pb 年龄值。根据 SHRIMP 锆石 U－Pb1900 百万 2000 百万年年龄值将黄旗口花岗岩侵入时代厘定为古元古代(前人根据 K－Ar法 1400 百万年至 1800 百万年年龄值将侵入时代确定为中元古代);根据 SHRIMP 锆石 U－Pb1700 百万年至 1800 百万年年龄值将石嘴子花岗斑岩侵入时代厘定为古元古代(之前无时代依据,推测侵入时代为印支－燕山期)。

【地质资料社会化服务】 宁夏地质资料馆现有成果地质资料 3075 种(其中秘密等级 306 种),资料涉及区域地质、矿产地质、水文工程、环境灾害、地质科技等方面。2010 年度自治区财政投入资金 100 万元用于地质资料图文数字化工作,累计地质资料的图文数字化 2579 种(其中 2010 年度数字化 1815 种)。在"双保"活动中,积极提供地质资料信息服务,范围涉及地质勘查规划、自治区矿产资源利用现状调查、矿业权核查、地质灾害危险性评估、压覆资源储量评估、中央和地方重大地质矿产勘查等项目;2010 年共借阅资料 157 人次,借阅复制资料 902 份次,提供利用资料 7909 件次。宁夏回族自治区国土资源厅主管部门和馆藏机构主动调查地勘单位的需求,充分发挥了地质资料服务社会化的作用。

(选自《宁夏回族自治区地质勘查年报(2010 年度)》)

扬州市矿产资源开发利用

【矿产资源概况】 扬州市共有矿产资源 15 种,已探明储量的矿产资源 12 种,其中石油、天然气储量居全省前列。建筑用玄武岩主要分布在仪征和高邮天山一带,建筑用砂及鹅卵石(雨花石)在仪征丘陵地区广泛分布。地热资源储量丰富,已勘探地热井 11 口,其中"宝热 1 井"深 1350 米,井口水温 73℃,日出水量达 2268 吨,属含多种微量元素的复合型优质医疗热矿泉,其水温之高、水量之大、水质之好,堪称华东之最。

【矿产资源开发利用】 2010 年,扬州市开采的矿产资源主要有石油、砖瓦用粘土、地热和矿泉水等。共有各类矿山企业 115 家,其中,部发证石油 1 家,省发证地热矿泉水 5 家,县(市)发证砖瓦企业 109 家;按企业性质分:国有矿山 1 家,集体矿山 12 家,外资企业 1 家,私营企业 101 家。境内年开采石油 95 万吨,砖瓦粘土 198.4 万吨,地热矿泉水 38.6 万吨。矿山企业从业人员 1.65 万人,年销售收入 35.3 亿元。

2010 年,全市矿产资源补偿费征收入库总额 1460.44 万元,其中市以下直接征收 112.44 万元,省厅返还扬州市矿产资源补偿费 508 万元。加强关闭矿山的环境整治工作,仪征捺山石柱林地质遗迹保护与废弃矿山整治项目基本完成,高邮神居山废弃矿山环境整治二期工程获省厅立项并下达补助资金 120 万元。扬州市土地质量生态地球化学调查和等级评价项目野外调查工作顺利通过了省厅验收。

【采矿权市场】 2010 年,采矿权市场不断规范发展,全市共有偿出让采矿权 109 宗,资源量 168 万立方,收取价款 246.93 万元,价款同比增长 57%,采矿权有偿出让率 100%。

(选自《2010 年度扬州市国土资源公报》)

矿 城 研 究

我国矿业城市发展状况

一、矿业城市的历史贡献

(一)矿业城市是我国主要的能源、原材料生产基地

同世界能源的生产及消费构成一样,我国能源的生产与消费也是以煤炭、石油为代表的矿物能源为主体的。2006年我国能源生产构成中,煤炭占76.7%,石油和天然气占15.4%;消费构成则是,煤炭占69.4%,石油和天然气占23.4%。煤炭及石油天然气生产消费均占我国能源生产消费的90%以上。大量的煤炭城市、石油城市及煤钢混合型矿业城市构成了我国能源的主要生产基地。

我国目前共有石油城市7个,它们是任丘、盘锦、大庆、东营、濮阳、玉门、克拉玛依,分别是华北油田、辽河油田、大庆油田、胜利油田、中原油田、玉门油田、克拉玛依油田的所在地。这7个石油城市的石油生产构成了我国石油生产的绝大部分。同时,还因为三大合成材料:合成树脂、合成纤维、合成橡胶均以石油作为原料,石油城市还肩负着我国合成材料工业原料基地的重要任务。鞍山、本溪、唐山、太原、包头、马鞍山、攀枝花等7个大型钢铁基地处于矿业城市中,占我国大型钢铁基地一半强。矿业城市的有色金属生产在我国也占有十分重要的位置。东川、铜陵、白银、黄石曾经都是我国的大型铜基地。云南个旧为我国的"锡都"。青铜峡是我国铝生产基地之一。金昌是我国的镍矿生产基地。而攀枝花除了钢铁之外,还拥有着储量达6亿吨、世界上少有的大型钛矿。

从以上论述我们可以看到,矿业城市已成为我国主要的能源、原材料生产基地。能源、原材料工业是我国急需大力发展的基础工业部门。因此,矿业城市在我国工业部门以及整个国民经济中的地位是举足轻重的。它们的发展将影响和关系到我国国民经济全局。

(二)矿业城市在区域发展中发挥着增长极的作用

矿业城市的兴起与发展,在很大程度上改善了区域经济格局,在促进区域经济协调发展方面发挥了重要作用。据张雷(1997)研究,中国1952~1990年间,进行的是一种以矿产资源开发为导向的工业化发展,工业投资比重超过全国工业总投资4%的省区有11个:其中辽宁(7.36%)、四川(6.73%)、黑龙江(6.64%)、山东(6.44%)、上海(6.42%)、湖北(3.08%)、山西(4.72%)、河南(4.53%)和河北(4.52%)等8个省市的地方经济发展主要依赖于矿产资源开发导向的工业投资。并且由于矿业城市多是在荒无人烟或人烟稀少的穷乡僻壤,其中很多又是老、少、边、穷地区。矿业城市作为地区经济的增长极,无论通过产业影响还是就业带动都发挥着区域辐射带动作用,极大地促进了区域经济的发展。

(三)矿业城市加速了我国城市化进程

一个国家城市化水平的高低是其工业化和现代化程度高低的重要标志之一。我国是一个城市化水平不高的国家,1949年城市化率仅有10.6%。由于一大批大型矿产地的发现和勘查开发的成功,先后建成多座矿业城镇,大大加快了我国城市化的进程,目前,我国城市化率已逾40%。矿业城市为加速我国城市化进程作出了重要贡献,而且随着西部大开发战略的实施,西部地区还会有一批矿业城市兴起。西部地区矿产勘查开发程度低,矿产资源还有较大的潜力,随着地质勘查工作进展,同样会促进一批新的矿业城市的诞生与发展。如陕西的大柳塔、神府－东胜煤田的开发而形成一座座新兴的矿业城市。总之,矿业城市无论过去、现在和将来,在加速我国城市化进程中都起到积极的促进作用。表1是部分矿业城市的建设历史。

表1 我国部分矿业城市的建设历史

城市	类别	设市时间	前身	主体企业	开发年代
嘉峪关	钢城	1971	戈壁荒原	酒泉钢铁公司	1958
大庆	油城	1980	萨尔图草原	大庆石油管理局	1960
马鞍山	钢城	1957	金家庄	马鞍山钢铁公司	1953
任丘	油城	1986	任丘县城	华北石油管理局	1975
鸡西	煤城	1957	鸡西县	鸡西矿务局	解放前
枣庄	煤城	1960		煤炭企业	解放前
攀枝花	钢城	1987	川滇交界攀枝花特区	攀钢公司	1966
平顶山	煤城	1957	平顶山南麓	煤炭企业	1966
金昌	镍都	1982	金川镇	金川有色金属公司	1958

资料来源：鲍寿柏等，《专业性工业城市发展模式》，科学出版社，2000年出版。

二、矿业城市发展存在的问题

(一)体制性原因对矿业城市的可持续发展至今仍有影响

回顾我国典型矿业城市的历史，不难发现许多城市的建立都是因矿而生的，因为国家在某个地方发现了富饶的矿产，为了更好地管理该处的矿业产业，所以成立了矿务局，而为了实现对矿务局周边配套环境和矿务局人员的管理，所以建立了地方政府。国内的东川、东营、大庆等矿业城市就是典型的代表，这些地区所面临的突出问题是地方政府是为矿务局服务的，当地的各项职能活动都是为了更好的发展矿业产业。矿业产业的比重过于庞大，地区经济结构单一，严重制约了其他产业的正常发展，在这种体制背景下，产业结构调整将会引发一系列的社会性问题，例如下岗问题、城市经济转型问题、选择新兴主导产业问题等等。

另一方面，在我国传统的"企业办社会"体系背景下，各地的矿业企业中容纳了相当数量的职工和职工家属，还包括医院、学校等社会机构，这在无形中都增加了企业的运营成本，从而降低了产品的市场竞争力。而在企业改革的过程中，如何实现这部分数量庞大人员的顺利转岗、完成再就业工作，也是企业领导和地方政府必须正视的问题。前些年某些地区在处理此类问题时不够完善，曾经引发了许多社会矛盾。改革的目的是为了使人民群众得实惠，结构调整工作任重道远。

(二)片面追求重工业导致产业结构的不合理

我国许多矿业城市以工矿业为主导产业，第二产业比重大，在向高级化产业结构推进中，第二产业和第一产业相对较为落后，表现出逆向的"高工业化"假象，轻重工业的比重一直在3:7上下波动。由于我们过去对发挥矿业城市多功能作用重视不够，致使矿业城市经济出现了单一追求矿产量目标、单一抓矿产调出任务、单一抓矿产采掘，出现了单一的矿业工业结构，其产品的结构表现为以初级矿产品的基础原材料为主的粗放型特征。

以原材料及初加工工业组成它的产业部门，建设周期长，占用资金多，形成规模大，在经济形势急剧变化和新技术革命挑战面前，其应变性、适应性及可调性均较差，相反却具有较大的发展惯性和超稳态性。另外，产业技术总体基本处于全国的中下水平，技术装备趋于老化，技术进步速度较为缓慢。在所有制结构上表现为经济成分单一，国有工业企业在各种经济成分中占绝对优势，但知名企业和企业集团较少。矿业产业人才济济，但其他产业科技力量不足，人才缺乏，缺少活力，这些都是造成城市综合性经济发展和经济效益的提高以及可持续发展的结构性障碍。

(三)城市发展面临后备资源不足和环境整治任务重的两难境地

目前，我国约有12%左右的矿业城市所拥有可供开发的后备矿产资源已经不多，或者很快就要开发终了。有700多座矿山即将闭坑或面临闭坑的威胁，300多万矿工和上千万职工家属的工作和生活将受到直接影响。即使资源潜力较大、矿业开发处于成长期或鼎盛期的矿业城市，需要加强勘查增加资源储备的问题。矿业城市不论后备资源勘探进展多大和开发时间多久，不可再生矿产资源的利用最终是有限的。因此矿产资源不是永续发展的物质基础。

与此同时，由于工矿业经济活动是严重的环境污染和破坏型产业，特别是煤炭开采、石油化工炼制与加工、铁矿及有色金属矿产开采与加工等，对城市自然景观的破坏，对大气、水体、生物及人类的生产和生活的影响，都十分严重。因此，矿业城市面临的环境保护方面的压力远比其他城市的大。

全国因采矿损毁土地就累计达40万平方米。因采空或超采地下水引起地面沉降、塌陷、滑坡、地裂缝及泥石流等地质灾害达千余处。全国每年工业固体废弃物排放量中85%以上来自矿山开采，现有固体废矿渣积存量高达60亿～70亿吨。矿山生产过程中排放大量废水和废气,仅煤矿排放的废水每年达 26 亿吨,废气达 1700 亿立方米。全国的矿山土地复垦率仅为 12% 远低于一般发达国家 50% 以上的水平。近年来,又遇到开采成本逐年增加和体制转变,全球环保呼声日益增强,寻找接替资源和矿山环境整治已经成为矿业城市面临的突出问题。

(四)城市与工矿企业的特殊关系影响了竞争力

由于历史和体制方面的原因,城市政府和城中矿业企业之间的关系没有完全理顺。一方面,矿业城市既是城市、又是矿业工业基地,既承担一般城市经济社会的综合服务功能,又承担发展工业的产业支柱功能。就矿山企业来说,既要生产经营,又要办社会,履行生产和社会服务的双重职能。从而派生出两个履行城市功能的主体。市政重复建设,效益低下,运行不畅。大企业小市政,政企不分,既加重了企业负担,又分散了企业抓生产的精力。另一方面,由于"职能错位",再加上条块分割的管理体制,矿业企业又有中央、省属和地方之分,由于不同利益机制影响,致使城市服务功能畸形化,政府很难发挥城市的带动与辐射功能,不利于矿城政府进行宏观调控,市场不能正确地配置资源。

近些年来,以上情况已经得到了极大的改善,企业集中精力进行生产和销售,将其他事务都交给了地方政府,例如家属的就业和子女的上学,通过职能的分离,当地政府可以充分发挥对经济的宏观调控和社会事务的管理,提高管理能力。矿业企业卸去了承重的成本负担,可以集中精力提高生产效率,增强产品市场竞争力,达到政府和企业双赢。

我国矿业城市的数量与分类

一、矿业城市的数量

(一)符合不同界定指标标准城市名单

我们根据收集到现有的包括不同时间、不同学者研究成果的数据资料,依据以上给出的界定指标标准,整理出只要有一项研究成果的数据资料符合界定指标标准的矿业城市名单。

1. 采掘业从业人员比重 ≥ 全国城市采掘业从业人员平均值加 0.5 标准差($M + 0.5S$)的地级城市名单(表1)。

表1   我国地级矿业城市采掘业从业人员 $\geq M + 0.5S$ 统计

省份(个数)	地级城市	从业人员比重 $\geq M + 0.5S$				
		2007/9.52	2006/9.22	2002/9.39	2001/8.9	1998/5.75
河北2	唐山	唐山(12.41)	唐山(13.00)	唐山(14.26)	唐山(14.09)	唐山(6.00)
	邯郸	邯郸(13.42)	邯郸(13.57)	邯郸(13.90)	邯郸(13.62)	邯郸(5.14)
山西8	大同	大同(30.87)	大同(31.01)	大同(25.17)	大同(24.05)	大同(13.42)
	阳泉	阳泉(43.95)	阳泉(43.18)	阳泉(29.64)	阳泉(29.32)	阳泉(27.84)
	长治	长治(22.72)	长治(20.31)	长治(15.25)	长治(15.18)	长治(10.49)
	晋城	晋城(36.88)	晋城(35.18)	晋城(28.08)	晋城(28.12)	晋城(17.61)
	朔州	朔州(27.11)	朔州(26.67)	朔州(20.95)	朔州(20.71)	朔州(7.77)
	晋中	晋中(23.12)	晋中(22.66)	晋中(17.16)	晋中(16.41)	
	临汾	临汾(12.68)	临汾(12.52)	临汾(9.61)	临汾(9.66)	
	吕梁	吕梁(18.37)	吕梁(12.34)			
内蒙古4	乌海	乌海(21.17)	乌海(27.11)	乌海(31.91)	乌海(30.23)	乌海(27.35)
	赤峰	赤峰(12.58)	赤峰(12.25)			
	鄂尔多斯	鄂尔多斯(15.18)	鄂尔多斯(14.83)	鄂尔多斯(15.44)		
	呼伦贝尔	呼伦贝尔(11.24)	呼伦贝尔(10.37)	呼伦贝尔(26.28)		

续表1

省份(个数)	地级城市	从业人员比重 ≥ $M + 0.5S$				
		2007/9.52	2006/9.22	2002/9.39	2001/8.9	1998/5.75
辽宁5	抚顺	抚顺(12.50)	抚顺(12.40)	抚顺(11.75)	抚顺(11.58)	抚顺(8.61)
	阜新	阜新(25.04)	阜新(24.10)	阜新(22.41)	阜新(25.39)	阜新(10.40)
	盘锦	盘锦(20.32)	盘锦(20.97)	盘锦(18.67)	盘锦(19.12)	盘锦(13.52)
	铁岭	铁岭(19.78)	铁岭(19.63)	铁岭(16.64)	铁岭(15.28)	铁岭(7.94)
	葫芦岛	葫芦岛(9.98)	葫芦岛(10.00)			
吉林3	辽源	辽源(28.47)	辽源(22.85)	辽源(19.87)	辽源(20.46)	辽源(7.60)
	白山	白山(13.79)	白山(12.26)	白山(39.69)	白山(42.82)	白山(28.53)
	松原	松原(30.39)	松原(25.06)	松原(14.92)	松原(21.28)	松原(5.65)
黑龙江6	鸡西	鸡西(29.96)	鸡西(25.23)	鸡西(28.58)	鸡西(27.59)	鸡西(23.10)
	鹤岗	鹤岗(33.80)	鹤岗(35.95)	鹤岗(29.43)	鹤岗(31.30)	鹤岗(32.35)
	双鸭山	双鸭山(20.31)	双鸭山(41.59)	双鸭山(35.45)	双鸭山(17.39)	双鸭山(15.51)
	大庆	大庆(23.68)	大庆(23.69)	大庆(22.27)	大庆(19.70)	大庆(13.05)
	伊春			伊春(46.52)	伊春(45.52)	伊春(31.95)
	七台河	七台河(55.20)	七台河(57.58)	七台河(55.11)	七台河(52.47)	七台河(27.71)
江苏1	徐州	徐州(16.36)	徐州(16.22)	徐州(16.99)	徐州(15.37)	
安徽4	淮南	淮南(41.95)	淮南(41.80)	淮南(42.98)	淮南(41.87)	淮南(16.35)
	马鞍山	马鞍山(10.31)	马鞍山(11.99)	马鞍山(13.56)	马鞍山(13.79)	
	淮北	淮北(50.78)	淮北(44.92)	淮北(40.85)	淮北(39.05)	淮北(13.91)
	宿州	宿州(12.78)	宿州(12.39)			
江西2	萍乡	萍乡(16.37)	萍乡(15.14)	萍乡(19.63)	萍乡(20.07)	萍乡(9.58)
	宜春	宜春(10.19)	宜春(10.81)	宜春(12.75)		
山东4	枣庄	枣庄(26.97)	枣庄(25.35)	枣庄(24.24)	枣庄(22.74)	枣庄(8.21)
	东营	东营(36.70)	东营(38.48)	东营(54.1)	东营(55.40)	东营(18.61)
	济宁	济宁(21.17)	济宁(21.13)	济宁(19.89)	济宁(19.01)	
	泰安	泰安(19.44)	泰安(19.99)	泰安(23.33)	泰安(22.76)	泰安(5.56)
河南5	平顶山	平顶山(24.85)	平顶山(25.17)	平顶山(24.04)	平顶山(24.53)	平顶山(7.15)
	鹤壁	鹤壁(30.66)	鹤壁(29.66)	鹤壁(30.75)	鹤壁(30.21)	鹤壁(6.69)
	焦作	焦作(8.54)	焦作(10.20)	焦作(12.94)	焦作(14.03)	焦作(5.64)
	濮阳	濮阳(18.72)	濮阳(19.37)	濮阳(10.48)	濮阳(10.89)	
	三门峡	三门峡(25.64)	三门峡(27.13)	三门峡(25.29)	三门峡(26.28)	三门峡(6.25)

续表 1-2

省份(个数)	地级城市	从业人员比重 ≥ M + 0.5S				
		2007/9.52	2006/9.22	2002/9.39	2001/8.9	1998/5.75
湖北 1	黄石	黄石(14.42)	黄石(14.18)			
湖南 1	郴州	郴州(11.18)	郴州(7.32)	郴州(13.68)	郴州(12.33)	
四川 2	攀枝花	攀枝花(12.47)	攀枝花(11.90)	攀枝花(14.62)	攀枝花(14.35)	攀枝花(9.75)
	广元	广元(13.39)	广元(15.48)	广元(12.27)	广元(13.34)	
贵州 1	六盘水	六盘水(35.85)	六盘水(33.15)	六盘水(29.94)	六盘水(33.70)	六盘水(13.27)
陕西 3	铜川	铜川(33.33)	铜川(34.52)	铜川(34.23)	铜川(32.74)	铜川(17.46)
	渭南	渭南(13.03)	渭南(13.21)	渭南(13.73)	渭南(14.78)	渭南(4.83)
	延安	延安(22.89)	延安(20.45)	延安(14.12)	延安(12.56)	延安(5.12)
甘肃 2	白银	白银(17.88)	白银(18.12)	白银(14.93)	白银(14.43)	
	平凉	平凉(19.26)	平凉(19.28)			
宁夏 2	银川	银川(18.36)	银川(18.13)			
	石嘴山			石嘴山(12.97)	石嘴山(15.15)	石嘴山(13.99)
新疆 1	克拉玛依	克拉玛依市(50.54)	克拉玛依市(46.65)	克拉玛依(13.43)	克拉玛依(14.49)	克拉玛依(65.55)
合计		全国采掘业从业人员比重 ≥ M + 0.5S 地级城市有 57 座				

2. 基于不同年份的多种数据方案上,以采掘业从业人员占总从业人员数比重 ≥5%、占工业人员数比重 ≥10% 为标准的城市名单(表2)。

表2　采掘业从业人员比例 ≥5%、占工业人员数比重 ≥10% 的城市名单

省份	城市		从业人员比重			
	地级	县级	采掘业从业人员占从业人员数比重		采掘业从业人员占从业人员数比重	采掘业从业人员占工业人员数比重
			国土资源部信息中心(2007)	胡魁(1999)	2007 中国城市统计年鉴	王青云(1996)
河北	石家庄	鹿泉		16.57%		
	唐山		14.38%		12.41%	15.10%
		迁安	30.60%			
	邯郸		8.8%		13.42%	17.20%
		武安		4.34%		12.80%
	邢台				7.17%	
		沙河	63.1%			
	沧州	任丘	18.4%	20.60%	7.55%	

续表 2－1

省份	城市		从业人员比重			
	地级	县级	采掘业从业人员占从业人员数比重		采掘业从业人员占从业人员数比重	采掘业从业人员占工业人员数比重
			国土资源部信息中心(2007)	胡魁(1999)	2007 中国城市统计年鉴	王青云(1996)
山西	太原	古交	70.4%	16.15%		32.90%
	大同		32.1%	25.29%	30.87%	23.70%
	阳泉		29.8%	24.80%	43.95%	35.90%
	长治		15.2%		22.72%	11.50%
	晋城		16.5%	12.02%	36.88%	24.10%
		高平		5.50%		15.80%
	朔州		20.9%		27.11%	10.90%
	晋中		5.5%		23.12%	
		介休	10.4%			17.60%
	忻州	原平	24.0%			13.50%
	临汾				12.68%	
		霍州	65.3%			21.40%
	吕梁		10.6%		18.37%	
		孝义	14.0%			23.40%
内蒙古	乌海		12.6%		21.17%	31.70%
	赤峰		28.7%		12.58%	8.30%
	通辽	霍林郭勒	42.9%	12.38%		43.40%
	鄂尔多斯				15.18%	
	呼伦贝尔				11.24%	
		满洲里	33.8%			
		牙克石	18.7%			
		阿尔山	11.7%			
		(锡林浩特)	7.2%			11.20%
辽宁	鞍山	海城	27.4%			
	抚顺		7.3%		12.50%	11.20%
	本溪		8.8%		7.41%	
	丹东	凤城	62.7%			
	阜新		41.3%		25.04%	22.00%
	盘锦		12.6%	11.16%	20.32%	23.10%
	铁岭		0.6%		19.78%	
		调兵山	163.2%*			
	朝阳	北票	79.0%			10.40%
	葫芦岛		10.6%		9.98%	10.10%
		南票		9.12		

续表 2-2

省份	城市		从业人员比重			
	地级	县级	采掘业从业人员占从业人员数比重		采掘业从业人员占从业人员数比重	采掘业从业人员占工业人员数比重
			国土资源部信息中心(2007)	胡魁(1999)	2007 中国城市统计年鉴	王青云(1996)
吉林	长春	九台	23.6%			
	吉林	桦甸	24.2%			11.80%
		舒兰	14.9%			14.20%
		磐石	18.8%			
		蛟河	12.3%			
	辽源		12.2%		28.47%	17.70%
	白山		24.1%		13.79%	29.90%
		临江	16.6%			
	松原		20.5%		30.39%	30.30%
	延边	(珲春)	21.6%	5.05%		25.00%
		(和龙)	15.9%			20.70%
黑龙江	鸡西		44.2%	7.52%	29.96%	44.50%
	鹤岗		50.2%	7.27%	33.80%	40.70%
	双鸭山		29.1%	7.52%	20.31%	40.70%
	大庆		22.8%		23.68%	38.10%
	伊春					33.40%
	七台河		56.1%	8.59%		48.80%
	黑河		10.1%			
		五大连池				14.70%
江苏	徐州		11.5%		16.36%	
安徽	淮南		27.2%		41.95%	21.40%
	马鞍山		5.8%		10.31%	
	淮北		21.0%		50.78%	30.30%
	铜陵		15.9%			10.50%
	宿州		22.7%		12.78%	
	池州		21.1%			
	巢湖		10.5%			
福建	龙岩	漳平	18.1%			

续表

省份	城市		从业人员比重			
	地级	县级	采掘业从业人员占从业人员数比重		采掘业从业人员占从业人员数比重	采掘业从业人员占工业人员数比重
			国土资源部信息中心(2007)	胡魁(1999)	2007 中国城市统计年鉴	王青云(1996)
江西	景德镇	乐平	11.6%			
	萍乡		19.2%		16.37%	9.80%
	宜春		10.6%		10.19%	
		丰城	47.7%			13.00%
		高安	43.4%			3.80%
	九江	瑞昌	24.4%			
	上饶	德兴	63.0%	6.42%		11.40%
山东	枣庄		26.3%		26.97%	12.00%
		滕州	14.6%			
	东营		29.3%	14.68%	36.70%	41.00%
	烟台	龙口	15.9%			
		莱州	3.3%			8.60%
		招远	22.5%			11.00%
	济宁		21.1%		21.17%	
		兖州	34.6%			
		邹城	26.9%			16.00%
	泰安				19.44%	
		新泰	42.9%	5.05%		17.20%
		肥城	34.5%			10.70%
	莱芜		17.4%		8.11%	
河南	郑州	巩义	28.3%	7.19%		
		新密		12.21%		
		登封	75.4%	8.41%		
	平顶山		33.6%		24.85%	15.20%
		汝州	26.4%			
	鹤壁		28.6%	7.14%	30.66%	17.20%
	焦作		12.0%	8.73%	8.54%	18.20%
	濮阳		12.9%	13.25%	18.72%	26.70%
	许昌	禹州	57.8%	12.61%		
	三门峡				25.64%	
		义马	24.6%	54.24%		54.00%
		灵宝	26.0%			
	商丘	永城	26.1%	12.00%		

续表 2 - 4

省份	城市		从业人员比重			
	地级	县级	采掘业从业人员占从业人员数比重		采掘业从业人员占从业人员数比重	采掘业从业人员占工业人员数比重
			国土资源部信息中心(2007)	胡魁(1999)	2007 中国城市统计年鉴	王青云(1996)
湖北	黄石		6.8%		14.42%	
	大冶		29.3%			
		(潜江)	11.0%			14.40%
湖南	娄底			12.70%		
		冷水江	59.70%			15.70%
		涟源	38.90%			
	衡阳	耒阳	35.60%		4.99%	
		常宁	27.90%			
	岳阳	临湘	10.40%			7.70%
	郴州		14.30%		11.18%	
		资兴	15.90%	4.56%		13.60%
广东	韶关			6.58%		14.70%
广西	来宾	合山	38.40%	6.51%		22.70%
重庆	万盛			9.43%		
		南川	38.30%			
四川	攀枝花		20.60%	4.86%	12.47%	9.60%
	广元		12.30%		13.39%	
	达州				7.42%	
	广安		13.60%		6.52%	
		华蓥	58.50%			18.10%
	德阳	绵竹	22.20%			16.10%
贵州	六盘水		19.10%	6.51%	35.85%	11.10%
	安顺		9.10%			
		(福泉)	19.80%			
	铜仁	万山		26%		
云南	昆明	＊东川区				10.50%
	曲靖		34.30%		6.43%	
		宣威	47.70%			
	保山		9.80%			
	临沧		24.80%			
		(个旧)		6.38%		9.60%
		(开远)	11.50%			

续表 2-5

省份	城市		从业人员比重			
	地级	县级	采掘业从业人员占从业人员数比重		采掘业从业人员占从业人员数比重	采掘业从业人员占工业人员数比重
			国土资源部信息中心(2007)	胡魁(1999)	2007中国城市统计年鉴	王青云(1996)
陕西	铜川		32.50%		33.33%	21.80%
	渭南				13.03%	
		韩城	44.90%	4.67%		12.30%
	延安		%		22.89%	
	榆林		12.80%		8.19%	
甘肃	金昌		10.60%	51.89%		11.80%
	白银		21%	27.58%	17.88%	11.50%
	嘉峪关			70.03%		
	平凉		11%		19.26%	
	酒泉	玉门	37%	51.93%		21.80%
青海		(格尔木)	46.10%	8.97%		
宁夏	银川				18.36%	
	石嘴山		25.80%	10.01%		31.40%
	固原		11.60%			
		(灵武)	43.30%	4.18%		
新疆	克拉玛依		12.20%		50.54%	63.20%
		(哈密)	21.60%			
		(阜康)	34.50%			
		(库尔勒)	24.80%			
合计	地级城市:77座,县级城市:77座;总计154座					

注:* 1998年,国务院批准撤销地级东川市,设立昆明市东川区。

3.采掘业总产值占工业总产值比重≥10%,占国内生产总值比重≥5%的城市名单(表3)。

表3 采掘业总产值占工业总产值比重≥10%、占国内生产总值比重≥5%的城市统计

省份	地级城市	县级城市	采掘业/工业总产值≥10%		采掘业/总产值≥5%
			采掘业总产值占工业总产值比重		采掘业总产值占国内生产总值比重
			国土资源部信息中心(2007)	王青云(1996)	胡魁(1999)
河北	石家庄	鹿泉			32.94%
	唐山			12.20%	
		迁安		11.10%	
	承德				11.36%
	邯郸			11.9%	5.22%
		武安	13.8%		6.20%
	邢台			13.5%	25.25%
		沙河	13.5%		
	沧州	任丘	34.4%		85.84%
山西	太原	古交	13.7%	35.10%	8.80%
	大同		29.0%	43.50%	31.19%
	阳泉		88.2%	35.70%	20.63%
	长治		18.9%	14.90%	
	晋城		14.4%	44.20%	13.29%
		高平	71.1%	11.90%	28.91%
	朔州		25.1%	42.60%	
		介休		39.70%	
	忻州	原平	21.8%	22.40%	
	临汾				5.03%
		霍州	26.6%	62.60%	
	吕梁		11.7%		
		孝义	12.5%	28.30%	6.11%
	运城	河津			8.37%
内蒙古	乌海			30.70%	8.46%
	赤峰		15.7%	17.00%	
	通辽	霍林郭勒	56.7%	86.40%	55.62%
	呼伦贝尔		12.2%		
		满洲里		70.30%	
		牙克石		52.70%	
		(锡林浩特)		78.40%	29.39%

续表 3-1

| 省份 | 地级城市 | 县级城市 | 采掘业/工业总产值≥10% | | 采掘业/总产值≥5% |
| | | | 采掘业总产值占工业总产值比重 | | 采掘业总产值占国内生产总值比重 |
			国土资源部信息中心(2007)	王青云(1996)	胡魁(1999)
辽宁	抚顺				8.04%
	本溪				6.82%
	丹东	凤城			8.18%
	阜新		40.0%	31.70%	7.43%
	盘锦		46.5%	64.60%	50.33%
	朝阳	北票	58.7%	22.50%	14.27%
	葫芦岛	南票			24.49%
吉林	长春	九台	25.3%		5.51%
	吉林	桦甸	27.9%	32.20%	12.27%
		舒兰	23.0%	26.60%	
		磐石	23.3%		14.15%
		蛟河市	23.0%		
	辽源			20.60%	7.28%
	白山		24.8%	16.70%	9.55%
		临江市	10.2%		
	松原		53.0%	63.50%	33.91%
	延边	(珲春)	18.4%	33.70%	15.73%
		(和龙)	10.7%	48.70%	
黑龙江	鸡西		30.7%	58.90%	11.87%
	鹤岗		37.8%	48.30%	27.15%
	双鸭山		36.9%	48.30%	11.87%
	大庆		62.0%	67.70%	79.96%
	伊春			27.20%	
	七台河		29.2%	84.60%	50.32%
	黑河		27.9%		
		五大连池		18.60%	
江苏	徐州				5.23%
安徽	淮南		36.5%	24.30%	21.45%
	马鞍山				10.43%
	淮北		16.2%	37.60%	30.03%
	铜陵			5.00%	15.19%
	宿州		39.2%		4.79%
	池州		31.1%		
	巢湖		12.1%		

续表 3 - 2

省份	地级城市	县级城市	采掘业/工业总产值≥10%		采掘业/总产值≥5%
			采掘业总产值占工业总产值比重		采掘业总产值占国内生产总值比重
			国土资源部信息中心(2007)	王青云(1996)	胡魁(1999)
福建	龙岩				4.94%
		漳平		16.60%	5.85%
	三明	永安	18.3%		
江西	景德镇	乐平		15.90%	4.57%
	萍乡			11.40%	8.25%
	宜春		9.4%		
		丰城	25.0%	30.60%	10.48%
		高安		9.80%	4.53%
	九江	瑞昌	12.0%		12.76%
	上饶	德兴		56.10%	60.38%
山东	枣庄			15.10%	8.61%
	东营		51.9%	86.00%	73.15%
	烟台	龙口			6.31%
		莱州			8.84%
		招远		15.60%	15.20%
	济宁		15.5%		12.17%
		兖州	13.2%		17.40%
		邹城	14.2%	45.60%	28.30%
		新泰	10.9%	48.70%	20.85%
		肥城		18.90%	10.92%
	莱芜				6.56%
河南	郑州	巩义			21.86%
		新密			29.95%
		登封	10.7%		31.94%
	平顶山		24.9%	38.70%	8.62%
		汝州			1.72%
	鹤壁		18.7%	21.50%	17.90%
	焦作			13.50%	22.22%
	濮阳		40.3%	63.90%	34.23%
	许昌	禹州			17.59%
	三门峡				9.42%
		义马		82.40%	41.35%
		灵宝		39.50%	11.68%
	南阳		17.9%		
	商丘	永城			33.10%

续表 3 - 3

| 省份 | 地级城市 | 县级城市 | 采掘业/工业总产值≥10% | | 采掘业/总产值≥5% |
| | | | 采掘业总产值占工业总产值比重 | | 采掘业总产值占国内生产总值比重 |
			国土资源部信息中心(2007)	王青云(1996)	胡魁(1999)
湖北		黄石			10.21%
		大冶	23.2%	9.90%	13.92%
		(潜江)	22.7%	17.30%	
湖南		娄底			27.09%
		冷水江	20.10%		
		涟源	28.10%	10.70%	
	衡阳	耒阳	15.10%		
	岳阳	临湘		10.80%	
	郴州			9.10%	
		资兴		10.80%	
海南		东方市			53.06%
广东		云浮			14.38%
		韶关			13.08%
广西		来宾	合山	16.60%	35.58%
	崇左	凭祥		43.80%	
重庆		南川	11%		
四川		攀枝花	9.40%	10.90%	10.38%
		广元		14.90%	
		达州		9%	
		广安	6.30%		
		华蓥	24.10%	12%	
	德阳	绵竹		9%	
贵州		六盘水		32.30%	32.50%
		安顺	13.40%		4.75%
		(福泉市)	15.70%	24%	5.61%
	铜仁	万山			8.40%
	毕节地区	毕节	10.9%		

续表 3-4

省份	地级城市	县级城市	采掘业/工业总产值≥10%		采掘业/总产值≥5%
			采掘业总产值占工业总产值比重		采掘业总产值占国内生产总值比重
			国土资源部信息中心(2007)	王青云(1996)	胡魁(1999)
云南	昆明市	*东川区		34.40%	
	曲靖	宣威	31.70%	13.20%	
	保山		14.70%		
	临沧		34.20%		
		(个旧)	11.60%	13.70%	29.35%
		(开远)	18.10%		
陕西	铜川		36.80%	26.40%	16.49%
	渭南				64.32%
		韩城		25.70%	25.37%
	榆林		20.40%		60.26%
甘肃	金昌				25.54%
	白银		9.20%		34.09%
	嘉峪关			11.09%	
	酒泉	玉门		80.20%	
青海		(格尔木)	90.50%		39.72%
宁夏	石嘴山			32.90%	26.74%
	固原		13.10%		
		(灵武)	13.20%		21.98%
新疆		(哈密)		9.60%	14.25%
		(阜康)		75.70%	
		(库尔勒)		67.60%	
		(阿勒泰)	17.10%	9.60%	
合计	地级城市:71座,县级城市:78座;总计149座				

注:*1998年,国务院批准撤销地级东川市,设立昆明市东川区。

4.同时满足采掘业从业人员规模(县级市超过1万人,地级市超过2万人),矿业(采掘业)产值(县级市大于1亿元,地级市大于2亿元)的城市名单(表4)。

表4　　　　　　　　　采掘业从业人员规模(县级市超过1万人,地级市超过2万人)
矿业(采掘业)产值(县级市大于1亿元,地级市大于2亿元)城市统计

省份	地级城市	县级城市	采掘业总产值(亿元)			采掘业从业人员(万人)		
			国土资源部信息中心(2007)	胡魁(1999)	王青云(1996)	国土资源部信息中心(2007)	胡魁(1999)	王青云(1996)
河北	唐山		63.84	21.92	38.10	7.18	17.50	14.94
		迁安	22.37	2.20	7.50	1.39	2.10	1.7
	邯郸		17.27	25.96	33.30	2.97	13.90	13.79
		武安	44.72	4.00	4.60	3.03	3.00	4.68
	邢台		10.44	80.79	10.90		23.60	2.49
		沙河	9.43			1.39		
	张家口			7.78			7.40	
	沧州	任丘	132.50	55.32		1.84	15.00	
山西	太原	古交	7.47	2.42	13.30		3.10	3.01
	大同		85.37	48.95	71.40	12.37	21.84	17.62
	阳泉		154.77	18.76	29.10	5.29	15.52	12.63
	长治		39.71		10.90	2.13		3.68
	晋城		20.52	17.76	16.60	1.98	8.78	4.1
		高平	21.32	6.55	3.30	3.06	2.65	3.58
	朔州		41.47		24.60			2.95
	晋中		2.56					
		介休	3.98		12.90			3.28
	忻州	原平	4.43		4.80	1.02		2.51
	临汾		3.90	7.97			3.78	
		霍州	14.66		8.60	2.88		2.98
	吕梁	孝义	13.35	1.13	7.70			3.94
内蒙古	乌海		9.27	2.86	8.40	1.32	1.73	5.19
	赤峰		21.23		7.90	3.33		4.64
	通辽	霍林郭勒	17.96	3.78	4.10			0.96
		满洲里	6.74		4.20	1.04		3.22
		牙克石	3.30		7.00			5.05
		(锡林浩特)	1.92	18.19	9.70		1.36	

续表 4 - 1

省份	地级城市	县级城市	采掘业总产值(亿元)			采掘业从业人员(万人)		
			国土资源部信息中心(2007)	胡魁(1999)	王青云(1996)	国土资源部信息中心(2007)	胡魁(1999)	王青云(1996)
辽宁	鞍山		34.02	17.57			4.05	
		海城	2.77	4.95		1.10	1.18	
	抚顺		23.54	16.55	18.10	1.85	4.28	10.03
	本溪		27.51	9.08	1.60	1.78	3.89	2.8
	丹东	凤城	5.55	3.07		1.46	1.90	
	阜新		24.51	4.79	18.10	4.41	3.94	10.39
	盘锦		264.44	126.61	132.90	2.94	13.48	8.03
		调兵山	43.78			3.11		
	朝阳	北票	11.04	1.66	4.90	1.64	1.09	3.12
	葫芦岛		4.15	6.26	8.80	1.92	3.34	4.6
	葫芦岛	南票		3.29			1.33	
吉林	长春	九台	4.78	1.68			2.28	
	吉林	桦甸	6.61	4.43	5.30		0.97	2.28
		舒兰	2.34	1.56	4.50		1.32	4.35
		磐石	16.82	4.43			0.97	
	辽源		3.02	4.06	5.6		2.91	4.47
	白山		11.19	7.05	4.40	1.40	3.84	4.78
	松原		135.15	46.11	40.20	1.88	7.50	6.88
	延边	(珲春)	3.53	1.51	3.10		1.06	2.82
		(和龙)	0.97		3.60			2.33
黑龙江	鸡西		20.80	14.60	24.30	6.05	14.65	16.21
	鹤岗		28.88	17.08	15.90	6.99	8.05	16.52
	双鸭山		18.77	14.60	15.90	2.98	14.65	10.12
	大庆		1394.96	570.07	443.50	9.19	11.37	26.09
	伊春		1.82		12.10			13.55
	七台河		22.82	26.67	17.50	6.99	7.30	9.87
	黑河	五大连池			1.50			1.74
江苏	徐州		26.17	31.37		3.67	14.51	

续表 4-2

省份	地级城市	县级城市	采掘业总产值(亿元)			采掘业从业人员(万人)		
			国土资源部信息中心(2007)	胡魁(1999)	王青云(1996)	国土资源部信息中心(2007)	胡魁(1999)	王青云(1996)
安徽	淮南		91.34	25.81	34.60	6.36	9.30	16.6
	马鞍山		10.79	12.21	8.70		2.07	2.97
	淮北		34.29	28.30	43.40	4.03	9.05	13.34
	铜陵		22.15	2.28	3.10	1.46	0.97	2.1
	宿州		25.22	8.97		2.81	5.22	
	滁州			3.57			5.77	
福建	龙岩		16.72	3.45		1.44	1.31	
		漳平	4.96	1.66	2.90			1.02
江西	景德镇	乐平	2.57	1.47	3.30		0.92	1.54
	萍乡		8.03	7.59	9.40	1.96	5.53	7.78
	赣州市			8.29			5.10	
	宜春	丰城	13.86	4.18	7.50	2.52	3.77	6.92
		高安	2.01	1.13	2.40			1.4
	九江	瑞昌	2.85	1.50				
	上饶	德兴	23.91	11.71	19.50	1.34	1.97	2.11
山东	淄博		21.89	16.94		3.55	7.06	
	枣庄		52.42	20.16	48.20	6.46	8.41	12.79
		滕州	21.63			2.12		
	东营		553.74	234.09	226.40	8.19	24.84	19.3
	烟台	龙口	15.89	6.79	9.50	1.14	2.32	2.67
		莱州		9.90	10.40	0.26	1.78	4.17
		招远	14.52	12.17	21.30	1.76	1.78	3.48
	济宁		70.90	63.29		3.05	12.31	
		兖州	27.63	13.22		1.41	1.90	
		邹城	50.07	28.87	46.80	4.23	4.29	9.39
		新泰	41.43	16.68	34.60	6.41	6.72	13.7
		肥城	26.51	8.00	11.70	3.31	3.69	4.86
	莱芜		22.86	6.97		2.45	3.44	

续表 4 - 3

省份	地级城市	县级城市	采掘业总产值(亿元)			采掘业从业人员(万人)		
			国土资源部信息中心(2007)	胡魁(1999)	王青云(1996)	国土资源部信息中心(2007)	胡魁(1999)	王青云(1996)
河南	郑州	巩义	10.66	18.80		1.67	5.60	
		新密	12.78	19.20		4.81	9.00	
		登封	16.86	19.80		3.24	5.12	
	平顶山		82.05	21.50	48.90	9.09	1.10	8.02
		汝州	5.27	0.97		1.15	1.06	
	鹤壁		23.47	7.64	12.50	3.02	3.50	4.1
	焦作		13.66	60.00	14.40	2.13	4.80	7.65
	濮阳		127.20	60.97	52.4	2.60	5.50	7.77
	许昌	禹州	7.70	11.80		3.06	14.60	
	三门峡			15.80			6.67	
		义马	10.31	4.60	12.2	1.48	8.30	5.31
		灵宝	7.02	7.55	2.81	1.25	1.50	1.62
	南阳		49.27	14.62		1.13	7.72	
	商丘	永城	58.30	16.80		1.73	15.60	
湖北	黄石		10.13	18.37		1.21	7.43	
		大冶	19.61	7.80	4.40	2.23	3.66	2.27
		(潜江)	50.52		27.90	1.43		6.03
	孝感	应城		2.44			1.08	
湖南	娄底			10.89	1.70		4.94	
		冷水江	19.72		3.50	2.65		3.6
		涟源	8.04		4.40	1.73		2.9
	衡阳	耒阳	10.38		6.00	1.64		4.88
		常宁	1.89			1.10		
	岳阳	临湘			3.10			2.11
	郴州		6.28		5.60			1.56
		资兴	1.32	2.27	5.20		1.65	2.79
广东		云浮		4.17	3.90			
	韶关		5.23	10.60	3.60		3.33	3.27
	茂名						1.87	
广西	来宾	合山	1.63	2.23	2.10	0.93		1.5
重庆		万盛					2.53	
		南川	3.67	1.15		1.07	1.22	

续表4-4

省份	地级城市	县级城市	采掘业总产值(亿元)			采掘业从业人员(万人)		
			国土资源部信息中心(2007)	胡魁(1999)	王青云(1996)	国土资源部信息中心(2007)	胡魁(1999)	王青云(1996)
四川	攀枝花		28.66	9.51	13.10	3.50	3.12	4.06
	自贡			4.90			2.60	
	广元		1.55		4.30	0.99		3.74
	达州				2.20			4.5
		华蓥	6.20		2.20	0.94		1.43
	德阳	绵竹	4.37	1.57	3.80			5.2
贵州	六盘水		8.55	11.94	14.60	1.65	6.37	11.8
	安顺		3.52	1.17				
		(福泉市)	6.90		1.60			1.04
云南	昆明市	*东川区			3.00			1.76
	曲靖		5.96			2.24		
		宣威	14.03		3.00	1.93		3.71
	保山		2.39					
		(个旧)	13.93	7.08	5.20	2.89	2.45	2.03
陕西	铜川		25.28	6.40	7.10	2.89	1.93	5.06
	渭南			18.24			7.03	
		韩城	11.05	4.20	4.90	1.93	1.68	2.33
甘肃	金昌		10.11	5.19	3.80		10.00	2.1
	白银		14.92	15.47	5.50	2.38	12.44	3.11
	酒泉	玉门	22.89		24.80	1.34	10.23	1.97
青海		(格尔木)	29.50	5.10		0.87	0.81	
宁夏	银川		3.06					
	石嘴山		13.23	29.41	12.30	1.71	3.26	5.05
		(灵武)	8.00	2.63			1.07	
新疆	克拉玛依		329.71	68.53	146.80	1.71		9.66
		(哈密)	86.25	5.21	5.10	1.33	1.32	1.51
		(阜康)	1.24		17.80			
		(库尔勒)	285.34		33.60	1.84		0.95
合计	地级城市:71座;县级城市:72座;总计143座							

注:*1998年,国务院批准撤销地级东川市,设立昆明市东川区。

5. 历史上老矿业城市。根据刘云刚(2006)、李振泉(1999)、顾朝林(1992、1999)、苏世荣、李润田(1992)、周一星(1985)、中国矿业城市委员会等研究资料整理,我国历史上著名的老矿业城市有29座(表5)。

表5 我国历史上著名老矿业城市

城市名	主力矿(开发年代)	城市名	主力矿(开发年代)	城市名	主力矿(开发年代)
鹤岗	鹤岗煤矿(1917)	大同	大同煤矿(1907)	合山*	合山煤矿(1919)
鸡西	鸡西煤矿(1925)	唐山	开滦煤矿(1881)	韩城*	韩城煤矿(1931)
辽源	西安煤矿(1912)	鹤壁	鹤壁煤矿(1912)	石嘴山	石嘴山矿(1949)
鞍山	齐大山铁矿(1918)	焦作	焦作煤矿(1898)	玉门*	玉门油田(1939)
本溪	本溪湖铁矿(1904)	义马*	义马煤矿(1919)	牙克石*	牙克石林区(1780)
抚顺	抚顺煤矿(1901)	枣庄	枣庄煤矿(1818)	敦化*	敦化林区(1937)
阜新	阜新煤矿(1936)	淮南	淮南煤矿(1911)	个旧*	个旧锡矿(1886)
北票*	北票煤矿(1921)	萍乡	萍乡煤矿(1898)	冷水江*	锡矿山锑煤矿(1860)
景德镇	冶陶1800多年历史	自贡	采盐业(明)	铜陵	铜关山铜矿(商)
瑞昌	铜岭铜矿(商)	大冶	大冶铁矿(1890)		

注:带*为县级市,其余为地级市。

6. 采掘业从业人员低于全国均值的城市。我们采用1998年、2001年、2002年、2006年、2007年全国地级城市劳动力结构数据,测算出各年全国城市采掘业从业人员平均值,5年均低于全国均值有包头、鞍山、滁州、南平、茂名、嘉峪关、金昌等7个地级城市;4年低于全国均值有新余、娄底市;3年低于全国均值有铜陵、景德镇、赣州、云浮、自贡等5个地级市。它们都是矿产资源开采而兴起与发展起来的城市,历史上公认矿业城市。其中包头、鞍山、铜陵、嘉峪关尽管目前采掘业从业人员和产值比重不够高,但依托本地资源为基础而发展起来的冶炼产业比重很高,同时矿产资源采掘业仍起着重要作用。金昌市采掘业从业人员比重不够高,但有色金属材料占据绝对主导地位,完成销售收入占规模以上工业的80%。滁州、景德镇、赣州、云浮、自贡目前仍沿袭传统资源产业职能,并以其为发展下游产业,拉长产业链。滁州依托非金属矿等特色资源(其中石英岩、铸型用砂、凹凸棒黏土矿以储量大、品质优闻名全国,岩盐、石膏、钙芒硝、石油是安徽省内唯一的非金属矿产),打造硅和硅能等产业并积极引进烧碱、聚氯乙烯企业,发展盐化产业集群。茂名现是一座年轻的石化工业城市,以石化、电力、冶炼支柱产业打造广东重要的重化工业基地,但它正是以占全国第二位的丰富油页岩储量为背景和基础而发展起来的。特别近年来对居全国储量首位高岭土资源进行规模开发,并发展成为茂名市工业三大主导产业之一,全市包括矿产品开采和加工在内的矿产经济总产值约21亿元。因此以上的城市仍属于"矿业城市"范畴。南平市城市定位于建设开放、发展、和谐的海峡西岸经济区绿色腹地,"绿、旅、新"产业特色更加明显。集中力量培育和提升木竹制品、纸制品、食品加工、精细化工、电线电缆、汽车配件、纺织服装等7个工业产业集群,力争到2010年占全市规模以上工业产值的60%左右。城市产业结构发生转型,矿产资源的支柱作用不断衰减。

因此脱离了"矿业城市"范畴。

7. 历史上重要的自然资源开发地区。自然资源优势地区在粗放型的经济增长方式往往得到快速的发展,但也造成了资源优势地区资源的枯竭,地区支柱产业空位,不同程度地出现了探明储量减少,开采成本上升,资源型主导产业衰退、经济全面下滑、失业职工人数众多、生活水平下降,生态环境污染破坏严重等十分严峻的难题,反而严重地影响了地区经济的长远发展。

云南昆明市东川区,素有"天南铜都"称号,也是世界"东川式"铜矿的代表地,曾因资源而闻名和富有,1950～2002年累计生产铜精矿含铜60.9万吨,为国家经济建设做出了重大贡献。现在却也因资源而陷入发展的困境,是我国西南地区最为典型的资源枯竭型城市,1998年,依托百年老矿东川铜矿建立起来的云南省东川市,由于资源枯竭,替代产业建设未能见效,不得不撤销了地级市建制,成为"矿竭城亡"的第一个实例。让东川成为全国第一座因矿产资源枯竭、经济发展停滞、城市丧失持续发展能力而撤销的地级城市。

贵州铜仁的万山特区,曾因汞资源的储量和汞产品产量分别列亚洲之首和世界第三,被誉为中国"汞都"。20世纪50年代初国家组建贵州汞矿,1966年2月,经国务院批准成立了我国第一个县级行政特区:万山特区。万山汞矿从20世纪50年代初,国家接管矿山至20世纪80年代后期的几十年间,万山生产的汞和朱砂产品占全国同期产品的60%以上,累计产汞和朱砂3万多吨,上缴国家利税15亿多元为国家建设做出了不可磨灭的贡献。进入20世纪80年代后,万山汞资源逐渐枯竭,特别是90年代以来,汞矿基本上处于停产状态,亏损逐年增加。到2000年底,贵州汞矿累计亏损近亿元,欠税近1000万元,各类欠款负债高达1.57亿元,而全矿固定资产原值仅7000万元,已处于严重资不抵债的境地。

据胡魁等(2002)研究数据,我国一些重要的自然资源富集地区——矿业区(州)如表 6 所示:北京门头沟区、天津大港区等共 7 个。因此我们也应关注这类地区避免"东川现象"再次发生。

表6   我国重要的矿业区(州)统计

省份	区州名	级别	矿业从业人数(万人)	矿业人口%	矿业产值(亿元)	矿业比重%
北京	门头沟区	地级	1.3	5.53	1.47	8.47
天津	大港区	地级	13.76	43.01	13.05	58.14
四川	凉山州	地级	12.94	3.28	19.84	14.76
贵州	开阳区(贵阳)	县级	0.92	2.19	5.87	43.73
	万山特区(铜仁)	地级	1.62	26	0.08	8.4
云南	东川区(昆明)	县级	0.83	2.84	2.26	32.48
新疆	水磨沟区(乌鲁木齐)	县级	0.81	6.99	2.02	14.46
总计:重要的矿业区(州)共7个						

8. 我国重要的矿业县。矿业及相关产业对许多县城、特区当地经济结构中也占有重要地位。同样它具有两个基本特征:一是对一定地域的经济社会发展能发挥带动;二是以矿产资源开发为主要功能之一,矿业对它们的兴衰有显著影响的特征。

表 7 是根据胡魁等(2002)研究整理出我国重要的矿业县名单,共有 39 个。

表7   我国重要的矿业县统计

省份	县名	矿业从业人数(万人)	矿业人口%	矿业产值(亿元)	矿业比重%
河北	易县(保定)	2.5	4.59	3.5	17.79
	曲阳(保定)	28	54.26	5.75	34.45
河南	新安(洛阳)	5	10	5	15.15
	栾川(洛阳)	4.1	12.42	2	16.95
山西	垣曲(太原)	1.32	6.03	3.29	40.99
浙江	青田(丽水)	3.24	6.65	1.32	8.37
湖南	花垣(湘西)	4.2	15.91	1.2	19.93
贵州	盘县(六盘水)	2.53	2.27	3.68	14.05
	水城(六盘水)	1.04	1.46	3.26	43.53
	六枝(六盘水)	0.88	1.45	1.35	13.07

续表7-1

省份	县名	矿业从业人数(万人)	矿业人口%	矿业产值(亿元)	矿业比重%
广西	环江(河池)	0.68	2.06	6.48	53.83
	南丹(河池)	2.1	7.59	19.8	
	大新(崇左)	0.3	0.85	1	10.84
	平果(百色)	0.1	0.21	0.92	5.39
云南	兰坪(怒江)	0.59	3.15	2.76	65.34
	富源(曲靖)	1.98	3.12	2.94	15.62
西藏	曲松(那曲)	0.2	6.43	1.2	76.33
	申扎(那曲)	0.04	1.22	0.57	64.81
重庆	城口县	0.1	0.49	2.16	51.52
	奉节县	2	2.02	4.47	20.36
	铜梁县	1.25	1.55	14	35
陕西	略阳(汉中)	0.54	2.72	1.91	27.19
	洛南(商洛)	0.51	1.17	1.87	23.38

续表 7-2

省份	县名	矿业从业人数(万人)	矿业人口%	矿业产值(亿元)	矿业比重%
四川	宝兴(雅安)	0.5	9.26	2	42.3
	汉源(雅安)	13.64	39.87	4.31	48.31
	石棉(雅安)	1.7	14.67	1.63	23.15
	荥经(雅安)	2.66	20.18	6.19	73.55
	天全(雅安)	0.4	2.8	2.72	30
	芦山(雅安)	1.44	11.81	0.69	25.1
	会理(凉山)	1.74	4.13	9.78	52.9
甘肃	成县(陇南)	0.6	2.49	1.05	17.39
	玛曲(甘南)	0.1	2.7	1.88	86.88

续表 7-3

省份	县名	矿业从业人数(万人)	矿业人口%	矿业产值(亿元)	矿业比重%
青海	灵武(吴忠)	1.08	4.18	2.64	21.98
新疆	伊宁(伊犁)	0.33	0.87	1.88	16.48
	富蕴(伊犁)	0.42	5.15	1.6	32.7
	托里(伊犁)	0.35	4.28	1.07	41.3
	和布克赛尔(伊犁)	0.53	10.43	1.44	55.93
	若羌(巴州)	0.18	6.27	1.38	76.6

总计:重要矿业县39个

(二)矿业城市综合名单

综上所述,按照以上主要定量评价指标,另外同时还应该考虑其他的定性标准,划分出我国175座矿业城市(表8)。

表 8　　　　我国矿业城市名单

省名	行政级别	数量		城市名称
河北	地级市	10	5	唐山、邯郸、邢台、承德、张家口
	县级市		5	鹿泉、迁安、武安、沙河、任丘
	县城		2	易县、曲阳
	市辖区		2	鹰手营子、下花园
山西	地级市	15	8	大同、阳泉、长治、晋城、朔州、晋中、临汾、吕梁
	县级市		6	古交、高平、介休、原平、霍州、孝义、河津
	县城		1	垣曲
内蒙古	地级市	9	5	包头、乌海、赤峰、鄂尔多斯、呼伦贝尔
	县级市		4	霍林郭勒、满洲里、牙克石、锡林浩特
辽宁	地级市	11	7	鞍山、抚顺、本溪、阜新、盘锦、铁岭、葫芦岛
	县级市		4	海城、凤城、调兵山、北票
	市辖区		3	杨家杖子、南票、弓长岭
吉林	地级市	12	3	辽源、白山、松原
	县级市		9	九台、临江、桦甸、舒兰、磐石、蛟河、珲春、和龙、敦化、
黑龙江	地级市	8	7	鸡西、鹤岗、双鸭山、大庆、七台河、黑河、伊春
	县级市		1	五大连池

续表 8 - 1

省名	行政级别	数量		城市名称
江苏	地级市	1	1	徐州
浙江	县城		1	青田
安徽	地级市	8	8	淮南、马鞍山、淮北、铜陵、宿州、池州、滁州、巢湖
福建	地级市	3	1	龙岩
	县级市		2	漳平、永安
	县城		1	上杭
江西	地级市	9	4	萍乡、宜春、赣州、景德镇
	县级市		5	乐平、丰城、高安、德兴、瑞昌
山东	地级市	14	6	枣庄、东营、济宁、莱芜、泰安、淄博
	县级市		8	滕州、龙口、招远、莱州、兖州、邹城、新泰、肥城
河南	地级市	14	6	平顶山、鹤壁、濮阳、焦作、南阳、三门峡
	县级市		8	登封、巩义、新密、禹州、义马、永城、灵宝、汝州
	县城		2	新安、栾川
湖北	地级市	5	1	黄石
	县级市		4	大冶、潜江、钟祥、应城
湖南	地级市	8	2	郴州、娄底
	县级市		6	冷水江、涟源、耒阳、资兴、常宁、临湘
	县城		1	花垣
海南	县级市	1	1	东方市
广东	地级市	3	3	云浮、韶关、茂名
广西	地级市	5	3	百色、河池、贺州
	县级市		2	合山、岑溪
	县城		4	环江、南丹、大新、平果
重庆	地级市	2	1	万盛
	县级市		1	南川
	县城		3	城口、奉节、铜梁
四川	地级市	6	4	攀枝花、广元、广安、自贡
	县级市		2	华蓥、绵竹
	县城		7	宝兴、汉源、石棉、荥经、天全、芦山、会理
贵州	地级市	5	2	六盘水、安顺、
	县级市		3	福泉、毕节、万山
	县城		3	盘县、水城、六枝
云南	地级市	7	4	曲靖、保山、思茅、临沧
	县级市		3	宣威、个旧、开远
	县城		2	兰坪、富源
	市辖区		1	东川

续表 8-2

省名	行政级别	数量		城市名称
陕西	地级市	5	4	铜川、渭南、榆林、延安
	县级市		1	韩城
	县城		2	略阳、洛南
甘肃	地级市	5	4	白银、嘉峪关、金昌、平凉
	县级市		1	玉门
	县城		2	成县、玛曲
西藏	县城		2	曲松、申扎
青海	县级市	1	1	格尔木
宁夏	地级市	3	2	石嘴山、银川
	县级市		1	灵武
新疆	地级市	5	1	克拉玛依
	县级市		4	哈密、库尔勒、阜康、阿勒泰
	县城		5	伊宁、富蕴、托里、和布克赛尔、若羌
合计		175		其中:地级市 92 个,县级市 83 个 有 30 个县级矿业城市所在地级市也一同划为矿业城市

注:以上合计矿业城市均为国家建制市,不包括县我。重要矿业县 39 个,市辖区 6 个。

根据以上统计,目前,我国矿业城市(区、县)共计 221 个,其中,矿业城市 175 个,重要资源区 7 个,重要资源县 39 个。

二、矿业城市的分类

矿业城市虽然宏观上有类同性,但也具各自的差异。不同类型矿业城市社会经济发展程度具有明显差异。目前矿业城市的分类方案有多种,但不能单纯为分类而分类,应理性体现城市的优劣势,能作为城市结构调整和经济转型的基础,否则难以解决"何时转"、"往哪转"、"怎么转"的问题。紧贴这三个问题的分类可有 4 种(表9):一是按矿业与城市形成先后分类,可分为:无依托型,指在原先没有城市的地方,因矿业开发活动而形成的矿业城市。有依托型,指原先已有城市,后因附近地方发现和开发矿产资源,因而使早先的普通城市具有矿业城市的功能。二是按工业经济类型分类(表10),可分为:石油城市(大庆、东营、盘锦等);煤炭城市(大同、平顶山、阳泉等);有色金属城市(金昌、白银、个旧、铜陵等);冶金城市(鞍山、邯郸、包头等);化工城市(云浮、自贡等);非金属城市(景德镇等);综合性城市(唐山等)。三是按资源种类可分为:能源矿产资源城市、金属矿产资源城市、非金属矿产资源城市、混合型资源城市等。四是按发展阶段划,可分为成长型、鼎盛型、枯竭型。

表9　　　　　　　　　　　　　矿业城市的分类及基本情况

分类标准	类　型	数量	发展特征
形成的基础(成因)	先矿后城(无依托矿城) 先城后矿(有依托矿城)		发展模式、产业结构结构转换时机和调整方式不同
工业经济类型	石油城市 煤炭城市 有色金属城市 化学化工城市 陶瓷及建材城市 综合性城市		

续表9

分类标准	类 型	数量	发展特征
资源类型	能源矿产资源城市 金属矿产资源城市 非金属矿产资源城市 混合型资源城市		社会经济发展程度、积累基础和面临的主要问题具有明显差异，发展战略和方向可以相似，但实施方案不同
发展阶段	幼年期(成长期)城市 中年期(鼎盛期)城市 老年期(衰竭期)城市		面临经济、社会等方面的压力不同，资源产业主导作用不同，矿业依存度和社会危机程度不同，可塑性和选择性不同，转型模式不同——宜农则农、宜工则工、宜商则商

表10　　　　　　　　　　　　　　中国矿业城市按工业经济类型分类

城市类型		数量	矿城比例(%)	城市名称
石油	地级市	8	8.0	盘锦、松原、大庆、东营、濮阳、南阳、延安、克拉玛依
	县级市	6		任丘、锡林浩特、潜江、玉门、库尔勒、东方
煤炭	地级市	43	46.8	邢台市、大同市、阳泉市、长治市、晋城市、朔州市、晋中、吕梁、乌海、赤峰、鄂尔多斯、呼伦贝尔、抚顺市、阜新市、铁岭、鸡西、鹤岗、双鸭山、七台河市、徐州市、淮南市、淮北市、宿州市、萍乡市、枣庄市、济宁市、泰安、平顶山市、焦作市、鹤壁市、娄底市、广元市、六盘水市、安顺市、铜川市、榆林、平凉、石嘴山市、银川、淄博、广安、曲靖、万盛
	县级市	39		古交、高平、介休、原平、霍州、孝义、河津、霍林郭勒、满洲里、调兵山、北票市、舒兰市、珲春市、漳平、乐平市、丰城市、高安、藤州市、龙口市、兖州市、邹城市、新泰市、肥城市、登封市、新密市、禹州市、义马市、永城市、汝州市、涟源市、耒阳市、资兴市、合山市、华蓥市、宣威市、韩城市、灵武市、毕节市、开远市
有色	地级市	14	14.3	葫芦岛市、铜陵市、龙岩市、郴州市、河池、贺州、保山、思茅、临沧、渭南市、白银市、金昌市、赣州、滁州
	县级市	11		磐石、临江、德兴市、瑞昌、巩义市、冷水江市、常宁市、临湘市、南川市、个旧市、万山
冶金	地级市	10	8.5	包头、邯郸市、临汾、鞍山市、本溪市、马鞍山市、莱芜市、黄石市、攀枝花市、嘉峪关
	县级市	5		迁安、武安、沙河、大冶市、阜康市
黄金	地级市	3	4.6	承德、张家口、三门峡市
	县级市	5		桦甸市、招远市、莱州市、灵宝市、阿勒泰市
化工	地级市	2	4.0	云浮市、自贡市
	县级市	5		凤城市、钟祥市、应城、福泉市、格尔木市
非金属	地级市	3	5.1	池州、巢湖、景德镇
	县级市	6		海城市、九台市、岑溪市、鹿泉、蛟河、永安
综合	地级市	9	8.6	黑河、唐山、白山、辽源、伊春、宜春、韶关、茂名、百色
	县级市	6		和龙、五大连池、绵竹市、哈密市、敦化、牙克石
合计	矿业城市175座(地级市92个，县级市83个)			

三、矿业城市分类和分布的特征

1. 矿业城市按照资源类型可以分为：煤炭、有色、冶金、石油、黄金、化工、非金属、综合型城市等。其中煤炭城市82座，有色城市25座，冶金城市15座，石油城市14座，黄金城市8座，化工城市7座，非金属城市9座，综合型（多种矿产资源）城市15座；矿业城市按建制划分共有地级矿城92座，县级矿城83座。

2. 按地区分布，东部有：河北10座、辽宁11座、吉林12座、黑龙江8座、江苏1座、福建3座、山东14座、广东3座、海南1座，共63座，占全国矿业城市的36%。中部：山西15座、安徽8座、江西9座、河南14座、湖北5座、湖南8座，共59座，共占全国矿业城市的33.7%。西部：内蒙古9座、广西5座、重庆2座、四川6座、贵州5座、云南7座、陕西5座、甘肃5座、青海1座、宁夏3座、新疆5座，共53座，占全国矿业城市的30.3%。

资源枯竭型城市的界定原则及标准

一、资源枯竭型城市的涵义与一般特点

资源枯竭型城市是资源已经衰竭或趋于衰竭的矿业城市。矿业城市是城市中的一个特殊类型，资源枯竭型城市又是矿业城市中的问题最多、最为严重、最特殊的类型。所谓资源枯竭型城市，是指其所依托的主体资源采掘进入后期、晚期或末期（达设计年限3/4），资源采出量占当初测定总量的70%，主导资源业萎缩、资源型主导产业衰退及城市生产、生活和就业等综合功能开始全面衰落的资源型城市。它是资源型城市发展到一定阶段，诸多内外部因素共同作用产生的必然结果，但资源枯竭型城市出现的根本原因是主体资源枯竭。并具有以下特点：

（1）主要或支柱性矿产的资源保有储量：大幅度减少面临枯竭，主要大中型国有矿山企业服务年限已达到设计年限的晚期或末期。

（2）随着资源储量的衰减，资源开采规模大幅下降，矿业产值和比重相比鼎盛时期大幅度的下降，造成相关产业发展面临巨大困难。

（3）城市从业人员多为单一行业就业，一旦矿山枯竭或关闭，矿业从业人员数和比重急剧减少，造成大量人员下岗或失业。

（4）矿山环境保护与治理方面的压力明显高于其他城市，其历史遗留矿山环境恢复治理率远低于全国平均水平。

二、资源枯竭型城市界定的政策涵义

20世纪80年代开始，我国矿业型城市资源枯竭、城市经济衰退问题凸显，资源枯竭型城市的治理成为中国政府长期要面对的重要问题之一，政府政策面对的也将不再仅仅是试点城市。根据国际经验，政府对资源型城市规划与制定发展政策时，不仅要区别对待，而且要及早进行规划。资源枯竭型城市的界定是资源型城市产业转型与可持续发展规划与政策的基础。因此，必须要对资源枯竭型城市进行准确界定与分类。

（1）资源枯竭型城市的界定作为城市经济发展预警系统的基础，尽管及早对矿业城市发展进行规划十分重要，但因为城市政府与资源型国有企业经济主体的决策者有限任期与个人理性所限，在矿业城市建立后相当时期，很难对城市可持续发展规划真正重视起来和真抓实干，直至城市因资源枯竭出现生存危机而措手不及。根据国际与国内的经验及城市发展规律，进入资源枯竭型城市到城市资源型产业衰亡之间的时期，城市必须完成经济转型或其他发展规划。

（2）资源枯竭型城市的界定作为政府城市治理政策制度化的前提和政府治理政策选择的依据。目前国家确定了阜新、大庆、辽源、伊春和白山这5座资源枯竭型城市经济转型试点城市，给予这些城市特殊政策以期实现补救性事后治理，对资源枯竭型城市治理仍非制度化的治理政策。随着我国经济快速增加，资源消耗程度加快，仅仅采取循序渐进的方式，有步骤逐步实施城市转型，是不够的，难以避免矿业城市进一步衰退。治理政策必须实现制度化，治理政策的制度化要以资源枯竭型城市界定为基础。政府的政策选择包括资源开发补偿机制和衰退产业援助机制建立、中央和省级财政进一步加大对资源枯竭型城市的一般性和专项转移支付力度等，要使这些政策出台对资源枯竭型城市针对性与导向性。

三、"矿竭城废"不符合中国国情

矿业城市可持续发展是中国工业化进程中不可回避的重大问题，也是不可逾越的发展阶段。现在我国不可能像工业化初期的南非、新西兰或者澳大利亚那种地广人稀的地方，发现金矿、煤矿，开采完了就走。"矿竭城废"不符合中国国情。矿业城市以矿建城，这样的城市都面临着资源枯竭后居民生活如何持续，以及这个地区如何进一步发展的问题。从国际经验看，完全依靠市场来解决资源枯竭城市转型，时间太长，效

果也不理想，需要政府出面来干预。德国在联邦经济部下设联邦地区发展委员会和执行委员会，州政府设立地区发展委员会，市政府的劳动局和经济促进会等职能部门，都负责矿业城市经济转型的综合协调工作。法国1963年就成立了由政府10多个部门组成的矿区重组部际小组，负责全国煤炭矿区重振工作，并成立了由大区行政长官、有关部门和煤炭公司组成的北加莱大区重组小组。矿区重组部际小组后来并入国家领土整治与地区行动署。法国领土整治与地区行动署挂靠法国内政部，署长直接对总理负责，负责筹划、推动、协调国家领土规划以及老工业基地重振工作。

德国、法国成立专门或相关政府机构促进资源枯竭城市转型工作至今已有50年了，但他们认为这项工作仍未完成，说明这是一项长期的历史任务。在西方这些成熟市场经济国家，对于矿业城市的转型问题，政府也发挥了很大的作用，在一定程度上起了主导作用。例如在资金支持、促进就业、社会保障、转业培训、职业病防治、矿工的住房，还有新上项目方面，政府都给予政策倾斜，给予资金支持。西方发达国家解决资源枯竭型城市转型问题运用了市场机制，但政府特殊的支持起着极其重要作用。我国工业化起步晚，造成我们对矿业城市可持续发展问题认识比较晚，真正把这个问题提到中央重要议事日程上来，是本世纪初。地矿部的老部长朱训曾经提过"四矿"问题，较早对这方面做了比较深入的研究。

2007年11月，国务院常务会议通过《国务院关于促进资源型城市可持续发展的若干意见》。概括说有六项政策：一是建立针对资源枯竭型城市的财力性转移支付；二是改革资源税制度；三是建立可持续发展准备金制度；四是鼓励政策性银行设立促进资源型城市可持续发展专项贷款；五是安排一部分国债资金和中央预算内基本建设资金，扶持资源型城市建设能够充分吸纳就业的项目；六是在剥离企业办社会问题、解决厂办大集体等历史遗留问题方面加大财政支持力度。

四、资源枯竭型城市的界定标准

根据资源枯竭型城市特点，可将符合下述划定条件之一的城市界定为资源枯竭型城市。

(1)主要矿种的资源保有储量占累计探明资源储量的比重接近或低于30%，主要大中型矿山开采规模呈下滑趋势，矿业经济开始衰退。

(2)主要或支柱性矿种的资源保有储量占累计探明资源储量的比重低于50%，采掘业总产值、采掘业从业人员数相比鼎盛期减少40%～50%，且采掘业城镇登记失业比例高于5%(县级市采掘业失业人数大于5000人，地级市采掘业失业人数大于1万人)的城

市，矿山环境问题十分突出。

(3)主要或支柱性矿产资源开发进入后期、晚期或末期，开发时间达30年以上，或者半数以上主要大中型老国有矿山企业的服务年限低于10～15年，且矿业经济呈衰退趋势、矿山环境问题突出的矿业城市。

(4)历史公认，且保有资源储量不足，开采规模和矿业产值大幅度下降，城市转型未能实现，采掘业失业人员大量存在，历史遗留矿山环境恢复治理率在10%以下的矿业城市。

五、资源枯竭型城市的数量(国家资源枯竭城市名单)

(一)我国矿业城市的基本演化特征与趋势

中国矿业城市的演化特征与趋势、矿业城市迁移转化，首先是基于资源地的指向，主要分布资源富集区。其次是矿业城市是工业化的产物，机器大工业生产对森林、矿产资源的强烈需求和开发能力是这类城市兴起的根本原因。早在古代，中国在农业、手工业社会就已经存在着一些以资源采掘为主的居民点，甚至出现了一些以资源加工而闻名的城镇，如瓷都景德镇、盐都自贡等。在近代，西方列强对中国资源的大肆掠夺，以及清末"洋务运动"时期的一些官办、商办的资源开发活动，促使一些资源产地初步成为人口集聚的中心，如日资经营下的抚顺、鹤岗、鸡西，英美资本经营下的开滦、焦作等小型城市。中国矿业城市的大规模发展是在中华人民共和国成立之后，并且与工业化进程有着密切的联系。我国矿业城市数量将来逐渐减少，但类别也将更加丰富。矿业城市通过产业转型、发展循环经济、实施可持续发展战略等，使矿业城市摆脱依靠资源优势的态势，发展多元产业，促进城市的长远发展。如煤炭城市通过延长产业链条转化为煤化工、煤电、煤焦化、煤建材等城市。

在长期的高强度开采，一部分矿业城市的资源已经或正在枯竭，其依托资源而发展的状态不可持续，衰退、转型成为历史的必然。随着全国社会经济的较快发展，虽然资源需求的总量会急剧增长，资源的勘探、开采活动也不断增强，但由于国家资源开发利用战略、开发机制的转变，以及资源开采和加工的机械化、现代化水平的提高，难以形成矿业城市，即使有新的矿业城市出现，也主要分布在西部的塔里木盆地、内蒙古中部等资源富集区，为数不多。资源不可再生性决定了矿业城市的发展为一个产生、发展、成熟和衰退的生命周期。如何使这些矿业城市尽快转型，得以持续发展，将成为政府和社会关注的焦点和亟待解决的问题。

(二)资源枯竭型城市的数量(国家第一、二批资源

枯竭城市名单)

资源枯竭型城市情况比较复杂,在具体界定过程中,除了符合上述划定条件之外,必须综合考虑资源状况、矿业发展、主要大中型矿山现状、危机矿山情况、从业情况和经济社会发展(地方财力)等变化情况。为有效应对国际金融危机,促进矿业城市可持续发展和区域经济协调发展,国务院目前确定了第一、二批资源枯竭城市名单(表1)。

国务院确定的第一批资源枯竭城市共12个。首批资源枯竭城市名单有:资源型城市经济转型试点城市5个,阜新、伊春、辽源、白山、盘锦;西部地区典型资源枯竭城市3个,石嘴山、白银、个旧(县级市);中部地区典型资源枯竭城市3个,焦作、萍乡、大冶(县级市);典型资源枯竭地区1个:大兴安岭。为保证公平确定第二批资源枯竭城市,国家发展改革委与国土资源部、财政部制定了第二批资源枯竭城市界定工作方案及标准。界定第二批资源枯竭城市工作遵循历史贡献大小、问题突出与否、类型能否兼顾、定量为主定性等原则。

界定工作分三个步骤:首先,综合已有研究成果及地方申报意见,确定备选资源型城市名单。这相当于资源型城市的资格审查,即有些城市虽有资源开采,但不具备资源型城市的基本特征,不能进入备选名单;地方没有申报的,也不予考虑。第二,在备选的资源型城市名单基础上,根据资源储量指标直接遴选出资源枯竭城市名单。第三,对其余城市再根据资源储量、采掘业发展、民生情况、财政经济情况等四大类20项定量指标体系,参考定性指标进行综合打分,最终根据分数排名判定。

确定的第二批资源枯竭城市32个,包括9个地级市、17个县级市和6个市辖区。9个地级市包括山东省枣庄市、湖北省黄石市、安徽省淮北市、安徽省铜陵市、黑龙江省七台河市、重庆市万盛区、辽宁省抚顺市、陕西省铜川市、江西省景德镇市。17个县级市包括贵州省铜仁地区万山特区、甘肃省玉门巾、湖北省潜江市、河南省灵宝市、广西壮族自治区合山市、湖南省耒阳市、湖南省冷水江市、辽宁省北票市、吉林省舒兰市、四川省华蓥市、吉林省九台市、湖南省资兴市、湖北省钟祥市、山西省孝义市、黑龙江省五大连池市(森工)、内蒙古自治区阿尔山市(森工)、吉林省敦化市(森工)。6个市辖区包括辽宁省葫芦岛市杨家杖子开发区、河北省承德市鹰手营子矿区、辽宁省葫芦岛市南票区、云南省昆明市东川区、辽宁省辽阳市弓长岭区、河北省张家口市下花园区。

表1　　　　　　　　　　　　　我国资源枯竭型城市名单

省名	行政级别	数量		城市名称
河北	市辖区	2	2	鹰手营子(非金属)、下花园(煤炭)
山西	县级市	1	1	孝义(煤炭)
内蒙古	县级市	1	1	阿尔山(森工)
辽宁	地级市	7	3	**阜新(煤炭)**、抚顺(煤炭)、**盘锦(油气)**
	县级市		1	北票(煤炭)
	市辖区		3	杨家杖子(钼矿)、南票(煤炭)、弓长岭(铁矿)
吉林	地级市	5	2	**辽源(煤炭)**、**白山(森工)**
	县级市		3	舒兰(煤炭)、九台(非金属)、敦化(森工)
黑龙江	地级市	4	3	**大兴安岭(森工)**、七台河(煤炭)、**伊春(森工)**
	县级市		1	五大连池(森工)
安徽	地级市	2	2	铜陵(铜矿)、淮北(煤炭)
江西	地级市	2	2	**萍乡(煤炭)**、景德镇(非金属)
山东	地级市	1	1	枣庄(煤炭)
河南	地级市	2	1	**焦作(煤炭)**
	县级市		1	灵宝(金矿)
湖北	地级市	4	2	**大冶(铁矿)**、黄石(铁矿)
	县级市		2	潜江(石油)、钟祥(化工)

续表1

省名	行政级别	数量		城市名称
湖南	县级市	3	3	耒阳(煤炭)、冷水江(锑矿)、资兴(煤炭)
广西	县级市	1	1	合山(煤炭)
陕西	地级市	1	1	铜川(煤炭)
宁夏	地级市	1	1	**石嘴山(煤炭)**
重庆	地级市	1	1	万盛(煤炭)
四川	县级市	1	1	华蓥(煤炭)
云南	县级市	2	1	**个旧(锡矿)**
	市辖区			东川(铜矿)
贵州	县级市	1	1	万山(有色)
甘肃	地级市	2	1	**白银(铜矿)**
	县级市		1	玉门(石油)
合计		44		其中:地级市20个,县级市18个,市辖区6个

注:黑体字的城市为第一批确定的12个资源枯竭型城市。

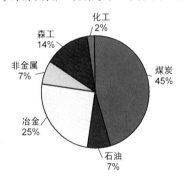

图1 资源枯竭型城市按资源分类比重

国务院共确定了44个资源枯竭型城市。其中煤炭有20座,占45.45%;石油3座,占6.82%;冶金(黑色和有色)11座,占25%;非金属3座,占6.82%;森工6座,占13.64%;化工1座,占2%(图1)。按地区来看,东部有19座,占43.18%;中部有14座,占31.82%;西部有11座,占25%。这些城市有四大共性特点:资源日益枯竭,产业效益下降;产业结构单一,资源产业萎缩,替代产业尚未形成;经济总量不足,地方财力薄弱;大量职工收入低于全国城市居民人均水平。为解决资源枯竭型城市面临的诸多问题,以帮助它们从资源枯竭、社会问题丛生的泥淖中转型,重新焕发出活力,国务院总理温家宝专门就资源枯竭城市做出批示:"解决资源枯竭城市存在的贫困、失业和环境问题,是落实科学发展观、构建和谐社会、实现小康目标的一项重要而不可忽视的任务。"同时,中央财政将对这44个城市提供财力性转移支付,重点用于完善社会保障、教育卫生、环境保护、公共基础设施、专项贷款贴息等方面,以增强资源枯竭城市基本公共服务保障能力。国务院还要求资源枯竭城市要抓紧制定、完善转型规划,提出转型和可持续发展工作的具体方案,进一步明确转型思路和发展重点,为全国矿业城市的经济转型和可持续发展探出一条新路。

越来越多的资源枯竭型城市走进公众视野,转型成功与否,不仅关系到这些大小城市的命运,更关涉中国未来几十年的资源战略、经济前景。资源枯竭型城市要加快结构调整,推进经济转型;力促区域突破,加快产业升级;深化改革开放,增强发展活力;加强城乡基础设施建设,提高城市承载和发展功能;加大招商引资力度,拓展发展空间等方面采取有力举措,促进经济成功转型。

在经济转型过程中,如何解决困难群众的生活问题,如何让老百姓能及时享受到转型的阶段性成果,亦成为试点城市政府几年来关注的重点。资源枯竭型城市要直接增加低收入产业工人群体的现金收入,缓解其生活困境;建立社会保障体系,解决群众后顾之忧;修复城市基础设施、改善群众生活条件;实施积极的就业政策等,解决资源枯竭带来的各种民生问题。

资源枯竭型城市要抓住保增长、保民生、保稳定、促发展的机遇,以及国务院对资源枯竭型城市财政支持的契机,加快生态保护、经济转型、城市基础设施和民生工程等方面的建设促进资源枯竭型城市社会稳定,经济社会可持续发展。

(《矿业城市界定及可持续发展能力研究》节选)

矿 业 协 会

中国矿业联合会

【概况】 2010年是矿业发展不平凡的一年,我国国民经济的快速发展对矿物能源和原材料的需求急剧增长,主要矿产品的产量均超过2009年,我国企业境外矿业投资不断增长,矿业市场化进程加快,在国际金融危机最严重时期,中国矿业经济的较快发展,为世界矿业经济稳定做出了贡献。

中国矿业联合会(以下简称"中国矿联")在国土资源部及国家相关部委的领导和指导下,在中国矿联领导的带领和全体会员单位的支持下,中国矿联坚持以科学发展观为指导,围绕"三个服务"的办会宗旨,发挥桥梁纽带作用,积极推进绿色矿业,为中国矿业企业的改革与发展,促进矿业经济发展方式的转变,做了大量工作。

中国矿联联合各有关行业协会和主要矿业企业,为全国矿产资源规划编制,加强矿业宏观调控,提供了大量基础资料和政策依据。

2010年,承担了国土资源部等有关部委及有关司局、事业单位调查研究论证项目19个,是中国矿联成立以来最多的一年。同时,组织研究矿业共性问题,先后向各有关部门报送了我国矿业经济区发展思路研究、矿山企业税费负担及发展状况调查研究、体现回采率及资源禀赋要素的资源税制度研究、中国"双高"产品与循环经济评价工艺名录(矿业部分)、矿产资源领域循环经济评价指标体系研究等专题报告,发挥了为政府决策当好参谋和助手的作用。2010年,还为大连市、白山市、苍南县、五大连池市、固安县、巢湖市等地矿业发展开展服务,组织有关方面专家对当地的矿业优势进行调研论证,提供咨询服务和授牌支持,得到各地赞扬。

中国矿联联合各有关矿业行业协会和矿业企业,将每年一次的国内外矿产品供需形势分析座谈会改为每季度召开一次,正确判断形势和发展趋势,适时地向国家有关管理机关提出意见和建议,为国内矿业企业提供信息。这些供需形势分析会,贯彻中央关于应对国际金融危机的决策和策略,分析我国矿业发展前景,增强了我国矿业企业应对危机的信心,引导了矿业企业根据市场需求扬长避短,把握机遇。中国矿业报还组织专题采访组,分赴全国9个省区进行调研采访,宣传矿业企业坚定信心,攻坚克难的事迹。实践证明,我国矿业经受住了这次国际金融危机的考验,一些国内矿业企业在国际金融危机中取得了难得的发展机遇。

【"绿色矿业"推进】 几年来,国民经济发展和矿业的市场化为矿业企业发展提供了条件,我国矿业活动急剧增加,开采规模和开发量不断增加。矿业企业面临着转变发展方式的问题。按照中央关于节能减排、发展低碳经济和转变经济发展方式的要求,中国矿联在山西大同召开了"2010年中国矿业循环经济论坛",以推广大同煤矿集团公司塔山循环经济园区现代化矿山建设经验作为主题,不断推进我国矿业企业的科学发展。

为了进一步促进矿业企业自律,中国矿联提出将承担社会责任放在首位,于2010年5月第二次发布了《中国矿业联合会社会责任报告》,接受全社会的监督。该报告的发布,在国内外产生了良好的影响。同时,中国矿联还为一些矿业企业编写社会责任报告进行了培训和帮助。

中国矿联积极响应国土资源部"发展绿色矿业、建设绿色矿山"的号召,联合11家矿业行业协会和大型矿业公司共同发起并制定了《绿色矿山公约》,2010年已有50多家矿山企业签署了《绿色矿山公约》。在会领导的领导下,中国矿联开展的绿色矿山建设活动得到国土资源部的高度重视,被列入全国矿产资源规划,并明确要求在2020年基本建立绿色矿山格局。国土资源部发文,明确中国矿联作为国土资源部绿色矿山创建活动的牵头单位,组织落实有关工作。同时,全国政协支持绿色矿业活动,在中国矿联会长李元委员的带领下,组织专题调研组深入矿山调研。通过推进绿色矿山建设的试点,经过企业自行对照检查、所在地方政府的审查、专家评审,向国土资源部报送了37家矿山企业被评为首批国家级绿色矿山的意见。加快发展绿色矿业,建设资源节约型、环境友好型、矿区和谐型的可持续发展的矿业之路,正日益成为我国矿业界的广泛共识。

【稀土矿论证研究】 2010年,受国土资源部委托,中国矿联开展了对稀土矿的论证研究,确定进一步扩大保护性开采特定矿种的范围,编制了《稀有金属保护性开采特定矿种目录》,将稀土、钼列入保护性开采特定矿种的相关政策建议已提交国务院。

【矿业专题调研】 矿业经济的快速发展及2008年和2009年矿产品价格的不正常变化,使矿山企业经营活动面临新的问题,中国矿联根据矿业企业的诉求,适时开展了一系列专题调研,有针对性地提出解决问题的意见和建议。

针对矿业活动的不断扩大,矿产开发与采矿用地的矛盾突出,矿业企业征地难、复垦的土地退出难、企业征地负担重、农民失地等采矿用地方面的体制和机制问题日益显现。应中国铝业公司、神华集团、攀钢矿业集团的要求,中国矿联联合这些企业进行试点研究,总结采矿用地改革试点经验,探索采矿用地的新体制和新机制,得到矿业企业和政府管理机关的认可。

2010年初,中国矿联与有关协会联合,在分析2008年、2009年我国铁矿石进口量和进口价格变化的基础上,按照现行的需求关系和国内铁矿山成本构成情况,做出了2010年我国进口铁矿石将达到6亿吨、进口矿石价格将较2009年净增每吨50美元以上的判断,并向有关部委提出了关于免征铁矿企业增值税,扶持国内铁矿产业发展的政策建议,受到国务院领导的高度重视。

同时,开展优势矿产地经济发展研究,命名了白山市浑江区"中国金属镁产业示范基地"、浙江省苍南县"中国矿山井巷业之乡"、广东恩平帝都温泉"中国5A级温泉度假区",阿尔山五里泉"中国优秀矿泉水源",通过评审、命名和鉴定,逐步建立起我国优势矿产资源富集地长效监督机制和自我约束机制,促进矿产资源的合理开发利用和矿山环境的有效保护,提高矿业城市及其企业和产品在国内和国际市场上的知名度和竞争力,促进矿产区域经济的发展。

【国际合作与交流】 矿产资源全球分布的不均衡,决定了世界上没有任何一个国家可以完全依靠本国的资源满足发展需要,加强国际合作与贸易是必由之路。近几年来,我国矿业经济的快速发展,为国际资本进入和我国企业"走出去"提供了机会。

2009年5月起,中国矿联和中国五矿化工进出口商会受商务部的委托,对我国企业对外矿业投资的审批提出审查意见,在审查投资资质条件、避免重复投资、防止恶性竞争的同时,为投资企业提供了大量咨询意见和建议。据中国矿联对境外投资矿产资源开发项目审核数据统计显示,国内矿业企业借助资本市场实施海外投资与矿产资源开发的速度明显加快,海外投资额增长迅速,我国企业正在积极地走向世界。

自2009年5月至2010年12月底,中国矿联审核的中国企业境外矿产资源投资项目就达334个,涉及投资主体288个,项目分布亚洲、非洲、美洲、欧洲、大洋洲的53个国家,涉及石油、煤炭、黑色金属、有色金属、贵金属、稀有金属、放射性、化工、建材等多个矿种,中方协议投资额达152.29亿美元。

中国在世界矿业格局中从"请进来"到"走出去"的角色之变,对我国矿业企业来说,无疑是新的机遇和挑战。为了做好企业"走出去"服务工作,经国土资源部批准,中国矿联派出团组赴加拿大参加PDAC大会;联合中国化学矿业协会召开了钾盐对外投资研讨会;与陕西省人民政府共同举办了"2010年西部矿业投资合作项目专场推介会",8个投资项目当场签约;与黑龙江地矿局合作,设立了对俄投资专门服务机构;配合商务部就中铝、住友等国际重大矿业并购事件提出反垄断调查意见;每个季度向国家有关部委分析报告我国企业对外矿业投资情况;协办国际和区域性矿业活动,接待了加拿大、南非、澳大利亚、英国、墨西哥、印度、智利等来访团组,组织参加国外机构在华举办的10多场对外交流活动,努力搭建中外矿业界及国际市场间的沟通平台,促进我国矿业界的对外交流与合作。目前,中国矿联已经初步建成了我国企业对外矿业投资信息系统,能为政府管理机关和广大会员单位提供更多的信息服务。

【行业管理与服务】 发挥分支机构的作用,努力为地方矿业经济发展服务。中国矿联各分支机构,按照统一领导、分别活动,相互配合,突出专业的服务原则,开展了大量有针对性的活动。地勘分会积极贯彻国务院关于进一步加强地质工作的决定,配合国土资源部开展地勘行业管理与服务。与中国矿业报社合作,召开了全国百家地质队长会议和百家矿山企业座谈会。地热专业委员会和矿泉水专业委员会,为我国地热和矿泉水开发利用,新技术推广作了大量工作。按照标准明确、程序规范、审查严格的要求,授予地方政府中国地热之乡(城、都、示范区)、矿泉水之乡和中国优质矿泉水源等称号,促进了我国浅层地热开发和矿泉水事业的发展,得到地方政府的高度重视。地质矿山装备分会成功召开了"2010年地质仪器设备交易会",受到厂家和用户的好评。矿业城市工作委员会、核地矿专业委员会等分别在资源型城市研究、行业自律等方面发挥了很好的作用。

【信息服务与媒体建设】 2010年,重视信息服务与媒体建设,着力办好报刊、网站。《中国矿业报》《中国矿业》杂志质量不断提高,发行量不断增加,影响不断扩大。《中国矿业报》关注矿业热点研究和报道,策划先行,调研跟踪,兼顾广度和深度,形成了独特的办报理念,不少文章得到有关领导和读者的高度关注。2010年,经国土资源部批准,将中国矿业报社调整为国土资源部主管、中国矿联主办;《中国矿业》杂志不断丰富期刊内容,刊发大量我国矿业科技最新成果与创新能力的论文,已经成为我国网络数据中重要的矿业论文资料库,在核心期刊中的地位进一步提高;《中国矿业年鉴》反映矿业行业经济运行轨迹,史料作用显现;《中国矿业信息》为会员单位适时提供政策、形势分析服务。中国矿业网的影响力愈来愈大,随着英文版的推出,已覆盖除朝鲜外的所有国家和地区,点击率逐年上升,2010年日访问量达2万余人次,累计访问量达4000余万人次,成为国内主要的矿业行业门户网站。2010年度中国矿业十大新闻评选活动、"世界地球日"主题活动,也都取得了良好成效。

【信息数据库建设】 2010年,先后建成"中国矿业基础数据库"、"中国企业境外矿业投资数据库"、"中国矿业联合会会员管理信息系统"、"中国矿业企业基本信息集成与服务系统"、"中国企业境外矿业投资备案数据库"等基础信息数据库。按照教育部和国土资源部的要求,中国矿联联合有关矿业协会与有关大学组成国家高等工程教育资质认证地矿试点工作组,已完成10所大学的采矿、矿物加工专业的认证工作。协会参与高等工程教育资质认证,为我国大学专业获得国际认可打下了基础。

【自身能力建设】 在国土资源部和民政部的领导下,按照《国务院办公厅关于加快推进行业协会商会改革和发展的若干意见》的要求,发挥党组织、工会组织的监督保障作用,深入开展科学发展观学习实践活动和创先争优活动,制定了各项内部管理的规章制度,严格执行民主集中制的原则,坚持定期召开会长办公会、每周秘书局工作例会,每月重点工作安排,实行目标责任考核和财务预算管理,各项工作有序开展。在广泛征求意见的基础上,制定了《中国矿业联合会2011~2015年发展规划》;按照国土资源部的部署和要求,基本完成了清理和规范事业单位投资办企业工作;规范了分

支机构会费收缴工作;2010年承担国土资源部、有关部委和企业的研究项目达19个,项目金额达650万元,是历年来最多的一年;积极主动承担社会责任,在玉树地震、舟曲特大山洪泥石流发生时,中国矿联及时发去慰问信,全体工作人员主动捐款捐物支援灾区。2010年,中国矿联通过民政部社团年检,参与了全国性社会组织评估工作,搬入新办公楼,改善了办公条件,提高了员工工资等等,中国矿联的自身能力建设在强化服务的过程中不断加强。

(中国矿业联合会)

中国煤炭工业协会

【概况】 2010年是新世纪以来我国发展环境极为复杂和重大挑战极为严峻的一年,也是我国经济社会发展取得重大成效的一年。煤炭战线干部职工在党中央的坚强领导下,艰苦奋斗,改革创新,全国煤炭经济形势继续保持了良好发展势头。

2010年,中国煤炭工业协会(以下简称"协会")在国务院国资委、民政部、国家安监总局党组领导下,在有关部门支持下,在全体会员单位协助下,坚持围绕中心,服务大局,强化自身建设,认真履行职责,在推动煤炭工业发展方式转变中,做了大量工作,取得了较好成绩。

研究行业发展提出了新思路。通过开展重大问题调研、参与行业发展规划研究,提出的"稳定东部、巩固中部、加大西部开发力度"和"煤炭科学产能"、"加强煤炭需求侧管理"等发展思路已经成为政府制定"十二五"发展规划的主导思想。与此同时,参与主要产煤省区、大型煤炭企业规划编制与论证等,就促进"十二五"区域煤炭工业和企业健康发展提出了许多具有建设性的意见和建议,受到了有关方面和企业的欢迎。

【行业节能减排推进】 2010年,召开了发展循环经济促进节能减排现场会,总结交流了塔山工业园区建设和煤炭企业发展循环经济、节能减排经验,印发了《中国煤炭工业协会关于推进煤炭行业发展循环经济促进节能减排工作的指导意见》,进一步明确了新时期发展煤炭循环经济、促进节能减排的思路,在全社会引起反响。塔山工业园区被评为行业科技进步特等奖,并被列为第二届中国工业大奖表彰奖备选项目;冀中能源绿色开采等一大批煤炭企业节能减排经验得到了推广。

通过主办2010年中国国际煤炭加工利用暨煤化工展览会,与中国石化协会共同举办中国国际煤化工展览会暨发展论坛等,进一步展示了我国煤矿瓦斯治理、煤化工发展新技术和新成就。通过完善行业节能

统计,支持煤矿生态环境保护国家工程实验室建设,开展低碳运行与生态矿山建设调研,进一步推动了煤炭循环经济发展和节能减排工作。

【煤炭市场化改革推进】 通过参与国家煤炭应急储备方案研究,支持东北亚、内蒙古、陕西等区域煤炭市场交易中心和河北开滦"两港"储配煤基地建设等,推进了煤炭交易体系和物流产业的发展。开展了电煤、冶炼精煤价格指数研究,协助有关部门做好环渤海动力煤交易价格指数研究与发布工作,完成了2010年度煤炭网上订货和重点合同汇总,汇总合同量超过18亿吨。

【《煤炭工业统计指标解释及计算办法》组织编制】
2010年,组织编制了《煤炭工业统计指标解释及计算办法》获得了国家统计局批准。坚持按月汇总分析并及时报送统计信息,协会统计信息工作受到表彰。积极拓宽会商领域,构建了横向与纵向相结合的煤炭经济运行分析交流机制。深入开展煤炭监测预警研究,坚持了月度和季度煤炭经济运行分析会制度,邀请电力、钢铁、化工等行业知名专家分析与煤相关产业发展趋势,按季度向全社会发布经济运行信息。加强了煤炭产运需衔接动态监测和重要时期煤炭供应保障协调工作,得到了政府部门肯定。

【煤炭经济运行调研】 协会连续7年开展了全国煤炭经济运行调研,通过多种渠道反映诉求,提出建议,为政府决策提供依据。主动开展了煤炭采选业会计准则和煤矿棚户区改造政策研究,所提建议得到了有关部门重视。通过参与有关部门组织的煤炭企业兼并重组、煤炭采矿权资质、企业资质管理、煤炭国土资源调查评价需求分析等研究,以及参与山西省煤炭工业可持续发展政策措施试点情况调研等,有针对性地提出了政策建议,其中一些建议已成为政府规范性文件,有力地推动了行业结构调整和优化。通过参与《能源法》《煤炭法》《矿产资源法》等立法工作和开展"三下一上"采煤特别规定》《煤炭统计管理办法》、煤炭税费改革、"以奖代补"资源节约与综合利用鼓励政策研究,以及修订《资源综合利用企业所得税优惠目录》、《煤矿安全生产专用设备优惠目录》和开展煤层气抽采利用税费统计等工作,为煤炭企业争取了政策和资金支持。通过举办企业家高层论坛、座谈会等形式,理清了行业发展思路,探索了新时期促进行业转变发展方式的新举措。

【煤炭行业科技成果】 2010年,组织完成了"特厚煤层大采高综放开采成套技术与装备"和"煤炭资源高效采选关键技术与装备研发"、"矿山复垦关键技术开发及示范应用"等国家科技重大支撑项目研究。开展了煤炭科技需求调查,组织编制了年度行业科技研究指导性计划。编辑出版《中国煤炭工业科技创新成果2010》,推动了煤炭科学技术研究和成果转化。与中国煤炭学会共同评审出煤炭工业科技奖234项,获奖单位529家,获奖人员2524人次。推荐国家科技奖10个,其中"矿山大型提升装备国产化关键技术与应用"、"中国煤炭地质综合勘查理论与技术新体系"等6个项目获国家科技进步二等奖。完成行业标准计划立项173项,制修订技术标准88项,复审国家标准163项、行业标准876项。配合有关部门开展了煤炭产品、煤矿技术装备质量监管及工业产品的质量信誉建设和行业质量评优工作,推动了全行业全面质量管理。

【煤矿安全基础工作】 做好煤矿瓦斯防治部际协调机制成员单位工作。组织开展了全国煤矿安全高效矿井评审工作,修订完善了《煤炭工业安全高效矿井评审办法》,编撰出版了《中国煤炭工业安全高效矿井建设年度报告》,推广先进经验。发挥煤炭工业技术委员会作用,历时7个月,组织百名行业资深专家,完成了神华集团所属66处煤矿、38处选煤厂的生产技术和安全条件评议工作,取得明显成效。完成23项《矿产资源开发利用方案》评审、4项《煤矿建设项目安全核准》和部分大型企业委托的重点课题研究。与中国煤炭机械工业协会共同制定了《煤矿机械装备制造企业信用等级评价标准》。完成了《协会2010社会责任报告》编写和34家煤炭企业信用等级评价、31家企业信用等级复评工作。规范开展了煤炭企业管理创新成果鉴定、评审工作,连续3年编辑出版《煤炭企业管理现代化创新成果集》。与神华集团合作开展了《煤炭企业风险预控体系和标准研究》,为强化煤炭企业风险控制提供了新的思路。开展了煤炭行业和企业年度10大新闻评选活动,发布了2010煤炭企业100强报告,表彰了2010年度双十佳煤矿、先进煤矿、双十佳矿长、优秀矿长和煤炭工业信息化先进单位、先进个人。充分发挥了协会网站、会刊和内部出版物作用,搞好行业宣传。

【国际交流与合作】 2010年,组团参加了第16届国际选煤大会、世界采矿大会组委会会议及越南国际高新技术采矿大会、世界能源理事会亚洲能源峰会、联合国开发计划署柬埔寨国际采矿大会等国际会议,举办了"中澳褐煤论坛",促进了国际交流,提升了我国煤炭工业的国际地位。与有关省区市人民政府联合召开了第二届中国山东矿山机电暨煤化工高端产品博览会、中国煤矿瓦斯治理国际研讨会、中国国际煤化工展览会暨中国国际煤化工发展论坛、中国(淮北)煤矿机械博览会,为企业和区域煤炭产业发展搭建国际交流平台。开展了煤炭企业"走出去"战略研究,探索利用"两个市场、两种资源"的基本思路和政策措施。

【煤炭行业教育培训】 2010年超额完成了国家确定的"十一五"煤炭行业"653工程"培训20万人目标,全行业5000多人参加了职业经理人认证培训,4356人获得执业资格。完成职业技能鉴定109万人,获得鉴定证书86.5万人,合格率79.4%。实现了煤炭远程教育"四网合一",节目年播出超过1700课时,投放教学网点7159课时。53家大型企业入网,2010年网上培训超过百万人次。

【协会自身建设】 2010年协会召开了协会改革发展研讨会,提出了完善协会五大工作支撑体系,构建六大服务平台的基本思路。制定了《煤炭工业协会合同管理办法》等6项基础性制度,形成较为完备的协会制度规范体系。加强重点工作督办,提高了协会执行力。协会会员管理服务工作得到加强,财务管理和保密工作,受到国家总局和国资委表彰。协会出版物质量和网站点击率不断提高。制定并实施协会人事制度改革意见。开展协会人才队伍建设规划研究。根据需要,重新调整了部室职能。完成机关第四轮岗位聘任和干部双向挂职工作。支持代管协会参加行业协会评估。完成部分代管协会负责人届中调整工作。加强了协会分支机构、直属事业单位和代管协会资产财务监管和内部审计工作。通过开展创先争优、推进创建学习型党组织建设和党员公开承诺、签订党风廉政建设责任书、党员廉政承诺书活动,加强协会党的建设。通过组织员工为青海玉树、甘肃舟曲灾区和贫困母亲、安康图书馆捐款等活动,增强协会员工社会责任意识。协会工会工作得到加强,协会团委获中央国家机关"五四先进团委"称号。注重关心群众生活,协会工作人员积极性得到了发挥。按照共青团中央要求,开展行业青年队伍情况调研和筹备成立煤炭行业青年工作委员会等工作,进一步增进协会与会员单位的联系与合作,推动了协会党建和思想政治工作。

(中国煤炭工业协会 解宏绪)

中国冶金矿山企业协会

【概况】 2010年,中国冶金矿山企业协会(以下简称"协会")坚持以科学发展观为指导,以提高服务水平为根本宗旨,深入开展行业调查研究,积极反映企业诉求,不断推进体制创新、技术创新和管理创新,推动资源整合、综合利用和绿色矿山建设,积极做好产业协调与行业服务,不断强化自身建设,整体工作水平和服务能力明显提升,各项工作取得新进展。

【产业政策制定和修订工作】 2010年,协会跟踪国家宏观调控政策在行业中的实施情况,关注行业形势变化和重大问题,深入开展行业调研,为国家有关部门把握行业运行态势,加强行业管理和改善宏观调控提供服务。

一是对行业当前生产运行现状,企业面临的重点、难点问题以及重点企业"十二五"规划情况开展调研,及时对调研成果进行系统分析,并专题报送国家有关部门,反映企业诉求,提出政策建议。协助工业与信息化部向国务院写了专题报告,副总理李克强作了重要批示。

二是就如何鼓励和支持铁锰铬资源的地质找矿和合理开发利用,加快推进资源开发整合,提高开发规模化、集约化程度和资源利用率,建立矿权审批"快速通道",提高资源保障能力等向国土资源部提交了专题调研报告,促进了关于鼓励铁锰铬等国家紧缺矿产资源勘查开采有关政策的出台和地质矿产保障工程的实施。

三是协助财政部等国家有关部委和钢铁工业协会共同进行了铁矿资源发展战略及行业规制研究,提交了专题报告。并向温家宝总理反映铁矿资源保障问题,得到了国务院领导的高度重视。

四是和中国矿业联合会、钢铁工业协会共同开展完善铁矿资源税计征办法,减少税费重复交叉,取消不合理收费的调查研究,向财政部、国家税务总局提交了专题报告。围绕开采矿权评估转增国有资本金、循环经济或资源综合利用项目享受增值税即征即退或减免增值税以及所得税、资源税改革等,向财政部提出了政策建议。

五是根据行业发展需要,配合钢铁工业"十二五"发展规划,开展相关专项发展规划的研究和制定。开展资源节约与综合利用情况的调研,协助国土资源部编制了"十二五"矿产资源节约与综合利用规划。开展"十二五"行业发展的重大科技需求调研分析,向科技部反映企业和行业诉求。

六是向国土资源部报送了铁矿开采企业资质管理和行业准入的意见,对《境外矿产资源合作资质认证办法》提出了行业意见,对《矿产资源法》修改草案提出建议。开展了将攀西地区钒钛磁铁矿列入国家规划矿区的研究,促进了首批铁矿国家规划矿区的设立。

七是受财政部的委托,开展了冶金矿山扶持专项的研究,就支持大型铁矿基地建设、培育大型铁矿企业集团、加快老矿山升级改造、鼓励科技进步与技术创新、支持资源枯竭矿区经济转型、引导铁矿企业加大安全投入、鼓励企业发展循环经济、建设绿色矿山以及探索建立扶持国内铁矿产业发展专项基金等方面提出了具体目标和扶持方向。

【冶金行业节能减排】 开展了冶金矿产领域节约能源资源与减排的主要指标、发展目标和鼓励、限制、淘汰技术目录的研究，继续完善指标体系，协调行业重大节能技术的开发与推广，召开行业节能减排工作会议和经验交流会、技术研讨会，有力地推动了全行业节能减排工作的不断深化。开展绿色矿山评价体系的研究，参与绿色矿山基本条件、申报和评审程序的制定，争取财政专项支持资源节约与综合利用示范基地建设，开展国家级绿色矿山建设试点示范，5家铁矿企业成为首批国家级绿色矿山试点单位。

【冶金行业科技进步与自主创新】 组织、协调国家重大科技支撑计划的实施，对已结题的"十一五"国家科技支撑计划项目进行评估和验收；开展中国冶金矿山企业协会科学技术奖评定和冶金矿山科技成果鉴定工作；开展"十二五"国家科技支撑计划优先项目启动的论证和"十二五"国家科技支撑计划重点项目的组织申报工作。促进创新能力提升，产业技术创新战略联盟列入国家试点，一批国家重点实验室列入建设，一批国家工程技术中心、资源综合利用中心获得有关部门认证批准。促进科技交流平台建设，加大先进适用技术装备的推广力度，成功召开全国矿业科技大会。

【冶金行业管理与信息服务】 2010年，强化行业统计监测分析，及时收集、整理、编印和反馈行业生产、建设、运行、财务、价格等统计月报、年报资料，及时向国家有关部委报送产业信息、行业运行分析报告。充实为会员单位提供信息服务的内容，加强报送人员业务培训和队伍建设，积极落实重点企业月报统计制度和统计信息交流制度。深入开展行业"对标挖潜"和国内外成本对比分析活动，促进企业降本增效工作。进一步完善协会信息化系统平台建设，召开供需形势分析会、生产经营座谈会，出版《冶金矿山动态》，编辑《冶金矿山年鉴》等，为企业经营决策提供参考。受国土资源部的委托，组织黑色金属矿产资源开发利用方案审查、矿权设置方案审查和境外勘查开采项目的评审。受会员单位的委托，组织大中型建设项目的可行性论证、安全评价评审及相关问题的协调。受工信部委托开展了行业两化融合发展水平评估工作，研究制定了冶金矿山行业两化融合发展水平评估指标体系。

【冶金专业委员会自身建设】 2010年，各专业委员会根据国家有关部委要求和协会统一部署，理清发展思路，拓展工作渠道，提升工作水平，在各自专业领域内开展丰富多彩的活动。技术委员会组织了多次大型技术交流，企业文化委员会在年会上安排了新时代学雷锋典型郭明义的先进事迹报告，地方铁矿委员会针对小型矿山现状开展专题研讨，这些活动得到了会员单位的肯定。

【中国冶金矿山企业协会第五届三次理事会】 于2011年5月7日在北京市举行，出席这次会议的来宾、理事和代表134人。

会议分别由中国冶金矿山企业协会常务会长雷平喜、中国冶金矿山企业协会秘书长杨家声主持。中国冶金矿山企业协会名誉会长徐大铨、工业和信息化部副局长肖春权、中国钢铁工业协会副会长兼秘书长张常福、中国矿业联合会会长曾邵金出席会议并作了重要讲话。

会上，中国冶金矿山企业协会第四届理事会第一轮值会长邵安林作了《把握机遇，科学谋划，奋发有为，努力实现冶金矿山行业"十二五"良好开局》的工作报告；杨家声秘书长作了《关于选举及表决办法、推举监票人和计票人、吸纳新会员、选举会长和部分副会长、调整和新增理事、常务理事等有关议案说明》；秘书长杨家声受理事会委托，作了《关于2010年中国冶金矿山企业协会会费收支及2011年会费支出预算的报告》，宣读了大会会议决议；中国冶金矿山企业协会第五届第二轮值会长连民杰作了重要讲话；中国冶金矿山企业协会首席顾问董稼祥宣读《关于2010年度冶金矿山科学技术奖励的决定》，大会向获奖单位和个人颁发奖状和奖金。

会议听取并审议了邵安林会长所作的题为《把握机遇，科学谋划，奋发有为，努力实现冶金矿山行业"十二五"良好开局》的工作报告。会议认为，2010年，冶金矿山行业坚持科学发展，把握宏观经济回升的有利时机，加快推进重点项目，全面开展管理创新，转变发展方式，加强安全生产管理，改善矿山环境，深入开展"创先争优"，生产经营快速增长，经济效益大幅提升，铁矿石产量、固定资产投资等经济指标创出历史新高，资源保障程度有所提升，为钢铁工业发展提供了支撑。中国冶金矿山行业在"十一五"收官的关键之年，再次取得新成绩，做出新贡献。报告回顾并总结了"十一五"期间，中国冶金矿山行业所取得的成绩，总结提炼了经验教训。

会议认为，《工作报告》对于过去一年的总结回顾符合行业与协会的实际，并且从"十二五"较长的时间跨度和全球经济发展的宏观高度，深入分析了冶金矿山行业面临的新形势和新特点，提出了"十二五"行业发展目标。关于2011年行业工作的总体要求和协会工作重点安排，切实可行。会议决定批准该《工作报告》。

会议审议并通过了中国冶金矿山企业协会关于2010年会费收支情况及2011年会费收支预算的报告。会议认为，2010年冶金矿山的生产经营状况普遍较好，会员单位履行义务的意识不断提高，交纳会费形势较好，为推动协会各项工作的开展提供了可靠的物质保证。协会要继续严肃财经纪律，强化财务管理，做到各项支出合理。

会议通过选举，中钢集团矿业开发公司总经理连民杰担任新一轮会长职务，密云冶金矿山公司现任总经理冯百裕更换王德敏任副会长，河北钢铁集团矿业有限公司现任董事长王洪仁更换褚建东任副会长；审议并通过了关于调整部分理事、常务理事的议案，关于吸纳新会员的议案，关于聘请顾问的议案。

会议期间，国土资源部张洪涛总工程师做题为《中国矿产资源形势》的报告，于润沧院士做题为《关于我国矿业现代化战略思考》的报告。

会议宣布了《关于2010年度冶金矿山科学技术奖励的决定》并向83个获奖单位和268名个人颁发了奖励证书。全国冶金矿山行业的科技工作者要向获奖者学习，继续发扬开拓创新的精神，围绕行业重大关键、共性技术难题，开展原始创新、集成创新和引进消化吸收再创新，努力推进行业自主创新能力建设。

（中国冶金矿山企业协会　揭香萍）

中国有色金属工业协会

【概况】　2010年，中国有色金属工业协会（以下简称"协会"）坚持以科学发展观为指导，深入贯彻落实中央宏观调控政策，以促进加快转变发展方式、提高有色金属工业增长质量与效益为工作重心，深入开展有色金属工业"十二五"发展规划研究，不断推进企业技术进步和自主创新，推动节能减排工作，做好产业协调与行业服务，不断强化自身建设，各项工作取得新进展。

2010年，协会所属单位领导班子坚持开拓进取，勇于创新，周密计划，精心安排，工作努力，各项业务取得较好成绩。各经营单位进一步理清思路，夯实基础，科学研判市场走向，加强内部管控和资金运作水平，抓住机遇，加快发展，生产经营与国内外贸易取得明显成效。各专业分会在各自专业领域内深入调查研究，了解和努力掌握发展形势，根据国家有关部委要求和协会统一部署，理清发展思路，拓展工作渠道，提升工作

水平，积极反映行业发展中存在的困难和问题，反映企业诉求，工作给力，企业支持，有关部门认可。各代管协（学）会进一步明确发展思路，拓展工作渠道，加强为会员服务，整体工作水平和服务能力明显提升。

【产业政策制（修）订工作】　2010年，协会始终坚持把贯彻落实中央关于加快转变经济发展方式的要求作为行业管理工作的主线，跟踪国家宏观调控政策在行业中实施情况，关注行业形势变化和重大问题，协助国家有关部门落实《有色金属产业调整和振兴规划》实施细则，深入开展行业调研，强化行业统计监测分析，为国家有关部门把握行业运行态势，加强行业管理和改善宏观调控提供服务。

2010年初，协会组织了由协会领导带队，56名工作人员组成5个调研组，深入到19个省区和102家企业，用时3个多月开展了以全面了解和掌握有色金属行业当前生产运行现状，企业面临的重点、难点问题以及重点企业"十二五"规划为主要内容的产业调研，并与地方行业主管部门、行业协会和重点企业加强沟通。调研结束后，及时对调研成果进行系统分析，并专题报送国家有关部门，反映企业诉求，提出政策建议。

为贯彻国务院常务会议要求，组织专门力量重点对多晶硅产业发展情况进行调研，深入掌握行业发展状况和趋势，并向有关部门提出专项报告。

向国务院报送了对《中华人民共和国大气污染防治法（送审稿）》的行业意见，对《矿产资源法》修改草案提出建议。向国家发改委上报了《有色金属产业调整和振兴规划》实施情况和2009年有色金属产业结构调整进展。对《产业结构调整指导目录（2005年本）》、《境外投资产业指导政策》（2006年版）提出修订意见。配合国家发改委、工信部等出台《关于清理对高耗能企业优惠电价等问题的通知》和《关于印发〔赤泥综合利用指导意见〕的通知》，参加了工信部组织的环境保护法及相关法律后评估工作。向有关部门提出了《关于建议推出铅期货的报告》，铅金属期货已进入上市指引期。配合工信部修改完善《再生有色金属利用专项规划》，进行了再生铜、铝、铅行业准入条件和钨、锑、锡、钼等行业准入标准的制修订工作。受国土资源部委托提出了锡、钼等金属开采总量控制目标，开展了将钼列入国家保护性开采矿种及国家稀有稀土金属指令性生产计划的研究工作。与国务院参事室联合开展稀土管理体制改革调研，在国家有关部门制定的《稀有金属管理条例》中采纳了协会提出的多项修改意见。召开了《铅锌冶炼业污染防治技术政策（征求意见稿）》讨论会。就开采矿权评估转增国有资本金、循环经济或资源综合利用项目享受增值税即征即退或减免增值税和

所得税、矿山资源税等向财政部提出政策建议。

开展了《重点资源性行业生产贸易财税政策研究》，完成了有关部委委托的《有色金属企业兼并重组政策措施研究》课题，《稀有金属管理条例研究》《中国铅镉工业现状调查》两课题已通过专家评审和验收。

【有色金属行业节能减排】 贯彻落实国务院《关于进一步加强淘汰落后生产能力工作的通知》(国发〔2010〕7号)精神，协会组织了中铝兰州分公司、云铝股份、河南中孚、河南神火、中条山有色集团、杭州富春江冶炼等6家企业共同签署了《淘汰落后产能承诺书》，并向全行业发出按期淘汰落后产能的倡议。到2010年9月底，全行业顺利完成了落后生产能力的淘汰任务，其中铜11.7万吨、铝33.9万吨、铅24.3万吨、锌11.3万吨。

向国家发改委报送了有色金属行业落实国务院节能减排工作电视电话会议和贯彻国务院12号文件精神的报告。向中央政策研究室上报了有色金属工业技术改造情况，向全国人大财经委报送有色金属工业贯彻实施《节约能源法》的情况报告。编写了《有色金属工业节能专项规划》，重点推荐了27项有色金属行业"十二五"重大节能技术开发和推广项目。与工信部共同召开了"全国有色金属工业节能减排工作会议"，提出了全行业节能减排"十二五"建议指标，企业交流了经验，推动了全行业节能减排工作的不断深化。

参加了全国能耗限额标准执行情况和落后机电设备淘汰情况大检查。按工信部等要求拟定了铝行业对标指标体系和标杆值选取原则，推荐了云铝、金川两家企业为开展"两型"企业创建工作的试点，中国铝业公司等4家企业已被确定为"两化"融合促进节能减排试点。2010年，新型阴极结构铝电解等5项技术被列入第二、三批《国家重点节能技术推广目录》，全行业列入《国家重点节能技术推广目录》的技术已达到10项。

继续完善和充实有色金属工业重点用能企业能效对标体系，增加对标品种，启动了镁冶炼行业能效对标活动，推广氧气底吹炼铜技术。汲取匈牙利铝厂赤泥外泄事故教训，协会及时组织召开了全国骨干氧化铝生产企业座谈会，专题研究加强赤泥安全和综合利用工作。与中国机冶建材工会联合开展了全国重点用能企业能效对标实施效果竞赛活动。

完成了有关部委委托的《高载能行业产业结构调整与能源供应、消费协调发展研究》《有色行业高耗能设备运行状况及节能对策》《铜工业结构调整与淘汰落后产能研究》《铜冶炼节能减排技术报告》和《有色金属能源利用标准指标研究调查报告》，承担了"《GDP二氧化碳排放强度下降40%~45%目标的分解与实施方案》——有色金属行业二氧化碳减排潜力分析"课题研究工作。开展了《有色金属行业低碳技术创新和产业化示范工程专项指南》的编制和国家科技支撑计划《有色金属行业节能减排技术筛选与评估》等课题研究工作。

【科技进步与自主创新】 组织铝电解重大节能技术、短流程连续炼铜(铅)等节能减排共性技术和铝加工等高端产品开发以及重大资源综合利用技术的科技攻关，《低温低电压铝电解》等6个科技项目通过国家批复。完成了973专项《推动中国绿色发展的重大战略及技术问题研究》中电解铝温室气体减排方案及机制研究。

产业技术创新战略联盟构建取得新进展，2010年新成立了稀土材料、镁合金、铝资源、生物冶金等4个联盟，协会组织的12个产业技术创新战略联盟已有4个列入国家试点。

组织完成2010年国家科技奖的推荐申报，在国家科学技术奖励大会上有色金属行业共有7项科技成果受到表彰，其中国家技术发明二等奖1项，国家科技进步二等奖6项。完成了2010年中国有色金属工业科学技术奖的评审工作。

促进产业科技平台建设，年内有5家有色金属院所、企业列入国家重点实验室建设计划。青铜峡铝业集团等5家企业技术中心获国家发改委等部门认定批准，目前，有色金属工业国家认定的企业技术中心已达41家。

【有色金属产品进出口贸易管理】 向国务院税则办提出了2011年有色金属产品税目增列的意见，其中铬锆铜棒、三氧化二铋、二氧化锡等已增列了税目。经过两年多的努力，有色金属加工材、稀有金属产品已经分别增列了10多个税目。

向财政部、商务部报送了继续提高48个税号有色金属产品出口退税和保留部分有色金属产品出口退税、加工贸易和取消铜、镍、钴等短缺性资源产品的一般贸易出口关税等建议。国税总局已同意加工贸易出口有色金属产品增值税改按增值部分计税。经过努力碲、硒等出口关税也有所降低，铜材、铅锌加工材、锡材、铋等48种产品未纳入加工贸易禁止类目录。积极协助商务部、海关总署等做好铜精矿、氧化铝的进口协调工作。

为应对日益增多的国际贸易摩擦，与商务部共同召开了有色金属行业应对国际贸易摩擦工作会议，对企业进行了专题培训。积极支持企业应对美对华镁合金反倾销案日落复审，及时召开应对贸易摩擦分析例会,组织铜管生产企业应对反倾销立案调查。宁夏惠冶、山西银光等9家镁企业已获得欧盟 REACH 法规正式注册。

推进有色金属行业产业损害预警工作,向商务部报送了年度《重点有色产品产业损害预警信息监测专报》。向国家有关部门提交了《重金属冶炼烟气制酸工业现状与展望》报告,提出了限制进口硫磺制酸及对进口硫酸启动反倾销的诉求。

开展了《境外有色金属矿产资源开发》《重点资源性行业生产贸易财税政策研究》《科学界定"两高一资"范围,促进有色金属产业升级》《汇率、利率及税率对有色金属行业影响》等研究工作。

【调研编制工作】 根据行业发展需要,受国家有关部门委托组织开展了《"十二五"有色金属行业培育新的增长点,促进行业结构升级的对策研究》《有色金属工业"十二五"发展规划研究》《"十二五"有色金属(含稀有金属)行业发展和结构调整思路、目标、重点及对策研究》《有色金属行业"十二五"科技发展规划研究》《中国铜工业"十二五"发展规划研究》《"十二五"铝产业专项发展规划》《"十二五"铅锌工业规划研究》《稀有金属"十二五"发展规划》及有色金属工业"十二五"节能、产品质量发展、标准化发展规划制订工作。

向科技部、工信部等报送了《有色金属行业"十二五"科技发展思路建议和重大科技需求》《有色金属行业"十二五"技术创新规划》。

【生产示范项目评估与评审】 受工信部委托开展了有色金属行业两化融合发展水平评估工作,制定了《电解铝工业两化融合发展水平评估指标体系》和《评估方法》,正式启动了电解铝企业的评估工作。

完成了 2010 年清洁生产示范项目的评审,编制了电解铝和氧化铝《清洁生产推行方案》,向有关部门推荐了 2010 年度国家先进污染防治示范技术及国家鼓励发展的环境保护技术,协会推荐的"重污染"和"环境友好型"两项工艺已入选环保部《环境经济政策配套综合名录》。

【"质量兴业"活动】 配合工信部、质检总局等积极开展全国"质量月"活动,拟定了《有色金属行业"质量兴业"活动方案》,组织开展了以钛加工材、高速轨道车辆用铝材质量提升和大飞机用铝加工材国产化突破等方面为重点的"质量兴业"活动。推荐了第二届中国工业大奖有色金属参评企业和项目。完成了有色金属工业企业管理现代化成果、优秀论文、优秀质量管理小组等评选。全年完成国家标准 93 项,行业标准 105 项。继

续开展了 2010 年度全国有色金属行业企业信用等级评价工作。召开了第六届(2010)中国有色金属产业链发展暨铜、铝、铅锌产业链论坛,发布了《2009 年中国有色金属工业发展报告》。

【行业统计工作】 履行政府授予的行业统计职能,不断提升行业统计能力,及时向国家有关部委报送产业信息、行业运行分析报告。积极落实有色金属重点企业旬报统计制度,开展铜、铝、铅锌企业的主要有色金属品种统计信息交流。配合国家统计局做好第二次经济普查有色金属行业资料的分析。发布了 2009 年度有色金属企业销售额排序 50 强。

【国际合作与交流】 2010 年,协会进一步拓展国际合作与交流。组团出席了亚太清洁发展和气候伙伴计划 APP 特别工作组铝业工作组预备会议、中美铝工业合作工作组会议等,完成与美国可持续发展协会(IGSD)和新西兰大学合作开展了亚太七国铝"自动熄灭阳极效应和的全氟化碳(PFC)减排"国际项目,成功举办了 2010 年中国有色金属工业暨铝加工国际论坛、中国贵金属年会、中国国际硅业大会、中国国际钨钼发展高层论坛等 10 个国际会议。

【行业人力资源开发和人才队伍建设】 2010 年,协会推动全行业人力资源开发和人才队伍建设,与教育部联合开展了首届中国职业教育与有色金属行业发展对话活动,为有色金属行业高技能人才培养提供良好平台。继续开展了 2010 年度有色金属行业专业技术职务任职资格评审和有色金属行业技师、高级技师考评,组织了国家第十届中华技能大奖、全国技术能手、国家技能人才培育突出贡献奖单位和个人的推荐申报工作。

【协会自身建设】 协会成立以来,坚持服务宗旨,坚持为企业、为行业、为政府服务,得到了国家有关部门、广大会员单位和社会的广泛认可,2010 年协会被民政部授予全国先进社会组织称号,已连续 9 年被评为"中央国家机关文明单位"。全年发展团体会员 74 家,截止 2010 年底有会员单位 1193 家。

为进一步加强与地方协会、主管部门的沟通联系,召开了全国有色金属行业协会(有色金属行业主管部门)负责人会议,就协会工作开展及三届理事会有关事宜征求意见和建议。组织召开了出席全国劳模大会的有色金属行业全国劳动模范和先进工作者座谈会。

2010 年协会党委按中央要求和上级党委部署深入开展了"创先争优"活动,开展党风廉政建设和反腐败教育,组织协会及所属单位党员领导干部签订了党

风廉政建设责任书。筹备成立了协会工会,协会内部的各项建设在稳步提升。

（中国有色金属工业协会　李宴武）

中国钨业协会

【概况】　2010年,随着全球经济缓慢复苏,国际钨市场需求恢复,国内钨需求稳定增长,钨品出口增长,价格稳中有升,钨企业生产经营形势好转。2010年,中国钨业协会(以下简称"协会")坚持服务宗旨,在主席团的正确决策和会员单位的支持下,深入学习实践科学发展观,落实五届二次理事会工作报告的精神,为加快转变钨业发展方式积极开展各项业务活动。

为掌握后金融危机时期行业发展和企业经营状况,改进协会的服务工作,及时反映行业企业诉求,更好地向政府有关部门建言献策,协会先后组织前往江西赣州、南昌的钨矿山和加工企业,河南栾川的钨综合回收企业,福建龙岩的钨加工企业以及北京的钨材加工企业进行调研。深入了解钨矿开采、冶炼加工和钨综合回收利用以及企业自主创新、产品升级、"十二五"发展规划等情况,征求对协会工作的意见和建议。

受国土资源部的委托,2010年,组织有关专家在北京分别对长沙有色冶金设计研究院编制的湖南安化湘安钨业有限责任公司《湖南省安化县大溶溪矿区白钨矿矿产资源开发利用方案》和衡阳远景钨业有限责任公司《湖南省衡南县川口矿田杨林坳钨矿区资源开发利用方案》进行了评审;配合工业和信息化部继续做好《钨行业准入条件》的修订、《稀有金属管理条例》研究、钨工业"十二五"发展规划研究的后续工作,编制了《钨工业"十二五"发展规划》(草案)为制定有色金属"十二五"发展规划提供科学依据。受商务部委托,对全国钨品出口供货企业进行年审,提出具体意见和建议。

【钨业课题研究】　为了加快产品结构调整,推动产业升级,提高钨资源对经济社会可持续发展的保障能力,促进钨工业可持续发展,协会自筹资金60万元,组织国内权威研究部门的专家分别从资源、采选、冶炼、加工和市场贸易5个子课题开展了《中国钨工业发展现状与对策研究》课题研究。深刻分析了我国钨工业发展现状、趋势和问题,并提出了加快转变钨业发展方式的具体对策意见和建议。上半年组织对采选子课题的评审和汇总研究报告的撰写,并分别召开主席团会议和专家、院士座谈会对课题汇总研究报告以及《关于钨业发展的突出问题和建议》的专题报告进行评议和征

求意见。并向有关部委和有色金属工业协会报送了《中国钨工业发展现状与对策建议研究》课题研究报告,得到有关部委的高度重视和赞誉。

【协会领导班子届中调整替换工作】　根据国务院国资委、民政部的有关规定和中国有色金属工业协会的有关文件精神,12月6日,在北京隆重召开五届三次理事会暨专家报告会。会议选举产生了钨协五届理事会新任会长和常务副会长。中国有色金属工业协会副会长、副书记陈全训接替周菊秋当选中国钨业协会五届理事会会长;江西省政协常委、江西钨业集团有限公司原总经理张春明接替孔昭庆当选中国钨业协会五届理事会常务副会长。

中国有色金属工业协会会长康义出席会议并发表重要讲话,国务院国资委行业协会联系办公室梁方处长、民政部民间组织管理局王一鸣等莅临会议并致辞。协会领导、主席团主席、理事及理事代表和有关新闻媒体等共计68人参加了会议。康义在讲话中总结了近年来钨业协会和钨行业发展所取得的辉煌成就,对钨业协会所做的大量工作给予了高度评价,并对新一届理事会提出了希望和要求。新当选的钨协会长陈全训在会上发表了重要讲话,他充分肯定钨协在各项业务建设方面所做的大量工作和取得的长足发展,并对钨协今后的改革发展提出了明确要求和目标。他指出,在新形势下,要进一步解放思想,创新工作思路,研究新情况,解决新问题,努力把协会办成"自身过得硬、政府信得过、企业靠得住"的行业协会。

【中国钨业协会专题会议】　进一步加强协会自身建设,充分发挥主席团作用,不断推进协会各项工作上新水平。1月10日,在广州召开协会五届二次主席团会议和五届二次理事会,审议通过了《应对危机,努力保持钨业经济平稳发展》2009年协会工作报告和《2009年协会经费收支情况和2010年经费收支预算计划》报告;推举江西稀有金属钨业控股集团有限公司董事长、总经理钟晓云为五届理事会主席团第二任执行主席,增选广晟有色金属股份有限公司为五届主席团成员,总经理陈振亮为五届主席团主席;调整了五届理事会理事;发展和退会处理了有关会员单位。

3月28日,在南昌召开了五届四次主席团会议。会议认真分析了国际国内经济形势,回顾总结了我国2009年钨业发展状况,并结合2010年协会工作深刻学习和领会了十一届全国人大三次会议精神。会议还邀请清华大学中美关系研究中心高级研究员周世俭教授就"国内外经济形势及对策——后危机时代外贸出口的机遇与挑战"作了专题报告。会议统一了思想认识,

为着力加快转变钨业发展方式，推进产品结构调整、产业升级、节能减排、保护环境、技术创新，加强人才培养，提高自主创新能力等方面提出了许多很好的意见和建议。会议还就如何稳定市场价格进行了研究。

5月17日，硬质合金分会在长沙召开二届二次理事会，审议通过了分会理事调整，分析研究了硬质合金市场形势。

5月，硬质合金分会在上海成功举办了一年一度的硬质合金专业贸易展会，2010第五届上海国际硬质合金及生产技术和应用展览会。

8月，召开了五届五次主席团通讯会议，审议了《关于钨业发展的突出问题和建议》的专题报告。11月5日，召开五届六次主席团会议，研究调整五届理事会负责人等有关事宜，审议五届三次理事会工作报告和有关议案，分析3季度钨业经济形势。采取通讯方式增选了五届理事会理事。

9月11日，中国钨协地质矿山分会在青岛市召开了2010年全国钨矿山企业负责人座谈会，钨矿山企业为了抓住机遇，迎接挑战，共同促进钨矿山健康、平稳、可持续发展而召开的一次重要会议，常务副会长孔昭庆出席会议并讲话。他在讲话中分析了当前钨矿山发展和钨市场面临的新形势和存在的主要问题，并对地质矿山分会工作提出了要求。

9月14日，硬质合金分会以"中国硬质合金工业科技创新与发展"为主题，在西宁成功召开第十次全国硬质合金学术会议。会议共有18家企业和院校的科技人员撰写了59篇论文，论文涉及我国硬质合金行业在基础理论、应用领域等方面所取得的新成果以及"十一五"发展战略等方面的学术研究成果。会议具有浓厚的学术气氛。

【信息统计与信息服务】 2010年4月1日，在广西南宁召开了全国钨行业第五次信息统计工作会议。会议认真总结协会2009年信息统计和《年鉴》编辑工作，精心安排、部署协会2010年信息统计工作，表彰了26名2009年度全国钨行业优秀信息统计员。4月21日，硬质合金分会在贵阳召开全国硬质合金行业信息统计工作会，表彰了17位优秀信息统计员。

积极组织《中国钨工业年鉴》（2010年版）的约稿、编辑、校对和行业统计数据分析等年鉴编辑出版工作，加强《中国钨业》、《硬质合金》杂志的编辑出版工作，稳步推进《中国钨业》杂志社有限公司转企改制后的各项衔接工作。及时收集、分析行业信息和政策信息，编辑《中国钨业简讯》、《硬质合金简讯》向会员单位免费寄送，为会员、行业提供信息服务。通过报刊、网络等媒体广泛宣传行业发展动态，为培育和引导市场，稳定市

场价格营造了较好的舆论氛围。

（中国钨业协会 刘良先）

中国建筑材料联合会

【概况】 2010年初，国际经济形势复杂多变，中国建筑材料联合会（以下简称"联合会"）对国内外经济形势和建材行业的发展态势进行了分析，明确了联合会全年要抓好的十项重点工作。引导全行业将结构调整作为发展的主线，以提高自主创新能力为重点，加快推进发展方式的转变。联合会加强了调查研究，一方面深入地方和企业，听取企业意见，归纳行业发展中存在的问题；另一方面及时向政府提出促进建材行业健康发展的政策建议。联合会会同工信部原材料司共同组织召开了2010年建材行业工作座谈会，以引导行业应对国际金融危机。围绕行业运行动态、结构调整、节能减排和生产存在的问题等，全年分别向发改委、工信部等政府部门作了24次专题汇报；报送了176篇各类信息。

在调研和征求行业意见的基础上，对《产业结构调整指导目录》和《节能环保产业发展规划》、《关于资源综合利用及其他产品增值税政策的通知》、《2010年度重点产业振兴和技术改造投资指南》、《水泥行业准入条件》、《耐火黏土（高铝黏土）行业准入标准》、《萤石行业准入标准》、《完善生产资料流通体系的意见》、《外商投资产业指导目录》等产业政策的制订提出了修改意见。向商务部提出了关于调整建材行业进出口汇率政策、加工贸易产业政策及税则等意见建议。配合建设部起草了《关于推动建材下乡试点的指导意见》等有关文件。

2010年，完成了工信部、财政部、国资委等下达的《建材行业中外信用评价比较研究》、《发达国家水泥行业协会推进企业履行社会责任研究与促进我国相关工作的建议》、《促进建材各行业整合，提高产业集中度方案研究》等多项课题研究；启动了《建设以低碳排放为特征的中国建材产业绿色发展体系研究》的研究课题。为政府制定有利于引导、促进行业企业发展的政策措施提供了有效的决策信息，进而为行业健康发展营造了良好的政策环境。

【"十二五"规划编制】 为在《国民经济和社会发展第十二个五年规划纲要》中充分体现建材工业的地位和作用，在政府部门征求"十二五"规划纲要意见时，联合会提出了有关节能减排、资源综合利用、促进新兴产业发展、兼并重组、结构调整等方面的建议，得到了采纳。联合会组织有关单位深入调研，广泛征求意见，提出了

建材工业"十二五"期间4个方面重点发展任务:一是适应建筑业的发展要求,延伸建材工业产业链,发展加工制品业;二是发展循环经济、促进节能减排;三是加快发展新能源等战略性新兴产业的发展所必需的建材新材料的发展;四是以组织结构的调整,推进建材产业结构的调整和优化,得到了有关部门的认同和支持。在工信部的指导下,完成了建材行业"十二五"发展规划(草案)及水泥、平板玻璃、建筑卫生陶瓷、新型建材、非金属矿等5个专项规划(草案)编制工作。同时,编制完成了《建材行业"十二五"科技发展规划》《建材行业"十二五"标准化发展规划》。各专业协会也开展了对相关产业的"十二五"专项规划的编制工作。同时积极参与工信部"十二五"质量发展规划》和国家质检总局《质量发展纲要(2011~2020年)》的制修订工作。

【《战略》回顾与展望活动】 2010年是建材工业"由大变强、靠新出强"发展战略实施的第15个年头,也是实施《战略》第三阶段的开始之年。《战略》是科学发展观在建材行业的具体体现,是引领建材行业科学发展的一面旗帜。只有坚持《战略》的指导,行业才能科学发展。也只有不断丰富和发展《战略》的内涵,才能更好地发挥好《战略》对行业的引导作用。

联合会举行了《战略》回顾与展望活动,从坚持科学发展观,加快转变发展方式出发,认真总结《战略》实施以来取得的经验、成就和不足。正确分析、判断建材工业发展现状及面临的形势与挑战。同时,坚持实事求是、与时俱进的要求,明确了下一步的发展重点,得到了全行业的热烈反响和广泛支持。原中央政治局委员、国务院副总理、人大常委会副委员长邹家华同志就此专程发来贺信,高度评价了《战略》对建材行业过去15年发展的引领作用,并指示要"从加快转变建材发展方式出发,认真总结实施战略的经验和存在的问题,通过改革进一步加以改进和完善,以期更好地发挥好战略对行业又好又快发展的引导作用"。

【建材行业节能减排工作】 根据行业节能减排的具体情况,及时向环保部提交了《建筑材料行业工业污染防治报告》,组织业内百余名专家历时2年编写完成了《建材工业节能减排技术指南》。参与了《关于水泥行业节能减排的指导意见》《建材工业(水泥、平板玻璃产品)能效对标指标体系》、建筑材料产品能耗限额国家标准应用指南、节能量计算等文件、课题的研究编制、修改工作。组织开展了《建材工业"十二五"节能规划前期研究》《工业领域重点行业二氧化碳减排研究》。

向工信部、财政部和科技部推荐了海螺、金隅、华

新、亚泰和华尔润等五家企业为"环境友好型和资源节约型"试点企业。会同工信部召开了玻璃行业余热发电暨烟气治理技术现场交流会,促进了玻璃行业节能减排技术交流。

着手编制在水泥和浮法玻璃行业进行清洁生产试点的生产技术推广方案;组织完成了建材行业清洁生产示范项目的审查工作,推荐了水泥和建筑陶瓷的清洁生产项目列入生产示范项目,努力提升行业节能减排水平。

【建材行业科技自主创新能力建设】 申报了《节能绿色建筑材料开发与集成应用示范》《水泥窑炉粉尘及氮氧化物减排关键材料与技术开发》和《复合材料废弃物综合利用工程技术》等3个"十二五"国家科技支撑项目,其中《节能绿色建筑材料开发与集成应用示范》项目已完成论证工作,正在组织该项目的具体实施。

经行业推荐,武汉理工大学的《骨外科用生物降解复合材料制备关键技术及商品化开发应用》和《钢管高强混凝土膨胀控制与制备技术及其在大跨度结构的应用》两个项目获2010年度国家科技进步二等奖,济南大学的《硫铝酸钡(锶)钙基特种水泥的制备技术及海上工程应用》项目获国家技术发明二等奖。中国建筑材料联合会与中国硅酸盐学会共同主办了2010年度建材科技奖,共有30个项目获奖;与中国机冶建材工会共同主办了"凯盛杯"2010年度建材行业技术革新奖,共有118项目获奖。对《水泥窑余热发电系统开发与应用》等17个科技成果和新产品进行了鉴定。

【建材行业标准化和质量管理】 开展了《建材行业质量安全标准体系》的研究,提出了构建轻质装饰装修材料、水泥及制品等12个领域的质量安全标准体系框架,并明确了未来几年我国建筑材料质量安全标准化工作的重点任务以及重点制修订项目。按照《国家标准化体系建设工程指南》的要求,建立了较为完善的建筑材料标准体系。

全年启动制定国家标准计划42项,行业标准计划122项,并成功立项3项国际标准。公布实施国家标准31项,行业标准132项。

完成了《水泥企业质量管理规程》的修订,对规范水泥企业的质量管理,提高和保证水泥产品的质量发挥了重要的作用。对部分水泥企业化验室进行了评审考核和复查换证审核工作。组织参加了国家认监委建材行业国家实验室资质认定评审员培训工作。组织完成了行业计量机构的工业行业计量现状调查工作。

做好生产许可证审查工作。对无证企业加强查处,为1500余个水泥企业进行生产许可证审查。组织

召开了水泥产品生产许可证工作座谈会,对水泥产品生产许可证实施细则进行修订,提高水泥业的准入门槛。修订了《建筑防水卷材产品生产许可证实施细则》。

【国际合作与交流】 2010年,联合会先后接待了瑞士、法国、英国、日本等国家的政府机构、协会组织和企业集团来华开展技术交流活动。与日本煤炭能源中心合作主办了粉煤灰技术研讨会。经过积极争取,中国硅酸盐学会获得了2016年"第24届国际玻璃大会"的主办权。联合会系统举办了"第七届水泥混凝土国际会议"、"第16届国际晶体生长会议"、"2010中国国际水泥峰会"等国际会议,通过组织各种形式的国际交流及合作项目,提升了建材行业影响力和作用。

联合会系统各单位在2010年成功举办了"第二十一届中国国际玻璃展"、"第十七届中国国际石材产品及石材技术装备展览会"、"第四届中国国际墙材展"、"第十一届中国国际水泥技术及装备展览会"等一批展会,与唐山、天津市政府分别联合举办了"唐山中国陶瓷博览会"、"中国(天津)国际建筑节能与新型建材展览会",为行业进行国内外交流提供了展览、展示平台。

【企业应对反倾销调查】 2010年,成立了应对国际贸易摩擦工作组织机构,初步建立了建材行业反倾销案件的跟踪和应对工作机制,针对近年来建材行业面临多起国际贸易争端的情况,按照国资委、商务部的部署,提出了《关于建材行业应对国际贸易摩擦的情况汇报和措施建议》,按季度向商务部报送反倾销报告。

2009年以来,建材行业遇到欧盟、印度、土耳其、澳大利亚等多起国际反倾销案件,涉及浮法玻璃、玻璃纤维、瓷砖等产品。联合会组织企业积极应对,有针对性地抓好玻纤产品的反倾销应对工作,与涉案企业研究案情,组织、协调巨石、泰山、重庆复合三大玻纤企业开展无损害抗辩。针对输美石膏板事件,积极协助商务部开展调研,与美方沟通,召开涉案企业座谈会,维护了企业利益和国家形象。

【职业技能鉴定、培训和技能人才评选】 按照中央关于进一步做好职业技能人才培养和加强人才建设的要求,召开了建材行业职业技能鉴定工作会议。对110名考评员进行了培训。全年对11237人次进行了职业资格鉴定,10896人取得了职业资格证书。组织推荐了建材行业"国家技能人才培育突出贡献奖"候选单位和个人、"全国技术能手"、"中华技能大奖"候选人,建材行业有1个单位和1名个人获"国家技能人才培育突出贡献奖"荣誉称号、两人荣获"第十届全国技术能手

称号"。

【企业信用等级评价】 2010年,开展了第二批建材行业企业信用等级评价工作,评出A级企业16家,其中,AAA级13家,AA级3家。联合会将相关企业列入到商务部和国资委《中国行业信用评价A级以上企业名录》,实现公示一批,宣传一批,让社会了解一批,达到了宣传诚信兴商的目的。

(中国建筑材料联合会 谷东玉)

中国非金属矿工业协会

【概况】 2010年,中国非金属矿工业协会(以下简称"协会")接受工信部原材料司、国土资源部矿管司等部门的委托,贯彻落实国办1号文件《关于采取综合措施对耐火黏土萤石的开采和生产进行控制的通知》。协会与工信部原材料司、国土资源部矿管司、财政部有关领导到萤石、高铝黏土有关生产地区和企业调研。研究制定《萤石行业准入标准》、《高铝耐火黏土行业准入标准》,已由工信部联合国土资源部等七部委发布。配合国土资源部、工信部制定2010年萤石、高铝耐火黏土的开采指标、生产指标。承担工信部《萤石耐火黏土准入管理办法研究》课题,制定了《萤石耐火黏土准入管理公告管理办法》。2010年,协会及专委会还多次召开萤石、耐火黏土有关专家座谈会、企业座谈会,研究和探讨有关政策措施以及了解行业情况。

【非金属矿有关矿种调研】 2010年,参与了中国矿业联合会承担的资源税调查与研究工作。协会负责非金属矿有关矿种的调查与研究,向典型矿种和企业发资源税调研函,并且协会召开硅藻土、滑石税费座谈会,邀请财政部税政司的有关领导参加。

协会协助国家安全生产监督管理局对温石棉行业安全工作和职业病防治工作进行调研。

【中国非金属矿产业经济发展论坛】 2010年1月24日在北京市,由中国非金属矿工业协会和北京大学公共经济管理研究中心共同主办。工业和信息化部原材料司高云虎副司长、国土资源部矿产开发管理司金愉中处长出席论坛并就非金属矿资源纳入国家管理有关思考作了精彩演讲,中国非金属矿工业协会、北京大学、中国物资再生协会、中国建筑材料科学研究院等单位的经济学家、专家、教授以及来自非金属矿及下游产业的企业家,广大参会代表发表了对中国非金属矿经济发展的宏观政策建议和改革倡议,提出企业重组规

模化、自主创新与产品精细化开发的精辟见解。出席了论坛的代表有国家发改委、国土资源部、工信部、科技部、环保部、商务部等有关部门的领导、非金属矿行业专家、企业家等,约300多人。

【中国非金属矿工业协会第五届二次常务理事会议】
2010年1月25日,在北京市召开。出席本次会议的人员有协会第五届常务理事会成员及其代表,共80余人。会议审议通过2009年工作报告,并就2010年协会的工作提出好意见和建议,同意协会进行制度化建设,逐步增强协会会刊、网站等服务载体,强化协会功能,提高协会服务能力。会议还讨论了"中国非金属矿行业企业信用等级评价管理办法"以及成立中国非金属矿行业企业信用等级工作委员会及信用办公室等机构。会议审议通过了增补杭州华达集团董事长汤国华同志为协会副理事长以及王绍华同志辞去协会副理事长议案。

【2010中国硅藻土产业发展高峰论坛】 2010年8月27～28日,由中国非金属矿工业协会、白山市人民政府主办,临江市人民政府承办,在吉林省临江市举行。以"科学开发、综合利用,促进硅藻土产业可持续发展"为主题的本次论坛,进一步论证了硅藻土产业的发展方向、政策导向,为推动产业健康快速发展提供了思路。论坛期间中国非金属矿工业协会硅藻土专业委员会召开会员代表大会,选举产生新一届理事会。出席论坛的有科技部计划司副司长刘玉兰、财政部税政司副处长李旭鸿、国土资源部规划司郭威、工业与信息化部原材料司王威伟、中国科学院院士叶大年、中国非金属矿工业协会名誉理事长李宝银、副理事长林大泽、张梦显、秘书长王文利、白山市政府代市长彭永林、临江市委书记王树平、市长张习庆等,150余位来自政府、协会、科研机构、企业等的有关代表参加本次高峰论坛。

【硅藻土开发利用推进】 为了推进我国硅藻土行业健康发展,根据吉林白山市、临江市人民政府"中国硅藻土工业城"、"中国硅藻土产业科技示范基地"冠名的申请,协会组织专家组通过对白山市所辖临江市、长白县硅藻土矿山开采及加工企业的参观考察;认真审阅有关规划及听取贵市关于硅藻土产业发展及打造"中国硅藻土(工业)城"及"中国硅藻土产业科技示范基地"进展情况介绍,提出专家组考察意见。根据专家组考察意见,参照协会《非金属矿工业开发创新示范基地》认定标准,在硅藻土资源储量、开发规模、生产技术水平、科技研发能力、政策环境等方面进行培育和评估,授予白山市"中国硅藻土工业城"的称号,并在中国硅藻土工业城平台建设下,授予临江市"中国硅藻土产业科技示范基地"的称号。通过平台的建设,进一步促进和提升白山市硅藻土产业的发展水平,扩大影响,发挥示范作用,引领全国硅藻土行业迈向新的发展时期。

【非金属矿行业企业信用评价工作】 2010年,协会经商务部、国资委的审核,通过了协会在非金属矿行业开展企业信用等级评价工作。经过企业申请,认真考核与评价,评选出首批19家非金属矿行业信用企业。通过此项工作的开展,逐步促进非金属矿行业信用体系建设。

【《非金属矿工业手册》修订工作】 《非金属矿工业手册》修订项目,已由国土资源部正式立项,是非金属矿行业的权威工具书。2010年度分篇章召开了4次《手册》初审工作会议,修订工作还在进行,争取在早日完成出版工作。

【非金属矿课题研究】 2010年,完成协会承担工信部《我国非金属矿工业可持续发展研究》、《我国石棉工业政策研究》的评审工作。

协会承担国土资源部《非金属矿资源节约节能技术指南研究》软科学课题研究工作。本课题时间2009～2011年,本年度完成了资料与技术的调研与收集工作,共征集到非金属矿行业矿产资源节约与综合利用,选矿加工鼓励推广技术、工艺与设备19项,其中技术工艺16项,设备3项,限制淘汰的技术3项,征集到非金属矿综合利用技术3项。完成了《非金属矿产资源节约与综合利用技术指南研究报告》初稿编写工作。共计六章,4.5万多字。

参与中国建材规划研究院承担工信部的"非金属矿行业十二五规划"课题的研究工作。参与国土资源部规划司"我国矿产资源综合利用十二五规划"的研究和修改工作。

【咨询服务】 2010年,协会积极为地方政府提供各种咨询服务。广东连州碳酸钙基地建设后续专家咨询服务;吉林白山市"中国硅藻土工业城"、临江市"中国硅藻土产业科技示范基地"平台培育与建设;内蒙古突泉县蛇纹石开发专家考察咨询服务;湖北省来凤县碳酸钙资源开发专家考察咨询服务;黑龙江鸡西、萝北石墨开发调研考察,为鸡西市研究编制"鸡西市十二五石墨产业发展规划"。

为企业开展各种技术、信息咨询服务。为内蒙古瑞胜矿业公司研究编制石墨产业可行性研究报告、为江西路桥工程责任有限公司研究编制江西永丰石英深加工项目可行性研究报告，以及开展石墨市场以及高岭土咨询服务等。

【协会自身建设】 2010年，协会各专委会举办各种会议。菱镁矿专委会在沈阳举办辽宁国际镁质材料博览会；石膏专委会张家界市进行换届并召开技术交流会；硅藻土专委会在临江市进行换届并召开年会；矿物加工专委会在丹东市进行换届并召开十一届加工技术交流会；萤石专委会在杭州召开多次常务理事会并在武汉召开萤石专委会年会；膨润土专委会在上海召开年会；滑石专委会在沈阳召开年会；黏土专委会在洛阳召开年会；石棉专委会召开2次矿山座谈会。通过各种会议推动和提升了非金属矿行业工作的开展。

2010年，协会着手网站的改版工作，改版后网站内容更丰富和栏目更合理，实现会员制服务。预计2011年1月底完成。做好协会日常工作，做好协会日常工作，指导各专业委员会开展各项工作。协会参加民政部协会商会信用评估工作。在此申请过程中，不断检查和完善协会建设。

（中国非金属矿工业协会 向 琦）

重庆市地质矿业协会

【组织建设】 2010年12月，重庆市地质矿业协会（以下简称"协会"）成功召开重庆市地质矿业协会（下称"协会"）第二次会员代表大会，完成了换届工作。选举产生了协会第二届理事会和领导班子。新的理事会由98名成员组成，选举了47名常务理事，选举王伯清为协会会长，王力等14人为副会长，邱佳正为秘书长。

全年发展单位会员8个，个人会员5名。坚持召开例行的常务理事会和会长办公会、秘书长会议、秘书处工作会议，坚持协会制订的内部部门工作职责、会议制度等。

【技术服务】 接受重庆市国土资源和房屋管理局要求，积极组织专家做好煤矿整合后采矿权登记审批前的《划定矿区范围申请报告》《储量核实报告》《开发利用方案》等的审查工作。至年底，共审查各类技术报告714份，其中，划定矿区范围申请报告174份、储量核实报告238份、开发利用方案282份、压覆矿产资源报告20份。

在组织专家审查技术报告过程中，强化了管理。每次审查中有监督，审查后有整改，季度有分析。并将评审过的报告分为"推荐入选优秀报告"，"一次性修改合格报告"、"重编复核报告"和"重编重审报告"四类。

经评选出的优秀报告在年度地矿行业年会上进行表彰奖励，"重编复核报告"和"重编重审报告"的编制单位均将受到规定的处理（批评、黄牌警告、谈话和取消编制资质等）。

加强技术报告评审的规范管理，坚持和重申协会制定的《技术报告评审机构工作职责》《技术报告编制单位和编制人员职责》《技术报告评审专家职责》《技术报告评审工作流程图》等报告评审管理体系，并坚持环环监督管理。

配合技术报告编制单位，对全市矿山矿区范围由原北京54坐标向西安80坐标的技术转换，以方便采矿权登记能在全国范围内实现统一配号，使矿业权管理更加系统化和规范化。

对全市地勘技术、管理人员进行了培训。针对基层地矿管理人员、技术报告编制人员存在的问题进行了业务培训。全年举办大型培训班3期，共培训基层地矿行政管理人员80人，专业技术人员94人，共计培训174名。

【"中国温泉之都"申报】 协会在2007年成功申报巴南区为中国第十个"温泉之乡"的基础上，为加强对全市地热资源开发利用管理，于2010年在参加中矿联在北京召开的全国地热资源27个"中国温泉之乡"（地热城、示范区）地热水开发利用经验交流会后，结合重庆建设"温泉之都，一圈百泉"的进程，向政府主管部门写出了加强重庆地热资源管理的专题报告，在分析重庆市地热资源开发现状和存在问题的同时，提出了关于加强重庆地热水资源开发利用管理的五条建议，为重庆市成功申报"温泉之都"起到了助推作用。

【绿色矿山建设】 根据国土资源部和中国矿业联合会关于推进绿色矿山企业建设的规划和要求，讨论制发了《关于全市推进绿色矿山企业建设的实施意见》的通知。提出了绿色矿山建设的目标任务、创建内容、方法步骤等。并先后到永荣矿业公司长河扁煤矿、天府矿业公司磨心坡煤矿等企业调研，与矿山领导座谈，大力推进绿色矿山建设。同时组织相关单位，参加由国土资源部规划司等相关司局和中国矿业联合会在山西大同煤业集团公司召开的"2010中国矿业循环经济论坛"，参与研究和探讨矿产资源开发与环境保护协调发展，资源综合利用与发展循环经济和低碳经济，建设绿色矿山与绿色矿业等的关系，为我市绿色矿山建设注入了新的活力。

【调查研究】 2010年7月，协会组织人员，深入锶矿产地大足县和铜梁县，会同相关部门和矿山企业，共同对锶矿产供销现状进行了分析研究。并向政府有关部门呈上了《重庆市锶矿供需现状调研报告》。报告对近年来,重庆市锶矿开采加工、市场需求、产品价格明显下降、企业亏损严重等突显的问题给予了关注。

对全市地勘队伍现状进行了调查。上半年,协会采取下发问卷和走访调查相结合的办法,对在渝地勘队伍状况进行了调查。共收到全市国营和民营地勘单位25份《在渝地勘单位工程技术人员调查表》,走访了7个地勘单位,已形成调查报告。主要内容:一是在渝地勘单位性质状况,全市国营地勘单位16家,民营地勘单位12家;二是在渝地勘队伍基本情况,共有地勘从业人员4000余人,其中高级工程师以上技术人员500余人;三是对在渝地勘单位存在的主要要问题,提出了几点建议。根据调查,协会理出全市500余名地质矿业方面高级技术人员的相关资料,为扩大协会专家队伍、加强专家的管理、培训和使用提供了依据。

【地球日活动】 2010年,协会积极组织和参与第41个世界地球日的宣传活动,与市国土房管局宣教中心一起制作展版5块,并冒雨上街宣传,订阅并发放各种宣传材料2500余份。

【对外联络】 加强与中国地质学会、中国矿业联合会、中国矿业权评估师协会的联系和合作,先后参加了全国矿业联合会(协会)秘书长会议,中国地质学会省级学会秘书长会议及要业权评估师协会例会。

向中国矿业联合会、中国地质学会报送工作总结。作为中国地质学会的省级学会,参与中国地质学会工作,多项工作受到中国地质学会肯定,2010年被中国地质学会授予"社会服务工作先进单位"称号。

参与《中国矿业年鉴》和《重庆市国土资源年鉴》和《中国矿业二十年》的编辑工作,向有关编辑部提供重庆市相关资料。

【项目合作】 与中国地调局发展研究中心合作,并在市局储量处指导下,承担了重庆市的南桐煤矿、同华煤矿、打通煤矿、磨心坡煤矿、奉节青龙矿区和巫山田家矿区等6个危机矿山接替资源勘察项目的野外施工现场监测、验收及报告初审的组织实施工作,2010年上半年全部完成,地质报告已通过国家危机办专家审查合格:同华煤矿、磨心坡煤矿、巫山田家矿区3个地质报告被评为优质报告,南桐煤矿、打通煤矿和奉节青龙煤矿3个报告被评为良好级报告。

根据中国地质学会关于征集《2010年度中国地质学会地质科技新进展与地质找矿新成果》的通知(地会字〔2010〕053号),向其推荐了重庆市地勘局205地质队编制完成的《四川省九寨沟县马脑壳金矿接替资源勘查报告》入选《中国地质学会年度地质科技和地质找矿成果汇编》。

【信息交流】 《重庆地质矿产》印制出版4期共计2200册,发放到市级有关部门,区县主管部门及全体会员单位和个人会员。并与40余个兄弟省市同业协会、学会进行了资料交换。

《重庆地质矿业协会》网站已运行四年多,2010年发布各类资料、信息近100篇。

在南江水文地质工程地质队支持和配合下,成功召开2010~2011年度地勘年会,全市20多个国营地勘单位和民营地勘单位和市国土房管局和地勘局相关领导120余人参会。会上,征集论文56篇,表彰优秀论文18篇,表彰优秀技术报告12份。印制年会论文集300册,发放年会与会人员、论文作者、各地勘单位、各区县地矿行政管理部门,并与全国同业协会、学会实现交流。

搜集资料,参与编写《中国矿业年鉴》、《重庆市国土资源年鉴》等丛书的编辑工作,提供有关资料和图表。

(重庆市地质矿业协会 郝祖梁)

四川省矿业协会

【概况】 2010年是实施"十一五"计划的最后一年,也是全面完成"十一五"规划的重要年。四川省矿业协会根据国土资源部"保增长、守红线、积极参与宏观调控"的工作原则,参照四川省国土资源厅总体工作部署,继续贯彻国务院加强地质工作的决定和省政府贯彻落实国务院《〈决定〉的实施意见》,坚持矿业开发与环境保护并重方针,坚持科学发展,坚持可持续发展战略,围绕"矿业开发",增加资源储备;环境保护,推进绿色矿业;"以人为本,宣传防灾、减灾"的三大任务。

【四川省矿业协会第三届理事会换届选举工作】 根据《四川省矿业协会章程》,按组成结构比例分配理事名额,由会员单位自下而上民主推荐理事候选人,经秘书处汇总,于2010年3月26日提交四川省矿业协会第三届会员代表大会审议,民主选举产生了四川省矿业协会第三届理事会。第三届理事会由146名理事组成,计有团体会员单位132个,个人会员579人,各类矿业专家859人。会长宋光齐、常务副会长王平,秘书长由李洪清副会长(兼)。副会长16名,常务理事41名,副秘书长4人、理事83人。另设名誉会长1名;名誉理事4名。换届工作前,协会委托四川华地会计师事务所，审计了第二届理事会至2009年以来省矿业协会财务工作。

【《四川矿业发展论文奖》征集及评审】 四川经历了金融危机和"5·12"汶川特大地震灾后重建的双重考验，在省委、省政府"巩固回升，加快发展，投资拉动，产业支撑"的方针指导下，有力地止住了矿业实体经济下滑趋势，实现了"止滑回升，总体向好"的格局。地质找矿取得了明显成效，超额完成了煤、磷、铁、铅锌、硫铁矿的年度勘查任务。为应对世界经济危机的负面影响，巩固地质找矿成果，经认真筹备，精心组织，征集论文27篇。其中涉及矿政管理、对策及建议的13篇，涉及地矿专业技术的14篇，经专家论文评审小组初评和最终复审后，共选出优秀论文10篇，其中获优秀论文一等奖1篇，获二等奖3篇，获三等奖6篇，四川省核工业地质局获论文组织奖。在获奖的优秀论文中推荐陈东辉、赖贤友、张文宽等6人，在四川省矿业协会第三届会员代表大会上宣讲并当场颁奖。同时编辑《四川矿业发展论文集》赠发会员单位，获奖作者和兄弟学会、协会。

【抗震救灾先进表彰】 四川省经历了"5·12"汶川特大地震灾害和国际金融危机影响最为艰难时段，四川矿业协会，在省国土资源厅直接指导下，团结矿业同仁，共渡时艰，涌现出一批临危不惧，不畏艰辛，关心矿山灾情，主动敬言献策，在通讯中断情况下，千方百计与灾区矿山企业联系，了解灾情及时向抗震救灾部门反映。经四川省矿业协会秘书工作扩大会议研究，在2010年3月26日四川省矿业协会第三届会员代表大会上，表彰矿山企业、地勘单位，矿政管理等部门计26个先进集体，64名先进个人。并给予表彰奖励。

【四川矿业代表参加2010年第十二届中国国际矿业大会】 接国土资源部办公厅〔2010〕831号《请做好2010中国国际矿业大会参会参展工作的函》后，四川省国土资源厅领导当即批示《请科技处会同省矿协研办》。省矿协立即着手与省厅科技处筹办四川矿业参加2010中国国际矿业大会。首先组建了以王平副厅长为组长，省地勘局范崇荣副局长为副组长的参会参展筹备工作协调小组。并由省国土资源厅行文地勘单位、矿山企业以及有关的矿政管理部门，当即拟定参会参展工作进度表。省矿协负责人专程去厅、局有关部门收集资料。经整理筛选，拟定了《发展中的四川矿业》为主题，征得厅与科技处负责人同意后，委托何勇、顾晓军译成英之后，由朱文翅设计展报、宣传资料册。历时3个月，按工作进度，经三次四川省矿业筹备工作协调

小组审议，最后组成以王平副厅长为团长，省冶金局副局长刘荣、省核工业地质局副会长任胜、省地勘局总工程师李树、省煤田局总工程师徐锡惠4人为副团长，省矿业协会副会长李洪清为秘书长的四川省矿业代表团一行65人，于2010年11月15日由王平团长率领赴天津参加第十二届中国国际矿业大会。四川矿业代表是历届四川参会人数最多一次。

2010年中国国际矿业大会11月16日在中国天津隆重开幕。中华人民共和国国土资源部部长徐绍史主持开幕式。

中共中央政治局常委、国务院副总理李克强亲临大会，并发表了重要讲话。李克强在讲话中强调：中国将按照坚持科学发展观，加强转变经济发展方式的要求，把立足国内开发与加强国际合作结合起来，充分利用国内、外两个市场、两种资源，不断增强经济社会发展的能源资源的保障能力。

大会主题是"合作、责任、发展"。大会主办、协办和参会代表紧扣主题，共同推出7大题目，组织30个专题论坛和62个矿业项目对接签定协议的活动。四川矿业代表团共有5个项目正式签约，累计金额人民币约2.6亿元。

历时3天的世界顶级中国国际矿业大会计有50多个国家和地区政府的矿业官员、专家学者、矿业集团、金融机构、矿业投资者和我国地勘单位、矿业企业、矿政管理等代表4000多人参会。四川矿业代表结合自己的工作需求，选择专题，参加论坛活动，尽心尽责、收集资料，广交朋友、互通信息、研判整理、去粗取精、为我所用，思考自身发展的新路。

展览期间团长王平亲率刘荣、任胜、李树、徐锡惠4个副团长站台。热情、友善、耐心细致，向中、外嘉宾、部委、省领导介绍四川矿业情况并赠送矿业宣传资料，受到中、外矿业朋友好评。

四川矿业代表参会返川后，立即选用撰文、图片，先后在《四川国土资源报》、《四川国土资源网》、《四川矿业网》、《四川矿业信息》上刊登四川矿业代表在会上活动情况。2010年12月2日省国土资源厅副厅长王平亲自主持第三次协调小组工作会，全面总结四川省矿业代表团参展参会的工作，并写出《工作小结》刊登在《四川矿业信息》第12期期刊上。

【"小金库"自查自纠】 根据川纪发〔2010〕14号"关于《四川省社会团体'小金库'专项治理实施办法》的通知"后，立即向矿协主要领导作了汇报，同时在文件传阅的基础上，由矿协领导组织学习，进一步领会文件精神，按治理"小金库"要求，分4个阶段进行工作部署，二次对照治理"小金库"的7个方面，逐项进行自查。

于2010年9月25日呈送了四川省矿业协会"小金库"自查自纠的报告(川矿协发〔2010〕8号)。自查认定:四川省矿业协会,对照治理"小金库"的7个方面,四川省矿协工作人员(含分设的财务会计、出纳)能严格遵守国家法律、法规和财务规定,严格把好会费和专项资金的收取和使用。无违纪,违规行为,从未有"小金库"。

2010年10月8日四川省社团治理"小金库"工作组亲临协会检查治理"小金库"工作。协会秘书长李洪清受会长宋光齐委托,向省治理"小金库"工作组。全面汇报了四川省矿协自查自纠的工作情况,重点是财务情况。

根据川纪发〔2010〕14号,对照治理"小金库"7个方面,协会一直坚持按财务规定,会计、出纳单设,收、支两条线。收入:主要是按《章程》规定的团体会费(个人会员不收费)和承担行政交办的工作项目,除上述两项外无其它收入。支出:严格按财务规定办,无乱收、乱支行为,建立了严格财务管理制度,账目明细清晰,帐实相符,凭据规范,无账外账,无"小金库",符合财务管理有关规定。

对检查后提出的问题,将作为协会改进工作的动力,并按时保质进行整改,同时针对工作中的薄弱环节,进一步完善管理制度,促进财务管理工作再上一个新台阶。

【矿产资源开发利用方案评审】 根据国土资源部《矿产资源开发利用方案审查大纲》的要求,受四川省国土资源厅的委托,遵照温家宝总理"地质工作必须贯彻科学发展观,把地质找矿,提高资源综合效益、改善生态环境、防止地质灾害"作为工作指导方针,把资源综合利用率、选矿回收率、采矿回采率、促进合理开发利用矿产资源,保护矿产资源,保护生态环境,作为重要的工作原则,要求矿业专家认真负责开展矿产资源开发利用方案的评审工作,截至2010年底,全年共授理矿产资源开发利用方案180个。其中煤矿118个,占全年授理矿产资源开发利用方案的66%;有色金属矿13个,占7%;冶炼辅助矿20个,占11%;稀贵金属矿5个,占3%;其他矿(化工、建材、芒硝、盐等)24个,占13%。全部终审完成,审结率达100%。

【队伍培训】 根据矿业发展需要,积极主动与大专院校,有关的培训中心联系,推荐各类工程技术人员、管理人员参与新理论、新知识、新工艺、新方法、新政策、新规定的培训和项目推介活动。先后推荐有关人员参加《全国矿产资源勘查规范、成矿预测及储量评审备案培训班》《全国矿产储量评审与隐伏矿体深部找矿新

技术培训班》《企业安全生产管理与生产成本控制培训班》《中国——东盟矿业合作论坛暨推介项目展示会》《中国——拉美企业家高峰论坛成都推荐会》《中国——青岛首届国际矿业博览会暨高端论坛会》等共48个单位,其中培训班8个;学术论坛,项目推荐,引资招商会8个,计92人次参培参会。

【协会自身建设】 2010年,经过一年多的组织筹备,四川矿业协会新一轮完成了矿业《专家库》的建设。《专家库》现有各类矿业专家857名,划分为16个专业,基本含盖了探、采、选、冶、物性、化分、深加工等矿业全行业。能满足四川矿业和社会经济发展的需要。与此同时省矿协在《专家库》中聘任10名专业学科带头人作为矿协技术顾问。为加强省矿协与各团体会员单位的联系,省矿协建立了四川省矿业协会联络员制度。

2009年1月四川省矿业协会专门印发了重点发展民营矿山企业加入省矿协的宣传资料。为适应四川矿业发展的需要,进一步加强财务管理,2009年12月重新修改制定了《四川省矿业协会新的财务管理办法》,拟在2011年元月矿业协会会长、秘书处、矿业专家工作联席会上征求意见后,提交常务理事会讨论修改。通过上述工作,矿协工作得到加强,矿协声誉得到提高。

四川省矿业协会第三届理事会换届选举新的领导机构以来,矿协工作人员自身的思想建设、工作力度,同时得到加强。

四川矿协在省国土资源厅直接指导下,在厅各处室关心支持帮助下,做了一些有益工作,取得一定成绩,但也存在着不少问题。有些存在的问题光靠矿协自身努力是不行的。希望厅领导继续加强对矿协工作的指导,建议尽可能交办一些项目给矿协,增强矿协开展矿业活动的实力。矿协作为省国土资源厅挂靠的社团组织从工作层面上讲,应积极配合省国土资源厅开展工作,希望凡涉及矿业开发和矿产资源勘查利用有关的法律法规、部省政策性的文件,建议省厅及有关处室发给矿协,了解省部政策,把握工作动向,以利于矿协开展工作。

【信息宣传】 深入贯彻《国务院关于加强地质工作的决定》和《矿产资源法》。据不完全统计,2010年编辑《四川矿业发展论文集》1册、《四川矿业信息》12期,接待来人来访(含电话)74人次。邮寄信函、文件资料5222件,修改了四川省矿业协会第三届理事会的《章程》。

(四川省矿业协会 曾令新)

政 策 法 规

国务院办公厅关于采取综合措施对耐火黏土、萤石的开采和生产进行控制的通知

国办发(2010)1号

各省、自治区、直辖市人民政府,国务院各部委、各直属机构:

耐火黏土和萤石是可用尽且不可再生的宝贵资源。近年来,一些企业对耐火黏土、萤石过度开采和生产加工,导致资源保有储量快速下降,环境污染严重。为全面贯彻落实科学发展观,保护资源和环境,有必要从矿山开采、生产计划管理、税收、环保、产业准入、出口管理等方面采取综合措施,控制缩减耐火黏土、萤石的开采量和生产量。经国务院批准,现就有关事项通知如下:

一、实行开采和生产总量限制

对耐火黏土、萤石实行开采和生产双重总量控制,使开采量和生产量逐年有所减少。国土资源部下达耐火黏土(高铝黏土矿产)、萤石年度开采总量控制指标和分地区年度开采总量控制指标,各省(区、市)国土资源管理部门负责将相关开采总量控制指标分解下达到相应的矿山开采企业;国家发展改革委研究提出年度生产总量指令性计划,工业和信息化部下达分地区年度生产指令性计划,各省(区、市)工业和信息化主管部门负责将相关生产指令性计划下达到相应的生产企业。各有关部门要做好开采控制指标和生产指令性计划的衔接。各省(区、市)发展改革委、工业和信息化主管部门和国土资源管理部门分别将上一年度指令性计划和控制指标的执行结果上报国家发展改革委、工业和信息化部和国土资源部。

二、严格控制新增开采产能

自本通知印发之日起,国土资源管理部门原则上不再受理新的耐火黏土(高铝黏土矿产)和萤石的勘查、开采登记申请。要加强对耐火黏土(高铝黏土矿产)、萤石资源开采秩序的治理整顿,依法淘汰破坏资源、污染环境、布局不合理和不符合安全生产条件、技术落后的开采企业,依法取缔无证开采。对不符合国家产业政策、市场准入条件的建设项目,国土、规划、建设、环保和安全生产监管部门不办理相关手续。

三、积极推进产业结构调整

各地区、各部门要制定具体措施,支持耐火黏土、萤石企业的环保、节能改造,推广高效率、低能耗、环保型新技术、新工艺,推进产业结构调整。工业和信息化部要会同有关部门制定出台耐火黏土、萤石行业的准入标准,严格规模、技术、节能降耗、环保等方面的要求,淘汰落后生产能力。各地区要严格按照准入条件加强准入管理,防止盲目投资,并按照规定期限淘汰工艺水平低、污染严重的落后生产能力。行业准入标准从2010年3月1日起发布执行。

四、有效实施出口措施

在缩减耐火黏土(高铝黏土矿产)、萤石开采量和生产量的同时,要继续运用现有出口措施,在兼顾国际市场合理需求的前提下,实现开采及生产限制措施与贸易环节管理措施的平衡。海关要加大打击走私力度,确保相关出口措施落到实处。

五、提高资源税税率

为有效缩减耐火黏土和萤石的开采量,合理引导市场需求,保护生态环境,提高耐火黏土和萤石的资源税税率。具体税额标准的调整由财政商有关部门在现行资源税暂行条例的税额幅度内另行确定。

六、加强环保监督

各地环保部门要依法制定有关加强耐火黏土和萤石环保监督规范,将耐火黏土和萤石相关企业纳入重

点监控企业名单,进一步加强执法力度,加大对耐火黏土和萤石开采、生产企业环保状况的监督检查和评估,加强对尾矿处理的监管,并将有关监督检查情况及时上报上级政府环保部门。对超过污染物排放标准或者造成严重环境污染的耐火黏土和萤石开采、生产企业依法责令限期治理;对经限期治理逾期未完成治理任务的单位,依法报经地方政府责令停业、关闭。

七、加强信息引导

工业和信息化部、国土资源部会同行业协会等单位,要加强对国内外耐火黏土和萤石市场变化的研究,及时、准确地发布市场信息,正确引导耐火黏土和萤石的投资、开采和生产,引导企业落实国家产业政策,推广运用先进适用技术,提高竞争力。

八、加强督促检查

各地区和有关部门要加强督促检查,确保上述政策措施落实到位。对开采、生产数量超过当年下达的总量控制指标或指令性计划的省(区、市),国家发展改革委、工业和信息化部和国土资源部分别予以通报批评,并加倍削减下一年度的总量控制指标或指令性计划。

国务院办公厅
2010 年 1 月 2 日

国土资源部关于印发
《地质勘查资质监督管理办法》的通知

国土资发(2010)14 号

各省、自治区、直辖市国土资源厅(国土环境资源厅、国土资源局、国土资源和房屋管理局、规划和国土资源管理局):

根据《地质勘查资质管理条例》(国务院令第 520号)的有关规定,部组织制定《地质勘查资质监督管理办法》,现印发执行。

国土资源部
2010 年 1 月 25 日

附件:

地质勘查资质监督管理办法

第一条 为加强对地质勘查资质的监督管理,维护地质勘查市场秩序,保证地质勘查质量,根据《地质勘查资质管理条例》的有关规定,制定本办法。

第二条 本办法适用于对地质勘查单位的地质勘查资质及其地质勘查活动的监督管理。

第三条 县级以上国土资源主管部门负责地质勘查资质的监督管理工作。

国土资源部负责全国地质勘查资质的监督管理工作;负责组织石油天然气矿产勘查资质的监督检查。

省级国土资源主管部门负责本行政区域内地质勘查单位的地质勘查资质、地质勘查活动的监督管理工作;负责组织除石油天然气矿产勘查资质以外的其他地质勘查资质的监督检查。

市、县级国土资源主管部门协助上级国土资源主管部门开展本行政区域内地质勘查活动的监督管理工作。

第四条 地质勘查资质监督检查的主要内容:

(一)是否取得地质勘查资质证书,证书是否在有效期内;

(二)资质能力是否与所取得的地质勘查资质证书规定的资质类别和资质等级条件相符合;

(三)是否按规定办理地质勘查资质证书变更、延续、补证、注销和重新申请手续;

(四)有无不按照地质勘查资质证书规定的资质类别和资质等级从事地质勘查活动的行为;

(五)有无出具虚假地质勘查报告的行为;

(六)有无转包其承担的地质勘查项目的行为;

(七)有无允许其他单位以本单位的名义从事地质勘查活动的行为;

(八)有无在委托方取得矿产资源勘查许可证、采矿许可证前,为其进行矿产地质勘查活动的行为。

第五条 地质勘查资质监督检查以抽查为主,每年抽查比例不少于在本行政区域内从事地质勘查活动的地质勘查单位总数的 25%。对抽查单位应当作全面检查,检查方式以现场检查为主。

对举报或者投诉的,应当及时组织检查组进行检查核实。

第六条 地质勘查资质监督检查的程序及要求应当按照《地质勘查资质管理条例》第十八条、第十九条、第二十一条和第二十二条规定执行。

地质勘查资质监督检查人员在监督检查时,应当填写《地质勘查资质监督检查记录卡》(样式见附件1)。

第七条 地质勘查单位到驻地之外的其他省(区、市)从事地质勘查活动的,应当填写《地质勘查资质备案登记表》(样式见附件2),向勘查项目工作区所在地的省级国土资源主管部门备案后,方可实施现场地质勘查活动(海洋地质调查、海洋石油天然气矿产勘查项目除外)。

第八条 地质勘查单位应当于每年1月底前,向勘查工作区所在地和单位所在地的省级国土资源主管部门报送上一年度《地质勘查单位执业情况报告》(样式见附件3)。

具有石油天然气矿产勘查资质的地质勘查单位,直接报送国土资源部。

第九条 省级国土资源主管部门应当对地质勘查单位报送的上一年度《地质勘查单位执业情况报告》进行汇总,并于每年2月底前,向国土资源部报送本行政区上一年度地质勘查资质监督管理工作报告,并附本行政区域内甲级地质勘查单位上一年度《地质勘查单位执业情况报告》(电子文档)。

第十条 省级以上国土资源主管部门应当将《地质勘查资质管理信息系统》纳入综合监督管理平台,加强地质勘查资质监督管理,及时统计、发布信息,方便公众查阅和社会监督,提高监督管理的质量和效率。

第十一条 省级以上国土资源主管部门应当按照《地质勘查资质管理条例》第二十条规定,建立、健全地质勘查单位执业档案管理制度,定期发布地质勘查单位执业信用信息。

第十二条 各级国土资源主管部门要积极支持地质勘查单位在本行政区内依法开展地质勘查活动,维护地质勘查市场秩序,保障地质勘查单位的合法权益。

第十三条 地质勘查单位要加强诚信建设。应当如实申报并提供相关材料,按照批准的资质类别和资质等级从事相应的地质勘查活动,并信守合同、履行计划,遵守相关法律法规和地质勘查技术标准规范。

第十四条 县级以上国土资源主管部门及其工作人员在地质勘查资质监督管理中有违法行为的,按照《地质勘查资质管理条例》第二十五条规定予以处理。

第十五条 在地质勘查资质监督管理中发现地质勘查单位有违法行为的,按照《地质勘查资质管理条例》第二十一条、第二十八条、第二十九条、第三十条、第三十一条等规定予以处理。

第十六条 未取得地质勘查资质证书,擅自从事地质勘查活动的,按照《地质勘查资质管理条例》第二十七条规定予以处理。

第十七条 本办法由国土资源部负责解释。

第十八条 本办法自发布之日起施行。

附件1 地质勘查资质监督检查记录卡(略)

附件2 地质勘查资质备案登记表(略)

附件3 地质勘查单位执业情况报告(略)

国土资源部关于下达2010年钨矿锑矿和稀土矿开采总量控制指标的通知

国土资发〔2010〕30号

为保护和合理利用我国优势矿产资源,按照保护性开采的特定矿种实行有计划开采的规定,依据矿产资源规划和《保护性开采的特定矿种勘查开采管理暂行规定》(国土资发〔2009〕165号)的有关要求,经综合研究资源储量、现有探矿权、采矿权设置情况以及市场需求趋势等因素,部决定,继续对钨矿、锑矿和稀土矿实行开采总量控制管理;2011年6月30日前,原则上暂停受理新的钨矿、锑矿和稀土矿勘查、开采登记申请。现将有关事项通知如下:

一、2010年全国钨精矿(三氧化钨含量65%)开采总量控制指标为80000吨,其中主采指标66480吨,综合利用指标13520吨。锑矿(金属量)开采总量控制指标为100000吨,其中下达各省(区)锑矿开采总量控制指标69520吨;综合利用30480吨暂不下达各省(区)。稀土矿(稀土氧化物REO)开采总量控制指标为89200吨,其中轻稀土77000吨,中重稀土12200吨。

二、各省(区、市)国土资源行政主管部门要按照部下达的钨矿、锑矿和稀土矿开采总量控制指标,根据本辖区内矿山企业储量状况、资源开发利用情况,认真做好指标分解和下达工作。做到控制指标到市、到县、到矿山企业,分级负责,层层落实,并于2010年4月底前将指标分解和落实情况报部。

三、各省(区、市)国土资源行政主管部门要采取有效措施,按照《保护性开采的特定矿种勘查开采管理暂行规定》的各项要求,签订开采总量控制责任书和合同书,落实专人对矿山企业控制指标执行情况进行监管,并严格执行国土资源统计报表制度。

四、2011年6月30日前,除下列情况外,暂停受理新的钨、锑和稀土矿勘查、开采登记申请。

(一)国务院批准的重点项目和使用中央地质勘查

基金或省级财政专项资金开展的普查和必要的详查项目。全国使用中央地质勘查资金或省级财政专项资金开展钨、锑和稀土矿勘查的项目,已经纳入省级矿产资源规划并经部批准的,凭下达预算文件向部申请,按计划设置探矿权;省级矿产资源规划中未明确安排的,由相关省厅编制专项勘查规划和探矿权设置年度计划,报部批准后,再凭下达预算文件向部提出勘查登记申请。使用中央地质勘查基金或省级财政专项资金项目,不得与企业资金拼盘,勘查完成后作为矿产地储备,由部根据市场需求有计划的向社会公开竞争出让探矿权。

(二)按照省级矿产资源开发整合实施方案确定的整合矿区,已有采矿权、探矿权需要整合的。

(三)已有矿山企业确因采矿权范围内资源枯竭无法正常生产,申请利用原有生产系统扩大勘查开采范围的毗邻区域的。

(四)根据中央有关的区域经济扶持政策,部与相关省(区、市)人民政府签署协议,需要予以支持的建设项目。

五、部将对各地钨、锑和稀土矿开采总量控制指标执行情况季报进行严格审核,并将组织开展钨、锑和稀土矿开采总量控制指标执行情况检查。各地在执行总量控制工作中遇到有关问题请及时报部。

2010年3月4日

附件:

2010年全国钨矿锑矿稀土矿开采总量控制指标(略)

关于规范矿产资源勘查实施方案管理工作的通知

国土资厅发(2010)29号

各省、自治区、直辖市国土资源厅(国土环境资源厅、国土资源局、国土资源和房屋管理局、规划和国土资源管理局):

根据《矿产资源勘查区块登记管理办法》(国务院令第240号)及有关规定,为进一步规范探矿权审批管理,推进矿产资源合理勘查,提高勘查工作质量,降低勘查投资风险,加强矿产资源勘查实施方案审查和管理工作,现将《矿产资源勘查实施方案编制大纲》和《矿产资源勘查实施方案审查要求》印发给你们,请遵照执行。有关事项通知如下:

一、申请探矿权新立、延续、变更(扩大勘查范围、变更勘查矿种),需提交经评审通过的矿产资源勘查实施方案和评审意见书。

二、矿产资源勘查实施方案应由具备相应地质勘查资质的项目承担单位按照《矿产资源勘查实施方案编制大纲》(附件1)的要求编制。

三、矿产资源勘查实施方案由登记管理机关组织或委托有关单位按照《矿产资源勘查实施方案审查要求》进行评审,出具《矿产资源勘查实施方案评审意见书》(附件2)。

石油、天然气、煤层气探矿权申请项目的勘查实施方案由国土资源部组织审查,国土资源部审批发证的其他探矿权申请项目的勘查实施方案委省级国土资源行政主管部门组织审查。

省级国土资源行政主管部门对于国土资源部授权审批发证的探矿权申请项目,其勘查实施方案的审查不得委托下级国土资源行政主管部门进行。

中央财政出资的勘查项目,勘查实施方案由项目主管部门负责审查。

四、承担勘查实施方案评审工作的单位受理勘查实施方案评审申请至完成评审,时间不得超过15个工作日。

五、探矿权人应按照经过认定或评审通过的勘查实施方案进行勘查施工。探矿权人需要对勘查实施方案进行调整的,应及时向登记管理机关备案。勘查实施方案调整工作量缩减三分之一以上的,探矿权人应重新提交经评审通过的矿产资源勘查实施方案,登记管理机关组织审查并作出是否准予备案的决定。

六、省级国土资源行政主管部门应建立包括地质、矿产、遥感、物探、化探、探矿工程、水工环、经费预算等多领域专家组成的专家库。根据实际需要和专家资信情况,对专家库进行动态调整。

为保证勘查实施方案评审工作的公平、公正,参与勘查实施方案评审的专家从专家库中随机抽取,纪检监察部门进行评审全过程监督,评审专家实行回避制度。

七、探矿权人对勘查实施方案审查有异议的,登记管理机关可提出重审或由登记管理机关另行委托其他单位进行复审。

承担勘查实施方案评审工作的单位未按《矿产资源勘查实施方案审查要求》及相关要求进行审查的,登记管理机关可提出重审或由登记管理机关另行委托其他单位复审。经重审或复审认定，承担评审工作的单位未按要求进行审查次数累计达到三次，不再委托其承担勘查实施方案评审工作。

省级国土资源行政主管部门不按要求组织审查，或没有正当理由拒不评审通过的，探矿权人可向国土资源部反映，国土资源部责令其改正。

八、省级国土资源行政主管部门应加强市、县国土资源管理专业人员配备和技术队伍建设。市、县国土资源行政主管部门应严格依据勘查实施方案对勘查项目进行监督检查，对不按照勘查实施方案施工的，按有关规定进行处罚。

九、探矿权延续申请项目，探矿权人应在勘查许可证有效期届满的 30 日前，提交评审通过的《勘查实施方案评审意见书》及法律法规规定的其他要件，办理延续申请手续。

十、矿产资源勘查实施方案的实施按照《关于进一步规范探矿权管理有关问题的通知》(国土资发〔2009〕200 号)要求实行合同管理，合同标准文本及相关要求另行下发。

十一、石油、天然气、煤层气勘查实施方案编制和审查有特殊要求的，从其规定。铀矿勘查实施方案的审查要符合相关保密规定的要求。

十二、省级国土资源行政主管部门可按照本通知精神，结合本地区实际，制定具体实施管理办法。

十三、本通知自 2010 年 7 月 1 日开始实行。

2010 年 4 月 12 日

附件 1

矿产资源勘查实施方案编制大纲

本大纲主要适用于申请探矿权新立、延续、变更(扩大勘查范围、变更勘查矿种)时固体矿产预查、普查、详查、勘探实施方案的编制。实施方案具体内容应根据《固体矿产地质勘查规范总则》及相应矿种的勘查规范和技术标准编制。

水气及地热矿产可参考本大纲进行编制。

一、绪言

(一)基本情况

探矿权申请人基本情况;

勘查项目基本情况:包括申请探矿权类型(新立、延续、变更)、区块位置(图幅号、拐点坐标)、面积、矿种、勘查年度(期限)、矿权历次转让情况;

勘查单位及资质情况等。

(二)勘查目的和任务

(三)勘查区地理位置、交通及社会经济状况

二、勘查区以往地质工作程度

勘查区以往地质工作情况、工作程度、地质工作成

果、矿产开采情况、存在的主要问题等。

申请延续、变更的项目，须简要介绍自首次登记(受让)探矿权以来地质工作概况，重点反映探矿权人前一勘查期内的工作情况，包括完成的主要工作量、地质勘查投入、成果及存在的主要问题等。

三、勘查区地质情况

(一)区域地质成矿背景

区域地层、构造、岩浆岩、变质岩、矿产等概况，以及区域物探、化探等地质工作成果。

(二)勘查区地质特征与成矿条件

勘查区内与成矿有关(特别是与勘查主矿种有关)的地层、构造、岩浆岩、变质作用、围岩蚀变、矿化特征、矿体特征、矿床开采技术条件、矿石加工选冶性能等情况，以及地球物理、地球化学特征。

四、勘查工作部署

(一)总体工作部署

工作部署基本原则和技术路线，以及矿床勘查类型、工程布置原则和依据。涉及多矿种的，要进行综合勘查。

(二)年度工作安排

依据总体部署，提出分年度目标任务、工作量及年度经费预算，第一年度的工作安排应详细表述。

五、主要工作方法手段及技术要求

根据工作目的任务要求，分别说明所采用各项工作方法手段(测量、地质测量、槽探、井探、坑探、钻探、物化探、采样和样品测试、矿石加工技术性能试验、矿床开采技术条件研究和综合评价等)的基本任务及工作量。

具体的技术质量要求参照相应的勘查规范和技术标准。

六、经费预算

经费预算的依据、标准、计算方法。参照地质大调查预算标准和编制方法，结合市场及项目所在地区具体情况进行编制，明确各年度经费，附相应表格。

七、预期成果

预期勘查成果(矿产地、资源量、储量)及相应的勘查报告、图件、附表等。

八、保障措施

(一)组织管理及人员组成分工

(二)经费保障措施

(三)质量保障措施

(四)安全保障措施

九、其他

(一)附图与附表要求

附图(或插图):勘查区交通位置图、区域地质图、物化探异常图、勘查区地形地质图及工程布置图、主要

勘探线剖面图(或设计勘探线剖面图)等。

附表(或插表):工作量一览表、经费预算表等。

(二)报送要求

实施方案要求同时报送纸介质和电子文档。电子文档采用 Word 格式，A4 幅面；附表采用 Excel 格式，附图用 MapGis 或 ArcGis 格式，图片用 Tif 或 Jpg 格式。

附件 2

矿产资源勘查实施方案审查要求

矿产资源勘查实施方案应重点审查以下内容：

一、勘查工作的地质依据审查

勘查目标是否明确，勘查矿种与成矿地质条件是否相符。对新申请项目，勘查区以往地质资料收集是否齐全；是否具备成矿地质条件。对延续、变更申请项目，是否反映探矿权人已投入的主要实物工作量、矿体地质特征、工程控制及矿石加工选冶性能等情况。

二、勘查工作的技术合理性审查

勘查工作总体部署是否合理，年度工作安排是否适当；技术路线是否可行，工作方法是否科学合理，技术要求是否明确、技术手段是否可行；多矿种工作区是否设计了综合勘查、综合评价；实物工作量投入能否满足勘查阶段的要求；预期成果是否明确，预期提交的地质资料是否符合相应勘查阶段规范要求。

三、勘查工作的经济合理性审查

经费预算是否达到最低勘查投入要求，是否与设计的勘查工作量相符，预算编制是否符合国家、省(区、市)有关规定，各种取费标准是否符合现有行业标准或市场价格。

四、勘查方案的可操作性审查

组织管理制度是否健全；专业技术人员结构是否合理；质量保障措施是否完善。

五、评审意见书格式要求(略)

国土资源部关于下达 2010 年高铝黏土矿和萤石矿开采总量控制指标的通知

国土资函(2010)187 号

各省、自治区、直辖市国土资源厅(国土环境资源厅、国土资源局、国土资源和房屋管理局、规划和国土资源局)：

高铝黏土矿产和萤石矿产是我国重要的矿产资源，对国民经济发展具有重要作用。为贯彻落实《国务院办公厅关于采取综合措施对耐火黏土、萤石的开采和生产进行控制的通知》(国办发〔2010〕1 号)中对高铝黏土和萤石实行开采总量控制的要求，保护和合理利用可用竭的矿产资源，保障可持续发展的需要，依据矿产资源规划，经综合研究资源储量、现有探矿权、采矿权设置情况以及国际、国内市场需求和未来发展趋势等因素，部决定：对高铝黏土矿和萤石矿实行开采总量控制管理并分年度下达开采总量控制指标；原则上不再受理新的高铝黏土矿和萤石矿的勘查、开采登记申请。现将有关事项通知如下：

一、2010 年全国高铝黏土开采总量控制指标为450 万吨(矿石量)，其中下达各省(区、市)430 万吨，预留 20 万吨暂不下达；萤石矿开采总量控制指标为 1100 万吨(矿石量)，其中下达各省(区、市)1000 万吨，预留100 万吨暂不下达。

二、各省(区、市)国土资源行政主管部门要按照部下达的高铝黏土矿和萤石矿开采总量控制指标，根据本辖区内矿山企业储量状况、资源开发利用情况，认真做好指标分解和下达工作。做到控制指标到市、到县、到矿山企业，分级负责，层层落实，并于 5 月底前将指标分解落实情况和企业名单公示并公告后报部。

三、各省(区、市)国土资源行政主管部门要采取有效措施，认真做好高铝黏土矿和萤石矿开采总量控制工作。

(一)2010 年是第一年实行高铝黏土矿和萤石矿开采总量控制管理，各省(区、市)国土资源行政主管部门要进一步做好本辖区内开采企业摸底工作，特别要做好依据地质储量报告，从耐火黏土开采企业中甄别确定高铝黏土开采企业，将高铝黏土开采企业登记造册。

(二)实行开采总量控制责任书和合同书制度。在下达高铝黏土矿和萤石矿开采总量控制指标时，上下级国土资源行政管理部门间要签定责任书，当地国土资源行政管理部门与矿山企业间要签定合同书，明确权利与责任。

(三)各省(区、市)国土资源行政主管部门要组织落实专人对矿山开采企业控制指标执行情况进行监管。发现超指标生产、假借主采其他矿种之名偷采以及不按规定按时上报数据、不接受监督检查等违法行为,要及时依法查处。督促矿山企业建立生产销售台帐和原始生产日报等企业管理制度。

(四)高铝黏土矿和萤石矿开采企业要参照《国土资源部办公厅关于印发＜国土资源统计报表制度＞的通知》(国土资厅发〔2009〕15号)中的"钨、稀土矿开采总量控制指标执行情况",指定专人负责随时与当地国土资源管理部门保持沟通与联系,于每月2日前将上月高铝黏土矿和萤石矿生产数量、销售量、销售对象等情况报送当地国土资源管理部门。各省(区、市)国土资源厅应于每季度前4日内向部报送上一季度本辖区"高铝黏土矿、萤石矿开采总量控制指标执行情况"(报表格式参见国土资年k32表)。

(五)各省(区、市)国土资源行政主管部门应当在上报第四季度报表的同时,完成本年度控制指标执行情况总结,并结合本辖区实际情况,向部提出下一年度控制指标申请。

四、除下列情况外,各级国土资源行政主管部门原则上不再受理新的高铝黏土矿和萤石矿勘查、开采登记申请。

(一)国务院批准的重点项目和使用中央地质勘查基金或省级财政专项资金开展的预查、普查和必要的详查项目。全国使用中央地质勘查资金或省级财政专项资金开展高铝黏土矿和萤石矿勘查的项目,已经纳入省级矿产资源规划并经部批准的,凭下达预算文件向部申请,按计划设置探矿权;省级矿产资源规划中未明确安排的,由相关省厅编制专项勘查规划和探矿权设置年度计划,报部批准后,再凭下达预算文件向部提出勘查登记申请。使用中央地质勘查基金或省级财政专项资金项目,不得与企业资金拼盘,勘查完成后作为矿产地储备;经部批准后,省级国土资源行政主管部门可根据市场需求,有计划的组织公开竞争出让探矿权。

(二)按照省级矿产资源开发整合实施方案确定的整合矿区,已有采矿权、探矿权需要整合的。

(三)已有矿山企业确因采矿权范围内资源枯竭无法正常生产,申请利用原有生产系统扩大勘查开采范围的毗邻区域的。

(四)已依法设立的探矿权转采矿权的,已经划定矿区范围申请办理采矿权的。

(五)根据中央有关的区域经济扶持政策,部与相关省(区、市)人民政府签署协议,需要予以支持的建设项目。

五、部将对各地高铝黏土矿和萤石矿开采总量控制指标执行情况季报进行严格审核,并将适时组织对开采总量控制指标执行情况进行检查。如发现超控制指标开采、违规出让高铝黏土况和萤石矿探矿权、采矿权行为的,部将依法追究相关负责人及工作人员的责任。各地在执行总量控制工作中遇到有关问题请及时报部。

2010年4月20日

附件:

2010年全国高铝黏土、萤石开采总量控制指标

序号	省自治区	高铝黏土(矿石量,万吨)	萤石(矿石量,万吨)
1	河北	25	24
2	山西	193	
3	内蒙古	80	190
4	辽宁	20	30
5	吉林	6	1
6	浙江		190
7	安徽	20	83
8	福建		100
9	江西		111
10	山东		15
11	河南	15	25
12	湖北		10
13	湖南	10	48
14	广东		10
15	广西	21	22
16	海南		10
17	重庆	25	40
18	贵州	15	20
19	云南		40
20	陕西		10
21	甘肃		15
22	青海		5
23	新疆		1
分省小计		430	1000
预 留		20	100
总 计		450	1100

国土资源部关于构建地质找矿新机制的若干意见

国土资发〔2010〕59号

各省、自治区、直辖市国土资源厅(国土环境资源厅、国土资源局、国土资源和房屋管理局、规划和国土资源管理局)、中国地质调查局及部其他有关直属单位,部机关有关司局:

为适应社会主义市场经济规律和地质工作规律的要求,建立中央和地方政府及企业相互联动,公益性地质工作、地质勘查基金与商业性矿产勘查有机衔接,地质找矿与矿产开发紧密结合,地质找矿与矿业权管理及地勘单位改革发展协调配合的地质找矿新机制,构建多元投资、多方合作、协调有序、快速推进的制度平台,加快实现地质找矿重大突破,现提出以下意见:

一、统筹协调全国地质找矿工作

严格执行矿产资源规划和地质勘查规划,按照规划确定的结构、时序和重点,强化规划对地质找矿活动的指导和调控作用。统筹中央和地方财政资金安排,加快推进公益性地质调查,引导商业性矿产勘查,有序推进各类地质找矿工作。

建立统一的地质找矿项目备案制度。中央财政安排的项目年度计划统一在国土资源部备案,省级以下地方财政安排的项目年度计划由省级国土资源行政主管部门汇总并报国土资源部备案,社会资金安排项目的探矿权人必须将年度工作方案报项目所在地省级国土资源行政主管部门备案。国土资源部建立全国地质找矿项目信息平台,加强全国地质找矿工作进展跟踪和形势分析,及时进行宏观调控,保障合理工作布局。

二、有机衔接多元投入地质找矿工作

按照"公益先行,基金衔接,商业跟进,整装勘查,快速突破"的总体思路,明确各类地质找矿投入定位。公益性地质工作主要用于开展基础地质调查、矿产资源潜力评价和重点成矿区带矿产远景调查,重点加强区域性地质、地球物理、地球化学和遥感地质调查,极少量事关地质找矿的重大地质矿产问题可以做延伸攻关。

国家财政设立的地质勘查基金主要发挥政策调控和降低勘查风险的作用,主要用于找矿潜力大且社会资金投入意愿不强的矿产勘查,同时根据国家矿产资源战略储备调控需要,开展相应的勘查工作。中央地质勘查基金优先支持重点矿种、重点成矿区带地质找矿工作,省级地质勘查基金重点安排与地方经济社会

发展关系密切的地质找矿工作。地质勘查基金实行开放式运作,可根据需要与社会资金合作开展重点矿种和重点成矿区带以预查、普查为主的风险勘查工作,找矿成果按照合同约定方式处置。

要充分发挥市场配置资源的基础性作用,鼓励、支持和引导社会资本投入地质找矿工作,对于市场主体依法依规可以独立投资的地质找矿项目,国家财政原则上不再投入。

对生态环境脆弱等特殊地区,由国家财政出资开展矿产远景调查和矿产勘查工作,规范引入有实力的大型矿业企业对大型规模以上矿产地开展整装勘查和规模开发,按照矿产资源战略储备模式对中小型矿产地进行储备。

三、推进实施矿产资源整装勘查

根据全国与省级矿产资源规划和地质勘查规划,结合矿产资源潜力评价成果,在地质工作程度较高、近期有望取得重大找矿突破且适宜开展大规模勘查的地区划定整装勘查区。总结推广安徽"泥河模式"、河南"嵩县模式"等快速整装勘查成功经验,按照全面部署、合理分工、有机衔接的原则,搭建中央和地方财政与社会资金多元投资合作、勘查单位人才与技术和矿业企业资金与管理优势互补的地质找矿大平台,引导多种渠道资金加大勘查投入力度。

中国地质调查局会同中央地质勘查基金管理中心、省级国土资源行政主管部门,研究提出整装勘查区设置方案,报国土资源部批准并向社会公告;组织编制整装勘查实施方案,协调推进整装勘查,定期评估工作进展。国土资源行政主管部门要研究制定有效政策措施,强化对整装勘查工作的服务与监管,按照《关于进一步推进矿产资源开发整合工作的通知》(国土资发〔2009〕141号)的要求,推进探矿权整合,确保整装勘查的实施。

整装勘查区内已有的探矿权,探矿权人要按照整装勘查实施方案的统一要求开展勘查工作。资金实力不足的,可以采取与地质勘查基金或其他投资人合作的方式继续投入勘查,也可以依法转让探矿权。勘查程度高于整装勘查统一要求的勘查区块,要纳入整装勘查实施方案统筹考虑,推进资源合理开发利用。

整装勘查区内未设矿业权的区域,按照整装勘查

统一要求,综合考虑勘查方案合理性、勘查作业能力、资金能力、业绩和资信等要素,公开规范引入社会资金投入勘查,促进地勘单位和矿业企业优势互补、强强联合。

四、进一步优化探矿权出让

国土资源部和省级国土资源行政主管部门根据探矿权设置方案有计划地出让探矿权,国家规划矿区矿业权设置方案需报国土资源部审批,其他矿区矿业权设置方案由省级国土资源行政管理部门审批并报国土资源部备案。以招标、拍卖、挂牌等竞争方式出让探矿权时,必须提供区内已完成主要地质工作成果信息资料。对工作程度较低的重点勘查区,原则上要在完成1:5万地质矿产调查、做好规划和矿业权设置方案后再出让探矿权。对国家出资勘查形成的异常区和矿产地,主要以竞争方式出让探矿权。要改进矿业权出让方式、细化要求、规范程序,注重优选勘查方案,坚持并不断完善矿业权招标、拍卖、挂牌出让管理制度。

鼓励勘查技术与资本结合、开发反哺勘查。具有甲级矿产勘查资质的地勘单位与大型企业组建的联合勘查开发实体,同等条件下优先取得探矿权。矿山企业依法申请利用原有生产系统开展矿山周边或深部探矿的,可按有关规定以协议方式取得探矿权。

五、完善地质找矿收益分配制度

按照"谁投资,谁受益"的原则共享地质找矿成果收益和共担找矿风险。社会资金与地质勘查基金合作勘查取得的成果,通过合同约定各方权益,合作方可优先受让地质勘查基金转让的探矿权。地质勘查基金单独投资的项目,完成勘查工作后注销探矿权,由国土资源主管部门依法依规公开向社会有偿出让探矿权。

国有地勘单位可以按照国家有关法规的规定以知识、技术、管理等要素折股参与地质找矿风险投资,分享找矿成果收益。承担国家出资勘查项目并形成大中型矿产地的地勘单位,按照项目合同约定分享地质勘查成果的权益,并对有突出贡献的个人给予奖励。鼓励从事矿产勘查的企业建立预设期权奖励地质找矿有功人员的制度。国有地勘单位转企的,申请转让国家出资勘查形成矿产地矿业权,经财政部、国土资源部批准,其价款可部分或全部转增为企业的国家资本金。

六、加强地质找矿工作监管与服务

建立勘查方案审查和合同管理制度,严格审查探矿权人的勘查实施方案,督促探矿权人依法履行合同,依法查处圈而不探、非法转让等行为。严格执行勘查区块面积年度核减制度。探索推进适应市场经济要求

的地质勘查质量监理工作,充分发挥行业协会、学会在地质勘查质量监管中的作用,推进注册地质师制度建设,探索形成个人负责和单位负责相结合的责任机制,加强行业自律。

国土资源部会同省级国土资源行政主管部门建立国家财政出资项目情况公开制度,及时检查项目实施情况,并按照有关规定公开项目的勘查进展、工作质量、资金使用情况以及承担单位等信息,接受社会监督。建立地质找矿信息统计制度,定期汇总工作进展与成果,按照有关规定通报地质找矿工作情况。加强与地方各级政府的沟通和联系,积极协调占地、修路、用电等事宜,为地质找矿工作创造良好外部环境。

七、大力推进地质找矿成果资料共享

省级国土资源行政主管部门每年将接收的地质资料清单报国土资源部备案,全国和省级地质资料馆藏机构每年公开发布地质资料目录。公益性地质调查机构要及时对成果资料开展综合研究,为商业性矿产勘查提供基础性、综合性地质信息服务。

国土资源部会同省级国土资源行政主管部门定期组织开展地质成果资料汇交检查,并在全行业通报检查情况。承担国家财政地质项目的单位未提交地质资料汇交凭证的,不得承担新的项目。矿业权申请人未按国家规定汇交地质资料的,不得申请新的矿业权。全面掌握地质工作项目信息,建立地质资料汇交监管平台。

八、建立科技创新产学研联合攻关机制

建立部省共同推动地质找矿科技创新的工作机制。国家财政安排用于开展科技攻关和技术装备研发推广的资金,要面向找矿一线。建立与有关部门的会商机制,加强地质找矿理论研究、勘查技术研发和推广应用示范,组织企业、地勘单位、科研院所、高等院校等有关单位开展联合科技攻关。鼓励企业与国家财政资金合作开展矿产勘查方法技术攻关,加快科技成果转化应用。

建立地质找矿项目安排与人才培养相互促进的长效机制。完善项目管理制度,让中青年科技人才担当重任,在地质找矿实践中培养科技创新领军人物和找矿一线实用人才。鼓励矿业企业、地勘单位与科研院所、高等院校合作建立基础地质调查和矿产勘查研究基地,优化项目工作任务安排,为地质专业教师和学生创造实习与研究条件。

各地要结合本地区实际,认真研究制定相应的配套政策与措施,解放思想,创新地质找矿运行机制,切实加强地质找矿工作,不断实现地质找矿新突破。

2010 年 4 月 26 日

国土资源部关于进一步加强地质勘查行业服务与管理的若干意见

国土资发(2010)60号

各省、自治区、直辖市国土资源厅(国土环境资源厅、国土资源局、国土资源和房屋管理局、规划和国土资源管理局)、中国地质调查局及部其他有关直属单位,部机关有关司局:

近几年来,在全行业的积极支持配合下,国土资源部认真履行地质勘查行业管理职能,着力构建部省两级行业管理体系,加强服务,完善管理,严格规范地质勘查市场准入,搭建信息交流和业务培训平台,提升了地勘行业凝聚力,规范和繁荣了勘查市场,促进了队伍的改革与发展。为进一步适应新形势的要求,进一步加强地质勘查行业服务与管理,寓管理于服务之中,促进地质勘查行业又好又快发展,提出以下意见:

一、加强地质找矿工作的统筹协调。严格执行矿产资源规划和地质勘查规划,优化地质勘查工作布局。强化中央、地方和社会各类地质找矿工作的统一部署、合理分工、有机衔接。围绕国家重点成矿区带与紧缺和优势矿产,以地质矿产保障工程为依托,统一组织编制并实施地质找矿行动计划,统筹协调工作安排和矿业权设置。建立地质勘查项目统一备案制度,加强统筹协调,促进地质找矿工作有序、高效发展。

二、研究制定促进行业发展的政策措施。按照国家事业单位改革的总体要求,结合地勘单位的特点开展地质勘查行业发展战略和相关政策措施研究,明确行业发展方向,提出促进行业发展的政策建议。进一步跟踪调研地勘单位改革发展动态,及时发现、总结、推介能够切实促进地勘单位改革发展的典型做法。

三、加强行业信息交流与服务。建立地勘行业基本情况通报网络直报系统,完善地质勘查成果及石油天然气勘查开采通报制度,提高信息服务能力。完善地质勘查行业管理机关与地勘单位磋商机制,定期举办全国地质勘查局长座谈会,交流经验,研究重大问题。依托行业协会学会等行业组织,结合地质找矿和队伍发展的需求,进一步加强地质勘查理论技术交流培训。组织开展科技攻关示范,为地勘单位和矿业企业提供业务指导和技术服务。积极开展地质资料的开发和利用,提升社会化服务水平。建立国外地质矿产信息系统,为地质勘查"走出去"提供信息服务。

四、建立注册地质师制度。通过建立注册地质师制度,构建地质勘查专业技术人员个人负责与地质勘查单位负责相结合的责任机制。充分发挥行业协会学会在注册地质师管理中的作用,健全管理体系,规范地质勘查专业技术人员的职业行为,保证地质勘查成果质量,维护地质勘查投资人的权益。

五、严格地质勘查资质管理。深入贯彻落实国务院《地质勘查资质管理条例》(国务院第520号令),严格地质勘查市场准入,研究出台地质勘查单位从事勘查活动业务范围的规定等配套文件,科学合理界定不同级别地质勘查单位从事地质勘查活动的范围。加大地勘单位资质的监督管理力度,规范勘查行为。

六、加强行业诚信体系建设。建立健全地勘单位执业情况报告制度,向社会公布地勘单位诚信执业信息。探索建立适应市场经济要求的地质勘查质量监理工作体系。开展地质勘查工作质量评比,总结推广先进典型,公开诚信地勘单位名录,形成全行业重视地质勘查质量的工作氛围。进一步发挥行业协会学会在行业诚信体系建设中的作用。

七、探索建立矿产风险勘查资本市场。在规范勘查秩序,强化行业自律的基础上,借鉴国外经验,结合国内实际,会同相关部门,研究建立风险勘查资本市场的可行性、路径和保障条件,规范发展矿产勘查中介服务机构,拓宽矿产勘查融资渠道,探索建立矿产风险勘查资本市场,充分发挥资本市场对矿产勘查巨大的分散风险作用,为"风险共担,收益共享"良性机制提供良好的资本要素市场保障。

八、健全完善行业标准规范。在全面清理地质勘查的标准规范的基础上,深化推进标准规范的"立、改、废"工作。适应现代地质工作和市场经济的新要求,建立地质调查预算标准的动态调整体系和制度,保证地质调查预算的科学、合理;制定商业性矿产勘查全成本取费标准,促进矿产勘查工作的健康发展。

各省(区、市)国土资源管理部门要结合本地区的实际,深入调查研究,出台具体的政策措施,切实为地质勘查行业做好服务,促进行业发展,提升行业的整体竞争力。

2010年4月26日

国土资源部关于促进国有地勘单位改革发展的指导意见

国土资发〔2010〕61 号

各省、自治区、直辖市国土资源厅(国土环境资源厅、国土资源局、国土资源和房屋管理局、规划和国土资源管理局),中国地质调查局及部其他有关直属单位,部机关有关司局:

属地化改革以来,中央和属地化管理的国有地勘单位(以下简称"国有地勘单位")在各级政府的大力支持下,不断适应新形势的要求,主动融入并服务经济社会发展,地质找矿成效显著,服务领域不断拓宽,地勘经济快速发展,整体实力不断增强。为建立完善适应社会主义市场经济要求的地质勘查工作体制,进一步促进国有地勘单位深化改革、加快发展,增强市场竞争力,充分发挥国有地勘单位地质找矿主力军作用和社会服务功能,在总结提炼各地国有地勘单位改革发展成功经验的基础上,提出以下意见:

一、坚持国有地勘单位改革方向。深入贯彻落实《国务院关于加强地质工作的决定》(国发〔2006〕4 号)、《国务院办公厅关于印发地质勘查队伍管理体制改革方案的通知》(国办发〔1999〕37 号)、《国务院办公厅关于深化地质勘查队伍改革有关问题的通知》(国办发〔2003〕76 号)等文件精神,切实落实好已有优惠政策,妥善处理历史遗留问题。按照建立完善的社会主义市场经济体制和国家事业单位改革的总体要求,坚持政事分开、事企分开、管办分离的原则,总体设计、因地制宜、分类指导、积极稳妥地推进国有地勘单位改革发展。

二、进一步完善矿业权出让政策。完善矿业权招标、拍卖、挂牌出让管理制度。探矿权竞争性出让时,要综合考虑勘查方案合理性、勘查作业能力、资金能力、业绩和信誉等要素,向实行探采一体化的地勘单位倾斜。对已经转制为企业或积极推行企业化改革的国有地勘单位,优先配置部分探矿权。

三、支持地勘单位盘活存量土地资产。对已经转制为企业或积极推行企业化改革的国有地勘单位,其实际占有的国有划拨土地,经土地所在地的市、县人民政府批准转为商住、工业用地的,依法办理有偿用地手续、土地出让价款纳入地方预算后,省级国土资源主管部门要积极沟通协调地方政府、财政部门,制定将出让收入用于解决国有地勘单位历史遗留问题的相关政策。

四、完善勘查成果收益分配政策。国有地勘单位可以按照国家有关法规的规定以知识、技术、管理等要素折股参与地质找矿风险投资,分享找矿成果收益。承担国家出资勘查项目并形成大中型矿产地的地勘单位,按照项目合同约定分享地质勘查成果的权益,并对有突出贡献的个人给予奖励,具体实施办法由各地制定。鼓励从事矿产勘查的企业建立预设期权奖励地质找矿有功人员的制度。国有地勘单位转企的,申请转让国家出资勘查形成矿产地采矿权,经财政部、国土资源部批准,其价款可部分或全部转增为企业的国家资本金。

五、积极稳妥推进人事管理制度创新。地勘单位实行企业化改制的,可以参照一些省份已取得的成功经验,对原有的单位职工继续按照事业单位身份实行注册管理,进入企业后其工资待遇按照企业的制度进行分配,退休时做好有关社会保险待遇政策的衔接。改制后企业聘用的职工,实行劳动合同制,并参加企业职工基本养老、医疗保险和国家规定的其他保险。

六、深化国有地勘单位内部改革。积极支持各省(区、市)统筹国有地勘单位改革发展,有条件的可整合省(区、市)内国有地勘单位,建实建强地方公益性地质队伍,做大做强地勘企业,精简机关管理人员。鼓励地勘单位以局为单位做好结构调整,积极探索收入分配制度、人事制度、产权制度、法人资本运作等方面的改革,转换经营机制、建立有效的激励和约束机制,逐步推进现代企业制度的建立。

七、改善地质勘查工作环境。地方各级国土资源管理部门要加强与地方政府的协调工作,努力改善和优化地质勘查工作外部环境。规范地质勘查施工涉及的占地等补偿标准,并按规定纳入项目预算。完善地质调查和矿产资源勘查预算标准动态调整机制,加快制定全成本核算的商业性矿产勘查取费标准。及时提高野外地质工作津贴及高原艰苦地区补贴标准,充分调动野外一线广大地质工作者的工作积极性。

各级国土资源管理部门要切实履行好引导国有地勘单位改革发展的管理职责,积极争取地方政府的支持,为改革发展创造有利条件。国有地勘单位要坚定信心,抓住机遇,加快发展,努力实现地质找矿突破,提高服务经济社会能力。

2010 年 4 月 26 日

附件:

1999 ~ 2009 年各省(区、市)出台的支持地勘单位改革发展政策汇总表。(略)

国土资源部关于省级矿产资源开发整合重点挂牌督办矿区名单的公告

（2010 年 第 14 号）

《国务院办公厅转发国土资源部等部门对矿产资源开发进行整合意见的通知》（国办发〔2006〕108 号）颁发以来，国务院各有关部门和地方各级政府高度重视，认真贯彻落实，积极推进整合工作，截至 2009 年 6 月底，全国完成了 5046 个矿区整合任务，减少矿业权 22276 个，占整合前矿业权数量的 17.6%。通过开展整合，矿产资源开发利用规模化、集约化程度和资源利用水平明显提高。2009 年 10 月国土资源部会同 12 部门下发《关于进一步推进矿产资源开发整合工作的通知》（国土资发〔2009〕141 号）后，各地采取有力措施，按照统一部署，积极开展整合实施方案的编制、审批和整合重点挂牌督办矿区的确定工作，取得了重要进展。全国除北京、天津、山西、上海、江苏外的 26 个省（区、市）人民政府确定 2010 年进一步推进整合矿区 1528 个，其中省级重点挂牌督办矿区 424 个；参与整合的矿业权 8809 个，通过整合将减少矿业权 3885 个，占整合矿区内原有矿业权总数的 44.1%。

为了广泛接受社会各界监督，督促各地切实抓好整合重点矿区挂牌督办工作，确保按时完成整合工作任务，现将 26 个省（区、市）人民政府确定的 424 个省级整合挂牌督办重点矿区名单予以公告。北京、天津、上海三市无整合任务。江苏省主要采用关闭小采石场方式实现整合目标，山西省近期重点开展煤矿企业兼并重组整合。江苏、山西两省整合重点挂牌督办矿区不再进行公告。

2010 年 6 月 12 日

附件：

2010 年省级矿产资源开发整合重点挂牌督办矿区名单（见"国土资源部关于省级稀土等矿产资源开发整合重点挂牌督办矿区名单的公告 2010 年 第 20 号）

国土资源部关于发布《国家地质公园规划编制技术要求》的通知

国土资发(2010)89 号

各省、自治区、直辖市国土资源厅（国土环境资源厅、国土资源局、国土资源和房屋管理局、房屋土地资源管理局），中国地质调查局，部有关直属事业单位，部有关司局：

为了加强国家地质公园建设，有效保护地质遗迹资源，促进地质公园与地方经济的协调发展，部决定发布《国家地质公园规划编制技术要求》。现将有关事项通知如下：

一、国家地质公园规划编制要求

国家地质公园规划（以下简称"规划"）由所在地市或县人民政府组织国家地质公园管理机构编制。规划编制单位要按照《国家地质公园规划编制技术要求》（附件），以科学发展观为指导思想，本着保护地质遗迹、普及地学知识、促进公园所在地区社会经济可持续发展的基本原则，突出地质公园特色，统筹兼顾，做好与已有相关规划的衔接，确保规划具有较强的实用性和可操作性。

取得国家地质公园资格的单位，应按照《国家地质公园规划编制技术要求》编制规划。

世界地质公园编制规划时，应按照《国家地质公园规划编制技术要求》，并遵循联合国教科文组织地质公园建设指南有关要求进行编制。

二、国家地质公园规划编制遵循的原则

地质公园在编制规划时，要严格遵循"保护优先，科学规划，合理利用"的原则。要严格限制地质公园内的开发建设活动，公园的所有地质遗迹保护区内均不得进行任何与保护功能不相符的矿产资源勘查、开发及工程建设活动；保护区之外的园区，可依据矿产资源规划及当地社会经济发展规划等开展对地质遗迹资源不会造成破坏或影响的矿产资源勘查、开发和工程建

设活动,但需经过省级以上国土资源行政主管部门批准后才能进行。

三、国家地质公园规划编制重点

(一)做好与当地相关规划的衔接。在切实保护好地质遗迹资源的前提下,做好地质公园规划同当地土地利用总体规划、矿产资源规划、城乡规划的衔接,协调好与已有风景名胜区、自然保护区等的相互关系。

(二)科学确定地质遗迹保护区和地质公园范围。地质公园范围的确定要以能够有效保护构成地质公园的主要地质遗迹、重要人文景观为首要原则,划定准确的地质遗迹保护区范围;要科学界定公园的园区范围,注意与地方经济发展相协调,充分考虑区域内矿产资源赋存状况和勘查、开发活动情况,合理划定公园规划面积。

(三)加强地质遗迹调查、登记、评价和保护。要科学合理地划定地质遗迹保护区的范围和等级,明确各类各级保护对象、保护措施和方法。

(四)规范地质公园解说系统和科普活动。对地质公园地质博物馆、演示厅、解说牌、科学导游图、国家公园丛书等制定明确的规范标准。

(五)加强地质公园数据库、监测系统、网络系统等信息化建设。完善地质公园建设管理的保障措施。

四、国家地质公园规划批准和发布

规划的批准发布主要包括初审、报批、批复和发布等四个环节。

(一)初审:由各省(区、市)国土资源行政主管部门在组织专家论证的基础上,对提交的规划送审稿进行初步审查,提出修改意见。

(二)报批:有关市、县人民政府和国家地质公园管理机构对规划进行修改后形成报批稿,经省(区、市)国土资源行政主管部门同意后报国土资源部批准。

(三)批复:部组织专家对规划进行审查,根据审查意见做出批准、原则批准或者不予批准的决定。

(四)发布:国家地质公园所在地市或县人民政府发布实施规划。

各省(区、市)国土资源行政主管部门要加强对规划编制工作的指导,协助地质公园所在地人民政府做好规划的发布实施,并依据批准的规划进行地质公园建设工作的监督检查和评估验收。

2010 年 6 月 12 日

附件:

国家地质公园规划编制技术要求

前言 中国的地质公园建设,是响应联合国教科文组织建立"世界地质公园网络体系"的倡议,贯彻国务院关于保护地质遗迹的任务,由国土资源部主持于2000 年开始进行的一项新工作。

地质公园担负三项任务:第一,保护地质遗迹,保护自然环境;第二,普及地球科学知识,促进公众科学素质提高;第三,开展旅游活动,促进地方经济与社会可持续发展。

目前,中国地质公园体系已初具规模。地质公园事业的发展使得我国地质遗迹保护事业进入了一个全新的发展阶段,依托地质公园建设,很多珍贵地质遗迹得到了切实保护,社会地球知识科学普及水平迅速提升,同时还带动了旅游及相关产业发展,促进了当地经济、社会的发展和文化振兴。

为加强地质公园管理,进一步规范我国的地质公园规划建设,指导国家地质公园规划编制,特制订本技术要求。

一、规划编制的基本原则

地质公园的规划编制应遵循以下基本原则:

(1)保护优先,科学规划,合理利用。

(2)体现地质公园宗旨,突出地质公园特色。

(3)统筹兼顾,做好与相关规划的衔接。

二、规划工作的主要依据及规范性引用文件

(一)法律法规类

中华人民共和国土地管理法

中华人民共和国矿产资源法

中华人民共和国环境保护法

中华人民共和国城乡规划法

中华人民共和国水法

中华人民共和国森林法

中华人民共和国野生动物保护法

中华人民共和国野生植物保护条例

中华人民共和国自然保护区管理条例

中华人民共和国风景名胜区条例

全国生态环境保护纲要(国发〔2000〕38 号)

地质遗迹保护管理规定(地质矿产部)

古生物化石管理办法(国土资源部)

(二)技术规范、标准、指南类

中国国家地质公园建设技术要求与工作指南(国土资源部,2002 - 11)

世界地质公园网络指南和标准(联合国教科文组织地学部,2008 - 06)

风景名胜区规划规范(GB50298 - 1999)

自然保护区类型与级别划分原则(GB/T 14529 - 93)

旅游规划通则(GB/T18971 - 2003)

国家自然保护区总体规划编制规范(国家环保局,1996)

关于加强国家地质公园申报审批工作的通知(国土资厅发〔2009〕50号)

(三)地质公园所在地的相关规划

国民经济与社会发展规划、土地利用总体规划、矿产资源规划、环境保护规划、城市总体规划、旅游发展总体规划、自然保护区总体规划、风景名胜区总体规划、森林公园总体规划、交通规划、地质环境保护规划、矿山地质环境保护规划等。

三、规划工作的重点及要求

(一)合理划定、明确界定地质公园范围

1.范围划定的原则

地质公园的范围划定要以能够包含构成地质公园的主要地质遗迹并能实施有效保护为基本原则,方便管理,避免公园规划面积过大,充分考虑区域内矿产资源赋存状况和地方经济建设情况,避免公园内设置矿业权,要注意与地方经济发展相协调。

2.范围的表述

地质公园的范围除文字描述外,同时要用边界控制点(拐点)坐标标注在适当比例尺的地形图上。公园范围如有变动必须标明变动情况,并说明变动的理由和原因。

3.土地权属及使用

地质公园的土地权属应清晰。公园内的土地权利人应服从地质遗迹保护的管理要求,其土地用途应符合地质公园规划,必要时以"契约""协议"等形式约定。

4.勘界

地质公园边界及地质公园内的功能区界线,必须使用测绘仪器或GPS定位仪(注明误差)进行准确勘界,测定边界的重要拐点坐标,并标注在以相应比例尺的地形图为底图的《地质公园园区划界实际资料图》上(根据规模按规划图件要求确定比例尺)。根据实际管理的需要,应依照边界类型,设立明确的界线标示碑或标示牌。地质公园勘界的图形与实测数据应建库存档。

为便于管理,在保证地质遗迹的完整性和有效保护的前提下,边界划定可充分利用山脊线、山谷线、河流中线、水岸、陡崖边线、道路、行政区边界、土地权属边界等具有明显分界特征的地形、地物界线。

(二)地质公园园区、功能区

1.园区、景区

在公园范围内,按地质遗迹景观和其它景观类型的空间分布与组合特征、地貌的自然分区、交通连通状况,特别是行政辖区的因素,可将地质公园划分为相对独立的园区和园区之下的景区。为便于公园统一管理,一个公园的园区应相对集中,数目不宜过多。

2.功能区划分

功能区的划分应依据土地使用功能的差别、地质遗迹保护的要求并结合旅游活动的要求,在公园或独立的园区范围内,可酌情划分出如下功能区:门区、游客服务区、科普教育区、地质遗迹保护区、自然生态区、游览区(包括地质、人文、生态、特别景观游览区)、公园管理区、居民点保留区等。

其中:

地质遗迹保护区:根据保护对象的重要性,可划分为特级保护区(点)、一级保护区、二级保护区和三级保护区。保护区的范围必须准确划定(要有重要拐点坐标)。各级保护区要有明确的保护要求:特级保护区是地质公园内的核心保护区域,不允许观光游客进入,只允许经过批准的科研、管理人员进入开展保护和科研活动,区内不得设立任何建筑设施;一级保护区可以安置必要的游赏步道和相关设施,但必须与景观环境协调,要控制游客数量,严禁机动交通工具进入;二级、三级保护区属一般保护区,允许设立少量地学旅游服务设施,但必须限制与地学景观游赏无关的建筑,各项建设与设施应与景观环境协调。所有地质遗迹保护区内不得进行任何与保护功能不相符的工程建设活动;不得进行矿产资源勘查、开发活动;不得设立宾馆、招待所、培训中心、疗养院等大型服务设施。

在公园园区范围内,依据地质公园设立前批准的当地经济发展规划等开展的工程建设项目,项目建设单位应当补充地质遗迹保护可行性论证报告,经省级国土资源管理部门审查,报国土资源部批准后方可动工。建设单位应确保其建设活动不得破坏公园内的地质遗迹。

地质公园内禁止开山、开荒等破坏地貌景观和植被的活动,不得设立任何形式的工业开发区。

科普教育区:公园博物馆、科普电影馆(影视厅)、地质科普广场一般设于此区。要考虑景区已有的建设,有条件的公园可以建立青少年科普教育基地、科普培训基地,开辟专项科普旅游路线等。

游客服务区:服务区内可发展与旅游产业相关的服务业,控制其他产业,不允许发展污染环境、破坏景观的产业。服务区的面积可控制在地质公园总面积的2%以内。

(三)地质遗迹的调查、评价、登录和保护

应开展对地质遗迹调查、评价、登录和保护(地质遗迹类型划分可参照附表1)。规划应说明公园内地质遗迹调查、评价、登录和保护工作现状,并确定近期、中期、长期的工作目标和计划。

1.地质遗迹的调查

地质遗迹调查的主要内容包括:查明公园内应当予以保护的地质遗迹的类型与空间分布;地质遗迹的

地质地貌背景,例如构成地质遗迹的岩石、地层,控制地质遗迹形成的构造与外营力作用,地质遗迹所处的地貌类型单元等;能描述和分析地质遗迹形态和性状特征的各种参数;地质遗迹受到破坏与保护的现状;对地质遗迹产生破坏或威胁的自然与人为的影响因素。

地质遗迹野外调查的信息与数据采集,应能满足地质遗迹评价和建立地质公园地质遗迹数据库的要求。

地质遗迹调查应以已完成的中、大比例尺区域地质调查成果为基础,以实测的大比例尺地形图为载体,以提高调查的精度和控制程度。

2.地质遗迹的评价与登录

按科学价值、美学价值、科普教育价值及旅游开发价值为主并参考有关因素对地质遗迹进行综合评价,将地质遗迹划分为世界级、国家级、省级及省以下级四个等级。按类按级编列公园全部地质遗迹名录,并按相关的技术要求进行档案登录和数据库录入,为有效保护与科学管理提供依据(地质遗迹数据库办法另订)。

3.地质遗迹的保护

将公园内地质遗迹分别划入特级、一级、二级和三级地质遗迹保护区中,并有针对性地分别列出其主要影响因素及保护要求,制定科学合理的保护方案与保护措施,使园中地质遗迹得到切实有效的保护。特级、一级地质遗迹的保护责任要落实到人。

(四)地质公园的科学解说系统

科学解说系统是地质公园的主要特色,其内容包括:户内外解说设施(地质博物馆,科普电影馆(影视厅),公园与园区主副碑,解说碑、牌、栏,交通指示牌等),解说员与解说设备的配备,解说出版物(公园科学导游图、地质公园丛书、地质公园解说词及主要地质科普路线解说词,科普音像出版物等)。

要求:

地质博物馆:各地质公园都要建立以普及本园区地质景物知识为主,面积相应的博物馆。独立的园区应当建立相应的展室。

科普电影馆(影视厅):是以科普电影方式向游客介绍公园科学、历史文化知识的最佳途径。各公园都要建立适当规模及技术等级的科普电影馆。

解说牌:主要地质遗迹景物(点)都要设立科学、通俗、直观的中英文对照(或因地增加其他语种)解说牌。每个国家地质公园应不少于50块;有多个独立园区的地质公园,其每个独立园区应不少于30块。

导游词:要将编写导游员专用的公园、园区、景区、特设旅游路线的解说词,地质博物馆讲解词列入规划(针对不同讲解对象应当编写不同的版本)。

导游员配备:每个独立园区必须配备一定数量的专职导游员,须经岗位培训,考核合格后上岗。并订出定期地学知识培训计划及要求(每年不少于一周,世界地质公园还要增设外语培训)。要编制导游员配备计划和近期实施方案。

地质公园丛书:是一套具有地质公园自助导游性质的丛书,要求每个地质公园编制一套,公开出版发行。

地质公园科学导游图:是计划公开出版发行的一套以数字地图为底图、直观显示地质地貌特色的游客用导游图。要求每个地质公园编制一张(要求另订)。

(五)地质公园的科学研究

科学研究是提升地质公园建设和管理水平的重要举措,必须强化。各地质公园必须按要求制定科学研究计划。

1.科学研究的原则

以提高园区地质、人文、生物资源研究水平,提高地质公园的管理及政策水平,更好地实现地质公园"三大任务"为基本原则。

2.科学研究选题的依据

紧密围绕资源、保护、科学解说、打造有科学含量的旅游产品、提高旅游效益、保障游客安全以及公园可持续发展等方面设立科研课题。

主要针对以下领域提出研究课题:

*园区主要地质遗迹形成原因及在全球或全国范围内地质演化中的代表性

*园区主要地质地貌形成演化规律、美学特色、分类及评价准则及国内外对比研究等

*园区主要人文、生物景观资源研究

*科学解说研究(包括解说员培训,地质博物馆,科普电影馆(影视厅),解说碑牌,导游词编写、科学导游图的编制、科普音像读物编制等)

*地质遗迹和生态环境保护方法与措施

*科学研究成果的转化

*数字地质公园建设

*其他

3.计划编制要求

按规划年限要求编制远期、中期及近期计划,近期(3~5年)计划要编列研究课题名录并提出实施行动方案(包括人员、经费投入等)。

4.科学研究的人力资源配备

整合现有各方面的研究资源,制定与国内外相关研究机构、大专院校、专家的合作计划,以及地质公园自身科技人才的配置计划。

5.科学研究的经费保障

计划要提出科学研究项目立项的主要渠道、经费的主要来源及筹措方式。提出保障研究经费的措施和

方案。如以不低于地质公园门票收入的2%作为科研基金,并争取当地政府的资金支持,同时争取进入国家科研计划或国际地质研究合作项目以获得资助。

6.科研成果的出版、交流与转化

要提出主要科研成果的出版途径与方式,提出研究成果转化为本公园建设与管理服务的要求,制定出利用成果参与或组织国内外学术交流活动的计划,建立姊妹公园的计划等。

(六)科学普及工作

开展科学普及活动是地质公园设立的三大任务之一。应以普及地球科学知识、提高公众科学素养为基本原则。各地质公园应制订科学普及工作方案。

1.乡土科普活动

制定面向中小学生开展乡土科普教育、环境友好教育、组织青少年春、秋游园、夏令营、冬令营及其它专题性科学普及活动方案。提出建立青少年科普教育基地计划。

2.教学实习活动

制定面向大中专学生及科研机构在公园内科研教学实习编写论文等活动计划并提出近期(3-5年)的行动方案。提出与有关院校科研学术机构合作建立教学实习、科研基地计划。

3.面向普通游客的专项科普活动

面向普通游客的专项科普活动需求,对客源构成、活动条件进行可行性分析,编制活动计划。

(七)地质公园的信息化建设规划

用现代科技完善信息化建设是建设和管理地质公园的基本要求。要加强地质公园数据库、监测系统、网络系统的建设。地质公园信息化建设应包括以下内容:

﹡在公园各景点及重点位置安装监测仪器,建立监测中心,加强对园区的监控管理,确保游客安全,及时发现地质遗迹损毁事件以及地质灾害和火灾隐患等。

﹡建立全园的信息网络系统,包括设立在信息中心的主机,设立于公园各处的终端机、信息自动服务台、触摸屏、电子导游系统、大屏幕、虚拟现实系统、面对面信息服务台等设施。实行信息互通,向游客及时提供游览信息、游览指南,引导游客游览、疏导客流等。

﹡建立地质公园网站,沟通与各个方面的信息联系,要具有公园及地质遗迹展示、科普教育和地质公园研究平台、远程票务住宿预订服务等功能。

通过WebGIS的技术手段将地质公园数据库、地质公园网站和地质公园展示系统、地质公园监测系统整合起来。实现远程科研数据获取,数据检索查询,公园网络营销与服务等功能。

(八)地质公园的管理体制与人才规划

健全的管理机构和有序的管理体制,是建设和管理

好地质公园的保障。规划时必须做好地质公园管理体制规划,应把地质公园管理机构的名称、级别、二级机构设置、人员编制、管理职能等编列清楚,并以公园上一级政府正式批件为据。如公园管理机构与其他管理机构(如风景名胜区、自然保护区及森林公园等)相互重叠时,必须设立专门管理地质公园日常业务的科室。

地质公园管理人才、科技人才(特别是地学专业人才,要求世界地质公园5~8人,国家地质公园3~5人)是建设和管理好地质公园的重要保障,必须将公园的人才结构和配备途径、培训计划纳入地质公园的规划。

四、规划的成果要求

地质公园规划应提交以下成果:

(一)规划文本

规划文本是实施地质公园规划的行动指南和规范,应以法规条文的方式、简明扼要地直接表述地质公园规划的结论,规定做什么和怎么做,体现规划内容的指导性、强制性和可操作性。

规划文本的编写要求见《国家地质公园规划编制提纲》(附件1)。

(二)规划编制说明

地质公园规划编制说明是对规划编制的主要原则、主要内容、编制过程、初审情况等方面的简要说明,具体应包括以下内容:

(1)规划编制的主要依据、原则及指导思想。着重说明规划的基本思路、主要内容和特点。

(2)规划编制过程、规划研究情况。

(3)规划目标、任务、主要指标及主要内容的确定过程与依据。

(4)与其他相关规划的衔接情况。

(5)省级国土资源部门对规划的审核情况。

(6)征求有关部门、地方政府、专家等意见的情况以及协调、论证情况。

(7)其他需要说明的问题。

(三)规划图件及编制要求

1.主要附图

地质公园区位和交通图

地质公园地质图

地质公园园区划界实际资料图

地质遗迹及其他自然人文资源分布图

地质遗迹保护规划图

地质公园规划总图

地质公园园区(景区)功能分区图

地质公园土地利用规划图

地质公园遥感影像图

地质公园科学导游图

2.相关图件比例尺原则按如下要求选择

小型地质公园:面积≤20平方千米,图纸比例为 1:5000~1:10000

中型地质公园:20<面积≤100平方千米,图纸比例为 1:10000~1:25000

大型地质公园:100<面积≤500平方千米,图纸比例为 1:25000~1:50000

特大型地质公园:面积>500平方千米,图纸比例为 1:50000~1:100000

3.地质公园规划图件基本内容编制要求

(1)地质公园区位和交通图。

用不同比例的几张图(如全国、省、自治区、直辖市,市)组合起来,将本地质公园在全国、全省(区、市)、全市中的位置和大致范围表示清楚,并在公园所在市的道路交通图上,将距公园最近的长途汽车站、火车站、机场、码头以及市中心区到本地质公园大门的联接道路表示清楚。如果是世界地质公园还应用世界地图示意其位置。

(2)地质公园地质图。

以地形图为底图,按相应比例尺地质图编制要求编制。

(3)地质公园园区划界实际资料图。

根据面积的大小按规定选用相应比例的地形图,将公园全部范围边界和各园区的界线用测绘仪或 GPS 进行实测,重要拐点坐标进行编号并标注在图上。测点坐标资料造册存档。此图是政府批准公园面积的依据,也是用图纸计算公园和园区面积的依据。

(4)地质遗迹及其他自然人文资源分布图。

是资源现状图,用不同的图例将调查到的主要地质遗迹、地质景点、水域景点、生物景点、人文景点,分类、分等级标示在相应比例尺的底图上。

(5)地质遗迹保护规划图。

按地质遗迹保护区进行分级(如特级、一级、二级和三级),并用不同的色彩区分表示,特级和一级保护区边界的重要拐点必须用 GPS 实测,并编号标注在图上,测点资料造册存档。

(6)地质公园规划总图。

包括所规划的地质公园各园区、主要景区、重要景点以及各园区内的主要旅游服务设施(大门、停车场、标志碑、游客中心、博物馆、重点公共卫生间、餐饮购物场所、观景台等)、主要游线道路或其他交通设施的位置、范围、走向等。

(7)地质公园(园区)功能分区图。

对公园各园区的不同功能进行区划,各不同功能区(如游客服务区、科普教育区、地质遗迹保护区、人文景观区、自然生态区、公园管理区、居民点保留区等)要

有明确的范围和界线,并做好与土地利用总体规划的衔接,以指导下一阶段的公园建设规划(详细规划)。

(8)地质公园土地利用规划图。

按附表3将地质公园范围内的土地利用现状及土地利用规划方案编制成图。

(9)地质公园遥感影像图。

按规划图件比例尺精度要求编制,图面上要有公园范围及有关地物内容的文字标示。

(10)地质公园科学导游图。

是游客了解公园主要地质景物、安排食宿、交通等的自助导游图。科学导游图以遥感影像图为底图转换成地貌晕渲图,直观地将主要地质遗迹、地质地貌景观、重要人文景物的位置,观景点以及博物馆、食、宿、医疗、救护场所的位置表示出来,并将到达这些景点或观景点的交通线路和步行线路表示出来。图面应设计为折叠页形式,以便于游客携带。

4.编制规划图件注意事项

针对国家地质公园规划中图件存在的问题,提出如下注意事项:

(1)在图框内的右下角绘制图栏,图栏内要注明:规划名称、该图纸名称、比例尺、编制单位名称、图号和编制日期等信息,必要时要有规划项目负责人和制图人签字。

(2)规划正式图纸必须在图框内右上角标注指北针和比例尺。

(3)在目前没有统一图例的情况下,为方便使用,建议所有自然景点景物和天然地物均用小圆圈图例,所有人工设施和建筑物均用小方框图例。

(四)专项研究报告

国家地质公园规划专项研究报告是从研究角度为规划编写提供更加准确、详尽的理论和实际分析论证依据。

其编写要求见《国家地质公园规划专项研究报告编写提纲》(附件 2)。

(五)基础资料汇编

主要是规划编制中形成的基础调查资料、资料辑录、数据统计、重要的参考文献等。

五、本技术要求的适用范围

本技术要求适用于所有国家地质公园。原《国家地质公园总体规划指南(试行)》停止执行。

六、附则

规划工作由地质公园属地地方政府和省级国土资源管理部门联合主持,以委托或招标方式进行。

由于地质公园规划是一项技术性和综合性很强的工作,承担规划工作的单位必须熟悉地质公园规划的技术要求、具有编制地质公园规划的实际经验,规划编

制组成员必须由多专业的技术人员组成,除地质专家外,还应包括相关规划专业(城市规划、风景区规划、工程规划或土地利用规划等)的技术人员,必要时可邀请生态学、文物保护、工程建设、旅游规划等方面的专业技术人员参加。规划单位应将相关工作经历与成果、

人员的专业与职称构成、管理体系等材料,报省级国土资源管理部门审核认定。

国家地质公园规划经省级国土资源管理部门初审后报国土资源部批准,由国家地质公园所在地县级以上人民政府发布并实施。

国土资源部办公厅关于加强全国矿产资源潜力评价成果管理的通知

国土资厅发〔2010〕45 号

各省、自治区、直辖市国土资源厅(国土环境资源厅、国土资源局、国土资源和房屋管理局、规划和国土资源管理局),中国地质调查局:

为确保全国矿产资源潜力评价成果数据的科学性与准确性,规范使用全国矿产资源潜力评价成果,更好地服务于我国矿产资源规划与地质找矿工作部署,现就加强全国矿产资源潜力评价成果管理工作提出要求如下:

一、严格执行技术要求。针对省级铁矿、铝土矿预测资源量估算工作中存在的技术流程不够规范、估算方法不够统一等问题,全国矿产资源潜力评价项目办公室组织制定了预测资源量估算补充技术要求。各省级矿产资源潜力评价项目办公室要督促项目组严格按照补充技术要求对铁矿、铝土矿预测资源量估算,组织有关专家对项目组提交的预测资源量数据进行严格评审。中国地质调查局六大区项目办公室要协助全国项目办公室组织有关专家,对省级预测资源量估算成果进行评审和认定,确保预测结果的科学性和可信度。下一阶段在进行其他矿种预测资源量估算工作时,也要参照执行上述补充技术要求。

二、规范潜力评价成果数据的使用管理。严格执行《国土资源部关于开展全国矿产资源潜力评价工作

的通知》(国土资发〔2007〕6 号)关于潜力评价基本数据批准发布的要求,项目实施过程中各项目组形成的成果资料,各项目组不能擅自对外公开潜力评价基本数据。通过全国矿产资源潜力评价项目办公室验收的省级矿产资源潜力评价成果数据,由省级国土资源行政主管部门提供相关部门使用或向社会发布;全国性的矿产资源潜力评价基本数据必须通过国土资源部批准发布。

三、加快阶段性成果的转换应用。要按照国土资发〔2007〕6 号文件有关潜力评价阶段性成果提供使用的要求,严格管理项目实施过程中的数据资料,保障资料数据汇交及时到位。省级国土资源行政主管部门要及时将省级项目取得的阶段性成果应用于地质找矿工作部署,为"十二五"矿产勘查工作规划服务提供地质基础依据。要进一步加强全国和省级项目组不同课题之间的工作衔接,确保阶段性成果及时提供相关课题使用,提高矿产资源潜力评价工作效果。

四、加强潜力评价成果数据的存储管理。做好潜力评价成果数据库和矿产资源管理"一张图工程"信息系统之间的衔接,为满足全国矿产资源信息网络的社会查询与战略研究需求服务。

2010 年 7 月 1 日

国土资源部关于贯彻落实全国矿产资源规划发展绿色矿业建设绿色矿山工作的指导意见

国土资发〔2010〕119 号

各省、自治区、直辖市国土资源厅(国土环境资源厅、国土资源局、国土资源和房屋管理局、规划和国土资源管理局),部机关各司局、各有关单位:

《全国矿产资源规划(2008~2015 年)》提出了发展绿色矿业的明确要求,并确定了 2020 年基本建立绿色矿山格局的战略目标,为全面落实规划目标任务,现就

发展绿色矿业、建设绿色矿山提出以下指导意见：

一、发展绿色矿业建设绿色矿山的重要意义

（一）是贯彻落实科学发展观,推动经济发展方式转变的必然选择。当前我国正处于工业化城镇化加快发展的关键阶段,资源需求刚性上升,资源环境压力日益增大。促进资源开发与经济社会全面协调可持续发展,必须将资源开发与保护放到经济社会发展的战略高度,按照国家转变经济发展方式的战略要求,通过开源节流、高效利用、创新体制机制,改变矿业发展方式,推动矿业经济发展向主要依靠提高资源利用效率带动转变。发展绿色矿业、建设绿色矿山,既是立足国内提高能源资源保障能力的现实选择,也是转变发展方式、建设"两型"社会的必然要求,对我国经济社会发展全局具有十分重要的现实意义和深远的战略意义。

（二）是加快转变矿业发展方式的现实途径。发展绿色矿业、建设绿色矿山,以资源合理利用、节能减排、保护生态环境和促进矿地和谐为主要目标,以开采方式科学化、资源利用高效化、企业管理规范化、生产工艺环保化、矿山环境生态化为基本要求,将绿色矿业理念贯穿于矿产资源开发利用全过程,推行循环经济发展模式,实现资源开发的经济效益、生态效益和社会效益协调统一,为转变单纯以消耗资源、破坏生态为代价的开发利用方式提供了现实途径。

（三）是落实企业责任加强行业自律,保证矿业健康发展的重要手段。发展绿色矿业、建设绿色矿山,关键在于充分调动矿山企业的积极性,加强行业自律,促进矿山企业依法办矿,规范管理,加强科技创新,建设企业文化,使矿山企业将高效利用资源、保护环境、促进矿地和谐的外在要求转化为企业发展的内在动力,自觉承担起节约集约利用资源、节能减排、环境重建、土地复垦、带动地方经济社会发展的企业责任。建设绿色矿山,是矿山企业经营管理方式的一次变革,对于完善矿产资源管理共同责任机制,全面规范矿产资源开发秩序,加快构建保障和促进科学发展新机制具有重要意义。

二、推进绿色矿山建设的思路、原则与目标

（四）总体思路。深入贯彻落实科学发展观,按照国家转变经济增长方式的战略要求,将发展绿色矿业、建设绿色矿山作为保障矿业健康可持续发展的重要抓手,认真落实全国矿产资源规划提出的目标任务和部署要求,坚持规划统筹、政策配套、试点先行、整体推进,通过绿色矿山建设促进矿业发展方式的转变,努力

构建规范矿产资源开发利用秩序的长效机制。

（五）基本原则。一是坚持政府引导。强化政策激励,积极引导,组织做好试点示范,建立健全绿色矿山建设标准体系,有序推进。二是落实企业责任。鼓励矿山企业树立科学发展理念、严格规范管理、推进科技创新、加强文化建设,落实节约资源、节能减排、保护环境、促进矿区和谐等社会责任。三是加强行业自律。充分发挥行业协会桥梁和纽带作用,密切联系矿山企业,加强宣传,扩大共识,加强行业自律。四是搞好政策配套。充分运用经济、行政等多种手段,制定有利于促进资源合理利用、环境保护等方面的政策措施,建立完善制度,推动绿色矿山建设。

（六）建设目标。力争1~3年完成一批示范试点矿山建设工作,建立完善的绿色矿山标准体系和管理制度,研究形成配套绿色矿山建设的激励政策。到2020年,全国绿色矿山格局基本形成,大中型矿山基本达到绿色矿山标准,小型矿山企业按照绿色矿山条件严格规范管理。资源集约节约利用水平显著提高,矿山环境得到有效保护,矿区土地复垦水平全面提升,矿山企业与地方和谐发展。

三、统筹规划绿色矿山建设工作

（七）认真落实矿产资源规划的目标任务和部署要求。各级国土资源管理部门要加大矿产资源规划实施力度,将各级规划提出的绿色矿山建设的目标任务和具体要求予以落实,结合规划确定的矿山结构布局优化调整、资源高效利用和矿山地质环境治理恢复等要求,切实统筹好新建和生产矿山、大中小型矿山,以及各行业绿色矿山建设,采取有效措施,有序推进绿色矿山建设工作。各地可结合实际情况,制定专项规划和具体措施,加快推进绿色矿山建设工作。

（八）指导矿山企业制定绿色矿山建设的发展规划。指导矿山企业按照绿色矿山建设要求和条件,结合自身发展目标和进程,因地制宜编制绿色矿山建设发展规划,从提高资源利用水平、节能减排、保护耕地和矿山地质环境、创建和谐社区等角度出发,明确具体工作任务、安排、进度和措施等,按照规划积极推进各项工作,实现绿色矿山建设目标。

四、开展国家级绿色矿山建设试点示范

（九）试点工作坚持政府指导支持、协会支撑、矿山主体的原则。以大中型矿山企业为主体,兼顾不同地区、不同行业及小型矿山企业,按照矿山企业自愿、协会推荐组织、试点矿山制定规划和开展建设,通过评估考核、达标公布的步骤进行,探索绿色矿山建设的有效途径。

（十）中国矿业联合会要切实做好组织和有关业务支撑工作。加快研究完善绿色矿山建设具体标准和办法，会同有关行业协会组织做好国家级试点矿山的推荐和评估工作，加强政府和企业之间的沟通配合，积极搭建绿色矿山建设交流与合作平台，为试点矿山提供经验交流和技术咨询等服务，切实承担起全面推进绿色矿山建设的业务支撑工作。

（十一）各级国土资源管理部门要做好绿色矿山建设试点示范的指导工作。各级国土资源部门要切实发挥职能作用，结合地方实际情况和矿业发展特点，通过加强对绿色矿山建设工作的指导，落实鼓励和支持政策，引导企业按照绿色矿山发展模式建设和经营矿山，协调解决试点过程中遇到的问题，通过不断完善管理制度和加强监督，促进试点矿山达到建设要求，努力使企业的发展和地方经济发展协调一致。

（十二）试点矿山要按照规划积极开展建设工作。具备条件的矿山，要按照绿色矿山建设的基本要求编制建设规划，明确建设目标、具体内容和发展模式，有效推进绿色矿山建设各项工作，力争尽快达到绿色矿山条件和标准，主动地为保护资源、保护环境、促进地方经济发展和维护群众利益做出贡献。

五、稳步推进全国绿色矿山建设

（十三）加强试点经验总结和推广。全面总结推广不同类型绿色矿山建设的经验与模式，逐步完善分地域、分规模、分类型的绿色矿山建设标准和相关管理办法，研究探索有利于资源合理利用、节能减排、环境保护的政策措施和管理制度，为全面推进绿色矿山建设奠定基础。通过试点示范企业树立先进样板，发挥试点示范作用，带动更多矿山企业开展绿色矿山建设活动，积极履行绿色矿山建设的各项责任和义务，促进绿色矿业的全面发展。

（十四）依据绿色矿山建设标准和条件严格矿山准入管理。各级国土资源管理部门要把发展绿色矿业、建设绿色矿山的要求贯彻于矿产资源管理的始终，用绿色矿山建设标准规范矿产资源勘查、开发利用与保护的各项活动，加强对新建矿山开发利用、环境保护、土地复垦等方案的审查，严禁采用国家限制和淘汰的采选技术、工艺和设备，确保新建矿山实现合理开发、资源节约、环境保护、安全生产和社区和谐。全面落实矿产资源规划确定的最低开采规模制度和准入条件，优化资源勘查开发布局和矿业结构，逐步构建集约、高效、协调的矿山开发格局。

（十五）加强对生产矿山监督管理。用绿色矿山建设标准规范矿产资源勘查、开发利用与保护的各项活动，督促矿山企业自觉按照绿色矿山建设标准不断改

进开发利用方式，提高开发利用水平，促进节能减排，落实企业社会责任，实现合理开发、节约资源、保护环境、安全生产和社区和谐，为绿色矿山建设工作营造良好环境。

六、营造良好的政策环境

（十六）加大财政专项资金的支持力度。加大危机矿山接替资源勘查、矿山地质环境恢复治理、矿产资源节约与综合利用等财政专项资金向绿色矿山企业的倾斜和支持力度，鼓励和支持矿山企业开展做好资源合理利用、环境保护等相关工作，不断提高发展水平。

（十七）研究制定有利于绿色矿山建设的资源配置制度。在资源配置和矿业用地等方面向达到绿色矿山条件的企业实行政策倾斜，依法优先配置资源和提供用地，鼓励企业做大做强，积极为繁荣地方经济做出贡献，建设和谐矿区。

（十八）逐步完善税费等经济政策。全面落实资源综合利用、矿山环境保护、节能减排等已有相关优惠政策，通过资源税费改革和税费减免，形成矿山企业资源消耗的自我约束机制。积极协调相关部门，建立和完善资源综合利用等税费减免制度，逐步形成与法律制度相衔接，向绿色矿山企业倾斜的经济政策体系。

（十九）加强技术政策引导。鼓励矿山企业加大科技投入和技术攻关，研究制定矿产资源节约与综合利用鼓励、限制、淘汰技术目录，通过技术改造采用先进技术、工艺和装备，逐步淘汰落后产能，提高资源开发利用、节能减排和环境保护的水平，满足绿色矿山建设的要求。

七、加强组织协调

（二十）各级国土资源管理部门要切实加强组织领导和监督检查。高度重视绿色矿山建设工作，作为一项重要任务纳入工作计划进行部署，加强领导，落实责任，精心部署，完善制度，抓好落实，认真做好绿色矿山建设工作的指导、协调和监督检查，加强对绿色矿山建设工作的总结、宣传和推广，有序推进绿色矿山建设工作。

（二十一）中国矿业联合会要全面推行行业自律。通过积极推进矿业领域循环经济发展和资源节约与综合利用，积极倡导和鼓励企业发展绿色矿业，提高依法办矿的意识，促使企业履行社会责任和规范化管理，不断加强行业自律和社会监督。

（二十二）矿山企业要认真履行社会责任全面开展绿色矿山建设。矿山企业是绿色矿山建设主体，要积极加入并自觉遵守《绿色矿业公约》，按照绿色矿山建设的有关条件和循环经济的发展模式，不断加强规范

管理,切实履行社会责任,加大投入,改进生产工艺、优化生产布局,加强环境保护,促进资源开发、环境保护与矿区和谐的协调发展。

附件:

国家级绿色矿山基本条件

2010 年 8 月 13 日

附件:

国家级绿色矿山基本条件

为了贯彻实施科学发展观,规范矿山企业行为,加强行业自律,履行企业社会责任,推进绿色矿业发展,构建资源节约型、环境友好型和谐社会,实现《全国矿产资源规划》中确定的建立绿色矿山格局的目标,特制定绿色矿山基本条件。

一、依法办矿

(一)严格遵守《矿产资源法》等法律法规,合法经营,证照齐全,遵纪守法。

(二)矿产资源开发利用活动符合矿产资源规划的要求和规定,符合国家产业政策。

(三)认真执行《矿产资源开发利用方案》、《矿山地质环境保护与治理恢复方案》、《矿山土地复垦方案》等。

(四)三年内未受到相关的行政处罚,未发生严重违法事件。

二、规范管理

(一)积极加入并自觉遵守《绿色矿业公约》,制订有切实可行的绿色矿山建设规划,目标明确,措施得当,责任到位,成效显著。

(二)具有健全完善的矿产资源开发利用、环境保护、土地复垦、生态重建、安全生产等规章制度和保障措施。

(三)推行企业健康、安全、环保认证和产品质量体系认证,实现矿山管理的科学化、制度化和规范化。

三、综合利用

(一)按照矿产资源开发规划与设计,较好地完成了资源开发与综合利用指标,技术经济水平居国内同类矿山先进行列。

(二)资源利用率达到矿产资源规划要求,矿山开发利用工艺、技术和设备符合矿产资源节约与综合利用鼓励、限制、淘汰技术目录的要求,"三率"指标达到或超过国家规定标准。

(三)节约资源,保护资源,大力开展矿产资源综合利用,资源利用达国内同行业先进水平。

四、技术创新

(一)积极开展科技创新和技术革新,矿山企业每年用于科技创新的资金投入不低于矿山企业总产值的 1%。

(二)不断改进和优化工艺流程,淘汰落后工艺与产能,生产技术居国内同类矿山先进水平。

(三)重视科技进步,发展循环经济,矿山企业的社会、经济和环境效益显著。

五、节能减排

(一)积极开展节能降耗、节能减排工作,节能降耗达国家规定指标。

(二)采用无废或少废工艺,成果突出。"三废"排放达标。矿山选矿废水重复利用率达到 90% 以上或实现零排放,矿山固体废弃物综合利用率达到国内同类矿山先进水平。

六、环境保护

(一)认真落实矿山环境恢复治理保证金制度,严格执行环境保护"三同时"制度,矿区及周边自然环境得到有效保护。

(二)制定矿山环境保护与治理恢复方案,目的明确,措施得当,矿山地质环境恢复治理水平明显高于矿产资源规划确定的本区域平均水平。重视矿山地质灾害防治工作,近三年内未发生重大地质灾害。

(三)矿区环境优美,绿化覆盖率达到可绿化区域面积的 80% 以上。

七、土地复垦

(一)矿山企业在矿产资源开发设计、开采各阶段中,有切实可行的矿山土地保护和土地复垦方案与措施,并严格实施。

(二)坚持"边开采,边复垦",土地复垦技术先进,资金到位,对矿山压占、损毁而可复垦的土地应得到全面复垦利用,因地制宜,尽可能优先复垦为耕地或农用地。

八、社区和谐

(一)履行矿山企业社会责任,具有良好的企业形象。

(二)矿山在生产过程中,及时调整影响社区生活的生产作业,共同应对损害公共利益的重大事件。

(三)与当地社区建立磋商和协作机制,及时妥善解决各类矛盾,社区关系和谐。

九、企业文化

(一)企业文化是企业的灵魂。企业应创建有一套符合企业特点和推进实现企业发展战略目标的企业文化。

(二)拥有一个团结战斗、锐意进取、求真务实的企业领导班子和一支高素质的职工队伍。

(三)企业职工文明建设和职工技术培训体系健全,职工物质、体育、文化生活丰富。

国土资源部关于进一步做好建设项目压覆重要矿产资源审批管理工作的通知

（国土资源部 2010 年 9 月 8 日）

各省、自治区、直辖市国土资源厅（国土环境资源厅、国土资源局、国土资源和房屋管理局、规划和国土资源管理局）：

自 2000 年我部印发《关于规范建设项目压覆矿产资源审批工作的通知》（国土资发〔2000〕386 号）以来，各省（区、市）国土资源行政主管部门高度重视，积极探索，并结合本地实际制定管理办法，保证建设项目压覆矿产资源审批管理工作顺利进行。为总结经验、进一步规范压覆重要矿产资源审批管理工作，现将有关事项通知如下：

一、提高认识，加强领导

建设项目压覆矿产资源审批是《矿产资源法》确定的一项重要管理工作，对避免或减少压覆重要矿产资源、提高矿产资源保障能力、保障建设项目正常进行具有重要作用。各省级国土资源行政主管部门要充分认识压覆重要矿产资源审批管理工作的目的和意义，加强领导，进一步转变管理理念和管理方式，既要加强审批管理，又要做好服务；做到既保护矿产资源，又有利于建设项目顺利进行，维护矿业权人合法权益。

二、严格管理范围

凡建设项目实施后，导致其压覆区内已查明的重要矿产资源不能开发利用的，都应按本通知规定报批。未经批准，不得压覆重要矿产资源。

建设项目压覆区与勘查区块范围或矿区范围重叠但不影响矿产资源正常勘查开采的，不作压覆处理。矿山企业在本矿区范围内的建设项目压覆矿产资源不需审批。

重要矿产资源是指《矿产资源开采登记管理办法》附录所列 34 个矿种和省级国土资源行政主管部门确定的本行政区优势矿产、紧缺矿产。

炼焦用煤、富铁矿、铬铁矿、富铜矿、钨、锡、锑、稀土、钼、铌钽、钾盐、金刚石矿产资源储量规模在中型以上的矿区原则上不得压覆，但国务院批准的或国务院组成部门按照国家产业政策批准的国家重大建设项目除外。

三、明确管理分工

建设项目压覆重要矿产资源由省级以上国土资源行政主管部门审批。压覆石油、天然气、放射性矿产，或压覆《矿产资源开采登记管理办法》附录所列矿种（石油、天然气、放射性矿产除外）累计查明资源储量数量达大型矿区规模以上的，或矿区查明资源储量规模达到大型并且压覆占三分之一以上的，由国土资源部负责审批。

四、规范报批要求

按本通知规定由国土资源部负责审批的，建设单位应履行以下手续：

（一）建设项目选址前，建设单位应向省级国土资源行政主管部门查询拟建项目所在地区的矿产资源规划、矿产资源分布和矿业权设置情况，各级国土资源行政主管部门应为建设单位查询提供便利条件。不压覆重要矿产资源的，由省级国土资源行政主管部门出具未压覆重要矿产资源的证明；确需压覆重要矿产资源的，建设单位应根据有关工程建设规范确定建设项目压覆重要矿产资源的范围，委托具有相应地质勘查资质的单位编制建设项目压覆重要矿产资源评估报告。

（二）有关材料经建设项目所在省（区、市）国土资源行政主管部门初审同意后，将以下材料（纸质和电子版各 1 套）报国土资源部：

1. 关于××××压覆重要矿产资源的申请函（编写提纲见附件 1）；

2. 关于××××压覆重要矿产资源的评估报告（编写提纲见附件 2）及评审意见书；

3. 省级国土资源行政主管部门出具的《关于对××××压覆重要矿产资源初审意见》（编写提纲见附件 3）；

4. 国土资源行政主管部门要求提交的其他有关资料。

（三）建设项目压覆已设置矿业权矿产资源的，新的土地使用权人还应同时与矿业权人签订协议，协议应包括矿业权人同意放弃被压覆矿区范围及相关补偿内容。补偿的范围原则上应包括：

1. 矿业权人被压覆资源储量在当前市场条件下所

应缴的价款(无偿取得的除外);

2.所压覆的矿产资源分担的勘查投资、已建的开采设施投入和搬迁相应设施等直接损失。

(四)建设单位应在收到同意压覆重要矿产资源的批复文件后45个工作日内,到项目所在地省级国土资源行政主管部门办理压覆重要矿产资源储量登记手续。45个工作日内不申请办理压覆重要矿产资源储量登记手续的,审批文件自动失效。

五、加强审批管理

各级国土资源行政主管部门要提高工作效率,规范管理,做好服务。

(一)凡符合审批要求的压覆重要矿产资源申请,国土资源部自受理之日起20个工作日内,做出准予压覆或者不准压覆的决定,并通知申请人和省(区、市)国土资源厅(局),由省(区、市)国土资源厅(局)通知相关矿业权人。

(二)省(区、市)国土资源厅(局)办理压覆重要矿产资源储量登记时应通知相应矿业权人在45个工作日内到原发证机关办理相应的勘查区块或矿区范围变更手续。逾期不办理的,由原发证机关直接进行勘查区块或矿区范围调整,并告知矿业权人。

(三)已批准建设项目压覆的矿产资源,各级国土资源行政主管部门不得设立矿业权。

六、做好与土地管理衔接

国土资源行政主管部门应加强协调,做好建设项目压覆重要矿产资源审批管理与土地管理的衔接。凡申请办理土地预审或用地审批的,要按照有关规定,提交省级国土资源行政主管部门出具的未压覆重要矿产资源证明或压覆重要矿产资源储量登记有关材料。否则,不予受理其用地申请。

在市级土地利用总体规划编制阶段,本级国土资源行政主管部门应根据当地已探明重要矿产资源储量分布状况,以及矿产资源规划安排的矿产资源勘查、开发利用和保护情况,充分考虑城市建设发展涉及压覆重要矿产资源问题,合理确定城市发展方向和新增城市建设用地布局。有条件的地方,可以统一开展调查,编制压覆重要矿产资源调查报告,经省级国土资源行政主管部门组织专家审查后,办理压覆重要矿产资源储量预登记。

在土地利用总体规划确定的城市建设用地范围内,已办理压覆重要矿产资源储量预登记的,不再办理项目压覆重要矿产资源审批手续,但市县国土资源行政主管部门应在出让或划拨用地前,到省级国土资源行政主管部门办理压覆重要矿产资源登记手续。

未统一开展建设压覆重要矿产资源的调查和预登记工作的城市,在办理建设项目用地预审和审批时,建设单位应严格按照本通知要求履行压覆重要矿产资源审批手续。

各省级国土资源行政主管部门要认真贯彻本通知精神,落实审批管理职责,做好宣传培训工作。结合矿产资源特点,提出本行政区优势矿产、紧缺矿产名录,制定具体的实施意见报部。要及时总结实施过程中发现的问题,并向国土资源部报告。

附件:(略)

1.关于×××压覆重要矿产资源的申请函(编写提纲)

2.关于×××压覆重要矿产资源的评估报告(编写提纲)

3.关于对×××压覆重要矿产资源的初审意见(编写提纲)

国土资源部关于开展煤炭矿业权审批管理改革试点的通知

国土资发〔2010〕143号

黑龙江、贵州、陕西省国土资源厅:

为进一步加强煤炭矿业权宏观调控,转变管理职能,依据《矿产资源勘查区块登记管理办法》和《矿产资源开采登记管理办法》及有关规定,部决定在你省黑龙江、贵州、陕西3省国土资源厅(以下简称"试点省厅")进行煤炭矿业权审批管理改革试点。现就试点工作有关规定通知如下:

一、试行有计划的投放煤炭矿业权的制度。遵循加强国家对煤炭矿业权出让宏观调控,优化勘查开采布局的总体要求,。你试点省厅应请你厅依据国民经济和社会发展规划、矿产资源规划和国家产业政策,结合煤炭、煤层气资源勘查开发状况和煤炭供需形势,要求编制全省煤炭矿业权年度投放计划(附件1),于每年9月底前将编制的下一年度投放计划报部批准后实施。在实施本年度矿业权投放计划过程中，因特殊原因需要调整投放计划的，由你试点省厅提出调整申请，报部批准后实施。按照《关于进一步加强煤炭资源勘查开采管理的通知》（国土资发〔2006〕13号）规定，列入年度投放计划的煤炭矿业权应符合已经部批准或备案的矿业权设置方案。矿业权设置方案和投放计划的范围，并就与石油天然气矿业权重叠的，应提出处理意见。

二、部全面授权你厅审批登记煤炭矿业权。请你厅你试点省厅应严格依据批准的煤炭矿业权投放计划审批出让矿业权。原属于部审批登记的，部依据批准的年度投放计划，授权你试点省厅审批，由你项目所在地试点省厅依法进行受理和审查，报部备案后，通过矿业权统一配号系统进行配号，由你试点省厅颁发勘查许可证或划定矿区范围、颁发采矿许可证。为保证试点工作的顺利开展，部信息中心对矿业权统一配号系统的试点省配号权限、配号流程等内容进行调整，并使系统能够实时汇总试点省煤炭矿业权审批登记情况。

三、严格煤炭探矿权采矿权出让管理。以协议方式出让煤炭探矿权、采矿权的，按《关于进一步规范矿业权出让管理的通知》（国土资发〔2006〕12号）规定办理，应报部批准的，经部批准后，你试点省厅方可受理；以招标拍卖挂牌方式出让煤炭探矿权、采矿权的，由你试点省厅组织实施。新立煤炭探矿权按《国土资源部关于继续暂停受理煤炭探矿权申请的通知》（国土资发〔2009〕28号）规定执行。

四、授权审批新立项目试行报部备案制度。请你试点省厅应按下列要求向部提交探矿权采矿权项目申请审查意见责任表及项目基本情况报告等备案资料。

（一）以协议方式出让，应报部批准的，提交允许协议方式出让批准文件；

（二）以招标拍卖挂牌方式出让的，应提交成交确认书；

（三）国家财政专项和地质勘查基金申请煤炭探矿权的，应提交项目计划下达文件、资金预算下达文件；

（四）煤炭探矿权转采矿权划定矿区范围的，应提交勘查许可证和地质资料汇交凭证复印件；申请办理采矿许可证的，应提交划定矿区范围批复复印件。

五、授权审批延续类项目。本通知下发前，在部登记发证的你省煤炭探矿权、采矿权项目，由你项目所在地试点省厅办理延续、保留、变更、转让、注销审批登记。煤炭探矿权采矿权保留、变更、转让审批，你试点省厅审查同意后，将审查意见表及项目基本情况报告报部备案并经同意后，颁发勘查许可证、采矿许可证。

六、相关要件审批（备案）。试点期间，你试点省厅颁发煤炭勘查许可证、采矿许可证涉及应由部进行的

储量评审、储量登记、矿业权评估、矿业权价款处置、矿山地质环境保护与治理恢复方案和土地复垦方案等审批（备案）要件，授权你试点省厅负责审批（备案）；涉及应由其他主管部门审批的要件，仍按其他主管部门规定执行。你试点省厅应按照规定严格要件审查，不得降低审批要件标准，对原需要委托评审或咨询论证的矿产资源开发利用方案、储量评审、矿山地质环境保护与治理恢复方案和土地复垦方案等，仍按原渠道委托评审或咨询论证。你试点省厅应将大型及以上规模的储量评审备案情况按每半年报部。部相关司局要加强业务指导，确保煤炭矿业权审批工作质量，保证试点工作顺利推进。

七、认真落实煤炭和煤层气综合勘查开采的相关规定。试点省厅应工作要严格执行《关于加强煤炭和煤层气资源综合勘查开采管理的通知》（国土资发〔2007〕96号）关于煤层气、煤炭资源进行综合勘查、评价和储量认定的规定。要统筹安排煤炭与煤层气开发，优先保障煤炭工业发展，促进煤层气协调产业发展。对煤层中吨煤瓦斯含量高于规定标准，设置煤炭采矿权时，根据煤炭开采布局和开采时序的安排，对近期不开采煤炭并经论证具备煤层气地面开发条件的，以采气为主，先设置煤层气采矿权。由申请人统一编制煤炭和煤层气开发利用方案，办理煤层气采矿权；对近期急需开采煤炭的，由申请人统一编制煤炭和煤层气开发利用方案，进行井下先抽后采。

八、你试点工作从本通知下发之日起实施，试点省厅要严格执行财政部和我部深化探矿权采矿权有偿取得制度改革的有关规定，确保国家权益的实现。

九、本通知自下发之日起实行，以往关于煤炭探矿权、采矿权审批管理与本通知不一致的，以本通知为准。你各试点省厅对部授权审批颁发的煤炭勘查许可证、采矿许可证权限不得再行向下授权。

请你各试点省厅要加强领导，认真组织，精心制定试点工作方案，并报部备案；在试点工作过程中，要定期进行分析总结，加强经验交流，进展情况及时向部报告。部将根据试点工作进展情况，决定是否全面推进煤炭矿业权审批管理改革。

2010年9月14日

附件1：

煤炭矿业权年度投放计划申报要求

试点省厅向部提交的"煤炭矿业权年度投放计划"应包括以下基本内容：

一、简要说明国家对煤炭产业发展规划及产业政策情况及供需形势。

二、说明本地煤炭资源勘查、开发基本情况及本地煤炭资源供需现状。

三、预测本地煤炭供需形势，重点说明煤炭矿业权计划投放的规模、时序和布局等情况。

四、说明探矿权年度投放计划是否符合批准(备案)的矿产资源规划、专项勘查规划及矿业权设置方案，是否与石油天然气矿业权重叠。

五、将计划投放的探矿权、采矿权项目名称、项目所在地(具体到乡镇)、面积、探矿权预计探明资源储量或采矿权拟建生产规模、出让方式等基本信息列表(附表1、附表2略)。

附件2.煤炭矿业权备案项目基本情况报告(备案内容)(略)

国土资源部关于鼓励铁铜铝等国家紧缺矿产资源勘查开采有关问题的通知

国土资发〔2010〕144号

各省、自治区、直辖市国土资源厅(国土环境资源厅、国土资源局、国土资源和房屋管理局、规划和国土资源管理局)、中国地质调查局、中央地质勘查基金管理中心：

为促进铁、铜、铝、镍、铬、锰、钾盐等国家紧缺矿产资源地质找矿和合理开发利用，提高资源保障能力，根据矿产资源法律法规和有关规定，现就有关问题通知如下：

一、加大紧缺矿产资源勘查力度

(一)国家和省级国土资源行政主管部门依据矿产资源规划，结合矿产资源潜力评价工作取得的阶段性成果，研究总结紧缺矿产资源成矿区带成矿规律，突出重点成矿区带，科学部署地质找矿工作。对重点调查评价区和重点勘查区，加大基础地质调查和前期地质矿产勘查，提高地质工作程度。

(二)省级国土资源行政主管部门要结合地质矿产保障工程、全国地质找矿行动计划等的组织实施，会同有关单位，抓紧提出紧缺矿产资源整装勘查区设置方案，按照构建地质找矿新机制的有关要求，整合各方资金，推进整装勘查；面上展开，点面结合，争取尽快实现点上突破。紧缺矿产资源整装勘查区设置方案报国土资源部批准后向社会公告。

(三)中国地质调查局会同中央地质勘查基金管理中心，做好紧缺矿产资源整装勘查的业务统筹部署和技术支撑。科学安排国家出资地质勘查项目，为在三到五年内实现地质找矿重大突破提供基础地质信息和后续靶区。

(四)对于找矿潜力大且社会资金不愿独立承担找矿风险的紧缺矿产资源勘查区和勘查项目，中央和省级地质勘查基金项目应重点给予支持。鼓励符合条件的民间资本参与紧缺矿产资源勘查开采。

二、完善紧缺矿产资源矿业权出让制度

(五)省级国土资源行政主管部门在制定矿业权设置方案和矿业权年度投放计划时，应优先编制紧缺矿产资源矿业权设置方案，保障紧缺矿产资源矿业权投放。

(六)登记管理机关开辟紧缺矿产资源矿业权审批、土地复垦方案审查、地质矿山环境治理方案审查的"快速通道"，优先安排紧缺矿产资源矿业权审批发证、矿产资源储量评审备案、矿业权价款评估备案等工作。

(七)调整部分铁矿探矿权出让方式，鼓励铁矿勘查。除沉积变质型和沉积型铁矿外，其他成因类型的铁矿由《关于进一步规范矿业权出让管理的通知》(国土资发〔2006〕12号)文中规定的第二类矿产调整为第一类矿产，按照相关规定出让矿业权。

(八)鼓励矿山企业开展矿区范围深部及其毗邻区域紧缺矿产资源勘查开采工作，属于第二类矿产的，可以协议方式为其配置矿业权。矿业权登记管理机关受理新的矿业权申请时，要统筹考虑周围已有矿山企业对其矿区范围周边紧缺矿产资源的找矿工作。

(九)对于国家出资勘查形成的紧缺矿产资源的矿产地，按照规定应该以招标拍卖挂牌出让探矿权的，主要以招标方式出让，优选勘查方案。鼓励资金能力强、技术先进的勘查单位和大型矿业企业联合进行勘查开采，实现探采一体化。

(十)以紧缺矿种申请获得的探矿权如需变更勘查矿种，按照《关于进一步规范探矿权管理有关问题的通知》(国土资发〔2009〕200号)中相关规定办理。

三、保障紧缺矿产资源勘查开采环境

(十一)加快推进紧缺矿产资源的勘查开采，严格执行勘查区块面积退出制度，规范紧缺矿产资源勘查

秩序。加强紧缺矿产资源勘查实施方案审查,切实保障勘查质量。

(十二)对紧缺矿产资源勘查开采布局不合理的矿业权,加快推进资源开发整合,进一步提高紧缺矿产资源开发规模化、集约化程度和利用率。

(十三)加强对紧缺矿产资源矿业权人法定义务履行情况的监督检查。督促探矿权人加大勘查投入,提高勘查效率和质量,依法查处圈而不探、投入不足、以采代探等违法行为。监督采矿权人合理开发利用紧缺矿产资源,依法查处无证开采、越界开采等违法行为。对于违法违规勘查开采紧缺矿产资源的重大典型案件,公开通报或者挂牌督办。

(十四)健全完善紧缺矿产资源勘查开采监督管理和执法监察长效机制。各级国土资源行政主管部门按照《关于健全完善矿产资源勘查开采监督管理和执法监察长效机制的通知》(国土资发〔2009〕148 号)要求,着力做好巡查、完善案件查处机制、推进建立地方政府统筹协调、部门联动的执法监管制度、建立健全保障机制。

各级国土资源行政主管部门应高度重视紧缺矿产资源勘查开采管理,切实加强基础技术支撑队伍建设,提高监督管理质量,促进紧缺矿产资源勘查开发健康有序发展。

2010 年 9 月 14 日

国土资源部关于建立健全矿业权有形市场的通知

国土资发(2010)145 号

各省、自治区、直辖市国土资源厅(国土环境资源厅、国土资源局、国土资源和房屋管理局、规划和国土资源管理局):

为推进与社会主义市场经济相适应的矿业权市场体系建设,进一步规范矿业权出让转让行为,确保矿业权市场交易公开、公平、公正,依据《矿产资源法》及其配套法规和中央办公厅、国务院办公厅《关于开展工程建设领域突出问题专项治理工作的意见》(中办发〔2009〕27 号),现就建立和完善矿业权有形市场有关事项通知如下。

一、充分认识建立健全矿业权有形市场的重要性和紧迫性

推进矿业权有形市场建设,以公开促规范、以规范求公正、以公正树公信,是加强矿业权出让转让管理、建立党风廉政建设长效机制的重要举措,有利于实行阳光行政,推进矿业权管理的规范化;有利于维护国家权益和矿业权人合法权益,规范矿业权市场秩序;有利于提高矿业权管理水平,加强廉政建设。

近年来,部分省(区、市)在矿业权有形市场建设方面进行了有益的探索,建立了矿业权交易机构,制定了配套的规章制度和管理办法,促进了矿业权市场健康有序发展。但还存在一些亟待完善和规范的问题,有的省(区、市)还没有建立矿业权有形市场,矿业权出让转让行为不够规范,矿业权属纠纷时有发生;一些已建的矿业权有形市场还存在体制不顺、规则不一、监管不严等方面的问题;权力寻租现象在有的地方仍然存在,甚至导致腐败行为的发生。各省(区、市)国土资源行政主管部门要充分认识加强矿业权有形市场建设的重要性,增强紧迫感,切实加大推进矿业权有形市场建设的力度。

二、加快建立和完善矿业权有形市场

(一)各省(区、市)国土资源行政主管部门应加快矿业权交易机构建设步伐。省级国土资源行政主管部门应建立矿业权交易机构,市级矿业权交易机构的建立由各省(区、市)国土资源行政主管部门根据当地实际情况自行决定,县级原则上不建立矿业权交易机构。已经建立交易机构的,要完善市场功能,健全交易制度;尚未建立交易机构的,结合本地实际情况,采取新建、在已有事业单位增加职能或利用土地有形市场、政府建立的产权或公共资源交易平台等方式加快建设矿业权有形市场。

(二)矿业权交易机构受国土资源行政主管部门和矿业权人的委托进行矿业权出让转让等相关的交易活动。矿业权交易机构应配备一定数量的地质、采矿、法律、经济等相关专业人员,具备固定交易场所、办理交易事务、确认交易结果、公示交易行为和提供信息服务等基本功能。

(三)矿业权交易机构承担矿业权出让转让交易工作,可收取一定的交易服务费,具体收费标准由省级国土资源行政主管部门商同级价格主管部门制定。

三、推进矿业权出让转让进场公开

（一）以招标拍卖挂牌方式出让矿业权的，国土资源行政主管部门委托交易机构，承办编制出让文件、发布公告、组织实施招标拍卖挂牌、确认结果等具体工作。出让公告中应对拟出让的矿业权作出风险提示、明确竞买人（投标人）的准入条件等。

交易机构应在交易机构大厅、同级国土资源部门和国土资源部门户网站上公示交易结果，公示无异议的方可办理登记手续。公示的主要内容应包括：中标人或竞得人的名称、注册地址，成交时间、地点，中标或竞得的勘查区块、开采范围的简要情况，矿业权成交价及缴纳时间、方式，办理矿业权登记所需的资料和要求，申请办理矿业权登记的时限等。

（二）以申请在先方式出让探矿权、探矿权转采矿权（含划定矿区范围申请和采矿权登记申请）和以协议方式出让矿业权（协议出让采矿权的含划定矿区范围申请和采矿权登记申请）的，国土资源行政主管部门受理申请后，应在政务大厅和门户网站上公开，设立交易机构的还应在交易机构大厅中公开。公开的主要内容应包括申请人的名称、申请矿业权的取得方式、申请的矿业权范围（含坐标、面积）及地理位置、勘查开采矿种、开采规模等。

（三）委托交易机构寻找受让方和自行寻找受让方的矿业权转让一律在交易机构中进行公开交易，转让人和受让人在交易机构的鉴证下进场签订转让合同。转让合同签订后，矿业权转让人受让人的主要事项应在交易机构大厅、同级国土资源部门和国土资源部门户网站上进行公示，公示无异议的方可办理登记手续。

公示的主要内容应包括：矿业权转让人、受让人的名称，法定代表人、注册地址、转让矿业权许可证号、发证机关、有效期限、地理位置、坐标、面积、资源储量情况，转让价格、转让方式等。

（四）矿业权出让转让交易应当按照审批管理权限，在依法设立的同级矿业权交易机构或国土资源行政主管部门委托的矿业权交易机构中进行。矿业权交易必须在矿业权交易机构中进行。

国土资源部招标拍卖挂牌出让矿业权的，由部委托省级国土资源行政主管部门在省级矿业权交易机构组织实施、确定主体并公示；需到国土资源部办理转让审批手续的，由矿业权人到矿业权所在地的省级矿业权交易机构进行公示。公示无异议的方可到国土资源部办理登记手续。

（五）公示期不少于 10 个工作日。对公示和公开期间反馈的有异议的意见和信息，应及时组织调查核实，依法予以处理。

国家规定不宜公开的矿种，按照有关规定执行。

四、强化对矿业权有形市场的指导和监管

（一）国土资源部负责指导全国矿业权有形市场的监督管理，对机构建设、公开公示程序和内容、制定交易规则等提出指导意见，完善并监督执行各项交易规则。省级国土资源行政主管部门负责制定矿业权有形市场管理实施办法。省级（含）以下国土资源行政主管部门是同级矿业权交易机构的主管部门，负责监督矿业权交易的过程和结果，查处违反交易规则的行为。

（二）上级国土资源行政主管部门负责监督下级国土资源行政主管部门的矿业权交易活动，上级矿业权交易机构对下级矿业权交易机构提供业务指导。矿业权交易机构接受纪检监察机关监督，建立网上监督系统。

（三）推进矿业权交易统一监管平台建设，以国土资源综合监管平台建设为基础，利用全国矿业权统一配号系统和国土资源部门户网站，获取和集成国家、省、市、县四级矿业权交易信息，实现对全国矿业权市场信息的统一监管，公开发布和提供信息服务；推行矿业权网上出让。

五、落实矿业权有形市场建设的保障措施

各省级国土资源行政主管部门要高度重视，切实加强领导，积极创造条件，加快矿业权有形市场的建设步伐，在机构性质、工作职能、人员编制和工作费用等方面与相关部门做好协调，落实好机构、人员和经费，做好行政、事业等单位在运行和管理中的工作衔接，推动矿业权有形市场的建立和完善。要注重对矿业权有形市场的宣传；要公开交易规则、程序、收费标准等，接受社会监督；要进行交易风险提示，引导矿业权人树立正确的风险意识，保障矿业权市场健康发展。

各省级国土资源行政主管部门要于 2011 年 3 月底前建立省级矿业权交易机构并投入运行。已建立矿业权交易机构的，要进一步探索创新，完善市场功能、交易规则和程序、公示公开的内容及相关制度。各省级国土资源行政主管部门可根据本通知，结合本地实际，制定具体的实施办法，实施中的情况和问题及时汇总报部。

2010 年 9 月 14 日

国土资源部关于首批中国温泉之乡(城、都)和地热能开发利用示范单位的公告

2010 年第 31 号

根据申报中国温泉之乡(城、都)的有关规定,现将评审通过的首批中国温泉之乡(城、都)和地热能开发利用示范单位名单予以公告。

2010 年 12 月 29 日

附件:

首批中国温泉之乡(城、都)和地热能开发利用示范单位名单

命名名称	命名地	申报单位
中国温泉之都	重庆市	重庆市人民政府
	天津市	天津市人民政府
	福州市	福州市人民政府
中国温泉之城	辽宁省辽阳市弓长岭区	弓长岭区人民政府
	辽宁省葫芦岛市兴城	兴城市人民政府
	云南省洱源县城	洱源县人民政府
中国温泉之乡	内蒙古自治区克什克腾旗	克什克腾旗人民政府
	江苏省南京市浦口区汤泉镇	浦口区人民政府
	江西省宜春市明月山温汤镇	明月山温泉景区管理委员会
	广东省龙门县	龙门县人民政府
	四川省广元市	广元市人民政府
温泉(地热)开发利用示范单位	陕西省咸阳市绿源地热能开发项目	陕西绿源地热能源开发有限公司
	天津工业大学	天津工业大学
浅层地温能开发利用示范单位	陕西省咸阳市天虹基·紫韵东城小区	咸阳天虹基置业有限公司
	辽宁省沈阳市钓鱼台 7 号小区	中色发展投资有限公司

关于开展国有地勘单位登记探矿权和承担探矿权勘查项目现状调查工作的通知

国土资厅发(2010)60 号

各省、自治区、直辖市国土资源厅(国土环境资源厅、国土资源局、国土资源和房屋管理局、规划和国土资源管理局):

为了解国有地勘单位登记探矿权和承担探矿权勘查项目现状,定于 2010 年 11 月中旬至 12 月下旬开展国有地勘单位登记探矿权和承担探矿权勘查项目现状调查工作。现就有关事项通知如下:

一、调查范围

(一)2010 年 10 月 31 日之前,国有地勘单位(包括国有地勘单位所办企业,以及合资、入股企业)国内登记的探矿权(不含石油、天然气、放射性矿产)和现承担的探矿权勘查项目。

(二)2010 年 10 月 31 日之前,国有地勘单位(包括

国有地勘单位所办企业,以及合资、入股企业)境外登记的探矿权和现承担的探矿权勘查项目。

二、调查内容

(一)国有地勘单位登记探矿权现状。

调查内容:包括探矿权人、许可证号、项目名称、勘查面积、现许可证有效期限、探矿权首立时间、勘查单位、资质证号、项目性质、勘查主矿种、勘查阶段现状、累计勘查投入等。

(二)国有地勘单位承担探矿权勘查项目现状

调查内容:包括探矿权人、许可证号、项目名称、勘查面积、现许可证有效期限、探矿权首立时间、项目性质、勘查主矿种、勘查阶段现状、累计勘查投入等。

三、调查时间

自发通知之日起至 2010 年 12 月 31 日。

四、几点要求

(一)现状调查是国有地勘单位勘查能力分析的重要基础,是矿业权管理的重要参考,是制定保障和促进国有地勘单位改革发展政策措施的重要依据。各省(区、市)国土资源厅(局)要认真组织本行政区内国有地勘单位进行填报,各国有地勘单位主管部门要认真审核。

(二)各国有地勘单位应当认真、如实填写《国有地勘单位登记探矿权现状调查表》(附表 1)、《国有地勘单位承担探矿权勘查项目现状调查表》(附表 2),经其主管部门审核盖章后,纸质报件一式三份并附电子文档,于 2010 年 12 月 15 日前报所在省(区、市)国土资源厅(局)。

探矿权人和勘查单位为同一地勘单位的,附表 1、附表 2 均要填报。

国有地勘单位国内、境外登记探矿权和现承担探矿权勘查项目的,应当按国内、境外顺序填报。

(三)各省(区、市)国土资源厅(局)应当按《省国有地勘单位登记探矿权现状调查汇总表》(附表 3)、《省国有地勘单位承担探矿权勘查项目现状调查汇总表》(附表 4),对本行政区内国有地勘单位填报的附表 1、附表 2 进行汇总,并对本行政区矿业权登记情况进行核实,将附表 1、附表 2、附表 3、附表 4 的纸质报件一式二份并附电子文档,于 2010 年 12 月 31 日前报部勘查司。部将依据全国矿业权登记管理数据库作抽查核实。

勘查司联系人及电话:袁琦 010 - 66558391

2010 年 11 月 12 日

附件:

表 1 ~ 4(国有地勘单位登记探矿权现状调查表、国有地勘单位承担探矿权勘查项目现状调查表、省国有地勘单位登记探矿权现状调查汇总表、省国有地勘单位承担探矿权勘查项目现状调查汇总表)(略)

国家安全生产监督管理总局令

第 35 号

《金属与非金属矿产资源地质勘探安全生产监督管理暂行规定》已经 2010 年 11 月 15 日国家安全生产监督管理总局局长办公会议审议通过,现予公布,自 2011 年 1 月 1 日起施行。

局长 骆琳

2010 年 12 月 3 日

金属与非金属矿产资源地质勘探安全生产监督管理暂行规定

第一章 总 则

第一条 为加强金属与非金属矿产资源地质勘探作业安全的监督管理,预防和减少生产安全事故,根据安全生产法等有关法律、行政法规,制定本规定。

第二条 从事金属与非金属矿产资源地质勘探作业的安全生产及其监督管理,适用本规定。

生产矿山企业的探矿活动不适用本规定。

第三条 本规定所称地质勘探作业,是指在依法批准的勘查作业区范围内从事金属与非金属矿产资源地质勘探的活动。

本规定所称地质勘探单位,是指依法取得地质勘查资质并从事金属与非金属矿产资源地质勘探活动的企事业单位。

第四条 地质勘探单位对本单位地质勘探作业安全生产负主体责任,其主要负责人对本单位的安全生产工作全面负责。

国务院有关部门和省、自治区、直辖市人民政府所属从事矿产地质勘探及管理的企事业法人组织(以下统称地质勘探主管单位),负责对其所属地质勘探单位的安全生产工作进行监督和管理。

第五条 国家安全生产监督管理总局对全国地质勘探作业的安全生产工作实施监督管理。

县级以上地方各级人民政府安全生产监督管理部门对本行政区域内地质勘探作业的安全生产工作实施监督管理。

第二章 安全生产职责

第六条 地质勘探单位应当遵守有关安全生产法律、法规、规章、国家标准以及行业标准的规定,加强安全生产管理,排查治理事故隐患,确保安全生产。

第七条 从事钻探工程、坑探工程施工的地质勘探单位应当取得安全生产许可证。

第八条 地质勘探单位从事地质勘探活动,应当持本单位地质勘查资质证书和地质勘探项目任务批准文件或者合同书,向工作区域所在地县级安全生产监督管理部门备案,并接受其监督检查。

第九条 地质勘探单位应当建立健全下列安全生产制度和规程:

(一)主要负责人、分管负责人、安全生产管理人员和职能部门、岗位的安全生产责任制度;

(二)岗位作业安全规程和工种操作规程;

(三)现场安全生产检查制度;

(四)安全生产教育培训制度;

(五)重大危险源检测监控制度;

(六)安全投入保障制度;

(七)事故隐患排查治理制度;

(八)事故信息报告、应急预案管理和演练制度;

(九)劳动防护用品、野外救生用品和野外特殊生活用品配备使用制度;

(十)安全生产考核和奖惩制度;

(十一)其他必须建立的安全生产制度。

第十条 地质勘探单位及其主管单位应当按照下列规定设置安全生产管理机构或者配备专职安全生产管理人员:

(一)地质勘探单位从业人员超过300人的,应当设置安全生产管理机构,并按不低于从业人员1%的比例配备专职安全生产管理人员;从业人员在300人以下的,应当配备不少于2名的专职安全生产管理人员;

(二)所属地质勘探单位从业人员总数在3000人以上的地质勘探主管单位,应当设置安全生产管理机构,并按不低于从业人员总数1‰的比例配备专职安全生产管理人员;从业人员总数在3000人以下的,应当设置安全生产管理机构或者配备不少于1名的专职安全生产管理人员。

专职安全生产管理人员中应当按照规定配备注册安全工程师。

第十一条 地质勘探单位的主要负责人和安全生产管理人员应当具备与本单位所从事地质勘探活动相适应的安全生产知识和管理能力,并经安全生产监督管理部门考核合格后方可任职。

地质勘探单位的特种作业人员必须经专门的安全技术培训并考核合格,取得特种作业操作证后,方可上岗作业。

第十二条 地质勘探单位从事坑探工程作业的人员,首次上岗作业前应当接受不少于72小时的安全生产教育和培训,以后每年应当接受不少于20小时的安全生产再培训。

第十三条 地质勘探单位应当按照国家有关规定提取和使用安全生产费用。安全生产费用列入生产成本,并实行专户存储、规范使用。

第十四条 地质勘探工程的设计、施工和安全管理应当符合《地质勘探安全规程》(AQ2004-2005)的规定。

第十五条 坑探工程的设计方案中应当设有安全专篇。安全专篇应当经所在地安全生产监督管理部门审查同意;未经审查同意的,有关单位不得施工。

坑探工程安全专篇的具体审查办法由省、自治区、直辖市人民政府安全生产监督管理部门制定。

第十六条 地质勘探单位不得将其承担的地质勘探工程项目转包给不具备安全生产条件或者相应地质勘查资质的地质勘探单位,不得允许其他单位以本单位的名义从事地质勘探活动。

第十七条 地质勘探单位不得以探矿名义从事非法采矿活动。

第十八条 地质勘探单位应当为从业人员配备必要的劳动防护用品、野外救生用品和野外特殊生活用品。

第十九条 地质勘探单位应当根据本单位实际情况制定野外作业突发事件等安全生产应急预案,建立健全应急救援组织或者与邻近的应急救援组织签订救护协议,配备必要的应急救援器材和设备,按照有关规定组织开展应急演练。

应急预案应当按照有关规定报安全生产监督管理部门和地质勘探主管单位备案。

第二十条 地质勘探主管单位应当按照国家有关规定,定期检查所属地质勘探单位落实安全生产责任制和安全生产费用提取使用、安全生产教育培训、事故隐患排查治理等情况，并组织实施安全生产绩效考核。

第二十一条 地质勘探单位发生生产安全事故后，应当按照有关规定向事故发生地县级以上安全生产监督管理部门和地质勘探主管单位报告。

第三章 监督管理

第二十二条 安全生产监督管理部门应当加强对地质勘探单位安全生产的监督检查，对检查中发现的事故隐患和安全生产违法违规行为，依法作出现场处理或者实施行政处罚。

第二十三条 安全生产监督管理部门应当建立完善地质勘探单位备案制度，及时掌握本行政区域内地质勘探单位的作业情况。

第二十四条 安全生产监督管理部门应当按照本规定的要求开展对坑探工程安全专篇的审查，建立安全专篇审查档案。

第四章 法律责任

第二十五条 地质勘探单位有下列情形之一的，责令限期改正；逾期未改正的，责令停产停业整顿，可以并处 2 万元以下的罚款：

（一）未按照本规定设立安全生产管理机构或者配备专职安全生产管理人员的；

（二）特种作业人员未持证上岗作业的；

（三）从事坑探工程作业的人员未按照规定进行安全生产教育和培训的。

第二十六条 地质勘探单位有下列情形之一的，给予警告，并处 3 万元以下的罚款：

（一）未按照本规定建立有关安全生产制度和规程的；

（二）未按照规定提取和使用安全生产费用的；

（三）坑探工程安全专篇未经安全生产监督管理部门审查同意擅自施工的。

第二十七条 地质勘探单位未按照规定向工作区域所在地县级安全生产监督管理部门备案的，给予警告，并处 2 万元以下的罚款。

第二十八条 地质勘探单位将其承担的地质勘探工程项目转包给不具备安全生产条件或者相应资质的地质勘探单位的，责令限期改正，没收违法所得；违法所得 5 万元以上的，并处违法所得 1 倍以上 5 倍以下的罚款；没有违法所得或者违法所得不足 5 万元的，单处或者并处 1 万元以上 5 万元以下的罚款；导致发生生产安全事故给他人造成损害的，与承包方承担连带赔偿责任。

第二十九条 本规定规定的行政处罚由县级以上安全生产监督管理部门实施。

第五章 附则

第三十条 本规定自 2011 年 1 月 1 日起施行。

国土资源部关于省级稀土等矿产资源开发整合重点挂牌督办矿区名单的公告

中华人民共和国国土资源部公告 2010 年 第 20 号

根据《国土资源部关于开展全国稀土等矿产开发秩序专项整治行动的通知》（国土资发〔2010〕68 号）关于"挂牌督办所有稀土等矿产整合矿区的整合工作"的要求，国土资源部决定对符合要求的 78 个稀土等矿产资源开发整合矿区列为 2010 年省级重点挂牌督办矿区。

为了广泛接受社会各界监督，督促各地切实抓好稀土等矿产资源开发整合矿区挂牌督办工作，确保 2010 年底前完成整合工作任务，现将 78 个省级稀土等矿产资源开发整合重点挂牌督办矿区名单予以公告。

2010 年 10 月 8 日

2010 年省级稀土等矿产资源开发整合重点挂牌督办矿区名单

1.内蒙古自治区巴彦淖尔市乌拉特后旗马尼图－查干花地区钼多金属矿勘查整合区

＊2.内蒙古自治区新巴尔虎右旗克尔伦萤石整合区

3.吉林省延边州安图双山铜钼多金属矿探采整合区

4.浙江省建德市乾潭镇周家坞－下涯镇大洲矿区金钼多金属矿勘查整合区

5.浙江省仙居县皤滩乡万竹王矿区萤石勘查整合区

6.安徽省广德县白茅岭萤石整合区

＊7.安徽省宣城市麻姑山铜钼矿整合区

＊8.安徽省绩溪县胡家－连坑萤石矿整合区

9.福建省连城县太平山铜钼矿勘查整合区

10.福建省上杭县湖洋钼矿勘查整合区

11.福建省永定县山口外围铜钼矿勘查整合区

（转下页）

（接上页）

12.福建省武夷山市上村钼多金属矿勘查整合区

13.福建省武夷山市东坑－上西坑铜钼多金属矿勘查整合区

14.福建省南靖县科岭矿区钼矿勘查整合区

15.福建省南靖县尖尾山南坑矿区钼多金属矿勘查整合区

16.福建省周宁县杉洋－福安界竹铜钼矿勘查整合区

17.福建省周宁县咸村夏山钼多金属矿勘查整合区

18.福建省古田县西溪地区钼矿勘查整合区

＊19.福建省明溪县半坑矿区萤石整合区

＊20.福建省古田县石步坑－闽清县杉村－前洋钼多金属矿勘查整合区

＊21.福建省连城县庙前铜坑外围铜钼矿勘查整合区

＊22.福建省平和县双峰铅锌矿－铜钟坑锡矿勘查整合区

＊23.福建省平和县福山矿区大科崇矿段－东富矿区锡多金属矿勘查整合区

＊24.福建省周宁县东山－芹太丘一带钼多金属矿勘查整合区

＊25.福建省松溪县大林坑－新厝钼多金属矿勘查整合区

＊26.福建省宁化县神坛坝－吾家湖锌矿及水口里锡多金属－铜坑里铜多金属矿勘查整合区

＊27.福建省宁化县下伊矿区锡矿勘查整合区

28.江西省宁都县黄陂稀土矿整合区

29.江西省兴国县江背萤石矿整合区

＊30.江西省安远县涂屋稀土矿整合区

＊31.江西省安福县浒坑钨矿整合区

＊32.江西省靖安县大雾塘钨矿整合区

33.河南省栾川县南泥湖钼矿整合区

34.河南省新县钼矿整合区

35.河南省商城县汤家坪钼矿整合区

36.河南省镇平县楸树湾钼矿外围及深部整装勘查区

＊37.河南省嵩县植街乡萤石矿整合区

＊38.河南省卢氏县五里川钼矿整合区

＊39.河南省镇平县老庄镇钼矿整合区

＊40.河南省信阳市平桥区萤石矿整合区

41.湖北省随州市马家溪萤石矿整合区

42.湖北省广水市晶鑫萤石矿整合区

＊43.湖北省通山县徐家山锑矿整合区

44.湖南省新化县杨家山铜钨矿整合区

＊45.湖南省郴州市北湖区芙蓉锡矿整合区

＊46.广东省韶关市曲江区大宝山钼多金属矿整合区

＊47.广东省平远县黄畲－仁居稀土矿整合区

＊48.广西壮族自治区融水苗族自治县大利锡铜矿整合区

＊49.广西壮族自治区融水苗族自治县大坡岭－荣坪锌锡矿整合区

＊50.广西壮族自治区南丹县大厂锡多金属矿整合区

＊51.海南省乐东黎族自治县千家钼铅锌多金属矿整合区

52.四川省牦牛坪稀土矿整合区(江西铜业)

53.四川省冕宁矿业有限公司哈哈三岔河稀土矿整合区

＊54.四川省冕宁县南河乡木洛郑家梁子稀土矿整合区

＊55.四川省冕宁县南河乡木洛碉楼山稀土矿整合区

56.重庆市万盛区大宝山萤石矿整合区

57.贵州省三都县巫不乡高尧锑矿勘查整合区

58.贵州省三都县都江镇党益锑矿勘查整合区

59.贵州省三都县坝街乡姑下锑矿勘查整合区

60.贵州省石阡县王家沟钒矿普查整合矿区

61.贵州省岑巩县龙马钒矿整合区

＊62.贵州省榕江县觉细锑矿勘查整合区

＊63.贵州省遵义县松林钼镍多金属矿勘查整合区

＊64.贵州省余庆县构皮滩钼矿勘查整合区

65.云南省临沧市永德县云岭锡矿整合区

66.云南省个旧锡矿整合区

67.云南省怒江州泸水外岩房锡矿整合区

68.云南省迪庆州香格里拉县麻花坪钨矿整合区

69.云南省迪庆州香格里拉县格咱乡钨锑矿整合区

＊70.云南省泸水县外岩房钨矿整合区

71.西藏自治区拉萨市墨竹工卡县帮铺铜钼多金属矿勘查开发整合区

72.陕西省洛南县三星矿业有限公司钼矿整合区

73.陕西省陕西辰州矿产开发有限责任公司丹凤县蔡凹锑矿整合区

74.陕西省商洛市商州玉源萤石矿业有限责任公司萤石矿整合区

75.陕西省商洛市鑫丰源矿业开发有限责任公司杨斜钨金矿整合区

76.甘肃省肃南裕固族自治县小柳沟钨钼矿整合矿区

77.甘肃省武山县温泉钼矿整合区

78.青海省大通县大黑山钨钼矿整合区

注：带"＊"号的矿区为国土资源部 2010 年第 14 号公告中已经公告的省级矿产开发整合重点挂牌督办矿区

统 计 资 料

2010 年全国省、市、县级国土资源管理机构

表1　　　　　　　　　　　　　　　　　　　　　　　　　　　　　　　　　　　　　计量单位：个

地　区	合　计	省　级	市(地)级	县(区)级
全　国	**3325**	**32**	**440**	**2853**
北　京	19	1	18	
天　津	11	1	10	
河　北	176	1	11	164
山　西	141	1	11	129
内蒙古	127	1	14	112
辽　宁	78	1	14	107
吉　林	57	1	10	46
黑龙江	115	1	16	98
上　海	18	1	17	
江　苏	115	1	12	102
浙　江	101	1	10	90
安　徽	116	1	17	98
福　建	84	1	9	74
江　西	104	1	12	137
山　东	173	1	17	155
河　南	164	1	18	145
湖　北	110	1	17	92
湖　南	129	1	14	114
广　东	148	1	20	127
广　西	87	1	2	72
海　南	18	1	2	15
重　庆	40	1	39	
四　川	200	1	21	178
贵　州	107	1	9	97
云　南	150	1	16	133
西　藏	82	1	7	74
陕　西	123	1	11	111
甘　肃	98	1	14	83
青　海	45	1	7	37
宁　夏	22	1	5	16
新　疆	277	2	28	247

注：新疆包含自治区和生产建设兵团。

2010年地质勘查投入和新发现

表2

地　区	地　　质　　勘　　查　　经				
	合计	中央财政拨款	地方财政拨款	企事业投入	
					国内企事业
全　国	**10236148.09**	**765294.40**	**897703.34**	**8573150.35**	**7822506.61**
北　京	81474.17	1785.00	14605.87	65083.30	64243.30
天　津	465345.00	2300.00	3686.00	459359.00	456443.00
河　北	319890.89	13337.60	66875.92	239677.37	238657.51
山　西	169004.08	4697.34	37085.10	127221.64	116101.14
内蒙古	757705.65	71509.30	81817.00	604379.35	513678.70
辽　宁	321026.41	10360.81	60606.69	250058.91	250058.91
吉　林	261989.63	7297.64	10890.23	243801.76	242520.90
黑龙江	360141.00	14583.00	47751.00	297807.00	297113.00
上　海	151899.00	300.00	16160.00	135439.00	99493.00
江　苏	525692.78	7206.65	4816.32	513669.81	333746.29
浙　江	42928.40	6864.73	10265.83	25797.84	25682.84
安　徽	128919.81	10459.00	21875.86	96584.95	94101.25
福　建	36299.37	10797.58	5319.73	20182.06	19761.86
江　西	103181.68	18035.45	36666.08	48480.15	41630.21
山　东	481969.02	13393.00	29631.81	438944.21	437759.94
河　南	372472.81	13150.18	75935.94	283386.69	282515.44
湖　北	138057.09	16838.12	7257.13	113961.84	113583.24
湖　南	51280.90	17920.35	11395.77	21964.78	20026.08
广　东	560821.68	9582.80	9219.51	542019.37	188709.49
广　西	69626.11	15173.20	27789.84	26663.07	23406.07
海　南	76987.85	4297.00	7087.15	65603.70	65603.70
重　庆	12711.30	5413.70	6369.60	928.00	928.00
四　川	901372.72	29483.62	79426.58	792462.52	790443.16
贵　州	99967.08	14523.94	31774.11	53669.03	46865.33
云　南	197133.53	30925.70	25759.95	140447.88	135462.83
西　藏	84034.34	47420.00	2978.16	33636.18	31623.18
陕　西	963851.00	16290.00	22766.00	924795.00	904689.00
甘　肃	199455.67	16841.32	51455.00	131159.35	130992.35
青　海	214878.00	47553.00	43356.00	123969.00	121419.00
宁　夏	79034.80	8109.00	6795.00	64130.80	64130.80
新　疆	1838376.33	110335.37	40284.16	1687756.80	1671007.10
其　他	168620.00	168510.00		110.00	110.00

矿产地情况——按地区分列

费／万元			机械岩芯钻探工作量／米	坑探工作量／米	新发现矿产地／个	年末从业人员／人	
港、澳、台商	外商投资	其他投入					技术人员
3036.52	604162.89	143444.33	26071466	951792	397	473532	202312
		840.00	39096			27157	12111
	2916.00		240200			25035	5179
		1019.86	809273	18715	15	35888	16095
	10950.50	170.00	1030702	10123	6	8336	5797
	6247.94	84452.71	4792026	56587	23	12665	5883
			778518	1875	14	9105	6584
	799.00	481.86	567117	13427	6	7585	4432
	55.00	639.00	773260	1775	7	46192	11641
	35946.00					2584	1378
131.52	178324.00	1468.00	111033	3563	9	10434	6249
	90.00	25.00	131446	9524	8	2806	2302
	1428.50	1055.20	1151635	3046	19	11035	6232
		420.20	272282	4835	13	5291	3748
30.00	845.00	5974.94	677498	55510	16	9428	7069
	287.71	896.56	1104680	12471	43	26679	13194
732.00	0.03	139.22	875587	29207	35	24308	13397
216.00	32.60	130.00	321683	16833	4	9766	6345
		1938.70	380901	25175	15	10182	7161
940.00	351766.00	603.88	161141	5291	19	8396	6722
893.00	180.00	2184.00	267156	32372	22	4628	3664
			254821	7206	10	1488	1345
			277572	1711	2	2482	2034
	397.77	1621.59	712357	75258	16	46546	15190
		6803.70	799544	10007	6	4509	3610
94.00	1129.60	3761.45	1103395	216374	15	8252	6528
		2013.00	156940	18088	7	806	750
	9797.00	10309.00	2460872	163790	9	86308	13237
		167.00	648903	44753	5	5163	3746
	2550.00		555808	9611	7	2810	2348
			648858	262	2	2175	1329
	420.24	16329.46	3696046	104403	40	15493	7012
			271118		4		

2010年地质勘查投入和新发现

表3

| 矿 种 | 地质勘查 | | | 地质勘查 |
	合计	中央财政拨款	地方财政拨款	企事业
总　计	**10236148.09**	**765294.40**	**897703.34**	**8573150.35**
一、能源矿产	**7322901.26**	**97869.99**	**268659.81**	**6956371.46**
煤炭	1053416.85	46601.19	241456.01	765359.65
石油天然气	6091562.00	490.00		6091072.00
煤层气	73395.12	461.00		72934.12
天然沥青	85.00			85.00
油页岩	7652.06		3115.73	4536.33
石煤	309.00		11.00	298.00
铀矿	60738.17	49892.80	8211.71	2633.66
地热	35743.06	425.00	15865.36	19452.70
二、黑色金属矿产	**414235.99**	**37000.44**	**128746.91**	**248488.64**
铁矿	358000.99	35304.96	123734.03	198962.00
锰矿	27848.27	1453.48	2183.24	24211.55
铬矿	4087.63		616.16	3471.47
钒矿	21606.64	242.00	1480.20	19884.44
钛矿	2692.46		733.28	1959.18
三、有色金属矿产	**951851.56**	**85110.01**	**114438.10**	**752303.45**
铜矿	477779.09	47944.42	34005.14	395829.53
铅锌矿	258700.09	20803.67	37017.74	200878.69
铝土矿	39620.96	6094.69	16571.64	16954.63
镁矿	338.95		208.95	130.00
镍矿	17995.98	2639.00	1242.00	14114.98
钴矿	611.74			611.74
钨矿	28098.91	3647.80	4695.00	19756.11
锡矿	18867.02	1607.00	3206.93	14053.09
钼矿	99180.35	893.00	15830.34	82457.01
锑矿	9550.36	1406.52	1090.36	7053.48
汞矿	995.91	73.91	508.00	414.00
铋矿	112.20		62.00	50.20

矿产地情况——按矿种分列（一）

经费/万元 资金				机械岩芯钻探工作量 / 米	坑探工作量 / 米	新发现矿产地 / 个
国内企事业	港、澳、台商	外商投资	其他投入			
7822506.61	**3036.52**	**604162.89**	**143444.33**	**26071466**	**951792**	**397**
6355015.94	**1062.52**	**591774.24**	**8518.76**	**15269459**	**57403**	**101**
757899.37	122.52	420.24	6917.52	9190427	56213	61
5521352.00	940.00	568780.00		4940618		29
50360.12		22574.00		236074		2
85.00					120	
4536.33				80233	5	2
298.00				1750		
2633.66				697767	1066	4
17851.46			1601.24	122589		3
231297.33	**750.00**	**360.90**	**16080.41**	**2369511**	**121472**	**52**
184959.52	750.00	294.90	12957.58	2006878	77109	39
22435.98		66.00	1709.57	146565	30905	5
2836.66			634.81	11401	2167	
19147.49			736.95	198165	11291	7
1917.68			41.50	6501		1
674216.32		**1607.40**	**76479.73**	**4309739**	**458916**	**95**
348725.54		739.30	46364.69	2017748	172447	21
179092.84		557.00	21228.85	906214	191760	34
14224.16			2730.47	240716	2145	11
130.00				2460		
12829.41		215.07	1070.50	55932	7014	
611.74				2149	320	
19498.73		0.03	257.35	265026	22832	9
13302.16			750.93	115683	31662	2
78618.78		96.00	3742.23	663984	14118	15
6718.76			334.72	39236	15079	3
414.00				592	1540	
50.20						

2010年地质勘查投入和新发现

续表3

矿　种		地质勘查		
	合计	中央财政拨款	地方财政拨款	企事业
四、贵金属矿产	**514313.93**	**37218.59**	**56077.47**	**421017.87**
铂族金属	1665.42		289.00	1376.42
岩金矿	439588.36	36822.59	43553.43	359212.34
砂金矿	6711.81	186.00	2484.83	4040.98
银矿	66348.35	210.00	9750.21	56388.14
五、稀有金属矿产	**25490.87**	**460.00**	**1538.20**	**23492.67**
铌钽矿	4463.66	200.00	212.00	4051.66
铍矿	6264.84		189.00	6075.84
锂矿	6631.53		190.20	6441.33
锶矿	1050.93	260.00	10.00	780.93
铷矿	411.50			411.50
铯矿	403.90			403.90
锆矿	644.67			644.67
稀土矿	5508.07		937.00	4571.07
铼矿	111.77			111.77
六、化工建材及其他非金属	**141998.32**	**7240.42**	**35616.96**	**99140.94**
蓝晶石	50.00			50.00
矽线石	20.00		20.00	
红柱石	1342.09			1342.09
菱镁矿	482.41		120.00	362.41
普通萤石	12340.58		963.43	11377.15
熔剂用灰岩	1076.30		746.30	330.00
冶金用白云岩	1899.91		1053.03	846.88
冶金用石英岩	880.76			880.76
冶金用脉石英	325.00	150.00		175.00
耐火黏土	0.40			0.40
铸型用黏土	420.03			420.03
熔剂用蛇纹岩	131.90			131.90
自然硫	667.54			667.54

矿产地情况——按矿种分列（二）

经费 / 万元 资金				机械岩芯 钻探工作量 / 米	坑探 工作量 / 米	新发现 矿产地 / 个
国内企事业	港、澳、台商	外商投资	其他投入			
382687.71	**97.00**	**9061.87**	**29171.30**	**2467998**	**265993**	**50**
1339.22			37.20	5786	122	
330945.38	97.00	9061.87	19108.09	2203536	243867	43
3494.96			546.02	24763	1147	1
46908.15			9479.99	233913	20856	6
22384.95			**1107.72**	**119138**	**4788**	**6**
4033.56			18.10	15459	1336	
6059.65			16.19	34584		
5806.67			634.66	19880	1541	3
780.93				6624	5	
411.50				6616		
403.90				6616		
644.67				2581		1
4151.07			420.00	25761	1906	2
93.00			18.77	1019		
86335.05	**1127.00**	**1358.48**	**10320.41**	**1040401**	**43219**	**93**
50.00					106	
1139.09			203.00	7164	282	
362.41				752		1
10307.15			1070.00	46344	10372	8
330.00				10632		
686.88			160.00	6755		2
372.76		500.00	8.00	3857		
175.00				750		
0.40						
420.03				2100		
131.90				743		
667.54				3338		

2010年地质勘查投入和新发现

续表3

矿　种	地质勘查			
	合计	中央财政拨款	地方财政拨款	企事业
硫铁矿	7284.12		585.24	6698.88
磷矿	20004.23	616.61	3935.44	15452.18
钾盐	5385.23	1558.00	977.00	2850.23
钠硝石	1364.70			1364.70
明矾石	175.33			175.33
芒硝	2320.46		143.00	2177.46
重晶石	964.20		328.00	636.20
天然碱	86.10		67.00	19.10
电石用灰岩	2661.48		112.00	2549.48
制碱用灰岩	140.55			140.55
含钾岩石	123.74		15.00	108.74
化肥用蛇纹岩	516.55			516.55
泥炭	1046.93		131.91	915.02
盐矿	9181.61	1200.00	4104.20	3877.41
镁盐	156.50			156.50
砷矿	17.62		10.00	7.62
硼矿	1689.00		1471.50	217.50
金刚石	1667.90	550.00	419.00	698.90
刚玉	37.66			37.66
电气石	413.14		213.00	200.14
石榴子石	66.73			66.73
方解石	792.13		65.00	727.13
光学萤石	207.02		200.00	7.02
宝石	202.00		164.00	38.00
玉石	417.12		204.60	212.52
玛瑙	441.59		239.00	202.59
硅灰石	3129.86		826.00	2303.86
滑石	864.10		764.10	100.00
长石	1817.06		236.00	1581.06
叶蜡石	446.53			446.53
高岭土	3177.56	90.00	806.91	2280.65
陶瓷用砂岩	10.00		10.00	

矿产地情况——按矿种分列 (三)

经费 / 万元				机械岩芯钻探工作量 / 米	坑探工作量 / 米	新发现矿产地 / 个
资金						
国内企事业	港、澳、台商	外商投资	其他投入			
6282.17			416.71	176698	2283	1
14979.28			472.90	219646	8947	5
2850.23				17473	49	
1364.70					620	
175.33				1045	223	
1678.46			499.00	12818		2
636.20				5749	600	
			19.10	500		
2066.91			482.57	12055		
			140.55	658		
108.74				300		
516.55				6866		
915.02				10478	2170	
3783.46			93.95	26428	90	1
156.50				1210		
7.62						
217.50				16960		
		698.90		10497	3095	1
37.66						
			200.14	4962	886	
66.73				519	153	
727.13				15955	182	2
7.02						
38.00				500		
			212.52	2862	775	1
			202.59	500		
1513.21			790.65	10957	7198	1
100.00				7128		
857.96			723.10	11115	70	
446.53				3940		3
2203.24			77.41	24139	185	5
				838		

2010年地质勘查投入和新发现

续表3

矿　种	地质勘查			企事业
	合计	中央财政拨款	地方财政拨款	
陶瓷土	2113.65		1906.23	207.42
霞石正长岩	110.11			110.11
玻璃用灰岩				
玻璃用白云岩	735.04			735.04
玻璃用石英岩	4093.46		386.00	3707.46
玻璃用砂岩	15.00			15.00
玻璃用砂	1057.65		675.02	382.63
玻璃用脉石英	413.04			413.04
粉石英	30.00			30.00
玻璃用大理岩	300.00			300.00
水泥用灰岩	20636.06		6144.60	14491.46
制灰用灰岩	450.29			450.29
泥灰岩				
水泥配料用砂岩	60.06		48.80	11.26
水泥配料用砂	6.00			6.00
水泥配料用脉石英	75.04			75.04
水泥配料用页岩	57.00			57.00
水泥配料用黏土	95.70			95.70
水泥用大理岩	1282.51		220.00	1062.51
砖瓦用页岩	194.97		41.20	153.77
砖瓦用黏土	726.10		584.40	141.70
砖瓦用砂岩	51.00			51.00
膨润土	2739.62	355.08	1283.80	1100.74
硅藻土	318.61			318.61
建筑用砂	2853.27	1398.00	1220.27	235.00
建筑用灰岩	516.23		45.75	470.48
建筑用角闪岩	3.20			3.20
建筑用辉绿岩	25.00			25.00
建筑用凝灰岩	51.50		42.50	9.00
建筑用玄武岩	43.10		35.00	8.10
建筑用闪长岩	15.25	15.25		
建筑用花岗岩	685.38		4.80	680.58

矿产地情况——按矿种分列（四）

经费 / 万元 资金				机械岩芯钻探工作量 / 米	坑探工作量 / 米	新发现矿产地 / 个
国内企事业	港、澳、台商	外商投资	其他投入			
177.96			29.46	15134	153	5
110.11				733		
						2
695.04			40.00	14698		
2913.89			793.57	32549		1
15.00						1
382.63				10312		2
409.84		3.20		262	374	
30.00						
300.00				608		
12037.05	1076.00		1378.41	149164	1032	20
446.40			3.89	1850	14	1
						1
11.26				102	5	
6.00					300	
75.04				338	9	
57.00					50	1
44.70	51.00			735		
1062.51				7360	15	2
153.77				562	195	9
141.70				1198	100	
51.00				2200	310	
1100.74				25248		2
318.61				726	353	
139.00			96.00	4987		1
447.78		22.70		320	1070	
		3.20				
25.00						
9.00						
8.10				973		3
680.58				2916		3

2010年地质勘查投入和新发现

续表3

矿　种	地质勘查			
	合计	中央财政拨款	地方财政拨款	企事业
建筑用大理岩	29.12			29.12
建筑用白云岩	438.46		0.80	437.66
建筑用砂岩	213.90		182.00	31.90
饰面用辉长岩	34.76			34.76
饰面用辉绿岩	120.65			120.65
饰面用角闪岩	106.75			106.75
饰面用花岗岩	1702.94	41.90	212.90	1448.14
饰面用灰岩	271.77			271.77
饰面用大理岩	627.72		149.00	478.72
饰面用蛇纹岩	165.76			165.76
饰面用板岩	120.00			120.00
片麻岩	54.00		5.00	49.00
珍珠岩	784.19		737.00	47.19
陶粒用页岩	566.97		303.00	263.97
陶粒用黏土	12.00			12.00
石墨	6232.65	733.00	1113.00	4386.65
石棉	82.94			82.94
片云母	792.42			792.42
碎云母	75.69		60.00	15.69
绢云母	100.00			100.00
透辉石	167.68		105.00	62.68
沸石	518.15	77.58	112.00	328.57
石膏	2282.85	455.00	941.00	886.85
铸石用玄武岩	170.21			170.21
岩棉用玄武岩	127.23		127.23	
七、水气矿产	**42054.75**	**9090.00**	**18396.89**	**14567.86**
矿泉水	1956.09		664.00	1292.09
地下水	36501.22	9090.00	17732.89	9678.33
二氧化碳气	3597.44			3597.44
八、不能分矿种	**823301.41**	**491304.95**	**274229.00**	**57767.46**

矿产地情况——按矿种分列（五）

经费 / 万元 资金				机械岩芯钻探工作量 / 米	坑探工作量 / 米	新发现矿产地 / 个
国内企事业	港、澳、台商	外商投资	其他投入			
29.12						
437.66				2967		
31.90				616		
34.76						
120.65				360		
106.75				349		
1262.22	23.00	162.92		3991	50	2
271.77				2632		
359.20	107.48		12.04	1819		
165.76					200	
120.00						
49.00				2180	286	
47.19				3131		1
16.97			247.00	2002		
12.00						
3333.85			1052.80	31609	195	
82.94				500	21	
342.42			450.00	3425		
15.69				582		
100.00				1483		
			62.68	943		
328.57				2389	200	
667.40			219.45	18254		3
170.21				930		
				2033		
12801.86			**1766.00**	**495221**		
1105.09			187.00	6472		
9188.33			490.00	475918		
2508.44			1089.00	12831		
57767.46						

2010年地质勘查新发现

表4

矿种／矿产地(项目名称)	矿床规模
煤炭	
河北省柳江盆地西翼南部煤炭资源地质普查(续做)	大型
河北省邯郸市磁西四号勘查区煤炭勘探	小型
山西省沁水煤田寿阳县上湖勘查区煤炭普查	大型
山西省沁水煤田昔阳县沾尚勘查区煤炭普查	大型
山西省沁水煤炭寿阳县松塔勘查区煤炭普查	大型
山西省霍州煤电汾源煤业有限公司井田勘探	大型
山西省河东煤田河曲县楼子营–曲峪勘查区煤炭普查	大型
山西省沁水煤田左权县川口勘查区煤炭普查	大型
山西省宁武煤田宁武县新堡勘查区煤炭普查	大型
内蒙古自治区黑山煤田岳家井普查	中型
内蒙古大杨树煤炭资源调查	小型
内蒙古阿拉善盟北部煤炭调查	小型
辽宁省阜新八道壕谢林台煤矿接替资源勘探	小型
黑龙江省鸡西煤矿接替资源勘查	大型
黑龙江省宝清县老岗区煤炭资源普查	小型
黑龙江省宝清县梨树沟区煤炭勘探	小型
安徽省濉溪县孙疃煤矿深部详查	大型
安徽省濉溪县海孜煤矿深部详查	大型
安徽省阜阳市刘庄深部勘查区煤炭普查	大型
安徽省淮南煤田大兴集勘查区煤炭预查	大型
福建省三明新元沙矿业有限公司元沙煤矿补勘	小型
福建省将乐县将乐煤矿区将溪井田	小型
福建省龙岩市新罗区洋坑矿区	小型
福建省永定县东门地矿区	中型
福建省龙岩市新罗区仁盘矿区	小型
福建省龙岩市新罗区悠远矿区	中型
福建省德化县上漈矿区煤矿预查	小型
江西省新余市简家勘查区煤炭普查	中型
山东省曹县煤田张湾勘查区煤炭普查	大型
山东省曹县煤田青岗集勘查区煤炭普查	大型
山东省郓城县高庄井田煤炭勘探	大型
山东省兖州市小孟井田煤炭勘探	大型
山东省阳谷—茌平煤田博平勘查区普查	大型
山东省巨野县葛店煤炭普查	大型

矿产地——按矿产地分列(一)

计量单位	查明资源量		预测资源量
	332及以上	333	334
亿吨	**399.18**	**500.99**	**376.14**
亿吨			1.00
亿吨	0.27	0.40	
亿吨		2.27	2.89
亿吨		21.21	26.95
亿吨		7.03	8.60
亿吨	1.76	0.35	
亿吨		2.55	5.98
亿吨		2.61	9.03
亿吨		5.52	4.44
亿吨		6.00	12.00
亿吨			7.00
亿吨			3.00
亿吨		0.10	
亿吨		1.02	2.13
亿吨		0.22	0.21
亿吨	0.10	0.10	
亿吨	1.48	2.05	1.82
亿吨	1.35	1.40	0.97
亿吨	2.63	2.95	1.12
亿吨			1.80
亿吨		0.23	
亿吨		0.14	
亿吨		0.11	0.09
亿吨			0.69
亿吨	0.11	0.13	0.04
亿吨			0.51
亿吨			0.15
亿吨	0.16	0.35	
亿吨		6.56	
亿吨		3.42	
亿吨	0.11	0.58	0.37
亿吨	0.22	1.13	
亿吨			9.01
亿吨			3.23

2010年地质勘查新发现

续表4

矿种／矿产地(项目名称)	矿床规模
山东省兖州市小孟地区勘探	大型
河南省禹州市张得区煤详查	大型
河南省安阳县龙泉煤普查	大型
河南省夏邑县骆集西煤普查	大型
河南省睢县榆厢南区煤预查	大型
河南省新安煤田新义二井深部煤普查	大型
河南省宜阳樊村-李沟煤详查	大型
河南省伊川高山煤预查	大型
河南省偃龙煤田府店煤普查	大型
河南省伊川县柳庄煤矿普查	大型
河南省禹州煤田葡萄寺煤矿区详查	大型
河南省焦作煤田五里源区煤普查	大型
河南省睢县城隍煤预查	大型
河南省柘城县胡襄煤普查	大型
贵州省遵义县茅坝煤矿普查	小型
贵州省习水县桃竹坝-马岩沟煤矿普查	大型
贵州省大方县文阁煤矿普查	大型
贵州省织金县新华煤矿普查	小型
贵州省盘县有益煤矿煤炭勘探	小型
贵州省大方县六龙镇顺河煤矿补充勘探	小型
贵州省清镇市王庄煤矿详查	小型
贵州省织金县杨梅龙泰煤矿勘探	中型
贵州省金沙县煤矿区石榴煤矿勘探	中型
贵州省盘县捷达煤矿煤炭勘探	中型
贵州省织金县中寨煤矿勘探	大型
贵州省普定县大树脚煤矿详查	大型
贵州省金沙县石场勘查区煤矿详查	大型
贵州省盘县石桥-乐民勘查区煤炭普查	小型
贵州省盘县两河勘查区煤炭普查	小型
贵州省晴隆县杨寨煤矿详查	小型
贵州省大方县白布煤矿	中型
贵州省习水县仙源镇富邦煤矿	小型
贵州省桐梓县吉源井田煤矿	中型
贵州省威宁县龙场煤矿	小型

矿产地——按矿产地分列(二)

计量单位	查明资源量		预测资源量
	332及以上	333	334
亿吨		1.50	
亿吨			11.00
亿吨		1.40	1.40
亿吨			1.27
亿吨			3.00
亿吨			3.00
亿吨			1.52
亿吨			1.45
亿吨			2.50
亿吨			1.43
亿吨	0.72	1.49	0.67
亿吨		1.65	3.01
亿吨			1.13
亿吨			5.50
亿吨		0.12	0.34
亿吨		0.64	1.06
亿吨		0.67	1.46
亿吨		0.07	0.16
亿吨	0.21	0.25	
亿吨	0.15		
亿吨	0.16		
亿吨	0.32	0.34	
亿吨	0.43	0.47	
亿吨	0.42	0.01	
亿吨	1.50	2.50	
亿吨	1.00	1.60	
亿吨		0.66	1.80
亿吨		0.18	0.42
亿吨		0.79	7.33
亿吨	0.42	0.09	0.30
亿吨	0.42	0.32	
亿吨	0.13	0.07	
亿吨	0.29	0.69	
亿吨	0.10	0.25	

2010年地质勘查新发现

续表4

矿种／矿产地(项目名称)	矿床规模
山东省成武县纯集–单县谢集地区煤炭预查	小型
河南省渑池县英豪煤预查	小型
河南省伊川县张坡–吕店一带隐伏铝土矿调查	小型
河南省陕渑煤田深部煤预查	小型
河南省禹州市方山–白沙煤矿深部详查	中型
河南省新密煤田大隗煤矿普查	小型
河南省新密市翟沟煤及高岭土矿综合勘探	中型
河南省新密煤田关口井田深部煤普查	小型
河南省巩义市石井煤矿勘探	中型
河南省虞城大侯煤预查	小型
河南省睢县潮庄集–张桥煤预查	中型
河南省孟津县–偃师县大石桥矿区煤普查(省两权价款项目)	小型
河南省睢县榆厢南区煤预查(省两权价款项目)	中型
河南省禹州市新峰一矿深部普查	大型
重庆市巫溪县咸水矿区煤炭资源普查阶段性总结报告	小型
重庆市巫溪县梓树矿区煤炭资源普查阶段性总结报告	小型
贵州省黔北矿区岩脚–白花塔勘查区煤炭详查	大型
贵州省织金县关寨矿区煤矿普查	大型
贵州省兴仁马古地煤矿勘探	大型
贵州省纳雍县兴源煤矿勘探	大型
贵州省赫章县松林坡乡松林煤矿煤炭勘探	小型
贵州省赫章县茶寨煤矿预查	小型
贵州省威宁县格目底煤矿区新寨井田勘探	中型
贵州省赫章县海雀勘查区煤矿普查	小型
贵州省毕节市总基勘查区煤矿普查	中型
云南省宁蒗县竹麻地煤矿勘探报告	小型
陕西省陕北侏罗纪煤田大海则煤炭资源普查	大型
陕西省陕北侏罗纪煤田可可盖西煤炭资源普查	大型
甘肃省灵台南部煤炭详查报告	大型
新疆和布克赛尔自治县图拉南煤矿详查	大型
新疆鄯善县沙西煤矿区详查(2010报告评审)	大型
库车县伯勒博克孜煤矿详查	大型
新疆三塘湖煤田巴里坤县石头梅南井田勘探	大型
新疆吐哈煤田哈密市大南湖煤产地东二B勘查区普查	大型

矿产地——按矿产地分列（三）

计量单位	查明资源量		预测资源量
	332及以上	333	334
亿吨			0.26
亿吨			1.00
亿吨			1.00
亿吨			0.80
亿吨	0.64	1.34	0.14
亿吨		0.57	0.27
亿吨	0.53	0.26	
亿吨		0.39	0.19
亿吨	0.32	0.61	
亿吨			3.59
亿吨			4.40
亿吨		0.11	0.21
亿吨			3.00
亿吨		2.28	0.80
亿吨			0.01
亿吨			
亿吨	0.34	0.67	0.42
亿吨		1.38	0.79
亿吨	0.74	1.10	
亿吨	0.60	0.81	
亿吨	0.12	0.35	
亿吨			0.43
亿吨	0.31	0.51	
亿吨		0.08	0.13
亿吨		0.32	0.63
亿吨	0.05	0.04	
亿吨		8.52	42.25
亿吨		3.09	8.87
亿吨		9.50	
亿吨	1.21	1.42	
亿吨	23.35	24.86	7.89
亿吨	0.50	1.10	0.58
亿吨	3.47	3.58	
亿吨	13.04	11.99	

2010年地质勘查新发现

续表4

矿种／矿产地(项目名称)	矿床规模
新疆库车县阿艾一带煤矿勘探	大型
新疆昌吉市三屯河煤矿区详查	大型
新疆阜康市甘河子-砂沟一带煤矿详查	小型
新疆呼图壁县铁列克西煤矿勘探	大型
新疆木垒县二道沙梁一带煤矿详查(3个证)	大型
新疆准东煤田吉木萨尔县大庆沟勘查区详查(4个证)	大型
新疆准东煤田吉木萨尔县火烧山勘查区详查(4个证)	大型
新疆准东煤田吉木萨尔县芦草沟勘查区详查(10个证)	大型
新疆准东煤田吉木萨尔县帐南东煤矿区普查(9个证)	大型
新疆准东煤田吉木萨尔县帐南西勘查区详查(4个证)	大型
新疆准东煤田吉木萨尔县帐蓬沟勘查区详查(4个证)	大型
新疆奇台县奥塔乌克日什煤矿(北区)勘查区普查(3个证)	大型
新疆奇台县将军庙勘查区详查(5个证)	大型
新疆奇台县阚尔甫托浪格煤矿详查(2)	大型
新疆奇台县老君庙煤矿区华宏煤矿勘探	小型
新疆准东煤田奇台县大井-将军庙煤矿区详查	大型
新疆准东煤田奇台县大井南煤矿详查(10个证)	大型
新疆准东煤田奇台县红沙泉勘查区详查(7个证)	大型
新疆准东煤田奇台县将军戈壁勘查区详查(6个证)	大型
新疆准东煤田奇台县石钱滩勘查区详查(11个证)	大型
新疆和布克赛尔蒙古自治县陶和地区煤矿普查	大型
新疆富蕴县喀木斯特煤田喀拉萨依西区煤炭勘探	大型
新疆准东煤田木垒县库兰喀孜干勘查区煤炭普查	中型
新疆伊宁市南台子北部煤矿普查	大型
新疆呼图壁县苇子沟煤矿普查	大型
新疆乌鲁木齐县后峡煤矿区四井田扩大延深报告	中型
新疆巴里坤县段家地煤矿勘探报告	中型
新疆巴里坤煤田巴里坤县石炭窑北一井田勘探报告	小型
新疆准南煤田昌吉市硫磺沟矿区四号井田勘探	大型
新疆鄯善县金水沙西煤矿勘探	大型
新疆鄯善县康古尔塔格北煤矿详查	大型
新疆伊犁察布查尔锡伯自治县伊宁煤田南部加格斯台-梧桐沟煤矿区普查	大型
新疆伊宁县达达木图煤矿勘探	大型
新疆伊吾县淖毛湖煤田英格库勒二井田勘探报告	大型
新疆沙尔湖煤田鄯善县金水沙西露天矿勘探报告	大型
新疆库尔勒市塔什店北向斜北翼煤矿勘探项目	大型
新疆和什托洛盖煤田陶和勘查区普查	大型
新疆伊南煤田察布查尔县伊昭井田勘探	大型

矿产地——按矿产地分列 (四)

计量单位	查明资源量		预测资源量
	332及以上	333	334
亿吨	1.55	1.75	
亿吨	2.85		
亿吨		0.39	0.89
亿吨	0.69		
亿吨		9.05	15.94
亿吨	12.68	49.36	1.31
亿吨	14.16	8.08	2.75
亿吨	37.78	37.39	30.04
亿吨	14.02	28.16	12.36
亿吨	11.07		
亿吨	24.19		
亿吨		11.56	
亿吨	14.14	29.10	11.32
亿吨	2.84	1.30	0.23
亿吨	0.40	0.24	
亿吨	28.48		0.02
亿吨	17.88	48.42	18.92
亿吨	37.72		
亿吨	31.65	23.38	
亿吨	2.06		
亿吨		5.92	12.45
亿吨	0.74	0.57	
亿吨		10.17	16.19
亿吨		1.00	2.06
亿吨	3.09	0.91	
亿吨	0.33	0.40	0.26
亿吨	0.25	0.59	
亿吨	0.24	0.26	
亿吨	9.99	9.99	
亿吨	12.95	12.95	
亿吨	8.76	8.76	
亿吨	13.00	4.67	8.33
亿吨	0.98	0.98	
亿吨	6.94	6.76	0.18
亿吨	7.11	7.11	
亿吨	0.75	1.25	
亿吨		5.92	12.45
亿吨	20.21	15.53	

2010年地质勘查新发现

续表4

矿种 / 矿产地(项目名称)	矿床规模
石油	
河北黄骅市滨海油田	中型
辽宁盘锦市和大洼县兴隆台油田	大型
吉林省长春市东北油田	大型
吉林伊通县莫里青油田	中型
江苏省南京市华东油田	中型
江苏省扬州市江苏油田	大型
山东省东营市胜利油田	大型
河南省南阳市河南油田	中型
河南省濮阳市中原油田	大型
河南省郑州市华北油田	大型
湖北省潜江市江汉油田	中型
陕西南泥湾油田汾川–康台区	小型
陕西蟠龙油田沙则沟区	小型
陕西吴起县华庆油田	中型
陕西下寺湾油田下寺湾区	中型
陕西延长油田延99井区	小型
甘肃华池县华庆油田	大型
青海海西州茫崖镇昆北油田	中型
新疆沙雅县英买力油田	中型
新疆省乌鲁木齐市西北油田	大型
渤海海域	大型
东海海域	小型
南海东部海域	中型
南海西部海域	中型
天然气	
内蒙古鄂尔多斯市鄂托克前旗、鄂托克旗及乌审旗苏里格气田	大型
山西吕梁市鄂东煤层气田	大型
山西沁水县、阳城县沁水煤层气田	大型
吉林省长春市东北油田	大型
河南省濮阳市中原油田	小型
河南省郑州市华北油田	大型
四川资阳市安岳县安岳气田	大型
四川省成都市西南油田	大型
云南省昆明市南方勘探油田	大型
陕西韩城市和吴堡县鄂东煤层气田	中型
新疆民丰县塔中I号气田	大型
渤海海域	中型
东海海域	中型
南海东部海域	大型
南海西部海域	中型

注：石油、天然气、煤层气在该表中，"查明资源量"为技术可采储量，"预测资源量"为地质储量。

矿产地——按矿产地分列（五）

计量单位	查明资源量		预测资源量
	332及以上	333	334
万吨(原油)	**258268.50**	**270445.00**	**439785.30**
万吨(原油)			5059.84
万吨(原油)			10396.89
万吨(原油)	13437.60	6345.50	23987.90
万吨(原油)			4599.90
万吨(原油)	4123.70	4549.30	8921.40
万吨(原油)	10570.00	10630.00	10510.00
万吨(原油)	100634.80	112231.20	143692.40
万吨(原油)	8211.60	10568.30	8708.60
万吨(原油)	6085.10	9628.50	18131.80
万吨(原油)	15639.50	10872.00	16662.10
万吨(原油)	6246.40	8536.60	7174.70
万吨(原油)		64.02	640.13
万吨(原油)		67.93	679.26
万吨(原油)			6671.51
万吨(原油)		309.88	3098.81
万吨(原油)		83.77	761.51
万吨(原油)			19187.06
万吨(原油)			6209.61
万吨(原油)			4948.26
万吨(原油)	93319.80	96558.00	95550.80
万吨(原油)			34476.60
万吨(原油)			254.46
万吨(原油)			5579.15
万吨(原油)			3882.61
亿立方米(气量)	**2318.83**	**358.29**	**9528.62**
亿立方米(气量)			2292.98
亿立方米(气量)			435.42
亿立方米(气量)			308.49
亿立方米(气量)	20.20	42.99	287.17
亿立方米(气量)		28.62	
亿立方米(气量)	322.62	286.68	551.41
亿立方米(气量)			1171.19
亿立方米(气量)	593.23		795.34
亿立方米(气量)	1382.78		1437.84
亿立方米(气量)			278.40
亿立方米(气量)			1158.75
亿立方米(气量)			118.69
亿立方米(气量)			59.79
亿立方米(气量)			408.49
亿立方米(气量)			224.66

2010年地质勘查新发现

续表4

矿种／矿产地(项目名称)	矿床规模
煤层气	
山西晋城市沁水县	大型
山西吕梁市柳林县	中型
铀矿	
江西省全南县黄洞地区铀矿预查	小型
油页岩	
辽宁省凌源市五家子油页岩矿详查	小型
油砂	
四川省江油市二郎庙镇青林口油砂矿普查	中型
地热	
黑龙江省林甸县地热资源勘探	大型
山东省临沂市北城新区地热资源普查	中型
铁矿	
河北省滦南县长凝铁矿普查	大型
河北省沙河市白涧铁矿详查续作二	大型
河北省迁安市蔡园铁矿深部地质普查	大型
河北省青龙满族自治县当杖子铁矿普查	大型
河北省迁西县龙湾铁矿及外围找矿	中型
河北省遵化市石人沟铁矿带深部及外围找矿	大型
河北省怀安县王家坪磁铁矿	小型
河北省承德县岗子乡邵家沟超贫磁铁矿	小型
河北省滦平县银窝沟超贫磁铁矿普查	小型
河北省兴隆县挂兰峪镇二店子村大河峪铁矿详查	小型
河北省兴隆县半壁山镇小碌洞村铁矿详查	小型
河北省宽城满族自治县碾子峪乡榆树峪(超贫)磁铁矿普查	小型
内蒙古自治区额济纳旗楚伦白兴图铁多金属矿普查	小型
辽宁省建平县叶柏寿镇坤兑沟铁矿普查	小型
辽宁省灯塔市红旗村第九铁矿南段铁矿床详查	小型
辽宁省北票市劳家沟铁矿详查	小型
辽宁省鞍山市陈台沟铁矿普查	大型
辽宁省北票市下巴沟地区铁矿普查	小型
江苏省徐州市利国镇北-165米 6#-10# 矿体	小型
江苏省徐州市利国吴庄-380米-430米水平 3# 矿体	小型
安徽省霍邱县刘寺铁矿普查	中型
安徽省和县赵村-刘村地区铁矿详查	小型
安徽省当涂县云楼铁矿详查	中型
福建省漳平洛阳铁矿资源接替勘查	中型
福建省漳平市盖竹溪矿区恩后矿段	小型
江西省永丰高枧铁矿区牛岭矿段详查	小型
山东省汶上-东平铁矿彭集矿区详查	大型

矿产地——按矿产地分列(六)

计量单位	查明资源量		预测资源量
	332及以上	333	334
亿立方米		**268.79**	**490.26**
亿立方米		238.94	437.10
亿立方米		29.85	53.16
吨(金属)			**1200.00**
吨(金属)			1200.00
矿石(亿吨)		**1.50**	
矿石(亿吨)		1.50	
万吨	**89.00**	**245.00**	**731.90**
万吨	89.00	245.00	731.90
电能(兆瓦)	325.98		
吨(标煤)			1674.61
矿石(亿吨)	**4.35**	**8.63**	**7.23**
矿石(亿吨)		0.44	2.15
矿石(亿吨)	0.44	0.66	
矿石(亿吨)		0.22	
矿石(亿吨)			2.12
矿石(亿吨)		0.10	
矿石(亿吨)			1.00
矿石(亿吨)			
矿石(亿吨)	0.07	0.01	
矿石(亿吨)	0.06	0.01	
矿石(亿吨)			
矿石(亿吨)			
矿石(亿吨)	0.04	0.01	
矿石(亿吨)			0.10
矿石(亿吨)		0.05	
矿石(亿吨)	0.03	0.03	
矿石(亿吨)	0.04	0.09	
矿石(亿吨)		2.00	
矿石(亿吨)		0.06	
矿石(亿吨)			
矿石(亿吨)	0.01		
矿石(亿吨)		0.40	0.23
矿石(亿吨)	0.02	0.03	
矿石(亿吨)		0.11	
矿石(亿吨)		0.06	
矿石(亿吨)	0.02	0.02	
矿石(亿吨)	0.03	0.01	
矿石(亿吨)	1.23	2.08	

2010年地质勘查新发现

续表4

矿种／矿产地(项目名称)	矿床规模
山东省苍山县凤凰山矿区铁矿勘探报告	中型
山东省汶上–东平铁矿大牛矿段补充详查	中型
山东省苍山县西大寨子地区铁矿普查	小型
山东省苍山县沟西地区铁矿普查	小型
新疆塔什库尔干县老并铁矿普查	大型
河南省新蔡县前土楼铁矿详查	小型
河南省新蔡县前陈空铁矿普查	小型
河南省禹州市泉店铁矿普查	中型
河南省栾川县竹园沟矿区铅矿详查	中型
河南省洛宁县南河风化壳型超贫磁铁矿详查	小型
广东省信宜市亚婆髻顶矿区北矿带V8、V13号铁矿详查	中型
四川省盐边县、会理县一碗水钒钛磁铁矿预查	小型
四川省木里县卡拉乡金矿预查	中型
四川省汶川县银杏–一碗水磁铁矿普查	中型
云南大地–八十三铁矿区(南澜沧江)	中型
云南省江城县高山寨铜多金属矿普	小型
云南省永仁县永兴乡钒钛磁铁矿	小型
西藏仲巴县隆格尔矿区铁矿	中型
甘肃省肃南县桦树沟西铁铜矿普查	中型
甘肃省肃南县石板沟铁矿普查	小型
青海省格尔木市那陵格勒河下游它温查汉西C5磁异常预查	中型
青海省格尔木市哈西亚图铁多金属矿普查	中型
青海省格尔木市那陵格勒河西铁多金属矿普查	中型
新疆富蕴县蒙库铁矿接替资源勘查	中型
锰矿	
广西大新县下雷镇咁所锰矿详查	大型
广西柳江县大泽铅锌多金属矿普查	小型
广西藤县罗万锰矿普查	小型
四川省黑水县卡尔寺锰矿预查	小型
四川省青川县马鞍垭锰矿详查	小型
贵州省松桃县西溪堡锰矿详查	中型
钒矿	
江西省彭泽县严家山–都昌县砂帽尖钒矿普查	小型
江西省修水县东渡钒矿普查	中型
河南省内乡县大桥–淅川县上集一带钒矿普查	大型
湖北安陆曹程–汤寨一带钒矿详查	中型
湖南省花垣县民乐矿区火麻冲锰矿接替资源勘查	小型
湖南省麻阳县茺市矿区钒矿普查	中型
湖南省古丈县岩头寨矿区钒矿详查	大型
湖南省桃源县王家坪钒矿详查	中型
贵州省岑巩县注溪矿区老屋基矿段钒矿详查	大型

矿产地——按矿产地分列(七)

计量单位	查明资源量		预测资源量
	332及以上	333	334
矿石(亿吨)	0.24	0.37	
矿石(亿吨)	0.43		
矿石(亿吨)		0.02	0.03
矿石(亿吨)		0.03	
矿石(亿吨)	0.60		
矿石(亿吨)	0.02	0.06	
矿石(亿吨)	0.01	0.03	
矿石(亿吨)		0.43	0.91
矿石(亿吨)			
矿石(亿吨)	0.46	0.16	
矿石(亿吨)	0.01	0.02	
矿石(亿吨)			0.34
矿石(亿吨)		0.14	0.04
矿石(亿吨)		0.03	0.08
矿石(亿吨)		0.30	
矿石(亿吨)		0.05	
矿石(亿吨)		0.06	
矿石(亿吨)	0.31	0.06	
矿石(亿吨)	0.09	0.03	0.01
矿石(亿吨)			0.01
矿石(亿吨)			0.21
矿石(亿吨)		0.20	
矿石(亿吨)		0.20	
矿石(亿吨)	0.20	0.04	
矿石(万吨)	**1473.45**	**2458.79**	**197.03**
矿石(万吨)	858.81	2031.20	
矿石(万吨)	14.64	58.16	41.30
矿石(万吨)		160.00	
矿石(万吨)			150.61
矿石(万吨)		9.43	5.12
矿石(万吨)	600.00	200.00	
万吨(V_2O_5)	**200.85**	**558.97**	**83.00**
万吨(V_2O_6)		1.00	2.00
万吨(V_2O_7)	10.00	15.00	
万吨(V_2O_8)		23.70	77.20
万吨(V_2O_9)		10.30	
万吨(V_2O_{10})		8.70	3.30
万吨(V_2O_{11})	8.07	13.83	0.50
万吨(V_2O_{12})	117.00	194.00	
万吨(V_2O_{13})		120.00	
万吨(V_2O_{14})	65.78	172.44	

2010年地质勘查新发现

续表4

矿种／矿产地(项目名称)	矿床规模
铜矿	
内蒙古自治区林西县新城子镇水泉沟地区多金属矿普查	小型
内蒙古自治区阿拉善右旗巴音笋布尔西铜多金属矿普查	小型
内蒙古自治区鄂伦春族自治旗吉峰八岔沟铜铅锌矿普查	小型
内蒙古自治区扎鲁特旗水泉沟铜多金属矿普查	小型
内蒙古自治区苏尼特右旗乌兰诺尔铜钼多金属矿预查	小型
内蒙古自治区额济纳旗麻黄沟铜多金属矿普查	小型
内蒙古自治区正蓝旗白音花铜多金属矿预查	小型
安徽怀宁县月山地区深部找矿	中型
福建省大田县高才坂矿区详查	小型
福建上杭紫金山矿区罗卜岭矿段铜(钼)矿详查	大型
江西省瑞昌市武山周边铜多金属矿普查	中型
江西省崇义县石公前铜锌矿区详查	小型
新疆西昆仑塔什库尔干地区铁铅锌矿远景调查	中型
新疆吉木乃县珠万喀腊铜矿普查	小型
云南省云龙县三合铅锌多金属矿查	小型
云南省云县大田山铜多金属矿预查	小型
青海省茫崖镇迎庆沟–景忍东多金属矿普查	中型
新疆托里县包古图矿区呼的合铜矿详查	中型
新疆尼勒克县群吉萨依铜矿详查	小型
新疆乌恰县伊日库勒铜矿详查	小型
新疆乌恰县萨热克铜矿矿详查	小型
铅矿	
内蒙古自治区阿尔山市火龙沟铅多金属矿预查	小型
辽宁省凤城市林家三道沟区新岭区段金、银矿普查	小型
福建省顺昌县桂溪矿区铅锌多金属普查	中型
西藏墨竹工卡县邦铺东段 I II 铅锌矿	大型
西藏日土县空卡矿区铅锌矿	中型
西藏隆子县则当矿区铅多金属矿	中型
西藏隆子县桑日则矿区铅锌多金属矿	中型
西藏墨竹工卡县洞中拉矿区铅锌多金属矿	中型
新疆阿克陶县玉鲁巴希铅矿普查	小型
新疆阿克陶县铁克里克铅矿详查	小型
锌矿	
内蒙古自治区陈巴尔虎旗哈达图牧场七连东银多金属矿预查	中型
内蒙古自治区阿拉善右旗扎木敖包铁、石墨矿普查	中型
内蒙古自治区赤峰市毛山沟–沙尔哈达多金属矿普查	小型
安徽省东至县杨老尖–龙门尖地区金及多金属矿普查	中型
安徽省池州市黄山岭深部及外围钼多金属矿普查	中型
新疆鄯善县彩霞山铅锌矿深部找矿勘探	小型

矿产地——按矿产地分列(八)

计量单位	查明资源量		预测资源量
	332及以上	333	334
金属(万吨)	**59.50**	**99.38**	**97.87**
金属(万吨)			10.00
金属(万吨)			10.00
金属(万吨)			10.00
金属(万吨)			10.00
金属(万吨)			10.00
金属(万吨)			10.00
金属(万吨)			10.00
金属(万吨)		10.00	
金属(万吨)		9.35	
金属(万吨)	17.82	49.33	
金属(万吨)			10.00
金属(万吨)		1.06	
金属(万吨)			12.74
金属(万吨)		0.14	0.13
金属(万吨)		2.10	
金属(万吨)		1.30	5.00
金属(万吨)		20.30	
金属(万吨)	36.25		
金属(万吨)	1.79	2.40	
金属(万吨)		0.38	
金属(万吨)	3.64	3.02	
金属(万吨)	**95.51**	**47.29**	**18.32**
金属(万吨)			10.00
金属(万吨)		2.00	
金属(万吨)	3.46	8.15	
金属(万吨)	37.29	19.14	4.59
金属(万吨)	16.33	4.21	
金属(万吨)	8.60	7.38	
金属(万吨)	7.16	2.24	
金属(万吨)	19.71	0.63	
金属(万吨)		1.50	3.73
金属(万吨)	2.96	2.03	
金属(万吨)		**234.03**	**113.98**
金属(万吨)			30.00
金属(万吨)			20.00
金属(万吨)			10.00
金属(万吨)		13.30	
金属(万吨)		16.53	
金属(万吨)		204.20	53.98

2010年地质勘查新发现

续表4

矿种／矿产地(项目名称)	矿床规模
铅锌矿	
河南省内乡县银虎曼–牡丹朵铅锌多金属矿普查(续作)	小型
河南省汝阳县扁担场铅锌矿详查	小型
广西融安县泗顶布劳弄铅锌矿普查	小型
广西岑溪市佛子冲外围石岗铅锌矿普查	中型
广西岑溪市纯塘–旧村口铅锌矿详查	中型
四川省甘洛县高丰矿区铅锌矿普查	小型
云南省龙陵县杨广寨铅锌矿详查报告	小型
青海省格尔木市尕林格铁矿普查(Ⅵ矿群铅锌矿)	小型
新疆哈密市宏源铅锌矿详查报告	小型
新疆若羌县喀拉达坂一带铜铅矿详查	中型
新疆乌恰县乌拉根铅锌矿北矿带乌鲁干塔什1区铅锌矿普查	小型
铝土矿	
山西省原平市东蚕食矿区铝土矿普查	中型
山西省柳林县屈家沟–石家峁村一带铝土矿预查	大型
山西省左权县清河店矿区铝土矿预查	大型
河南渑池礼庄寨地区铝土矿调查评价	中型
河南省渑池县小龙庙铝土矿普查	中型
广西靖西县渠洋岜蒙铝土矿普查–详查	中型
广西平果县铝土矿太平外围预–普查	大型
广西扶绥–崇左地区铝土矿产远景调查	大型
广西龙州县水口–金龙铝土矿(金龙矿段)普查	大型
贵州省道真县新民铝土矿区详查	大型
钨矿	
安徽省池州市黄山岭深部及外围钼多金属矿普查	中型
江西省武宁县大湖塘地区钨矿地质普查–详查	中型
江西省浮梁县朱溪钨多金属矿勘查	中型
广东省连平县鸡啼石矿区钼钨矿详查	中型
广西苍梧县社峒铜多金属矿区	中型
云南省马关县马白得胜沟锡锌多金属矿	中型
甘肃省黑山梁(梭梭泉)钨矿普查	中型
甘肃省敦煌市小独山钨矿普查	大型
新疆托克逊县忠宝钨矿详查	小型
新疆哈密市磁海西1398高点钼多金属矿普查	小型

矿产地——按矿产地分列(九)

计量单位	查明资源量		预测资源量
	332及以上	333	334
金属(万吨)	**20.92**	**51.88**	**43.90**
金属(万吨)		3.80	0.57
金属(万吨)	1.18	1.22	
金属(万吨)		6.20	
金属(万吨)		2.77	5.30
金属(万吨)	2.21	1.32	7.60
金属(万吨)		0.76	6.40
金属(万吨)	1.15	1.77	
金属(万吨)			10.00
金属(万吨)	5.10	4.17	0.08
金属(万吨)	11.28	18.51	
金属(万吨)		11.36	13.95
矿石(万吨)	**2530.00**	**9273.29**	16151.01
矿石(万吨)		506.31	228.92
矿石(万吨)			2696.00
矿石(万吨)			6676.49
矿石(万吨)			1020.00
矿石(万吨)			1770.00
矿石(万吨)		764.88	
矿石(万吨)		2113.10	496.60
矿石(万吨)			3223.00
矿石(万吨)		3359.00	40.00
矿石(万吨)	2530.00	2530.00	
万吨(WO_3)	**0.45**	**12.19**	13.84
万吨(WO_3)		4.42	
万吨(WO_3)			5.00
万吨(WO_3)			1.00
万吨(WO_3)		2.81	
万吨(WO_3)		1.63	0.99
万吨(WO_3)		1.22	
万吨(WO_3)		0.86	0.64
万吨(WO_3)	0.12	0.85	6.11
万吨(WO_3)	0.33	0.30	0.10
万吨(WO_3)		0.10	

2010年地质勘查新发现

续表4

矿种／矿产地(项目名称)	矿床规模
钼矿	
河北省兴隆县兴隆镇南木沟村西厂沟硫铁、钼矿详查	中型
河北省丰宁县满族自治县波诺罗镇杨树沟脑钼矿详查	小型
内蒙古自治区兴和县曹四夭钼矿预查	大型
吉林省永吉县芹菜沟钼矿详查	中型
吉林省舒兰市福安堡钼矿床Ⅷ号矿体补充详查	中型
吉林省梅河口市一座营钼矿普查	中型
黑龙江省大兴安岭松岭区岔路口铅锌多金属普查(钼)	大型
浙江省青田县石平川钼矿区十五石矿段地质详查	小型
安徽省池州市黄山岭深部及外围钼多金属矿普查	大型
福建上杭紫金山矿区罗卜岭矿段铜(钼)矿详查	大型
南靖县南坑矿区钼矿详查	中型
福建省仙游县砺山钼矿普查	中型
福建省浦城县九里矿区东矿段钼矿详查	中型
福建省永定县山口矿区西矿段钼矿详查	中型
江西省修水县杨狮殿矿区钨钼矿普查	中型
江西省铅山县杨林铅锌钼多金属矿详查	中型
山东省烟台市莱山区杏山北矿区铜钼矿详查	小型
河南省杜关–云阳地区钼铅锌多金属矿评价	大型
河南省光山县千鹅冲钼矿勘探	特大
新疆哈密市东戈壁钼矿勘探	大型
广东省广宁县春水钼矿(广东省广宁县春水马崀银多金属矿预查)	小型
广西藤县大黎矿区钼矿普查	小型
海南省保亭县新村铜钼矿普查	小型
西藏墨竹工卡县邦铺矿区钼(铜)多金属	大型
新疆哈密市东戈壁钼矿勘探	大型
锑矿	
内蒙古自治区额济纳旗红石山南锑金矿普查	小型
江西省德安县湖塘畈铅锌矿普查(锑)	小型
湖南省安化县龙洞矿区锑矿普查	小型
金矿	
河北省承德市通沟矿区岩金普查	小型
河北省赤城县黄土梁金矿东部外围详查	中型
辽宁省辽阳县塔子岭区金银多金属矿普查	中型
辽宁省凤城市白云荒甸子金矿普查	小型
黑龙江省呼玛县旁开门北294.0高金银矿普查	小型
江苏省南京市梅山铁矿接替资源勘查	小型

矿产地——按矿产地分列(十)

计量单位	查明资源量		预测资源量
	332及以上	333	334
金属(万吨)	**158.87**	**131.12**	**286.12**
金属(万吨)	0.90	0.97	
金属(万吨)	0.03	0.10	
金属(万吨)			20.00
金属(万吨)		1.71	
金属(万吨)		5.03	
金属(万吨)		1.20	
金属(万吨)	47.00	29.00	240.00
金属(万吨)	0.07	0.20	
金属(万吨)		15.19	
金属(万吨)	1.58	4.92	
金属(万吨)	0.59	1.01	
金属(万吨)		1.16	6.17
金属(万吨)	0.82	1.14	1.52
金属(万吨)	0.45	0.73	
金属(万吨)			5.00
金属(万吨)		0.62	
金属(万吨)	0.14	0.39	
金属(万吨)	5.20		6.10
金属(万吨)	40.38	10.92	
金属(万吨)	20.69	18.93	
金属(万吨)			0.51
金属(万吨)		0.56	
金属(万吨)		0.65	
金属(万吨)	20.34	17.75	6.82
金属(万吨)	20.69	18.93	
金属(万吨)	**0.26**	**0.82**	**1.00**
金属(万吨)			1.00
金属(万吨)		0.10	
金属(万吨)	0.26	0.72	
金属(吨)	**55.36**	**95.98**	**74.09**
金属(吨)		2.29	
金属(吨)	1.12	12.28	
金属(吨)			10.00
金属(吨)		3.00	
金属(吨)		1.40	0.54
金属(吨)			2.58

2010年地质勘查新发现

续表4

矿种／矿产地(项目名称)	矿床规模
福建省泰宁县长兴矿区金矿详查	小型
江西省修水县湖洲–铜鼓县黄泥坦金矿普查	小型
山东省莱州市曲家地区金矿普查(腾家深部)	大型
山东省招远市夏甸矿区深部金矿详查	大型
山东省平度市麻湾地区金矿普查(山东省平度市大庄子矿区Ⅰ号脉深部金矿详查)	中型
山东省莱州市曲家地区金矿普查(西草坡)	中型
山东省乳山市金青顶、三甲金矿接替资源勘查(续作)	中型
山东省平度市麻湾金矿区王埠庄矿段金矿详查	中型
山东省招远市林家地区金矿详查	小型
山东省沂南县沂南金矿接替资源勘查(续作)	小型
山东省龙口市崔家金矿区详查	小型
山东省栖霞市西陡崖地区金矿普查	小型
山东省栖霞市苏家庄矿区深部及外围金矿普查	小型
山东省栖霞市庄子金矿区Ⅰ号脉深部及外围金矿普查	小型
山东省蓬莱市田家庄金矿普查	小型
山东省烟台市牟平区徐家寨地区金矿普查	小型
山东省平邑县榆林地区金矿普查	小型
山东省平度市涧里地区金矿普查	小型
山东省五莲县七宝山金铜矿区金线头矿床深部及外围普查	小型
河南省灵宝市安底金矿接替资源勘查	中型
河南省栾川县潭头金矿有限公司金矿生产补充勘查报告	小型
河南省西峡县上庵–天宝寨金铜矿普查(中央地勘基金项目)	小型
新化县玉横塘矿区金矿详查	小型
广东省英德市仙木塘金银多金属矿(广东省英德市大镇仙木塘金银矿预查)	小型
广西苍梧县丽山矿区金矿普查	小型
广西上林县万古粉石英矿详查(砂金部分)	小型
海南省昌江县王下矿区岩金矿地质详查	小型
云南省西畴县曼龙沟金矿	小型
云南省新村铜多金属矿预查	小型
陕西省汉阴县长沟金矿普查	小型
甘肃省山丹县绣花庙金矿普查	小型
甘肃省徽县周家山地区金矿普查	小型
宁夏石嘴山市牛牛头沟金矿普查	小型
新疆奇台县双泉金矿带岩金普查	中型
新疆托里县萨尔托海9号金矿普查	小型
新疆青河县库布苏金矿普查	小型

矿产地——按矿产地分列(十一)

计量单位	查明资源量		预测资源量
	332及以上	333	334
金属(吨)		1.35	
金属(吨)			0.30
金属(吨)			30.00
金属(吨)	41.29	19.69	
金属(吨)	2.41	3.92	
金属(吨)			10.00
金属(吨)		6.34	
金属(吨)	2.41	3.92	
金属(吨)	0.81	1.00	
金属(吨)		3.60	
金属(吨)	0.36	2.38	
金属(吨)	0.95	1.48	
金属(吨)	0.30	1.81	
金属(吨)	0.93	0.41	
金属(吨)	0.52	0.14	
金属(吨)		1.02	
金属(吨)		3.50	
金属(吨)		1.88	
金属(吨)		2.06	
金属(吨)		8.10	
金属(吨)	1.14	0.22	
金属(吨)		0.17	
金属(吨)	0.80	2.40	
金属(吨)			2.69
金属(吨)		1.43	0.04
金属(吨)	0.22		
金属(吨)		1.23	
金属(吨)	1.74	0.90	
金属(吨)		0.70	3.00
金属(吨)		3.05	
金属(吨)			1.02
金属(吨)		0.32	1.94
金属(吨)		1.82	0.99
金属(吨)		0.65	7.83
金属(吨)	0.37	0.82	1.58
金属(吨)		0.71	1.58

2010年地质勘查新发现

续表4

矿种／矿产地(项目名称)	矿床规模
银矿	中型
内蒙古自治区扎鲁特旗海勒图乌拉银多金属矿普查	小型
内蒙古自治区卓资县聚宝庄银多金属矿普查	小型
辽宁省凤城市白云荒甸子金矿普查	小型
辽宁省凤城市林家三道沟区新岭区段金、银矿普查	中型
浙江省临安市新桥乡新桥矿区多金属矿普查	小型
福建省大田县高才坂矿区详查	中型
福建省武夷山市山口矿区银多金属矿详查	中型
四川省巴塘县红军山银多金属矿普查	中型
云南省金平县新发寨矿区老寨银多	小型
锂矿	
四川省金川县业隆沟锂多金属矿普查	中型
四川省金川县斯曼措沟锂辉石矿预查	小型
四川省马尔康县木尔基地区锂铍铌钽稀有金属矿	中型
稀土矿	
广东省新丰县车旗洞稀土矿普查	中型
广东省新丰县定公围稀土矿预查	中型
磷矿	
江苏省连云港市太和磷矿普查	小型
湖北省神农架林区大白莲磷矿详查	中型
湖北省宜昌磷矿小阳坪矿权地质普查	大型
湖北省宜昌市夷陵区孙家墩矿段北东块段磷矿普查	大型
四川省雷波县毛坝子磷矿普查	中型
云南省弥勒县西二镇磷矿勘探	中型
硫铁矿	
广西凤山县福家坡矿区硫铁矿详查	大型
贵州省瓮安县岚关硫铁矿普查	中型
硅灰石	
新疆精河县苏勒铁列克矿区硅灰石矿普查	小型
碎云母	
河北省曲阳县东庄碎云母矿详查	大型
叶蜡石	
浙江省青田县金降寨矿区叶蜡石矿地质详查	中型
浙江省泰顺县白岩矿区叶蜡石地质详查	小型
芒硝	
江苏省淮安市淮阴区赵集矿区庆丰矿段无水芒硝矿补充勘探	大型

矿产地——按矿产地分列(十二)

计量单位	查明资源量		预测资源量
	332及以上	333	334
金属(吨)	**124.45**	**1266.77**	**942.71**
金属(吨)			200.00
金属(吨)			200.00
金属(吨)		50.00	
金属(吨)		200.00	
金属(吨)			
金属(吨)		821.00	
金属(吨)	94.18	139.18	0.18
金属(吨)			542.53
金属(吨)	30.27	56.59	
Li$_2$O(万吨)	**0.55**	**1.06**	**10.90**
Li$_2$O(万吨)	0.55	1.06	5.06
Li$_2$O(万吨)			0.51
Li$_2$O(万吨)			5.33
TR$_2$O$_3$(万吨)		10.45	19.66
TR$_2$O$_3$(万吨)		10.45	8.05
TR$_2$O$_3$(万吨)			11.61
矿石(万吨)	**1470.34**	**12969.33**	**9606.10**
矿石(万吨)			100.00
矿石(万吨)	596.60	228.70	
矿石(万吨)		5261.40	3178.70
矿石(万吨)		6162.20	5329.70
矿石(万吨)		516.10	997.70
矿石(万吨)	873.74	800.93	
矿石(万吨)	**1244.72**	**5337.32**	**886.00**
矿石(万吨)	1244.72	5000.32	
矿石(万吨)		337.00	886.00
矿石(万吨)		**19.96**	
矿物(万吨)		19.96	
矿物(万吨)	**264.20**	**144.30**	
矿物(万吨)	264.20	144.30	
矿石(万吨)	**34.63**	**60.24**	
矿石(万吨)	19.93	31.81	
矿石(万吨)	14.70	28.43	
Na$_2$SO$_4$(万吨)	**1989.69**	**190.85**	
Na$_2$SO$_4$(万吨)	1989.69	190.85	

2010年地质勘查新发现

续表4

矿种／矿产地(项目名称)	矿床规模
石膏	
河北省武安市胡峪东南铁矿外围普查	小型
辽宁省凌源市老山座子–安杖子地区石膏矿普查	中型
河南省安阳县小南海–李家庄膏盐矿预查	大型
菱镁矿	
新疆和静县哈勒哈特菱镁矿详查	中型
普通萤石	
河北省隆化县招素沟萤石矿详查	中型
浙江省临海市永丰镇周家岙萤石矿	中型
浙江省临海市白水洋镇金加山萤石矿	中型
浙江省仙居县步路乡下垓萤石矿	中型
浙江省嵊州市里南乡丁家店萤石矿	小型
江西省上饶县葛山坞萤石矿详查	中型
广东省和平县俐源镇金山堂矿区萤石矿补充地质勘查	小型
广东省五华县大坝中洞萤石矿区	中型
水泥用灰岩	
河北省井陉县东白花水泥灰岩矿区地质详查	大型
河北省涉县神头水泥用灰岩矿详查	大型
安徽省和县马山–娘娘山一带水泥用石灰岩矿普查	中型
安徽省繁昌县岳山冲水泥用石灰岩矿	大型
安徽省铜陵县龙口岭(团山)水泥用灰岩矿详查	大型
福建省龙岩市新罗区白岩前矿区	中型
福建省永春县纸坑矿区石灰岩矿普查	大型
福建省安溪县湖上矿区石灰岩矿详查	大型
山东省泰安市岱岳区落虎山矿区水泥用灰岩详查项目	大型
山东省枣庄市峰城区桃花山水泥用石灰岩勘探	小型
河南省安阳县小南海–李家庄石膏矿预查	大型
湖北省武穴市畚箕山矿区石灰岩矿勘探	大型
湖南省安化县仙溪(汪君寨)矿区水泥用石灰岩矿详查	大型
湖南省常德市雷公庙矿区水泥用灰岩矿详查	中型
湖南省吉首市观音山矿区水泥石灰岩矿详查	中型
广东省平远县东石镇螺田坑矿区	小型
广东省新丰县旗石岗矿区水泥用石灰岩矿详查	大型
广东省罗定市塘木石矿区水泥用石灰岩矿详查	大型
广西武鸣县宁武镇公鸡山矿区水泥用灰岩矿详查	大型
广西天等县弄里水泥用灰岩矿预查	大型
四川省德昌县永郎镇永进村百崖子石灰石矿(扩大勘查范围)普查	中型

矿产地——按矿产地分列(十三)

计量单位	查明资源量		预测资源量
	332及以上	333	334
矿石(万吨)		**1724.33**	**8733.97**
矿石(万吨)		560.33	
矿石(万吨)		1164.00	
矿石(万吨)			8733.97
矿石(亿吨)	**0.16**	**0.10**	**0.18**
矿石(亿吨)	0.16	0.10	0.18
CaF_2(万吨)	**53.78**	**92.02**	**107.90**
CaF_2(万吨)	8.76	13.80	
CaF_2(万吨)	0.61	11.12	27.94
CaF_2(万吨)	2.69	29.17	79.96
CaF_2(万吨)	4.68	6.31	
CaF_2(万吨)	4.93	1.62	
CaF_2(万吨)	8.20	16.00	
CaF_2(万吨)		14.00	
CaF_2(万吨)	23.91		
矿石(亿吨)	**11.52**	**14.26**	**2207.63**
矿石(亿吨)	0.38	0.78	
矿石(亿吨)	0.60	0.80	
矿石(亿吨)	0.07	0.24	0.81
矿石(亿吨)		0.88	
矿石(亿吨)	1.25	2.92	
矿石(亿吨)		0.68	2200.00
矿石(亿吨)	2.01	1.25	
矿石(亿吨)	1.81	0.90	
矿石(亿吨)	0.24	0.69	
矿石(亿吨)		0.05	
矿石(亿吨)			5.76
矿石(亿吨)	1.16	1.00	
矿石(亿吨)	0.45	1.60	
矿石(亿吨)	0.50	0.16	
矿石(亿吨)	0.14	0.14	
矿石(亿吨)	0.14		
矿石(亿吨)	1.00	1.50	
矿石(亿吨)	0.60	0.50	
矿石(亿吨)	1.07	0.02	
矿石(亿吨)			1.06
矿石(亿吨)	0.11	0.15	

2010年地质勘查新发现

续表4

矿种／矿产地(项目名称)	矿床规模
熔剂灰岩	
甘肃省肃南县土达坂石灰石矿普查	中型
甘肃省肃南县大崖石灰石矿普查	中型
甘肃省肃南县豁洛河石灰石矿普查	中型
水泥用灰岩	
新疆乌鲁木齐市达坂城区托盖索洛石灰岩矿普查	小型
新疆阿克陶县奥依塔克石灰岩矿普查	小型
冶金用白云岩	
安徽省无为县严桥镇乌龙山熔剂用白云岩矿普查	大型
水泥配料用砂岩	
河北省曲阳县郎家庄乡葫芦汪村水泥配料用砂岩矿普查	小型
石英岩	
安徽省凤阳县灵山–木屐山石英岩矿详查	大型
石英砂	
山东省沂水县院东头地区石英砂岩矿详查	中型
海南省文昌市抱罗镇茂密铅锌矿区石英砂详查	大型
玻璃用砂	
广东省江门市新会区崖门镇崖西矿区玻璃硅质原料用石英砂矿详查报告	小型
福建省漳浦县新厝矿区石英砂矿详查	大型
建筑用砂	
海南省昌化江入海口段河道整治工程范围综合回收天然砂矿资源详查	小型
砖瓦用页岩	
山东省蒙阴县常路镇鲁家沟砖用页岩矿	小型
山东省蒙阴县垛庄镇皇营村砖用页岩矿	小型
山东省蒙阴县联成乡红旗庄砖用页岩矿	小型
山东省蒙阴县开发区刘官庄村砖用页岩矿	小型
河南省确山县任店镇张冲炭质页岩矿	小型
河南省泌阳县盘古乡禹老庄页岩矿	小型
河南省泌阳县盘古乡胡湾页岩矿	中型
河南省泌阳县盘古乡柳树沟页岩矿	小型
河南省遂平县凤鸣谷马庄页岩(风化花岗岩)矿	小型
水泥配料用页岩	
新疆哈密市头道沟矿区1号页岩矿(水泥用)普查	小型
陶瓷土	
辽宁省阜蒙县下湾子紫砂陶土矿普查	大型
江西省万载县黄茅镇王布路下片瓷土矿	小型
山东省沂南县大冯家楼子矿区瓷石矿普查	大型
广东省开平市大沙镇茶坑矿区陶瓷用二长花岗岩矿普查报告	小型

矿产地——按矿产地分列（十四）

计量单位	查明资源量		预测资源量
	332及以上	333	334
矿石(亿吨)	**0.13**	**0.25**	**0.06**
矿石(亿吨)	0.13	0.08	
矿石(亿吨)		0.08	0.03
矿石(亿吨)		0.09	0.03
矿石(亿吨)		0.50	
矿石(亿吨)		0.36	
矿石(亿吨)		0.14	
矿石(亿吨)		0.54	**0.66**
矿石(亿吨)		0.54	0.66
矿石(万吨)	**122.40**	**55.63**	
矿石(万吨)	122.40	55.63	
矿石(万吨)	**41609.10**	**25871.00**	
矿石(万吨)	41609.10	25871.00	
矿石(万吨)	**633.00**	**6143.40**	
矿石(万吨)	633.00	874.80	
矿石(万吨)		5268.60	
矿石(万吨)	**536.32**	**912.83**	
矿石(万吨)		108.20	
矿石(万吨)	536.32	804.63	
万吨	**10019.00**		
万吨	10019.00		
矿石(万立方米)		537.67	
矿石(万立方米)			
矿石(万立方米)			
矿石(万立方米)			
矿石(万立方米)			
矿石(万立方米)		43.00	
矿石(万立方米)		25.60	
矿石(万立方米)		373.75	
矿石(万立方米)		23.32	
矿石(万立方米)		72.00	
矿石(万吨)		**488.69**	
矿石(万吨)		488.69	
矿石(万吨)	382.18	1454.76	
矿石(万吨)	382.18	459.27	
矿石(万吨)		31.80	
矿石(万吨)		928.55	
矿石(万吨)		35.14	

2010年地质勘查新发现

续表4

矿种／矿产地(项目名称)	矿床规模
高岭土	
广东省东源县叶潭镇双下矿区陶瓷用钠长石化花岗岩矿普查	小型
广东省四会市黄田镇燕茛矿区陶瓷用高岭土矿详查报告	小型
广西藤县罗万锰矿普查(高岭土部分)	中型
海南东北文昌–屯昌地区高岭土矿普查–详查	大型
云南省镇沅县里崴高岭土矿普查	小型
膨润土	
辽宁省建平县沙海乡四节梁膨润土矿普查	中型
辽宁省阜蒙县二道河膨润土矿普查	中型
(招拍挂)新疆和布克赛尔蒙古自治县海鑫膨润土矿详查	小型
水泥配料用黏土	
广西平南县石马预查区水泥配料用硅质粘土矿预查	中型
建筑用灰岩	
河北省曲阳县郎家庄乡南沟村建筑石料用灰岩(碎石)矿普查	小型
河北省曲阳县灵山镇横河口村建筑用灰岩(碎石)矿普查	小型
河北省曲阳县灵山镇南家庄尔村村东建筑石料用灰岩(碎石)矿普查	小型
片麻岩	
河南省确山县任店镇赵庄片麻岩矿	小型
建筑用玄武岩	
广东省遂溪县岭北镇遂溪农场迈生矿区建筑用玄武岩矿详查报告	小型
广东省江门市新会区崖门镇洞北矮仔坑矿区建筑用花岗岩矿详查报告	小型
广东省阳江市江城区罗琴山大水坑矿区建筑用混合岩矿普查报告	小型
海南省海口市东北部玄武岩石材矿详查	大型
海南省陵水县花岗岩详查	大型
海南省临高县玄武岩详查	大型
饰面石材	
安徽省青阳县陡岭金、方解石矿详查	中型
饰面大理岩	
河南省内乡县庙湾大理岩矿资源储量报告	其他
饰面用花岗岩	
广东省紫金县敬梓镇杨眉村饰面用花岗岩普查	小型
水泥用大理岩	
福建省安溪潘田大理岩矿补充详查	中型
新疆和静县夏翁次大理岩矿普查	中型
矿盐	
江苏省淮安市淮阴区赵集矿区庆丰矿段无水芒硝矿补充勘探	中型
玉石	
山东省济南市长清区界首泰山玉石矿普查	中型

矿产地——按矿产地分列(十五)

计量单位	查明资源量		预测资源量
	332及以上	333	334
矿石(万吨)	**3325.42**	**742.55**	**240.60**
矿石(万吨)		54.40	
矿石(万吨)		212.91	
矿石(万吨)		420.00	
矿石(万吨)	3299.40		
矿石(万吨)	26.02	55.24	240.60
矿石(万吨)	**1166.03**	**2508.28**	
矿石(万吨)		2105.00	
矿石(万吨)	807.76	403.28	
矿石(万吨)	358.27		
矿石(万吨)			**1980.00**
矿石(万吨)			1980.00
矿石(万立方米)		696.79	
矿石(万立方米)		206.23	
矿石(万立方米)		287.58	
矿石(万立方米)		202.98	
矿石万立方米		29.00	
矿石万立方米		29.00	
矿石(万立方米)	**14115.00**	**8982.16**	
矿石(万立方米)		63.75	
矿石(万立方米)		502.96	
矿石(万立方米)		139.45	
矿石(万立方米)	1542.00	2067.00	
矿石(万立方米)	11993.00	5041.00	
矿石(万立方米)	580.00	1168.00	
万吨	**60.00**	**150.00**	
万吨	60.00	150.00	
万立方米	**1.84**		
万立方米	1.84		
矿石万立方米		125.70	
矿石万立方米		125.70	
矿石(万吨)	**2525.77**	**3954.92**	
矿石(万吨)	2525.77	3439.58	
矿石(万吨)		515.34	
NaCl(亿吨)	**1.11**	**0.25**	
NaCl(亿吨)	1.11	0.25	
万吨		**153.40**	
万吨		153.40	

2010年地质勘查新查明矿产资源——按矿种分列(一)

表5

矿　种	计量单位	新查明矿产资源储量 （333及以上）
一、能源矿产		
煤炭	原煤亿吨	3568.98
石油	原油万吨	35201.88
天然气	亿立方米	6510.56
石煤	矿石亿吨	0.24
地热	电(热)能兆瓦	355.17
二、黑色金属矿产		
铁矿	矿石亿吨	36.46
锰矿	矿石万吨	8777.88
钒矿	V_2O_5万吨	899.83
钛矿	TiO_2万吨	413.62
其中:金红石原生矿	金红石矿物 万吨	91.62
钛铁矿砂矿	钛铁矿矿物 万吨	326.09
三、有色金属矿产		
铜矿	金属万吨	604.05
铅矿	金属万吨	962.44
锌矿	金属万吨	971.07
铝土矿	矿石万吨	35389.23
镁矿	矿石万吨	7863.00
镍矿	金属万吨	3.44
钴矿	金属万吨	0.25
钨矿	WO_3万吨	68.83
锡矿	金属万吨	27.11
钼矿	金属万吨	421.59
锑矿	金属万吨	7.35
铋矿	金属万吨	0.13
四、贵金属矿产		
岩金	金属吨	1251.59
砂金	金属吨	0.22
银矿	金属吨	12667.85
五、稀有金属矿产		
锂矿	LiCl万吨	1.50
锆矿	(锆英石)矿物万吨	39.60
六、稀土金属矿产		
稀土矿	TR_2O_3万吨	165.72
七、稀散元素矿产		
镓矿	Ga吨	3288.70
镉矿	Cd吨	2396.90
钪矿	Sc吨	2696.60
八、冶金辅助材料		
菱镁矿	矿石亿吨	0.26
普通萤石	CaF_2万吨	635.19
溶剂用灰岩	矿石亿吨	15.01
冶金用白云岩	矿石亿吨	2.14
冶金用砂岩	矿石万吨	110.80
冶金用脉石英	矿石万吨	43.06
九、化工原料矿产		
硫铁矿	矿石万吨	21859.57
伴生硫	矿石万吨	26.96
磷矿	矿石万吨	180544.67
芒硝	Na_2SO_4万吨	18080.00

2010年地质勘查新查明矿产资源——按矿种分列(二)

续表 5

矿　　种	计量单位	新查明矿产资源储量 （333 及以上）
重晶石	矿石万吨	72.00
电石用灰岩	矿石亿吨	11.17
制碱用灰岩	矿石亿吨	3.50
盐矿（包括地下卤水）	NaCl亿吨	13.14
十、建材及其他非金属矿产		
方解石	矿物万吨	494.11
玉石	矿石万吨	153.40
硅灰石	矿物万吨	127.73
长石	矿物万吨	162.82
叶蜡石	矿石万吨	2134.07
高岭土	矿物万吨	5795.13
陶瓷土	矿石万吨	35035.30
霞石正长岩	矿石万吨	106.50
玻璃用石英岩	矿石万吨	68558.40
玻璃用砂岩	矿石万吨	209.00
玻璃用砂	矿石万吨	6717.80
玻璃用脉石英	矿石万吨	6.80
水泥用灰岩	矿石亿吨	86.53
制灰用灰岩	矿石万吨	2242.94
水泥配料用砂岩	矿石万吨	1716.33
水泥配料用砂	矿石万吨	243.92
水泥配料用页岩	矿石万立方米	526.27
水泥配料用黏土	矿石万吨	490.46
水泥用大理岩	矿石万吨	24306.34
砖瓦用页岩	矿石万立方米	1772.23
砖瓦用黏土	矿石万立方米	155.74
砖瓦用砂岩	矿石万立方米	74.26
膨润土	矿石万吨	2463.27
建筑用砂	矿石万立方米	10121.38
建筑用灰岩	矿石万立方米	11466.10
建筑用角闪岩	矿石万立方米	75.30
建筑用凝灰岩	矿石万立方米	6485.70
建筑用玄武岩	矿石万立方米	2185.75
建筑用花岗岩	矿石万立方米	12753.35
建筑用砂岩	矿石万立方米	117.48
建筑用页岩	矿石万立方米	8.70
饰面用花岗岩	矿石万立方米	956.89
饰面用灰岩	矿石万立方米	4488.44
饰面用大理岩	矿石万立方米	4.59
饰面用板岩	矿石万立方米	11.39
片麻岩	矿石万立方米	71.37
珍珠岩	矿石万吨	46.10
石墨（晶质）	矿物万吨	336.49
石墨（隐晶质）	矿石万吨	94.90
沸石	矿石万吨	1861.34
石膏	矿石万吨	4773.54
十一、水气		
地下水	允许开采量立方米/日	107540.78

2010年勘查许可证发证及探矿权

表6

经济类型	勘查许可证发证						探矿权使用费
	许可证数			登记面积			
	有效	新立	注销	有效	新立	注销	
合　计	**33978**	**2314**	**980**	**710472.98**	**58083.86**	**11480.23**	**19315.51**
一、内资企业							
国有企业	9783	852	329	274330.78	31827.50	4920.35	8010.50
集体企业	224	12	22	3016.23	117.35	85.03	92.28
股份合作企业	421	17	12	8115.07	138.55	112.02	267.02
联营企业	110	10	7	1848.56	196.83	13.14	42.46
有限责任公司	17559	1192	351	343369.82	22244.48	3415.25	8776.22
股份有限公司	2397	81	48	29618.20	860.12	556.17	838.87
私营企业	2892	123	159	36727.50	2037.43	732.20	861.37
其他企业	279	16	16	4870.89	594.72	67.60	91.00
二、港、澳、台商投资企业							
合资经营企业(港、澳、台)	15	1		353.92	2.89		15.83
合作经营企业(港、澳、台)	21			597.97			26.17
港、澳、台独资经营企业	23	1	3	884.86	12.02	9.99	20.58
港、澳、台投资股份有限公司	7	1	1	205.66	0.37	3.23	2.38
三、外商投资企业							
中外合资经营企业	45	5	4	925.91	15.69	95.40	42.25
中外合作经营企业	138	1	25	3574.43	19.18	1405.91	145.94
外资企业	63	2	3	2028.26	16.73	63.94	82.41
外商投资股份有限公司	1			4.92			0.25

出让、转让情况——按企业经济类型分列

单位：宗、平方千米、万元

| 探矿权出让 | | | | | | | 探矿权转让 | |
| 合计 | | 申请在先宗数 | 协议出让 | | 招、拍、挂出让 | | 宗数 | 价款金额 |
宗数	价款金额		宗数	价款金额	宗数	价款金额		
2314	**211611.87**	**1519**	**152**	**9808.56**	**643**	**201803.31**	**1057**	**597010.41**
852	13897.10	771	34	1652.09	47	12245.00	87	212004.95
12	113.27	8	2	39.27	2	74.00	2	
17	3293.20	4			13	3293.20	7	9.79
10	328.00	8			2	328.00	4	10.00
1192	141293.91	600	94	6975.98	498	134317.93	840	289800.00
81	38872.09	54	8	123.74	19	38748.35	31	4283.62
123	13153.02	56	10	815.27	57	12337.75	82	90636.10
16	97.52	15	1	97.52			2	266.00
1		1					1	
1	26.08				1	26.08	1	
1		1						
5	515.69	1	2	104.69	2	411.00		
1	6.00				1	6.00		
2	16.00		1		1	16.00		

2010年勘查许可证发证及探矿权

表 7

地　区	勘查许可证发证						探矿权使用费
	许可证数			登记面积			
	有效	新立	注销	有效	新立	注销	
全　国	**33978**	**2314**	**980**	**710472.98**	**58083.86**	**11480.23**	**19315.51**
国土资源部	2872	102	19	123785.55	5825.65		3741.83
北　京	36	16		94.02	24.48		0.97
天　津	22	15	5	258.23	15.00	265.06	12.15
河　北	581	50	1	3150.40	328.38	2.13	117.68
山　西	166	14		1887.24	286.40		60.47
内蒙古	3578	241	25	97137.28	7160.14	281.66	2550.98
辽　宁	945	125	83	12672.44	3362.36	415.56	321.62
吉　林	748	99		11532.24	2647.52		295.08
黑龙江	686	71	24	29674.30	1848.97	205.98	924.30
上　海	1		4	3.99		163.66	0.04
江　苏	193	27	33	953.79	89.32	189.48	25.74
浙　江	441	32	38	4791.62	723.35	238.68	102.13
安　徽	1390	46	8	17614.87	1725.02	49.82	399.64
福　建	254	20	49	3096.75	226.68	537.60	107.19
江　西	1762	55	157	19368.21	456.61	1155.62	485.26
山　东	1390	55	66	13702.88	951.04	859.65	533.38
河　南	905	52	31	8508.49	984.66	792.10	272.76
湖　北	372	38	74	2591.81	299.99	396.29	81.58
湖　南	467	66	15	4507.15	878.65	75.87	133.50
广　东	314	1		3532.47	7.60		107.57
广　西	2100	103	72	44220.61	2732.13	880.56	1164.42
海　南	461			9376.87			139.32
重　庆	170	58	1	3623.75	2224.38	4.97	68.72
四　川	2018	255	31	41132.00	5813.22	441.97	732.56
贵　州	1154	46	23	17583.21	1201.12	419.01	372.29
云　南	2546	181	16	57703.47	4308.90	390.93	1880.39
西　藏	617	36	6	25023.91	2356.10	134.58	884.40
陕　西	781	37		12137.28	523.40		424.65
甘　肃	725	26	193	14327.65	716.04	3456.22	609.26
青　海	464	38	6	13814.48	1090.34	122.83	466.38
宁　夏	48	3		900.67	177.77		28.13
新　疆	5771	406		111765.35	9098.64		2271.12

出让、转让情况——按地区分列

单位：宗、平方千米、万元

| 探矿权出让 | | | | | | | 探矿权转让 | |
| 合计 | | 申请在先 | 协议出让 | | 招、拍、挂出让 | | | |
宗数	价款金额	宗数	宗数	价款金额	宗数	价款金额	宗数	价款金额
2314	**211611.87**	**1519**	**152**	**9808.56**	**643**	**201803.31**	**1057**	**597010.41**
102	2.00	100	2	2.00			34	314480.68
16		16						
15	1157.71		15	1157.71				
50	5976.50		3	1.00	47	5975.50	48	2710.97
14	23310.00	13			1	23310.00		
241	27152.78	96	38	117.23	107	27035.55	161	74549.41
125	4146.00	113	9	336.00	3	3810.00	63	1056.20
99	8414.68	56	17	3675.53	26	4739.15	33	362.42
71	204.43	69			2	204.43	10	1078.39
							1	
27	317.20	26	1	317.20			7	
32	357.00	28			4	357.00	19	830.00
46	3989.05	38			8	3989.05	30	6775.72
20		20						
55	20989.79	1	3	721.69	51	20268.10	32	
55	1644.30	46			9	1644.30	57	379.80
52	3828.43	37	5	123.08	10	3705.35	24	335.78
38	5390.38	27	7	847.90	4	4542.48	3	91.88
66	20355.38	24	2	879.05	40	19476.33	2	438.00
1	15.00				1	15.00	23	3011.00
103	815.52	98	3	796.52	2	19.00	35	98.32
							26	
58	228.00	57			1	228.00	6	
255	48716.00	208	20		27	48716.00	50	7474.00
46	3737.40	40			6	3737.40	24	154544.00
181	18971.00		17	161.00	164	18810.00	99	
36		36					20	10556.00
37	3399.89	9	1	400.00	27	2999.89	6	16000.00
26	4231.20	13			13	4231.20	16	
38	508.05	26	6	272.65	6	235.40	16	1437.84
3	752.79	1			2	752.79	1	
406	3001.39	321	3		82	3001.39	211	800.00

2010年勘查许可证发证及探矿权

表8

矿　种	勘查许可证发证						探矿权使用费
	许可证数			登记面积			
	有效	新立	注销	有效	新立	注销	
合　计	**33978**	**2314**	**980**	**710472.98**	**58083.86**	**11480.23**	**19315.51**
煤	2230	38	53	126044.49	4307.30	734.28	4457.14
油页岩	48	11	3	2488.55	336.09	87.52	67.61
石油天然气	990	25	12				
煤层气	99	3	7				
石煤	7		1	126.29		15.32	3.17
油砂	4			122.95			1.46
天然沥青	4			17.52			0.39
地热	471	123	28	9134.06	3046.24	625.02	203.08
铁矿	3438	278	150	44937.74	5544.97	1416.57	1314.53
锰矿	782	61	29	12353.06	975.66	280.34	323.38
铬铁矿	54	3	3	1138.27	160.32	36.60	33.07
钛矿	86	16	1	1732.84	337.39	6.55	39.89
钒矿	177	22	2	3480.69	1347.79	27.61	67.70
金红石	23	1	1	273.10	11.86	11.64	6.27
铜矿	6841	480	102	145299.44	12299.86	1136.16	3199.80
铅矿	4025	186	80	76931.00	5047.33	781.46	1859.41
锌矿	605	25	8	9186.53	453.69	62.66	219.97
铝土矿	317	28	5	10202.37	1042.19	65.51	265.98
镁矿	6	3	1	57.52	10.91	1.94	0.70
镍矿	156	5	12	3653.99	48.83	743.53	98.99
钴矿	28	1	1	547.18	28.99	11.69	13.19
钨矿	102		2	1173.41		19.91	52.09
锡矿	191	4	2	2952.07	55.63	5.66	78.45
铋矿	10	1	1	277.32	5.60	3.12	6.33
钼矿	706	43	5	12092.89	1016.52	39.90	269.04
汞矿	14	3	1	283.87	63.15	47.78	4.98
锑矿	150		2	1732.28		22.63	51.21
多金属	2004	186	52	51855.26	6093.57	681.69	1093.84
铂矿	40			881.65			31.71
钯矿	2			75.96			3.80
砂金	30		4	473.81		47.90	16.02
金矿	7116	446	222	132840.44	10416.10	3283.06	3910.55
银矿	610	27	10	13553.72	998.63	61.17	350.44
铌钽矿	101	3	3	2139.90	124.57	14.40	36.23

出让、转让情况——按矿种分列(一)

单位：宗、平方千米、万元

探矿权出让							探矿权转让	
合计		申请在先	协议出让		招、拍、挂出让			
宗数	价款金额	宗数	宗数	价款金额	宗数	价款金额	宗数	价款金额
2314	**211611.87**	**1519**	**152**	**9808.56**	**643**	**201803.31**	**1057**	**597010.41**
38	24800.00	27	3		8	24800.00	68	406611.06
11	9285.01	2	2	2000.01	7	7285.00		
25		25						
3		3						
123	3107.77	82	19	1455.15	22	1652.62	4	
278	35708.43	104	46	457.57	128	35250.86	158	15836.37
61	1579.80	37			24	1579.80	22	3223.42
3		3					4	115.00
16	169.00	7	4	48.00	5	121.00	2	
22	11213.56	17	1	815.43	4	10398.13	4	
1	12.00				1	12.00	3	
480	18149.79	363	13	465.64	104	17684.15	191	9100.04
186	4938.29	142	8	98.74	36	4839.55	125	2982.41
25	14153.15	18	1	24.00	6	14129.15	14	1217.00
28	26018.10	24			4	26018.10	11	320.00
3	319.97	1	1	91.97	1	228.00		
5	465.01	3	1	0.01	1	465.00	10	7.22
1		1					1	
							1	
4	4.00	3	1	4.00			3	
1		1						
43	624.32	38	2	412.32	3	212.00	34	1891.05
3		3						
							10	179.00
186	12990.49	127	4	207.32	55	12783.17	47	1277.72
							2	150000.00
							1	
446	17555.86	349	20	1416.20	77	16139.66	228	2600.00
27	686.63	25	1	656.63	1	30.00	30	389.23
3	21.00	2			1	21.00	4	

2010年勘查许可证发证及探矿权

续表 8

矿 种	勘查许可证发证						探矿权使用费
	许可证数			登记面积			
	有效	新立	注销	有效	新立	注销	
铌矿	19	3		333.88	62.44		11.27
钽矿	11			116.55			3.39
铍矿	43	3		625.32	39.49		9.05
锂矿	29	5		988.34	209.63		28.12
锆矿	7			185.89			2.51
锶矿(天青石)	7			129.97			3.93
铷矿	1			32.47			1.62
铯矿	2			30.60			0.31
重稀土矿	4			136.04			2.61
轻稀土矿	8			68.53			3.35
锗矿	3			49.57			1.75
铊矿	1			6.56			0.33
铼矿	7	3		43.54	30.78		0.95
硒矿		1				3.34	
蓝晶石	5		1	98.80		1.32	4.83
矽线石	4			22.77			1.00
红柱石	7	2		62.54	16.56		1.18
菱镁矿	8		2	132.69		3.27	2.77
萤石(普通)	336	9	27	2858.59	75.77	113.94	64.68
熔剂用石灰岩	16	2	2	109.85	11.62	2.13	2.93
冶金用白云岩	20	4	1	116.13	35.77	0.98	3.95
冶金用石英岩	11		1	53.54		12.50	1.53
冶金用脉石英	6			49.62			1.23
耐火黏土	8			75.63			2.96
其他黏土	3		2	111.43		31.83	5.45
耐火用橄榄岩	3			11.66			0.58
熔剂用蛇纹岩	2		1	4.12		2.06	0.21
自然硫	4			22.70			0.98
硫铁矿	235	29	3	3431.16	326.36	37.04	75.38
钠硝石	112			5377.54			136.67
明矾石	3			21.93			0.29
芒硝(含钙芒硝)	11	1	1	325.49	4.82	0.96	7.85
重晶石	58	7	9	1213.94	370.62	90.81	27.07
电石用灰岩	10	1		45.69	7.45		1.50
制碱用灰岩							

出让、转让情况——按矿种分列（二）

单位：宗、平方千米、万元

| 探矿权出让 | | | | | | | 探矿权转让 | |
| 合计 | | 申请在先 | 协议出让 | | 招、拍、挂出让 | | | |
宗数	价款金额	宗数	宗数	价款金额	宗数	价款金额	宗数	价款金额
3		3						
3	39.00	2			1	39.00	1	
5		5						
							2	
3		3					4	
2	175.00				2	175.00		
9	5499.00	2			7	5499.00	14	9.00
2	401.15		2	401.15				
4	485.37	1	2	395.37	1	90.00		
							1	
							1	
29	2967.20	24			5	2967.20	4	
1			1					
7	12.00	6			1	12.00	4	
1	28.00				1	28.00		

2010年勘查许可证发证及探矿权

续表 8

矿 种	勘查许可证发证						探矿权 使用费
	许可证数			登记面积			
	有效	新立	注销	有效	新立	注销	
化肥用石灰岩		1				0.15	
化肥用白云岩	1			7.35			0.07
含钾岩石	15	2		216.98	10.27		7.15
化肥用橄榄岩	1			3.77			0.19
化肥用蛇纹岩	2			83.78			0.95
泥炭	8			194.53			5.15
矿盐	2			21.42			0.73
岩盐	55	14	4	1568.35	595.70	6.12	31.98
湖盐	5			277.37			5.30
镁盐	4			18.92			0.76
天然卤水	3			210.73			10.20
钾盐	63	3		5415.60	185.10		238.22
砷	3			19.96			0.92
磷矿	206	24	2	3004.16	337.86	14.60	88.60
金刚石	24	3		937.71	91.79		23.89
石墨	46	3	3	550.59	47.26	6.19	17.68
水晶	1			2.30			0.12
刚玉	1			45.98			2.30
硅灰石	26	4	2	325.90	57.41	9.51	8.77
滑石	19	1	3	119.38	2.02	8.95	4.28
石棉(温石棉)	2			21.43			0.25
云母	18	3		113.43	12.11		4.20
长石	47	6	2	276.90	37.84	31.10	10.07
电气石	7			82.78			4.02
石榴子石	7	1	3	76.58	11.02	10.65	1.57
叶蜡石	13	2	2	65.87	10.61	4.90	1.92
透辉石	4	1		68.31	29.74		1.02
蛭石	3			3.16			0.05
沸石	5			70.62			3.25
透闪石	2			2.50			0.12
石膏	72	9	9	833.30	53.49	94.84	31.34

出让、转让情况——按矿种分列(三)

单位：宗、平方千米、万元

| 探矿权出让 | | | | | | | | 探矿权转让 | |
| 合计 | | 申请在先 | 协议出让 | | 招、拍、挂出让 | | | | |
宗数	价款金额	宗数	宗数	价款金额	宗数	价款金额		宗数	价款金额
2	109.00				2	109.00			
								1	
14	3357.20	7	1	317.20	6	3040.00		3	
								2	50.00
3		3						2	
24	1772.04	5	7	485.16	12	1286.88		4	511.88
3	6.00	2			1	6.00			
3	89.00	1			2	89.00			
4	364.00	1			3	364.00			
1		1						3	10.00
3	512.00				3	512.00		2	290.00
6	3199.00	1			5	3199.00		2	
1		1							
2	53.00				2	53.00			
1		1							
								1	
								1	
9	140.92	2			7	140.92		2	

2010年勘查许可证发证及探矿权

续表8

| 矿 种 | 勘查许可证发证 | | | | | | 探矿权使用费 |
| | 许可证数 | | | 登记面积 | | | |
	有效	新立	注销	有效	新立	注销	
方解石	37	8	4	225.86	56.34	52.25	4.24
光学萤石	5			110.76			1.81
宝石	5	1		89.35	11.72		1.15
玉石	12		1	119.37		5.67	4.30
玛瑙	2	1		64.79	53.96		0.76
石灰岩	65	13	9	535.60	114.38	71.38	15.30
玻璃用石灰岩	2			3.91			0.17
水泥用石灰岩	168	28	18	940.68	140.74	76.09	24.81
饰面用灰岩	1	1		0.49	0.49		
制灰用石灰岩	1	1		22.26	22.26		0.22
含钾岩石	11	3		116.52	33.39		3.75
泥灰岩	1			22.05			0.66
白云岩	27	4	3	300.51	52.15	8.64	5.69
石英岩	19	2		215.79	39.14		6.21
冶金用石英岩	4	1	1	20.87	9.32	1.83	0.58
玻璃用石英岩	14	3	2	92.67	11.06	6.24	3.48
砂岩	9	2	2	29.34	6.16	5.89	1.01
玻璃用砂岩	3	1		26.27	13.33		0.32
水泥配料用砂岩	4			24.72			1.04
陶瓷用砂岩	6	2		39.92	19.55		1.21
天然石英砂	4			36.96			1.79
玻璃用砂	2		3	44.62		9.99	0.56
砖瓦用砂			1			109.76	
脉石英	10	4		131.12	16.29		1.37
玻璃用脉石英	3	2		28.10	22.93		0.49
粉石英	3	1		22.07	6.76		0.83
硅藻土	11	2		75.40	2.06		3.36
页岩	2	1		1.65	0.09		0.08
陶粒页岩	10	3		22.71	6.79		0.57
砖瓦用页岩	3			8.85			0.42
高岭土	63	10	4	489.86	36.35	37.74	16.35
陶瓷土	22	4	4	139.82	31.69	14.40	3.16

出让、转让情况——按矿种分列（四）

单位：宗、平方千米、万元

探矿权出让								探矿权转让	
合计		申请在先	协议出让		招、拍、挂出让			宗数	价款金额
宗数	价款金额	宗数	宗数	价款金额	宗数	价款金额			
8	60.00	6			2	60.00			
1		1							
1		1							
13	346.00	1	2		10	346.00		4	258.00
28	3121.94	5	3	44.32	20	3077.62		4	
1			1						
1		1							
3	110.00	1			2	110.00		1	
4		4							
2	48.00				2	48.00		1	3.68
1	12.00				1	12.00		1	
3	16.65	1	1	10.65	1	6.00		1	
2		2							
1		1							
2	30.00	1			1	30.00			
4	32.00				4	32.00			
2	55.00				2	55.00			
1		1							
2	10.00				2	10.00			
1	6.00				1	6.00			
3	3.43	2			1	3.43			
10	3639.60	1			9	3639.60			
4	1116.38	1			3	1116.38			

2010年勘查许可证发证及探矿权

续表8

矿 种	勘查许可证发证						探矿权使用费
	许可证数			登记面积			
	有效	新立	注销	有效	新立	注销	
凹凸棒石黏土	10	1	6	104.15	70.43	42.82	2.27
海泡石黏土	1	1		17.53	17.53		0.18
伊利石黏土	2			13.67			0.65
膨润土	36	5	1	586.39	155.15	1.44	11.10
橄榄岩	2			8.11			0.41
蛇纹岩	4			8.80			0.29
饰面用蛇纹岩	2	1		8.20	1.31		0.36
玄武岩	4	1	3	68.60	5.04	30.88	1.21
铸石用玄武岩	1	1		5.05	5.05		0.05
辉绿岩	5	2	1	8.01	3.54	1.62	0.18
饰面用辉绿岩	3			11.23			0.25
闪长岩	1			7.79			0.08
花岗岩	13	8	3	59.70	35.33	12.71	0.66
建筑用花岗岩	1			0.65			0.01
饰面用花岗岩	26	5	1	166.80	41.12	1.54	3.26
珍珠岩	5		1	247.62		0.37	2.48
黑曜岩	1			2.82			0.14
霞石正长岩	2			11.03			0.34
凝灰岩	1			4.27			0.21
火山渣	1			5.74			0.17
大理岩	17	4	2	132.21	44.39	11.96	3.44
饰面用石料(大理石)	15	2		94.35	6.52		2.22
建筑用大理岩			1			1.14	
水泥用大理石	15	1	2	128.19	6.73	6.54	3.32
饰面用板岩	1			2.12			0.04
角闪岩	1			28.62			0.29
硼矿	42	1	2	561.16	45.79	4.18	21.74
矿泉水	60	9	12	147.84	49.35	34.72	2.91
地下水	37	6	8	4336.52	403.17	171.62	150.64
二氧化碳气	4	1		100.01	39.74		3.23
其他							

出让、转让情况——按矿种分列（五）

单位：宗、平方千米、万元

探矿权出让							探矿权转让	
合计		申请在先	协议出让		招、拍、挂出让			
宗数	价款金额	宗数	宗数	价款金额	宗数	价款金额	宗数	价款金额
1		1						
1	12.00				1	12.00		
5		4	1					
							1	
1	91.55				1	91.55		
1	7.00				1	7.00		
1	7.00				1	7.00		
2	10.00				2	10.00		
							1	28.00
8	567.00				8	567.00		
5	105.00				5	105.00	2	26.00
4	71.00	1			3	71.00	1	
2	255.50				2	255.50		
							1	
1		1					1	
1		1					5	65.00
9	67.30	1	3	1.05	5	66.25	2	9.38
6	758.45	2	1	0.66	3	757.79		
1	42.00				1	42.00		

2010年采矿许可证发证及采矿权出让、

表9

经济类型	采矿许可证发证						探矿权使用费
	许可证数			登记面积			
	有效	新立	注销	有效	新立	注销	
合　计	**104618**	**8149**	**8574**	**99077.37**	**5775.70**	**3324.70**	**13969.05**
一、内资企业							
国有企业	3187	134	195	12404.07	298.42	105.28	1335.70
集体企业	9156	177	1394	3164.77	75.66	475.31	664.00
股份合作企业	1141	61	100	882.45	21.41	18.67	132.60
联营企业	445	24	48	223.26	16.18	18.12	39.50
有限责任公司	24304	2514	1485	54094.94	3092.13	2066.49	6167.90
股份有限公司	2825	160	170	10620.33	151.27	73.84	1132.35
私营企业	61004	4968	4897	16547.72	2058.97	539.79	4275.35
其他企业	2086	91	265	179.68	5.12	9.09	112.50
二、港、澳、台商投资企业							
合资经营企业(港、澳、台)	85	1	4	322.31	25.93	3.50	34.40
合作经营企业(港、澳、台)	10	3	1	12.35	0.91	0.02	1.55
港、澳、台独资经营企业	69	4	2	76.49	3.69	0.16	9.75
港、澳、台投资股份有限公司	12			8.13			1.05
三、外商投资企业							
中外合资经营企业	149	6	10	243.27	18.59	1.10	28.35
中外合作经营企业	39	1	1	154.48	5.52	0.33	16.60
外资企业	72	5	1	70.96	1.89	0.26	9.30
外商投资股份有限公司	34		1	72.23		0.02	8.25

转让情况——按企业经济类型分列

单位：宗、平方千米、万元

采矿权出让							采矿权转让	
合计		探矿权转采矿权	协议出让		招、拍、挂出让			
宗数	价款金额	宗数	宗数	价款金额	宗数	价款金额	宗数	价款金额
8149	**992534.00**	**517**	**1016**	**479172.00**	**6616**	**513360.00**	**2361**	**2363324.00**
134	249879.00	20	55	239750.00	59	10129.00	87	56383.00
177	6127.00	4	33	1855.00	140	4272.00	44	2483.00
61	1745.00		8	376.00	53	1369.00	12	7024.00
24	313.00	3	3	63.00	18	250.00	75	18478.00
2514	523847.00	397	439	142556.00	1678	381292.00	1482	2060238.00
160	81810.00	28	20	70321.00	112	11483.00	70	175812.00
4968	125057.00	58	439	22149.00	4471	102908.00	547	39015.00
91	734.00	1	13	358.00	77	376.00	13	1376.00
1		1					13	1116.00
3	1110.00		1	26.00	2	1084.00	2	
4	680.00	3	1	680.00			2	240.00
							1	32.00
6	519.00	1	2	504.00	3	15.00	10	407.00
1		1					1	600.00
5	713.00		2	533.00	3	180.00	1	
							1	120.00

2010年采矿许可证发证及

表 10

地 区	采矿许可证发证						采矿权使用费
	许可证数			登记面积			
	有效	新立	注销	有效	新立	注销	
全 国	**104618**	**8149**	**8574**	**99077.37**	**5775.70**	**3324.70**	**13969.05**
国土资源部	1337	32		23690.75	747.07		2386.10
北 京	174	6	51	188.19	3.56	40.78	23.70
天 津	360	7	9	16.02	0.66	0.35	18.25
河 北	3912	168	265	2178.92	148.93	72.91	352.80
山 西	4989	442	1398	9108.12	64.70	1841.43	1099.60
内蒙古	4251	260	78	4913.57	181.07	36.19	636.75
辽 宁	3761	137	498	1950.38	112.06	71.61	332.95
吉 林	2025	245	32	636.92	28.54	8.30	149.95
黑龙江	3146	277	71	2357.71	61.99	3.52	360.10
上 海	75		13	15.10		2.68	4.65
江 苏	1547	76	130	969.32	151.82	11.43	166.55
浙 江	1474	210	660	201.65	25.26	28.36	79.75
安 徽	3666	108	906	1079.73	50.06	62.22	263.00
福 建	2197	53	12	1732.00	31.01	1.03	253.15
江 西	6118	325	102	2268.72	83.80	4.16	472.95
山 东	4532	367	563	3393.08	131.58	69.53	525.95
河 南	4053	218	384	4850.93	331.33	29.49	630.55
湖 北	3431	224	347	1685.30	78.71	60.51	300.75
湖 南	6488	599	631	2216.65	160.13	150.89	491.00
广 东	2074	107	111	447.26	20.72	53.91	127.40
广 西	4495	477	364	1547.00	117.92	36.61	342.65
海 南	381	64	47	337.09	127.05	24.43	49.55
重 庆	3057	83	427	2354.65	72.84	174.22	356.00
四 川	8202	637	293	4442.26	210.27	102.88	778.70
贵 州	8507	677	265	6174.44	348.75	22.27	956.60
云 南	7887	566	620	4357.68	149.31	341.38	737.10
西 藏	69	3		691.60	3.67		70.70
陕 西	5009	715	63	4259.88	1056.66	18.80	619.10
甘 肃	2852	340	97	2323.44	965.56	27.81	349.45
青 海	775	107	66	5230.72	30.64	4.63	553.40
宁 夏	553	116	43	528.60	89.91	1.07	77.80
新 疆	3221	503	28	2929.69	190.12	21.30	402.10

采矿权出让、转让情况——按地区分列

单位：宗、平方千米、万元

采矿权出让							采矿权转让	
合计		探矿权转采矿权	协议出让		招、拍、挂出让		宗数	价款金额
宗数	价款金额	宗数	宗数	价款金额	宗数	价款金额		
8149	992534.00	517	1016	479172.00	6616	513360.00	2361	2363324.00
32	191100	31	1	191100.00			9	20523.00
6	63.00	3	3	63.00			2	12556.00
7	76.00	4	3	76.00			5	
168	47843.00	14	51	31454.00	103	16389.00	100	20148.00
442	27964.00	13	35	4874.00	394	23090.00	808	1502826.00
260	14692.00	51	38	8633.00	171	6058.00	79	110539.00
137	31059.00	33	57	28332.00	47	2728.00	24	292.00
245	10365.00	17	70	2663.00	158	7702.00	17	21007.00
277	54938.00	3	41	777.00	233	54161.00	106	76670.00
							2	
76	15978.00	15	3	1737.00	58	14242.00	6	11988.00
210	106306.00	6	49	30769.00	155	75538.00	14	6214.00
108	50767.00	12	6	31552.00	90	19215.00	48	9176.00
53	72339.00	4	21	71397.00	28	943.00	37	13169.00
325	11954.00	14	8	184.00	303	11770.00	78	89806.00
367	32113.00	30	63	2953.00	274	29160.00	78	107555.00
218	11008.00	36	11	147.00	171	10860.00	51	62236.00
224	12515.00	10	52	1748.00	162	10767.00	58	8387.00
599	42046.00	7	12	3160.00	580	38886.00	41	46367.00
107	23716.00	6	12	2012.00	89	21704.00	33	6495.00
477	9354.00	15	28	756.00	434	8598.00	68	9134.00
64	1589.00				64	1589.00	2	190.00
83	16046.00	7	1	5.00	75	16042.00	21	4355.00
637	91805.00	29	55	10642.00	553	81159.00	267	38135.00
677	30803.00	35	60	7225.00	582	23578.00	64	50566.00
566	9593.00	38	14	1223.00	514	8370.00	126	54078.00
3		3					8	3025.00
715	5059.00	37	161	445.00	517	4615.00	5	2655.00
340	38248.00	5	43	30408.00	292	7839.00	82	12890.00
107	3683.00	10	19	2126.00	78	1557.00	29	30664.00
116	6809.00				116	6809.00	4	530.00
503	22703.00	29	99	12711.00	375	9991.00	89	31148.00

2010年采矿许可证发证及

表 11

| 矿　种 | 采矿许可证发证 | | | | | | | |
| | 许可证数 | | | 登记面积 | | | 生产规模① | |
	有效	新立	注销	有效	新立	注销	有效	新立
合计	**104618**	**8149**	**8574**	**99077.37**	**5775.70**	**3324.70**		
煤	13344	271	1721	55032.20	1837.58	2177.91	386409.15	15575.80
石油天然气	648	11		26.20		11.00		
油页岩	16			39.95			516.80	
石煤	208	7	12	193.24	9.31	5.64	980.65	52.00
油砂	1			1.94			14.40	
天然沥青	5			12.73			6.40	
煤层气	10	2				2.00	1.00	
地热	792	46	12	568.36	32.27	2.12	26436.36	1074.86
铁矿	3572	207	188	4455.64	506.75	92.37	79388.79	8737.60
锰矿	445	26	28	585.79	26.69	10.11	1711.85	111.65
铬铁矿	22	1		20.67	0.05		37.45	0.45
钛矿	105	3	3	68.59	2.40	2.23	1788.82	385.60
钒矿	96	10		270.04	73.11		2033.80	610.00
金红石	5	1		12.87	3.33		84.09	60.00
铜矿	767	34	2	1002.25	56.69	4.13	15337.90	352.50
铅矿	922	44	42	1421.96	166.27	13.33	4975.14	512.90
锌矿	442	19	11	628.50	85.32	4.10	2403.36	158.50
铝土矿	245	9	4	706.96	24.75	6.49	3700.00	83.00
镁矿	6	2		2.18	0.78		218.40	174.20
镍矿	55	5		81.46	17.68		664.44	123.00
钴矿	5			6.99			193.50	
钨矿	144			403.80			1736.85	
锡矿	135		1	262.79		1.70	1111.33	
铋矿	4			0.92			11.50	
钼矿	171	11	3	334.98	47.71	0.54	7530.90	439.92
汞矿	27	2		42.26	8.48		60.74	3.00

①生产规模的单位：固体矿产按万吨/年，气体矿产按万立方米/年，地下水按立方米/日计。

采矿权出让、转让情况——按矿种分列(一)

单位：宗、平方千米、万元

采矿权使用费	采矿权出让							采矿权转让	
	合计		探矿权转采矿权宗数	协议出让		招、拍、挂出让		宗数	价款金额
	宗数	价款金额		宗数	价款金额	宗数	价款金额		
13969.05	**8149**	**992534.00**	**517**	**1016**	**479172.00**	**6616**	**513360.0**	**2361**	**2363324.00**
5840.30	271	96386.00	39	214	40015.00	18	56371.00	1059	1128632.00
2.65	13		13						
4.45								1	1059.00
25.95	7	407.00	1	1	60.00	5	347.00		
0.20									
1.45									
86.15	46	370.00	29	8	149.00	9	221.00	12	2765.00
545.85	207	356442.00	118	70	337556.00	19	18886.00	160	63266.00
70.85	26	1494.00	11	4	79.00	11	1415.00	16	955.00
2.70	1	21.00		1	21.00			2	43.00
10.15	3	168.00	1			2	168.00		
29.20	10	8661.00	7	3	8661.00				
1.35	1			1					
119.85	34	10299.00	27	4	4439.00	3	5860.00	45	25812.00
167.60	44	5599.00	35	9	5599.00			38	48969.00
74.80	19	766.00	12	6	766.00	1		10	2315.00
77.40	9	1.00	8	1	1.00			14	950.00
0.40	2	4813.00				2	4813.00		
9.75	5		4	1				1	957.00
0.85									
43.35								10	20718.00
29.80								4	570.00
0.20									
37.90	11	1770.00	8	3	1770.00			6	2508.00
4.85	2	194.00				2	194.00	1	1500.00

2010年采矿许可证发证及

续表 11

| 矿 种 | 采矿许可证发证 | | | | | | | |
| | 许可证数 | | | 登记面积 | | | 生产规模 | |
	有效	新立	注销	有效	新立	注销	有效	新立
锑矿	63	1		125.03	8.92		220.20	5.00
多金属	15			44.05			496.80	
铂矿	5			6.51			91.00	
砂金	34	14	1	100.54	45.12	2.41	1343.96	764.33
金矿	1398	77	33	2575.78	189.28	11.97	10245.18	252.95
银矿	96	3		151.82	25.23		843.61	15.00
铌钽矿	14			20.55			185.10	
钽矿	3			14.72			77.00	
铍矿	3			3.94			29.25	
锂矿	12			298.36			66.76	
锆矿	27	1	3	92.81	4.28	15.58	10994.38	47.68
锶矿(天青石)	14	1		32.88	2.64		71.40	2.00
重稀土矿	16			17.15			155.70	
轻稀土矿	91			50.13			636.02	
锗矿	3			7.49			129.00	
碲矿	3			2.05			2.40	
蓝晶石	8	1		4.03	0.05		30.00	2.00
矽线石	3			1.18			17.00	
红柱石	11	2		10.78	1.31		295.00	33.00
菱镁矿	114	9	45	31.82	3.73	3.56	1581.35	213.50
萤石(普通)	1323	19	39	881.62	10.95	12.24	1755.01	38.60
熔剂用石灰岩	165	6	12	56.47	4.21	1.49	4897.51	465.00
冶金用白云岩	182	9	11	38.36	3.13	0.52	2409.64	243.00
冶金用石英岩	221	15	11	78.65	3.41	0.52	809.10	88.90
冶金用砂岩	27		1	15.43		0.10	63.10	
铸型用砂岩	18		1	1.64		0.07	39.15	
铸型用砂	50	6	4	16.65	7.85	0.49	392.45	145.00
冶金用脉石英	141	6	10	137.58	2.95	2.02	314.62	15.70
耐火黏土	244		26	120.90		1.58	695.03	
铁钒土	33	1	7	8.61	0.16	0.56	40.78	1.00

采矿权出让、转让情况——按矿种分列(二)

单位：宗、平方千米、万元

采矿权使用费	采矿权出让								采矿权转让	
	合计		探矿权转采矿权宗数	协议出让		招、拍、挂出让			宗数	价款金额
	宗数	价款金额		宗数	价款金额	宗数	价款金额			
14.25	1	85.00				1	85.00		2	120.00
4.75									1	406.00
0.80										
10.80	14	2297.00		11	897.00	3	1400.00			
293.65	77	3851.00	48	24	2493.00	5	1358.00		107	871048.00
17.85	3		2	1					7	8279.00
2.55										
1.55										
0.45										
30.10									1	6683.00
9.85	1	405.00		1	405.00					
3.80	1	116.00		1	116.00					
2.00										
7.80										
0.85										
0.30										
0.65	1	1.00		1	1.00					
0.20										
1.30	2	905.00				2	905.00			
7.25	9	2541.00	2	6	2452.00	1	88.00		4	11.00
127.05	19	305.00	6			13	305.00		20	1443.00
11.60	6	823.00	3			3	823.00		1	
10.65	9	724.00	4	3	446.00	2	277.00			
16.00	15	2593.00	1	1	11.00	13	2582.00		10	407.00
2.45									3	55.00
0.95									1	10.00
3.50	6	704.00		1	602.00	5	102.00			
18.05	6	63.00	2	1	15.00	3	48.00		4	494.00
19.85									4	400.00
2.25	1	18.00				1	18.00			

2010年采矿许可证发证及

续表 11

矿　种	采矿许可证发证							
	许可证数			登记面积			生产规模	
	有效	新立	注销	有效	新立	注销	有效	新立
其他黏土	76	14	10	201.98	3.57	1.89	443.58	296.50
耐火用橄榄岩	2	1		2.09	0.04		30.00	20.00
熔剂用蛇纹岩	2			0.51			70.00	
硫铁矿	266	8	8	260.77	19.97	1.87	2732.75	48.30
钠硝石	3			37.01			2.22	
明矾石	5		3	1.74		0.29	34.00	
芒硝(含钙芒硝)	73	2	2	343.89	8.16	6.64	3442.20	253.00
重晶石	445	39	13	468.43	56.70	8.60	1009.90	165.90
毒重石	37	3	1	27.34	2.93	0.22	93.60	4.30
天然碱(Na_2CO_3)	18	1		59.13	0.18		357.70	0.20
电石用灰岩	53	10		22.98	5.55		1451.73	540.13
制碱用灰岩	24	1		6.42	0.05		979.60	10.00
化肥用石灰岩	14			1.61			97.20	
化肥用白云岩	10		1	0.91		0.05	56.20	
化肥用石英岩	15	1		4.91	0.06		95.50	10.00
化肥用砂岩	23	7		7.17	5.89		193.50	78.00
含钾岩石	15	2		6.60	0.53		77.50	0.90
含钾砂页岩	1			0.03			3.00	
化肥用蛇纹岩	5			1.90			22.50	
泥炭	59	4	1	43.56	2.34	0.96	170.11	22.35
矿盐	12			93.77			222.00	
岩盐	96	9	1	205.24	25.02	0.42	4917.81	431.60
湖盐	33	1		520.83	0.80		1206.20	0.60
镁盐	5			57.91			142.00	
天然卤水	47	6	37	588.19	45.94	59.41	4220.56	576.76
钾盐	16	1		8820.19	13.76		435.70	3.00
溴	58	1	4	65.19	0.01	0.73	14.30	0.15
砷	8			6.48			5.36	
磷矿	323	18	39	671.90	64.37	8.12	9596.85	1018.00
金刚石	2			0.94				

采矿权出让、转让情况——按矿种分列(三)

单位：宗、平方千米、万元

采矿权使用费	采矿权出让								采矿权转让	
	合计		探矿权转采矿权宗数	协议出让		招、拍、挂出让				
	宗数	价款金额		宗数	价款金额	宗数	价款金额	宗数	价款金额	
23.30	14	165.00				14	165.00	1		
0.30	1	111.00				1	111.00			
0.10										
33.55	8	814.00	3	4	814.00	1		8	13803.00	
3.75										
0.35										
36.30	2	989.00		1	79.00	1	910.00	3	446.00	
59.75	39	3452.00	3	10	627.00	26	2825.00	3	421.00	
3.80	3	52.00		1	4.00	2	48.00			
6.40	1	2.00				1	2.00			
4.25	10	3681.00	1			9	3681.00	1	40.00	
1.65	1	97.00				1	97.00	1	68000.00	
0.75										
0.50										
1.00	1	41.00				1	41.00			
1.55	7	819.00				7	819.00			
1.15	2	81.00				2	81.00			
0.05										
0.35								1	136.00	
5.95	4	145.00	2	2	145.00					
9.65										
22.85	9	7535.00	4	3	385.00	2	7150.00	6	4481.00	
52.80	1	12.00				1	12.00	2	13590.00	
5.90								1	1400.00	
60.10	6	106.00	1	4	45.00	1	62.00	1		
882.40	1		1					2		
8.70	1	2.00		1	2.00					
0.85										
75.55	18	55359.00	9	6	6302.00	3	49057.00	7	3402.00	
0.15										

2010年采矿许可证发证及

续表11

主要矿种	采矿许可证发证							
	许可证数			登记面积			生产规模	
	有效	新立	注销	有效	新立	注销	有效	新立
石墨	158	18	26	109.53	9.10	7.48	927.52	239.11
水晶	8	2		2.23	1.35		100.06	0.02
硅灰石	214	17	20	62.07	7.73	3.95	619.84	30.49
滑石	157	13	29	71.81	8.55	3.90	428.19	69.00
石棉(温石棉)	32			12.82			206.46	
云母	30	3		19.07	0.67		45.07	3.15
长石	380	38	19	173.07	19.47	2.40	1214.90	300.92
电气石	4			9.00			2.99	
石榴子石	23			7.61			56.25	
叶蜡石	73	4	5	29.34	1.38	2.90	1249.29	3.60
透辉石	34	4	3	4.58	0.49	0.07	142.12	14.00
蛭石	21	1		6.83	0.04		55.10	4.00
沸石	72	6	4	13.15	0.67	0.17	208.90	35.90
透闪石	9			1.79			16.42	
石膏	624	24	27	573.60	11.89	4.95	6108.58	321.00
方解石	797	99	45	221.51	20.04	5.52	2892.60	321.20
光学萤石	2			1.54			1.10	
宝石	11	1		12.89	0.98		10.30	
玉石	83	19	2	67.32	16.47	0.92	871.39	40.07
玛瑙	4			11.54			0.80	
石灰岩	6566	521	582	991.23	51.43	23.50	57024.70	6379.78
玻璃用石灰岩	2			0.02			6.50	
水泥用石灰岩	2413	169	149	848.89	96.86	13.72	109732.87	15347.60
建筑石料用灰岩	13204	1103	1209	1333.36	586.63	351.46	115184.92	12476.44
饰面用灰岩	68	24	4	18.38	6.13	0.55	218.28	90.99
制灰用石灰岩	481	21	45	58.72	2.63	1.97	4807.27	375.75
含钾岩石	18	5	1	5.14	0.73	0.07	81.60	45.25
泥灰岩	39	9	6	7.81	0.46	0.07	176.45	44.50
白垩	4			2.08			29.00	
白云岩	589	36	29	121.54	14.19	10.53	4605.43	615.36

采矿权出让、转让情况——按矿种分列(四)

单位：宗、平方千米、万元

采矿权使用费	采矿权出让		探矿权转采矿权宗数	协议出让		招、拍、挂出让		采矿权转让	
	合计								
	宗数	价款金额		宗数	价款金额	宗数	价款金额	宗数	价款金额
15.35	18	3398.00	1	11	1418.00	6	1980.00		
0.50	2	83.00		1	8.00	1	75.00		
14.10	17	407.00	1	4	28.00	12	379.00	3	131.00
12.00	13	952.00	3	6	801.00	4	151.00		
2.45									
2.60	3	45.00		1	26.00	2	18.00	2	21.00
29.90	38	1711.00	2	4	114.00	32	1597.00	4	65.00
1.00									
1.50								3	400.00
5.15	4	111.00	1			3	111.00		
1.85	4	186.00				4	186.00		
1.40	1	146.00		1	146.00				
4.15	6	291.00	1			5	291.00	2	38.00
0.45								1	
75.65	24	979.00	2	5	73.00	17	905.00	19	2044.00
52.40	99	947.00	1	4	166.00	94	782.00	10	713.00
0.20									
1.60	1	41.00		1	41.00			2	52.00
9.10	19	407.00		14	190.00	5	217.00		
1.25									
390.35	521	32863.00		4	120.00	517	32743.00	95	7976.00
0.10									
171.65	169	68233.00	29	46	20868.00	94	47365.00	61	23972.00
733.50	1103	40211.00				1103	40211.00	117	5700.00
4.40	24	322.00				24	322.00	1	78.00
26.75	21	1564.00	3			18	1564.00	4	140.00
1.20	5	788.00	1	1	12.00	3	775.00		
2.40	9	82.00				9	82.00		
0.30									
36.70	36	3803.00		5	57.00	31	3746.00	7	481.00

2010年采矿许可证发证及

续表 11

主要矿种	采矿许可证发证							
	许可证数			登记面积			生产规模	
	有效	新立	注销	有效	新立	注销	有效	新立
玻璃用白云岩	16			9.66			118.00	
建筑用白云岩	989	132	95	96.91	25.42	2.51	12941.18	5881.24
石英岩	777	58	48	250.52	18.25	4.71	3249.23	211.99
冶金用石英岩	79	10	3	26.26	2.45	1.08	229.60	22.30
玻璃用石英岩	192	28	34	61.63	3.96	1.40	3237.78	175.53
砂岩	1616	284	122	120.86	8.04	5.60	11359.79	1923.44
玻璃用砂岩	84	8	2	13.64	1.96	0.06	828.72	168.00
水泥配料用砂岩	221	39	18	270.38	8.98	0.88	2515.10	438.70
砖瓦用砂岩	274	41	42	18.43	1.36	1.18	1370.44	338.97
陶瓷用砂岩	73	3	5	21.28	0.19	0.04	288.00	35.00
建筑用砂岩	78	18		6.30	3.71		1319.03	208.00
天然石英砂	155	15	30	92.18	2.76	4.57	1398.77	128.16
玻璃用砂	35	3	5	20.33	1.35	0.25	914.68	91.50
海砂	7			2.05			760.05	
建筑用砂	4713	1222	460	1257.91	439.00	99.98	43262.31	17548.82
水泥配料用砂	23	6		3.10	0.72		244.64	56.80
水泥标准砂	4			0.31			8.40	
砖瓦用砂	41	6	2	3.17	0.38	7.57	162.10	84.38
脉石英	247	24	8	88.98	3.92	2.54	469.76	44.86
玻璃用脉石英	90	8	6	36.35	6.95	1.57	234.18	27.90
粉石英	20	3	1	7.05	0.15	0.43	89.70	11.50
硅藻土	31	8	1	25.33	11.43		188.60	55.00
页岩	1740	148	67	113.03	8.49	26.62	12705.97	1305.24
陶粒页岩	28	5		6.73	1.05		494.65	173.65
砖瓦用页岩	6277	556	254	674.05	26.27	8.24	34268.56	2738.67
水泥配料用页岩	109	23	11	34.73	11.04	1.10	980.98	200.30
高岭土	470	47	38	307.14	28.71	44.71	2606.02	201.50
陶瓷土	587	60	23	201.25	26.98	2.28	2594.13	376.68
凹凸棒石黏土	23	1		20.44	0.87		203.00	10.00
海泡石黏土	5			6.19			11.40	

采矿权出让、转让情况——按矿种分列（五）

采矿权使用费	采矿权出让							采矿权转让	
	合计		探矿权转采矿权宗数	协议出让		招、拍、挂出让		宗数	价款金额
	宗数	价款金额		宗数	价款金额	宗数	价款金额		
1.70								1	2200.00
53.05	132	19530.00	2	22	357.00	108	19173.00	11	443.00
52.70	58	1186.00	3	6	57.00	49	1129.00	7	70.00
5.50	10	53.00				10	53.00	2	15.00
13.15	28	432.00	4			24	432.00	3	152.00
85.55	284	13099.00				284	13099.00	22	221.00
4.65	8	730.00				8	730.00	1	
35.65	39	2076.00	2			37	2076.00	2	
14.30	41	380.00				41	380.00	2	50.00
4.90	3	1037.00				3	1037.00	1	
4.15	18	404.00		5	73.00	13	331.00		
14.90	15	239.00				15	239.00	2	3905.00
3.40	3	326.00	1	1	10.00	1	316.00		
0.45									
327.05	1222	50302.00	9	210	3382.00	1003	46919.00	34	982.00
1.30	6	51.00		1	1.00	5	49.00	1	40.00
0.20									
2.05	6	132.00		1	89.00	5	43.00	1	5.00
17.15	24	565.00	1	1	65.00	22	500.00	9	343.00
6.40	8	147.00	1			7	147.00	1	2.00
1.40	3	75.00				3	75.00		
3.45	8	286.00	3			5	286.00		
92.55	148	3850.00				148	3850.00	22	485.00
1.70	5	690.00	1			4	690.00	2	7.00
363.40	556	4261.00				556	4261.00	87	2132.00
7.80	23	3471.00				23	3471.00	1	50.00
46.15	47	4261.00	4	5	60.00	38	4201.00	8	469.00
42.00	60	2628.00	2	3	59.00	55	2569.00	10	247.00
2.75	1	91.00				1	91.00		
0.75									

2010年采矿许可证发证及

续表 11

主要矿种	采矿许可证发证							
	许可证数			登记面积			生产规模	
	有效	新立	注销	有效	新立	注销	有效	新立
伊利石黏土	53	2	2	36.83	0.52	0.01	143.72	5.30
累托石黏土	1			0.63			5.00	
膨润土	255	14	13	143.65	7.98	4.58	1279.74	94.16
砖瓦用黏土	17304	826	1519	2371.45	434.85	75.21	126567.09	4267.67
陶粒用黏土	69	6	1	201.53	4.91	0.68	245.82	27.72
水泥用黏土	152	19	8	44.19	5.75	2.74	1751.46	292.63
水泥配料用红土	26	3	1	5.22	0.15		122.28	11.00
水泥配料用黄土	7	1		0.56	0.08		82.57	18.00
水泥配料用泥岩	31	4	2	7.41	0.64	0.02	493.01	62.00
保温材料用黏土	12			3.25			42.10	
橄榄岩	10	1		29.66	8.98		96.98	30.00
建筑用橄榄岩	4			0.34			15.58	
蛇纹岩	37	2		22.07	6.13		293.73	14.66
饰面用蛇纹岩	11	2		3.77	1.30		11.90	5.60
玄武岩	678	86	68	92.36	11.01	6.63	7135.75	985.57
铸石用玄武岩	10		1	0.74		0.19	115.60	
岩棉用玄武岩	2			0.26			17.00	
建筑用玄武岩	30	3		1.85	0.36		506.87	65.00
辉绿岩	147	9	9	30.32	1.80	0.61	3709.72	61.02
水泥用辉绿岩	3	2		0.53	0.13		5.90	5.10
铸石用辉绿岩	2			0.05			8.00	
建筑用辉绿岩	191	35	3	37.30	5.47	0.25	1691.40	292.78
饰面用辉绿岩	86	6	6	15.56	2.20	0.19	255.27	12.88
安山岩	133	8	4	8.19	0.48	0.25	1834.60	166.92
饰面用安山岩	5	1	1	0.75	0.46	0.01	24.88	2.78
建筑用安山岩	501	33	17	137.63	1.05	0.46	8561.80	487.50
闪长岩	104	14	1	13.04	2.45	0.04	1298.46	313.86
建筑用闪长岩	269	51	8	15.06	3.34	0.20	3241.92	719.09
水泥混合材料用闪长玢岩	1	1		0.01	0.01		5.20	5.20
花岗岩	925	76	81	207.52	6.04	5.53	7867.66	1426.65

采矿权出让、转让情况——按矿种分列（六）

单位：宗、平方千米、万元

采矿权使用费	采矿权出让							采矿权转让	
	合计		探矿权转采矿权宗数	协议出让		招、拍、挂出让		宗数	价款金额
	宗数	价款金额		宗数	价款金额	宗数	价款金额		
5.25	2	93.00				2	93.00		
0.10									
23.20	14	2020.00	2			12	2020.00	4	39.00
1024.60	826	5635.00				826	5635.00	55	830.00
22.65	6	72.00				6	72.00	1	
9.95	19	4846.00				19	4846.00	2	140.00
1.55	3	12.00				3	12.00		
0.35	1	48.00				1	48.00		
1.85	4	403.00				4	403.00	1	70.00
0.75									
3.25	1			1				2	500.00
0.15									
3.45	2	115.00				2	115.00		
0.70	2	40.00				2	40.00		
38.35	86	1952.00	1	10	139.00	75	1814.00	20	725.00
0.50								2	22.00
0.10								1	
1.50	3	95.00				3	95.00		
8.70	9	139.00				9	139.00	5	180.00
0.15	2	24.00				2	24.00		
0.10									
11.15	35	3055.00		4	42.00	31	3014.00	2	5.00
4.80	6	154.00	3	1	94.00	2	60.00	3	120.00
6.80	8	103.00		4	58.00	4	45.00		
0.25	1	4.00				1	4.00		
36.70	33	524.00		12	105.00	21	419.00	4	224.00
5.70	14	816.00	1	8	792.00	5	24.00	2	37.00
13.85	51	3029.00		9	99.00	42	2930.00	2	100.00
0.05	1	6.00				1	6.00		
58.70	76	3698.00		11	295.00	65	3403.00	12	712.00

续表11

| 主要矿种 | 采矿许可证发证 | | | | | | | |
| | 许可证数 | | | 登记面积 | | | 生产规模 | |
	有效	新立	注销	有效	新立	注销	有效	新立
建筑用花岗岩	3319	349	228	1043.52	23.02	6.57	60410.67	9713.11
饰面用花岗岩	1463	98	246	219.20	14.75	12.66	8937.26	375.61
麦饭石	8	1		9.95	8.11		18.50	5.00
珍珠岩	56	1	1	13.20	0.61	0.01	283.15	4.45
黑曜岩	2			0.17			6.00	
浮石	16			3.44			47.52	
粗面岩	18	2	1	2.38	1.96	0.12	286.46	32.58
铸石用粗面岩		1			0.18			
霞石正长岩	12	4		9.66	3.81		310.00	59.00
凝灰岩	88	7	22	14.25	0.65	0.68	1778.06	139.28
水泥用凝灰岩	19	2	3	9.99	0.15	0.81	143.70	19.00
建筑用石料(凝灰岩)	2082	314	332	406.54	32.92	15.38	49214.19	12329.76
火山灰	3			0.21			20.50	
水泥用火山灰	3			0.13			9.50	
火山渣	5	2		2.50	0.83		72.70	32.78
大理岩	357	19	27	107.59	5.76	3.60	3362.03	381.14
饰面用石料(大理石)	405	39	21	182.21	21.33	3.24	2272.36	233.00
建筑用大理岩	431	62	24	75.38	10.80	1.06	4107.97	835.06
水泥用大理石	103	5	3	27.47	1.00	0.54	4024.03	268.00
玻璃用大理石	3			0.68			21.60	
板岩	240	55	42	63.53	3.38	47.95	1761.69	420.59
饰面用板岩	93	6		34.47	4.36		341.41	20.58
水泥配料用板岩	7	1	1	0.81	0.25	0.01	47.82	4.03
片麻岩	394	45	18	175.58	144.21	1.80	4200.59	1029.23
角闪岩	43	6	3	9.66	0.81	0.12	546.15	275.73
硼矿	60	1	2	336.73	0.30	0.27	507.65	1.00
矿泉水	886	21	23	456.25	20.03	4.90	4447.63	49.79
地下水	16			29.32			1123.77	
二氧化碳气	2			131.81			88.00	
其他	26			23.96				

采矿权出让、转让情况——按矿种分列（七）

单位：宗、平方千米、万元

采矿权使用费	采矿权出让								采矿权转让	
	合计		探矿权转采矿权宗数	协议出让		招、拍、挂出让			宗数	价款金额
	宗数	价款金额		宗数	价款金额	宗数	价款金额			
253.35	349	36873.00	2	52	16989.00	295	19884.00		36	3171.00
82.50	98	3685.00	2	29	1655.00	67	2030.00		11	563.00
1.30	1		1							
3.55	1		1						1	
0.10										
0.90										
1.05	2	14.00				2	14.00			
1.40	4	330.00				4	330.00		1	1200.00
4.95	7	3765.00				7	3765.00			
1.65	2	18.00		2	18.00					
131.40	314	65864.00	7	63	14569.00	244	51295.00		3	1175.00
0.15										
0.15										
0.35	2	255.00				2	255.00			
24.05	19	536.00	3	2	18.00	14	518.00		7	1223.00
32.30	39	4117.00	4	3	89.00	32	4028.00		5	409.00
25.45	62	1593.00		10	341.00	52	1252.00		5	149.00
6.65	5	893.00		1	40.00	4	853.00		3	1321.00
0.15										
16.50	55	532.00		5	43.00	50	489.00		1	
6.80	6	44.00		3	22.00	3	22.00		1	5.00
0.35	1	14.00				1	14.00			
35.10	45	2106.00		8	48.00	37	2057.00		5	7.00
2.55	6	291.00		1	200.00	5	91.00		1	
35.60	1	14.00		1	14.00				3	
71.05	21	550.00	7	4	323.00	10	227.00		18	674.00
3.40										
13.25										
3.00										

2010年矿产勘查、开采违法案件

表 12

	合计	国家机关		
		省级	市级	县级
一、2009 年未结案件	**925**	**6**		**6**
二、2010 年立案	**7141**	**1**		**1**
勘查	323			
无证勘查	96			
越界勘查	17			
非法转让探矿权	14			
其他	196			
开采	6781			
无证开采	4741			
越界开采	1354			
非法转让采矿权	70			
破坏性开采	40			
其他	576			
不按规定缴纳矿产资源补偿费	36			
非法批准	1	1		1
违法发证				
勘查许可证				
采矿许可证				
其他	1	1		1
三、2010 年结案	**6965**			
处理 2009 年未结案	343			
勘查	280			
无证勘查	61			
越界勘查	16			
非法转让探矿权	13			
其他	190			
开采	6306			
无证开采	4314			
越界开采	1317			
非法转让采矿权	66			
破坏性开采	39			
其他	570			
不按规定缴纳矿产资源补偿费	36			
非法批准				
违法发证				
勘查许可证				
采矿许可证				
其他				
四、2010 年未结案件	**1101**	**7**		**7**

查处情况——按企业经济类型分列

计量单位：件

企事业单位		集体		个人
	外商		乡村	
148		**38**	**21**	**733**
1736	**2**	**168**	**25**	**5236**
218		2	1	103
50		1	1	45
13		1		3
5				9
150				46
1499	2	166	24	5116
542	1	49	18	4150
712	1	112	4	530
43		2	2	25
2				38
200		3		373
19				17
1699	**2**	**176**	**24**	**5090**
57		12	3	274
197		1		82
35				26
12		1		3
4				9
146				44
1426	2	163	21	4717
509	1	46	15	3759
679	1	112	4	526
39		2	2	25
2				37
197		3		370
19				17
185		**30**	**22**	**879**

2010年矿产勘查、违法案件查处情况——按地区分列(一)

表 13

计量单位：件

	合计	北京	天津	河北	山西	内蒙古	辽宁	吉林
一、2009年未结案件	925	2		13	44	5	223	33
二、2010年立案	7141	133	3	341	302	308	688	139
勘查	323			1	23	11	4	8
无证勘查	96			1	23	1	4	4
越界勘查	17					2		2
非法转让探矿权	14							1
其他	196					8		1
开采	6781	133	3	340	279	296	684	131
无证开采	4741	133	1	310	216	265	634	92
越界开采	1354			23	45	17	44	36
非法转让采矿权	70						2	2
破坏性开采	40				1	10		
其他	576		2	7	17	4	4	1
不按规定缴纳矿产资源补偿费	36					1		
非法批准	1							
违法发证								
勘查许可证								
采矿许可证								
其他	1							
三、2010年结案	6965	135	3	326	237	306	602	132
处理2009年未结案	343	2		4	1	5	39	
勘查	280				17	11	2	6
无证勘查	61				17	1	2	3
越界勘查	16					2		1
非法转让探矿权	13							1
其他	190					8		1
开采	6306	133	3	322	219	289	561	126
无证开采	4314	133	1	292	162	259	512	88
越界开采	1317			23	40	16	43	35
非法转让采矿权	66						2	2
破坏性开采	39					10		
其他	570		2	7	17	4	4	1
不按规定缴纳矿产资源补偿费	36					1		
非法批准								
违法发证								
勘查许可证								
采矿许可证								
其他								
四、2010年未结案件	1101			28	109	7	309	40

2010年矿产勘查、违法案件查处情况——按地区分列(二)

续表 13

计量单位：件

	黑龙江	上海	江苏	浙江	安徽	福建	江西	山东
一、2009 年未结案件	4		2	10	29	13	30	9
二、2010 年立案	289		27	287	60	410	165	101
勘查			3	3	5	16	2	2
无证勘查			2	3	4	2		2
越界勘查							1	
非法转让探矿权					1			
其他			1			14	1	
开采	288		24	284	55	394	153	99
无证开采	154		24	219	15	363	100	77
越界开采	129			63	37	14	35	21
非法转让采矿权					2	1	2	
破坏性开采						1		
其他	5			2	1	15	16	1
不按规定缴纳矿产资源补偿费	1						10	
非法批准								
违法发证								
勘查许可证								
采矿许可证								
其他								
三、2010 年结案	292		29	272	46	391	156	104
处理 2009 年未结案	3		2	1	3	10	11	11
勘查			3		1	14	2	
无证勘查			2					
越界勘查							1	
非法转让探矿权					1			
其他			1			14	1	
开采	288		24	271	42	367	133	93
无证开采	154		24	206	13	336	81	76
越界开采	129			63	26	14	34	16
非法转让采矿权					2	1	2	
破坏性开采						1		
其他	5			2	1	15	16	1
不按规定缴纳矿产资源补偿费	1						10	
非法批准								
违法发证								
勘查许可证								
采矿许可证								
其他								
四、2010 年未结案件	1			25	43	32	39	6

2010年矿产勘查、违法案件查处情况——按地区分列(三)

续表 13　　　　　　　　　　　　　　　　　　　　　　　　　　计量单位：件

	河南	湖北	湖南	广东	广西	海南	重庆	四川
一、2009 年未结案件		12	112	115	119			55
二、2010 年立案	182	47	797	205	262	119	146	149
勘查	15	1	6		31	1	3	17
无证勘查	12		5		1		3	9
越界勘查	2	1	1			1		2
非法转让探矿权								4
其他	1				30			2
开采	167	45	789	205	231	118	143	131
无证开采	145	31	324	181	173	105	35	50
越界开采	16	14	415	24	11	13	100	47
非法转让采矿权	1		8					1
破坏性开采								
其他	5		42		47		8	33
不按规定缴纳矿产资源补偿费			2					1
非法批准		1						
违法发证								
勘查许可证								
采矿许可证								
其他		1						
三、2010 年结案	179	55	812	286	259	116	144	130
处理 2009 年未结案	3	11	27	95	35	11		11
勘查	15	1	6		31	1	1	10
无证勘查	12		5		1		1	2
越界勘查	2	1	1			1		2
非法转让探矿权								4
其他	1				30			2
开采	161	43	777	191	193	104	143	108
无证开采	139	30	316	167	136	91	35	32
越界开采	16	13	411	24	11	13	100	44
非法转让采矿权	1		8					
破坏性开采								
其他	5		42		46		8	32
不按规定缴纳矿产资源补偿费			2					1
非法批准								
违法发证								
勘查许可证								
采矿许可证								
其他								
四、2010 年未结案件	3	4	97	34	122	3	2	74

2010年矿产勘查、违法案件查处情况——按地区分列(四)

续表13　　　　　　　　　　　　　　　　　　　　　　　　　　　计量单位：件

	贵州	云南	西藏	陕西	甘肃	青海	宁夏	新疆
一、2009年未结案件	57	6		7		11	10	4
二、2010年立案	754	178	1	121	80	52	43	752
勘查	27	3	1	7	23	3		107
无证勘查	7			1	6			6
越界勘查	1	1						3
非法转让探矿权	2			1		3		2
其他	17	2	1	5	17			96
开采	727	175		114	57	49	43	624
无证开采	217	131		83	52	45	37	529
越界开采	158	13		14		2	6	57
非法转让采矿权	40			7		1		3
破坏性开采		25		1	1			1
其他	312	6		9	4	1		34
不按规定缴纳矿产资源补偿费								21
非法批准								
违法发证								
勘查许可证								
采矿许可证								
其他								
三、2010年结案	751	152		118	80	54	47	751
处理2009年未结案	37	2		1		3	6	9
勘查	16	3		7	23	3		107
无证勘查	2			1	6			6
越界勘查	1	1						3
非法转让探矿权	1			1		3		2
其他	12	2		5	17			96
开采	698	147		110	57	48	41	614
无证开采	194	103		82	52	44	35	521
越界开采	157	13		13		2	6	55
非法转让采矿权	39			5		1		3
破坏性开采		25		1	1			1
其他	308	6		9	4	1		34
不按规定缴纳矿产资源补偿费								21
非法批准								
违法发证								
勘查许可证								
采矿许可证								
其他								
四、2010年未结案件	60	32	1	10		9	6	5

2010年全国石油天然气

表14

地 区	油气田总数 / 个			从业人数 / 人	油产量 / 万吨	气产量 / 亿立方米
	大型	中型	小型			
总　　计	873	102	214	557	621627	20128.34	942.19
天　　津	23	3	7	13	15026	478.05	3.70
河　　北	61	1	17	43	28283	599.04	9.82
辽　　宁	40	3	8	29	30799	950.02	8.01
吉　　林	39	5	10	24	27742	632.53	17.45
黑龙江	52	10	11	31	92137	3981.23	29.89
江　　苏	57		4	53	7534	186.02	0.56
山　　东	71	11	39	21	105074	2734.00	5.15
河　　南	37	2	9	26	48381	499.52	6.25
湖　　北	31	1	2	28	14483	96.50	1.60
浙　　江	2			2		5.00	
广　　西	1			1	80	3.00	0.01
广　　东	4		1	3	135	20.07	1.84
四　　川	143	8	16	119	38257	16.34	222.21
甘　　肃	7		2	5	12167	48.20	0.21
青　　海	24	4	2	18	16399	186.00	56.10
陕　　西	65	11	23	31	138193	3027.81	233.56
新　　疆	85	16	27	42	43793	2506.15	249.92
渤　　海	55	13	18	24	1081	2854.68	15.13
南　　海	68	14	17	37	897	1295.46	72.73
东　　海	8		1	7	1166	8.72	5.05

注:1 中国石油长庆、华北、大港和西南经济数据未按省分列,本汇总表将中国石油长庆全部计入陕西,中国石油华北全部计入河北,中国石油大港全部计入天津,中国石油西南全部计入四川。

2.本表不包括煤层气。

开发利用情况——按地区分列

工业总产值 / 万元	工业增加值 / 万元	销售收入 / 万元	年利税总额 / 万元	实缴补偿费 / 万元
166591854.72	**61597702.66**	**79726447.55**	**48013069.70**	**752702.98**
1655215.00	1214009.00	1612528.00	811221.00	18200.00
2285234.00	1879286.00	2439046.00	974884.00	19301.00
2784346.00	1602238.00	2625063.00	138930.00	24726.00
1892595.00	1648790.00	1906893.00	1004999.00	10179.00
14908325.00	14638770.00	18230090.00	11599769.00	103144.00
664965.47	477687.00	785071.15	754042.78	5460.77
9887400.00	7889000.00	10149100.00	5721000.00	79617.57
2173689.00	1142837.00	712954.77	780593.00	14117.00
583168.00	425570.00	584233.00	154738.00	2800.00
17829.00	16417.00	17493.00	2221.00	81.00
258302.00	63284.00	236773.00	41118.00	62.27
98835.00	84889.00	98835.00	62240.00	845.00
2129250.00	1375171.00	2331266.00	483831.33	16426.00
1246391.00	264026.00	1126764.00	93840.00	134.00
1737101.00	120467.00	1374007.00	729818.00	3000.00
11255062.40	8696263.00	11171450.00	5289872.00	65059.81
10002379.00	8831068.00	10382727.00	11228538.00	81607.00
96988706.00	9188700.00	9163021.00	5047475.00	307937.00
5858604.35	2014837.45	4633815.27	3119455.31	5.56
164457.50	24393.21	145317.36	−25515.72	

2010年全国石油天然气开发

表 15

经济类型	油气田总数／个			从业人数／人	油产量／万吨	气产量／亿立方米
	大型	中型	小型			
总　计	873	102	214	557	621627	20128.34	942.19
国有企业	19		10	9	66049	1192.05	0.13
国有联营企业	1			1	80	3.00	0.01
股份有限公司	853	102	204	547	555498	18935.79	942.05

利用情况——按企业经济类型分列

工业总产值 / 万元	工业增加值 / 万元	销售收入 / 万元	年利税总额 / 万元	实缴补偿费 / 万元
166591854.72	**61597702.66**	**79726447.55**	**48013069.70**	**752702.98**
2828143.40	1997030.00	3138008.00	748050.00	
258302.00	63284.00	236773.00	41118.00	62.27
163505409.32	59537388.66	76351666.55	47223901.70	752640.71

2010年全国非油气矿产资源

表 16

地区	矿 山 企 业 数 / 个					从业人员 / 人
		大 型	中 型	小 型	小 矿	
全 国	112638	4708	5477	53247	49206	6991556
北 京	221	22	51	134	14	33449
天 津	391	88	133	170		8638
河 北	5085	84	154	2481	2366	330677
山 西	5528	226	563	2759	1980	815689
内蒙古	4469	110	271	1970	2118	257935
辽 宁	4048	174	124	2389	1361	303655
吉 林	2252	144	259	1017	832	147453
黑龙江	4008	338	221	1034	2415	355595
上 海	78	2	2	73	1	5604
江 苏	1833	133	257	1434	9	181314
浙 江	1900	916	175	663	146	58263
安 徽	4285	225	192	1469	2399	374385
福 建	2765	177	269	1617	702	99270
江 西	6362	28	136	3441	2757	238289
山 东	4867	1221	625	2119	902	586376
河 南	4090	138	319	1988	1645	534016
湖 北	3862	27	104	1648	2083	148674
湖 南	7670	52	165	2233	5220	324974
广 东	2265	54	51	1807	353	67784
广 西	4972	37	73	1938	2924	117386
海 南	427	44	79	276	28	12965
重 庆	3381	55	150	2497	679	205189
四 川	7963	86	396	4472	3009	429477
贵 州	8002	45	122	3825	4010	279078
云 南	8342	20	84	4601	3637	368003
西 藏	95	6	13	51	25	7320
陕 西	5272	131	231	1984	2926	274023
甘 肃	3290	34	52	1154	2050	172347
青 海	832	30	40	267	495	47401
宁 夏	755	13	25	225	492	60054
新 疆	3328	48	141	1511	1628	146273

开发利用情况——按地区分列

年产矿量 / 原矿,万吨	工业总产值 / 万元	综合利用产值 / 万元	矿产品销售收入 / 万元	利润总额 / 万元
829239.52	156561094.07	10868738.56	133788103.04	27416600.00
3340.01	719903.75	18688.00	581573.91	93136.89
3396.26	34340.83	668.10	24796.08	1357.96
51527.66	8681497.38	318590.09	6504610.48	1372277.53
70225.52	26961217.71	2884166.83	24228203.01	5143475.26
86212.38	18590010.99	1541783.75	14693227.69	3364371.06
32843.67	6144481.82	335229.34	5390141.63	1049036.54
15655.02	2171964.42	44371.20	1660693.14	319088.43
19137.23	3179411.24	23658.26	2975996.80	275363.82
208.42	124031.70	1607.00	118536.96	1030.34
21058.54	2283330.86	68478.00	2007963.09	346300.54
50595.52	1093498.22	11483.16	934031.34	75534.39
49008.26	10540592.74	213997.30	8582782.97	985078.08
17690.38	1679055.16	171402.88	1646615.12	501702.18
25359.57	2977034.38	177708.20	2476813.90	315716.56
49882.74	13567681.88	990015.27	11685089.03	3096007.55
28850.02	10420628.04	799551.12	8294249.90	1469960.67
16293.30	1743997.99	124619.56	1639609.98	271810.01
31134.49	3633320.25	431274.17	3047115.39	513098.28
23948.67	1207098.26	44417.33	950448.92	227913.69
19559.32	1186356.11	110564.17	992256.69	216340.28
6897.81	315515.22	5865.25	320082.92	117273.65
16075.11	1879834.64	227050.79	1639071.98	154616.64
40506.51	3869083.40	416199.47	3428505.56	387077.48
26949.79	6809170.52	1254985.54	5770321.36	1103790.10
26897.06	5656613.63	303295.91	4289719.29	694991.46
697.24	153248.83	1599.00	100534.00	35220.98
45172.98	11693363.87	29184.00	11182266.13	3283001.64
11103.25	2758309.72	65430.05	2518471.63	299697.67
7110.88	2175898.36	23422.10	1975358.98	665560.29
7562.37	1611718.67	170273.50	1495807.40	527041.50
24339.55	2698883.45	59159.23	2633207.74	509728.53

2010年全国非油气矿产资源

表 17

	矿 山 企 业 数 / 个				从业人员 / 人
	大 型	中 型	小 型	小 矿	
总 计	112638	4708	5477	53247	49206	6991556
一、内资企业	112064	4554	5383	52996	49131	6918277
国有企业	3809	589	628	1939	653	1852947
集体企业	11440	164	396	5161	5719	548652
股份合作企业	1752	99	104	927	622	138358
联营企业	646	17	31	336	262	33977
有限责任公司	11197	880	1200	6158	2959	1312762
股份有限公司	4517	423	555	2408	1131	904597
私营企业	73027	2145	2246	33711	34925	2043404
其他企业	5676	237	223	2356	2860	83580
二、港、澳、台商投资企业	208	44	31	105	28	20277
三、外商投资企业	366	110	63	146	47	53002

开发利用情况——按企业经济类型分列

年产矿量 / 原矿,万吨	工业总产值 / 万元	综合利用产值 / 万元	矿产品销售收入 / 万元	利润总额 / 万元
829239.52	**156561094.07**	**10868738.56**	**133788103.04**	**27416600.00**
805050.51	152404728.05	10666243.96	130084041.79	26358394.68
166797.90	53812482.22	3160580.47	44027374.43	7667214.52
41004.41	5349699.96	710790.74	4733507.42	875342.77
14875.63	2959011.00	105697.95	2263897.30	464021.48
3028.60	693060.79	56561.07	500113.88	112977.47
177182.54	31120116.20	2646499.10	27170463.85	5331437.56
115202.69	32876592.57	1860448.68	28624522.92	7641958.54
268157.28	24934505.83	2094493.85	22167890.74	4160332.68
18801.47	659259.49	31172.11	596271.25	105109.67
5023.02	830978.19	41448.17	775047.81	216023.86
19165.98	3325387.83	161046.43	2929013.43	842181.46

2010年全国非油气矿产资源

表 18

矿 种	矿 山 企 业 数 / 个					从业人员 / 人
		大 型	中 型	小 型	小 矿	
总 计	112638	4708	5477	53247	49206	6991556
煤炭	14357	571	1179	7559	5048	3911208
油页岩	19		3	11	5	2800
油砂	4			4		15
石煤	255		2	38	215	3158
天然沥青	5				5	34
地下热水	980	218	187	464	111	44976
铁矿	4250	101	239	2365	1545	388179
锰矿	565	20	31	356	158	34605
铬矿	32		1	16	15	1777
钛矿	127	9	1	74	43	2957
钒矿	98	27	17	35	19	6758
铜矿	823	20	46	444	313	117627
铅矿	920	7	18	440	455	45434
锌矿	798	6	37	439	316	66060
铝土矿	264	7	22	166	69	18687
镁矿	20		1	8	11	293
镍矿	62	4	12	29	17	17611
钴矿	5	1		3	1	337
钨矿	149	4	19	107	19	36948
锡矿	154	4	12	68	70	31151
铋矿	3			2	1	130
钼矿	207	11	26	117	53	34834
汞矿	38		1	20	17	696
锑矿	98	1	1	58	38	9817
铂矿	5			5		121

开发利用情况——按矿种分列(一)

年产矿量 / 原矿,万吨	工业总产值 / 万元	综合利用产值 / 万元	矿产品销售收入 / 万元	利润总额 / 万元
829239.52	**156561094.07**	**10868738.56**	**133788103.04**	**27416600.00**
289305.34	105902930.25	7090644.63	93272286.28	19393353.82
137.54	18132.14	2024.70	16410.39	1968.60
261.93	10055.18	166.85	9647.70	2480.20
0.10	101.75		101.75	10.00
12148.30	473780.96		326620.48	−15169.91
67376.29	14492514.76	693912.53	11355912.03	2530670.32
866.09	588915.47	19541.64	311966.74	43691.67
15.99	39174.18		35915.72	17280.34
935.20	20111.14	3445.78	20794.08	4584.13
171.85	59402.20	368.00	43232.29	3544.00
12473.91	3087875.53	171053.11	2394364.01	541591.57
1109.83	886561.98	147143.66	704673.17	198100.06
2334.33	1872222.25	231919.73	1573162.22	454476.20
1510.51	227057.14	14790.12	221664.43	14171.21
18.14	308.52	79.00	308.52	7.00
1099.01	1193223.49	41121.38	878384.34	76014.14
13.28	2922.78		2534.07	−1498.34
1597.22	550025.28	72932.61	428918.51	107478.73
918.34	491665.36	87928.91	424662.81	123317.97
4.50	1700.00	300.00	1680.00	300.00
5296.93	2085424.77	263283.13	912721.67	224355.61
40.82	15756.40	1245.00	16938.50	5418.41
122.04	131702.92	5738.00	120084.74	24998.60
0.58	198.72		198.72	12.00

2010年全国非油气矿产资源

续表 18

矿 种	矿 山 企 业 数 / 个					从业人员 / 人
		大 型	中 型	小 型	小 矿	
金矿	1641	54	118	833	636	164008
银矿	86	4	5	51	26	11305
铌钽矿	9		1	5	3	993
铌矿	1				1	2
钽矿	5	1		3	1	414
铍矿	1				1	32
锂矿	14	2	1	6	5	3215
锆矿	24	21	2	1		821
锶矿	18	1		5	12	1983
重稀土矿	20		1	18	1	546
轻稀土矿	90		7	73	10	1750
锗矿	2			2		361
碲矿	3				3	20
蓝晶石	6	1	2	2	1	165
矽线石	4			4		278
红柱石	10	2	2	6		507
菱镁矿	120	6	9	78	27	8902
普通萤石	1287	8	35	659	585	22439
熔剂用灰岩	298	14	22	142	120	19125
冶金用白云岩	372	12	9	218	133	7950
冶金用石英岩	595	1	10	347	237	6781
冶金用砂岩	45			4	30	11	444
铸型用砂岩	18			12	6	206
铸型用砂	87		6	67	14	2228
冶金用脉石英	367		3	204	160	3550
耐火黏土	317	2	5	173	137	8002

开发利用情况——按矿种分列(二)

年产矿量 / 原矿,万吨	工业总产值 / 万元	综合利用产值 / 万元	矿产品销售收入 / 万元	利润总额 / 万元
10832.94	4206721.18	430288.82	3860488.81	1234897.99
370.70	231959.25	66863.66	220391.02	46156.98
555.39	16546.00	2125.62	14420.38	1132.00
20.54	4088.40	3051.94	1036.06	536.90
13342.47	81009.50	1976.87	54505.25	7961.23
2656.55	10849.10	3339.47	9046.34	330.48
15.11	4575.13		4017.93	958.80
764.04	51206.43		50974.49	5380.48
283.68	31417.05	286.30	27989.48	5392.30
8.00	3267.50	387.50	3267.50	530.00
3.02	2532.00	50.00	1503.80	223.00
10.81	1506.56	150.00	1491.48	923.91
18.83	2156.50		2061.50	62.75
831.03	192091.19	417.20	98325.71	19339.25
561.21	185162.53	16635.02	166429.28	19531.12
5067.52	290933.22	42893.19	217445.17	16217.16
1727.44	142598.84	41522.98	68584.26	4583.29
483.83	50574.95	574.50	47988.53	2445.87
30.56	1274.69	162.14	909.49	78.39
21.17	872.20		834.20	137.92
200.66	13346.54	230.00	12312.20	1070.57
100.25	8730.92	395.00	8323.19	624.26
827.44	27811.95	1922.79	21775.87	2780.43

2010年全国非油气矿产资源

续表 18

| 矿 种 | 矿 山 企 业 数 / 个 | | | | 从业人员 / 人 |
	大 型	中 型	小 型	小 矿	
铁矾土	35			9	26	388
铸型用黏土	1			1		9
熔剂用蛇纹岩	8	3	2	2	1	579
自然硫	2				2	40
硫铁矿	287	9	7	156	115	21522
钠硝石	4			3	1	96
明矾石	7	2		5		1874
芒硝	82	19	20	31	12	11821
重晶石	510	10	18	278	204	6499
毒重石	36		2	32	2	834
天然碱	16	1	2	7	6	3252
电石用灰岩	91	3	7	41	40	1979
制碱用灰岩	75	3	4	43	25	1740
化肥用灰岩	14			14		1633
化肥用白云岩	25			15	10	319
化肥用石英岩	15			11	4	344
化肥用砂岩	5			4	1	248
含钾砂页岩	4		1	2	1	72
含钾岩石	41	1	6	27	7	388
化肥用橄榄岩	1			1		10
化肥用蛇纹岩	19		2	11	6	449
泥炭	48			8	40	710
盐矿	197	89	37	49	22	49629
镁盐	4		2	2		198
钾盐	16	4	6	5	1	8225
溴矿	63			21	42	4424

开发利用情况——按矿种分列(三)

年产矿量 / 原矿,万吨	工业总产值 / 万元	综合利用产值 / 万元	矿产品销售收入 / 万元	利润总额 / 万元
6.58	265.00	30.00	240.00	50.50
1.00	20.00	20.00	20.00	6.00
61.30	2142.36		1905.86	346.00
702.04	247810.04	26502.79	175925.24	20293.81
8.30	1015.33		1015.33	
25.61	6498.00		6273.00	2214.45
1976.70	229421.32	1214.00	219124.96	−9196.97
282.39	50265.30	4009.75	35196.35	6956.76
30.38	8225.40	50.00	8208.90	1154.30
296.39	129254.00		107204.50	10609.80
632.12	12239.47	167.30	11340.51	2009.25
392.83	54892.38	362.00	36217.12	1377.89
9.00	319.10		258.00	4.40
23.63	1087.64	20.00	961.68	184.69
15.16	1418.30	470.00	775.60	135.00
1.40	108.10	13.50	83.00	17.00
12.00	450.00	5.00	393.30	60.00
38.86	1360.55	308.80	1212.35	33.58
2.85	71.50		70.50	1.20
11.17	319.48	10.00	319.48	7.13
22.34	1752.77	163.20	1716.47	247.08
6916.35	1044928.78	185346.04	809148.79	70138.56
50.00	1372.40		1177.11	82.51
2937.41	1055949.03	24209.00	1017966.38	354480.74
17.72	106292.27	62691.73	97479.45	10994.30

续表18

矿　种	矿　山　企　业　数　/　个					从业人员 / 人
		大　型	中　型	小　型	小　矿	
砷矿	7			4	3	168
硼矿	70	5	5	55	5	3867
磷矿	360	18	55	244	43	40550
金刚石	5	5				745
石墨	194	40	19	73	62	7995
压电水晶	3			1	2	45
熔炼水晶	5			1	4	11
光学水晶	1				1	4
工艺水晶	1			1		1
硅灰石	239	4	5	135	95	3133
滑石	169	5	9	97	58	5842
石棉	43	10	4	25	4	5874
云母	34			22	12	391
长石	409	1	10	206	192	4664
电气石	3			1	2	18
石榴子石	23			12	11	184
叶蜡石	82	3	16	39	24	1529
透辉石	40		1	21	18	550
蛭石	17			14	3	276
沸石	77		2	41	34	963
透闪石	10			4	6	97
石膏	645	32	88	343	182	33498
方解石	766	5	30	329	402	7475
光学萤石	12			6	6	175
宝石	11			4	7	141
玉石	85			20	65	1326

开发利用情况——按矿种分列（四）

年产矿量 / 原矿，万吨	工业总产值 / 万元	综合利用产值 / 万元	矿产品销售收入 / 万元	利润总额 / 万元
1.30	484.00		364.00	37.50
211.79	49690.13	15631.00	45565.43	6497.90
5093.39	1064517.87	26596.30	803080.32	124090.29
2.01	246.40		310.59	−729.00
615.66	93105.87	78.00	92627.15	3609.56
151.35	14111.50	2561.50	12467.00	1854.60
301.73	49158.01	1187.00	32896.66	7920.17
481.01	26918.20	808.00	24953.00	1290.50
2.41	530.50		522.50	32.50
245.53	16336.24	1186.00	14534.09	2087.61
1.05	436.00	3.00	398.00	18.00
126.51	6854.75	128.00	6288.40	1545.93
120.07	6425.20	630.00	5965.20	854.70
1.52	439.00		390.00	55.00
74.42	1827.22	145.00	1759.67	160.61
0.60	27.50		27.50	5.50
2398.17	120694.68	5898.51	111701.41	6365.19
742.48	51526.21	4943.00	43305.88	5236.50
0.50	8.72		8.72	
61.00	331.44		304.24	40.00
5.26	39834.52	1743.00	7872.50	1819.89

2010年全国非油气矿产资源

续表 18

矿 种	矿 山 企 业 数 ／个				从业人员／人
	大 型	中 型	小 型	小 矿	
玛瑙	4			4	150
玻璃用灰岩	7		2	5	43
水泥用灰岩	3650	255	257	2071	1067	119816
建筑石料用灰岩	18321	63	241	8437	9580	245294
饰面用灰岩	133	1	2	57	73	1726
制灰用石灰岩	1095	12	11	544	528	18781
泥灰岩	32			20	12	685
白垩	2			1	1	15
玻璃用白云岩	48	1		23	24	1132
建筑用白云岩	1276	10	27	795	444	16497
玻璃用石英岩	503	15	42	321	125	7346
玻璃用砂岩	128	5	37	60	26	2274
水泥配料用砂岩	274	3	35	141	95	4296
砖瓦用砂岩	230		10	107	113	4632
陶瓷用砂岩	74		3	59	12	909
玻璃用砂	71	7	15	33	16	2552
建筑用砂	7516	97	223	3046	4150	80735
水泥配料用砂	31	1	2	12	16	541
水泥标准砂	8			4	4	155
砖瓦用砂	126			30	96	1797
玻璃用脉石英	228	1	1	115	111	2382
粉石英	45	1	4	23	17	542
天然油石	1			1		20
硅藻土	35		8	24	3	931
陶粒页岩	30	2	5	14	9	894
砖瓦用页岩	7886	12	575	4814	2485	193955

开发利用情况——按矿种分列（五）

年产矿量 / 原矿, 万吨	工业总产值 / 万元	综合利用产值 / 万元	矿产品销售收入 / 万元	利润总额 / 万元
0.03	1272.00		825.00	43.00
11.50	512.00		512.00	2.00
87256.10	6063362.40	530586.52	4656782.75	704415.72
75541.45	1334586.88	119625.52	1216610.61	187327.28
176.62	14062.28	430.00	6670.96	1398.28
5558.96	209440.25	4489.22	129790.41	14345.38
51.40	1846.75	961.00	1111.75	115.32
0.20	11.00		11.00	5.00
170.68	3731.93	129.00	3363.23	281.10
5764.44	91392.83	22211.95	83686.24	10973.69
923.20	57341.58	1988.50	61947.02	−358.70
618.02	34113.42	1153.00	32207.22	6256.03
1286.46	197536.15	1288.10	152551.91	45361.48
500.58	28445.78	1219.30	19403.77	2877.20
77.58	2026.43	71.00	1986.87	225.55
421.80	26076.86	237.50	20692.20	3846.80
31794.96	584999.96	37965.76	533344.11	73730.01
265.91	5279.14	13.10	5155.49	150.00
8.82	1193.00		991.00	226.80
103.92	8054.07	152.00	1777.57	1415.38
100.27	7786.73	1132.00	7137.14	1343.86
45.96	2629.50	622.40	2472.00	484.22
19.56	19303.85	2.00	8544.04	−647.12
56.06	2732.50	129.00	1979.00	287.60
17118.29	1004732.16	83940.37	916500.48	105082.80

2010年全国非油气矿产资源

续表18

矿 种	矿 山 企 业 数 / 个				从业人员 / 人
	大 型	中 型	小 型	小 矿	
水泥配料用页岩	164	6	20	82	56	2164
高岭土	537	20	39	339	139	14008
陶瓷土	623	9	29	463	122	6213
凹凸棒石黏土	77	3	8	22	44	2032
海泡石黏土	5			4	1	71
伊利石黏土	43		2	33	8	634
累托石黏土	29			11	18	854
膨润土	296	7	24	213	52	6050
砖瓦用黏土	19604	5	394	6097	13108	732448
陶粒用黏土	356	1	13	221	121	6804
水泥配料用黏土	200	3	8	88	101	2520
水泥配料用红土	33		1	4	28	487
水泥配料用黄土	10		1	7	2	120
水泥配料用泥岩	31	1	1	13	16	329
保温材料用黏土	6			3	3	28
建筑用橄榄岩	17	4		11	2	557
饰面用蛇纹岩	63			46	17	629
铸石用玄武岩	12		1	6	5	117
岩棉用玄武岩	1			1		120
角闪岩	46	2	4	27	13	698
水泥用辉绿岩	3			2	1	58
铸石用辉绿岩	4				4	39
饰面用辉绿岩	247	10	2	108	127	2435
建筑用辉绿岩	306	21	19	184	82	3235
饰面用安山岩	2			1	1	2
建筑用安山岩	710	199	61	267	183	12104

开发利用情况——按矿种分列（六）

年产矿量／原矿，万吨	工业总产值／万元	综合利用产值／万元	矿产品销售收入／万元	利润总额／万元
609.22	9762.20	1181.00	9641.83	1491.79
979.32	85085.44	6664.18	81275.81	13342.28
939.40	42416.59	6142.90	37987.55	5145.52
80.15	12420.96	185.20	11521.76	1215.14
11.65	735.51		734.51	69.33
13.79	1309.40		1304.40	113.00
259.48	79412.26	4706.50	70863.11	6894.47
43037.64	2205044.11	129472.23	2067734.31	230116.45
571.31	16214.02	1940.38	15109.87	1332.33
911.83	15989.43	502.57	13238.25	2486.46
40.44	1095.20	115.00	1095.20	135.00
44.38	729.87		701.72	34.87
153.46	2937.22	65.12	1910.10	344.57
2.00	34.00	10.00	34.00	2.20
67.32	1899.92	50.00	1872.00	74.40
16.29	1530.29	22.95	1474.98	444.48
10.71	234.97		234.97	1.30
10.00	398.00		398.00	11.90
113.88	1804.57	722.20	1642.00	144.24
9.10	730.00		700.00	55.80
	15.00		1.00	
197.89	18252.13	684.50	16075.40	2867.34
796.37	14574.50	583.43	13415.20	2643.31
7966.66	127026.65	5114.70	123676.77	11039.91

2010年全国非油气矿产资源

续表18

矿 种	矿 山 企 业 数 / 个					从业人员 / 人
		大 型	中 型	小 型	小 矿	
建筑用闪长岩	379	74	12	155	138	5657
水泥混合材用闪长玢岩	1			1		2
建筑用花岗岩	4763	928	398	2353	1084	63975
饰面用花岗岩	1811	303	164	735	609	28629
麦饭石	14			9	5	132
珍珠岩	58	5	2	40	11	1562
黑耀岩	4			2	2	13
浮石	22			13	9	297
水泥用粗面岩	1			1		3
铸石用粗面岩	13		1	8	4	52
霞石正长岩	8	3		4	1	229
玻璃用凝灰岩	1			1		6
水泥用凝灰岩	26	2	2	13	9	227
建筑用凝灰岩	1524	797	50	435	242	30178
火山灰	13			8	5	67
火山渣	4			2	2	83
饰面用大理岩	538	32	29	212	265	9012
建筑用大理岩	545	129	30	242	144	5877
水泥用大理岩	214	42	18	102	52	5234
玻璃用大理岩	33	1		30	2	137
饰面用板岩	235	2	16	144	73	2520
水泥配料用板岩	16	1	1	9	5	133
片麻岩	395	1	12	224	158	4324
矿泉水	882	51	68	587	176	30904
地下水	5	1		3	1	119
其他矿产 *	1359	147	92	664	456	20284

*:其他矿产包括铀矿、饰面用辉石岩、建筑用辉石岩、饰面用辉长岩、建筑用辉长岩、饰面用正长岩、建筑用正长岩、建筑用二长岩、千枚岩、片石、砚石、贝壳及未命名矿产。

开发利用情况——按矿种分列(七)

年产矿量 / 原矿,万吨	工业总产值 / 万元	综合利用产值 / 万元	矿产品销售收入 / 万元	利润总额 / 万元
2136.43	33267.26	1236.00	31492.42	4225.00
30627.66	401676.85	28607.77	360917.19	43247.16
3554.98	300613.78	20694.70	268611.71	59425.90
6.82	234.25		229.25	10.20
130.89	4079.11	445.00	4047.41	606.50
5.50	285.05	10.00	210.08	76.80
9.86	141.30	40.00	131.30	13.00
2.74	147.30		147.30	1.60
98.00	1291.75	4.00	1285.75	164.50
31829.91	482318.47	5987.00	366899.55	37851.58
14.70	305.00		305.00	61.30
1.42	48.50		48.30	17.20
652.85	69620.96	4666.79	65185.83	16986.51
1772.93	60618.73	2331.60	57788.58	3562.82
1836.13	82146.97	130.00	78804.38	15642.44
40.42	1574.00	1260.00	1574.00	299.00
251.51	8942.03	494.20	7995.38	1148.30
53.35	883.00	194.80	845.00	31.95
966.28	17144.22	1258.20	16136.12	2647.22
2687.90	420985.01	20.00	373700.72	19018.47
6.70	178.00		164.00	31.00
6234.92	118493.60	6805.20	106006.01	14884.46

2010年中国主要矿产

表19

矿产品名称	进　口				
	国别（地区）	数量／吨	占总量／%	金额／千美元	占总值／%
煤　炭	合计	184707875	100.0	18190796	100.0
	印度尼西亚	72052726	39.0	5421580	29.8
	澳大利亚	36973972	20.0	5445263	29.9
	越南	18047238	9.8	1319602	7.3
	蒙古	16663220	9.0	1015341	5.6
	俄罗斯联邦	11585586	6.3	1504124	8.3
	南非	7004746	3.8	689741	3.8
	加拿大	5197797	2.8	891396	4.9
	美国	4981589	2.7	781697	4.3
	其他国家或地区	12201002	6.6	1122052	6.2
原　油	合计	239308577	100.0	135151247	100.0
	沙特阿拉伯	44642282	18.7	25521756	18.9
	安哥拉	39381356	16.5	22746520	16.8
	伊朗	21319475	8.9	12067333	8.9
	阿曼	15867621	6.6	9090054	6.7
	俄罗斯联邦	15240779	6.4	8839437	6.5
	苏丹	12598553	5.3	6562593	4.9
	伊拉克	11237565	4.7	6266813	4.6
	哈萨克斯坦	10053820	4.2	5552401	4.1
	科威特	9831501	4.1	5471294	4.0
	巴西	8047303	3.4	4235338	3.1
	委内瑞拉	7549835	3.2	3506054	2.6
	利比亚	7373014	3.1	4462465	3.3
	阿拉伯联合酋长国	5285062	2.2	3111264	2.3
	刚果（布）	5048262	2.1	2791354	2.1
	也门共和国	4019911	1.7	2427863	1.8
	澳大利亚	2870361	1.2	1634276	1.2
	马来西亚	2079433	0.9	1272136	0.9
	哥伦比亚	2000045	0.8	988402	0.7
	其他国家或地区	14862398	6.2	8603891	6.4
铁矿砂及其精矿	合计	618477118	100.0	79400218	100.0
	澳大利亚	265334778	42.9	34608729	43.6
	巴西	130860522	21.2	17820078	22.4
	印度	96585212	15.6	11254732	14.2
	南非	29540751	4.8	4116713	5.2

品进出口情况(一)

国别(地区)	出　口			
	数量 / 吨	占总量 /%	金额 / 千美元	占总值 /%
合计	**19033091**	**100.0**	**2252573**	**100.0**
韩国	7240068	38.0	879492	39.0
日本	6467167	34.0	798481	35.4
台湾省	4432136	23.3	455016	20.2
香港	394724	2.1	40843	1.8
朝鲜	224442	1.2	38888	1.7
土耳其	189893	1.0	24715	1.1
比利时	21276	0.1	4034	0.2
越南	16886	0.1	4059	0.2
其他国家或地区	46499	0.2	7044	0.3
合计	**3032996**	**100.0**	**1651152**	**100.0**
韩国	623986	20.6	281594	17.1
日本	603059	19.9	342096	20.7
朝鲜	528315	17.4	325774	19.7
美国	520377	17.2	270115	16.4
泰国	241675	8.0	128265	7.8
越南	141019	4.6	79360	4.8
马来西亚	117454	3.9	71557	4.3
印度尼西亚	82603	2.7	53650	3.2
新加坡	75970	2.5	39295	2.4
澳大利亚	57540	1.9	37800	2.3
菲律宾	40997	1.4	21645	1.3
合计	**25230**	**100.0**	**4568**	**100.0**
马来西亚	13570	53.8	1560	34.1
韩国	9958	39.5	2676	58.6
巴基斯坦	1554	6.2	311	6.8
土耳其	60	0.2	2	

2010年中国主要矿产

矿产品名称	进　口				
	国别（地区）	数量／吨	占总量／%	金额／千美元	占总值／%
铁矿砂及其精矿	伊朗	14567461	2.4	1780663	2.2
	乌克兰	11644602	1.9	1613268	2.0
	印度尼西亚	7690958	1.2	590874	0.7
	秘鲁	7420434	1.2	908991	1.1
	智利	6562779	1.1	906208	1.1
	俄罗斯联邦	6371764	1.0	869762	1.1
	哈萨克斯坦	6169132	1.0	785860	1.0
	委内瑞拉	5245879	0.8	725725	0.9
	加拿大	4349044	0.7	686565	0.9
	毛里塔尼亚	4219498	0.7	561442	0.7
	墨西哥	3041155	0.5	366759	0.5
	其他国家或地区	18873149	3.1	1803848	2.3
锰矿砂及其精矿	合计	**11581328**	**100.0**	**2804985**	**100.0**
	澳大利亚	3160929	27.3	894053	31.9
	南非	3114339	26.9	758348	27.0
	加蓬	1293767	11.2	389588	13.9
	巴西	1240774	10.7	334148	11.9
	缅甸	749633	6.5	66746	2.4
	马来西亚	658181	5.7	94611	3.4
	印度尼西亚	197842	1.7	49552	1.8
	印度	173418	1.5	22421	0.8
	其他国家或地区	992445	8.6	195518	7.0
铜矿砂及其精矿	合计	**6468062**	**100.0**	**12672779**	**100.0**
	智利	1808853	28.0	3831520	30.2
	秘鲁	893691	13.8	1939656	15.3
	澳大利亚	559549	8.7	1322039	10.4
	蒙古	514743	8.0	882271	7.0
	墨西哥	339426	5.2	743594	5.9
	美国	324850	5.0	636826	5.0
	哈萨克斯坦	312330	4.8	510600	4.0
	土耳其	302944	4.7	438745	3.5
	菲律宾	244186	3.8	288209	2.3
	老挝	178337	2.8	345310	2.7
	其他国家或地区	989154	15.3	1734009	13.7
镍矿砂及其精矿	合计	**25007442**	**100.0**	**1943656**	**100.0**
	菲律宾	12338221	49.3	557762	28.7

品进出口情况(二)

国别(地区)	出口			
	数量 / 吨	占总量 /%	金额 / 千美元	占总值 /%
南非	32	0.1	11	0.2
泰国	25	0.1	1	
科特迪瓦共和国	15	0.1	2	
德国	7		1	
澳大利亚	6		1	
香港	1		3	0.1
肯尼亚	1		1	
合 计	**78179**	**100.0**	**24563**	**100.0**
印度	36661	46.9	9250	37.7
日本	18226	23.3	8000	32.6
越南	17093	21.9	5438	22.1
韩国	5512	7.1	1598	6.5
意大利	297	0.4	63	0.3
澳大利亚	240	0.3	178	0.7
朝鲜	100	0.1	26	0.1
泰国	32		5	
合 计	**187**	**100.0**	**123**	**100.0**
安哥拉	150	80.2	7	6.0
日本	22	11.6	78	63.0
台湾省	15	8.1	38	31.0
合 计	**4284**	**100.0**	**2751**	**100.0**

2010年中国主要矿产

续表 19

矿产品名称	进 口				
	国别（地区）	数量／吨	占总量／%	金额／千美元	占总值／%
镍矿砂及其精矿	印度尼西亚	12204645	48.8	802766	41.3
	澳大利亚	198714	0.8	348009	17.9
	俄罗斯联邦	98743	0.4	75536	3.9
	西班牙	81428	0.3	108311	5.6
	马来西亚	46485	0.2	2422	0.1
	其他国家或地区	39206	0.2	48850	2.5
钴矿砂及其精矿	合计	349544	100.0	832978	100.0
	刚果（金）	319997	91.5	737531	88.5
	古巴	10367	3.0	52760	6.3
	南非	9243	2.6	22420	2.7
	刚果（布）	5923	1.7	13696	1.6
	美国	2048	0.6	3784	0.5
	加拿大	790	0.2	221	
	墨西哥	397	0.1	771	0.1
	比利时	260	0.1	462	0.1
	其他国家或地区	519	0.1	1334	0.2
氧化铝	合计	4312199	100.0	1498560	100.0
	澳大利亚	3987041	92.5	1335806	89.1
	印度	266596	6.2	86072	5.7
	苏里南	16246	0.4	5247	0.4
	日本	15590	0.4	26359	1.8
	巴西	10028	0.2	3299	0.2
	法国	4151	0.1	3614	0.2
	韩国	4095	0.1	2754	0.2
	其他国家或地区	8452	0.2	35409	2.4
铅矿砂及其精矿	合计	1603797	100.0	2393730	100.0
	秘鲁	335856	20.9	700243	29.3
	美国	275418	17.2	375060	15.7
	澳大利亚	205364	12.8	384808	16.1
	俄罗斯联邦	112345	7.0	139930	5.8
	哈萨克斯坦	54132	3.4	23160	1.0
	南非	50509	3.1	80354	3.4
	德国	48747	3.0	42025	1.8
	墨西哥	48499	3.0	104658	4.4
	土耳其	42026	2.6	52156	2.2
	朝鲜	40699	2.5	14585	0.6
	其他国家或地区	390202	24.3	476751	19.9

品进出口情况(三)

国别(地区)	出口			
	数量 / 吨	占总量 /%	金额 / 千美元	占总值 /%
合计	**57041**	**100.0**	**34243**	**100.0**
朝鲜	21615	37.9	8493	24.8
韩国	21302	37.3	10346	30.2
日本	3462	6.1	2550	7.4
越南	2189	3.8	1313	3.8
台湾省	1593	2.8	1522	4.4
蒙古	1486	2.6	148	0.4
美国	866	1.5	3532	10.3
其他国家或地区	4528	7.9	6339	18.5

2010年中国主要矿产

续表 19

矿产品名称	进 口				
	国别（地区）	数量／吨	占总量／%	金额／千美元	占总值／%
锌矿砂及其精矿	合计	3240524	100.0	2094545	100.0
	澳大利亚	1009450	31.2	684092	32.7
	秘鲁	819133	25.3	652681	31.2
	哈萨克斯坦	172229	5.3	73236	3.5
	土耳其	168097	5.2	81261	3.9
	塞尔维亚	116194	3.6	22988	1.1
	蒙古	108989	3.4	80409	3.8
	印度	102590	3.2	79554	3.8
	俄罗斯联邦	82036	2.5	29725	1.4
	墨西哥	74228	2.3	54869	2.6
	其他国家或地区	587578	18.1	335730	16.0
锡矿砂及其精矿	合计	19841	100.0	97734	100.0
	缅甸	7423	37.4	10632	10.9
	玻利维亚	6627	33.4	46454	47.5
	澳大利亚	3760	19.0	35623	36.4
	印度尼西亚	508	2.6	516	0.5
	老挝	409	2.1	1346	1.4
	其他国家或地区	1114	5.6	3163	3.2
铬矿砂及其精矿	合计	8661386	100.0	2398036	100.0
	南非	3099642	35.8	765924	31.9
	土耳其	1931294	22.3	632675	26.4
	阿曼	901055	10.4	164715	6.9
	巴基斯坦	510525	5.9	149610	6.2
	印度	389695	4.5	145494	6.1
	阿尔巴尼亚	362345	4.2	116766	4.9
	伊朗	349815	4.0	114725	4.8
	其他国家或地区	1117015	12.9	308127	12.8
钨矿砂及其精矿	合计	6144	100.0	49744	100.0
	俄罗斯联邦	2548	41.5	20967	42.1
	加拿大	1100	17.9	9575	19.2
	卢旺达	495	8.1	4714	9.5
	泰国	343	5.6	2556	5.1
	玻利维亚	330	5.4	3956	8.0
	德国	302	4.9	378	0.8
	其他国家或地区	1026	16.7	7598	15.3
钼矿砂及其精矿	合计	29763	100.0	500102	100.0
	智利	10177	34.2	172557	34.5

品进出口情况（四）

	出　口			
国别（地区）	数量／吨	占总量／%	金额／千美元	占总值／%
合　计	**3219**	**100.0**	**756**	**100.0**
韩国	3135	97.4	724	95.8
朝鲜	60	1.9	20	2.6
日本	19	0.6	8	1.1
印度尼西亚	4	0.1	4	0.5
马来西亚	1			
合　计	**24499**	**100.0**	**478956**	**100.0**
韩国	10438	42.6	205788	43.0

2010年中国主要矿产

续表 19

矿产品名称	进口				
	国别（地区）	数量／吨	占总量／%	金额／千美元	占总值／%
钼矿砂及其精矿	美国	9364	31.5	167396	33.5
	蒙古	2513	8.4	30479	6.1
	墨西哥	2228	7.5	46836	9.4
	比利时	1980	6.7	28928	5.8
	韩国	878	2.9	17808	3.6
	泰国	516	1.7	9614	1.9
	其他国家或地区	2107	7.1	26484	5.3
钛矿砂及其精矿	合计	**2039291**	**100.0**	**256728**	**100.0**
	越南	837760	41.1	84565	32.9
	印度	415586	20.4	54393	21.2
	澳大利亚	405044	19.9	67923	26.5
	莫桑比克	125216	6.1	15665	6.1
	斯里兰卡	55474	2.7	5318	2.1
	冈比亚	53444	2.6	7669	3.0
	其他国家或地区	146767	7.2	21195	8.3
铌钽钒矿砂及其精矿	合计	**7871**	**100.0**	**115460**	**100.0**
	卢旺达	1634	20.8	32516	28.2
	泰国	1588	20.2	4597	4.0
	巴西	1155	14.7	19713	17.1
	尼日利亚	1133	14.4	19158	16.6
	马来西亚	931	11.8	2897	2.5
	埃塞俄比亚	242	3.1	13142	11.4
	印度	227	2.9	1092	0.9
	其他国家或地区	961	12.2	22345	19.4
锑精矿	合计	**46258**	**100.0**	**95584**	**100.0**
	缅甸	8423	18.2	6540	6.8
	俄罗斯联邦	8404	18.2	29802	31.2
	塔吉克斯坦	8050	17.4	7003	7.3
	加拿大	7976	17.2	24980	26.1
	澳大利亚	3434	7.4	12893	13.5
	其他国家或地区	9972	21.6	14365	15.0
稀土金属矿	合计	**11280**	**100.0**	**20740**	**100.0**
	泰国	10773	95.5	18768	90.5
	马来西亚	411	3.6	1861	9.0
	西班牙	72	0.6	65	0.3
	吉尔吉斯斯坦	21	0.2	11	0.1
	台湾省	3		35	0.2

品进出口情况 (五)

国别(地区)	出　口			
	数量 / 吨	占总量 /%	金额 / 千美元	占总值 /%
荷兰	7610	31.1	153080	32.0
日本	1957	8.0	40350	8.4
泰国	1275	5.2	15105	3.2
印度	1262	5.2	25571	5.3
美国	738	3.0	14976	3.1
南非	480	2.0	10266	2.1
其他国家或地区	739	3.0	13820	2.9
合计	**1289**	**100.0**	**800**	**100.0**
印度尼西亚	885	68.7	667	83.4
台湾省	161	12.5	43	5.4
墨西哥	150	11.6	37	4.6
埃及	53	4.1	24	3.0
菲律宾	30	2.3	21	2.6
日本	10	0.8	8	1.0
合计	**780**	**100.0**	**2255**	**100.0**
香港	477	61.2	1172	52.0
印度	303	38.8	1083	48.0

2010年中国主要矿产

续表 19

矿产品名称	进 口				
	国别（地区）	数量／吨	占总量／%	金额／千美元	占总值／%
稀土金属及其混合物	合计	1	100.0	585	100.0
稀土化合物及混合物	合计	4014	100.0	36733	100.0
	中华人民共和国	2058	51.3	15323	41.7
	法国	622	15.5	3630	9.9
	日本	366	9.1	6553	17.8
	吉尔吉斯斯坦	223	5.6	403	1.1
	比利时	141	3.5	202	0.5
	台湾省	134	3.3	646	1.8
	德国	91	2.3	5086	13.8
	美国	85	2.1	1815	4.9
	其他国家或地区	294	7.3	3075	8.4
磷矿	合计	61	100.0	96	100.0
磷肥	合计	890051	100.0	40027	100.0
	美国	331950	37.3	113568	33.4
	俄罗斯联邦	196694	22.1	66407	19.5
	摩洛哥	99000	11.1	44407	13.1
	挪威	55143	6.2	25968	7.6
	墨西哥	34924	3.9	12074	3.6
	比利时	34127	3.8	17038	5.0
	罗马尼亚	33308	3.7	16107	4.7
	突尼斯	33088	3.7	13253	3.9
	其他国家或地区	71817	8.1	31205	9.2

品进出口情况 (六)

国别(地区)	出口			
	数量 / 吨	占总量 /%	金额 / 千美元	占总值 /%
合计	**6260**	**100.0**	**176584**	**100.0**
日本	4540	72.5	129584	73.4
德国	162	2.6	9757	5.5
美国	217	3.5	8709	4.9
荷兰	574	9.2	7691	4.4
泰国	142	2.3	6374	3.6
韩国	77	1.2	4196	2.4
英国	87	1.4	3759	2.1
香港	26	0.4	2158	1.2
其他国家或地区	435	6.9	4356	2.5
合计	**33550**	**100.0**	**761045**	**100.0**
日本	14590	43.5	350551	46.1
美国	6933	20.7	92099	12.1
法国	2793	8.3	55588	7.3
香港	1804	5.4	24495	3.2
意大利	1239	3.7	28859	3.8
荷兰	1105	3.3	34560	4.5
德国	1007	3.0	25626	3.4
韩国	786	2.3	56913	7.5
其他国家或地区	3293	9.8	92354	12.1
合计	**882606**	**100.0**	**107775**	**100.0**
韩国	655066	74.2	79587	73.8
日本	145624	16.5	19040	17.7
新西兰	36092	4.1	4181	3.9
印度尼西亚	28471	3.2	3262	3.0
其他国家或地区	17353	2.0	1705	1.6
合计	**6861847**	**100.0**	**2791590**	**100.0**
印度	2714447	39.6	1183886	42.4
巴西	583238	8.5	193918	6.9
越南	522052	7.6	233420	8.4
泰国	368516	5.4	155975	5.6
澳大利亚	353971	5.2	128995	4.6
巴基斯坦	285441	4.2	126167	4.5
印度尼西亚	280680	4.1	89440	3.2
孟加拉国	255544	3.7	114438	4.1
其他国家或地区	1497958	21.8	565351	20.3

2010年中国主要矿产

续表 19

矿产品名称	进 口				
	国别（地区）	数量／吨	占总量／%	金额／千美元	占总值／%
钾 肥	合 计	**5841936**	**100.0**	**2083426**	**100.0**
	俄罗斯联邦	2539793	43.5	872323	41.9
	加拿大	929950	15.9	330360	15.9
	以色列	805501	13.8	284205	13.6
	白俄罗斯	681700	11.7	241610	11.6
	约旦	313274	5.4	110173	5.3
	德国	192227	3.3	76843	3.7
	智利	185727	3.2	75252	3.6
	挪威	55143	0.9	25968	1.2
	比利时	40302	0.7	20663	1.0
	其他国家或地区	98319	1.7	46029	2.2
盐	合 计	**2766185**	**100.0**	**128881**	**100.0**
	澳大利亚	1586539	57.4	70844	55.0
	墨西哥	647400	23.4	33589	26.1
	印度	520404	18.8	18831	14.6
	沙特阿拉伯	4208	0.2	147	0.1
	韩国	2257	0.1	2725	2.1
	巴基斯坦	1149		181	0.1
	丹麦	1050		451	0.3
	其他国家或地区	3178	0.1	2113	1.6
硫磺	合 计	**10497485**	**100.0**	**1333496**	**100.0**
	沙特阿拉伯	2398169	22.8	313712	23.5
	加拿大	1864416	17.8	240303	18.0
	哈萨克斯坦	1323645	12.6	131049	9.8
	日本	1145277	10.9	149406	11.2
	卡塔尔	742458	7.1	106784	8.0
	伊朗	547826	5.2	67194	5.0
	韩国	511491	4.9	68532	5.1
	美国	395343	3.8	49305	3.7
	阿拉伯联合酋长国	395290	3.8	47188	3.5
	俄罗斯联邦	369360	3.5	49084	3.7
	其他国家或地区	804210	7.7	110939	8.3

品进出口情况(七)

	出 口			
国别(地区)	数量 / 吨	占总量 /%	金额 / 千美元	占总值 /%
合 计	**111025**	**100.0**	**46191**	**100.0**
越南	31045	28.0	11712	25.4
马来西亚	15934	14.4	5697	12.3
菲律宾	12325	11.1	4452	9.6
斯里兰卡	11210	10.1	5035	10.9
日本	9623	8.7	4253	9.2
缅甸	9270	8.3	4345	9.4
台湾省	5912	5.3	2182	4.7
泰国	4262	3.8	1543	3.3
韩国	3276	3.0	1366	3.0
其他国家或地区	8168	7.4	5606	12.1
合 计	**1433197**	**100.0**	**81833**	**100.0**
韩国	718563	50.1	36155	44.2
日本	298279	20.8	20044	24.5
越南	75686	5.3	3864	4.7
朝鲜	60258	4.2	2532	3.1
马来西亚	56118	3.9	3329	4.1
菲律宾	47213	3.3	2356	2.9
香港	42437	3.0	2794	3.4
其他国家或地区	134643	9.4	10759	13.1
合 计	**27399**	**100.0**	**6222**	**100.0**
越南	12966	47.3	2657	42.7
泰国	10767	39.3	2071	33.3
朝鲜	916	3.3	219	3.5
印度尼西亚	513	1.9	198	3.2
缅甸	396	1.4	113	1.8
澳大利亚	271	1.0	81	1.3
孟加拉国	252	0.9	114	1.8
香港	217	0.8	70	1.1
韩国	181	0.7	74	1.2
南非	143	0.5	41	0.7
其他国家或地区	777	2.8	584	9.4

2010年中国主要矿产

矿产品名称	进　口				
	国别（地区）	数量／吨	占总量／%	金额／千美元	占总值／%
天然石墨	合计	**7978**	**100.0**	**2265**	**100.0**
	朝鲜	7432	93.2	1023	45.2
	加拿大	212	2.7	208	9.2
	德国	153	1.9	325	14.3
	美国	56	0.7	130	5.7
	日本	47	0.6	387	17.1
	瑞士	23	0.3	82	3.6
	英国	18	0.2	46	2.0
	其他国家或地区	37	0.5	64	2.8
高岭土	合计	**392673**	**100.0**	**96679**	**100.0**
	美国	272841	69.5	64772	67.0
	巴西	88072	22.4	21218	21.9
	英国	8171	2.1	2262	2.3
	日本	5159	1.3	2768	2.9
	德国	5126	1.3	1495	1.5
	澳大利亚	2632	0.7	1260	1.3
	台湾省	2066	0.5	822	0.9
	朝鲜	2008	0.5	74	0.1
	越南	1651	0.4	230	0.2
	西班牙	1183	0.3	463	0.5
	其他国家或地区	3764	1.0	1315	1.4
重晶石	合计	**826**	**100.0**	**372**	**100.0**

品进出口情况（八）

国别（地区）	出　口			
	数量／吨	占总量／%	金额／千美元	占总值／%
合计	**510733**	100.0	**160866**	100.0
日本	311060	60.9	93610	58.2
美国	43679	8.6	15358	9.5
韩国	34034	6.7	10798	6.7
荷兰	30966	6.1	8541	5.3
俄罗斯联邦	13767	2.7	5266	3.3
印度	10659	2.1	3840	2.4
台湾省	9316	1.8	2630	1.6
其他国家或地区	57252	11.2	20823	12.9
合计	**1097524**	100.0	**87842**	100.0
台湾省	318927	29.1	10192	11.6
香港	171823	15.7	2541	2.9
日本	128418	11.7	15815	18.0
韩国	92931	8.5	8062	9.2
越南	70632	6.4	6011	6.8
马来西亚	49687	4.5	5285	6.0
菲律宾	47131	4.3	1897	2.2
泰国	44721	4.1	5558	6.3
荷兰	26045	2.4	4461	5.1
印度尼西亚	25765	2.3	4397	5.0
其他国家或地区	121444	11.1	23623	26.9
合计	**2572249**	100.0	**174671**	100.0
美国	1777691	69.1	106306	60.9
荷兰	259335	10.1	24581	14.1
印度尼西亚	122862	4.8	6729	3.9
日本	64116	2.5	6801	3.9
沙特阿拉伯	60895	2.4	3545	2.0
马来西亚	38948	1.5	2520	1.4
西班牙	36074	1.4	2922	1.7
其他国家或地区	212328	8.3	21267	12.2

2010年中国主要矿产

续表 19

矿产品名称	进 口				
	国别（地区）	数量／吨	占总量／%	金额／千美元	占总值／%
大理石	合计	**8524271**	**100.0**	**1487996**	**100.0**
	土耳其	3393669	39.8	659894	44.3
	埃及	1687784	19.8	177849	12.0
	伊朗	729599	8.6	118860	8.0
	西班牙	678651	8.0	122851	8.3
	意大利	501811	5.9	126187	8.5
	希腊	371910	4.4	81502	5.5
	其他国家或地区	1160847	13.6	200853	13.5
花岗石	合计	**3735771**	**100.0**	**739945**	**100.0**
	印度	1987892	53.2	340424	46.0
	巴西	760013	20.3	180418	24.4
	挪威	219119	5.9	53868	7.3
	芬兰	213463	5.7	37425	5.1
	葡萄牙	128601	3.4	23176	3.1
	南非	78228	2.1	17326	2.3
	西班牙	55601	1.5	9905	1.3
	澳大利亚	47747	1.3	6954	0.9
	日本	47087	1.3	15454	2.1
	加拿大	45288	1.2	10697	1.4
	其他国家或地区	152732	4.1	44298	6.0
菱镁矿	合计	**157010**	**100.0**	**48534**	**100.0**
	朝鲜	132845	84.6	21653	44.6
	韩国	10598	6.7	2408	5.0
	日本	9215	5.9	17412	35.9
	以色列	1154	0.7	3100	6.4
	美国	914	0.6	1563	3.2
	中华人民共和国	725	0.5	423	0.9
	捷克	236	0.2	151	0.3
	德国	204	0.1	488	1.0
	土耳其	203	0.1	161	0.3
	巴基斯坦	200	0.1	7	
	其他国家或地区	716	0.5	1168	2.4

品进出口情况 (九)

国别（地区）	出　口			
	数量 / 吨	占总量 /%	金额 / 千美元	占总值 /%
合计	**80160**	**100.0**	**8792**	**100.0**
台湾省	53063	66.2	2934	33.4
香港	7588	9.5	1241	14.1
泰国	4830	6.0	569	6.5
印度	3893	4.9	572	6.5
印度尼西亚	3219	4.0	681	7.7
意大利	2030	2.5	420	4.8
其他国家或地区	5537	6.9	2375	27.0
合计	**565481**	**100.0**	**24372**	**100.0**
台湾省	311435	55.1	8265	33.9
韩国	61903	10.9	3676	15.1
荷兰	53791	9.5	2964	12.2
日本	42234	7.5	1172	4.8
德国	31894	5.6	1670	6.9
意大利	13151	2.3	828	3.4
泰国	10546	1.9	1002	4.1
香港	10151	1.8	401	1.6
新加坡	5271	0.9	54	0.2
英国	4951	0.9	667	2.7
其他国家或地区	20154	3.6	3673	15.1
合计	**2494308**	**100.0**	**661572**	**100.0**
荷兰	633505	25.4	214438	32.4
日本	547650	22.0	116056	17.5
美国	322318	12.9	101214	15.3
台湾省	271520	10.9	25701	3.9
韩国	156984	6.3	38193	5.8
泰国	58121	2.3	7737	1.2
马来西亚	51785	2.1	6059	0.9
墨西哥	40871	1.6	14526	2.2
意大利	40554	1.6	17997	2.7
印度尼西亚	39701	1.6	4837	0.7
其他国家或地区	331299	13.3	114814	17.4

2010年中国主要矿产

续表 19

矿产品名称	进　口				
	国别（地区）	数量/吨	占总量/%	金额/千美元	占总值/%
石膏	合计	**25344**	**100.0**	**8264**	**100.0**
	泰国	15086	59.5	3131	37.9
	日本	3636	14.3	1243	15.0
	美国	3271	12.9	2016	24.4
	法国	986	3.9	321	3.9
	德国	912	3.6	475	5.7
	英国	467	1.8	429	5.2
	西班牙	399	1.6	137	1.7
	韩国	229	0.9	160	1.9
	其他国家或地区	358	1.4	352	4.3
石棉	合计	**259107**	**100.0**	**69761**	**100.0**
	俄罗斯联邦	218869	84.5	59966	86.0
	哈萨克斯坦	38842	15.0	8740	12.5
	巴西	976	0.4	319	0.5
	荷兰	250	0.1	388	0.6
	加拿大	138	0.1	73	0.1
	意大利	13		45	0.1
	其他国家或地区	19		230	0.3
水泥	合计	**1785093**	**100.0**	**75986**	**100.0**
	日本	791158	44.3	31327	41.2
	越南	737688	41.3	29107	38.3
	台湾省	176440	9.9	6779	8.9
	韩国	55242	3.1	1686	2.2
	澳门	11376	0.6	467	0.6
	荷兰	2948	0.2	2229	2.9
	法国	2173	0.1	829	1.1
	泰国	2059	0.1	288	0.4
	其他国家或地区	6009	0.3	2174	2.9

品进出口情况（十）

国别（地区）	出　口			
	数量／吨	占总量／%	金额／千美元	占总值／%
合计	**356028**	**100.0**	**16702**	**100.0**
韩国	135638	38.1	4599	27.5
越南	121262	34.1	2612	15.6
日本	26428	7.4	1602	9.6
蒙古	13634	3.8	515	3.1
俄罗斯联邦	11850	3.3	290	1.7
台湾省	8418	2.4	1179	7.1
坦桑尼亚	7109	2.0	715	4.3
香港	5988	1.7	1102	6.6
其他国家或地区	25701	7.2	4088	24.5
合计	**45347**	**100.0**	**15760**	**100.0**
印度尼西亚	32094	70.8	10849	68.8
泰国	4773	10.5	1601	10.2
印度	2514	5.5	978	6.2
乌兹别克斯坦	2149	4.7	771	4.9
莫桑比克	990	2.2	365	2.3
老挝	587	1.3	248	1.6
其他国家或地区	2240	4.9	948	6.0
合计	**16162613**	**100.0**	**723069**	**100.0**
安哥拉	3149368	19.5	148318	20.5
台湾省	2170770	13.4	75459	10.4
孟加拉国	1763243	10.9	56260	7.8
刚果（布）	743650	4.6	32462	4.5
香港	636048	3.9	32044	4.4
美国	588816	3.6	29972	4.1
澳大利亚	519290	3.2	23325	3.2
蒙古	470904	2.9	27600	3.8
其他国家或地区	6120524	37.9	297629	41.2

2010年中国主要矿产

续表 19

矿产品名称	进 口				
	国别（地区）	数量／吨	占总量／%	金额／千美元	占总值／%
滑石	合计	**23740**	**100.0**	**16809**	**100.0**
	韩国	4631	19.5	1414	8.4
	朝鲜	4229	17.8	457	2.7
	中华人民共和国	3160	13.3	2352	14.0
	日本	3133	13.2	4164	24.8
	美国	2921	12.3	3112	18.5
	意大利	2313	9.7	2663	15.8
	台湾省	1382	5.8	820	4.9
	其他国家或地区	1971	8.3	1827	10.9
萤石	合计	**56378**	**100.0**	**6960**	**100.0**
	蒙古	54897	97.4	6243	89.7
	美国	821	1.5	508	7.3
	其他国家或地区	666	1.2	234	3.0
天然硼砂及精矿	合计	**25456**	**100.0**	**10915**	**100.0**
	土耳其	22642	88.9	10097	92.5
	玻利维亚	2693	10.6	633	5.8
	其他国家或地区	121	0.5	185	1.7
天然硼酸盐及硼酸	合计	**184016**	**100.0**	**73836**	**100.0**
	土耳其	180603	98.1	72879	98.7
	阿根廷	2200	1.2	753	1.0
	智利	516	0.3	114	0.2
	朝鲜	360	0.2	7	
	玻利维亚	324	0.2	75	0.1
	秘鲁	13		8	

品进出口情况(十一)

国别(地区)	出　口			
	数量 / 吨	占总量 /%	金额 / 千美元	占总值 /%
合计	**590896**	**100.0**	**118046**	**100.0**
日本	158980	26.9	35319	29.9
美国	108603	18.4	18390	15.6
泰国	79378	13.4	17775	15.1
荷兰	34542	5.8	6714	5.7
韩国	25735	4.4	4368	3.7
马来西亚	20626	3.5	2955	2.5
印度尼西亚	18888	3.2	3619	3.1
其他国家或地区	144144	24.4	28906	24.5
合计	**598140**	**100.0**	**133808**	**100.0**
印度	101353	16.9	21667	16.3
美国	94794	15.8	22809	17.1
日本	88347	14.8	21987	16.5
荷兰	71991	12.0	17228	12.9
韩国	62547	10.5	10986	8.3
台湾省	53472	8.9	8151	6.1
加拿大	51696	8.6	13165	9.9
意大利	50370	8.4	13513	10.2
其他国家或地区	23570	3.9	4302	3.2
合计	**3950**	**100.0**	**997**	**100.0**
韩国	2168	54.9	289	29.0
台湾省	503	12.7	64	6.4
日本	481	12.2	222	22.3
澳大利亚	190	4.8	99	9.9
马来西亚	153	3.9	43	4.3
俄罗斯联邦	110	2.8	56	5.6
其他国家或地区	345	8.7	224	22.5
合计	**349**	**100.0**	**188**	**100.0**

2010年矿泉水

表 20

地　区	矿泉水			
	注册登记的矿泉 水水源数／个		矿泉水源年检 情况	
		国家级	参加年检 数量／家	年检合格 数量／家
全　国	**1452**	**196**	**932**	**907**
北　京	44			
天　津	15		14	14
河　北	55	16	41	41
山　西	59	14		
内蒙古	66	19	48	48
辽　宁	45	1	44	44
吉　林	383	15	60	59
黑龙江	1		76	76
上　海	13		13	13
江　苏	25	2	27	27
浙　江	48	4	48	45
安　徽	24	6	16	14
福　建	37		35	35
江　西	49	3	45	44
山　东	120	9	120	120
河　南	8	2	5	5
湖　北	14	4	8	8
湖　南	5	2	5	5
广　东	145	10	100	98
广　西	32	1	30	14
海　南	10			
重　庆	12		12	12
四　川	80	80	95	95
贵　州	22		8	8
云　南	58		34	34
西　藏	14	1	9	9
陕　西	52		24	24
甘　肃	2	1	2	2
青　海	4	4	4	4
宁　夏	8	2	8	8
新　疆	2		1	1

及地热情况

可开采矿泉水资源量 / 万立方米		地热			
	本年矿泉水 开采总量	可开采地热资源量 / 万立方米		地热总开采量 / 万立方米	
			本年新增 地热资源量		本年新增 地热开采量
1910493.32	**42891.50**	**103428971.77**	**23564.02**	**1133847.49**	**1927.12**
1137.56				778.00	
11300.00	2328.70	84480510.00	18810.00	2730.00	88.00
476610.82	111.36	6654238.90		2931.18	158.23
14.85		19500.00			
3285.00	43.00	188.00		90.00	
721062.56	124.03	1203115.30	24.00	1114855.20	119.00
14600.00	100.00	189.00		189.00	
1127.97	213.70	3500.00		704.00	
0.00					
2922.46	58.59	3950.00	3091.60	135.15	27.52
547.10	45.64	30.76		26.76	3.00
4164.50	33.11	3565.00		34.60	
153.48	49.68	1930.95	542.73	1143.19	197.00
354.74	133.13	602.32	602.32	436.49	86.22
630.05	226.92	10566109.84	281.24	907.44	49.34
8.30	6.70	9422.44		10.04	
595864.63	7.91	462.00	0.20	1452.80	
791.00	2.53	2200.00		153.00	
1788.50	400.90	2025.72	126.13	1032.66	73.80
2333.30	108.79				
8940.00		776.48			
700.00	59.96	26670.00			
3656.00		2010.00	35.00		
75.00	2.94	259.00			
49636.68	37675.12	7306.79	50.80	1690.58	99.01
610.64	588.63				
6025.00	284.00	435000.00		4300.00	1000.00
1200.00	11.00	1161.00		33.40	
693.00	228.00	941.00		182.00	
256.10	47.00	2802.47			
4.08	0.16	504.80		32.00	26.00

2010年矿产勘查、开采违法案件查处结果

表 21　　　　　　　　　　　　　　　　　　　　　　　　　计量单位：个、万元

	吊销勘查许可证	吊销采矿许可证	罚没款
全　国	**7**	**11**	**34337.49**
北　京			244.56
天　津			4.10
河　北			374.22
山　西	3	4	448.86
内蒙古			1091.30
辽　宁			7617.91
吉　林			392.10
黑龙江	4		1413.43
上　海			
江　苏			102.09
浙　江			4609.79
安　徽			145.61
福　建		3	934.05
江　西			604.53
山　东			133.54
河　南			230.91
湖　北			107.08
湖　南		2	2800.89
广　东			507.99
广　西			746.99
海　南			1059.80
重　庆		1	305.95
四　川			408.40
贵　州		1	2327.94
云　南			796.11
西　藏			
陕　西			2902.84
甘　肃			128.95
青　海			1153.16
宁　夏			70.40
新　疆			2673.99

附　录

2009~2010年世界矿产资源勘查开发和矿产品供需形势

一、世界矿业发展状况

2009年世界各主要国家推出了大规模的刺激计划,2010年尽管受到欧洲主权债务危机的强烈冲击和美国等发达经济体复苏乏力的拖累,但在中国、印度等新兴经济体的带动下,全球经济依然在缓慢复苏,世界经济摆脱了二战以来最为严重的经济衰退。不管是在发达经济体,还是在新兴经济体,铁路、港口等基础设施建设作为刺激经济复苏的重要手段,使得铁矿石、煤、铜等矿产品及相关能源原材料生产强劲恢复。

2010年全球矿业总体上处于快速反弹后的剧烈震荡期,勘查开发投入增加,矿产品生产快速恢复后增长趋缓;矿产品贸易增长,相关能源原材料价格反复震荡,铜、金价格创下历史新高;受多种因素影响,一些矿业开发项目进展缓慢;主要矿产资源国家矿业政策多变,资源民族主义和贸易保护主义抬头;矿山重特大安全事故频发,环境问题更加突出。

全球经济复苏,矿产品价格上涨,刺激矿产勘查投入增加。据巴克莱投资银行对投资范围遍及五大洲的全球402个大型和独立石油公司的统计(World Oil,Feb.,2011),2010年全球油气勘查和开发计划实际投资约为4418亿美元,较2009年的3950亿美元增长11.8%。2010年11月,加拿大金属经济集团(Metals Economics Group)公布了该公司第21个年度世界矿业公司勘查预算调查结果。经过对2213家矿业公司(勘查预算高于10万美元)的调查统计,总计预算为115.1亿美元。考虑到被调查公司勘查预算占全球勘查预算的95%,因此MEG估计2010年世界商业性勘查费用为121亿美元,较2009年的84亿美元增长44%,金融危机后矿产勘查投资大幅下降趋势得到遏制。

全球矿产品生产和消费随经济恢复而普遍增长,矿产品价格上涨。2010年,全球粗钢产量为14亿吨,增长15.2%。三大铁矿石公司采用了铁矿石季度定价,代替了实施40年的年度长协基准价格,铁矿石价

格在2010年大幅上涨。2010年伦敦金属交易所铜均价为3.42美元/磅,较2009年的2.342美元/磅上升46%。黄金价格突破1400美元/盎司,创下历史新高。受金价影响,国际白银价格也出现大幅上涨,与年初价格相比,年终价格上涨超过60%,2010年其他涨幅在50%以上的矿产品还有煤、天然气、铀、钨、锡、稀土等。

2009年3月份后矿业资本市场逐步恢复。2010年底,全球前10位公司市值合计13850亿美元,较2009年底的11971亿美元上升了15.7%,已经接近2007年底13999亿美元的水平。其中必和必拓从4168亿美元上升到4720亿美元,上升13.2%;力拓公司从2642亿美元上升到2829亿美元,升幅7.1%;淡水河谷从1530亿美元上升到1773亿美元,升幅15.9%,与2009年的大幅上升相比,2010年矿业公司市值上升趋缓。

矿产品价格普遍上涨,澳大利亚、智利和巴西等国矿产品出口额大幅增长。2010年度澳大利亚矿产品出口额达到1650亿澳元,增长25%;其中铁矿石470亿澳元,增长57%;炼焦煤300亿澳元,增长19%;钢铁14亿澳元,增长61%。2010年,智利矿产品出口总额为430亿美元,较2009年增长42.1%;其中铜矿出口额393亿美元,较2009年的275亿美元增长43.1%。2010年巴西铁矿石出口额达到285亿美元,较2009年的132亿美元增长116%。

得益于矿产品价格上涨,出口量增加,全球矿业巨头2010年利润上升。据普华永道统计,2010年全球前40位矿业公司收入为4350亿美元,较2009年的3250亿美元增长34%;净利润为1100亿美元,增长156%。必和必拓公司2010年经营收入为528亿美元,较2009年的502亿美元增长5%;经营利润从122亿美元增加到200亿美元,增幅64%。力拓公司2010年净利润为143亿美元,较2009年的48.7亿美元增长194%。巴西矿业巨头淡水河谷2010年经营收入为465亿美元,较2009年的239亿美元增长95%,净利润为173亿美元;较2009年增长227%。

与2009年度相比,矿业公司经营状况有所好转,收入增加,进行项目投资和并购的流动性资金比较充裕。从长期看,随着全球经济企稳和复苏,新一轮的矿产品供需矛盾将更加突出,将促使矿业勘查开发投资进一步增长。虽然追求低碳经济可能降低对化石燃料的需求,但随着印度等发展中国家工业化时代的到来,将使得世界能源原材料需求量再上一个台阶,各国对资源的争夺更加激烈。国际局势动荡、地缘政治危机、恐怖袭击,自然灾害、环境污染,原材料和人力成本上升、矿工罢工,以及公司虚报储量丑闻等种种因素,对矿业本身的发展造成了一定的影响。矿业是经济发展的基础产业,而不是夕阳产业。在新的世纪里,经济全球化和技术进步继续对全球矿业产生着重大影响。

(一)全球矿业巨头开始新一轮并购热潮,资产成为主要并购对象,垄断世界矿业的局面进一步巩固

依托跨国公司,发达国家以资本和技术为手段,通过市场控制和政治联盟,在全球范围内进行资源争夺,以获取最佳的资源和最高的回报。主要表现为:矿业资金跨国流动,矿产资源跨国勘查、开发、生产和销售,矿业公司跨国并购和跨国上市,大型矿产勘查和开发项目多国、多家公司联合投资,以及矿业信息、知识、技术和管理经验的国际传播等。其结果是:矿产资源被全球矿业巨头瓜分,跨国公司进一步在全球范围内寻找勘查和开发目标;发达国家和跨国矿业公司对世界矿业和矿产资源控制程度仍占绝对优势;矿业公司间竞争更加激烈。

网络通信和现代化交通工具也为矿业全球化提供了极大的便利。在现代信息技术的催化作用下,矿业全球化继续向纵深发展。矿业资本、技术、人才等生产要素和矿产品的流动和配置,以越来越大的规模在全球范围内展开,各个国家的矿业如同经济一样越来越深地融入统一的世界市场体系,国家与国家之间矿业和矿产品的依存关系达到了前所未有的广度和深度。

1. 以获取优良资产、实现规模经营和提高效益为目的的全球矿业并购大幅回升,新兴经济体成为重要力量

20世纪80年代以来,以全球化、私有化、自由化和市场化为标志,以获取有竞争力矿权地(矿床和矿山)、企业兼并、引入低成本先进生产技术和加强效益成本控制管理为手段,以增强国际竞争能力为核心,以提高经济效益为目的的国际矿业(包括矿产勘查开发)自身调整不断向纵深发展,矿业格局在悄然发生一些积极的变化。不但在矿业巨头与中小公司之间发生兼并,越来越多的大型矿业公司之间的兼并事件也时有发生。但是,由于近年矿产品价格暴涨,使得矿业公司并购成本大幅增加,对低成本的大型矿产地的争夺更趋激烈,非传统矿产资源成为竞购的对象。

2001~2010年,交易额在2500万美元以上的全球贱金属并购案合计达269件,交易额共计2132.08亿美元;金的并购案324个,交易额共计1183.86亿美元,详见表1。在过去的10年中,平均每年并购额在331.59亿美元,其中贱金属占64.3%,金占35.7%。在269起贱金属并购事件中,162起为铜,占60%,53起为镍,占20%,54起为锌,占20%。同期金并购案324起,平均金额3.65亿美元。

表1			2001~2010年贱金属和金矿业并购金额			单位:亿美元
年　份	贱金属并购		金　并　购		金和贱金属并购合计	
	案件/个	金　额/亿美元	案件/个	金　额/亿美元	案件/个	金　额/亿美元
2001	11	55.32	15	87.13	26	142.45
2002	5	15.65	14	34.91	19	50.54
2003	6	23.51	30	49.62	36	73.12
2004	16	22.44	13	43.48	29	65.92
2005	27	263.35	29	164.68	56	428.03
2006	26	711.09	40	233.76	66	944.85
2007	42	431.78	43	119.76	85	551.54
2008	39	322.29	37	89.10	76	411.39
2009	31	68.17	43	72.64	74	140.81
2010	66	218.48	60	288.78	126	507.26
合计	269	2132.08	324	1183.86	593	3315.93

注:统计的个案交易值在2500万美元以上。

资料来源:Metal Economics Group Strategic Report,Vol.24,No.2　2011。

2009年黄金和贱金属并购案件74起,并购金额140.81亿美元,较2008年的411.39亿美元下降了65.8%。其中贱金属购并案31起,并购金额68.17亿美元,较2008年下降了78.8%。

2010年黄金和贱金属并购案件126起,并购金额507.26亿美元,较2009年的140.81亿美元大幅增长260.2%。其中贱金属购并案66起,并购金额218.48亿美元,较2009年增长220.5%。黄金并购案60起,并购金额288.78亿美元,较2009年增长了297.5%。

贱金属并购涉及矿山资产价值6684亿美元,主要分布在拉丁美洲(1356亿美元,占20%),其次是大洋洲(1352亿美元,占20%)、原苏联(1254亿美元,占19%)、亚洲(1119亿美元,占17%)、北美洲(1115亿美元,占16%)、非洲(451亿美元,占7%)、欧洲最少(37亿美元,占1%)。加拿大为贱金属矿山资产最大的买家,购买矿山资产价值2185亿美元,占33%,其次是中国(1106亿美元)和瑞士(79亿美元)。

黄金并购涉及的矿山资产价值2227亿美元,主要分布在大洋洲(750亿美元,占33%),其次是北美洲(680亿美元,占31%)、拉丁美洲(340亿美元,占15%)、非洲(306亿美元,占14%)、亚洲(85亿美元,占4%),原苏联最少(66亿美元,占3%)。加拿大是2010年黄金矿山资产最大的买家,购买矿山资产价值1142亿美元,占51%,其次是澳大利亚(534亿美元)和南非(271亿美元)。

2010年最大的黄金并购案是澳大利亚新峰矿业公司(Newcrest Mining)以86.62亿美元的价格收购利希尔黄金公司(Lihir Gold),后者的主要资产是巴布亚新几内亚利希尔岛上的黄金矿山,其金矿储量和资源量约1500吨,通过这次并购,新峰矿业公司进一步巩固了在澳大利亚黄金生产地位。第二大并购案为金罗斯黄金公司(Kinross Gold)以70亿美元收购红背矿业公司(Red Back Mining),后者在非洲的毛里塔尼业、加纳拥有储量和资源量超过360吨的金矿山资产。

近年来,石油价格震荡走高,全球石油巨头纷纷调整旗下业务,加大对上游油气领域的投资力度,同时通过收购一些有增长潜力的公司,以扩大产能、替换储备。石油和天然气行业的并购交易价值2010年大幅回升,达到2063亿美元(表2),较2009年增长40%,为近10年来的最高水平。

表2　2009~2010年全球石油上游工业并购交易　单位:亿美元

国家或地区	2009年		2010年	
	并购案件/起	交易总金额/亿美元	并购案件/起	交易总金额/亿美元
美　国	73	612	5	537
加拿大	68	366	93	340
其　他	108	485	189	1186
总　计	249	1463	287	2063

资料来源:J.S.Herold《2011 Global Upstream M&A Review》。

受到金融危机、经济衰退及大宗商品价格暴跌影响,2009年初全球油气行业并购交易急剧降温,1月份,竟然没有一个超过1000万美元的油气资产或企业并购案件发生,并购活动基本停止。但是随着原油价格回升,从3月份起,全球油气并购活动开始活跃,特别是到年底。随着油页岩、页岩气、页岩油等非传统油气资源的开发利用,拥有此类资源的公司已成为并购的主要对象。

2010年,相对于公司并购来说,全球油气资产成为并购的主要目标,占并购总额的75%。本年度最大的交易为巴西政府向国有石油公司(Petrobras)转让价值425.50亿美元的石油资产,巴西石油公司将拥有更多海上石油勘探开发的权利。其次是印度矿商韦丹塔(Vedanta)矿业公司收购苏格兰石油勘探商凯尔恩能源公司(Cairn Energy),这也是继必和必拓之后又一家持有大量石油业务权益的矿商。中国石油和壳牌公司联合收购箭牌能源公司(Arrow Energy),价值39亿美元。中国石化收购了康菲公司(Conoco Phillips)在加拿大的油砂资产,价值46.5亿美元。

2.跨国矿业公司大规模扩张受到抵制,但仍谋求控制全球资源市场,生产经营垄断局面难以打破。

全球经济复苏,矿产品价格上涨,公司经营状况好转,矿业巨头继续大规模展开以并购为主的资源扩张行动。在控制了澳大利亚铁矿资源后,力拓又将目光瞄准了西非国家的铁矿资源,控制了世界级的几内亚西芒杜铁矿。淡水河谷不甘落后,不但获得了邻国利比里亚的铁矿资源,而且控制了几内亚铁矿的重要出口通道—利比里亚铁路的运营权,同时也获得了西芒杜铁矿区的部分矿权。不但如此,两个矿业巨头还对南部非洲的炼焦煤资源展开了争夺,莫桑比克的优质煤炭资源基本上被这两个公司控制。在并购力拓以及合资经营西澳铁矿的计划失败后,必和必拓并没有停止大规模

表3

2009～2010年世界石油公司间的重要并购事件

时间	并(收)购公司和新公司名称	交易额/亿美元
2009年3月	加拿大森科能源公司(Suncor Energy)收购加拿大国营石油公司(Petro－Canada)	206.83
2009年6月	中石化收购瑞士阿戴克斯石油公司(Addax Petroleum)	90.22
2009年10月	韩国国有石油公司(KNOC)收购加拿大哈维斯特能源信托公司(Harvest Energy Trust)	41.48
2009年11月	美国石油勘探和开采企业登布里资源公司(Denbury Resources)收购恩克雷(Encore)公司	44.65
2009年12月	美国能源巨头埃克森美孚(Exxon Mobil)收购美国克洛斯提柏石油公司(XTO Energy)	409.92
2010年4月	美国阿帕奇石油公司(Apache)收购海洋能源公司(Mariner Energy)	46.85
2010年5月	荷兰皇家壳牌公司收购东方资源公司(East Resources，KKR)	47.00
2010年8月	印度韦丹塔(Vedanta)公司收购苏格兰石油勘探公司凯尔恩能源公司(Cairn Energy)	98.88
2010年9月	巴西政府向巴西国家石油公司(Petrobras)转让石油资产	425.50
2010年11月	布里达斯(Bridas)和中海油联合购买英国石油公司在拉丁美洲的资产	70.60

资料来源：J.S.Herold《2011 Global Upstream M&A Review》。

并购的行动,而是把目光瞄准了加拿大萨省钾盐公司,以谋求控制全球钾盐市场,尽管最终仍遭到失败。

全球矿业企业的大规模联合和兼并,使得全球矿业的集中度进一步提高,跨国矿业公司对市场的控制力和影响力进一步扩大。经过多年并购扩张后,必和必拓、力拓和淡水河谷等三大矿业巨头基本上控制了全球铁矿市场,牢固掌握了铁矿价格话语权。俄罗斯、巴西、中国和印度等"金砖国家"的矿业公司,也试图通过并购方式,走向国际资本市场和资源配置,为国内不断发展的经济提供资源保障。例如,俄罗斯铝业公司通过收购俄第二大铝业公司——西伯利亚乌拉尔铝业公司和瑞士的嘉能可国际公司的氧化铝业务,超过美铝公司而成为全球最大的铝业公司等。

据统计,目前参与世界矿业经营活动的公司有8000家左右,但大部分矿山产量仅由少数几家公司控制。全球前50家矿业公司的产值几乎占全球矿业的一半,且基本上被英、美、加、澳和南非的矿业公司垄断,其产值占50家公司总产值的60%;另外几家公司是巴西的淡水河谷公司、智利的Codelco公司、俄罗斯的诺里尔斯克、墨西哥的Grupo Mexico等。据瑞典原材料集团(RMG)估计,随着矿山产量逐渐向南半球转移,发展中国家矿业公司所占的比例有望增长。

根据瑞典原材料集团统计,从矿业公司对金属控制的集中程度看,最大的矿业公司控制了世界14.13%的铁矿石产量、11.2%的铜矿产量、9.5%的金产量和16.6%的钾盐产量。前10家公司控制了世界45.2%的铁矿石、55.7%的铜矿产量、42.8%的金产量和86.7%的钾盐产量。前10大公司占世界矿业产值的比重为27.7%。随着跨国矿业公司的联合和规模的扩大,目前全球铁矿石生产和出口市场主要由淡水河谷、必和必拓和力拓三大公司操纵着,三大铁矿石公司产量占全球铁矿石生产的比例由1984年的14.6%上升到2009年的32.0%,淡水河谷控制着欧洲市场,后两个主宰着亚洲市场,合计占全球铁矿石贸易的份额已达到80%。

在石油领域,尽管美国和欧洲的跨国石油公司在20世纪70年代以后已失去了对全球许多地区石油储量的控制权,但仍占除原苏联地区以外全世界石油产量的1/4左右。2009年全球著名的英国石油公司、埃克森美孚公司、雪佛龙公司、皇家荷兰/壳牌集团、美国康菲公司、俄罗斯卢克石油公司、道达尔公司、俄罗斯苏尔古特油气公司、俄罗斯TNK－BP公司和美国西方石油公司等10大跨国石油公司原油产量占全球总产量的22.2%(表4),较2008年的21.7%上升0.5个百分点。

表4 全球10大跨国矿业公司和石油公司

10大矿业公司[①]		10大石油公司[②]	
公司名称	市值/亿美元	公司名称	石油产量/万吨*
必和必拓(BHPB,澳大利亚/英国)	4720	BP公司	12675(3.5%)
力拓(Rio Tinto,英国/澳大利亚)	2829	埃克森美孚公司	11935(3.3%)
淡水河谷(CVRD,巴西)	1773	雪佛龙公司	9360(2.6%)
英美集团(Anglo American,英国)	1114	皇家荷兰/壳牌集团	8400(2.3%)
神华能源(Shenhua Energy,中国)	768	美国康菲公司	8080(2.2%)
斯特拉塔(Xstrata,瑞士)	690	俄罗斯卢克石油公司	7890(2.2%)
自由港－迈克默伦(Freeport－Mc.C&G,美国)	547	道达尔公司	6905(1.9%)
巴里克(Barrick Gold,加拿大)	490	俄罗斯苏尔古特油气公司	5960(1.7%)
加拿大钾盐公司(Potash Corp,加拿大)	474	俄罗斯TNK－BP公司	4200(1.2%)
诺里尔斯克(Norilsk Nickel,俄罗斯)	445	美国西方石油公司	2445(0.7%)
合　　计	13850	合　　计	80035(22.2%)

注：* 括号中百分数为占世界总产量的比例。

资料来源：①Mining Journal 2011,No.1,公司市值包括集团公司、有限公司和控股子公司；②《国际石油经济》2011.1－2。

3.跨国矿业公司主导全球矿业融投资

必和必拓、力拓、淡水河谷等前10位跨国矿业公司市值占全球前100位矿业公司市值的比例达到60%以上，矿业巨头已经成为全球资本市场的主要融资者，其一举一动都会给资本市场带来巨大的影响。矿业巨头也是世界级矿业项目的主要投资者，2010年必和必拓的项目投资达到108亿美元。

经济全球化的迅速发展使得矿业公司勘查开发活动的地域范围更加广阔，得以站在全球的视点上角逐世界矿业市场。在油气勘查开发方面，拥有雄厚资金的大型跨国石油公司一直立足于全球油气资源，如壳牌石油公司在全球90多个国家和地区从事石油勘探和生产活动，拥有最先进的技术，每天的油气产量超过320万桶，在35个国家拥有55个石油精炼厂的股权；埃克森美孚实行全球化经营策略，在21个国家有37个精炼厂，其上游的勘探和开采业务遍及40多个国家，在陆地和海洋石油开采业务方面具有世界主导地位；雪佛龙德士古公司涉足20多个国家的油气勘探开发。20世纪90年代以来，美国、加拿大和欧洲的一些中小石油公司积极向海外拓展，其中美国已经有1000多家中小型油气公司专门从事油气的勘探、开发以及信息和技术服务。

非燃料固体矿产勘查方面，美国公司大部分的勘查活动是在国外，目前仅在内华达、爱达荷和阿拉斯加等州有少量勘查活动，根据加拿大Infomine数据库统计，美国处于勘查活动的矿权地不到北美地区的20%。1991年加拿大矿业公司在59个国家活动，1996年增加到95个国家，1999年则在100多个国家的3000多个矿权地进行活动，目前则可能有5000个矿权地。澳大利亚、南非以及欧洲的老牌矿业国英国、法国等国的矿业公司向国外矿产勘查投资的数量和比重迅速增长。新兴工业化国家如韩国、马来西亚等和发展中国家如印度、巴西等，在国外的矿产勘查和开发项目也在增多。在矿产开发方面，近年每年全球的大型矿业开发项目中，矿业公司跨国开发的项目占2/3左右。

4.矿业大国政策多变，资源民族主义抬头，矿业公司经营活动受到严重影响

20世纪90年代以来，矿业全球化、私有化以及矿业并购活跃，大多数发展中国家实行了矿业对外开放政策，促使全球固体矿产勘查开发的重心逐渐由发达国家向发展中国家转移，资源丰富的发展中国家占全球固体矿产勘查开发投资的比例逐年上升，由20世纪90年代初期的36%上升到1997年的最高峰56.4%，成为全球矿业勘查开发的热点地区。此后，由于受1997～1998年的亚洲金融危机和全球性经济不景气影响，世界矿业萧条，发达国家矿业公司在上述地区的勘查投资预算有所收缩，且投资大都用在已有项目的开发上。2000年后，随着矿产品价格快速上涨，一些过去投

资比较少的国家如巴西、俄罗斯和蒙古成为投资的新热点。

2010年拉美、非洲和亚太地区(不包括澳大利亚)占全球非燃料固体矿产勘查投资比例下降到47%,其中亚太地区由高峰期1997年的11%下跌到7%,非洲由1998年17.5%下降到13%,拉美比例也有所下降,但仍继续保持其优势地位,居全球第一位,占27.0%。初级矿业公司在俄罗斯、巴西和中国大量增加,分别居第五、第九和第八位,主要原因在于其快速发展的经济和良好的找矿前景。在非燃料固体矿产开发投资方面,2009年的世界大型矿产开发(采选)项目总投资预算中,发展中国家占3/4,比1990年高出10个百分点。2010年5620亿美元(不包括延期项目)的矿山开发投资预算中,拉美、大洋洲和非洲所占比例约为60%。

在矿产生产,特别是原矿生产中,发展中国家占有较大的比重,在固体矿产生产中所占比例为:矿山产量占一半左右,精炼产量约占1/3左右,分别比20世纪80年代初各增长约15个百分点。目前,70%以上的黄金产于中国、俄罗斯和印尼等发展中国家。在石油生产中,发展中国家所占比例超过60%,比80年代初增长了约10个百分点。

近年来,一些资源丰富的矿业大国,为了本国的民族利益,不断调整矿业政策,如提高资源税费、限制矿产投资领域,停止颁发采矿证、减少矿产品产量,控制矿产品出口,发展下游产业等一系列措施,限制资源的过快消耗,确保矿业的可持续发展。

在矿产品价格高涨的时候,俄罗斯通过修订联邦地下资源法,限制外资介入的战略资源勘查开发,其中包括铀、金刚石、石英和稀土等俄短缺的矿产资源,以及储量超过1.5亿吨的油田、储量超过1万亿立方米的天然气田和储量超过1000万吨的铜矿。此外,出于维护国防和国家安全利益,处于国防工业所辖区域内的矿藏也将被列入俄战略资源储藏区名单中。如今,全球金融危机造成了能源原材料价格大幅下降,国家收入下降,俄罗斯不得不改变矿业政策,吸引外资,开发其丰富的油气、铜和金等矿产资源。

美国也采用类似手段阻击其他国家矿业公司购并国内石油企业。澳大利亚政府则通过外商投资委员会审查国外企业对澳矿业公司和矿山资产的并购行为,通常以国家安全等为由和拖延审批等手段,保护重要矿山资产不会被恶意收购。

南非通过调整矿业政策,一方面使黑人得到更多的权利和实惠;另一方面,通过限制原矿出口,提高矿物原料深加工的比例,使矿产资源为南非带来更多的财富。蒙古政府对现行的《矿产资源法》进行修改,不排除把矿产资源收回国有和减少给予外国投资者优惠

条件的可能。煤矿和铁矿属于战略资源,对此蒙古政府高度重视。因为权利金问题,蒙古矿产资源法修改悬而未决,大大影响了奥尤陶勒盖铜矿、塔文陶勒盖等巨型矿床的开发。近两年为了国内经济发展,蒙古才加快了矿产资源开发进程。

委内瑞拉、厄瓜多尔、哥伦比亚等资源丰富国家采取了更为强硬的矿产资源政策,收回了西方矿业公司的部分矿权为政府所有,并成立国有矿业公司从事战略矿产勘查开发。这些现象一度引起一些国际矿业公司的恐慌,造成这些矿业公司股票价格几乎跌去了一半。同时,这些国家形象和投资环境评价受到严重影响。

矿业公司的经营活动受到了来自政府干涉、当地居民破坏、矿工罢工以及非政府组织的影响。美国南方铜业公司在秘鲁的项目遭到了当地居民的强烈抗议,项目暂停,矿业权被收回。其他国家,如印度尼西亚、巴布亚新几内亚和哥伦比亚等国家也因为环境问题,一些世界级的矿床被迫暂缓开发。2010年,智利科亚瓦西铜矿遭遇长达33天的罢工事件,使得公司铜产量下降,南非、秘鲁和墨西哥等国家也频遭罢工困扰,矿工罢工成为全球矿产品市场受到的重要影响因素。

(二)科技推动全球勘查开发活动向更深、更高和更寒地区发展,但矿业人才缺乏仍然是矿业发展的制约因素

不断依靠技术进步,大幅度降低生产成本,追求低碳经济,尽量减少环境污染,是21世纪矿业可持续发展的动力。几十年来,随着找矿难度的增大和可供开发的高品位、易开采、易选冶矿的减少,利用常规方法进行矿产勘查开发效果不断降低。为此,矿业界在科学技术研究和开发领域做出了不懈的努力,特别是发达国家的大型跨国公司把加大科技投入,通过技术创新掌握矿产勘查、开发核心技术作为其保持竞争优势的主要措施,这也是国外一些大矿业公司长期立于不败之地的重要原因。如埃克森公司运用新技术使其每年新增探明油气储量都超过了油气产量。

先进的科学技术和仪器设备对推进全球矿产资源勘查开发和利用效率发挥着越来越大的作用。技术进步在矿产勘查、开采、选冶和加工利用等各个环节发挥着巨大的功效。近年来,三维地震成像技术、水平井、斜井技术以及水下采油技术、计算机的广泛应用和人工智能等高新技术的应用为石油业提高效率创造效益做出了巨大贡献。

技术进步使矿产勘查开发的地域范围更广、更高、更深,成本更低。如在陆上,矿产勘查开发向寒冷的北极地区进发,特别是加拿大西北地区、格陵兰和北欧地区的金刚石、金、铜和石油勘查活动,并取得了重大进

展，比如加拿大的埃卡蒂(Ekati)金刚石矿，美国阿拉斯加州的佩布尔(Pebble)铜钼金矿，俄罗斯楚科奇半岛的库珀尔(Kupol)金矿以及格陵兰西的科瓦内湾(Kvanefjeld)稀土–铀矿和雪铁龙湾(CITRONEN FJORD)铅锌矿等。在智利和阿根廷交界的帕斯夸拉玛金银矿和中国的驱龙铜矿，海拔高度都超过了5000米。在海上，近海区和深水区的石油勘查开发进展迅速，2007年以来，巴西国家石油公司(Petrobras)在东南沿海桑托斯盆地及其他深海盆地已经获得多个重要油气发现，其中图皮油田储量可达80亿桶，巴西能源管理部门ANP预测，该国海上盐下石油储量可能高达800亿桶。巴西海上油田勘探取得的成果，一定程度上改变了南美甚至世界油气格局。依靠先进的钻探技术，美国发现了储量非常丰富的页岩油气和致密油气，其中天然气储量非常丰富，以致于在未来100年内可以摆脱对进口的过分依赖。页岩油气勘探开发技术发展迅速，一些油气资源短缺的国家非常看重此项技术突破，阿根廷很快掀起了页岩油气的勘探热潮，并取得了重要进展。南非德兰士瓦省兰德金矿山开发深度达到5000多米。除了深水油气田、水下钻井外，水下煤炭和金属矿产开采最近几年也取得了比较大的进展，特别是在巴布亚新几内亚的俾斯麦海域，加拿大初级勘探公司鹦鹉螺资源公司在深海1500米处，找到了品位丰富的硫化物矿床。德比尔斯和英美集团成立了一家专门从事海底矿产勘查开发的公司。

快速、实时、可视和准确是现代矿产勘探技术发展的方向。正是依靠激发极化技术，艾芬豪矿业有限公司发现了世界级的奥尤陶勒盖铜金矿。目前，这项技术得到进一步发展。传统激发极化(IP)技术一般应用在矿山，探测深度浅，但是，加拿大公司新研制的宙斯系统能够在区域规模使用，最大探测深度可达3500米，将极大地提高大规模区域地质调查的效率和效益，减少土地使用成本，提高成功率，宙斯的独特功能是能够转化、接受和分析形状规则、振幅高的电荷，用于准确分析信息丰富但强度弱的电信号，多为矿体和弱矿化围岩高强度激发极化后产生的。Gedex有限公司的深部石油、天然气和固体矿产探测技术能够精确绘制地下密度图像，性能较目前的系统有大的提高，使得以前的盲飞勘查变成能够"看见"矿床位置，无论是准确性还是速度都是前所未有的。澳大利亚Intellection公司的矿物处理技术——Qemscant便携式商业应用模型已经在世界上多个地学实验室采用。此种产品使用无液氨探测仪，将提高样品准备、分析的速度，与以往的同种设备相比，至少快5倍，从而加速勘查进程，同时也能使选矿厂实验室分析人员在不同的地点随时进行测试。

许多大石油公司都在施行"数字油田"战略，比如壳牌的"智能油田"，其目的就是要从现有油藏中获得更多的产量。在非常规能源矿产领域，壳牌加拿大公司油砂中沥青回收的增多泡沫处理技术(Enhanced froth treatment technology)通过提高石蜡泡沫处理工艺的温度，比其他传统工艺能够去除更多的沙粒、黏土细粒和其他杂质。同时设备规模更小、用水更少、耗能更低，有效降低温室效应，而总体回收效益能够提升10%。阿尔伯塔省的阿萨巴斯卡油砂项目将采用壳牌的此项技术。壳牌加拿大公司和其合作伙伴西部油砂公司以及雪佛龙德士古公司计划投资73亿加元扩建姆斯克格矿山(Muskeg)和沥青提取厂。

未来，随着矿产勘查开发的科技进步和社会发展，隐伏矿、低品位矿、难选冶矿，以及开发条件差的矿产开发机会也将增多。技术进步使可利用矿产资源的品位显著降低。许多以前难以利用的低品位、难选冶矿变的具有经济意义，从而使许多矿产的储量得到增加，金、铜尤为突出。美国天然气2009年基本实现自给，并且可以在以后不再依赖进口天然气。这完全得益于东部地区页岩气的开发，而页岩气开发依靠的是先进的钻探技术，这种技术可以击碎地底的页岩并进行水平钻探，开采储藏在页岩层的天然气，是过去10年里最重大的能源技术革新。生物–氧化作用和生物浸出技术的进一步发展，已使金矿石开采品位降到0.7克/吨，最低达0.257克/吨。美国纽蒙特公司研制的适用于低品位的细粒金矿石生物浸出工艺，使金的回收率从20%提高到60%。溶剂萃取电积法(Sx–Ew)炼铜技术进一步完善，铜矿石开采品位可降至0.2%～0.4%，最低达0.04%，用该法生产铜的产量迅速增大，在世界铜总产量中所占的比例由1991年的8.5%上升到2010年的21.8%。Xstrata公司在麦克阿瑟河(Mc Arthur River)铅锌银矿山采用了MIM公司的Albion工艺，此种工艺将在未来10年中给锌矿等金属选冶带来一次新的革命。

新技术、新方法和替代产品的应用极大地提高了矿产资源的利用效率，延缓了矿产资源的耗竭速度。如在能源领域，日本、美国和欧盟等都把节能和提高能效纳入能源安全战略。近年来，节能技术、新能源和可再生能源技术取得突破性进展。过去几十年中，为缓解对石油、天然气和煤炭等不可再生能源的需求，改善环境，许多国家和政府都十分重视开发和利用新能源和可再生能源，如太阳能、风能、地热能、生物质能及潮汐能等。随着铁矿石和冶金辅助原料价格不断攀升，国际上正在谋求炼铁技术的革命性突破，比如力拓公司研制的Hismelt熔融还原炼铁技术，浦项研制的高铬不锈钢技术以及不使用焦炭的Finex式炼铁技术等，都将降低钢铁工业成本。

采矿环境技术进步使矿业对环境的污染逐步得到控制。目前，矿业界正尽最大努力以实现矿山固体、液体和气体污染物的近零排放。如酸性废水排放是许多国家一个重大的矿山环境难题，最近在美国加利福尼亚州北部红山铜矿，用特殊的细菌 microbe 处理，显著降低了酸性废水的排放，可以使粉尘遏制和控制技术进步也使采矿更安全、对人体危害更小。澳大利亚矿物科学研究院，正在研制一种综合利用尾矿废渣废水的技术，可以大大降低废渣、水的排放量，从而使得尾矿大大减少，避免尾矿占用大量土地和减少污染。2020 年，加拿大油砂工业排放的二氧化碳占当地从目前的 5% 增长到 16%。加拿大联邦政府和阿尔伯塔省出资 25 亿美元开发二氧化碳收集和储藏技术。

国际矿产品价格不断上涨，矿产开发投资大幅增加，众多矿业项目的实施都需要大批专业技术人才来完成。但由于多年来矿业总体形势不景气，大量人才流失，高等院校矿业院校人才培养断档，所以矿业人才奇缺。面临突如其来的矿产资源热潮，澳大利亚显然在人才方面准备不足。不但缺少矿产资源勘查开发方面的工程师，同时也缺少矿产品贸易方面的人才。刚刚毕业的矿业方面的研究生，薪酬已经超过了 8 万澳元。澳大利亚政府提出一个 8.3 亿澳元的培训计划，在 2008 ~ 2010 年内，每年首先拿出 5600 万澳元资助 500 名大学生完成学业，同时培训大量的熟练工人和初级工。虽然澳大利亚矿业收入逐年增长，但未来 10 年人才缺乏将制约矿业部门的发展。同样在蒙古，虽然矿产资源丰富，但由于当地缺少矿业方面的技术人才和熟练的技术工人，限制了该国矿业的发展。在加拿大阿尔伯塔省，油砂工业成为该省乃至加拿大能源工业发展的重点，但油砂采矿需要充足的劳动力，而阿尔伯塔省熟练技工的缺口为 7.5 万 ~ 10 万人，不得不从邻近的安大略省等省份，甚至全球吸引人才。

总之，矿业全球化和科技进步使 21 世纪的世界矿业进入一个新的时代，那就是土地和资本作为竞争优势的地位逐渐弱化，矿业企业今后的成功将更多地依赖于理念、管理、技术创新及其应用，即人才和技术。

二、世界矿产资源勘查和开发形势

（一）世界油气勘探开发投入趋于稳定

受世界经济持续增长等多种因素影响，2003 年以来全球油气需求日益高涨，油价不断攀升，从而拉动世界油气勘探开发活动不断增强。2008 年，全球油价剧烈震荡对油气勘探开发投资产生了一定的影响，但全年投资仍然维持在较高的水平，油气勘探开发投资对金融危机的影响反应滞后，2009 年油气勘探开发投资出现缩减，而在 2010 年又有小幅增长。

据美国巴克莱投资银行（Barclays Capital）《年度勘探与开发投资调查》的统计表明，2003 ~ 2008 年，全球油气勘探开发投资连续 6 年增长（图 1）。2008 年实际投资为 4535.62 亿美元，较 2009 年增长 39.8%；2009 年勘探开发投资 3950 亿美元，减少 12%；2010 年勘探开发投资预算为 4390 亿美元，增长 11%。北美地区（包括美国和加拿大），2008 年投资为 1349.65 亿美元，增长 22.9%。其中在美国的 245 家公司勘探与开发投资为 1062.96 亿美元，增长 30.8%；在加拿大的 85 家石油公司实际投资为 286.69 亿美元，增长 0.4%；世界其他地区 100 家石油公司实际投资为 3185.97 亿美元，增长 48.5%。预计 2011 年，全球油气勘探开发投资超过 5000 亿美元，比 2010 年增长 16%。

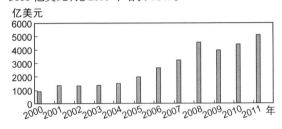

图 1　2000 ~ 2011 年世界油气勘探开发投资
（2011 年为预计数）

巴克莱投资银行认为，2009 年投资缩减是对油价的大幅下跌、有限的现金流和紧缩的信贷市场的反应，并认为原油 50 美元/桶和天然气 5 美元/立方米会触动投资的大量减少。虽然，一些大型油气公司投资预算减少，但仍然维持在较高的水平（表 5），一些大型公司会大幅降低投入，如切萨皮克能源公司（Cheaspeake）和德文能源公司（Devon）在美国分别消减 51% 和 44%，赫斯基能源公司（Husky Energy Inc）和德文能源公司在加拿大分别消减 47% 和 71%。

另据《油气杂志》报道，美国油气项目投资，2009 年为 2481 亿美元，2010 年为 2709 亿美元，增长 9.2%；2011 年将达 2840 亿美元，增长 4.9%。其中上游项目投资（主要是勘探和钻探），2009 年为 2091 亿美元，2010 年为 2450 亿美元，增长 17.2%；2011 年为 2589 亿美元，增长 5.7%。加拿大油气项目投资，2009 年为 370 亿美元，2010 年为 507 亿美元，增长 37.1%；2011 年为 526 亿美元，增长 3.7%。其中上游项目投资（主要是勘探和钻探），2009 年为 223 亿美元，2010 年为 325 亿美元，增长 45.7%；2011 年为 335 亿美元，增长 3.1%。加拿大在油砂方面的投资很大，2009 年投资 112 亿美元，比投资最高的 2008 年的 181 亿美元下降 38.1%；2010 年投资 130 亿美元，增长 16.1%；2011 年投资 150 亿美元，增长 15.4%（表 6）。

表5　　　　　一些大型油气公司全球勘探开发预算

单位:亿美元

公司名称	2010 年	2009 年	2008 年
巴西国家石油公司(Petrobras)	200	160	166
美国埃克森美孚(Exxon Mobil)	180	162	145
荷兰皇家壳牌公司(Royal Dutch Shell)	160	170	164
美国雪佛龙公司(Chevron)	129	136	118
法国道达尔公司(Total)	124	124	118
意大利埃尼公司(Eni)	100	100	110
英国石油公司(BP)	85	85	95
美国康菲公司(Conoco Phillips)	56	49	55
合　　计	1034	986	970

资料来源:Barclays Capital,World Oil,2010,2009(2009 年数据已
进行调整)。

表6　　　　　世界油气勘探与开发投资　　单位:亿美元

年　度	2005	2006	2007	2008	2009
美　国	484.21	678.94	812.96	1062.96	786.16
加拿大	233.50	284.31	285.55	286.69	219.81
其他地区	1263.77	1675.82	2145.62	3185.97	2996.07
世界总计	1981.48	2639.07	3244.13	4535.62	4002.04

值得注意的是,近年来近海钻探非常活跃,并不断
向深海方向发展。目前全球海洋油气勘探领域正在不
断扩大,在100多个海上油气勘探的国家中,有50%的
国家正在对深海进行勘探。世界新增气储量已由陆
地、浅水转向广阔的深水水域。近年全球获得的重大
勘探发现中,有近50%来自深水水域,墨西哥湾、巴西
海域、西非海域以及被称为第2个波斯湾的南中国海
是最有希望的深水油气区。据《2003～2007年世界深
水报告》披露,全球成熟浅水区域油气新发现规模正大
幅下降,近5年欧洲近海投产油气田的平均规模约为
9000亿桶油当量,而今后其规模将减少50%以上。

据《世界石油》及其他报道,油气钻井(包括勘查与
开发)基本上也反映了上述最近几年的变化情况,2003
年起明显增长,到2006年达到顶峰,此后略有下降
(表7)。

表7　2002～2008 年美国、加拿大及世界油气钻进井数

单位:口

国家或地区	2002 年	2003 年	2004 年	2005 年	2006 年	2007 年	2008 年
加拿大	15026	21691	23151	23790	24700	20431	15767
美国	27515	32012	38646	41189	48929	49195	52394

续表

国家或地区	2002 年	2003 年	2004 年	2005 年	2006 年	2007 年	2008 年
世界	66700	80636	89478	93772	108081	104699	105206

(二)世界非燃料固体矿产勘查开发投资持续增加

1.世界非燃料固体矿产勘查投资在经历短暂下降
后出现恢复性增长

在经历国际金融危机不断扩散和加深的影响,2009
年世界固体矿产勘查投资大幅下降后,在短短的一年时
间内,伴随着金属价格的大幅上扬,勘查投入也出现恢
复性增长,2010年固体矿产勘查投资呈增长态势。实际
上,这是矿业周期较长,对跌宕变化的世界经济反应滞
后的表现。据加拿大金属经济集团(MEG)年度报告统
计,2009年,受国际金融危机影响,勘查投资77亿元,减
少42%。需要强调的是,自2007年以来,统计中增加了
铀矿,上述数据不包括铀矿投资,包括铀矿投资为84亿
美元。2010年,勘查投入112亿美元,增长45%;包括铀
矿投资为121亿美元,增长44%(表8)。

表8　　　　1999～2010 年全球固体矿产勘查投资变化

年　份	估计的总预算/亿美元	与上年变化/%	与上年变化/亿美元
1999	28	− 24	− 9
2000	26	− 7	− 2
2001	22	− 15	− 4
2002	19	− 14	− 3
2003	24	+ 26	5
2004	38	+ 58	14
2005	51	+ 34	13
2006	75	+ 47	24
2007	105	+ 40	30
2008	132	+ 26	27
2009	77	− 42	55
2010	112	+ 45	35

资料来源:据 Metals Economics Group,Corporate Exploration Strate-
gy,2009;Metals Economics Group,World exploration
trend 2011。

由于金融危机的影响,矿产勘查连续6年大幅度
增长的势头戛然而止,但全球经济复苏比预料的更快、
更好,矿产资源需求的基本面并未改变,特别是新兴国
家的迅速崛起,发展中国家的加快发展,使得矿产品需
求保持旺盛态势,矿产品价格在较高的价位震荡上扬,
使得矿业成为推动经济复苏的重要因素。

2.拉美、加拿大、非洲等矿产勘查活跃

2009年,矿产勘查投资在各个地区都有所减少,
但拉美、加拿大、非洲仍为投资最活跃地区,分别占全
球矿产勘查投资的26.5%、16.0%和15.0%。其中,拉

美投资 19.36 亿美元,减少 38%;加拿大投资 11.73 亿美元,下降 51%;非洲投资 10.95 亿美元,下降 42%,澳大利亚投资 9.14 亿美元,下降 47%;美国投资 4.74 亿美元,下降 48%;太平洋/东南亚地区投资 4.7 亿美元,下降 32%;世界其他地区投资 12.55 亿美元,下降 33%(图 2)。

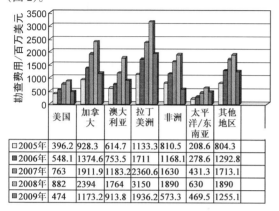

勘查费用/百万美元	美国	加拿大	澳大利亚	拉丁美洲	非洲	太平洋/东南亚	其他地区
□2005年	396.2	928.3	614.7	1133.3	810.5	208.6	804.3
■2006年	548.1	1374.6	753.5	1711	1168.1	278.6	1292.8
2007年	763	1911.9	1183.2	2360.6	1630	431.3	1713.1
▨2008年	882	2394	1764	3150	1890	630	1890
□2009年	474	1173.2	913.8	1936.2	573.3	469.5	1255.1

图 2　2005～2009 年世界固体矿产勘查费用区域分布

2010 年,拉丁美洲仍然是勘探投资额最高的地区,占全球投资的 27%,特别是墨西哥、秘鲁、智利、巴西和阿根廷等国吸引力颇强,占南美地区勘查投入的 83%。20 年来拉丁美洲都是勘探投资额最高的地区,而加拿大是勘探投资额最高的国家。

2009 年,十大勘查投资目标国的投资经费合计为 49.18 亿美元,占世界总经费的 67%。加拿大、澳大利亚前二位保持不变,第三至第十位发生了较大变化。秘鲁地位迅速上升,把传统的老三美国挤到第四位,第五至第十位依次为俄罗斯、墨西哥、智利、中国、巴西和南非。

2010 年,十大勘查投资目标国家的投资经费合计占世界总经费的 69%。加拿大、澳大利亚和美国保持前

三位,墨西哥和秘鲁分别居第四和第五位(表 9)。值得关注的是中国矿产勘查投资排名近几年逐渐攀升,从 2008 年的第 10 名,到 2009 年的第 8 名,再到 2010 年的第 7 名。

表 9　2009 年与 2010 年世界十大勘查投资目标国勘查经费及位次变化

国家	2010 年			2009 年		
	勘查投资/百万美元	位次	占总投资的比例/%	勘查投资/百万美元	位次	占总投资的比例/%
加拿大		1	19	1173.2	1	16
澳大利亚		2	12	913.8	2	12.5
美　国		3	8	474.0	4	6.5
墨西哥		4	6	388.7	5	5.3
秘　鲁		5	5	480	3	6.6
智　利		6	5	357.5	7	4.9
中　国		7	4	296.6	8	4
俄罗斯		8	4	400.9	6	5.5
巴　西		9	3	233.7	9	3.2
阿根廷		10	3			

另据加拿大自然资源部的统计,加拿大境内矿产勘查和评价的投资连续 7 年增长,由 2007 年的 19 亿加元增加到 26 亿加元,增长 37%,总投资突破 1987 年创造的 24 亿加元的最高纪录。小型公司在加拿大勘查工作所占比例越来越大,从 1999 年的 1.75 亿加元增加到 2007 年的 17 亿加元,自 2004 年以来一直高于大型公司,现在占到总投资的 65%。

对于大型矿业公司而言,勘查投资的主要地区是拉美、加拿大和非洲。一般占其勘查投资的 50% 以上,甚至达 90% 以上。主要国家矿业公司的勘查投资见表 10。

表 10　西方矿业公司和世界非燃料矿产勘查投资预算　　　　单位:亿美元

国家/地区	2001 年	2002 年	2003 年	2004 年	2005 年	2006 年	2007 年	2008 年	2009 年	2010 年
美　　国	1.58 (7.9)	1.25 (7.2)	1.53 (7.0)	2.83 (11.2)	3.96 (8.1)	5.48 (7.7)	7.63 (7.6)	9.078 (7.2)	4.74 (6.5)	(8)
加拿大	3.33 (16.6)	3.17 (18.3)	4.71 (21.5)	6.97 (27.5)	9.28 (19.0)	13.75 (19.3)	19.12 (19.1)	24.017 (19.1)	11.732 (16)	(19)
澳大利亚	3.49 (17.5)	3.04 (17.6)	3.39 (15.5)	5.24 (20.6)	6.15 (12.6)	7.54 (10.6)	11.83 (11.9)	17.086 (13.6)	9.138 (12.5)	(12)
拉丁美洲	5.76 (28.8)	4.48 (26.0)	5.18 (23.6)	7.74 (21.8)	11.33 (23.1)	17.11 (24.0)	23.61 (23.6)	31.288 (25)	19.362 (26.5)	(27)
非　　洲	2.77 (13.8)	2.57 (14.8)	3.74 (17.1)	5.73 (16.1)	8.11 (16.5)	11.68 (16.4)	16.30 (16.3)	18.834 (15)	10.945 (15)	(13)
太平洋/东南亚	1.33 (6.7)	0.85 (4.9)	0.93 (4.2)	1.55 (4.4)	2.09 (4.3)	2.79 (3.9)	4.31 (4.3)	691.2 (5)	4.695 (6.4)	(7)
其他地区	1.75 (8.7)	1.97 (11.4)	2.44 (11.1)	5.48 (15.4)	8.04 (16.4)	12.95 (18.1)	17.13 (17.2)	18.797 (15)	12.551 (17.1)	(14)

续表

国家/地区	2001年	2002年	2003年	2004年	2005年	2006年	2007年	2008年	2009年	2010年
公司合计	20.0	17.3	21.9	35.5	48.9	71.3	99.9	126	73.2	106.8
世界总计	22.0	19.0	24.0	39.0	51.0	75	105	132	77	112
统计公司数(家)	679	724	917	1139	1431	1624	1821	1912	1846	2089
公司年投资规模(万美元)	>10	>10	>10	>10	>10	>10	>10	>10	>10	>10

注:西方矿业公司不包括小公司、地方性的私人公司和政府集团;括号内数字为占公司合计的百分数;西方矿业公司在世界各地的勘查投资总计数占全球商业性金属勘查费用的90%左右。

资料来源:Metals Economics Group Strategic Report,1997~2009年。

3.勘查矿种仍以金、铜为主

金一直是最具吸引力的勘查矿种,长期保持在勘查投资一半左右。2009年,金矿勘查投资34.82亿美元,比上年减少29%,占总投资的47.6%。最近几年,特别是金融危机以来,全球地缘政治的不确定性、美元疲软等,黄金的增值保值作用明显,金价持续上扬,从而促进了与金相关勘查经费的增加。2010年,金矿勘查投资54亿美元,比2009年增加19亿美元,占勘查总投入的比例重新超过50%(表11)。

2009年,贱金属勘查投资26.22亿美元,比上年减少了49%,在勘查总经费中所占比重为35.8%。当然,贱金属勘查投资仍比1997年的高峰低了23%。其中,铜矿勘查投资自2002年以来一直占贱金属的57%~62%之间,而镍与锌勘查投资所占比例呈现反向趋势。2010年,贱金属占投资的33%。

2010年,其他矿种中银所占份额超过1/3,其次钾盐和磷酸盐占1/5以上,由于市场对锂和稀土等资源的关注,这些矿产勘查预算大幅增长,比2009年增长近4倍。

表11 2000~2010年各类固体矿产勘查投资比例变化

年份	金矿/%	贱金属矿产/%	其他矿产/%
2000	46.6	37.9(其中铜18.8)	15.5(其中金刚石9.6)
2001	42.5	38.9(其中铜20.6)	18.6(其中金刚石9.9)
2002	45.2	29.6(其中铜17.6)	25.2(其中金刚石13.5)
2003	48.1	26.6(其中铜15.5)	25.3(其中金刚石14.6)
2004	49.8	26.4(其中铜16.3)	23.9(其中金刚石13.3)
2005	47.3	29.5(其中铜16.2)	23.2(其中金刚石12.8)
2006	44.7	32.4(其中铜19.2)	22.9(其中金刚石12.0)
2007	41.9	35.7(其中铜19.6)	22.4(其中金刚石9.9)
2008	39.1	40.8(其中铜23.3)	20.1(其中金刚石7.6)
2009	47.6	35.8(其中铜26.2)	16.6(其中金刚石5.4)
2010	51.0	33.0	16(其中金刚石3)

资料来源:Metals Economics Group Strategic Report,1999~2009; Metals Economics Group,World exploration trends 2011,A special report form Metals Economic Group for the PDAC Internation Convention。

2009年和2010年世界主要固体矿产勘查投资分布比例见图3。

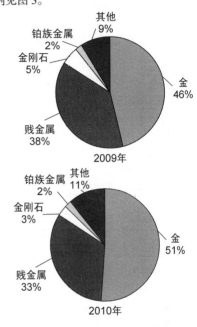

图3 2009~2010年世界主要矿种勘查所占比例

表12 固体矿产勘查各阶段投资比例的变化/%

勘查阶段	2002年	2003年	2004年	2005年	2006年	2007年	2008年	2009年	2010年
草根勘查	46.9	48.7	42.3	40.2	38.8	38.8	36.1	32.1	33
后期-可行性研究	33.9	31.2	35.8	40.2	42.8	40.6	41.5	40.6	42
矿场勘查	19.2	20.1	21.9	19.6	18.4	20.6	22.4	27.3	25

资料来源:Metals Economics Group Strategic Report,2002~2010年。

2009年,草根勘查费用23.502亿美元,占总勘查费用的32.1%;用于后期-可行性研究阶段的费用预算总额为29.696亿美元,占总勘查费用的40.6%,继续高于草根勘查费用,成为勘查投资的重点阶段;用于矿场方面的勘查预算为19.966亿美元,占总勘查费用的27.3%(表12)。2010年,各阶段勘查的计划支出都有增加,后期阶段勘探比例持续提高。后期阶段预算同比增幅最高(比2009年提高到52%),达到占全球总预算的大约42%,而草根勘查预算与全球增幅保持一致,其份额保持稳定,略低于33%。矿场勘查预算同比增长35%,在全球预算中所占份额降至25%(表12)。

从不同勘查阶段投资比重的变化趋势看,用于矿

区外围和深部的投资呈持续上升趋势,从2002年的19.2%上升到2009年的27.3%。而草根勘探所占比例则相应地从46.9%下降到32.1%。后期可行性研究勘探所占比例总体上也呈上升趋势,从33.9%上升到40.6%。也就是说,随着找矿难度增加,矿业公司更加注重在老矿区深部或外围找矿,而在新区进行勘探风险性不断增加,投资减少。

表13   **2007年和2009年固体矿产勘查投资最多的十大公司**

	2007年			2009年	
排名	公司名称	勘查投资/百万美元	排名	公司名称	勘查投资/百万美元
1	英美集团	348.7	1	必和必拓公司	423.6
2	德比尔斯公司	282.7	2	淡水河谷公司	247.7
3	必和必拓公司	257.1	3	英美集团	246.6
4	艾芬豪矿业公司	230.8	4	斯特拉塔公司	235.5
5	斯特拉塔公司	229.9	5	安格鲁阿山帝黄金公司	206.0
6	淡水河谷公司	189.0	6	纽蒙特公司	159.3
7	巴里克金矿公司	188.9	7	巴里克金矿公司	156.6
8	纽蒙特公司	178.6	8	戴比尔斯公司	122.1
9	力拓公司	174.9	9	金矿田公司	115.3
10	安格鲁阿山帝黄金公司	165.0	10	嘉能可国际公司	108.6

2007年和2009年,固体矿产勘查投资最多的十大公司见表13。2007年英美集团和戴比尔斯公司勘查投资居领先地位,分别为3.487亿美元和2.827亿美元,2009年必和必拓公司和淡水河谷公司占据前两位,分别为4.236亿美元和2.477亿美元。2007年,十大公司合计投资22.465亿美元,约占全球投资的1/4;2009年,十大公司合计投资20.213亿美元,占全球投资的26%之多。

据金属经济集团的统计,从投资公司总部所在地来看,2009年勘查投资(不包括铀)居前三位的依次为加拿大、澳大利亚和欧洲。总部在加拿大的公司投资24.745亿美元,占投资总额的33.8%;澳大利亚14.476

表14   **2009年和2010年全球主要矿种的新矿业项目开发投资**

	2010年			2009年	
矿种	矿业投资/亿美元	所占比例/%	矿种	矿业投资/亿美元	所占比例/%
铁矿石	1270	27	铜	1180	29
铜	1240	27	铁矿石	1060	26
金	750	16	金	570	14
镍	650	14	镍	550	13
铀	150	3	铂族金属	150	3
铅/锌	140	3	铀	130	3
铂族金属	130	3	铅/锌	110	3
金刚石	80	2	金刚石	90	2
其他	240	5	其他	250	7
总计	4650	100	总计	4090	100

资料来源:据E&MJ,Jan/Feb.2010和2011年整理。

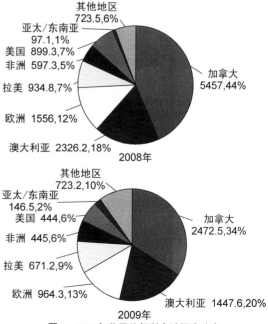

其他地区 723.5,6%
亚太/东南亚 97.1,1%
美国 899.3,7%
非洲 597.3,5%
拉美 934.8,7%
欧洲 1556,12%
澳大利亚 2326.2,18%
加拿大 5457,44%
2008年

其他地区 723.2,10%
亚太/东南亚 146.5,2%
美国 444,6%
非洲 445,6%
拉美 671.2,9%
欧洲 964.3,13%
澳大利亚 1447.6,20%
加拿大 2472.5,34%
2009年

图4   2009年公司总部所在地投资分布
(百万美元和百分比)

亿美元，占 19.8%；欧洲 9.643 亿美元，占 13.2%（图4）。

矿业开发投资持续走强。2009 年，矿业开发的统计数据并未受到金融危机的严重影响，投资总额为 4090 亿美元，比 2008 年增长 32.8%，2010 年投资 4650 亿元，比 2009 年增长 13.7%，从开发的矿种来看，4 种主要金属矿产铜、铁矿石、金和镍所占的费用合计达 3910 亿美元，占调查费用的 84.1%，其中铁矿石占 27.3%，铜占 26.7%。2010 年反映这两个矿种是全球非燃料固体矿产开发的投资重点（表14）。

2009 年，矿业开发投资的十大目标国依次是加拿大、澳大利亚、巴西、俄罗斯、秘鲁、智利、美国、南非、菲律宾和墨西哥，十国合计投资 3110 亿美元，占总投资的 76%。2010 年，矿业开发的十大目标国依次是澳大利亚、加拿大、巴西、智利、秘鲁、俄罗斯、南非、美国、菲律宾和墨西哥，十国合计投资 3810 亿美元，占总投资的 82%。尽管在 2008 年和 2009 年，矿业受金融危机的影响还是很大，许多矿山出现了停产、减员现象，许多公司压缩成本和投资，但矿业开发投资并未减少。

（三）矿产勘查活动的开展，促进了矿产储量的增长

1. 世界油气储量不断增长

随着全球原油价格的不断攀升，油气勘探与开发日趋活跃，最近 10 年世界石油和天然气的储量持续增长，而且石油储量增长还有加快趋势。据《油气杂志》和 BP 统计，从 2000 年到 2010 年，全球石油储量由 10160.4 亿桶增加到 13832.0 亿桶，天然气由 5146.2 万亿立方英尺增加到 6608.9 万亿立方英尺，十年间石油和天然气的储量分别增长 36.1% 和 28.4%（表15）。

需要指出的是，油气生产的"峰值"尚未出现，储量还在继续增长。此外，加拿大油砂 1431 亿桶。

表 15　　　　　十年世界油气储量变化情况

时间/年	世界石油/10^6bbl[①]	世界天然气/bcf[②]
2010	1,383,200	6,608,900
2009	1,376,600	6,621,200
2008	1,331,698	6,185,693
2007	1,317,447	6,182,692
2006	1,292,550	6,112,144
2005	1,277,748	6,040,208
2004	1,265,812	6,068,302
2003	1,212,881	5,501,424
2002	1,031,101	5,451,332
2001	1,028,458	5,278,484
2000	1,016,041	5,146,207
十年变化率	36.1%	28.4%

注：①2008 年以前的数据来自《油气杂志》全球生产报告，2007；2009 和 2010 年的数据来自 BP，2011；②同 2009 年。

2. 固体矿产找矿勘查不断取得进展

由于技术进步和坚持不懈的超前地质勘探工作，使得近十年来全球重要矿产资源的储量或储量基础大都有不同程度的增加。按照目前世界矿产开采水平，总的来说，证实储量可保证开采 20~40 年，某些矿种的保证年限还要长得多，如石油为 40 多年，天然气近 60 多年，煤 100 多年。如果加上预测资源量，保证年限还会大大增加。

除煤、锰、铬铁矿、锡、锑、汞、钽和铌、菱镁矿等矿种外，大部分矿种资源储量有不同程度的增长，尤其是石油和天然气等能源矿产储量增长超过 20%，铜和镍等重要金属矿产储量增长超过 60%，铁矿石等储量增长也超过 20%，锂储量增长近 3 倍（表16）。

表 16　　　　　　　　　　　　　　　　　　　世界主要矿产储量

矿产	单位	储量 2000 年	储量 2010 年	矿产	单位	储量 2000 年	储量 2010 年
煤	亿吨	9842.11	8609.38	钽	吨	12000	11000
石油	亿吨	1385.88	1888.0	铼	吨	2500	2500
天然气	万亿立方米	145.64	187.1	铌	万吨	350	290
铀*	万吨	234	252	锂	万吨	340	1300
铁矿石	亿吨	1400	1800	锶	万吨	680	680
锰矿石	亿吨	6.8	6.3	铊	吨	380	380
铬铁矿	亿吨	36	>3.5	钍	万吨(ThO_2)	120	130
镍	万吨	4600	7600	锆	万吨(ZrO_2)	3600	5600
钴	万吨	450	730	钇	万吨(Y_2O_3)	51	54
钨	万吨	200	290	石棉	万吨	大	大
钼	万吨	550	980	石墨	万吨	1500	7100
钒	万吨	1000	1360	萤石	万吨	22000	23000
铜	亿吨	3.4	6.3	重晶石	万吨	15000	24000
铅	万吨	6500	8000	石膏	亿吨	大	大

续表

矿产	单 位	储 量		矿产	单 位	储 量	
		2000 年	2010 年			2000 年	2010 年
锌	亿吨	1.9	2.5	滑石	万吨	大	大
铝土矿	亿吨	250	280	硅藻土	亿吨	8	大
菱镁矿	亿吨(Mg)	25	24	硅灰石	万吨	27315	＞9000
金红石	万吨(TiO_2)	4300	4200	高岭土	亿吨(资源量)	大	大
钛铁矿	亿吨(TiO_2)	3.3	6.5	珍珠岩	亿吨	7	7
锡	万吨	770	520	天然碱	亿吨	240	240
锑	万吨	210	180	金刚石	亿克拉	5.8	5.8
汞	万吨(Hg)	12	6.7	硫	亿吨	14	
铋	万吨	11	32	磷酸盐岩	亿吨	120	650
金	吨	49000	51000	钾盐	亿吨(K_2O)	84	95
银	万吨	28	51	硼矿	万吨(B_2O_3)	17000	21000
铂族金属	吨	71000	66000	蛭石	万吨	5000	
稀土	万吨(REO)	10000	10000	铟	吨	2600	
镉	万吨	59	66	硒	万吨	7	8.8
铯	万吨	10	7	碲	吨	20000	22000

注：* 每公斤成本≤80 美元。

资料来源：①Mineral Commodity Summaries，2001，2011；②BP Statistical Review of World Energy，June，2011。

3. 政府加大了对矿产资源勘查评价导向

为了促进矿产勘查，为国家的经济发展提供有力的矿产资源保障，世界主要矿业大国或资源丰富的国家，采取各种措施，促进矿产勘查工作，并针对全球金融危机提出了应对政策措施，引领矿业的繁荣发展；继续加强基础性公益性地质调查，降低勘查投资风险；开展了一些重大矿产勘查开拓性项目，加强对矿产勘查的引导，形成了政府与企业合力推动矿产勘查的良好局面。在澳大利亚、加拿大和美国等国，还呈现出中央政府与省(州)政府分工协作推动矿产勘查工作的局面。

澳大利亚政府在引导和促进矿产勘查方面，做了大量工作，实施和推进矿产勘查开拓型计划，以降低勘查投资风险，并形成了从联邦政府到州政府，联合高等院校和企业，共同推进矿产勘查工作的良好局面。澳大利亚联邦科学与工业研究组织(CSIRO)通过实施"旗舰项目——地下矿产"，解决矿业工业的实际问题，迎接矿产勘查方面的挑战，研究的重点一是发现澳大利亚的矿产资源，研发新的技术和理念，长期目标是补充澳大利亚的资源基础；二是实现未来矿山的转型，通过创新采矿技术，降低成本、提高效率和安全，把目前经济上不合算的资源转变成有利可图的储量；三是确保澳大利亚未来矿产储量的安全，寻求开启以往不经济矿体价值的途径；四是通过系统的创新推进可持续的加工，确保矿业持续发展，为澳大利亚经济不断创造财富。2010 年一季度，澳大利亚创新、工业和科学研究部正式成立深部勘查技术合作研究中心(DETCRC)，以降

低发现矿床的成本。该中心重点解决三个问题，一是研制更为快捷、更为便宜、更大深度和更加安全的钻探新技术；二是研制与小口径钻孔及数据传输和数据集成技术协调的井下传感器，以确保能够快速决策；三是发展基于实用、可测试的三维模型的靶区选择新战略。该研究中心由联邦科学与工业研究组织与阿德莱德大学及 Curtin University of Technology 联合组建，企业合作者包括澳大利亚巴里克黄金公司和必和必拓等大型矿业企业，每个州及联邦地质调查机构也都是合作者，预计 8 年投资 1 亿澳元。

加拿大从 1989 年发起全国勘查技术项目(EX-TECH)，迄今已实施了四个阶段，作为一个多学科、多部门、综合性的贱金属矿产地质调查项目，涉及的部门既有地调局的下属部门及省级地调机构，又有大学及企业。涉及的学科有地质学、矿床学、热水蚀变与热水沉积、第四纪地质、地球化学、冰川学、水地球化学及水文学、生物地球化学以及空中、地面、地下地球物理测量、GIS 技术等。目的是促进加拿大矿产勘探新方法的发展。加拿大地调局矿产研究提供的地学创新和见识可以帮助矿产勘查业发现维持加拿大作为世界矿产和金属最大提供者的地位。这项开创性计划目的是改进在已建立矿区勘查中应用的概念和技术，这些概念和技术是通过研制区域性和矿床尺度的综合性模型及地球物理和地球化学方法和设备而确立的。加拿大政府把其 15% 不可归还的勘查投资税贷(ITCE)政策延续延长，有效促进了矿产勘查投资。许多省、地区的政

府还有进一步促进矿产勘查的措施,如大不列颠哥伦比亚省、马尼托巴省、安大略省和萨斯喀彻温省等在联邦政府的 ITCE 框架内制定了其税贷政策,并应对国际金融危机,继续延长。安大略省加大政府财政支持,计划三年内向矿业等重要部门增加经费 1.3 亿加元,以提高工作程度,吸引更多的矿业投资。加拿大正在制定促进金刚石工业发展和管理的国家战略。加拿大西部经济多样化国务部长 2009 年宣布,资助 96 万加元在大不列颠哥伦比亚大学地球和海洋科学系建立一个精明矿产勘查和采矿研究中心,即环境变化与行星管理中心(Centre for Environmental Change and Planetary Stewardship),联邦政府的投资将强化研究部门与矿业部门的合作,帮助维持加拿大在矿产勘查和采矿环境友好方面的国际领先地位,中心涵盖三类设备,调查和减轻工业对环境影响的环境界面实验室,进行矿产勘查和采矿研究三维模拟的可视化设备,改进和提高野外矿产勘查研究和培训的野外支撑设备。

矿产资源勘查评价发生了几个值得重视的变化,一是各国政府加大了对矿产勘查的力度,积极引导企业、降低勘查风险,努力寻找新的资源,提高对矿产资源的供应能力。二是加强了新能源和替代能源的寻找和勘查。煤层气和非常规天然气勘查评价活动加强,天然气水合物的探索研究加强,美国、加拿大、日本和印度等国家都开展了天然气水合物专项调查研究,希望在 21 世纪新能源的竞争中占据主导地位。三是加强了矿产资源评价工作,并强调了对环境影响的研究,并注重勘查安全。如美国的国家矿产资源调查计划,澳大利亚昆士兰政府发布"矿产勘查安全指南",帮助勘查经营者和承包人制定安全计划。四是注重勘查技术的研制和综合,从加拿大的全国勘查技术项目,到澳大利亚的玻璃地球计划,研制新技术、发展新方法,成为人们在矿产勘查中取得成功所追求的目标。五是出台应对金融危机的政策,加强矿产勘查,维持矿业的繁荣。六是采取措施加大边缘地区的勘查,如极地和大洋矿产勘查,努力寻找替代矿产资源基地。

三、世界矿产品供需形势

2010 年全球经济呈现复苏态势,新兴市场经济体成为世界经济增长的主要拉动力量,经济快速增长也带动了大宗商品需求逐步增加,矿产品价格快速上涨。美、欧、日相继推行宽松货币政策,导致美元走低,推动资源能源等大宗商品价格不断上涨。

(一)世界经济全面复苏,能源产量和消费量迅速增长

2010 年,随着全球经济的恢复,全球能源消费呈现明显增长势头,能源消费总量超过了经济衰退前2008 年达到的消费高峰值。无论经合组织国家还是非经合组织国家,能源消费量增长速度均高于其经济平均增长速度。全球能源消费的一个特点是:所有地区的所有形式能源消费量均大幅增长。化石燃料消费量的大幅增长表明全球能源消费造成的 CO_2 排放量自 1969 年以来也达到最大排放量。

2010 年,世界能源价格有升有降,石油价格在第四季度上涨前一直保持 70~80 美元/桶,石油输出国组织在 2008/2009 年大幅消减产量的作用仍对石油价格产生影响。天然气价格在英国涨势明显,但北美(页岩气产量大幅增加)和欧洲大陆天然气价格仍然处于较低价位。日本和北美的煤价仍然低迷,但是欧洲煤价却上涨明显。

经合组织国家一次能源消费量增长 3.5%,为 1984 年以来增长最快的一年。非经合组织国家一次能源消费量增长 7.5%,比 2000 年的水平高 63%。2010 年,所有地区能源消费量迅猛增长,并且全都高于其平均经济增长速度。石油仍然是世界主要燃料,占全球能源消费量的 33.6%,但是石油市场份额连续第 11 年减少。

从世界一次能源消费结构来看,石油、煤炭和天然气仍为主要消费能源。但从主要能源消费国来看,美国、日本、德国和英国的消费结构基本相似,均以石油为主,煤和天然气为辅,另外少部分核电补充;法国石油和核电同为主要消费支柱,天然气为辅助能源;俄罗斯则以天然气为主要消费能源,石油和煤炭为辅助能源。中国和印度的消费结构类似,煤炭为主要消费能源,其次为石油、水电(表17)。

表 17 2010 年世界一次能源消费量居前 10 位的国家

(单位:百万吨石油当量)

国家	一次能源消费量	占一次能源消费量的比重/%					
		石油	天然气	煤	核电	水电	可再生能源
世界总计	12002.35	33.6	23.8	29.6	5.2	6.5	1.3
中国	2432.20	17.6	4.0	70.5	0.7	6.7	0.5
美国	2285.65	37.2	27.2	23.0	8.4	2.6	1.7
俄罗斯	690.94	21.4	53.9	13.6	5.6	5.5	0.0
印度	524.23	29.7	10.6	52.9	1.0	4.8	1.0
日本	500.87	40.2	17.0	24.7	13.2	3.8	1.0
德国	319.46	36.0	22.9	24.0	10.0	1.4	5.8
加拿大	316.70	32.3	26.7	7.4	6.4	26.2	1.1
韩国	254.97	41.4	15.1	29.8	13.1	0.3	0.2
巴西	253.92	46.1	9.4	4.9	1.3	35.3	3.1
法国	252.39	33.1	16.7	4.8	38.4	5.7	1.3

资料来源:BP Statistical Review of World Energy June 2010。

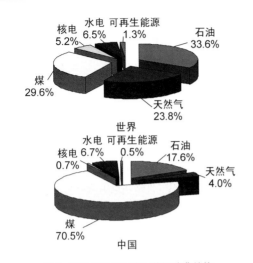

图5　2010年世界和中国能源消费结构

2010年,中国一次能源消费总量为24.32亿吨石油当量,比2009年增长了11.2%,占世界总量的20.3%。中国是世界最大煤炭生产国和消费国,同时也是世界最大水电生产国。2010年亚太地区一次能源消费总量为45.74亿吨石油当量,比2009年增长了8.5%,一次能源消费总量占世界总量的38.1%。亚太地区,特别是中国仍然在全球能源市场中占主导地位(图5)。

2010年世界石油产量为39.14亿吨,比2009年增长了2.2%(表18)。石油输出国组织国家产量为16.23亿吨,比2009年增长2.5%。非石油输出国组织国家的石油产量为16.33亿吨,比2009年增长了1.9%,即日增产86万桶。在石油输出国组织国家中,增产最多的是尼日利亚和卡塔尔,分别增产1607万吨和782万吨。在主要石油生产国中,沙特阿拉伯的石油产量为4.68亿吨,占当年世界产量的12.0%,比2009年增长0.7%,净增产305万吨。伊朗的产量增幅0.9%,净增产175万吨。此外,中国、俄罗斯、美国、加拿大、哥伦比亚、巴西等国的石油产量也有较大幅度增长。中国石油产量为2.03亿吨,比2009年增长了7.1%,为2010年增产最多的非石油输出国组织国家,占当年世界产量的5.2%。挪威为2010年石油产量下降最多的国家。非石油输出国国家产量占全球产量的58.2%,与2000年的比例相当。

2010年全球精炼生产能力利用率增长了72万桶/日,为2003年以来增长最小的一年。欧洲、日本、美国和加拿大等石油输出国组织市场为净减产,生产能力的增加主要集中在非石油输出国组织国家,中国生产能力增加了64万桶/日,占全球生产能力增加量的90%。2010年全球安装的精炼生产能力非石油输出国组织国家比石油输出国组织国家多出150万桶/日。

2010年世界石油消费量为40.28亿吨,比2009年增长3.1%(表19),在连续两年下降之后,2010年达到日增长270万桶,即日消费量8740万桶的创纪录水平。这也是自2004年以来增长百分比最大的一年,但仍为当年化石燃料中消费量增长率最低的能源。亚太地区消费量增长1.0%,占世界石油消费量的31.1%。美国为世界最大石油消费国,2009年石油消费量为8.43亿吨,连续第五年下降,较2008年下降了4.9%,但在世界石油消费中所占比重仍达21.7%,只比整个欧洲的消费量略低。中国的石油消费量为4.29亿吨,比2009年增长10.4%,占世界石油消费量总量的10.6%。石油输出国组织国家消费量增长0.9%,为2005年以来的首次增长。非石油输出国组织国家消费量增长达到创纪录的220万桶/日的水平。石油消费量增长最大的仍为中国和中东国家,中国消费量增长了10.4%到86万桶/日,全球消费量增长主要得益于世界经济的恢复和全球石油精炼产品消费量的迅速增长。从主要消费地区来看,亚太地区、北美地区和欧洲地区仍是石油的主要消费区,在世界消费总量中所占比例分别为31.5%、25.8%和22.9%。但从世界范围看,2010年所有地区石油消费量均出现不同程度增长。

表18　　世界主要矿产品产量

矿　产	单　位	2006年	2007年	2008年	2009年	2010年
钢	亿吨	12.39	13.44	13.3	12.2	14.1
铁矿石	亿吨	18	20	22	23	25.8
锰矿石和精矿	万吨,锰	3328.32	3336	3554.11	3147.09	3936.67
铬矿石和精矿	万吨	1956.23	2373.23	2432.02	2055.58	2738.73
镍(矿山产量)	万吨	144.49	156.81	149.7	136.36	153.6
镍(精炼)	万吨	134.07	144.65	135.57	132.69	151.71
钴	吨	53529	65500	75900	59671	76371
钨(矿山产量)	吨	67462	64055	64717	76101	82342
钼(矿山产量)	万吨	18.55	21.35	22.33	22.25	24.11

续表 18 - 1

矿　产	单　位	2006 年	2007 年	2008 年	2009 年	2010 年
钒（矿山产量）	吨	62400	58500	55500	53500	56000
铜（矿山产量）	万吨	1517.52	1554.8	1567.08	1580.52	1609.87
铜（精炼）	万吨	1734.13	1804.01	1849.6	1865.33	1918.57
铅（矿山产量）	万吨	356.63	368.32	380.79	413.7	410.23
铅（精炼）	万吨	802.02	822.07	892.97	880.23	931.1
铅（再生）	万吨	414.65	438.93	462.57	463.1	530.38
锌（矿山产量）	万吨	1042.28	1107.13	1180.85	1138.04	1210.98
锌锭	万吨	1068.6	1141.95	1172.55	1136.76	1274.99
铝土矿	万吨	19165.51	20901.44	21746.89	19303.79	20345.98
氧化铝	万吨	5839.5	5448.4	5595.8	4994.6	5161.7
原铝	万吨	3397.52	3818.6	3966.89	3712.67	4081.12
再生铝	万吨	909.22	966.22	879.1	778.24	792.43
镁	万吨	678.2	784.47	735.75	594.2	750.8
钛（矿山产量）	万吨 TiO_2	486.98	508.92	505.04	425.35	487.54
海绵钛	万吨	11.8	15.04	16.44	15.82	7.43
金红石精矿	万吨	41.5	56.4	63.9	55	58
钛铁矿精矿	万吨	540	572	580	530	580
锡（矿山产量）	万吨	33.5	34.63	31.49	30.93	31.22
锡（精炼）	万吨	35.14	35.06	34.34	33.27	35.72
锑（矿山产量）	吨	173567	181468	119374	185065	209789
镉	吨	18782.4	18198.5	21986.9	21449.8	21828.4
汞（矿山产量）	吨	1091.8	1293.2	1796.1	1758.2	2035.3
铋（矿山产量）	吨	5088	4530.3	4726.47	3795.7	3603
金（矿山产量）	吨	2347.6	2324.4	2286.3	241.51	255.03
银（矿山产量）	吨	19723.4	20482.3	20764.7	20828.2	21281.7
铂（矿山产量）	吨	211.5	202.65	184.28	187.03	195.4
稀土氧化物	吨	123000	124000	124000	133000	130000
硒	吨	2179.4	2150.07	2240	2174.8	2096.5
碲	吨	237.1	259.1	268.15	242.9	225
硫	万吨	6570	6840	6960	6790	6800
磷酸盐岩	万吨	14200	15600	16100	16600	17600
钾（K_2O）	万吨	2910	3460	3500	2080	3300
硼	万吨，B_2O_3	426	384	435	351	350
纯碱（天然＋合成）	万吨	4200	4500	4600	4400	4600
萤石	万吨	533	569	604	546	540
重晶石	万吨	796	763	805	613	690
石墨	万吨	103	111	112	110	110
石膏	万吨	12500	15400	15900	14800	14600
石棉	万吨	230	220	209	207	197
膨润土	万吨	1170	1190	1170	966	1000
滑石和叶石	万吨	892	762	751	743	745
高岭土	万吨	3750	3900	3590	3300	3400

续表 18－2

矿 产	单 位	2006 年	2007 年	2008 年	2009 年	2010 年
硅藻土	万吨	216	210	220	184	183
石油	亿吨	39.14	39.01	39.15	38.31	39.14
天然气	万亿立方米	2.87	2.96	3.06	2.98	3.19
煤	亿吨	61.86	64.08	67.94	68.81	72.73
铀(矿山产量)	吨	39670	41282	43853	50773	53663

资料来源:①Mineral Commodity Summaries,2008,2009,2010,2011;②World Metal Statistics,Mar 2011;③World Metal Statistics,Yearbook 2011;④Minerals Yearbook,2008,2009,2010;⑤Industrial Mineral,2008,2009,2010;⑥BP Statistical Review of World Energy,June 2011。

表 19 世界部分矿产品消费量

矿 产	单 位	2006 年	2007 年	2008 年	2009 年	2010 年
镍(精炼)	万吨	136.56	135.54	129.82	130.51	151.83
原铝	万吨	3393.47	3744.1	3690.41	3472.59	3568.25
铜(精炼)	万吨	1697.44	1814.05	1815.26	1824.3	1919.96
铅(精炼)	万吨	805.68	838.19	894.37	876.06	932.92
锌锭	万吨	1090.75	1131.01	1150.83	1108.99	1236.93
锡(精炼)	万吨	36.29	35.67	35.45	32.25	37.36
镉	吨	14511.8	16058.2	16422.3	15568.9	15440.1
金(需求)	吨	3906	3552	3806	3493	3812
银(需求)	吨	31380	32582	33316	34868	37351
铂	万盎司	789	827	799	704	767.5
钯	万盎司	741	788.5	826.5		
石油	亿吨	38.9	39.7	39.6	39.09	40.28
天然气	万亿立方米	2.83	2.94	3.01	2.95	3.17
煤	亿吨油当量	30.9	31.84	32.86	33.06	35.56

资料来源:①World Metal Statistics,Yearbook 2011;②World Metal Statistics,Mar 2011;③Minerals Yearbook,2008,2009;④BP Statistical Review of World Energy,June 2011;⑤中国贵金属,2008 年,2009 年,2010 年。

由于世界石油生产和消费存在极为严重的区域不平衡性,因此世界石油贸易量很大。在连续两年下降之后,2010 年世界石油贸易量为 26.34 亿吨,比 2009 年增长了 2.2%。其中原油贸易量 18.76 亿吨(表 20),成品油贸易量 7.58 亿吨。原油贸易量占世界石油产量的 47.9%。世界石油贸易一般分为原油贸易和成品油贸易,2010 年两类贸易量均较大幅度增长,但是原油贸易量仍然占全球石油贸易量的 70%。北美既是石油的主要生产区,又是石油的主要消费区,但由于美国石油消费增长迅速,本地供给远远满足不了不断增长的需求水平,因此美国成为世界最大的石油进口国。2010 年美国的原油进口总量为 4.56 亿吨,较 2009 年增长了 2.9%,占世界原油进口总量的 24.3%。亚洲目前已超过欧洲成为第二大石油消费区,2010 年原油进口量占世界总量的 45.1%。中国和日本分别是世界第二和第三大石油消费国。中国近年来石油年进口依赖程度不断上升,2010 年中国进口原油 2.35 亿吨,比 2009 年增长了 15.3%,原油进口量占当年原油消费量的 54.7%,居世界第二位。日本国内石油资源极少,几乎完全依赖于进口,2010 年原油进口总量为 1.85 亿吨,占世界总进口量的 9.9%。欧洲是发达国家集中的地区,石油消费量很高,却只有俄罗斯、挪威和英国三个重要石油生产国,石油产量无法满足本地区的石油需求,因此每年都要从其他地区进口大量石油,石油进口主要来自中东地区。中东地区石油出口总量占世界出口总量的 44.2%;原苏联地区石油出口量占世界出口总量的 17.0%。亚太国家石油净进口量几乎占了进口总增长量的 90%。中国和日本石油净进口量分别增长了 14.6% 和 7.1%。

表 20   世界部分矿产品进出口量

矿 产	单 位	进 口			出 口		
		2008 年	2009 年	2010 年	2008 年	2009 年	2010 年
镍(东西方贸易)	万吨	64.4	64.01	66.46	61.64	57.63	58.21
铝	万吨	1814.85	1732.5	1883.61	1959.23	1826.19	1910.9
铜(精炼)	万吨	677.7	797.65	776.07	783.89	864.46	805.14
铅(精炼)	万吨	171.96	173.57	161.09	159.37	167.9	154.47
锌锭	万吨	346.59	366.62	364.96	372.09	379.94	361.87
锡(精炼)	万吨	22.82	20.55	20.32	29.02	22.82	24.3
石油(原油)	亿吨	19.7	18.93	18.76	19.7	18.93	18.76
天然气	亿立方米	8137.7	8765.4	9752.2	8137.7	8765.4	9752.2

资料来源：①World Metal Statistics, Yearbook 2011；②World Metal Statistics, Mar 2011；③Minerals Yearbook, 2008, 2009；④BP Statistical Review of World Energy, June 2011；⑤中国贵金属，2008 年，2009 年，2010 年。

2010 年布伦特平均油价为 79.50 美元/桶，比 2009 年上涨 29%，但是仍然低于 2008 年每桶 18 美元的创纪录水平(表 21)。石油消费量的大幅增长和石油输出国组织的限产推动了石油价格的上涨，年末油价达到了 94 美元/桶。

表 21   2006 ~ 2010 年世界主要市场原油价格   单位：美元/桶

年份	WTI	布伦特	迪拜	米纳斯	塔皮斯	辛塔	大庆	欧佩克
2006	66.00	65.14	61.49	65.17	69.99	62.4	63.34	61.08
2007	72.26	72.52	68.37	73.51	77.85	70.17	71.39	69.10
2008	100.06	97.26	94.18	101.00	104.90	93.74	96.73	92.73
2009	61.92	61.67	61.91	64.95	65.07	60.63	59.96	61.06
2010	79.45	79.5	78.08	82.27	82.72	78.1	78.45	77.39

资料来源：国际石油经济，2011 年，第 3 期。

2010 年世界天然气产量为 31933 亿立方米，比 2009 年增长 7.3%。美国是世界天然气产量增长的主要驱动力，也是连续第四年占有最大增量。美国天然气产量增加 4.7%，产量再创历史记录，继续为世界第一大天然气生产国。非传统资源的开发和大量钻探工作的投入是美国天然气产量增加的主要原因。受伊朗、卡塔尔、印度和中国天然气产量增长的拉动，中东和亚太地区天然气产量也大幅度增加，分别增长了 13.5% 和 10.5%。卡塔尔占有了世界天然气第二大增量，源于其向阿联酋管道天然气供应量持续增加。加拿大为 2010 年天然气产量下降最大的国家，并且是连续第四年下降。

2010 年世界天然气消费量 31690 亿立方米，比 2009 年增长了 7.4%，为自 1984 年以来增长最快的一年。所有地区的消费量均呈现不同程度增长。美国天然气消费量增长最多，增长 5.6%，达到新的历史纪录。俄罗斯和中国也增长较大，均创下各自的历史纪录。其他亚洲国家的消费量也增长较大，印度增长达 21.5%。

2010 年全球天然气贸易量增长 10.1%，液化天然气发货量则增长了 22.6%，主要是因为卡塔尔发货量增长了 53.2%。液化天然气进口国中，韩国、英国和日本进口量增长最多。液化天然气约占世界天然气贸易量的 30.5%。管道天然气发货量增长 5.4%，主要是因为俄罗斯出口量增加。

2010 年煤消费量增长 7.6%，为 2003 年以来增长最快的一年。煤目前占世界能源消费量的比例 29.6%，10 年前为 25.6%。中国 2010 年煤消费量占世界的 48.2%，占全球煤消费量增量的 2/3。世界其他地区消费量也增长较大，经合组织国家消费量增长

5.2%,为自1979年以来增长最大的一年。全球煤产量增长6.3%,中国增长9%,占全球增长的2/3。美国和亚洲国家也增长较大,但欧盟国家产量下降,由此导致欧洲煤价上涨幅度较大。

2010年世界核能消费量增长2.0%,为三年来的首次增长。中国、西班牙、土耳其和日本水电发电量的增长拉动2010年世界水电发电量增长了5.3%。中国水电发电量增长了17.1%,占世界增量的77.6%。可再生能源的消费量继续强烈增长,在全球能源消费构成中所占比例逐渐加大。受有利的环境政策影响,中国和美国风能发电能力大幅增加。

总的来看,全球重要产油区,西亚北非地区的一些国家自2011年初始局势出现动荡不安,导致国际油价大幅飙升。石油输出国组织产量近期因西亚北非局势不稳而略有下降,但其剩余产能及非石油输出国组织成员国的产量增加足以满足缺口,供需可以实现基本平衡。据国际能源机构(IEA)报告,2011年全球石油日均需求量将达到8940万桶,比2010年增长3.4%,为2004年来最高增长水平。日本核泄漏事件令全球重新谨慎审视未来核电产业发展,对原油价格走高产生有力支撑。在此背景下,替代能源的重要作用日趋显现。天然气和煤炭在能源市场的比重上升,特别是相对而言价格低廉、供应充足、使用安全的煤炭,需求将快速增长,未来煤炭价格与油价的联动性将进一步增强。

(二)世界钢铁市场需求旺盛,大多数冶金金属矿产品产量和消费量增加

据国际钢铁协会(IISI)统计,2010年世界粗钢产量14.1亿吨,比2009年增长16.8%。

中国是世界第一大产钢国,并且是产量增加最多的国家,2010年粗钢产量为6.3亿吨,同比增长9.3%,继续稳坐世界头把交椅,而排名二到六位的日本、美国、俄罗斯、印度和韩国5国的钢产量总和仅为中国钢产量的61.0%。中国钢产量占世界产量的比例为44.3%,比2009年下降2.3个百分点。日本为第二大产钢国,产量为1.1亿吨,同比下降25.3%。美国钢产量为8060万吨,排世界第三,俄罗斯钢产量为6700万吨,世界产量排名第四。其他重要产钢国有印度、韩国、德国、乌克兰、巴西和土耳其等。从2000年开始,"金砖四国"(中国、巴西、印度和俄罗斯)的钢产量占世界钢产量的比重迅速提高,从2001年的31%提高到2010年的56.0%。而从2000年到2010年,世界粗钢产量增长了5.38亿吨,我国粗钢产量增长了4.89亿吨,在此期间中国粗钢产量的增量占世界粗钢产量增量的绝大部分,世界新增粗钢产量基本上来自中国。

2010年世界铁矿石产量25.82亿吨,比2009年增长13.9%。除了澳大利亚和南非等少数国家外,大部分国家铁矿石产量都出现下滑。2010年中国铁矿石产量为5.36亿吨(按照世界平均63%~64%的品位折算),较2009年增加0.96亿吨,同比增幅为21.8%。其他重要铁矿石生产国有澳大利亚(4.54亿吨)、巴西(3.55亿吨)和印度(2.45亿吨)等。

随着世界经济的恢复,2010年世界铁矿石海运贸易量达到创纪录的10.12亿吨,与2009年相比增长了6.3%。世界铁矿石主要出口国有澳大利亚、巴西、印度、南非、加拿大和俄罗斯等国。2010年澳大利亚是世界最大的铁矿石出口国,共计出口铁矿石4.41亿吨,同比增长21.5%;巴西出口量增长10.4%至2.93亿吨;印度是第三大出口国,出口量为0.99亿吨,比2009年下降了14.5%。中国、日本、韩国、美国、德国、加拿大和俄罗斯在世界钢铁贸易中占有较大的份额。

多年以来,全球铁矿石的海上贸易一直由澳大利亚、巴西以及印度和南非等国控制。最近几年世界铁矿石贸易格局发生了巨大变化,铁矿石的主要进口国开始由日本、西欧逐步转为中国。虽然中国拥有很大的铁矿石工业,但是其铁矿石产量难以满足国内日益增长的需求,目前很大比例需要通过进口铁矿石来解决,从而造成近年中国铁矿石进口量持续大幅度增长。中国是世界最大的铁矿石进口国,2010年进口铁矿石6.19亿吨,约占世界铁矿石进口总量的60%,比2009年下降1.6%。中国铁矿石进口量小幅回落的主要原因,一是国外铁矿石资源稀缺、价格坚挺使得国产铁矿石产量的持续增长,对进口矿形成替代;二是2009年国际铁矿石价格处于低位,国内大部分钢厂超量进口国际高品位的低价矿,在一定程度上降低了2010年进口矿的需求量;三是受节能减排影响,2010年生铁产量增幅低于2009年的增幅,铁矿石消耗量增幅有所放缓。

2010年铁矿石市场的特点是三大矿山定价方式由传统的年度定价转为季度定价。国际铁矿石价格持续攀升。进口平均到岸价为128美元/吨,同比增长60.7%。其中,巴西矿进口综合均价最高,为136.6美元/吨,这与其块矿品位较高、球团矿较多以及海运费相对较高有关;澳大利亚次之,均价为128.4美元/吨;由于印度矿综合品位较巴澳两国偏低,均价为117美元/吨。

2010年世界钢产量增长,从而导致世界钢铁工业对铁矿石的需求增加,国际市场铁矿石供应紧张,国际市场铁矿石的价格逐步上涨。

2010年以来,随着全球经济增速和钢铁需求增加,世界钢铁工业,特别是中国钢铁工业的生产形势大好。在其拉动下,2010年世界铁合金金属的产量、消费量和价格也普遍增长。

由于 2010 年世界不锈钢产量增长 10.4%,从而导致铁合金矿产产量普遍增加。全球主要铬铁生产商,尤其是南非铬铁企业,自 2009 年末起,陆续扩大铬铁矿生产能力,从而使铬铁矿产量大幅增加。2010 年世界铬铁矿产量 2738.7 万吨,比 2009 年增长了 33.2%。南非铬铁矿产量为 1082 万吨,同比增长 57.6%。中国拥有巨大的铬铁生产能力,但由于中国国内铬矿资源缺乏,矿石产量很少,加上矿石质量差,大部分资源地又处边远地区,存在运输困难、运费高等原因,因此不得不进口大量的铬铁矿,从而使近年铬矿进口量保持持续增长态势。中国目前为世界重要的不锈钢生产国,2010 年不锈钢产量占世界总量的 33.7%,预计今后几年将成为世界重要的不锈钢出口国。钒铁供应从 2008 年开始趋于平衡,但 2009 年钒铁产量超过消费量,市场出现供大于求。2010 年世界钒产量为 6.4 万吨,消费量为 6.1 万吨,国际市场钒供应过剩 3000 吨。2010 年中国钒产量占世界总产量的 50%;南非占 21%;俄罗斯占 10%;美国占 9%。钢铁工业消费了钒产量的 92%,钒的生产及消费市场均与钢铁行业密切相关。受金融危机影响,2009 年国际市场钒铁和五氧化钒价格曾大幅下挫。由于钒产量增幅大于消费增幅,尽管 2010 年价格回升了 20%,但仍远低于镍、钼和铬金属 40% 的涨幅。2010 年,钒铁均价为 30 美元/公斤,五氧化钒均价为 6.91 美元/磅,与 2009 年相比分别上涨了 20% 和 14.6%。如果世界钢产量能保持 4% ～ 5% 的年均增长率,到 2025 年全球钒消费量将达到 13.2 万吨。

总的来看,2010 年铁合金金属生产在世界钢铁生产增长的拉动下,市场需求普遍旺盛,大部分矿产出现了不同程度的短缺,由此导致大部分铁合金金属矿产品价格上涨。

(三)有色金属市场需求旺盛,大多数矿产品价格大幅上涨

2010 年世界 6 种主要有色金属(铜、铝、铅、锌、锡、镍)总产量为 8393.21 万吨,比 2009 年增长 9.1%,其中镍产量增长幅度最大,为 14.3%;锌产量次之为 12.2%;铝、锡和铅分别增长了 9.9%、7.4% 和 5.8%;铜增长幅度较小,增长了 2.9%。上述 6 种有色金属消费量合计为 7847.25 万吨,比 2009 年增长 5.4%,其中镍消费量增长幅度最大,为 16.3%,锡和锌次之,分别增长了 15.8% 和 11.5%,铅和铜消费量分别增长了 6.5% 和 5.2%,而原铝消费量小幅增长了 2.8%。铝和锌供应较充足,镍基本供需平衡,铅、铜和锡存在一定程度的供应缺口(表 22)。

2010 年,中国、俄罗斯、巴西和印度的经济持续增长,对有色金属的需求继续增加,6 种主要有色金属产量所占世界产量的比例已达 45.2%,6 种主要有色金属消费量所占世界消费量的比例已达 49.0%,金砖四国经济发展的快慢对世界有色金属工业的兴衰有着决定性作用。

表 22　　　　　　　　　　　　　2010 年世界主要有色金属供求状况　　　　　　　　　　　　　单位:万吨

项　目	铜	铝	铅	锌	锡	镍
世界产量	1918.57	4081.12	931.1	1274.99	35.72	151.71
世界消费量	1919.96	3568.25	932.92	1236.93	37.36	151.83
供求平衡	－1.39	512.87	－1.82	38.06	－1.64	－0.12
库存量	100	650.12	44.05	135.25	3.58	14.27
年底库存消费比/周	2.7	9.5	2.5	5.7	5.0	4.9
正常库存消费比/周	5.5	5.5	4	5	5	5
产量与 2009 年相比增长/%	2.9	9.9	5.8	12.2	7.4	14.3
消费量与 2009 年相比增长/%	5.2	2.8	6.5	11.5	15.8	16.3

资料来源:根据《World Metal Statistics》Yearbook 2011 资料计算。

2010 年,随着世界经济的恢复,世界有色金属市场也逐渐步入良好发展轨道。大多数有色金属矿产供需两旺,年平均价格普遍大幅度上涨(表 23)。全年 LME 有色金属年均价格的总体水平大大高于 2009 年。在 6 种主要有色金属中,锡、镍和铜为 2010 年价格上涨幅度最大的矿产品,它们的年平均价分别比 2009 年上涨了 50.3%、48.8% 和 46.3%;锌和铝的年平均价分别比 2009 年上涨了 30.6% 和 30.5%;铅的年平均价格上涨幅度最小,但也上涨了 25.0%。2010 年其他有色金属也大都因需求旺盛,市场供应普遍紧张,进而导致

价格普遍上涨。

表23   **2007～2010年LME主要金属现货价格(年平均价)**   单位:美元/吨

品　种	2007年	2008年	2009年	2010年	2010年比2009年增长(%)
铜	7126	6956	5150	7535	46.3
铝	2639	2573	1665	2173	30.5
镍	37181	21111	14655	21809	48.8
锡	14536	18510	13574	20406	50.3
铅	2595	2091	1719	2149	25
锌	3250	1875	1655	2161	30.6
金(美元/盎司)	696.43	872.54	972.97	1225.46	26
银(美元/盎司)	13.38	15.02	14.65	20.16	37.6

资料来源:《World Metal Statistics》Yearbook2011。

2010年世界精炼铜产量1918.57万吨,比2009年增长2.9%,消费量1919.96万吨,同比增长5.2%,市场供应略有不足。在世界主要消费地区中,亚洲地区的铜消费量占世界铜消费量的44.6%。中国仍是拉动世界铜消费增长的主要动力,2010年中国消费量增长了11.3%,净增消费量46.4万吨,而同期世界消费量仅增加了51.8万吨;美国由于建筑业和汽车制造业市场消费乏力,导致美国全年消费量下降了6.2%。总之,2010年随着全球经济复苏、需求旺盛和美元贬值等多种因素的共同作用下,国际市场铜价呈现持续大幅上涨的态势。1月LME三个月期铜平均价为7412.03美元/吨,现货平均价为7386.25美元/吨。此后随着经济形势的好转,铜价开始了波动上涨的历程。到12月,LME三个月期铜平均价涨至9101.04美元/吨,现货平均价涨至9147.26美元/吨,分别比年初上涨了22.8%和23.8%,价格上涨幅度明显低于2009年。

2010年世界原铝产量为4081.12万吨,比2009年增长9.9%。世界原铝消费量为3568.25万吨,比2009年增长了2.8%,净增消费量95.66万吨;而中国原铝消费量则净减少了186.3万吨,下半年汽车产量增速放缓以及房地产调控政策的实施是中国铝消费量下降的主要原因。但从世界范围来看,原铝的主要消费市场还是在亚洲,特别是中国。2010年亚洲原铝消费量占世界总量的56%,而中国所占比例高达34.8%。由于西方主要工业国的实体经济从世界性经济危机中迅速恢复,从而导致西方原铝需求大幅增加,西方世界原铝消费量比2009年多了260万吨,所占世界消费量的份额达60%。虽然需求旺盛,但市场供应量大大高于需求,由此导致市场供应过剩,世界铝商业库存开始增加,12月底库存650万吨,较2009年年底增加了40%

以上。2010年国际市场铝价也呈现波动性上涨的势头,但波动范围和上涨幅度均大大小于铜。国际市场铝期货价格在2010年1月为2266.55美元/吨,之后,随着全球通胀预期的升温以及需求的回暖,铝价开始上涨,在6月初出现一次小的下降,之后从7月开始铝价涨速明显加快,并在10月达到2378.17美元/吨。截至2010年12月,LME现货铝月均价和三月期铝分别收于2350.67美元/吨和2367.02美元/吨。

2010年世界精铅产量为931.10万吨,较2009年增长5.8%,消费量932.92万吨,比2009年增长6.5%,供应缺口1.82万吨。中国是世界精铅生产和消费大国,2010年精铅产量421.27万吨,比2009年增长9.1%。自2003年中国超过美国成为全球第一大精铅生产国后,产量逐年增长,而且占世界产量的比例也在不断增加,2010年已经达到45.2%。2010年中国精铅消费量421.27万吨,占世界消费量的比例为45.3%。2010年中国精铅消费量增加了35.28万吨,而同年世界消费量增加了54.60万吨,这反映出中国精铅的生产和消费对世界精铅的生产消费形势有着重要的影响,但也显示出世界铅工业整体形势转好的局面。2010年中国精铅出口量2.43万吨,仅占当年世界精铅出口量的1.64%,出口量与2009年相近。尽管中国主要铅生产国生产形势好转,但中国出口量低和世界商业铅库存量处于较低水平使国际市场铅供应略有不足。全年国际市场铅价总体表现良好,年初延续2009年铅价持续上涨的趋势,LME现货平均价6月的全年最低价为1703.95美元/吨,之后,随着全球经济复苏、美元贬值投资基金炒作的影响,国际市场铅价一路走高。8月已突破2000美元/吨关口,12月则进一步涨至2412.93美元/吨,年内最高价比最低价上涨幅度高达41.6%。

2010年,世界锌产量为1274.99万吨,比2009年下降 12.2%,世界锌消费量为 1236.93 万吨,比 2009 年下降 11.5%。世界锌消费增长仍主要来自中国。中国由于近几年镀锌板产量持续大幅增加导致锌消费持续增长。2010 年锌消费量 530.05 万吨,比 2009 年增长 8.5%,净增 41.7 万吨。2010 年国际锌市场供大于求,全年供应过剩 38 万吨左右,由此导致 LME 库存增加。2010 年 LME 锌现货平均价为 2161 美元/吨,比 2009 年上涨了 30.5%;三个月期货锌平均价为 2186 美元/吨,比 2009 年上涨 30.0%。2010 年 LME 期货平均价最高为 1 月的 2435 美元/吨,最低为 6 月的 1743 美元/吨,涨幅高达 39.7%。2010 年年底 LME 锌金属库存为 135.25 万吨,比 2009 年增加了 34.3 万吨。

2010 年,世界锡产量为 35.84 万吨,比 2009 年增长了 7.7%;世界锡消费量为 37.36 万吨,比 2009 年增长了 15.8%。2010 年国际锡市场供不应求状况未见好转,供应缺口为 1.6 万吨。2010 年,中国、马来西亚和泰国等主要生产国产量增加,但由于市场需求旺盛,市场供应出现短缺,库存相应减少。2010 年国际市场锡价出现大幅上涨。上半年国际市场锡价走势较为平稳,主要在 15000～19000 美元/吨之间震荡。下半年以后,锡价出现大幅攀升,并创下历史新高。导致 2010 年国际市场锡价上涨的主要原因是,全球经济逐渐复苏,消费大幅增长;而全球锡产量减少,造成供应出现较大缺口。2010 年在主要锡生产国中,仅中国的精锡产量有 10% 以上的增幅,其他国家产量均与 2009 年持平或减少,尤其是印尼,产量降幅约为 14%。2010 年伦敦金属交易所锡现货及三个月期货年均价分别为 20408 美元/吨和 20442 美元/吨,同比上涨 50.4% 和 52.8%。2010 年锡价涨幅在伦敦金属交易所基本金属中居首位。

2010 年世界精炼镍产量 151.71 万吨,比 2009 年增长 14.3%,消费量为 151.83 万吨,比 2009 年增长 16.3%。尽管镍供应增长,但全年国际镍市场仍供应短缺 1200 吨。2010 年中国镍产量为 38.7 万吨,消费量为 56.2 万吨,供应缺口为 17.5 万吨。世界镍产量大幅增加的原因有二,一是随着镍价的企稳回升,大部分在金融危机期间被迫减产或者停产的企业陆续恢复生产,加之淡水河谷位于加拿大的镍项目罢工结束,全球镍产量增加明显;二是中国镍铁产量的快速增加。2010 年我国镍铁产量为 16 万吨(镍金属量),已接近我国原生镍产量的 1/2,镍铁在我国乃至全球镍行业的地位愈发重要。根据中国海关统计数据显示,2010 年中国进口镍矿总计 1642 万吨,与 2009 年相近。同时中国仍保持较大的精炼镍的进口量,全年进口精炼镍 18.1 万吨,占当年世界精炼镍进口贸易量的 1/3 左右。全球镍的产消增长促进了国际镍市场的良好发展,由

此导致年内镍价持续上涨,2010 年 LME 三个月期镍最高价为 4 月的 21070 美元/吨,最低为三个月的 18500 美元/吨,价差达 2570 美元/吨。全年三个月期货镍平均价为 21900 美元/吨,较 2009 年的 14690 美元/吨上涨 49%。

2010 年,世界钼矿山产量 24.11 万吨,比 2009 年增长 8.4%,而同期中国的钼矿山产量却仅出现微弱增长,即从 2009 年的 9.35 万吨增至 9.36 万吨。中国钼产量位列全球第一,2010 年占全球产量的 37.4%,略低于 2008 年的 37.7% 和 2009 年的 38.5%。作为国际市场上重要的钼出口国家,中国钼产量的增长速度变缓无疑将减小国际钼市场供应过剩压力。其次,虽然中国国内钼需求的增加和钼出口配额政策的实行减少了钼出口量,但美国、加拿大、秘鲁、智利等主要钼生产国家产量大幅增加,这样就避免了供给市场钼供应不足的情况出现。2010 年,全球钼市场需求在经济复苏的支撑下显著回暖,其中西欧消费量同比增长 18.8%,美国同比增长 39%,日本同比增长 21.4%,中国同比增长 5.6%。当年全球钼消费量为 20.8 万吨钼,同比增长 19.1%,中国钼消费量占全球的 27.4%。欧美钢铁行业开工率大幅提高,已经从 2009 年的年均 60% 开工率提高至 80%,成为支撑全球钼需求增长的重要原因。全球钼价回升。全年欧洲市场桶装氧化钼平均价格为 15.7 美元/磅钼,同比上涨 41.1%;国内市场钼铁(60%Mo)平均价格为 14.1 万元/吨,同比上涨 10.9%。

2010 年,受中国钨矿产量大幅增长影响,世界钨矿山产量比 2009 年增长了 8.2%,增加产量 6241 吨,但主要增量仍然来自中国,2010 年中国增加钨产量 9800 吨,超过了世界钨矿产量增量。2010 年,国内外钨市场发生很大变化。国内需求依然强劲,估计钨在特钢中的消费增长 20% 以上,在硬质合金中的消费增长 20% 左右,加上钨在材料工业、化工工业中的消费增长,估计 2010 年国内钨消费将达到 3.58 万吨金属量,较 2009 年增长 18.4%。加上净出口量增长 112.5%,国内外市场需求增加消费 1.6 万吨钨金属量以上。据统计,2010 年 12 月,欧洲市场钨铁平均价为 41.5～42.5 美元/千克,而 2009 年平均价为 26.13～27.53 美元/千克,同比上涨 581%。2010 年 12 月欧洲市场 APT 平均价为 330～340 美元/吨度,而 2009 年平均价为 185～210 美元/千克,同比上涨 41%。

总之,受新兴市场经济强劲增长的带动影响,2010 年铜、铝、铅、锌、镍等主要有色金属的全球消费量均达历史最高水平。在需求旺盛、库存减少、美元贬值等多种因素作用下,有色金属价格全面上涨。LME 铜、锡价格创历史新高,其他矿产品价格也达到 2008 年金融危机以来最高水平。2011 年,有色金属需求增速将有所

放缓,但推动价格上涨的因素依然不少,同时,能源开采成本上升、环境标准趋严、库存水平偏低等因素导致供应增长滞后,以铜为代表的有色金属期货市场价格仍有上升动力,但涨幅有限。

(四)贵金属投资需求增加,价格普遍上涨

2010年是黄金不同凡响的一年,各层面需求都十分强劲。年度总需求上升9%,达到3812.2吨,约相当于1500亿美元。如此好的表现主要归因于金饰需求强劲增长,印度市场复苏以及中国黄金需求增长势头。中国21年来首度成为黄金净买入国。贵金属价格全面上涨,部分矿产品价格创下历史新高。

据世界黄金协会统计,2010年世界黄金总供应量为4108.2吨,比2009年增长2%。造成供应量增加的主要原因是矿产金总供应量大幅增加(9%)。中国2010年矿产金产量341吨,比2009年增长8.6%,仍为世界第一大黄金生产国。2010年世界矿金总供应量为2543吨,比2009年增长9%,官方净抛售黄金转为净买入黄金87吨,世界循环利用金供应量为1653吨,比2008年下降了1%,占当年世界总供应量的40.2%。从需求方面来看,2010年,世界黄金的总需求达到了十年来3812.2吨的高峰值,比2009增长了9%。其中珠宝首饰消费黄金2060吨,比2009年增长17%。珠宝首饰消费是黄金的主要需求领域,占黄金总需求的54%。此外,随着美元的大幅贬值,黄金的货币功能和战略保值功能愈来愈显重要。另外,传统上美元是亚洲各国外汇储备的主要部分,由于美元长期贬值以及其他主要货币汇率的波动,使各国增加黄金储备以抵御贬值风险,因此增加黄金储备需求逐渐增大。从国家来看,印度是2010年增长最为强劲的市场。年总需求比2009年增长66%,主要为金饰需求的驱动,下半年需求增长尤其明显。中国成为2010年全球投资需求增长最强劲的市场。对金条金币的年需求量达到179.9吨,较2009年增长70%。泰国黄金投资需求也出现大幅增长,2010年需求总量飙升至51.2吨,创历史新高。

2010年国际市场现货黄金价格完成了一个波动性大幅上涨的过程,而且年度内金价再创历史记录。年初到2月初,国际市场金价延续2009年底上涨趋势。之后金价小幅波动下滑,从3月开始至6月,金价由经历了一轮波动上涨下跌过程。从7月开始至年底,金价一路飞涨,至12月创下了1426美元/盎司的历史记录。2010年黄金市场现货年均价为1225.46美元/盎司,比2009年上涨了26%。年内最低价为2月的1025.30美元/盎司,最高价为12月的1426美元/盎司,上涨幅度达35.5%。总的来看,美元持续贬值和投资需求增长是2010年国际市场黄金价格大幅波动上涨的主要因素。

据GFMS统计,2010年世界白银总供应量为37351吨,比2009年增长7.1%。矿产银供应量32288吨,比2009年增长8.8%,创造了新的历史记录,这主要得益于白银和铅等金属价格高涨,使有色金属矿产产量激增,由此导致作为伴生矿产的银产量也随之大幅增长。世界再生银供应量为5063吨,比2009年下降了2.6%,再生银供应量占当年世界总供应量的13.6%。从需求方面来看,2010年,尽管部分消费领域需求疲软,但投资需求、银币及银章需求和工业用银需求的大幅增长使世界白银的总需求为37351吨,比2009年增长7.1%。工业用银需求12590吨,比2009年增长8.9%,但仍没有恢复到金融危机前的水平;工业用银需求占2010年白银总需求的33.7%。白银推断净投资达到12518吨,比2009年增长了22.2%,达到近20年来创纪录的新高,占当年总需求的33.5%。投资需求大幅度增长主要源于白银实物产品投资和白银交易所交易基金ETF产品持仓的大幅增加。珠宝首饰白银消费量为5173吨,比2009年下降2.2%,近6年一直保持下降。

2010年,国际白银价格出现近10年来的最好行情。2010年白银平均价达到20.19美元/盎司,比2009年上涨36.7%,这是国际市场白银价格1980年以来的新高。2010年1~8月,国际银价增长平缓,年初LBMA定盘价为17.17美元/盎司,8月底达到17.88美元/盎司,平均为17.62美元/盎司。2月智利发生大地震,4月希腊发生主权债务危机,5月冰岛火山爆发等因素是影响银价上涨的重要因素。从9月至年底,白银进入强劲牛市行情,银价从8月的19美元/盎司涨至年底的30美元/盎司,平均价格为25.25美元/盎司。美联储宣布采取一切措施振兴美国经济、预期世界经济重陷衰退的可能性加大中国央行加息以及美元贬值等因素促使银价出现了大幅上涨。

从近几年的国际银市场来看,白银价格的走势与市场供求状况不存在必然联系。当国际市场白银价格超过6.0美元/盎司时,直接左右市场的就不是供需关系,而是投机、汇率等因素。近几年的国际白银市场多次证明了这一点,目前的白银供需现状对市场产生的直接影响力很小。短期内经济形势、美元汇率变化、黄金市场价格的波动、投资活动的剧烈变化、国际石油价格等仍然是决定银价的主要因素。同时,由于白银主要为铜、铅、锌和黄金等矿产的伴生矿产,因此白银相关金属行情的好坏,也影响着白银的市场。

2010年世界铂供应量为764.2万盎司,比2009年增长4.3%;其中南非供应量约占世界供应量的60.5%。铂的主要应用领域为汽车、首饰、玻璃和投

资。2010年全球铂的需求增长到767.5万盎司,比2009年增长9.0%。其中汽车需求为281万盎司,比2009年减少了58万盎司;2010年首饰行业铂的需求为271万盎司,比2009年下降了10%,占总需求的35.3%;2010年投资需求为62.5万盎司,占总需求的8.1%。总的来看,2010年世界铂市场存在3.3万盎司的短缺。2010年铂价总体走势强劲。1月初美国铂钯ETF上市后引发了大量的投资需求,铂价快速突破1600美元/盎司,之后随着希腊等欧元区国家陆续爆发债务危机,铂价下滑至1500美元/盎司。3月美国等国汽车销量增加的消息又推动铂价上涨至1600美元/盎司。之后至8月底,欧洲债务危机愈发严重,打击了

投资者信心,加之美元指数走高,铂价再次下滑至1500美元/盎司,之后一直在1500～1600美元/盎司之间波动,9月至年底,受手制造业需求增加、南非矿工罢工、美元贬值以及美联储宣布推出第二轮量化宽松货币政策等因素的影响,铂价进入一轮强劲上涨,并一举突破1700美元/盎司大关,达到年内高点。

总之,2010年,受世界经济形势逐渐恢复和美元持续贬值等因素的影响,世界主要矿产品市场供需两旺,大多数矿产品价格大幅上涨。尽管中国、印度、巴西和俄罗斯等国经济增长速度有所放缓,矿产品需求增长幅度下降,但仍对世界矿产品市场的稳定增长有着巨大的拉动作用。

附表　　　　　　　　　　　　国外矿产品市场价格
一、伦敦市场金属、矿石和氧化物价格

矿产品名称、规格及交货条件	单　位	价　　格		
		2007年12月7日	2008年12月19日	2009年12月19日
锑金属:(99.65%),到岸价	美元/吨	5450～5550	4000～4250	5800～6100
砷:鹿特丹,99%	美元/磅	0.55～0.65	0.50～0.60	0.55～0.65
铋金属:自由市场,到岸价	美元/磅	11.50～12.50	7.75～8.25	6.80～7.50
镉金属:(99.99%),到岸价,条	美元/磅	3.20～3.40	0.65～0.80	1.60～1.75
镉金属:(99.95%),到岸价,锭	美分/磅	3.00～3.30	0.55～0.75	1.50～1.60
钴金属:自由市场,99.8%,纯净	美元/磅	37.75	18.50	18.50
金	美元/金衡盎司	788.75	872.50	1125.75
铟金属:自由市场	美元/公斤	450～500	380～425	410～460
铱金属:J.马瑟基价	美元/金衡盎司	450	435	425
锰金属:99.7%	美元/吨	2900	2300	2300
汞金属:自由市场,99.99%	美元/瓶	550～650	600～700	500～600
锇金属:自由市场	美元/金衡盎司	400	400	400
钯金属:J.马瑟基价	美元/金衡盎司	348	178	368
铂金属:J.马瑟基价	美元/金衡盎司	1458	875	1421
铑金属:J.马瑟基价	美元/金衡盎司	6825	1150	2200
钌金属:J.马瑟基价	美元/金衡盎司	460	120	160
硒:自由市场,到岸价	美分/磅	29～32	18～20	24～27
银	美元/金衡盎司	14.50	11.11	17.26
钛铁矿:54%TiO$_2$,离岸价	美元/吨	88	78～85	75
金红石:澳大利亚产,95%～97%TiO$_2$,离岸价,散装	美元/吨	490	500～550	560
铁矿石　粉矿　年合同价,58%Fe	美分/吨度	80.42	—	89.8
块矿　年合同价,62%Fe	美分/吨度	102.64	—	98.1
锆砂:澳大利亚产,66%～67%ZrO$_2$,标准级,离岸价,散装	美元/吨	790	725～800	875

资料来源:Mining Journal,2007～2009年。

续附表 – 1   二、部分矿产品价格

矿产品名称、规格及交货条件	单 位	价 格		
		2007 年 12 月	2008 年 12 月	2009 年 12 月
铝 氧化铝,煅烧,$Al_2O_3$98.5% ~ 99.5%,袋装,批量,英国交货	美元/吨	550 ~ 575	850	700 ~ 750
氧化铝,煅烧,钠质含量中等,批量	美元/吨	600 ~ 630	850	850
铬 铬铁矿矿石:				
(南非)德兰士瓦,化学级,46% Cr_2O_3,湿散装,离岸价	美元/吨	207 ~ 350	560 ~ 570	190210
德兰士瓦,铸件级,45% Cr_2O_3,湿散装,离岸价	美元/吨	300 ~ 350	510	230260
德兰士瓦,耐火级,46% Cr_2O_3,湿散装,离岸价	美元/吨	455	880	370 – 390
锂 透锂长石,4.2% Li_2O,大袋,德班离岸价	美元/吨	165 ~ 260	165 ~ 260	
锂辉石精矿,> 7.25% Li_2O,西弗吉尼亚离岸价,散装,离岸价	美元/短吨	600 ~ 640	620 ~ 680	
玻璃级锂辉石,5% Li_2O,西弗吉尼亚离岸价,散装,离岸价	美元/短吨	330 ~ 340	340 ~ 390	
碳酸锂,美国东海岸船边交货,大合同	美元/磅	2.70 ~ 3.00	2.70 ~ 3.00	
钛 钛铁矿:澳大利亚产,散装,精矿,$TiO_2 \geq 54\%$,离岸价	美元/吨	75 ~ 85	84 ~ 137	6085
现货价	美元/吨	85 ~ 105	110 ~ 126	100
金红石:澳大利亚精矿,$TiO_2 \geq 95\%$,离岸价				
散装(大量,用于颜料)	美元/吨	475 ~ 500	500 ~ 550	525540
袋装(小包装,用于焊条等)	美元/吨	650 ~ 700	675 ~ 725	700800
锆石 特级,散装,离岸价:澳大利亚	美元/吨	775 ~ 800	830 ~ 860	900950
特级,散装,离岸价:美国	美元/吨	725 ~ 800	725 ~ 820	880 ~ 990
标准,散装,离岸价:澳大利亚	美元/吨	725 ~ 800	775 ~ 800	880 ~ 900
标准,散装,离岸价:美国	美元/吨	725 ~ 800	775 ~ 800	800 ~ 860
稀土 氟碳铈矿精矿,70%淋滤 (价格单位为:美元/磅稀土氧化物)	美元/磅	2.25	2.25	2.25
膨润土 美国怀俄明,工厂交货,火车车厢批量:				
原矿散装	美元/短吨	36 ~ 82	44 ~ 100	—
铸件级,袋装(100Lb)	美元/短吨	55 ~ 80	70 ~ 90	—
"美国石油协会"规格,袋装(100Lb)	美元/短吨	55 ~ 80	70 ~ 100	—
欧洲主要港口到岸价,散装:				
宠物垫圈级 1 ~ 5 毫米	欧元/吨	32 ~ 55	50 ~ 70	4765
铸件级,原矿,万吨船	美元/吨	55 ~ 60	55 ~ 60	50 ~ 75
"美国石油协会",Section6	美元/吨	52 ~ 57	52 ~ 57	70 ~ 100
高岭土 美国佐治亚,工厂交货:填料,散装	美元/短吨	80 ~ 100	80 ~ 100	—
造纸涂料级	美元/短吨	85 ~ 185	95 ~ 185	146 ~ 185
煅烧,散装	美元/短吨	320 ~ 375	320 ~ 375	—
卫生器具级,袋装	美元/短吨	65 ~ 75	65 ~ 75	—
餐具级,袋装	美元/短吨	125	125	—

续附表 - 2

矿产品名称、规格及交货条件		单 位	价 格		
			2007 年 12 月	2008 年 12 月	2009 年 12 月
硅藻土	美国煅烧过滤助剂用,离岸价	英镑/吨	370 ~ 410	370 ~ 410	540 ~ 580 (美元)
	美国热碱处理硅藻土,过滤助剂用,离岸价	英镑/吨	380 ~ 420	380 ~ 420	540 ~ 750 (美元)
碳酸钙	研磨碳酸钙,白垩,未包装,英国工厂交货	英镑/吨	30 ~ 52	30 ~ 52	–
	碳酸钙,白垩,包装,精制,英国工厂交货	英镑/吨	80 ~ 103	80 ~ 103	80 ~ 103
	沉淀碳酸钙,英国工厂交货:未包装	英镑/吨	320 ~ 420	320 ~ 420	320 ~ 480
	包装	英镑/吨	320 ~ 450	320 ~ 450	350 ~ 550
云母	印度:325 目微粉,欧洲到岸价	美元/吨	300 ~ 545	300 ~ 545	300 ~ 400
	湿磨	美元/吨	500 ~ 1000	600 ~ 900	600 ~ 900
	印度离岸价:干磨	美元/吨	200 ~ 430	200 ~ 430	–
	美国工厂交货价:干磨	美元/吨	300 ~ 400	300 ~ 400	700 ~ 1000
	湿磨	美元/吨	700 ~ 1300	700 ~ 1300	700 ~ 1300
	微粉级	美元/吨	700 ~ 100	700 ~ 1000	–
	片状	美元/吨	350 ~ 500	350 ~ 500	350 ~ 500
重晶石	磨碎,白色,涂料级,至少 99% < 20 微米,英国交货	英镑/吨	140 ~ 150	140 ~ 150	–
	钻井级,磨碎,"石油公司材料协会"规格,散装,阿伯丁交货	美元/吨	60 ~ 65	77 ~ 78	–
	块状,"美国石油协会"规格,美国海湾到岸价:中国	美元/吨	105 ~ 125	95 ~ 110	94 ~ 108
	印度	美元/吨	143	106 ~ 130	97 ~ 99
	摩洛哥	美元/吨	52 ~ 53	64 ~ 68	120 ~ 128
萤石	制酸级,滤饼:中国产,干滤饼,美国到岸价	美元/吨	305 ~ 310	530 ~ 550	350 ~ 380
	南非产,德班离岸价	美元/吨	175 ~ 204	250	250 ~ 300
	墨西哥产,坦皮科离岸价	美元/吨	180 ~ 200	250 ~ 320	260 ~ 290
	墨西哥离岸价,As < 5ppm	美元/吨	210 ~ 220	400 ~ 420	300 ~ 360
硅灰石	美国工厂交货价:针状,– 200 目	美元/短吨	205	205	205
	针状,– 325 目	美元/短吨	264	264	191
	针状,– 400 目	美元/短吨	290	290	–
	针状(长径比为 15∶1 ~ 20∶1)	美元/短吨	373	373	444
蛭石	南非产,散装,鹿特丹离岸价	美元/吨	160 ~ 260	280 ~ 450	280450
	原矿,散装,美国工厂交货	美元/短吨	170 ~ 250	170 ~ 250	–
石墨	欧洲港口到岸价:晶质,中片,90%C,+ 100 ~ 80 目	美元/吨	440 ~ 495	680 ~ 780	–
	晶质,大片,90%C,+ 80 目	美元/吨	570 ~ 655	700 ~ 800	–
	晶质,大片,94% ~ 97%C,+ 80 目	美元/吨	650 ~ 800	900 ~ 1000	–

资料来源: Industrial Minerals, 2007,2008,2009。

(国土资源部信息中心 刘树臣 闫卫东 奚姓)

矿业科技信息

【中国煤层气开发利用前景研究】 项目通过我国煤层气地质评价研究,建立了我国煤层气选区评价指标体系和评价方法,评价优选出 14 个煤层气勘探最有利目标,提出了山西沁水、吉县 – 韩城、新疆昌吉 3 个千亿方规模煤层气含气区,并获新增煤层气探明储量 107.21 亿立方米、控制储量 343 亿立方米,极大促进了沁水、鄂东两大煤层气田的勘探开发。项目发展了中低煤阶高渗区空气钻井裸眼洞穴完井、中高煤阶中渗区大井组直井压裂、中高煤阶多分支水平井三套煤层气地面勘探开发配套技术,开发研制了煤层含气量快速解吸仪、煤异常热变装置和欠平衡注气接头,获 3 项实用新型专利,技术应用取得良好效果。提出煤层气有关政策建议被采纳,有效促进了我国煤层气产业发展,对煤矿安全、瓦斯减排和能源利用具有重要作用,取得了很好的经济效益和社会效益。

【山东省莱州市焦家金矿床深部详查报告】 该矿床位于著名的焦家断裂金矿带上,以钻探为主要手段对焦家金矿床深部主矿体进行追索控制。焦家金矿床深部金矿床属于深部找矿新发现的全隐伏矿床,勘探深度达到 – 400 ~ – 1200 米,金矿又是国家重点及重大价值的矿种,也是近期可以开发的矿床。该项目找矿难度大,为"攻深找盲"的成功实例,在成矿理论、找矿模式方面形成了新认识。浅部矿体尖灭后,在深部发现第二个矿化富集带,对国内外同类型金矿床深部找矿工作具有很好的指导作用。该成果近几年即可开发利用,矿床规模大,经济技术条件优越,经济效益和社会效益显著。通过详查,探求金矿资源储量总量(122b + 332 + 333)金属量 105175 千克,其中 122b + 332 类资源储量占总量的 45.81%,333 类以上为 100%,资源储量类别高,矿床规模为超大型。此次工作进行了系统工程控制,揭露的矿体厚度、品位相对稳定,经过技术经济条件分析,其外部建设条件良好,开采及选冶技术经验较丰富。经预可行性研究,当达到设计采选规模时,达产年份平均营业收入为 51124 万元,年利润总额为 29240 万元,年税后利润为 21930 万元,每年可向国家和地方上交税金为 7966.96 万元。再加上伴生组分银、硫的利润,其经济价值将更加巨大。该超大型金矿床的探明也将会带来巨大的社会效益,不仅能解决制约黄金矿山发展的资源危机问题,也可解决就业问题,使资源优势转化为经济和社会优势,带动区内经济的快速持续的发展。预计今后一两年,深部金矿床将会转入矿床开采利用阶段。

【青藏高原油气资源战略选区调查与评价】 以青藏高原中新生代海相含油气盆地为重点,兼顾陆相含油气盆地,开展石油地质综合研究及资源潜力分析;对研究基础相对较好、资源潜力较大的羌塘盆地,分析其形成大中型油气田的可能性,开展重点区块评价,优选有利勘探区带;开展地球物理勘查技术手段方法试验,探索适合该区油气资源调查与评价的有效技术方法。项目成果重新确定了羌塘盆地的面积为 22 万平方千米,是我国最大的中生代海相盆地,具有形成大中型油气田的潜力;明确了羌塘盆地的性质、盆地结构及油气勘探领域:羌塘中生代为大型叠合型盆地,晚三叠世诺利期前为前陆盆地,诺利期至早白垩世为裂谷盆地;首次发现了羌塘盆地前寒武系结晶基底和上三叠统诺利阶之下区域性分布的古风化壳,将盆地划分为 3 个构造层;明确提出了上、中、下 3 个组合中重要的油气勘探领域,其中,中侏罗布曲组和上三叠肖茶卡组为主要的勘探目的层,区域性分布的古风化壳为十分重要的勘探领域;优选出金星湖、半岛湖、光明湖 – 沙土湾湖、托纳木、龙尾湖、胜利河、扎仁、长湖和达卓玛等 9 个有利区块;首次发现了早白垩世海相油页岩和膏盐层,为油气保存条件与源岩评价提供了新的依据。初步开展了羌塘外围海相与陆相盆地油气资源调查评价,首次发现并确定措勤盆地上古生界是值得重视的油气勘探领域;证实了伦坡拉含油气盆地群和可可西里含油气盆地群具有油气勘探前景,并在尼玛、洞错、乌兰乌拉湖、沱沱河、阿翁错等凹陷中首次发现了油气显示,拓展了对青藏油气勘探领域的认识。二维地震勘探方法试验取得了重大突破,大大提高了地震资料信噪比;通过重、磁、电、震方法技术试验,初步建立了青藏地震及非地震地球物理油气勘探方法技术组合。

【福建省尤溪县峰岩矿区铅锌银矿普查】 峰岩铅锌银矿床位于福建省重要成矿区带——政和 – 尤溪多金属成矿带的南段。矿床受中上元古界东岩组地层层位控制,矿体呈层状产于原岩主要为一套基性、酸性火山岩及碳酸盐岩的浅变质岩系中,属块状硫化物型矿床。该项目重新厘定了中新元古界东岩组,并对其进行了岩石地层单位的划分,建立了东岩组地层层序,新发现了其中的 2 个含矿层位,突破了前人对东岩组地层层序及其含矿性的认识,扩大了矿床规模和找矿远景,同时系统总结了"峰岩式"铅锌矿床的成矿模式和找矿模式,对区域找矿工作有重要指导意义,为福建省在闽中裂谷地区寻找铅锌矿提供了找矿思路。通过"峰岩式"

铅锌矿床的成矿模式和找矿模式的建立,结合区域块状硫化物矿床特征提出了与东岩组有关的块状硫化物矿床具有明显受区域火山岩演化控制的特征,火山岩系演化与火山岩系的组合差异导致区域金属矿化和同一地区不同层位的矿化差异的观点。在总结块状硫化物矿床找矿标志的基础上,划定了 6 个找矿远景区。通过系统工程控制,初步查明铅锌银矿达到大型矿床规模。矿床开发技术条件良好,铅锌银矿石可选性好,属易选矿石。以梅仙矿田峰岩及丁家山矿床的资源为依托,在该区建成了 22 家铅锌选矿厂和 1 家冶炼厂,"十五"期间铅锌矿产量逐年增加,年均铅锌矿石产量 80 万吨,2006 年年产铅锌矿石达 120 万吨,产值超 8 亿元,利税 3 亿元,为当地经济发展和社会事业做出了重大贡献。

【江西诸广山地区钨多金属矿评价】 诸广山地区位于江西省南部,是南岭钨锡成矿带的一个重要组成部分。项目首次提出并发现破碎带型钨多金属矿床——牛角窝,发现赣南首例破碎蚀变岩型锡多金属矿——老庵里,矿床新类型的发现开拓了找矿新领域。系统分析工作区的钨矿成矿规律基础上,发展脉钨矿床"五层楼"模式为"五层楼 + 地下室"新模式,并成功应用于淘锡坑钨矿等老矿山的增储扩储工作,指示了钨矿床深部仍存在巨大资源潜力。发现新矿产地 6 处、扩储老矿产地 1 处(淘锡坑);查明大型矿床 3 处、中型 1 处、小型 3 处;调查矿床(点)34 个;提交(333 + 3341)资源量 WO$_3$ 27.6 万吨、Sn 12.32 万吨、Pb 39.5 万吨、Zn 26.2 万吨、Cu 11 万吨、Ag 1022 吨;估算 334 资源量:WO$_3$ 35.1 万吨、Sn11.6 万吨。创新发展的"五层楼 + 地下室"找矿新模型已为找矿实践所验证,成功应用于淘锡坑钨矿的增储扩储工作中,新增钨资源十余万吨,同时这一理论模型也为国内专家学者广泛认同和采用。老庵里式"破碎带蚀变岩型"锡矿和牛角窝式"破碎带—石英脉复脉型"已在赣南地区广泛推广和成熟应用,先后发现了龙南九曲、宁都将军坳、安远金竹 3 处同类型的钨多金属矿床。提交的新发现或增储的矿产地有 3 处得到了开发利用,经济效益显著。项目查明的钨多金属矿资源量潜在经济价值 800 亿元以上,新发现矿产地近年均不同程度开发并产生良好社会经济效益,牛角窝矿区建成唐屋里钨矿,金银庵矿区建成牛岭钨矿,淘锡坑矿区经扩储达到钨资源量十余万吨,2005 年扩产至大型矿山规模,3 座矿山 2005 ~ 2010 年新增利润 8.14 亿元,新增税收 2.725 亿元,直接安排就业人员 2000 余人,并带动服务、运输等相关产业。项目实施还带动各种渠道的社会资金 3000 多万元进入该区地质矿产勘查领域,并取得一大批找矿成果。

【闽中 – 粤东 – 赣南地区金属矿床勘查模型与找矿预测】 闽粤赣邻接区地处不同构造单元交接叠加部位,具有复杂的地质构造演化历史和多期火山岩浆侵入活动,成矿条件良好,找矿潜力巨大。建立了闽中裂谷带梅仙式火山岩容型块状硫化物铅锌银矿床、粤东地区"多因复成"铜铅锌银锑矿床和赣南钨锡多金属矿床的综合性成矿模式和找矿模型。应用研究提出找矿模式,通过化探异常查证、物探方法应用和钻孔施工等,在赣南银坑矿田营脑预测区、闽西南樟坑预查区和粤东麻坑预查区取得了显著找矿效果,还首次查明粤东麻坑预查区锌的赋存状态。对赣南 3 个重要矿集区内不同类型钨矿床开展了花岗岩锆石 SHRIMP U – Pb 和辉钼矿 Re – Os 法测年,获得一批新的高精度成岩成矿年龄数据,提出赣南地区钨锡大规模成矿主要发生于中晚侏罗世。以 MAPGIS 为平台,建立了全区 1:50 万、粤东梅县幅 1:20 万和赣南银坑幅 1:5 万综合信息数据图库,并运用基于 MAPGIS 平台的 MRAS 软件开展了成矿预测,取得了良好预测效果。相关成果已在有关地质勘查单位得到良好应用。

【河南省唐河县周庵矿区铜镍矿勘探报告】 周庵铜镍矿区位于河男省唐河县西南部,240 省道从矿区通过,距唐河县城 29 千米,交通方便。周庵铜镍矿为一隐伏超基性岩含镍(铂钯)硫化物型矿床,含矿岩体埋深 300 ~ 850 米,长 2450 米,宽 700 ~ 1500 米。矿床有用组分以镍为主,共(伴)生有铜、钴、金、银、铂族元素等,矿化主要集中在岩体的内接触带蚀变壳内,圈出了 3 个矿体,提交(331) + (332) + (333)矿石资源量 9754.9 万吨,镍金属量 32.84 万吨,平均品位 0.33 %;提交共(伴)生有用组分资源储量为:铜 11.75 万吨、铂 18401 千克、钯 15703 千克、金 12157 千克、银 402218 千克、钌 4654 千克、锇 712 千克、铑 171 千克、铱 304 千克、钴 13095 吨。镍、铂、钯均达大型规模,铜、金、银、钴矿达中型规模,地质找矿成果显著。该矿床的发现填补了河南省空白,资源储量在全国也名列前茅,潜在经济价值达 1000 余亿元。经论证,未来矿山生产规模确定为日处理矿石 10000 吨,矿山服务年限为 20.72 年。企业年平均销售收入达 171764 万元,年上交各类税费为 25650 万元,企业年税后利润为 55490 万元,服务年限内总销售收入达 342.15 亿元,上缴各种税费 48.88 亿元,企业获利 104 亿元。目前,唐河时代矿业有限责任公司正在办理采矿证。矿山投产后,将带动和促进当地就业和经济发展,具有巨大的社会效益和经济效益。该矿床的发现,为在矿区附近及南阳盆地周边地区寻找同类矿床提供了经验。

【新疆准东煤田奇台县西黑山勘查区普查报告】 新疆准东煤田奇台县西黑山勘查区位于奇台县城北东70千米处的戈壁荒漠区,属奇台县管辖,交通较方便。勘查区由36个拐点圈定,面积201.14平方千米。勘查区内地表为大片的第四系(Q_4)分布,在东部有大面积的第三系上新统独山子组(N_2d)地层分布,北部有小面积的侏罗系中 - 上统石树沟群下亚群($J_2 - 3sha$)出露,侏罗系中统西山窑组煤系地层隐伏于上述地层之下,属一隐伏型煤矿区。此次工作采用目前国内外煤炭勘查的全新技术和高科技手段,运用了现代化地质综合勘查方法。采用地面地质(水文地质)测量,二维地震勘查、钻探、地球物理测井、样品采集测试等综合勘查手段,各项工作紧密衔接,加快了勘查进度,提高了勘查效率,确保了勘查工作质量。报告提交(333 + 334?)煤炭资源总量123亿吨,其中(333)资源储量43亿吨,占总资源总量的35%,(334?)资源储量8亿吨。通过此次勘查工作发现矿区内的煤炭资源丰富,是我国迄今探明煤炭资源量较大的全隐伏整装煤田之一,为建设煤电、煤化工基地提交了一处超大型矿产地。截至2009年6月,各阶段的勘查工作均已做完。年采原煤能力600万吨第一期工程已于2011年5月25日在现场剪彩奠基,预计将产生更大的经济和社会效益。

【西南地区聚煤规律及煤炭资源特性评价研究】 西南地区是我国南方的重要赋煤区和主要煤炭资源产地。该项目针对我国西南地区的云南省、贵州省、四川省、重庆市和广西壮族自治区的聚煤盆地,从盆地构造、沉积相及层序地层格架对煤层发育的控制作用入手,深入研究煤炭资源聚集规律;同时开展煤炭资源的煤岩、煤质特征及煤的工艺特性分析,揭示研究区煤炭资源特性及其主要地质控制因素,提出我国西南地区煤炭资源的合理利用建议。在此基础上预测潜在煤炭资源并提出勘查建议。预测出2000米以浅334 - 1、334 - 2和334 - 3总计资源量2765亿吨。总结了各煤盆地的富煤带分布范围,扩大找煤勘探领域,分别实施了贵州省水城县都格、重庆市丰盛场、四川省内江市铁佛场勘查区、云南省富源县和贵州省盘县交界富村 - 乐民勘查区等50余项煤炭资源勘查项目。项目依托工程发现煤炭资源(331 + 332 + 333)373.43亿吨,新探明和控制煤炭资源(331 + 332)70.61亿吨。地勘单位近三年共新增创收27995万元,实现利润2080万元。经济与社会效益显著。项目形成的西南地区煤炭资源勘查建议,对有效指导西南地区煤炭资源勘查,保障煤炭资源供给有重要意义。

【首批煤炭国家规划矿区资源评价】 首批煤炭国家规划矿区共19个,是我国主要煤炭生产区和供给区,在我国煤炭工业发展中具有十分重要的战略地位。研究煤炭资源技术经济评价方法,对尚未利用煤炭资源进行分级、分等、分类评价。开展以煤炭资源用途为核心的煤质评价,研究确定首批煤炭国家规划矿区资源的最佳用途。运用新资料、新理论、新方法,在研究煤炭资源聚集和赋存规律的基础上,提出新的预测区,客观评价首批国家规划矿区煤炭资源潜力。开展晋、陕、蒙干旱半干旱地区煤炭资源开发与水资源保护、生态环境建设协调发展研究;评价煤中锗、镓、铀等重要价值的元素。分析全国煤炭资源形势,探讨晋陕蒙煤炭资源开发战略研究。建立煤炭资源评价信息系统,管理资源评价所形成的各项成果,为煤炭国家规划区资源管理提供适时、动态和高有序度的资源数据。此次评价结果为国家规划矿区资源规划、矿业权设置、勘查部署和合理利用提供依据,结果被国土资源部储量司、山西省煤炭地质局等资源管理部门以及有关勘查单位广泛应用。

【四川盆地前陆隆起带须家河组大型致密岩性气藏成藏规律研究】 项目通过构造、沉积、成岩、成藏等方面的研究,在查明盆地前陆隆起带须家河组的构造及演化特征的基础上,揭示研究区须家河组储层形成的主控因素,建立致密储层的形成及成藏机制,为大型致密岩性气藏的勘探提供科学依据。提出龙门山、米仓山、大巴山在晚印支期受扬子板块与秦岭微板块碰撞的直接影响,形成了统一的前陆盆地;将四川前陆盆地分为前陆冲断带、中央坳陷带、前陆斜坡带和前陆隆起带四个二级构造单元,并提出了晚三叠世以来至早中侏罗世龙门山与川西前陆盆地的耦合关系为盆岭耦合的新认识;将须家河组砂岩的成岩途径划分为以绿泥石环边为主、以压实和石英次生加大为主以及以早期方解石胶结为主的等等三种成岩序列;并对须家河组的致密化进程进行了定量评价,指出持续的压实及各类胶结作用是造成致密化的重要原因,白垩纪早期储层已达到致密。认为四川盆地前陆隆起带须家河组具有三期成藏的特征,侏罗纪末期和白垩纪末期为油气的充注期,喜山期为构造运动对气藏的改造和定位时期;须家河组气藏成藏主要的排烃机制为生烃灶/中心式排烃和大面积/层状蒸发式排烃两种模式,运移机制为近距离运聚成藏;并认为燕山末期喜山期构造抬升过程中,地层压力降低导致天然气的膨胀作用对天然气的聚集成藏有重要影响,差异压实作用形成的源储压力差和生烃增压作用为成藏动力。前陆盆地研究方面所取得的主要成果对2010年川西南部地震部署起到了指导意义;储层研究方面所取得的认识为川中地区岩性气藏的勘探开发提供技术支持；该项目研究已取得了较好的经济效益，2006～2008年应用该成果指导了广安气田和合川气田的勘探和开发。到目前这两个气田累计上报天然气探明储量近2844亿立方米，按科研成果贡献率0.5%计算，新增经济效益14.22亿元。

【新疆西天山查岗诺尔－备战一带铜铁矿资源评价】
该项目较系统的对查岗诺尔－备战一带进行了地质、地球物理、地球化学、卫星影像等研究，结合本次工作所取得地质及矿产成果。划分出查岗诺尔——智博铁铜矿集区一个矿集区、备战——勒克台萨拉铜铁一个A类找矿靶区和古伦沟铜铁一个B类找矿靶区。预测工作区铁矿石资源量在12亿吨以上，铜及其他金属元素金属量在60万吨以上。为下一步地质找矿工作提供了依据。在查岗诺尔铁矿区Fe1号矿体北东侧的M3高磁异常进行深部工程验证，发现了M3高磁异常下部厚大的磁铁矿体，初步估算332＋333＋3341铁资源量4244.0万吨。在查岗诺尔－备战地区的下石炭统大哈拉军山组地层中发现了火山热液型的智博铁矿床，通过地、物、浅部及少量深部工程控制等综合手段对其进行了初步评价，大致查明了矿体形态、规模、产状、品位及资源前景，初步提交铁333＋3341资源量765.56万吨。现已证明智博铁矿床为一大型富铁矿床，估算332＋333＋334级铁矿石资源量2.4亿吨，另外古伦沟铅锌铁矿床为一中型多金属矿床，共计求得333＋334级铁矿石资源量1100万吨，其中智博铁矿现已开发利用。

【广东省封开县园珠顶矿区铜钼矿勘探】　资源是国民经济发展的基础，铜更是我国紧缺资源，一直备受国家关注，是国家鼓励勘查的矿种。在广东省封开县园珠顶矿区开展铜钼矿普查、详查和勘探连续进行的商业地质勘查工作，经过多年的努力，在粤西桂东地区实现了找矿新突破，新发现并探明了一个可供近期开发利用的大型斑岩型铜钼矿。新增资源储量：矿石总量57079.58万吨；铜金属量979802吨、钼金属量258950吨；伴生硫249.56万吨、伴生银478吨。改变原来的在本区以寻找断裂带控制的热液型铜矿床为主的找矿思路，提出了以寻找斑岩型铜钼矿床的找矿思路，终于实现找矿重大突破，是华南地区粤西－桂东成矿带近年来发现的大型铜钼矿床。建立了本区的斑岩型铜钼矿床的找矿模型，并利用有效的地、物、化探找矿方法组合，有效发现和预测了钼矿体外围的厚大铜矿体。从而在布设的第一个钻孔内便一举发现了厚度达300多米的伴生铜的钼矿体，使此次找矿工作得以用较短的两三年时间便快速评价了一个大型铜钼矿床。该矿床

的发现、成矿模式及找矿模型的研究成果对于粤西－桂东地区的成矿规律、找矿方向研究具有重要指导意义和示范作用。

【柴达木盆地油气资源战略调查及评价】　该项目重点依托柴达木盆地已有油区向新区新层系扩展；探查柴达木盆地西部深层的含油性；开展山地地震及裂缝型储层攻关；探索新的勘探技术；调查研究侏罗系、石炭系地层的分布及油气远景。完成了二维地震1609千米、三维地震100平方千米；钻井6口，总进尺3.55万米；非地震2674千米；地震资料处理6555千米；野外地质调查1410千米，地质剖面测量23千米；分析化验样品4015块次；微地震台网827平方千米。取得了四项地质新认识：柴达木盆地中生代以来经历了五大演化阶段，形成了四大含油气系统；首次明确柴东石炭系具有较好的成藏条件，是重要的油气勘探层系；柴北缘东段侏罗系具有较好的生烃条件，发育白垩系储层，是重要的接替领域；柴西古近纪走滑控制了优质生烃凹陷，晚期挤压形成圈闭，具有"早期控凹、晚期控藏"的特点。形成了二大勘探配套新技术：采用宽线大组合等地球物理勘查技术联合攻关，获得了较高质量的地震资料；首次将微地震台阵网天然地震层析成像技术应用于柴达木盆地西部深层构造探测，建立了微地震台阵网深层构造探测的技术方法体系。优选了五大亿吨级储量规模有利目标区：柴西地区昆北断阶带；柴西地区英雄岭两侧深层；柴西地区尕斯断陷斜坡区；柴北缘地区鄂博梁－葫芦山深层天然气；柴北缘地区德令哈断陷侏罗系和石炭系。根据项目研究成果部署钻探的狮35井和切6井，获得了工业油流，取得了油气重大发现。

【宁夏盐池县冯记沟矿区（南部）煤炭资源普查地质报告】　普查区位于宁夏吴忠市东南，距盐池县约55千米，交通极为方便。项目在地质勘查中通过测量、踏勘、填图、地震、钻探等一系列工作，满足了矿井设计所需系统、全面、准确可靠的地质资料、有效地控制了勘查区煤层的空间赋存状况和构造的发育程度，以钻探结合二维地震为主，配合地质及水文地质填图、地球物理测井、采样测试等综合勘查方法取得显著效果。经普查估算区内共获得煤炭资源总量（333＋334）73793万吨。其中：推断的资源量（333）31455万吨，占煤炭资源总量的42.6%；预测的资源量（334）42338万吨，占煤炭资源总量的57.4%。根据宁夏回族自治区政府的战略规划，拟在宁东煤田建设能源重化工基地，基地内拟建装机容量为三座6×600MW的大型坑口电厂，一座设计规模为年产油品3.20百万吨的煤炭间接液化厂，

一座设计规模为年产 0.83 百万吨(后期设计规模 1.20 百万吨/年)的煤基二甲醚厂,以上项目启动后年需煤量为 55.6 百万吨(后期 57.0 百万吨)。

【勘查地球化学样品中 76 元素测试方法技术和质量监控系统研究】 中国实施的 1:20 万区域化探全国扫面计划,只规定分析 39 种元素。对于勘查地球化学样品分析来说,Ge、Se、Tl 等稀散和稀土等部分元素,虽然已有较为成熟的分析方法,但是其分析技术指标、分析速度和分析成本根本不能满足要求,尤其是部分元素(贵金属元素、Cl、Br、I、In、Re、Te、Hf 等)的分析还是难点。所以勘查地球化学创新研究和发展要求分析的元素超过了 39 种,达到 76 种,这就需要创新研制新的 76 元素配套分析系统和质量监控系统。项目研究并建立了勘查地球化学样品中 74 元素的 16 种配套分析方法,建立了勘查地球化学样品中 76 元素配套分析方法系统。所提出的分析方法以 ICP – MS、XRF 和 CP – OES 等仪器测试为主,研究了仪器参数的制定和优化、实验条件的制定和优化、方法测定下限实验、方法精密度实验、方法准确度实验等。分析检出限降至地壳丰度值以下,且分析速度快、成本低,分析方法技术指标处于领先水平。制定了覆盖 76 种元素的新的质量监控系统,提交了可供新一轮地质调查所采用的推荐技术规程,对提高地球化学勘查的质量和精度具有重要意义。采用此方法系统对国内开展 1:20 万区域地球化学调查样品、1:25 万生态地球化学调查样品、全国 76 元素地球化学填图样品以及各类地质中痕量超痕量元素进行了广泛测试分析,分析数量 100 万件以上,提供基础数据 2000 万个以上,效果显著。项目成果社会经济效益显著,得到了多个省级地质实验室和行业部门实验室的实际应用。

【重磁电勘探数据处理、反演方法技术研究与找矿应用】 随着我国浅表矿产资源勘探的基本结束,目前除肉眼难以识别的矿种外已经很难发现地表矿,找矿重点转向了在西部中高山地区寻找隐伏矿和在有资源潜力的老矿山周边和深部寻找盲矿。找矿勘查面临更加复杂的条件,比如目标体深度加大、信息弱,环境干扰严重等,加强重磁电数据的处理和反演势在必行。项目提出位场随机子域约束反演与快速计算技术;提出自适应迭代三维重磁相关成像技术;推导了灵敏度函数表达式,成功解决了 CSAMT – RRI 反演的核心问题,使 CSAMT 二维反演达到使用程度;开发和实现了 MT 反演的有限差分算法、快速松弛反演算法和共轭梯度反演算法,达到使用化程度;在内蒙、新疆、西藏和甘肃等 40 多个矿区进行了应用;并在内蒙科右前旗架子山

多金属矿、新疆哈腊苏铜矿、安徽铜陵金牛山矿和湖南长界铜镍矿上,反演结果得到钻探验证,促进了深部矿体的发现,新增铜、钼、镍储量 280 万吨。

【纳米硬质类金刚石碳膜及其特种摩擦学应用】 以多种气相沉积技术为制备手段,用复合化、纳米化、多层化和梯度化的研究思路合成出多种具有硬度高、摩擦系数低、膜基间结合力好和膜层结构细密特点的 DLC 薄膜,进行了金属零件摩擦学薄膜制备、结构、性能和应用的基础研究。考察了薄膜结构和综合摩擦学性能,比较了制备工艺和薄膜的交互作用,揭示了沉积工艺与薄膜结构、性能间的关系。项目在镀膜设备等关键技术上取得了突破,掌握了 DLC 纳米复合梯度超硬自润滑厚膜制备及应用的关键技术,显著改善苛刻服役条件下关键机械摩擦副零件的使用性能和寿命,研究成果在绿色精密制造、航空航天和微电子学等领域具有广泛的应用前景。研究过程中提出的新型制备技术和研究方法对材料设计、材料制备和摩擦学等领域的基础应用研究具有重要的借鉴价值。

【核地球物理勘探低本底检测关键技术及仪器开发】 项目针对核地球物理探测以及核退役工程中急需的专用测量技术和设备开展了系统关键技术研究和仪器开发,并形成了系列具有一定优势的系列低本底核辐射测量仪器。在传统核射线探测技术的基础上,针对如何屏蔽环境和仪器本底的干扰,基于径向基函数神经网络技术(RBF)开展新一代低本底核辐射监测方法技术研究,开发出了五种核辐射低本底及非线性校正测量技术;以射线(α、β、γ)为主线,主要研究低本底系列辐射监测方法,特别是长距离 α 测量推算管道内部污染技术、擦拭物低本底测量、低本底高效率氚(β)污染测量技术和基于 γ 测量推算中子剂量方法;研发出低本底中子剂量率仪、长距离管道污染测量仪、低本底高效氚(β)污染测量仪、便携式 α 擦拭物现场快速分析仪等低本底监测设备和分析仪器,提高核辐射监测水平和检测设备提高测量精度;有关仪器和方法技术已经在在中国工程物理研究院、北京军事医学院、中核 821 厂、中核 404 厂等单位得到了有效推广,为我国军事医学研究、环境辐射监测、辐射防护等领域提供了有效的技术手段。

【全国省级国土资源遥感综合调查成果整理及信息系统建设】 在全国 32 个省(自治区、直辖市)国土资源遥感综合调查成果的基础上,建立全国、大区、省三个层次的系列性国土资源遥感调查成果数据库,开发成果共享空间信息站点与信息系统,服务于国家、大区域

和跨省区的区域可持续发展综合研究与宏观决策。项目提出了新型 GIS 服务系统框架,定义了 Internet 环境中广义 GIS 资源服务概念。在 Internet 环境中构建了一个新型 GIS 服务原型系统,初步实现了以下 GIS 资源服务功能:数据资源目录服务;元数据与原始数据服务;海量专题地图与影像成果数据服务;数据资源订阅服务;专业模型服务;手机 GIS 访问终端服务;小型 GML GIS 服务;小型应用系统生成服务。项目一定程度上丰富和发展了 Internet 环境 GIS 共享与互操作理论。项目完成了全国 32 个省(自治区)的成果数据整理;编制了全国 1:400 万比例尺和 1:250 万比例尺专题图件 10 幅,以及包含 184 幅图件的全国及分省系列

专题电子图集;建立了全国省级国土资源遥感综合调查成果多源数据库和数据共享系统,为用户提供了共享各项遥感综合调查成果数据的平台;以省级成果数据资料为基础,制作了新疆维吾尔自治区 1:150 万比例尺和阿勒泰地区 1:50 万比例尺系列矿产资源规划专题图件 10 幅,结合 DEM 数据和遥感影像数据建立了矿产资源规划三维浏览模型系统。系统以公益性成果资料服务为宗旨,向社会提供数据查询和使用服务,并针对使用者的特别要求定制专题图件和统计报表,已为各类用户提供 30 余次数据服务,数据和资料总量达到 20GB,取得了良好的社会效益。

(国土资源部信息中心 王 芳)

2010 年中国矿山事故记事

1 月 4 日 河北省邯郸市武安市普阳钢铁有限公司 2 号转炉发生煤气泄漏事故,造成 21 人死亡,9 人受伤。

1 月 5 日 湖南省湘潭市湘潭县谭家山镇立胜煤矿井下发生一起电缆着火事故,此事故造成 25 人死亡,9 人下落不明。

1 月 8 日 江西省新余市渝水区欧里镇庙上煤矿井下电缆着火引发火灾事故,造成 12 人死亡。

3 月 1 日 神华集团乌海能源有限责任公司骆驼山煤矿发生特别重大透水事故,造成 32 人死亡、7 人受伤,直接经济损失 4853 万元。

3 月 15 日 河南省郑州市新密市东兴煤业有限公司主井西大巷电缆发生着火,25 名被困矿工全部遇难。

3 月 22 日 河南驻马店市泌阳县马谷田镇顺达铁矿井下发生透水事故,造成 11 人被困。

3 月 25 日 河北承德市承德县北大地煤矿井下发生瓦斯爆炸事故,事故发生时井下作业 18 人,其中 7 人安全升井,2 人死亡,另 9 人被困。

3 月 28 日 华晋焦煤有限责任公司王家岭矿在基建施工中发生透水事故,造成 38 人死亡、115 人受伤,直接经济损失 4937.29 万元。

3 月 30 日 新疆塔城地区和丰鲁能煤电化开发公司沙吉海煤矿(在建矿井)副斜井井筒施工工作面发生垮冒,当班下井 21 人,11 人升井,10 人被困。

3 月 31 日 河南省洛阳市伊川县国民煤业公司发生一起特别重大煤与瓦斯突出事故,造成 44 人死亡(其中:井下 39 人,地面 5 人),6 人下落不明,直接经济损失 2728.4 万元。

4 月 7 日 四川乐山市乐都镇顺江采石场附近发生山体滑坡,造成 14 人死亡。

5 月 8 日 湖北恩施州利川市忠路镇水井湾煤矿井下发生瓦斯燃烧事故,井下有 19 人作业,经抢救有 10 人死亡,4 人重伤,2 人轻伤,3 人无事。

5 月 13 日 贵州省安顺市普定县猫洞乡远洋煤矿下山掘进工作面发生煤与瓦斯突出事故,当班入井 31 人,其中 7 人安全升井,造成 21 人死亡,3 人受伤。

5 月 18 日 山西省阳泉市盂县晨通煤业有限公司井下发生局部瓦斯爆炸,井下 41 人当班,27 人安全升井,14 人被困。经过搜救,有 3 人生还,11 人遇难。

5 月 29 日 湖南郴州市汝城县曙光煤矿井下发生炸药爆炸事故,当班井下有 18 人作业,造成 17 人死亡,1 人受伤。

6 月 3 日 山西省晋城煤业集团天安公司东沟煤业晋城郊南煤矿发生透水事故,当班入井 75 人,64 人安全升井,11 人被困。

6 月 21 日 河南平顶山市卫东区兴东二矿井下发生火药爆炸事故,经过进一步确认实际入井 75 人,26 人生还,造成 49 人遇难。

7 月 16 日 位于辽宁省大连市保税区的大连中石油国际储运有限公司原油库输油管道发生爆炸,引发大火并造成大量原油泄漏,导致部分原油、管道和设备烧损,另有部分泄漏原油流入附近海域造成污染。事故造成 1 名作业人员轻伤、1 名失踪;在灭火过程中,1 名消防战士牺牲、1 名受重伤。事故造成的直接财产损失为 22330.19 万元。

7 月 16 日 中石油大连石化分公司 1000 万吨/年常减压蒸馏联合装置减压蒸馏塔塔底换热器泄漏引发火灾事故,造成直接经济损失 187.8 万元,未造成人员伤亡。

7 月 17 日　陕西渭南市韩城市小南沟煤矿（私营煤矿整合矿井）副斜井井底动力电缆着火发生火灾事故，造成 28 人死亡。

7 月 18 日　甘肃酒泉地区金塔县金源矿业公司芨芨台子煤矿二号井井下发生透水事故，当班井下有 16 人作业，其中 3 人安全升井，13 人遇难。

7 月 20 日　湖南湘西自治州花垣县排吾乡磊鑫公司、文华公司两个锰矿洞发生透水事故，13 人被困井下。截至 8 月 1 日 10 时，井下失踪人员已全部找到，事故共造成 10 人死亡。

7 月 31 日　山西省阳煤集团刘沟煤业有限公司地面私藏火药发生爆炸，现场爆炸地点形成一个直径约 12 米、深约 4 米的锥形土坑，周边多间工棚坍塌，多处建筑不同程度受损，造成 17 人死亡、7 人重伤、68 人轻伤。

8 月 3 日　贵州遵义市仁怀市长岗镇，明阳煤矿 C12 煤层 11201 掘进工作面发生一起煤与瓦斯突出事故，造成 15 人死亡，17 人受伤（其中 2 人重伤），1 人下落不明。

8 月 6 日　山东省烟台招远市玲南矿业有限责任公司罗山金矿四矿区中段井筒发生火灾。事故发生时，井下共有作业人员 329 人，313 人经自救、抢救生还，其中 39 人受伤住院治疗（1 人危重，正在抢救），共有 16 人在事故中遇难。

8 月 10 日　吉林省通化市宏远煤矿因受强降雨影响，大罗圈河河水暴涨，漫堤将井口淹没，井下有 18 人被困。

10 月 16 日　河南中平能化集团平禹煤电公司四矿 12190 综采接续工作面发生煤与瓦斯突出事故，造成 37 人死亡。

10 月 24 日　大连中石油国际储运有限公司在拆除"7·16"事故损毁的 103 号储罐过程中又发生火灾事故，事故没有造成人员伤亡

10 月 27 日　贵州省安顺市普定县，马场镇大坡煤矿发生透水事故，造成 12 人死亡，1 人受伤。

12 月 7 日　河南义煤集团巨源煤业有限公司（兼并重组矿，原为三门峡市渑池县果园乡苏庄煤矿）发生瓦斯爆炸事故，造成 26 人遇难。

（《中国矿业年鉴》编辑部　宋　菲）